W0407894

Au cœur de la tempête

*

Un si brûlant désir

SARA ORWIG

Au cœur de la tempête

DE RETOUR AU TEXAS

Traduction française de
JOËL MALLET

HARLEQUIN

Titre original :
IN BED WITH THE RANCHER

Ce roman a déjà été publié en 2021

© 2020, Sara Orwig.
© 2021, 2025, HarperCollins France pour la traduction française.

Ce livre est publié avec l'autorisation de HARLEQUIN BOOKS S.A.

Tous droits réservés, y compris le droit de reproduction de tout ou partie de l'ouvrage, sous quelque forme que ce soit.
Toute représentation ou reproduction, par quelque procédé que ce soit, constituerait une contrefaçon sanctionnée par les articles 425 et suivants du Code pénal.

Si vous achetez ce livre privé de tout ou partie de sa couverture, nous vous signalons qu'il est en vente irrégulière. Il est considéré comme « invendu » et l'éditeur comme l'auteur n'ont reçu aucun paiement pour ce livre « détérioré ».

Cette œuvre est une œuvre de fiction. Les noms propres, les personnages, les lieux, les intrigues sont soit le fruit de l'imagination de l'auteur, soit utilisés dans le cadre d'une œuvre de fiction. Toute ressemblance avec des personnes réelles, vivantes ou décédées, des entreprises, des événements ou des lieux serait une pure coïncidence.

HARPERCOLLINS FRANCE
83-85, boulevard Vincent-Auriol, 75646 PARIS CEDEX 13
Service Clients — https://www.harlequin.fr/contenu/contactez-nous
ISBN 978-2-2805-1807-9

Édité par HarperCollins France.
Composition et mise en pages Nord Compo.
Imprimé en avril 2025 par CPI Black Print (Barcelone)
en utilisant 100% d'électricité renouvelable.
Dépôt légal : mai 2025.

FSC www.fsc.org MIXTE Papier issu de sources responsables FSC® C159065

Pour limiter l'empreinte environnementale de ses livres, HarperCollins France s'engage à n'utiliser que du papier fabriqué à partir de bois provenant de forêts gérées durablement et de manière responsable.

1

Le long des petites routes du Texas, Wade Sterling espérait échapper à la tempête.

Il pêchait dans le golfe du Mexique quand la météo avait décidé de couper court à son excursion. De violents orages approchaient la côte à toute vitesse. Il avait donc regagné le port de Corpus Christi et avait filé. Il lui restait encore un bout de chemin avant de pouvoir s'engager sur l'autoroute 45 en direction de Dallas.

Il avait prévenu sa mère qu'il allait bien et rentrerait dans quelques jours, voire une semaine. Il avait pris pour habitude d'en rajouter afin de ne pas l'inquiéter ; la pluie allait peut-être bloquer les routes, après tout.

On annonçait des inondations à la radio. Pour se changer les idées, il pensa au travail qui l'attendait chez lui. Avant de regagner ses terres, le ranch Bar S, il voulait passer à son appartement puis à son bureau pour vérifier des contrats de propriété et régler d'autres affaires.

Avec ses cousins, Cal Brand, Jake Reed et Luke Grayson, ils avaient investi dans la reconstruction d'une arène de rodéo ravagée par un incendie, à Fort Worth. Comme la ville espérait une grande réouverture, ils devaient s'accorder sur une date

Une pointe de tristesse le transperça en pensant à Cal. Propriétaire de ranch comme les trois autres, il avait néanmoins rêvé d'une vie plus mouvementée. Il avait donc œuvré comme agent infiltré pour le gouvernement. Il avait affirmé vouloir servir encore deux ans avant de couler des jours paisibles sur ses terres. Lorsque Wade l'avait contacté au sujet de l'arène, Cal avait donné bien plus que nécessaire, très enthousiaste, persuadé de voir les constructeurs utiliser cet argent à bon escient. Deux mois plus tard, ses proches apprenaient la terrible nouvelle : Cal était mort au cours d'un accident dans l'océan Atlantique. Wade écarta ces mauvais souvenirs. Son cousin lui manquait, notamment son humour, ses anecdotes croustillantes et son talent avec les chevaux.

Luke avait lui aussi connu des jours plus heureux. Deux ans plus tôt, sa femme et son petit garçon avaient péri dans un accident de voiture. Depuis, il avait changé. Wade partageait sa peine, se demandant si Luke redeviendrait le rayon de soleil qu'il était autrefois.

Un lourd grondement de tonnerre retentit. Wade n'allait pas semer la tempête. Ses pensées se tournèrent de nouveau vers le confort de son appartement. Puis, il songea à Olivia ; il devait rompre avec elle.

Malgré sa beauté et sa vivacité d'esprit, elle envisageait de plus en plus la vie de famille et ne s'en cachait plus. Lui ne voulait pas se marier... Jamais. La simple idée d'un passage à la mairie le fit frissonner. Il préférait éviter d'avoir un enfant qui ressemblerait à son frère jumeau, identique d'apparence, mais pas de caractère. Absolument pas. Wynn n'avait jamais été que source de problèmes d'aussi loin qu'il s'en souvînt.

Ses derniers exploits remontaient à un mois. Wade était passé chez leurs parents. Comme il n'y avait personne, il avait répondu quand le téléphone avait sonné, pensant à un appel professionnel. À peine avait-il décroché et tenté de dire « résidence Sterling » qu'une femme hystérique l'avait coupé.

— Wynn, c'est Violet, avait-elle dit d'un accent nasillard du Sud.

— Il y a erreur sur la personne..., avait-il essayé avant de se faire interrompre une fois de plus.

— Wynn, ne me prends pas pour une imbécile, avait-elle insisté d'un ton désespéré en parlant toujours plus fort et plus vite. J'ai reconnu ta voix. Écoute-moi bien. Tu as changé de numéro et je t'ai cherché partout. N'essaye même pas de me raccrocher au nez. Nous avions un accord. Je n'ai pas reçu l'argent, ce mois-ci. J'en ai besoin, alors ne me lâche pas. Je respecterai ma part du marché, mais tu ferais bien de ne pas me provoquer. J'ai évité Dallas, et personne ne sait pour notre enfant. Si tu veux que ça dure, envoie-moi ce que tu me dois.

Wade en avait oublié de lui préciser qui il était, trop abasourdi.

— La poste a dû avoir du retard, Violet, s'était-il contenté de répondre avant de raccrocher.

Il avait agi comme son frère l'aurait fait. Même si elle apprenait qu'ils étaient jumeaux, elle venait de révéler le secret de Wynn. Elle ne lui aurait donc pas parlé de cette conversation... Bon sang, Wynn avait un enfant.

Encore sous le choc, Wade s'était imaginé son frère s'échiner à cacher la mère et le petit. Il avait toujours eu un goût pour les belles femmes élégantes, cependant il ne s'était jamais soucié de savoir si elles travaillaient dans les pires clubs de strip-tease de la ville ou si elles appartenaient à la bonne société texane. D'ailleurs, il les présentait rarement à la famille. Pour une fois, il tentait plus ou moins d'assumer ses actes.

Wade songea à ses parents, à ce bébé qu'ils ne connaîtraient jamais. Peut-être était-ce pour le mieux. Son frère devait avoir ses raisons, et il ne le jugeait pas, mais l'idée de ne jamais rencontrer cet enfant lui pinçait le cœur.

Il savait que le jour où Wynn déciderait de se marier, ce serait au bras d'une beauté époustouflante issue d'une dynastie sans pareille. Une femme forte, intelligente, comme Olivia. Elle aurait pu le canaliser.

Pour l'heure, Wade garderait le secret. Il n'imaginait pas son frère, encore si immature, élever un enfant. Wynn n'avait même pas dû se donner la peine d'aller voir ce petit.

Cela ramena Wade à sa situation personnelle. Même s'il rechignait à fonder une famille, il aurait voulu jouer un rôle dans la vie de ses enfants. Il ressentit un léger mal-être, se demandant ce qu'il ratait en refusant de se marier. Alors il se prit à rire tout seul. Il fallait déjà trouver une femme avec qui partager tout cela, et Olivia ne jouerait pas ce rôle.

Les yeux rivés sur l'asphalte, il écrasa l'accélérateur. À défaut de fuir ses tracas, il espérait au moins échapper à la tempête. Il se rappela alors un autre problème, plus inquiétant. Quelques mois auparavant, Cotton Daniels, gérant de son ranch, lui avait appris un événement des plus louches. Un de ses employés touchait régulièrement de l'argent d'un inconnu sur la propriété.

Wade se demandait sans cesse qui pouvait payer un de ses cow-boys, et pourquoi, sans pouvoir s'empêcher de soupçonner Wynn. Il savait depuis longtemps qu'en cas de problème, son jumeau en était souvent la cause.

Depuis tout petit, Wade n'avait jamais compris pourquoi son frère sombrait dans la colère et la jalousie s'ils n'obtenaient pas exactement la même chose tous les deux. Wynn était pourtant le chouchou de leur mère parmi ses quatre enfants ; elle devait bien incarner la seule personne digne de son amour et d'un minimum d'efforts selon lui.

Wade soupira. De retour à Dallas, il devrait s'occuper de tout cela, notamment cette histoire d'argent et ce bébé mystérieux. Il allait pousser Wynn à avouer sa paternité et n'hésiterait pas à le brusquer pour savoir s'il était impliqué auprès de ses employés. En attendant, il avait autorisé Cotton à renvoyer n'importe qui s'il le jugeait nécessaire, il lui vouait une confiance aveugle.

Un coup de tonnerre ramena Wade à la réalité. Les grondements se rapprochaient. Sur la gauche de la route cahoteuse cernée de mesquites, un ruisseau coulait au fond d'une ravine. Ce maigre cours d'eau pouvait vite se changer en torrent et inonder les environs. Autant éviter de se retrouver piégé au milieu d'une région perdue.

Il n'avait croisé aucun autre véhicule depuis la côte. Ainsi préféra-t-il accélérer encore, la circulation ne posant pas problème. Il atteindrait peut-être une ville à temps. Quelques minutes plus tard, de grosses gouttes se mirent à marteler le pare-brise avant de se muer en une pluie diluvienne réduisant la visibilité à néant.

En observant les giclées d'eau derrière son pick-up dans le rétroviseur, il crut apercevoir des appels de phares. Impossible d'en être certain dans un tel déluge. Puis, il s'engagea trop vite dans une courbe où l'attendait un véritable océan. Comme la chaussée s'enfonçait dans les eaux, il tenta de freiner, en vain. Il sentit la voiture glisser dans la marée et sortir de la route, emportée par le courant.

Wade se débarrassa de sa veste en panique. S'il devait nager pour atteindre la terre ferme, il préférait ne pas être alourdi.

Sous les coups de tonnerre et les premières gouttes de pluie, Ava Carter discerna un pick-up au loin. Elle ne vit bientôt plus rien hormis les feux arrière. Intriguée, elle appuya sur l'accélérateur pour réduire la distance. Elle croisait peu de monde dans cette région reculée, son havre de paix loin de Dallas. Elle revenait de Persimmon, la ville la plus proche, et aspirait à arriver chez elle avant le gros temps.

Après les alertes de pluies torrentielles au supermarché, elle avait attrapé le maximum d'articles possible puis avait pris la route.

Elle ne s'était pas attendue à trouver un autre automobiliste sur le chemin. Si cette personne ne connaissait pas les environs, alors elle devrait faire demi-tour immédiatement si elle voulait ne pas se retrouver coincée.

Elle espérait pouvoir avertir le chauffeur, mais cela s'avérait difficile.

Lorsque la pluie s'intensifia encore, Ava ne distingua plus les phares du pick-up. Elle klaxonna plusieurs fois, même si l'orage et les trombes d'eau assourdissaient probablement tout. En quelques secondes à peine, il était déjà trop tard ; le véhicule disparut dans un virage. Un éclair fendit alors les cieux, et Ava vit la voiture se faire emporter par le courant. Un homme sauta puis dévala la pente tandis que son pick-up percutait un arbre et continuait sa course, pris dans les éléments déchaînés.

Inquiète pour l'inconnu, Ava ne pouvait pas l'abandonner à

son sort dans une tempête sur le point d'empirer. Elle se rangea sur le bas-côté, feux de détresse allumés sans doute en vain. Comment aurait-elle pu passer son chemin ?

Elle se coiffa d'un chapeau Resistol, enfila un ciré et prit une grande inspiration avant de se ruer vers le bord de la route pour chercher l'homme. Comme elle ne voyait presque rien, elle entreprit de descendre la pente raide de plus en plus boueuse et glissante là où la végétation peinait à pousser. Elle le trouva allongé par terre, sauvé par les branches basses d'un cèdre.

Trempée, frigorifiée, elle continua avec prudence. Une fois près de lui, elle s'aperçut qu'il ne bougeait pas. Sans trop savoir quoi faire, elle se baissa. Heureusement, il revint à lui.

— Ah, Dieu merci, vous n'êtes pas inconscient, soupira-t-elle.

Une grosse bosse lui marquait le front au-dessus du sourcil. La peau jaunissait déjà. Du sang dilué par la pluie coulait à profusion d'une entaille profonde à son épaule. Il ne portait qu'une chemise déchirée, un pantalon et des bottes.

Sous ces eaux harassantes, un arbre finit par tomber non loin, emportant dans son sillage des arbustes, ses racines offertes au ciel, comme un rappel qu'Ava devait se dépêcher.

— Nous devons remonter jusqu'à ma voiture, cria-t-elle en prenant le poignet de l'homme.

Son pouls semblait stable. Elle écarta alors une des mèches noires du visage de l'inconnu. Quand elle lui effleura la joue, il ouvrit les paupières pour la fixer de ses yeux marron. Elle se retrouva captive, comme s'il l'avait prise entre ses bras. Malgré la fureur céleste, l'univers se referma sur cet instant où seuls eux deux comptaient.

Cette réaction la troubla, elle n'aurait rien dû sentir d'autre que la pluie froide. Depuis sa rupture avec Judd Porter peu avant leur mariage, les hommes l'avaient laissée de marbre. Elle s'était même mise à ignorer certains de ses amis. Une simple présence masculine éveillait trop de souvenirs douloureux. Mais alors pourquoi ce parfait inconnu la fascinait-il tant et lui nouait le ventre, là en plein déluge ?

Un éclair et le roulement du tonnerre la sortirent de sa torpeur. Chaque seconde passée ici allait empirer leur situation.

Comme s'il avait senti le danger lui aussi, il se releva. Quel soulagement, il pouvait se déplacer.

— Vous avez mal au dos ?

— Non, ça va, répondit-il en grimaçant et en haussant les épaules. Par contre, j'ai une migraine de tous les diables.

— Nous devons y aller avant d'être pris dans le courant. Si je vous aide, pourrez-vous atteindre la route ?

— Oui, assura-t-il sans hésiter.

— Je n'habite pas loin. La ville est inaccessible. Et avec cet orage et les arbres effondrés, une ambulance n'arriverait pas avant une heure, dans la mesure où elle parviendrait à passer. De toute façon, il ne doit pas y avoir de réseau.

Il l'observait avec une telle intensité en l'écoutant que ces étranges picotements la reprirent.

— Autant aller chez vous, alors, si vous connaissez un chemin.

— Oui, ce n'est pas l'idéal, mais ça ira.

— C'est parti, conclut-il en se relevant sans peine.

Elle vit alors qu'il semblait en bonne condition physique, grand, les épaules larges, et plutôt bel homme.

— Je vais vous soutenir, dit-elle en se plaçant à ses côtés.

— Ça va aller, lui indiqua-t-il sans surprise.

Sa chemise déchirée laissait paraître sa plaie, le tissu trempé se collait à son torse et ses bras musclés.

— Nous reviendrons chercher votre pick-up plus tard.

— Ce n'est pas le plus urgent pour l'instant.

— C'est vrai. Allez, regagnons la route avant qu'un glissement de terrain ne nous emporte.

Ils mirent un certain temps à remonter. Ils dérapaient et perdaient l'équilibre sans cesse dans la gadoue.

Tout à coup, le craquement d'un arbre brisé retentit. Un chêne s'abattit près d'eux. L'inconnu la tira alors hors de portée des petites branches. Le tronc fendu s'écrasa au sol, provoquant une impressionnante coulée de boue.

Ava dérapa, mais l'homme la rattrapa.

— Merci, dit-elle, une main sur son chapeau en levant les yeux sur lui.

Alors qu'ils retrouvaient un peu d'équilibre, il se hissa à l'aide d'un arbuste tout en maintenant Ava contre lui. Elle le dévisagea, à peine consciente des violentes bourrasques et de la pluie glaciale. Même blessé, il semblait fort, son corps la réchauffant là où leurs hanches se touchaient.

Le regard ancré au sien, une nouvelle étincelle annihila le chaos ambiant. Il ne restait plus rien hormis ce bras puissant autour de sa taille, cette chaleur irrésistible. Et, quand elle le vit plisser les paupières de façon presque imperceptible, elle sut qu'il partageait son trouble. Elle plaça cet instinct primaire sous le coup du danger. Et soudain, un autre arbre s'effondra en un grincement assourdissant.

— Ne restons pas là, cria-t-elle dans un effort volontaire de briser le charme.

Il lui serra un peu plus la taille et, s'aidant chacun de la végétation, ils parvinrent à regagner la route.

— Attendez-moi, lui ordonna-t-elle en désignant sa voiture. Je reviens.

Il se contenta de secouer la tête avant de la prendre par le bras pour foncer vers le véhicule. Une fois à l'abri, Ava attrapa un kit de premiers secours derrière son siège et lui tendit de la gaze.

— Maintenez ça contre votre épaule. Vous saignez encore.

Il s'exécuta. Au même moment, il se tourna pour prendre le chapeau d'Ava et le jeter à l'arrière avant de la dévisager. Elle en oublia de nouveau la pluie, le froid, obnubilée par cet homme et sa façon de lui couper le souffle.

— Quand j'ai ouvert les yeux, je vous ai pris pour un ange, mais je ne crois pas que les anges portent des chapeaux de cow-boy.

Cette voix grave, le peu d'espace entre eux, Ava sentit son cœur battre la chamade. L'homme avait écarté ses cheveux noirs raides de son visage, mais quelques mèches rebelles lui retombaient déjà sur le front. Ava fut traversée d'une nouvelle attirance incontrôlable. D'où provenait cette intense chaleur pour un inconnu, dans ces circonstances si exécrables ?

Elle se força à briser leur échange afin de revenir à la réalité de leur situation, toujours plus périlleuse de minute en minute.

Elle se racla la gorge et chercha son téléphone.

— Je vais essayer de me renseigner sur l'état des routes, précisa-t-elle d'une voix chevrotante malgré elle.

Elle observa l'écran quelques secondes puis laissa tomber face à l'absence de réseau.

— J'habite un grand chalet, bien approvisionné et confortable, reprit-elle en démarrant pour faire demi-tour. C'est à une dizaine de kilomètres dans l'autre sens. À ce train-là, nous risquons de devoir rester enfermés quelques jours. Et, comme vous le voyez, la réception n'est pas bonne. Je n'ai même pas de télévision là-bas. Enfin, bref, je connais un chemin réservé aux propriétaires de ranch. Le seul souci, c'est qu'il y a des graviers et qu'il faut passer un pont.

— Les graviers ne devraient pas poser problème. Je crois avoir croisé une route interdite d'accès.

— Ça devait être ça, dit-elle avant de regarder pourquoi il s'agitait et fouillait ses poches. Qu'y a-t-il ?

— J'ai perdu mon portefeuille, lui apprit-il. Il a dû tomber quand j'ai dévalé la pente. Mais ce n'est pas le moment d'y retourner.

— Non, effectivement.

— Je me demande où va atterrir mon pick-up.

— Allez savoir, commenta-t-elle en se concentrant sur la route régulièrement illuminée par de grands éclairs. Nous devons atteindre mon chalet avant de nous retrouver coupés de tout abri. La région est presque déserte.

— J'avais remarqué.

— Nous sommes à environ cinq minutes du chemin. Après, il faudra rouler encore plus lentement, surtout pour passer le pont.

Elle se rembrunit à cette idée.

— Si nous n'y arrivons pas, nous ne pourrons pas revenir à Persimmon. Le vieux pont doit déjà être submergé. Enfin, pas d'inquiétude, mon chalet se trouve sur les hauteurs, je n'ai jamais eu d'inondations, mais un de mes voisins vit assez près du ruisseau. Je ne serais pas tranquille à sa place... Mais je parle, je parle et j'en oublie que vous êtes blessé. Comment vous sentez-vous ?

— Mon cœur bat à tout rompre, j'ai mal à l'épaule et je suis trempé. À part ça, ça peut aller. Merci de vous être arrêtée.

— Aucun problème.

Il se tut. Peut-être était-il trop fatigué pour tenir une conversation.

— Vous pourriez avoir une commotion cérébrale, on ne sait jamais. Essayez de ne pas vous endormir.

— Aucun souci de ce point de vue, répondit-il sèchement.

Ava se demanda alors s'il avait si mal que cela. La perte de ses papiers et sa voiture le tracassaient peut-être aussi. Le véhicule avait dû finir sa course quelque part en aval, inondé ou écrasé contre des rochers.

— Et j'ai égaré mon téléphone.

— Il ne vous servirait à rien de toute façon.

Ils gardèrent le silence un moment puis elle reprit la parole.

— J'ai oublié de me présenter. Ava Carter.

— Ravie de vous rencontrer, Ava Carter, affirma-t-il, morose.

Ils continuèrent ainsi sans un mot de plus. Pourquoi ne lui disait-il pas son nom ? Elle l'observa du coin de l'œil. Face à son air si sombre, elle arrêta la voiture pour se tourner vers lui.

— Qu'est-ce qui ne va pas ?

— Vous ne me connaissez même pas et vous arrivez à deviner que ça ne va pas...

— Oui, ça se voit, acquiesça-t-elle. Devrais-je m'inquiéter de savoir qui vous êtes ?

— Eh bien, oui et non, répondit-il, hésitant, en secouant la tête. Je ne pense pas, mais, en vérité, le problème c'est que... Je ne connais pas mon nom. Je ne me rappelle ni qui je suis ni d'où je viens.

2

Elle le dévisagea.

— Il faudrait peut-être vous emmener à l'hôpital. Laissez-moi voir si j'arrive à appeler quelqu'un.

Elle abandonna vite cette idée.

— Non, toujours rien, c'est inutile.

Elle ignorait quoi faire. Un médecin aurait su l'aider, mais encore fallait-il en trouver un. Des trombes d'eau portées par un vent violent martelaient le véhicule.

— Les routes sont déjà fermées, je pense. Et même si nous pouvions y aller, il n'y a pas d'hôpital à Persimmon.

— Y a-t-il un médecin, là-bas ?

— Un vétérinaire qui traite aussi les habitants, mais ma voisine est infirmière. Je crois que c'est encore la meilleure solution.

— Sans doute. Allons chez vous... Sauf si vous n'êtes pas rassurée. Je ne pense pas être dangereux.

Elle se plongea au plus profond de ses yeux sombres. Sans vraiment comprendre, elle savait qu'elle pouvait lui faire confiance. Elle espérait ne pas se tromper. Encore une fois, elle n'avait pas vraiment le choix. Elle n'allait pas l'abandonner à son sort dans la tempête.

Elle laissa errer son regard sur cet inconnu. Une montre de luxe, des bottes de bonne facture malgré la boue, une ceinture faite main. Néanmoins, les signes extérieurs de richesse n'attestaient pas du caractère des gens.

— Je ne pense pas non plus, répliqua-t-elle dans un sourire.

Mais j'avoue ne pas saisir pourquoi je vous crois. Je ressens une sorte de... lien avec vous, voilà tout. Savez-vous où nous sommes ?

— Au Texas d'après votre plaque d'immatriculation. Ça ne nous avancera pas à grand-chose.

— C'est vrai, mais vous avez répondu franchement. Vous rappelez-vous où vous habitez ?

Il fronça les sourcils puis secoua la tête.

— Non, je ne me souviens de rien à part quelques images floues. Mais je les ai peut-être vues à la télévision, tout simplement. Je suis perdu. Je ne sais plus qui sont mes parents, mes amis. J'ignore même si je suis marié.

— Partons du principe que vous avez une famille, des parents et des frères et sœurs.

— Je ne porte pas d'alliance, continua-t-il en vérifiant sa main avant de se tourner vers Ava. Si mon téléphone et mes papiers sont restés dans la voiture, qui sait quand on les retrouvera... ou qui. Mais, s'ils sont tombés dans la boue, autant les oublier.

Il paraissait hébété et abattu, complètement désemparé. Elle voulut lui remonter le moral.

— Nous verrons ça plus tard. Discutons un peu, en attendant.

Il se contenta d'une moue dubitative pour seule réponse.

— Vous vous êtes cogné la tête, vous devez rester éveillé. Et le meilleur moyen, c'est de vous faire parler.

— Alors vous devrez participer à la conversation vous aussi. Possédez-vous un ranch ? Votre famille, peut-être...

— Oui et non. Je suis ergothérapeute et dirige une agence de soins à domicile, à Dallas. C'est un travail harassant, et je dois m'aérer l'esprit de temps en temps. Heureusement, je peux laisser mes affaires entre les mains d'une personne de confiance. J'étais aussi propriétaire du ranch de feu mon grand-père, mais je l'ai revendu à Gerald Roan. Il s'y est installé avec sa femme, Molly, l'infirmière dont je vous ai parlé. J'ai seulement gardé cinq ares pour mon chalet. J'ai trois chevaux et quelques bêtes dont Gerald s'occupe. Il me fallait un accès à de grands espaces pour me balader à cheval. Ah, voilà le chemin privé.

Elle s'engagea sur le sentier très lentement. On distinguait à peine la voie cabossée sous la pluie battante.

— C'est un petit détour, mais il n'y a qu'un seul ruisseau à franchir et le pont est assez solide. Je ne l'ai vu qu'une fois sous les eaux, mais cette tempête est assez exceptionnelle.

Pendant qu'elle se concentrait sur la route, il gardait le silence. L'heure tournait. Ava voulait rentrer avant la nuit. Avec des nuages aussi lourds, on n'y voyait déjà presque plus. Quelques minutes plus tard, elle s'arrêta pour réessayer de passer un appel.

— Cette grande étendue ouverte est le point le plus haut des environs. J'ai du réseau parfois. J'aimerais contacter Gerald. Il vit dans une maison à trois étages sur une colline, ça le rend assez joignable en général. En tout cas plus que moi.

Comme elle ne parvint toujours pas à appeler son voisin, elle lui envoya un message.

— Je vais aussi écrire au shérif pour lui expliquer votre situation. Il pourra vérifier la base de données des personnes portées disparues.

Une minute plus tard, elle jura, l'air dépité.

— Je n'arrive pas à le joindre. Je ne comprends pas, Gerald a reçu mon SMS.

Tout à coup, l'idée de ramener un inconnu amnésique chez elle la rendit nerveuse. Pire encore, si le pont s'avérait inaccessible, ils resteraient coincés dehors toute la nuit. Elle préférait ne pas envisager cela.

Puis, Gerald répondit. Il lui demanda plus de détails à propos de cette histoire. Ava lui expliqua tout, et il lui proposa de passer la voir. Elle le remercia, à la fois gênée de l'inciter à sortir par ce temps et rassurée de ne pas se retrouver entièrement seule. Elle redémarra la voiture.

— Alors ? Qu'a dit votre voisin ?

— Il va venir vérifier que tout va bien.

Elle lui adressa un bref regard. Il lui souriait. Cela suffit à la faire chavirer. Ce n'était pas le moment. Avec son cœur brisé, elle ne voulait céder aux charmes d'aucun homme, encore moins d'un amnésique.

— Ce serait plus pratique si j'adoptais un nom d'emprunt, ne serait-ce que pour me présenter ou discuter.

— Oui, c'est vrai. Je vous laisse choisir.

— Bill Smith, continua-t-il après une courte réflexion. C'est simple, pas si mal. Ce serait drôle si je m'appelais comme ça en fin de compte.

Il sourit de nouveau à cette idée, et Ava sentit son sang s'agiter encore une fois, s'efforçant d'ignorer son trouble bon gré mal gré.

— D'accord, Bill, c'est un bon choix, acquiesça-t-elle en se concentrant sur la descente devant eux. Dorénavant, autant oublier les SMS. J'essayerai au cas où, mais à partir de ce point je suis coupée du reste du monde. Mes seuls contacts sont Gerald, sa famille et ses employés. Certains d'entre eux travaillent pour moi aussi.

Sa volonté de le garder éveillé se rangea au fond de son esprit au moment où ils approchèrent du ruisseau. Elle prit une grande inspiration et ralentit.

— Blue Creek, fit-elle en voyant des vagues déferler sur le chemin. Impressionnant. D'habitude, on a de l'eau jusqu'aux chevilles, mais le torrent ne va pas tarder à submerger le pont. Heureusement qu'il est solide, il va falloir forcer le passage.

— S'il est vraiment si robuste que ça, nous ne devrions pas avoir de soucis, la rassura-t-il en détachant sa ceinture. Faites comme moi. Mieux vaut ne pas rester coincé dans la voiture si le pont s'effondre.

Elle suivit son conseil avant d'avancer avec prudence, priant pour que tout se passât sans problème.

— Tout va bien, affirma Bill. Ça ne tremble pas, c'est bon signe. Encore un peu. Voilà. On y est !

Il se tourna vers elle d'un air radieux pour la féliciter.

— Bien joué, Ava !

La jeune femme frissonna des pieds à la tête. Elle se retrouva alors tiraillée entre cette attirance incontrôlable et son besoin de refréner ces pulsions. Ces sentiments lui semblaient tellement plus dangereux que la tempête déchaînée ou les inondations, ce qu'elle trouva ridicule, mais non moins vrai.

Elle roula encore quelques mètres avant de marquer une pause pour rattacher sa ceinture.

— C'était le point de non-retour. La bonne nouvelle, c'est que nous ne sommes plus loin, et qu'il n'y a plus de rivière à franchir. La mauvaise, c'est que si vos proches vous cherchent et que les journaux annoncent votre disparition, nous ne le saurons qu'à la fin de l'orage.

— Nous n'y pouvons rien pour l'instant.

— Oui. En plus des risques de tornade, Gerald a dit que la tempête allait redoubler d'intensité.

Comme pour mieux souligner ses paroles, un éclair s'abattit sur un arbre et le fendit entièrement en deux. Le tronc déchiré s'écrasa au sol. Ava préféra ne plus perdre de temps, ils devaient se mettre à l'abri.

Ils continuèrent en silence jusqu'à une allée pavée. Lorsqu'elle s'arrêta devant un imposant portail en fer sombre, le passage s'ouvrit. Ava observa Bill de nouveau.

— Vous aurez un œil au beurre noir, mais votre bosse commence à s'estomper.

— Tant mieux.

— Bien, nous sommes arrivés.

— On dirait bien, s'exclama-t-il gaiement avant de redevenir plus sérieux tout à coup. Vous m'avez sauvé la vie, vous savez.

Cette remarque la prit de court.

— Vous auriez survécu sans moi. Vous avez l'air plutôt costaud, vous avez remonté la pente sans trop de problèmes.

— Je suis quand même content que vous ayez fait un détour au lieu de me laisser dehors, ajouta-t-il en se penchant pour lire un écriteau. Ranch AC.

— Ce n'en est plus vraiment un depuis que j'ai vendu. J'ai gardé ce panneau en souvenir. Gerald ne s'en est pas formalisé, il a baptisé le sien Ranch Roan.

Sous la pluie battante, le tonnerre semblait s'éloigner. Ils remontèrent la route sinueuse ceinturée de mesquites inclinés à cause du vent puis franchirent un terrain dégagé. Derrière un virage, ils gravirent une légère colline où Ava agita la main pour désigner sa maison.

— On ne distingue pas grand-chose, mais voilà mon chalet. J'ai assez de place pour les invités.

— Je vois tout sauf une petite cabane de bois, s'étonna-t-il, amusé. Combien de chambres y a-t-il ?

— Six, dont trois suites, et sept salles de bains. Je n'ai plus de famille, mais mes amis aiment bien venir se détendre ici en ma compagnie. J'ai aussi installé une salle de sport. Je vous ferai visiter.

— Et vous entretenez cette grande maison toute seule, aussi loin de la ville ?

— Par tous les saints, non, s'écria-t-elle en secouant la tête. Heureusement, les employés de Gerald m'aident aussi.

— C'est très beau, mais appeler ça un chalet, c'est un peu de la publicité mensongère.

— C'est vrai, admit-elle en souriant. Mais j'aime beaucoup les environs. J'ai toujours rêvé de me marier et d'avoir cinq ou six enfants pour combler le vide entre ces murs.

— Je n'en sais rien du tout, cependant je ne crois pas être déjà sorti avec une femme qui partage vos ambitions, rétorqua-t-il, rieur.

— Vous aurez peut-être des surprises quand vous retrouverez la mémoire. Une chose est sûre, vous n'êtes sans doute jamais sorti avec quelqu'un sans famille.

— C'est-à-dire ?

— Je n'ai plus aucun proche, répondit-elle d'un haussement d'épaules. Ma mère et ma sœur sont mortes du cancer. Mon père nous a quittées et a refait sa vie ailleurs. Mes grands-parents sont décédés eux aussi. En gros, je suis seule.

Comme elle sentit la tristesse prendre le pas sur la bonne humeur de son hôte, elle s'empressa d'ajouter :

— Mais je m'y suis habituée. Mon travail et mes amis ne me laissent pas le temps de ressasser le passé.

— Vous êtes ergothérapeute et gérez une compagnie de soins à domicile, c'est ça ? Vous ne devez pas avoir une minute à vous.

— Non, et tant mieux. Vous savez, à Dallas, je vis dans une maison bien plus modeste. Ici, c'est l'endroit de mes rêves. Je n'ai même pas le téléphone ou le wi-fi. Rien que le silence, la tranquillité. J'y ai passé de très bons moments avec ma mère et ma sœur aussi.

— J'aimerais bien me rappeler si je suis fils unique ou non.

— Comme ma sœur avait dix ans de plus que moi, elle n'a pas toujours été très présente. Mais la famille, c'est magnifique, et j'adore les enfants. J'envisage de suivre des cours du soir ou en ligne pour devenir enseignante. J'ai une maîtrise, je ne devrais pas avoir trop de mal à travailler dans le secondaire. J'hésite entre ça et du bénévolat auprès des plus jeunes. Mais pour le moment j'aide déjà les autres, alors je ne suis pas encore prête à changer de métier. J'aime trop ce que je fais.

Comme il l'écoutait, l'air pensif, elle se demanda à quoi il songeait.

— Aider les autres... c'est admirable, finit-il par dire en se détournant. Je ne me rappelle même pas ce que je fais dans la vie.

— Ça vous reviendra.

— Je me doute que vous seriez plus à l'aise en sachant qui je suis. La politesse et la gratitude ne sont pas forcément gages d'honnêteté. Et vous vivez si loin de tout...

— Je ne suis pas si seule, le coupa-t-elle. Il y a Gerald et sa femme, les cow-boys du ranch et leurs familles. Et la plupart du temps, une dame appelée Samantha me fait la cuisine, mais elle rend visite à sa fille qui vient d'accoucher. Une autre femme, Margo, s'occupe du ménage. Et Jonah entretient le terrain avec son équipe pour les Roan et moi. Margo reviendra la semaine prochaine, elle était là aujourd'hui... Ah, d'ailleurs, nous sommes le premier lundi d'octobre.

— Je vous avoue que ça ne m'aide pas, je ne sais plus où j'allais ni d'où je venais, soupira-t-il, frustré en se passant une main dans les cheveux. Changeons de sujet. Votre père s'est remarié. Vous êtes encore en contact ?

— Non, pas du tout. Il a quitté ma mère quand j'avais quatorze ans pour aller s'installer en Californie avec sa nouvelle femme. Il a coupé les ponts et ne prend pas non plus de nouvelles.

Même si elle regrettait de ne pas mieux s'entendre avec son père, Ava ne se morfondait pas. Elle se raccrochait aux bons souvenirs d'une époque révolue. Au moins, elle n'avait pas tout perdu de son passé.

Ils atteignirent enfin la maison. Elle contourna le bâtiment pour se garer près d'une porte cochère.

— Et voilà, s'exclama-t-elle d'une voix enjouée en coupant le moteur.

Elle se tourna pour observer sa réaction face au chalet, mais, au lieu de cela, il la fixait. Elle se rendit de nouveau compte du charme de cet homme. Sans rien savoir de lui, elle s'apprêtait à l'héberger, à passer la nuit seule avec lui. Son ventre se noua alors, mais pas de peur.

Brisant le sort dont elle se retrouvait prisonnière, un pick-up rouge vif se rangea soudain à côté d'eux. Gerald et Molly. Ava leur sourit.

— Bill, voici les Roan. Ils ont dû laisser les enfants avec la grand-mère de Gerald, elle habite près de chez eux.

— C'est assez étrange de rencontrer quelqu'un quand on ne sait pas qui on est, fit-il remarquer en sortant du véhicule.

Même s'ils se trouvaient à l'abri de la pluie, le vent propulsait des gouttes par la porte cochère. Ava invita donc tout le monde à la suivre à l'intérieur de la maison. Les Roan passèrent le seuil en vitesse, les bras chargés de cartons et de plats qu'ils posèrent sur le sol en granito le temps d'enlever leurs manteaux.

Dans le couloir assombri, Ava tenta d'allumer, mais rien ne se produisit.

— Bon, il n'y a plus de courant, constata-t-elle en attrapant une lampe torche sur une étagère. Je vais vérifier les fusibles après avoir fait les présentations.

Elle retira son ciré pour le suspendre à un crochet. Elle sentit alors le regard intéressé de l'inconnu et prit conscience de ses longs cheveux blonds emmêlés, son petit pull bleu et son jean.

Comme il la dévorait de pied en cap, elle rougit, captive de ses yeux.

Heureusement, Molly parlait du dîner et Gerald semblait trop occupé à ramasser ce qu'ils avaient apporté pour s'en apercevoir.

— Nous avons décidé de l'appeler Bill Smith en attendant, leur apprit Ava en donnant une petite lampe de poche à chacun. Bill, voici Gerald.

Gerald, presque aussi grand que l'inconnu, jongla avec deux boîtes afin de les maintenir en équilibre et lui serrer la main.

— Et ma femme, Molly, ajouta-t-il en se tournant vers sa moitié qui portait une pile de saladiers fermés.

Cette petite brune ne se séparait jamais de sa bienveillance. Ava n'aurait pu souhaiter meilleurs voisins.

— Merci d'être venus, dit Bill.

— Aucun problème, affirma Gerald en agitant la main dans ses cheveux humides. Tenez, je vous ai apporté des vêtements secs que vous pouvez garder. Je me suis dit que ça ne vous ferait pas de mal.

— Merci, répondit Bill en acceptant le carton pour le poser près du seuil. C'est gentil, je n'ai rien d'autre que ça et cette chemise déchirée.

— Bill, dit Ava. Vous devriez laisser Molly jeter un œil à votre épaule.

— J'ai toujours ça pour les urgences, intervint l'infirmière en agitant une sacoche pendue à son bras sous les saladiers. Je vais m'occuper de vous. Ne vous inquiétez pas, j'ai l'habitude avec nos deux enfants.

— C'est gentil, dit Bill en lui faisant un signe de tête avant de gratifier Ava d'un nouveau sourire ravageur.

Elle espérait que son trouble pour cet inconnu ne transparaissait pas trop devant ses voisins.

— Nous vous avons apporté de quoi manger aussi, poursuivit Molly. Il nous restait du poisson frit de ce midi. Je vais le mettre au réfrigérateur.

— Merci beaucoup. Ça sent tellement bon. C'est vrai que je n'ai pas du tout pensé au dîner ni à vous demander si vous aviez mangé aujourd'hui, déclara-t-elle à l'inconnu sans parvenir à l'appeler Bill. Bien, je vais vérifier le panneau électrique, nous y verrons plus clair.

— Je vais t'aider, proposa Gerald.

Une fois le courant rétabli, ils se retrouvèrent tous dans la cuisine.

— Tout est au frais, leur indiqua Molly.

— J'aimerais rincer toute cette boue avant que vous n'auscultiez mon épaule, expliqua l'inconnu à Ava. Je ne rêve que d'une douche si ça ne vous dérange pas. Je ne serai pas long.

— Allez-y, affirma Molly d'une voix douce. Quand vous aurez terminé, je m'occuperai de cette coupure.

— Bien, Gerald et Molly, installez-vous bien au chaud dans le salon, dit Ava. Je vais montrer la salle de bains à Bill. Suivez-moi.

— Avec plaisir. Je me sens comme un vulgaire tas de boue, de brindilles et de feuilles.

Comme Gerald le dévisageait, Bill se tourna alors vers lui.

— Est-ce qu'il y a un problème ?

— Non, non, fit Gerald. Désolé, mais j'ai l'impression de vous avoir déjà croisé.

— Bonne nouvelle, s'exclama Bill d'un air soulagé. Ça pourrait m'aider à me rappeler qui je suis. Peu importe ce que vous m'apprendrez, je vous assure que ne rien savoir sur sa propre vie est un véritable calvaire. J'aurais dû faire plus attention à mon portefeuille.

— Je ne veux pas vous donner de faux espoirs, mais je vais essayer de me rappeler.

— Merci, répondit Bill en prenant le carton de vêtements pour suivre Ava dans le couloir.

— Bon sang, j'espère que ça lui reviendra, même s'il m'a vu sur un avis de recherche, plaisanta-t-il.

— Gerald ne vit que pour son ranch. Et d'après votre tenue, vous devez posséder des terres, vous aussi. Vous avez dû vous croiser par ce biais-là. Vous avez une marque de bronzage sur le front, c'est un signe que vous passez du temps dehors et portez un chapeau.

Ava s'arrêta pour lui prendre la main et observer sa paume. En passant les doigts sur ses phalanges, elle remarqua deux choses : sa peau cornée et sa réaction. Elle le relâcha sur-le-champ puis continua d'avancer.

— Qui que vous soyez, vous avez des mains de travailleur, comme beaucoup de propriétaires de ranch.

Elle s'efforçait de feindre la nonchalance malgré ses sentiments si évidents. Si ce geste s'était voulu tout à fait innocent, dès l'instant où leurs doigts s'étaient touchés, son corps tout entier s'était mis à frémir. Elle n'aurait jamais dû se montrer si familière, pour leur bien à tous les deux.

— Voudriez-vous me reprendre la main pour voir si ça vous évoque autre chose ? demanda-t-il alors d'une voix plus rauque.

Surprise, elle dut se retourner pour voir son air malicieux. Il flirtait avec elle. Ressentait-il la même étincelle en sa présence ? Elle secoua la tête en souriant.

— Je crois qu'il vaudrait mieux ne pas trop jouer alors que vous ne savez même pas qui vous êtes.

— J'ai tout de même compris certaines choses à mon sujet quand vous m'avez secouru, répliqua-t-il d'un ton assez équivoque pour l'électriser.

— Vous êtes blessé, amnésique, entouré de parfaits inconnus… et vous trouvez le moyen de flirter. C'est signe que vous gardez le moral.

— Je crois que c'est grâce à vous. En toute franchise, vous êtes la meilleure chose qui me soit arrivée.

— Oui, eh bien, calmez-vous tant qu'on n'en saura pas plus.

— Tout ça valait le coup, je vous ai rencontrée. Enfin, plus ou moins, j'aimerais tout de même recouvrer la mémoire.

— Du calme, cow-boy ! lança-t-elle en entrant dans une pièce bleue et brune. Je suis de plus en plus convaincue que vous travaillez dans un ranch. Bien, cette chambre est libre. En cas de problème vous me trouverez au bout du couloir. Il y a de quoi vous laver dans la salle de bains, des serviettes propres et des pyjamas de deux tailles différentes, normalement. Gerald a bien fait de vous apporter des vêtements… Je vais quand même vérifier qu'il y a du savon.

— Ne vous embêtez pas. Occupez-vous de vos amis, je suis sûr qu'il y a tout ce qu'il faut. Vous avez l'air mieux approvisionnée qu'un supermarché. Enfin, si je me rappelle bien ce que c'est.

Sans lui laisser le temps de s'éloigner, il lui effleura le bras. Ce simple contact suffit à ébranler son univers. Le souffle court, Ava saisit l'étincelle ardente dans le regard de son hôte. Il partageait son trouble ; il passa de la surprise à quelque chose de plus intense, et le sang d'Ava bouillonna.

Elle aurait dû dire quelque chose, s'en aller, réagir. Rien. Elle resta prisonnière de cette main, de ces yeux, de cet instant dépourvu de toute innocence tout à coup.

— N'hésitez pas si vous avez besoin d'aide. Moi, c'est Ava, si jamais vous avez oublié, lui rappela-t-elle d'une voix réduite à un murmure.

— Je ne me souviens pas de mon nom, mais je vous assure que je ne saurais oublier le vôtre, Ava, répondit-il de ce même air ravageur.

Quand il la lâcha, elle dut se forcer à s'en aller. Elle referma la porte en vitesse et resta plantée dans le couloir pour reprendre sa respiration. Aucun homme n'avait jamais éveillé cela en elle. Absolument aucun. Comment un geste si anodin pouvait-il s'avérer si sensuel ? D'autant plus quand il venait d'un inconnu couvert de boue…

Elle était sidérée. Sa rupture avec Judd l'avait assurément détruite au point de ne jamais guérir. Le simple fait de repenser à la façon dont il l'avait quittée la faisait encore souffrir. Non, elle ne pouvait se permettre de nouvelles peines.

Mais alors, pourquoi ?

Bill aussi avait paru surpris. Ava restait convaincue que lui non plus ne s'y était pas attendu.

L'écartant de son esprit, elle s'empressa de rejoindre ses voisins. Elle n'aurait pu assez remercier Molly d'avoir apporté son kit de premiers secours. Ava était soulagée de ne pas avoir à recoudre son invité surprise. Son cœur s'emballait à la simple pensée de devoir s'occuper de son bras, son épaule ou toute autre partie de son anatomie. Elle remit de l'ordre dans ses idées avant d'entrer dans le salon.

— Vous êtes des amours de braver la tempête pour venir le voir et d'avoir apporté à manger, des vêtements et de quoi le soigner. Merci beaucoup.

— Ce n'est rien, affirma Molly.

— J'étais un peu inquiet, en fait, avoua Gerald. Mais je suis sûr que je le connais.

— Bonne nouvelle. Il ne se rappelle strictement rien.

Elle marqua une pause pour observer la pluie toujours aussi intense.

— J'espère que vos enfants n'ont pas peur. Le vent souffle fort et la tempête n'a pas l'air de s'apaiser.

Au même moment, un éclair déchira le ciel, suivi d'un grondement et du sifflement des bourrasques autour de la maison.

— Les petits s'en moquent, la rassura Gerald. Ils adorent lire et savent s'occuper. Ils doivent être en train de jouer, de bouquiner ou de veiller sur ma grand-mère. C'est elle qui doit être morte de peur.

Un nouveau coup de tonnerre annonça les cliquetis de la grêle. Ava et ses amis se turent un moment. Gerald sortit un instant puis revint.

— Regardez-moi la taille de ce grêlon, s'exclama-t-il en s'approchant des filles. J'en ai rarement vu d'aussi gros. Il y aura des toits à réparer et des fenêtres à changer.

Molly sembla sans voix en inspectant un des glaçons que lui tendait son mari.

— Ça se calme déjà, reprit-il en allant jeter les pépites de glace dans l'évier. Mais cet orage va faire les gros titres.

— Dieu merci, ça n'a pas duré trop longtemps, souffla Ava en regardant dehors.

— Ne t'en fais pas, lui dit Molly. Au pire, vous avez de quoi manger et vous êtes les bienvenus.Un bruit de pas se fit entendre alors, et Bill Smith les rejoignit.

— Cette douche m'a fait un bien fou.

Ava sentit son cœur s'agiter de plus belle. Bill s'était coiffé, mais avait gardé sa barbe de trois jours et portait le vieux jean de Gerald sur ses bottes désormais décrottées.

— Merci encore pour les vêtements, ça fait du bien d'être au sec. J'ai jeté ma chemise, mais j'aimerais bien laver le reste. J'ai déjà rincé la boue. Si ça ne vous dérange pas, je mettrai le tout dans la machine.

Il allait torse nu, exhibant ses muscles saillants, sa peau hâlée, mais appuyait une petite serviette sur sa blessure. Une épaisse toison noire lui jaillissait sur le torse. Ava le fixait, incapable de se détourner. S'en était-il rendu compte ?

— Désolé pour la serviette, Ava, lança-t-il avant de s'adresser à Molly. Je crois que vous pouvez me recoudre, maintenant.

— Allez dans la chambre avec la grande salle de bains, la lumière y est meilleure.

— Je connais le chemin, précisa Molly. Allez. On va mettre vos vêtements à laver et voir ce que je peux faire pour vous.

Ava observa l'inconnu quitter la pièce, obnubilée par ses muscles, autre indice sur sa profession.

— Heureusement que Molly est là.

— Je réitère son offre, si jamais tu n'as pas confiance.

— Ça ira, Gerald.

— J'imagine que ça me reviendra en plein milieu de la nuit, mais je le connais. Il ne doit pas être méchant, je ne fréquente pas les sales types.

— Il possède un ranch, je pense. La voiture dont il a sauté, tout le monde ne pourrait pas se l'offrir.

— Je passerai le prendre demain pour lui montrer mes terres. Ça lui rafraîchira peut-être la mémoire.

— Espérons que ça fonctionne, mais si le temps ne se calme pas, reste à l'abri chez toi.

— Si seulement mes chevaux pouvaient comprendre ça, répliqua-t-il en souriant.

Molly et l'inconnu ne tardèrent pas à revenir. La chemise en jean empruntée à Gerald le serrait aux épaules et aux bras.

Il l'avait laissée ouverte sur trois boutons, rentrée dans son pantalon, et avait dû retrousser les manches, légèrement trop courtes. Son bandage dépassait quelque peu. *Quel bel homme, même avec cet œil au beurre noir, cette bosse et ces bleus*, songea Ava.

— Ça va mieux. Je n'ai plus qu'à me rappeler mon nom et tout ira comme sur des roulettes, chantonna-t-il en regardant Molly.

— Ce fut un plaisir, affirma-t-elle tandis que son mari finissait d'enfiler son chapeau et son manteau pour lui tendre les siens.

Gerald prit sa femme par l'épaule.

— Je préférais ne pas attendre une accalmie parce que la météo a annoncé trois tempêtes en tout. Je crois que c'était la première. Bon, nous allons vous laisser. En cas de besoin, tu n'as qu'à allumer dans la cour. Et pour être sûre, tu peux tirer trois coups de fusil dans le sol. Ça devrait faire aboyer les chiens et me réveiller.

— Tout ira bien, déclara-t-elle en les raccompagnant jusqu'à leur voiture.

Molly s'arrêta alors.

— Je lui ai dit de ne pas se fatiguer, de faire attention. Et pas d'alcool. Empêche-le de dormir le plus longtemps possible. Je vous ai fait une liste. Je ne suis pas experte, mais ça devrait aider. Il avait l'air plutôt réceptif et assez coopératif.

— Merci pour tout, je n'aurais pas su quoi faire.

— Mais si, voyons, assura Molly. Allez, au revoir.

Gerald hésita en ouvrant sa portière puis se retourna.

— Au risque de me répéter, tu sais où nous trouver.

— Tout ira bien, fit Ava d'un sourire.

À l'abri du passage, elle attendit alors de voir le pick-up disparaître dans les ténèbres et la pluie.

Lorsqu'elle rentra, elle se retrouva de nouveau seule avec Bill. Elle ne le craignait pas, Gerald le connaissait sans doute. Elle redoutait plus son impuissance face à son charme fou.

3

Quand elle le rejoignit dans le grand salon, il se détourna de la fenêtre pour la gratifier d'un sourire. Elle comprit immédiatement à quel point lui résister s'avérerait difficile.

— Ava, commença-t-il en s'avançant vers elle, débordant d'intensité. Je ne saurais assez vous remercier. Tout le monde ne se serait pas donné autant de mal. Je vous suis très reconnaissant.

S'il pouvait se montrer reconnaissant de loin, songea-t-elle en s'esquivant dans la cuisine.

— Aucun souci. Est-ce que vous avez faim ?

— Je mangerais un cheval. Laissez-moi vous aider.

Non seulement Ava aurait voulu éviter de se trouver trop près de lui, mais elle se rappela également les consignes de Molly.

— Vous devriez vous détendre. Asseyez-vous bien sagement, je m'occupe de tout. Molly m'a dit de vous garder éveillé et de ne pas vous laisser boire d'alcool. Elle m'a fait une liste d'aliments et, vous avez de la chance, le poisson est un des heureux élus.

— Oui, elle m'a dit que le bar était idéal dans mon cas quand elle me recousait l'épaule, répondit-il en s'étirant le bras et en suivant Ava dans la cuisine. Ce qui me fait le plus mal, c'est ma tête. J'espère qu'elle avait raison en disant que l'amnésie ne durerait pas. Je peux au moins vous aider à mettre la table.

— Hors de question, répliqua-t-elle en sortant assiettes et couverts. Assis.

Ce ne fut qu'au moment où elle se retourna qu'elle prit conscience de sa proximité. Elle se retrouva encore une fois subjuguée par sa présence. Le désir rejaillit en elle. Elle aurait dû bouger, réagir, faire n'importe quoi, tout sauf rester immobile, à haleter, le cœur battant. Son estomac se noua quand elle loucha sur ses lèvres, sur sa bouche aux lignes si harmonieuses.

— Je ne comprends pas ce qu'il m'arrive, soupira-t-elle sans s'en rendre compte avant de saisir ce feu en lui. Je... Je crois que vous devriez vous asseoir par là-bas.

Seulement, il n'obéit pas.

— Je ne comprends pas non plus. Mais en tant qu'invité j'agirai comme bon vous semble, même si nous passons à côté de quelque chose d'incroyable. Après tout, un baiser n'engage à rien. Et cette nuit s'y prête bien.

Il se pencha vers elle, mais elle l'arrêta d'une main sur son torse, son solide poitrail musclé, instrument de cette envie ardente au plus profond de son être.

— Je préfère éviter, affirma-t-elle, autant pour lui que pour elle. La prudence, c'est une valeur sûre.

Comment pouvait-il déchaîner un tel chaos en elle d'un simple regard ?

Il hésita un instant puis hocha la tête. Lorsqu'il s'éloigna pour se mettre à table, Ava put enfin retrouver son souffle.

— Je vais réchauffer les plats, reprit-elle presque honteuse de sa voix chevrotante.

Elle le sentait trop suivre ses moindres faits et gestes tandis qu'elle s'activait.

— Vous, vous n'avez pas perdu la mémoire, Ava, alors j'aimerais tout savoir de vous. Y a-t-il un homme dans votre vie ?

— Pas du tout.

— J'ai du mal à y croire, fit-il remarquer platement, lui arrachant un léger rire.

— J'étais fiancée, mais il m'a quittée. Depuis, je n'ai plus envie de sortir avec qui que ce soit.

— Puis-je vous demander pourquoi il est parti ?

— Bien sûr, répondit-elle en évitant le contact visuel, concentrée sur les plats. En fait, il a rompu nos fiançailles pour en épouser une autre. C'est arrivé au début du printemps. C'est encore assez frais, d'où ma volonté de ne me rapprocher de personne…

Elle s'interrompit puis lui adressa un sourire.

— … Encore moins d'un homme qui ne sait pas qui il est. J'imagine que vous comprendrez.

— Oh ! que oui ! Autant ne pas m'attirer d'ennuis.

Le temps de laisser le poisson, les pommes de terre et les carottes réchauffer, Ava posa de la salade sur la table avec deux grands verres d'eau.

Il lui saisit le poignet du bout des doigts afin de la rapprocher de lui.

— Je ne devrais pas insister, mais vous ne pouvez nier qu'il se passe quelque chose entre nous. Quelque chose d'inattendu. Je ne pourrais pas l'oublier, Ava, et je sais qu'un jour nous pourrons nous aventurer sur ce terrain mystérieux.

À quoi bon mentir quand il sentait probablement son pouls s'agiter ?

— Ça ne m'est jamais arrivé avec un parfait inconnu, susurra-t-elle, luttant pour garder ses distances face à son air si réjoui. Je ferais mieux de m'éloigner.

Comme elle resta figée, il se leva et ils se retrouvèrent à quelques centimètres l'un de l'autre.

— Eh, mince, soupira-t-il d'une voix éraillée. Je n'avais pas prévu ça. Malgré notre accord, je ne résiste pas à vos si beaux yeux. Et je sais très bien que vous ne le faites pas exprès.

— Non.

— Mais vous voulez rester là, tout comme moi, rétorqua-t-il. Alors, laissez-vous aller.

Il réduisit le peu de distance entre eux. Ava l'enlaça par la taille puis il la serra à son tour pour l'embrasser. Comme une marionnette incapable de décider de ses gestes, elle posa ses lèvres sur les siennes, les paupières fermées. Cette simple caresse éveilla en elle un appétit sans fin. Elle se pressa contre lui, et leurs langues se trouvèrent. Tant pis pour la raison.

Ils partagèrent un baiser avide et fougueux. Jamais personne n'avait provoqué une telle réaction en elle. Elle aurait voulu passer la nuit contre lui. Il se pencha sur elle, ses bras puissants autour de son corps. Elle sentit son érection sur son ventre.

Elle ignora combien de minutes s'écoulèrent puis, au bout d'un moment, elle se ressaisit à contrecœur et se recula. Ils s'observèrent, haletants.

— Nous ne devons pas, murmura-t-elle. Nous ne pouvons pas nous compliquer les choses. Après ce que j'ai vécu, je ne veux plus avoir à m'inquiéter ni à souffrir.

Elle tentait avant tout de se convaincre elle-même, aussi s'efforça-t-elle de sortir de la pièce dans l'espoir de garder ses distances. Ses lèvres la picotaient encore. Son être tout entier se languissait de lui et ses incroyables muscles. Ce désir ardent bataillait contre la prudence, le souvenir de son cœur brisé.

Elle se rendit dans le couloir, devant un miroir.

— Tu ne joues pas simplement avec le feu, mais avec les flammes de l'enfer. Tu fonces droit dans le mur, et tête baissée.

Elle possédait trop de raisons de ne pas craquer. Bill aussi semblait se torturer, même s'il se montrait plus enclin à la provoquer.

Ah, mais quel baiser ! Elle avait encore chaud.

— Seigneur, Ava, chuchota-t-elle à son reflet en grimaçant. Contrôle-toi un peu. Tu cherches vraiment à souffrir encore une fois ? Non, surtout pas. Non, non et non.

En dépit de toutes ces belles paroles, elle n'avait jamais rien connu d'aussi torride.

Elle leva les mains. Elle aurait dû s'enfermer dans sa chambre au bout du couloir pour l'éviter. Avec un peu de chance, elle pourrait occulter cet instant d'égarement... Quelle blague ! Elle ne pourrait jamais oublier. Seulement, elle devait résister. Dès la fin de la tempête, le niveau de l'eau baisserait rapidement. Une fois les routes dégagées, elle conduirait cet homme chez le shérif qui s'occuperait alors de lui rendre sa vie. Tout le monde laissait une trace quelque part ; Bill ne faisait pas exception.

Pour l'heure, elle devait s'inquiéter de garder ses distances, ne plus penser à ses baisers... Et à toutes les autres choses dont elle rêvait désormais.

— Tu es assez grande pour partager un dîner avec lui sans le toucher, déclara-t-elle en se regardant dans la glace. Tu vas y arriver. Tu dois y arriver.

Après une longue inspiration, elle revint dans la cuisine.

— Me revoilà, dit-elle en sortant le plat du four avant de mettre le reste de la table puis s'installer face à lui. Finies, les bêtises. Je pense que vous en conviendrez, ce n'était pas très malin. Mieux vaut éviter les complications.

— Vous avez raison. C'est ma faute, je n'ai pas pu m'en empêcher.

— Bien, acquiesça-t-elle en lui passant le poisson. Savourons ce repas et oublions tout ça.

— Je suis désolé, ajouta-t-il en se servant.

— Non, inutile. Même si ça n'arrivera plus, vous n'avez pas à vous excuser pour un tel baiser.

Elle rougit sur-le-champ et baissa la tête. Elle s'aventurait de nouveau en eaux troubles. Elle frissonnait encore de leur étreinte. Peut-être le devait-elle à la tempête, à cette journée mouvementée, mais elle se berçait d'illusions. L'orage, le sauvetage et leur bain de boue n'y étaient pour rien.

— Vous n'êtes pas obligée de me répondre, mais est-ce que vous êtes restée longtemps avec votre ex ?

— Plus d'un an, affirma-t-elle en buvant. Nous avions prévu un gros mariage à l'église… Enfin, pour moi, deux cents invités, c'est beaucoup. Puis, tout à coup, deux semaines avant la cérémonie, il m'a dit qu'il avait eu le coup de foudre pour une autre.

— Deux semaines ? Vous avez peut-être bien fait de ne pas épouser une telle girouette.

Elle haussa les épaules.

— En toute logique, oui. J'ai beau me l'être répété des centaines de fois, ça ne suffit pas forcément à effacer la douleur ou à l'accepter plus facilement. J'ai dû renvoyer tous les cadeaux, écrire des tonnes de courriers, appeler tous les invités. Lui s'est juste enfui.

— Je comprends que vous vouliez rester seule.

Ils mangèrent en silence. Puis, une fois terminé, il se pencha en arrière.

— Alors, Ava, comment vous occupez-vous sans télévision ni Internet ?

Elle n'eut pas le temps de répondre, des cliquetis en rafales se mirent à marteler le toit ; la grêle redoublait de fureur cette fois-ci.

— Génial, ça doit être la deuxième vague de la tempête, maugréa-t-il. Heureusement que vous m'avez trouvé avant. J'aurais...

Il fut interrompu par un gros glaçon projeté à travers la fenêtre. Le verre éclata en mille morceaux alors que, de l'autre côté du salon une deuxième vitre explosait.

— Je vais chercher de quoi nettoyer, s'exclama Ava en se précipitant hors de la pièce.

Une troisième fenêtre se brisa quelque part sous les assauts de grêlons gros comme des balles de tennis. Ava revint armée de torchons et d'un balai pour ramasser les débris.

— Je m'en occupe, lui indiqua l'inconnu en prenant le balai.

— Il me semble que vous devez vous reposer.

— Ce n'est pas ça qui va me fatiguer.

Elle fit mine de répondre, mais se ravisa.

— J'ai des plaques de bois et de l'adhésif pour barricader les fenêtres, dans la remise, lança-t-elle en enfilant une grosse veste brun clair. Je vais les chercher, sinon la pluie va s'infiltrer dans la maison.

— Je vous accompagne, annonça-t-il en la suivant de près.

— Mettez un manteau, il fait froid dehors.

— C'est bon, ça ira.

Comme il lui ouvrit la porte, elle lui sourit.

— Merci, dit-elle tout à coup consciente de leurs corps si proches l'un de l'autre.

Et une fois de plus, en dépit de toute raison, elle se rappela qu'ils allaient passer la nuit, voire plusieurs jours, seuls chez elle. Elle sentit des papillons s'envoler dans son ventre.

Lorsqu'elle passa si près de lui, il perçut les effluves d'un parfum envoûtant. Sa peau le picota, il voulait la serrer contre lui encore une fois. Il ne pouvait s'en empêcher tandis qu'ils se ruaient jusqu'à la remise.

— Les planches sont là, lui indiqua-t-elle d'une voix presque inaudible. Il ne manque que l'adhésif et de quoi le couper.

Il la dévisageait, hypnotisé par la beauté de sa peau, sa bouche rosée. Il voulait revivre ce baiser si exaltant, si unique. Elle s'agita dans la pièce puis finit par poser tous les outils devant lui.

— Occupez-vous de ça pendant que j'emporte quelques panneaux.

— Non, vous prenez la caisse à outils, dit-il en soulevant les planches sans manquer d'admirer son déhanché quand elle le dépassa.

Une telle vue le titillait d'autant plus. Cependant, il devait la laisser tranquille, ne pas la blesser. Il lui devait bien cela. Il dut réprimer un grognement. *Quel calvaire !*

De retour dans la cuisine, elle se mit au travail.

— Ça me rappelle une tempête, un hiver. Des branches sont tombées et j'ai dû remplacer deux vitres. C'est un ami de Gerald, un bon menuisier, qui m'a découpé ces panneaux, à l'époque. Nous serons à l'abri de la pluie, au moins.

— Sans ça, vous auriez une piscine demain matin. Le temps n'a pas l'air de vouloir se calmer.

— Je préférerais que vous évitiez de porter ces plaques, déclara-t-elle en l'aidant à les poser contre une chaise.

Il se contenta d'en soulever une pour l'appliquer contre une des fenêtres où la pluie s'infiltrait. Ava découpa alors des bouts de scotch puis resta plantée là, sans doute à se demander comment fixer le panneau sans se coller à lui.

— Passez sous mon bras, Ava.

Il leva le coude pour la laisser s'immiscer entre lui et la fenêtre. Il sentit de nouveau son parfum. Il lui aurait suffi d'un geste pour l'enlacer. Avec sa migraine et cette douleur à l'épaule, il ne voyait pas comment il pouvait avoir de pareilles idées.

Elle ne faisait même rien pour le provoquer. Au contraire, il la soupçonnait de vouloir l'éviter.

Mais il comprenait. Son ex, quel imbécile ! Elle méritait tellement mieux.

Lui n'était qu'un parfait inconnu amnésique qui avait l'air d'être tombé d'une falaise, elle se remettait encore d'une rupture devant l'autel ; ils possédaient donc toutes les raisons de ne rien ressentir.

À cet instant, son seul instinct se résuma à vouloir la serrer dans les bras, l'embrasser encore. Cette simple idée le fit transpirer.

Ava le regarda par-dessus l'épaule et repassa sous son bras.

— Je m'occupe de finir celle-ci, elle ne tient pas très bien, fit-il en attrapant une deuxième paire de ciseaux pour découper des bandes de scotch.

Ils travaillèrent en silence, rapidement, puis bloquèrent la deuxième fenêtre de la même manière. Une fois de plus, il dut refréner ses pulsions.

Il ne resta plus qu'un panneau à poser. Il se demanda alors si toute sa vie il allait se rappeler cet instant où il avait repris connaissance pour se retrouver devant ces yeux bleus, ces cheveux blonds et ce chapeau de cow-boy.

Elle se cogna à lui, interrompant sa rêverie. Sans laisser tomber la planche, il rattrapa Ava de sa main libre. Ils restèrent ainsi un moment, à s'observer. Il se sentit pris au piège, incapable de bouger, de se détourner, ni même de la lâcher.

Son cœur s'emballa, il devait s'éloigner.

— Je... Je dois passer, murmura-t-elle, le libérant de son sort.

Sa main vacilla légèrement, un vague frisson de désir, mais il la relâcha. Elle haletait autant que lui et ses pupilles trahissaient ces pulsions partagées, ce qui ne le provoqua que davantage.

Ils finirent de fixer les panneaux sans un mot.

— Voilà, dit-elle en réunissant la caisse à outils et l'adhésif. Je vais repasser un coup de balai et ça ira. Merci.

Comme elle se concentrait sur les fenêtres, les murs, le plancher, il comprit qu'elle luttait pour éviter le moindre échange. Cela valait sans doute mieux.

Il ignorait s'il partageait sa vie avec une femme, mais il pouvait affirmer sans problème qu'il n'avait jamais rien connu de tel.

— Je rangerai tout ça demain, reprit-elle en posant la caisse à outils sur le plan de travail de la cuisine. Asseyez-vous, je vais mettre les assiettes dans le lave-vaisselle. Je n'en aurai pas pour longtemps. Ensuite, nous pourrons nous installer au salon devant un bon feu.

— D'accord, mais laissez-moi vous aider. Ce ne sont pas quelques couverts qui vont me tuer.

Quelques minutes plus tard, ils s'assirent sur un canapé en cuir marron clair tourné vers une haute cheminée à gaz. Elle avait fermé les volets de cette salle si paisible. Ils ne voyaient pas la tempête, mais entendaient l'orage, le vent, la pluie, la grêle. Ils resteraient là jusqu'au lendemain au moins.

Au-dessus du foyer, il remarqua une grande photo de chevaux au galop dans une pâture.

— J'aime beaucoup cette photo.

— Merci. C'est une des miennes. Ça m'occupe quand je viens ici.

— Vous êtes vraiment douée. Je ne me rappelle même pas mes centres d'intérêt, c'est assez étrange comme sensation.

— J'imagine. Molly vous a conseillé de ne pas vous tracasser. Vous guérirez assez vite.

— Facile à dire, mais je vais essayer.

— Je m'inquiète un peu pour ce soir. Vous dormirez bien, mais j'ai peur que vous tombiez dans le coma et que je m'en rende compte trop tard.

— Ah, Ava, j'ai déjà une solution, répliqua-t-il tout sourires. Ne vous gênez pas pour me tenir compagnie et veiller sur moi toute la nuit.

La jeune femme poussa un petit rire auquel il eut du mal à résister.

— Gardez vos suggestions, répondit-elle en rigolant. Je pensais plutôt vous empêcher de dormir encore un peu, étant donné qu'il n'y a que moi pour vous surveiller. Je crois que ce serait plus prudent.

— Très bien, docteur, soupira-t-il en retrouvant son sérieux.

Restons bien sagement devant le feu. Ça, je devrais y arriver si ça vous fait plaisir.

— Bien. Contente que vous vous montriez coopératif.

— Pour la beauté qui m'a secouru, je peux être très coopératif, lança-t-il d'une voix grave qui le ramena immédiatement en terrain dangereux.

— Vous recommencez, souffla-t-elle en secouant la tête. Ça n'arrivera pas. Il y a peut-être une femme qui vous attend.

— C'est vrai. Mais j'ai du mal à vous résister.

À la seconde où elle était entrée dans sa vie, où il avait découvert l'existence de ses grands yeux bleus, sa chevelure d'or soyeuse, il n'avait pu s'empêcher de vouloir la séduire, la caresser, l'embrasser. Et, malgré leurs nombreuses raisons de ne pas céder, il ne parvenait pas à la considérer comme une simple ombre de passage.

Il devait s'occuper l'esprit en permanence pour ne plus la dévisager.

Il savait que cela constituerait une épreuve en soi.

Dans l'espoir de l'empêcher de s'endormir, Ava eut une idée.

— Je vous fais visiter ?

— Avec plaisir, répondit-il en se levant après elle.

Elle l'emmena au sous-sol. Elle lui raconta la construction de la maison en lui montrant la salle de sport, la buanderie, la cave à vin, une énorme penderie pleine de bagages et décorations pour les fêtes. Ils revinrent au rez-de-chaussée où elle l'amena dans la bibliothèque, la salle à manger et son bureau équipé de trois ordinateurs, dont deux à écran double sur des meubles installés à l'opposé de la pièce. Des vitrines en chêne se mariaient à la perfection avec les boiseries. Ava le contempla tandis qu'il s'imprégnait des lieux. Ses longs cils et ses épais cheveux noirs ondulés lui donnaient un charme fou. Elle le voyait encore torse nu après sa douche. Et elle connaissait déjà la sensation de se retrouver contre ses muscles.

Elle avait beau se répéter de garder ses distances, elle ne pouvait s'empêcher de penser à lui, d'observer ses moindres gestes.

— On dirait que vous travaillez beaucoup ici.

— Pas forcément, mais je préfère ne manquer de rien si jamais je dois m'occuper de dossiers. J'avais plus de temps libre quand ma mère et ma sœur venaient encore. Nous avions organisé un long séjour avec des amis pour inaugurer le chalet.

— Ce doit être fantastique de vivre ici, mais c'est une grande maison. Vous ne vous inquiétez pas d'être seule si loin de tout ?

— Non. Vous voyez les interrupteurs près de la porte ? Appuyez sur le bleu clair.

Il s'exécuta, et une lumière vive éclaira l'extérieur comme s'il faisait jour. Même avec la pluie, on distinguait bien les arbres et tout le jardin.

— Je comprends mieux pourquoi Gerald vous a dit d'allumer. Il ne peut pas les manquer. J'éteins avant qu'il ne s'affole. C'est vrai que vous voyez bien ce qu'il se passe, mais vous êtes quand même isolée.

— Il y a une alarme branchée ici et chez Gerald. Il ne vit pas si loin que ça, et ses employés travaillent jour et nuit. D'habitude, il me laisse trois de ses chiens pour me tenir compagnie.

— Je retire ce que j'ai dit alors. Pourquoi n'a-t-il pas emmené les chiens ?

— Parce que vous êtes là et que vous ferez tout aussi bien l'affaire, rétorqua-t-elle, lui arrachant un rire.

— J'espère qu'on ne m'a jamais dit ça auparavant.

— Voulez-vous continuer jusqu'à l'étage ou préférez-vous retourner dans le salon ?

— Allons près du feu.

— Je vous prépare un chocolat chaud ?

— Oui, volontiers, répondit-il en la suivant de près dans la cuisine bleue et blanche digne d'un grand restaurant.

— Asseyez-vous, je vous apporte ça.

— Je vais vous aider, dit-il en l'observant essayer d'attraper des tasses sur la pointe des pieds.

Comme il tendit le bras vers le placard, elle voulut se blottir contre lui et l'embrasser.

— Je sais que vous faites tout ça parce que Molly vous a conseillé de me garder éveillé, fit-il en s'appuyant sur le comptoir pour la regarder chercher le chocolat. A-t-elle précisé combien de temps ?

Ava sentait sa présence, fondait face à son incroyable voix grave. Il se tenait tout près.

— Autant que possible, affirma-t-elle, absente. Elle n'a pas pu m'en dire plus parce qu'elle n'est pas médecin, mais c'est la meilleure solution, apparemment.

— Je n'ai rien contre, mais en toute honnêteté, la journée a été longue et pleine de surprises.

— C'est vrai. Je suis contente d'avoir pu vous aider, mais je suis navrée pour vos blessures et la perte de vos affaires. Vous devriez finir par recouvrer la mémoire.

— J'espère bien. Je déteste ce sentiment de ne rien savoir. Concentrons-nous sur le positif, je guérirai vite d'après Molly. J'aurai une cicatrice sur l'épaule, en revanche. Elle m'a conseillé de faire des radios dès que possible. Simple contrôle de routine pour s'assurer que je n'ai rien à la tête.

Ava prit les tasses et se retourna. À cet instant, il lui fit face. Quand elle posa les yeux sur ses longs cils, l'atmosphère changea. Toujours prisonnière du souvenir de leur égarement, elle ouvrit légèrement la bouche, sentit son cœur tambouriner. Puis, elle comprit les intentions de son hôte.

Elle ne put se résoudre à le repousser, elle parvenait à peine à respirer. Il lui prit les tasses des mains pour les poser sur la table et lui saisit les poignets. Elle en oublia toute perspective de chocolat chaud.

— Non, il ne faut pas, gémit-elle en secouant la tête, trop consciente de leurs corps si proches. Nous en avons déjà discuté.

— Un seul baiser ne changera rien, et la journée était fatigante.

Elle eut beau se rembrunir, elle se pencha contre lui. Elle en avait encore envie malgré les complications à venir.

— Je ne suis pas prête, voilà tout, insista-t-elle sans bouger pour autant, incapable de s'éloigner.

— Ava, répondit-il en se rapprochant. J'ai passé une journée affreuse. Je n'imagine même pas quel enfer ça aurait été sans vous. Nous ne devrions pas nous refuser quelques minutes de bonheur. J'ai cru rêver quand vous êtes apparue sous la pluie, et vous serez toujours cet ange aux lèvres si savoureuses. Venez.

Il la tira par la taille ; elle ne put lutter. Lorsque leurs bouches se trouvèrent pour une union sauvage, Ava sentit son esprit s'envoler. Puis, elle finit par relever la tête.

— Il ne faut pas.

— Si, il faut, murmura-t-il. Le monde ne s'effondrera pas pour si peu au creux de cette froide nuit pluvieuse.

Comme il l'étreignit de plus belle, Ava le serra elle aussi, en harmonie parfaite avec ses muscles saillants. Elle voulait ne plus se tracasser, ne plus s'acharner à agir correctement, mais se laisser aller une heure encore.

Cependant, elle repensa à cette peine si familière, à celles à venir. Elle ignorait ce qui attendait l'inconnu dans sa vraie vie.

Quelques secondes, quelques minutes… Elle ne savait plus, mais elle finit par s'écarter. Il la libéra. Tous les deux à bout de souffle, ils se fixèrent encore un moment si bien qu'elle dut se concentrer sur autre chose afin de ne pas recommencer.

— Nous devons arrêter, déclara-t-elle. Je parierais ma maison et mes terres qu'une femme vous attend. Contentons-nous d'un chocolat chaud et d'une conversation innocente.

Elle devait l'admettre, elle éprouvait un mal fou à parler d'une voix légère tant elle haletait encore. Elle voulait lui cacher ses sentiments véritables sans pouvoir s'empêcher de le regarder.

— Oublions le chocolat, dit-il en lui prenant la main. Allons discuter au coin du feu.

Il la relâcha puis resta loin d'elle le temps de rejoindre le salon. Ils s'installèrent dans des rocking-chairs de chaque côté de l'âtre.

Dehors, l'orage grondait, la pluie perlait sur le toit. La tempête semblait s'apaiser. S'agissait-il de la dernière ou une autre se préparait-elle ?

— Dieu merci, je ne suis pas au bord de la route en pleine nuit et sans rien. Pas de chemise, pas de portefeuille, pas de souvenirs... Pire encore, pas de femme irrésistible.

Il avait prononcé ces mots d'une voix plus grave comme pour mieux la titiller.

— Vous ne voulez vraiment pas vous asseoir près de moi, Ava ? continua-t-il d'un air plus moqueur. Vous me tiendriez chaud.

— Merci, mais je préfère rester là. C'est plus sûr.

— Oui, vous avez raison. Essayons d'agir de façon responsable. Dites-m'en plus à votre sujet. J'aimerais tout savoir de vous.

— Je mène une vie plutôt ordinaire. J'aime mon indépendance et aider les gens, d'où ma profession. J'adore les enfants, mais je n'en côtoie que très peu.

— Vous avez l'air assez citadine et pourtant vous possédez des chevaux. D'où vous vient cette passion ?

— J'ai hérité cet endroit de mes grands-parents. J'ai toujours passé beaucoup de temps ici, et ils m'ont transmis leur amour pour les ranchs.

Ils discutèrent encore un bon moment. Elle parlait, il écoutait. Puis, après un court silence, elle lui demanda de but en blanc :

— Quand marque-t-on les veaux ?

— À leur naissance. Pourquoi ?

— Je voulais simplement voir votre réaction. La réponse importe peu, mais vous vous y connaissez. Vous n'avez pas dû réfléchir. J'en ai une autre pour vous : quelle est votre épreuve de rodéo préférée ?

Il parut étonné, puis amusé.

— C'est la première fois que je me rappelle quelque chose. Mais il s'agit plus d'un instant qu'une épreuve en particulier. Je crois que c'est la seconde où la trappe s'ouvre avant de lancer son cheval dans l'arène. Ça me rassure, je craignais d'être monteur de taureaux. Peut-être suis-je sur la voie de la guérison.

— Espérons-le. Ça devrait vous revenir petit à petit, mais allez-y doucement. Molly a insisté pour que vous vous reposiez.

— Je connais des tas de façons de se détendre...

— Ne recommencez pas, répondit-elle en souriant.

— C'est vous qui éveillez ça en moi. Nous ne sommes pas allés très loin, et c'est plus drôle que le jeu des souvenirs perdus.

— Bien, je pense que vous pouvez aller dormir, maintenant, fit-elle en se levant. Je vais éteindre, et nous irons nous coucher. Si vous avez besoin de moi, vous savez où me trouver.

— Si c'est aussi simple que ça, comptez sur moi, très chère, déclara-t-il.

— Arrêtez un peu. Je parlais d'un problème, un vrai, indépendant de vos hormones. Sinon, souvenez-vous de toutes les raisons que nous avons déjà énumérées.

— Ah, mince alors. Moi qui pensais passer une nuit mémorable. Si j'apprends que je suis célibataire, je reviens rectifier le tir.

Elle lui sourit, et il se leva. Elle commençait à croire qu'il évoluait dans les mêmes sphères qu'elle et se demanda où il vivait.

Au moment de se séparer d'elle dans le couloir, il lui caressa le bras d'un geste délicat.

— Approchez, j'ai quelque chose à vous dire, lui susurra-t-il de cette voix traînante qui nouait l'estomac d'Ava.

— Je vous entends très bien d'ici.

— Allez, Ava, insista-t-il d'une façon toujours plus troublante. Nous regagnerons bientôt nos vies et cette nuit ne sera plus qu'un souvenir. Nous avons vécu des moments difficiles, un baiser nous ferait du bien.

Si elle pouvait résister à ses paroles, elle avait néanmoins du mal à lutter face à son attitude. D'un geste tendre, il l'enlaça. Elle ne protesta pas, captive de cette étincelle. Elle voulait l'embrasser, sentir ses lèvres, qu'on la désire après cette rupture si dévastatrice qui lui avait donné le sentiment de ne plus trouver sa place en ce monde. Cet inconnu l'aidait à effacer la peine, la gêne, cette indifférence monumentale.

Elle se laissa alors aller. Tandis que leurs langues se taquinaient, Ava lui serra la taille, colla ses hanches contre lui. Il se pencha un peu plus, la poussant à l'oubli, à une volupté infernale. Jamais elle ne s'était sentie en danger à cause d'une simple étreinte.

Autant jouer avec de la dynamite et attendre que tout leur explose au visage, aussi se libéra-t-elle.

— C'est de la folie ! Rentrez d'abord chez vous, découvrez qui vous êtes et quels sont vos engagements, vos goûts dans la vie. Alors nous pourrons envisager quelque chose. Mais pour le moment il y a trop de questions.

Il resta silencieux, certainement en proie à une lutte intérieure. Elle comprenait trop ses hésitations. Dès les premiers instants, il s'était montré aimable, serviable, digne de confiance. Il avait fait preuve de considération, de gratitude envers elle. Sa première impression s'était avérée la bonne.

La main de l'inconnu glissa dans le dos d'Ava en douceur, vers ses fesses. Elle frissonna derechef, frustrée de ne pas sentir sa peau nue.

Néanmoins, elle se recula encore une fois. Il semblait vouloir la dévorer. Elle dut l'admettre, elle partageait cette envie.

— Je vous dis bonne nuit et à demain… Et pas avant, précisa-t-elle en s'éloignant, consciente de son regard posé sur elle.

— Vous pourriez me border et vous assurer que je ne fais pas de bêtises avec mon épaule.

Contente de l'entendre plaisanter de nouveau, elle lui sourit.

— Vous êtes un grand garçon. J'espère qu'en vous levant demain matin, vous vous souviendrez de tout. Je suis ravie d'avoir pu vous aider.

Elle lui souffla un baiser.

— Bonne nuit, étranger, lança-t-elle dans l'espoir de lui rappeler pourquoi la soirée devait se terminer ainsi.

Elle entra dans sa chambre, referma et se colla dos à la porte, les paupières closes, les jambes encore cotonneuses. Qu'il était beau et séduisant, bien trop même ! Dès l'instant où Gerald arriverait à joindre le shérif, ils en apprendraient plus à son sujet.

Car Ava ne savait pas combien de temps elle allait réussir à se protéger des charmes de son hôte.

4

— Bill Smith, murmura-t-il en s'observant dans la glace.

Ce nom, comme tous les autres, ne relançait pas le fil de sa mémoire.

Il se dirigea vers le lit, retira ses bottes et sa chemise. Il s'assit sur le matelas, les mains sur les cuisses, obnubilé par Ava. Elle l'avait appelé « étranger » dans le but de lui rappeler sa situation, l'inciter à garder ses distances. Même sans aucun souvenir, il ne concevait pas l'idée d'avoir pu connaître femme plus irrésistible. Elle déchaînait des tempêtes en lui. Il la désirait sans pour autant vouloir lui causer davantage de peine, encore moins quand elle lui avait sauvé la vie.

Il aurait pu passer la nuit au fond d'un ravin, blessé, à risquer de se retrouver écrasé sous un arbre, pris dans un glissement de terrain ou une inondation. Il serait resté sans eau ni nourriture, sans rien pour se défendre contre les bêtes sauvages. Qui sait ce qui rôdait là dehors parmi les coyotes et les serpents ?

Or, il séjournerait dans cette incroyable suite jusqu'à la fin de l'orage et la décrue. Tout cela grâce à Ava Carter.

Ava... Ses grands yeux bleus le captivaient, sa chevelure soyeuse lui donnait envie de passer la main entre chaque mèche. Il avait beau réprimer ces pensées, il voulait l'enlacer nue. Son côté rationnel lui intimait d'oublier tout cela.

Elle, belle, débrouillarde, intelligente et surtout si désirable. Cela suffit à le faire transpirer. Son corps réagissait en un instant à la simple évocation de son nom.

Il souhaitait recouvrer la mémoire au plus vite. Qui était-il ? D'où venait-il ? Qui comptait pour lui ? Ces questions le tourmentaient. Molly lui avait pourtant conseillé de ne pas s'en soucier, de se reposer et laisser le temps agir. Malgré ses belles paroles, il n'allait pas supporter cela très longtemps.

Il étudia ses mains : calleuses ; une petite cicatrice sur le dos de la gauche. Des indices sur sa situation de propriétaire de ranch ou de cow-boy. D'ailleurs, il avait le souvenir d'avoir participé à un rodéo. Mais comment en être sûr ?

Ne tenant pas en place, il finit par éteindre pour se poster à la fenêtre. Les éclairs incessants illuminaient la cour. Ava avait planté de nombreux arbres et bien aménagé son jardin fermé, certainement le repaire de serpents à sonnette.

Il se surprit lui-même de penser à cela. D'où lui était venue cette idée ? Sans doute un réflexe de Texan. Lorsque la migraine le saisit, il se rappela les conseils de Molly.

Il retourna sur le lit, arrangea les oreillers pour se caler et observer la pluie. La fatigue l'assommait, mais ses pensées fusaient à toute allure et le priveraient de sommeil encore un bon moment. Il souhaitait ne se soucier que d'Ava, de leurs baisers assourdissants et des centaines d'autres qu'il ratait et qui éveillaient l'envie de mieux la connaître, de tout savoir d'elle.

Il ferma les paupières et imagina leurs corps serrés tandis qu'il la portait jusque sous ses draps pour lui faire l'amour pendant des heures avant de s'endormir puis recommencer.

Pourquoi se torturer ainsi, se dit-il en se massant les tempes. Il devait la laisser tranquille. Il valait mieux se concentrer sur ses souvenirs perdus ou invoquer le peu de bon sens qu'il lui restait et sortir de la vie de la jeune femme au plus vite.

— Mince, soupira-t-il dans les ténèbres silencieuses, se demandant si elle se posait autant de questions.

Il pria de toute son âme pour ne pas se retrouver bloqué ici trop longtemps, loin de tout, trop inquiet de ne pouvoir se contrôler.

Si elle changeait d'avis, cela lui compliquerait-il tant la vie ? Préférant se concentrer sur autre chose, il se leva pour retourner devant le miroir. Ses yeux, sa bouche, ses cheveux, cela lui rappellerait peut-être ses origines ou son nom. Quel enfer d'avoir oublié toute son existence et d'ignorer ce qu'il fabriquait en pleine tempête !

Mais, face à son reflet, il restait perdu. Il pria pour que la nuit lui apportât des réponses. Malgré tout, il savait qu'Ava allait laisser une trace indélébile dans son esprit.

— Fiche-lui la paix, mon grand, inutile de vous attirer des ennuis, souffla-t-il, inquiet qu'il ne fût déjà trop tard.

Les arômes alléchants du café et le bruit de la pluie sur les vitres réveillèrent Ava. Surprise, elle se redressa puis se remémora son hôte. La tempête ne semblait pas s'apaiser. Ils allaient rester isolés encore quelque temps. Combien de jours cela durerait-il ? Un ? Deux ?

Elle craignait qu'à chaque heure passée sans contact avec le monde extérieur ou avec le bureau du shérif, une personne proche de Bill se rongeât toujours plus les sangs.

Alors elle songea à leur baiser, et des papillons lui tourbillonnèrent dans le ventre. Elle s'abandonna au bref souvenir de ses bras fermes et sa façon de démolir les barricades autour de son cœur. Elle avait évité toute relation avec les hommes depuis sa rupture. Et, hier soir, elle avait pris des risques idiots en l'embrassant sous prétexte qu'elle ne le connaissait pas.

Ava se leva, prit une douche, s'habilla. Elle préférait être bien réveillée avant de découvrir s'il avait retrouvé la mémoire.

Il buvait un café chaud en observant la pluie quand des bruits de pas attirèrent son attention. En voyant Ava arriver, belle comme tout, son cœur s'emballa.

Ses cheveux lisses et doux lui filaient sur les épaules. Elle portait un haut rose à manches courtes légèrement ouvert en dessous du cou, un jean et des bottes type western.

— Bonjour, lança-t-il en souriant, pris d'un désir incontrôlable et soudain. Vous êtes magnifique.

— Merci. Il pleut encore à ce que je vois, fit-elle remarquer en allant dans la cuisine. Ce café a l'air délicieux.

— Installez-vous, je vous sers. Du lait ou du sucre ?

— Je le prends noir.

Il lui tendit une tasse puis alla s'asseoir en face d'elle.

— Vous avez l'air d'aller mieux, dit-elle. Votre œil au beurre noir s'est estompé et votre bosse a disparu. Vous souvenez-vous de quelque chose ?

— De petits détails insignifiants. Rien d'utile comme des noms ou autres. Gerald est passé tout à l'heure. Il aimerait m'emmener au commissariat de Persimmon si la voie est dégagée. Mais, vu le temps, je ne pense pas que ce soit possible.

— Assurément pas, et Gerald le sait très bien. Il faut attendre la décrue. Tâchez de vous reposer. Nous trouverons bien de quoi nous occuper.

— J'aurais bien une idée.

— Oubliez.

— Vous n'aimez jamais mes suggestions, déclara-t-il. Elles sont tout à fait adaptées à un jour de pluie. Ce serait amusant, et je n'ai même pas besoin de savoir qui je suis pour en profiter au maximum. Et vous n'auriez rien de particulier à faire à part laisser éclater votre irrésistible beauté.

— Je crois qu'il vaudrait mieux éviter la tentation et parler d'autre chose.

— Oui, c'est vrai, soupira-t-il. En toute honnêteté, j'ai passé une bonne partie de la nuit à m'en vouloir et à me promettre de ne plus vous embêter... Tout ça pour ça. Bien, nous pouvons observer la pluie ou vous pouvez m'en apprendre plus sur vous. Moi, je n'ai rien à vous raconter, hélas.

— Ne dites pas ça. Vous avez quand même de vagues idées.

— Oh ! oui, mais elles ne sont pas vagues..., insista-t-il. Pardon, je recommence. Je ne peux pas m'en empêcher.

Il avait beau chercher à continuer sur le ton de la légèreté, il ne faisait que se bercer d'illusions. Assis là, à échanger un regard intense avec Ava, il comprit qu'elle luttait tout autant.

— Comment vous occupez-vous, par ici ? reprit-il alors en buvant son café.

— Je fais des balades à cheval, je jardine, mais ça attendra un autre jour. Sinon, j'ai installé une salle de sport pour me dépenser, ou je fais de la pâtisserie et des photos.

— Si elles valent celle au-dessus de la cheminée, alors vous êtes douée.

— Merci. Mais les chevaux sont un sujet assez facile. Il y a aussi un coucou terrestre qui rôde dans les environs, des chouettes, des cardinaux. J'ai même vu un puma, un jour. Enfin bref, je vais préparer le petit déjeuner.

— Laissez-moi vous aider.

— Vous pouvez nous servir du jus d'orange pendant que je fais des œufs brouillés.

Il la suivit jusqu'aux placards. Comme il l'observait, il saisit son regard posé sur lui ; elle pensait à tout sauf à manger.

Il lui attrapa le poignet en douceur, mais elle l'arrêta sur-le-champ.

— Le petit déjeuner, vous vous souvenez ?

— Non, c'est bien le problème, répliqua-t-il d'une voix plus grave en la tirant gentiment. Je n'ai qu'une seule idée en tête... Même si je dois me contenter d'un simple baiser du matin.

— Nous ne devrions pas, affirma-t-elle en lui passant les bras autour de la taille. Et pourtant, vous savez que je ne peux pas vous résister.

Il perçut alors le désir dans ses grands yeux clairs, électrisant tout son corps.

Il se pencha pour l'embrasser. Cette infime caresse annihila toutes ses bonnes résolutions de la veille. Il réalisait son erreur, mais avait passé la nuit à rêver d'elle pour se réveiller pris d'une envie toujours plus incontrôlable. Elle sortirait bientôt de sa vie, il devait profiter au maximum de ces courts instants en sa compagnie. Et cela n'engageait à rien.

Sans prendre le temps de respirer, il la souleva. Elle s'agrippa à son épaule tandis qu'il l'amenait sur une chaise pour l'asseoir sur ses genoux, l'étreignant d'un bras. Son autre main sinua sous le pull d'Ava afin d'écarter son soutien-gorge en dentelle et lui cajoler la poitrine. Cette peau si douce... Quelle torture de ne pas la déshabiller.

Elle poussa un petit gémissement en se lovant un peu plus contre son érection. Elle l'embrassait passionnément, passait les mains partout, comme habitée d'un feu solaire.

Mais, lorsqu'il entreprit de défaire la ceinture de la jeune femme, elle se redressa en lui attrapant le poignet, à bout de souffle. Lui pensait finir par se consumer de désir s'il ne l'emmenait pas dans son lit, mais il vit la détermination sur son visage.

— Nous ne devons pas, murmura-t-elle en se levant pour réajuster ses vêtements. Vous comprendrez pourquoi. Excusez-moi, je reviens.

Alors il s'étira et prit de longues inspirations en la laissant quitter la pièce. Avait-il déjà autant désiré une femme ? Il devait songer à autre chose.

Il se tourna vers la fenêtre afin de se concentrer sur la pluie. Quelqu'un l'attendait-il quelque part ?

Il ne s'agissait que d'une envie charnelle, se répétait Ava en fuyant dans le couloir. Elle devait sans doute cette perte de contrôle à sa solitude. Aussi, peut-être voulait-elle s'affranchir de la douleur causée par ses fiançailles ratées. Cela l'aiderait à ne plus se sentir si vulnérable.

Elle s'enferma dans sa chambre. Elle se recoiffa en se sermonnant, s'intimant de rester forte. Un bruit de moteur la tira de sa rêverie. D'un regard par la fenêtre, elle reconnut Gerald.

Elle descendit, mais Bill avait déjà ouvert. Ils discutaient dans l'entrée.

— La météo a annoncé des averses pour toute la journée. Le niveau de l'eau ne va pas baisser, mais je me suis dit que vous aimeriez peut-être passer chez nous. Comme ça, je pourrais montrer mes chevaux à Bill.

Comme Ava fit mine de protester, Gerald l'arrêta d'un geste.

— J'insiste. Molly a déjà cuisiné tout un tas de plats. Allez, mettez vos imperméables, et en route. Allons-y tant qu'il ne pleut pas trop. De toute façon, Molly ne me laissera pas rentrer sans vous.

Ava le connaissait assez bien pour sentir sa sincérité. Elle accepta, soulagée de pouvoir fuir cette tentation permanente. Cela l'empêcherait de se soucier de ce qu'elle ferait, seule avec cet inconnu.

— Merci, Gerald. Je peux prendre la voiture jusque chez toi pour que tu n'aies pas à ressortir sous la pluie.

— Mais non, voyons. Je sortirais pour une raison ou une autre de toute façon. Bon, va chercher tes affaires pendant que je bois un café.

Ava laissa les deux hommes le temps de se préparer. En cherchant son imperméable, elle trouva un vieux ciré pour Bill. Elle avait beau toujours le considérer comme un inconnu, quelque chose lui dictait que la vérité s'avérerait tout autre.

— Je suis prête, leur indiqua-t-elle en revenant dans la cuisine pour tendre le manteau et un chapeau de cow-boy à Bill.

À sa façon de retenir ses cheveux en se coiffant du stetson, Ava comprit qu'il avait l'habitude d'en porter. Quelques minutes plus tard, ils arpentaient le chemin jusque chez Gerald.

Ils partagèrent un petit déjeuner copieux en compagnie de toute la famille à l'exception de la grand-mère, restée chez elle pour se reposer. Ensuite, Bill, Gerald et Aiden, son fils de sept ans, se rendirent aux écuries, bien protégés contre la pluie. Molly, elle, rangea la cuisine, et Ava lut des histoires à la petite Megan, cinq ans.

Les trois hommes rentrèrent à l'heure du déjeuner pour savourer des hamburgers, du maïs doux en épi et une tourte aux mûres accompagnée de glace à la vanille.

— Même si Bill ne se rappelle rien, je suis persuadé qu'il travaille dans un ranch, affirma Gerald pendant le repas. Il est à l'aise avec les bêtes, les cordes, la sellerie et les outils.

— Je me vois à cheval, dans des granges, mais rien de très utile à part cela, dit-il en regardant Ava avant de revenir à Gerald. Et tes chevaux sont extraordinaires.

— Je ne te le fais pas dire, rétorqua Gerald avant de se fendre d'un sourire. Surtout quand je repense à ce qu'ils m'ont coûté.

Plus tard, les garçons repartirent, laissant les filles pour un après-midi au calme. Ava jouait à la poupée par terre avec Megan. Molly s'affairait en cuisine. Puis, la petite fit une sieste et les deux femmes discutèrent jusqu'au réveil de Megan qui se mit alors à dessiner sous l'œil curieux d'Ava.

Gerald et Bill revinrent. Les enfants restèrent dans leur coin, et les grands partagèrent un verre de thé glacé servi avec du fromage et des biscuits salés.

— Nous sommes allés voir le pont au-dessus de Blue Creek, indiqua Gerald au bout d'un moment. Le chemin et la route sont encore inondés sur environ un demi-kilomètre. On dirait un lac. Inutile d'essayer d'aller en ville.

Plus tard, après un poulet rôti, de la purée en sauce, du gombo maison et des tomates, ils s'installèrent dans le salon jusqu'à environ 20 heures. Ava voulait rentrer, elle avait l'impression de s'être trop imposée.

Le temps d'un au revoir, et Gerald les ramena.

Ensuite, à peine Ava eut-elle verrouillé que Bill se tourna vers elle pour lui dire à quel point elle avait de charmants voisins.

— C'est vrai. J'ai de la chance. Leurs enfants sont à la fois polis, malins et drôles.

— Si je suis bel et bien propriétaire de ranch, j'achèterai un cheval à Gerald. Peu importe mon amnésie, on voit tout de suite qu'il possède des bêtes de qualité.

— Oui. Mais tout porte à croire que vous travaillez dans ce milieu.

Elle étudia cet homme qu'elle apprenait à connaître pas à pas. Malgré tout, quelque chose clochait avec le nom de Bill Smith. Alors il l'observa en retour, et elle se demanda à quoi il pensait.

— Ils voulaient que nous dormions chez eux, continua Ava. J'ai préféré refuser pour que Molly puisse se reposer un peu après avoir cuisiné et s'être occupée de nous toute la journée.

Et la première pensée de la jeune femme en franchissant le seuil de chez elle s'était tournée vers cette nouvelle nuit près de lui. La deuxième consista à savoir s'il comptait de nouveau l'embrasser.

Ava observa le véhicule de Gerald s'arrêter au bout de l'allée. Bill descendit, échangea quelques mots avec lui puis se dirigea vers la maison. Il avait passé les deux derniers jours au ranch Roan dans l'espoir de stimuler sa mémoire. Selon Molly, cela ne pouvait pas lui faire de mal. Et il s'était montré plus qu'enthousiaste. Comme la pluie avait cessé, ils avaient réussi à rendre visite au shérif de Persimmon pour lui expliquer la situation. Il tardait donc à Ava de savoir si quelqu'un avait déclaré sa disparition.

Un sac à la main, Bill gravit les escaliers du porche en deux bonds. Face à son expression inhabituelle, Ava sentit son sang s'agiter.

— Qu'y a-t-il ?

— Viens, autant parler à l'intérieur, fit-il en lui saisissant le poignet.

Aussitôt la porte refermée, il la prit dans ses bras.

— Je n'ai pensé qu'à une chose tout ce temps.

Il l'embrassa, et elle se blottit contre lui, contre son corps brûlant, ferme, parfait. Elle crut perdre la tête. Elle s'agrippa un peu plus à lui pour lui rendre son baiser, tout à coup insouciante de ce qu'elle aurait dû faire ou non.

Puis, il finit par s'écarter.

— Ça, c'était le plus important, déclara-t-il tout sourires en la lâchant. Et aussi... Je sais qui je suis.

5

— Plus ou moins, précisa-t-il.

— Comment ça ? s'étonna-t-elle en fronçant les sourcils, la tête penchée sur le côté.

— Je connais mon nom, mais ça ne me parle pas plus que Bill Smith. Sinon, les autoroutes sont encore inaccessibles à cause d'un arbre à la dérive qui a fragilisé le pont.

— Mais je me moque de ce pont, s'exclama-t-elle en balayant sa remarque d'un geste. Vas-tu finir par me dire ton nom ?

— Très bien. Attention, ne t'emballe pas trop. Je ne me souviens toujours de rien, mais c'est un début.

— Et donc ? lança-t-elle en plongeant son regard au plus profond du sien.

— Je m'appelle Wynn Sterling et j'habite à Dallas. Apparemment, ma famille m'attend.

— Sterling, comme Sterling Energy ? s'enquit-elle.

— Oui, acquiesça-t-il. Mais ça ne me dit rien. Il semblerait aussi que j'aie un frère jumeau, Wade. Il est passé à la télévision et c'est comme ça qu'on a pu m'identifier. D'après le shérif, Wynn Sterling a disparu sur la route entre le Texas et Nashville. La tempête aurait balayé tout le golfe et causé beaucoup plus de dégâts dans d'autres régions. Wade a dû écourter une partie de pêche et a réussi à rentrer. La police va contacter les autorités à Dallas, mais Gerald m'a dit qu'il faudrait peut-être patienter à cause du réseau capricieux, alors nous avons préféré repartir plutôt que passer la journée là-bas. Si je dois attendre, autant le faire en ta compagnie.

— C'est flatteur, avoua-t-elle. Et maintenant, tu sais qui tu es. La mémoire finira bien par te revenir. Tu as une famille, et pas des moindres. J'ai déjà entendu parler des Sterling. Wynn, tu es quelqu'un d'important à Dallas.

— Ça, c'est toi qui le dis, répondit-il en se passant une main dans les cheveux. Bon sang, tu me connais mieux que moi-même. C'est n'importe quoi.

— Patience, tu finiras par te souvenir de tout.

— Excuse-moi. Que peux-tu m'apprendre d'autre ?

— Je crois que tu es célibataire. Ton frère aussi.

— Bonne nouvelle.

— Je connais ta famille, mais seulement de nom. Sauf qu'il me semblait que c'était Wade, le propriétaire terrien, mais je n'en sais pas plus que ça.

— Gerald a eu la même réaction. Il pensait avoir rencontré Wade lors d'un rodéo et une autre fois dans le quartier de Stockyards à Fort Worth. Il m'a aussi appris que Wade Sterling y a financé une nouvelle arène avec trois de ses cousins pour remplacer celle qui a brûlé. Je ne me rappelle même pas avoir un frère, ni pourquoi lui aurait participé à un tel projet alors que j'ai déjà concouru dans un rodéo. Je me retrouve avec plus de doutes que de réponses. Mais au moins le shérif a pu me donner l'adresse et le numéro de mes parents.

— Les as-tu appelés ?

— Oui, j'ai parlé à ma mère. C'était un peu compliqué. Elle avait l'air si heureuse de m'entendre que je n'ai pas eu le cœur de lui dire que je ne me souviens pas d'elle.

— Il faudra peut-être lui avouer.

— J'espère que ça ira mieux avant de la revoir. Peu importe, j'irai dès mon retour à Dallas. J'ai bien précisé à ma mère que cela pourrait prendre du temps. Et il me faut une voiture, des papiers. Sans compter que j'ignore où j'habite, maintenant que j'y pense.

— Ne t'inquiète pas. Tes parents pourront t'aider. Quant à

moi, je vais te ramener chez toi. J'avais prévu de rentrer après la tempête de toute façon. Nous pourrons certainement circuler librement dès demain quand le niveau de l'eau aura baissé si ça ne te dérange pas d'attendre. Je pense que ce serait plus prudent, les routes doivent être boueuses et il pleut encore.

— Tu n'es pas obligée d'en faire autant.

— Aucun problème. Je me réjouis que tu puisses retrouver la mémoire et les tiens.

— Bon, eh bien, merci. Je vais prendre une douche. Si tu veux, nous pouvons continuer de discuter sous l'eau.

— Tu n'arrêtes jamais, toi, on dirait, s'esclaffa-t-elle.

— Avec toi, non, assura-t-il d'une voix douce.

À cet instant, elle oublia tout. Seule la présence de Wynn comptait.

Ses iris bruns étincelaient d'un désir si évident ; elle crut défaillir, incapable de se détourner ou reprendre son souffle. Il plissa légèrement les paupières puis s'avança pour lui passer un bras autour de la taille.

Ava s'enflamma en posant les mains sur son torse d'un geste délicat avant de les glisser plus bas pour éviter son épaule blessée. Ses lèvres conquirent les siennes, et leurs langues s'épousèrent.

Alors qu'il la serrait toujours plus fort, comme affamé, il ôta la chemise en jean d'Ava de son pantalon. Puis, ses mains s'insinuèrent sous le tissu pour lui ouvrir son soutien-gorge et lui caresser les seins. Ces escarmouches délicates du bout de ses doigts rugueux ne faisaient qu'accroître son désir pour lui.

Elle ne put refréner des gémissements. Alors il la souleva et la porta jusqu'à sa chambre où il la reposa sans s'arrêter de l'embrasser.

Un instant plus tard, il écarta les draps puis entreprit de lui ôter son pantalon, mais elle posa la main sur la sienne. Elle le fixa de ses yeux de biche brillants d'une irrépressible envie.

— On m'a fait beaucoup de mal par le passé. Je ne veux pas revivre ça. Je préfère attendre que tu en saches plus à ton sujet.

— Ah, c'est pas vrai, maugréa-t-il sans méchanceté avant de se détourner.

Elle se rendit alors dans sa suite à elle. Elle cherchait simplement à se protéger, même s'il était déjà trop tard. Elle comprenait peu à peu à quel point elle s'était attachée à lui. Si elle avait continué sur cette voie, leur séparation n'aurait été que plus difficile.

Elle poussa un petit grognement en faisant les cent pas, trop tentée de retourner se pendre à son cou, le combler toute la nuit ; le chemin le plus court vers une abominable déception. Elle secoua la tête. Des baisers, elle s'en remettrait. Lui faire l'amour, cela ne ferait qu'emmêler sentiments et plaisirs charnels.

Elle refusait de commettre une deuxième erreur monumentale. Il ne s'agissait que de bon sens... Pourquoi était-ce si dur de ne pas céder ?

Facile. Elle n'avait jamais connu personne d'aussi attirant. Et elle sentait ce désir réciproque. L'air crépitait entre eux depuis le début.

Elle pesta en silence et se changea. Un petit tour à la salle de sport la calmerait peut-être. Avec un peu de chance, il la laisserait tranquille. S'ils passaient moins de temps ensemble, la tentation s'estomperait sans doute. Pour l'heure, elle devait se dépenser, détourner son esprit de Wynn Sterling, héritier d'une grande famille à Dallas. Et, à bien y songer, elle ne savait rien de lui.

Elle se précipita vers son armoire afin d'enfiler un short et un T-shirt rouge. Une fois ses cheveux noués en queue-de-cheval, elle jeta un coup d'œil dans le couloir. Elle fila comme une ombre devant les chambres inoccupées, soulagée de ne pas l'avoir croisé.

Cependant, elle le trouva dans la salle de sport sur un tapis de course pile en face de la porte. Elle hésita un instant, mais préféra rester, elle devait se défouler.

Elle repensa à Molly ; elle avait dit à Wynn de se reposer. Des paroles en l'air, apparemment. Tant pis, elle ne l'en empêcherait pas. Sa seule préoccupation demeurait d'apaiser son trouble.

Tout à coup plus motivée que jamais, elle s'installa sur la machine la plus éloignée de lui. Quelques minutes plus tard, elle courait, en vain. Elle ne parvenait pas à se le sortir de la tête.

Wynn Sterling. Le lendemain, elle le ramènerait chez lui

et il disparaîtrait de sa vie. Il n'existait aucun avenir possible entre eux en dépit de tout. Après sa rupture deux semaines avant son mariage, elle n'ouvrirait plus son cœur, et ne pas céder aujourd'hui lui faciliterait la tâche au moment des adieux.

Elle ne pensait pas le revoir après toute cette histoire. Il devait reprendre sa vie, sa vraie vie. Ils s'étaient rencontrés dans la tempête, mais elle ne pouvait le retenir, car la passion ne menait à rien d'autre que la tristesse. Si seulement elle pouvait s'en tenir à la logique… Une dernière journée encore et ils se diraient au revoir à jamais.

— Wynn Sterling, dit-il à mi-voix en courant.

Ce nom n'évoquait rien du tout, ne provoquait aucune étincelle et sonnait faux. Hormis les informations au sujet de son frère, il se sentait toujours aussi perdu. Le shérif Ellison avait retrouvé l'interview de Wade et lui avait repassé la vidéo plusieurs fois de suite. Face à l'écran, il avait eu l'impression de se voir dans un miroir.

Soudain, Ava entra dans la pièce, l'arrachant à ses pensées. Il s'étonna de la croiser ici, persuadé qu'elle préférerait l'éviter.

Mais il n'allait pas se plaindre de ce T-shirt moulant et ce short très court… Il aurait pu mourir pour ces longues jambes bien souples. Il voulait passer leur dernière nuit ensemble dans son lit. Il pria presque pour un retour miraculeux de la pluie. Il ne la reverrait plus jamais, il le savait, mais il comprenait.

Il s'interrogea ensuite sur sa famille, sur sa place au sein du clan Sterling. Il espérait être proche d'eux. Les retrouver lui rendrait-il la mémoire ? L'attendaient-ils avec impatience ? S'inquiétaient-ils pour lui ?

Il ne parvenait même pas à s'imaginer les réponses à tant de questions. Il ne pouvait que se montrer optimiste.

Du coin de l'œil, il vit Ava. Elle l'arracha de nouveau à ses rêveries. Il sentit son corps le brûler en une seconde et il accéléra le pas. Il allait devoir courir encore longtemps pour se calmer. Partageait-elle son tourment ?

Cela l'aida d'autant moins à se changer les idées. Il s'arrêta puis décida de passer sur un vélo d'appartement.

Ces appareils se situaient derrière elle, aussi put-il profiter du spectacle. Quelle belle femme, avec ses fesses incroyables et ses jambes interminables qu'il aurait pu admirer toute la journée. Il rêvait de les caresser, de sentir sa peau douce. Il secoua la tête en pédalant plus vite. Mais à quoi pensait-il, enfin ? Il devait la laisser tranquille. Plus que vingt-quatre heures et tout serait terminé.

Il jura, s'efforçant de se concentrer sur autre chose. Or, son amnésie ne l'aida pas et le balancement de la queue-de-cheval d'Ava l'hypnotisait.

Il se renfrogna. Il devait retourner sur le tapis de course.

Le lendemain, elle le conduirait à Dallas. Même cette ville ne lui évoquait rien. Il ne se rappelait ni la maison de son enfance, ni son appartement, ni ses proches. Au lieu de cela, il avait fini par se complaire dans le confort trouvé auprès d'Ava.Alors qu'il courait, il se revit assis sous un porche à regarder par-delà une pelouse clôturée. Une grande allée, une pâture fermée, des chevaux. Possédait-il un ranch ? Ce vague souvenir le remplit d'un espoir nouveau, il commençait à recouvrer la mémoire.

Ava partit avant qu'il ne pût lui apprendre la nouvelle. Elle allait sans doute se laver, mais mieux valait ne pas y songer non plus sous peine de gagner quelques heures supplémentaires à courir ou pédaler. Bon sang, il la désirait, mais préférait ne pas la blesser.

Il s'arrêta bien plus tard. Sous la douche, il envisagea leurs adieux, et plus il y pensait, moins il pouvait s'y résoudre.

Et s'ils continuaient de se voir une fois de retour à Dallas ? Bon sang, il ne savait même pas si une autre l'attendait. Désemparé, il se rhabilla puis alla trouver Ava dans la cuisine afin de l'aider.

Elle avait dû l'entendre arriver, elle était tournée vers l'entrée. Elle portait désormais un haut rouge moulant à manches courtes rentré dans son jean. Sa chevelure d'or lui cascadait sur les épaules. Il dut prendre une longue inspiration. Il voulait simplement la serrer dans ses bras et l'embrasser.

Quand il s'avança, il sentit son parfum, mais il était trop perdu dans ses grands yeux bleus. Les lèvres douces d'Ava s'entrouvrirent tandis qu'ils restaient là à s'observer.

— Tu es si belle, s'exclama-t-il d'une voix éraillée.

Il dut se faire violence pour ne pas la toucher, ne pas la porter jusqu'à son lit et lui faire l'amour toute la nuit.

Au bout d'un moment, elle se recula, sans pour autant se libérer de ce sort dont ils semblaient victimes tous les deux.

— Tu es plutôt pas mal, toi aussi, répondit-elle enfin, visiblement émue.

Il avait peigné ses cheveux noirs encore humides, mais quelques mèches rebelles lui retombaient sur le front. Avec les vêtements empruntés à Gerald, une chemise en denim bleue et un jean, il devenait irrésistible. Elle avait beau pouvoir l'admirer sans fin, elle s'efforça de ne plus y songer, d'oublier cette dernière nuit en sa compagnie.

Il la rejoignit près de la fenêtre pour se poster derrière elle. Une pluie fine s'abattait sur les terres. La plus infime averse pouvait tout changer en cas d'inondation.

— Peut-être que tu devras encore attendre avant de partir, murmura-t-elle en se tournant vers lui.

Lorsqu'elle croisa son regard, elle resta sans voix, pétrifiée. Ses pupilles étincelaient d'un appétit qu'elle partageait. Plus rien n'existait hormis cette volonté de se blottir contre lui et le dévorer de baisers. Ava ne trouva pas la force de se défendre ou s'éloigner, envoûtée par cet homme et le souvenir de leurs étreintes ahurissantes.

— Il ne faut pas, souffla-t-elle.

— Je crois que si. Admets-le, Ava, tu en as autant envie que moi.

— C'est notre dernière nuit ensemble.

— Je considère plutôt ça comme notre dernière chance d'atteindre l'extase, répliqua-t-il d'une voix rauque en la tirant par la taille.

Elle regretterait de le rejeter.

Elle regretterait de céder.

Mais que supporterait-elle le moins ?

Une décision s'imposait, et tant pis pour les conséquences.

— Que me restera-t-il après ce soir ? Je ne fais pas partie de ton monde. Tu ne sais même pas qui tu es ou si une autre t'attend. Je me sentirai mal quoi qu'il arrive. Si je tombe amoureuse, je souffrirai, mais si on arrête là, je penserai toujours à ce que j'aurais pu avoir.

Tandis qu'elle lui expliquait son dilemme, il lui taquinait le cou et l'oreille du bout des lèvres en lui titillant la poitrine sous son pull.

— Alors, cesse de te tourmenter et laisse-toi aller, la pressa-t-il. Franchement, je crois que tu as déjà pris ta décision. J'ai envie de toi, Ava, de toute mon âme.

Il lui saisit le menton en douceur. Elle ouvrit les yeux pour trouver ce désir toujours aussi flagrant.

— Oui, tu as raison, assura-t-elle. Une nuit avec toi vaudra bien mieux que tout le reste. Voilà ce que je veux.

Quand il conquit sa bouche, elle quitta la réalité, perdue dans des sensations éveillant encore plus ses instincts, son besoin de sentir ses mains et ses lèvres partout sur son corps, d'explorer le sien en retour.

— Je ne crois pas forcément au destin, mais notre rencontre me semble si naturelle. Et que je sois damné si je te blesse un jour. Tu occupes une place particulière dans ma vie, Ava Carter.

— Une nuit ne me tuera pas. J'en attends même tout le contraire.

— Ah, ma chérie, je pourrais te garder pour l'éternité.

Il replongea les mains sous son haut pour lui ôter son soutien-gorge et la couvrir de caresses toujours plus exaltantes et foudroyantes.

Il la souleva, et ils traversèrent la maison ainsi jusqu'à la chambre où il la reposa. Elle se pencha alors légèrement pour ouvrir un tiroir et lui désigner une boîte de préservatifs.

— Je les avais achetés avant ma lune de miel pour éviter de

tomber enceinte juste après mon mariage, mais tu connais la suite de l'histoire.

Il se contenta de sourire pour l'embrasser de nouveau et la porter.

— Attention, ton épaule, s'écria-t-elle alors.

— Ne t'en fais pas, la rassura-t-il en l'amenant sur un gros fauteuil.

Leurs langues se taquinèrent, et Ava se raidit, le cœur battant à vive allure.

— J'ai l'impression d'avoir attendu ce moment une éternité, avoua-t-il.

— C'est incroyable, répondit-elle. C'est si bon.

Elle ne dit rien de plus, trop occupée à l'embrasser sauvagement, ardemment. Elle se sentait désirée, aimée. Ignorant ses peurs, elle se délectait déjà de la nuit à venir et des souvenirs qu'ils partageraient plus tard. Il avait besoin qu'elle le ramène, qu'elle prenne soin de lui ce soir-là. Elle avait besoin qu'il l'aide à surmonter une période trouble, et il surpassait ses plus folles espérances. Elle pivota légèrement pour déposer quelques tendres baisers sur sa joue mal rasée, sa mâchoire puis son oreille.

— Je n'ai jamais connu d'homme aussi irrésistible que toi, lâcha-t-elle en toute sincérité sans se rendre compte qu'elle avait parlé tout haut.

Là, il lui prit la main pour la poser sur son cœur battant.

— Voilà, ce que toi tu provoques en moi.

Il l'étreignit ensuite de plus belle pour lui donner un baiser sensuel, lent, torride, sa langue taquinant la sienne comme un prélude à leurs ébats.

Elle s'agrippait à lui, les doigts fourrés dans ses cheveux. Impossible de faire machine arrière. Peu importe s'il s'agissait d'une erreur ou d'un éclair de lucidité, elle s'offrirait à lui toute la nuit sans s'inquiéter de ce lien si ténu entre eux. Sans savoir qui il était, elle avait l'impression de n'avoir connu que lui toute sa vie.

Il annihilait toute sa peine. Tant pis s'il la blessait, elle acceptait désormais les conséquences de ses actes et savait à quoi s'attendre.

Elle ne pouvait pas être tombée amoureuse en si peu de temps. Il s'agissait de pulsions charnelles, d'une soif de bonheur, d'une volonté d'oublier la douleur, les promesses rompues. Tout ce qu'elle souhaitait, c'était une nuit entre les bras de cet homme si séduisant.

6

Les yeux fermés, elle le serrait encore. Il lui cajolait les seins sous son haut, électrisant ses sens à l'extrême. Elle en voulait plus, tellement plus. Et il semblait enclin à le lui offrir. Il se dégagea pour saisir le pull d'Ava et le lui retirer.

Elle frissonna d'anticipation, car elle aussi souhaitait le débarrasser de la frustration de ses vêtements. Elle se mit à lui déboutonner sa chemise puis la lui ôta en douceur à cause de son épaule.

— Wynn, chuchota-t-elle. J'en ai presque oublié ta blessure. Je ne voudrais pas que tu te fasses mal…

— Pas d'inquiétude. Je te dirais si ça ne va pas.

Un nouveau baiser langoureux et ses tracas s'envolèrent.

Il jeta son soutien-gorge dans un coin afin de lui caresser un sein puis l'autre. Sa langue jouait sur ses tétons si sensibles. Elle poussa un cri de plaisir en explorant ses abdominaux du bout des doigts pour ouvrir sa ceinture puis son pantalon.

Il l'allongea alors et se releva, fixant avidement sa poitrine offerte. Le cœur d'Ava battit plus fort. Il avait envie d'elle. Il retira ses bottes et ses chaussettes, et la jeune femme se redressa pour lui enlever son jean. Il lui tardait tant de le sentir en elle toute la nuit, d'accueillir ses lèvres partout sur sa peau nue ; souhait qui ne tarderait pas à s'exaucer.

En admirant ses larges épaules, Ava succomba à une nouvelle vague de chaleur. Elle se leva alors, résolue, pour retirer sa culotte de dentelle sans le quitter du regard.

Elle crut ne pas tenir. Elle avait toujours rêvé d'une telle passion, d'un amour aussi intense, ce sentiment d'être adulée, de se consumer sur place.

Lorsqu'ils furent nus tous les deux, il la tourna devant la psyché dans le coin de la chambre.

— Tu es magnifique, lui susurra-t-il.

Il lui effleura un sein. Elle sentait son érection vigoureuse prête pour elle, mais elle voulait prendre son temps. Elle se colla contre lui, les yeux fermés pour mieux s'abandonner à des sensations toujours plus exaltantes.

— Regarde-nous dans le miroir, lui intima-t-il en lui léchant le lobe de l'oreille et en jouant avec elle pour la faire gémir.

Elle paraissait pâle en contraste avec sa peau hâlée et ses cheveux noirs. Lui, tout en muscle, athlétique, prêt à lui faire l'amour, ses doigts sinuant jusqu'entre ses jambes dans l'espoir de découvrir ce qui l'excitait le plus.

— Tu es incroyable, murmura-t-il en lui couvrant la nuque de baisers.

Il la comblait de ses mains, frottait son sexe à son entrejambe pour mieux l'enflammer et la pousser à bout. Elle tendit les bras en arrière pour griffer ses cuisses fermes. Elle frissonnait, haletait, agitait les hanches au même rythme que lui.

— Je veux te toucher, fit-elle en se retournant pour l'embrasser.

Il s'écarta pour étudier le moindre centimètre du corps d'Ava. Puis il la porta avant d'aller l'allonger sur le lit. La lueur douce et tamisée de la lampe de chevet soulignait sa silhouette virile.

Elle tendit les bras dans sa direction.

— Viens, le pressa-t-elle d'une voix rauque.

Elle le trouvait encore plus beau nu. Elle ne regrettait rien, elle allait vivre, savourer chaque instant de cette dernière nuit.

Selon lui, elle lui avait sauvé la vie. Lui l'avait aidée à se retrouver, à guérir. Ses fiançailles rompues semblaient si insignifiantes tout à coup. Elle s'en remettrait. C'était là le cadeau de Wynn. Cela, et l'espoir de quelques heures d'extase.

Il s'agenouilla près du lit pour lui embrasser les cuisses en lui chatouillant le ventre et en la caressant.

Dans un gémissement étouffé, elle écarta les jambes. Il les posa sur ses épaules puis couvrit de baisers le creux de son intimité et l'intérieur de ses cuisses pour la faire crier de plaisir.

Elle ferma les yeux en s'agrippant aux cheveux épais de son amant, une main crispée sur les draps. Puis, elle tenta de l'arrêter.

— J'ai envie de toi. Maintenant.

— On commence à peine, répliqua-t-il, amusé. Je veux te combler, te pousser à bout. Je veux découvrir le moindre secret de ton corps.

Et sans un mot de plus, elle sentit de nouveau son souffle chaud, sa langue la propulsant au bord de la folie.

Dans un cri, elle se tortilla pour se dégager. Il la lâcha. Elle se redressa et l'invita à s'allonger.

— C'est à mon tour de jouer, dit-elle en le chevauchant avant de prendre son impressionnante vigueur en main.

Elle passa les doigts partout sur son torse, ses abdominaux, et se pencha pour le lécher.

Il lui caressait les cheveux et un téton, dessinant de petits cercles.

— Tu es si douce. Belle et douce.

Quand elle saisit toute l'admiration dans sa voix, elle eut du mal à savoir comment on pouvait vouloir quelqu'un autant qu'elle le désirait.

Elle se pencha de nouveau pour faire glisser sa langue sur l'extrémité satinée de son sexe et le prit en bouche. Il se laissa faire quelques secondes, mais l'arrêta vite pour continuer de la cajoler.

— Fais-moi l'amour, le supplia-t-elle. Je ne tiens plus.

— Bientôt.

Il se redressa à son tour et lui inclina la tête gentiment pour l'embrasser de façon si avide qu'elle en frissonna. Il lui serrait la taille et l'étreignait tout en la couvrant de caresses légères entre les jambes.

— Prends-moi.

— Un peu de patience. Tu aimes ça, non ?

— Oui, haleta-t-elle. Oh ! oui.

— Ça m'excite de t'exciter.

Cela surpassait tous les rêves les plus fous d'Ava ; il se concentrait uniquement sur son plaisir, devenait esclave de ses besoins à elle, ce qui exacerbait toute la volupté de l'acte. Ava se mit à se déhancher contre sa main lorsqu'il la taquina avec plus d'ardeur et la poussa à bout. Il lui en fallait plus, c'était indéniable.

Elle voulait lui rendre toute sa passion. Elle voulait le voir trembler de désir lui aussi.

Il lui donna un autre de ces baisers fougueux. Si elle avait été plus naïve, Ava aurait cru y percevoir un amour éternel.

Or, elle ne se berçait plus d'illusions depuis longtemps, il n'existait rien de tel entre eux. Puis, elle préféra ne plus penser à rien.

Wynn attrapa un préservatif sur la table de chevet et se pencha sur elle en douceur. Ava prit soin de ne pas heurter son épaule en l'enlaçant avant d'explorer son dos musclé, sa taille puis ses fesses fermes.

Il s'arrêta pour ancrer son regard au sien puis s'invita en elle lentement. Elle laissa échapper un soupir, les paupières closes.

Il commença à se retirer, mais elle gémit et l'attrapa par le bras.

— Reste…

Elle se cambra alors pour mieux l'accueillir. Il prit son temps au départ. Puis, il accéléra tandis qu'elle épousait le rythme de ses assauts.

— Mets tes jambes autour de moi, lui demanda-t-il.

Elle s'exécuta, captive d'un maelström de sensations et d'envies avivées par ses mouvements de plus en plus rapides et intenses.

Sans jamais le lâcher, elle sentit son monde se réduire à la seule présence de Wynn, à cet homme incomparable qui la rendait folle.

Dans un éclat de volupté, elle atteignit l'orgasme et poussa un cri irrépressible, prise de spasmes incontrôlables. Il frémit lui aussi tout en continuant de jouer des hanches avec ardeur.

Il finit par ralentir puis s'arrêter avant de se laisser retomber.

— Tu es incroyable, lui chuchota-t-il, son souffle chaud contre son oreille.

Elle avait l'impression d'être ailleurs, dans une parfaite harmonie avec lui. Un bras sous elle, il la serrait encore. Elle se lova contre lui afin de mieux profiter de leurs deux corps nus et brûlants. Il se coucha alors sur le flanc.

Les yeux fermés, elle caressait son dos musclé trempé de sueur et, quand son cœur se calma enfin, elle savoura ces minutes d'euphorie totale.

— Reste dans mes bras toute la nuit, dit-il de sa voix grave, complètement détendu.

— Ça, ça va être facile, répondit-elle.

Elle préférait ne penser à rien. Seul cet instant comptait. C'était tellement plus simple de ne se concentrer que sur son anatomie.

Il lui sourit.

— J'ai eu une idée. Quand je serai rentré, j'aimerais que tu restes avec moi, au moins quelques jours. Si je suis célibataire, alors je voudrais sincèrement que nous passions du temps ensemble.

Cet aveu la surprit, elle avait cru qu'il sortirait de sa vie à tout jamais une fois à Dallas. À force de se répéter à quel point leur relation demeurerait éphémère, elle avait fini par s'en convaincre.

— C'est gentil, mais attends peut-être d'avoir repris tes esprits.

— Je ne rigole pas.

Après y avoir songé, Ava se redressa, le drap enroulé autour de la poitrine.

— J'ai une idée. Je te conduirai à Houston, et nous prendrons l'avion jusqu'à Dallas pour aller plus vite.

— Ava, je n'ai pas un sou sur moi.

— Moi si, je m'occupe des billets, ne t'inquiète pas. J'ai une voiture à l'aéroport, je te ramènerai chez toi. J'appelle tout de suite pour réserver.

— Comme tu voudras. Mais je t'invite à dîner dès que possible.

Il glissa le doigt le long du drap, la main posée sur le galbe de son sein pour mieux la faire trembler de nouveau. Elle dut se dégager pour saisir son téléphone, mais il ne la laissa pas tranquille pour autant.

— Bien, c'est réservé. Et ce n'est pas grâce à toi. J'ai failli raccrocher.

— Demain, c'est encore loin, lança-t-il de cette voix grave qui trahissait son excitation. Pour le moment, tu es dans mon lit et j'aimerais te garder près de moi.

— Avec plaisir. Je ne veux que ton bonheur.

Ils échangèrent un sourire, et elle se blottit contre lui, bien à l'abri entre ses bras.

— Je vais de surprise en surprise avec toi, affirma-t-il.

— J'imagine que je pourrais en dire de même.

— C'est ce qui apporte un peu de piment dans la vie.

— La mienne est assurément plus épicée depuis que je t'ai vu sous la pluie. J'ai essayé de te rattraper, de klaxonner, mais tu n'as pas dû entendre ou n'as pas fait attention. Je savais que tu risquais d'être coincé sur la route. Je voulais te dire de faire demi-tour et me suivre.

— Je préfère que tu ne m'aies pas rattrapé. Je ne serais pas entre tes bras sinon.

— Peut-être que si, mais tu n'aurais pas perdu la mémoire.

— Va savoir, admit-il, l'air pensif. Bien, assez parlé, allons prendre une douche.

— Je ne crois pas avoir la force de marcher.

— Je connais un bon remède contre ça, répondit-il en se levant pour contourner le lit et la soulever.

— Mais arrête. Repose-moi avant que les points de suture ne s'ouvrent. Ça ne te fait pas mal ?

— Rien ne me peut m'atteindre si tu es là. Ton délicieux corps nu me fait oublier toute douleur. Molly a fait du bon travail, j'en suis sûr, et tu ne pèses rien.

Elle rit en s'accrochant à son cou.

— Bien, si c'est ce que tu veux... Je t'avoue que je préfère ça.

— Moi aussi.

Une fois sous la douche, ils se caressèrent toujours plus. Lorsqu'ils se séchèrent avec d'épaisses serviettes bleues, ils n'arrêtèrent pas de s'embrasser.

Chaque nouvelle étreinte semblait plus puissante. Elle eut de nouveau envie de lui, sentiment partagé apparemment. Alors il la porta jusqu'à la chambre.

— Je peux marcher, tu sais.

— Je ne supporte pas que tu sois si loin.

Il la posa sur le lit avant de se munir d'un préservatif. En observant sa virilité tendue, Ava bouillonna d'une énergie nouvelle. Cet homme nu provoquait en elle un feu sans nom. Elle était prête à lui faire l'amour encore et encore.

Aux premiers rayons du soleil à travers les fenêtres, Ava se réveilla. Elle se tourna vers son amant allongé à ses côtés. Elle ignorait combien de fois ils s'étaient offerts l'un à l'autre, trop inquiète de savoir à quel point elle s'était dévoilée.

Elle aurait très bien pu aller se coucher seule et ne pas s'exposer ainsi. Et voilà qu'elle mesurait ses sentiments. Elle connaissait les risques au moment de s'offrir à lui, mais il était trop tard pour les regrets. Elle n'oublierait jamais Wynn. Elle espérait simplement le voir rentrer auprès d'une famille aimante... Et ne pas être tombée amoureuse de lui.

Elle se faufila hors des draps pour aller prendre une douche. Quand elle revint, le lit était vide. Elle gagna sa chambre à elle pour enfiler un pantalon et un pull bleu, incapable de l'écarter de ses pensées. Se réjouissait-il d'être sur le point de recouvrer la mémoire ?

Elle se rendit dans le salon où elle trouva Wynn près de l'âtre, vêtu d'un jean et d'une chemise à carreaux rouges et bleus. Il se retourna, l'observa de pied en cap et s'avança vers elle. Le cœur d'Ava s'emballa en croisant son regard, déjà impatiente de l'embrasser.

— N'oublie pas que nous devons être à l'heure à l'aéroport.

— Je sais, mais je veux te dire bonjour. Et tu es si belle, affirma-t-il en la prenant par la taille. Cette nuit était fantastique, parfaite.

— C'est vrai. Tu comptes m'embrasser un jour ou tu préfères continuer de parler ?

Il la serra contre lui pour seule réponse.

Au simple contact de ses lèvres, elle n'eut qu'une envie : le garder près d'elle pour toujours, le déshabiller, annuler leur vol. Or, elle devait le laisser regagner sa vraie vie.

Elle profita de cet instant puis se libéra, le souffle court, et réajusta son pull, afin d'essayer de garder son sang-froid.

— Il faut qu'on y aille.

Elle crut qu'il allait l'embrasser encore une fois, mais il poussa un long soupir et se détourna.

— Oui, je dois retrouver ma vie et mon histoire.

Et moi, je n'appartiens qu'à ces instants partagés avec toi entre ces murs.

Ava les conduisit à l'aéroport de Houston où ils prirent l'avion en direction de Dallas. Là-bas, une navette les amena jusqu'à sa voiture. Tout le long du trajet, elle s'était efforcée de ne pas penser à leurs adieux.

Le GPS les mena devant un grand immeuble trônant en plein centre-ville. Le shérif Ellison s'était arrangé pour que Wynn puisse récupérer ses clés.

Ils empruntèrent un accès privé et prirent l'ascenseur jusqu'au quinzième étage. Wynn ouvrit la porte de son appartement et entra dans une pièce lumineuse flanquée de baies vitrées. Dans le vestibule et le salon, murs, commodes et tapis se résumaient à du blanc, accompagnés de quelques meubles en verre et en acier inoxydable très contemporains.

Wynn marqua une pause pour absorber les lieux en secouant la tête.

— Je ne me souviens de rien. Je ne suis même pas sûr d'apprécier.

— Ça ira peut-être mieux après quelque temps.

Il pivota lentement pour la prendre par les épaules.

— Il n'y a que toi qui m'évoques quelque chose, ici. Approche. Nous avons fait une longue route et je n'ai pensé qu'à me retrouver seul et au calme avec toi.

— Holà, doucement, dit-elle en le stoppant d'une main sur

le torse. Rien qu'un baiser. Nous n'avons pas le temps. Il faut trente minutes pour aller chez tes parents et nous devons y être à 17 heures.

— Et tu nous fais perdre un temps fou, murmura-t-il en l'embrassant.

Chaque étreinte donnait à Ava l'impression d'un ultime adieu, et pourtant il trouvait toujours une occasion de retarder l'échéance. Jusqu'à quand cela durerait-il ? Mais elle oublia vite ses inquiétudes, ces gestes tendres achevaient tous ses tracas.

— Allez, ça suffit. Tu vas être en retard chez tes parents et tu voulais encore prendre une douche.

— Oui, tu viens avec moi ?

— Tu ne seras jamais à l'heure si j'accepte.

— Bon, d'accord, je me dépêche. Je ne sais même pas où est la salle de bains.

— Tu es un grand garçon, tu te débrouilleras, assura-t-elle en se dirigeant vers la porte-fenêtre du balcon.

Elle l'entendit s'éloigner. Désormais seule, elle arpenta le vaste salon, s'aventura dans une chambre décorée de noir et de blanc où un lit démesuré trônait sous un miroir au plafond. Elle s'avança jusqu'à une table en verre aux pieds métalliques. Une photo encadrée montrait Wynn, radieux, en compagnie d'une magnifique blonde en robe noire de luxe. Il la tenait par l'épaule, elle se penchait sur lui, la main sur son genou.

Ava reposa le cadre d'argent. Cette simple image suffit à la blesser, même si cette femme pouvait être n'importe qui.

Elle étudia encore un peu les lieux avant de se rendre sur le balcon et observer Dallas, obnubilée par ses adieux à Wynn.

— Je suis prêt, dit-il en la rejoignant quelques minutes plus tard.

Elle dut marquer une pause. Son œil au beurre noir et sa bosse avaient disparu. Il s'était coiffé et avait enfilé une chemise blanche cintrée ouverte sur le torse et à poignets mousquetaires fermés par des boutons de manchettes dorés. Il n'avait pas laissé ses bottes, mais avait mis un pantalon chic bleu marine. Certes, elle l'avait trouvé beau auparavant, mais rien ne l'avait préparée à cela. Le cœur battant, elle aurait pu l'admirer et le toucher toute la journée.

— Waouh, tu deviens plus séduisant après chaque douche.

— Misère… Maintenant, je n'ai qu'une envie, c'est de reporter ce dîner.

— Oh ! que non, déclara Ava. Ils ont dû organiser quelque chose d'extraordinaire. Allez, beau gosse, en voiture. Plus tôt tu iras et plus tôt tu rentreras.

— Oui, c'est ça. Tu sais, je ne suis certainement pas le propriétaire d'un ranch. Je n'ai trouvé aucune paire de bottes dans cette immense penderie. J'ignore où j'ai acheté celles-ci. Franchement, mes goûts ont dû changer quand je me suis cogné, il y a des trucs extravagants que je ne m'imagine pas porter du tout.

— Je suis sûre que tout te rendrait diablement beau, lança-t-elle.

— Je préférerais vraiment annuler et visiter ton appartement, ta chambre et ta salle de bains.

— Peut-être plus tard, ou demain, répondit-elle d'un ton léger pour masquer sa peine face à l'image de cette blonde en photo.

Cette fille pouvait très bien se trouver chez ses parents, à attendre son retour.

En réempruntant l'ascenseur, Ava ne put s'empêcher de regarder Wynn. Elle fondait devant sa barbe fine et cet air ténébreux.

— Je peux prendre ma voiture et allumer le GPS, si tu préfères, Ava.

— Il vaudrait mieux que je te conduise chez tes parents, lui indiqua-t-elle d'un sourire. Je reviendrai te chercher plus tard et te ramènerai chez moi ou chez toi.

— Si tu savais comme j'aimerais faire demi-tour.

— Non, tes proches attendent.

Ils traversèrent la ville pour atteindre un quartier ancien où se dressaient des manoirs. Les grands jardins aux parterres de fleurs parfaitement entretenus s'étendaient à l'ombre des arbres dans le doux automne texan.

— J'aimerais que tu les rencontres, que tu viennes dîner avec nous.

Elle aurait voulu accepter malgré ses réticences.

— Merci, c'est gentil, mais tu ne sais pas encore ce qui t'attend. Si tu as une petite amie et qu'elle est là, ce sera gênant qu'elle me voie en ta compagnie.

Il se frotta la nuque puis hocha la tête.

— J'imagine que tu as raison. On se retrouve plus tard de toute manière. Je devrais en savoir un peu plus.

— Revoir l'endroit où tu as grandi ravivera peut-être tes souvenirs.

— Dans le cas contraire, je passerai mon temps entre un cabinet de médecin et une ribambelle d'inconnus. Je ne sais même plus ce que je fais dans la vie.

— À mon avis, tu n'as pas à t'en préoccuper.

Elle le déposa près du porche à colonnes doriques blanches d'un gigantesque manoir à trois étages.

— Bien, nous y voilà, dit Ava. La maison de ton enfance, d'après ce qu'on nous a raconté.

En détachant sa ceinture, Wynn lui lança un regard intense. Il lui glissa une main dans le cou en se penchant, les yeux posés sur sa bouche.

Dès l'instant où leurs lèvres se trouvèrent, le cœur d'Ava se mit à battre plus fort. Elle ferma les paupières pour lui rendre son baiser et lui caresser la nuque elle aussi. Les adieux allaient s'avérer si difficiles...

Lorsqu'il la lâcha, il paraissait très sérieux. À quoi pensait-il donc ?

— Allez, va voir ta famille.

Il sembla hésiter un moment.

— Je me sentirais mieux si tu acceptais de sortir avec moi demain.

— Nous en rediscuterons quand je viendrai te chercher, répliqua-t-elle joyeusement.

— Demain, j'aurais de l'argent, ma jolie. Je t'emmènerai dans le plus beau restaurant de la ville.

— Allez, va-t'en, lui ordonna-t-elle en riant.

Il lui obéit d'un sourire. Elle se rappela qu'il ne savait pas ce qu'il trouverait sous ce toit. Tout allait changer d'un seul coup pour lui, elle devait se préparer à l'éventualité de rompre cette promesse de dîner. Seulement, elle s'en inquiéterait le moment venu.

— Tu me manques déjà.

— Appelle-moi. Tu as mon numéro.

— Oui, acquiesça-t-il. Bon, j'espère que tout ira bien.

Il sortit alors de la voiture pour monter les marches et sonner.

Ava redémarra en douceur, concentrée sur le rétroviseur en suivant l'allée circulaire. La porte d'entrée s'ouvrit, et un homme accueillit Wynn à l'intérieur.

Le ventre noué, elle se demanda si elle venait de lui dire adieu.

7

Sous le porche, Wynn sonna. Un carillon retentit puis un majordome vint lui ouvrir.

— Ah, monsieur Wynn, bienvenue. Quel soulagement de savoir que vous allez bien !

— Si on oublie mon amnésie. Rappelez-moi votre nom, s'il vous plaît, je ne me souviens même pas de la maison.

Il étudia les lieux en entrant, alors un éclair le traversa. Il se voyait dans ce hall au bras d'une femme.

— Ah, c'est vrai, quelle histoire ! Je m'appelle George Bolton. Laissez-moi vous conduire au grand salon, et j'irai chercher madame votre mère. Votre frère Jack est à la maison lui aussi. Votre sœur Lucy et votre père ne sont pas encore là. Ils devraient arriver plus tard.

— Sa sœur est rentrée, George, s'exclama une voix joyeuse depuis l'autre bout du vestibule.

Une femme élancée aux cheveux noirs s'approchait à grands pas.

— Lucy, s'écria Wynn, assailli d'une image où il l'empêchait de tomber de cheval quand elle était petite.

Puis, il la revit courir vers lui au moment où il avait marqué un point décisif durant un match de football américain, au lycée. Il se souvenait de son nom, même sans les indications de George.

— Lucy, répéta-t-il de plus belle, heureux de reconnaître enfin quelqu'un.

À la fois soulagé et submergé de tendresse pour elle, il se

rappela à quel point ils étaient proches tous les deux. Il s'avança pour l'enlacer, seulement elle se contenta de lui tendre la main.

— Bon retour parmi nous, Wynn, lança-t-elle d'un ton solennel qui le refroidit.

Elle ne semblait pas particulièrement heureuse, aussi lui serra-t-il la main avec prudence.

— Je serai dans ma chambre, conclut-elle en s'en allant. Nous nous verrons au dîner.

— Je vais prévenir votre mère, intervint George en emboîtant le pas à la jeune femme.

Wynn observa sa sœur monter les marches. Quelle sorte de relation entretenaient-ils ? Cet échange glacial n'augurait rien de bon malgré ses souvenirs si agréables. Il aurait souhaité pouvoir en parler à Ava, son phare dans la tempête ; elle savait écouter les autres. Son cœur se pinça, elle lui manquait déjà à son grand étonnement. Il la connaissait à peine, mais c'était bien à cause de leur complicité qu'il songeait à elle en permanence.

Et maintenant il se rappelait sa vie, probablement en raison de cette maison, de ses proches. Ces images soudaines, presque écrasantes, éveillèrent une certaine euphorie.

Même face à toutes ces réminiscences du passé, Ava restait son souvenir le plus concret. Il voulait sentir sa douceur. Il avait sans doute connu d'autres femmes, cependant aucune n'avait dû égaler la volupté d'Ava Carter. Aucune n'avait été une si bonne amie.

Tombait-il amoureux ?

Il se figea. Il ne pouvait pas l'aimer après si peu de temps. Alors un autre souvenir lui revint : il ne voulait ni se marier ni fonder de famille... Aussi sûr qu'Ava lui avait sauvé la vie... Et la raison à cela demeurait sa peur de voir ses enfants devenir comme son frère jumeau, Wynn.

Il se frotta la nuque. *Mon frère Wynn ?*

— Mince alors, lâcha-t-il tout haut, seul dans l'entrée.

Wynn était son frère et lui s'appelait Wade. Il ferma les yeux pour stimuler sa mémoire.

— J'ai un ranch, souffla-t-il. Gerald me l'avait bien dit.

Il se souvint alors des frasques incessantes de Wynn. Celui-là détestait les chevaux. Ils ne travaillaient pas ensemble.

— Bon sang…

Cette révélation ne le surprit pas, en vérité. Son frère se faisait souvent passer pour lui. Il fut assailli d'images vagues. Ils s'étaient déjà battus parce qu'il lui avait volé sa petite amie au lycée.

Leur père avait fait sa première crise cardiaque à l'âge de cinquante-deux ans. Wade l'avait trouvé un peu jeune pour cela, aussi avait-il accusé son frère et tout le tracas qu'il causait à leur famille.

Wade se souvenait de tout désormais. Sa vie entière lui déferlait dessus. Quel soulagement ! Quel bonheur ! Il devait tout raconter à Ava.

— Wynn ? s'enquit-elle en décrochant à la deuxième sonnerie.

— Ava, j'ai tant de choses à te dire, s'exclama-t-il sans reprendre son souffle. Mes souvenirs reviennent.

— Oh ! fantastique ! Tu vois, Molly avait raison.

— Ça doit être à cause de la maison, je ne sais pas. Je te raconterai tout.

— J'ai hâte.

— Je ne dormirai pas ici, ce soir. J'emprunterai une voiture pour venir chez toi.

— Rappelle-moi et je viendrai te chercher.

— Je verrai. Au fait, Ava, je ne m'appelle pas Wynn.

— Comment ça ?

— Je suis Wade Sterling.

— Wade ? s'étonna-t-elle. L'autre frère ? Mais il est passé à la télévision.

— Oui… Wynn a un sens de l'humour particulier. On ne s'entend pas du tout.

— Génial, maugréa-t-elle. Je vois que tu as effectivement beaucoup de choses à me raconter.

— Oui, je vais te laisser… Oh ! et Ava, tu me manques.

— Toi aussi, affirma-t-elle en douceur. Vraiment.

— À plus tard.

Wade rempocha son nouveau téléphone. Il prit une grande inspiration et s'étira, hanté par la nuit dernière.

Il resta immobile à observer la maison. Il se rappela les fois où Wynn lui avait volé son identité grâce à ses talents d'acteur. Celui-là avait toujours participé à toutes les pièces de théâtre à l'école.

— C'est moi Wade Sterling, dit-il.

Alors il repensa à la tempête, à la route sous la pluie, son pick-up emporté par les eaux. Et il se souvint.

— Olivia..., murmura-t-il.

Il s'apprêtait à rompre avec elle avant toute cette histoire. Ils avaient beau évoluer dans le même monde, ils n'éprouvaient plus aucun intérêt l'un pour l'autre. Elle paraissait tout aussi prompte à le quitter, en vérité.

Les morceaux se recollaient petit à petit. Il s'entendait bien avec sa petite sœur et Jack. Tous les trois s'étaient toujours disputés avec Wynn. Wade comprenait désormais la froideur de Lucy.

Puis, il se rappela ses cousins et l'arène de Fort Worth.

Tout à coup, sa mère se rua sur lui pour l'embrasser.

— Wynn, je suis si contente de te voir. Mon petit chéri, je me suis fait un sang d'encre. Avec ton père, nous avons eu si peur qu'il te soit arrivé malheur. Je te croyais en sécurité à Nashville. Oh ! mon bébé.

Wade ne put s'empêcher de rire en s'imprégnant de ses épaisses boucles noires et ses yeux légèrement plus clairs que les siens. Il reconnut son parfum si familier, le même depuis des lustres.

— Maman, du calme. Tout va bien. Je suis rentré, mais je ne suis pas Wynn.

— Mon pauvre chéri, tu as oublié qui tu es. George m'a prévenue. Mais c'est toi, Wynn. Wade était à Dallas, avec nous.

— Maman, tu sais faire la différence si tu nous observes bien. Regarde-moi.

Elle se pencha en arrière puis se recula avant de poser la main sur sa joue en souriant.

— Oh ! par tous les saints, mais c'est vrai, s'esclaffa-t-elle. C'est toi, Wade. Quel petit garnement... Il n'arrête jamais avec ses farces. Enfin, peu importe, tu es sain et sauf, alors ne lui en veux pas trop. Je suis navrée que tu aies été pris dans cette terrible tempête. Veux-tu un verre avant le dîner ? Les autres ne devraient pas tarder. George m'a dit que Lucy était déjà là...

Elle fronça les sourcils tout à coup.

— Oh ! mais attends, ça signifie qu'Olivia vient avec Wynn, reprit-elle en lui donnant une petite tape sur le bras. Ne te fâche pas. Il aime plaisanter et ça n'a fait de mal à personne. Tu ne savais même pas qu'il avait pris ta place.

— Non, maman, répondit-il d'une voix ouvertement acide. Je ne savais pas pour sa petite blague.

— Sois gentil, Wade. C'est la fête, ce soir.

— Tu sais, la femme qui m'a sorti du ravin habite ici, à Dallas. À quelques minutes à peine, en vérité. J'aimerais l'inviter et lui présenter la famille.

— Avec plaisir. Pourquoi ne l'as-tu pas amenée ? Nous serions ravis de la rencontrer.

— Merci.

— Mais, et Olivia ?

— Wynn la raccompagnera, et c'est très bien comme ça.

— Oh là là, il va devoir lui avouer la vérité.

— Elle s'y fera, assura-t-il, certain qu'Olivia savait déjà.

— Bien, va l'appeler. Si tu as soif, sers-toi. Je retourne en cuisine. Ah, c'est si agréable que tu sois là, que vous soyez tous là.

Wade observa sa mère se précipiter vers le couloir. Elle allait sans doute surveiller le chef de la maison. Elle adorait s'agiter aux fourneaux si bien qu'ils avaient perdu plus d'un cuisinier au fil des années à cause de son intransigeance. Il ne comprenait toutefois pas pourquoi elle pardonnait si facilement à Wynn. D'après elle, il lui rappelait leur oncle Ethan, le cadet de leur père. Elle était d'abord tombée amoureuse d'Ethan, mais il s'était tué dans un accident de moto.

Wade rappela Ava, le cœur battant.

— Salut. Qu'y a-t-il ? Nous venons de nous parler.

— Maman aimerait t'inviter, ce soir. J'ai hâte de te voir, j'ai l'impression que ça fait des heures.

— Tu es soûl ? lança-t-elle.
— Non, simplement content.
— Laisse-moi le temps de me changer.
— Aucun problème. Envoie-moi un message quand tu seras là, je viendrai t'ouvrir.
— D'accord. Dans une heure environ, ça ira ?
— Parfait. À dans une heure. Je rentrerai avec toi si tu veux.
— Bien sûr que je veux, affirma-t-elle d'une voix suave qui rendit Wade impatient.
— Tu me donnes envie de partir, là. Ne me tente pas, maman adore avoir du monde à dîner.
— Bien, je vais me préparer.
— Moi, je suis déjà prêt.
— Oh ! mon Dieu.

Wade sourit. Il allait bientôt la retrouver, passer la nuit avec elle. Il préféra se calmer et écarter les réminiscences de leurs étreintes pour le moment. Ava comptait-elle tant ? Malgré le caractère inattendu de cette question, il devait l'admettre, elle occupait une place particulière.

Il monta à l'étage. Maintenant qu'il reconnaissait les lieux, il voulut discuter avec Lucy. En chemin, il se réjouit de retrouver sa vie, voire plus grâce à Ava, puis se rappela ses vêtements, ou plutôt ceux de Wynn. Il voulait se changer.

Il dépassa une porte ouverte. Un bref coup d'œil lui suffit à reconnaître la suite de Lucy. Un tableau penchait. Wade traversa alors la pièce afin de le redresser comme à son habitude, car sa sœur ne pouvait l'atteindre.

Puis, il l'entendit arriver derrière lui.
— Je remets le cadre en place. J'aimerais te parler…

Elle le dévisagea puis se concentra sur la peinture.
— Oh ! mon Dieu, c'est toi, Wade !

Elle traversa la pièce d'un bond pour se jeter dans ses bras. Wade cligna des yeux, surpris, puis la serra fort contre lui.
— Tu ne m'as pas reconnu dans l'entrée.
— Non, admit-elle l'air radieux. J'avais la tête ailleurs. Mais tu as remis le cadre droit. Wynn ne s'est jamais donné cette peine,

pas une seule fois. Et c'est très bien ainsi. Papa lui a interdit de toucher à mes affaires.

Wade voulut l'enlacer encore un peu, mais elle continua.

— Tous les autres te prennent pour Wynn.

— Où est-il, d'ailleurs ?

— Il devrait arriver..., affirma-t-elle en se plaquant la main sur le visage tout à coup. Avec Olivia ! Wade, elle pense qu'elle vient avec toi. Tu crois qu'il voulait la séduire depuis le début ?

— Aucun problème, la rassura Wade en lui touchant l'épaule. J'allais rompre avec elle de toute façon. Tant mieux si elle sort avec lui.

— Tu es sincère, on dirait.

— Oui.

Lucy pinça tout de même les lèvres, l'air plus grave.

— Je sais que tu ne t'énerveras pas, mais je m'inquiète pour papa. Son médecin lui a conseillé d'éviter le stress.

— Alors, là, c'était fichu d'avance à la seconde où Wynn a vu le jour. Mais je vais bien, je me souviens de tout. Je parlerai à papa en me concentrant sur le positif. C'est encore le mieux à faire pour l'heure. Va savoir pourquoi Wynn aime tant ces farces puériles, il faudrait qu'il grandisse un peu.

Wade marqua une pause. Puis, il lui raconta toute son aventure, la voiture, l'amnésie et Ava.

— Wade, mais c'est affreux !

— Je lui dois beaucoup, c'est pour ça que j'aimerais vous la présenter. Elle n'a plus de famille. Sa sœur et sa mère sont décédées et elle ne parle plus à son père.

— Heureusement qu'elle t'a trouvé. Mais... C'est un peu effrayant d'héberger un inconnu quand on vit seule.

Il évoqua alors Gerald et Molly puis sa blessure.

— Comment va ton épaule, Wade ?

— La plaie se referme doucement, ça devrait aller. J'irai quand même chez le médecin pour cette bosse et l'amnésie.

— J'ai vraiment hâte de rencontrer ton amie.

— Et moi de te la présenter. Bien, petite sœur, excuse-moi, mais j'aimerais aussi discuter avec Jack. On se voit plus tard.

— Pas de problème. Contente que tu sois rentré. Sincèrement.

— Merci, Lucy. Ça me fait du bien, et ça m'a surtout permis de me souvenir de tout.

— Tu sais, Wynn était très sage en se faisant passer pour toi, raconta-t-elle en riant. Il était presque sympathique.

— Ma foi, il peut reprendre ses mauvaises habitudes.

— Quant à Ava, si tu l'apprécies, je m'entendrai bien avec elle.

— Je te le garantis.

Il prit congé puis se dirigea vers la chambre de son petit frère. Wade partageait les doutes de Lucy à propos de cet imposteur de Wynn. Ce dernier avait voulu séduire Olivia. Mais combien de temps avait-elle été dupe ? Wade se prit à sourire, elle n'était pas bête, elle n'y aurait pas cru plus de quelques minutes.

Il toqua à la porte ouverte de Jack qui l'invita à entrer.

— Ah, tu es enfin rentré, lança son petit frère en prenant une paire de chaussettes noires et blanches pliées à la perfection dans un tiroir.

— On dirait que tu es simplement passé récupérer quelques affaires de rechange.

— À la base, oui, mais maman m'a tenu la jambe. Elle voulait absolument rassembler toute la famille pour ton retour.

— Je ne sais pas si c'est la maison, vos visages ou le temps... mais j'ai retrouvé la mémoire. Je ne suis pas Wynn.

Jack s'arrêta net pour le dévisager.

— Wade ?

— Je crois, oui.

— Mais oui, c'est bien toi. Maintenant que je te regarde de plus près, je vois bien la différence. Et il n'y a que toi pour répondre ça. Wynn aurait plutôt été du genre « je sais qui je suis ». Ce sale gosse, pourquoi ferait-il une chose pareille... ? Ah, d'accord. Olivia.

— Ça ne m'atteint même pas, Jack. Je me souviens d'elle, mais elle ne m'intéresse pas. En toute honnêteté, ce sont ses envies de mariage qui m'ont aidé à savoir qui je suis. Je préfère ne pas risquer d'avoir des enfants comme Wynn.

Les pensées de Wade vagabondèrent de nouveau vers Ava. Avoir un bébé avec elle serait un vrai bonheur pourtant.

— J'aurais dû faire plus attention, maugréa Jack en secouant la tête. Mais je n'avais pas forcément de raison de ne pas croire maman.

— Je comprends, ne t'en veux pas.

— Mais, Wade, au sujet des enfants... Je partage tes sentiments, j'y ai déjà réfléchi moi aussi, et je ne pense pas que ni toi ni moi n'aurions un fils comme Wynn. Pour la simple et bonne raison que nous n'accepterions pas ses caprices. Maman n'a jamais fait que trouver ça mignon et l'encourager.

— Tu marques un point.

— Pendant ton absence, il est venu plusieurs fois avec Olivia. Il sait bien t'imiter, il faut lui accorder. Dommage qu'il doive s'arrêter, il était vraiment plus agréable.

Wade éclata alors de rire en même temps que son frère face à cette vérité, mais Jack reprit soudain un air plus grave.

— Et pour papa ? Il pourrait bien faire une nouvelle attaque.

— Je crois que je vais l'appeler et lui expliquer calmement.

— Bonne idée. Tu sais t'y prendre avec lui. Ah, et dire que maintenant, on va devoir supporter Wynn et son sale caractère. Ça m'étonne que maman n'ait pas fondu en larmes en retrouvant son petit chouchou.

— J'avais déjà compris que j'étais Wade. Ça l'a simplement amusée.

— En parlant du loup...

Wade vit Jack jeter un coup d'œil par la fenêtre. Il s'approcha. Son frère venait de se garer. Il contournait sa voiture pour ouvrir la portière à Olivia.

Wade se rappela à quel point elle était belle avec ses cheveux blonds en cascade autour du visage. Sa robe courte bleu pâle mettait en valeur ses formes pulpeuses et ses jambes. Le corsage en V exhibait un bijou en diamant sur une poitrine opulente.

Il lui trouva du charme, certes, sans rien ressentir pour autant. Cette femme le ramenait à Ava, rien de plus. Il lui tardait d'en finir avec ce dîner pour rentrer avec elle.

— À ta place, je lui aurais déjà flanqué mon poing sur la figure, déclara Jack. Comment va réagir Olivia, à ton avis ?

— Je m'en moque, avoua Wade en secouant la tête. Je m'inquiète surtout pour papa. Et je te parie qu'Olivia est au courant. En fait, Wynn m'a épargné une discussion difficile avec elle. Je suis tellement content d'avoir recouvré la mémoire que ses manigances paraissent futiles. Tout devrait redevenir assez calme dorénavant.

— Une fois que papa aura piqué une grosse colère...

— Oui, Wynn n'est jamais allé aussi loin et n'a jamais impliqué la famille auparavant.

— Tu sais qu'il est même passé à la télévision en prenant ton nom, Wade ?

— Oui, acquiesça-t-il. Mais je lui rendrai la monnaie de sa pièce, un jour.

— Tu m'excuseras si je n'y crois pas trop, répliqua Jack. C'est un veinard et maman le défend toujours.

— Allons les saluer, conclut Wade en entendant la porte d'entrée se refermer.

Ils croisèrent Lucy dans le couloir. Elle semblait avoir eu la même idée.

— Je ne veux pas manquer ça, commenta-t-elle.

— Ne t'emballe pas trop. Tout ce qui m'importe, c'est qu'Olivia soit heureuse avec lui.

Quand ils s'avancèrent dans le salon, Olivia se retourna pour leur dire bonjour, seulement son sourire se mua vite en un rictus hésitant.

— Salut. Bonne nouvelle, j'ai retrouvé la mémoire.

Elle écarquilla à peine les yeux puis s'illumina de nouveau, l'air ravi.

— Tant mieux. Je dois bien l'admettre, ton frère est plutôt intéressant. Je m'amuse beaucoup en apprenant à le connaître.

— C'est une façon de le décrire, j'imagine. Où est-il ?

— Dans la bibliothèque, il t'attend.

— Je vous souhaite tout le bonheur du monde.

— Tu as l'air sincère, lâcha-t-elle en l'observant.

— Je ne le dirais pas si je ne le pensais pas. Tu lui feras du bien, je sais que tu n'accepteras pas ses âneries.

— Ça me rassure, souffla-t-elle en souriant. C'était fini entre nous de toute façon. Wynn est drôle et plein de surprises. Mais je suis contente que tu ailles bien.

— Merci, Olivia. Amuse-toi bien avec Wynn.

Wade venait ainsi de conclure son histoire avec elle. Un soulagement infini le traversa.

Quand il arriva devant les portes closes de la bibliothèque, il toqua, entra puis referma afin qu'on ne les dérangeât pas. Son frère se tenait près de la cheminée, tourné face à lui, un verre à la main. Il portait une tenue semblable à la sienne.

— Eh bien, nous avons vraiment l'air de jumeaux identiques, ce soir, dit Wade. Et tu pousses le vice jusqu'à avoir la même montre que moi. En revanche, j'aimerais que tu me rendes mes bottes.

Wynn fronça les sourcils à cette remarque.

— Je ne suis plus amnésique, Wynn, lui annonça-t-il platement.

— Ah, alors tu sais tout, fit l'autre en s'éloignant de l'âtre. Tu viens de me gâcher la soirée.

Wade hocha la tête, s'attendant à de la culpabilité, de la gêne, en vain. Son frère affichait un visage neutre. Puis, Wynn s'approcha d'un pas nonchalant en sirotant le liquide ambré dans son verre.

— Olivia est une très belle femme, assura-t-il en défiant Wade du regard. Elle m'a démasqué en quelques secondes, mais elle a quand même joué le jeu.

— Oui, elle est séduisante. Si c'est pour elle que tu as fait ça, alors félicitations, tu as réussi. Soyez heureux ensemble. Olivia t'a sans doute déjà appris que c'était terminé entre nous.

— En fait, non, expliqua-t-il en posant son verre sur une table. Elle ne savait pas que tu n'éprouvais plus rien pour elle, mais tant mieux. Alors, tu ne m'en veux pas ?

Wynn inclinait la tête sur le côté pour étudier la réaction de son frère. Wade aurait dû enrager, mais tout cela lui paraissait si futile tout à coup. En revanche, une chose l'agaçait tout de même.

— Non. Par contre, je te préviens, c'est la dernière fois que tu te fais passer pour moi. Comment as-tu su que je ne rentrerais pas comme prévu ?

— J'appelle maman régulièrement. Elle me raconte tout sur tout le monde. Comme elle n'avait plus de nouvelles, je me suis dit qu'on allait rigoler un peu et j'ai écourté mon séjour à Nashville. Ils n'y ont vu que du feu. J'ignorais simplement quand tu reviendrais.

— N'en parlons plus.

— Quel grand seigneur ! Je croyais que tu m'en voudrais. Papa sera bien moins content, pour ne pas changer.

— Maintenant que j'y pense, le shérif qui m'a aidé à rentrer nous a confondus grâce à ton passage à la télévision. J'ai donc dû obtenir les clés de ton appartement.

Wade sortit des clés de sa poche pour les jeter à Wynn.

— Garde les vêtements, dit Wynn. Je les ai achetés pour la supercherie. Jamais je n'aurais imaginé que le shérif s'arrangerait pour que tu puisses passer chez moi.

— Ne t'inquiète pas, je n'ai touché à rien, déclara-t-il, sachant qu'à sa place Wynn aurait fouiné partout.

— Je ne comprends pas comment tu fais pour supporter ces satanées bottes. Je serai bien content quand tout ça sera terminé.

Le visage neutre de Wynn se durcit à cet instant. Il plissa les yeux, la mâchoire crispée, pour observer son frère.

— Tu sais, Wade, tu te crois toujours meilleur que moi, à t'imaginer que je ne peux pas avoir ce que tu as. Mais tu te trompes. Olivia est à moi, et je ne te la rendrai pas.

— Je m'en remettrai, Wynn, commenta Wade avec froideur. Et je ne pense pas valoir mieux que toi, nous sommes différents, voilà tout.

— Pas tant que ça, très cher frère. Nous partageons le même sang. Et tu sais quoi ? Maman m'a révélé le grand secret, fit Wynn en traçant des guillemets avec ses doigts. Je ne suis censé en parler à personne, mais c'est le moment idéal. Papa n'est pas notre père.

Il adopta un ton plus sérieux à ces mots. Il rougissait même.

— Maman est tombée enceinte d'Ethan. J'imagine qu'il faudrait appeler papa tonton Arlo.

— Tu mens, l'interrompit Wade, frappé de plein fouet par la nouvelle.

— Oh ! que non, insista-t-il en reprenant son verre d'un geste vif pour le vider d'une traite. Et notre vrai père ne l'a jamais appris parce qu'elle ne savait pas encore au moment de sa mort. Remets-toi donc de ça. Notre prétendu papa n'est au courant de rien. Tu as beau être son chouchou, tu n'es pas son fils. Et tu ne lui diras rien pour lui éviter une crise cardiaque.

Face à l'air suffisant de son frère et cette nouvelle, Wade songea à sa mère et sa relation avec Wynn. Son ventre se noua de dégoût, de colère.

— Et toi, tu arrives à trahir la confiance de la seule personne qui est toujours gentille avec toi et te pardonne tout.

— Mais tu ne lui en parleras pas non plus pour ne pas la blesser, répliqua Wynn en le pointant du doigt. Pense donc à ça et au sang qui coule dans tes veines.

Wade aurait pu frapper son frère, seulement il n'allait pas s'abaisser à son niveau. Il respira lentement en invoquant tout son sang-froid, les poings serrés au fond des poches. Lorsque cela ne suffit plus, il préféra s'en aller. Une fois devant la porte, il s'arrêta puis jeta un coup d'œil par-dessus son épaule. Wynn souriait, heureux d'avoir fait mouche.

Wade rejoignit les autres pour leur apprendre qu'il allait appeler leur père.

— Bonne idée, dit Lucy. Papa s'inquiétera moins s'il sait que tu vas bien.

— Et ce sera mieux s'il te parle avant, renchérit Jack.

Wade s'excusa pour sortir, s'éloigner de la maison. Il ne doutait pas une minute de cette révélation, même s'il restait encore abasourdi. Dans ses veines coulait donc le sang de l'oncle Ethan, homme similaire à Wynn. Il espérait pouvoir protéger son père de la vérité.

Mais à quoi pensait-il ? Arlo Sterling était son seul père. Il les avait éduqués, nourris, couverts d'amour, de richesses et de conseils. Wade lui en serait toujours reconnaissant.

Cependant, les liens du sang le tracassaient. Cela le conforta dans sa décision de ne jamais avoir d'enfants. Il allait devoir prévenir Ava. Ils n'avaient pas envisagé une relation à long terme, mais elle devait savoir qu'il fuirait le mariage. Puis, les paroles de Jack lui revinrent à l'esprit. Wynn devait-il son attitude à ses gènes ou au laxisme de leur mère ?

Wade resta planté là à essayer de se calmer, les poings toujours serrés. Allait-il commettre une erreur ? Ava voulait cinq ou six enfants. Il tenta de calculer les statistiques. Deux ou trois d'entre eux finiraient comme Wynn. Peut-être même tous, bon sang. Quelle merveilleuse perspective...

Une fois de plus, Wynn avait réussi à semer le trouble au cœur d'une période de bonheur. Il avait réussi à gâcher toute la joie de cette journée remplie de bonnes nouvelles... Sans compter la promesse rompue à sa mère, même si elle allait lui pardonner, comme toujours.

Wade se tenait dans le noir, éclairé par les lumières à l'intérieur. En prenant son téléphone, il se conforta encore une fois dans l'idée qu'Arlo resterait son seul père. Il laissa sonner puis la voix si familière décrocha.

— Papa, bonne nouvelle, je suis rentré et tout va bien. J'ai retrouvé la mémoire en revoyant la maison.

— Ah, fiston, c'est fantastique, s'exclama Arlo, apparemment soulagé.

— Écoute, nous parlerons quand tu seras là, mais je suis tellement content que je n'ai pas pu attendre. Et, au fait, je suis Wade. Wynn s'est fait passer pour moi.

Son père jura à l'autre bout du fil ; il espéra ne pas avoir commis une maladresse.

— Il n'a fait de mal à personne, ce n'est pas grave, reprit Wade, la gorge serrée, s'efforçant de ne pas craquer pour le bien de son père. Laisse tomber pour cette fois, je ne veux pas que tu t'inquiètes.

Arlo lui posa alors quelques questions, s'apaisant de plus en plus à chaque réponse de Wade.

— Je crois qu'il voulait me piquer Olivia. Ça m'arrange, je n'aurais pas à m'embarrasser d'une rupture.

— Pour une fois qu'il sert à quelque chose, rétorqua son père en riant.

— Ah, j'ai oublié, j'ai invité une amie, ce soir. Elle m'a sauvé la vie et je tiens à vous la présenter. Bon, je vais te laisser... Et, au fait, je sais que je ne te le dis pas assez souvent, mais tu as été un père génial. Je t'aime. À tout à l'heure.

Wade soupira, conscient qu'Arlo ne méritait pas un rejeton comme Wynn. Il repensa à Ava, il devrait lui expliquer pourquoi il ne voulait pas fonder de famille. Il ne la connaissait pas depuis longtemps, mais préférait éviter de la blesser. Après seulement quelques nuits, ils pourraient sans doute se séparer sans trop de peine. Se berçait-il d'illusions ?

Une autre idée l'écrasa aussitôt : il n'était pas encore prêt à lui dire adieu. Il voulait la serrer contre lui ce soir, l'amener dans son lit, l'embrasser, lui faire l'amour pendant des heures.

Il regarda sa montre, impatient de la retrouver.

Vingt minutes plus tard, Ava remontait l'allée.

8

Le sourire aux lèvres, elle sortit de voiture tel un ange à la chevelure dorée. Wade resta pantois. Sa robe lui descendait presque jusqu'aux genoux, mais ne révélait pas son décolleté. Peu importe, Wade connaissait déjà chaque millimètre de son corps. Il aurait voulu se jeter sur elle.

Il se contenta pourtant de l'attendre.

— Tu es merveilleuse, j'ai hâte de te ramener chez moi, déclara-t-il

— Merci, s'exclama-t-elle, toujours plus ravie, apparemment. Je suis tellement heureuse que tu aies retrouvé la mémoire.

— Tu sais ce dont je me souviens le mieux ? s'enquit-il d'une voix plus grave.

— Non, quoi ?

— Quand je te faisais l'amour.

Elle rougit.

— Mieux vaudrait changer de sujet tout de suite. Dis-moi plutôt les noms de tout le monde.

Il s'exécuta le temps de passer le seuil avant de la présenter à ses proches. Wynn semblait curieux, mais resta près d'Olivia et sa mère, se contentant d'un geste bref pour saluer Ava. Lucy et Jack, eux, se montrèrent plus avenants et voulurent tout entendre de l'accident de leur frère. Puis, son père arriva, se ruant droit sur Wade pour lui serrer la main et le prendre dans ses bras.

— Enfin, te voilà. J'avais trop de travail pour prêter attention à Wynn. C'est quand même un bon acteur.

— Oui, il me connaît bien, acquiesça Wade pour ne plus en parler. Mais il y a plus important. Papa, j'aimerais te présenter Ava Carter. Elle m'a secouru dans la tempête. Ava, Arlo Sterling.

— Monsieur Sterling, ravie de vous rencontrer, dit-elle en lui tendant la main. Je pense que Wade s'en serait sorti, mais il était mieux, bien au chaud chez moi.

Tandis qu'ils discutaient, Wade remarqua les traits tirés de son père. Les frasques de Wynn le fatiguaient-elles tant ? Puis, Wade revint à Ava, déjà impatient de rentrer. Il ne la voulait que pour lui seul, il avait l'impression de ne plus l'avoir vue depuis des lustres.

Après le dîner, ils restèrent une heure de plus par courtoisie avant de s'en aller. Les au revoir s'éternisèrent cependant jusqu'au moment où Ava s'installa enfin au volant.

— Je garde un double de mes clés dans le coffre de mon père, à l'abri de mon frère. Je vais pouvoir retrouver mon appartement et ma voiture. Le pick-up au fond du ravin me servait pour visiter les ranchs. Allons chez moi, j'aimerais te divertir un peu.

— Comme tu voudras. J'ai hâte de te divertir moi aussi, affirma-t-elle d'une voix suave sans quitter la route des yeux.

— Évite de me dire ça quand tu conduis si tu ne veux pas que je te saute dessus.

— C'est pour t'inciter à me montrer ta chambre.

— J'en ai eu envie dès l'instant où tu m'as déposé. Tu n'imagines pas à quel point j'ai pensé à toi, aujourd'hui.

— Arrête, tu vas vraiment finir par nous faire avoir un accident.

— Et tu es vraiment incroyablement sexy.

Ava lui lança un bref regard avant de se racler la gorge en se redressant.

— C'est une belle famille nombreuse que tu as là. Quatre enfants, c'est génial.

— Si on oublie une certaine personne, oui. Et n'essaye pas de changer de sujet.

— Si, je préfère, s'exclama-t-elle. C'est ça ou me jeter sur toi et foncer dans un mur.

— Tu me laisseras le volant, la prochaine fois, répondit-il tout aussi amusé qu'excité. J'ai appris à conduire à une main.

— Qu'est-ce que tu n'as pas compris dans ce que je viens de dire ?

— Je ne peux pas m'en empêcher, répliqua-t-il. Tu es trop jolie, trop irrésistible.

— Mais arrête donc. Ton appartement est-il encore loin ?

— Quelques kilomètres à peine. Tu veux que je conduise ?

— Non, ça ira. Ton frère jumeau avait l'air sympathique.

— Oui, ça lui arrive, principalement en présence d'une belle femme. Il change d'un instant à l'autre. C'est comme ça qu'il a toujours amadoué maman. Crois-moi, tu ne verras que ses bons côtés.

— J'ai connu des jumeaux auparavant, mais j'arrivais à les différencier, eux. Je comprends mieux comment il parvient à t'imiter. Heureusement que tu as cette cicatrice sur la main gauche.

— Tu n'as pas vu le pansement sur la sienne ?

— Si, je pensais qu'il s'était coupé.

— C'est exactement ce qu'il veut que tu croies, mais c'est faux. Il fait toujours ça pour tromper les femmes qui me connaissent. C'est un manipulateur sournois. Au lycée, il se faisait passer pour moi avec mes copines. Certaines n'ont jamais rien compris. Mais désormais ce ne sera plus aussi facile pour lui.

— Ah bon ?

— Si un jour tu as un doute, regarde mon épaule. J'aurai une nouvelle cicatrice. Wynn n'arrivera pas à pousser la supercherie si loin.

— Je prends note.

— Je reconnais le quartier, continua Wade, concentré sur les rues. Molly avait raison, je me souviens de tout comme si rien n'était arrivé.

— Tant mieux.

— Mais revenons à la nuit dernière et à cette douche...

— Si je provoque un carambolage, ce sera ta faute.

Il rit aux éclats. Il aimait tant jouer avec elle.

— Mais non, tout ira bien. Toi, tu te concentres, moi je repense à t'enlacer, et à d'autres choses...

Ava se mit alors à chantonner pour l'oublier, ce qui l'amusa. Une fois à quelques pâtés de maisons de chez lui, Wade préféra se taire pourtant.

Dès l'instant où ils passèrent la porte de l'entrée privée, il se tourna pour capturer Ava entre ses bras. Il se plongea dans ses grands yeux bleus, et son cœur tambourina dans sa poitrine.

— Je peux enfin t'embrasser. J'ai attendu une éternité.

Ava frissonna, captive de ses gestes et son désir. D'un mouvement d'épaule, elle laissa son sac à main tomber par terre. Dans la lumière tamisée du vestibule, elle oublia tout.

Son corps palpita d'impatience en serrant Wade pour lui rendre son baiser endiablé. Elle tremblait, aussi affamée que lui. Il saisit la fermeture de sa robe et l'ouvrit lentement.

Il releva la tête une seconde pour laisser le tissu tomber à ses pieds en une masse noire. Son torse musclé se gonfla alors tandis qu'il prenait une grande inspiration pour l'admirer. Ava en voulait toujours plus.

— Wade, murmura-t-elle en le tirant par le poignet.

Là, il retira sa chemise sans même la déboutonner complètement. Il dégrafa ensuite le soutien-gorge de la jeune femme et le jeta dans un coin.

— Tu es si belle, dit-il en se penchant pour lui ôter sa culotte.

Après s'être débarrassé de son pantalon et ses sous-vêtements, il alla chercher un préservatif puis revint se blottir contre elle. Elle sentit son sexe tendu contre son ventre.

— Je ne pense qu'à toi tout le temps, lui susurra-t-il en la couvrant de baisers sur la nuque et la poitrine.

Sa langue explorait son corps pour mieux la titiller de tendres assauts mêlés à son souffle chaud et ses mains sur ses seins.

Elle gémissait à la moindre caresse, toujours plus submergée par l'envie. Elle voulait lui faire l'amour, le laisser la combler, atteindre ce firmament dont lui seul connaissait le secret.

Il se redressa quand elle poussa un petit cri. Face à son désir évident, elle ne put s'empêcher de se mettre sur la pointe des pieds pour l'embrasser tout en lui caressant le sexe.

Wade la souleva. Elle l'encercla de ses jambes avant de jouer des hanches pour le laisser s'inviter en elle. Elle exhala un long soupir, elle avait attendu cet instant toute la journée.

Il lui donnait des coups de reins rapides et puissants. Elle s'agrippait à lui, de plus en plus esclave de sa volupté. Il accéléra encore et encore jusqu'à la pousser à une extase absolue. Un dernier mouvement du bassin et il la suivit dans l'orgasme.

Lorsqu'il la reposa, elle se réjouit de se tenir contre lui ; ses jambes flageolaient trop pour la soutenir. Il avait dû s'en rendre compte, car il la souleva de nouveau.

Il la porta jusqu'à la salle de bains, allumant au passage. Ava ne prêta nullement attention à l'appartement. Elle ne voyait que son amant. Encore étourdie, elle le noyait de petits baisers dans le cou, sur le lobe de l'oreille, tout en jouant avec ses cheveux. Il devait venir d'un autre monde pour lui offrir de telles nuits.

— Incroyable, tellement divin, chuchota-t-elle.

Il s'arrêta et l'embrassa de nouveau en la serrant fermement. Puis, il les conduisit sous une douche gigantesque. Ils se lavèrent, incapables de ne pas se toucher. Wade la reprit dans ses bras pour l'amener sous ses draps où ils se lovèrent à la lumière douce d'une lampe de chevet.

— Ava, tu hantes mon esprit. Tu es unique. Je ne veux pas te blesser.

Elle pivota pour lui faire face. Il lui passait les doigts dans les cheveux, un éclat intense dans les pupilles.

— Ça n'arrivera pas, assura-t-elle.

Elle le croyait, il avait toujours placé ses sentiments à elle avant les siens.

Il lui écarta une longue mèche du visage, l'air soudain plus grave.

— Ava, je dois t'avouer quelque chose tout de suite. Je ne veux pas te briser le cœur comme ton ex-fiancé.

Cette remarque la refroidit en une seconde. Elle se demanda

où il voulait en venir. Il s'agissait sans doute de quelque chose dont il s'était souvenu à leur retour à Dallas. Il n'était pas marié... Mais cela n'annonçait rien de bon, il semblait bien trop anxieux.

— J'imagine que tu comprends mieux ce que je disais à propos de mon frère désormais. C'est sa faute si mon père a connu autant de soucis. Il a pourri l'existence de Jack quand nous étions petits et il était toujours méchant avec Lucy. Il m'en a fait subir de belles à moi aussi, mais je pouvais riposter. Et ça n'a jamais arrêté. J'avais prévu de rompre avec Olivia de toute façon, donc je suis content pour eux, mais si j'avais été amoureux, je ne lui aurais jamais pardonné.

— Je ne comprends pas qu'elle ne lui en veuille pas de l'avoir prise pour une idiote.

— Ne t'en fais pas, il peut se montrer très charmant. Et elle n'éprouvait plus rien pour moi non plus.

— Tu sais, si tu essayes de me dire que tu ne ressens rien pour elle, c'est inutile...

— Non, Ava, ce n'est pas tout.

Il prit une grande inspiration, et la noirceur soudaine dans son regard augura du pire.

9

— Ce que j'essaye de te dire, c'est qu'à cause de mon frère je n'ai jamais voulu me marier ni fonder de famille.

— Wade, tu n'es pas comme lui. Tes enfants seraient différents. Wynn n'aurait que peu d'influence sur eux.

— L'éducation joue un rôle essentiel, mais les gènes… On ne les contrôle pas.

— On n'hérite pas de la méchanceté, d'autant plus quand on vit entouré de gens bien.

— Je ressemble beaucoup à mon père. Mais Wynn est l'exact opposé et nous avons eu la même éducation. Nous partageons le même sang, mais pas les mêmes qualités et défauts.

— Wade, tu te prives d'un tel bonheur. Rien n'importe plus que la famille. Tu as grandi parmi des gens que tu aimes, non ?

— Oui, mais j'ai dû voir mon frère ruiner la santé de papa. Et il continue. Ce stratagème avec Olivia en est la preuve.

— Je crois que tu occultes le positif. Moi, je suis seule, tu ignores ce que c'est. Et Jack et Lucy sont gentils. Tes parents sont chaleureux. Quant à Wynn, il n'a rien d'un monstre, Wade. Certes, il vous cause du souci, mais il n'est pas dangereux. D'ailleurs, tu t'en sors très bien avec lui. Je ne pense pas que sa jalousie ou peu importe ce qui le motive déteindrait sur tes enfants.

— Tu ne sais pas tout, la coupa Wade en secouant la tête. Deux caractères similaires se sont transmis d'une génération à une autre.

— Je ne comprends pas.

— Il n'y a pas que Wynn, Ava. Mon père avait un frère cadet, Ethan. Tout le monde nous a toujours raconté à quel point Wynn et Ethan se ressemblent. Ils ont beau avoir disposé d'une éducation et de parents différents, ils sont devenus pareils. Je ne veux pas me ruiner la santé comme mon père. Mon grand-père aussi avait des problèmes cardiaques et est mort à soixante-trois ans. Même Jack m'a avoué partager mes craintes.

— Impossible. Tu t'inquiètes pour rien.

— Peut-être, Ava, mais je ne changerai pas d'avis. Je préfère que tu le saches tout de suite.

Cette nouvelle fit l'effet d'une douche froide à la jeune femme. Elle tenta donc de se raisonner. Elle ne le connaissait pas depuis si longtemps, après tout. Elle désirait simplement son corps.

Elle se perdit dans son regard. Ce soir, elle n'allait pas se préoccuper de sa peur du mariage et des enfants. Ils n'étaient pas amoureux, et elle demeurait convaincue de pouvoir lui dire adieu sans souffrir. Ce soir, elle savait qu'il ne s'agissait que de passion.

Néanmoins, tout cela ne devrait pas durer, sans quoi les sentiments finiraient par s'en mêler.

Cette révélation la propulsa au fond du gouffre. Autant couper court à cela, Wade ne partageait pas ses rêves.

L'appréhension céda à la tristesse.

— Dommage pour toi, Wade, tu serais un mari et un père formidable. Si tu veux mon avis, tu te prives d'une des plus grandes joies de l'existence.

Il baissa la tête un instant. Quand il releva les yeux, elle y décela des tempêtes indomptables.

— Là, je pense à un autre plaisir de la vie dont nous devrions profiter, affirma-t-il en lui embrassant le cou et les épaules.

Ses gestes apaisèrent Ava. Sa tristesse et sa peine cédèrent vite à l'envie. Elle lui rendit ses audaces, et le désir rejaillit en elle. Elle s'abandonna à l'oubli. Pour une nuit encore, elle se blottirait entre ses bras.

Elle l'étreignait, passait les mains sur son dos musclé, se donnant à sa fougue. Ils ne parlèrent pas, tout se résuma à des gestes érotiques. Elle se frottait à lui, le caressait du bout des doigts, de la langue, éveillait en lui des gémissements de plaisir. Il semblait ne jamais vouloir s'arrêter de la provoquer, de jouer avec elle. Puis, il se leva enfin pour chercher un préservatif et revint s'installer sous Ava. Elle s'inclina pour l'inviter en elle. Dans un cri, la jeune femme imposa le rythme en bougeant le bassin de plus en plus vite tandis que Wade lui titillait les seins et suivait ses déhanchements.

Ils vinrent au même moment, enlacés l'un à l'autre.

Elle ignora combien de temps son orgasme explosif l'ébranla encore. Quand ses spasmes s'apaisèrent enfin, elle resta couchée sur son amant qui lui effleurait le dos, les fesses, les cuisses et remontait sans cesse.

— La perfection, s'extasia-t-il. Tu es si belle. Tellement séduisante. Cette nuit est un vrai rêve.

Ava écoutait le cœur de Wade se calmer, reprendre son rythme naturel, le même que le sien.

Rien qu'un instant, dans ce lit, entre ses bras, serrés l'un contre l'autre après une telle ardeur, elle sentit encore des picotements de satisfaction dans tout son être. Présentement, tous ses problèmes s'étaient envolés.

Pourtant, à chaque souffle plus assourdi, le monde, leurs vies, leurs soucis, leurs rêves, tout lui revenait petit à petit. Le tambour dans la poitrine de Wade lui rappela ses paroles. « Je ne changerai pas d'avis. »

Elle écarta ses doutes. Il n'existait entre eux que quelques jours dans son chalet et des moments d'intimité.

Se berçait-elle d'illusions ? Plaçait-elle son cœur en porte à faux pour rester avec lui ?Il se leva pour aller se rincer. En revenant, il la serra dans ses bras. Elle entortilla les doigts dans l'épaisse toison sur son torse. Elle avait beau s'efforcer de se concentrer sur l'instant présent, elle ne pouvait s'empêcher de s'imaginer leurs adieux.

— Je t'embrasse si tu me dis à quoi tu penses, dit Wade.

— Je m'étonnais d'avoir rencontré un homme aussi craquant, fit-elle d'une voix suave.

Elle préférait profiter de cette nuit pour lui faire l'amour jusqu'à l'aube. Elle fit vagabonder sa bouche sur l'épaule et le cou de Wade puis il se pencha pour conquérir ses lèvres avec une fougue incommensurable.

— J'aimerais t'emmener dîner demain, Ava, pour te remercier de m'avoir aidé.

— C'est très gentil.

Mais alors, comme pour remettre en question sa volonté, la prudence s'invita dans l'équation, feux de détresse dans l'orage. Un rendez-vous galant ne contribuerait qu'à renforcer leur lien. Or, lui ne l'aimerait jamais, il s'était montré assez ferme à ce sujet. Elle le savait, elle ne pourrait pas envisager une relation sérieuse avec un homme qui ne voulait pas d'enfants.

Mais, en un sens, il ne s'agissait que d'un dîner, un geste de gratitude pour sa gentillesse et son hospitalité. D'ailleurs, ne lui devait-elle pas quelques remerciements, elle aussi ? Grâce à Wade, elle avait oublié son ex.

Cela la conforta dans l'idée de pouvoir se remettre de tout et n'importe quoi.

— Alors, Ava ? s'enquit-il en l'observant de ses yeux ténébreux.

Elle ouvrit la bouche, surprise de sa réponse.

— D'accord. Mais je dois rentrer chez moi d'abord. J'ai du travail.

— Très bien, dit-il. Ava, comme tu m'as fait visiter ton chalet, j'aimerais te montrer mon ranch, là où moi je vais prendre l'air. Pas forcément longtemps, je veux simplement t'emmener voir ce qui me passionne et où je travaille. Qu'en dis-tu ?

Elle dut y réfléchir. Cela signifiait passer plus de temps en sa compagnie, apprendre à le connaître, découvrir une face nouvelle de sa vie. Pouvait-elle courir ce risque ?

— Je ne sais pas encore, Wade.

— J'y tiens vraiment, insista-t-il. Tu serais la première que j'emmène. Tu es unique.

Il lui embrassa de nouveau le cou et la poitrine. Elle entortilla les doigts dans les cheveux de Wade et oublia tous ses soucis en le laissant la ravir de ses mains, de sa langue.

Le soleil brillait au zénith lorsque, lavée et habillée, Ava rejoignit Wade dans le salon.

— Je vais rentrer travailler un peu.

— Allons manger avant. Ah, et demain, j'aimerais te montrer autre chose. Mon cousin Jake a appelé concernant l'arène que nous avons financée.

— C'était dans tous les journaux.

— Nous n'avons pas encore vu le bâtiment terminé, mais le chantier avait l'air impressionnant. Le personnel nous a invités à le visiter. Tu veux venir ?

— J'adorerais, fit-elle en souriant. J'en ai tellement entendu parler.

— Super, s'exclama-t-il. J'espérais que tu ajouterais que tu voulais passer du temps avec moi.

Elle rigola en se jetant à son cou.

— Mais bien sûr que oui. Si je viens, c'est pour profiter de toi.

Ils se turent une seconde puis éclatèrent de rire. Ensuite, l'atmosphère changea. Ava sentit son cœur battre plus fort et elle se mit sur la pointe des pieds tandis qu'il lui serrait la taille pour l'embrasser.

Plus tard, après le déjeuner, Wade la raccompagna à sa voiture.

— Je n'ai pas envie de te laisser, mais je passe te prendre à 18 h 30, lui annonça-t-il par la fenêtre ouverte.

— À ce soir.

Il s'écarta en hochant la tête. Une fois au coin de la rue, Ava vit Wade dans le rétroviseur, toujours au même endroit, à la regarder s'éloigner.

Les adieux semblaient de plus en plus inévitables, et elle craignait de ne pas trouver la force de s'en remettre cette fois-ci.

Wade arriva devant chez Lucy. Elle l'avait invité à visiter sa nouvelle maison et l'attendait sur le seuil avec Jack. Elle sourit à Wade et lui donna l'accolade quand il les rejoignit.

— Merci d'être venu.

— Je ne raterai ça pour rien au monde, affirma-t-il en se tournant pour saluer son frère.

— Désolée, mais je n'ai pas invité Wynn et je ne le ferai sans doute jamais. Si ça devait se produire un jour, ce sera par égard pour Olivia. Je l'aime bien.

— Tu n'as pas à t'excuser. Wynn l'a bien cherché. J'ai quand même dans l'idée qu'Olivia pourrait lui mettre un peu de plomb dans le crâne.

— Tu peux rêver, ironisa Lucy en levant les yeux au ciel avant de s'arrêter sur le seuil. Il paraît que tu ne viens pas chez les parents, ce soir.

— Non, j'avais déjà promis à Ava de l'amener au restaurant.

— Wynn risque de se vexer, fit remarquer Lucy. Il aime attirer l'attention et j'ai appris qu'il avait offert une énorme bague de fiançailles à Olivia. Elle a accepté de l'épouser. Non, mais tu l'imagines se marier, lui ?

Elle ne put s'empêcher de rire, mais Jack se contenta de secouer la tête.

— Va savoir si c'est vrai, mais il est amoureux..., dit Jack. Il est donc capable d'aimer quelqu'un d'autre que lui-même.

— Je la connais bien, notre frère a trouvé la fille parfaite pour lui, affirma Wade. Attendez seulement. Je vous parie mon ranch que vous ne le reconnaîtrez pas et qu'il ne se fera plus passer pour moi.

— Oh là, s'étonna Lucy. Tu penses qu'elle aura autant d'influence sur lui ? J'ai du mal à croire qu'il veuille l'épouser si c'est elle qui mène la barque.

— Elle est parfaite pour lui, vraiment. Sa famille est encore plus riche que la nôtre. Olivia est belle, intelligente, et drôle quand elle veut... Wynn y réfléchira à deux fois avant de lui chercher des poux. Il comprendra vite quelle femme forte et indépendante il aura épousée et il ne regrettera rien.

— Très bonne nouvelle, dans ce cas, ajouta Lucy. Impressionnant... J'espère de tout cœur que tu as raison. Toute la famille ne s'en porterait que mieux.

— Je ne te le fais pas dire, renchérit Jack en poussant un

petit vivat. Ah, il existe finalement quelqu'un pour le mener à la baguette. Même papa n'y arrivait pas.

— Enfin, assez parlé de lui, conclut Wade. Fais-nous voir cette maison, Lucy.

Elle les convia à l'intérieur. L'entrée donnait directement sur un vaste salon muni d'une impressionnante cheminée. Deux autres murs se résumaient à de grandes baies vitrées ouvertes sur un petit jardin accolé au parcours d'un club de golf.

— Belle vue sans avoir ta propre cour, commenta Wade.

— Moi, j'aime bien la décoration, lança Jack.

Wade observa la pièce aux couleurs claires, au parquet bien ciré. Les meubles modernes laissaient assez d'espace pour circuler librement. Il se prit à imaginer la vie sous le même toit qu'Ava, idée des plus plaisantes.

— C'est joli, et assez facile d'entretien, dit Wade.

Lucy leur montra sa pièce de travail où elle avait installé un bureau et une longue table en verre et en métal ainsi que des étagères encastrées. La maison disposait de deux suites, d'une chambre et d'une cuisine moderne bien éclairée grâce à de hautes fenêtres allant du sol au plafond. Lorsqu'ils sortirent, Lucy verrouilla puis remercia ses frères.

— C'est très joli, déclara Wade en la serrant dans ses bras. Tu t'en tires très bien dans l'immobilier pour ton jeune âge.

— J'adore ce métier, mais je dois tous mes contacts à papa et maman.

— Passe-leur le bonjour, d'ailleurs, ce soir et amusez-vous bien, ajouta Wade. Transmettez mes félicitations à Olivia. Nous avons de la chance de l'avoir dans la famille.

— J'espère que Wynn aura une bonne demi-douzaine d'enfants tous plus agaçants que lui, lâcha Jack dans un haussement d'épaules. Enfin, Olivia ne mérite peut-être pas ça. Voilà un mariage qu'il me tarde de voir.

— Moi aussi, répliqua Wade.

En reprenant la route, Wade oublia vite Wynn, trop pressé de retrouver Ava.

Ava bouillonnait d'impatience en s'observant dans la glace. Ses cheveux, séparés par une raie au milieu, encadraient son visage. Elle avait choisi une robe noire mi-longue au corsage serti de pierres, assez décolleté pour révéler ses formes. Un bracelet en diamant s'accordait à la perfection avec sa tenue, tout comme ses talons qui soulignaient les lignes de ses jambes.

Cette soirée la rendait si nerveuse qu'elle sursauta presque en entendant un bruit de portière. Elle jeta un coup d'œil par la fenêtre ; Wade s'avançait à grands pas vers l'entrée. Elle fondit sur-le-champ face à son costume charbon style western, sa chemise blanche et ses bottes noires. Une brise légère souleva une mèche de sa chevelure de jais pour la déposer sur son front.

Elle aurait voulu se jeter dans les bras du plus bel homme qu'elle avait jamais connu et le laisser la porter dans son lit. Mais elle désirait également sortir avec lui. Elle s'amusait bien en sa compagnie. Elle observa alors sa maison. Ici, elle ne disposait que de deux chambres. Wade ne s'en formaliserait certainement pas. Autant ne plus y penser.

Et autant ne pas se soucier de l'avenir pour le moment.

Elle se précipita vers l'entrée. En ouvrant la porte, elle le trouva déjà prêt à sonner. À peine surpris, Wade lui passa une main autour de la taille et s'invita à l'intérieur où il l'embrassa tendrement.

— Je t'ai promis un dîner et tu n'y couperas pas, lança-t-il en la relâchant pour l'admirer. Tu es merveilleuse, j'aurai du mal à me concentrer sur le menu.

— Arrête un peu, s'exclama-t-elle en riant.

Ava activa l'alarme, prit son petit sac à main noir et verrouilla en sortant avec Wade, main dans la main.

Il l'emmena dans un restaurant privé du centre-ville. Malgré le steak savoureux dans son assiette, Ava n'avait guère d'appétit, il lui tardait trop de rentrer.

Tant pis pour ces sentiments doux-amers, elle voulait passer un peu plus de temps avec lui. Elle ne pouvait s'empêcher de penser qu'il s'agirait de la dernière fois.

Dans l'air frais du matin, le soleil brillait sur Fort Worth. La ville dormait encore à moitié, mais le bruit de la circulation retentissait de plus en plus. Ava avait enfilé une blouse bleue à volants, un jean, des sandales, et avait noué un foulard de soie azur à ses cheveux. Elle savourait déjà cette journée avec Wade à l'arène.

Lorsqu'ils arrivèrent sur le parking, deux hommes discutaient devant leurs pick-up. En les voyant approcher, ils les observèrent se garer. Tous deux portaient un chapeau de cow-boy, un gris et un noir, des santiags, un jean et une chemise style western.

— Tes cousins ? s'enquit Ava sans prendre de risque.

— Oui, tous les deux. Jake et Luke.

— Je n'aurais peut-être pas dû venir. Je serai la seule femme.

— Fais-moi confiance, ils seront ravis de ta présence. Ils ne vont pas te lâcher. Ils feront semblant de s'intéresser à l'arène, mais ils vont te harceler de questions. Avec Luke, en revanche, ce ne sera peut-être que de la politesse.

— C'est lui qui a perdu sa famille il y a deux ans, non ?

— Oui, il n'est plus le même depuis.

— C'est normal. Comment s'en remettre ? Tout doit lui paraître si insignifiant. Ça m'étonne qu'il arrive encore à sortir de chez lui.

— La vie continue, et il est extraordinaire. Il ne parle plus beaucoup, mais tu l'apprécieras.

— Quand même, c'est une journée entre hommes.

— Non, pas du tout, ne t'inquiète pas. Crois-moi, c'est mille fois mieux avec toi. Et ce soir, je t'ai préparé une surprise pour te remercier de m'avoir accompagné.

Il lui souriait. Elle sentit sa peau la picoter. Alors Wade coupa le moteur. Se coiffant de son stetson brun clair, il sortit de voiture, vint ouvrir la portière à Ava et l'invita à descendre en lui prenant la main. Elle apprécia la chaleur de ses doigts délicats sur sa paume, heureuse de passer du temps avec lui, même si elle ne se sentait pas à sa place. L'arène représentait beaucoup pour la ville, particulièrement en raison du prix exorbitant couvert par Wade et ses cousins.

— Jake, Luke, lança Wade tout sourires en s'avançant vers eux. Content de vous voir.

— On se demandait si tu allais venir, plaisanta Jake.

— Ava, je te présente Luke Grayson et Jake Reed.

— Ravi que vous vous joigniez à nous, affirma Luke, d'un ton amical.

— Merci. J'ai tellement entendu parler de cette arène. Ce sera fantastique pour la ville et la région.

— Espérons-le, c'était le cas de l'ancien bâtiment, commenta Luke en se tournant vers Wade. Comment va Wynn ?

— Pour tout dire, il va y avoir du changement. Je pense qu'il va arrêter de se faire passer pour moi. Et toi, Jake ? Toujours en froid avec ton voisin ? Combien de procès t'a-t-il fait ce mois-ci ?

— Tout va bien. Pas un seul procès ni la moindre dispute en huit mois. Au moins, nous ne nous tirons pas dessus comme nos grands-parents, d'après ce qu'on m'a raconté.

Ava les écoutait, mais restait fascinée par le grand édifice. Le bois sombre se mariait à la perfection avec le verre à l'étage afin de laisser passer la lumière.

— C'est vraiment magnifique, dit-elle.

— Tu vas adorer, assura Wade avant de s'adresser à ses cousins. Et vous deux devriez venir en ville plus souvent au lieu de rester dans vos ranchs.

— Dit celui qui n'est jamais à Dallas ou Forth Worth, rétorqua Jake.

— C'est vrai que vu d'ici, ça a l'air pas mal, fit Luke. Heureusement, quand on connaît le prix.

— Tu verras, Ava, reprit Wade, il y a onze mille trois cent soixante places assises et trois cent cinquante-six box pour les chevaux. L'architecte a aussi prévu un bar et un espace restauration. Nous attendons Bart Kingston pour la visite guidée.

Peu après, une voiture noire arriva sur le parking. Un grand blond mince en sortit pour se diriger vers eux.

— Voilà Kingston, dit Wade. Il adore ce bâtiment. Je pense que le conseil de gestion a bien fait de l'engager.

— Bonjour. Désole pour le retard, un train a causé des embouteillages. Content de vous voir.

Wade fit les présentations le temps que Bart les salue tour à tour.

— C'est un vrai plaisir, ajouta Kingston. Je tiens à tous vous remercier pour vos dons si généreux. Nous disposons désormais d'une arène hors du commun, d'ailleurs nous avons déjà un certain nombre d'événements prévus. C'est une bénédiction pour les environs. Mademoiselle Carter, je suis également ravi que vous vous joigniez à nous, ce matin. J'espère que vous êtes prêts pour une visite incroyable.

— J'ai vraiment hâte après tout ce qu'on m'en a raconté, affirma Luke.

Bart les invita alors à le suivre vers l'entrée, où il déverrouilla les impressionnantes portes en bois sculptées à l'effigie de chevaux.

— Nous accueillerons les finales de rodéo pour l'ouest des États-Unis ainsi que des spectacles de pur-sang arabes, d'appaloosas, de *quarter horses* et le championnat Morgan. Nous attendons aussi trois rodéos, dont un championnat national des moins de dix-huit ans.

Il marqua une pause le temps de déverrouiller un nouveau portail massif. Luke, Jake et Wade s'avancèrent pour l'aider à ouvrir. Wade prit doucement Ava par le bras, et ils entrèrent dans un vestibule colossal aux colonnes de marbre et au parquet rutilant. L'odeur de bois encore frais encensait l'air.

— C'est très beau, assura-t-elle à Wade.

— Et encore, attendez de voir la piste et les installations pour les bêtes, intervint Bart. Nous avons construit des enclos et une immense grange derrière ce bâtiment. On se croirait presque à la campagne. Nous n'avons pas terminé la peinture partout et il manque certains détails, toutefois.

Quand il les mena au centre de la piste, Ava n'en revint pas.

— Je n'y connais absolument rien, mais je sais que c'est superbe, dit-elle à Wade.

— C'est vrai, répondit-il.

Ava resta admirative devant les luxueux strapontins

rembourrés, équipés de tablettes pour les boissons et la nourriture, et laissant assez d'espace pour les jambes. Un peu plus haut, d'autres sièges encore plus somptueux trônaient au milieu d'allées bien dégagées.

— On dirait qu'ils ont bien investi notre argent, déclara Jake en regardant Wade. Cet endroit va marquer l'histoire. J'en aurais presque envie de reprendre la chevauchée de taureau... Presque, je connais mes limites.

— Je suis d'accord, acquiesça Wade en étudiant les lieux.

— Vous aimez le rodéo ou les chevaux, Ava ? demanda Jake.

— Les deux, mais je n'ai jamais vu de spectacle équestre.

La visite continua une bonne heure après cela. Ensuite, ils discutèrent encore un peu avec Bart et le saluèrent. Wade n'avait pas lâché le bras d'Ava de toute la matinée, même en regagnant la sortie.

— Ça va être génial, dit Luke encore une fois.

— Oui, fit Wade. Mais le conseil doit encore décider d'une date d'ouverture et trouver d'autres spectacles avant. Nous n'avons plus qu'à attendre que Bart nous rappelle.

— Et ils doivent officialiser le nom, intervint Jake. L'Arène Cal Brand. Ça sonne bien, mais je préférerais que Cal soit là avec nous.

— Bien, vous voulez aller manger quelque part ? s'enquit Wade.

— Seulement si Ava vient avec nous, lança Jake en souriant à la jeune femme.

— Bien sûr.

Ils trouvèrent donc un restaurant, et Ava découvrit à quel point les trois cousins étaient drôles, heureux de passer du temps ensemble. Plus elle apprenait à connaître Wade, plus elle s'attachait à lui et se faisait du mal. Comment pouvait-il ne pas vouloir de bébé quand il s'entendait si bien avec ses proches ? Ses enfants finiraient peut-être comme Jake et Luke. Au milieu des rires, elle ne put s'empêcher de repenser au moment inéluctable où elle allait le quitter. Cette matinée n'avait que renforcé ses sentiments pour lui, et cela lui brisait le cœur.

Elle se tortura ainsi jusqu'au soir. Elle parvint cependant à se détendre autour d'un dîner au restaurant pour mieux savourer leur nuit d'amour sauvage, chez lui.

Elle se réveilla seule, l'odeur de Wade encore sur les draps. Elle pivota pour enfouir le visage dans son oreiller, s'imprégner de son parfum. Elle savait que l'heure avait sonné, ils venaient de passer leur dernière nuit ensemble.

Se traînant hors du lit, elle prit une douche et remit sa robe noire, ses seuls vêtements disponibles. Elle le rejoignit dans la cuisine où il avait préparé le petit déjeuner. D'après ses cheveux humides, il s'était lavé lui aussi. Comme toujours, il l'ébahissait avec un simple jean, une chemise en denim et ses bottes.

Wade se leva pour lui donner un long baiser fougueux. Elle sentit ses jambes la lâcher et crut ne jamais pouvoir lui annoncer sa décision.

Lorsque leurs regards se croisèrent, il pencha la tête sur le côté d'un air hésitant. Elle se demanda s'il savait. Mais, une seconde plus tard, il lui sourit pour la serrer de plus belle.

— Tu es toujours aussi merveilleuse.

Malgré un petit déjeuner copieux à base d'œufs, de pain grillé, de fraises, de myrtilles et de café, Ava n'avait que peu d'appétit. Sa gorge se nouait un peu plus à chaque bouchée.

Wade se pencha en arrière sur sa chaise.

— J'aimerais te faire visiter mon ranch, aujourd'hui.

Les yeux ancrés aux siens, elle aurait voulu accepter de tout son être. Il n'avait jamais invité d'autres femmes sur sa propriété auparavant ; elle occupait une place particulière dans sa vie. Cela suffirait-il seulement à le faire changer d'avis ? Elle se retrouva tiraillée entre le quitter tout de suite et tenter de le convaincre petit à petit.

Alors, le téléphone de Wade sonna. Il répondit, fronça les sourcils et se leva pour faire les cent pas. Il parlait doucement, d’une voix inquiète. Sans vouloir se montrer indiscrète, Ava perçut quand même quelques bribes de conversation.

Quand Wade raccrocha, il se tourna vers elle. Il devait s’agir d’une mauvaise nouvelle.

10

— C'était Jack. Papa est à l'hôpital. On lui pose un pacemaker.

— Mais, c'est terrible. Va les rejoindre, je rentre en taxi.

— Non, je te dépose en passant, mais nous partons tout de suite.

— D'accord. J'attrape mon sac à main et c'est bon, fit-elle en se précipitant dans la chambre, inquiète pour lui et sa famille.

Ils prirent la route en silence quelques instants plus tard. Une fois chez elle, elle se tourna vers lui en détachant sa ceinture.

— Ne coupe pas le moteur, Wade. Je descends et tu y vas. Appelle-moi quand tu auras des nouvelles ou si je peux faire quoi que ce soit. Toi et ta famille m'êtes très chers.

— Merci, répondit-il en souriant. Je te contacterai quand j'en saurai plus.

Elle se dépêcha de rentrer tandis que la voiture s'éloignait. Sur les marches de l'entrée, elle jeta un coup d'œil en arrière. Le véhicule tournait au coin de l'allée. Elle avait l'impression de le voir disparaître de sa vie.

Cette crise cardiaque renforcerait la volonté de Wade de ne pas se marier ou avoir d'enfant, il allait la placer sur les exploits de Wynn. Ava fut en proie à une tristesse incomparable.

Il aurait beau insister, elle n'irait pas à son ranch. Elle ne pouvait plus sortir avec lui. L'heure était venue de lui dire adieu à tout jamais.

Une douleur monumentale la transperça, bien plus forte qu'elle ne l'avait imaginé.

Environ deux heures passèrent avant son appel.

— Désolé de t'avoir ramenée si vite. Mon père se porte bien, ce n'était pas aussi grave que ce que Jack pensait. Le pacemaker est en place, et papa doit rester à l'hôpital pour des examens supplémentaires. Heureusement, il va bien.

À sa voix agitée, Ava comprit à quel point il était nerveux Et à raison. Il aimait tant son père. Sans lui laisser le temps de réagir, Wade ajouta :

— Tu veux dîner avec moi ? Rien d'extraordinaire. Un repas et une soirée ensemble. Je préfère ne pas rester seul et j'aimerais te voir.

Elle sentit sa poitrine s'alourdir. Elle aurait espéré ne pas avoir à l'éconduire quand il s'inquiétait pour son père. Cependant, cela ne pouvait plus durer.

— D'accord, fit-elle, désemparée.

— Bien. 19 heures ?

— Parfait. On se rejoint si jamais tu dois retourner à l'hôpital ?

— Non, ça ira. Je suis assez confiant pour papa. J'ai hâte de te retrouver.

— Moi aussi, murmura-t-elle, la gorge nouée et le souffle court de tant d'émotions contraires.

Si elle en arrivait là au téléphone, dans quel état se trouverait-elle une fois face à Wade ?

— Tu sais quoi, disons 18 h 30. Nous pourrons retourner chez moi plus tôt comme ça.

— Si tu veux, affirma-t-elle, attristée, désireuse de sentir ses bras puissants sur son corps.

— À tout à l'heure.

Ava mettrait un terme à leur histoire. Elle enfouit son visage dans ses mains, incapable de retenir ses larmes face à tant de peine, face à la vérité. Dès les premiers instants, elle avait éprouvé pour lui un amour encore inimaginable jusque-là.

Le soir, elle enfila un haut rouge et une jupe marron. Elle regrettait de ne pas avoir laissé ses cheveux lui retomber sur le visage ; son cœur saignait déjà assez, inutile de voir Wade au moment où elle lui annoncerait. Comment avait-elle pu autant s'attacher à lui en si peu de temps ? Facile, il se montrait si incroyable en tout. Lorsque Ava entendit une voiture devant chez elle, elle alla ouvrir.

Wade portait un jean, une chemise en denim bleue et ses habituelles bottes. Il gravit les marches du porche deux par deux. Là, il observa la jeune femme de pied en cap.

— Salut, toi, lança-t-il en entrant puis en refermant la porte derrière lui. Tu es plus appétissante que tous les repas du monde. La journée n'a pas été facile, mais ça va mieux, maintenant.

Il lui passa les bras autour de la taille et se pencha pour l'embrasser.

Ava en oublia sa décision. Rien n'existait plus que ses lèvres sur les siennes et ses muscles saillants collés à elle.

Elle ignora combien de temps ils restèrent ainsi, mais il finit par la soulever pour lui demander où se trouvait sa chambre. Elle lui montra d'un geste de la main. Il la porta jusque sur son lit et lui fit l'amour. Ils se blottirent ensuite l'un contre l'autre. Wade jouait avec les cheveux d'Ava, soulevait ses mèches pour les laisser retomber.

— Tu es tellement belle. J'avais juste envie d'être seul avec toi. Mais si tu mets une robe, je t'emmène dîner.

— Si tu veux faire dans la simplicité, j'ai de la viande hachée au congélateur. Je peux préparer des hamburgers au gril.

— C'est toi qui vois, assura-t-il en la serrant contre lui.

Ils prirent une douche et se rhabillèrent.

— Je m'occupe de la viande, et toi du reste, proposa Wade en la suivant dans la grande cuisine jaune et blanche aux vastes fenêtres.

Ava n'avait pas faim. Pendant le dîner, ils parlèrent de l'opération d'Arlo et de l'arène.

— La direction envisage une superbe fête pour l'ouverture, l'an prochain. J'aimerais que nous y allions ensemble.

Elle força un sourire.

— C'est encore trop loin pour prévoir.

— C'est donc un non.

— C'est un « c'est encore trop loin », répliqua-t-elle dans l'espoir de changer de sujet. Comptes-tu prendre part aux rodéos ?

— Non, ça fait des années que j'ai arrêté, mais j'adore l'ambiance, répondit-il en regardant l'assiette d'Ava. Tu n'as pas faim ? Quelque chose ne va pas ?

L'heure était venue, elle le savait.

— Rentrons. Je m'occuperai de la vaisselle plus tard.

— Laisse-moi t'aider, ça ira plus vite, fit-il en portant assiettes et couverts dans l'évier.

Elle le prit alors par le poignet.

— Viens, il faut qu'on parle.

Elle l'emmena dans le salon. De grandes fenêtres donnaient sur des rosiers en fleur orientés vers l'est.

Ils s'assirent face à face sur le sofa.

— Que se passe-t-il, Ava ?

Elle espérait parvenir à garder son sang-froid.

— Wade, ces derniers jours ont été merveilleux. J'en ai apprécié chaque instant. Mais toutes les bonnes choses ont une fin. Je ne veux plus souffrir et, avec toi, je crois que je ne m'en remettrais pas aussi bien qu'avec mon ex.

— C'est à cause de mes opinions sur le mariage et les enfants ? demanda-t-il, soudain plus intense.

— Exactement. Tu t'es montré très clair à ce sujet.

— Oui, je te le répète, c'est à cause de Wynn si papa a des problèmes cardiaques.

— Et son opération n'a pas dû te faire changer d'avis.

— Non, effectivement, reconnut-il.

— Mais moi, je veux me marier, fonder une famille. Je dois te dire adieu avant de tomber follement amoureuse et ne pas savoir comment me remettre de notre rupture. Il n'y a pas de compromis permis, ici.

— Non, assurément pas.

Ils s'observèrent pendant un long moment douloureux. Elle se mit debout dans l'espoir de s'éloigner de ses yeux sombres plongés au fond de son âme. Elle refréna ses larmes, elle devait recouvrer son calme avant de continuer.

— Il vaudrait mieux ne plus nous voir du tout. Les sentiments sont trop importants pour moi. Je n'ai rien à ajouter, il faut que ça s'arrête.

Il se leva, toujours concentré sur elle. Puis, il hocha la tête.

— Je ne veux pas te dire au revoir, mais je ne veux pas te faire de peine. Je ne pensais pas te causer autant de souffrance.

— C'est ma faute, tu as été franc dès le départ.

Il se tut encore un instant, la tête baissée.

— Ça ne me plaît pas, mais je comprends.

Avant qu'il ne s'en aille, Ava croisa son regard hanté par la même peur que la sienne. Elle le suivit vers la sortie. Il ouvrit la porte et se retourna, les sourcils froncés.

— Tu es parfaite, et je t'ai fait du mal. Ce n'est pas ce que je voulais.

— Je le sais, Wade. Mais nous ne sommes simplement pas compatibles.

— Oui, c'est pour le mieux, maugréa-t-il, la mâchoire crispée. J'espère seulement que tu me comprends.

— Wade, je ne comprendrai jamais. La famille, il n'y a rien de plus beau dans la vie… L'amour d'un conjoint, d'enfants, de frères et sœurs. Je n'ai jamais souhaité rien d'autre et je trouve dommage que tu t'en prives à cause de Wynn. Si tu te mariais, tu ne serais pas comme ton père, ta femme ne serait pas comme ta mère, et tes enfants grandiraient différemment de Wynn. Je sais qu'il vous a fait du mal, mais tu ne laisserais pas le même schéma se reproduire.

Ava dut se détourner à ces mots. Elle serra les poings, mais ne put retenir ses larmes cette fois-ci.

— Bon sang, je t'ai fait pleurer, pesta-t-il en s'avançant pour lui prendre le visage en coupe et lui essuyer les joues. J'aimerais ne pas te dire adieu, mais une femme si séduisante et si intelligente que toi m'oubliera facilement.

Elle en doutait. Où trouverait-elle un autre homme si bon, attentionné, accompli et au charme si troublant ? Elle ne put s'empêcher de se répéter qu'elle aurait dû couper court à cette histoire bien plus tôt.

Encore une fois, elle tenta de se ressaisir, de ne pas laisser ses émotions lui dicter sa conduite. Ils ne s'étaient jamais rien promis. Elle devait sécher ses larmes, relever la tête.

Wade resta là, à passer les doigts sur ses joues en douceur, à écarter ses longues mèches blondes de son visage.

— Tu as occupé une place particulière dans ma vie, Ava. Si tu changes d'avis pour le ranch, pour sortir ou si tu veux simplement discuter, tu sais où me trouver.

— Je sais, souffla-t-elle en lui déposant un baiser sur la joue avant de s'éloigner.

Cependant, Wade la prit par les hanches pour la serrer contre lui de toutes ses forces. Il l'embrassa avec une fougue incomparable. Ava frissonna contre lui, perdue dans le flou de ses lèvres, de sa langue et leur étreinte.

Quand il la relâcha enfin, ils s'observèrent, à bout de souffle.

— Je ne t'oublierai jamais, déclara-t-il d'une voix rauque.

Puis, il se retourna et regagna sa voiture à grands pas.

Elle referma la porte, incapable de bouger. Elle pleura à chaudes larmes dans cette maison si froide, si silencieuse.

Wade n'était pas celui qu'elle attendait.

Le visage enfoui dans les mains, Ava sanglota pour cet amour perdu, cette histoire incomparable. Wade représentait la perfection à bien des égards, hormis les deux plus importants. Elle n'envisageait pas la vie à sa manière. Lui n'imaginait pas l'avenir selon ses termes. Par ailleurs, il ne partageait même pas ses sentiments.

Elle alla se blottir dans un fauteuil en quête d'un quelconque réconfort.

— Je t'aime, Wade Sterling, murmura-t-elle entre deux sanglots. Mais je ferai tout pour t'oublier. Je suis sûre que toi, tu y arriveras sans problème.

Malgré tout, elle désirait encore se trouver près de lui. Elle l'aimait. Elle devait se l'avouer, elle l'aimerait pour le reste de ses jours.

11

En rentrant chez lui, Wade ne put réprimer sa peine. Il voulait montrer son ranch à Ava, passer la nuit avec elle, lui faire l'amour.

De tels sentiments le laissèrent sans voix. Aucune femme ne s'était jamais immiscée dans son cœur de la sorte. Ava lui manquait.

Elle hantait ses pensées. Et ses baisers… Ils déchaînaient des tempêtes en lui, le faisaient frissonner des pieds à la tête. Il devrait s'en passer dorénavant. Il ne lui restait qu'une solution : aller de l'avant.

Il comprit qu'il n'avait éprouvé cela avec aucune autre. Il avait toujours su mettre un terme à ses aventures sans s'impliquer. Olivia en incarnait le meilleur exemple. Il tenta de se persuader que tout serait pareil avec Ava. Il n'était pas amoureux. Il s'en remettrait. Il n'avait pas le choix.

Le lendemain, il se rendit au ranch Bar S. Il était resté en ville plus longtemps que d'habitude. S'il avait pensé avoir prolongé son séjour afin de recouvrer la mémoire, il se rendit vite compte qu'il n'avait pas voulu quitter Dallas à cause d'Ava.

La nuit dernière s'était avérée longue et empreinte de solitude. Il songeait trop à elle, cherchait à l'oublier, à se convaincre qu'une autre femme croiserait sa route, en vain. Il devait travailler pour se changer les idées.

Il avait donc pris un pick-up qu'il gardait à Dallas. Le shérif l'avait appelé plus tôt dans la matinée, il avait retrouvé sa voiture. Ainsi, avant de partir, il avait fait livrer au shérif Ellison,

Gerald et Molly de gros cartons de saumon d'Alaska en plus de pâtisseries d'une célèbre enseigne texane.

Il aurait souhaité montrer une telle gratitude à Ava. Elle allait devoir se contenter de cette soirée au restaurant privé.

Il ouvrit la fenêtre en roulant, espérant sentir la brise balayer ses souvenirs d'elle.

Une fois au ranch, il se consacra à son travail. Entre l'entraînement des chevaux avec les autres cow-boys, les rénovations d'une grange et la construction d'une niche pour un chien errant qu'il avait adopté, il lui restait peu de temps libre.

Les week-ends s'avéraient cauchemardesques. Il priait presque pour qu'une tâche harassante se présente et lui permette de s'écrouler de sommeil à la fin de la journée.

Dans l'espoir de se détendre, il appela une ancienne conquête, un soir. Il avait fréquenté plusieurs femmes dans les environs du ranch.

Toutefois, rien ne se déroula comme prévu.

Il n'avait pensé qu'à Ava toute la soirée pour finir par ramener Nan chez elle très tôt. Sur le pas de la porte, elle lui avait dit :

— Je me suis bien amusée, ce soir, mais depuis le temps qu'on se connaît, Wade, je sens que quelque chose te tracasse. Serait-ce la santé de ton père ?

— Non, Nan, répondit-il en souriant à la jolie rousse. Certaines choses ne se sont pas déroulées comme je l'espérais dernièrement.

Elle rigola et lui donna une tape sur l'épaule avant de se pencher pour l'étudier de plus près.

— Une femme t'aurait-elle fait du mal ? Ça devait bien arriver un jour, même à toi.

— Je ne crois pas, dit-il. Tu me connais.

— Moi, oui, mais ton cœur peut-être pas. Quelque part, tu le mérites, en vérité. Tu as tellement fait pleurer de filles sans savoir ce que ça fait.

— C'est bon, arrête, la coupa-t-il en secouant la tête et en souriant. Désolé si j'étais ailleurs.

— Je ne pensais pas voir ce jour arriver, continua-t-elle en l'embrassant sur la joue. Mon petit, tu es amoureux et tu ne t'en rends même pas compte, ou alors tu fais exprès de te voiler la face. Ma foi, tu t'en remettras, comme tout le monde. Merci pour la soirée. On s'appelle.

Elle ricana en refermant derrière elle.

Wade regagna son ranch ensuite. Un gros chien poilu l'accueillit quand il passa la clôture.

— Salut, Buster. Tu veux aller voir les cow-boys ou me tenir compagnie ?

L'animal s'assit pour le lorgner. Wade lui fit un signe de tête et rentra chez lui, laissant ouvert pour Buster.

Sa grande maison lui semblait bien morose malgré la présence du chien. Il s'imagina Ava sur le sofa, en jean moulant et en talons hauts. Elle l'obnubilait, il se demandait ce qu'elle faisait. Songeait-elle à lui ou fréquentait-elle déjà quelqu'un d'autre ? Il ne comptait plus les fois où il avait fixé l'écran de son téléphone, à lutter pour ne pas l'appeler.

Il erra jusqu'à la cuisine, le claquement de ses bottes pour seul bruit dans la demeure. Dans le vide caverneux, il lui sembla entendre l'écho de la remarque de Nan. « Tu as tellement fait pleurer de filles sans savoir ce que ça fait. »

Elle marquait un point. Il avait toujours réussi à les oublier. Pas cette fois-ci. Personne ne lui avait jamais sincèrement manqué. Et cette peine l'empêchait même de se concentrer, sentiment tout aussi inédit.

Son estomac se noua. Nan avait-elle raison ? Était-il amoureux ? Cette découverte l'ébranla.

— Bon sang, s'exclama-t-il.

Wade s'installa dans un fauteuil en grommelant et caressa le dos de Buster. Comment pouvait-il avoir Ava dans la peau en si peu de temps malgré leurs rêves opposés ? Il se passa la main dans les cheveux. Il ignorait les réponses à tant de questions, mais une chose restait sûre, il irait bientôt mieux.

— Bon, c'est l'heure de transpirer, dit-il à Buster en se levant. Tu viens avec moi dans la salle de sport ? J'aimerais qu'Ava soit avec nous.. Tu l'aimerais bien, et elle t'adorerait aussi. Qu'est-ce qu'elle me manque !

Il allait devoir courir longtemps dans l'espoir d'écarter Ava de ses pensées.

Un dimanche après-midi, alors qu'il profitait d'un café, un de ses employés lui apprit que Wynn venait d'entrer sur la propriété. Ce dernier évitait le ranch, il détestait les chevaux, les fermes et tout ce qui s'en approchait. Wade ignorait donc les raisons de sa visite. Il le saurait bien assez tôt. Il s'installa dans un rocking-chair blanc sous le porche, les pieds sur la rambarde. Puis, il resongea à son père. Un froid glacial lui étreignit le cœur, de peur qu'il ne lui fût arrivé autre chose.

Il aperçut les premiers nuages de poussière et la voiture de sport rouge. Wynn n'avait pas changé depuis l'adolescence, il aimait toujours autant les bolides. Il fit un dérapage pour s'arrêter puis ne sortit qu'une fois la fumée éparpillée au vent. Il contourna le véhicule et s'avança vers la maison. Malgré sa tenue décontractée, une chemise turquoise au col ouvert, un pantalon charbon et des mocassins, il semblait nerveux.

La curiosité et l'inquiétude de Wade grandirent d'un coup car, à l'exception d'un cas extrême, il se serait contenté d'appeler.

— Est-ce que papa va bien ? lui demanda Wade.

— Aux dernières nouvelles, oui. Je ne viens pas pour ça.

Wade poussa un soupir de soulagement.

— Alors que me vaut l'honneur ?

Wynn avait l'air hésitant, la mâchoire crispée, une lueur sombre dans le regard. D'habitude, il se montrait si franc et facile à lire que Wade se fit presque du souci pour lui.

— Assieds-toi, Wynn, déclara-t-il en pivotant pour désigner le fauteuil à côté du sien. Ce sera peut-être plus simple.

— Bien, tu sais que je suis papa. Tu n'as pas dit à Violet que c'était à toi qu'elle parlait au téléphone.

— Ah, oui, dit-il, surpris de voir cette conversation accidentelle resurgir aujourd'hui. J'ai pensé que tu n'avais pas dû lui préciser que tu avais un frère jumeau, alors je n'ai pas insisté.

Le silence s'installa. Wade se posa de plus en plus de questions sur l'attitude si étrange de Wynn.

— Tu lui as dit que le chèque arriverait par la poste. C'est comme ça que j'ai su que tu lui avais parlé. Elle m'a plus ou moins menacé de tout révéler si je lui mentais.

— J'étais surpris et j'ai essayé de trouver quelque chose que tu aurais pu dire.

Wynn acquiesça, apparemment satisfait de cette réponse. Il se détourna alors, concentré sur quelque chose au loin, les doigts agités sur une corde attachée à son fauteuil.

— Wynn, tu n'as pas fait tout ce chemin pour ça. Qu'y a-t-il ?

— Tu n'as rien dit aux parents, fit-il en le regardant de nouveau. Tu as gardé le secret. Pourquoi ?

— C'est ton problème, répondit Wade en haussant les épaules. En y réfléchissant, j'ai pensé que tu savais ce que tu faisais, que ce serait préférable pour maman et papa de ne pas l'apprendre.

— Je ne te comprends pas. Tu tenais l'occasion de te venger de tout le mal que je t'ai causé. Une vraie revanche. Tu aurais même pu pousser Olivia à rompre avec moi.

— Non, mais c'est dingue..., maugréa Wade, abasourdi de voir à quel point son frère ne saisissait pas pourquoi on ne voudrait pas lui causer de tort. Tu es absolument incapable de comprendre comment agir de façon décente ou juste. Bon sang, Wynn, d'après moi, la vie est bien plus agréable et on a bien plus d'amis quand on est sympathique. Tu devrais essayer, un jour. Tu es vraiment perdu, je me trompe ?

Wynn le fixait encore de cet air confus.

— Je sais à quel point j'ai déjà pu te pousser à bout.

— C'est vrai. Mais je n'ai pas envie de te rendre la pareille pour autant. La méchanceté et la vengeance ne m'amusent pas.

Wynn lâcha la corde et se pencha en arrière, silencieux.

— Tu sais quoi, Wynn ? Pour la première fois de ma vie, tu me fais de la peine. Tu ne sais même pas ce que tu rates.

Ils s'observèrent encore un moment. Wynn aurait paru

moins choqué face à un monstre de l'espace. Cependant, Wade se sentait obligé de venir en aide à son jumeau.

— Wynn, nous avons passé notre vie à nous disputer. Toi et moi devrions être frères, au sens véritable du terme. Regarde, nous n'arrivons même pas à partager un café. C'est triste de ne trouver aucun terrain commun.

— Je t'ai pris Olivia, la femme parfaite, le rêve de tout homme, et tu ne m'en veux pas ?

Wade l'étudia un moment avant de secouer la tête.

— Mais non, Wynn. Olivia est superbe, mais elle te correspond mieux… Tu sais quoi ? Il n'est pas trop tard pour devenir de vrais frères. Tu veux un café ?

Wynn sourcilla, de toute évidence intrigué.

— Tu ne plaisantes pas ?

— Non. C'est comme ça avec Lucy, Jake, papa et maman. Nous sommes heureux de passer du temps ensemble. C'est ça, la famille. Il n'est pas trop tard pour toi.

Wynn se figea puis finit par hocher la tête.

— J'imagine que ça ne coûte rien d'essayer… Allez, c'est d'accord.

— Ne bouge pas. J'en ai préparé tout à l'heure. J'arrive.

Wade se rendit dans la cuisine, se demandant s'ils allaient se supporter dix minutes de plus. Il posa deux tasses, du sucre, du lait, des cuillers et des serviettes sur un plateau puis ressortit presque aussitôt.

— Il y a un début à tout, ironisa Wynn en observant son frère mettre le tout sur une petite table.

— Oui, mais nous devrions faire cet effort.

Wynn prit sa tasse pour boire une gorgée.

— Merci, ça me rassure que tu gardes mon secret.

— De rien. Tu devrais essayer ma façon de vivre, un jour… Et ça ne veut pas dire de te faire passer pour moi.

— Olivia m'a fait jurer de ne plus recommencer, se défendit Wynn d'une manière qui lui ressemblait déjà plus.

— Elle apprendra, répondit Wade en secouant la tête. C'est génial que vous soyez amoureux. Tous mes vœux de bonheur.

— Tu le penses vraiment, en fait.

— Mais oui. Tout ce que je t'ai dit aujourd'hui était sincère.

Wade tendit la main à son frère qui la lui serra en retour. Il sourit alors et lui donna un petit coup de poing à l'épaule.

— Je n'en reviens pas que mon jumeau se marie.

Le mariage... Cette idée ramena Wade à Ava. Même après toutes ces semaines, les souvenirs le percutèrent de plein fouet.

Wade prit une grande inspiration. Il se rappela l'agitation de son cœur et les réactions de son corps en sa compagnie. Ses yeux bleus l'achevaient. Qu'il la voie en rêve ou là, tout près, le désir le consumait de la même manière. Rien dans l'univers n'aurait pu le pousser à regarder une autre femme comme il admirait Ava, merveilleuse, unique, spéciale. Seulement, elle ne serait jamais sienne, pas comme Olivia avec Wynn.

Il sortit de sa rêverie quand son frère reprit la parole.

— Je pense écouter ton conseil et essayer d'agir à ta manière. Je connais déjà le rôle, peut-être atteindrais-je le bonheur.

— Inutile de m'imiter dans les moindres détails, contente-toi d'être plus aimable avec tout le monde. Tu te trouveras peut-être des amis insoupçonnés. Tu peux mener une vie meilleure. Commence déjà avec nous. Nous portons tous les stigmates de ta frustration et tes manigances.

— C'est vrai. D'autres ne se seraient pas privés pour se venger. Merci pour le bébé. C'est une fille, d'ailleurs. Je lui enverrai de l'argent jusqu'à ce qu'elle soit indépendante. Je ferai les choses correctement.

— Tu es vraiment sûr de ne pas vouloir l'apprendre à papa et maman ?

— Oui. Ils n'aimeraient pas la mère.

— La petite leur donnerait un terrain d'entente, Wynn.

Ils se turent un instant, à savourer leur café, Wynn perdu dans ses pensées, l'air plus grave.

— J'y songerai.

— Bien. Tu ne regretterais pas de leur présenter leur petite-fille, c'est certain.

— Je n'y ai jamais réfléchi.

— Même s'ils n'apprécient pas la mère, ils aimeront cet enfant. Ils pourraient avoir une bonne influence sur cette femme.

— Tu as sans doute raison, Wade… Tu sais, j'ai demandé à maman pourquoi elle a épousé papa. Je continuerai de l'appeler papa, soit dit en passant.

— Tant mieux. Malgré les liens du sang, il reste notre père. Alors, pourquoi se sont-ils mariés ?

— Apparemment, elle était célibataire, enceinte, sans le sou et ne voulait pas élever un enfant toute seule. Papa a fini par l'inviter à sortir et, à sa manière discrète, il l'a séduite et lui a demandé sa main. Maman ne lui a jamais avoué qu'elle était déjà enceinte, mais elle n'a pas tardé à l'aimer. Elle avait compris qu'elle avait trouvé le meilleur père au monde pour ses bébés.

Wynn reposa sa tasse pour se pencher en avant. Il adressa à son frère un regard empreint d'une sincérité rare.

— Wade, cette fille qui est venue à la maison, Ava, elle comptait pour toi. Je crois même que tu l'aimes si je ne m'abuse.

— En effet.

Les mots lui avaient échappé. Quel choc ! Seulement, à quoi bon nier, par tous les diables ? Il était tombé amoureux fou d'Ava Carter.

— Alors, va la retrouver.

Là, Wade se refroidit. Impossible de retourner à Dallas afin de reconquérir la femme de sa vie.

— Sérieusement, Wade, dit son frère tout en ricanant. Je ne l'ai peut-être pas fait de manière conventionnelle, mais je me suis battu pour celle que je désirais. Et je vais me marier. Je n'en reviens toujours pas, mais j'aime Olivia. Je ne m'imagine pas encore en père, cela dit, cette simple idée me fait trop peur.

— Mais pourquoi ? s'enquit Wade, curieux de savoir ce que redoutait son frère.

— Je ne connais rien aux enfants. J'étais méchant avec Jack, je le considérais comme une vraie plaie.

— Je crois qu'on voit ses frères différemment de ses enfants, commenta Wade, incapable de se figurer Wynn en adulte responsable.

— Je vais te laisser, fit alors Wynn en se levant et en reposant sa tasse. Merci encore pour tout.

— Aucun problème, répondit Wade en l'accompagnant.

— Nous avons survécu à un café, nous pourrions survivre à un déjeuner un de ces jours.

— Je veux bien, acquiesça Wade. Je t'appelle, la semaine prochaine. En attendant, essaye de suivre mes conseils. Après tout, la famille passe avant tout.

— À bientôt.

Wynn descendit les marches du porche et regagna sa voiture. Wade l'observa reprendre la route. Son frère allait-il changer ? Deviendrait-il un bon père ?

Après avoir sermonné Wynn, il repensa à sa situation. Il comprenait mieux sa solitude et sa peine des trois dernières semaines. Il aimait éperdument Ava, impossible de le nier plus longtemps. Cela suffirait-il à la combler de bonheur ?

Des enfants avec elle... Tout à coup, cette perspective lui semblait parfaite. Il ne s'imaginait devenir père avec aucune autre. Il le savait, il allait devoir accepter cette idée s'il désirait vivre avec elle. Si elle l'avait quitté pour éviter les peines à venir, il connaissait désormais un meilleur moyen de ne plus la faire souffrir.

Il saisit son téléphone pour appeler Ava. Il devait la voir.

12

Wade venait chez elle.

Après trois semaines, elle ne s'attendait plus à un appel de sa part. Elle ne comprenait pas trop, il ne lui avait fourni aucune explication. Mieux valait ne pas fonder de faux espoirs au cas où il n'avait pas changé d'avis. Pourquoi aurait-ce été le cas ? Après l'opération de son père, Wade s'était montré encore plus réticent envers le mariage et les enfants.

Dès son retour chez elle, elle s'était plongée corps et âme dans son travail. Elle devait s'occuper, passer le moins de temps possible toute seule dans l'espoir de ne plus repenser à leurs étreintes, à lui. Cependant, tout la ramenait à la vivacité de Wade, sa façon de flirter et lui faire l'amour passionnément. Il lui manquait tant, et elle l'aimait comme elle n'aimerait plus jamais, mais elle ne pouvait oublier ses rêves.

Peu importent ses raisons, elle savait que cela ne fonctionnerait pas.

Malgré tout, elle s'était maquillée et attaché les cheveux avec un foulard écarlate. Elle avait enfilé une robe rouge à manches courtes à col en V et à la jupe ample qui retombait en plis sous la taille. Elle avait même mis des talons assortis.

En entendant sa voiture, elle ne put s'empêcher de se rendre à la fenêtre, le cœur battant. Elle tenta de se calmer au cas où il venait sans arrière-pensées, en vain. Il sonna, elle lui ouvrit.

Une tempête se déchaîna en elle ; il était si beau dans son costume bleu marine style western, sa chemise blanche avec ses habituels poignets mousquetaires à boutons de manchettes dorés et ses bottes noires. Elle se demanda si elle l'aimerait jusqu'à la fin de ses jours sans jamais trouver d'autre homme tant il les surpassait tous. Elle aurait voulu se pendre à son cou. Cependant, elle inspira et, d'une voix assez calme en vertu des tambours dans sa poitrine, le salua.

— Je peux entrer, Ava ?

— Ah... Euh, oui, bredouilla-t-elle quand elle réalisa qu'elle était restée là à le dévisager.

Fendu d'un sourire, l'œil pétillant de curiosité, il s'avança, referma et se tourna vers elle.

— Tu es magnifique.

— Merci, dit-elle en l'invitant à la suivre dans le salon. Assieds-toi.

Il ne bougea pas, trop occupé à la regarder.

— Tu m'as manqué, Ava.

— Toi aussi.

Elle se demanda ce qu'il avait en tête. Pourquoi venir lui briser le cœur ainsi ?

— Je ne sais pas par où commencer, murmura-t-il d'une voix presque inaudible. Je ne suis rien sans toi, Ava. Je t'aime. Personne ne compte plus au monde que toi.

Encore une fois, elle aurait voulu obéir à ses pulsions, mais, s'il n'existait aucun avenir entre eux, elle préférait s'en garder. Elle resta donc là, debout, hypnotisée par le désir dans ses yeux.

Wade s'avança pour lui passer les bras autour de la taille.

— Je t'aime, Ava, reprit-il d'une voix chevrotante. Je veux t'épouser, te faire des enfants. Avec toi pour mère, ils seront incroyables.

Était-ce la réalité ? Elle en avait rêvé toutes les nuits depuis leur séparation.

— Ava ? Tu m'entends ? lança-t-il, inquiet, en la serrant un peu plus contre lui.

Elle recouvra ses esprits.

— Tu es sincère ? lui demanda-t-elle en se reculant légèrement, à la fois ébahie et pleine d'espoir. Tu souhaites vraiment avoir des enfants ?

— Tant que tu es heureuse. Si c'est ce que tu désires, alors moi aussi.

— Tu en es sûr ? Tu ne changeras pas d'avis ?

— Absolument certain. Je ne peux plus vivre seul, encore moins sans toi. C'était un vrai calvaire. Veux-tu m'épouser ?

Elle ne put s'empêcher de pleurer.

— Tu m'as manqué et je t'aime.

— Pourquoi tu pleures ? fit-il en séchant ses larmes.

— Je suis si heureuse, balbutia-t-elle entre deux baisers, à la fois soulagée et abasourdie.

Elle ne fut pas au bout de ses surprises quand il la relâcha pour poser un genou à terre et fouiller dans sa poche.

— Ava Carter, je t'aime de toute mon âme. Je ne peux pas me passer de toi et nous aurons autant d'enfants que tu voudras.

Elle riait et pleurait en même temps. Si elle n'en revenait toujours pas, elle croyait en lui.

— Et si j'en veux six ? s'enquit-elle.

— Tant que je suis près de toi, j'en serai ravi. Mais est-ce que tu vas me répondre ? Accepteras-tu ma main ?

— Oui. Je t'aime.

Il lui tendit alors un petit écrin enrobé de papier blanc et d'un ruban rose. Elle l'ouvrit, le cœur battant. Elle resta sans voix face à l'énorme diamant serti sur l'anneau d'or.

— Je l'adore.

Wade se releva afin de lui passer la bague au doigt, son regard ténébreux ancré au plus profond du sien.

— J'ai tant rêvé de cet instant, tu n'imagines même pas combien de fois. Mais, pourquoi, Wade ? Je ne pensais pas que tu changerais d'avis.

— Il faut parfois revoir ses convictions. Olivia a eu une influence sur mon frère, et toi sur moi. En discutant avec Wynn, j'ai compris que tu avais raison depuis le départ. La famille est ce qui compte le plus au monde. Et tes enfants seront de bonnes personnes, tout comme toi. Je t'aime. Je ne me lasserai jamais de toi.

Il l'embrassa. Un long et tendre baiser qui rappela à Ava à quel point il la chérissait, la désirait. Elle s'agrippait à lui, des tambours dans la poitrine, submergée d'amour et du bonheur à venir.

— J'ai une condition, reprit-elle quand elle retrouva son souffle. Je veux me marier bientôt.

— Nous ne pouvons pas gâcher les noces de mon frère, c'est en décembre, répondit-il. Mais nous pouvons organiser une petite réception et prévoir une lune de miel.

— Et si nous disions début novembre ?

— Parfait, s'exclama-t-il. C'est dans quelques jours à peine.

— La date importe peu, je n'ai plus de famille.

— Nous allons y remédier.

Il la souleva, l'embrassa puis l'amena dans la chambre. Elle rouvrit les yeux pour les poser sur lui puis sur sa bague étincelant à la lumière douce.

— Je t'aime, tu as fait de moi la femme la plus heureuse au monde.

— As-tu déjà songé à l'avenir ? Pourrais-tu vivre dans un ranch ?

— Avec toi, oui. Je devrais peut-être passer ce diplôme d'enseignante. J'imagine qu'il y a une petite école de campagne là où tu habites.

— C'est le cas.

— Je garderai la maison à Persimmon pour les vacances. Des vacances ensoleillées par nos enfants.

— Il me tarde déjà de te montrer la ferme.

— Est-ce que tu as une dépendance pour les amis ? lui demanda-t-elle tandis qu'il la couvrait de baisers et de caresses.

— J'en ai même trois.

— Nous pourrons inviter Gerald et Molly.

— Qui tu voudras, murmura-t-il. Tu as fait de moi un homme comblé.

— Attends d'avoir des enfants. Je te promets que tu connaîtras le vrai bonheur, alors.

— Comment peux-tu le savoir ? répliqua-t-il en riant. Il n'y a pas de garanties pour ça.

— Tu veux parier ?

Il rit de nouveau puis elle l'embrassa. Elle le serrait de toutes ses forces. Elle venait de retrouver l'amour de sa vie et la promesse de fonder la famille dont elle rêvait tant.

SARA ORWIG

Un si brûlant désir

DE RETOUR AU TEXAS

Traduction française de
AGNÈS JAUBERT

HARLEQUIN

Titre original :
ONE WILD TEXAS NIGHT

Ce roman a déjà été publié en 2021.

© 2020, Sara Orwig.
© 2021, 2025, HarperCollins France pour la traduction française.

1

Au volant de son pick-up qui cahotait sur la route pleine d'ornières, Jake Reed fonçait à travers la plaine immense de son ranch du Texas. Partout, des cow-boys à cheval rassemblaient le bétail, le poussant vers l'est pour les mettre à l'abri du gigantesque feu de forêt qui ravageait l'ouest de la propriété. Ni les cris des hommes, ni les mugissements des animaux terrifiés, ni le bruit des moteurs des divers véhicules ne parvenaient à couvrir le crépitement des arbres qui brûlaient, le craquement des branches qui cédaient, le fracas sinistre de la chute des arbres.

Les flammes qui dévoraient l'herbe sèche de février soulevaient des tourbillons de fumée grise cachant le soleil.

Jake n'avait jamais connu un tel désastre.

Un avion piloté par Hap Green, l'un de ses employés, survolait la plaine pour filmer l'incendie du ciel. Jake pouvait ainsi en suivre la progression sur l'écran qu'il avait installé dans son pick-up et communiquer avec le pilote par radio. Visiblement, sa maison n'était pas menacée. C'était un grand soulagement.

Tant que le vent soufflerait vers l'ouest, elle ne serait pas en danger. Elle était bien trop à l'est. Il savait néanmoins à quelle vitesse un incendie de forêt pouvait s'étendre, que la moindre étincelle d'un cèdre en feu pouvait atterrir sur un toit et embraser une habitation. Il était donc impératif de rester vigilant. Deux de ses hommes l'avaient aidé à retourner la terre sur de larges surfaces de sécurité autour des diverses habitations et dépendances du ranch dans l'espoir de les protéger du feu. Mais si le vent tournait au nord, plus aucun bâtiment ne serait à l'abri des flammes.

Il arrivait à hauteur de la clôture qui séparait ses terres de celles de sa voisine et ennemie, Claire Blake. Le conflit entre leurs deux familles remontait à leur arrivée au Texas, après la guerre de Sécession, plus de cent cinquante ans auparavant. Seule Blake vivant désormais dans la région, Claire était maintenant propriétaire du ranch familial. Ils se croisaient à des foires au bétail, à des rodéos, à la banque ou au supermarché de Persimmon, la petite ville voisine. Et, bien sûr, au tribunal. Mais, sauf pour aller régler leurs comptes devant un juge, ils n'avaient jamais vraiment discuté.

Soudain, il aperçut une silhouette agenouillée à côté d'un animal.

Il changea de direction pour approcher et, après quelques secondes, reconnut Claire Blake. Que faisait-elle là ?

Il fit signe à l'un de ses hommes de continuer puis poursuivit sa route vers la clôture. Le dos au feu, Claire avait garé son pick-up trop loin pour pouvoir le regagner rapidement. C'était très imprudent avec ce brasier attisé par de violentes bourrasques.

Le grand-père Blake avait fait une grosse erreur en plantant des cèdres rouges du Texas dans le but de créer une barrière contre le vent. En fin de compte, ces arbres n'apportaient que des ennuis. Ils absorbaient toute l'eau du sol et, incontrôlables, ils se multipliaient à vive allure. Jake constata qu'ils étaient en train de s'embraser l'un après l'autre à une vitesse vertigineuse.

Il fallait que Claire parte immédiatement, c'était une question de minutes. Sinon, le feu lui serait fatal. Malgré la rivalité ancestrale entre leurs deux familles, il ne pouvait pas la laisser périr dans l'incendie.

Un souvenir inopiné lui traversa l'esprit. Un dimanche, il était passé en voiture devant l'église qu'elle fréquentait et l'avait vue en train de rire avec un ami. Elle était si jolie que, si elle n'avait pas été une Blake, il l'aurait abordée. Il ne la voyait jamais avec ses frères, Clyde et Lee, qui, aux dires des gens, ne venaient plus au ranch familial. Enfants et adolescents, ces deux voyous avaient multiplié des méfaits qu'ils qualifiaient de blagues inoffensives et causé nombre de problèmes à son père. Peut-être Claire ne s'entendait-elle pas plus avec eux ? Toujours est-il qu'elle dirigeait le ranch familial seule. Elle n'en restait pas moins une Blake, sûrement aussi antipathique que le reste de sa famille. Mais même s'ils ne s'adressaient pas la parole, ou rarement, il devait aller voir ce qu'elle faisait là, si près des flammes. Peut-être avait-elle besoin d'aide ?

L'animal à côté duquel elle était agenouillée était un chien. Son véhicule était garé à une centaine de mètres derrière elle, bien trop près d'une rangée de cèdres et de chênes embrasés.

Il descendit de voiture et, levant la tête, offrit son visage au vent qui changeait de direction, ce qui ne le surprit pas. Il avait pourtant prié pour que cette catastrophe ne se produise pas. Maintenant, une grande partie de ses terres allait être saccagée. Et, pour avoir survolé son ranch et celui des Blake, il savait que si le vent soufflait du nord, la maison de Claire partirait en fumée.

Toujours penchée sur le chien, Claire paraissait totalement inconsciente du danger. Ce qui étonna Jake, étant donné sa réputation d'excellent rancher qu'elle avait dans la région. Il l'appela, mais son cri se perdit dans le bruit du feu et du vent.

Se penchant, il écarta les barbelés pour passer prestement à travers sans se blesser et s'élança en courant dans sa direction.

— Hé ! hurla-t-il de nouveau.

Elle leva les yeux, bondit et recula comme s'il représentait une menace. Bon sang ! Il était en train de risquer sa vie pour elle. Elle avait intérêt à ne pas résister et à le suivre. Et à se montrer aimable !

Quittant des yeux la chienne qui était en train de donner naissance à ses chiots, Claire Blake regarda derrière elle. Surprise, elle vit Jake Reed courir vers elle en agitant les bras. Elle se redressa d'un bond. Que faisait-il sur ses terres ? Même s'il était beau à se damner, il appartenait à une famille diabolique. Quelles que soient ses intentions, il ferait bien de la laisser tranquille, comme il l'avait toujours fait par le passé.

Et si la chienne lui appartenait ? Si elle s'était aventurée sur ses terres pour mettre bas ? Qu'importe ! Elle n'avait à obéir à Jake Blake en rien. Il importait seulement de protéger les chiots et leur mère du feu. Elle s'accroupit de nouveau près du labrador chocolat allongé sur une couverture et sur le minuscule chiot tout fripé qu'elle était en train de nettoyer. Heureusement pour elle et pour la mère épuisée, c'était le dernier.

Derrière elle, le feu faisait rage et elles devaient absolument partir. Jake allait-il l'aider, avec les chiots ? Non. Elle n'avait jamais compté sur lui en rien, ce n'était pas maintenant qu'elle allait commencer. Elle allait devoir se débrouiller seule pour mettre tout le monde en sûreté.

Décidant de donner un nom temporaire à la chienne, elle déclara en lui caressant la tête :

— Queenie, tu as vraiment très mal choisi ton moment pour avoir tes chiots. Il faut vite partir d'ici. Et même si je ne t'en blâmerais pas, s'il te plaît, ne mords pas mon voisin.

Queenie remua la queue.

— Vous devez partir ! hurla Jake en courant vers elle.

— Crétin, marmonna-t-elle sans cesser de s'affairer auprès des animaux. Je le sais bien.

— Le vent est en train de tourner ! Les chiens et vous, vous allez cramer !

Alors qu'il était tout près d'elle, à présent, elle se leva et lui fit face. Et, en dépit des circonstances, elle trouva que c'était vraiment le plus bel homme des six comtés avoisinants…

Elle jeta alors un regard à l'incendie et se figea. Le feu avait changé de direction et arrivait droit sur eux. Pourtant, elle avait l'impression de s'être assurée, quelques minutes plus tôt, que le danger n'était pas immédiat. Perplexe, elle se tourna de nouveau vers Jake. Que faisait-il ici ? Venait-il la sauver ? Elle n'arrivait pas à le croire. Non, la chienne devait lui appartenir.

— Je n'avais pas vu que le feu se propageait si vite, expliqua-t-elle. Il faut que je porte les chiens dans mon pick-up. Si je prends…

Elle s'interrompit et poussa un cri d'horreur. Les flammes dévoraient déjà son véhicule.

— Oh non !

— À votre place, je changerai de plan, lui fit-il remarquer. Je vais prendre la mère. Prenez les chiots et allons-y.

— Mon pick-up… Il était en parfait état il y a un instant, et maintenant… maintenant, balbutia-t-elle.

Elle ne savait pas trop ce qui la surprenait le plus. Son pick-up détruit ou bien que Jake propose de l'emmener à l'abri.

— C'est votre chienne ? demanda-t-elle.

— Mais non ! Allons-y ! Vite ! Prenez les chiots et montez dans mon pick-up. Dépêchez-vous ! ajouta-t-il d'une voix cassante. Votre pick-up est fichu. Et nous, nous allons bientôt cramer ! Venez, bon sang !

— Je ne me suis rendu compte de rien…, murmura-t-elle.

Un frisson de terreur la traversa. Elle avait été si concentrée sur la naissance des chiots qu'en ignorant le feu l'espace de quelques minutes, elle avait commis une erreur qui aurait pu lui être fatale. Elle se mit à trembler de tous ses membres.

— Posez deux ou trois des chiots sur la mère, lui ordonna Jake. Il ne faut pas qu'elle croie qu'on les lui enlève.

Docile, elle s'exécuta.

— Et maintenant, venez ! lança-t-il. Il faut partir d'ici pendant que nous le pouvons encore.

Son ordre donné d'un ton brusque la tira de sa stupeur. Prenant les chiots restants, elle s'élança derrière lui, en direction de son pick-up. Elle jeta un nouveau coup d'œil en arrière. Malgré la chaleur du brasier proche, elle était glacée.

En regardant Jake courir devant elle, elle songea soudain qu'elle lui devait la vie. Son pire ennemi venait de les sauver des flammes, les chiens et elle. Comment pourrait-elle le remercier, quand elle évitait de le croiser en ville et lui avait si rarement adressé la parole ?

Si elle avait fait une terrible erreur en tournant le dos au feu, accepter d'être secourue par Jake Reed était tout aussi grave. N'était-il pas l'ennemi de toujours de chaque membre de sa famille, elle comprise ? Comment allait-elle affronter le fait qu'il venait de lui éviter une mort atroce ? Pire encore : comment allait-elle pouvoir lutter contre cette attirance irrépressible qu'il lui inspirait et qu'elle semblait incapable de contrôler ?

2

Jake sentait la chaleur de l'incendie. Des gouttes de transpiration coulaient sur son visage et dans son dos. La rumeur du feu derrière eux était entrecoupée du grésillement incessant des cèdres qui explosaient, dévorés par les flammes.

En cette mi-février, attisé par le vent chaud du Texas, l'incendie détruisait tout sur son passage. Les arbres s'embrasaient, se consumaient en un éclair, et la sécheresse de l'herbe alimentait la violence du brasier. Dieu merci, il avait fait arracher tous les cèdres de sa propriété.

Arrivé à la clôture, les chiens serrés contre lui, il se glissa entre les fils de fer barbelé. Claire se faufila entre deux piquets et le rattrapa.

Quelques minutes plus tard, la chienne et ses chiots étaient installés à l'arrière de son pick-up, sur une couverture.

— Je vais monter avec eux, annonça Claire.

— Non ! Pas question.

Il la prit par le bras et, au contact de sa main, elle tressaillit et le regarda.

L'espace d'un instant, il se noya dans les profondeurs de ses yeux émeraude ombrés d'interminables cils qui n'avaient pas besoin de mascara pour rehausser leur beauté. Il en oublia le danger, le feu, les circonstances, tout hormis sa voisine et pire ennemie debout à quelques centimètres de lui. Le craquement d'un arbre le fit brusquement reprendre pied dans la réalité.

— Ils vont bien. Montez dans la cabine, lui ordonna-t-il.

À la hâte, il contourna son pick-up et sauta au volant tandis qu'elle s'installait sur le siège passager. Il démarra sur les chapeaux de roues et s'éloigna rapidement de l'incendie qui, gagnant du terrain, n'était plus qu'à quelques dizaines de mètres d'eux. En changeant de direction, le vent l'avait fait gagner en vigueur. Dans la fournaise de plus en plus ardente, deux autres cèdres s'enflammèrent derrière eux.

Claire se retourna et frissonna.

— Vous nous avez sauvés, murmura-t-elle. Si vous n'aviez pas crié, je n'aurais pas pu sortir de cet enfer. Les chiens non plus.

Il jeta un coup d'œil dans le rétroviseur. Ils n'étaient pas encore tout à fait sauvés, mais il avait bon espoir.

Il coula un regard vers Claire. Elle avait les bras croisés, comme pour s'empêcher de trembler. Il était surpris qu'elle n'ait pas remarqué la progression du feu. Elle gérait son ranch seule, il l'avait donc toujours crue compétente. Il était tout aussi étonné d'avoir sauvé la vie de sa plus grande ennemie.

En fait, ce n'était pas elle mais sa famille qu'il maudissait. Mais le même sang coulait dans ses veines et elle avait grandi avec eux. Elle devait être exactement comme eux. Pourtant, même si ses ordures de frères avaient été en danger, il n'aurait jamais pu partir en les laissant brûler. Et il était content d'avoir sauvé les chiens. Il n'aurait pas pu les abandonner à leur triste sort non plus.

Il s'éloigna à vive allure du ranch Blake, ignorant les bosses du terrain. Il s'en fichait. Tout ce qu'il voulait, c'était creuser la distance entre eux et le feu qui avançait maintenant vers eux à grande vitesse. Il savait à quel point il était facile de se retrouver pris au piège, encerclé par les flammes.

— Ça va ? demanda-t-il au bout de quelques minutes, quand, enfin, il put ralentir.

— Non, rétorqua-t-elle sèchement. Je sais trop ce que je perds.

Il réprima un soupir de soulagement. Elle avait parlé d'une voix ferme et ne semblait pas sur le point de craquer.

— J'ai vraiment baissé ma garde, poursuivit-elle. J'ai commis une énorme erreur en omettant de surveiller le feu. Ça me fait vraiment enrager quand j'en commets d'aussi stupides. Si vous n'aviez pas été là, celle-là aurait pu m'être fatale. Et puis je m'inquiète pour les chiens qui sont secoués à l'arrière. Ils ne savent pas qu'ils sont en train d'être sauvés.

— Ne vous en faites pas pour eux. Ils iront bien et nous allons les mettre en sécurité. Mais ne tournez jamais le dos à un feu de forêt, à part pour le fuir.

Son téléphone sonna, et elle répondit.

Au même instant, il reçut aussi un appel qui ne dura que quelques secondes. Quand il eut fini, il vit qu'elle aussi avait raccroché.

— C'était le shérif, annonça-t-il. Ils demandent à tout le monde d'évacuer la zone. Il faut que je fasse partir tous mes employés, poursuivit-il en appelant son contremaître.

— Juste avant que vous arriviez, j'ai eu le même appel de l'un de ses adjoints. Ma maison est sur la trajectoire du feu. J'ai déjà dit à tous mes employés de partir, mais je dois quand même vérifier, ajouta-t-elle en composant un numéro.

Quand le feu avait démarré, il avait eu le réflexe de faire déplacer son bétail. Maintenant que le vent avait viré au nord, propageant le brasier vers leurs deux ranchs, il se félicitait de son initiative. Même si une partie de ses terres allait brûler, il était soulagé de savoir que sa maison était trop à l'est pour être en péril.

— Je suis vraiment navré pour vous, dit-il au bout d'un moment.

Elle se tourna sur son siège pour regarder derrière elle.

— Je vais perdre ma maison et tout ce qu'elle contient, murmura-t-elle d'un ton si bas qu'il l'entendit à peine.

Cette fois, il remarqua que sa voix tremblait. Après un coup d'œil dans le rétroviseur pour déterminer la distance parcourue, rassuré de voir le feu loin derrière eux, il ralentit et s'arrêta.

Claire lui tournait toujours le dos, les épaules légèrement affaissées.

— Eh bien, c'est une première depuis plus d'un siècle. Un Reed et une Blake ensemble qui ne se disputent pas, déclara-t-il, plus pour lui-même que pour elle. Je suis désolé pour votre ranch. C'est une terrible épreuve.

Il était sincère.

Certes, les Blake étaient infréquentables, et même s'il ne connaissait pas Claire, il avait eu affaire à ses ordures de frères. Il s'était battu avec l'aîné dans les cours de récréation, avait joué contre eux au football et avait assez souvent été témoin de leurs frasques pour savoir qu'il ne les aimait vraiment pas. Pas plus qu'il n'aimait leur père. Cependant, aucun rancher ne méritait de perdre son ranch dans un incendie.

Claire le regarda de nouveau et, une fois encore, il fut fasciné par ses immenses yeux de jade. Hâlée par la vie au grand air, sa peau satinée était parfaite. Elle portait ses cheveux d'or roux tressés en une natte épaisse qui lui tombait dans le dos. Ses lèvres pulpeuses étaient rouges, alléchantes. Sa bouche douce appelait les baisers... Avec un sursaut, il s'aperçut que ses pensées étaient en train de dériver. De toutes les femmes sur la Terre, elle était celle qu'il ne voulait pas trouver séduisante, sur laquelle il ne voulait pas se mettre à fantasmer !

— Je sais que nous avons été ennemis toute notre vie et que nous ne nous sommes jamais adressé une parole civile, mais je suis désolé de savoir que vous allez perdre votre maison, dit-il. J'imagine que c'est très dur.

Il était le premier surpris de sa compassion. N'avaient-ils pas connu d'âpres luttes au tribunal, dans le but de régler leurs différends entre ranchers ?

— Merci, chuchota-t-elle, en baissant les yeux. Oui, c'est terrible.

Ils gardèrent un instant le silence.

— Vous ne savez peut-être pas grand-chose de moi, reprit-elle d'une voix sourde.

Voyant qu'elle hésitait, il pensa qu'elle n'allait rien rien dire de plus mais elle poursuivit :

— Il y a longtemps, j'ai perdu tout ce qui comptait pour moi, à part le ranch. Mon grand-père maternel en était propriétaire, comme vous le savez. Mon père et mes frères n'ont jamais aimé la terre, aussi mon grand-père me l'a légué. Et maintenant il ne me restera plus que les terres et le bétail. Je n'aurai plus de chez-moi.

Dans un murmure, elle ajouta :

— Je suis désolée, mais ça a été difficile et je ne vois pas d'amélioration en perspective.

Jake sentit son cœur se gonfler de pitié. Le père et les frères de Claire avaient quitté la région depuis longtemps, et sa mère était morte des années auparavant. Quant à Regina, sa sœur aînée, elle s'était enfuie avec son frère Sam pour se marier. Une Blake épousant un Reed... On ne parlait jamais d'eux.

Il songea au secret qu'il connaissait sur les Blake, dont Claire ignorait tout. Et dont elle ne saurait jamais rien.

Avait-elle des amis ? Quelqu'un pour qui elle comptait ?

Mû par une impulsion, il passa un bras autour de ses épaules, surpris lui-même de son geste. Comment pouvait-il éprouver de la compassion pour quelqu'un qui lui était si antipathique et depuis si longtemps ? Ce qui l'étonna plus encore, ce fut de la trouver si fragile, si séduisante. Il chassa aussitôt ces pensées de son esprit.

— Désolé, dit-il. Pour le moment, il n'y a aucun moyen d'arrêter ce fichu feu. Cela fait partie des risques, quand on vit ici.

À l'instant où il l'attira plus près, la laissant s'appuyer contre lui, il fut pris au dépourvu par les sensations qu'elle fit naître en lui. Elle était souple et sentait bon, bien qu'elle se soit occupée des chiens. Elle posa une main sur son torse comme pour le repousser. Mais n'en fit rien.

Elle l'observa, et il se sentit englouti dans ces immenses yeux verts qui lui coupaient le souffle et faisaient battre son cœur à coups redoublés.

Un silencieux rappel à l'ordre lui traversa l'esprit. Il ne pouvait en aucun cas se permettre de réagir ainsi au contact de cette femme. Il ne voulait surtout pas découvrir que, d'un simple regard, elle pouvait le bouleverser. Quand il la contemplait, tout disparaissait en lui : sa raison, sa prudence, le conflit entre leurs familles qui n'avaient pas dû échanger plus d'une dizaine de civilités de toute leur vie. Et il refusait d'éprouver une once d'attirance pour elle. Or c'était le cas. Et ce sentiment était réciproque, il l'aurait juré.

En ce moment, il n'avait personne dans sa vie. Mais il aurait besoin de trouver une femme rapidement, s'il voulait éviter ce genre de réaction avec une Blake. Leurs familles ne se parlaient plus depuis plus d'un siècle. Un siècle de terribles querelles et de vols de bétail, selon les témoignages de ses aïeux. Du moins, c'était les histoires qu'il avait entendues, transmises de génération en génération.

Claire et lui avaient tous les deux un héritage de bagarres, de pendaisons, de règlements de comptes au couteau ou au fusil, sans parler des vols de bétail et des clôtures arrachées. Aujourd'hui encore, il existait des secrets.

Et elle, quelle était sa vie ? C'était une voisine solitaire. Il avait l'impression qu'elle ne sortait pas, ne voyait pas d'amis.

Il réfléchit à ce qu'il devait faire. Mais le regard de Claire l'envoûtait. Il était incapable de se détourner de ses grands yeux verts, de ses lèvres ravissantes qui l'aimantaient. Que diable lui arrivait-il ? Un grognement faillit lui échapper et leurs regards se croisèrent de nouveau. La lueur qui vacillait dans les prunelles de Claire lui indiqua qu'il ne se trompait pas. Elle aussi était troublée.

Certes, il ne voulait pas lui inspirer la moindre émotion, mais savoir qu'elle ressentait visiblement la même chose que lui lui fit prendre conscience de sa présence, et les battements de son cœur s'accélérèrent.

Il lui était arrivé de l'apercevoir, de la croiser en ville, et malgré ses trois ans de plus qu'elle, ils étaient allés à la même école. Par le passé, ils s'étaient soit querellés, soit ignorés.

Jusqu'à cet instant.

Il avait toujours laissé à son contremaître ou à l'un de ses cow-boys le soin de régler les petits problèmes créés par le voisinage de leurs deux ranchs. Elle faisait de même. Aussi, tout se traitant entre leurs deux régisseurs, ils ne se parlaient presque jamais, ce qui leur convenait parfaitement.

Il se rendit compte que c'était la première fois qu'il la regardait vraiment.

Il aurait été incapable de dire combien de temps ils se dévisagèrent ainsi, mais il eut l'impression que sa vie venait d'être bouleversée d'une manière aussi subtile qu'irréversible. Jamais plus il ne la verrait comme avant. Pire, à cet instant précis, il ne souhaitait qu'une chose : nouer ses bras autour d'elle, l'attirer contre lui et l'embrasser.

Choqué par cette pensée, il recula et la relâcha.

Elle fit un bond en arrière, ses joues se colorant de rose. Ce qui accentua encore sa beauté.

Comment pouvait-il soudain la trouver si séduisante ? Son ennemie de toujours et celle de tous les siens. Et voilà qu'il était en proie à une attirance aussi incontrôlable que torride ? Il était temps de se ressaisir. D'appeler une jolie femme qui l'amuserait et de l'inviter à dîner.

Une nouvelle fois, elle regarda derrière elle, en direction de son ranch.

— Seigneur ! s'exclama-t-elle. Toutes mes terres sont en feu et maintenant les flammes arrivent tout droit sur ma maison. C'est ce que je redoutais depuis le début. J'espérais pourtant la voir épargnée.

Il ouvrit la boîte à gants et en sortit deux bandanas propres. Il lui en tendit un.

— Mettez ça. Cela vous aidera peut-être à vous protéger de la fumée. Je vais nous tirer de là, les chiens et nous.

— Merci.

Elle le noua derrière sa tête, le tissu couvrant son nez et sa bouche, rehaussant la sublime couleur de ses yeux. Il prit une profonde inspiration et toussota. Combien il aurait aimé contrôler son trouble en sa présence. Jamais aucune autre femme n'avait suscité en lui réaction aussi violente. Désormais, il savait que quoi qu'il arrive entre eux, plus jamais il ne la verrait comme avant.

— Le shérif a dit d'évacuer, c'est donc ce que nous allons faire, dit-il en redémarrant.

Sans répondre, elle lui jeta un coup d'œil. Puis se frôla le visage d'un revers de main. Il était certain qu'elle essuyait des larmes.

L'écran du pick-up s'anima, et la voix de son pilote s'éleva.

Claire jeta un coup d'œil surpris à l'installation.

— Qu'est-ce que c'est ? demanda-t-elle.

— Je peux faire transmettre des images de l'un de mes avions. J'ai quelqu'un qui survole le feu, qui prend des photos. Ainsi, je sais ce qui se passe. La fumée l'a obligé à quitter cette partie du ranch. Même s'il pouvait prendre une photo, je ne pense pas que vous voudriez voir votre maison.

— Non, vraiment pas.

— Ne vous inquiétez pas. À moins d'avoir des instructions différentes, il prend juste des photos de chez moi.

Elle hocha la tête et regarda de nouveau par la vitre arrière.

Il espérait pour elle que la pluie annoncée tombe vite. Il leva les yeux vers le ciel masqué par la fumée qui se répandait dans toutes les directions.

Ayant survolé la propriété des Blake, il savait que Claire habitait une grande ferme que l'on disait vieille de plus d'un siècle. Si perdre sa maison dans n'importe quelles circonstances était déjà une expérience douloureuse, ce l'était encore plus pour un bâtiment si ancien. Il devinait qu'il devait être rempli de souvenirs de famille, de meubles et d'objets que Claire chérissait. Elle allait tout perdre. À sa grande surprise, il en était accablé pour elle.

— Gardez espoir, Claire, dit-il. On a annoncé de la pluie.

C'était la première fois de sa vie qu'il l'appelait par son prénom. Et le prononcer lui rappela l'instant où, leurs regards enchaînés, il avait remarqué sa bouche qui appelait les baisers. Il dut se faire violence pour retenir un gémissement. Il ne devait pas oublier qu'il s'agissait de Claire Blake. Une Blake. Ses ennemis jurés de toujours.

De plus, il savait qu'elle ne sortait jamais avec qui que ce soit.

C'était une solitaire qui ne quittait pas son ranch. Il ne la voyait pas dans les endroits qu'il fréquentait les vendredis et samedis soir. Il pensait rarement à elle et ne s'était jamais demandé pourquoi il ne la croisait pas. Maintenant, il se posait la question... et n'aima pas la réponse.

D'un simple regard, elle avait bouleversé sa vie et il aurait tout voulu connaître d'elle.

Il se reprit rapidement et revint à un sujet plus actuel : ce soir, elle aurait besoin d'un endroit où dormir. Dans moins d'une heure, elle n'aurait plus de toit. Depuis le départ de son père et de ses frères, aucun membre de sa famille ne vivait plus dans la région. Mais elle devait rester, ne pouvant pas abandonner son ranch et tous ses employés.

Il pouvait lui offrir l'hospitalité dans sa cabane au bord de la rivière, à quelques kilomètres de là, loin des flammes. Il allait lui-même s'y installer quelques jours. Mais il aimait son intimité, et Claire et lui venaient de deux clans rivaux. Pouvait-il vivre sous le même toit qu'elle pour un temps indéfini ?

Ce qui l'inquiétait le plus, c'était ce désir aussi fâcheux qu'irrationnel, qu'elle faisait naître en lui. Il ne voulait pas se sentir attiré par une Blake, et encore moins par cette femme solitaire qui vivait presque en recluse. Combien il aurait voulu la chasser de ses pensées ! Mais sa proximité rendait ce souhait impossible. L'avoir sous son toit une nuit ou, pire encore, plusieurs jours n'était pas envisageable. Il tenta de se raisonner. Cette attirance allait sans doute disparaître aussi vite qu'elle avait surgi. Peine perdue ! Il venait de se rappeler à quel point ses lèvres semblaient douces...

Mais l'hospitalité texane eut le dernier mot.

— Claire, j'ai une cabane au bord de la rivière, à quelques kilomètres d'ici. Assez loin d'ici pour être en sûreté. Je vais y passer quelque temps. Vous pouvez venir vous y installer. Elle est grande. Il y a beaucoup de place.

Il prononça ces mots en espérant qu'elle refuserait. Mais il savait bien qu'elle n'avait pas d'autre choix. Où pouvait-elle aller ?

Elle se tourna vers lui, les yeux écarquillés par la surprise. À voir les fines lignes aux coins, il devina qu'elle souriait. Cette simple pensée lui noua encore une fois l'estomac, faisant naître une nouvelle inquiétude. Si elle s'installait chez lui, allait-il continuer à réagir ainsi en sa présence ?

Enfant, il l'avait trouvée banale et ne lui avait accordé que peu d'attention. Leurs trois années de différence les avaient empêchés de partager des activités.

Il était sensible au charme des femmes, des jolies femmes, des femmes spirituelles. Mais sa réaction vis-à-vis de Claire Blake, qu'il avait passé sa vie à éviter, était malvenue, imprévisible, choquante. Sans parler de l'hostilité entre leurs familles et, parfois, entre eux. Une hostilité que, tout comme lui, elle semblait avoir mise sur pause.

— Venez chez moi, répéta-t-il néanmoins. C'est une grande maison et nous devrions pouvoir nous supporter quelques jours sous le même toit.

Un léger sourire illumina de nouveau le regard de Claire. Furtif, il disparut presque aussitôt.

Encore une fois, il sentit son cœur se serrer. Comment expliquer que sa plus grande ennemie, sa seule ennemie dans la région, fasse naître en lui des réactions d'une telle intensité ?

Il n'était pourtant pas sans ignorer que les deux aînés des frères Blake le détestaient et que c'était réciproque. Ironiquement, leurs raisons étaient probablement aussi justifiées que les siennes. Il ne voulait rien avoir affaire avec eux. Et il savait que s'ils apprenaient un jour qu'il connaissait leur secret de famille, le choc serait terrible.

Sans parler du fait qu'il avait toujours gardé le contact avec son frère Sam, et donc avec Regina. À bien y réfléchir, il en savait beaucoup sur la famille de Claire, alors qu'il la soupçonnait de ne presque rien connaître de la sienne. Mais jamais il ne lui dévoilerait ces secrets. Il en avait fait la promesse.

— Je suis désolé que ce soit en de telles circonstances, reprit-il, mais hormis mon frère et votre sœur, c'est la première fois depuis des générations que je vois un Reed et une Blake se montrer civils l'un avec l'autre.

— Eh bien, vu ce qui se passe..., murmura-t-elle avec un haussement d'épaules résigné. Vous nous avez sauvés, les chiens et moi. Et maintenant, vous m'offrez l'hospitalité. Je ne sais que dire.

Il était sur le point de lui répondre d'accepter quand elle se tourna de nouveau vers lui et ajouta :

— À part que je vous suis reconnaissante. Je vais venir chez vous. En fait, nous allons tous venir, précisa-t-elle avec un geste du menton en direction des chiens. Merci.

— Je vous en prie, dit-il avec un sourire.

C'était une première dans ses rapports avec elle, mais il avait passé trop d'années en conflit avec sa famille pour envisager une amitié. Et il était sûr qu'elle partageait son sentiment. Mais à situation exceptionnelle, mesures exceptionnelles, songea-t-il en se concentrant sur la route et sur l'incendie.

— Nous sommes assez près du feu pour que je puisse le surveiller jusqu'à ce qu'il s'éteigne, fit-il remarquer. Une chose est sûre, nous ne sommes pas en sécurité et le vent est imprévisible.

— Je suis contente d'avoir fait partir mes bêtes et tous mes employés. Et que leurs familles soient en sécurité et toutes au complet.

— Je sais. Nous avons été alertés suffisamment tôt.

Après quelques minutes de silence, il reprit :

— Comme je vais souvent à la cabane pour pêcher, j'y ai toujours des stocks de nourriture. Je ne manque donc pas de provisions.

— Pour le moment, je n'ai pas faim. Je n'arrive pas à chasser ma maison de mes pensées. Sans parler de celles de mes employés sur le ranch. Quand elles brûleront, ils vont tout perdre.

Elle poussa un nouveau soupir à fendre l'âme et, du coin de l'œil, il la vit une nouvelle fois se frotter les yeux furtivement.

— Je suis désolée, mais ça me fait une peine immense, poursuivit-elle. J'ai l'impression de subir une nouvelle perte. C'est la loi des séries.

Comme il lui lançait un regard intrigué, elle déclara :

— J'ai perdu ma mère quand j'avais sept ans. Regina, ma sœur aînée l'a remplacée. Je la considérais comme une nouvelle mère. Puis, quatre ans plus tard, quand elle avait dix-huit ans, elle s'est enfuie avec votre frère. Elle m'a laissé une lettre m'expliquant pourquoi ils devaient couper les ponts. Elle ne m'a plus donné signe de vie depuis. Maintenant, j'ai trente ans et elle en a trente-sept. Je ne sais même pas où elle est...

Jake ne fit aucun commentaire, soudain très mal à l'aise. Il le savait, lui, où vivaient Sam et Regina.

— Après leur départ, mon père et mes frères ne m'ont pas vraiment montré de compassion, reprit Claire.

Voyant qu'elle se tournait vers sa vitre, il pensa qu'elle avait fini, ce dont il se félicita. Mais...

— Ma mère avait de l'argent de sa famille, indiqua-t-elle. Elle l'avait laissé à Regina pour moi. Si, pour une raison quelconque, ma sœur cessait de s'occuper de moi avant ma majorité, cet argent devait me revenir. J'ai donc touché une grosse somme quand elle a épousé votre frère. Ça a toujours été un sujet de discorde avec mon père et mes frères. Ils espéraient que je réglerais leurs dettes au cas où ils ne le pourraient pas. Heureusement, ce n'est jamais arrivé.

Tout en l'écoutant parler, Jake lui lançait des regards discrets. S'il était attristé par son histoire, il ne pouvait s'empêcher de l'admirer. Ces immenses yeux émeraude qu'il n'avait jamais remarqués auparavant. Ces épais cheveux roux foncé. À quoi ressemblerait-elle avec sa natte dénouée ? Tout à ses pensées érotiques, il ne put éviter une ornière, et le pick-up fit une embardée. Il se concentra de nouveau sur sa conduite et le récit que Claire lui faisait.

— Mon père s'est remarié et il a déménagé dans le sud du Texas. Puis, quand je suis allée à l'université, j'ai échappé à mes frères. Ils sont partis à leur tour, leur travail les appelant à Dallas et à Houston. Ni l'un ni l'autre n'était attiré par le métier de rancher. Ils ne viennent donc pas souvent. J'essaye de renouer avec eux, ce qui est compliqué, à cause de notre éloignement géographique.

Pour sa part, il se réjouissait de les savoir si loin, mais se garda bien de le dire.

— Je me demande si, aux nouvelles, ils verront mon ranch

brûler. Je suis sûre que cet incendie va faire la une des journaux télévisés.

En l'entendant mentionner l'incendie, il jeta un nouveau coup d'œil à l'écran pour suivre les informations transmises par son pilote. Il était désolé de savoir la maison de Claire en feu, mais cela ne changerait rien à leur âpre querelle familiale qui était gravée dans le marbre. Depuis cent cinquante ans, chaque membre de la famille Reed avait connu un conflit avec un membre de la famille Blake. Ils avaient tous grandi ainsi, et cela n'allait pas changer de sitôt. Il ne voyait aucun événement bouleversant, pas même ce feu, qui puisse mettre un terme à cette guerre ancestrale. C'était impossible. Dès que la vie reprendrait son cours normal, Claire refuserait de nouveau de lui adresser la parole et il ferait de même.

Ses pensées revinrent à l'incendie. Ils continuaient à s'en éloigner, mais il surveillait l'évolution des foyers. Jusqu'ici, tout allait bien.

— J'ai organisé ma vie, reprit-elle. Et j'aime mon métier de rancher. J'adore mes chevaux.

— Je les ai vus. Vous en avez de très beaux.

Certes, elle avait peut-être de très beaux chevaux mais aussi une famille de minables. Et elle avait sans doute la même opinion de la famille Reed.

Au bout de quelques minutes, elle brisa le silence et reprit dans un murmure à peine perceptible :

— J'avais fait faire des travaux pour m'arranger une maison à mon goût. Et elle est en train de partir en fumée... Peut-être n'est-elle déjà plus qu'un tas de cendres.

— Claire, vous la reconstruirez. Vous avez déjà traversé des catastrophes et vous avez survécu. Vous survivrez à celle-ci, la rassura-t-il d'un ton apaisant.

Voilà qu'il réconfortait une femme qui avait été son ennemie toute sa vie ! Il en fut le premier étonné. Et l'appeler par son prénom lui procurait un sentiment encore plus étrange. Jusqu'à ce jour, elle n'était dans ses pensées que « ma voisine ennemie ».

Du coin de l'œil, il remarqua qu'elle le dévisageait avec intensité et il sentit son pouls s'affoler. Une fois de plus, il éprouva ce besoin impérieux de l'enlacer pour la consoler. Et il savait qu'il voulait faire plus que la consoler. Il mourait d'envie de lui retirer son bandana pour admirer son visage avant de l'embrasser... Le sang lui battait aux temps. Comment une simple pensée pouvait-elle susciter un tel trouble en lui ?

Le week-end, il sortait avec des femmes aussi amusantes que ravissantes, qui flirtaient avec lui. Mais jamais il n'avait connu réaction plus intense qu'avec Claire, alors qu'elle ne lui était même pas sympathique.

Bon sang ! Comment allait se passer leur cohabitation ?

Il tenta de se raisonner. Ils vivaient une trêve, et même si elle durait quelques jours ou quelques semaines, ce dont il doutait sérieusement, il lui était impossible de se laisser aller à une quelconque attirance pour Claire. Sauf que... c'était en train d'arriver.

L'estomac noué par une myriade de sensations indésirables, il sentait des flammes courir dans ses veines et n'avait plus qu'un désir, prendre la jeune femme dans ses bras et goûter à ces lèvres voluptueuses...

Ignorant visiblement tout de son agitation, elle continuait à parler.

— Tout mon personnel est sain et sauf. Dès que nous avons entendu qu'il y avait le feu, nous avons commencé à évacuer les bêtes, les familles et leurs animaux de compagnie. J'ai chargé un groupe de cow-boys de s'occuper de mon bétail et j'étais en train d'aller en rejoindre un autre quand vous m'avez vue avec les chiens.

Elle leur jeta un coup d'œil. Satisfaite de constater qu'ils allaient bien, elle ramena son attention sur lui.

— J'étais la seule à pouvoir les protéger. Mais si vous n'étiez pas arrivé... Merci encore de nous avoir sauvés. Vous êtes allé à l'encontre de tous les principes inculqués par votre famille, mais vous nous avez sauvé la vie. Je vous dois une fière chandelle. En fait, je vais être obligée d'être aimable avec vous.

Elle prononça cette dernière phrase comme s'il s'agissait de la pire des calamités.

— Jamais je ne vous aurais laissés brûler, dit-il, retenant un sourire.

— Franchement, je ne sais pas si mes frères seraient venus à votre secours. Le différend est toujours aussi profond, dans notre génération. J'ai toujours entendu dire que votre arrière-grand-père avait abattu le mien d'un coup de fusil.

Sentant une pointe d'irritation le transpercer, Jake secoua la tête.

— Dans ma famille, on a toujours parlé de légitime défense, expliqua-t-il. Votre arrière-grand-père aurait tiré sur mon arrière-grand-père avec l'intention de le tuer. Et le conflit entre nos deux familles est bien antérieur à cet événement. Cela dit, quelle que soit la vérité, jamais je n'aurais pu laisser brûler personne. Pas même vos frères ou votre père. Au moins, je n'ai jamais tiré sur votre famille et j'espère que personne d'entre nous ne l'a fait. Seuls nos arrière-grands-pères ont échangé des coups de feu.

— On me l'avait dit, mais je ne savais pas si c'était la vérité. Je pensais que oui.

Il la regarda. Elle était en train de l'observer. Son bandana glissa par inadvertance, et il remarqua que ses joues étaient rose vif. Quelles pensées pouvaient bien l'animer ? Il ne devait pas songer à la raison pour laquelle ses joues s'étaient enflammées. Il la connaissait.

Il essaya de se distraire, de se concentrer sur une idée neutre, impersonnelle. Mais, avec Claire si proche, c'était impossible.

Il était de plus en plus étonné de la réaction qu'elle provoquait en lui. Il l'avait toujours vue, de loin en loin. Mais, comme c'était une Blake, il n'avait pas fait très attention à elle.

— À propos, dit-elle en se tournant de nouveau vers lui, puisque nous nous parlons, désormais, j'ai vu dans le journal local et dans un magazine spécialisé, que vous êtes l'un des quatre ranchers à avoir financé d'une somme importante la reconstruction de la vieille arène qui a brûlé à Fort Worth. Pendant des années, cela a été un sujet grinçant pour ma famille.

— Il paraît. J'ai entendu dire qu'il y a des dizaines d'années, quand ce terrain a été mis en vente, votre famille avait l'intention de l'acheter, mais que, la court-circuitant, ma famille s'est interposée et a donné l'argent à la ville pour édifier cette arène.

— Ça se rapproche de la version que j'ai entendue. À cela près que votre famille aurait un peu triché pour pousser la ville à construire cette arène. Quoi qu'il en soit, nous ne le saurons jamais, conclut-elle, un sourire plissant ses yeux.

— C'était bien avant nous. Alors en effet, nous ne le saurons jamais, renchérit-il, fasciné par son sourire qui lui donnait envie de lui sourire en retour.

Ses yeux pétillaient, ce qui décuplait son charme. De plus en plus perturbé, il se répéta qu'il devrait sortir plus souvent. Ces derniers week-ends, il était resté au ranch. Il ne le ferait plus. Surtout si une Blake lui inspirait ce type de réaction !

— Je me réjouis que l'on reconstruise l'arène, reprit-elle. Je suis une grande fan de rodéo. J'adorais l'ancienne arène. Merci beaucoup à vous et à vos cousins d'avoir contribué à en faire une nouvelle.

— Je vous en prie. Nous l'aimions tous. Mes cousins, mes amis, moi. Nous y avons tous concouru. Nous voulions la voir reconstruite, pour que la tradition soit perpétuée.

— Je ne connais pas vos cousins.

— Cal, l'un de ceux qui ont contribué à la reconstruction de l'arène, avait un ranch au Texas. Il était parti en mission à l'étranger pour le gouvernement. Hélas, il est mort dans un accident. Nous avons demandé que l'arène porte son nom en son honneur. L'Arène Cal Brand.

— Oh. Je suis désolée. Je ne savais pas.

Il fut sensible à sa compassion.

— Merci. C'était quelqu'un de bien et il nous manque à tous. Même si nous ne l'avions pas beaucoup vu, ces dernières années. Je suis heureux que vous vous intéressiez à l'arène. Qui aurait pu croire que, l'espace de quelques minutes, nous pouvions être d'accord sur un point ?

L'air un peu surpris, elle murmura :

— J'espère que c'est vraiment le cas.

Pensait-elle à leurs disputes du passé, à leur froideur mutuelle quand, au tribunal, ils avaient réglé des querelles de limites de propriété, de droits sur l'eau et autres plaintes ? Des occasions qui n'avaient jamais débouché sur la moindre conversation. C'était une première. Néanmoins, il ne s'attendait pas à voir naître une soudaine amitié entre eux. Leur héritage familial était trop lourd.

— Vous avez mis une grande distance entre le feu et nous maintenant, remarqua-t-elle. L'espace d'une minute, j'ai eu peur que nous ne partions pas à temps. Il a dû atteindre ma maison, ajouta-t-elle dans un soupir.

Elle prit son téléphone et consulta les nouvelles.

— Je pense que la fumée empêche de photographier ma maison, dit-elle. Le vent la dissipe par endroits, mais on distingue juste les prairies. De toute façon, je ne suis pas sûre de souhaiter assister à ça.

— Les photos sont probablement prises d'un drone. Ne regardez pas. Cela vous ferait plus de mal que de bien. Nous nous en sommes sortis vivants. C'est le principal. Concentrez-vous là-dessus.

Elle hocha la tête et resta silencieuse un instant avant de reprendre :

— Comme je vous le disais, quand ma sœur s'est enfuie pour épouser votre frère, elle a laissé une lettre dans laquelle elle m'expliquait qu'ils devaient partir à cause de mon père et de mes frères. Je l'ai toujours gardée. C'était mon seul souvenir d'elle. Elle doit avoir brûlé, maintenant...

Il garda le silence et, une nouvelle fois, se sentit très mal à l'aise. Claire semblait si triste. Bon sang ! À cause de cette maudite querelle entre leurs deux familles et la promesse qu'il avait faite à son frère, il ne pouvait même pas lui dire où se trouvait sa sœur !

Il se força à revenir au présent.

Il n'arrivait toujours pas à croire qu'il était en train de la conduire chez lui. Ils allaient vivre sous le même toit. Sa pire ennemie allait habiter chez lui, prendre ses repas avec lui, lui parler ? Ils allaient apprendre à se connaître. Mais il ne se faisait pas d'illusions. S'ils se montraient courtois l'un envers l'autre, il savait que c'était à cause du feu, du danger, de la perte du ranch de Claire. C'était aussi temporaire que superficiel. Une haine ancestrale ne pouvait disparaître par un simple coup de baguette magique. Il allait l'aider, en bon voisin qu'il était, mais elle ne lui était pas plus sympathique pour autant. Il songea soudain qu'elle n'avait que les vêtements qu'elle portait, plus rien d'autre.

Quand il le pourrait, il l'emmènerait à Persimmon où elle pourrait acheter quelques affaires de première nécessité.

Leurs regards se croisèrent de nouveau, et il sentit une sensation électrique parcourir tout son corps.

Le pick-up bondit sur d'énormes pierres, et il ramena son attention sur la route.

Mais il avait beau se concentrer, il ne pouvait pas effacer le visage de Claire de son esprit. Ne l'avait-il pas toujours trouvée incroyablement banale ? Il comprenait maintenant que c'était dû à ses tenues, une salopette ou un jean, sans maquillage, avec sa natte épaisse qui lui tombait dans le dos. Alors pourquoi lui paraissait-elle si séduisante, à cet instant ?

Il regrettait qu'elle n'ait pas refusé de venir dans sa cabane. Elle avait dû penser que les seuls motels du voisinage seraient pris d'assaut par les gens fuyant l'incendie. Et, maintenant qu'il lui avait offert l'hospitalité, il était coincé. Coincé avec elle… Dommage qu'il s'agisse de sa cabane de pêche et non de son ranch qui comportait plusieurs maisons d'invités. Allait-il pouvoir supporter de l'avoir sous son toit ?

À cette perspective, il grimaça.

Claire s'était murée dans le silence. Regrettait-elle, elle aussi, d'avoir accepté son invitation ? Ne lui avait-elle pas dit, un jour, qu'elle ne l'aimait pas et qu'elle le considérait comme son pire ennemi ?

Ils ne tardèrent pas à se retrouver sur l'autoroute. Il ne savait pas encore s'il suffirait de s'enfoncer plus à l'est pour les protéger de l'incendie. Il devrait suivre avec attention les informations et surveiller la vitesse du feu et la direction du vent. Mais, pour le moment, ils étaient en sécurité.

D'un signe, il indiqua à Claire qu'ils pouvaient enfin retirer leur bandana. Puis, brisant de nouveau le silence qui régnait dans l'habitacle, il déclara :

— Il faut prier tous les deux pour la pluie. Elle était annoncée pour aujourd'hui. Mais, avec toute cette fumée, on ne voit pas le ciel.

— Maintenant, la pluie arrivera trop tard pour ma maison, répondit-elle d'un ton monocorde.

— Désolé. Vous avez raison. Et votre bétail, vos chevaux ? Où sont-ils allés ?

— Vous connaissez Dan Sloan ?

— Bien sûr.

— Hier, quand nous avons reçu la première alerte, Dan m'a contactée. Il a envoyé des hommes pour m'aider à mettre provisoirement mon bétail à l'abri chez lui. Il est sur la route, plus à l'est que votre ranch, comme vous le savez.

— Dans ce cas, vous avez dû contourner mes terres pour arriver chez lui. Prévenez-moi quand vous ramènerez vos bêtes chez vous. Vous pourrez traverser mon ranch.

Le bandana maintenant autour de son cou, elle sourit, d'un sourire éblouissant qui le réchauffa comme le soleil et fit battre son cœur plus vite.

— Merci, Jake. Ce sera bien plus rapide et plus facile, en effet. Les Sloan sont très gentils. Dan m'a offert l'hospitalité, mais il a déjà son frère et sa femme, avec cinq enfants, soit sept personnes de plus. Je ne voulais pas m'imposer chez eux, pas plus que je ne veux m'imposer chez vous.

— Pas du tout. Nous ne serons que tous les deux.

À peine avait-il prononcé ces mots qu'il eut le souffle coupé. Il avait répondu sur un ton dégagé, impersonnel, mais l'effet était tout autre.

« Nous ne serons que tous les deux. »

Sa phrase plana entre eux, prenant soudain une connotation

très intime. Trop. Quelle était donc cette alchimie qui semblait les aimanter l'un à l'autre ? Jamais il n'aurait pu l'imaginer. Très naturelle, Claire n'essayait même pas de le charmer. En outre, elle était très quelconque. À cette pensée, son visage s'imposa nettement à lui. Il l'observa et se perdit derechef dans les magnifiques yeux au vert rehaussé par les reflets d'or roux de ses cheveux. Elle était tout sauf quelconque. C'était juste l'image qu'elle présentait au monde, et qui changeait, maintenant qu'il était proche d'elle. Cette prise de conscience le surprit. Il aurait voulu s'arrêter, se tourner vers elle et la regarder vraiment. Non. Ce serait parfaitement ridicule. Claire était une Blake, il ferait bien de ne pas l'oublier.

— Bon sang ! jura-t-il,

Quand elle le fixa, il comprit qu'il avait parlé à haute voix.

— Quelque chose ne va pas ? demanda-t-elle, l'air inquiet.

— Désolé. Je pensais juste à l'incendie et à tout ce que vous avez perdu, prétendit-il.

— C'est gentil de votre part. Je me disais que cela vous était peut-être égal. Je suis heureuse de constater qu'il n'en est rien.

Il lui jeta un nouveau coup d'œil et, encore une fois, resta fasciné. Il s'empressa de revenir à sa conduite.

— Bon sang, répéta-t-il, cette fois dans sa barbe.

Ils poursuivirent leur route sans rien dire.

Soudain, un petit bruit attira son attention. Il tourna la tête et s'aperçut que, les mains sur le visage, Claire tremblait. Après avoir vérifié dans le rétroviseur que l'incendie était loin derrière eux, il s'arrêta et coupa le contact.

— Claire, je suis vraiment désolé pour tout ce qui vous arrive, déclara-t-il, avec la plus grande sincérité, en passant son bras autour de son épaule.

Elle leva les yeux vers lui et, nichant la tête contre son torse, se mit à pleurer. Après avoir laissé libre cours à ses sanglots, elle finit par reprendre le contrôle de ses émotions.

Voyant qu'elle n'avait pas de mouchoir pour s'essuyer le visage, il lui tendit un bandana propre.

— Tenez, prenez ça.

Elle l'accepta mais ne l'utilisa pas.

— Vous avez une provision sans fin de bandanas, fit-elle remarquer en esquissant un petit sourire triste.

Mais, alors qu'elle s'essuyait les yeux, son sourire s'évanouit.

— Je me sens stupide de pleurer. C'est juste que j'ai tout perdu. J'ai passé ma vie à perdre ce que j'aimais, murmura-t-elle si bas qu'il l'entendit à peine. Je ne veux même pas tomber amoureuse parce que je perdrais la personne que j'aimerais. Je ne veux même plus me faire de vrais amis. J'étais heureuse d'avoir mon ranch et il va brûler !

Il la sentit tressaillir.

— Pleurez autant que vous voulez, Claire. Vous n'avez plus de maison. C'est un terrible traumatisme.

Il resserra son étreinte, désireux de la réconforter.

Mais il avait beau faire, il ne pouvait lutter contre la sensation aiguë de ce corps féminin aux courbes délicieuses contre le sien. Souple et douce au creux de ses bras, Claire sentait divinement bon. La serrer contre lui était bien trop agréable. Il ne voulait pas se risquer à regarder ses yeux ni ses lèvres si tentantes. Une nouvelle fois, il dut se faire violence pour étouffer un gémissement. À deux reprises déjà, il l'avait prise dans ses bras. Il n'en revenait toujours pas car, jusqu'à ce jour, ils avaient à peine fait attention l'un à l'autre. Il ne connaissait ni ses occupations ni ses goûts. Il ne l'avait vue que très rarement et n'avait jamais pensé à elle plus de deux secondes. C'était une première dans sa vie. Et pas une première bienvenue.

Il refusait d'apprécier la chaleur de son corps contre lui. Refusait d'admettre qu'il mourait d'envie de l'embrasser. Refusait de la trouver désirable.

Claire Blake lui était interdite. Comme l'était un poison. Alors pourquoi la serrait-il contre son cœur, à présent ? Pourquoi était-il si sensible à ses formes et au parfum de sa peau ?

Il devrait la laisser partir. Il devrait la laisser quitter ses bras, son pick-up et sa vie aussi vite que possible.

Mais comment faire, maintenant qu'il lui avait offert l'hospitalité ? Comment allait-il pouvoir la traiter en invitée ?

Pire, comment allait-il pouvoir dormir, cette nuit, alors qu'il n'avait qu'une seule envie, l'embrasser ?

3

Son ranch était en train de brûler. Sa maison de famille était détruite. Un héritage transmis de génération en génération. De précieuses photos de famille réduites en cendres.

Accablée par ce désastre, Claire pleurait doucement. Elle avait beau essayer de ne pas y penser, de retrouver le contrôle de ses émotions, elle en était incapable.

Peu à peu, elle prit conscience des bras de Jake autour d'elle, forts et rassurants. Il la serrait contre son torse aussi dur qu'un roc, et c'était comme un peu de solidité dans sa vie soudain en miettes. L'espace de quelques secondes, elle s'agrippa à lui, cédant au sentiment enivrant que tout n'était peut-être pas perdu, qu'il y avait encore de l'espoir, qu'elle était en sécurité, au creux de l'étreinte d'un ami.

Un ami ? Depuis qu'elle était née, Jake Reed et sa famille étaient leurs ennemis. Elle avait grandi bercée par les histoires de cette querelle ancestrale. Aussi loin que remontaient ses souvenirs d'enfance, elle avait entendu raconter que leurs voisins leur avaient volé leur bétail, leurs chevaux, essayé de revendiquer leur droit sur l'eau dans les parties limitrophes de leurs deux ranchs. Sans parler des duels qui avaient opposé des membres de leurs deux familles, les Reed les attaquant pour les dépouiller, mettant le feu à leurs terres et à leurs maisons.

Elle ignorait ce qu'il y avait de vrai dans tout ça, ou si les faits étaient exagérés par la colère et la haine. Mais on lui avait appris à détester chacun des membres de cette famille. Y compris Jake.

À cet instant, pourtant, elle oubliait leurs rivalités pour savourer l'amitié et le réconfort que Jake lui procurait. Il leur avait sauvé la vie, à elle et aux chiens. Et elle lui en serait éternellement reconnaissante. Présentement, il lui était impossible de le considérer comme un ennemi. Loin de là !

Ses bras autour d'elle lui procuraient une sensation de bien-être incomparable. Quand elle l'avait regardé dans les yeux, elle avait souhaité qu'il l'enlace. Pour être honnête, elle avait aussi désiré qu'il l'embrasse. Cette pensée la choquait. Des baisers ne pouvaient que déboucher sur toutes sortes de complications pour eux. Il y avait une autre raison pour laquelle elle ne voulait pas céder à l'attirance que Jake suscitait en elle. Il était connu pour être un séducteur. Il avait eu de nombreuses femmes dans sa vie. Or, si elle se fiait à la rumeur, c'était toujours lui qui rompait.

Entre la guerre familiale et sa réputation, elle ne voulait prendre aucun risque pour son cœur.

En outre, ils ne pourraient jamais sortir ensemble. La moindre liaison entre eux réveillerait l'hostilité entre leurs deux familles. Non, ils devaient rester adversaires. Comme lors des batailles juridiques qu'ils s'étaient livrées parce qu'il avait essayé de détourner deux des rivières les plus importantes des terres des Blake pour son usage personnel. Dans les deux cas, elle avait eu gain de cause. Par la suite, il avait à son tour gagné un procès concernant l'accès à une troisième rivière qui traversait son ranch.

Hélas, à cet instant précis, accablée par son sentiment de solitude et de détresse, elle n'aurait voulu être nulle part ailleurs qu'au creux de ses bras. Elle savait bien pourtant qu'elle n'aurait pas dû s'en délecter ainsi. Seulement son étreinte virile et ses paroles rassurantes semblaient apaiser la profonde peine que lui causait la perte de sa maison. Jamais ses frères et son père ne feraient preuve d'une telle bonté. Quant à ses amis, ils étaient partis habiter Dallas et elle n'avait pratiquement plus de contact avec eux. Bien sûr, elle était proche de certains de ses employés, mais elle n'en restait pas moins leur patronne.

Alors, lovée contre cet homme aussi beau que séduisant, elle décida de savourer ces instants de réconfort sans la moindre honte. Elle le méritait bien, non ?

Jake était un homme d'action, capable de réagir avec autant de rapidité que d'efficacité, comme lorsqu'il avait volé à son secours, tout à l'heure. Et lui offrir l'hospitalité avait dû lui être pénible, compte tenu de leurs rapports tendus. C'était aussi un homme d'honneur qui aidait son prochain, quel qu'il soit.

— Ça va mieux ? demanda-t-il d'une voix grave.

Elle s'immergea dans la douceur veloutée de ses yeux noirs, bordés de cils épais. Se figeant soudain, elle éprouva comme un vertige. Fascinée, envoûtée, elle sentit son cœur se mettre à battre la chamade. Comme elle aurait voulu qu'il l'embrasse...

Surtout pas ! C'était de la pure folie. Cela ne ferait que leur compliquer la vie. Jusqu'à cette seconde précise, elle avait été certaine que jamais il n'en aurait eu envie. Mais le désir qui illuminait le regard brûlant dont il l'enveloppait était indéniable.

Elle laissa échapper un petit grognement.

— Nous ne devrions pas, chuchota-t-elle.

Les yeux brillant de curiosité, il répliqua d'une voix rauque :

— Nous ne devrions pas quoi ? Nous embrasser ? Nous en avons autant envie l'un que l'autre. Nous sommes des adultes, libres tous les deux. Alors pourquoi pas ?

Elle était perdue. La barbe noire qui ombrait les joues et le menton de Jake rehaussait la beauté de son visage buriné. Elle avait l'impression que son regard la transperçait, qu'il lisait en elle à livre ouvert.

Bien sûr, elle savait que l'embrasser n'était pas une bonne idée. Mais elle était captive de ces prunelles étincelantes qui attisaient son désir. Un désir d'une violence que jamais aucun homme ne lui avait inspiré. Ni les cow-boys, ni les ranchers de la région.

Jusqu'à aujourd'hui.

Désemparée, elle soutint son regard dans lequel elle lisait la même passion. Ce qui n'était ni opportun ni raisonnable. N'étaient-ils pas des ennemis jurés ?

Prisonnière des flammes du désir, elle peinait à respirer.

Depuis combien de temps n'avait-elle pas été embrassée par un homme ? Depuis combien de temps n'avait-elle pas eu d'amoureux ?

Trop longtemps.

Et, à cet instant précis, seule comptait son envie d'embrasser cet homme qui lui apportait tant de réconfort.

Les bras de Jake se resserrèrent autour d'elle, puis il se pencha vers elle jusqu'à ce que sa bouche couvre la sienne... Et ce fut comme si elle tombait dans un grand trou. Elle n'entendait plus rien, ne voyait plus rien, avait soudain l'impression d'être dans un cocon.

Jake la tenait contre lui, à présent, sa bouche moelleuse caressant sensuellement la sienne, prenant son âme au piège. De sa langue, il effleura ses lèvres qui s'ouvrirent comme une fleur. Elle planta ses doigts dans ses hanches et le monde bascula.

Comment ne pas se laisser emporter par le tourbillon de la sensualité, même si elle mettait son pauvre cœur en danger ?

Alors que toutes les fibres de son corps s'embrasaient, une petite voix intérieure la rappela à l'ordre. Elle était en train d'embrasser le seul homme avec lequel il lui était interdit de vivre une relation. Et elle ne devait pas s'abandonner totalement aux sensations divines d'une volupté que jamais elle n'avait connue auparavant. Elle devait mettre fin à ce baiser. Tout de suite.

Mais quand Jake la serra plus étroitement encore, grisée, elle s'abandonna à la force de ses bras vigoureux, alors que tout son corps, souple et consentant, se coulait dans cette étreinte magique.

Des décharges électriques couraient dans ses veines. Le ballet de leurs langues gagna en volupté, et elle laissa échapper un soupir de plénitude.

Le temps cessa d'exister. Combien de minutes dura leur baiser ? Elle aurait été incapable de le dire. Mais elle finit par comprendre qu'elle devait y mettre un terme. Ils s'embrassaient comme s'ils étaient les deux seuls êtres restant au monde et qu'ils n'avaient plus que quelques heures à vivre.

Dans un effort surhumain, elle recula et se pencha en arrière. Le souffle court, elle se dégagea de l'étreinte de Jake et le dévisagea.

Son expression indéchiffrable l'empêchait de deviner quelles pensées l'animaient. Elle dut se faire violence pour ne pas le reprendre dans ses bras.

Pourquoi avait-elle l'impression qu'aucun homme ne pourrait l'embrasser ainsi ? N'était-il pas son seul véritable ennemi sur Terre ? À cet instant, elle voulait oublier leur hostilité réciproque. Elle ne voulait qu'une chose : se serrer contre lui, s'enivrer de ses baisers et oublier que tous ses biens étaient partis en fumée.

Au lieu de cela, elle se dégagea et le regarda comme si elle ne l'avait jamais vu de sa vie .

— Comment allons-nous..., commença-t-elle, hésitante. Je veux dire, redeviendrons-nous ce que nous étions ? Ce que nous avons toujours été ? Des voisins en conflit permanent ?

— Tu peux penser ce que tu veux, répondit-il d'une voix altérée. Tu peux recommencer à me détester. En ce qui me concerne, il me sera impossible d'effacer ce baiser de mon esprit, ou de le regretter.

Son cœur s'emballa. Il venait de la tutoyer... et elle adorait ça.

— Peut-être ne pouvons-nous pas revenir à ce que nous étions, murmura-t-elle. Mais nous devons passer à autre chose.

— Oui, je suis d'accord. Pas question de revenir à ce que nous étions. Nous avons franchi la ligne rouge. Notre relation vient de changer à jamais.

Elle secoua la tête.

— Non, Jake. Je ne pense pas que notre relation puisse vraiment changer. Cette vieille querelle est trop ancrée dans nos deux vies. Nous marchions à peine que nous vivions déjà avec elle.

Il haussa les sourcils, l'air un peu amusé.

— Plus jamais je ne pourrai te voir comme je te voyais avant notre baiser, affirma-t-il doucement, sa voix chaude l'enveloppant comme une caresse.

Il la fixait comme s'il la voyait pour la première fois, et elle sentit ses joues s'enflammer.

— Tu ne peux pas interrompre une dispute vieille d'un siècle comme tu coupes l'eau d'un robinet, rétorqua-t-elle.

De l'index, il lui souleva le menton.

— Nous venons tout juste de prendre un nouveau départ qui me plaît assez. Je suis prêt à essayer. Et toi ?

Son cœur s'affolant de nouveau, elle se grisa de l'expression avide de son regard, du goût de leur baiser qui persistait sur ses lèvres.

— Oh oui, je veux bien essayer, répondit-elle dans un chuchotement.

Seigneur ! Pourquoi avait-elle dit ça ? Il était encore temps de reculer. Sinon, d'une seconde à l'autre, elle allait se retrouver de nouveau dans les bras de cet homme ensorcelant, et ils allaient de nouveau s'embrasser.

Or si une partie d'elle-même le souhaitait, l'autre la mettait en garde. Elle le regretterait. Il leur était impossible de gommer leur passé, leur méfiance mutuelle, leur antipathie. Deux ennemis jurés ne pouvaient pas, en une matinée, faire table rase des sentiments de haine de toute une vie.

Puis elle se rassura. Cette attirance serait passagère. Ils n'avaient pas enterré la hache de guerre. Elle doutait fort que quelques baisers puissent changer quoi que ce soit à leur situation. À peine cette idée eut-elle traversé son esprit, qu'une nouvelle la chassa : jamais personne ne l'avait embrassée comme lui...

Il ne serait pas facile d'oublier Jake. Son baiser non plus.

Elle le considérait toujours sans un mot. Son regard avait pris une expression insondable. Elle savait si peu de chose de lui. Pouvait-elle vraiment lui faire confiance ?

Il fixa sa bouche, et elle sentit son pouls s'accélérer. À cet instant précis, elle se fichait de leur relation future. Elle voulait juste sentir ses lèvres sur les siennes, ses mains sur son corps, oublier l'incendie et tout ce qu'elle avait perdu...

Ses nerfs tendus comme des cordes, elle cligna des yeux et essaya de rassembler ses esprits.

Elle recula sur son siège pendant que Jake se remettait au volant. Il démarra et la dévisagea de nouveau.

— Tu es prête à repartir ?

— Oui, répondit-elle avec conviction.

D'un côté, il l'avait un peu rassérénée et elle se sentait plus tranquille. De l'autre, elle se rendait compte qu'elle avait de nouveaux problèmes. Elle venait de vivre le baiser le plus fabuleux de sa vie avec l'ennemi ancestral de sa famille. N'était-ce pas aller au-devant des pires complications ?

Jake se concentra sur la route. Devant le silence de Claire, il la soupçonnait d'être aussi abasourdie que lui. Elle devait s'inquiéter du feu, de sa terre calcinée, de sa maison ravagée. Et aussi, peut-être, penser à leur baiser.

Elle venait de chambouler son monde. Jamais il n'oublierait ce baiser. Il ne cessait d'y penser.

Ils étaient en train de fuir un brasier, et il luttait contre le brasier intérieur qui le dévorait, lui donnait envie de sortir de la route, de la prendre dans ses bras et de l'embrasser à perdre haleine.

Jamais une femme qu'il ne connaissait pratiquement pas, qu'il avait à peine remarquée par le passé, n'avait provoqué en lui pareil séisme.

Il quitta l'autoroute pour retrouver enfin l'un des chemins menant à son ranch, une piste de terre qui n'était rien de plus que deux longues ornières, envahie d'herbes folles au centre. Mais il savait où il était. Il allait rejoindre une route meilleure et arriver enfin à sa cabane de pêche.

D'ordinaire, les moments qu'il passait dans sa cabane lui apportaient calme et sérénité. Une oasis de bonheur loin du travail au ranch.

Or cette fois, Claire allait habiter avec lui pendant les prochains jours. Les prochaines semaines, peut-être. Cette idée faillit lui arracher un grognement. S'il n'avait pas résisté à l'envie de l'embrasser aujourd'hui, comment le pourrait-il quand elle serait sous son toit ? La raison lui soufflait de se maîtriser. Étant donné leur passé, le moment était mal choisi pour nouer une relation profonde et intime avec elle. La perte de son ranch la rendait vulnérable, et il ne voulait pas la faire souffrir.

Pas plus qu'il ne voulait souffrir, car elle pourrait totalement bouleverser sa vie. Il était à la fois inquiet devant le désir qu'elle faisait naître en lui, et désireux de reprendre le contrôle de ses émotions et de revenir aux sentiments habituels qu'il ressentait pour elle.

Mais il était déjà trop tard. Il avait suffi d'un simple baiser pour qu'il se sente perdu…

Et, pire que tout, il n'avait qu'une envie : l'embrasser encore…

Il pouvait évoquer des tas de raisons pour lesquelles c'était une très mauvaise idée. Leur rivalité ancestrale, leurs problèmes de voisinage, l'absence de toute sympathie l'un pour l'autre. En fait, pour ce dernier point, qu'en savait-il ? Ils ne se connaissaient pas vraiment. Lui, il n'avait que des idées préconçues sur elle. Quant à elle, elle ne le connaissait absolument pas. Quoi qu'il en soit, leurs familles seraient furieuses s'ils devenaient amis.

— Tu es bien silencieux, lui fit-elle remarquer d'une voix sourde.

Il lui jeta un rapide coup d'œil et vit qu'elle l'observait avec attention. Son regard se posa sur ses lèvres, et leur baiser remonta à sa mémoire. Les yeux braqués droit sur la route, il prit une profonde inspiration et répondit :

— Je conduis, c'est tout.

— Si tu regrettes de m'avoir proposé de venir chez toi, je peux faire en sorte de ne pas te croiser. Demain, tu n'auras qu'à m'emmener en ville et je pourrai me trouver un logement.

— T'héberger chez moi ne me pose aucun problème. Tu as besoin d'un endroit où habiter et ma cabane est assez spacieuse pour que nous ne nous gênions pas. Arrête de te tracasser. Je ne t'aurais pas fait cette offre si je n'étais pas sincère.

Il garda pour lui son inquiétude. Allait-il pouvoir se retenir de la toucher et de l'embrasser de nouveau ?

Leur baiser lui avait enflammé les sens, et il n'allait pas l'oublier avant longtemps. Avoir Claire sous son toit ne l'aiderait pas.

Il réprima un soupir à fendre l'âme et essaya de penser au

feu, à sa cabane, à ses employés, à son bétail. N'importe quoi pour distraire son esprit de Claire.

Il se força à regarder les ornières desséchées et les mauvaises herbes. Puis, une fois qu'il sentit qu'il avait repris son sang-froid, il s'autorisa à lui lancer un coup d'œil. Elle fixait le paysage, droit devant elle, ses émotions manifestement sous contrôle.

Elle se tourna vers lui et, l'espace d'un instant, leurs regards se fondirent l'un dans l'autre. Une flèche d'un désir fulgurant le traversa. Cela commençait à devenir inquiétant. Allait-il jamais parvenir à se ressaisir ? La même furieuse envie de s'arrêter pour l'embrasser venait de le reprendre.

Il devrait absolument sortir, passer du temps avec ses amies les plus sexy, les plus jolies, les plus drôles. Il en connaissait plusieurs qui correspondaient à cette description. Pourtant, jamais aucune d'entre elles ne l'avait embrasé comme sa voisine ennemie aujourd'hui. Songeur, il hocha la tête.

— Quelque chose ne va pas ? demanda-t-elle d'une voix douce.

Refusant de lui dévoiler ses vraies pensées, il choisit de mentir.

— Je pensais juste à mon bétail, répondit-il. Les hommes ont sauvé les bêtes du feu, c'est un immense soulagement. Je suppose que tu ressens la même chose.

— Oh oui ! Savoir que mes troupeaux ont pu être évacués à temps me réconforte vraiment.

Satisfait, il lui sourit. Elle semblait avoir refoulé sa tristesse et avoir recouvré un peu d'optimisme. Elle avait l'air moins soucieuse. Il en fut heureux pour elle.

Quant à lui, il ne lui restait qu'à effacer leur baiser de sa mémoire, et sa vie reprendrait son cours normal.

Malheureusement, il avait le pressentiment qu'il lui faudrait un certain temps avant de retrouver sa routine.

Il se mura dans le silence.

Claire semblait perdue dans ses pensées. Peut-être était-elle en train de s'adapter à la situation, tout simplement, et de réfléchir à son proche avenir ?

Au bout de quelques instants, il s'engagea dans l'allée menant à sa cabane.

— Nous y sommes ! annonça-t-il.

Ce qu'il appelait sa « cabane » était en fait une très belle demeure, même si elle se situait au fond des bois. Construite en rondins, elle se dressait sur la rive d'une large rivière, ombragée de peupliers. Vaste et spacieuse, elle était entourée d'une véranda et comptait deux étages. À l'avant, une cascade artificielle se jetait dans un étang bordé de plantes exotiques et de bacs de nénuphars multicolores. Une statue de pêcheur s'élevait sur la rive. Le jardin était parsemé de statues d'animaux grandeur nature : un puma dans un arbre, quelques chèvres, un colley.

Le pick-up s'engagea dans la large allée bordée d'arbustes et de fleurs qui contournait la bâtisse jusqu'au garage qui pouvait accueillir six voitures.

Claire se mit à rire et lança d'une voix enjouée :

— Ainsi, voilà ta *cabane* de pêcheur perdue dans la forêt ? Je ne crois pas que nous allons camper, si tu veux mon avis.

Il lui sourit et, devant ses yeux pétillant de malice, son cœur fit un bond dans sa poitrine.

— J'ai pensé que, quitte à me faire construire une maison, autant qu'elle me plaise, expliqua-t-il.

— Elle est très belle. Et tellement bien située, sur la rivière. C'est un endroit merveilleux.

— Merci. J'y suis bien.

Il se gara près de la porte et se tourna vers Claire.

— Je vais mettre la chienne et ses chiots dans la véranda fermée. Comment s'appelle-t-elle ?

— Je ne sais pas, en fait. Je l'appelle « Queenie ». Je ne l'avais jamais vue. Je l'ai trouvée alors qu'elle était en train de mettre bas.

— Vraiment ? Heureusement que tu étais là !

Il fut récompensé par un nouveau sourire qui raviva son besoin de l'embrasser.

— Elle a peut-être fui sa maison par peur du feu, reprit-elle. Je ne me souviens pas de l'avoir vue avant. Elle n'a pas de collier. Pendant un moment, j'ai cru qu'elle était à toi.

— Si elle n'a pas de collier, je connais les personnes idéales pour la recueillir. Mes voisins, les Anderson.

— Je les connais.

— Charley Anderson a trois filles adolescentes qui aiment les chiens et les chats. À chaque fois que nous trouvons des animaux perdus, au ranch, je les appelle. Ils viennent les chercher et soit les rendent à leur propriétaire, soit les gardent, soit les font adopter. Tu serais d'accord pour que nous leur donnions Queenie et ses chiots ?

— C'est une excellente idée.

Il sortit son téléphone.

— Je vais leur envoyer un message, dit-il. Et Queenie et ses chiots seront bientôt rendus à leur propriétaire. Sinon, ils trouveront une bonne maison.

— Tant mieux ! Tu n'imagines pas combien ça me soulage.

Une fois son message envoyé, il contourna le pick-up pour monter sur le plateau à l'arrière. Claire le suivit. Prenant deux des chiots, il les lui tendit.

— Prends ces deux-là. Je vais porter Queenie et les autres dans la véranda jusqu'à l'arrivée de Charley.

Ils venaient d'installer la chienne et les chiots quand son téléphone vibra, annonçant un message.

— Les Anderson sont en route, annonça-t-il en le lisant. Tu n'as pas à t'inquiéter, les chiens seront en bonnes mains.

— Merci encore. Je suis sûre que tout ira très bien pour eux.

Il fut saisi d'une nouvelle envie de la serrer dans ses bras. Mais il devait résister. Ne plus y penser.

Qu'est-ce qui, chez elle, l'attirait ainsi ? Elle ne faisait rien pour tenter de le séduire. Avait-elle seulement conscience de son pouvoir de séduction ?

Il ne devait pas oublier qui elle était. Ne pas oublier que les Reed et les Blake ne se mélangeaient pas.

Il n'aimait pas la famille Blake. Loin de ressembler à ses voyous de frères, Claire n'en était pas moins leur sœur. Ils venaient de la même lignée, avaient eu les mêmes parents, le même foyer. Et cela ne pouvait que ressortir dans sa personnalité.

Par ailleurs, le père et les frères de Claire n'apprécieraient pas du tout qu'ils se fréquentent, pas plus que sa propre famille. Si cela devait arriver, ils devraient se montrer prudents.

Il était incapable d'analyser cette attirance. Il connaissait pourtant beaucoup de jolies femmes qui ne venaient pas d'une famille de vauriens qui le haïssait. Alors, pourquoi Claire Blake ?

Pourquoi sa présence semblait-elle lui voler tout son oxygène ? Lui faisait battre le cœur plus vite ? Pourquoi, lorsqu'elle le contemplait, remuait-elle de telles émotions en lui ? Encore maintenant, alors qu'ils se dirigeaient vers la porte d'entrée, il n'avait qu'une envie : la prendre dans ses bras, la porter dans sa chambre et passer le reste de la journée et de la nuit avec elle, à lui faire l'amour.

Choqué par cette idée, il s'arrêta et se tourna vers elle. Les sourcils froncés, elle l'observait d'un air intrigué.

— Qu'est-ce que j'ai ? s'enquit-elle. Un truc entre les dents ? De l'encre sur le visage ? Tu me regardes comme s'il y avait un souci.

— Il y a un souci, avoua-t-il d'un ton sans équivoque.

Elle cligna des yeux et leva la main, paume ouverte, comme pour lui signifier de se taire.

— Oublie ma question, dit-elle. Je ne veux pas savoir.

— Non, tu ne veux pas savoir, mais je vais te le dire quand même parce que je suis perplexe. Je ne comprends pas pourquoi notre baiser a été si…

Il s'interrompit et plissa les yeux, réfléchissant.

— Si intense, si inoubliable… si sexy. Nous nous sommes à peine parlé jusqu'à aujourd'hui et nous ne nous connaissons même pas.

— Oh ! Nous connaissons toutes les raisons de nous détester, répliqua-t-elle. Mais que savons-nous l'un de l'autre qui pourrait nous faire changer d'avis ? C'est là que nous sommes des inconnus.

Après quelques secondes de silence, elle enfonça le clou.

— Mais tout ce qu'il nous suffit de savoir, c'est que je suis une Blake et que tu es un Reed. Je pense donc que nous devrions oublier notre baiser, passer à des sujets sans danger et garder nos distances.

— Tu as raison. On oublie ce baiser. Nous parlerons de sujets sans danger. Ah ! voilà les Anderson, ajouta-t-il, heureux de leur arrivée.

Un imposant pick-up était en train de se garer dans l'allée. Un grand homme blond et trois adolescentes en descendirent. Repoussant son chapeau d'un doigt, l'homme déclara, souriant :

— Ainsi tu as une maman et ses chiots, Jake. Des victimes du feu ?

— Content de te voir, Charley. Bonjour, les filles. Oui, nous avons une maman et ses chiots. Nous pensons que l'incendie lui a fait fuir sa maison. Je suppose que vous connaissez tous ma voisine, Claire Blake.

Après avoir échangé des salutations, Charley reprit :

— Nous allons embarquer les chiens et rentrer. Les filles ont hâte de dorloter les chiots.

Les Anderson installèrent tout ce petit monde dans le pick-up et, après un dernier signe de la main, repartirent.

— Merci, Jake, dit Claire. Je suis sûre que les Anderson vont très bien s'en s'occuper. En plus, Charley m'a dit de l'appeler si je trouvais d'autres chiens errants.

— Ils sont vraiment très dévoués et ne semblent jamais être débordés. Et maintenant je voudrais me porter volontaire pour aider à lutter contre l'incendie. Je suis sûr qu'ils ont besoin d'aide. Ce feu bat tous les records.

Il voulait aider, bien sûr, mais aussi s'éloigner de Claire quelques heures, chasser leur baiser de ses pensées.

— Je viens avec toi, annonça-t-elle. Moi aussi, je voudrais aider. Ils ne me prendront pas comme pompier, mais je peux sûrement me rendre utile.

Bon sang ! Il avait pensé qu'elle aurait aimé se reposer un peu. Retenant un juron, il hocha la tête.

— Tu as sans doute raison, dit-il. Nous allons aller à la caserne temporaire des pompiers. Mais d'abord je vais te montrer ta chambre.

Claire suivit Jake à l'intérieur. Ils traversèrent un grand vestibule au parquet ciré. Des tableaux de paysages, dans des cadres dorés, ornaient les murs.

Ils entrèrent dans une pièce spacieuse équipée d'un immense écran plat de télévision, d'une table de billard, de fauteuils et de canapés. Au bout d'un autre couloir, elle aperçut une salle de cinéma et une grande salle à manger avec une table en chêne qui pouvait aisément accueillir vingt personnes. Tout en admirant les lieux, elle ne pouvait s'empêcher de regarder Jake à la dérobée. Il marchait à côté d'elle, grand, imposant, et ses épaules et ses bras musclés la frôlaient légèrement à chacun de ses pas. Elle repensa au moment qu'elle avait passé dans ses bras, ce moment où plus rien n'avait d'importance sauf cette sensation de plénitude, de sécurité...

Soudain, le souvenir de sa ferme brûlée la rattrapa et elle se sentit submergée par une nouvelle vague de chagrin.

— Je suis désolée, murmura-t-elle dans un souffle. Tout ici me rappelle ma maison. Je vais m'habituer à sa perte, mais c'est encore trop récent.

— Je compatis, pour ta maison. Je te comprends et tu n'as pas besoin de t'excuser.

Il s'arrêta devant une porte ouverte.

— Cette suite est la tienne. Entre et visite. Je suis sûr que les draps sont propres. Je suis de l'autre côté du couloir.

Elle ne retint qu'une phrase : « Je suis de l'autre côté du couloir », et cet autre côté lui sembla vraiment très proche... En outre, Jake semblait du genre à dormir dans le plus simple appareil. Un frisson la parcourut à cette image. Comment pouvait-elle se laisser aller à de telles pensées ? Elle s'empressa de les chasser, leva les yeux vers Jake qui continuait à parler. Elle était fascinée par sa beauté. Une nouvelle fois, le souvenir de leur baiser la rattrapa.

Se faisant violence, elle s'obligea à se concentrer sur ce qu'il disait.

— Quand je suis absent, quelqu'un vient faire le ménage tous les quinze jours. Et une fois par semaine quand je suis ici.

Quand je reste quelque temps, j'ai aussi une cuisinière et une équipe de jardiniers.

— Ils viennent tous de Persimmon ? demanda-t-elle, à peine consciente de ses paroles.

Seuls importaient la large carrure de Jake, ses fascinants yeux de jais, qui faisaient s'emballer son cœur. Maintenant, ils étaient sous le même toit, chacun d'un côté du couloir, et pour combien de nuits ? Comment pourrait-elle résister ? Comment pouvait-elle nier cette alchimie entre eux ? Et, surtout, comment allait-elle pouvoir s'en protéger ?

— Presque tous mes employés habitent à proximité, répondit Jake.

Elle essaya de se concentrer sur ce qu'il était en train d'expliquer et s'empressa de répliquer :

— Ne change rien à cause de ma présence. Je peux très bien me débrouiller. Un toit et un lit me suffiront.

— Je vais aller nous préparer des sandwichs. Il se peut que nous travaillions toute la nuit. Retrouve-moi dans la cuisine.

Il s'éloigna dans le couloir et, un moment, elle le suivit des yeux. Ses longues jambes étaient moulées dans son jean étroit, délavé à force d'être porté. Quand il eut disparu dans sa chambre, elle entra dans celle qui allait être la sienne.

À peine la porte franchie, elle poussa un cri d'admiration.

La pièce était meublée de magnifiques antiquités, une décoration qui correspondait parfaitement à son goût. Le lit, immense, était surmonté d'un baldaquin à volants et recouvert d'un couvre-lit blanc. Une salle de bains spacieuse complétait l'ensemble.

— Sacrée cabane ! s'exclama-t-elle.

À part Jake, jamais personne n'aurait qualifié une bâtisse d'une telle élégance ainsi. Et, maintenant, elle allait y passer la nuit.

Seule avec lui.

Jake entra dans sa suite en laissant échapper un soupir résigné. S'il parvenait à s'occuper pendant tout le temps que Claire resterait, il réussirait sans doute à ne pas l'embrasser de nouveau. Il savait qu'il devait essayer. Il pensa au mariage de Sam et de Regina, à quel point cette union avait bouleversé leurs vies à jamais. Tous deux avaient rompu avec leur famille, vivaient loin et gardaient leur adresse secrète. Ce n'était pas une vie.

Alors, même s'il lui était impossible de refouler la réaction que Claire provoquait en lui, il devait absolument lui résister.

— Bien sûr, marmonna-t-il en traversant son salon pour entrer dans sa chambre.

Sa suite était meublée d'un lit fabriqué sur mesure, d'une immense armoire et d'un bureau surmonté d'un grand écran de télévision qu'il alluma. Les images de son ranch filmées par Hap Green se mirent à défiler, lui montrant l'étendue des dégâts : des acres de terres carbonisées. Consterné, il regarda quelques instants avant d'éteindre.

Il devait se dépêcher de se préparer. Les pompiers allaient avoir besoin de son aide, c'était certain.

Il passa dans sa salle de bains, et quand il en ressortit, ses yeux se posèrent sur son grand lit. Son esprit se mit soudain à vagabonder... Claire, étendue sur les draps, nue. Son souffle se faisant soudain court, il s'imagina la rejoignant, lui faisant l'amour... À cette pensée, il sentit des flammes courir dans ses veines.

Avec un grognement de frustration, il se passa une main dans les cheveux.

— Bon sang !

Claire dans son lit.

— Avec sa famille et la tienne, c'est la voie directe pour les ennuis, mon vieux.

Alors pourquoi était-il sûr... qu'il allait bientôt l'emprunter, cette voie ?

4

Moins d'une demi-heure après, Claire le rejoignait dans la cuisine. Il posa l'assiette de sandwichs qu'il avait préparés sur la table, et tous deux s'installèrent.

Voulant faire oublier à Claire tout ce qu'elle avait perdu dans l'incendie et aussi mieux la connaître, il lui demanda :

— Tu as quelqu'un dans ta vie ?

L'air d'abord surpris, puis amusé, elle répondit :

— Non. Personne. Je ne sors pas souvent. Je pense que pour certains hommes je suis un peu intimidante. Et que d'autres ne m'aiment pas, tout simplement, parce que je suis rancher et que je suis la patronne. Ce qui a peut-être tendance à me rendre autoritaire.

— J'ai passé assez de temps avec toi, maintenant, pour savoir que tu n'es ni l'un ni l'autre. Quand je vois comment tu réussis à t'adapter à ce bouleversement dans ta vie, tu me sembles être une femme forte et courageuse, et non intimidante. Quant à être autoritaire, tu serais un piètre rancher si tu ne l'étais pas. Il faut bien un patron.

— Je sais, mais certains hommes n'ont pas envie d'inviter à dîner une femme autoritaire qui dirige un ranch.

— Je suis sûr que cela ne me dérangerait pas. Viens dîner avec moi samedi soir. Ainsi, nous pourrons voir par nous-mêmes comment je gère une soirée avec une femme autoritaire, déclara-t-il en lui souriant.

Il fut surpris de l'avoir invitée à dîner sans penser un instant aux conséquences. Mais il savait qu'il voulait qu'elle accepte. Il n'avait donc aucune volonté ? Après s'être convaincu de garder ses distances, voilà qu'il essayait d'amorcer une relation avec elle !

Il la connaissait à peine, mais il voulait passer une soirée en sa compagnie. À l'instant même où cette pensée fusa en lui, sa raison le rattrapa, lui rappelant qu'elle n'aurait même pas dû l'effleurer, ne serait-ce qu'une fois. Claire était une Blake. Leur querelle familiale n'avait rien perdu de sa virulence. Elle n'était pas une femme pour lui.

Les yeux écarquillés par la surprise, elle laissa échapper un rire plein de gaieté.

Souriant, il se sentit à nouveau saisi par l'envie de la serrer contre lui.

— Tu plaisantes, sans doute, répliqua-t-elle. Nous mettrions la ville en émoi, et les membres de nos familles en seraient aussi indignés que furieux. Je les imagine d'ici, écumant de rage ! Je ne pense pas qu'un seul membre de mon clan se féliciterait de nous voir dîner ensemble. Tu pourrais te retrouver à te battre avec mes frères. D'ailleurs, je doute que quelqu'un de ta propre famille approuve. Je n'ai pas besoin de les connaître pour savoir que cela ne les réjouirait pas. Alors, ils approuveraient ou pas ? conclut-elle en se penchant vers lui.

Il ne répondit pas tout de suite, une nouvelle fois fasciné par ses grands yeux de jade, sa bouche en bouton de rose appelant les baisers… Et il oublia sa question.

— Je n'ai jamais rencontré quelqu'un comme toi, murmura-t-il, envahi par le désir de l'embrasser.

Elle cligna des yeux. Prenant une profonde inspiration, elle se redressa et le dévisagea. Puis son regard glissa sur ses lèvres, et il sentit son cœur cogner contre sa poitrine. Allait-elle accéder à son désir ?

Mais, secouant la tête comme si elle revenait soudain à la réalité, elle se leva et prit son assiette avec son sandwich à moitié entamé et alla s'installer au comptoir. Elle le fixa d'un air grave un instant avant de reprendre dans un murmure, comme si elle se parlait à elle-même :

— Je ne peux pas expliquer cette… Je ne sais pas comme décrire ce qui se passe entre nous.

Il se leva pour lui faire face.

— Je ne peux pas non plus, dit-il. Mais nous raterons vraiment quelque chose si nous l'ignorons et laissons passer cette chance. C'est la toute première fois de ma vie qu'une femme me trouble à ce point. Et je suis prêt à parier mon ranch qu'il en est de même pour toi.

Il s'interrompit, un peu hésitant, se félicitant toutefois de s'être enfin livré.

Elle hocha lentement la tête.

— Cela ne simplifie pas la situation pour autant, fit-elle remarquer.– Je reste convaincu que nous ne devons pas l'ignorer, répondit-il, esquissant un sourire.

Elle lui sourit.

— Ne précipitons rien, dit-elle d'une voix plus ferme. Je suggère que tu réfléchisses à ton invitation pour samedi soir. Ton frère et ma sœur se sont mariés, et ils ont disparu. S'ils ne sont jamais revenus depuis, c'est que Regina connaît notre père et nos frères. Elle sait qu'ils prennent notre différend familial très au sérieux. Tu m'invites un soir et tu seras dans leur ligne de mire. De mon côté je t'avoue qu'accepter cette invitation dont les conséquences pourraient nous être très néfastes ne m'emballe pas.

— Je ne crois pas que cela prendrait de telles proportions. Et quand bien même, de toute façon, je n'ai pas peur de tes frères. Mais je ne veux pas te causer des problèmes avec ta famille. Alors, à ce stade de notre vie, nous pouvons résister à notre envie de dîner ensemble un soir. Inutile de provoquer un scandale avec nos familles. Rien ne nous lie, d'un point de vue sentimental. Nous pourrons aller chacun notre chemin sans nous faire souffrir. Nous ferions aussi bien d'oublier tout ça.

Après tout, elle avait raison, songea-t-il. Toutefois, il ne put s'empêcher d'être déçu.

— Tu es pleine de bon sens. Pourtant, je ne suis pas sûr d'être d'accord avec toi, marmonna-t-il.

Devant ses yeux d'un vert fascinant, il sentit de nouveau ses lèvres le picoter.

— Nous n'avons pas besoin d'aller à la rencontre des ennuis, Jake.

— C'est vrai, mais peut-être ne nous amuserons-nous jamais autant de notre vie, répliqua-t-il d'une voix suggestive.

Elle prit une profonde inspiration et, tout en rinçant son assiette pour la mettre dans le lave-vaisselle, déclara :

— Jake, nous ferions mieux d'y aller, de nous contenter d'aider les volontaires et de tirer un trait sur tout projet d'avenir ensemble. À part nous saluer de la main des deux côtés de la clôture.

— Tu as raison. Je te retrouve dans cinq minutes. J'ai quelques coups de fil à passer.

Quand il revint, elle l'attendait dans le rocking-chair, sur la terrasse.

— Allons-y, dit-il. J'ai appelé le centre des volontaires. Ils ont besoin de tous ceux qui veulent aider. Alors oui, ton aide sera bienvenue.

— Je suis prête à faire mon possible.

— Parfait ! Parce que la pluie annoncée n'est toujours pas tombée. Et ils ne pensent pas qu'elle tombe maintenant.

Quand Jake s'engagea sur l'autoroute, Claire regarda droit devant elle, abasourdie. Le ciel avait totalement disparu sous la fumée, et les flammes qui dansaient au loin cachaient la ligne d'horizon.

— On dirait que toute cette partie du Texas est en feu, grommela-t-elle. Il va détruire de nombreuses maisons, des granges et des dépendances. J'espère simplement que les ranchers et leurs bêtes ont pu se mettre à l'abri. Ça doit être le pire des incendies qu'ait connu l'État.

Manifestement, beaucoup de gens allaient tout perdre.

Une nouvelle fois, elle refoula ses larmes. Son cœur ne saignait pas simplement pour elle mais pour toutes les autres victimes de la catastrophe.

— Essaye juste de te concentrer sur ce que tu as sauvé, lui conseilla Jake d'une voix réconfortante. Tu as tes bêtes. Elles n'ont pas brûlé.

— Et grâce à toi, je n'ai pas péri dans les flammes. Mais c'est tout de même atroce.

— Sois prudente ce soir. Un accident est vite arrivé.

Elle se tourna vers lui, les battements de son pouls s'accélérant, comme chaque fois qu'ils abordaient des sujets personnels.

— Ne t'inquiète pas, répondit-elle. Je sais que je l'ai échappé belle, aujourd'hui. Grâce à toi. Nous avons toujours été des ennemis, mais maintenant...

Elle ne finit pas sa phrase.

— Oui, dit-il. Un baiser change bien des choses.

Incapable de sourire, elle hocha la tête.

Il avait raison. Sa remarque lui rappelait toutefois à quel point leur trêve était temporaire. Comment pourrait-il en être autrement, après cent cinquante ans de haine entre leurs deux familles ?

Ils n'auraient pas dû s'embrasser. À la minute où elle se rappela cela, son trouble s'intensifia.

Jamais aucun homme ne l'avait embrassée avec une telle sensualité. Et elle avait le sentiment que ce souvenir persisterait longtemps, bien longtemps. Il fallait qu'elle s'efforce d'oublier ce baiser qui n'aurait pas dû être, d'arrêter de penser à Jake et, surtout, de s'obliger désormais à lui résister. Avec l'histoire de leurs deux familles, ils ne pourraient jamais en sortir indemnes.

Son attention fut distraite par le monde qui grouillait autour de la caserne des pompiers. Des tentes avaient été dressées avec des pancartes écrites à la hâte indiquant « assistance médicale », « matériel ». L'une d'entre elles faisait office de bureau d'inscription des volontaires. Une autre était dédiée aux services d'urgence. On y affichait la liste des disparus et les autres sources d'information. Une dernière abritait la cantine.

— C'est quasiment une ville, qu'ils ont installée, fit-elle remarquer, alors que Jake se garait au milieu d'une rangée de véhicules. Tu sais ce que tu dois faire ?

— Je vais aller voir où je peux me rendre utile. Je te retrouve ici, plus tard. Tu ne peux plus changer d'avis, maintenant. Si tu veux partir, tu devras attendre que je revienne pour te ramener chez moi.

— Ne t'inquiète pas pour moi. Je suis contente de pouvoir aider. Et j'ai l'impression qu'ils ont grand besoin de volontaires. Allons-y !

Sur ces mots, elle ouvrit sa portière et descendit.

— À plus tard ! lança Jake, avant de disparaître.

Elle le suivit des yeux alors qu'il s'avançait au milieu des gens qu'il dominait de sa haute taille. Avec ses larges épaules, il donnait l'impression d'être capable de soulever des montagnes.

Quand elle l'eut perdu de vue, elle rejoignit la queue des volontaires. À peine quelques minutes plus tard, elle se vit confier la tâche de conduire quelques personnes à l'hôpital à Persimmon.

Jake surgit soudain à côté d'elle, la prenant par surprise. Une pelle à la main, il était équipé d'un casque, d'une combinaison de protection, de lunettes et de gants.

— Je creuse des tranchées, expliqua-t-il. Nous attendons des renforts de pompiers professionnels qui arrivent en avion, ce qui est une bonne nouvelle. Je te retrouve ici quand ils nous libéreront. Sois prudente.

Elle hocha la tête, ne pouvant s'empêcher de se faire du souci pour lui. Cet incendie ne dévorait-il pas tout sur son passage ? Puis elle se mit à rire. Depuis quand s'inquiétait-elle pour un Reed ? La réponse lui arriva aussitôt. Depuis qu'il l'avait embrassée. Un baiser inoubliable. Et puis, ne lui avait-il pas sauvé la vie ?

Hélas, si son père et ses frères l'apprenaient, cela n'aurait pas la moindre importance pour eux. Ils seraient juste furieux qu'il lui ait offert l'hospitalité. Pourvu qu'ils ne découvrent jamais ce qui s'était passé entre eux. Elle les connaissait assez pour savoir qu'ils s'empresseraient de casser la figure à Jake et de le menacer s'il s'approchait encore d'elle. Combien elle détestait les voir se mêler ainsi de sa vie ! Elle voulait que cela cesse. S'ils touchaient à un seul cheveu de Jake, jamais elle ne pourrait le leur pardonner !

Cette pensée soudaine lui fit comprendre... que Jake comptait pour elle et que ce qui se passait entre eux était important.

Le plus simple était que son père et ses frères ignorent même que Jake et elle s'étaient adressé la parole.

Ce qui était possible, après tout. Tous trois habitaient loin. Alors, avec un peu de chance, ils ne sauraient jamais rien de Jake et elle. Cette pensée la soulagea.

Mais si elle sortait avec Jake, ne serait-ce que deux ou trois fois, et que son père et ses frères l'apprenaient – il y avait toujours une âme charitable pour colporter ce genre d'informations –, ils la banniraient de la famille et ne lui adresseraient plus jamais la parole. Exactement comme avec Regina.

Ses grands-parents paternels et son père l'avaient déshéritée et avaient interdit que son nom soit mentionné en leur présence. Pour eux, elle ne faisait plus partie de la famille. En épousant un Reed, elle était devenue une Reed.

Elle soupira. Penser à sa sœur lui gonflait toujours le cœur de mélancolie. Elle l'avait admirée, aimée. Elles avaient été si complices.

Au début, elle avait tenu les Reed responsables de tous ses malheurs. Les avait haïs de lui avoir pris Regina. Puis, peu à peu, au fil des ans, elle s'y était résignée.

Jusqu'à aujourd'hui.

La proximité de Jake avait réveillé son ressentiment ; la douleur et l'amertume qu'elle avait ressenties quand sa sœur l'avait quittée avaient refait surface. Maintenant, les souvenirs l'assaillaient, toujours aussi douloureux.

Et Jake ? En voulait-il à Regina de lui avoir pris son frère aîné ?

Elle se rabroua. Le moment était mal choisi pour ressasser le passé.

L'urgence de sa mission l'aidant momentanément à oublier ses problèmes familiaux, elle passa les heures suivantes à travailler en compagnie des autres volontaires, à satisfaire les besoins de tous.

Elle trouva des voitures pour ceux qui avaient dû évacuer leur maison et organisa leur hébergement. Puis, dans un véhicule prêté par un bénévole, elle conduisit plusieurs rescapés à l'hôpital de Persimmon.

La nuit passa à toute allure. Alors que l'aube pointait, le flot des sinistrés se tarit peu à peu et, après l'avoir remerciée de son aide, l'un des responsables la libéra. Ils l'appelleraient s'ils avaient de nouveau besoin d'elle.

Elle s'apprêtait à attendre Jake quand elle l'aperçut qui venait vers elle à grandes enjambées. Elle remarqua la vigueur de sa démarche, ses cheveux bruns en bataille, une barbe naissante ombrant son menton, ses vêtements couverts de traînées de terre. En le voyant, son cœur fit un bond dans sa poitrine. Elle se réjouissait de le retrouver.

Arrivé à sa hauteur, il s'arrêta devant elle et annonça d'une voix égale, au timbre ferme :

— Ils renvoient les pompiers volontaires chez eux. Et vous ?

— Nous aussi. On doit me rappeler en cas de besoin.

— Bien. Alors, allons-y. Les renforts arrivés hier soir ont fini par contrôler le feu et commencent à le maîtriser. Viens, rentrons, conclut-il avec un mouvement de tête en direction de sa voiture.

— Je ne vais pas me faire prier, répondit-elle en lui emboîtant le pas.

— Tu es fatiguée ?

— Épuisée. Vraiment. Mais j'étais prête à rester si nécessaire.

Une fois au pick-up, il lui ouvrit la portière. Elle s'installa sur le siège en poussant un soupir d'aise.

— Je vais sans doute dormir toute la journée, déclara Jake, en s'installant au volant. Si tu as faim, je connais un restaurant ouvert toute la nuit. Nous pouvons nous arrêter prendre quelque chose.

— J'ai plutôt sommeil que faim.

— Moi aussi. Nous allons rentrer directement et nous coucher, alors. Merci de ton aide.

— J'ai été contente de pouvoir me rendre utile.

Malgré sa très grande fatigue, elle n'avait que trop conscience de la proximité de Jake. Même exténué et couvert de sueur et de poussière, il était toujours aussi sexy...

Perdue dans ses pensées, elle garda le silence jusqu'à la cabane.

Elle ne comprenait pas ce qui se passait, entre Jake et elle.

Ils avaient passé des années à quasiment s'ignorer. S'étaient à peine parlé, avant le moment où il était venu la sauver des flammes. Et maintenant elle réagissait comme s'ils étaient des amis de toujours. Alors que c'était loin d'être le cas ! Mais inutile de se bercer d'illusions. Leur courtoisie mutuelle n'allait pas durer. La seule raison de leur bonne entente, actuellement, c'était qu'elle avait perdu sa maison dans le feu et que Jake compatissait à son drame. Et peut-être aussi à cause de leur baiser... À cette pensée, un long frisson lui parcourut de nouveau le dos et elle inspira profondément.

Une fois arrivés, ils entrèrent et prirent le couloir menant à leurs chambres. Il s'arrêta devant la sienne et se tourna vers elle.

— Entrons. Je voudrais m'assurer que tu as tout ce qu'il te faut.

Elle plongea dans ses yeux de jais.

— Tout va bien, dit-elle. Je n'ai besoin de rien. Je vais dormir avec l'un des T-shirts que tu m'as prêtés. Je veux juste quitter ces vêtements, ajouta-t-elle en baissant les yeux sur son jean couvert de suie.

— Je peux t'aider ? demanda-t-il.

Étonnée, elle remarqua la lueur de malice dans ses yeux et laissa échapper un petit rire.

— Je pense que je peux me débrouiller toute seule, pour cette fois, répliqua-t-elle d'un ton moqueur.

Il sourit, mais une flamme se mit à danser au fond de ses prunelles sombres.

— Pour cette fois, répéta-t-il, d'une voix soudain grave. Je me souviendrai de te reposer la question.

— Je résisterai, affirma-t-elle d'un ton solennel.

Elle était sérieuse. Elle ne devrait même pas flirter avec lui. Et sûrement pas l'embrasser.

Il lui frôla l'épaule, ses doigts aussi légers que des plumes.

— Nous avons le droit de nous amuser un peu, après la

journée que nous venons de passer, murmura-t-il. Merci encore d'être venue aider. Une personne en plus peut faire une grande différence.

Elle inspira longuement et soutint son regard qui flamboyait d'un désir indéniable.

La tension sexuelle entre eux était palpable Il était impossible de nier l'avidité de ce regard. Jake voulait l'embrasser. Et elle, elle devrait se détourner et ignorer le trouble que provoquait sa main sur son épaule, la convoitise dans ces prunelles qui la fascinaient. Il sentait la fumée, ses joues et sa chemise étaient couvertes de suie, mais elle s'en fichait. Elle voulait ses baisers, s'en étourdir, s'en griser. Cessant de s'inquiéter des conséquences ou de leur rivalité familiale, elle prit une profonde inspiration.

— Jake..., souffla-t-elle.

Il glissa un bras autour de sa taille, et elle effleura son torse d'une main légère. Il était chaud, dur et musclé. Son cœur s'emballa.

— Tu sais que nous ne devrions pas, chuchota-t-elle.

Malgré tout, elle se rapprocha légèrement de lui, sentant ses lèvres la picoter.

— Oui je sais, répondit-il d'une voix grave qui résonna en elle.

Elle le sentit renforcer son étreinte et l'attirer plus près.

— Je ne peux pas te résister..., lâcha-t-elle.

Elle pencha la tête en arrière, contempla sa bouche, puis de nouveau ses yeux assombris. Tout son corps parcouru de picotements, elle avait chaud, le voulait de toutes les fibres de son être. Ils étaient si proches qu'elle pouvait sentir la chaleur de son torse contre elle.

— Viens là, dit-il d'une voix brûlante de sensualité.

Il resserra son étreinte et, de sa main libre, la prit par la nuque. Il la regardait comme s'il voulait la dévorer.

Elle ferma les paupières tandis que les lèvres de Jake se posaient avec délicatesse sur ses paupières, son nez, sa bouche.

Elle ne put retenir un petit gémissement. Le baiser de Jake était chaste, presque doux, jusqu'à ce que sa langue se mette à jouer avec la sienne. Soudain secoué de tremblements, il se mit à dévorer sa bouche comme si sa vie en dépendait. C'était bon, tellement bon… Ils s'embrassaient maintenant avec désespoir, avidité. Jake se montrait-il aussi fougueux avec toutes les femmes qui passaient dans sa vie ?

Qu'importe ! Tant que son souffle chaud qui lui caressait l'oreille mettait tous ses sens en fusion, rien d'autre n'avait d'importance.

— Claire, je te veux, murmura-t-il d'une voix rauque.

Tremblante, elle allait s'abandonner à son étreinte chaude et puissante quand elle sentit soudain sa raison la rattraper. Elle savait qu'elle devait s'arracher à ses lèvres avant de se retrouver nue dans ses bras, dans son lit. S'extirper de son étreinte et des flammes de la passion.

Cesser de mettre son cœur en danger.

— Je ne peux pas, chuchota-t-elle, le repoussant doucement.

Il la libéra aussitôt et, sans un regard en arrière, elle entra dans sa chambre et ferma sa porte.

Puis, les yeux clos, elle s'appuya contre le battant, happée par un tourbillon de pensées et de sensations inconnues.

Le baiser de Jake, ses bras vigoureux autour d'elle, son attention et le soin qu'il prenait d'elle… C'était tout ce qu'elle désirait d'un homme. Mais pas de Jake Reed. Elle aurait dû tout mettre en œuvre pour oublier cette attirance pour lui. Pourtant, elle était impuissante à lui résister. En tombant amoureuse de lui, elle verrait son cœur voler en éclats. Jamais ils ne pourraient envisager le moindre avenir ensemble. Pas même simplement sortir dîner tous les deux. Lui aussi avait une famille qui ne lui laisserait aucun répit et se montrerait odieuse.

Au bout de longues minutes qui lui semblèrent une éternité, elle entendit enfin le bruit de ses bottes s'éloigner dans le couloir.

Toutes les parcelles de sa peau étaient embrasées. Les mains de Jake sur elle, sa bouche, son corps contre le sien, son désir flagrant… C'était comme si elle était toujours dans ses bras.

Pourrait-elle vraiment passer les quelques jours à venir sans lui céder ? Elle refusa de répondre à cette question.

En attendant, il fallait qu'elle aille en ville pour s'acheter des vêtements, trouver un nouveau logement. Il fallait qu'elle dise au revoir à Jake avant que se séparer de lui devienne trop douloureux.

En dépit de leur voisinage, elle ne l'avait jamais vraiment connu, n'avait presque pas eu affaire à lui, hormis quand ils avaient réglé des problèmes de mitoyenneté au tribunal.

Mais tout avait changé. Et, s'ils ne mettaient pas un terme à ces baisers enflammés, elle était perdue. Elle allait se laisser emporter par des sentiments si forts qu'elle serait incapable de les maîtriser. Il était si tendre, si attentionné, si désirable...

Bien sûr, si elle l'avait voulu, elle aurait pu coucher avec lui dès maintenant. Faire l'amour avec lui pourrait être la plus belle expérience de sa vie. Elle n'attirait pas les hommes, n'avait pas de rendez-vous amoureux. Hormis quelques rares occasions avec des amis à Dallas, elle ne sortait pas faire la fête. Alors pourquoi ne pas avoir une aventure avec Jake ? Pourquoi laisser passer cette chance qui ne se représenterait peut-être jamais plus ?

Parce que le risque de tomber amoureuse de lui était trop grand, trop angoissant. Un amour profond, pour la vie, qu'il ne lui rendrait pas. Un amour maudit. À moins de s'enfuir, comme l'avaient fait Regina et Sam. Mais si Jake et elle se mariaient, accepterait-elle de se retrouver en exil, elle aussi, jusqu'à la fin de ses jours ?

Voulait-elle vraiment prendre ce risque ?

— Non, chuchota-t-elle.

Elle ne voulait pas qu'il lui brise le cœur. Elle ne voulait pas l'épouser et couper tout lien avec ses grands-parents qu'elle adorait. De plus, elle nourrissait le sincère espoir de renouer les liens avec son père et ses frères qui comptaient beaucoup pour elle. Elle ne voulait pas d'une vie de paria. Et puis Jake n'était pas un homme à se marier. C'était un séducteur. Ne collectionnait-il pas les aventures ? Les femmes passaient dans sa vie et disparaissaient.

Si elle voulait se protéger de toute souffrance, elle avait tout intérêt à garder ses distances. Mais, pour le moment, elle avait besoin de son aide et d'un endroit où vivre, à proximité de son ranch.

Elle prit une douche et se fit un shampooing, soulagée de se débarrasser de l'odeur de la fumée. Puis elle lava ses sous-vêtements qu'elle fit sécher dans la salle de bains. Elle fit de même avec son jean et son chemisier. Puis elle enfila le T-shirt de Jake dans lequel elle allait dormir.

Elle se rendit compte trop tard que c'était une erreur. Il portait l'odeur de Jake... Elle se prit à imaginer que le coton blanc était la douce caresse de ses mains sur sa peau... Malgré son épuisement, elle n'allait jamais pouvoir fermer l'œil !

Mais, quand elle se réveilla, la lumière entrait à flots par la fenêtre.

Un instant désorientée, elle se rappela enfin où elle était. Et se souvint de l'incendie.

L'angoisse l'étreignit. Elle avait perdu sa maison...

Les souvenirs des dernières vingt-quatre heures la submergèrent. Mais, à part celui de sa maison calcinée, les plus vifs restaient ceux des lèvres de Jake.

Il lui était impossible de chasser Jake de ses pensées. Le simple souvenir de ses baisers l'enflammait, faisant naître en elle des sensations indescriptibles. Dans un bruissement de couvertures, elle se leva et alla inspecter ses vêtements. À l'exception de son jean, ils étaient secs.

Contrariée, elle enfila son soutien-gorge et sa culotte, et passa le plus grand des T-shirts de Jake qui lui arrivait à mi-cuisses. Puis elle chaussa ses baskets et prit son pantalon encore humide. Avec un peu de chance, Jake serait occupé à préparer le petit déjeuner ou serait déjà sorti, et elle pourrait aller faire sécher son jean dans la buanderie sans le croiser. Il ne lui faudrait pas plus de vingt minutes pour être sec.

Avec précaution, elle ouvrit sa porte et inspecta les deux côtés du couloir. Soulagée de le trouver désert, elle se précipita dans la buanderie, jeta son jean dans le séchoir et regagna sa suite à la hâte. Une fois la porte fermée, elle soupira d'aise. Heureusement, elle n'avait pas croisé Jake ! Et maintenant, si elle pouvait récupérer son pantalon sec sans encombre, elle serait parée pour la journée.

Vingt minutes plus tard, ses cheveux nattés, elle s'assura de nouveau que le couloir était vide, s'élança vers la buanderie, reprit son pantalon et, en sortant, faillit se cogner à Jake.

5

— Attention ! s'exclama Jake en l'attrapant par le bras. Désolé, je ne t'avais pas vue.

Son regard se posa sur ses pieds et remonta jusqu'à son visage. Elle remarqua son changement d'expression.

— J'ai dû faire sécher mon jean, expliqua-t-elle d'une voix un peu haletante. J'ai lavé tous mes vêtements hier soir, et il était encore humide. Je n'avais rien d'autre à me mettre.

— Je vois.

L'intonation de sa voix et la manière dont il la contemplait lui firent aussitôt oublier ses vêtements. Elle ne pensait déjà plus qu'à ses mains sur elle, son corps chaud contre le sien et le fait qu'elle n'était pas complètement habillée.

Reculant légèrement, il l'observa sans rien dire. Son regard la balaya de nouveau de la tête aux pieds. Malgré elle, au lieu de ses yeux, c'était ses mains et sa bouche qu'elle imaginait sur sa peau...

— Quand on a des jambes comme les tiennes, on ne devrait jamais les cacher, reprit-il en la regardant de nouveau dans les yeux. C'est la première fois que je les vois nues. Tu ne portes jamais de short.

— Évidemment ! Parce qu'à moins de ne pas pouvoir faire autrement, ni toi ni moi n'approchions de notre frontière commune. Et je ne porte pas de shorts pour travailler au ranch. D'abord à cause des serpents à sonnette. Et ensuite, à cause des lampourdes glouterons, des mauvaises herbes, des ronces, des coups de soleil.

— Tu dois avoir les plus belles jambes du Texas.

Elle ne put s'empêcher de rire, ce qui dissipa sa gêne.

— Merci, monsieur, vous êtes trop aimable. Mais vous devriez vous faire examiner les yeux. J'ai des cicatrices de l'époque où je faisais des courses de tonneaux, alors je ne pense pas que mes jambes soient si spectaculaires que ça. En attendant, pour l'instant, j'ai besoin de les recouvrir de mon jean. Alors, si tu veux bien m'excuser.

Elle espérait passer rapidement à côté de lui et fit un pas en avant.

Voyant qu'il ne bougeait pas, elle croisa son regard sombre, brûlant, étincelant d'un désir qu'il contenait à peine. C'était la première fois de sa vie qu'elle était ainsi désirée par un homme. Incapable de reprendre son souffle, elle entendit son cœur cogner à coups précipités.

Quand il fixa sa bouche, elle sentit son pouls s'affoler.

— Claire, chuchota-t-il, sa voix se faisant rauque, enjôleuse.

— Je dois y aller, dit-elle, plus pour elle que pour lui. Jake, il faut arrêter ça. Nous n'avons pas d'avenir. Nous ne pouvons même pas déjeuner tous les deux au restaurant. Nous ne pouvons pas être vus ensemble, et nous embrasser ne fait qu'ajouter au problème.

— Je ne pense pas, répliqua-t-il, sûr de lui.

— Ne me regarde pas comme ça, ordonna-t-elle sans grande conviction.

Elle s'écarta de quelques pas.

— Attends une seconde, murmura-t-il, lui effleurant le bras.

Elle s'immobilisa et prit une profonde inspiration. Elle n'était qu'à quelques centimètres de lui, et il l'avait à peine touchée. Mais sa voix caressante s'enroula autour d'elle, plus solidement qu'une corde.

— Jake, ne me prends pas dans tes bras. Tu sais que je ne peux pas te résister.

— Je ne te retiens pas dans mes bras, lui fit-il remarquer

en l'enlaçant légèrement. Tu es libre de t'en aller et tu le sais. Admets-le, Claire. Tu veux m'embrasser autant que je le veux.

— Peut-être, mais je sais que c'est la pire des idées. Je ne peux pas m'empêcher de penser à mes frères. Je ne veux pas qu'ils te fassent du mal.

Elle n'ajouta pas qu'elle ne voulait pas non plus qu'il lui brise le cœur. Il en avait brisé déjà beaucoup. Elle connaissait son passé de séducteur et n'avait aucune envie de faire partie de son tableau de chasse. Sa vie était déjà bien assez compliquée comme ça, en ce moment !

— Je n'ai absolument pas peur de tes frères et je peux te garantir qu'ils ne me feront pas de mal, assura-t-il. De toute façon, ils ont quitté la ville et ils n'ont pas la moindre idée de ce qui se passe ici.

— On ne peut pas s'embrasser. Je ne suis même pas habillée.

— Tu crois que je ne le sais pas ? Et je n'ai jamais entendu dire que c'était une raison pour ne pas s'embrasser, rétorqua-t-il, une pointe d'amusement dans la voix.

Il se pencha vers elle et déposa une pluie de baisers sur sa gorge.

— Tu es divine, Claire, murmura-t-il, soudain très grave.

Toute envie de plaisanter semblait l'avoir quitté.

Son compliment plein de ferveur la poussa à se blottir contre lui. Sous l'effet de ses baisers, son corps fut parcouru de frissons. Elle passa ses doigts dans ses cheveux et, quand il leva la tête vers elle, elle lut dans ses yeux un désir indéniable. Un désir qui, elle le savait, brillait aussi dans son propre regard.

— C'est tellement idiot. Je suis vulnérable et tu vas me briser le cœur, chuchota-t-elle, alors qu'il continuait à lui picorer la gorge de baisers.

Elle aurait été incapable de dire si elle s'adressait à lui ou si elle se parlait à elle-même.

— C'est toi, le vrai danger, pas mes frères, ajouta-t-elle. Mon cœur est en danger.

Il passa une main légère sur sa nuque, la caressant, attisant son désir. Elle laissa échapper un petit gémissement. La bataille en elle faisait rage. Devait-elle résister ou s'abandonner à ses sentiments ?

Elle devait s'éloigner. Elle allait souffrir. S'ils continuaient à se toucher, à s'embrasser, elle allait finir dans ses bras, dans son lit et, pire, allait tomber amoureuse de lui !

Et elle ne pouvait pas se le permettre. Il ne l'aimerait jamais en retour, et même si c'était le cas, jamais ils n'auraient de futur ensemble.

Elle ne voulait pas d'une simple aventure avec lui. Or ce ne pourrait être que cela car il n'était pas du genre à se marier. Il était bien trop volage.

Alors qu'elle luttait contre elle-même, ses baisers continuaient à la griser lui faisant battre le cœur à coups précipités, lui donnant envie de faire l'amour avec lui pendant des heures, de sentir ses mains et sa bouche sur chaque parcelle de son corps.

L'espace d'un instant, elle songea à s'abandonner à lui. Une fois. Une seule fois. Mais pourrait-elle supporter d'être l'une des nombreuses femmes qu'il avait fait souffrir dans ce petit coin du Texas ?

Elle connaissait déjà la réponse : non. Donc elle devait le repousser. Rapidement. Mais quand il passa une main légère sous son T-shirt trop grand, caressant son dos nu, elle se sentit s'embraser d'un brasier qui faillit la consumer.

Il glissa une main autour de sa taille, puis, remontant doucement, repoussa son soutien-gorge et prit un sein au creux de sa paume. Son pouce caressa son mamelon, lui arrachant un soupir de plaisir et, l'espace d'un instant, elle s'abandonna à sa caresse. Elle était vulnérable, elle se sentait seule, elle souffrait d'avoir tout perdu. Et Jake réveillait en elle ce besoin, qu'elle essayait de refouler, d'un homme fort qui la tiendrait dans ses bras rassurants, qui lui ferait l'amour.

— Tu es divine, lui répéta-t-il.

Ses seins dans ses deux mains, il en caressait les pointes tendues, exacerbant son désir.

Toutefois, elle ne pouvait ignorer sa petite voix intérieure. Elle se dégagea, recula et plongea son regard dans le sien, essayant de faire abstraction du désir qu'elle y voyait briller.

— Nous ne pouvons pas, Jake. Je vais souffrir.

— Jamais je ne te ferai de mal, Claire. Et, crois-moi, tu ne vas pas tomber amoureuse de moi parce que nous avons échangé quelques baisers, susurra-t-il en suivant le lobe de son oreille de sa langue.

Sentant les derniers vestiges de sa volonté céder, elle murmura :

— Oh Jake, tu sais bien que je te veux.

Leurs regards enchaînés, elle n'avait plus aucune force pour le repousser. Elle voulait qu'il l'embrasse. Et il avait raison, elle pouvait sûrement s'enivrer encore de quelques baisers avec lui, sans pour autant tomber amoureuse et voir son cœur se briser.

Elle se hissa sur la pointe des pieds, posa sa bouche sur la sienne et sentit le sol se dérober sous ses pieds. Elle ne parvenait plus à aligner deux pensées cohérentes, ne savait plus où elle était ; elle n'était plus que sensations.

Jake, de toute sa force, la retenait prisonnière, sa bouche moelleuse caressant sensuellement la sienne, prenant son âme au piège. De sa langue, il effleura ses lèvres qui s'ouvrirent comme une fleur. Elle gémit et le monde bascula.

Tandis que, d'une main, il lui tenait la taille, son autre main glissa le long de son dos, puis à l'intérieur de sa culotte qu'il fit descendre le long de ses jambes, jusqu'à ses chevilles. Sans cesser de l'embrasser, il lui retira son T-shirt qu'il jeta de côté. Puis, reculant d'un pas, il reprit ses seins en coupe.

— Tu es tout simplement parfaite, dit-il, la voix rauque de désir, en taquinant ses mamelons de ses pouces.

Sous l'assaut des vagues de volupté qui la submergeaient, les yeux à moitié clos, elle ne tarda pas à comprendre qu'ils frôlaient le point de non-retour.

Mais elle avait beau vouloir l'ignorer, sa petite voix intérieure refusait de se taire.

Elle finit par repousser Jake et ouvrit les yeux. Devant la passion qui faisait étinceler son regard, elle se sentit trembler de tous ses membres, mais elle resta déterminée. Une détermination sans faille.

— Jake, je suis désolée, mais je ne suis pas prête pour cela.

Elle se dégagea de son étreinte, toujours enchaînée à ce regard brûlant qui faisait fondre sa détermination.

Il ne protesta pas, n'essaya pas de la retenir. Elle lui en sut gré. Elle n'aurait pas pu supporter son opération de séduction une minute de plus sans succomber à son charme.

Rassemblant ses vêtements à la hâte, elle s'enroula dans le grand T-shirt et s'éloigna sans un regard en arrière.

Habillée et prête pour la journée, elle n'arrivait toujours pas à chasser Jake de son esprit.

Elle ne pouvait nier vouloir son amour, ses baisers, sentir ses mains sur sa peau, son corps viril contre le sien. Elle savait qu'en lui elle trouverait le meilleur amant de sa vie. Mais comment pourrait-elle faire l'amour avec lui, tomber amoureuse de lui, et l'oublier alors qu'il lui serait impossible de l'éviter ?

Leurs deux ranchs étaient voisins. Ils étaient tous les deux liés à jamais à leurs immenses domaines. Et cette proximité faisait qu'un jour elle ne pourrait que le voir en épouser une autre.

Après mûre réflexion, elle sut quelle décision prendre. Si elle voulait lutter contre la tentation, elle devait quitter cette maison et aller s'installer ailleurs. Loin de Jake, elle retrouverait son équilibre. Et elle en avait grand besoin, avec tout ce qui l'attendait !

Elle sortit de sa chambre pour rejoindre Jake. Ils devaient aller à Persimmon.

Elle le trouva dans la cuisine.

Dès qu'il entendit son pas, il se retourna. Lentement, son regard glissa sur elle et elle sentit une onde électrique traverser son ventre.

Traversant la pièce, il s'approcha d'elle en souriant. À chacun de ses pas, elle sentait les battements de son cœur s'accélérer.

Il avait remonté les manches de sa chemise en denim qui était rentrée dans un jean étroit délavé, avait mis ses bottes.

En le voyant, toute sa détermination fondit comme neige au soleil. Pour être remplacée par une simple question : tout le monde ne survivait-il pas à un chagrin d'amour ?

Prenant une profonde inspiration, Jake regarda Claire. Dans son jean moulant, son T-shirt rouge et ses bottes, elle était superbe.

— Tu es très en beauté dans cette tenue, lui fit-il remarquer. Mais je comprends que tu veuilles des vêtements neufs.

Sa voix s'était voilée. Une réaction à l'effet qu'elle produisait sur lui. Depuis quand trouvait-il sa voisine attirante, séduisante, fascinante ? Depuis ce fabuleux baiser, leur premier baiser, qui resterait à jamais gravé dans sa mémoire. Et chacun des suivants avait été tout aussi étourdissant, divin.

— Jake, en allant à Persimmon, j'aimerais jeter un coup d'œil à ma maison. Quelques cantines pourraient avoir survécu au feu. J'aimerais vérifier. Dans certaines, j'avais de l'argent.

— Pas beaucoup, j'espère.

— Non.

— As-tu jamais entendu parler des banques ?

Elle lui jeta un coup d'œil perplexe. Pour se rendre compte immédiatement qu'il la taquinait.

— As-tu jamais entendu parler de te mêler de tes affaires ? rétorqua-t-elle.

Dans un éclat de rire, il répondit :

— Mangeons quelque chose avant, puis nous partirons. J'ai des fraises et des myrtilles. Je peux faire des œufs brouillés et des toasts.

Pourtant, ses pensées indisciplinées étaient loin de la préparation d'un en-cas ! Il ne rêvait que d'une chose : faire l'amour à Claire. Comment un simple baiser avait-il pu changer ses sentiments pour elle ?

Dans un suprême effort de volonté, il se concentra sur ses préparatifs pour se retenir de la reprendre dans ses bras.

L'aidant, elle mit le couvert, remplit les tasses de café et les verres de jus d'orange. Une fois qu'ils furent prêts, il lui avança une chaise et le simple fait de la frôler mit ses nerfs à vif.

Ils mangèrent en silence. Mais les regards qu'elle lui jetait à la dérobée ne lui échappaient pas. Elle ne semblait pas lui en vouloir. Au contraire ! Toutefois, l'embrasser de nouveau maintenant serait une erreur.

Heureux de savoir qu'elle n'était pas fâchée contre lui, il mangea de bon appétit.

Quand elle voulut l'aider à débarrasser, il l'arrêta.

— Aujourd'hui, Betsy vient faire le ménage. Tu peux laisser la vaisselle. Allons-y. Nous nous arrêterons chez toi en passant.

— Merci. Cela me rassurera. Je redoute de voir les dégâts mais j'ai des affaires importantes à récupérer, si elles ont été épargnées par le feu.

Il en doutait.

— Elles pourraient être encore trop chaudes pour les transporter, lui fit-il simplement remarquer. Dans ce cas, j'enverrai quelques-uns de mes hommes les chercher plus tard. Nous aviserons sur place. Mais il faudra être prudents. S'il y a encore des braises, le feu pourrait repartir.

— Je n'en aurai sûrement pas pour longtemps.

Soudain distrait par l'épaisseur de sa natte, il hocha la tête. Il était curieux de savoir à quoi elle ressemblait, les cheveux lâchés. Il les imagina, leur masse rousse étalée en éventail sur son oreiller... Puis, sentant que son esprit se remettait à vagabonder, il quitta la cuisine. S'ils ne partaient pas tout de suite, ils n'arriveraient peut-être jamais à Persimmon !

Il prêta une paire de gants à Claire, puis ils se mirent en route.

Ils traversèrent les prairies toujours incandescentes, passant de temps à autre devant un foyer où les flammes continuaient à dévorer le peu de broussailles qui restaient encore à brûler. Toujours debout, certains bâtiments partiellement calcinés semblaient sur le point de s'écrouler.

— Bon sang ! s'exclama-t-il d'une voix sourde. On se croirait dans une zone de guerre. Tu es sûre de vouloir continuer ?

— Oui, s'il te plaît. J'ai deux cantines que j'utilise comme coffres-forts. Je veux les récupérer. Elles contiennent de l'argent et des papiers dont j'ai besoin. Comme elles sont en métal, j'espère que leur contenu aura été épargné.

— D'accord. Mais il faudra te dépêcher. Les feux sont imprévisibles.

— Je ferai vite, murmura-t-elle.

Il comprenait sa tristesse et redoutait ce qui allait suivre. Cette visite à son ranch ne lui ferait aucun bien. Mais si elle pouvait sauver quelque chose, il l'aiderait.

Il regarda sa montre. Il ne comptait pas s'attarder. Ils reviendraient si nécessaire, mais les lieux ne lui disaient rien qui vaille, et il était certain qu'ils ne devraient pas respirer les fumées.

En arrivant sur les terres des Blake, ils purent se rendre compte de l'étendue des dommages. Ils étaient considérables. La grange, les dépendances, les habitations des employés n'étaient plus qu'un amas de ruines fumantes.

En entendant le gémissement de Claire, il sentit son cœur se serrer. Elle venait de voir sa maison dont il ne restait plus que des montagnes de cendres sous des charpentes brûlées qui semblaient pouvoir s'écrouler au moindre souffle d'air.

Il n'osait imaginer l'état dans lequel il serait, si un tel drame le touchait.

Il alla se garer devant ce qui avait été le perron puis, avant que Claire descende, lui tendit un bandana qu'elle plaqua sur sa bouche. Il apercevait des flammes dansant sous les décombres. Pourvu qu'elle ne traîne pas trop. L'endroit n'était pas sûr.

— Allons voir tout de suite, pour tes malles. Tu veux que je les transporte dans le pick-up ?

— Si possible, oui. Si elles sont trop lourdes, je t'aiderai.

Une fois à l'intérieur, il suivit Claire jusqu'à un endroit qui avait dû être un bureau. Elle lui désigna une des malles, énorme, qu'ils portèrent ensemble jusqu'au pick-up.

— J'ai besoin de celle-ci, dit-elle. C'est la plus importante. Elle contient mon argent et mes papiers.

Soudain il remarqua l'entaille sur le couvercle en fer. Et resta abasourdi.

— C'est impossible ! s'exclama-t-il.

Sentant sa colère déferler comme une vague, il inspecta la base couverte de cendres. Il la brossa d'une main et, le cœur battant soudain plus vite, parmi les entailles et les éraflures, remarqua les lettres que l'on avait essayé de gratter. Sa fureur s'amplifia.

Cela confirmait ses soupçons. Cette énorme cantine avait appartenu à son père.

6

— Que fais-tu ? lança Claire. C'est ma cantine principale. Mon père y rangeait des documents et des armes. Il me l'a laissée. Je veux l'emporter. Elle contient aussi de l'argent.

— Cette cantine nous appartenait, rétorqua-t-il sèchement. Le nom de mon père y était gravé et il a été gratté. Il y gardait de l'argent et des armes de collection jusqu'au jour où elle lui a été volée.

Son père n'avait jamais eu le moindre doute ; pour lui, les Blake étaient les auteurs du vol.

Il écumait de rage. La vieille rivalité familiale remontait à la surface.

— Elle ne peut pas être à toi, répliqua-t-elle, une pointe d'impatience dans la voix. Je l'ai toujours vue dans les affaires de mon père. Il me disait la tenir de son grand-père.

— Ça m'étonnerait ! Tu vois bien que l'on a essayé de faire disparaître le nom du propriétaire. Nous allons l'emporter pour la nettoyer. Mais je la reconnais parfaitement. Tu vois cette entaille, sur ce coin ? Elle a été faite par une enclume que des employés de mon père avaient fait tomber dessus.

Sa colère empirant, il se rappela toutes les fois où il s'était battu avec les frères Blake. Tous les sales tours que leur avait joués le père de Claire avant de quitter son ranch et la région : la détérioration de leurs clôtures, le vol de leur bétail. Bien trop malins pour garder les bêtes volées, les Blake s'empressaient de les vendre. Tout au moins, c'était ce que son propre père avait toujours affirmé.

Pire, ils ne le faisaient même pas pour l'argent mais par pure malveillance.

— C'est bien la cantine de ma famille, déclara-t-il. Tu verras que toutes ces éraflures visent à masquer le nom « Reed ». Aide-moi à la monter dans le pick-up.

Le fusillant du regard, elle s'exécuta.

— Allons chercher les autres, proposa-t-il.

Il se hâta à travers les décombres, la fumée le faisant tousser. Ne décolérant pas, il repensa à tous les autres actes de vandalisme des Blake. Il devenait urgent qu'il prenne ses distances avec Claire. Vu leur histoire familiale, il ne pourrait peut-être pas plus lui faire confiance qu'à son père et à ses frères. Le même sang coulait dans leurs veines.

Jamais personne d'autre ne s'était plaint des Blake pour vandalisme ou vol de bétail. Les Reed semblaient être leur cible de prédilection. Encore une raison de leur en vouloir. Ils avaient bien trop souvent échappé aux poursuites légales.

Claire pouvait leur ressembler bien plus qu'elle n'était prête à l'admettre. Il ne voulait pas se retrouver lié par les sentiments à une femme qui avait les mêmes gènes que son voleur de père et ses deux brutes de frères.

Plein d'amertume, il s'affaira dans un silence maussade.

Claire désigna trois autres cantines qu'elle souhaitait prendre.

— Allons-y, dit-il. Au besoin, nous reviendrons chercher le reste plus tard. Personne ne viendra rien voler ici. Dépêchons-nous de sortir à l'air frais. Je vais t'emmener à Persimmon, comme convenu, mais nous allons commencer par retourner chez moi pour nettoyer cette cantine au jet.

— Entendu, murmura-t-elle d'une voix enrouée en remontant dans le pick-up.

Une fois les décombres et la fumée loin derrière eux, il retira son bandana. Elle l'imita. Ils ne prononcèrent pas une parole durant le trajet du retour.

— Nous allons commencer par descendre cette cantine,

dit-il. Je vais aller me doucher puis je viendrai la nettoyer pour voir si nous pouvons déchiffrer ce nom.

— D'accord, lâcha-t-elle, glaciale.

Elle pensait sûrement qu'il mentait, au sujet de cette malle, et il espérait bien lui prouver le contraire. Pourquoi persistait-elle à nier l'évidence ? Sans doute parce qu'elle refusait l'idée qu'un Blake ait pu enfreindre la loi et se rendre coupable de vol.

D'après ses réactions, elle n'était probablement pas au courant de tous les méfaits qu'avaient commis les siens. Et il le souhaitait. Car s'il apprenait un jour qu'elle les avait aidés et qu'elle avait nui à sa famille...

Cette pensée décupla sa colère.

Il était curieux de savoir quel avait été son rôle, à la grande époque des hostilités permanentes entre leurs grands-pères et leurs pères respectifs. Toutefois, même si elle n'avait pas été impliquée, il ne voulait plus se laisser troubler par son charme. Le passé se révélait trop lourd.

La voix de Claire le ramena au présent.

— Je vais me passer au jet. Je ne supporte pas cette odeur de fumée sur mes vêtements. Tu voudras peut-être en faire autant.

— Bonne idée, répondit-il. Je vais chercher le tuyau d'arrosage.

Une fois qu'ils se seraient rincés, il allait laver la cantine. Et faire comprendre à Claire qu'il avait raison.

Il revint avec le tuyau qu'il lui tendit en lui disant :

— Commence. J'enlève ma chemise.

— Tu ne m'en voudras pas si je fais comme toi. Ce que j'ai dessous pourrait être un maillot de bain.

Lui tournant le dos, elle retira ses bottes et ses chaussettes, avant de se débarrasser de son T-shirt.

Immédiatement, il sentit sa bouche se dessécher, et son esprit se vida. Le feu, la fumée, l'odeur, plus rien ne comptait à part elle. Sa taille fine, son expression sereine, irrésistible.

Sans quitter son jean elle s'aspergea à l'aide du tuyau, puis se retourna vers lui. Devant son soutien-gorge blanc qui moulait sa voluptueuse poitrine, il sentit tout son corps se durcir de désir.

Elle était d'une beauté renversante, d'une sensualité stupéfiante.

Quand il vit l'eau couler sur sa peau crémeuse, il dut faire un effort de volonté surhumain pour réprimer son besoin irrépressible de combler la courte distance entre eux et de la happer dans ses bras. Il voulait lui arracher son soutien-gorge, s'emplir les mains de ses seins sublimes et l'embrasser à perdre haleine.

— Oh ! C'est tellement bon, murmura-t-elle, les yeux clos.

Les rouvrant, elle lui tendit le tuyau.

— Excuse-moi d'être passée la première. Mais je n'ai pas pu résister.

N'y tenant plus, il retira sa chemise et, s'avançant vers elle, il l'enlaça. Lui prenant le tuyau, il s'arrosa rapidement et le jeta de côté.

D'abord surprise, elle écarquilla les yeux. Puis son regard s'assombrit.

— Jake ?

— Tu es absolument divine, dit-il d'une voix saccadée.

Tremblant de désir, il sentait son érection durcir. Plus rien ne comptait que de s'enfouir en elle, lui faire l'amour Et au diable les conséquences !

Mais, se tortillant légèrement, elle se dégagea et le fusilla du regard.

— Jake ! Arrête ! Il y a quelques minutes à peine, nous étions en train de nous quereller. Ce n'est pas ainsi que nous pourrons effacer notre rivalité familiale. Je ne veux pas aller plus loin. Tu es un Reed. Inutile de compliquer nos vies avec nos émotions.

Elle recula d'un pas, ramassa son T-shirt, ses bottes et ses chaussettes, et s'enfuit en courant. Après avoir ouvert la porte d'entrée, elle disparut à l'intérieur de la maison.

— Bon sang ! murmura-t-il sans chercher à la retenir.

Tout son corps vibrait d'un tel besoin que c'en était douloureux.

Il laissa échapper un gémissement de bête blessée.

Claire avait raison. Les conflits entre leurs deux familles remontaient à plus d'un siècle. Et cette cantine n'allait pas jouer en faveur du processus de paix !

En attendant, il brûlait de désir pour elle, la voulait dans ses bras, dans son lit, voulait lui faire l'amour pendant des heures.

Incapable de chasser les images d'une sensualité indescriptible des gouttes d'eau glissant sur le renflement de ses seins, à cet instant précis il se fichait totalement de la haine entre leurs deux familles, de cette fichue malle, de leurs différends ou du futur ! Une seule chose comptait : la posséder enfin.

Il avait besoin de sentir ces deux globes fermes au creux de ses paumes, de les palper. Jamais il n'avait embrassé une femme aussi sexy. D'autant qu'elle ne faisait rien de délibéré pour le séduire. Il n'osait imaginer sa réaction si tel avait été le cas !

Sentant toutes les parcelles de sa peau s'embraser, il serra les poings.

— Bon sang !

Il devait l'ignorer, oublier leurs baisers.

Jamais il ne le pourrait. Pas plus qu'il ne pourrait effacer la sensation de ses seins sous ses mains.

Elle l'avait ensorcelé. Ils avaient passé leur vie à se détester, à se battre l'un contre l'autre, à s'ignorer, jusqu'à leur premier baiser, le baiser le plus enivrant de toute sa vie.

Il poussa un grognement, attrapa le tuyau et laissa l'eau froide couler sur lui, regrettant de ne pouvoir laver aussi le souvenir du corps de Claire, de sa bouche, de ses seins moelleux.

Que n'aurait-il donné pour rencontrer une autre femme qui le libère de l'obsession que Claire avait fait naître en lui.

Étouffant un nouveau juron, il jeta le tuyau d'arrosage qui n'avait pas vraiment réussi à le rafraîchir et coupa l'eau. Puis, ramassant sa chemise, il se dirigea vers la porte moustiquaire. Qu'il ne put ouvrir. Claire l'avait fermée de l'intérieur. Il sonna et attendit.

Elle finit par arriver. En la voyant, il étouffa un nouveau gémissement. Une serviette nouée sur sa tête cachait ses cheveux. Une autre dont la couleur verte rehaussait la beauté de ses yeux était enroulée autour de son corps.

Cherchait-elle à le torturer ? À se venger de leur dispute ?

— Désolée. Je n'avais pas l'intention de te laisser dehors, s'excusa-t-elle, ses joues se colorant de rose.

Elle l'enveloppait d'un regard énigmatique. Que diable pouvait-elle bien penser ?

Mais, muet devant sa beauté, il était incapable de proférer une parole.

Elle dut sentir son malaise car elle eut soudain l'air gêné et finit par expliquer :

— Ce baiser était une très mauvaise idée. À tout à l'heure. Je vais m'habiller.

Sur ces mots, elle tourna les talons et s'éloigna.

Il se rendit dans sa chambre et ferma la porte.

Avec un nouveau juron, il se déshabilla pour aller se doucher.

Avec sa douche italienne et sa grande baignoire encastrée, sa spacieuse salle de bains était un véritable bijou architectural. Une immense baie vitrée offrait une vue splendide sur l'extérieur. Un aquarium rempli de poissons tropicaux occupait l'un des murs, un immense miroir l'autre mur. Il entra dans la douche et ouvrit l'arrivée d'eau froide.

— Fais-la-moi oublier ! ordonna-t-il au robinet. Je compte sur toi. Une Blake. Je ne veux pas mêler nos vies. Comme si elle me le permettait, de toute façon. Seigneur ! Combien de temps me faudra-t-il pour la chasser de mes pensées alors qu'elle habite le ranch voisin ?

Il réprima un soupir accablé. Jamais il ne pourrait être ami avec elle, lui faire confiance. Il ne devrait plus jamais l'embrasser, pas même la toucher. Il allait se limiter à être poli et, maintenant qu'il l'avait invitée, lui permettre de rester chez lui le temps que sa vie soit remise sur les rails. Il savait qu'elle chercherait rapidement un autre endroit où loger. Ce jour-là, ils reprendraient leurs habitudes, ne se parleraient plus, ne se fréquenteraient plus. Et, surtout, ne s'embrasseraient plus.

Il refoula sa frustration. Pourquoi fallait-il justement que Claire soit la seule femme qui l'embrassait ainsi ?

Allons ! Il devait la gommer de sa mémoire. De toute façon, elle allait sans doute lui faciliter la tâche. Car elle serait ivre de rage quand il récupérerait sa cantine.

Il sentit monter une nouvelle bouffée de colère. Ses gredins de frères l'avaient sans doute volée pour l'apporter à leur père qui l'avait gardée sans la vider de son contenu. Peut-être devrait-il appeler son propre père ? Mais ce dernier devait être en train de pêcher et de profiter agréablement de sa retraite. Inutile de gâcher sa journée avec cette vieille histoire.

Le plus important, pour l'instant, c'était qu'il s'éloigne de Claire. Ils n'avaient pas d'avenir ensemble.

Alors pourquoi ne pouvait-il s'empêcher de la voir dans sa serviette verte ?

La douche froide n'avait pas été très efficace.

Claire se sécha les cheveux et se regarda dans le miroir. Seulement, au lieu de son reflet, elle ne voyait que les yeux d'ébène de Jake la fixant. Aussitôt elle sentit ses mains effleurer sa peau, sa bouche sur la sienne…

Son cœur battit plus vite.

Elle n'aurait jamais dû se déshabiller devant lui, tout à l'heure. Mais ses vêtements qui empestaient la fumée lui donnaient la nausée. Elle avait pensé que son soutien-gorge aurait l'apparence d'un haut de maillot de bain.

Or, dès l'instant où elle l'avait dévoilé, Jake n'avait pas pu résister. C'était sa faute ; elle savait qu'il la désirait.

Elle devait se forcer à ne plus penser à lui. Ils n'avaient pas de futur ensemble. Et en plus de leur brouille ancestrale, aujourd'hui, il accusait sa famille d'avoir volé cette malle qui appartenait à son père !

Il se trompait. Elle appartenait aux Blake, et ce depuis des années. Elle savait bien que ses frères avaient commis quelques erreurs, mais ils n'étaient pas des voleurs, elle en avait la certitude. De toute façon, il existait des tas de cantines comme celle-là. De plus, connaissant l'arrogance de ses frères, s'ils l'avaient prise aux Reed, ils n'auraient pas pu s'empêcher de s'en vanter.

Cette fois, elle allait quitter la cabane de Jake et se chercher un autre endroit où loger. Cela devenait impératif.

Elle promena son regard sur le somptueux décor, la grande

chambre, l'élégant lit à baldaquin d'époque, le miroir ancien au beau cadre sculpté. Loin de ressembler à une cabane de pêche, cette maison était un vrai palace. Elle soupira. Même si elle en appréciait la beauté, elle allait devoir la quitter.

Elle en voulait trop à Jake de traiter les siens de voleurs. Jamais elle n'aurait dû se bercer d'illusions en pensant qu'ils pouvaient être amis.

La situation entre eux ne changerait jamais. La cantine ne venait que s'ajouter à la longue liste de problèmes entre eux. Ils n'avaient pas la même vision de la vie et chacun détestait la famille de l'autre. Pourquoi cela changerait-il ?

Elle savait que sa vie solitaire la rendait vulnérable à son charme. Jamais elle n'aurait dû accepter son hospitalité. Mais où serait-elle allée se réfugier ? Ses amis habitaient Dallas. Quant aux employés dont elle se sentait proche, ils avaient tout perdu et avaient probablement bien plus besoin de son aide qu'elle de la leur.

L'invitation de Jake était tombée à pic. Mais à présent elle allait devoir trouver une autre solution.

Aller s'installer dans l'appartement qu'elle avait à Dallas pour ne revenir que quand sa maison serait reconstruite ? Non. Elle devait rester dans le coin. Son agent d'assurances lui avait dit ne rien pouvoir faire tant que l'incendie n'était pas totalement maîtrisé. Et puis, l'ide de s'éloigner de son ranch maintenant ne lui plaisait pas.

Elle n'avait donc d'autre solution que de rester sur place et, une fois que le feu serait totalement éteint, de s'occuper de faire nettoyer ses terres et de surveiller les travaux.

Il y avait tant à faire ! Pourtant, ce qui dominait ses pensées, c'était le souvenir des baisers de Jake l'embrassant comme si sa vie en dépendait.

— Non, chuchota-t-elle.

Elle voulait le chasser de sa mémoire. Il fallait qu'elle reprenne le cours de sa vie, qu'elle retrouve la routine dont il était absent.

Hélas, pour l'instant, c'était impossible à envisager.

Du moins, tant qu'elle vivrait sous son toit, passerait du temps en sa compagnie, apprendrait à le connaître et se sentirait de plus en plus redevable.

Accablée, elle lissa ses cheveux en soupirant. Elle se sentait acculée.

Une fois qu'elle serait loin de Jake, elle retrouverait toute sa combativité. Et ses esprits.

Du moins, l'espérait-elle.

Avec un nouveau soupir à fendre l'âme, elle rejeta la tête en arrière pour repousser sa longue tresse rousse dans son dos et essaya de se concentrer sur la liste des tâches qu'elle avait rédigée.

Pour commencer, elle allait rappeler son agent d'assurances. Elle prit son téléphone, s'assit au bureau et pressa la touche de son répertoire. Pendant qu'elle attendait, son regard se posa sur une photo d'enfant aux cheveux bruns, en bataille. Elle prit le cadre désuet pour l'observer de plus près et, immédiatement, reconnut Jake. Son cœur se gonfla de tendresse. Il était adorable !

— Tu chamboules ma vie. Je te défends de m'embrasser de nouveau ! lui ordonna-t-elle.

Une voix grave, familière, s'éleva derrière elle.

— Je ne peux pas faire cette promesse.

7

— Seigneur ! N'entre jamais par surprise ! s'exclama-t-elle, sentant ses joues la brûler.

Quelle humiliation ! Elle avait parlé à voix haute, et Jake l'avait entendue !

Elle interrompit l'appel qu'elle était en train de passer et fusilla Jake du regard.

Il fit un pas vers elle, un sourire amusé aux lèvres.

— Je ne crois pas avoir été très discret avec mes bottes raclant le parquet, lui fit-il remarquer.

Elle comprit, à son ton moqueur, qu'il la taquinait. Sa gêne augmenta d'autant plus.

— Eh bien, je ne t'ai pas entendu, marmonna-t-elle. Et j'aurais préféré que tu ne m'entendes pas non plus.

Il continua d'avancer vers elle, et elle sentit son pouls s'accélérer. Arrivé à quelques centimètres, il posa un doigt sous son menton et leva son visage vers lui.

Elle était à la fois agacée qu'il l'ait surprise et se soit moqué d'elle, et ne souhaitait qu'une chose : qu'il l'embrasse.

Et, surtout, elle ne se reconnaissait plus. Elle avait pour habitude de contrôler quasiment tout dans sa vie, et notamment les gens qui travaillaient pour elle. Si elle n'avait aucun pouvoir sur la météo et les incendies, elle savait gérer les gens, en général. Pourtant, elle était incapable de gérer Jake Reed. Il ne travaillait pas pour elle, était indépendant et ne faisait que ce qu'il voulait ; avec lui, elle était face à l'imprévisible et ne pouvait jamais anticiper ses réactions.

Lorsqu'elle était seule, elle était farouchement décidée à aller s'installer ailleurs, le temps que sa maison soit reconstruite. Lorsqu'elle était en présence de Jake, sa détermination disparaissait et elle n'avait plus qu'une envie : qu'il la prenne dans ses bras, l'embrasse et lui fasse l'amour durant des heures.

Comment était-elle devenue aussi faible ?

La voix de Jake interrompit le fil de ses réflexions.

— Tu sais, si tes yeux étaient des revolvers, je serais déjà étalé sur le sol.

En dépit de sa gêne persistante, elle sentit une bouffée de rage l'animer. Comment osait-il plaisanter, alors qu'elle semblait incapable d'apaiser les battements de son cœur ?

— Je pense que nous avons besoin de mettre plus de distance entre nous, répliqua-t-elle d'une voix un peu haletante.

Sous son regard de braise, aiguisant son désir, elle n'arrivait pas à retrouver son souffle. Elle savait qu'ils allaient encore échanger l'un de ces baisers interdits. Elle devait résister, dresser un mur entre eux. Vite.

Seulement, si elle était incapable de juguler sa colère, il en allait de même pour son désir. Jamais aucun homme ne l'avait bouleversée ainsi. Mais qu'importe ! À cet instant précis, elle ne voulait plus qu'une chose : sentir la bouche de Jake sur la sienne.

La fixant toujours avec intensité, il lui enlaça la taille d'un bras et la hissa sur la pointe des pieds.

Il effleura ses lèvres des siennes, doucement, comme pour lui demander sa permission. Avec un gémissement, elle passa ses bras autour de son cou et moula son corps contre le sien.

— J'avais l'intention de ne jamais recommencer, murmura-t-elle, le cœur battant à tout rompre.

— Oui, je sais, répondit-il en déposant un nouveau baiser sur ses lèvres, sur son oreille. Moi aussi. Mais tu le veux autant que moi.

Son souffle chaud la chatouilla, exacerbant son désir.

— Nous sommes des ennemis jurés, Jake.

Elle voulait s'en convaincre autant que lui.

Ce fut peine perdue…

Elle enfonça ses doigts dans ses épaisses boucles brunes et s'empara de sa bouche. Un seul baiser. Cela ne prêterait pas à conséquence.

Leur baiser fut à la fois doux et plein de promesses enivrantes.

Maintenant, elle allait s'arrêter et s'arracher à ses bras puissants.

Sauf que… tout son corps le réclamait. Elle ne bougea pas et se serra un peu plus contre lui.

Rien d'autre ne comptait que son corps pressé contre le sien, la sensation de ses lèvres douces qui lui picoraient le visage, leurs deux bouches qui n'allaient pas tarder à se joindre pour un autre de ces baisers passionnés qui faisaient basculer son univers. À cet instant, c'était ce qu'elle voulait plus que tout au monde.

— Nous avons toujours été des ennemis, mais il y a un domaine dans lequel nous sommes en phase, Claire, murmura-t-il. Quand nous sommes dans les bras l'un de l'autre, consumés par le même désir, la même intention. Tu me veux. Je le sais. Je le sens.

Sans cesser de parler, il lui retira son T-shirt qu'il jeta de côté.

— Oh ! Jake !

Coupant court à ses protestations, il s'empara de sa bouche. Elle le serra contre elle tandis que son autre main fourrageait dans ses cheveux.

Elle gémit doucement. Sa raison n'était qu'un chuchotement étouffé, l'avertissant qu'elle allait le regretter. Mais son esprit s'était vidé. Elle n'avait plus aucune notion de l'endroit où elle se trouvait, de pourquoi elle embrassait son ennemi juré. Hormis la pression chaude des lèvres de Jake contre les siennes, sa fougue contenue, plus rien n'existait.

C'était… grisant. D'une sensualité indicible.

Elle avait l'impression d'être sur le point de se liquéfier. De frôler l'extase sans même que les mains de Jake caressent son corps.

Jamais elle n'avait éprouvé de telles sensations.

Sa raison la rattrapa. Elle devait repousser Jake avant d'être perdue à jamais, amoureuse de lui. Avant que son besoin de ses mains, de sa bouche, de son corps devienne vital.

— Jake, je ne veux pas.

Sa voix était ferme. Du moins lui semblait-il.

S'inclinant vers elle, Jake déposa un chapelet de baisers fiévreux sur ses seins et dégrafa son soutien-gorge tout en répondant d'une voix altérée :

— Tu le veux autant que moi.

Il fit glisser les bretelles de son soutien-gorge de ses épaules et libéra ses seins. De ses doigts habiles, il les taquina et finit par capturer une pointe durcie entre ses lèvres.

Laissant échapper un gémissement, elle se cambra, ses doigts jouant toujours dans ses cheveux. L'attirant contre sa bouche, elle l'embrassa de nouveau avec frénésie.

Jake, perdu dans l'exploration minutieuse de son corps, semblait avoir tout oublié.

— Tu es sublime, Claire. D'une beauté absolue, si parfaite, si douce... Tu ne peux pas imaginer ce que tu me fais. Je te veux dans mes bras, dans mon lit.

Sa voix rauque n'était plus qu'un murmure. Il l'enveloppait d'un regard flamboyant de passion.

Le souffle de plus en plus court, le cœur battant de plus en plus fort, elle ne trouva pas la force de lui répondre. Encore moins de le repousser.

En avait-elle seulement envie ? Son désir pour lui balayait tout sur son passage. Elle ne voulait plus se protéger, voulait s'abandonner à sa folie.

Ses mains, sa bouche, ses mots, ses baisers, tout n'était que séduction. Elle voulait qu'il continue à l'embrasser sans jamais s'arrêter.

L'espace d'un instant, elle ferma les yeux et s'abandonna à ses caresses tout en laissant ses propres mains voguer sur son corps musclé. Juste l'espace d'un instant, se promit-elle. Puis elle l'arrêterait. Elle le devait si elle voulait survivre. Elle ne pouvait s'autoriser à tomber amoureuse de lui. Il lui briserait le cœur en mille morceaux. Et, si elle succombait et qu'ils faisaient l'amour, il n'y avait pas d'autre issue.

Il était bien trop sexy, bien trop fascinant… Elle serait emportée et se donnerait corps et âme à ce grand et beau cow-boy qui était son voisin, un homme qui comprenait sa vie, qui la respectait en tant que femme et rancher, qui la désirait. Un homme qu'elle n'oublierait sans doute jamais.

Et dont le souvenir la ferait souffrir toute sa vie.

Elle tenta de repousser Jake – oh, bien faiblement –, mais sa bouche virile et exigeante la poussa à s'ouvrir et à s'abandonner au plaisir.

Il était si facile de se laisser porter par le flot de la volupté… C'était tellement agréable…

Le ballet langoureux de leurs langues, ses doigts qui filaient dans les mèches épaisses de ses cheveux ondulés… Rien ne lui semblait plus naturel.

Pourtant, c'était sans doute le baiser le plus érotique dont elle avait jamais fait l'expérience. Et dont elle ne ferait plus jamais l'expérience.

Elle avait beau lutter pour nier son attirance pour Jake, son corps semblait prendre un malin plaisir à la trahir. Au contact de ses lèvres, elle avait soudain l'impression que la moindre parcelle de sa peau était incandescente. Plaquée contre lui, elle se laissait entraîner dans le tourbillon voluptueux et oubliait tout.

Mais les baisers de Jake étaient dangereux. Elle le savait depuis le premier jour.

— Jake, dit-elle en lui prenant les poignets et en reculant d'un pas. Je dois arrêter. Je vais tomber tellement amoureuse de toi que je ne m'en remettrai jamais. Nous n'avons aucun avenir ensemble, et tu le sais autant que moi. Pense à ta famille. À la mienne.

Le souffle court, il la regarda avec une telle avidité qu'une onde électrique parcourut tout son corps. Le message était clair : elle voulait retourner au creux de ses bras, l'embrasser, le caresser, oublier toutes les mises en garde de sa raison.

Elle lutta un instant contre son envie d'oublier toute prudence et pensa au chagrin qui l'attendait si elle s'autorisait à tomber amoureuse de lui. Jamais elle ne pourrait le quitter sans y laisser son cœur.

— Claire, je fais mon affaire de ma famille. Je sais ce que je fais et ce que je veux. Quant à toi, tu es indépendante depuis assez longtemps pour savoir ce que tu veux aussi. Cela me semble évident.

Il avait raison, bien sûr, mais elle n'avait pas sa force, son courage, pour se lancer dans une relation qui comportait autant de risques.

Se faisant violence, elle se dégagea de son étreinte.

— Je ne peux pas, murmura-t-elle.

Il baissa les bras et l'enveloppa d'un regard d'une telle intensité qu'elle eut l'impression que, pour lui, elle était la seule femme au monde. Un regard d'homme amoureux. Mais elle ne devait pas se faire d'illusions. Il n'était pas amoureux d'elle et ne le serait jamais.

Elle se détourna vivement, attrapa ses vêtements et les plaqua contre elle.

— C'est mieux ainsi. Il faut que tu sortes, Jake.

Pendant plusieurs secondes, il ne bougea pas, la fixant toujours avec cette même intensité. Puis, sans un mot, il tourna les talons et quitta la chambre.

Elle dut s'empêcher de le retenir.

Elle referma la porte et s'appuya contre le battant, les yeux fermés, perdue dans son rêve.

Elle sentait encore les mains de Jake sur sa bouche, sur son corps... Ses baisers aussi fougueux qu'étourdissants la faisaient encore trembler. Elle avait l'impression d'être en feu. Un feu qui ne s'éteindrait jamais.

Ses pensées se bousculaient en elle. Voulait-elle vraiment qu'il quitte sa chambre ? Devrait-elle faire l'amour avec lui ? Aurait-elle le courage d'affronter son père et ses frères, si ces derniers apprenaient sa relation avec Jake ? Voulait-elle vraiment avoir une relation avec Jake ?

Elle ne savait pas.

Désorientée, elle se couvrit le visage de ses mains.

— Oh Seigneur…, murmura-t-elle.

Elle qui, d'ordinaire, prenait rapidement les décisions qui s'imposaient, jamais elle ne s'était retrouvée dans une telle incertitude.

Sachant qu'elle était, pour l'instant, incapable de trouver une solution à son problème, elle pensa à Jake, à l'homme qu'il était.

Il sortait beaucoup le week-end et collectionnait les conquêtes sans jamais avoir de relation sérieuse.

Elle avait la certitude qu'il ne serait jamais amoureux d'elle. Leur attirance n'était qu'un incroyable hasard dû à l'incendie et au fait qu'elle se retrouve sous son toit. Ces événements les avaient tous les deux bouleversés. En outre, le fait qu'elle ait tout perdu devait lui inspirer une compassion qui le poussait à lui accorder plus d'attention qu'il ne l'aurait fait en temps normal.

Les hommes comme lui ne tombaient pas amoureux de femmes comme elle. Elle était solitaire, quelconque, menait une vie totalement incompréhensible pour la gent masculine. Même s'il ne se sentait pas menacé par son métier de rancher, elle n'était pas du tout son type. Elle l'avait trop souvent croisé en compagnie de femmes aussi ravissantes qu'enjouées. Tout le contraire d'elle.

De plus, il n'était pas du genre à se marier.

Et, même si une relation se révélait possible entre eux, pourraient-ils vraiment être heureux et faire abstraction de la rivalité de leurs deux familles ?

Non. Ni aujourd'hui ni jamais. Ce n'était absolument pas un homme pour elle. Elle ne devait pas s'impliquer avec lui.

Mais voulait-elle vraiment laisser passer une chance de faire l'amour avec lui, de vivre la nuit – ou les nuits – la plus sensuelle de sa vie ?

Si seulement elle était capable de vivre une brève aventure avec lui et de le quitter sans mettre son cœur en péril… Mais elle avait peur de ne pouvoir ignorer ses sentiments.

— Je suis peut-être déjà amoureuse. Tu vas me briser le cœur si je ne t'en empêche pas, Jake Reed.

Elle rouvrit les yeux et se rabroua mentalement. Elle devait cesser de se parler à voix haute. Jake ne l'avait-il pas déjà surprise, tout à l'heure ? Elle ne voulait pas que cela se reproduise.

S'il n'avait pas eu en lui ce fond de caractère Reed qui le rendait parfois terriblement agaçant, comme lorsqu'il affirmait que la cantine appartenait à sa famille, elle lui aurait sans doute déjà donné son cœur.

Penser à la cantine contenant ses papiers la ramena brusquement sur Terre. Il fallait qu'elle règle ses affaires, qu'elle passe des coups de téléphone… et qu'elle tourne la page. Il fallait qu'elle trouve un autre logement pour partir de chez Jake avant de succomber totalement à son charme.

Forte de sa décision, elle se prépara pour partir en ville. Puis alla rejoindre Jake.

En sortant, elle entendit un bruit d'eau sur du métal. Exaspérée, elle aperçut Jake qui, penché sur la malle, l'arrosait. Décidément, il avait de la suite dans les idées !

Bien malgré elle, elle ne put s'empêcher d'être troublée. Son stetson repoussé en arrière, ses cheveux bruns balayant son large front, il était sublime. Son jean moulait ses longues jambes, son ventre plat, ses hanches étroites. Il avait roulé les manches de sa chemise en jean dont il avait déboutonné les trois premiers boutons, dévoilant la toison brune de son torse. Les muscles qui tendaient le tissu de sa chemise lui rappelaient à quel point il était bon d'être dans ses bras, à quel point ses baisers l'enivraient…

Elle soupira et s'approcha.

Il lui jeta un coup d'œil puis retourna à sa tâche.

Maintenant que la cantine était propre, quelques lettres se détachaient clairement.

— C'est la première fois que je vois des lettres gravées sur cette malle, déclara-t-elle.

— Je peux te garantir que ce n'est pas moi qui les ai gravées. Je suis passé à mon ranch ce matin pour vérifier certaines choses, et j'en ai profité pour prendre la clé de cette cantine. Je t'attendais pour te laisser l'ouvrir.

Elle fut étonnée qu'il n'ait pas essayé, lui qui était persuadé que cette malle appartenait à sa famille. Et elle lui en sut gré. Il avait des principes, pour un Reed.

— J'avais une clé de cette cantine, dit-elle en le rejoignant. Mais elle est probablement ensevelie sous les cendres, maintenant.

— Quand elle était chez nous, cette malle contenait trois armes anciennes. Une carabine Winchester et deux revolvers. Plus un pistolet Glock qui m'appartenait. Mes initiales sont gravées sur la crosse. Mais tu sais parfaitement que ces armes sont, ou étaient, dans cette cantine.

Elle tressaillit. Pour la première fois, elle comprit qu'il avait peut-être raison. Elle avait vu ces armes... Pourtant, son père lui avait toujours dit qu'elles lui venaient de son grand-père. Comment son père aurait-il pu s'abaisser à mentir ? Ses frères à voler ?

Or, si Jake connaissait l'existence de ces armes, il ne pouvait que dire la vérité.

— Je ne crois toujours pas que ma famille ait volé cette cantine à la tienne, assura-t-elle malgré tout, le défiant du regard. Les Blake ne sont pas des voleurs.

Une ombre d'exaspération passa sur le visage de Jake, et il la foudroya du regard.

— Tu veux bien l'ouvrir ? demanda-t-il sèchement. Voilà ma clé. Si c'est la bonne...

C'est que cette malle appartenait aux Reed, bien sûr.

Elle pria pour que la clé ne fonctionne pas, même si elle était persuadée du contraire. Quand Jake lui avait énuméré la liste des armes, elle savait qu'à l'exception du Glock, sans doute subtilisé par son père ou l'un de ses frères, toutes les trois étaient dans la cantine...

Prenant une profonde inspiration, elle glissa la clé dans la serrure, tourna... et souleva le couvercle.

À côté d'elle, Jake jura.

8

Jake fulminait. Cette cantine réveillait trop de souvenirs de la malveillance des Blake. Claire avait été tellement catégorique en affirmant que jamais ses frères n'auraient commis ce vol. Or, c'était exactement ce qui s'était passé.

Elle s'agenouilla pour examiner le contenu de la malle. La vue de ses fesses moulées dans son jean vint le distraire de ses pensées. Ses longues jambes repliées sous elle, sa natte rousse frôlant sa taille... La question fusa de nouveau dans son esprit. À quoi ressemblerait-elle avec sa tresse défaite, la lourde masse de sa magnifique chevelure cuivrée déployée ?

Étrangement, sa colère n'apaisait en rien la violence de son désir. Un désir qu'il voulait refouler.

Ce matin, son esprit aurait dû n'être occupé que par la cantine Mais il avait l'estomac noué par un tourbillon d'émotions indésirables. Claire appartenait à une famille de vauriens ; exception faite de Laird, le benjamin des trois frères. Cependant, malgré tout cela, elle pouvait le faire fondre d'un simple regard, embraser tous ses sens d'un simple frôlement de main.

Il la voulait dans ses bras. Tout de suite. Il voulait lui retirer ce jean étroit qui recouvrait ce qui devait être les jambes les plus sexy du Texas.

— Eh bien, voilà ! dit-elle en lui jetant un regard furtif.

Sa voix le ramena à la réalité. Il était tellement perdu dans ses fantasmes, dans la vision de ses longues jambes lui ceinturant la taille, qu'il avait presque oublié la cantine.

La malle était pleine de papiers, nota-t-il. À sa grande déception, elle ne contenait pas d'armes.

Il s'approcha et se pencha pour regarder les documents en désordre : des vieux relevés de banque, des avis d'imposition, des lettres à l'encre pâlie et des listes de chevaux achetés et vendus.

Les mains sur les hanches, Claire se tourna vers lui.

— Alors ? lança-t-elle.

Agacé, il souleva une brassée de feuillets... dévoilant une carabine Winchester et deux revolvers.

Soudain rouge pivoine, elle s'exclama :

— Oh mon Dieu ! Jake, je suis désolée. En effet, c'est bien la cantine de ton père que mes frères... ont prise. Et mon père devait être au courant. Je... je ne sais pas quoi dire.

Lui non plus ne savait que dire. Il aurait dû savourer sa victoire et pourtant, maintenant, il se fichait complètement de la cantine et de la vieille carabine. Il avait démontré ce qu'il avait avancé et cela lui suffisait. À présent, il ne désirait qu'une chose : prendre Claire dans ses bras et l'embrasser sans fin.

Se composant une voix aussi calme que possible, il déclara :

— Je veux récupérer les armes. Le Glock a disparu. C'est sans doute l'un de tes frères qui l'a. Je me fiche de la cantine. Je voulais juste te prouver que c'était bien celle de mon père.

— Eh bien, tu as tes vieilles armes et j'ai mes archives. Mais tu peux prendre la cantine. J'en achèterai une neuve.

— Garde-la. Seules les armes m'intéressent. Ce sont des pièces de collection.

L'air gêné, elle baissa les yeux en se mordillant la lèvre inférieure.

— Jake, je suis vraiment désolée. Mes frères n'avaient pas le droit de vous dérober cette malle. Quant à moi, je ne me doutais de rien.

Il entoura ses épaules d'un bras et lui sourit.

— Je te crois, dit-il. Et je ne veux pas que nos histoires de familles continuent à nous pourrir la vie.

— Oui, mais ce conflit est toujours présent. Il ne disparaîtra jamais.

— Je connais de nombreuses solutions pour le faire disparaître..., murmura-t-il en resserrant imperceptiblement son étreinte.

Claire frissonna quand Jake la fit pivoter vers lui, posant les mains sur sa hanche. Il la dévisageait avec un tel désir qu'elle sentit des flammes courir dans ses veines.

— Ce conflit n'existe pas entre nous, reprit-il d'une voix hachée. Nous l'avons déjà éliminé d'un baiser.

Sa main remonta sur son épaule pour caresser sa nuque avec une légèreté qui lui donna envie de l'embrasser et de se perdre dans ses caresses.

Elle avait une conscience aiguë de l'odeur de sa peau et de l'intensité avec laquelle il la regardait. Elle voulait ses baisers ses bras autour d'elle, sa peau nue contre la sienne...

Elle oublia tout. Ses résolutions de le tenir à distance. Leur vieille rivalité, même s'il avait tort de dire que quelques baisers avaient suffi à l'effacer ; elle pouvait renaître de ses cendres, plus violente que jamais, si leurs familles les découvraient ensemble.

Mais, pour le moment, au creux de l'étreinte de Jake, rien n'existait plus que son envie impérieuse de se plaquer contre son torse solide, de sentir sa bouche la dévorer de baisers enflammés.

Quand il se pencha plus près, les battements de son cœur s'accélèrent.

— Tu ne peux pas imaginer à quel point je veux t'embrasser à cet instant précis, murmura-t-il, en effleurant ses lèvres des siennes.

Une vague de chaleur la submergea, la prenant de court.

Son cœur battant maintenant à tout rompre, elle se pressa contre lui et ouvrit ses lèvres. Ses mains errèrent un instant sur ses épaules avant de repousser son stetson pour plonger dans la masse brune de ses cheveux, attirant sa tête contre la sienne. En quelques secondes, la chaleur qui les faisait frémir se mua en un véritable brasier.

Agrippée à lui, elle le laissa l'embrasser à la faire défaillir, à la faire mourir de plaisir. Jamais elle ne pourrait se rassasier de ses baisers.

Quand elle sentit les doigts de Jake glisser sur son corps, elle comprit qu'il était en train de lui retirer son T-shirt. Elle descendit brusquement de son petit nuage de volupté.

— Jake, nous sommes dehors. Nous n'avons aucune intimité.

— Il n'y a personne à dix kilomètres à la ronde. Mais si tu préfères, rentrons, dit-il en la soulevant comme une plume.

Il monta les marches du perron deux à deux jusqu'à la véranda et, sans cesser de l'embrasser, la porta à l'intérieur.

Il dévorait ses lèvres avec une telle frénésie que toutes ses défenses – si elle en avait encore ! – s'effondrèrent d'un seul coup.

Baignant dans un océan de sensualité, elle ferma les yeux et lui rendit son baiser, oubliant tout ce qui les entourait.

Unies, leurs langues s'entrelaçaient dans une danse passionnée, et elle sentit un courant électrique se répandre dans tout son corps. Meilleur encore que le baiser qui avait hanté ses jours et ses nuits, celui-ci recelait la promesse d'une suite des plus torrides, d'un brasier dans lequel elle était prête à se jeter.

Offerte à ses caresses et à ses lèvres avides, elle était perdue dans l'intensité, l'émerveillement de l'instant présent.

Lorsqu'il la reposa sur le sol, elle balaya les lieux du regard. Et faillit se raviser. Si, n'écoutant que son corps palpitant de désir pour Jake, elle s'abandonnait, aucun retour en arrière ne serait possible.

Mais voulait-elle vraiment mettre fin à cette magie sensuelle ?

Elle plongea son regard dans les yeux sombres embrasés de passion de Jake.

— Jake, je...

Sans lui laisser une chance de terminer sa phrase, il étouffa ses doutes d'un nouveau baiser. Et, quand il abandonna sa bouche, elle en aurait pleuré. Jusqu'à ce que, après avoir dégrafé son soutien-gorge, il effleure la pointe tendue d'un sein nu de sa langue, avant de la happer et de se mettre à la sucer. Renversant la tête en arrière en gémissant, elle se cambra. Parcourue de frissons divins, elle sentait la chaleur du souffle de Jake contre la perle durcie de son mamelon, ses longs doigts sous ses seins...

Elle se cambra de plus belle. Elle savait pourtant que, si elle voulait l'arrêter, c'était le moment. Après, il serait trop tard.

Mais il était déjà trop tard...

Elle replongea les mains dans ses cheveux.

— Jake...

S'arrachant à son sein, il lui chuchota à l'oreille, son haleine chaude chatouillant son lobe :

— Tu le veux. Tu me veux en toi. Je veux te faire l'amour et tu veux que je te fasse l'amour.

Il se débarrassa rapidement de ses vêtements et de ses bottes. Devant sa peau dorée, de la couleur du bronze, elle sentit sa bouche se dessécher, son désir pulser au creux de son ventre.

Elle plaqua une main sur son torse.

— Jake, je te veux. Je veux tout de toi.

Joignant le geste à la parole, elle posa la main sur son sexe et commença à le caresser.

Son cerveau se vida, la privant soudain de l'usage de la parole. Seul un gémissement de panique parvint à s'échapper de ses lèvres. Elle venait de franchir la limite. Et aucun retour en arrière n'était possible.

À présent, ce n'était plus son cerveau qui commandait. Son corps était en fusion, son cœur tambourinait si fort qu'elle craignait que Jake ne s'aperçoive de la violence de son trouble.

Repoussant la pensée qu'elle pourrait le regretter amèrement, elle reprit, un peu haletante, essayant de plaisanter :

— Je pense que tu es l'homme le plus sexy du monde. Même si je ne devrais pas te le dire. Ça va te monter à la tête.

— Viens ici, beauté. Je veux t'embrasser jusqu'à l'épuisement.

Il lui tendit de nouveau la main pour l'attraper par le poignet et la plaquer contre lui.

Ivre de volupté, elle s'agrippa à ses hanches. Elle ne se lassait pas d'admirer ses épaules bien décuplées, son torse qui semblait sculpté dans l'airain.

Sans cesser de la caresser, il recula pour l'observer longuement.

Son regard d'un érotisme intense fit courir le feu sous sa peau, plus encore que ses caresses. Il était exactement l'amant qu'elle avait imaginé. Prenant son temps pour l'exciter lentement, la regardant comme si elle était la femme la plus sublime au monde.

Couvrant ses seins d'une pluie de baisers, il lui retira lentement son jean. Son regard rivé au sien, il glissa alors ses doigts sous l'élastique de sa culotte en dentelle, la fit lentement descendre puis tomber jusqu'à ses pieds et posa les mains sur ses hanches.

— Tu es fabuleuse, murmura-t-il d'une voix rauque, en s'emparant de ses lèvres dans un nouveau baiser fougueux.

La soulevant, il la déposa sur son lit. S'agenouillant devant elle, il caressa ses chevilles avec une légèreté exquise, remontant sur l'intérieur de ses cuisses, tandis que ses lèvres prenaient le relais de ses doigts.

Puis il saisit fermement ses fesses dans ses mains et l'attira vers sa bouche.

Elle étouffa un cri. Les lèvres de Jake s'étaient posées sur sa féminité palpitante, et sa langue en caressait la chair frémissante, brûlante, avec une habileté exquise. Elle s'abandonna à la magie de l'instant. Sous les assauts de cette langue magique, elle fut rapidement emportée par un tourbillon de sensations divines.

Elle renversa la tête en arrière, se soumettant avec un abandon total. Lorsque, poussant le jeu plus loin, il glissa un doigt, puis deux, dans son sexe, elle crut défaillir. Quand, doucement, il se mit à caresser le point sensible où se concentrait toute l'acuité de son désir, elle se cambra et laissa échapper un râle de plaisir.

— Jake ! s'exclama-t-elle en fermant les yeux.

Agrippant le couvre-lit, sa tête enfoncée dans les oreillers qui, un à un, tombèrent à terre, elle ondula sous les lames du plaisir, entraînée par un tourbillon de volupté de plus en plus rapide et puissant.

À trois reprises, elle chavira dans l'extase, laissant échapper de longs gémissements qui décuplèrent son plaisir.

Lorsque les ondes de jouissance qui l'avaient soulevée s'espacèrent, elle rouvrit les yeux et sourit en sentant les lèvres chaudes de Jake couvrir son ventre, ses seins, son cou d'un chapelet de baisers enflammés.

Elle poussa un petit grognement de frustration quand Jake l'abandonna un instant pour dérouler un préservatif sur son sexe.

Devant son pénis qui se dressait fièrement au-dessus de ses cuisses puissantes, elle sentit un frisson la parcourir. Était-ce de l'impatience ou de l'anxiété ? Elle avait beau flotter dans les brumes de l'orgasme fabuleux qu'elle venait de vivre, elle désirait Jake tellement fort qu'elle en tremblait.

Le matelas s'enfonça sous son poids quand il la rejoignit.

Elle agrippa ses biceps, l'impatience mettant son sang en fusion. Elle le voulait en elle. Maintenant.

Il se positionna sur elle, son érection pressant son pelvis, sur le point de s'aventurer plus loin.

Sans même lui laisser le temps de s'habituer à son corps nu contre le sien, il l'attira contre lui et fit jouer sa langue sur les pointes durcies de ses seins, la faisant de nouveau basculer dans le plaisir.

De ses hanches, il l'immobilisa, la retenant prisonnière.

Déjà, elle ne supportait plus de sentir son érection contre son ventre. Elle voulait qu'il la pénètre et mette fin à son supplice. Pour l'encourager, elle agrippa ses cheveux et guida sa bouche vers la sienne.

Il l'embrassa avec une infinie tendresse. Cette tendresse qui manquait à sa vie depuis si longtemps.

Enfin, se positionnant entre ses jambes, d'une petite poussée, il la pénétra.

Elle retint son souffle et ferma les yeux.

L'émotion lui étreignait la poitrine. Elle jouait à un jeu très dangereux, car le lien qui allait l'unir à Jake serait bien plus profond que cette simple union de leurs deux corps soudés. Son âme serait prise au piège.

— Regarde-moi, Claire.

Une fois de plus, elle ne put qu'obéir.

Elle riva ses yeux aux siens, et ce qu'elle lut au fond de ses prunelles sombres la toucha au plus profond de son âme, là où ses mains ne pourraient jamais l'atteindre. Une simple étincelle mais qui lui permit de s'abandonner corps et âme et d'alimenter ce feu qui les consumait tous les deux.

Finalement, l'attente devint intolérable. Elle se cambra, ondula, mais ses efforts furent vains. C'est Jake qui menait la danse.

— Je t'en prie, murmura-t-elle. Prends-moi. Vite...

Une mèche de ses cheveux tombant sur son front moite, il la dévorait d'un regard d'une telle intensité qu'elle eut soudain l'impression d'être infiniment féminine.

Elle s'agrippa à ses épaules tandis que ses hanches ondulaient à sa rencontre et, bientôt, il se mit à aller et venir en elle, avec une frénésie nouvelle qui la comblait de volupté. Elle s'attendait à ce qu'il prenne sa bouche pour que leurs langues se poursuivent au même tempo que cette extase qui allait les emporter, mais il se contentait de la contempler, comme jamais un homme ne l'avait regardée avant, comme s'il ne voulait rien manquer du plaisir qui déferlait sur son visage.

Le frottement de leurs peaux, leurs souffles saccadés, leurs gémissements mêlés étaient une mélodie si douce à ses oreilles...

Sans cesser de le regarder, elle se laissa entraîner dans un tourbillon de plus en plus puissant et enfonça ses ongles dans ses épaules musclées.

— Continue, Jake. Je veux te sentir entièrement.

Elle vit son regard se perdre dans le vague, puis un tremblement puissant le secoua, avant qu'il rejette la tête en arrière dans un cri étouffé. Il frôlait le point de non-retour, elle le savait. Elle le voyait à ses traits durcis, le sentait à la tension qui vibrait en lui. Néanmoins, il continuait de s'enfoncer en elle, d'aller et venir, de l'envahir de son sexe, comme s'il sentait son orgasme à elle monter et qu'il voulait le vivre en parfait osmose avec le sien.

Les yeux dans les yeux, ils étaient unis, en fusion, sur un même chemin qui les menait à la jouissance absolue.

Jake se retirait, puis s'immobilisait quelques secondes, à la limite de l'orgasme. Jusqu'au moment où, cédant à l'extase, elle cria son nom. Aussitôt il la rejoignit dans le plaisir.

La flamme de la passion les emporta loin, très loin, jusqu'à la perfection ultime.

Et, lorsque ce fut fini, ils restèrent ainsi un long moment, le souffle court.

Quand, peu à peu, ils retrouvèrent leur respiration normale, elle effleura sa joue d'un léger baiser, sa barbe naissante lui chatouillant les lèvres.

— Je ne peux pas bouger, avoua-t-elle avec un petit rire.

Il déposa un chapelet de baisers sur son front, à la commissure de ses lèvres, sur son oreille.

— Alors ne bouge pas.

Il s'apprêtait à se retirer, mais elle le retint.

— Non ! Serre-moi fort. J'entends les battements de ton cœur. Je veux que tu restes en moi.

— Je suis avec toi, mon cœur.

— Je l'espère bien ! Je voulais que tu vives un moment aussi extraordinaire que moi. Maintenant, serre-moi fort. Je ne veux pas bouger.

— Je ne veux pas que tu bouges. C'est parfait, répondit-il dans un soupir.

Serrée contre son corps chaud et moite de transpiration, elle se sentait aimée. Qu'importe ce que lui réservait le futur, jamais elle ne regretterait d'avoir fait l'amour avec lui. Comme elle l'avait pressenti, il était le meilleur amant au monde. Il l'avait vraiment transportée au septième ciel.

Était-elle tombée amoureuse ? Elle était incapable de répondre à cette question.

Blottie contre lui, elle sentit les battements de leurs cœurs s'apaiser peu à peu.

Avec un soupir d'aise, elle se pelotonna contre lui. Sa peau était chaude, son corps solide, fascinant.

Soudain, une pensée lui traversa l'esprit, la troublant quelque peu.

Avec Jake, elle était sans défense.

Elle avait déjà eu des amants, bien sûr. Mais deux seulement, car elle n'avait rencontré que très peu d'hommes qui l'avaient vraiment attirée. Et jamais elle n'avait connu baisers plus sexy, des baisers irrésistibles qui faisaient fondre sa résistance. Leur étreinte l'avait emmenée aux confins du paradis. Elle ne s'en sortirait pas indemne. Alors oui, elle était peut-être un peu amoureuse et elle allait devoir apprendre à vivre avec. En espérant qu'elle s'en remettrait, car elle n'avait aucune illusion. Jake ne partageait pas ses sentiments.

Il roula sur le côté et prit appui sur un coude. Un sourire gourmand aux lèvres, il suivit langoureusement la ligne de son visage, jusqu'à son oreille, de son index.

— Je veux te garder dans mon lit jusqu'à la fin des temps, murmura-t-il d'une voix suggestive.

— Cela risque d'être compliqué ! répliqua-t-elle en riant. Je peux rester un moment, mais ensuite il faudra que j'aille m'occuper de mon ranch et des travaux. Quelquefois, je me sens submergée par l'ampleur de la tâche. Les granges, les enclos, les clôtures, ma maison, celles des employés... Je vais avoir tellement à reconstruire à partir des cendres ! Alors j'apprécie vraiment ton hospitalité.

— Tu peux me croire, de nous deux, c'est moi le plus heureux que tu sois ici, assura-t-il en souriant. Prends tout ton temps.

— Merci, répondit-elle, sentant son cœur se gonfler d'allégresse.

— Je veux profiter de toi. Nous vivons des moments fabuleux.

Il ponctua ses paroles de baisers légers sur sa gorge, avant de s'emparer de nouveau de ses lèvres, réveillant son désir bien plus rapidement que prévu.

Loin de paraître rassasié, il recommença à la couvrir de caresses.

Il se protégea rapidement.

Elle plongea dans son regard tandis que, la poussant au-delà des limites du désir, il la faisait de nouveau basculer dans une telle félicité qu'elle ne put que se laisser emporter par cette vague d'une force inouïe.

Le regard perdu dans ses yeux noirs, elle sentit encore une fois son monde basculer et tout son corps voler en éclats, incapable de stopper le flot de sensations qui déferlaient en elle, marquant son âme pour toujours.

Son regard toujours enchaîné au sien, elle se serra à lui et le berça tendrement tandis qu'il se perdait en elle à son tour.

Son corps puissant secoué de spasmes, ses paupières s'alourdirent, sa bouche s'entrouvrit.

Un moment, il resta à la regarder, puis un sourire familier éclaira son beau visage.

Tout aussi abasourdie, tout aussi comblée, elle le lui rendit.

Voguant dans un océan de volupté, elle étudia sa physionomie afin de s'imprégner de la moindre nuance de son extase.

Lorsqu'il s'effondra sur elle, elle resserra son étreinte. Leurs deux cœurs tambourinaient à l'unisson, et ils tremblaient de la tête aux pieds, tels deux rescapés d'un naufrage agrippés l'un à l'autre.

Une heure plus tard, ils étaient toujours lovés tendrement l'un contre l'autre dans le grand lit, et Claire y serait bien restée toute sa vie.

Mais la réalité avait ses impératifs.

— Jake, je voudrais aller en ville acheter des vêtements neufs. En outre, je dois passer des tas de coups de téléphone en prévision des travaux. Notamment mon agent d'assurances.

— Ils seront tous là quand tu leur téléphoneras. De toute façon, pour le moment, ils sont débordés. Détends-toi et profitons de l'instant. Je te garde encore un peu près de moi. Nous avons perdu tellement de temps. Il y a bien longtemps que j'aurais dû t'inviter chez moi et faire connaissance avec toi, dit-il, le timbre de sa voix rendu rauque par le désir.

— À l'avenir, nous devrions pouvoir régler nos différends sans aller au tribunal, j'imagine ? répliqua-t-elle d'un ton moqueur.

D'un doigt, il effleura son épaule, puis ses seins.

— Aujourd'hui, oublions les ranchs, les différends, les problèmes. Savourons ce moment unique. Tu es belle. Je ne me lasse pas de te voir nue.

Il couvrit son menton et sa joue d'une nouvelle pluie de baisers.

Un frisson la parcourut. Elle était incapable d'une pensée rationnelle. Alors oui, elle était sans doute amoureuse.

— Claire, je veux que tu restes ici pendant que tu fais reconstruire ta maison. Tu n'as aucune dépendance où t'installer, sur ton ranch, et tu ne peux pas monter une tente avant d'avoir nettoyé les décombres. Reste avec moi. Cela nous permettra de passer un peu de temps ensemble parce que tu sais que quand tu rentreras chez toi, nous reprendrons nos vies normales et plus rien ne sera jamais comme maintenant.

— Non, ce ne sera plus jamais pareil, laissa-t-elle échapper dans un soupir. Mais tu n'as sûrement pas bien réfléchi aux termes de ton invitation, ajouta-t-elle avec un nouveau sourire espiègle. Je ne peux pas me faire construire une maison neuve en quelques jours. Cela prendra des mois.

— Je sais très bien ce que je suis en train de te proposer, répliqua-t-il d'un ton solennel.

Son cœur se mit à battre la chamade. Surprise par son invitation tout aussi inattendue que sincère, elle se noya dans son regard velouté. La simple pensée de semaines dans ses bras, dans son lit, à faire l'amour, lui donnait le vertige.

— Il faut que j'y réfléchisse, répondit-elle d'une voix étouffée. Si je reste longtemps chez toi, ça se saura, dans les environs, et cela parviendra forcément aux oreilles de ma famille un jour ou l'autre. Elle ne me le pardonnera pas. Or je ne souhaite pas couper les ponts avec elle. Au contraire, j'essaye de renouer les liens. Ça ne plaira pas à ta famille non plus, d'ailleurs.

— Même si nous prenons un risque, je ne pense pas que ma famille me reniera.

Elle hocha la tête, songeuse, et reprit :

— Mon père et mes frères ont sans doute vu l'incendie à la télévision. Savoir que j'ai perdu tous mes biens les rendra peut-être plus tolérants. Je ne peux rien prédire. Je dois peser le pour et le contre. Et puis, n'oublie pas que mes frères risquent de te coincer quelque part pour te casser la figure parce que tu m'auras permis d'habiter chez toi.

— C'est mon affaire. Je serai vigilant. Et je n'ai pas peur de tes frères.

— Si tu le dis. Le fait est que je n'ai pas d'autre solution et que la proximité de ton ranch est un atout. D'ici, je pourrai facilement surveiller les travaux.

Son souffle se fit soudain plus court. S'installer chez Jake offrait d'autres atouts beaucoup plus agréables...

— Mais il y a un autre risque, poursuivit-elle. Même si j'ai envie de rester avec toi, ma raison me dit que si nous continuons à faire l'amour, je ne voudrai plus jamais te quitter. Je tomberai irrémédiablement amoureuse de toi et j'aurai le cœur brisé quand nous nous séparerons. Donc, je ne sais pas. Je ne peux pas te donner de réponse tout de suite.

— Prends tout ton temps pour réfléchir. Toutefois, je ne pense pas que tu tomberas amoureuse. Tu es incroyablement autonome, habituée à diriger ton propre ranch. Le jour où tu partiras, tu retrouveras ta routine quotidienne, voilà tout.

Elle lui lança un coup d'œil soupçonneux. Lui décrivait-il sa façon de rompre avec une femme ?

Elle n'avait pas envie de s'attarder sur le sujet.

— Je persiste à penser que tu ne prends pas toute la mesure de ton invitation, reprit-elle. Cela ne me regarde en rien et si tu ne veux pas répondre, tu es libre. Mais je devine que tu n'as jamais invité aucune femme à passer autant de temps chez toi.

Il hocha la tête et esquissa un sourire.

— C'est exact. Mais cette fois, c'est différent. Tu n'as nulle part où aller. De plus, tu seras souvent partie sur ton ranch pour superviser les travaux. Donc, tu ne seras ici que le soir. Avec moi. Et ce sera nos meilleurs moments. Et puis, tu es d'une indépendance forcenée, sinon tu ne gérerais pas ce ranch seule, pas plus que tu n'y habiterais. Je pense que nous pouvons y arriver. Sinon, nous prendrons d'autres dispositions.

Un sourire hésitant flottant sur ses lèvres, elle bredouilla :

— Tu promets de me demander de partir si tu te lasses de moi ?

Il la dévisagea d'un air solennel.

— Je ne peux pas imaginer te demander de partir avant très

longtemps. Je ne suis pas du genre à me marier, Claire, mais je te veux ici, avec moi. D'ailleurs, je ne te crois pas spécialement intéressée par le mariage non plus.

— Pas avec un Reed, en tout cas ! répliqua-t-elle, taquine. Tu n'as rien à craindre, Jake. Je ne t'ai pas caché mes sentiments à ce sujet et je sais que jamais tu n'épouserais une Blake. Un mariage entre une Reed et un Blake nous a déjà fait perdre un frère et une sœur. C'est suffisant. Donc, tu as raison, je ne veux pas t'épouser. Mais ce n'est pas pour autant que je ne tomberai pas amoureuse de toi pour finir avec un pauvre cœur brisé.

— Ta réaction me laisse penser que tu ne risques pas grand-chose. Alors, tu vas rester ? lança-t-il en la scrutant avec gravité.

Il semblait vraiment tenir à sa présence. Surprise, elle soutint son regard.

— À part Dallas, je n'ai nulle part où aller, répondit-elle. Or c'est trop loin pour relancer mes affaires ici. Alors oui, je vais rester. Mais tu vas me promettre que tu me diras de partir si tu ne veux plus de moi. Je veux que tu sois vraiment honnête.

— Je te le promets.

Devant son air réjoui, elle eut l'impression de lui avoir fait un merveilleux cadeau.

Dans quelle galère s'embarquait-elle ? S'ils s'entendaient aussi bien que pendant les vingt-quatre heures qu'ils venaient de passer ensemble, elle ne voudrait plus partir. D'un autre côté, elle ne voudrait jamais l'épouser. Ce serait un désastre.

Une autre question jaillit à son esprit.

Jake pourrait-il tomber amoureux d'elle ? Était-il vraiment certain de ne pas souffrir de leur séparation prochaine ?

9

Quelques heures plus tard, lorsque Claire se réveilla dans les bras de Jake, elle comprit que plus jamais elle ne pourrait le voir comme avant cette nuit torride. Elle n'avait désormais plus aucun doute sur ses sentiments pour lui. Mais allaient-ils pouvoir garder une relation d'amitié, après ? Le fait qu'ils soient désormais amants allait-il faciliter leur voisinage ?

Elle jeta un coup d'œil au réveil et poussa un cri.

— Jake, tu sais qu'il est plus de 15 heures ? s'exclama-t-elle.

Prenant appui sur un coude, il la dévisagea en souriant.

D'un geste empreint de tendresse, elle repoussa des mèches brunes de son front.

— Je me fiche pas mal de l'heure, répondit-il. Je ne veux surtout pas quitter cette chambre. Ça a été fabuleux.

— Il est temps, Jake. Nous avons passé toute la nuit et toute la matinée au lit, et l'après-midi est déjà bien entamé. Même si nous avons vécu des instants inoubliables, le moment est venu de retrouver le monde réel. Et nos problèmes. Enfin, surtout les miens. Je tiens vraiment à aller en ville acheter des vêtements.

— Je sais, tu as raison, murmura-t-il en posant une main légère sur son bras. Mais avant, j'ai une question. En fait, c'est une invitation. Samedi soir, à Dallas, nous allons célébrer un événement. Un dîner de remerciement pour tous ceux qui ont contribué à la reconstruction de l'arène. Dont mes cousins et moi, qui avons fait un don important. Je voudrais que tu m'accompagnes.

Elle sentit un frisson glacé la traverser. Le monde extérieur, qu'elle voulait ignorer, venait d'envahir sa bulle de bien-être idyllique.

— Jake, nous sommes au lit, encore nus. Je pense donc que tes pensées s'égarent un peu. Certes, j'adorerais accepter ton invitation, mais comment veux-tu que nous nous montrions en public à Dallas ? Nous pourrions tomber sur un Reed ou un Blake, ce qui déclencherait un drame. En outre, voir un Reed sortir avec une Blake raviverait les potins malveillants. Nous pouvons ignorer nos problèmes jusqu'à un certain point, mais il est inutile de les provoquer. Ce qui arriverait à coup sûr si je t'accompagnais. Pire encore, ça tournerait au désastre.

Il la regarda un instant, l'air songeur, avant de lui sourire.

— Le dîner devrait bien se passer, affirma-t-il, sûr de lui. J'ai déjà assisté à plusieurs de ces réunions de donateurs destinées à faire le point sur l'avancement du chantier. Notre petit groupe réserve une salle de réception dans un club privé. Certes, le risque de tomber sur un membre de nos familles existe, mais il est infime. Et si je croise un Reed, ce sera un cousin éloigné qui habite Amarillo ou autre petite ville du Texas et qui n'a rien à faire de nos querelles de voisinage. En outre, nous irons en limousine et je te ramènerai ensuite à mon appartement de Dallas. Tu vois, le risque est minime.

— Tu es quand même prêt à le prendre ?

— Oui. Parce que je tiens à ce que tu viennes avec moi. Et si nous croisons l'un de mes cousins, je pense que nous pourrons assumer. Alors oui, je suis prêt à prendre ce risque et à vivre ma vie comme je l'entends. Nous devrions passer une bonne soirée. De plus, je suis persuadé que le projet de l'arène t'intéressera.

Tout en parlant, il faisait courir ses doigts sur son bras et sur le dos de sa main, et ses caresses lui faisaient oublier toutes ses craintes.

— Tu sais bien que j'en ai envie, admit-elle avec franchise.

— Parfait ! Donc tu vas venir. Je te promets de faire en sorte que tu t'amuses, promit-il d'une voix chaude.

Esquissant un sourire, elle répondit :

— Tu n'as pas eu grand mal à me convaincre. Mais avant, il faut que je passe une journée à Dallas. D'abord pour trouver une tenue, aller chez le coiffeur. Enfin, des préoccupations de femme. Ensuite, pour m'acheter un nouveau pick-up. J'en aurai besoin pour aller sur mon ranch. Tu es un chauffeur tout à fait attentionné, mais je tiens à mon indépendance.

— Nous pouvons y aller jeudi ou vendredi et dormir chez moi. Je vais demander à mon pilote de nous y emmener. La journée, tu pourras te consacrer à tes occupations. Tant que tu me réserves tes nuits…

— Entendu pour jeudi. J'en profiterai pour régler quelques affaires, déclara-t-elle, étonnée de s'être décidée aussi vite. Je vais prendre mes rendez-vous pour le nettoyage de mes terres, la reconstruction du ranch et l'achat de mon pick-up. Heureusement, nous avions anticipé l'incendie et nous avons pu sauver la plupart des machines.

Jake la contemplait, le regard brillant, et elle était prête à parier qu'il n'avait pas écouté la moitié de ce qu'elle venait de dire !

— Viens près de moi, murmura-t-il d'une voix lourde de sensualité.

Il l'attira au creux de ses bras et posa ses lèvres sur les siennes.

Serrée contre son corps nu, les yeux plongés dans ses yeux d'ébène, elle oublia le week-end, les problèmes, son programme si chargé. Et le reste du monde !

Elle voulait juste ses baisers, son amour, leurs corps joints.

Plus ils s'embrassaient et faisaient l'amour, plus son désir pour lui se faisait violent. La question la tarauda de nouveau : était-elle en train de tomber amoureuse de lui ?

Si c'était le cas, elle allait souffrir. Car elle était certaine qu'il était loin de partager les mêmes sentiments. Jamais il ne serait amoureux d'elle.

Pourtant, elle ne pouvait s'empêcher de le soupçonner de garder enfouies des émotions qu'il refusait de lui dévoiler.

Ils étaient dans une impasse, et elle ne voyait aucune solution permettant de vivre une relation sereine avec lui. Alors autant affronter la réalité et rester rationnelle. Quelle que soit la tournure que prendrait son histoire avec Jake Reed, elle était synonyme de désastre.

Qu'importait leur exceptionnelle alchimie physique. Le moment viendrait où ils devraient se dire adieu.

S'extirpant de son étreinte, Claire lança :

— Je dois vraiment m'habiller ! Je vais devoir remettre mon éternel vieux jean et l'un de tes T-shirts. En attendant d'acheter des vêtements neufs à Persimmon.

Jake réprima sa frustration. S'il avait eu le choix, il aurait gardé Claire nue dans son lit jusqu'au lendemain matin.

— Quand tu voudras, lâcha-t-il en soupirant. En tout cas, vieux ou pas, ton jean te va vraiment bien, ajouta-t-il avec un clin d'œil.

— Merci. Mais il est temps que j'en change. Et maintenant, comment allons-nous organiser notre virée en ville, ensemble ? Une Blake et un Reed dans la même voiture ? Ça va faire jaser.

— Je te déposerai à la quincaillerie de mon oncle Bernard. Il est tellement grincheux qu'à moins d'avoir un besoin désespéré de matériel, toute la famille l'évite.

— Ah bon ? Moi qui pensais qu'il réservait son humeur revêche à ma famille. Mais il va quand même nous voir ensemble et répandre la nouvelle.

— J'en doute. À moins qu'un client le sollicite expressément pour lui demander un article, il ne fait attention à rien ni personne. Son magasin est donc une zone sécurisée.

— Alors, entendu, répondit-elle avec un sourire. Nous verrons bien. Je suppose que tu reviendras me chercher.

— Je t'attendrai sur le parking, si tu peux me donner une heure approximative.

— Je pense en avoir pour une heure environ.

— Ce n'est pas bien long.

— D'abord, vu la taille de Persimmon, le choix des boutiques est limité. Ensuite, n'étant pas difficile, je suis rapide. Mais en cas d'imprévu, disons une heure et quart ?

— Entendu. Tu aimes les burgers de chez Scotty ? Si oui, je passerai en prendre deux avant de venir te retrouver.

— Excellente idée ! Maintenant, je vais m'habiller.

— Je peux t'aider ?

Elle lui donna une petite tape sur le bras.

— Je ne crois pas, non. Sinon, nous risquons de ne pas aller en ville du tout.

— En effet. Mais je parie que tu t'amuserais beaucoup plus en restant ici, répliqua-t-il, moqueur.

— Je ne peux pas le nier, avoua-t-elle en se levant.

Croisant les mains derrière la tête, il la suivit du regard et, devant la splendeur de son corps nu, sentit une nouvelle flèche d'un désir fulgurant le traverser.

Elle tira le drap de dessus, l'enroula autour d'elle d'un geste preste et s'apprêta quitter la pièce. Il lui tendit les bras mais, reculant vivement, elle l'évita.

— Claire, viens ici..., murmura-t-il d'un air suppliant. J'ai oublié de te dire quelque chose.

— Tu me le diras tout à l'heure. Ne changeons rien à notre plan. Tu as promis de m'emmener à Persimmon, ne remettons pas à plus tard. Nous avons déjà fait l'amour pendant des heures. Je te retrouve dehors.

Sur ces mots, elle sortit précipitamment et ferma la porte derrière elle.

Le sourire aux lèvres, il se leva pour prendre une douche froide. Il en avait grand besoin ! La vue du corps nu de Claire avait réveillé en lui un désir aussi impérieux que rapide.

C'était nouveau pour lui. En fait, rien de ce qu'il vivait avec Claire ne ressemblait à ses expériences précédentes. Et il adorait ça.

Il ne voulait pas qu'elle parte. Un vœu qui se réaliserait peut-être, étant donné les circonstances. Jamais il n'avait rencontré une femme comme elle. Indépendante et sacrément douée dans son métier de rancher. De plus, elle était sans doute la femme la plus désirable qu'il ait jamais connue.

À cette pensée, il fut pris d'une envie irrépressible de lui refaire l'amour avant de partir en ville, et il était le premier surpris par ses émotions nouvelles. Quelque peu inquiet, aussi.

Jusqu'à quel point allait-il s'attacher à Claire et la laisser bouleverser sa vie ?

Au bout d'une heure passée à Persimmon, Claire regagna le lieu du rendez-vous, chargée de paquets contenant des affaires neuves, jeans, T-shirts, lingerie, chaussettes et baskets.

Assis au volant, Jake avait les pieds sur le tableau de bord, la tête renversée sur le dossier de son siège.

Elle posa doucement ses sacs par terre, puis se pencha par la vitre ouverte pour lui chuchoter à l'oreille :

— Hé, bel endormi, je suis revenue.

Il passa vivement un bras autour de ses épaules et l'attira plus près.

— Jake...

S'emparant de ses lèvres, il étouffa ses protestations d'un baiser.

Sa langue se mêla à la sienne, et elle oublia tout. Où elle était, ce qu'elle faisait, tout sauf lui, sa bouche qui se mouvait sur la sienne en un baiser qu'elle aurait voulu ne jamais voir finir. Enfin, elle s'arracha à regret à ses lèvres. Mais, son bras autour d'elle, il ne la libéra pas.

— Jake, attends. Nous sommes dans la rue principale. Veux-tu absolument que toute ta famille apprenne que nous faisons une trêve... tout à fait particulière ? Cela va revenir à leurs oreilles.

— Je crois que c'est toi qui as commencé. Monte dans ce pick-up et je prendrai la relève.

— J'aurais dû me méfier, avant de te parler à l'oreille ! s'exclama-t-elle en riant.

Elle reprit ses sacs, qu'elle posa sur la banquette arrière, et s'installa sur le siège du passager.

— Mes frères vont entendre parler de nous, dit-elle en attachant sa ceinture. Alors sois prudent.

— Je te répète que je n'ai pas peur de tes frères. Si cela peut te rassurer, je prendrai l'un de mes cow-boys comme garde du corps, précisa-t-il d'un ton moqueur.

— Je suis sérieuse. S'il te plaît, fais attention. Je suis sûre que quelqu'un nous a vus.

— Tu n'as rien acheté ?

Elle fit un geste en direction de la banquette arrière, et il y jeta un coup d'œil.

— Bien ! Ça devrait faire l'affaire pour quelques jours. Jolie tenue, ajouta-t-il en reposant son regard sur elle. Tu es superbe.

Elle partit d'un nouvel éclat de rire.

— Merci. Mais je porte les mêmes vêtements que tout à l'heure. Je veux laver les neufs avant de les mettre. En tout cas, j'ai fait les courses dont j'avais besoin.

— Tu n'as pas traîné, lui fit-il remarquer. De mon côté, j'ai acheté les burgers environ dix minutes avant ton arrivée. Tu préfères aller les manger au parc ou rester dans la voiture ?

— Au parc. S'il n'y a pas trop de monde. Allons voir. Il fait beau, nous pourrons nous asseoir sous un arbre.

— J'avais bien quelques idées pour nous amuser un peu, mais je ne pense pas que nous ayons assez d'intimité, dans le parc...

— En effet.

— Ensuite, nous rentrerons chez moi, conclut-il en démarrant.

— Oui, je suis toujours ton invitée.

Tout en prononçant ces paroles, elle ne put s'empêcher de penser qu'elle pourrait tout aussi bien s'installer dans son appartement, à Dallas. Mais, encore une fois, elle se répéta qu'il serait beaucoup plus pratique d'être chez lui pour gérer tous les rendez-vous que lui demanderait la reconstruction de sa maison. Elle en avait déjà quatre.

Comme s'il lisait dans ses pensées, Jake déclara :

— C'est bien plus simple pour toi de vivre chez moi que de venir de Dallas tous les jours pour t'occuper de tes affaires.

— Oh oui. Bien plus simple.

Elle ne pouvait toutefois nier la vérité enfouie en elle. Elle avait besoin de sa présence, de sentir de nouveau ses bras autour d'elle.

Le jeudi, ils s'envolèrent pour Dallas.

Une limousine de location avec chauffeur les attendait à l'aéroport. Comme Claire l'avait souhaité, ils allèrent d'abord chez elle. Elle adorait sa maison, une grande bâtisse à deux étages, et le quartier ancien et très cossu où de splendides demeures aux pelouses ombragées d'arbres séculaires, aux massifs soignés, s'alignaient le long des rues paisibles.

Quand la voiture se gara dans l'allée, Jake l'accompagna jusque sur le pas de sa porte.

— Je te fais visiter ? proposa-t-elle.

— Quand je reviendrai te chercher samedi soir. D'ici là, occupe-toi de tes affaires. Le dîner est à 18 heures. Dimanche, nous rentrerons à Persimmon. Cela te convient ?

Elle acquiesça d'un signe de tête.

— Encore merci pour ton hospitalité, Jake. Tu n'imagines pas à quel point je t'en suis reconnaissante. Dès que mes travaux auront avancé, je pourrai rentrer chez moi.

— Oh ! mais je ne suis pas pressé de te voir partir.

Elle se força à sourire, le cœur battant un peu plus vite, soudain.

— En d'autres termes, tu es en train de me dire que tu me veux encore longtemps dans ton lit.

— Exactement ! répliqua-t-il en lui enlaçant la taille d'un bras. Tu plaisantes, mais pas moi.

Il étouffa sa réponse d'un baiser et, quand il la relâcha, elle avait perdu toute envie de le taquiner.

— Waouh ! Tu n'es qu'un incurable séducteur ! murmura-t-elle. Je vais avoir besoin d'une douche froide pour me rafraîchir.

— Tu ferais mieux d'aller faire les boutiques pour t'acheter une robe. J'ai tellement hâte de t'emmener à ce dîner. Puis de te ramener à mon appartement pour te faire visiter… ma chambre, précisa-t-il avec un clin d'œil suggestif. Mais en attendant, ta robe !

Il avait raison. Elle devait trouver une tenue pour la soirée de gala.

— Vous pouvez compter sur moi, mon cher. À samedi, alors.

Il effleura ses lèvres d'un baiser et remonta en voiture.

Après avoir regardé la limousine disparaître au bout de la rue, avec un soupir résigné elle entra et ferma la porte derrière elle.

— Je suis certaine que tu vas me briser le cœur, chuchota-t-elle. Mais pour l'instant je ne veux qu'une chose : savourer ces moments torrides avec le meilleur des amants. Et tu ne perds rien pour attendre, Jake ! Je vais rendre cette soirée inoubliable. Elle te marquera pour le restant de ta vie.

À la pensée de s'habiller pour passer une soirée avec lui, sa peau fut aussitôt parcourue de picotements. Pour une fois, ils ne seraient pas en jean, elle ne porterait pas ses bottes roussies par le feu. Elle ressemblerait aux femmes avec lesquelles Jake sortait habituellement.

Le samedi soir, Jake sonna à la porte de Claire et vérifia sa tenue. Il avait choisi un costume anthracite, une cravate rouge, des boutons de manchettes en or et ses plus belles bottes noires.

Quand elle lui ouvrit, il marqua un temps d'arrêt avant de murmurer :

— Tu es...

Il s'interrompit et la dévisagea, bouche bée. S'il avait été en public, ailleurs que devant chez elle, et qu'il l'avait croisée par hasard, il ne l'aurait pas reconnue.

Fasciné, il la regardait. L'espace d'un instant, il resta sans voix – ce qui était rare, chez lui ! –, sans même se rendre compte qu'il ne l'avait pas saluée.

Elle était d'une telle beauté qu'il en avait eu le souffle coupé à en perdre toutes les notions de politesse.

Sa longue tresse était défaite et ses cheveux roux cascadaient sur ses épaules, illuminant son visage de leurs mèches cuivrées.

Elle portait une robe de soie rouge, sans manches. Une ceinture mettait en valeur la finesse de sa taille. La jupe droite, moulant ses formes, lui tombait à mi-mollets. Elle l'avait assortie de sandales compensées rouges.

Incapable d'en détacher le regard, il restait subjugué par la métamorphose de sa voisine qu'il avait toujours vue habillée en cow-girl. Seigneur ! Qu'elle était belle !

En remarquant la discrète fermeture Éclair sur le devant de la robe, il pensa au moment où, la faisant glisser, il découvrirait sa lingerie...

— Tu es... époustouflante, déclara-t-il, retrouvant enfin l'usage de sa voix.

— Merci. Tu n'es pas mal non plus, répondit-elle en lui souriant. Vous êtes un sacré beau gosse, mon cher voisin !

— C'est ce que j'ai toujours dit, répliqua-t-il avec un clin d'œil. Bon sang, tu es sublime ! Je préférerais de loin annuler cette soirée et te faire l'amour ici, tout de suite. Dommage que ce ne soit pas possible. Je vais être obligé de te regarder toute la soirée. Tu es vraiment à tomber !

— Merci. Tes compliments me vont droit au cœur. Et tu es tellement beau que j'ai envie de t'embrasser. Mais je ne le ferai pas. J'ai passé la journée à me préparer pour obtenir ce résultat et je veux en profiter pendant quelques heures sans ruiner mon maquillage. Tu ne m'en veux pas ?

— Si. Énormément. Mais je vais me faire une raison. Dis-moi, tu as coupé tes cheveux ou ta natte était un postiche ? demanda-t-il en haussant un sourcil moqueur.

— Je les ai fait un peu couper. Mais je peux te garantir que c'était bien les miens.

— Je ne me lasse pas de t'admirer.

— Tu m'en vois ravie. C'était l'un de mes objectifs.

Elle était sincère. Elle avait voulu qu'il la voie dans cette robe, une tenue à l'opposé de ce qu'elle portait habituellement au ranch. Elle avait rêvé de cette soirée avec lui et, devant sa réaction, se réjouissait du résultat de ses efforts.

Heureuse du ravissement que lui avait témoigné Jake, elle se détendit et l'étudia à son tour.

Lui aussi s'était mis sur son trente et un, et il était tellement beau qu'elle peinait à respirer.

Elle se réjouissait de l'accompagner à cette réception, d'autant plus que c'était pour une bonne cause. Même si les Blake en voulaient aux Reed de leur avoir coupé l'herbe sous le pied en achetant ces terres, elle aimait cette vieille arène et se félicitait qu'elle ait été reconstruite. Peu importait qui en avait financé les travaux.

— Objectif atteint, dit Jake, la ramenant à l'instant présent. Tu as toute mon attention. En cas de tremblement de terre ou de typhon, pince-moi car je serai tellement absorbé à te contempler que je ne remarquerai rien.

Elle éclata de rire.

— Je n'ai pas entendu parler de typhon ou de tremblement de terre dans les prévisions météorologiques, mais je te promets de t'avertir, au cas où on en annoncerait un, déclara-elle, feignant le plus grand sérieux.

— Allons-y ! Ce soir, dès que je sentirai que nous pouvons nous éclipser sans créer d'incident diplomatique, nous filerons. Je veux te ramener chez moi. Tu rentreras bien avec moi, j'espère ? ajouta-t-il, soudain inquiet.

— Si tu veux. Sinon, nous pouvons revenir ici.

— Plutôt chez moi. Je te veux toute la nuit dans mes bras, dans mon lit. Je veux embrasser chaque millimètre de ton corps et plus encore. Tu es d'accord ?

— Plus que d'accord. J'ai hâte d'être à plus tard, murmura-t-elle, la voix de nouveau saccadée bien malgré elle.

Elle aussi attendait cette nuit avec lui avec impatience.

— Pour tout te dire, je veux savoir ce que cache cette sublime robe rouge.

— Je ferai mon possible pour te satisfaire, répondit-elle, souriante.

L'enveloppant d'un regard grave, il resta un moment silencieux avant de reprendre :

— Peut-être devrions-nous faire l'impasse sur cette réception…

— Non, il n'en est pas question ! Cesse d'y penser. Nous allons en profiter jusqu'au bout. J'ai payé cette robe et ces chaussures une fortune. Sans compter le coiffeur. Et mes dessous neufs que tu pourras me retirer… plus tard, conclut-elle d'une voix enjôleuse.

— Bon sang ! Ce n'est pas comme ça que tu vas me donner

envie de m'attarder à ce dîner. Tu ne fais qu'exacerber mon envie de te faire l'amour tout de suite.

— Tu sais bien que j'en ai autant envie que toi. Mais je veux sortir et profiter de cette soirée avec le plus bel homme du Texas. Et puis, je me réjouis de montrer ma belle robe.

Il éclata de rire.

— Le plus bel homme du Texas te remercie. Alors, allons-y !

Elle ferma la porte et glissa la clé dans la pochette assortie à sa robe.

La soirée venait à peine de commencer, et Jake avait déjà hâte qu'elle se termine !

Il avait invité des femmes magnifiques à dîner, les avait vues dans des robes toutes plus belles les unes que les autres, avec de nouvelles coiffures, comme si elles sortaient tout droit des pages d'un magazine. Mais la métamorphose de Claire le stupéfiait toujours autant qu'à l'instant où elle lui avait ouvert la porte. Il était sûr qu'elle serait, et de loin, la plus belle femme de toute l'assemblée.

Comment avait-il pu ne jamais remarquer sa beauté auparavant ? De jolie femme, elle était devenue tout simplement sublime. Il en était le premier surpris. Il savait que son travail au ranch exigeait des tenues et une coiffure pratiques. Elle passait sa vie dans la poussière avec des chevaux ou du bétail. Mais cette transformation était tout simplement ahurissante. Il s'aperçut soudain qu'elle le regardait fixement.

— Pardon, tu disais quelque chose ? interrogea-t-il.

Elle se mit à rire.

— À quoi penses-tu ? Ce n'était pas ma question, mais je me demande ce qui fait vagabonder ton esprit.

— Toi ! Je ne reviens pas de ta transformation. Je ne t'ai jamais vue habillée ainsi.

— Je dois faire un peu peur, quand je suis sur mon ranch.

— Mais pas du tout ! s'exclama-t-il. Au ranch aussi, tu es très belle. Ne te l'ai-je pas suffisamment fait comprendre ?

— En fait, si. Je suis contente que tu apprécies. Et, pour tout te dire, je n'aurais pas aimé que tu ne remarques pas ma nouvelle coupe de cheveux.

— Tu peux me croire, tous les hommes vont avoir les yeux fixés sur toi. Je ne vais pas te lâcher d'une semelle. Ils sauront que tu es avec moi et ils ne se risqueront pas à flirter avec toi, je te le garantis !

Elle partit d'un grand éclat de rire.

— Cela ne risque pas d'arriver ! répliqua-t-elle.

— Tu veux parier ? Je suis sûr que je gagnerais. Maintenant, allons-y. Finissons-en avec cette soirée, et rentrons chez moi, conclut-il en l'entraînant vers la limousine.

Le trajet fut rapide. Le chauffeur se gara devant un grand bâtiment et leur ouvrit la portière.

Offrant son bras à Claire, Jake l'entraîna vers l'ascenseur pour gagner le club situé au vingtième étage.

Quand ils entrèrent dans la salle réservée pour la réception, le cocktail battait son plein. Les convives se pressaient devant le bar et sur la terrasse.

Ils passèrent de groupe en groupe, saluant des cow-boys avec qui il avait pris part à des randonnées ou des rodéos. Tous se félicitaient de la construction de la nouvelle arène. Néanmoins, l'attention que Claire suscitait chez chacun d'eux ne lui échappa pas.

— Je vois mon amie Stefanie Grant qui vient d'arriver ! lança soudain Claire.

Il tourna la tête dans la direction de la porte.

— Une chose est sûre, Stefanie sait faire une entrée de star, fit-il remarquer. Elle aussi est magnifique, ce soir.

— C'est elle qui m'a recommandé son coiffeur.

— Elle a été de bon conseil. Quoi qu'il arrive, elle est toujours superbe.

— Je ne manquerai pas de le lui répéter.

Souriant, il jeta un coup d'œil à la ronde.

— Son frère est sans doute là, puisqu'il fait aussi partie des donateurs. Tout comme quatre de mes cousins éloignés. Mais, depuis la mort de mon cousin Cal, nous ne sommes plus que trois à être impliqués. Mon cousin Wade Sterling pourrait être ici ce soir. Tout comme mon cousin Luke Grayson qui habite dans le Colorado mais qui a passé sa jeunesse ici, d'où son intérêt pour l'arène. Ce serait la première fois qu'il assisterait à la soirée. Comme il a perdu sa femme et son fils dans un accident de voiture, il n'est encore jamais venu.

— Quelle tragédie !

Stefanie, splendide dans une robe de cocktail sans manches, s'avança vers eux, interrompant leur conversation.

— Claire ! s'écria-t-elle. Je suis vraiment désolée pour ton ranch.

— Merci, Stefanie. Cet incendie a été une véritable tragédie.

Se tournant vers Jake, la nouvelle venue demanda :

— Et ton ranch, Jake ?

— Je suis suffisamment à l'est pour ne pas avoir été touché. Le vent a repoussé les flammes vers l'ouest puis vers le nord. Et maintenant, mesdames, si vous voulez bien m'excuser, j'aperçois des amis que je voudrais saluer.

Stefanie le suivit des yeux puis regarda Claire en s'exclamant :

— Seigneur ! Qu'il est beau en tenue de gala !

— Oui ! Je lui ai dit la même chose.

— Et toi ! Waouh ! Tu es absolument sublime.

— Toi aussi, Stefanie. Tu vas faire tourner toutes les têtes. Un grand merci de m'avoir recommandé ton coiffeur. Je suis vraiment contente du résultat. Jake aussi.

— C'est très réussi.

— J'aimerais te voir plus souvent. Maintenant que j'ai perdu ma maison et tous mes biens, j'ai besoin que l'on me remonte le moral.

— Oh Claire, je suis tellement navrée. Je n'imaginais pas qu'un pareil drame puisse se produire. Mais j'y pense, tu m'as dit qu'un voisin t'hébergeait sans préciser lequel. Cela dit, ce n'était pas nécessaire, ajouta-t-elle, le regard pétillant de malice. Un Reed et une Blake ? J'espère que tes frères ne vont pas arriver.

— Aucun risque. Jamais ils n'accepteraient d'assister à ce genre de réception. Et Jake pense que, hormis quelques cousins éloignés, sa famille ne sera pas présente non plus. Donc... nous voilà !

— Jake est vraiment un homme bien.

— Je confirme. Nous en avons parcouru, du chemin, depuis l'époque où nous nous battions au tribunal ! J'espère que ça durera. À propos, il m'a chargée de te dire que, quoi qu'il arrive, tu étais toujours aussi belle.

— Tu le remercieras, c'est adorable !

— Tu es venue accompagnée ? Je peux te demander par qui ?

— Bien sûr. Je suis ici avec Billy et ce sera sûrement la dernière fois. Je ne sais pas pourquoi, je ne suis vraiment pas douée pour trouver l'homme idéal. Nous nous sommes disputés pendant tout le trajet... Mais inutile de s'étendre sur le sujet.

— Je suis désolée, Stef.

— Ne t'inquiète pas. Je n'ai pas dit mon dernier mot.

Voulant manifestement changer de sujet, Stefanie poursuivit :

— En tout cas, comme je te l'ai promis au téléphone, je peux toujours te trouver un endroit où dormir. Chez moi, ou dans une maison vide. C'est l'avantage de mon métier d'agent immobilier. Alors n'hésite pas, si tu as besoin d'un endroit. Encore que, si j'étais chez Jake, je pense que je m'y installerais jusqu'à ce que le dernier millimètre carré de mon ranch soit réparé et prêt à habiter !

Claire éclata de rire.

— Je n'oublierai pas ton conseil. Mais si Jake et moi tombions amoureux, nous n'aurions aucun futur avec cette vieille querelle. Je ne voudrais surtout pas vivre ce qu'a vécu Regina.

Stefanie fronça les sourcils.

— Tu as sans doute raison. Vous êtes comme Roméo et Juliette.

Partant d'un nouvel éclat de rire, Claire s'exclama :

— Je n'y avais pas pensé ! Jake appréciera beaucoup la comparaison.

Elle souhaitait juste que leur histoire ne finirait pas aussi tragiquement !

— J'espère que tu t'amuseras bien ce soir, dit-elle, souriant à son amie.

— Toi aussi. Avec Jake, tu es en bonne compagnie. Aussi longtemps que tes frères ne sont pas au courant.

— Quand ils me verront avec lui, ils comprendront qu'il n'est pas nécessaire d'intervenir. S'ils peuvent se montrer odieux en général, ils ne le sont jamais avec moi.

— Oh ! Je vois Billy qui me cherche. Je vais y aller pour t'éviter d'avoir à lui parler et qu'il te demande ce que tu fais ici avec un Reed. Il ne l'a peut-être pas encore remarqué. Mais il est ami avec certains Reed. Déjeunons ensemble dès que tu le pourras, d'accord ? lança-t-elle en s'éloignant.

— Avec plaisir.

Claire examina la foule présente pour voir si elle connaissait du monde... et admirer Jake, qui discutait avec un groupe d'hommes.

— Claire ?

Elle se tourna pour se trouver nez à nez avec un rancher de sa connaissance.

— Brink, dit-elle, souriante. Je suis contente de te voir. C'est une soirée sympathique. Je me réjouis de la construction de cette nouvelle arène.

— Moi aussi. Pour un peu, je ne t'aurais pas reconnue. Tu es superbe. C'est ta maison que j'ai vue brûler aux nouvelles ?

— Ils n'ont pas parlé que de la mienne. Mais oui, le feu a ravagé mon ranch, et ma maison est partie en fumée.

Un autre rancher vint les rejoindre. Puis un autre.

Jetant un coup d'œil à Jake, elle vit qu'il l'observait. Au milieu d'un petit groupe, il riait d'une plaisanterie quelconque, mais ses yeux étaient rivés sur elle et, en croisant son regard, elle sentit une myriade de picotements parcourir sa peau. Même dans une foule aussi dense, leur lien physique était terriblement réel.

Après une vingtaine de minutes de conversation avec ces ranchers qu'elle connaissait, une main lui frôla l'épaule. Elle se retourna.

— Désolé de vous interrompre, déclara Jake au petit cercle des hommes qui s'étaient rassemblés autour d'elle.

Après leur avoir serré la main tour à tour, il reprit :

— Claire, le moment est venu de rejoindre notre table. Si

vous voulez bien nous excuser, messieurs, nous allons chercher nos places.

La prenant par le bras, il l'entraîna loin du petit groupe.

— Nous sommes à la table d'honneur, dit-il. J'ai vu que Stefanie t'avait trouvée. Et la moitié des hommes présents. Tu as attiré une petite foule.

— Ce sont des collègues. Des ranchers, comme moi. Je suis une rancher, tu te souviens.

— Ce n'est pas la raison pour laquelle j'en ai trouvé huit autour de toi. Alors dînons et débarrassons-nous de cette réception afin que je puisse te ramener à la maison, te retirer ta robe et voir ce qu'elle cache.

— Marché conclu, dit-elle en lui souriant.

Elle n'avait qu'une hâte, elle aussi : se retrouver en tête à tête avec lui.

À la table principale, deux hommes de haute taille et une femme attendaient, debout. Jake les salua et se tourna vers elle.

— Je veux vous présenter ma voisine, la rancher Claire Blake. Claire, je te présente les cousins dont je t'ai parlé. Voilà Wade Sterling et sa femme, Ava.

En souriant, Claire leur serra la main.

— J'ai beaucoup entendu parler de vous. Je me réjouis que Jake et vous ayez fait la paix, lui dit Wade.

— Moi aussi, répondit Claire avec sincérité.

— Et voici un autre cousin, Luke Grayson.

— Je suis contente de vous rencontrer, Luke.

— Moi aussi, je suis ravi. Et cette trêve entre voisins est une bonne nouvelle.

— Je suis bien d'accord. Peut-être les choses vont-elles s'arranger, à l'avenir.

Puis tous prirent place pour assister à la projection du film sur la nouvelle arène.

Elle était splendide. Les gradins permettaient aux spectateurs de suivre l'action dans les meilleures conditions. Il y avait aussi des suites douillettes aux baies vitrées, un bar-restaurant qui pouvait accueillir deux cents personnes, équipé d'élégants fauteuils confortables et de deux larges écrans retransmettant les images de l'arène. Puis le reportage porta sur les écuries et sur une seconde arène, à ciel ouvert, celle-là.

La projection fut suivie du discours de John Smith, président du conseil d'administration et maître de cérémonie. Manifestement, ce dernier était très fier de l'avancée du projet. Les réservations pour les spectacles équestres et les rodéos programmés étaient déjà nombreuses. En conclusion, il remercia tous les participants au dîner qui avaient contribué à la reconstruction de l'arène et, en particulier, les trois principaux donateurs. Wade, Luke et Jake.

Claire, amusée, sentait Jake piaffer d'impatience. Aux regards qu'il lui jetait, elle voyait bien qu'il mourait d'envie de la ramener chez lui pour des festivités bien différentes...

Elle brûlait d'ailleurs de la même impatience.

Après un dîner qui lui parut interminable, ils arrivèrent enfin à l'appartement de Jake. Il n'était que 22 h 30, et la journée était loin d'être terminée, songea-t-elle, le cœur battant soudain plus vite.

Elle avait passé la soirée à contempler Jake et à s'imaginer ici avec lui, loin des regards indiscrets. Pourtant, elle n'avait aucune illusion. Jake Reed ne restait jamais bien longtemps avec ses conquêtes, et elle ne s'attendait pas à le voir changer. Qu'importe ! Elle profiterait de tout ce qu'il lui donnerait.

— Jake ! C'est merveilleux ! s'exclama-t-elle en entrant dans le vestibule qui ouvrait sur un grand salon. Quelle vue !

Deux baies vitrées offraient un panorama spectaculaire sur Dallas scintillant des lumières de la nuit.

— Je suis tout à fait d'accord, répondit-il.

Sa voix hachée trahissait son trouble. Nul doute que la vue qu'il avait de son appartement était, à cet instant, le dernier de ses soucis.

Quand elle se retourna, il déboutonnait sa chemise tout en la dévorant du regard. Il avait déjà retiré sa veste et sa cravate.

Sans la quitter des yeux, il s'avança vers elle, en jetant sa chemise sur une chaise.

Elle étouffa un soupir et murmura :

— Ah, Jake. Tu vas me prendre mon cœur.

Elle l'enlaça alors qu'il posait une main sur sa robe et, avec une lenteur infinie, faisait glisser la fermeture Éclair.

— Je savais bien qu'elle s'ouvrirait par-devant, dit-il d'une voix rauque de désir. Ta robe me plaît vraiment beaucoup. Tu es tellement belle, ajouta-t-il en admirant ses seins moulés dans un soutien-gorge qui n'était qu'un lambeau de dentelle blanche. Tellement belle...

La robe de soie, maintenant ouverte, dévoilait une culotte blanche aussi transparente que son soutien-gorge.

La robe tomba en corolle autour de ses chevilles. Elle en sortit, tout en retirant son soutien-gorge et son slip.

Sans la quitter des yeux, il se débarrassa du reste de ses vêtements, enfila rapidement un préservatif et l'attira contre son corps chaud et nu. Puis, se penchant, il l'embrassa.

— Tu es tout simplement divine, murmura-t-il. Je ne peux pas attendre, Je ne veux pas d'un lit. Je te veux ici même. Et tout de suite, ajouta-t-il en la soulevant. Enroule tes jambes autour de moi.

Elle s'exécuta, l'encourageant à la pénétrer plus profondément.

Noyée dans la volupté, ses seins nus pressés contre son torse, elle se mouvait en cadence alors qu'il allait et venait, plongeant et replongeant en elle, jusqu'à ce que, tremblante, elle crie son plaisir.

Haletant, il accéléra le tempo, et elle sentit son orgasme monter par vagues et l'entraîner. Son sang battait furieusement à ses tempes. Tous ses muscles se tendirent dans l'attente du plaisir proche...

Pressant son visage dans le cou de son amant, elle s'abandonna à la sensation de perfection de leurs corps enchevêtrés. Une volupté indescriptible l'emporta, la consumant d'un feu qu'elle n'avait, jusque-là, jamais connu.

Enfin elle s'écroula contre lui, l'embrassant et le serrant fort jusqu'à ce qu'il la repose sur le sol, sans cesser de l'embrasser.

Enlacés, ils se dirigèrent ensemble jusqu'au lit.

Elle sentit la douceur du duvet sur son dos, et presque aussitôt, Jake s'allongea sur elle. Il la retint prisonnière de ses bras sans cesser de l'embrasser à pleine bouche, laissant ensuite ses lèvres courir sur sa gorge. Quand il se mit à dévorer ses seins frémissants, elle poussa un soupir de plaisir et ne put retenir un long gémissement quand sa main, glissant le long de sa hanche, s'aventura vers le brasier entre ses cuisses...

Les lèvres et les mains expertes de Jake voguaient sur sa peau embrasée, mais ce soir elle remarquait une différence dans ses caresses. Le rythme enfiévré de leurs premières étreintes avait fait place à un tempo plus langoureux. Jake lui donnait l'impression de vouloir savourer chaque parcelle de sa peau, en prenant son temps. Ce qu'elle trouvait à la fois très agréable... et terriblement frustrant !

Quand, enfin, il s'enfonça en elle, elle sentit chaque millimètre de son corps s'imbriquer dans le sien. Secouée par un plaisir intense, elle s'offrit à cet homme qui occupait désormais toutes ses pensées.

Lentement il allait et venait en elle, le visage niché dans son cou.

Soudain son cœur s'arrêta de battre. Son esprit se vida.

Ses lèvres butinant son cou, Jake avait glissé une main entre ses cuisses et s'était mis à caresser sa chair palpitante. Une onde d'une chaleur délicieuse se diffusa dans tout son corps. Elle commença à sentir les prémices de la jouissance et retint sa respiration.

Quand, d'une voix rauque, il murmura son nom à son oreille, un long frisson la parcourut, ajoutant aux flammes de son désir déjà intense des étincelles supplémentaires. Et, lorsqu'il se retira pour plonger et replonger de plus belle dans sa chaleur moite, elle se sentit succomber. Oh ! c'était si bon qu'elle aurait voulu arrêter le temps...

Peau contre peau, ils ondulaient au même rythme qui se faisait plus rapide. Son regard enchaîné à celui de Jake, elle était parcourue de picotements brûlants qui l'entraînaient en un tourbillon de plus en plus puissant.

Elle s'arc-bouta, allant à sa rencontre, l'accueillant au plus profond d'elle alors qu'ils oscillaient ensemble vers la délivrance ultime.

Une question traversa soudain son esprit embrumé : pouvait-on mourir de plaisir ?

Des vagues montaient en elle, toujours plus haut, jusqu'à ce que, soudain, elle chavire dans l'extase, secouée par un long frisson de volupté. Jake l'accompagna aussitôt après.

Quand l'orgasme les emporta, elle ne cria pas son plaisir. Le souffle court, elle chuchota le nom de son amant, sa joue un peu rugueuse pressée contre la sienne. Son corps vigoureux, presque figé, toujours agrippé au sien, elle entendit le râle de sa propre jouissance mourir dans son cou.

Au lieu de rouler sur le côté, il resta un long moment immobile. Puis, doucement, apaisé, il posa la tête sur ses seins. Avec un geste d'une infinie tendresse, elle repoussa une mèche humide de son front et pressa un baiser sur la peau brûlante de son épaule.

— Je pense que quand je partirai de chez toi, je laisserai sans doute mon cœur derrière moi, murmura-t-elle. Comme un nouveau trophée pour toi.

Elle le sentit tressaillir.

— Je n'ai ni ce genre de trophée, ni aucune femme comme toi dans ma vie, répliqua-t-il gravement en roulant sur le côté. Je ne sais pas ce que l'avenir nous réserve, mais je sais que, maintenant, grâce à toi, je suis au paradis.

— Moi aussi.

Il la serra plus fort contre lui.

— Tant mieux, dit-il. Et ce paradis, nous pouvons y retourner souvent.

Il avait raison, songea-t-elle. Alors pourquoi ne pas en profiter, sans penser au futur ? Elle avait passé une soirée fabuleuse, et l'intérêt et les attentions de Jake avaient surpassé toutes ses espérances. Elle savait qu'elle aurait du chagrin, quand elle rentrerait chez elle, mais, pour le moment, ce soir tout au moins, elle ne souhaitait qu'une chose : savourer l'instant présent. Et elle se sentait… euphorique !

Ils avaient fait l'amour divinement, Jake l'avait transportée au septième ciel. Et là, il la tenait fermement dans ses bras, contre son corps nu, et bientôt il allait l'embrasser de nouveau, et ils allaient refaire l'amour. Elle était au paradis. Elle refusait de voir plus loin.

Avec un soupir, elle posa sa tête sur son torse pour écouter les battements de son cœur.

— C'est la conclusion parfaite à une journée parfaite, reprit-il.

Frissonnant en sentant les vibrations de sa voix résonner en elle, elle fit courir ses doigts sur son ventre plat et dur et les fit remonter sur son torse.

— Tu es stupéfiant, murmura-t-elle.

Elle avait le pressentiment que jamais elle ne rencontrerait un homme tel que lui.

Un long moment, ils restèrent ainsi, dans un état de félicité engourdie. Et, alors qu'elle allait sombrer dans le sommeil, une dernière pensée lui traversa l'esprit : elle était à Jake, corps et âme.

Perdue à jamais.

Claire passa la semaine suivante avec les divers intervenants qui allaient rendre son ranch de nouveau opérationnel.

Quand arriva le début du mois de mars, ses terres avaient été nettoyées et les fondations d'une nouvelle maison posées. Tous les matins, elle faisait l'aller-retour entre son ranch et celui de Jake dans son pick-up neuf et passait généralement les après-midi chez lui. Elle partageait toutes ses nuits et refusait de penser au futur, sauf en ce qui concernait son ranch.

Un jeudi, après avoir passé la matinée à choisir du carrelage, du papier peint et des sols pour sa cuisine et avoir fixé un nouveau rendez-vous avec son agent d'assurances, elle était revenue chez lui à 15 heures. Elle savait qu'il travaillait dans son bureau.

Après avoir bu un thé, elle se rendit dans la bibliothèque et passa en revue les livres sur les étagères qui tapissaient les murs.

Sur l'une d'entre elles, elle vit un album photos qu'elle ouvrit. C'était le livre de bébé de Jake. Un peu émue, elle s'assit par terre pour le feuilleter avant de le ranger pour regarder les autres livres.

Sur l'étagère du bas, un autre album attira son attention. Il était à moitié dissimulé au milieu des livres. C'était celui des années lycée de Jake. Alors qu'elle le refermait pour le remettre à sa place, quelques photos en tombèrent.

Elle les ramassa. L'une d'elles représentait un homme de haute taille, mince, à la calvitie naissante, avec une femme, souriante, dont les cheveux châtain foncé étaient coupés court. Ils étaient entourés de quatre enfants, deux filles et deux garçons. Le plus âgé pouvait avoir entre seize et dix-huit ans, la plus jeune, cinq ou six ans. Intriguée, elle se demanda qui ils étaient. Sans doute des Reed qui vivaient dans une autre région, cousins de Jake.

Elle s'apprêtait à remettre les photos en place quand elle se figea.

Le visage de cette femme lui était vaguement familier. Son cœur battant plus vite, elle reprit le cliché, masqua les cheveux avec un doigt et scruta attentivement ses traits.

Soudain glacée, elle se mit à trembler.

10

Tremblant de tous ses membres, le cœur pris dans un étau, Claire regarda fixement la femme de la photo. Et soudain elle sentit le sol se dérober sous ses pieds et se laissa glisser au sol, prenant appui contre le mur.

Oh Seigneur… Cette femme souriante entourée de sa famille, c'était Regina, sa sœur… Elle avait vieilli, bien sûr, avait changé de coiffure, s'était un peu arrondie, mais ce ne pouvait être que Regina. Regina et Sam, le frère de Jake, et leur famille.

La photo à la main, elle se releva, frémissant de rage.

Elle était incapable de détacher son regard de ce cliché. Il ne pouvait pas avoir plus d'un an ou deux, puisque l'aîné des garçons semblait avoir au moins seize ans. Si Jake possédait cette photo, il n'y avait qu'une explication possible : il était en contact avec eux, et leur dernier échange remontait à peu de temps.

Sa colère redoubla.

Elle repensa à l'intimité qu'elle avait partagée avec lui, une intimité qui allait bien au-delà d'une simple relation physique. Elle lui avait livré ses sentiments, ses espoirs, ses peurs, allant même jusqu'à lui donner son cœur. Or, tout ce temps, il savait où étaient Sam et Regina ! Il savait qu'ils avaient quatre enfants. Sinon, jamais il n'aurait possédé cette photo.

Depuis combien de temps savait-il ?

Avait-il suivi leur parcours depuis qu'ils avaient quitté le Texas ?

Elle avait gardé le souvenir de sa sœur comme à l'époque de

son départ. Mais la femme de la photo ne lui ressemblait plus beaucoup. Avec le temps, tout le monde changeait.

Striés de mèches grises, ses cheveux autrefois blonds avaient pris une teinte plus foncée. Avant ondulés, ils étaient aujourd'hui raides et coupés très court. Et sa sœur portait désormais des lunettes.

Mais, même s'il était difficile de la reconnaître, c'était bien elle.

Claire sentit une nouvelle flèche de douleur la transpercer.

Elle aimait sa sœur, dont l'absence avait laissé un vide abyssal dans sa vie. Elle n'avait espéré qu'une chose : qu'elle soit heureuse.

Caressant son visage d'un doigt, elle murmura :

— Regina. Tu m'as tellement manqué.

Sam entourait les épaules de sa femme d'un bras. Lui aussi avait beaucoup changé. Il avait coupé son épaisse chevelure brune qui avait pris une couleur poivre et sel et révélait une calvitie précoce.

Avec le temps, elle avait compris pourquoi Sam et Regina avaient coupé les ponts ; ils avaient vraiment dû se sentir menacés par les membres de leurs familles respectives. Mais pourquoi sa sœur ne l'avait-elle jamais contactée, depuis tout ce temps ? Avait-elle si peu confiance en elle ? Pensait-elle qu'elle allait les dénoncer, Sam et elle, en disant à leur père et leurs frères où ils se trouvaient ?

Quant à Jake...

Une nouvelle vague de colère la submergea, aussi violente que son chagrin.

Comment Jake avait-il pu lui faire un tel affront en se taisant ? Apparemment, il n'avait aucune confiance en elle...

Les poings crispés, elle écumait de rage. Elle se sentait blessée au plus profond d'elle. Ne lui avait-elle pas confié à quel point sa sœur comptait pour elle ? À quel point elle souhaitait la savoir heureuse ? Il l'avait écoutée, sans jamais rien divulguer de ce secret.

Comment avait-il pu la trahir de la sorte ? Lui cacher que Regina et Sam avaient des enfants ?

Heureusement qu'il n'était pas là, à cet instant précis !

Peu à peu elle se calma et réfléchit.

Elle allait lui faire part de ce qu'elle avait sur le cœur. Et, cette fois, il ne trouverait rien de cohérent à lui dire pour lui prouver qu'il avait eu raison de lui cacher un tel secret.

Puis elle quitterait sa maison. Elle ne pouvait pas encore rentrer chez elle, puisque sa maison était toujours en chantier.

Sans perdre une seconde de plus, elle alla sur le site Internet d'un hôtel de Persimmon et réserva une chambre pour le soir même.

L'esprit plus clair, après cette décision, elle regarda de nouveau les quatre enfants de la photo. Ainsi, elle avait des neveux. Mon Dieu, elle était tante... Elle retourna le cliché et lut les prénoms. Sam Junior, Claire Lynn, Becky et Charles, le prénom de leur grand-père.

— Claire Lynn, murmura-t-elle, en admirant le visage de l'adolescente aux boucles châtaines. Claire Lynn... Tante Claire...

Son cœur se gonfla d'allégresse. Regina avait appelé sa fille Claire en son honneur.

Et dire qu'elle avait manqué la naissance et l'enfance de ses neveux et nièces...

Sa colère rejaillit de plus belle. Comment Jake avait-il pu lui cacher ainsi la vérité ?

D'un pas vif elle se dirigea vers la porte, la photo à la main. Elle ne voulait pas rester une minute de plus sous ce toit !

Elle s'arrêta net en remarquant Jake qui, sur le seuil de la bibliothèque, l'observait.

11

Jake s'était engagé dans le couloir à la recherche de Claire. En passant devant la bibliothèque, il l'avait aperçue, plongée dans la contemplation d'une photo. Le cœur soudain serré, il avait immédiatement compris. Il avait complètement oublié cette fichue photo de famille de Sam et Regina.

— Claire...

— Ne te fatigue pas à inventer des bobards, Jake ! répliqua-t-elle sèchement. Aucune de tes explications ne pourra justifier que tu savais où était ma sœur ! Et que tu l'as toujours su !

En entendant la colère dans sa voix, en voyant ses yeux verts qui lançaient des éclairs, sa peine s'intensifia. Il s'avança dans la pièce.

— Claire, je leur avais promis de ne rien dire. À personne !

— Arrête ! Je te défends de m'approcher ! lui ordonna-t-elle.

— J'avais promis. À *personne*. En t'en parlant, j'aurais trahi leur confiance. C'était impossible. Je n'avais pas le choix.

La voyant essuyer la larme qui roulait sur sa joue, son désarroi s'accrut.

— Tu peux inventer toutes les excuses possibles, je ne te pardonnerai jamais, Jake. Je me suis donnée à toi. Je t'ai donné aussi une partie de mon cœur. Mais si je n'en suis pas déjà remise, ça ne saurait tarder. Ta promesse est un piètre argument. Nous sommes intimes. Si tu me l'avais dit, ne crois-tu pas que je serais restée discrète ?

— Je ne sais pas. En es-tu bien sûre toi-même ? N'aurais-tu

pas essayé de contacter Regina ? Je pense que tu aurais voulu lui parler, peut-être aller la trouver. Ils ont coupé les ponts avec tout le monde, sauf avec moi. Mais c'est toujours Sam qui appelle. Et il n'est jamais revenu ici.

— Tu es allé leur rendre visite ?

— Oui, après la naissance de chacun des quatre enfants. À leur demande. C'est ta famille qui est responsable de leur disparition. Si la mienne n'est pas un cadeau non plus, ton père et tes frères sont encore pires. Je sais que c'est ce qui a empêché Regina de te faire signe. Elle craignait que votre père et vos frères découvrent où Sam et elle habitaient, et elle redoutait leur réaction.

— Jake, tu peux trouver toutes les explications possibles, jamais je ne te pardonnerai !

— Tu n'imagines pas combien cela me déchire le cœur. La dernière chose que je veux, c'est te faire du mal.

— Oh ! je t'en prie ! Arrête ! Nous sommes devenus assez proches pour que tu saches combien ma sœur me manque. Et pourtant, tu m'as caché ce que tu savais d'elle. Quand je partirai d'ici, je ne veux plus te voir. Jamais !

— Attends ! Donne-moi une chance, supplia-t-il.

— Non. Je te faisais confiance. Et je croyais que c'était réciproque. Eh bien, manifestement, ce n'était pas le cas.

D'un geste de la tête, elle repoussa ses cheveux de son visage et le foudroya du regard. Il comprit qu'elle n'était pas en état de discuter.

— Je suis navré, murmura-t-il. Sincèrement. Je pensais agir au mieux pour eux.

— Arrête, de grâce ! Je vais faire ma valise. J'ai réservé une chambre dans un hôtel de Persimmon. Je te remercie encore pour ton hospitalité, mais je vais me débrouiller toute seule, maintenant.

— Annule l'hôtel. Tu ne peux pas partir avec cette colère en toi. J'avais oublié cette fichue photo.

Il aurait donné n'importe quoi pour effacer tout ce qui venait de se passer.

— De quand date-t-elle ? demanda-t-elle.

— Un an. Claire, ils ne reviendront pas. Je n'ai des nouvelles que quand Sam m'annonce une naissance.

— Tu es proche de lui ?

— Oui. Comme je te l'expliquais, Regina et lui se méfient de ta famille. Au début, c'était à juste titre. Mais maintenant, ton père a vieilli, tes frères ont changé de ville et ont d'autres intérêts. Ils ont accepté la fuite de Regina. Si elle revenait, aucun d'entre nous ne vivrait de nouveau sous le même toit. Vous n'habiteriez plus ensemble. Tout est donc différent, aujourd'hui. Quand ils sont partis, leur volonté de garder le secret était justifiée.

— Je sais. Mais comme tu viens de le dire, cela remonte à des années. Je persiste à penser que tu aurais pu me le dire et que cela n'aurait eu aucune répercussion sur leur vie. Je n'aurais pas sauté dans un avion pour aller voir Regina, je ne l'aurais même pas appelée. Ce qui me fait le plus de peine, c'est que tu m'aies dissimulé une information aussi grave. Au moins, maintenant, je n'ai plus la moindre illusion sur ce que je représente pour toi, sur la nature de tes sentiments, sur ta confiance en moi. Je pars et je ne veux plus jamais te revoir !

— Reste, Claire. Je t'en supplie. Les affaires de ton ranch sont loin d'être réglées et il faut que tu sois à proximité pour tes divers rendez-vous. J'éviterai de croiser ton chemin. Je te laisserai tranquille.

— Merci, mais non. C'est inutile. Je ferai les allers et retours depuis Persimmon. Et je ne veux pas passer une minute de plus en ta compagnie. Je ne veux plus te revoir, déclara-t-elle lentement mais fermement.

Il l'observa, désemparé. À chacune de ses paroles, sa douleur se faisait plus vive. Elle laissa bientôt place à une bouffée de fureur. Pourquoi s'entêtait-elle à ne pas vouloir l'écouter, à refuser d'accepter ses excuses, de lui donner une chance ? Eh bien, puisqu'elle lui en voulait tant de ne pas lui avoir dévoilé le secret de Regina, le moment était venu de lui en confier un autre.

— Ainsi, Claire, tu estimes avoir le droit de connaître tous nos secrets de famille ?

Elle le regarda, perplexe, et ne répondit pas.

— Tu veux que j'en partage un autre avec toi ? poursuivit-il. Un énorme ? Que je n'ai jamais révélé à personne et que tu devras garder pour toi ? Je serai heureux de te prouver que je te fais assez confiance pour te le dire.

Elle croisa les bras sans cesser de le dévisager.

— D'accord, Jake. De quoi s'agit-il ?

— De ton jeune frère. Sa mère est bien ta mère, mais c'est mon père qui est son père.

— Laird ? demanda-t-elle, ses yeux s'écarquillant de surprise.

— Oui, Laird. Et il ne le sait peut-être même pas. Il l'ignorait quand je l'ai appris. Ta mère et mon père ont eu une liaison. Et, quand j'ai été assez âgé, mon père a jugé opportun de m'apprendre que Laird était mon demi-frère. C'est ce qui explique toute cette amertume et ces batailles incessantes entre nos pères et nos grands-pères. Ils connaissaient tous la vérité.

— Laird n'est que mon demi-frère ?

— Oui, Laird est notre demi-frère à tous les deux.

Claire entendit à peine la réponse de Jake. Sous l'effet de la surprise, elle était happée par un tourbillon d'émotions. Regina, Laird, la peine de la trahison de Jake… Tout cela en quelques minutes. C'était trop.

La violence du chagrin qui la submergea lui ouvrit les yeux sur une évidence : elle était vraiment amoureuse de Jake. Sinon, sa blessure ne serait pas aussi vive. Et une douleur aussi violente ne pouvait signifier qu'une chose : elle l'aimait d'un amour sincère.

Se forçant à repousser cette pensée, elle s'obligea à écouter ce qu'il disait.

— … Et Laird et moi sommes amis. Maintenant, tu connais cet énorme secret. Tu es contente ?

— Cela n'a rien à voir avec Regina. Ce secret sur Laird explique pourquoi il y avait autant d'animosité entre nos pères. Et peut-être aussi pourquoi Laird est si différent de mes autres frères. Mais à part ça, cette information ne me concerne pas vraiment. Et cela ne change pas ma décision de te quitter.

Le cœur lourd, Jake regarda Claire, de plus en plus anéanti. Il n'y avait donc rien à faire. Il ne réussirait pas à sauver leur relation. Si la fin d'une relation l'avait toujours laissé de marbre, cette fois, sa douleur était physique. Il n'avait pas eu l'intention de blesser Claire. Comme il regrettait d'avoir gardé cette photo. Si seulement il avait pu remonter le temps et effacer son chagrin.

Elle jeta la photo à terre en un geste rageur puis, sans un regard, passa devant lui et quitta la bibliothèque.

Il ne fit pas un geste pour la retenir.

N'ayant que peu de choses à réunir, Claire remplit rapidement sa valise.

Une fois prête, elle trouva Jake dans le hall d'entrée.

— Laisse-moi au moins porter ta valise jusqu'à ton pick-up, dit-il d'une voix sourde.

— Comme tu voudras.

Sans un mot ils sortirent et gagnèrent son pick-up où il déposa sa valise sur le siège passager.

Luttant pour retenir ses larmes, mais sentant toujours la même rage brûler en elle, elle s'installa au volant sans accorder un regard à Jake. Accablée par le chagrin, une évidence la frappa. C'était peut-être la dernière fois qu'elle le voyait.

Comment savoir ? Sa colère l'aiderait peut-être à l'oublier.

— Je ne voulais pas que tu partes comme ça, Claire. Mais tu as pris ta décision. Alors, au revoir.

Elle ne répondit pas et hocha simplement la tête, la gorge nouée par le chagrin. Elle ne voulait plus discuter ; elle lui avait dit tout ce qu'elle avait sur le cœur et maintenant elle avait hâte de mettre de la distance entre eux.

Elle démarra et s'éloigna, ne pouvant s'empêcher de jeter un coup d'œil dans le rétroviseur. Jake, immobile, la regarda quelques secondes puis, lentement, retourna dans la maison.

Elle avait raison, il ne l'aimait pas. Car, s'il l'avait aimée comme elle l'aimait, il lui aurait confié ce qu'il savait de Sam et Regina.

Elle avait toujours su qu'il la ferait souffrir ; elle ne s'attendait pas à ce que ce soit de cette façon.

Leur séparation allait la briser. Mais elle ne pouvait pas rester. En outre, n'avait-elle pas toujours su que ce jour finirait par arriver ?

De plus, maintenant, elle savait qu'elle ne pourrait plus lui faire confiance. Autant qu'elle l'oublie et passe à autre chose.

Essayant de le chasser de son esprit, elle pensa à sa sœur et ses quatre enfants. Une nouvelle flèche de douleur la transperça. Comme elle aurait aimé entendre sa voix, même brièvement... Connaître ses neveux...

Maintenant, cela n'était plus possible. Elle ne savait toujours pas où ils étaient, et Jake ne le lui dirait pas, fidèle à sa fichue promesse. Dirait-il seulement à Sam qu'elle avait trouvé leur photo de famille et qu'elle était maintenant dans le secret ?

Elle pouvait comprendre pourquoi Regina avait coupé tous les liens. À l'époque, leurs frères et leur père auraient pu être dangereux. Mais aujourd'hui leur père se faisait vieux, sa santé déclinait. Que pourrait-il faire ?

Quant à leurs frères, même s'ils restaient sûrement toujours des vauriens, chacun d'eux gérait sa propre entreprise, d'immobilier et de construction, et gagnait bien sa vie. Ils auraient trop à perdre dans un règlement de comptes.

Avait-elle autant manqué à Regina qu'elle lui avait manqué ? Probablement pas. Sa sœur était partie, amoureuse, pour se marier. Elle n'avait pas dû beaucoup penser à sa cadette de onze ans, surtout dans de telles conditions. Et, quand elle avait eu son premier bébé, elle avait dû se consacrer à sa nouvelle famille. Maintenant, avec Sam et quatre enfants à aimer, elle ne devait plus penser au passé et devait imaginer que sa petite sœur avait aussi une famille et était heureuse.

Heureuse ? Comme elle était loin du bonheur...

Elle se rappela soudain la joie de Stefanie quand elle avait appris qu'elle allait devenir tante, et combien elle chérissait ses précieux moments avec ses nièces et neveux. Elle, elle héritait de quatre neveux et nièces dont l'aîné avait bien seize ans. Elle n'avait jamais eu la joie d'apprendre la naissance de ses neveux, de jouer avec eux petits. Quant à eux, ne l'ayant jamais connue, s'ils la rencontraient maintenant, elle ne les intéresserait guère. Quels liens pourraient-ils tisser ?

Les yeux brouillés de larmes, elle regarda par la vitre.

Tout cela à cause de Jake…

Jake… Chaque kilomètre l'emmenait loin de lui… Elle ne le verrait plus, ne lui parlerait plus, ne serait plus jamais avec lui. Ils ne s'embrasseraient plus, ne feraient plus l'amour. Et, si le chagrin qu'elle ressentait lui broyait le cœur et lui laissait un immense sentiment de vide, elle savait qu'elle avait pris la bonne décision. Un homme qui lui mentait, même par omission, n'était pas fait pour elle. Elle se demandait juste combien de temps elle allait vivre avec ce chagrin…

Elle se reprit rapidement et revint à l'aveu de Jake concernant Laird. Bien que son dernier frère – ou plutôt, demi-frère – et elle n'aient jamais été proches, cela restait un sacré choc. Elle comprenait maintenant pourquoi il ne ressemblait ni à Clyde ni à Lee, et si peu à leur père.

Ainsi, en dépit de la haine entre leurs deux familles, sa mère avait eu une liaison avec le père de Jake ? Elle s'étonnait que cette aventure n'ait pas créé de conflits plus violents entre les familles. Mais sa mère avait son propre argent, ce qui lui assurait une indépendance indéniable. En outre, elle avait toujours su maintenir une certaine harmonie sous son toit.

Elle soupira. Si la vie de certaines personnes se déroulait sans histoire, ce n'était pas le cas de la sienne ! Bien déterminée à ne pas fondre en larmes, elle prit une profonde inspiration. Sa colère restait plus forte que son chagrin. Et puis elle avait une maison à reconstruire. Un nouveau départ à prendre. Pourtant, en dépit de sa peine, c'était pour Jake que son cœur saignait le plus. Elle n'avait jamais baissé les bras devant les épreuves, et ce n'était pas maintenant qu'elle allait commencer !

Pourtant, malgré ses bonnes résolutions, elle éclata soudain en sanglots.

Jake lui manquait déjà. S'en remettrait-elle un jour ? L'oublierait-elle ?

Jusqu'à la dernière seconde, Jake avait espéré que Claire changerait d'avis. Même après être rentré chez lui, il avait tendu l'oreille, espérant entendre le moteur de son pick-up qui revenait. En vain. Elle était bel et bien partie. Elle l'avait quitté.

Il souffrait de l'avoir quittée en colère. C'était la première fois qu'il se séparait ainsi d'une femme.

Cette séparation lui était intolérable. Il ne supportait pas de l'avoir blessée. Car il se sentait responsable, même si la réalité était bien différente. Bon sang ! À cause de cette fichue photo ! En toute honnêteté, il n'avait plus jamais pensé à cette photo depuis qu'il l'avait reçue, l'année précédente.

Mais Claire n'avait pas voulu écouter ses explications. Elle était trop bouleversée. Peut-être, une fois le choc passé, pourrait-il lui parler ?

Son frère lui avait demandé de garder le secret, et il avait respecté sa promesse. Sam et Regina n'ayant jamais contacté aucun membre de leurs familles, il était le seul à savoir. Et puis, tant d'années avaient passé ! Bien sûr, Claire lui avait dit que sa sœur lui manquait encore. Il n'avait pas compris que c'était une véritable douleur, pour elle, de ne pas savoir où elle était, comment elle allait. Quel idiot ! Il avait fait une erreur. Mais comment la réparer ? Il était trop tard. Claire l'avait quitté.

Avec un soupir, il alla se changer. Il avait besoin de faire quelque chose. Un travail dur et physique qui demanderait toute son attention et lui permettrait d'oublier.

Oui. S'il voulait dormir ce soir, il fallait qu'il trouve une occupation qui le fatigue à s'en écrouler. Il ne supporterait pas de ne plus avoir Claire dans ses bras, de ne plus lui faire l'amour.

Ils venaient à peine de se quitter, et elle lui manquait déjà. C'était aussi surprenant qu'inquiétant. Curieusement, c'était la première fois qu'une femme partait avant qu'il soit prêt à la voir s'en aller. Et jamais aucune ne lui avait manqué, auparavant.

Bon sang ! Il se serait bien passé de cette expérience !

Il alla chercher des outils. C'était le moment idéal pour rattraper les travaux en retard. Il lui fallait une tâche épuisante physiquement.

Mais, même en travaillant, il ne put s'empêcher de penser à Claire. Il essaya de se réconforter. Il allait l'oublier. Il ne la connaissait pas depuis assez longtemps pour éprouver des sentiments sérieux. Il allait se remettre. Ce n'était qu'une question de temps. Il allait trouver une femme sympa et sortir avec elle, ce qui lui occuperait l'esprit.

Après tout, Claire ne comptait pas tant que ça.

Seulement voilà, il n'arrivait pas à ignorer la petite voix, dans sa tête, qui persistait à répéter la même question. *Si elle ne compte pas tant que ça, pourquoi as-tu si mal ?*

Poussant un juron, il se dirigea vers des souches de cèdres à déraciner. Une activité garantie pour lui changer les idées.

Quand il rentra chez lui, il faisait nuit.

Il traversa la maison sombre et déserte jusqu'à sa salle de gym pour faire des exercices et courir sur le tapis roulant, dans l'espoir de chasser ses soucis et se fatiguer encore pour pouvoir dormir.

Puis, après avoir pris une douche et s'être changé, il gagna la cuisine pour dîner. Mais il n'avait pas faim. Rien ne lui faisait envie. Claire avait laissé derrière elle un vide abyssal. Jamais il n'aurait cru qu'elle lui manquerait autant.

Il se rabattit sur une bière, s'installa à la table, prit son répertoire téléphonique et chercha le numéro de Sam. Après avoir hésité une bonne vingtaine de minutes, il se jeta à l'eau et appela son frère.

Dans sa chambre d'hôtel impersonnelle, Claire se remit à pleurer. Elle avait déjà tellement sangloté depuis son arrivée qu'elle pensait ses larmes taries. Eh bien non ! Elle s'était trompée.

Elle pleurait sur Jake, sur sa sœur, sur cette fichue rivalité entre leurs deux familles.

Elle sursauta en entendant son téléphone sonner et sentit son cœur s'accélérer quand elle vit le nom de Jake s'afficher.

Elle décrocha et, le cœur battant la chamade, entendit sa voix au timbre grave.

— Claire, c'est Jake. J'ai parlé à Sam. Je l'ai appelé pour lui raconter ce qui s'était passé.

Elle l'écouta, abasourdie. Elle avait été tellement accaparée par son chagrin, qu'elle n'avait même pas envisagé qu'il prenne une telle initiative. Seigneur ! Comme elle l'aimait !

— Claire, tu es toujours là ?

— Oui.

— Regina souhaite que tu les appelles. Ils pensaient te téléphoner eux-mêmes, mais ils ont estimé qu'il te serait peut-être plus facile de les joindre que le contraire. Ou sur FaceTime ou au téléphone. Dès que tu seras prête. Tu as quelque chose pour noter ? Je te donne leur numéro.

Un instant, elle resta muette. Quand, enfin, elle retrouva sa voix, elle répondit :

— Merci, Jake. Je t'écoute.

Bouleversée, elle nota le numéro de sa sœur sur le bloc de l'hôtel. Regina voulait qu'elle l'appelle et, grâce à Jake, elle allait enfin lui parler.

— Je vais lui téléphoner tout de suite. Merci, Jake, répéta-t-elle avec ferveur.

— Bonne chance. Je suis content de t'entendre. Tu me manques.

Sa voix s'étrangla sous le coup de l'émotion puis il toussota et lança :

— Allez ! Appelle-la !

— Tout de suite. Merci encore.

À regret, elle raccrocha. Même si tout était fini entre eux, il lui manquait atrocement. Elle regrettait de ne pas avoir réagi différemment. Mais jamais elle ne pourrait oublier son manque de confiance. Sa trahison.

Et puis elle ne voulait pas faire le même choix que Regina et se couper de sa famille. Même si Jake la demandait en mariage un genou à terre, en lui offrant une bague, elle serait obligée de refuser.

Mais qu'est-ce qu'elle racontait ? Elle s'égarait !

Pour le moment, l'important était de parler à sa sœur. Elle composa le numéro et, n'en croyant ni ses yeux ni ses oreilles, elle vit le visage de Regina apparaître sur FaceTime.

— Regina, tu m'as tellement manqué, balbutia-t-elle. Je ne vais pas pouvoir m'empêcher de pleurer. Tu es superbe. Et tu as des enfants. Je veux les voir.

— Toi aussi tu m'as beaucoup manqué, mais il semblait préférable de couper tout lien, répondit sa sœur, les yeux brillant de larmes. Je ne voulais pas prendre le risque que papa ou nos frères découvrent que tu savais où nous étions. Ils t'auraient pourri la vie jusqu'à ce que tu le leur révèles. Je t'aime bien trop pour ça. Et ils m'auraient forcée à revenir.

Claire hocha la tête, incapable de dire un mot. Elle n'en revenait pas de voir Regina, après une si longue séparation, d'entendre sa voix... Mais même si sa grande sœur avait changé physiquement, à la seconde même où elle s'était mise à parler, il lui avait semblé que toutes ces années loin d'elle n'avaient pas existé.

— Pardonne-moi si c'était une erreur, Claire. J'avais trop peur que tu souffres en essayant de me protéger. Mais tu restes toujours ma petite sœur. Je te vois comme avant, c'est idiot. Toi aussi, tu as grandi. Et puis, j'ai entendu parler de ta maison qui a brûlé. Alors je vais t'envoyer un billet d'avion. Comme ça, tu pourras venir nous voir avant de commencer les travaux de reconstruction. Ça te dit ?

— Oh oui ! J'adorerais vous voir tous. Je vais prendre un billet tout de suite. Mais tu n'as pas besoin de me l'offrir.

Regina passa une main dans ses cheveux courts.

— Je t'aime, Claire. Et tu me manques. Pas un jour n'a passé sans que je pense à toi. Mais le temps s'est écoulé, et j'ai renoncé.

— Oh Regina, je comprends. Tu avais sans doute raison de vouloir me protéger.

Leur conversation dura une heure. Puis, tour à tour, ses

neveux vinrent lui parler. Dire que l'aîné était déjà sur le point de passer son bac ! Quand, enfin, elle leur dit au revoir, elle jubilait. Elle allait fêter ces retrouvailles avec Jake ! Puis son sourire s'évanouit.

Il ne faisait plus partie de sa vie. Et elle ferait aussi bien de s'y habituer.

Pourtant, ironiquement, sans lui elle n'aurait pas repris contact avec sa sœur et ne se préparerait pas à aller la voir. Elle devait au moins l'appeler pour l'en remercier.

Mais, avant tout, elle devait réserver son billet d'avion.

Quand Jake se réveilla, tôt le matin, sa première pensée fut pour Claire. Cela faisait si longtemps qu'il ne l'avait pas vue. Il savait qu'elle était partie chez sa sœur. Elle lui avait téléphoné avant d'aller prendre l'avion. Un voyage dont visiblement la perspective la faisait nager dans le bonheur. Elle rentrait demain, et il était impatient qu'elle lui raconte leurs retrouvailles.

Jamais aucune femme ne lui avait manqué à ce point. Elle l'obsédait tellement que, distrait, il n'arrêtait pas de faire des bêtises.

Il se leva et gagna la cuisine pour préparer son petit déjeuner. Un coup d'œil par la fenêtre lui indiqua que la barrière derrière la maison était ouverte. Son chien aimait aller rejoindre les cow-boys et passer la journée avec eux. Seulement, s'il savait ouvrir la barrière, il ne savait pas la refermer !

Il sortit pour le faire et contempla un instant l'horizon, pensif. Il revit le mois écoulé, avec Claire... Jamais il n'avait été aussi heureux.

Avec un peu de chance, elle aurait cessé de lui en vouloir, maintenant. Peut-être n'était-elle plus en colère contre lui. Ne lui avait-elle pas dit qu'il lui manquait, lors de leur dernière conversation ? Pour la première fois depuis longtemps, il sentit une bouffée d'espoir monter en lui. Il fit demi-tour pour rentrer.

Des flammes orange dansaient devant la fenêtre de la cuisine. Bon sang ! Il avait laissé le bacon dans la poêle et le feu allumé.

Se précipitant à l'intérieur, il attrapa l'extincteur et se rua dans la cuisine où le feu s'était déjà propagé à un rideau.

Il s'empressa de couper le gaz et dirigea l'extincteur vers le tissu. En quelques secondes, il avait éteint le début d'incendie.

Avec un soupir de soulagement, il s'assit à la table. Encore une fois, ce qui venait d'arriver était dû à ses pensées tournées constamment vers Claire.

Il était inutile de se voiler la face plus longtemps. Il était amoureux d'elle. Amoureux fou. Pour la première fois de sa vie. Il voulait Claire dans sa vie. Il voulait vivre avec elle.

Quelle était la force de ses sentiments pour lui ? L'aimait-elle assez pour lui pardonner son erreur ?

Et, si elle l'aimait assez, pensait-elle toujours qu'une Blake ne pouvait pas épouser un Reed ?

Elle lui avait affirmé à de nombreuses reprises que jamais elle ne renoncerait à sa famille pour épouser un Reed, comme l'avait fait Regina. Avait-elle changé d'avis, maintenant qu'elle avait retrouvé sa sœur et, sans doute, discuté avec elle de ce problème ?

Fichue querelle ! Il était temps d'y mettre un terme.

Les yeux perdus dans le vide, il se creusa l'esprit en quête d'une solution. Certains membres des deux familles seraient-ils d'accord pour enterrer enfin la hache de guerre ?

Puis sa pensée revint vers Claire. Quand il la reverrait, pourrait-il la persuader de lui donner une chance et de l'épouser ? Mais voulait-il vraiment se marier tout de suite ? Il avait envisagé de le faire dans plusieurs années, quand il aurait atteint la quarantaine. Pas avant. Peut-être était-il temps, pour lui, de revoir sa décision.

Il se rappela la nuit où, allongé à côté de Claire dans son lit, il lui avait avoué qu'avec elle il était au paradis. Rien n'aurait pu être plus vrai. Quel homme aurait été assez bête pour refuser de vivre au paradis ?

Songeur, il posa ses coudes sur la table et se prit la tête dans les mains.

Qu'importait l'âge auquel il avait décidé de se marier ! Il

voulait que Claire revienne. Elle lui manquait. Il l'aimait. Il avait besoin d'elle dans sa vie. Il était prêt à l'épouser.

Mais arriverait-il à la convaincre de son amour sincère ?

Souhaitait-elle seulement se marier ?

Lui en voulait-elle encore de ne pas lui avoir dit qu'il était toujours en contact avec Sam et Regina ?

Était-elle prête à lui faire confiance après ce qu'elle considérait comme une trahison de sa part ?

S'il voulait des réponses à toutes ces questions, il n'y avait qu'un seul moyen.

Il prit une profonde inspiration. Il était temps d'échafauder un plan d'action. Le premier point était le plus important : accepterait-elle de le voir ?

12

Rentrée depuis huit jours, Claire occupait de nouveau sa chambre, à l'hôtel de Persimmon. Elle avait passé une semaine merveilleuse avec Regina et sa famille. Cependant, au bout de quelques jours, l'euphorie de son voyage était retombée. Jake lui manquait terriblement. Happée par le tourbillon des retrouvailles familiales, elle avait réussi à combler le vide de son absence qui, depuis son retour, se faisait de plus en plus cruelle.

Mais c'était elle qui l'avait quitté, qui lui avait demandé de sortir de sa vie. Sauf que l'idée de ne plus le revoir la plongeait dans un néant qui l'étouffait presque.

Tout, chez lui, lui manquait cruellement. Sa compagnie, son charme, ses baisers langoureux, son corps en fusion sur le sien, ses frôlements qui attisaient son désir et lui faisaient comprendre à quel point il aimait être avec elle.

Elle ne comptait plus le nombre de fois où elle avait pris son téléphone pour l'appeler pour, aussitôt, se raviser.

De toute façon, un jour ou l'autre il l'aurait quittée. Et plus elle aurait passé de temps avec lui, plus elle en aurait souffert.

C'était tout au moins ce dont elle essayait de se convaincre. En vain. Quel que soit l'argument auquel elle avait recours, son absence lui était toujours aussi intolérable, elle voulait toujours être avec lui.

Pouvait-elle retenter sa chance, sachant pertinemment qu'elle risquait de voir un jour son cœur voler en éclats ?

Elle avait peut-être changé.

Jake avait-il aussi changé ? Il ne lui avait jamais caché qu'il n'avait pas l'intention de se marier. Qu'en était-il aujourd'hui ? Avait-il seulement souffert de leur séparation comme elle en avait souffert ?

Néanmoins, si elle ignorait ce que l'avenir leur réservait, elle savait qu'elle lui avait déjà pardonné. Elle devait lui téléphoner pour le remercier de lui avoir permis de renouer avec Sam et Regina. Elle lui en serait éternellement reconnaissante.

Pour le reste, elle devait bien réfléchir.

Il fallait qu'elle détermine exactement ce qu'elle attendait de lui.

Elle se mit à faire les cent pas, mille questions se bousculant dans son esprit.

Vingt minutes plus tard elle tournait toujours comme un lion en cage. Sans avoir de réponses. Tout ce qu'elle savait, c'était qu'elle aimait Jake à en mourir et qu'elle l'avait quitté. Comment pourrait-elle le ramener à elle ?

La sonnerie de son portable la fit sursauter. Quand elle vit le nom de Jake s'afficher sur l'écran, son cœur fit un bond dans sa poitrine. Elle décrocha.

— Claire, je voudrais t'inviter à dîner demain soir.

— Au moins, tu vas droit au but. J'accepte avec joie.

— Tant mieux ! Est-ce que ça veut dire que je suis un peu pardonné ?

Malgré son ton qu'il voulait enjoué, elle percevait l'inquiétude dans sa voix.

— Oui, tu l'es, répondit-elle, soudain grave. Nous pourrons en parler demain soir.

Combien elle aurait aimé être avec lui, à cet instant précis.

— Bien ! Que dirais-tu de 19 heures ? proposa-t-il. Et prévois une longue soirée.

— Oh. Tu attises ma curiosité.

Elle regrettait qu'il ne l'ait pas invitée le soir même. D'être obligée d'attendre le lendemain pour le revoir lui était soudain intolérable.

— Tu ne voudrais pas par hasard avancer notre dîner à ce soir ? demanda-t-il.

Elle se mit à rire.

— Tu lis dans mes pensées ! s'exclama-t-elle. Je suis tout à fait d'accord.

— Dans ce cas, je passe te chercher à 19 heures.

— Entendu.

Elle raccrocha et sentit tout son corps vibrer. Ne tenant plus en place, elle se remit à marcher de long en large. Mais cette fois, au lieu de ruminer ses pensées, elle marchait sur un petit nuage. Elle allait porter sa robe la plus sexy.

— Jake Reed, tu vas me remarquer, je te le promets.

Elle était impatiente de voir le soir arriver, de retrouver Jake, de frémir sous ses baisers enflammés. Qu'il lui fasse l'amour. Elle voulait cette soirée, cette nuit avec lui, et, s'il devait lui briser le cœur un jour, eh bien elle aviserait en temps voulu !

Ce soir, elle allait faire en sorte qu'il ne puisse plus se passer d'elle.

Étant donné qu'il ne fréquentait jamais bien longtemps les femmes, c'était peut-être un rêve. Mais elle nourrissait l'espoir secret qu'elle saurait le retenir un peu plus longtemps que ses conquêtes habituelles.

À 18 h 59 précises, il sonna.

Le cœur battant, elle alla lui ouvrir la porte.

Dans son pantalon bleu marine et sa chemise bleu pâle à col ouvert, il était beau à se damner. Elle n'avait qu'une envie, nouer ses bras autour de son cou. Mais elle se contenta de lui sourire.

— Entre. Je suis prête. Juste un détail à régler.

— Tu es sublime, dit-il, la voix un peu étranglée.

Elle jeta un coup d'œil à sa robe noire, sans manches, à jupe droite, au décolleté plongeant.

— C'est une robe que je ne porte pas souvent. Elle ne m'est pas vraiment utile pour travailler au ranch. Jake, avant d'aller dîner, je voudrais juste te dire que j'avais eu une longue conversation avec Regina. Elle m'a fait comprendre à quel point tu avais été honnête en gardant leur secret. Elle t'en est infiniment reconnaissante. Je t'ai dit que je ne voulais plus jamais te revoir, mais ce n'est pas vrai. Malgré ma colère, tu m'as atrocement manqué. À l'idée de ne plus te revoir...

Sa voix se brisa, et elle se tut.

Lui prenant les mains, il murmura :

— Le plus important, c'est que nous soyons ici ce soir, et j'en suis heureux. Toi aussi, tu m'as manqué. Et je te promets de ne plus jamais rien te cacher.

— Oh ! Jake, tu m'as tellement manqué...

Il l'attira contre lui et s'empara de ses lèvres.

Nouant ses bras autour de son cou, elle se hissa sur la pointe des pieds et, le cœur battant la chamade, se grisa de son baiser brûlant.

Soudain, il recula d'un pas et prit sa main dans la sienne. Puis, ses yeux sombres semblant la sonder jusqu'à l'âme, il déclara :

— Claire, je sais que tu penses que le mariage n'est pas ma priorité, mais je crois que j'attendais juste la femme de ma vie. Je t'aime. Je veux t'épouser. Et toi, le veux-tu ?

Abasourdie, elle le dévisagea un instant, se demandant si elle avait bien entendu.

— Oh ! Jake, je t'aime. En dépit du conflit entre nos familles. Mais nous ne pouvons pas nous marier, balbutia-t-elle, la vue brouillée par les larmes. Je ne veux pas de la vie de Sam et Regina.

Il prit son visage entre ses mains.

— Écoute-moi, ma chérie. J'en ai parlé avec Sam et nous sommes tombés d'accord. Il est temps de mettre un terme à ce vieux conflit. Je pense que nous devrions organiser un grand mariage et inviter nos deux familles.

— Quoi ? s'exclama-t-elle, incrédule. Jake, c'est impossible. Je n'ose imaginer la réaction de mes frères...

— Je vais te la raconter, répliqua-t-il en posant ses mains sur ses épaules. J'en ai déjà discuté avec eux. Figure-toi que je suis allé les voir tous les deux, accompagné du shérif de Persimmon, au cas où. Nous avons enfin parlé à cœur ouvert et enterré la hache de guerre. Tout est arrangé. Je n'ai pas pris la peine d'en discuter avec Laird, puisqu'il n'a jamais été une source de problèmes.

— Tu leur as parlé ? murmura-t-elle.

— Oui. Ce sont des hommes d'affaires désormais. Clyde a une agence immobilière et Lee une entreprise de travaux, comme tu le sais, et ils ne veulent pas d'ennuis, ni avec la loi, ni avec leurs clients. De toute façon, ils ne m'ont jamais fait peur. Ils ne nous causeront plus jamais de problèmes. Nous avons un accord.

— Jake, ils peuvent être tellement rusés...

— Moi aussi. Ils ne veulent pas d'ennuis, tu peux me croire. Ne t'inquiète pas au sujet de tes frères. Tu verras que j'ai raison.

— Mais beaucoup d'autres membres de nos familles, plus âgés, sont toujours des ennemis jurés.

— Sam et Regina ont décidé de venir au mariage avec leurs enfants qui sont à la fois des Blake et des Reed. Ainsi, les deux clans les connaîtront et comprendront enfin qu'il est grand temps de mettre un terme à cette vieille guerre.

— Oh ! Je n'avais pas pensé à ça... Je n'avais jamais envisagé que Sam et Regina puissent venir.

— Voilà ! Maintenant, revenons à ce qui est important. Au cas où tu l'aurais oublié, je t'ai demandé si tu voulais m'épouser. Puisque tout va s'arranger avec nos familles, nous pourrons partager notre temps entre les ranchs et Dallas. Alors, Claire, acceptes-tu de devenir Mme Jake Reed ?

— Oh oui, oui, oui ! Cent fois oui ! Je t'aime de tout mon cœur, Jake Reed.

— Moi aussi, Claire. Tu ne peux pas savoir à quel point tu m'as manqué...

— Et à moi donc.

Elle aurait été bien incapable de dire combien de temps dura leur baiser, leurs corps plaqués l'un contre l'autre. Éperdue d'allégresse, elle se sentait pousser des ailes. Elle ne croyait pas à son bonheur. Jake aurait encore à accomplir des miracles pour réconcilier définitivement leurs deux familles, mais il avait déjà fait un grand pas. Un pas immense.

Quand, enfin, elle recouvra ses esprits, elle s'arracha à ses lèvres et plongea son regard dans le sien.

— Allons-nous continuer à gérer deux ranchs séparément ? s'enquit-elle.

— Nous ferons ce que tu voudras. Je suis ouvert à toutes les propositions. Aussi longtemps que tu passes tes nuits avec moi.

Elle éclata de rire.

— Nous allons beaucoup nous amuser, Jake.

— Attends ! J'allais oublier. Je n'ai pas fait les choses en bonne et due forme. Je t'ai apporté un cadeau.

Il sortit de sa poche une petite boîte entourée d'un ruban rose qu'il lui tendit.

Elle dénoua le ruban, le cœur battant la chamade.

Le papier enlevé, elle découvrit un écrin qu'elle ouvrit avec un cri d'émerveillement.

— Oh ! Jake !

Un diamant scintillait sur un coussinet de velours noir.

— J'ai tout fait à l'envers, dit-il. Je voulais te l'offrir puis te demander de m'épouser au moment où tu l'ouvrirais.

— Cela n'a pas d'importance. Je vais t'épouser et t'aimer jusqu'à mon dernier souffle, chuchota-t-elle en admirant la bague éblouissante.

Puis, relevant les yeux sur celui qui l'éblouissait bien plus encore, elle répéta avec ferveur :

— Je t'aime, Jake.

Une pensée la traversa soudain.

— Nous n'avons pas parlé d'enfants. Tu veux des enfants ? lança-t-elle.

— Oui, et toi ?

— Aussi. Je ne sais pas combien. Nous verrons au fur et à mesure !

Il glissa la bague à son doigt et porta sa main à ses lèvres. Puis il reprit sa bouche en un baiser fougueux.

— Si tu savais comme je t'aime, ma chérie...

Blottie contre lui, elle sourit.

— Je vais épouser l'homme le plus séduisant du Texas.

— Et je vais consacrer ma vie à te rendre heureuse, murmura-t-il, sans cesser de la couvrir de baisers. Je te le promets. Et tu sais que je tiens toujours mes promesses.

— Je t'aime, Jake.

Voguant dans un océan de bonheur, elle se serra étroitement contre cet homme merveilleux qui, non seulement partageait ses goûts mais qui, encore plus fabuleux, était tombé amoureux d'elle.

La vie n'était-elle pas extraordinaire ?

Heilfasten und Heilschlaf nach den Gesetzen Gottes

W0407789

Heilfasten und Heilschlaf nach den Gesetzen Gottes

Offenbarung von Bruder Emanuel,
dem Cherub der göttlichen Weisheit,
durch Gabriele – Würzburg,

in Anwendung durch die Ärzte der
Christusklinik im Universellen Leben

Universelles Leben

Heilfasten und Heilschlaf
nach den Gesetzen Gottes
1. Auflage 1988

© Universelles Leben
Postfach 5643
D-8700 Würzburg

Satz: Fotosatzstudio Klein, Würzburg
Druck: Joh. Walch, Augsburg

ISBN 3-89371-021-3

Inhalt

Vorwort

Die Praxis des Fastens ist Jahrtausende alt. In den alten Hochkulturen empfanden die Menschen das Fasten in einem geistigen Zusammenhang; es wurde aufgefaßt als Weg ins Innere, ja teilweise in einer mystischen Überhöhung als Weg zum Heil. Die Menschen der schnellebigen heutigen Zeit dagegen wollen schlank werden; man könnte sagen, sie wollen das Vordergründige, den Körper, modellieren.

Die Grundregeln des Heilfastens und des Heilschlafes, die uns in diesem Buch aus der göttlichen Welt übermittelt werden, „modellieren" in erster Linie die Seele, führen den Körper wieder zu seinen eigentlichen, gesunden Empfindungen und machen ihn so wieder durchlässig für das kosmische Innenleben des Menschen.

Heilfasten und Heilschlaf bieten die Möglichkeit, aus den erlernten und eingefahrenen negativen Programmen herauszufinden, durch die wir Gefühle wie Sättigung oder Appetit nicht mehr adäquat registrieren. Durch Heilfasten vermögen wir wieder die Impulse der Organe wahrzunehmen, die uns mitteilen, was sie benötigen.

Bei der Durchführung der Kur wirkt ein ganzes Spektrum von therapeutischen Maßnahmen zusammen, die immer die geistig-seelischen Aspekte mit ansprechen, den Patienten sensibilisieren und bestimmte Vorgänge und Abläufe bewußt machen.

Die Reduzierung des Körpergewichtes ist nicht das primäre Ziel, sondern lediglich eine mögliche, angenehme Begleiterscheinung im Heilfasten, das auf eine tiefgreifende Umstimmung von Mensch und Seele abzielt. Eine schnelle Gewichtsabnahme wird nicht angestrebt. Die Gewichtsabnahme soll ähnlich langsam erfolgen wie die vorher abgelaufene Gewichtszunahme. Auch die bei stark einwirkenden Fastenkuren, wie etwa der Nulldiät, eintretende Euphorie des Fastenden als „Egotrip“ ist kein Ziel des Heilfastens nach den Gesetzen Gottes. Statt dessen wird eine Reifung von Seele und Körper angestrebt – wobei dieser wieder zu seinen natürlichen, ursprünglichen Bedürfnissen zurückfinden soll.

Der Heilerfolg hängt wesentlich davon ab, inwieweit der Patient von sich aus aktiv an diesem Prozeß teilnimmt.

Zu betonen ist, daß diese vom Wesen her primär geistige Therapie nur von verantwortungsbewußtem, geschultem Pflegepersonal unter der Leitung von erfahrenen Ärzten der Christusklinik durchgeführt werden soll. Eine ambulante Durchführung ist nicht vorgesehen. Es sei deshalb gesagt: Für jede unsachgemäße Anwendung außerhalb der hierfür vorgesehenen „Häuser der Gesundheit“ übernimmt das Universelle Leben keinerlei Haftung.

Wer sich in der Geschichte der Medizin auskennt, wird feststellen, daß Ähnlichkeiten bestehen zu den Heilmethoden von Hippokrates, der vor 2500 Jahren auf der Insel Kos wirkte. Damals jedoch waren die Menschen noch nicht so veräußerlicht wie heute, mit Hinwendung aller Sinne zu vielerlei An- und Aufregungen. Deshalb ist es heute notwendig, das Stillesein, die Harmonie und den Frieden wieder neu zu erlernen. Dies gehört zum Heilfasten und selbstverständlich auch zum Heilschlaf.

Das Heilfasten und der Heilschlaf nach den Gesetzen Gottes bringen der Welt die Möglichkeit, heil an Leib und Seele zu werden.

Die Ärzte der Christusklinik
im Universellen Leben

I. Kapitel

Die Ursachen aller Krankheiten liegen im seelischen Bereich

Die Kräfte Gottes, die reinen kosmischen Strahlen, sind universelle Gaben aus der ewigen, kosmischen, selbstlosen Liebe für alle Menschen und Seelen. Christus, der Erlöser aller Menschen und Seelen, reicht sie jeder Seele und jedem Menschen. Diese göttlichen kosmischen Strahlen, die reingeistigen Ätherkräfte, können jedoch nur in dem Menschen Hilfe, Linderung und Heilung bewirken, der das beachtet und verwirklicht, was Jesus von Nazareth lehrte: „Nach deinem Glauben wird dir gegeben. Gehe hin, und sündige fortan nicht mehr!“ Wer vergibt und um Vergebung bittet, wer fortan immer weniger sündigt, öffnet sich für die reinen kosmischen Strahlen. Diese Worte des Sohnes Gottes haben so lange Gültigkeit, wie es Menschen mit ihren verschieden schweren Belastungen gibt.

In der großen Zeitenwende, da das Wassermannzeitalter das Fischezeitalter ablöst, verstärkt sich die Einstrahlung der göttlichen Energien. Dadurch wandeln sich allmählich die negativen Kräfte in positive Energien um. Das bedeutet zugleich auch, daß der Herr des Himmels und dieser Erde, Gott, der unendliche Schöpfer, durch Seinen Sohn, Christus, die Heilkräfte in den Seelen und Körpern Seiner Menschenkinder verstärkt.

In den Massenmedien dieser Welt wird berichtet, daß immer mehr Menschen an Seele und Leib erkranken. Daran läßt sich erkennen, daß das Negative, die geschaffenen Ursachen, rascher in Erscheinung tritt, also zur Wirkung kommt, damit es umgewandelt werden kann. Immer mehr Menschen werden sich bewußt, daß die Ursachen aller Krankheiten im seelischen Bereich, im Seelenkörper, liegen, dort wirksam werden und von da aus als Krankheit in den Organismus fließen, so daß die Menschen – entsprechend ihren Seelenbelastungen – erkranken.

Jede Krankheit hat seelische Ursachen. Das beruht auf dem Gesetz: Was der Mensch sät, wird er ernten. Ob der einzelne diese Aussage akzeptieren kann oder nicht, bleibt ihm überlassen.

Unpäßlichkeiten wie Schnupfen, Kopfschmerzen oder andere vorübergehende Erkrankungen können von falschem Denken und Verhalten ausgelöst werden, das im Ober- und Unterbewußtsein schwingt und das die Seele noch nicht als Belastung aufgenommen hat. Auch solche Symptome sollten den Menschen zum Nachdenken über sich selbst anregen. Sie können entstehen zum Beispiel als Folge von Niedergeschlagenheit, grüblerischem und ziellosem Denken, von Haß, Neid und Zank. Falls sich der Mensch nicht den jahreszeitlichen Witterungsverhältnissen gemäß kleidet, so daß er friert oder schwitzt, kann dies den Anstoß dafür geben, daß diese kurzzeitigen Beschwerden auftreten. Die Ursachen dieser Unpäßlichkeiten befinden sich noch als schwingende Komplexe im Unterbewußtsein oder noch im Oberbewußtsein.

Alle eindeutigen Krankheiten zeigen eine Störung von Organen an. Die Ursachen hierfür sind jedoch stets im seelischen Bereich zu finden.

Die Sünden des Menschen, von denen Jesus sprach, sind Belastungen der Seele. Sie lasten auf der Seele als Verschattungen und überlagern das Licht des geistigen Körpers. Deshalb fließt über die Bewußtseinszentren dem physischen Leib weniger kosmische Lebensenergie zu.

Die feinstofflichen und grobstofflichen Gestirne in allen vier Reinigungsebenen bilden ein großes Strahlennetz, das mit einem mächtigen Computer vergleichbar ist. Alles, was die Seele des einzelnen Menschen speichert, Licht oder Schatten, wird in den Gestirnen der Reinigungsebenen registriert und – im weitesten Sinne – auch in den geistigen Sonnen der Himmel, in den zweiten Ursonnen, den Prismensonnen, sowie in der Urzentralsonne, dem Zentralgestirn der Unendlichkeit.

Infolge dieser Registrierung jedes einzelnen Menschen und jeder einzelnen Seele kann sowohl in der Urzentralsonne als auch in den Prismensonnen und in den Gestirnen der feinstofflichen und materiellen Ebenen das gesamte Belastungspotential der Fallreiche abgelesen werden. Das bedeutet: Jede einzelne Seele und jeder einzelne Mensch ist im großen Ganzen registriert, weil sich jede Belastung und jedes Freiwerden von einer Seelenschuld wiederum in entsprechenden Bereichen des Kosmos auswirkt.

Das kleine Buch des Lebens ist unsere Seele. Das große Buch unseres Seins ist der Kosmos. Im großen Netz von Ursache und Wirkung hat jede Belastung und jede Befreiung ihr Schwingungspotential. Dieses wiederum entspricht der Schwingung eines Reinigungsplaneten. Was sich im einzelnen in den Reinigungsebenen an Speicherungen von positivem und negativem Potential vollzieht, wird auch in den entsprechenden himmlischen Gestirnen verzeichnet, von denen das Geistwesen herkam: also entweder im himmlischen Bereich der Ordnung oder des Willens, der Weisheit, des Ernstes oder der Geduld, der Liebe oder der Barmherzigkeit.

Was der Mensch empfindet, denkt, spricht und tut, geht zuerst in das Oberbewußtsein, dann in das Unterbewußtsein und später in die Seele ein.

Jeder Mensch lebt in der Gnade Gottes. Solange sich Schuldhaftes noch im Ober- und Unterbewußtsein befindet, sind die Impulse, die sich im Gewissen bemerkbar machen, sehr intensiv. Sündigt der Mensch jedoch weiter, dann nimmt die Seele, der geistige Leib im Menschen, diese Schuld auf. Sobald die Seele die Sünde speichert, wird diese Belastung auch von dem Planeten registriert, der dieser Schwingung entspricht.

Auch die Erdatmosphäre registriert Belastungen, besonders jene, die sich noch im Unterbewußtsein des Menschen befinden. Das sind Vorstellungen und Meinungen, gleichsam Licht und Schatten. Sie stehen schon unter dem Einfluß der auf die Erde einwirkenden Planeten und werden in Kürze wieder auf der Erde wirksam. Sie werden von der Atmosphärischen Chronik gespeichert. Von dort können sie auch von medialen Menschen, deren Bewußtseinsstrahlung nur bis zur Atmosphärischen Chronik reicht, abgerufen werden.

Im weiteren Verlauf bewirken sodann die Konstellationen der Gestirne, daß sich – nach einem vorgegebenen kosmischen Ablauf – die Schatten der Seele lösen und im Organismus als Krankheit oder in der Familie oder beim einzelnen als Schicksalsschläge äußern. Dabei werden die Organe und andere „Bausteine" des Körpers belastet, da sie wegen der Seelenschuld zu wenig kosmische Lebensenergie erhalten haben und erhalten. Über diese Zusammenhänge von Geist, Seele und Körper und weshalb gerade dieses und kein anderes Organ erkrankt, kann nachgelesen werden.*

---

* Vgl.: Harmonie ist Leben und Gesundheit des Körpers; verf. von Christusärzten im Universellen Leben in Zusammenarbeit mit der Prophetin Gottes, Gabriele – Würzburg (Würzburg 1988, 2. erw. Aufl.)

Die Seele ist die Lebensträgerin, weil in der Seele das kosmische, allgegenwärtige Leben, Gott, wirksam ist. Ohne den Geist – Gott, das Leben – und ohne die Seele, den geistigen Leib, ist der menschliche Organismus nicht lebensfähig, auch dann nicht, wenn der Mensch hochwertigste Nahrung zu sich nimmt.

Weshalb sprach Jesus von Nazareth: „Deine Sünden sind dir vergeben"? Die Sünden verschatten die Seele und den physischen Leib. Sind die Sünden durch Reue, Vergebung und Wiedergutmachung getilgt, dann sind auch die Schatten von der Seele genommen. Das Licht Gottes, das von den Schatten der Sünden überdeckt war, strahlt nun intensiver zu all den Organen und Bausteinen des physischen Leibes, die wegen der Sünde im Schatten lagen. Das heißt, der Teil des Körpers, der wegen der Verschattung der Seele zu wenig Lebensenergie empfangen hatte, erhält nun, nach der Auflösung der Seelenschuld, mehr Lebensenergie. Dadurch können die geschwächten oder kranken Organe gesunden.

Ein Vergleich mit der Natur zeigt, daß dort, wo wenig Licht hinstrahlt, auch nur geringes Wachstum möglich ist. Liegt der lichtarme Platz in der Zugluft und ist es dort auch noch kalt, dann wird die spärliche Vegetation allmählich absterben.

Ähnliches geschieht auch im Organismus des Menschen. Je größer die Schatten sind, also die Belastungen der Seele, die „Sündenlast", um so energieärmer ist der Körper. Das läßt sich auch nicht mit einer scheinbar „richtigen" Ernährung beeinflussen und auch nicht durch die Nahrungsmenge.

Es ist unverkennbar, daß weder Luft noch Nahrung noch Medikamente den Menschen gesund erhalten – und auch nicht gesund machen. Könnte durch Nahrung, Medikamente, durch Operationen und Kuraufenthalte der Körper auf Dauer geheilt werden, dann gäbe es in den Wohlstandsländern kaum kranke Menschen. Da nun gerade in den Wohlstandsländern die Krankheiten vielseitiger sind als in armen Ländern, ist es angezeigt, daß der Mensch nach den Ursachen fragt.

Wer sich nicht nur Christ nennt, sondern auch seinem Denken und Leben nach ein Christ *ist*, der wird über die Worte des Herrn nachdenken: „Deine Sünden sind dir vergeben. Gehe hin, und sündige fortan nicht mehr!" Weshalb sprach der Herr: „Gehe hin, und sündige fortan nicht mehr!"? Wer immer wieder sündigt und immer wieder die gleichen Sünden begeht, dessen Belastungen – also Schatten der Seele – werden immer dichter. Das bedeutet, daß sich diese Verdichtung auf die Teile des Organismus auswirkt, auf welche diese Schatten fallen. Die lichtarmen und nach Energie hungernden Zellen und Organe, die im Bereich der Belastungen – der Schatten der Seele – liegen, können wohl durch Medikamente vorübergehend Linderung und Befreiung erhalten; es kann jedoch nicht von einer Gesundung der Seele und des Leibes die Rede sein.

Einnahme von Medikamenten, Aufenthalte in Kliniken und Sanatorien können wohl für den physischen Leib Besserung oder auch eine scheinbare Heilung bringen – die Schatten der Seele jedoch bleiben bestehen: Die Wirkungen der Schatten, das heißt der Ursachen, wurden nur aus dem Körper gedrängt. Sie bleiben in der Seele und wirken von dort weiter auf den Organismus ein.

Eine Ganzheitsheilung ist nur dann möglich, wenn der Mensch zuerst an seine Seele denkt und die Worte des Herrn befolgt, indem er vergibt, um Vergebung bittet und dann nicht mehr sündigt. Bleiben jedoch die Schatten in der Seele und nehmen durch weitere Zuwiderhandlungen gegen das kosmische Gesetz noch an Verdichtung zu, dann ist auch keine auf Seele und Leib bezogene Ganzheitsheilung möglich.

Wenn nur eine scheinbare Heilung erzielt wird, so ist es möglich, daß sich die aus der Seele ausgeflossenen oder erneut ausfließenden Ursachen andere Wege und Möglichkeiten suchen. Der Mensch wird – eventuell in späterer Zeit – noch kränker als bei dem ersten Ausbruch der Krankheit oder Unpäßlichkeit, und dann werden vielleicht noch weitere Organe und Bausteine des Körpers in Mitleidenschaft gezogen.

Viele Menschen stellen immer wieder die Frage, woher die Schatten der Seele kommen. Sie sind der Überzeugung, sie hätten in ihrem Erdendasein keine schweren Sünden begangen, so daß es für ihre Leiden oder Krankheiten keine Ursachen geben könne.

Wer jedoch von der Wiederverkörperung der Seele weiß, dem ist bewußt, daß er aus Vorinkarnationen eine oder mehrere Seelenbelastungen in dieses Erdendasein mitgebracht haben kann. Solche einst geschaffenen Ursachen können sich in späteren Einverleibungen auswirken.

Es steht geschrieben: Was der Mensch sät, wird er ernten. So kann zum Beispiel die Ursache einer Krankheit, die im derzeitigen Leben eines Menschen als Wirkung auftritt, eine Saat aus einem früheren irdischen Leben sein. Die Seele hat diese Belastung in dieses Erdendasein mitgebracht. Wer bisher noch nichts von der Wiederverkörperung der Seele erfahren hat, kann sich darüber in den schon gegebenen Offenbarungen und Schriften informieren.*

---

* Vgl. Wagner, R.: Reinkarnation. Das Heraus- und Hineinschlüpfen in das Fleisch (Würzburg 1988)

Die Seele bringt also einen Teil ihres Reisegepäcks wieder mit in ihren neuen Erdenkörper, nämlich das, was sie sich in Vorleben, in ihren anderen Menschenkörpern, auferlegt hat und von ihr noch nicht gesühnt und abgetragen wurde.

Eine Ursache, die in diesem Erdendasein wirksam wird, kann entweder der gesamte Komplex einer Seelenschuld sein oder nur ein Teil eines Komplexes. Die Summe der Ursachen, die einen Komplex bilden, wird nicht immer in einem Erdenleben als Ganzes wirksam. Es kommt auf den Umfang des Komplexes an und auf die Intensität der Belastung – und auch darauf, wieviel davon Seele und Mensch in diesem Erdendasein zu tragen vermögen.

Es ist also möglich, daß ein oder einige größere Schuldkomplexe nur teilweise abgetragen werden können, weil der irdische Leib die gesamte Last nicht auf einmal zu tragen vermag. Entweder wird dann die Seelenschuld in mehreren Inkarnationen abgetragen – oder im Wechsel von Verkörperungen und Entkörperungen: in einem menschlichen Körper, wenn die Seele einverleibt ist, *und* in den Seelenreichen, wenn sie wieder entkörpert ist. Das bedeutet, daß ein Teil der Schuld in den Einverleibungen abgetragen wird und ein anderer Teil der Belastung in den Stätten der Reinigung.

Es besteht auch die Möglichkeit, den gesamten in der Seele liegenden Schuldkomplex in *einer* Inkarnation zu bereinigen – nämlich dann, wenn der Betroffene seine Krankheit und sein Schicksal annimmt und umkehrt, indem er die in ihm schlummernden positiven Kräfte anspricht und dadurch aktiviert. Die aktiven positiven Energien bewirken sodann im Menschen, daß dieser seine Fehler und Sünden nicht nur erkennt, sondern auch die Kraft besitzt, sie zu bereuen. Die Folge davon ist, daß er um Vergebung zu bitten und zu vergeben vermag.

Was der Mensch heute denkt und spricht, das ist er – und das war er auch gestern. Das heißt: Die Fehler und Sünden, welche die Seele in den Stätten der Reinigung – oder als Mensch in den Vorleben – nicht bereinigt und gesühnt hat, nimmt sie mit zu ihrer weiteren Einverleibung. Die Seele strahlt sodann über ihren neuen Körper wiederum das aus, was sie mitgebracht hat. Entsprechend dieser Ausstrahlung verhält sich dann der Mensch.

Die Seele also zeichnet und prägt den Körper. Der Mensch wird Gleiches oder Ähnliches wieder tun wie in den irdischen Vorleben – bis er es bereut und bereinigt. Dann ändert sich nicht nur seine Gedankenwelt, sondern auch sein Wesen. Manche gravierenden Merkmale, Verhaltensweisen und Aussagen des Menschen sagen aus, was die Seele aus den Vorleben mitgebracht hat.

Jeder Mensch ist der Spiegel seiner Seele. Wer seine Gedanken immer wieder zu den positiven Kräften, zu der kosmischen, göttlichen Strahlung, erhebt und sein Reden und Tun gleichfalls in diesen feinen Schwingungen läßt, der muß nicht mehr die gesamte Seelenschuld tragen und bereinigen, die noch in der Seele vorhanden ist. Bei einer positiven Lebenseinstellung des Menschen kann der Geist Christi, der auch der Innere Arzt und Heiler ist, von dessen Seelenschuld unmerklich so viel in positive Lebensenergie umwandeln, wie es gut für seine Seele ist. Was rechtzeitig umgewandelt wurde, brauchen Seele und Mensch nicht mehr zu tragen.

In dieser schnellebigen Zeit, in der Menschen von früh bis spät ähnlich wie Maschinen arbeiten müssen, stehen viele ständig unter Leistungsdruck, im sogenannten Streß. Druck erzeugt Gegendruck. Das geschieht nicht nur durch aggressive Ausbrüche, sondern auch durch Erkrankungen. Infolge einer ständigen Überbeanspruchung können Krankheiten und Schicksalsschläge viel rascher und tiefgreifender ausbrechen, denn der ständige Druck erzeugt über das Nervensystem in der Seele den Gegendruck.

Das kosmische Gesetz ist harmonischer Rhythmus. Das kosmische Gesetz, die Lebenskraft oder Allkraft, und auch die formgewordene Lebensenergie – die Geistwesen, Menschen, Tiere, Pflanzen, Steine und Gestirne – bewegen sich nach diesem vorgegebenen Rhythmus. Dieser Rhythmus ist der Lebensrhythmus, der in den Spektralfarben der Unendlichkeit alles Sein durchströmt. Infolgedessen sind auch alle materiellen Lebensformen – entsprechend ihrer Entwicklung und Aufgabe – Lichtspektren zugeordnet, die Rhythmen sind.

Alles Sein verläuft also nach einem kosmischen, ewigen, vorgegebenen Rhythmus. Auch der Mensch und die Seele des Menschen werden bestrahlt von dem kosmischen Sein, das Rhythmus, Licht und Kraft ist.

Die ganze Unendlichkeit ist Farbe, Form, Klang und Duft. Dazu gehören auch die verdichteten Formen, die teilmateriellen Bereiche und die Materie. Alles, was rein ist, klingt kosmisch und gehört zu dem großen Orchester universellen Lebens. Alles Unreine aber hat seinen Klang, seine Farbe, seine Form und seinen Duft entsprechend seiner Belastung. Auch jedes Organ des Körpers, jeder Zellenverband hat, entsprechend der aktiven Seelenbelastung, seinen Klang, seine Farbe, seinen Duft und seine Form.

Die Veränderungen in der Seele und im Organismus vollziehen sich durch die Empfindungen, Regungen, Neigungen, Gedanken, Worte und Handlungen des Menschen. Mit seinen negativen oder positiven Reaktionen verändert der Mensch die Lebensschwingungen – die Rhythmen sind –

aller Bausteine seines Organismus: seiner Hormone, Zellen, Drüsen und Organe.

Die reine kosmische Strahlung, der Geist Gottes, ist absolute Liebe und Harmonie. Die absolute Liebestrahlung durchströmt in den sieben göttlichen Spektrallichtern die ganze Unendlichkeit. In jeder Himmelsebene wirken die aufeinander abgestimmten Spektralfarben, die Rhythmen der Unendlichkeit. Die kosmische Harmonie, die reine kosmische Strahlung, wirkt auch in Seelen und Menschen, in Tieren, Pflanzen und Steinen, in jeder materiellen Lebensform.

Die reinen geistigen Wesen und alle weiteren unbelastbaren geistigen Lebensformen – ebenso die materiellen Gestirne und die Tiere, Pflanzen und Steine auf der Erde – nehmen die absolute kosmische Harmonie, die kosmischen Lichtspektren auf.

Die einzige Lebensform, die gegen das Gesetz Gottes auf der Erde verstoßen hat und immer noch verstößt, ist der Mensch. Trotz ihres Wissens um die kosmischen Gesetze wenden sich viele Menschen und ihre belasteten Seelen immer wieder durch gesetzwidriges Verhalten von der rhythmischen göttlichen Harmonie dieser kosmischen, reinen Strahlung, den Spektrallichtern, ab.

Kein Christ kann die Ausrede gebrauchen, er kenne das Gesetz Gottes nicht. Gott gab durch Mose den Menschen Auszüge aus dem ewigen Gesetz, die Zehn Gebote. Wer sie hält, der hat auch Zugang zu der feinen Liebestrahlung, Gott, die ihn in tiefere Wahrheit führt.

Mit seinen Verstößen gegen die Zehn Gebote greift der Mensch in seinen harmonischen kosmischen Lebensrhythmus ein und stört dadurch sein eigenes Wohlbefinden. Sein Verhalten setzt eine Kettenreaktion in Gang, die sich in seiner Familie und im weiteren Verlauf in seiner gesamten Umgebung auswirkt. Sein Fehlverhalten wirkt sich auch auf seinen Nächsten aus, dessen Verhalten er so sehen und haben möchte, wie er selbst denkt und handelt. Daraus ergeben sich Dissonanzen im Körper und Verschattungen in der Seele. Das heißt: Der Mensch stört sich selbst und wendet sich dadurch selbst von der reinen, kosmischen, harmonischen Strahlung ab.

Wenn durch gegensätzliches Denken und Leben, durch Hektik und Aggressionen, durch Klagen über Sorgen und Leid die Harmonie in Seele und Mensch gestört wird, das heißt sich der Lebensrhythmus ändert – welcher zugleich der Körperrhythmus ist –, dann wirken sich diese Dissonanzen auch in den Hormonen, Zellen, Drüsen, Organen und im Blut des Menschen aus. Jeder Verstoß gegen die Zehn Gebote Gottes prägt entsprechend auch die Seele – es sei denn, der Mensch erkennt sein Fehlverhalten rechtzeitig und bittet um Vergebung und vergibt.

Was in die Seele eingeht, strahlt wieder aus ihr heraus – sei es Licht oder Schatten. Das Licht der Seele bewirkt im Körper Gesundheit. Die Belastung der Seele, die Sünde, führt im Leben des Menschen zu Schicksalsschlägen oder Nöten oder im Organismus zu Krankheit.

Das kosmische Zusammenwirken der reinen Kräfte bringt früher oder später die Ursachen in der Seele zur Wirkung – nach dem Gesetz von Saat und Ernte.

Die Saat also, die der Mensch in den Lebensacker der Seele gebracht hat, wird er im Körper ernten – es sei denn, er erkennt rechtzeitig sein Fehlverhalten, bittet um Vergebung und vergibt und bemüht sich gleichzeitig, das nicht mehr zu tun, was er als falsch erkannt hat. Dann wandelt der Christusgeist in der Seele des Menschen die negativen Energien, also die Schatten der Seele, in positive, lichte Kräfte um. Das wirkt sich sodann auch positiv im Menschen aus.

Menschliches Fehlverhalten – Verkrampfung des Nervensystems – Verlust der Lebensenergie

Jede aktiv werdende Belastung der Seele wirkt – entsprechend den vom Menschen gesäten Ursachen – auf den Organismus ein.

Der Mensch erhält von der Tagesenergie – von den Ereignissen des Tages, zum Beispiel durch Menschen oder Dinge – Impulse, sein Leben zu ändern. Die Tagesenergie teilt sich dem Menschen über seine Gedanken und Sinne mit und auch durch den Schutzgeist.

Wenn der Mensch weiterhin in seinem Fehlverhalten verharrt und sich selbst, seinem Denken, Reden und Tun keinen Einhalt gebietet, dann kommen seine Ursachen zur Wirkung. Das kann mit Aggressionen, Niedergeschlagenheit, Freudlosigkeit, Sorgen und Ängsten beginnen; Krankheit und Leid können sich sodann daraus ergeben.

Die Sünden, also die Belastungen der Seele, verändern den Körperrhythmus. Der Mensch wird nervös; dadurch verkrampfen sich seine Nerven. Er wird verschlossen, uneinsichtig und aggressiv.

Weil sich der Mensch durch sein Fehlverhalten von der kosmischen Lebenskraft, den kosmischen Spektrallichtern, abgewandt hat, verkrampft sich das Nervensystem und fließt immer weniger Lebensenergie in den Organismus.

Im gleichen Maße, wie der Mensch sich von den reinen kosmischen Energien abwendet, wendet er sich anderen Kräften zu: Entsprechend seiner Seelenbelastung zieht er Dissonanzen aus der Atmosphäre und den Stätten der Reinigung an. Es sind die negativen Kräfte, die er in seinem Erdendasein ausgesandt und bisher noch nicht bereinigt hat. Sie wirken sich nun über seine Seele in seinem Organismus aus. Sie verändern die Blutzusammensetzung, wirken schädigend auf Hormone, Zellen, Drüsen und Organe ein – und verändern damit das gesamte Wohlbefinden des Menschen. Daraus können sich Störungen allgemeiner Art ergeben oder, je nach den Seelenbelastungen, schwere oder leichtere Krankheiten oder Schicksalsschläge und dergleichen.

Die harmonischen kosmischen Spektralfarben strömen über die Zirbeldrüse und die Schilddrüse zum Sonnengeflecht. Über diese Schaltstellen wird der gesamte Organismus mit Lichtenergien versorgt.

Ist im Menschen, wie eben beschrieben, der göttliche Kreislauf gestört und können – über den Wesenskern der Seele, über die Zirbeldrüse und über die Bewußtseinszentren* – die Organe des Menschen und das Blut nicht mehr genügend mit Lebensenergie versorgt werden, dann tritt das ein, was soeben geschildert wurde.

Ich wiederhole es zum weiteren Nachdenken:

> Sobald die Belastungen der Seele aktiv werden oder der Mensch längere Zeit gegen das göttliche Gesetz verstößt, verkrampft sich zuerst das Nervensystem. Als Folge kann – über den Wesenskern, über die Zirbeldrüse und die Bewußtseinszentren – der Körper nicht mehr in dem Maße mit Lebensenergien versorgt werden, wie es notwendig wäre, um den Organismus gesund zu erhalten.

---

* Es gibt sieben Bewußtseinszentren; es sind Energieknotenpunkte längs der Wirbelsäule, von denen die geistigen Energien zu den verschiedenen Organen strömen. Sie heißen, von unten nach oben: Ordnung, Wille, Weisheit, Ernst, Geduld, Liebe, Barmherzigkeit.

Die Zirbeldrüse, die Schilddrüse und das Nervensystem sind wesentliche Schaltstellen im menschlichen Körper. Wenn sie mehr oder weniger verpolt sind, das Nervensystem also verkrampft ist, dann kann über den Wesenskern der Seele und über die Bewußtseinszentren immer weniger Lebensenergie in den Organismus strömen.

Vom Körper her gesehen, kann daher gesagt werden: Die Heilung aller Organe, aller Bausteine des Organismus erfolgt, als Ganzheitsheilung gesehen, über Seele und Leib, durch die Kraft Gottes, die über das Nervensystem dem Körper zufließt.

Wenn der Mensch sein gesetzwidriges Verhalten, sein falsches Denken und Handeln, ändert, dann bauen sich die Belastungen der Seele ab, dann entspannen sich die Nerven, und die Gotteskraft strömt stärker über die Seele in den Körper und beginnt dort ihr positives Werk.

Die kosmischen Spektrallichter bewirken sodann einen harmonischen Körperrhythmus: Der Mensch kommt in Harmonie, weil seine Nerven entspannt sind und der Organismus ausgewogen ist. Die Folge kann sodann Heilung durch die Kraft Gottes über das Nervensystem sein.

In der heutigen Zeit, in einer technisierten Welt mit Geräuschkulisse, Erfolgszwang und Hektik, ist es immer weniger möglich, die Kranken allein durch Therapiegespräche und mit pflanzlichen Stoffen und anderen therapeutischen Behandlungen so weit zu beruhigen, daß die positiven Kräfte, die Selbstheilungskräfte des Körpers, wieder aktiviert werden können.

Der verängstigte und von Schmerz geplagte Mensch greift heute unbedacht zu pharmazeutischen Medikamenten, ohne an die dabei eventuell auftretenden Nebenwirkungen zu denken. Die Zwänge des Stresses und die Vielzahl der eigenen Wünsche lassen vielen nicht mehr die Zeit, über sich selbst nachzudenken. Tag für Tag werden unzählige Menschen durch die Mühle des Erfolgsstrebens und der Akkordarbeit getrieben. Ohne nachzudenken, jagen sie zusätzlich noch ihren oftmals sehr kostspieligen Wünschen nach. Deshalb bleiben sie im Mahlwerk des Stresses, um sich all das erfüllen zu können, was die Palette ihrer Wünsche aufzeigt. Das führt dazu, daß viele Menschen sowohl am Tag als auch in der Nacht gejagte und gehetzte Kreaturen sind, die am Tag keine Ruhe finden und nachts nicht schlafen können. Ihr Nervensystem ist aufgepeitscht von der Flut ihrer Gedanken, den Tagesereignissen oder der Akkordarbeit.

Eine solche Lebensweise verursacht eine Dauerverkrampfung des Nervensystems. Jede Verkrampfung, die sich über eine längere Zeit erstreckt, bewirkt einen intensiven Abfall des Körperrhythmus, so daß der gesamte Lebensrhythmus gestört ist: Der Mensch wird mit sich selbst nachlässig und versagt mit der Zeit am Arbeitsplatz. Er wird müde, lustlos und dem Leben gegenüber gleichgültig. Dadurch setzt er weitere Ursachen, indem er einen Fehler nach dem anderen begeht. So setzt sich die Kette der Ursachen fort: Der Mensch wird zänkisch und streitsüchtig und sieht in allem nur noch das Negative. Zuletzt ist er der Ansicht, daß ihm jeder nur Übles antun möchte.

Die Folge all dieser inneren Widerstände ist, daß das kosmische Spektrallicht den Organismus nur noch bedingt durchstrahlen kann, weil das Nervensystem blockiert. Dann ist es möglich, daß auch pharmazeutische Medikamente kaum mehr ansprechen.

So sinkt der gestreßte Mensch immer tiefer in seiner Körperschwingung. Hierbei kann unter Umständen eine Seelenschuld in vollem Umfang zur Wirkung kommen, oder der Mensch kann sich durch sein Fehlverhalten eine neue Seelenbelastung auferlegen.

Zu keiner Zeit – auch nicht in den Wirren der heutigen – läßt Gott, unser himmlischer Vater, Seine Erdenkinder in Krankheit, in Not oder Leid dahinvegetieren.

Wie schon so oft, seit die Erde besteht, reicht der große, ewige Geist erneut Seinen Menschenkindern die Hand – durch Menschen, die sich bemühen, in Seinem Geiste zu denken, zu leben und zu wirken.

Als Sein Diener gebe ich, Bruder Emanuel, der Cherub der göttlichen Weisheit, ein Gesetzeshüter der Unendlichkeit, durch Offenbarung meinen Menschengeschwistern aus dem unerschöpflichen Geiste Gottes, dem Born des Lebens, weitere gesetzmäßige Hilfen. Das Wort Gottes, gegeben von mir, Bruder Emanuel, über unsere Schwester, die Prophetin und Botschafterin des Herrn, soll vielen Menschen wieder Hoffnung und Lebensmut bringen.

Von Gott kommt Hilfe, auch in größter Not. Der Herr des Lebens läßt Seine Kinder nicht in Siechtum, Krankheit, Leid und Trübsal.

Obwohl viele Menschen Gott gegenüber verhärtet sind, bemüht sich der Ewige, Seinen Kindern auf vielfältige Art und Weise zu helfen. Er hat viele Möglichkeiten, den Leidgeprüften, die infolge ihrer falschen Lebensweise die Wirkungen ihrer Ursachen erfahren, zum Umdenken zu verhelfen.

Da viele Menschen kaum mehr an die Existenz Gottes und an Seine Liebe glauben, zeigt Er ihnen Wege auf, die zur Selbstfindung führen und auch wieder zum Glauben an Ihn.

Gott zeigt heute eine weitere Möglichkeit, damit der Mensch wieder zu sich selbst findet – und auch über sein Denken und Leben wieder nachzudenken vermag –, um daraus Gesundheit und Lebenskraft zu erlangen, so es gut ist für seine Seele.

Wenn Medikamente, pflanzliche Stoffe, therapeutische Maßnahmen und Therapiegespräche kaum mehr eine positive Resonanz im Organismus hervorrufen, dann wäre der nächste gute und gesetzmäßige Schritt ein Heilschlaf und Heilfasten nach den Gesetzen Gottes.

Heilschlaf und Heilfasten nach den Gesetzen Gottes

Beim Heilfasten geht es nicht um das Fasten mit dem Ziel, ausschließlich das Körpergewicht zu reduzieren – um nach der Fastenkur eventuell wieder unbedenklich zu „völlern" und den Körper mit Genußmitteln von neuem zu vergiften und zu übersäuern.

Ein plötzlicher Nahrungsentzug – ob damit eine Heilung oder eine schlanke Figur erreicht werden soll – ist gegen das Gesetz Gottes. Alles, was abrupt geschieht, wirkt als Schock für die Seele und den Körper, verkrampft das Nervensystem und verändert den Körperrhythmus.

Der Mensch bestimmt seinen Körperrhythmus durch sein Verhalten. Auch durch seine Denk- und Lebensweise wirkt der Mensch harmonisierend oder zerstörend auf seinen Körper ein.

Durch das Heilschlafen und anschließende Heilfasten – oder umgekehrt, wenn dies für den Patienten besser ist – soll er erleben, daß alles Energie ist, daß auch sein Organismus, jede Zelle, jedes Organ, alle Bausteine des Körpers Energien sind, die sich über die Empfindungen und Sinne des Menschen mitteilen.

Heilfasten nach den Gesetzen Gottes heißt: Der Mensch lernt, gesetzmäßig zu denken und zu leben und auf die Sprache seiner Organe zu achten. Ebenso wird auch das Heilschlafen nach den göttlichen Gesetzen vollzogen.

Erst wenn Seele und Mensch wieder in den reinen, kosmisch-rhythmischen Ablauf finden, beginnt allmählich der Körper zu gesunden, weil die Seele die göttlichen Lichtspektren wieder aufzunehmen vermag.

Ich wiederhole:

Die reinen, kosmischen, ewigen Rhythmen sind ewig gleichbleibende, strömende Lichtenergien. Da alles Energie ist, hat jeder Energiestrom, auch Schwingung oder Frequenz genannt, seinen Rhythmus.

Alles ist Schwingung. Die Astralwelten und die Atmosphäre der Erde sind vom reinen Sein heruntertransformierte Schwingungen, Rhythmen, die durch das Fehlverhalten aller Seelen und Menschen entstanden sind. Jede Generation, auch die derzeitige, trug und trägt dazu bei. Wer durch seine Seelenbelastung in den Einflußbereich dieser Kräfte gelangt, in dem wird allmählich aktiv, was er selbst verursacht hat. Menschen, die seelisch belastet und physisch krank sind oder leiden, stehen unter der Strahlung dieser disharmonischen Schwingungen, also Rhythmen. Auch Menschen, die in ihrem Gemütsleben sehr schwankend sind, können von dort Kräfte abrufen.

Wer nicht in Einklang mit den reinen kosmischen Kräften ist, den reinen Rhythmen der Liebe, der befindet sich – je nach Belastung der eine mehr, der andere weniger – in Disharmonie. Darin liegt auch die Gefahr, entsprechend dem Denken, Reden und Handeln weitere Dissonanzen abzurufen.

Das göttliche Gesetz lautet: Gleiches zieht zu Gleichem. Das heißt: Gleichschwingende Energien ziehen wieder gleichschwingende Kräfte an.

Die ganze Unendlichkeit ist nicht nur Licht und Kraft, sondern auch Klang – „Einklang“. Jede reine kosmische

Spektralfarbe ist harmonischer Klang, und jedes reine kosmische Spektrum, das Zusammenwirken von reinen Spektrallichtern, ist Symphonie und Harmonie. Alle göttlichen Kräfte, also alle Lichtspektren zusammen, bilden das Orchester der Allharmonie, Gott.

Wer sich nicht bemüht, in diesen reinen, kosmischen Rhythmus zu gelangen, der ist in Disharmonie und zieht entsprechende disharmonische Formen, Farben, Düfte und Klänge an. Er trägt entsprechende Farben und Formen der Kleidung, wählt entsprechende Düfte und umgibt sich mit entsprechenden Klängen.

Wer in Harmonie mit diesen ewigen Lichtenergien ist, der ist auch positiv gestimmt. Seine Regungen und Neigungen, seine Empfindungen, Gedanken, Worte und Handlungen sind im Einklang mit der Allharmonie. Solche Menschen sind mit sich und ihrer Umwelt in Harmonie. Das Nervensystem dieser Menschen ist entspannt. Deshalb können die göttlichen Kräfte, die reinen, kosmischen, aufbauenden Energien der Allharmonie Gott, ungehindert in den Organismus fließen.

Disharmonische Menschen haben entsprechende Gedanken, wie jene des Hasses oder des Neides. Viele leben in Feindschaft und Streit mit ihren Nächsten. Solche Dissonanzen wirken sich im Körper als Erregungen, Verkrampfungen, Depressionen und Aggressionen aus. Auch noch andere negative Zustände können die Folge sein, denn der Lebensrhythmus solcher Menschen ist gestört. Dadurch vermögen die reinen kosmischen Strahlen, die Lichtspektren der Harmonie, den Körper nicht zur Selbstheilung anzuregen. Sie können ihn auch nicht vorbereiten für die göttlichen Heilkräfte, die lindern und heilen.

Wer sich also nicht bemüht, sein Denken und Leben in Einklang mit den harmonischen, kosmischen Kräften zu bringen, dem fließen sie auch nur begrenzt zu – entsprechend seinen Licht- und Schattenseiten.

Das ewige Gesetz sagt: Je mehr sich der Mensch von der reinen kosmischen Strahlung abwendet, desto mehr wendet er sich disharmonischen und äußeren Einflüssen zu. Daraus ergibt sich, daß die veräußerlichte Seele kraftlos ist und der nach außen gekehrte Mensch wie unter Zwang nach Licht, Nahrung, Alkohol oder Nikotin hungert und giert.

Menschen mit energiearmer Seele verbringen oft ihre Zeit in Vergnügungsstätten und an Orten, an denen sich ihresgleichen aufhalten. Energiearme Menschen greifen auch nach schmerzstillenden Mitteln aller Art und nach Rauschgift, nicht nur, um ihre Schmerzen zu betäuben, sondern auch, um sich vor der Erkenntnis zu schützen, wie sinnlos doch ihr Leben verläuft.

Wer im Inneren verarmt, wendet sich dem Äußeren, der lauten Welt, zu – und Genußmitteln und Speisen, von denen er reichlich zu sich nimmt.

Viele Menschen, die ihr Leben nicht überdenken und auch nicht in die Hand nehmen wollen, bevorzugen harte Rhythmen, schrille Laute und disharmonische, aufpeitschende Musik, wie sie zum Beispiel in sogenannten Diskotheken und Bars oder anderen Vergnügungsstätten geboten wird.

Auch übertriebener Sport, Völlerei und Magersucht sind Anzeichen, die zeigen, daß der Lebensrhythmus des Menschen gestört ist und die reinen kosmischen Strahlen nicht in ausreichendem Maße in den Körper einstrahlen können. Auch übertriebene Sexualität ist ein Hinweis darauf, daß der Lebensrhythmus von Seele und Leib gestört ist.

In vielen Fällen läßt sich, wie schon erwähnt, mit Analysen, Therapien und Medikamenten wohl noch ab und zu einiges bessern oder beheben, doch auch diese Möglichkeiten werden immer begrenzter, weil sich viele Menschen immer mehr einem äußerlichen Leben zuwenden. Dadurch veräußerlichen Seele und Mensch mehr und mehr. Eine Folge davon ist auch ein entsprechend verkrampftes Nervensystem.

Wege zur Hilfe sind der Heilschlaf und das Heilfasten nach den Gesetzen Gottes. Menschen mit den soeben geschilderten oder mit ähnlichen Symptomen können über Heilschlaf oder Heilfasten zur Ganzheitstherapie gelangen.

Ein Therapieschema für Heilfasten und Heilschlaf, das für jeden Menschen gleich geeignet ist, kann es nicht geben, da jede Seele anders belastet ist und daher auch jeder Körper anders reagiert.

Flexibel, wie der Geist Gottes, das Absolute Gesetz, ist, sind deshalb auch die Weisungen aus dem ewigen Geist für den Heilschlaf und das Heilfasten.

Der Heilschlaf kann in das Heilfasten mit einbezogen werden, wenn der Patient übernervös und der Körper überstrapaziert ist; das ist im Einzelfall zu entscheiden.

Patienten mit großen Schmerzen und schweren Leiden bedürfen oftmals zuerst einer allgemeinen oder speziellen Behandlung, bevor der Heilschlaf oder das Heilfasten verordnet werden kann. Erst wenn die akute Gefahr behoben ist, können der Heilschlaf oder das Heilfasten oder beides zusammen eingesetzt werden.

In dieser Welt besteht die weitverbreitete Ansicht, daß Erkrankungen mit chemischen oder pflanzlichen Medikamenten geheilt werden könnten. Das ist ein Irrtum.

Sind beispielsweise die Nerven eines kranken Menschen besonders belastet, dann helfen unter Umständen, je nach

Art der Erkrankung, allopathische Medikamente oder pflanzliche Stoffe nur noch bedingt – oder sie sprechen gar nicht mehr an. Es können auch Nebenwirkungen auftreten und noch größere Beschwerden hervorrufen.

Viele Ärzte und Heilpraktiker sind der Ansicht, daß, wenn sich nach der Verordnung eines Medikamentes das kranke Organ durch verstärkten Schmerz bemerkbar macht, das Medikament wirke. Sie glauben, an der Reaktion des kranken Organs ablesen zu können, wie gering oder wie hoch die Dosis des Medikamentes sein müßte. Diese Annahme ist nur bedingt zutreffend. Der Organismus oder das erkrankte Organ können durch die Überreaktion auch anzeigen, daß sie Ruhe benötigen.

Bei vielen Erkrankungen müßte das überlastete Organ zuerst „ausgehungert“ werden. Dann erst kann es wieder deutliche und objektive Signale geben, ob ihm ein Medikament zuträglich ist. Dann wird es auch signalisieren, welche Nahrung dem Organismus angemessen ist. Die positiven Signale der Organe zeigen sich auch durch das Wohlbefinden des Patienten an. Es ist nicht ausgeschlossen, daß ein krankes Organ das verabreichte Präparat augenblicklich ablehnt, dieses jedoch nach Wochen, wenn sich der Organismus und das Organ erholt haben, doch annimmt, weil es zum Aufbau und zur Heilung benötigt wird; nur in der akuten Phase der Verkrampfung und des Schmerzes lehnt der Organismus das gereichte Präparat ab.

In der Zeit der Verkrampfung und Verspannung, in der das Nervensystem gleichsam verhärtet ist, in der kaum mehr Lebensenergie hindurchzuströmen vermag und in der auch pflanzliche Stoffe und Medikamente kaum mehr aufgenommen werden können, sollten das Heilfasten und der Heilschlaf als erstes eingesetzt werden.

In vielen Fällen wird das kranke Organ durch zu hohe pflanzliche Potenzen oder zu starke Medikamente angeregt. Dann ist es möglich, daß die verstärkten Schmerzen ein Aufschreien sind, das besagt: „Ich möchte in Ruhe gelassen werden.“ Der Organismus und speziell das erkrankte Organ wollen sich damit mitteilen und sowohl dem Arzt als auch dem Patienten sagen, daß die Nerven verkrampft und der Organismus und auch das kranke Organ überlastet sind.

Die Überlastung des Organismus oder eines oder mehrerer Organe kann auch durch eine zu große Nahrungsmenge, durch zu viel Fett und viel blähende Kost herbeigeführt werden. Diese Störung kann auch durch zu viel Alkohol, Nikotin oder zu viele Medikamente erfolgen, auch durch Schlaf- oder Beruhigungsmittel. Dann signalisieren das Organ und oftmals auch der gesamte Organismus, daß sie Ruhe und Entspannung benötigen.

In der Fachwelt der Medizin dieser Zeitepoche wird den Selbstheilungskräften des Körpers zu wenig Beachtung geschenkt. Sie werden deshalb nur selten gefördert. Der Organismus des Menschen ist jedoch nach dem Naturgesetz so geschaffen, daß er lange Zeit in der Lage ist, sich selbst zu helfen und sich auch selbst zu heilen. Ist dies dem Organismus wegen äußerer Umstände nicht mehr möglich, weil der Mensch durch eigenes Verschulden alle kosmischen Versorgungsmöglichkeiten ausgeschaltet hat, so sollten die Ärzte darauf bedacht sein, den Patienten so zu unterweisen und ihm zu helfen, daß sein Organismus die Selbstheilungskräfte durch die geistig-kosmischen Strahlen wieder zu aktivieren vermag.

Es ist sehr wesentlich – und darauf sollte großer Wert gelegt werden –, daß sowohl das Heilfasten als auch der Heilschlaf nur unter ärztlicher Kontrolle in Kliniken, Kurhäusern oder ähnlichen Einrichtungen durchgeführt werden. Alle anderen Wege, die unter Umständen auch im eigenen Heim angewandt werden, können vom göttlichen Gesetz nicht bejaht werden. Jeder Organismus reagiert sowohl auf das Heilfasten als auch auf den Heilschlaf anders. Deshalb ist die Kontrolle durch einen Arzt oder ein Ärzteteam unerläßlich.

Ob der Heilschlaf dem Heilfasten vorgezogen wird oder umgekehrt das Heilfasten dem Heilschlaf – oder ob nur eines von beiden angewendet wird, das bestimmen gewissenhafte Ärzte, die damit Erfahrung haben und die Gesetze Gottes befolgen. Christusärzte, Betreuer, Verantwortliche und Mitverantwortliche leiten als Menschen des Geistes das Heilfasten nach den Gesetzen Gottes.

Der Weg des Heilfastens und des Heilschlafes ist ein Weg, um gesund, froh und dynamisch zu werden. Ich, Bruder Emanuel, lege ihn mit allem, was dazugehört, einschließlich der Schulung der Sinne und der Sprache der Organe und der Hinführung zu einem Leben im Geiste Gottes, hier dar. Diesen Weg sollen nur Menschen weitergeben, die selbst den Pfad der Veredelung gehen und diesbezüglich Erfahrungen haben.

Das Gesetz Gottes sagt: Beachte die Seele und den Körper des Menschen, und lege dem Patienten keinen Zwang auf.

Jedem, der sich zum Heilschlaf oder Heilfasten anmeldet, werden vorher die Gesetzmäßigkeiten für die Durchführung des Heilschlafes oder des Heilfastens überreicht. Hat der Patient diese Instruktionen eingehend studiert und sich bereit erklärt, sich den gegebenen Anweisungen unterzuordnen, dann sollte der Arzt oder das Ärzteteam auch konsequent bleiben, indem sie darauf bedacht sind, daß der Patient einhält, was ihm verordnet wird.

Da jeder Organismus anders reagiert, kommt es auf die Umstände und die Art der Krankheit an, ob der Körper vor dem Heilfasten den Heilschlaf benötigt.

Ist der Organismus überlastet und das Milieu sauer, ist die Verdauung durch falsche Ernährung, durch Blähungen und dergleichen gestört, dann wäre ein kurzzeitiges Heilfasten dem Heilschlaf vorzuschalten.

Weil jeder Patient anders reagiert, kann allgemein gesagt werden, daß nur ein allmähliches Einschränken und Umstellen der Nahrung zur inneren Ruhe führt sowie zu einem gesunden Schlaf. Voraussetzung hierfür ist jedoch, daß die Nerven des Patienten nicht überstrapaziert und überreizt sind. Ist das Nervensystem überbeansprucht und überreizt, dann können Heilfasten und Heilschlaf miteinander verbunden werden.

Vor dem Heilfasten und dem Heilschlaf, deren Dauer unterschiedlich sein kann – je nach dem Zustand des Organismus, der Krankheit und der Körperkonstitution –, sollte der Patient eingehend untersucht werden, damit die Ärzte ein genaues Bild für die Kontrolle haben. Daraus können sie ersehen, was weiterhin zu beachten ist.

Heilschlaf zur Lösung von Verkrampfungen

Sowohl beim Heilschlaf als auch beim Heilfasten kommt der Seele, dem geistigen Körper im Menschen, wesentliche Beachtung zu.

Zum besseren Verständnis sei hervorgehoben: Der Geist Gottes in der Seele ist der Lebensträger der Seele und des Organismus. Während der physische Leib nur schläft, zieht sich die Seele teilweise oder ganz aus dem Organismus zurück. Die Seele ist somit durch den strömenden Geist, der in ihr wirkt, die Lebensträgerin des Körpers. Sie bleibt durch das sogenannte Silberband, auch Informationsband genannt, mit dem schlafenden Körper verbunden. Wenn der Arzt den Patienten langsam und bedacht in den Heilschlaf führt, dann geht auch die Seele allmählich – entweder ganz oder teilweise – aus dem Körper. Dadurch verringert sich die Lebenskraft und damit die Aktivität im Organismus, und der Mensch schläft ein.

Würde die Seele tagelang ihren Körper nicht mehr voll aufsuchen können, weil dieser künstlich im Schlafzustand gehalten wird, dann würde sie zu ihrem Körper den intensiven Kontakt verlieren. Dadurch könnten sich gleich nach dem Erwachen des Menschen Anschlußschwierigkeiten der Seele ergeben. Diese äußern sich in Niedergeschlagenheit und in Stumpfheit des Gemüts. Diese Auswirkungen wären für die weitere Heilbehandlung nicht förderlich, weil die Seele in diesem Zustand nicht ansprechbar ist. Auch wenn die Gliedmaßen träge sind und der Mensch sich nur mühsam in Bewegung bringt, dann sind das ebenfalls Anzeichen dafür, daß die Seele Anschlußschwierigkeiten mit ihrem physischen Leib hat.

Deshalb sollte der Patient während des Heilschlafes immer wieder für kurze Zeit, ein- bis zweimal am Tage, erwachen und eine leichte Kost zu sich nehmen. Diese leichte Kost wird ihm in seinem Zimmer serviert, das er während des Heilschlafes nicht verlassen sollte. Der Patient sollte nicht länger als eine halbe Stunde wach sein. Diese Schlafpausen geben dem Patienten auch die Möglichkeit, sich im Zimmer zu bewegen. Einige Schritte im Zimmer und der Gang zur Toilette bewirken, daß sich die Seele wieder im Körper betätigen muß.

Sowohl im Zimmer als auch außerhalb des Raumes sollte es ruhig sein. Eine ruhige, waldreiche Umgebung wäre der beste Ort für das Heilschlafen. Wenn es möglich ist, sollten während des Heilschlafes die Fenster geöffnet sein; denn der natürliche Sauerstoff ist einer der besten Lebensträger, und zugleich ist er auch ein Heilstoff. Besonders der natürliche Sauerstoff, der in waldreicher Umgebung mit weiteren Substanzen angereichert ist, bringt Entspannung und Heilung für das Nervensystem.

Da es für Seele und Leib sehr von Bedeutung ist, wiederhole ich:

> Die natürlichen Schlafmittel, die dem Patienten gereicht werden, sollten so dosiert sein, daß er ein- oder zweimal täglich für kurze Zeit erwacht. Die Heilwirkung der Schlaftherapie kann gefördert werden, wenn der kurz aus dem Schlaf erwachte Patient gefragt wird, was er zu trinken und zu essen wünsche. Mit dieser Frage werden die Organe und Sinne des Patienten angesprochen. Als Folge der Entspannung und Ruhe beginnen unter Umständen die Organe, über die Sinne des Menschen richtige Hinweise zu geben, was das geschwächte oder

eventuell kranke Organ oder der gesamte Organismus benötigt – nicht, was unter Umständen nur vom Menschen gewollt wird. Anhand dessen, was sich der Patient an Speisen und Getränken wünscht, kann der Arzt sodann die Diagnose erweitern und die Therapie fortführen.

Ein ruhiger und entspannter Körper teilt über die Sinne des Menschen mit, was er heute und in dieser Stunde an Nahrung benötigt, um sich wieder regenerieren und aufbauen zu können.

Die Wünsche des Patienten bezüglich der Nahrung und Getränke sollten so weit erfüllt werden, wie sie den Heilschlaf nicht beeinträchtigen.

Alkohol, Nikotin und fette Kost sind ausgeschlossen. Die Menge der Nahrung ist reduziert. Als Getränk wird Tee gereicht. Nur eingeschränkt kann Saft gegeben werden.

Benötigt der Patient eine Infusion, dann sollten beruhigende Mittel, Spurenelemente und Aufbaustoffe für das Blut und die Nerven beigegeben werden.

Die Ärzte sorgen dafür, daß dem schlafenden Körper das zugeführt wird, was er unbedingt benötigt, damit er nicht seine Körperreserven angreift oder gar aufzehrt.

Die Dauer des Heilschlafes ist unterschiedlich. Es kommt auf die Körperverfassung und die Körperkonstitution des Patienten an. Deshalb kann auch die Dauer eines Heilschlafes nicht im voraus bestimmt werden. Es können schon einige Tage oder eine Woche genügen. Er kann jedoch auch bis zu drei Wochen ausgedehnt werden – natürlich mit den täglichen ein- bis zweimaligen Unterbrechungen.

Wenn vor dem Heilfasten ein Heilschlaf verordnet wird, dann sollte die Dauer des Heilschlafes auf einige Tage, höchstens auf eine Woche begrenzt werden.

Ist der Patient einigermaßen ausgeruht, so kann – nach eingehender Untersuchung – sofort mit dem Heilfasten begonnen werden.

Viele Krankheitsbilder deuten darauf hin, daß der Organismus durch zu viel Nahrungsaufnahme, durch zu fette Speisen oder durch eine grundlegend falsche Ernährung überlastet ist.

Auch übermäßiges und scharfes Würzen der Nahrung ist sowohl für die Nerven als auch für die Organe nicht bekömmlich. Dadurch wird der Körper übersäuert. Das saure Milieu verändert das Bewußtsein der Zellen und Organe. Die Folge ist, daß diese Fehlinformationen geben und rechtzeitige Notsignale unterlassen.

Auch ein Fehlverhalten des Menschen, wie zum Beispiel grüblerische, ziellose und ängstliche Gedanken, greift in den gesunden Ablauf des Organismus ein. Daraus ergibt sich auch eine Überlastung des Nervensystems, was sich wiederum im Organismus auswirkt. Auch dadurch werden die Organe müde und echoarm. Übermäßig viel Nikotin und Alkohol bewirken ähnliches.

Auch zu wenig frische, sauerstoffreiche Luft kann dazu beitragen, daß der Organismus Fehlimpulse gibt.

Sind die Nerven durch Disharmonie, durch Übererregung des Gemütes und durch Überlastung des Organismus verkrampft, dann sondern sie Nervengifte ab, die wiederum die Organe belasten.

Liegen solche und ähnliche Symptome vor, dann sollte ein Heilfasten dem Heilschlaf vorgeschaltet werden.

Heilfasten als Umprogrammierung

Bei einem gesetzmäßigen Heilfasten wird der Organismus nicht zum Fasten gezwungen. Das verkrampfte Nervensystem und der durch falsche Ernährung und falsches Verhalten aufgebrachte Körper würden rebellieren. Die Rebellion gegen einen raschen Entzug der Nahrung oder der Genußmittel wäre einem Schock gleichzusetzen. Infolge der Überlastung des Organismus lebt der Mensch bereits mehr oder weniger im Zustand eines Schocks. Würde durch den raschen Nahrungsentzug der Körper aufs neue einen Schock erleiden, dann würde die Frustration des Menschen wachsen, und die Nerven und Organe des Körpers kämen in einen noch größeren Aufruhr.

Damit die Nerven und Organe das Heilfasten annehmen, müssen die Sinnesorgane allmählich umgestellt werden: Sowohl der Seh- als auch der Geruchs- und Geschmackssinn bilden die Antennen für die Bausteine des Organismus, für die Zellen und Organe. Über die Sinne signalisieren die Bausteine des Körpers und auch die Nerven, was sie an Nahrung und Getränken benötigen oder wünschen.

Der Mensch programmiert seine Zellen, Organe und Sinne entsprechend seiner Lebensweise und seinen Gewohnheiten. Entsprechend dieser Programmierung steuern die Zellen, Organe und Sinne wiederum den Menschen.

Die Organe eines ausgeglichenen, also harmonischen Menschen sind weitgehend gesund und signalisieren den Sinnen, was sie für die Aufrechterhaltung der Gesundheit benötigen. Ein fehlgesteuerter Organismus signalisiert, was die verpolten Bausteine des Organismus, die Zellen und Organe, möchten. Sie werden den Menschen über die Sinne dorthin drängen, wo es diese Stoffe gibt. Das Bewußtsein des Menschen wird also durch die verpolten Sinne gesteuert.

Ein gesunder Organismus hingegen, der nicht von Wünschen, Vorstellungen und Leidenschaften des Menschen fehlprogrammiert ist, meldet über die Sinne, was er benötigt, um gesund zu bleiben: Der Mensch schaut, riecht, schmeckt und empfindet, was für ihn gut ist. Ein gesunder Körper hat also weitgehend ausgewogene Sinne.

Ein fehlgesteuerter Körper hingegen signalisiert, was er möchte – und nicht, was er benötigt. Der Mensch sieht, riecht und schmeckt sodann, was er und seine Organe möchten – und nicht, was für den Organismus gut ist. Daraus ergeben sich immer wieder weitere Fehlsteuerungen, die letztlich zu Krankheiten führen.

Ein gesetzmäßiges Heilfasten soll den Körper so unterstützen, daß er die Ordnung wieder erlangt, die Sinne sich allmählich von den alten Gewohnheiten befreien und die Bausteine des Organismus wieder richtungweisende Signale für die Gesundheit geben.

Ich wiederhole:

> Durch falsche Ernährung und durch Übersäuerung des Organismus sind die Sinne getrübt und die Organe fehlgesteuert. Die Bausteine des Körpers signalisieren sodann, was sie möchten – nicht, was sie benötigen. Bei einem fehlgeleiteten Organismus sagen z.B. die Gaumenlüste aus, was die Organe möchten, nicht aber, was sie benötigen.
>
> Hat sich der Mensch den Naturgesetzen nicht untergeordnet, ist er zum „Völler“ geworden, der unkontrolliert ißt und trinkt, was ihm vorgesetzt wird oder was er möchte – und davon noch zu

viel –, dann sind die Organe und weiteren Bausteine seines Körpers fehlgeleitet: Sie geben falsche Signale – oder zeigen kaum mehr eine Regung. Sie sind also überlastet und daher echoarm.
Viele Menschen geben sich den Eß- und Trinkgelüsten hin und wirken dadurch auf die Funktionsbereiche ihres Organismus ein.
Der Organismus hat sodann nicht mehr die Unterscheidungsfähigkeit zu erkennen, was er benötigt, um gesund zu bleiben oder um gesund zu werden – oder was er nur wünscht, um sich und die Sinne zu betäuben.

Wer sich am Heilfasten nach den geistigen Gesetzen ernsthaft beteiligt, lernt auch, die Sprache seiner Organe zu verstehen.

Gesetzmäßiges Denken und Verhalten, harmonische Klänge und das allmähliche Umstellen und Reduzieren der Nahrung bewirken, daß sich Seh-, Geruchs- und Geschmackssinn wandeln und die Organe allmählich positiv reagieren. Sie senden dann Impulse über das, was sie benötigen, und nicht mehr über das, was sie bisher wünschten – wenn sie nicht gar regungslos waren.

Durch diese Umstellung werden ganz allmählich die trägen Bausteine des Organismus aktiviert, so daß sie richtige Signale geben, nämlich bezüglich dessen, was sie benötigen – und nicht bezüglich dessen, was sie wünschen.

Wiederholungen sind zum besseren Verständnis notwendig:
Würde den Organen auf einmal die von ihnen gewünschte Nahrung entzogen werden, dann gäbe es im Organismus einen Schock – und gleichzeitig eine Rebellion der Organe.

Durch das Heilfasten nach den geistigen Gesetzen wird die Umerziehung des Organismus angestrebt. Gleichzeitig werden übersäuerte, echoarme und kranke Organe allmählich „ausgehungert“: Den Organen wird allmählich das entzogen, was zur Krankheit beigetragen hat.

Das Leben ist Bewußtsein. Jede geistige Lebensform besitzt das geistige Bewußtsein. Jeder Mensch ist Träger des göttlichen, also geistigen Bewußtseins. Somit sind auch die Zellen und Organe des Körpers Bewußtsein.

Beim Heilfasten nach den Gesetzen Gottes werden die echoarmen und verpolten Zellen und Organe auf das in ihnen immer vorhandene Geistbewußtsein ausgerichtet. Das geistige Bewußtsein der Zellen und Organe teilt sich über die fünf Sinne dem Oberbewußtsein des Menschen mit. Ein von Lebenskraft durchdrungener, also geistig vitaler Mensch spürt dadurch, was sein Organismus benötigt – und er lebt dann auch danach.

Das Heilfasten wird übermittelt, damit der Organismus wieder dahingehend aufbereitet werden kann, daß der Mensch spürt, was die Bausteine seines Organismus benötigen. Durch das allmähliche „Aushungern“ der Zellen und Organe sowie durch die Schulung der Sinne erholt sich der Organismus, und die Zellen und Organe werden wieder aktiv und übermitteln, was sie benötigen.

Durch das Heilfasten werden auch die Zellen und Organe sensitiver, da ihnen alle Reizstoffe entzogen werden und sie auch nur wenig Nahrung erhalten.

Die Entspannung der Nerven und die Musiktherapie sind wesentliche Bestandteile des Heilfastens nach geistigen Gesetzen. Im Zusammenwirken von Entspannung der Nerven,

Musiktherapie, allmählichem Zurücknehmen der Reizstoffe und wenig Nahrungsaufnahme wird der Organismus allmählich zur Selbstheilung durch die Kraft des Geistes angeregt.

Die Heilfastenkur ist so ausgerichtet, daß der Organismus dem Menschen über den Seh-, Geruchs- und Geschmackssinn, eventuell auch über den Gehör- und Tastsinn, mitteilt, was er benötigt.

Zur tieferen Erkenntnis: Jede Körperzelle und somit auch jedes Organ hat drei Bewußtseinsaspekte: das Geistbewußtsein, den Lebensträger in allem Sein, dann das Ober- und das Unterbewußtsein.

Durch die Umstellung des Organismus verlieren, sowohl in den Zellen als auch in den Organen, die beiden Bewußtseinsaspekte des Ober- und des Unterbewußtseins an wesentlicher Bedeutung. Denn aus dem Ober- und Unterbewußtsein kommen in vielen Fällen Fehlinformationen – nämlich dann, wenn diese über die Sinneswelt des Menschen getäuscht wurden.

Soweit es möglich ist und der Patient mitmacht, wird durch das Heilfasten das falsche Programm im Ober- und Unterbewußtsein gelöscht. Dabei wird gleichzeitig auch das Geistbewußtsein in den Zellen und Organen aktiviert, so daß die richtige Informationsquelle, das geistige Bewußtsein, zum Durchbruch gelangt. Ist das dem Arzt durch das Mitwirken des Patienten gelungen, dann rufen die Organe nicht mehr zwingend nach Genußmitteln oder nach fetter und reichgewürzter Nahrung, sondern sie signalisieren, was sie benötigen.

Allen Bausteinen des Organismus wird durch das Heilfasten allmählich bewußt gemacht, daß in ihnen die Selbstheilungskräfte schlummern. Werden diese gezielt aktiviert, dann wirkt das Geistbewußtsein der Körperzellen und jedes Organes. Das ist der Innere Arzt und Heiler, der Geist Gottes im Menschen. Er erlangt sodann die Herrschaft über den Organismus. Die Heilung durch den Geist Gottes ist die Ganzheitsheilung. Dadurch werden die Belastungen der Seele geringer – und der Körper wird gesünder. Deshalb sprechen wir vom Heilfasten nach den Gesetzen Gottes.

Jeder neue Tag ist ein Geschenk Gottes, unseres himmlischen Vaters, an Seine Erdenkinder.

Wenn der Mensch am Morgen eines neuen Tages erwacht, dann kann er sicher sein, daß ihn Gott wieder in den Tag hineinführt, damit er an diesem Tag – also heute und nicht morgen – das erlebt, erfährt oder bereinigt, was für ihn heute vorgesehen ist.

Gott teilt sich durch das Licht des Tages mit und übermittelt jedem Menschenkind, was dieses heute verwirklichen und bereinigen soll, um geistig zu wachsen und zu reifen. Es ist Gesetz, daß der Mensch am neuen Morgen nicht erwacht wäre, hätte ihm Gott heute über die Energie des Tages nichts mitzuteilen.

Am Morgen, wenn der physische Leib aus dem tiefen Schlaf erwacht, findet eine kleine Reinkarnation der Seele statt: Die Seele hat wieder ihren menschlichen Leib aufgesucht, um an diesem von Gott geschenkten Tag in der Erdenschule das zu erfahren, zu lernen und zu bewältigen, was sie an diesem Tag zu ihrem Werdegang in die ewige Heimat benötigt.

Daher gelten jeden Tag aufs neue sinngemäß die Worte des Herrn: Vergib, bitte um Vergebung, bereinige, und sündige nicht mehr!

Mensch, nütze also die Tage, Stunden und Minuten; sie sind ein kostbares Gut für deinen weiteren Lebensweg!

Jesus hat den Christen und den Menschen aller Glaubensrichtungen auf den Weg zur Vollendung mitgegeben, zu vergeben und um Vergebung zu bitten, hinzugehen und nicht mehr zu sündigen.

Hat jedoch der Mensch das versäumt und bisher seine Tage nicht genützt, dann tritt im Organismus allmählich ein Chaos auf. Weil sich der Mensch vom Göttlichen abgewandt hat, können nicht mehr alle Bausteine des Körpers mit genügend Lebenskraft versorgt werden.

Dort, wo es an Lebensenergie mangelt, tritt im Körper eine Blockade auf. Gleichzeitig verkrampft sich das Nervensystem. Deshalb ist der Mensch nervös und in vielen Fällen überreizt. Eine überhöhte und lang andauernde Nervenverspannung wirkt sich allmählich auf die fünf Sinne des Menschen aus. Das, was sie von den reinen kosmischen Energien nicht mehr erhalten können, weil sich der Mensch vom Gesetz des Lebens abgewandt hat, wollen die Sinne nun kompensieren. Das bedeutet, daß der Mensch in immer stärkerem Maße Nahrung zu sich nimmt und im weiteren Verlauf zu Alkohol, Nikotin und Rauschgift greift.

Sobald sich der Mensch auf diese Weise von Gott abwendet und immer mehr der Welt zuwendet, verarmt die Seele an Licht und der Körper allmählich an geistiger Lebenskraft. Das, was in der Seele fehlt, das Licht, und was dem Körper mangelt, nämlich geistige Lebenskraft, versucht der Mensch mit zu viel Nahrung, fetten und stark gewürzten Speisen, Alkohol, Nikotin und Rauschgift zu kompensieren. Dadurch wird er zum Völler und zum Genußsüchtigen.

Süchtig sein heißt, der Mensch sucht zwanghaft nach dem, was der Organismus und der Mensch nicht besitzen.

Menschen mit wenig geistiger Lebensenergie brauchen ihre Feste und Gelage. Sie vergnügen sich bei Sport und Spiel und können ohne gesellschaftliche Ereignisse nicht sein. Sie brauchen ihre Aufwertung im Beruf und bei Geselligkeit. Sie sprechen ihren Mitmenschen nach dem Munde – und werten sie in Gedanken ab. Sie applaudieren und sind neidisch. Sie spielen die Liebenswerten und Toleranten und sind gedanklich aggressiv.

Solche Menschen kennen sich selbst nicht, weil sie durch ihr Verhalten von ihren Nächsten leben und die Nächsten von ihnen und durch sie. Wer seinen Mitmenschen nach dem Munde spricht, wer Liebe und Toleranz heuchelt, um als gut und liebenswert angesehen zu werden, der sieht sich selbst nicht. In seinem Reden und Tun schaut er nur auf seine Nächsten, um von ihnen Anerkennung und Lob zu erhalten. Durch diese Verhaltensweise lebt er von den Nächsten, von denen er Anerkennung erwartet und erhält.

Jede Erwartungshaltung zeigt, daß der Mensch, der etwas erwartet, erhalten möchte, was er selbst nicht besitzt. Mit der Anerkennung seitens seines Nächsten wertet er sich auf und glaubt zuletzt, daß er tatsächlich ist, was sein Nächster ihm nach dem Munde redet. In Wirklichkeit hat auch er seinem Mitmenschen nur nach dem Munde gesprochen, Liebe und Toleranz nur geheuchelt, um Anerkennung und Lob zu erhalten.

Der eine wie der andere lebt durch seinen Nächsten: Die Schwingungen des Lobes und der Anerkennung des Nächsten ziehen durch sein Inneres und richten ihn seelisch und physisch auf. Das heißt also: Jeder heuchelt etwas vor, was er nicht ist, um Energien der Aufwertung zu erhalten, mit denen er sich aufrichtet.

Solche Menschen beziehen einen Teil ihrer Energien von ihren Mitmenschen. Das ist sündhaft und bewirkt zugleich, daß sie sich an jene binden, die ihnen Lob und Anerkennung zukommen lassen. Auf diese Weise kann sich auch eine karmische Verknüpfung ergeben – besonders dann, wenn der Nächste, der Anerkennung zollt, ebenfalls etwas vorgibt, was er nicht ist, um selbst Anerkennung zu erhalten von dem, dem er Anerkennung gibt. Das bedeutet sodann: Einer lebt von der Energie des anderen – und beide sind dadurch aneinander gebunden. Wir könnten auch sagen: Einer lebt durch den anderen, und keiner kennt sich selbst.

Menschen, die sich so und ähnlich verhalten, kennen sich also selbst nicht. Wer sich selbst nicht kennt, der kann auch geistig nicht wachsen und reifen. Er vergeudet täglich Lebensenergie, obwohl er von seinen Mitmenschen, die ihn aufwerten, Lebenskraft erhält.

Das Gesetz von Ursache und Wirkung ist das Kausalgesetz, das in den Gestirnen der Reinigungsebenen seinen Niederschlag findet. Die Empfindungen, Gedanken, Worte und Handlungen des Menschen werden von der Seele registriert und zugleich auch von den entsprechenden Gestirnen. Diese führen sodann herbei, was in der Seele liegt und zu bereinigen ist.

Wer sich selbst nicht erkennt, kann sich auch nicht finden. Deshalb wird er auch sein Gewissen übertönen und die Mahnungen übersehen und überhören, die ihn rechtzeitig vor Gefahr und vor Schicksal warnen. Er wird sein Schicksal erleiden und erdulden müssen.

Daher, liebe Menschengeschwister, seid wachsam! Wer sich selbst nicht erkennt, schafft Ursachen und trägt gleichzeitig dazu bei, daß die in der Seele ruhenden Ursachen wirksam werden.

Wird ein ganzer Ursachenkomplex aktiv, dann befällt er auch entsprechend den Körper. Das tritt dann ein, wenn der Mensch die Ermahnungen der Tagesenergie, die über das Gewissen, über Körpersignale oder über Impulse von Menschen gegeben werden, überhört. In einem undisziplinierten, veräußerlichten Leben nimmt der Mensch diese Warnsignale selten wahr. Äußert sich der Körper durch Schmerz, dann werden unbedacht schmerzstillende Mittel genommen oder die entsprechenden Anweisungen des Arztes befolgt, ohne sich selbst zu fragen, was die Ursachen für den Schmerz sein könnten. Die Zeit ist schon da, in der in vielen Fällen pharmazeutische Medikamente und auch Naturheilmittel nicht mehr helfen, weil der Körper übersäuert und von Nervengiften insgesamt so geschädigt ist, daß der Organismus auf Medikamente kaum mehr reagiert.

In dieser Zeitenwende, in der das Christusbewußtsein stärker wird und die göttliche Wahrheit in die Welt gelangt, wird so mancher – früher oder später – nach den seelischen Ursachen seiner Krankheit fragen und dann erkennen, daß diese letzten Endes in seinen Gedanken und in seinem Verhalten liegen. Er wird sich sodann eingestehen müssen, daß er sich selbst nicht kennt und sein Leben nicht in die Hand genommen hat, um es mit Gott zu meistern. Viele müssen erfahren, daß sie den richtigen Weg zum inneren Glück, zur Zufriedenheit und Gotterfülltheit verfehlt haben. Sie müssen erkennen, daß die zuvor geschilderten Ursachen die Wirkungen hervorgerufen haben – vor allem ein verkrampftes Nervensystem, das zu einer Teilblockade im Organismus führte.

In Zukunft wird der Mensch in vielen Fällen nur noch gesunden können, wenn er von innen her, vom Seelischen aus, gesundet. Und dafür ist für viele die Voraussetzung das Heilfasten nach den Gesetzen Gottes.

Das Wesentliche beim Heilfasten ist, den Körper zu entschlacken und zu entgiften, die Nerven zu entspannen –

und den Körperzellen so zu begegnen, daß die Organe und alle Bausteine des Organismus zur Selbstheilung durch den Geist Gottes angeregt werden können.

Das Heilfasten nach den Gesetzen Gottes ist nicht darauf ausgerichtet, daß sich nur das Körpergewicht reduziert – damit der Mensch wieder schlank werden und dann wieder wie bisher leben kann. Die Gewichtsabnahme beim Heilfasten ist eine Folge des gesetzmäßigen Fastens. Sie ist jedoch nicht das Wesentliche.

Damit die Organe lernen, das zu melden, was sie benötigen, anstatt wie bisher das, was sie wollen, müssen sich zuerst die Sinne des Menschen verfeinern. Beim Heilfasten nach den Gesetzen Gottes lernt der Patient, allmählich auf die Regungen und Impulse seines Körper zu achten. Er lernt auch, die Sprache der Zellen und Organe und aller weiteren Bausteine des Organismus zu verstehen.

Wer die Sprache der Organe versteht, der kennt auch seinen Körper und spürt, wie er sich verhalten muß, wenn sich sein Organismus entweder durch Schmerz, Übelkeit oder Unwohlsein äußert.

Wer sich selbst erforscht, seine Gedanken kontrolliert und sich bemüht, das zu erfüllen, was Jesus von Nazareth geboten hat – zu vergeben und um Vergebung zu bitten und nicht mehr zu sündigen –, der lernt allmählich auch die Informationen zu deuten, welche die Körperzellen und Organe signalisieren.

Wer diese Empfindungs- und Warnsignale nicht zu registrieren vermag, der kann dies erlernen, indem er seinen Körper vorbereitet; dazu wird ihm das Heilfasten nach göttlichen Gesetzen angeboten. Voraussetzung ist jedoch, daß der Patient sich für das Heilfasten frei entscheidet. Denn er soll beim Heilfasten aktiv mitmachen, um das Empfinden dafür zu erlangen, daß alles Energie ist und daß sich jedes Energiepotential, zum Beispiel jedes Organ, mitteilt. Der Patient, der auf seinen eigenen Wunsch hin heilfastet, wird vom verantwortlichen Arzt immer wieder angehalten, auf die Symptome des Körpers zu achten. Der Patient soll selbst die Sprache seiner Organe verstehen lernen und dies nicht nur dem Arzt überlassen.

Das Heilfasten sollte mindestens drei Wochen dauern. Besser wäre es, wenn eine Woche dazugegeben werden könnte.

Nach dem Heilfasten soll der Patient in Harmonie mit seinem Körper sein und die Sprache seiner Organe in sich selbst erfahren, die ihm anzeigt, was diese benötigen – oder was sie immer noch wollen.

Zur Beachtung: Dem Arzt wird empfohlen, dem Patienten das Heilfasten nur anzuraten. Der Patient selbst soll entscheiden, ob er das Heilfasten nach den Gesetzen Gottes in Anspruch nehmen möchte oder nicht. Jeder Zwang würde das Gegenteil bewirken, weil dann der Patient passiv bliebe. Alle Überredungskünste helfen nicht, auch dann nicht, wenn der Arzt erkennt, daß Heilfasten für den Patienten eine große Chance wäre, um gesund zu werden.

Der Patient muß von sich aus das Heilfasten bejahen und für sich als notwendig anerkennen. Dann ist er auch bereit, das einzubringen, was ausschließlich von ihm kommen muß: die Erkenntnis und der Entschluß, dieses und jenes zu bereinigen, was er erkannt hat und nicht der Ordnung und den Gesetzen der Toleranz, des Wohlwollens, der Freiheit und der Selbstlosigkeit entspricht.

Während des Heilfastens wird der Patient immer wieder auf die kosmischen Lichtspektren aufmerksam gemacht, welche über die Zirbeldrüse in den Organismus strahlen, das Sonnengeflecht harmonisieren und die Nerven beruhigen.

Diese bewußt aufgenommenen kosmischen Kräfte harmonisieren den Organismus und bewirken, daß der natürliche Sauerstoff, den der Patient bei Spaziergängen in waldreichen Gegenden einatmet, verstärkt zur Heilung beiträgt.

In dem Haus, in welchem Heilfasten durchgeführt wird, sollten harmonische Melodien und zarte Düfte mithelfen, die Sinne zu verfeinern. Dadurch verstummen allmählich die menschlichen Alltagsgedanken, und der Patient vermag über das nachzudenken, was er bereinigen soll – damit er nach dem Heilfasten nicht wieder in die alten Gewohnheiten und eventuell früher vorhandenen Laster zurückfällt.

II. Kapitel

Der Ablauf des Heilfastens

DIE ERSTE WOCHE

Der erste Tag*

Der Patient wird vom Arzt gründlich untersucht und noch einmal über das Heilfasten informiert. Er bekommt auch ein Merkblatt, damit er weiß, was er besonders zu beachten hat.**

Am ersten Tag des Heilfastens sollte ein Gruppengespräch stattfinden. Ein Arzt, ein Heilpraktiker oder ein anderer Verantwortlicher weist die Patienten in die allgemeingültigen, ewigen Gesetze ein, die auf jeden Menschen mittelbar oder unmittelbar einwirken.

Dazu gehört auch die Aufklärung über die einzelnen Bereiche der Therapie und was darüber hinaus noch jedem Patienten nach seiner Wahl zur freien Verfügung steht. Dabei sollte auf die Gebetsheilung durch Glauben hingewiesen werden. Die Teilnahme daran ist in das Ermessen des Patienten gestellt; er kann sie in Anspruch nehmen oder nicht. Gleiches gilt auch für die Körperübungen und die Organansprechung.

---

* Die Anreise der Teilnehmer erfolgt zur Zeit samstags; das Heilfasten bzw. der Heilschlaf beginnt dann am Montag.

** Vor Antritt des Heilfastens erfolgt eine umfassende, allgemeine ärztliche Untersuchung jedes Teilnehmers, ob er die Voraussetzungen für eine solche Heilfastenkur erfüllt.

Die Organansprechung erfolgt erst ab der zweiten Woche des Heilfastens. Sie wird jeweils von Montag bis einschließlich Donnerstag angeboten. An diesen Tagen entfallen die Körperübungen und die Heilmeditation.

Die Christusärzte und alle weiteren Verantwortlichen und Mitverantwortlichen sind hinsichtlich der göttlichen Gesetze unterwiesen. Sie gehen alle selbst den Weg der Verinnerlichung, um mit dem universellen Geist, Gott, immer enger in Kommunikation zu gelangen.

Das universelle, ewige kosmische Gesetz, der Geist Gottes, gibt Seinen Menschenkindern nur Aufklärung und rät ihnen. Er wirkt jedoch nicht bestimmend auf ihr Leben ein. Jeder Mensch hat als ein kosmisches Kind den freien Willen. Das beachten auch die Christusärzte und alle Verantwortlichen und Mitverantwortlichen im selbstlosen Dienst am Nächsten.

Schon am ersten Tag des Heilfastens wird dem Patienten angeraten, harmonische Melodien zu hören, die das Nervensystem beruhigen und den Organismus harmonisieren. Dadurch werden die Alltagsgedanken und alles Unwesentliche zurücktreten, so daß der Mensch immer mehr zur Ruhe kommt. Dazu werden auch noch Naturheilmittel verabreicht, damit sich allmählich die Nerven entspannen und beruhigen können und der Patient auch auf diese Weise Ruhe findet.

An den ersten Tagen des Heilfastens wird auf die Entwässerung des Körpers und die Darmentleerung großen Wert gelegt. In den ersten Tagen soll sich der Darm mehrmals am Tag entleeren. Deshalb werden natürliche Abführ- und Entwässerungsmittel verabreicht. Dabei soll jedoch beachtet werden, daß die Exkremente nicht – durch ein Zuviel an Abführmitteln – als plötzliche Entleerung aus dem Darm transportiert werden, denn dies bewirkt ein übersteigertes Hungergefühl. Das sanfte Hinausgleiten aus dem Körper hingegen läßt die Sinnesorgane nicht in Aufruhr geraten und dann mehr Nahrung fordern. Ein unerträgliches Hungergefühl könnte den Patienten eventuell depressiv reagieren lassen.

Wer nach den universellen Gesetzen fastet, der wird nicht hungern. Deshalb werden den noch ungebändigten Sinnen – insbesondere dem Seh-, Geruchs- und Geschmackssinn – ihre Nahrung nicht plötzlich entzogen, sondern allmählich:

Dies beginnt am ersten Tag damit, daß die Sinne umerzogen werden, indem Fleisch, Nikotin, Alkohol und starke Gewürze allmählich reduziert werden. An die Stelle dieser Genußmittel tritt eine Nahrung, welche der Organismus, der ein Naturkörper ist, benötigt. Daraus ergibt sich, daß gleichzeitig auch die alten Vorstellungen und Gewohnheiten an Wert verlieren und der Patient Wesentliches von Unwesentlichem zu unterscheiden lernt.

Am ersten Tag sollte der Patient gewogen werden. Er kontrolliert dann selbst jeden zweiten bis dritten Tag vor dem Frühstück sein Gewicht und teilt sein Körpergewicht dem Arzt oder einem Verantwortlichen mit.

Während der Wochen des Heilfastens gibt es am Morgen, am Mittag und am Abend ein Buffet. Jeder Patient kann sich selbst bedienen und auf diese Weise auch seine Sinne und Organe testen und feststellen, was sie benötigen oder was sie noch wünschen. Die Empfindungen und Gelüste zeigen, ob der Patient allmählich seinen Organismus unter Kontrolle bekommt. Sowohl das Frühstücks- als auch das Mittags- und Abendbuffet ist liebevoll gerichtet, denn auch so lassen sich die Sinne verfeinern. Jede Mahlzeit wird von harmonischer Musik begleitet.

Ich stelle klar: Die Speisepläne, sowohl für das Frühstück als auch für das Mittag- und Abendessen, sind nur zur Anregung gegeben. Sie können jederzeit anders gestaltet werden. Die Natur schenkt in jeder Jahreszeit andere Gaben, die Beachtung finden sollen, und jedes Land hat seine eigenen Sitten und Gebräuche, auch was die Zusammenstellung der Speisen betrifft. Das sollte beachtet werden.

Das Frühstück

Auf dem Frühstücksbuffet befinden sich Kräutertee sowie Weißdorntee, der mit Schwarztee gemischt ist, sowie Getreidekaffee mit Milch. Weiterhin sind auf dem Frühstücksbuffet Maisbrot und Brötchen (Semmeln), Marmelade, wenig Pflanzenmargarine und Magerquark sowie mehrere Schalen mit kleinen Äpfeln. Auch Walnüsse liegen zum Verzehr bereit. Jeder Patient soll nur einen Apfel nehmen und nur eine halbe Walnuß.

Als erstes sollten die Patienten ein oder zwei Tassen Weißdorntee, gemischt mit Schwarztee, trinken und anschließend ein oder zwei Tassen Kräutertee. Auch eine Tasse Getreidekaffee kann in den ersten Tagen zum Frühstück getrunken werden.

Der Patient sollte selbst darauf bedacht sein, nicht mehr, wie gewohnt, zwei Brötchen oder drei Brote zu verzehren, sondern nur ein Brötchen oder zwei kleine Schnitten Brot.

Der kleine Apfel und die halbe Walnuß als Abschluß des Frühstückes sollen die noch hungrigen Sinne beruhigen und das Gefühl der Sättigung erzeugen. Beide Früchte tragen neben der Beruhigung zugleich zum Aufbau des Körpers bei.

Tagsüber sollte der Patient von den Betreuern immer wieder angehalten werden, der harmonischen Musik zu lauschen, die laufend von Cassetten abgespielt wird. Vor allem bei den Mahlzeiten soll harmonische Musik in das Innere des Menschen Einlaß finden. Durch harmonische Klänge werden die Sinnesorgane, insbesondere der Geruchs- und Geschmackssinn, von der Begierde nach Nahrung abgelenkt und gleichzeitig verfeinert. Auch das Nervensystem entspannt sich bei Melodien, die den kosmischen Harmonien gleichen.

Das alles trägt im Zusammenwirken zur Harmonisierung des Organismus bei und zur Ausrichtung der Zellen und Organe des Körpers auf die Lebenskraft in ihnen.

Ebenso sind für die Patienten auch Düfte wichtig, wie zum Beispiel der Duft von Sandelholz, Rosen, Jasmin, Flieder, Veilchen, Lavendel oder Tannennadeln. Sie sollten abwechselnd, jeden Tag ein anderer Duft, ganz zart und fein die Räume durchziehen, in denen sich die Patienten aufhalten.

Zur Beachtung: Die Düfte sollten nur wie ein Hauch die Räume durchziehen und nicht aufdringlich auf den Patienten einwirken. Wenn der Patient den Duft erschnuppern muß, dann ist die richtige Dosierung erreicht.

Melodien, Düfte und auch die Farben in den Räumen aktivieren die geistigen Heil- und Seelenkräfte, die sodann stärker in den Körper einströmen und zur Linderung und Heilung des Organismus beitragen.

Diese Einwirkungen verfeinern die Sinne und auch das Bewußtsein der Zellen und Organe. Dadurch stellt sich ganz allmählich eine Harmonisierung des gesamten Organismus ein. Die Folge ist, daß die Zellen und Organe des Körpers auf positive Impulse umorientiert werden und dann mit der Zeit signalisieren, was sie benötigen – und nicht, was sie wollen.

Der Spaziergang gehört ebenfalls zur Therapie. Dem Patienten wird empfohlen, nach dem Frühstück einen Spaziergang zu machen. Die Bewegung in der frischen Luft, besonders am Morgen, bewirkt im gesamten Organismus ein Aufleben der positiven Energien. In den frühen Morgenstunden und noch in den ersten Vormittagsstunden wirken die kosmischen Lichtspektren, die auch Heil- und Lebenskräfte sind, intensiver auf den Körper ein als am späten Vormittag und am frühen Nachmittag.

Die kosmischen Lichtspektren beleben die Zellen, Organe, die Drüsen und Hormone und stärken den ganzen Organismus. Die kosmischen Energien wirken stimulierend auf das Ober- und Unterbewußtsein der Zellen und Organe ein und schalten allmählich das Drängen und Wollen des Körpers aus, so daß der Patient an sich selbst erfährt, was sein Organismus an Nahrung und eventuell an pflanzlichen Medikamenten benötigt. Beim Spaziergang am Morgen wird dem Körper auch viel Sauerstoff zugeführt, der ein wesentlicher Heilträger ist.

Zum Heilfasten sollten Aufenthaltsorte mit waldreicher Gegend bevorzugt werden, weil die ozonhaltige Luft eine große Bereicherung für das Nervensystem des Menschen und für alle Bausteine des Organismus ist.

Nach dem Spaziergang am Vormittag wird dem Patienten ein kleiner geriebener Apfel und ein Brötchen gereicht. Das Brötchen sollte langsam gegessen werden, indem es gut gekaut und mit viel Speichel durchtränkt wird.

Bis zum Mittagstisch wird sich der Patient entweder ausruhen oder, je nach Terminabsprache, zum Beispiel den Arzt aufsuchen oder eine Heilmassage erhalten.

Auch Gruppen- und Einzelgespräche gehören zur Therapie. Dabei lernt der Patient, seine Gedanken und sein Leben zu erkennen, zu überdenken und richtig einzuordnen – damit er sich im Laufe der Zeit immer wieder selbst zu kontrollieren vermag. Das ist Selbstfindung. Das Thema lautet: Ich finde mich und weiß, wer ich bin. – Auf dieses Erkenntnisspektrum läßt sich das positive Leben aufbauen.

Für die Erholung der Patienten ist es wichtig, Zeit für Ruhe und innere Sammlung zu haben.

An allen Tagen des Heilfastens, besonders am Samstag und Sonntag, sollte die Besuchszeit nur begrenzt sein, denn die Patienten brauchen innere und äußere Ruhe und den Abstand vom altgewohnten Milieu. Beim Ruhigwerden des Gemüts beginnt sich im Leben des einzelnen so manches wie von selbst zu ordnen und zu bereinigen.

Wenn sich der Körper durch das Heilfasten entschlackt, das heißt leichter und auch sensitiver wird, kommen viele erledigte und unerledigte Dinge in die Gedankenwelt. Sie steigen sowohl aus der Erinnerungswelt des Ober- und des Unterbewußtseins auf als auch aus den Hüllen der Seele und dem reinen Bewußtsein, dem Göttlichen im Menschen.

Dabei wird dem Patienten Hilfe zuteil: Der Arzt oder der Verantwortliche, der ihn in die Therapie des Heilfastens eingewiesen hat, steht ihm zur Verfügung bei der Bewältigung dessen, was er erkannt hat, jedoch aus verschiedenen Gründen nicht allein umzusetzen vermag. Auch die Gesprächstherapie, einzeln und in der Gruppe, führt zur Selbstfindung.

Ein Arzt oder ein Heilpraktiker oder ein weiterer verantwortlicher, geistig entwickelter Mensch steht dem Patienten in allen Lebensfragen beratend zur Verfügung, auch hinsichtlich seiner noch ungelösten Vergangenheit. Sie helfen,

Schwierigkeiten und Probleme richtig zu erkennen, und geben Aufklärung, wie diese nach dem Gesetz Gottes gelöst werden können.

Werden von den Patienten Gruppen- oder Einzelgespräche gewünscht, dann sollten diese so bald als möglich durchgeführt werden, denn der Patient soll sich nicht allzulange mit seinem Problem und mit dem, was in ihm ansteht, beschäftigen.

Ärzte und alle weiteren Verantwortlichen werden dem Patienten bei der Lösung seiner Schwierigkeiten und Probleme aber nur beratend zur Seite stehen. Jeder Mensch hat von Gott den freien Willen als Grundlage für sein Denken und Leben bekommen. Dieser darf nicht beeinflußt werden.

Jeder Patient wird jedoch angehalten, das Gebot des Herrn zu befolgen: *zu vergeben und um Vergebung zu bitten und nicht mehr die gleichen Fehler und Sünden zu begehen, also fortan nicht mehr zu sündigen.*

Auf dem Fundament dieser Jesusworte bauen sich immer wieder die Gruppen- und Einzelgespräche auf. Patient, Arzt und alle Verantwortlichen bemühen sich gemeinsam, das, was der Patient erkannt hat und was ihn bedrückt, zu analysieren, damit es von ihm bereinigt werden kann.

Das Mittagsmahl

Schon vom ersten Tag des Heilfastens an wird auf die Schulung der Sinne geachtet. Verfeinern sich die Sinne des Patienten, dann ändern sich auch ihre Neigungen und Wünsche, weil sich die Struktur des Körpers verändert. Jeder Organismus ist ein Energiekörper, der entsprechend dem

Empfinden, Denken, Reden und Handeln des Menschen schwingt und klingt.

Durch die Verfeinerung der Sinne und der Denkgewohnheiten ändert sich auch die gesamte Körperstruktur. Der Mensch wird in seinem Wesen feiner, wodurch sich die Körperschwingung anhebt. Das bewirkt eine Verfeinerung der Gesamtstruktur des Organismus. Das heißt, die Zellen, Organe, Drüsen, Hormone und alle weiteren Bausteine des Körpers stellen sich auf eine höhere Lebensschwingung um. Sie wollen nicht mehr, sondern sie signalisieren, wessen sie bedürfen.

Diese Signale seiner Organe soll der Patient zu deuten lernen. Er wird deshalb angehalten, langsam und bewußt zu speisen, die Nahrung gut und langsam zu kauen und dabei auf die Musik zu hören, welche die Sinne und das Bewußtsein der Zellen und Organe mit einstimmt.

Während des Essens soll wenig – wenn möglich kaum – gesprochen werden, damit nicht zu viel Luft in den Organismus gelangt und übermäßige Blähungen verursacht. Blähungen bewirken im Körper Stauungen. Die Organe können sodann nicht unbeeinträchtigt arbeiten und geben wieder Fehlimpulse.

Durch zu viel Sprechen wird das Verdauungsorgan, der Magen, noch mehr belastet, als er schon durch übermäßiges Essen, durch scharfe Kost und scharfe Getränke zu tragen hat. Wird also viel gesprochen, dann muß das Verdauungsorgan nicht nur die Nahrung aufnehmen und verarbeiten, sondern sich auch mit der großen aufgenommenen Luftmenge und den Blähungen auseinandersetzen.

Ähnliches gilt auch für den Darm, für die Lunge und das Herz: Wenn Gase nach oben drücken und diese Organe in ihrer Funktion beeinträchtigen, dann fühlt sich der Patient unwohl. Daher rate ich, die Speisen in einem ausgewogenen Verhältnis zu halten. Es soll deshalb wenig Rohkost und kein stark blähendes Gemüse gereicht werden. Da viele Menschen Rohkost zu sich nehmen, soll es auch Rohkost geben – jedoch nur in jeweils angemessener Menge und nicht täglich. Zu viel Rohkost ist auf die Dauer nicht gut für den Organismus. Ein ausgewogenes Verhältnis zwischen Rohkost und gedämpftem Gemüse ist das richtige Maß.

Das erste Mittagsmahl besteht aus drei Gerichten, die zur Auswahl angeboten werden:

Das erste Gericht ist ein kleiner Rohkostteller mit einer Scheibe Vollkornbrot und Pflanzenmargarine.

Das zweite Gericht besteht aus gedämpftem Gemüse verschiedener Art (bitte nicht abkochen); dazu wird eine nur leicht gewürzte Joghurtsauce (aus Mager-Joghurt) gereicht.

Das dritte Gericht bietet eine etwas schwerere, „gaumenfreudige“ Kost: Kartoffelsalat und grüner Salat mit einem Bratling aus Soja oder Grünkern.

Der Apfel sollte bei keiner Mahlzeit fehlen, da dieser alle wesentlichen Baustoffe enthält, die der Organismus benötigt. Auch ein Korb mit Brötchen (Semmeln) steht auf dem Mittagsbuffet.

Zu trinken gibt es Kräutertee und eventuell ein Diätbier. Auch Gemüse- und Fruchtsäfte können getrunken werden, jedoch nur in kleinen Mengen.

Der Patient stellt sich selbst die Frage, welches Gericht er nehmen möchte. Das heißt, er richtet die Frage, welche Kost für ihn gut sei, an seine Sinne und Organe. Er zieht dabei alle drei Gerichte, einschließlich des Apfels und Brötchens, in Erwägung. Dann hält der Patient kurz inne und wartet auf eventuelle Signale der Sinne und Organe.

Während dieser Selbsterforschung sollte schon eine Cassette mit harmonischer Musik laufen. Die Musik begleitet die Patienten anschließend auch beim Speisen.

Entscheiden sich die Sinne und Organe für zwei Gerichte, dann sollte der Patient davon jeweils jedoch nur eine geringe Menge nehmen.

Die erste Erziehung der Sinne und Organe liegt darin, daß der Patient nur wenig Nahrung zu sich nimmt, also die Hälfte von dem, wonach seine Sinne und die Organe verlangen. Der kleine oder halbe Apfel, ein trockenes halbes oder ganzes Brötchen gleichen das eventuell noch bestehende Hungergefühl aus.

Bitte langsam essen, gut kauen und die Nahrung gut einspeicheln – und dabei der Musik lauschen.

Immer erst trinken, wenn der Mund leer ist.

Der Apfel, der auch als Vitaminspender gesehen werden sollte, darf nicht vergessen werden. Er kann entweder vor oder nach dem Essen verzehrt werden. Er sollte als ganze Frucht oder gerieben im Blickfeld des Patienten stehen, damit er immer wieder erinnert wird, daß der Apfel noch gegessen werden muß; denn der Apfel ist ein Bestandteil der Therapie.

Nach dem Mittagsmahl folgt eine Ruhepause von ein bis eineinhalb Stunden.

Wichtig für den Patienten ist das Trinken. Der Patient soll sich damit jedoch nicht quälen. Er soll nur so viel trinken, wie er zu trinken vermag, doch sich nicht übermäßig dazu zwingen.

Bezüglich des Trinkens und Essens sollte nicht genötigt werden.

Sowohl am Vormittag als auch am Nachmittag sind ein oder zwei Tassen Entwässerungstee zu empfehlen. Wacholderbeeren können – dosiert und auf den ganzen Tag verteilt – ebenfalls gegeben werden.

Auch an die Entleerung des Darmes möchte ich erinnern, denn die Nahrung sollte nicht zu lange im Körper sein. Wenn nötig, kann immer wieder ein Naturheilmittel gereicht werden, das den Darm entleert, das heißt den Inhalt des Darmes hinausgeleitet.

Nach der Mittagsruhe ist wieder ein Spaziergang angeordnet. Bei großer Hitze im Sommer sollte der Spaziergang auf die Abendstunden verlegt werden.

Der Spaziergang ist bei jeder Witterung zu empfehlen. Der Patient sollte deshalb entsprechende Kleidung mitbringen.

Die Bewegung und der Spaziergang zum Einatmen des natürlichen Sauerstoffes gehören ebenfalls zur Therapie, ebenso wie die Spektrallichter, die der Tag ausstrahlt und die der Organismus während eines harmonischen Spazierganges aufnimmt. Frische, ozonhaltige Luft in waldreichen Gegenden ist ein beachtlicher Lebensträger, der die Heilung fördert.

Vor oder nach dem Spaziergang gibt es einen kleinen oder einen halben geriebenen Apfel mit einem ganzen oder halben Brötchen. Das Brötchen ist nur als eine Beigabe gedacht für jene, deren Hungergefühl das erträgliche Maß übersteigt. Der Apfel hingegen sollte stets gegessen werden.

Es ist zu empfehlen, den geriebenen Apfel einige Zeit an der frischen Luft stehen zu lassen, damit er braun wird. Diese Oxydierung trägt dazu bei, daß sich ganz allmählich das fehlende Eisen im Blut bilden kann.

Am späten Nachmittag können Gruppen- oder Therapiegespräche stattfinden und Heilmassagen oder weitere Therapien angeboten werden.

Die Einnahme von Medikamenten sollte unter der Kontrolle eines Arztes stehen.

Wichtig ist, daß der Patient zur inneren Ruhe findet. Daher ist es oftmals unumgänglich, daß ein sehr unruhiger, von „Streßfieber" geplagter Patient Beruhigungsmittel aus dem Garten der Natur erhält.

Das Abendessen

Es wird zwischen 18 und 18.45 Uhr eingenommen.

Auch das Abendbrot gibt es wieder am Buffet. Es besteht aus zwei Speisen, die zur Wahl angeboten werden.

Der Patient wird sich nicht satt essen und nur so viel nehmen, wie ihm die schon gezügelten Sinne anzeigen.

Bevor er die Speisen und deren Menge wählt, wird er das Angebotene erst einmal betrachten und dann in sich abwägen, um wieviel er heute die Nahrung reduzieren möchte. Die Sinne und Organe helfen ihm dabei durch entsprechende Impulse, die er selbst auswerten wird. Dabei kann er beraten werden von dem, der für das Buffet verantwortlich ist.

Auf dem Buffet stehen Weißbrot und Vollkornbrot, leicht gewürzter Magerquark, außerdem Apfel-Chicorée-Salat, zubereitet mit feingewiegter Petersilie, mit Magerjoghurt und etwas geriebenem Meerrettich. Dazu gibt es noch einen kleinen oder halben Apfel mit einer halben Walnuß.

Alle Speisen sollen gut gekaut und eingespeichelt werden.

Zum Abendbrot stehen wieder verschiedene Teesorten zur Auswahl, darunter auch ein Beruhigungs- und Schlaftee.

Die Mahlzeit sollte wieder ruhig und bewußt eingenommen werden, begleitet von harmonischer Musik.

Wenn der Patient unruhig schläft oder Einschlafschwierigkeiten hat, dann sollte er am Abend vor dem Schlafengehen ein bis zwei Tassen Schlaftee trinken. Auch Schlaftropfen aus dem Garten der Natur sind zu empfehlen.

Der Patient kann einen kleinen Apfel mit einer Scheibe Knäckebrot oder zwei Scheiben ungezuckerten Zwieback mit auf sein Zimmer nehmen, für den Fall, daß sich spät am Abend noch ein großes Hungergefühl einstellt, das ihn nervös macht. Diese zusätzliche Nahrungsaufnahme soll jedoch nicht zur Gewohnheit werden, damit der Patient nicht jedem Bedürfnis nach Nahrung nachgibt.

Der zweite Tag

Ungefähr eine halbe Stunde vor dem Frühstück beginnt am Morgen die Ausrichtung auf den Tag. Die Patienten gehen in die Stille. Sie kehren in ihr Inneres ein, um sich im Gebet oder in der Meditation auf den Tag einzustimmen.

Anschließend wird ein Arzt oder Heilpraktiker oder ein vom Arzt Beauftragter, der in das Heilfasten eingeführt ist, die für den Tag nötigen Anweisungen geben.

Derjenige, der die morgendliche Ausrichtung leitet, sollte auch die Patienten nach ihrem Befinden fragen und sie daran erinnern, daß innere und äußere Stille zum Heilfasten gehören.

Er wird die Patienten auch auf die Therapie, die Gruppengespräche und Heilmassagen aufmerksam machen. Auch wird er nochmals darauf hinweisen, daß das ruhige Speisen wichtig ist, daß täglich die Nahrungsmenge reduziert wird und daß Apfel und Brötchen gut gekaut und eingespeichelt werden sollen.

Der Patient wird erneut aufmerksam gemacht auf die Musiktherapie und auf den Spaziergang als sehr wesentliche Bestandteile im Konzept des Heilfastens.

Bewegung, Sauerstoffaufnahme und Tageslicht harmonisieren den Rhythmus des Körpers. Insbesondere die Lichtspektren tragen erheblich zur Harmonisierung der Organe bei, wobei das Bedürfnis des Menschen nach Bewegung und Sauerstoffaufnahme zunimmt.

Das Frühstück

Am zweiten Tag wird nach einer halben Tasse Weißdorntee, gemischt mit Schwarztee, als erstes ein Apfel und ein Brötchen gereicht. Falls die Äpfel nicht bereits in der Küche gerieben wurden, stehen auf dem Buffet einige Glasreiben, damit die Patienten ihre Äpfel auch selbst reiben können.

Zur Auswahl gibt es dann entweder ein Ei oder Magerquark mit wenig Marmelade oder Pflanzenmargarine und eine Scheibe Mais- oder Weißbrot – oder ein kleines Schälchen Müsli. Dem Patienten wird hiermit die Möglichkeit gegeben, sein Frühstück selbst auszuwählen und dabei seinen Sinnen und dem Bewußtsein der Organe Beachtung zu schenken.

Bitte aber nur wenig essen und dafür die Nahrung um so länger kauen!

Zur Beachtung: Iß nur so viel, daß noch ein „kleines Hüngerchen" bleibt. Dann hast du das rechte Quantum an Nahrung zu dir genommen.

Wenn sich jedoch das Verdauungsorgan, der Magen, durch Druck bemerkbar macht, dann hat der Patient schon zu viel gegessen.

Nach dem Frühstück wird wieder der Spaziergang gemacht. Danach gibt es wieder einen kleinen geriebenen Apfel, dazu ein halbes Brötchen oder eine kleine Scheibe Maisbrot.

Nach dem Morgenspaziergang sind die Gesprächstherapie, die Heilmassage und der Besuch beim Arzt vorgesehen. Hierfür tragen sich die Patienten rechtzeitig in die aufgelegten Terminlisten ein.

Das Mittagsmahl

Das Mittagessen ist auf dem Buffet wieder so angeordnet, daß jeder Patient nur die Speisen und davon nur so viel wählt, wie ihm sein Organismus anzeigt.

Es gibt wieder verschiedene Teesorten und Fruchtsaft oder ein kleines Glas Diätbier.

Drei Speisen stehen zur Wahl:

1. Eine kleine Portion Rohkost, appetitlich angerichtet.
2. Gedämpftes Gemüse und ein kleiner Kartoffelknödel oder eine in Folie gegarte Kartoffel, dazu eine Pilzsauce.
3. Reis mit Apfel und Nüssen. Dazu eine Apfelsauce oder eine Vanillesauce, diese aus entrahmter Milch.

Als Nachspeise gibt es einen kleinen Honigapfel. Der Apfel bleibt ganz. Das Kernhaus wurde nur soweit herausgeschnitten, daß ein Teelöffel Waldhonig eingefüllt werden konnte. Dann wurde der Apfel in Folie eingewickelt und in der Bratröhre erhitzt.

Bitte wenig essen! Die Nachspeise, der Apfel, darf nicht vergessen werden!

Die Nahrung langsam essen, gut kauen und einspeicheln!

Bitte ruhig essen! Dabei wenig oder gar nicht sprechen!

Die Musik als Therapie sollte dabei nicht fehlen.

Der Nachmittag

Im Anschluß an das Mittagessen sind ein bis zwei Stunden Ruhe. Anschließend gibt es eine kleine Portion geriebenen Apfel und nach Wunsch dazu ein halbes Brötchen (Semmel).

Dann ist wieder ein Spaziergang vorgesehen – oder ein Aufenthalt im Garten, eventuell mit einer Lektüre, die jedoch das Gemüt nicht erregen sollte. Auch Gruppengespräche im Freien können nach Absprache gehalten werden.

Diese Gruppengespräche dienen der Selbsterkenntnis der Patienten, vor allem der Erkenntnis ihres Fehlverhaltens. Ihr Leitgedanke sollten die Worte Jesu an einen Geheilten sein: „Deine Sünden sind dir vergeben. Gehe hin, und sündige fortan nicht mehr."

Dazu dienen folgende Fragen:

- Was habe ich (der Patient) an mir selbst erkannt?
- Wie gehe ich das Erkannte an?
- Was davon ist schon bereinigt?
- Wie können weitere Ursachen erkannt und bereinigt werden?

Über das, was bereinigt ist, sollte nicht mehr nachgedacht werden. Aber wenn später ähnliche Situationen auftreten, sollte es nicht wieder getan werden!

Erst wenn der Mensch seine Fehler und Sünden erkennt, bereut und wiedergutmacht, ist Hilfe und Heilung aus dem Geiste Gottes möglich.

Am Nachmittag können außer den Therapiegesprächen auch Heilmassagen und weitere Therapien in Anspruch genommen werden.

Das Abendessen

Es gibt wieder Tee, wenn möglich Teesorten, die beruhigen – doch keinen Entwässerungstee!

Zum Abendessen gibt es eine große oder zwei kleine Kartoffeln in Folie mit Apfel- oder Kräutersauce.

Auf dem Buffet stehen zur Wahl Mais-, Schwarz- und Knäckebrot. Zur Nachspeise ist auf eine kleine Apfelscheibe eine Camembertscheibe gelegt, dazu ein kleines Sträußchen Petersilie. Weiter steht auf dem Tisch eine Schale mit geriebenen Äpfeln zum Selbstbedienen. Hierzu sollte jeder Patient eine Walnuß essen.

Wenn dies noch notwendig ist, können auf das Zimmer wieder ein kleiner Apfel und ein Knäckebrot oder ein Zwieback mitgenommen werden.

Die weiteren Abendstunden können, je nach Wunsch der Patienten, mit Basteln oder Lesen oder dem Besuch eines Vortrags verbracht werden. Vortragsthemen über die Selbsterkenntnis oder das Gesetz von Saat und Ernte tragen zur Selbstfindung bei; auch wertvolle Filme, die jedoch nicht das Gemüt erregen sollen. An schwülen oder sehr heißen Sommertagen wird der Nachmittagsspaziergang auf den Abend verlegt.

Wer sich tagsüber mit kleineren Arbeiten beschäftigen möchte, zum Beispiel im Garten, im Haus oder in der Küche, kann sich auf diese Weise selbstverständlich betätigen.

Der dritte Tag

Auch er beginnt mit der morgendlichen Ausrichtung. Danach wird in kurzen Gesprächen auf die Wünsche und auf das Befinden der Patienten eingegangen. Auch auf das Verhalten beim Heilfasten sollte an jedem Morgen aufmerksam gemacht werden.

Das Frühstück

Ein oder zwei Tassen Weißdorn- oder Schwarztee – oder auch gemischt –, anschließend Kräutertee nach Wahl.

Das Frühstück sollte leicht und bekömmlich sein: Entweder ein Müsli mit Früchten – oder eine Scheibe Schwarzbrot, Maisbrot oder Knäckebrot mit wenig Pflanzenmargarine und wenig Marmelade.

Es sollen nur eine oder zwei Scheiben Brot gewählt werden. Der Apfel gehört zu jeder Mahlzeit.

Der Vormittag verläuft ähnlich wie schon an den Vortagen: Spaziergang, Gespräche und Therapien.

Während des Vormittags wird wieder ein kleiner geriebener Apfel gereicht und, wenn gewünscht, auch ein halbes Brötchen (Semmel).

Das Mittagsmahl

Es werden zwei Gerichte zur Wahl angeboten: Das erste besteht aus verschiedenen gedünsteten Gemüsen; dazu ein wenig Kräutersauce. Das zweite Gericht ist ein Auflauf aus Spinat mit Nudeln oder mit Reis.

Zu trinken wird Kräutertee gereicht und nach Wunsch ein kleines Glas Obstsaft oder Diätbier.

Nach der Mittagsruhe ist der Nachmittag wieder vorgesehen für Spaziergang, Gesprächstherapie und Heilmassagen.

Das Abendessen

Als erstes gibt es einen geriebenen Apfel mit einer Walnuß und einem Brötchen (Semmel). Das Brötchen ist wiederum gut und langsam zu kauen.

Außerdem wird für Patienten mit einem noch großen Hungergefühl entweder eine Nudel- oder Haferflockensuppe angeboten – oder eine kleine Schale Quark mit einigen Sonnenblumenkernen. Sofern es noch notwendig ist, können wieder ein kleiner Apfel und eine Scheibe Knäckebrot oder ein Zwieback mit auf das Zimmer genommen werden.

Je mehr Heilfastentage der Patient hinter sich hat, um so geringer ist die Menge der Nahrung, die er noch zu sich nimmt. Doch es bleibt nicht allein bei der Reduzierung der Speisen: Auch Therapiegespräche, Musik, Heilmassagen und Spaziergänge verfeinern die menschlichen Sinne, so daß sich die Organe allmählich auf kleine Essensportionen umstellen. Gleichzeitig entschlackt sich der Organismus.

Während dieses Umstellungsprozesses wird zugleich das geistige Bewußtsein der Zellen und Organe aktiviert. Dazu trägt auch die Normalisierung des Wasserhaushaltes bei. Der Patient wird in seinem Denken und Verhalten bewußter; die Wunschimpulse aller Bausteine des Körpers gehen zurück; und die Organe signalisieren nur noch, was sie benötigen; denn wie wir nun wissen, ist es eines der Ziele des Heilfastens, daß die Zellen und Organe Impulse darüber geben, was der Organismus benötigt – und nicht darüber, was er will.

Der Mensch wird durch das Heilfasten und durch eine positive Einstellung zum Leben feiner in seinem Fühlen und Denken – und daher auch einfühlsamer. Sein Wesen wird edler und bewußter.

Als Folge davon vermag nach dem Heilfasten der positiv eingestellte Mensch sich selbst zu überwachen und wird nicht mehr gesteuert von seinem Wollen, von seinen ehemaligen Wünschen oder von den überlasteten Sinnen des Körpers.

In diesem Zusammenhang möchte ich noch einmal an die Musiktherapie erinnern. Sie sollte nicht vernachlässigt werden; denn harmonische Musik trägt erheblich zu einem ausgewogenen Körperrhythmus bei.

Ein ausgewogener Mensch, das heißt ein Patient, der nur noch wenig seinen Stimmungen und Gefühlen unterworfen ist, nimmt auch die kosmischen Energien, die gleich Lichtspektren sind, bewußter und intensiver auf. Alle bedürfen der Kraft aus den verschiedenen Spektren der kosmischen Strahlung: sowohl die Zellen als auch die Blutgefäße, die Bänder, Sehnen, Knochen, die Organe, Muskeln, die Drüsen und Hormone.

In dem Maße, wie sich der Patient durch Entschlackung, Gewichtsabnahme und Klarheit des Bewußtseins wohler fühlt, wird er wieder lebensbewußter und kreativer. Entsprechend wird das Angebot für die Gestaltung der Abende umfangreicher.

Es wäre gut, wenn nach einigen Tagen des Heilfastens die Patienten die Abende selbst gestalten würden. Vorschläge hierfür sollten die Patienten mit den Verantwortlichen besprechen. Ein Verantwortlicher sollte bei den Abendveranstaltungen anwesend sein.

In solchen freien Stunden sollten harmonische und aufbauende Gespräche geführt werden, aber keine Gespräche über Themen, die das Gemüt des Patienten belasten und wieder Gedanken hervorrufen, deren Ursachen eventuell schon bereinigt sind.

Jede Dissonanz der Körperschwingung kann alte Probleme zum Aufwallen bringen, die sich sodann – durch die Gespräche – wieder neu aufbauen können. Deshalb ist es nicht gut und für die Genesung der Patienten nicht förderlich, wenn in den freien Stunden, insbesondere in den Abendstunden, über Krankheit, Familienschicksale und dergleichen gesprochen wird. Wenn solche und ähnliche Gespräche stattfinden, sollte ein Verantwortlicher zugegen sein, der über die göttlichen Gesetze und das Gesetz von Saat und Ernte Auskunft geben kann.

Der vierte Tag

Innere Ausrichtung mit kurzen Fragen über das Befinden der Patienten.

Vor dem Frühstück wird mit leichten Körper- und Lockerungsübungen und einer Heilmeditation begonnen. Die

Teilnahme an dieser geistig-seelischen Ansprechung ist jedem freigestellt.

Das Frühstück

Das Frühstücksbuffet bietet wieder Weißdorn- und Schwarztee, gemischt oder einzeln zubereitet, sowie Kräutertee zur Auswahl. Auch Apfelschalentee mit etwas Zitrone kann gereicht werden.

Nach ein bis zwei Tassen Tee gibt es einen geriebenen Apfel mit einigen Sonnenblumenkernen, dazu ein Brötchen (Semmel). Das Brötchen wird langsam und gut gekaut. Für den Fall, daß der Organismus noch mehr Nahrung verlangt, steht leicht gewürzter Magerquark zur Verfügung, dazu eine Scheibe Knäckebrot oder andere dünne Brotsorten. Auf dem Frühstücksbuffet steht auch Pflanzenmargarine, die nur dann vom Patienten genommen wird, wenn sein Organismus danach verlangt.

Der Vormittag ist wieder für Spaziergänge, Therapien und für Gespräche, auch in Gruppen, vorgesehen. Im Laufe des Vormittags gibt es wieder einen kleinen Apfel, dazu ein oder zwei Stücke Zwieback – falls noch ein größeres Hungergefühl besteht.

Das Mittagsmahl

Am Buffet stehen Weißdorntee, Schwarztee, Kräutertee. Auf Verlangen gibt es auch ein Gläschen Diätbier oder Obstsaft zu trinken. Weiter stehen bereit eine kleine Hefekugel, die auf Trockenobst gesetzt und aufgedämpft wurde. Hierzu kann eine kleine Portion Vanillesauce gereicht werden, die aus Magermilch bereitet ist. Zur Auswahl anstelle der Hefekugel wird ein kleiner Salatteller mit einem halben Ei und einer Scheibe Schwarzbrot angeboten. Der Nachtisch besteht wieder aus einem kleinen Bratapfel, der mit einem halben Teelöffel Honig gefüllt wurde.

Der Nachmittag gestaltet sich wieder entsprechend der Witterung und den vorgesehenen Therapien. Im Verlauf des Nachmittags wird wieder ein kleiner geriebener Apfel, untermengt mit einigen feinen Reisflocken, gereicht.

Der Abend

Ein Teller mit klarer Suppe steht bereit. Anschließend wird ein kleiner Teller mit Fruchtsalat aus den verschiedenen Früchten der Saison angeboten, wie zum Beispiel Äpfeln, Pfirsichen, Aprikosen, Mandarinen oder Kirschen. Der Fruchtsalat wird mit Joghurt und feinen, zarten Gewürzen zubereitet. Darüber werden einige Haselnußsplitter gestreut. Dazu wird eine Scheibe Knäckebrot oder eine Scheibe eines anderen dünnen Brotes und etwas Pflanzenmargarine angeboten. Bitte die Pflanzenmargarine nur sehr sparsam verwenden.

Der Apfel darf nicht fehlen. Der Patient bereitet ihn selbst für sich zu. Ein kleiner Apfel und ein kleines Brötchen kann wieder auf das Zimmer genommen werden.

Noch einmal möchte ich auf die Gestaltung der Abende zurückkommen, da durch das Heilfasten wieder das Interesse an vielen Dingen erwacht. Ich gebe einige Anregungen für die Gestaltung der Abende:

- Ein Konzert- oder Liederabend
- Gespräche, zum Beispiel über die Wirkungen des positiven Denkens oder über das Thema: Denke und lebe ich richtig?

Auch die Wünsche des weiblichen Geschlechts sollten nicht ins Hintertreffen geraten. Abendfüllende Themen wären beispielsweise:

- Welche Frisur paßt zu meinem Typ?
- Wie pflege ich mich? Gesichts-, Körper- und Fußpflege
- Eine Kosmetikerin und auch Fußpflegerin kann ins Haus kommen
- Oder: Welche Kleidung paßt zu meinem Typ?
- Auch eine kleine Modenschau bringt Abwechslung und gibt neue Anregungen, den verwandelten Menschen richtig zu kleiden.

Das Heilfasten weckt, wie dargelegt, viele Interessen: Der träge Körper, der durch eine falsche Ernährung und zu reichhaltige Kost und scharfe Getränke nachlässig geworden ist, erwacht zu neuem Leben und der Mensch zu neuem „Tatendrang". Es können jedoch auch wieder alte Wünsche und Sehnsüchte aufleben. Diese werden dann in den Therapiegesprächen analysiert und vom Patienten bewältigt.

Auch Unterhaltungsspiele, die das Gemüt nicht erregen, sind an den Abenden eine willkommene Abwechslung. Es sollte auch eine Wanderkarte für die Wanderwege des Ortes und der näheren Umgebung aufliegen.

Heilfasten bedeutet gleichsam: wieder aufleben. Die Lebenskräfte, die Lebensgefühle, werden aktiviert, da sich die müden Zellen und Organe regenerieren.

So wie sich der Körper entschlackt, erwacht auf gleiche Weise wieder das Leben; es erwacht der „Tatendrang". Es ist wie nach dem Winter, wenn das Eis bricht, die Schneedecke schmilzt und die Frühlingssonne die Natur zum Leben erweckt. Dann schmückt sich das erwachende Leben mit leuchtenden Farben und in vielfältigen Formen. Ähnlich ist es beim Heilfasten, wenn die Belastungen des Körpers nachlassen und der Mensch wieder richtig zu atmen und zu denken vermag, wenn die geistigen, kosmischen Strahlen auf die Mängel des Körpers oder gar auf eine bestehende Krankheit einwirken können und der Mensch vom Geiste Gottes Linderung und Heilung erfährt – sofern es für seine Seele gut ist.

Es ist die Aufgabe des Arztes, den Patienten wachsam durch die Zeit des Heilfastens zu begleiten – mit Untersuchungen, Gesprächen und Analysen seiner Schwierigkeiten und Probleme.

Zur weiteren Beachtung: Nach einigen Tagen des Heilfastens sollte von den Ärzten besonderer Wert darauf gelegt werden, dem Patienten, je nach dessen Körperverfassung, Spurenelemente und Vitamine zu verabreichen.

Der fünfte Tag

Der fünfte Tag beginnt wieder mit der Ausrichtung und der Frage nach dem Befinden der Patienten. Es wird wieder die Teilnahme an den Körperübungen und der anschließenden Heilmeditation angeboten.

Das Frühstück

Zum Frühstück gibt es wieder Weißdorn- und Schwarztee, gemischt oder einzeln. Auch zwei verschiedene Arten Kräutertee sind zur Auswahl auf dem Buffet. Zunächst gibt es einen geriebenen Apfel, eine entschalte Walnuß und ein Brötchen (Semmel). Anschließend ein kleines Schälchen Magerquark.

Sollte noch ein größeres Hungergefühl bestehen, dann kann der Patient ein oder zwei Stücke Zwieback essen. Er sollte diese langsam und bewußt kauen. Bewußt kauen heißt, sich auf den Kauvorgang zu konzentrieren.

Am Vormittag sind wieder Spaziergänge und Gespräche angeordnet. Der Patient sollte während des Vormittages eine Kleinigkeit zu sich nehmen, entweder einen kleinen geriebenen Apfel oder ein halbes Brötchen, das langsam gekaut werden soll. Als Getränk werden ein bis zwei Tassen Kräutertee gereicht.

Die Patienten sollten immer wieder angehalten werden, so viel wie möglich zu trinken.

Das Mittagsmahl

Die Menge der Speisen auf dem Mittagsbuffet hat nun abgenommen. Dafür ist der Körper leichter, die Nerven sind entspannter und die Zellen und Organe wacher.

Es gibt einen gedünsteten Apfel auf Quark gesetzt. Dazu kann eine Apfel- oder Magerquarksauce gereicht werden. Als Nachtisch liegt auf einem kleinen Stück Vollkorn- oder Pumpernickelbrot ein dünnes Scheibchen Camembert mit einem kleinen Gurkenstück. Getränke sind Entschlackungstee oder ein kleiner Vitamintrunk.

Der Nachmittag und der Abend werden diesmal von den Patienten gestaltet. Vielleicht findet auch ein kurzer Aufenthalt in einer nahen Stadt Anklang, um Besorgungen zu machen. Diese körperliche Anstrengung ist jedoch nur dann zu empfehlen, wenn sich der Patient kräftig genug fühlt.

Wenn sich dabei die Sinne und die Gedanken des Menschen wieder nach der Vielfalt orientieren, die das Leben bietet, dann wird erkennbar, inwieweit sich der Mensch durch das Heilfasten verändert hat. Beginnen die Sinne wieder nach dem zu gieren, was den Patienten in die derzeit noch bestehende Situation gebracht hat, und beginnt der Patient wieder, die alten Gewohnheiten aufzunehmen, dann sollten diese Komplexe, diese Vorgänge mit einem für das Heilfasten erfahrenen Verantwortlichen analysiert werden. In diesem Gespräch kann der Patient erkennen, was er noch nicht bewältigt und daher noch zu bereinigen hat.

Durch solche tieferen Selbsterkenntnisse werden auch die Therapiegespräche bereichert, weil sich nun weitere gesetzmäßige Perspektiven auftun, denn in jeder Erfahrung liegt auch der Impuls für den nächsten Schritt.

Bei diesen weiteren und tieferen Analysen treten erneut die Fragen auf:

- Wem habe ich noch zu vergeben, und wen soll ich um Vergebung bitten?
- Was habe ich noch zu bereinigen und zu bewältigen, damit sich die Worte des Herrn erfüllen: „Deine Sünden sind dir vergeben. Gehe hin, und sündige fortan nicht mehr!“?

Das Heilfasten schenkt dem Patienten viele Möglichkeiten, ein neuer Mensch mit einer positiven Ausrichtung zu werden. Die *Ursachen* seiner Leiden und Schwächen werden in einigen Aspekten schon in den ersten Tagen erkannt. Dabei wird eventuell schon maches abgebaut und bereinigt, so daß bereits eine Erleichterung erkennbar ist.

Wenn der Patient das Heilfasten konsequent durchführt und sich bei den Gesprächstherapien rege beteiligt und sich öffnet – und bei jeder Selbsterkenntnis an die Worte Jesu von Nazareth denkt und das vollzieht, was Er schon den damaligen Menschen geboten hat und was auch heute noch gilt –, dann wird sich das Nervensystem entspannen. Und wenn es gut für die Seele des Patienten ist, wird sich das Gesetz Gottes an ihm erfüllen; es lautet: Deine Sünden sind dir vergeben. Gehe hin, und sündige fortan nicht mehr.

Das Heilfasten nach den Gesetzen Gottes ist nicht mit Entbehrungen verbunden. Es führt unter anderem zur Selbsterkenntnis und zur Befreiung von dem, was verursacht wurde, und trägt damit zur Gesundung des Organismus bei.

Das Abendessen

Das Abendessen des fünften Tages besteht aus einem Teller Getreidesuppe. Dazu wird ein Knäckebrot oder eine Scheibe einer anderen dünnen Brotsorte oder eine Schnitte Maisbrot gereicht. Anschließend folgt der Apfel. Auf das Zimmer kann ein Apfel oder eine Scheibe Brot mitgenommen werden.

Der sechste Tag

Der sechste Tag beginnt wieder mit der morgendlichen Ausrichtung und den kurzen Gesprächen mit dem Arzt über das Befinden. Vor dem Frühstück werden Körperübungen angeboten und eventuell eine kurze Heilmeditation.

Das Frühstück

Auf dem Frühstücksbuffet stehen verschiedene Sorten Kräutertee zur Auswahl, ebenfalls Weißdorn- und Schwarztee. Auch eine kleine Tasse Getreidekaffee kann getrunken werden. Außerdem werden wieder geriebene Äpfel mit einigen Sonnenblumenkernen und einem Brötchen (Semmel) gereicht.

Das Frühstück bietet für jene, die ihre Hungergefühle noch nicht unter Kontrolle haben, französisches Weißbrot und Brotaufstrich aus Grünkern und Kräutern. Der Patient soll hiervon jedoch nur eine Scheibe nehmen.

Vormittag, Nachmittag und Abend sind zur eigenen Gestaltung frei.

Das Mittagsmahl

Das Mittagessen besteht aus Tee, einem kleinen Glas Fruchtsaft, eventuell auch einem kleinen Glas Diätbier; aus klarer Gemüsesuppe, einem kleinen geriebenen Apfel und einem Brötchen.

Nachmittags wird wieder ein geriebener Apfel mit einigen Sonnenblumenkernen gereicht.

Das Abendessen

Zu trinken wird Apfelschalentee, mit Kümmeltee gemischt, und ein Beruhigungstee angeboten. Zu essen gibt es einen Bratapfel. Er wird diesmal folgendermaßen zubereitet: Der Apfel wird mit wenig Honig gefüllt, in Alu-Folie gewikkelt und in der Bratröhre gedämpft. Anschließend wird ein Toastbrot mit Kefir oder Magerjoghurt übergossen oder mit Käse belegt und in der Bratröhre erhitzt. Die Toastbrote kommen portionsweise in Schälchen in die Röhre. Danach werden die gedämpften Äpfel darauf gesetzt und so serviert.

Ein Apfel oder ein Stück Brot kann mit auf das Zimmer genommen werden.

Der siebte Tag

Der siebte Tag beginnt wieder mit der morgendlichen Ausrichtung und der Klärung des Befindens der Patienten. Anschließend werden Körperübungen angeboten und eine Heilmeditation.

Das Frühstück

Das Frühstück besteht wieder aus Weißdorntee, Schwarztee, Kräutertee und eventuell einem Glas Buttermilch oder Magerjoghurt. Es wird wieder ein geriebener Apfel, eine Walnuß und ein Brötchen gereicht. Für Patienten, deren Hunger noch nicht eingedämmt ist, gibt es zusätzlich eine Scheibe französisches Weißbrot mit leichtem Brotaufstrich. Diese Scheibe Weißbrot sollte jedoch nur dann gegessen werden, wenn den Patienten ein fast unstillbarer Hunger befällt.

Der Spaziergang nach dem Frühstück sollte nicht vergessen werden, denn er trägt erheblich zur Genesung bei.

Für noch Hungrige gibt es am Vormittag wieder ein halbes Brötchen und einen kleinen Apfel.

Auch dieser Tag steht dem Patienten wieder zur freien Verfügung; ein Arzt und eine Schwester sind jedoch erreichbar.

Wie das Frühstück, so werden auch das Mittagessen und das Abendbrot weiter reduziert.

Das Grundanliegen des Heilfastens liegt, wie schon offenbart, darin, die Sinne, Zellen und Organe zur Bewußtwerdung zu erziehen, damit sie gesetzmäßige Signale geben, nämlich die Impulse, die anzeigen, wessen sie wirklich bedürfen, nicht, was sie wollen! Der klare Geist des Menschen vermag sodann zu erfassen, was sein Organismus benötigt.

Das Mittagsmahl

Das Mittagessen beginnt mit dem Tee. Auch ein Entschlackungstee sollte angeboten werden. Sodann werden ein geriebener Apfel und ein Brötchen gereicht, und anschließend wird noch ein kleines Häppchen Vollkornbrot oder auch Pumpernickel mit Kräuterquark und einer kleinen Scheibe saurer Gurke zur Beruhigung der Sinne gereicht.

Das Abendessen

Es gibt wieder Kräutertee und nach Wunsch einen Beruhigungstee. Anschließend wird ein Teller Suppe gereicht, in der eventuell Reis oder Weizen gekocht wurde. Frische Kräuter, der Jahreszeit entsprechend, werden hinzugegeben. Auch Sellerie und Karotten können in die Suppe gerieben werden. Dazu wird ein Brötchen (Semmel) oder ein Stück Maisbrot angeboten, anschließend ein Apfel. Je nach der Größe des Apfels und des Hungergefühls kann auch nur eine Hälfte gegessen werden.

Die Gestaltung des Abends wird den Patienten freigestellt. Ein Verantwortlicher sollte jedoch anwesend sein.

DIE ZWEITE WOCHE

In der zweiten Woche des Heilfastens sollten nun gezielt Vorträge über die Schulung der Sinne stattfinden und darüber, wie der Patient seine fünf Sinne verfeinern und lenken kann, um in Harmonie zu gelangen. Außerdem wird dem Patienten dabei nahegebracht, wie die Sprache der Organe zu deuten ist, damit er erkennt, was ihm die Zellen und Organe sagen möchten.

Hier nenne ich einige Vortragsthemen, die zur Selbsterkenntnis des Patienten beitragen:

Erstes Thema: Wie der Mensch empfindet, denkt und spricht, so ist er – das strahlt er auch aus.

Zweites Thema: Hast du dich erkannt? Was willst du nun tun, und wie packst du es an?

Drittes Thema:	Du bist reicher, edler und schöner, als du es je zu denken vermagst. Was mußt du tun, um es zu werden? Wie vollzieht sich die Wandlung?
Viertes Thema:	Erlebe dein wahres Sein.

Der Sinn dieser Vorträge und Schulungen ist, daß der Mensch allmählich lernt, seine Sinne zu zügeln und die Impulse der Organe zu vernehmen.

Dies ist ein Weg zur Selbstfindung und Gesundheit aus dem Programm des Universellen Lebens, das vom Gottesgeist in diese Welt kam für jene, die dem Göttlichen zustreben wollen. Dieses Programm zieht sich durch das ganze Heilfasten. Hierfür sind die Christusärzte im Universellen Leben geschult sowie weitere Männer und Frauen, die ihr Leben in den Dienst des Ewigen gestellt haben und den Weg zur inneren Bewußtwerdung gehen. Denn was der Mensch an sich selbst erfahren hat, das kann er auch mit Überzeugung weitergeben.

Wenn alle verordneten Therapien befolgt wurden, wird im weiteren Verlauf des Heilfastens Wert gelegt auf die praktische Schulung im Verstehen der Sprache der Organe.

Die Schulung erfolgt kurz vor den Mahlzeiten, nämlich dann, wenn der Hunger einsetzt, und während der Nahrungsaufnahme, damit der Patient in sich selbst erspürt, was die Organe signalisieren – besonders, stellvertretend für alle Organe, das Verdauungsorgan, der Magen – und was die Sinne wünschen.

Die praktische Schulung setzt sich bei Tisch fort, während der Patient speist, damit er zu erkennen lernt, wann die Organe signalisieren, daß die Nahrungsmenge genügt und sie nicht mehr verwerten können.

Die Sinne dagegen verlangen möglicherweise noch nach Nahrung und Genußmitteln. Um das und weiteres mehr erkennen zu können, bedarf es der praktischen Schulung.

Die Signale der Zellen und Organe registriert der Patient in seiner Gefühls- und Empfindungswelt. Auch ein leichter Magendruck sagt dem Patienten, daß der Organismus keine weitere Nahrung mehr wünscht.

Wie sollte sich nun der Mensch verhalten, damit er mit seinem Organismus Kontakt aufnehmen kann?

Das Leben, jede Lebensform also, sendet beständig Impulse; auch jedes Organ und alle Bausteine des Körpers.

Damit er die Impulse aus dem Inneren des Organismus wahrnehmen kann, muß der Mensch zuerst mit seinen Organen Kontakt aufnehmen. Das geschieht, wenn er in seinen Körper hineinspürt und mit seinen Empfindungen den Kontakt zu den Organen herstellt, sich also in den Organismus seines Körpers hineinempfindet.

In der Schulung lernt der Patient auch, seinen Organismus zu fragen, welche Nahrung oder welche Getränke er benötigt. Selbst die Menge der benötigten Nahrung teilt der Organismus dem Menschen mit.

Das – und einiges andere – lernt der Patient beim Heilfasten in der praktischen Schulung.

Wenn der Patient sodann die von seinen Zellen und Organen für gut befundene Nahrung zu sich nimmt, dann sollte er sie bewußt und langsam essen und vor allem gut kauen. Das gelingt dem Patienten dann, wenn er in Ruhe speist und sich auf sein Essen konzentriert, ohne viel zu sprechen. Harmonische Musik unterstützt die Konzentration und die Bewußtwerdung.

Wie schon erwähnt, wird der Patient sehr bald an sich selbst spüren, daß die Sinne noch immer nach mehr verlangen, während die Organe – besonders das Verdauungsorgan, stellvertretend für alle anderen – signalisieren, daß nun keine weitere Nahrung mehr notwendig ist, weil der Organismus hat, was er benötigt. Das bedeutet zugleich, daß der Körper augenblicklich nicht imstande ist, mehr zu verwerten.

Achtet der Patient nicht auf diese Signale, ißt er also weiter, dann führt dies zur Bildung von Fettansätzen, der sogenannten Polster. Dem Patienten bleibt die Entscheidung überlassen, entweder den Sinnen zu gehorchen, die noch weiter nach Nahrung verlangen, oder den Organen Gehör zu schenken, die – meist über den Magen – signalisieren, daß sie jetzt genug haben.

Ein schwerer Körper, den zu viel Kalorien und zu viel Fett belasten, kann keinen leichten und beschwingten Rhythmus behalten. Der Mensch wird träge – und damit auch in seiner Empfindungs- und Gedankenwelt. Dabei baut sich zugleich das menschliche Ich immer mehr auf – bis zuletzt der Mensch nur noch um seine eigenen Belange kreist und bestrebt ist, alles an sich zu ziehen, von dem er glaubt, daß es gut für ihn sei. Als Folge davon schafft der Mensch sodann weitere Ursachen, die wiederum ihre Wirkung, letztlich im Körper, zeitigen.

Dem Patienten fällt die Entscheidung für den Organismus dann leichter, wenn er in Harmonie ist.

Diese Übungen, die zum Verstehen der Sprache der Organe führen, werden in den folgenden Tagen nicht nur fortgesetzt, sondern noch intensiviert. Die Erfahrungen und Erkenntnisse mit seinem eigenen Körper sind für den Patienten besonders dann von Bedeutung, wenn die Zeit des Heilfastens zu Ende geht und er wieder mehr Nahrung zu sich nimmt, auch stärker gewürzte Speisen und Süßigkeiten.

Wenn die Patienten ihre Erfahrungen austauschen über die Schulung der Sinne und über das, was der einzelne damit an sich selbst erfährt und erlebt, so führt dies zur Motivation jener Patienten, die sich noch nicht intensiv am Heilfasten beteiligen.

Der achte Tag

Auch der achte Tag beginnt wieder mit der morgendlichen Ausrichtung. An die Stelle der Körperübungen und kurzen Heilmeditationen tritt ab der zweiten Woche – von Montag bis einschließlich Donnerstag – die Organansprechung.

Das Frühstück

Zum Frühstück wird Kräutertee, Weißdorn- und Schwarztee gereicht, dazu ein Brötchen, das bewußt und langsam gegessen und gut gekaut werden soll. Die Beigabe ist ein geriebener Apfel und eine Walnuß.

Vom achten Tag an sollte der Apfel nur dann gegessen werden, wenn keine Abneigung dagegen besteht. Nicht jeder Patient ist in der Lage, täglich die angegebene Menge Äpfel zu essen. Auch in diesem Fall sollte auf die Impulse des Organismus gehört werden. Es ist jedoch ratsam, keine generelle Abneigung gegen Äpfel zu entwickeln, weil diese den gesamten Organismus aufbauen; dem kann mit Wechseln der Apfelsorten vorgebeugt werden.

Nach dem Frühstück wird nur ein kleiner Spaziergang empfohlen, weil am achten Tag mit der Organansprechung begonnen wird.

Die Teilnahme an der Organansprechung, dem positiven Denken zum Aktivieren der Organe, ist freiwillig – der freie Wille, den jeder Mensch von Gott erhalten hat, ist ein Gebot aus dem ewigen Gesetz.

Nach der Organansprechung steht jedem Patienten der weitere Vormittag zur freien Verfügung – soweit nicht für den einzelnen Termine beim Arzt oder für Heilmassage und dergleichen bestehen.

Zu Beginn der zweiten Woche sollte wieder eine grundlegende ärztliche Untersuchung durchgeführt werden.

Am Vormittag

Am Vormittag gibt es für den Patienten wieder einen geriebenen Apfel und ein halbes Brötchen. Sowohl das Brötchen als auch der Apfel können entfallen, wenn das Hungergefühl aufgehört hat. In diesem Fall sollte mehr Kräutertee getrunken werden. Auch ein Gläschen frisch gepreßter Apfelsaft oder Möhrensaft – oder beide Säfte gemischt – kann dem Patienten gereicht werden. Beide Säfte, sowohl der Apfelsaft als auch der Möhrensaft, werden vom Organismus bereitwillig aufgenommen.

Mittagsmahl

Als Getränk wird Kräutertee angeboten. Mindestens eine Tasse sollte vor dem Essen getrunken werden. Danach wird ein Teller Möhrensuppe gereicht, dazu ein Brötchen; anschließend ein halber geriebener Apfel.

Der Nachmittag wird entsprechend der Jahreszeit gestaltet. Der Patient soll viel ruhen und schlafen.

Der Arzt wird sorgfältig den Kreislauf des Patienten beobachten. Die Umorientierung der Organe soll nach Möglichkeit durch entsprechende Messungen kontrolliert werden.

Das Abendessen

Das Abendbrot ist, dem Stande des Heilfastens entsprechend, in der Menge reduziert. Es wird wieder Kräutertee angeboten. Dazu gibt es entweder nur ein Brötchen und einen geriebenen Apfel – oder ein kleines Schälchen mit geriebenen Karotten, mit einem Tropfen Zitrone.

Dann werden sowohl die Sinne als auch die Organe auf die Probe gestellt: Am Buffet steht ein Glas mit kleinen sauren Gurken. Wir beobachten nun, wie die Sinne reagieren und was die Zellen und Organe signalisieren. Der gleiche Test erfolgt mit scharfen, würzigen Häppchen und auch mit Süßigkeiten.

Mit diesen praktischen Übungen zur Selbsterforschung gelingt es dem Patienten, allmählich sich selbst zu erfahren.

Am Abend kann ein halber Apfel mit auf das Zimmer genommen werden.

Der neunte Tag

Der neunte Tag beginnt, wie alle anderen Tage, mit der morgendlichen Ausrichtung und der Aussprache über das Befinden des Patienten.

Das Frühstück

Angeboten werden wieder Kräutertee, Weißdorn- und Schwarztee. Je nach dem Befinden des Patienten sollte vor der Nahrungsaufnahme eine Tasse Tee getrunken werden. Danach wird ein Brötchen (Semmel) gereicht, dazu ein geriebener Apfel mit einigen Sonnenblumenkernen.

Nach dem Frühstück ist wieder ein kleiner Spaziergang angezeigt, damit der Patient anschließend der Organansprechung bewußter folgen kann. Der Vormittag und der Nachmittag stehen dem Patienten zur freien Verfügung, soweit er keine Termine für Gespräche, Heilmassagen oder andere Therapien hat.

Das Mittagsmahl

Das Mittagessen ist wieder nicht umfangreich: Als Getränke werden Kräutertee und ein Gläschen Apfel- oder Karottensaft gereicht. Dann gibt es eine klare Gemüsebrühe und ein Brötchen, das langsam und gut gekaut werden soll. Anschließend gibt es noch einen geriebenen Apfel, einen Teelöffel geriebenen Rettich mit einer kleinen Prise Meersalz oder Kräutersalz.

Das Abendessen

Es beginnt wieder mit Tee, zur Abwechslung mit Apfelschalentee – eventuell ganz leicht mit Honig gesüßt. Dazu gibt es ein Brötchen (Semmel) oder eine Scheibe Maisbrot. Anschließend wird ein in Folie gewickelter und in der Bratröhre gedämpfter Apfel gereicht. Für die späten Abendstunden kann ein kleiner oder ein halber Apfel oder eine Scheibe Knäckebrot mit auf das Zimmer genommen werden.

Der zehnte Tag

Der zehnte Tag beginnt wieder mit der morgendlichen Ausrichtung und der Frage nach dem Befinden der Patienten.

Das Frühstück

Das Frühstück besteht wieder aus Weißdorn- und Schwarztee, Kräuter- und Apfeltee. Am zehnten Tag gibt es zum Frühstück ein Mischbrötchen (halb Vollkornmehl und halb Weißmehl), das wieder langsam gekaut wird. Erst dann trinken, wenn der Bissen gekaut und geschluckt ist! Nicht den Bissen im Mund lassen und die Flüssigkeit dazunehmen! Anschließend wird ein geriebener Apfel mit einigen Sonnenblumenkernen gereicht.

Nach dem Frühstück erfolgt wieder der kleine Verdauungsspaziergang. Dabei wird dem Körper Sauerstoff zugeführt, und dem Patienten ist es besser möglich, der Organansprechung konzentriert zu folgen.

Der weitere Vormittag hat seinen gewohnten Ablauf.

Das Mittagsmahl

Das Mittagsbuffet bietet zum Beispiel wieder Kräutertee und Apfeltee, dazu einen auf Magerquark gesetzten, gedämpften Apfel. Dann wird ein kleines Häppchen Pumpernickel mit wenig Brotaufstrich aus angemachtem Buchweizen angeboten.

Anschließend ist wieder wie üblich Mittagsruhe. Die restlichen Stunden des Nachmittags stehen so weit zur freien Verfügung, als keine Termine für Therapien und Gespräche vorgesehen sind.

Das Abendessen

Es wird Kräutertee und Beruhigungstee gereicht, eventuell ein kleines Glas Diätbier. Danach gibt es eine Scheibe Toastbrot. Darauf wird ein wenig Pflanzenmargarine und eine Scheibe eines gedünsteten Apfels gegeben, auf diese noch ein kurz angeschmortes Stück Banane. Dazu wird ein kleines Gläschen Buttermilch angeboten.

Die Abendprogramme werden von den Verantwortlichen und den Patienten gemeinsam besprochen und gestaltet. Sowohl für Männer als auch für Frauen rege ich abermals Bastelabende, Liederabende, Musikabende, harmonische Gesellschaftsspiele und dergleichen an.

Der elfte Tag

Vor dem Frühstück findet wieder die gewohnte Ausrichtung statt.

Das Frühstück

Das Frühstück besteht aus verschiedenen Teesorten – dabei eventuell auch ein leichter Zitronentee –, mit etwas Honig gesüßt. Dazu werden ein Brötchen oder zwei Stücke Zwieback oder Maisbrot gereicht mit einem kleinen Schälchen Quark, der mit einem Tupfen Marmelade versehen ist. Darüber werden einige Sonnenblumenkerne gestreut. Die Äpfel stehen zur Selbstbedienung auf dem Buffet. Es soll jedoch nur ein kleiner oder ein halber Apfel gegessen werden.

Nach einem kleinen Spaziergang wird wieder die Organansprechung angeboten. Die restlichen Vormittagsstunden sind wieder ausgefüllt mit Gesprächen, Therapien oder einer Schulung über das Wirken der Sinne und die Sprache der Organe. Auch die Glaubensheilung steht wiederum auf dem Tagesplan.

Ich wiederhole: Die Teilnahme sowohl an der Glaubensheilung als auch an der Organansprechung und an der Meditation ist freiwillig; sie sind nicht Teil des Therapieprogramms.

Während des Vormittags gibt es wieder ein halbes Brötchen oder ein oder zwei Stück Zwieback.

Das Mittagsmahl

Das Mittagessen besteht wiederum aus dem Angebot verschiedener Teesorten; dazu ein Brötchen oder ein Stück Maisbrot. Anschließend wird ein kleiner Teller gemischter Salat gereicht.

Der Verlauf des Nachmittags und Abends richtet sich nach dem vorgeplanten Programm.

Das Abendessen

Das Abendessen beginnt mit ein oder zwei Tassen Kräutertee oder Apfeltee. Dazu gibt es wieder ein Brötchen (Semmel) oder eine Scheibe Maisbrot. Anschließend wird eine gedämpfte Apfelscheibe, auf der eine Bananenscheibe liegt, gereicht. Auf der Bananenscheibe sitzt ein Käseflöckchen. Das Ganze wurde in der Bratröhre erwärmt.

Ein kleiner Apfel kann mit auf das Zimmer genommen werden.

Der zwölfte Tag

Vor dem Frühstück findet wieder die übliche Ausrichtung statt. Anschließend werden Körperübungen und eine Meditation angeboten.

Das Frühstück

Zum Frühstück werden wieder verschiedene Teesorten angeboten, auch Apfeltee, mit etwas Honig gesüßt. Es gibt ein Brötchen oder ein Maisbrot – gut und langsam kauen! Dazu werden zwei Eßlöffel geriebene Äpfel gereicht und eine halbe Walnuß.

Die Vormittags- und Nachmittagsstunden sind wieder mit Therapiegesprächen – in Gruppen oder als Einzelgespräche –, mit Heilmassagen und Arztgesprächen ausgefüllt.

Am Vormittag gibt es wieder Tee und ein halbes Brötchen oder ein Stück Zwieback.

Das Mittagsmahl

Der Mittagstisch entspricht dem Stand des Heilfastens. Es werden wieder verschiedene Teesorten angeboten, außerdem ein Teller klare Suppe mit Petersilie oder Schnittlauch. Dazu ein halbes Brötchen oder eine Scheibe Maisbrot. Anschließend wird eine kleine Portion geriebene Äpfel, mit Rettich oder Karotten gemischt, angeboten.

Das Abendessen

Es gibt wieder Kräuter- und Beruhigungstee. Dazu wird ein halbes Brötchen oder eine Scheibe Maisbrot oder anderes dünnes Brot angeboten und ein kleines Schälchen mit grünem Salat; darunter sind geriebene Äpfel und einige Mandarinen- oder Ananasstücke gemengt, je nach Jahreszeit.

Der dreizehnte Tag

Wie gewohnt finden die morgendliche Ausrichtung und Aussprachen mit den Patienten über deren Befinden statt. Anschließend werden wieder Körperübungen und eine Meditation angeboten.

Das Frühstück

Das Frühstück besteht aus verschiedenen Teesorten, einem Brötchen oder einer Scheibe Maisbrot oder zwei Stück

Zwieback oder anderem dünnen Brot. Äpfel stehen zur Selbstbedienung auf dem Tisch.

Am Vormittag werden wieder ein halbes Brötchen und ein bis zwei Tassen Kräutertee gereicht.

Die Flüssigkeitsmenge, die der Patient zu sich nimmt, sollte vom Arzt kontrolliert werden. Auch für die Versorgung des Organismus mit Spurenelementen und Vitaminen trägt der zuständige Arzt die Verantwortung.

Das Mittagsmahl

Zu Mittag gibt es, je nach Jahreszeit, entweder eine mit Reis gefüllte Tomate, darüber eine Joghurtsauce mit Kräutern und ein Maisbrötchen – *oder* eine halbe gebackene Banane und einen Eßlöffel Reis mit etwas Joghurtsauce. Anschließend werden zwei Eßlöffel geriebene Äpfel gereicht.

Das Abendessen

Zum Abendbrot werden ein kleiner Teller Fruchtsalat, ein Stück Maisbrot und zwei Eßlöffel geriebene Äpfel und eine halbe Walnuß angeboten.

Der Abend wird wieder von den Patienten gestaltet. Ein für das Heilfasten Verantwortlicher ist anwesend.

Der vierzehnte Tag

Der Morgen beginnt wieder mit der Ausrichtung und kurzen Gesprächen zwischen Patienten und Arzt oder Verantwortlichen über das Befinden der Patienten. Dann folgen Körperübungen und eine Meditation.

Das Frühstück

Das Frühstück besteht wieder aus Kräutertee, Weißdorn- und Schwarztee; aus einem Magerjoghurt, einem Brötchen oder einem Stück Maisbrot und zwei Eßlöffeln geriebene Äpfel mit einigen Sonnenblumenkernen.

Ein kurzer Spaziergang nach dem Frühstück fördert die Kreislauftätigkeit. Die Entscheidung über den Spaziergang bleibt nun jedoch dem einzelnen Patienten überlassen.

Das Mittagsmahl

Zu Mittag wird ein kleiner Teller mit verschiedenen gedämpften Frischgemüsen gereicht; anschließend ein kleiner Apfel, der in Folie gehüllt und in der Bratröhre gedämpft ist.

Das Abendessen

Das Abendbrot besteht aus einem Teller Graupensuppe und einer dünnen Scheibe Maisbrot. Anschließend werden zwei bis drei Eßlöffel geriebene Äpfel gereicht, dazu ein bis zwei Eßlöffel geriebene Karotten oder ein Eßlöffel geriebener Rettich. Ein kleiner oder ein halber Apfel kann mit auf das Zimmer genommen werden.

DIE DRITTE UND VIERTE WOCHE

Auch die dritte und vierte Woche stehen, ebenso wie die zurückliegenden Wochen, unter dem Zeichen des Heilfastens. Die Teilnahme an den Körperübungen, der Meditation und der Organansprechung bleibt dem Patienten weiterhin freigestellt.

Die Verantwortlichen und die Patienten erstellen, eventuell mit dem Personal der Küche zusammen, den Speiseplan für die nächsten drei bis vier Tage. Dem verantwortlichen Arzt wird der Speiseplan vorgelegt. Er wird ihn sorgfältig überdenken und darauf achten, daß die Heilfastentage gezielt und bewußt ablaufen.

In der dritten und gegebenenfalls auch noch in der vierten Woche bleiben die Gruppen- und Einzelgespräche.

Auch die Schulung der Sinne und das Verstehenlernen der Sprache der Organe wird fortgesetzt. Die praktischen Übungen dazu werden ebenfalls fortgesetzt, damit der Patient sich selbst erkennt und in sich erspürt, wie die Sinne reagieren und sich die Organe mitteilen.

Jede Energie ist pulsierendes Leben, das sich mitteilt. Da alles Energie ist, auch der menschliche Körper, teilt sich dieser mit – entweder über die Empfindungen, z.B. über Schmerz oder Druck, oder über die Sinne.

Auch die Musiktherapie erstreckt sich über die ganze Zeit des Heilfastens.

Ab Mitte der letzten Woche des Heilfastens werden ganz allmählich die Essensportionen wieder größer. Das beginnt mit sehr leichter und gut verdaulicher Kost.

Es wäre gut, wenn nun die Patienten gemeinsam mit den Verantwortlichen und eventuell dem Küchenpersonal weiterhin den Speiseplan selbst zusammenstellen würden – auch dann, wenn die Heilfastenzeit zu Ende geht. Dies wäre zugleich eine gute Schulung für die Patienten in der Selbsterfahrung. Der Patient befragt seine eigenen Organe und Sinne, wonach diese verlangen oder wessen diese bedürfen. Wenn auch die Essensbedürfnisse der einzelnen Patienten unterschiedlich sind, so läßt sich sicher ein Menü zusammenstellen, das jedem Organismus bekommt.

Nach dem Heilfasten wird jeder Patient wieder vom Arzt untersucht. Wurden vor Beginn Organmessungen gemacht, dann sollten diese bei der Abschlußuntersuchung vorliegen. Entsprechend dem Befund wird der Arzt sodann den Patienten weiterbehandeln und ihm das Präparat verschreiben oder anraten, das dieser zur weiteren Genesung benötigt. Während der Arztgespräche – so auch beim Abschlußgespräch, bevor die Patienten wieder in den Alltag zurückgehen – wird sie der Arzt ermahnen, das zu beherzigen und beizubehalten, was besprochen wurde und was sie selbst erfahren haben.

Wichtig ist auch, daß die Patienten bei der Verabschiedung noch einmal auf die Ganzheitsheilung, das heißt die Heilung von Seele und Leib, hingewiesen werden und daß sie der Worte des Herrn eingedenk bleiben: „Gehe hin, und sündige fortan nicht mehr!"

Auch über die Wahl der Nahrung, über die Nahrungsmenge, über das Würzen, über Alkohol und Nikotin sollte noch einmal eindringlich mit den Patienten gesprochen werden.

Wer seinen Körper als lebendigen Organismus bejaht, weiß, daß jede Lebensform Energie ist und daß jede Energie Impulse und Signale sendet, also auch jede Zelle und jedes Organ des Körpers. Gott hat die Bildung des Organismus zugelassen, um der Seele eine Hülle zu geben, damit sie auf der Materie so zu leben vermag, wie es der Verdichtung angepaßt ist.

Der menschliche Organismus ist so beschaffen, daß er bis zuletzt versucht, die Selbstheilungskräfte zu aktivieren. Der Mensch soll dies erkennen und diese Selbstheilungskräfte unterstützen.

Der Geist, Gott, ist das Leben. Gott, die geistige Energie, ist das Leben des Organismus. Dem Menschen ist es geboten, darauf zu achten, daß sein Organismus alle Lebensenergien erhält, die er zur Gesundheit, zu Glück, Zufriedenheit und Harmonie benötigt: Es sind die Kraft Gottes und die Gaben aus der Natur – die möglichst nicht mit chemischen Zusätzen vermischt werden sollten.

Wer gesund bleiben oder gesund werden möchte, der muß sich auch entsprechend verhalten in seinem Denken, Reden und Handeln. Der Mensch ist dem Leben, also Gott, gegenüber verantwortlich – auch bezüglich dessen, was er zu sich nimmt: Nahrung und Nahrungsmenge, Genußmittel und Medikamente.

Wer sein Leben in den Willen Gottes stellt und sich bemüht, Gottes Gesetze zu verwirklichen, der ist auch in Einklang mit seinen Mitmenschen und in Harmonie mit den kosmischen Kräften.

Wer mit Menschen, Tieren, Pflanzen und Gestirnen in Harmonie ist, wer seine Nächsten nicht mehr gängelt und abwertet, mit ihnen nicht mehr streitet und rechtet, der findet in die Allharmonie Gott, weil er allmählich die Gesetze

Gottes verwirklicht. Die Folge davon ist sodann, daß sich das Nervensystem entspannt – und auch entspannt bleibt. Dann erlangt der Mensch Heilung durch das kosmische Gesetz, durch die kosmische Strahlung.

Wer Gottes Gesetze wahrt, dem wird auch Linderung und Heilung zuteil, entsprechend dem Willen des Herrn.

Die Ganzheitsheilung geschieht über die Seele des Menschen und sein Nervensystem.

Ein Christusarzt wird sich bemühen, den Körper zu stützen und ihm das zuzuführen, was dieser benötigt. Dann ist der Mensch imstande, sich selbst und seinen Organismus unter Kontrolle zu bekommen und auch auf diese Weise die Selbstheilungskräfte zu aktivieren.

Zum besseren Verständnis wiederhole ich: Nur durch die Verwirklichung der Worte des Herrn „Gehe hin, und sündige fortan nicht mehr!" kann sich eine Ganzheitsheilung vollziehen. Erst wenn die Sünden vergeben sind, kann das kosmische Licht durch die Seele des Menschen in den Organismus strahlen – und er erlangt, was gut und heilsam für Seele und Leib ist. Deshalb ist es das absolute Gebot und gut, daß Gottes Wille im Menschen und durch den Menschen geschieht.

Wer an die Macht und Kraft Gottes in sich glaubt und sich bemüht, die Zehn Gebote – die Auszüge aus dem ewigen kosmischen Gesetz – zu verwirklichen, in dem erfüllen sich die Worte des Herrn, die lauten: „Dein Glaube hat dir geholfen."

Wer den Ursprung seines wahren Wesens erkennt und Gottes Gebote hält, dem ist Gott nahe. Die Werke des Menschen – das, was er denkt und vollbringt – sind sodann Gottes Werke, selbstlos und gesetzmäßig.

Die göttliche Welt ist *den* Menschen und Seelen nahe, die sich auf Gott ausrichten, indem sie halten, was Jesus den

Menschen geboten hat: „Liebet einander, so wie Ich euch geliebt habe und liebe!“

Wer in und mit Gott lebt, der lebt auch in Frieden mit seinen Nächsten.

Allen Menschen wünsche ich das bewußte Leben in und mit Gott und mit ihren Nächsten und mit allem, was Gott, die ewige Liebe und Weisheit, geschaffen hat.

Wer Seine Gebote hält, der beginnt wahrhaftig zu leben.

Gott zum Gruß

Bruder Emanuel,
der Cherub der göttlichen Weisheit

Anhang

Das Universelle Leben

Der Mensch ist eine Einheit von Körper, Seele und Geist. Daher beruht wahre Heilung stets auf einer ganzheitlichen Therapie. Dies wußten alle echten Heilkundigen der vergangenen Jahrtausende. Sie wußten auch, daß die wirklichen Ursachen für alle Krankheiten im geistig-seelischen Bereich liegen, in einem menschlichen Fehlverhalten, das auf falschem Denken und Leben beruht.

Durch die göttlichen Offenbarungen im Universellen Leben wissen wir heute mehr als die früheren Heilkundigen. Der „innere“ Aufbau des Menschen, die konkreten Zusammenhänge von Verhalten, Energiefluß im Organismus und Krankheit bzw. Gesundheit des Körpers und viele Hinweise zur ganzheitlichen Therapie sind der Menschheit heute über das Prophetische Wort durch die Lehrprophetin Gottes in unserer Zeit geschenkt. Die Christusärzte im Universellen Leben setzen dieses Wissen um – z.B. das Heilfasten und den Heilschlaf; es sind neue und über alles Bisherige hinausgehende Möglichkeiten der Heilung.

Das Heilwesen ist jedoch nur ein Aspekt im breiten Spektrum des Universellen Lebens. Bezüglich aller Lebensbereiche ist detailliertes geistiges Wissen offenbart – im Praktischen wird es dann umgesetzt in der Betriebsführung, in der Kindererziehung, in Ehe und Familie, in der Ernährung usw.

In den wenigen Jahren, in denen das Universelle Leben nun besteht, ist diese urchristliche Gemeinschaft zu einer weltweiten Bewegung geworden. Die Schriften mit den göttlichen Offenbarungen für unsere und die kommende Zeit gehen zu Christusfreunden in über 100 Ländern der Erde. Das Band, das die Christusfreunde, die Urchristen, in aller Welt verbindet, ist das gemeinsame Ziel, Gott im Inneren näherzukommen. Sie wollen die Bergpredigt Jesu Christi im Alltag verwirklichen und dadurch Ihm nachfolgen. Sie wollen den inneren Frieden und die selbstlose Liebe Schritt für Schritt in sich erschließen und in der Welt offenbar werden lassen in ihrem täglichen Leben.

Immer mehr Menschen erfahren in und an sich, daß dieser Innere Weg, der Weg der Bewußtseinsevolution, zu innerem Frieden und zu innerer Freiheit führt, zur Einheit mit der Schöpfung, zu Harmonie, Glück und Zufriedenheit in Ehe und Partnerschaft und in allen Lebensbereichen; das Bewußtsein erweitert sich mehr und mehr – und das Leben wird sinnvoll, lichtvoll, freudig, weil Seele und Leib Schritt für Schritt gesunden.

Literatur

Bücher im Universellen Leben

Harmonie ist Leben und Gesundheit des Körpers

Verfaßt von Christusärzten im Universellen Leben

Erfahrungen mit dem Konzept der Christusklinik – Die Zusammenhänge zwischen den Bewußtseinszentren und den Organen des Körpers

192 S., kart., 2. erw. Auflage, DM 23.80
Best.-Nr. S 416
ISBN 3-926056-18-5

Ursache und Entstehung aller Krankheiten

Was der Mensch sät, wird er ernten

Darlegung der grundlegenden Gesetzmäßigkeiten des Lebens – Jede Krankheit hat geistig-seelische Ursachen – Heilung infolge innerer Neuorientierung

224 S., geb., 2. Auflage, DM 24,80
Best.-Nr. S 117
ISBN 3-926056-56-8

Gott heilt

Heilung durch den Geist ohne Medikamente und pflanzliche Stoffe – Medizinische und geistige Therapie

80 S., kart., DM 7,80
Best.-Nr. S 309
ISBN 3-926056-08-8

Erkenne und heile Dich selbst durch die Kraft des Geistes

Geistige Wegweisungen zur Heilung – Aufbau des Energiekörpers – Hinweise auf Ernährung, Naturheilmittel u.a. natürliche Behandlungsmethoden

218 S.; 5. *Auflage*, DM 13,30
Best.-Nr. S 102

Unser Verlagsprogramm enthält außer Büchern zum Thema Heilung auch Bücher zu Erziehung, christlicher Betriebsführung, Meditation, Leben nach dem Tod und Reinkarnation.

Sie sind z.T. in verschiedenen Sprachen erhältlich. Näheres entnehmen Sie bitte dem aktuellen **Gesamtverzeichnis** unserer Bücher und Cassetten, das wir Ihnen gerne kostenlos zusenden.

Universelles Leben
Postfach 5643 · D-8700 Würzburg

W0407899

Starke Kinder, die alles wahrnehmen

Hochsensibilität mit all ihren Facetten verstehen, um betroffene Kinder zu stärken Persönlichkeiten zu machen

Anette Bäcker

1. Auflage

2020

© Alle Rechte vorbehalten

Über die Autorin

Anette Bäcker ist nicht nur Autorin, um Wissen zu vermitteln – Sie ist mit ganzem Herzen dabei. Die 25-Jährige Marketing Designerin hat nach ihrem Studium schnell gemerkt, worauf sie sich konzentrieren muss, um ihre innere Mitte zu finden und einen entstressten Lebensstil zu führen. Mittlerweile gehört Meditation zu ihrem täglichen Leben, fest integriert in den stressigen Alltag und das hektische Leben ihrer Heimatstadt Frankfurt. Die Gelassenheit, die für sie alltäglich ist, basiert auf vielen Büchern, Erfahrungen und einem offenen Geist für Neues. Gerade dieser ist wichtig, um ständig weiter zu lernen und sich immer Neuem zu widmen und sich nach und nach zu öffnen und kennen zu lernen.

Anette Bäcker erklärt auf eine sehr persönliche Weise ihren Bezug zur Spiritualität, den Glauben an das, was nicht sofort ersichtlich ist und mit Liebe durch die Welt zu gehen. Noch heute ist sie dabei, alles an neuem Input aufzunehmen und stetig an das Gute im Menschen zu appellieren!□

Inhaltsverzeichnis

Printed in Germany
by Amazon Distribution
GmbH, Leipzig

19770868R00066

W0407898

Nouvelles sportives

Anthologie

LE DOSSIER

Huit nouvelles sur le thème du sport

L'ENQUÊTE

Les Jeux olympiques : hier et aujourd'hui

Notes, dossier et enquête
Chloé Chouen-Ollier
certifiée de Lettres modernes

Collection dirigée par
Bertrand Louët

HATIER

Sommaire

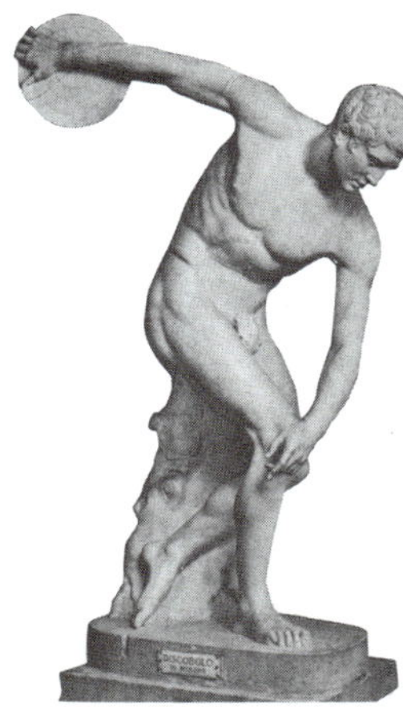

Discobole, antiquité romaine, Rome, musée du Vatican.

© Hatier, Paris, 2009
ISBN : 978-2-218-93331-8

LE DOSSIER

Huit nouvelles sur le thème du sport

L'ENQUÊTE

* Tous les mots suivis d'un * sont expliqués dans le lexique, p. 88-89.

La 75e minute

Qui sont les personnages ?

FRANZ BINDER

Il est l'attaquant du Rapid de Vienne, l'équipe autrichienne. Courageux et plein de rage face à l'équipe adverse, il est le seul à pouvoir faire basculer le match…

MATHIAS SINDELAR

Surnommé « le Mozart du football » en référence à ses prouesses sur un terrain, il est l'ancien héros de la Wunderteam, l'équipe nationale autrichienne. De religion juive, il refuse de jouer en arborant la croix gammée.

L'ÉQUIPE DE FRANCE DE FOOTBALL

Zinedine Zidane, Lilian Thuram et Bixente Lizarazu font partie de l'équipe de France de football sacrée championne du monde en juillet 1998.

Quelle est l'histoire ?

Le 19 août 1998, l'équipe de France de football dispute un match amical contre l'équipe d'Autriche, au stade du Prater, à Vienne. À la 75e minute, au moment où Thuram fait une touche, tous les spectateurs du stade applaudissent. Pour comprendre ce geste, il faut remonter à l'époque de la Seconde Guerre mondiale…

Le 4 juillet 1941, se joue à Berlin, la finale du championnat d'Allemagne entre Schalke, l'équipe allemande, et le Rapid de Vienne. Les dignitaires nazis attendent que l'équipe de Westphalie démontre la supériorité de l'Allemagne. Le même jour, des centaines de juifs sont emmenés dans le ghetto de Lodz en Pologne.

Paganelli et son époque

Dominique Paganelli.

Dominique Paganelli

● DU JOURNALISME...

Journaliste français, Dominique Paganelli est le fondateur des *Cahiers du football*, magazine dont il est le rédacteur en chef de 1991 à 1993. Il travaille ensuite pour les services politiques de radios comme le Quotidien de Paris, RMC ou encore Europe 1, puis intervient comme reporter pour plusieurs émissions de grandes chaînes, notamment Canal +, France 2 (Complément d'enquête), France 3 (La Marche du siècle), TF1 (Sept à huit), M6 (Zone interdite)...

● ...À L'ÉCRITURE DE FICTION

En 2006, il fait paraître un recueil de nouvelles intitulé *Libre arbitre*, inspiré d'anecdotes liées au football. Deux ans plus tard, il publie avec Tignous une bande dessinée, *Le Procès Colonna*, qui remporte le prix France Info de la bande dessinée d'actualité. Il réalise aujourd'hui des documentaires.

Le but

Sous couvert de retracer un événement sportif historique, cette nouvelle, qui se déroule principalement pendant la Seconde Guerre mondiale, permet d'engager une critique du racisme et de l'antisémitisme, et de dénoncer la politique nazie.

Hitler durant les Jeux olympiques de Berlin, août 1936.

Olympiades

Qui sont les personnages ?

ALBERTO TORAN

Athlète de haut niveau, spécialiste du 400 m haies, il a été trois fois médaillé d'or aux Jeux olympiques et n'a jamais perdu une compétition. Ce grand séducteur, très médiatisé, donne l'image d'un sportif à l'aise dans tout ce qu'il fait.

« LE PETIT JEUNE »

Coureur du 400 m haies, il a la caractéristique de porter, lors de la finale, des chaussettes fluos. Bénéficiant de l'abandon de Toran, il remporte la course malgré un temps désastreux.

LES JOURNALISTES

Ils tentent de comprendre les raisons du départ d'Alberto Toran et, faute d'informations, diffusent des rumeurs sur le coureur, sans jamais découvrir la vérité...

Quelle est l'histoire ?

La nouvelle se déroule dans un lieu et à une époque imprécis, mais on devine qu'on est au XXᵉ siècle et on sait qu'on est à quatre mois des Jeux olympiques. Alberto Toran, athlète adulé et roi incontesté de la piste depuis quatorze ans, doit courir la finale du 400 m haies.

Spectateurs et journalistes, venus assister à la course, sont tous certains de sa victoire. Mais surprise : au moment de la finale tant attendue, Alberto quitte ses chaussures et fait un tour d'honneur. Jamais plus il ne reviendra sur une piste.

Fournel et son époque

Paul Fournel.

Paul Fournel (né en 1947)

● UN OULIPIEN AUX NOMBREUX PRIX

Ancien élève de l'École normale supérieure de Saint-Cloud, Paul Fournel commence sa carrière d'écrivain en 1972 avec *Clefs pour la littérature potentielle*, livre consacré à l'Oulipo (Ouvroir de Littérature Potentielle). Il publie par la suite nombre de poèmes, nouvelles et romans couronnés pour la plupart de prix littéraires : *Les petites filles respirent le même air que nous* (1978), *Les Athlètes dans leur tête* (Grand Prix de littérature sportive 1988, Goncourt de la nouvelle 1989), *Foraine* (Prix Renaudot des lycéens 1999), *Besoin de vélo* (Prix Sport-Scriptum 2001, prix Louis Nucéra 2002).

● UN HOMME AUX MULTIPLES FACETTES

Parallèlement à sa carrière d'écrivain, Paul Fournel dirige l'Alliance française de San Francisco, devient attaché culturel au Caire, responsable des littératures, des théâtres et des cinémas à l'*Encyclopaedia Universalis*. Il est ensuite nommé directeur littéraire de plusieurs maisons d'édition comme Slatkine, Ramsay et Laffont (éditions Seghers). De 1994 à 1996, il enseigne à l'Université (Paris III et VIII). En mai 2003, il prend les fonctions de Président de l'Oulipo. Depuis fin 2007, il dirige le Bureau du Livre à l'Ambassade de Londres.

Le but

À travers cette anecdote, Paul Fournel montre que le mental d'un coureur est tout aussi important, si ce n'est plus, que sa préparation physique.

Samuel Kamau Wansiru (Kenya), vainqueur du Marathon aux Jeux olympiques de Pékin le 24 août 2008.

Main courante

Qui sont les personnages ?

LE NARRATEUR

Inspecteur de police depuis vingt ans à Courvilliers, il semble désabusé, n'aime pas la ville dans laquelle il travaille et fait preuve d'une grande indifférence envers ses collègues.

M. ET Mme RIBOT

La mort de son époux, grand amateur de cyclisme décédé dans des circonstances étranges, rend Mme Ribot hystérique. Elle se montre ensuite abattue face à ce drame dont elle se croit responsable.

LES STAGIAIRES DU NARRATEUR

Subalternes, ils effectuent le travail ingrat et doivent obéir à l'inspecteur sans rechigner. L'un d'eux va néanmoins contribuer à éclaircir les circonstances du décès.

Quelle est l'histoire ?

L'histoire se déroule dans la petite ville de Courvilliers. Le moment de l'action est postérieur à 1984, mais le texte reste imprécis concernant la date exacte. Un inspecteur reçoit un jour un coup de téléphone d'une femme en pleurs, Mme Ribot, qui signale le décès de son mari.

Arrivé dans l'appartement, l'inspecteur découvre un simple vélo d'appartement devant une télévision qui diffuse le Tour de France de 1982. Il en déduit que l'homme était cardiaque. L'épouse se lance dans d'incompréhensibles explications, sans véritablement donner d'éclaircissements...

Daeninckx et son époque

Didier Daeninckx.

Didier Daeninckx (né en 1949)

● DES DÉBUTS D'ÉCRIVAIN FULGURANTS

Didier Daeninckx commence par exercer, pendant une quinzaine d'années, les métiers d'ouvrier imprimeur, animateur culturel et journaliste local. En 1983, il publie son premier livre : *Meurtres pour mémoire*, roman policier couronné de prix (Prix Paul Vaillant Couturier 1984, Grand Prix de littérature policière 1985).
Ce roman retrace la répression policière face aux Algériens en 1961, et met en scène l'inspecteur Cadin, qui devient une figure récurrente de l'œuvre du romancier.

● UN AUTEUR ENGAGÉ

Cet écrivain, convaincu que l'histoire ne doit jamais être oubliée, publie de nombreux romans noirs parmi lesquels *La mort n'oublie personne* (1989), *Lumière noire* (1987), *Mort au premier tour* (1997). Parallèlement, paraît en 1988 son premier livre pour la jeunesse : *Le Chat de Tigali*, qui dénonce le racisme. Daeninckx est également auteur de nombreuses nouvelles qui évoquent des faits divers sur les thèmes de la télévision, du sport, etc. : *Zapping* (Prix Louis Guilloux 1993), *Main courante* (1994), *En Marge* (1994), *Passage d'enfer* (1998). En 1994, il reçoit le prix Paul Féval de Littérature Populaire pour l'ensemble de son œuvre. Il travaille également en tant que journaliste à amnistia.net, quotidien en ligne d'information et d'enquêtes.

Le but

Dans cette nouvelle policière, Didier Daeninckx exploite le fait divers point de départ d'une enquête et recourt à un humour particulièrement grinçant pour se livrer à une satire du sport d'intérieur.

Vélo d'appartement.

5
10

Nouvelles sportives

La Soixante-quinzième minute

Le journal *L'Équipe* a tenté un titre euphonique[1] : « Canter[2] au Prater ». Jeu de mots d'initiés pour sportifs avertis. Parce qu'il faut être turfiste[3] et fou de foot pour comprendre que l'équipe de France, nouvelle championne du monde, va faire un galop d'entraînement, un match amical, contre l'équipe d'Autriche, dans le stade mythique de Vienne.

Ce 19 août 1998, Roger Lemerre étrenne ses galons d'entraîneur national, et quarante-quatre mille Autrichiens veulent admirer en vrai les pas de danse de Zinedine Zidane. Ils sont venus féliciter ces bleus et leur petite étoile jaune cousue sur le maillot juste au-dessus du coq. Non pas celle de la honte comme en portaient dans ce même stade du Prater, dans les années 1940, les juifs que l'on parquait avant un dernier voyage. Une étoile plus discrète, dont on peu s'enorgueillir après une victoire en finale de coupe du monde.

Le score est encore de 1 à 1 quand, à la 75e minute, Lilian Thuram s'apprête à faire une touche. Geste banal, maintes fois répété dans un match, qui consiste à remettre la balle en jeu avec les mains. Il cherche un équipier démarqué, quand les quarante-quatre mille spectateurs se lèvent d'un bloc et applaudissent. Pas un applaudissement désordonné, où chacun y va de son battement en murmurant à l'oreille de son voisin, mais une scansion, rythmée,

1. **Euphonique** : agréable et harmonieux.
2. **Canter** : galop d'essai.
3. **Turfiste** : parieur

puissante, respectueuse. Étonné, Thuram demande à Lizarazu venu vers lui : « Oh, Liza, ils applaudissent les touches ici ? » Pour toute réponse, le Bordelais désigne le panneau lumineux qui clignote : 75e minute. « Ils applaudissent le chronomètre alors ? » Sans réponse satisfaisante, le Français joue la touche et le jeu reprend, comme si de rien n'était. Toujours debout, le public continue de battre des mains en rythme, et se rassied. Pendant une minute, une parenthèse sonore a rendu hommage au passé…

Nous sommes aux premiers jours de juillet 1941 : le 4, plus précisément, un vendredi. Il fait lourd à Berlin. De ces touffeurs inattendues qui dérèglent les habitudes. De celles qui dévêtissent un peu les femmes et les obligent à s'éventer de la main, comme si elles vous invitaient à les rejoindre. Le genre de chaleur qui tourneboule tout le monde, et contraint le soldat en permission qui se balade allée Rosenstrasse à un relatif débraillé, le calot mal vissé sur la tête, la chemise entrouverte, une bouteille de bière à la main. Mais ce 4 juillet 1941, personne ne s'émeut de ce laisser-aller. Il fait très chaud à Berlin… et un orage se prépare.

Devant la synagogue, rue Levetzow, à deux pas du cinéma Jannings, dans l'indifférence des passants, une centaine d'hommes et de femmes apeurés, accrochés à la poignée de leur valise, montent dans des camions, guidés par les matraques des policiers qui leur marquent le dos. Direction la gare de marchandises Grünewald pour le ghetto[1] de Lodz en Pologne.

Au même moment, au Jannings, tous les larges fauteuils rouges sont occupés, les pales des grands ventilateurs créent des courants d'air salutaires et les crèmes glacées font recette. Voilà

1. **Ghetto** : quartier où les juifs étaient tenus de résider.

plus d'un mois qu'on applaudit dans toute l'Allemagne le dernier film de Wolfgang Liebeneiner, *Suis-je un criminel ?*. La superbe actrice, Heidenheim Hatheyer, y fait l'apologie de l'euthanasie des aliénés et des malades incurables. Un formidable succès.

Lorsque les grands lustres s'éteignent, l'écran devient seule source de lumière. Immuable préliminaire, les actualités et les images de cet aigle noir dont les serres s'accrochent à une croix gammée. Fondu enchaîné sur une forêt de jambes bottées qui défilent au pas de l'oie sous le bras tendu d'Hitler. Le commentaire martial annonce la percée des troupes allemandes et la prise prochaine de Moscou. C'est maintenant la politique internationale et le ministre des Affaires étrangères thaïlandais qui signe un accord au sujet de l'Indochine avec Arsène Henry (ça ne s'invente pas), l'ambassadeur de France au Japon. Enfin la page sportive, et l'entraînement des joueurs de Schalke 04, prêts pour la finale du championnat d'Allemagne qui a lieu ce même vendredi 4 juillet à l'autre bout de la ville, au stade olympique.

Quatre-vingt dix mille spectateurs se pressent dans cet écrin pentu qui enserre la pelouse. On vient voir l'équipe de Westphalie remporter pour la troisième fois consécutive le titre de champion d'Allemagne. Comment pourrait-il en être autrement ? Schalke est allemand, balaie tout sur son passage et l'adversaire du jour, c'est le Rapid de Vienne. Un club autrichien. Enfin presque, puisque l'Autriche n'existe plus depuis l'Anschluss[1]. Elle est devenue l'Ostmark, une parcelle de l'Allemagne, une annexe de Berlin.

1. **L'Anschluss** : annexion de l'Autriche à l'Allemagne nazie.

Debout dans sa voiture décapotable, le bras tendu vers la foule, Hitler est en extase, quand il entre dans la capitale autrichienne. Les Viennois l'acclament, l'applaudissent, se donnent à lui.

Mathias Sindelar, n'est pas de ceux-là. Il se dit qu'il vaut mieux mourir que d'envisager la moindre connivence avec ces gens-là. Il est resté chez lui dans son appartement du centre de Vienne, non loin du stade, avec Camilla qui partage sa vie. Ils ont pris soin de bien fermer les fenêtres pour ne pas entendre le tempo guerrier des fanfares militaires, ils ont tiré les rideaux pour atténuer la radio des voisins qui fête bruyamment l'envahisseur.

Mathias Sindelar vient d'avoir trente-cinq ans. C'est le joueur-clef de l'équipe nationale, la Wunderteam, l'équipe merveilleuse. C'est l'homme-orchestre qui fait l'admiration de toute l'Europe. Mathias est d'apparence frêle, son visage d'une pâleur étrange, diaphane, presque transparent, au point qu'on l'appelle « Papier-Calque ». On le dit dépressif. Mais, sur le terrain, c'est la métamorphose, il resplendit, développe un jeu tout en finesse qui permet à l'Autriche d'écraser toutes ses rivales. Ses feintes déstabilisent les défenses, son intelligence compense ses médiocres moyens physiques.

C'est au stade du Prater à Vienne que la Wunderteam a battu l'Italie de Mussolini 2 à 1 ; au Prater que le public s'enthousiasme pour le jeu aérien du « Mozart du football » ; au Prater aussi que des juifs, comme lui, seront parqués, en septembre 1939.

14 mars 1938, les nazis sont entrés en Autriche.

9 novembre 1938, la Nuit de cristal marque le début des pogroms[1] contre ses coreligionnaires.

26 décembre 1938, Mathias Sindelar joue avec son club, l'Austria de Vienne, contre Berlin. Ce sera son dernier match. Les envahisseurs exigent encore une fois qu'il porte la tenue de l'équipe d'Allemagne. Ils ne peuvent se passer d'un tel diamant, fût-il juif. Ils savent composer et utiliser qui peut leur servir jusqu'à la corde. Ensuite, sans hésiter, ils lui trouveront une destination finale.

Mais comment Sindelar pourrait-il jouer la croix gammée cousue sur le maillot ? Inconcevable, inenvisageable. C'est bien plus qu'il ne peut en supporter. La pression est telle qu'il se dit qu'il vaut mieux mourir que d'être obligé de tendre le bras pendant l'hymne nazi avant chaque match international. Il vaut mieux mourir que d'être le représentant, ne serait-ce que quatre-vingt-dix minutes, de cette barbarie déferlante. Une idée le hante. Mourir... Mourir plutôt que d'accepter l'impensable. Mourir pour ne pas dépérir. Mourir pour rester libre.

Le dimanche 23 janvier 1939, on retrouvera Mathias Sindelar et Camilla morts, asphyxiés dans leur appartement du centre de Vienne. Les autorités parleront d'accident, d'une fuite de gaz malencontreuse.

Mais les quinze mille Viennois qui accompagnent son cercueil n'ont aucun doute sur la raison du départ précipité de Mathias Sindelar. Tous savaient la difficulté qu'il avait de vivre heureux hors d'un terrain, tous connaissaient sa judéïté revendiquée, sa haine des nazis.

1. **Pogroms** : actions violentes contre les juifs.

Mathias Sindelar (à droite) durant « le match de la Fraternité » à Vienne le 3 avril 1938.

Y a-t-il un joueur du Rapid de Vienne qui pense à Mathias, ce 4 juillet 1941 en pénétrant dans le stade olympique ?

Peut-être aucun. Ils sont concentrés sur leur match et espèrent faire bonne figure. Les dignitaires nazis, et avec eux une grande partie du public, ont d'autres soucis. Ils se rappellent que, dans cet ovale de béton, ils ont dû subir l'affront. C'était il y a cinq ans pendant les Jeux olympiques à Berlin. Un noir américain nommé Jesse Owens hurlait sa joie à la face du Führer, après avoir gagné quatre médailles d'or en terre nazie. Il courait plus vite, sautait plus loin que les *Übermenschen*● !

Mais ce 4 juillet 1941, la foule du stade olympique est aux anges. Elle n'a rien à craindre, les joueurs parlent la même langue, ils sont cousins germains, membre d'une famille recomposée. On ne s'aime pas forcément, mais on fait avec. Et les fils naturels de la mère patrie ont la certitude qu'il ne peut rien leur arriver de grave face aux pièces rapportées. Dans les travées, les vendeurs de bière et boissons fraîches sont appelés, sifflés, tirés par le tablier pour abreuver la foule assoiffée.

Les « bleu et blanc » de Schalke et ceux en vert et blanc de Vienne s'affrontent depuis plus d'une demi-heure. Deux fois déjà, les casquettes des ouvriers et celles des militaires se sont entrechoquées dans le ciel de Berlin. Les femmes ont ôté leur foulard qu'elles ont fait tournoyer au-dessus de leur tête. Elles ont remonté leurs nattes pour s'aérer la nuque.

Schalke mène 2 à 0.

Dans les tribunes l'ambiance est bon enfant. On ne craint pas l'orage et, du ciel, rien ne viendra perturber la fête.Voilà plusieurs jours que les sirènes n'ont pas meuglé pour avertir d'une attaque aérienne.

● **Ce terme signifie « surhommes ». Les nazis avaient en effet décrété que les Allemands représentaient une race à part, la race aryenne, supérieure aux autres.**

Sur le terrain les ex-Autrichiens résistent comme ils peuvent. Même entre cousins, ça tombe dru. On n'hésite pas à mettre quelques coups durs en douce. Les protège-tibias de l'épaisseur d'une gaufrette ne résistent pas aux croquenots[1] à bouts renforcés. C'est le temps où l'arbitre porte un long short et une veste noire, une chemise blanche et une cravate comme s'il avait ressorti son costume de premier communiant ; c'est le temps où les chaussures de foot tirent sur le marron, couleur cuir. On fait passer les longs lacets blancs, impeccables, sous la semelle, une ou deux fois et ça se termine par un nœud, rosette protubérante sur le haut de la languette. Quelquefois, le ballon ripe sur cet entrelacs au moment du shoot et dévie sa trajectoire. C'est le prétexte tout trouvé pour explique sa bévue.

Mais pour les joueurs de Schalke 04, il n'y a aucun prétexte à trouver. Tout roule. L'évidence déroule.

Schalke : 3 Vienne : 0

On est à la 74e minute de jeu maintenant, et trois fois déjà le gardien autrichien est allé chercher le ballon dans les filets.

Il ressemble comme un frère à celui d'en face. À cette époque d'ailleurs, tous les goals se ressemblent. Ils portent un chandail à col roulé, tricoté par leur mère ou leur douce. Ils ont des protections aux genoux qui ne servent à rien, ou presque. La casquette collée sur la tête pour parer les rayons du soleil, une casquette de gentleman farmer, de celles que l'on porte en ville. Et puis quelquefois, des gants… Il fait pourtant 30 °C aujourd'hui à Berlin.

Sur le terrain, les gars de Westphalie soufflent, ceux du Rapid s'essoufflent. Il reste un quart d'heure à jouer et, pour le public, le match est plié. Normal, la nature fait bien les choses. Les dix-

1. **Croquenots** : terme familier qui désigne de gros souliers.

huit mètres viennois ont été occupés... facilement, comme l'Autriche trois ans plus tôt. Dans les tribunes, on s'apprête à fêter ce troisième titre d'affilée. À Vienne, l'oreille collée à la radio, on essaie de se faire une raison.

Et puis, allez savoir pourquoi, quand l'ogre est repu, le Petit Poucet s'enhardit. On vient d'entrer dans la 75e minute quand, sur une balle mal dégagée par la défense de Schalke 04, l'attaquant viennois Franz Binder frappe si soudainement le ballon que le gardien allemand, surpris par tant de hardiesse, n'esquisse pas le moindre geste.

Schalke : 3 Vienne : 1

Dans les tribunes, on rit de ce mauvais tour joué au favori. Les femmes venues s'encanailler[1] regardent avec plus d'envie ces jambes musclées en espérant que les chaussettes qui montent jusqu'aux genoux, tombent sur la cheville pour qu'elles en dévoilent un peu plus. Sur le terrain, les joueurs allemands condescendent[2] à ce que le petit s'amuse un peu.

Mais sur la remise en jeu, les Viennois chipent une nouvelle fois la balle à leurs adversaires, remontent le terrain en trois passes et inscrivent un deuxième but.

Schalke : 3 Vienne : 2

On rit toujours dans les tribunes, un peu moins sur la pelouse. Les petits Viennois frisent l'impolitesse, qui mériterait une correction s'il ne restait que ces quelques minutes à jouer. Mais comme l'appétit vient en mangeant même pour le Petit Poucet, le Rapid, plus rapide que jamais, se joue une nouvelle fois des bleu et blanc. Un « une deux » dans la surface de réparation laisse de marbre la lourde défense allemande. Seul, face au but, à six

1. **S'encanailler** : prendre un caractère vulgaire.
2. **Condescendre** : consentir.

mètres de l'objectif, Franz Binder, encore lui, balance avec rage un missile que le plongeon d'aucun gardien n'aurait pu stopper.

Schalke : 3 Vienne : 3

Tout est à refaire pour les locaux. Tout reste à faire pour les visiteurs. Les joueurs ruissellent. Le maillot colle à la peau. La chaleur y est pour beaucoup bien sûr, la peur aussi pour les bleu et blanc, qui ne comprennent pas qu'un nouveau match a débuté à la 75e minute, dont ils ne sont plus maîtres.

Le public gronde, l'entraîneur sur le bord de la touche hurle des ordres que ses protégés ne sont plus en état d'entendre. Les dignitaires nazis en tribune officielle s'inquiètent que l'annexé ne s'imagine devoir pousser son avantage et remporter ce match. Ce serait injuste pensent-ils, affolés. Et il leur vient à l'esprit cette incongruité à laquelle ils n'osaient même pas songer en ce 4 juillet 1941 : un club étranger risque de devenir champion d'Allemagne.

Restés au pays, l'oreille scotchée au poste à galène[1], les Viennois ont déjà ameuté le quartier. Même ceux qui se foutent pas mal du foot s'agglutinent et se mettent à espérer une victoire à haute voix. Les profanes sont toujours naïfs.

Il ne reste plus qu'une minute, une toute petite minute, un quatre-vingt-dixième de match, une éternité. L'œil rivé sur son chronomètre, le sifflet à la bouche, l'arbitre, dans son costume ridicule, suit comme il peut la fougue des joueurs du Rapid qui se ruent vers les dix-huit mètres adverses. Les Viennois devaient se faire croquer, ce sont eux qui maintenant veulent tout bouffer. Ils ont la balle, la font circuler à toute vitesse. Pas un pied, pas

1. **Poste à galène** : poste de radio.

une jambe bleue qui parvienne à faire obstacle à leur jeu alerte. Et puis, est-ce l'effet de la chaleur ou d'une hallucination collective, tout semble d'un coup se dérouler au ralenti.

Franz Binder s'approche de la surface de réparation, qui n'a jamais si bien porté son nom. Il se joue de tous les tacles, dribble sans effort le défenseur pataud[1] qui veut s'opposer à son dessein et décoche un tir que le gardien qui s'envole lentement, majestueusement, effleure du bout des gants. Le temps pour lui de retrouver le sol, la balle est déjà freinée par les filets qui épousent et ralentissent sa course infernale. Franz Binder a réussi le coup du chapeau. Il a marqué trois buts.

Tout revient à vitesse normale. Les vainqueurs se congratulent[2], les vaincus foncent au vestiaire, le public crie, mêlant joie et déception d'avoir assisté à ce spectacle inenvisageable une heure et demie plus tôt.

Champion d'Allemagne !!!

4 à 3, le Rapid a gagné, ou plutôt 3 à 4, ils jouaient à l'extérieur.

La pluie n'est pas tombée, mais l'orage gronde.

À Vienne, fous de joie, certains voient là un renversement de situation prémonitoire et l'assurance qu'on peut déplacer des montagnes.

Aujourd'hui, au Prater de Vienne, quelle que soit l'action qui se déroule au cours d'un match, à la 75e minute, le public se lève et applaudit.

Libre arbitre, Dominique Paganelli, © Actes Sud, 2006.

1. **Pataud** : gauche, maladroit.
2. **Se congratuler** : se féliciter.

Olympiades

Le jour où Alberto Toran quitta subitement ses chaussures à pointes, fit un tour d'honneur *avant* la course et rentra directement au vestiaire pour ne plus jamais poser le pied sur un tartan[1], était un jour comme les autres.

Il avait survolé sa série du 400 m haies, gagné en demi-finale dans un grand sourire, s'accordant une fois de plus le luxe de se retourner pour voir qui serait son second. Il avait ensuite regardé attentivement la deuxième demi-finale et était rentré à l'hôtel pour rejoindre sa fiancée et son homme d'affaires.

Il s'était fait masser, avait signé quelques chèques et quelques lettres, reçu deux fabricants d'articles de sport japonais et était retourné au stade pour une séance de photos et sa traditionnelle heure d'échauffement-concentration. Il avait franchi le tunnel, était entré dans la lumière du stade, avait recueilli son ovation[2], rejoint ses adversaires : le petit jeune qui changeait ses chaussettes à la dernière minute pour en mettre des fluos rayées, et les six autres qu'il connaissait par cœur et qui bâtissaient toute leur carrière sur la seconde place derrière lui. Il en avait désespéré des générations. On s'use vite dans la défaite. Il les avait tous jaugés au premier coup d'œil, il les avait tous cloués d'un regard qui les rangeait définitivement parmi ses seconds et il leur avait fait l'honneur de quelques-unes de ces petites farces gentilles qui entretenaient sa célébrité et remplissaient d'échos les journaux et les infos.

1. **Tartan** : sol d'une piste d'athlétisme.
2. **Ovation** : acclamation chaleureuse d'une foule.

Il avait jeté son survêtement dans la balle de plastique, s'était rendu sous les ordres du starter[1], avait gigoté à trois mètres derrière ses starting-blocks● pour se détendre les muscles.

Et c'est là que, d'un seul coup, on l'avait vu quitter ses chaussures et, dans un interminable sourire, entreprendre un tour d'honneur. Il saluait les spectateurs de la main et riait comme s'il était en train de réussir son ultime grosse farce. Les organisateurs paniquèrent un moment, le starter ne savait plus que faire de son pistolet, puis on le laissa aller. Il quitta la piste quelques minutes plus tard sous une clameur mi-enthousiaste, mi-perplexe.

Ensuite, l'orage éclata et la course eut lieu dans un déluge. Le couloir 2 resta vide et le petit gagna dans un temps catastrophique une épreuve sans entrain que l'on aurait dû courir avec des parapluies. Sa victoire ne constitua pas l'événement de la journée. Partout, il n'était question que d'Alberto. L'argent ? Les femmes ? Un problème de santé ?

Depuis quatorze ans qu'il dominait le 400 m haies, il avait brassé des millions de dollars et fait des milliers de cadeaux à des centaines de fiancées. Il n'avait jamais eu le moindre besoin ni le moindre problème. À trente-quatre ans, il était en pleine forme et il mettait un terme définitif à sa carrière, quatre mois seulement avant les Jeux olympiques. Pas un journaleux● au monde, pas un entraîneur, pas un supporter n'aurait mis un centime sur ses risques de défaite. Il allait remporter son quatrième titre olympique consécutif. Et il s'arrêtait là.

1. **Starter** : juge qui donne le départ avec un pistolet.

● **Les starting-blocks désignent un engin réglable fixé à la piste et constitué de deux cales pour les pieds. Il permet d'augmenter la puissance d'un athlète lors du départ.**

● **Ce terme est péjoratif, comme l'indique le suffixe « -eux » et désigne un journaliste de peu de talent, qui s'intéresse davantage à la rumeur qu'à l'information.**

Symboliquement, il vint à la conférence de presse d'après meeting[1] en costume-cravate. Il fit le facétieux[2], annonça officiellement qu'il mettait fin à sa carrière, que cette décision était en béton et que rien ni personne au monde ne lui referait sauter une haie. À toutes les questions concernant la raison de ce renoncement, il répondit en plaisantant qu'il avait trop envie de jouer au golf et il remonta les jambes de son pantalon pour prouver que ses mollets étaient toujours en état de marche et que sa décision n'avait pas de motif médical. Au journaliste qui lui demandait si cela ne lui coûtait pas trop de renoncer si près des Jeux, il répondit tranquillement que cela lui coûtait environ deux millions de dollars. On ne put rien tirer de plus. Il alla embrasser une jeune reporter stagiaire sur la bouche, il tapa sur le ventre du plus gras des chroniqueurs, exécuta un pied de nez dans le museau de la caméra et disparut.

Il fit la Une de tous les journaux sportifs du monde, on lui inventa des cancers, des blondes tapageuses[3]. Il ne démentit rien, ne donna aucune révélation et aucun de ses familiers ne put jamais percer le mystère. Comment aurait-il pu expliquer que, simplement à lui voir enfiler ses chaussettes fluos, il avait compris que ce jeunot le battrait un jour ? Certainement pas ce jour-là, sans doute pas aux Jeux, peut-être même pas dans l'année, mais un jour serait venu où il l'aurait battu. Alberto n'était pas né pour être battu. Il n'était pas un coureur de 400 m haies, il était un vainqueur de 400 m haies et il ne tolérait pas l'idée d'avoir une seule minute dans sa vie de champion une angoisse de second.

Le petit jeune fut champion olympique, il gagna tout pendant cinq ans mais ne put jamais égaler le record des trois médailles d'or.

« Olympiades », in *Les Athlètes dans leurs têtes,* Paul Fournel,
© Édition du Seuil, 1994, coll. Points, 1998.

1. **Meeting** : compétition d'athlétisme.
2. **Facétieux** : personne qui aime plaisanter.
3. **Tapageuse** : qui aime provoquer du scandale.

La Cavalière

La première fois qu'il l'avait vue, c'était une fillette pâlotte qui donnait la main à son instituteur. Elle avait des jambes grêles qui semblaient commencer au-dessous de ses épaules et un visage long avec deux yeux noirs arrondis par une fatigue qu'on aurait dit perpétuelle.

Le maître l'avait conduite au gymnase car il lui était apparu qu'elle sautait sans effort beaucoup plus haut que toutes ses camarades et qu'avec un peu de travail on pourrait peut-être en tirer quelque chose...

L'entraîneur s'était penché vers la gamine.

– Et toi, qu'est-ce que tu veux faire ?

Elle avait roulé des yeux inquiets, jeté un regard vers son instituteur et s'était risquée à dire :

– Du cheval.

Ils avaient tous éclaté de rire, Pierrot l'avait aussitôt baptisée « la cavalière », et c'est ainsi qu'elle avait débuté sa carrière de sauteuse en hauteur.

À huit ans, elle passait 1,05 m sans le faire exprès et Pierrot, qui avait dix ans de plus qu'elle et sautait le double, la prit sous son aile dans le groupe des petits. Junior deuxième année, il venait de faire son entrée dans le cercle très fermé des espoirs et tentait de concilier le lycée et ses six entraînements hebdomadaires. Pardessus le marché, il s'arrangeait toujours pour trouver une heure ou deux « pour les mômes ».

La cavalière travaillait sans enthousiasme avec une régularité insolente et une facilité naturelle qui ne s'émoussait pas.

À dix ans, benjamine, elle passait 1,15 m, à douze ans, minime, 1,35 m, à quatorze ans, cadette, 1,70 m. La puberté n'avait rien altéré dans sa morphologie : elle était restée immense. Ses muscles s'étaient à peine remplis, toujours aussi longs et puissants et il lui avait poussé deux nichons si minuscules qu'ils ne constitueraient jamais un handicap. C'était une sauteuse parfaite qui voltigeait de titres en records.

Pierrot plafonnait. Les centimètres supplémentaires étaient soudain devenus trop chers pour lui. Trop petit, le genou gauche trop fragile, pas tout à fait assez puissant pour un sauteur en amplitude, psychiquement un peu démobilisé, il était devenu prof de gym puis entraîneur premier degré, deuxième degré et troisième degré. Il avait abandonné les petits pour s'occuper des grands et finissait par ne plus travailler qu'avec les meilleurs.

Il protégeait sa cavalière. Jamais il n'avait vu autant de dons rassemblés dans une seule athlète. C'était la sauteuse-vitesse parfaite, elle planait au-dessus de la barre, engageait le bras sans raideur, tournait spontanément la tête dans la direction de son saut. Un régal. Son Stradivarius●, comme il aimait à dire.

Il se régalait à lui faire effectuer des réglages minuscules : ouvrir un peu l'angle de la course d'élan, bien bloquer le bassin, expérimenter plusieurs positions du pied au moment de l'appui, retarder au maximum le fouetté des mollets... Tous les petits trucs qui allaient la mener à 1,90 m en junior et très au-dessus de 2 m plus tard. Elle était de la rare graine de recordwoman du monde. Il la couvait, lui apprenait à se concentrer en écoutant de

● **Il s'agit d'un violon très rare qui porte le nom de son inventeur. Ici, la référence au Stradivarius signifie que « la cavalière » est quelqu'un de rare et de précieux aux yeux de Pierre.**

la musique, lui faisait travailler ses muscles un par un, ses quadriceps et ses extenseurs du mollet.

Il allait la chercher à l'aube, la conduisait au lycée, la reconduisait le soir, savait la date de ses règles, lui choisissait ses survêtements, traitait ses contrats avec les organisateurs et les sponsors : un peu grand frère, un peu papa, entraîneur.

Lorsqu'ils partirent ensemble au championnat de France, il était sûr d'elle.

Elle avait passé 1,80 m au premier essai comme à l'entraînement et, Pierrot, au premier rang des gradins, lui avait adressé un signe furtif de confiance.

La demi-finale du cent mètres hommes se courait au même moment. Sortie du sautoir, elle regarda les coureurs franchir la ligne. Le grand Martiniquais qui avait gagné en roue libre fit un crochet après la ligne d'arrivée et vint lui donner une petite tape amicale sur la joue. Surprise une seconde, elle s'ouvrit bientôt en un large sourire qui fit remonter ses yeux d'une façon irrésistible.

Pierrot, sur son gradin, fut instantanément foudroyé d'amour. Il l'aima de toutes les façons du monde à la fois : son sourire, ses yeux, sa course d'élan, ses vastes internes, des deltoïdes, ses records, sa marge de progression, les années de travail en commun – qui pouvaient, il venait soudain de s'en rendre compte, être réduits à néant d'une tape charmeuse sur la joue. Il l'aima d'autant plus qu'il n'avait jamais songé à le faire, qu'il avait toujours été comblé de ce qu'elle lui donnait et que l'image de la gamine maigriotte rêvant de cheval ne l'avait jamais vraiment quitté.

Le soir même, il dit son amour à la nouvelle championne de France. Elle accepta l'hommage comme une beauté supplémentaire du jour, elle accepta la bague, elle accepta l'alliance, elle accepta le trois-pièces municipal, elle accepta de veiller à ne pas faire de bébé.

Il découvrit le bonheur de caresser ses muscles, de masser ses épaules, de toucher du doigt chaque soir son mystère. Il cherchait dans les baisers le secret qui la faisait sauter plus haut qu'il ne sauterait jamais.

Elle avait retrouvé son air grave et ses yeux de fatigue. Elle avait repris le chemin de ses entraînements et de ses compétitions. Rien n'était vraiment changé entre eux.

Éternellement assis au premier rang des gradins, il la regardait sautiller sur place avant sa course d'élan, hypnotisé par le petit geste réflexe qu'elle dessinait dans le vide avec le bout de ses doigts, fasciné par ce sursaut décisoire qui précédait sa première foulée.

Il la dévorait de ses yeux neufs dans ces moments d'effroyable solitude qu'il prenait pour de la liberté.

« La Cavalière », in *Les Athlètes dans leurs têtes*, Paul Fournel,
© Édition du Seuil, 1994, coll. Points, 1998.

Le Tueur

Après la pesée, il lui restait exactement vingt-sept heures pour devenir un tueur. Il était un athlète permanent, un de ceux qui sont à la salle chaque jour, qui savent se mettre en sueur et qui ne reculent jamais devant une corde à sauter ou un sac de sable.

En trois semaines, monsieur Jean avait fait de lui une lame. Un poids moyen puissant, longiligne, belle allonge, jeu de jambes vif ; la grâce, l'élégance, le punch et ce foutu crochet du gauche meurtrier qui avait couché un à un les voyous de Chevilly, les boxeurs amateurs du département, puis de l'Ile-de-France et qui l'avait sans accroc conduit au professionnalisme. Un pro qui allait mener son treizième combat et à qui il restait vingt-sept heures pour devenir un tueur.

Sa nuit fut brève, toute traversée de cauchemars, de directs du droit qui finissaient leur trajectoire dans le traversin, d'uppercuts sanglants qu'il ne parvenait à esquiver qu'en butant la tête contre le bois du lit.

Il se leva avec un terrible mal aux cervicales et dut avaler deux comprimés d'aspirine. Son entraîneur lui expliqua qu'il n'était jamais meilleur qu'après une bonne nuit de pression.

Il partit se décrasser au bois, le cou serré dans une serviette éponge ; petit trot ; montée en température ; shadow-boxing● entre les arbres. Il commença à penser à son adversaire : vingt combats, douze victoires avant la limite, un frappeur. Il l'avait vu tirer en vidéo. Il faudrait passer par-dessous sa garde et lui faire éclater

● **Littéralement « boxe de l'ombre ». Expression d'entraînement qui signifie « boxer dans le vide » en imaginant un adversaire.**

dare-dare cette arcade droite qu'il avait fragile. Il esquissa un direct à la poitrine, suivi en rafale d'un crochet du gauche à la tempe.

Il lui avait serré la main la veille, à la pesée et au petit jeu de écrase-moi-les-phalanges-pour-me-faire-peur, il avait la nette impression d'avoir marqué un point psychologique.

Il voulait faire un très beau match et le gagner.

Après la douche, le sophrologue[1] du club le prit en main. Il le décontracta et le plongea dans un état d'hébétude contre lequel le boxeur avait appris à ne pas se rebeller. Là, il le persuada doucement qu'il était le plus fort, que ce match était capital, qu'il fallait donc l'aborder calmement, que son adversaire était une machine froide qui méritait d'être corrigée, que son gauche était la foudre et l'enclume réunies, que sa droite était sans pitié, qu'il était de son devoir de gagner, gagner, gagner, toujours gagner, gagner.

Il sortit de cet assommoir pour faire un repas digeste et mesuré et put juger, tout à sa mastication, du chemin intérieur parcouru. Il était déjà profondément installé dans son combat. Il ne répondait plus aux questions, ne voyait plus rien du monde extérieur. Solitaire, il glissa dans une courte et intense sieste, puis retourna à la salle pour faire les ultimes réglages.

Monsieur Jean monta avec lui sur le ring et ils décomposèrent ensemble les gestes de la victoire. Il boxait dans les gants de monsieur Jean, avançant toujours, avançant, avançant.

Dans le tempo saccadé de son souffle, monsieur Jean glissait quelques conseils – Montez votre garde[2], rentrez le menton, plus vite la reprise – et commença à lui parler de son adversaire : un drôle de coco qui avait fait de la prison pour avoir tabassé des grand-mères, chassé de chez lui pour une louche histoire d'amour

1. **Sophrologue** : praticien de la sophrologie, partie de la médecine qui étudie la conscience humaine et vise à relaxer, détendre.
2. **Monter sa garde** : se protéger, manière de tenir ses bras pour bloquer les coups de l'adversaire.

avec sa sœur, tombé deux fois pour des affaires de drogue, déserteur, ayant abandonné femme et enfants, prêt à tout pour réussir, drôles de fréquentations, cœur dur, âme noire. Quelqu'un, en somme, de parfaitement digne de se faire salement casser la figure. Quelqu'un à qui il serait justice de donner une correction. Un voyou qui méritait de planter là sa carrière. Une ordure que personne ne serait vraiment choqué de voir à l'hôpital. Et puis ses trois mômes, tout de même, dans la banlieue de Bruxelles, qu'il laissait crever sans un rond...

Monsieur Jean expliquait tout cela d'une voix calme, en confidence, dans l'effort. Il en avait motivé des champions et il savait les mots avec quoi l'on fabrique les tueurs.

Le poids moyen encaissait tout cela sans rien dire, l'engrangeait, le stockait dans ses épaules et dans ses poings pour le transformer en coups méchants, de ceux qui font mal et couchent l'adversaire.

Ce fut le masseur ensuite, dans le sous-sol du palais des sports, qui le décontracta, le réchauffa et lui banda les mains. Il lui expliqua qu'il en avait massé des boxeurs mais que, sans mentir, il n'avait jamais vu des biceps pareils, des pecs[1] aussi solides, des dorsaux aussi nets ; de quoi faire éclater des crânes, gicler des mâchoires, épater des nez, exploser des foies, traverser des abdos. Une musculature de K.-O. De quoi débarrasser la terre de toutes les salopes, de tous les vérolés. Une musculature de justicier.

En lui nouant les gants, monsieur Jean en arriva à la conclusion logique et très calmement exprimée que ce Belge méritait d'être rayé du monde des vivants.

1. **Pecs** : abréviation pour pectoraux.

Lorsqu'il le poussa, fin prêt, dans le tunnel qui devait le conduire à la lumière blanche, aux hurlements, au ring éclatant, il lui dit simplement : « Démolissez-le. » Il souriait confiant.

Le poids moyen tint huit rounds avant de tomber pour le compte, le visage couvert de sang. Le salaud de Belge avait fait éclater sa putain d'arcade gauche et le monde entier avait disparu dans un brouillard rouge. C'était un progrès. Le match précédent, il n'avait tenu que trois reprises.

Pour le prochain, monsieur Jean en était sûr, avec beaucoup de travail physique et une bonne préparation psychologique, il pourrait faire un honnête tueur à la limite.

« Le Tueur », in *Les Athlètes dans leurs têtes,* Paul Fournel,
© Édition du Seuil, 1994, coll. Points 1998.

Coup de pompe

Il faisait un froid de fin novembre. Encapuchonné, ganté, le coureur poussait devant lui des petits nuages de buée glacée. Sa foulée était longue, régulière, à peine raidie par la dureté du sol. Ses joues tremblaient sous le souffle. Son regard se perdait dans le sous-bois, un peu inquiet, un peu inquiétant. Il entamait son vingt-troisième kilomètre de cross dans le petit matin.

Pendant longtemps, il avait couru tous les jours pour respecter son programme d'entraînement, pour se construire dans l'effort, pour apprendre à se connaître et préparer les grands rendez-vous ; il n'avait pas de but immédiat sinon le bon fonctionnement de ses muscles et la régularité de son rythme cardiaque. Maintenant, il savait que tout était changé et qu'il cherchait quelque chose de précis et que ce quelque chose était sa fatigue, sa vieille fatigue. Il avait acquis la certitude qu'on la lui avait volée et il commençait à murmurer pour lui-même le nom des voleurs, au rythme de ses foulées. Un jour, il le crierait.

Trois hivers plus tôt, un homme était venu le voir un matin, à l'entraînement. C'était un homme gros, avec un gros pardessus. Il lui avait expliqué qu'il suivait ses performances depuis longtemps et que, s'il le voulait bien, il ferait de lui un champion. Cet homme était un entrepreneur, adjoint aux sports dans sa ville et président du club athlétique, un homme puissant à qui l'on pouvait difficilement dire non. C'est du moins ce que le coureur avait ressenti.

Il avait signé son contrat et d'autres hommes étaient venus le voir courir, sur le stade, cette fois, vêtus d'autres gros pardessus. Ils étaient restés longtemps à le regarder, immobiles derrière la barrière de ciment. Il y avait l'entraîneur, le docteur, le masseur et un autre qu'on appelait « toubib » et qui était mieux qu'un docteur.

Ils lui avaient préparé un programme : deux fois plus de kilomètres, du fractionné[1] tous les jours, des vitamines, des piqûres d'hiver à bien arrêter six semaine avant les compétitions, des piqûres d'été, des cachets pour avant, des cachets pour après, beaucoup boire, bien manger et un travail à la mairie comme jardinier. Son seul vrai boulot de jardinier consistait à creuser des petits trous avec ses chaussures à pointes dans les sous-bois.

En une saison, il avait pris quatre kilos de muscles et encaissé sans broncher ses surdoses d'entraînement. Il commença à tout gagner. Il suivait son programme à la lettre et tout lui devenait facile. Il gagnait.

De ce temps, il lui restait beaucoup de photos où on le voyait près du Président, sur la ligne d'arrivée. Ils étaient même passés tous les deux en direct à Tévésports, et il avait conservé une cassette. Dans la revue *Diététique-Effort*, le toubib avait donné ses secrets alimentaires. Il avait appris à décrisper son sourire devant les photographes et à ne plus bégayer pour dire au micro qu'il était heureux d'avoir gagné. Il avait même eu l'occasion de remercier publiquement ses parents, son Président et ses entraîneurs. Il était même question que le Président devienne maire, et qu'il le prenne comme conseiller.

C'est alors qu'avait eu lieu ce stupide meeting[2] de Nice, un des derniers de la saison. Contrairement aux autres années, il arrivait

1. **Fractionné** : course par intermittence.
2. **Meeting** : rencontre d'athlétisme.

intact fin août : pas de douleurs, pas de crampes. Pas même de lassitude. À deux tours de l'arrivée, il avait placé un démarrage en force, et il s'était écroulé. Pendant un moment, il avait regardé son pied qui pendouillait au bout de sa jambe, puis il avait hurlé.

On peut rendre les muscles plus puissants, pas les tendons. Les tendons, ça se brise, ça s'arrache. On avait mis de longues heures pour le calmer à l'hôpital puis on l'avait opéré, rééduqué, remis sur pied et il avait repris sa course, un peu hébété[1].

Il était seul.

Il avait recommencé l'entraînement, les piqûres, les courses et il se traînait sans comprendre. Il perdait. L'entraîneur lui modifiait sans cesse son programme, le toubib augmentait ses doses et il restait bloqué à plusieurs secondes de ses temps habituels. Le Président avait repéré un petit jeune qui marchait très fort.

Il se mit à tricher en entraînement. Il se levait plus tôt chaque matin et courait dès l'aube.

De plus en plus souvent, il courait jusqu'au soir, sans voir passer les heures, croquant quelques barres de Muesli et de Vitagermine.

Il se souvenait que courir fatigue.

Il savait que la fatigue était le seul moyen que l'homme avait inventé pour bavarder avec son corps et pour épargner ses tendons. Et il n'était plus jamais fatigué.

Il savait aussi que lorsque la fatigue ne sort pas en crampes et en courbatures, elle sort dans la tête. Des coureurs cyclistes étaient devenus fous. Un lanceur de poids s'était mis en ménage avec un mage. Un nageur de fond ne cessait plus de nager en

1. **Hébété** : rendu stupide.

attendant que lui poussent des écailles. Un sprinter majestueux buvait comme un trou. Un lanceur trafiquait des hormones. Il était donc de première urgence qu'il coure comme un forcené derrière sa fatigue. Celle que lui avaient volée les gros pardessus.

« Coup de pompe », in *Les Athlètes dans leurs têtes,* Paul Fournel,
© Édition du Seuil, 1994, coll. Points, 1998.

Le Crack

Pour André Le Dissez●

Je l'avais souvent vu fatigué, hâve[1], les lendemains de grosse castagne[2] par exemple, après les longs contre la montre où il creusait profond, mais je ne l'avais jamais vu dans cet état-là. Il était livide, les yeux bordés de noir, les lèvres blanches. On avait l'impression, aussi, qu'il avait perdu dix centimètres de tour de jambe. Il n'avait pas eu le courage de se raser non plus et le voyage en voiture sur les routes du coin avait été un calvaire. Les organisateurs du critérium[3] étaient catastrophés pour leur recette de le savoir malade. Il n'avait pas eu le cœur de leur dire formellement non.

C'était l'époque des tournées d'après Tour, ces épuisantes et lucratives[4] balades et il n'était pas imaginable que le maillot jaune déclare forfait. La veille, nous avions couru à Clermont-Ferrand et toute l'équipe était partie aussitôt après la course pour rejoindre Yssingeaux où avait lieu le critérium du lendemain. Seul le grand Jacques, le patron du peloton, était resté pour passer la soirée chez son ami Geminiani, qui venait d'ouvrir un bistro. Il ne devait nous rejoindre que le lendemain matin.

Estomac vide, jambes en coton, vertiges. Il se tenait appuyé sur le capot de la voiture pendant que Charles lui laçait ses chaussures, parce qu'il était incapable de baisser les yeux sans s'écrouler aussitôt.

1. **Hâve** : amaigri et pâle à cause des épreuves.
2. **Castagne** : terme familier pour désigner une bagarre.
3. **Critérium** : course de cyclisme.
4. **Lucratif** : qui procure un gain, des bénéfices.

● **André Le Dissez est un ancien coureur cycliste professionnel français.**

Bien entendu, les organisateurs nous avaient concocté le pire parcours possible. Trois tours de 50 km truffés de bosses de huit-dix bornes à 7 % comme il y en a partout en Haute-Loire. Pas un mètre de plat (même l'esplanade d'arrivée montait). En supplément au programme, une grosse équipe de régionaux qui connaissaient tous les virages par leur prénom, qui roulaient en mafia toute l'année et qui rêvaient d'en découdre avec les pros. Le jour de l'an pour eux et pour leurs supporters.

Avant le départ, on s'était mis d'accord avec les organisateurs et les gros bras. Jacques avait une tête à rester au lit, tout le monde en convenait, mais les spectateurs étaient venus pour le voir et pour voir son maillot. Il allait donc faire le premier tour dans le paquet, il passerait en tête dans la première traversée de la ville et disparaîtrait discrètement par la prochaine ruelle pour regagner son hôtel. Le médecin l'y rejoindrait. On lui enfila un maillot jaune et il partit les poches vides, course finie avant de l'avoir commencée.

Ces cinquante bornes-là, je m'en souviens. Jacques m'avait demandé de rester près de lui et nous avons passé une heure vingt épaule contre épaule. Ce type qui me prenait un quart d'heure dans l'Izoard●, qui me mettait cinq minutes sur 10 km contre la montre, qui venait de survoler le Tour de France comme personne, qui savait gagner comme il voulait quand il voulait, que ses adversaires vouvoyaient, qui était en machine l'homme le plus beau, le plus élégant qu'ait jamais compté un peloton, roulait comme une épave. Il fermait les yeux dans les lignes droites pour ne pas dégueuler. Qu'aurait-il bien pu lui dire de changer de braquet. Il était incapable de sentir quoi que ce soit, incapable de

● **Le col d'Izoard est un col par lequel passent les cyclistes du Tour de France.**

la moindre décision, incapable d'avoir le moindre sursaut d'indignation contre les organisateurs. Il faut dire que de ce point de vue-là, c'était un crack et que les cracks honorent leurs contrats. En dix minutes, son maillot était collé de sueur et son menton gouttait sur la potence[1].

Il s'était creusé autour de nous, dans le paquet, une sorte de vide respectueux et les coursiers se relayaient pour venir voir le spectacle du zombie. Les jeunes du coin étaient déçus, eux qui rêvaient tant de pédaler pour de bon à ses côtés.

Nous roulions groupés, assez vite. Ceux qui tiraient devant, et, parmi eux, quelques-uns de nos équipiers, tiraient régulier mais sans faire de cadeau sur le train. Dans ces situations, il n'est jamais bon de traîner trop et de laisser la porte ouverte. Il faut choisir la juste cadence qui fait réfléchir à deux fois les francs-tireurs. Nous tournions à 35-37 de moyenne ce qui, dans la région, est tout à fait vif.

Jacques semblait s'en foutre. Il était parfaitement hors d'état de rentrer dans ce genre de considération. Il n'aurait certainement pas pu battre le record de l'heure qui lui appartenait à l'époque, mais entre 25 et 35 km il ne faisait pas la différence.

J'ai toujours adoré le spectacle des champions. Et j'ai eu la chance, pendant douze ans de carrière professionnelle, d'être aux premières loges. J'ai roulé pour deux, j'ai même été leur capitaine de route, et j'en ai compté trois pour adversaires. Avec le recul, je sais que j'ai eu de la chance d'en rencontrer cinq, des vrais.

Il n'y a rien de plus beau qu'un crack, un qui donne des rendez-vous, qui se prépare, qui met tout le monde en confiance ; celui

1. **Potence** : pièce d'appui.

qui dicte la loi et l'ordre et qui, grippe, foulure, angine ou fatigue, voltige quand il faut voltiger, appuie ses relais comme personne, grimpe devant les grimpeurs, sprinte devant les sprinters, mène les bordures, tire deux dents de moins que tout le monde dans les contre la montre, fixe les tarifs et sait se relever pour offrir une victoire. J'aime d'autant plus les cracks que, vu du dehors, je suis tout près d'en être un – j'ai gagné des étapes, j'ai gagné des courses, on cite mon nom souvent, j'ai eu ma photo dans *L'Équipe*[1], on me voit à la télé, on m'interroge sur la marche des courses : mais moi, je sais que je n'en suis pas un de crack, et qu'il y a entre eux et moi un gouffre d'une largeur insoupçonnable.

Celui qui était à côté de moi ce jour-là, avec sa tête de mort et qui me demandait d'un mouvement des yeux s'il fallait aller à gauche ou à droite, c'était d'abord et avant tout 80 de VO_2 max●, 36 pulsations cardiaques au repos, des leviers à faire tourner comme de rien, des manivelles de 177.5 et des quadriceps à pousser et tirer 500 watts[2] relax sans arracher tous les tendons. L'ensemble surmonté d'une tête de chef d'entreprise masochiste, sadique, rusé, gentil ; avec le pouvoir d'aller chercher si profond au bout de soi et de ses forces, avec, enfin, un trait de caractère que je n'ai jamais eu et n'aurai jamais : un certain dégoût pour la bicyclette et une tendance très accusée à la laisser au garage plutôt que de s'entraîner. Tout cela fait un champion comme il y en a peu et, de surcroît, parfaitement capable de craquer, de s'effondrer et de se retrouver minable avec une tête d'endive et un somptueux maillot jaune dans un critérium à Yssingeaux, Haute-Loire.

1. ***L'Équipe*** : journal sportif quotidien.
2. **500 watts** : puissance d'un système énergétique.

● **La formule 80 de VO^2 max correspond à la consommation maximale d'oxygène. V désigne le volume, o2 désigne l'oxygène, et max signifie maximal.**

Il manqua trois fois de tomber et, par mesure de sécurité, nous nous retrouvâmes au fin fond du peloton. Je me demande encore aujourd'hui comment il a pu passer la bosse de Rosières. Je n'ai jamais vu un homme transpirer autant. Je lui ai proposé mon bidon qu'il a refusé avec un hoquet de dégoût.

On ne peut pas dire qu'il souffrait ; il semblait plutôt être dans cet état tragique pour un sportif où il ne peut plus se faire mal, où il ne peut ni se mesurer avec soi-même, ni se mesurer avec les autres.

Le peloton nous décrocha deux fois, et deux fois je parvins à le ramener sans à-coups. Les spectateurs, le long de la route, étaient si stupéfaits de le voir dans cette posture qu'ils oubliaient aussi bien de l'encourager que de le huer. C'était comme une rumeur de silence. À deux kilomètres du sommet de la bosse, il commença à pousser des sortes de petits gémissements à chaque tour de pédale.

Il me fallut ensuite passer à la seconde phase de mon plan qui n'était pas la moins délicate. Parvenu au faux plat qui mène à la ville, je passai le 52×17[1] et accélérai doucement pour me placer devant lui, l'abriter et entreprendre de remplir l'ultime partie du contrat. Remonter un peloton qui s'agace à quelques kilomètres des primes de passage est une entreprise difficile, même si la complicité des gros bras est acquise. Il ne s'agit pas de donner le spectacle d'une ridicule connivence et les pactes passés avec les cracks s'exécutent avec un panache de crack. Je planifiai donc notre retour sur six kilomètres. Au début, je dus faire l'accordéon● puis très vite, je trouvai le juste rythme et il resta sagement calé dans ma roue. Je me déportai sur la gauche, près du fossé et

1. 52×17 : expression désignant un développement, un passage de vitesses (52 dents pour le plateau ; 17 dents pour les pignons au niveau de la roue arrière).

● : **Cette expression signifie être lâché, puis recoller au peloton, être à nouveau relâché…**

nous commençâmes à remonter. 52×16, 52×15, 52×14[1]. Mon intention était de le tirer jusqu'à la pancarte d'entrée dans le pays puis de le laisser filer, comme si j'étais cuit, avec les cinq ou six galopins qui allaient immanquablement lui sauter dans la roue et jouer leur course.

À un kilomètre de mon but, j'étais en tête et j'avais dû batailler ferme pour rendre à la raison les régionaux qui allumaient des pétards pour faire plaisir à leur famille. À chaque accélération, je frémissais à l'idée de l'état dans lequel il devait être.

À cinq cents mètres, je sentis son souffle et il vint se placer à ma hauteur. Je n'oublierai jamais le regard qu'il me lança : un regard glacé, tranchant, plein. Et il me posa cette question ahurissante :

– T'as pas deux sucres ?

Je les lui donnai. Il les engloutit et, comme il tendait la main à nouveau, je lui abandonnai une part de gâteau de riz et un fruit qu'il glissa dans la poche arrière de son maillot.

Bien entendu, je ne le revis qu'après l'arrivée. Il gagna le critérium après avoir offert un festival au peloton médusé. Il volait. Et dans la troisième ascension de la côte de Rosières, il mit trois minutes sans forcer au second.

Tout le monde apprit ce jour-là que le vrai crack, c'est aussi celui qui est capable de cuver en pédalant une cuite à coucher un bataillon[2]. Je m'en doutais déjà.

« Le Crack », in *Les Athlètes dans leurs têtes*, Paul Fournel,
© Édition du Seuil, 1994, coll. Points, 1998.

1. **52×16, 52×15, 52×14** : il s'agit, là encore, de désigner des changements de vitesse. Plus le pignon est petit, plus le coup de pédale est difficile, et plus la vitesse du cycliste est élevée.
2. **Bataillon** : unité militaire comprenant plusieurs compagnies.

Main courante

Il pleuvait, comme de juste.

Je n'avais jamais vu le soleil avant la mi-mars dans cette fichue ville, ou alors des tentatives ; un rayon-suicide qui parvenait à se glisser entre deux nuages acides avant de s'écraser lamentablement sur les murs noircis des faubourgs.

Les jours s'enfilaient, les uns derrière les autres, pour former un long collier gris.

Inutile de vous dire que le moral allait de pair avec la météo. Au cours des dix dernières années, Courvilliers[1] était passée de trente à cinquante-six mille habitants, après l'installation des usines Hotch, un groupe international spécialisé dans l'assemblage des moteurs de voitures. On n'y mettait jamais les pieds et c'était mieux comme ça : la boîte avait son propre service d'ordre qui s'occupait du ménage interne...

Les locaux du commissariat n'avaient pas suivi la courbe démographique contrairement à la délinquance. Peu à peu j'en étais venu à partager mon bureau avec un, puis deux stagiaires. Jusqu'au transfert, la veille, du service de la « main courante[2] », personnel et matériel. Ça n'allait pas chercher loin, deux couples de vieux flics amorphes[3] et non-fumeurs, autant de sièges, de bureaux, d'armoires. Quand même, cinq personnes, des adultes, dans moins de vingt mètres carrés, on frisait la surpopulation !

1. **Courvilliers** : ville imaginaire.
2. **« Main courante »** : livre de commerce où sont inscrites au fur et à mesure les opérations de compte.
3. **Amorphe** : doté d'un caractère peu énergique.

D'autres inspecteurs auraient rechigné à la perspective de bosser sous le regard de leurs subordonnés, mais ce qui me restait de religiosité hiérarchique m'avait définitivement abandonné à la vue de ma première fiche de paie, vingt ans plus tôt.

De ma place, près de la fenêtre (il faut être tout à fait franc, j'avais conservé ce privilège), je surplombais les registres grands ouverts sur lesquels s'inscrivaient, heure par heure, les épisodes de la grande histoire des gens de Courvilliers : plaintes, accidents, vols, agressions…

Dix lignes maximum pour traiter chaque sujet, séparé par un double trait de stylo du sujet suivant dont le numéro était écrit en rouge dans la marge. La main habituelle, crispée sur le bâtonnet de plastique orange, alignait les signes avec soin.

. . . .

1er mars 1984, 11 h 49.

Carrefour formé par les rues Charles-de-Gaulle et Général-Leclerc. Un camion de marque Citroën immatriculé 2827 HY 93, appartenant à la société Goix, 84 rue Villebois à Aulnay, est entré en collision avec un véhicule particulier Simca 1100 immatriculé 286 TA 75, conduit par son propriétaire, M. André Lemesle, domicilié à Paris. Dans le choc, M. Lesmesle a été blessé au visage. Intervention de la PS. Le blessé a été dirigé sur l'hôpital de Villepinte.

. . . .

Le téléphone se mit à sonner alors que la bille attaquait la seconde moitié du dernier trait.

Une voix de femme, suraiguë, m'agressa le tympan.

Les phrases s'entrechoquaient dans le combiné à une vitesse incroyable. Je réussis à isoler deux ou trois éléments qui, à la réflexion, justifiaient qu'on se mette dans un tel état avec un flic à l'autre bout du fil. Elle tentait de m'expliquer que son mari venait de mourir dans leur chambre. Ce qui ne collait pas c'est quand elle précisait : sur son vélo...

Je notai l'adresse, Mme Ribot, 12, rue de Paris, avant de passer le papier à un stagiaire.

– Allez, on prend l'air !

Je n'aimais pas conduire et les deux jeunes sautaient sur la moindre occasion pour sortir du bocal. Donnant, donnant. La rue de Paris faisait partie d'une cité pavillonnaire construite en périphérie, sur d'anciens terrains marécageux qu'aucun agriculteur n'avait réussi à cultiver. Le boom industriel leur avait permis de les refourguer[1] au prix de la végétale. Les transplantés commençaient à faire la différence : un garage ce n'est pas obligatoirement l'endroit idéal pour la culture du cresson !

Les cris de la toute jeune veuve nous évitèrent de chercher le 12. Elle avait ameuté le quartier et les curieux nous firent une haie d'honneur jusqu'à la porte du pavillon. Dans ces cas-là, pas besoin de présentations, on sait immédiatement qui est qui. J'entrai dans la salle de séjour avec le jeune flic sur les talons.

– Venez vite ... C'est affreux... Il est mort...

Elle nous guida vers la chambre, une pièce étroite meublée d'un lit et d'une armoire en acajou. Le sol, du parquet vitrifié, était recouvert d'une série de petits tapis indiens très colorés.

1. **Refourguer** : terme familier qui signifie, ici, revendre.

Mon regard se posa sur le vélo d'appartement placé au pied du lit devant un écran de télévision relié à un magnétoscope. Je m'attardai sur l'homme mort en pyjama rayé dans la position du coureur baissé. J'évitai de fixer trop longtemps ses yeux immobiles révulsés par la souffrance. Je crus y lire comme de l'incrédulité... Je me tournai vers la femme.

– Votre mari était cardiaque ? Ce n'est pas toujours recommandé les exercices sur vélo... Surtout quand on prend de l'âge...

Elle éclata en sanglots.

– Non, ce n'est pas ça. C'est affreux...

Je m'étais approché du magnétoscope, irrité et gêné à la fois par la scène et j'appuyai nerveusement sur la touche de mise en marche. Les images d'une arrivée d'étape animèrent l'écran. Je pris le boîtier de la cassette posé au-dessus du téléviseur. Une main malhabile avait complété le cadre d'identification de l'enregistrement :

« Tour de France[1] 1982. Étapes de montagne. »

– Il s'entraînait souvent en visionnant les émissions cyclistes ?

La femme renifla avant de me répondre :

– C'est de ma faute. Il l'a depuis trois mois, ce vélo de malheur. Je lui ai payé... Pour son anniver... C'est moi...

Elle s'arrêta, vaincue par les larmes. Le stagiaire s'était approché du cadavre ; il m'appela pour me montrer du doigt la large tache sombre qui s'élargissait à l'entrejambe du pantalon de pyjama. Je compris d'un coup ce que la femme ne parvenait pas à nous dire ainsi que l'expression de surprise qui se lisait dans le regard du mort. D'ailleurs, à cet instant précis, mes yeux devaient

1. **Tour de France** : course très célèbre de cyclisme.

ressembler à ceux de Ribot quand il réalisa, une fraction de seconde trop tard, ce qui lui arrivait.

Hinault devait être lancé à la poursuite de Van Impe et il mettait toute la gomme pour sauver son maillot jaune... Derrière, Ribot se maintenait dans la roue du Français pour conserver sa veste de pyjama à rayures. Si seulement il n'avait pas négligé de vérifier son matériel avant de prendre le départ !

Le collier de serrage de la selle prenait du jeu à chaque effort, chaque tension des muscles. Bientôt le tube montant du cadre vint cogner le rembourrage, sous l'assise.

À deux kilomètres de l'arrivée, tandis que Hinault plaçait Van Impe dans sa ligne de mire, le métal attaquait le cuir du siège. À trois cents mètres du but, le Breton se porta à la hauteur de son adversaire. Ribot tenta de déborder par la gauche du tapis en se penchant dangereusement vers l'extérieur, vers l'armoire. La selle s'ouvrit en deux, le cuir craqua dans un bruit mou à l'instant précis où Hinault faisait franchir la ligne blanche à son boyau avant. Il leva les deux bras pour marquer son triomphe tandis que Ribot s'enfonçait d'un coup sur le tube chromé qui lui perfora les intestins, le tuant net.

Le stagiaire rompit le silence :

– Qu'est-ce qu'on fait dans des cas pareils, inspecteur ?

– Je n'en sais pas plus que toi ! Tu crois que j'ai l'habitude d'en ramasser des dizaines dans cet état-là... Passe un coup de fil à l'hôpital, ils se débrouilleront. Quand tu auras fini, pense à relever la marque du vélo, numéro de série, provenance, fabricant, enfin tout ce que tu peux trouver d'écrit dessus et sur les factures.

Il me regarda avec des yeux ronds.

– C'est vraiment utile ?

– Fais ce que je te dis. Ce gars-là ne doit pas être le seul à grimper le Tourmalet et l'Aubisque en chambre. Il vaut mieux prévenir le reste du peloton si on ne veut pas qu'ils finissent tous sur le pal en appuyant sur les pédales.

Le sportif de la rue de Paris eut droit au numéro 797, huit lignes coincées entre une bagarre dans un café corse et un vol à l'arraché. Quant à moi, il ne me restait plus qu'à attendre le prochain coup de téléphone en guettant le moindre rayon de soleil.

Main courante, Didier Daeninckx,
© Édition Verdier, 1994.

Solitude numérique

Le pire, si Martine y réfléchissait, c'est que c'était elle qui avait enclenché le processus en lui offrant tout le matériel et l'abonnement à Gold-Sport, deux ans plus tôt pour son anniversaire... Et quand elle voulait être sincère, elle arrivait à s'avouer qu'elle avait une idée derrière la tête en choisissant ce cadeau : le retenir à la maison, samedis soir et dimanches après-midi tout au long de la saison footballistique. Le couper de toute cette bande de supporters assoiffés qui lui volait ses week-ends. Elle le revoyait qui déballait la parabole, plus heureux encore que le gamin qu'elle imaginait, agenouillé près du sapin de Noël devant son premier vélo. Ils avaient passé deux jours entiers à déterminer le meilleur angle de réception, puis à installer la coupole sur le toit du pavillon, à régler la monture polaire[1] motorisée afin de capter aussi bien le satellite Astra qu'Eutelstat. Régis, qui déprimait dès qu'il fallait changer le sac de l'aspirateur ou nettoyer le filtre du lave-vaisselle, se révéla un pilote hors pair dans la conduite du numérique. Les caractéristiques des décodeurs Vidéocrypt et Syster n'eurent plus de secrets pour lui, de même que les signaux oscillants, les angles d'azimut satellitaires, les Puissances Isotropes Rayonnées Équivalents ou l'activation des circuits de clamp[2] ! Il se mit à parler une langue dont elle perdit rapidement la grille de décryptage, où il était question de « source duo-bloc », de « réchauffeurs souples », de « doublement de câble coaxial », de « polariseur mécanique », sans même tenir compte des « Low Noise Block » et autres « Duobinaire Multiplexed

1. **Monture polaire** : structure métallique mobile qui supporte la parabole.
2. **Circuit de clamp** : circuit électrique de sécurité.

Analog Components » ! Ils ne s'adressèrent plus la parole qu'en de rares occasions, entre deux retransmissions. Le plus souvent elle dormait, quand il venait se coucher, gavé d'émotions. Un an plus tard, c'est lui qui lui fit un cadeau : la première parabole fut rejointe par sa sœur presque jumelle afin de détecter les signaux d'autres satellites évoluant plus à l'est ou plus à l'ouest. Au lieu de suivre les péripéties d'un match P.S.G. – Auxerre sur le plastique froid des fauteuils du Parc, Régis pouvait assister, confortablement installé sur son canapé, en direct aux matches de championnat d'Indonésie, de Colombie, de Chine, se tenir au courant, heure par heure, du goal-average● de la troisième division camerounaise, vibrer aux tirs au but d'une finale amateur disputée au fin fond de la Finlande. Le budget consacré aux abonnements atteignait maintenant celui du loyer. Le quatrième décodeur, une merveille permettant également de compresser les images, de les stocker sur vidéo-disques tout en regardant un autre programme, arriva dans le salon débordant d'électronique pour le deuxième anniversaire de l'abonnement à Gold-Sport. Martine fit une ultime tentative pour renouer le dialogue avec Régis en lui apportant son habituel plateau-repas. Il lui fit signe de se taire, de la main, absorbé par le ralenti séquentiel[1] qu'il venait de programmer sur une antique lucarne[2] de Platini● dans un but italien. Elle traversa le jardin, sortit l'échelle double du garage pour aller l'appuyer contre l'arrière du pavillon. Parvenue sur le toit, elle vint se placer à genoux entre les deux paraboles dans lesquelles, pour qu'il l'entende enfin, elle se mit à hurler son désespoir.

« Solitude numérique » in *Passages d'enfer*, Didier Daeninckx,
© Éditions Denoël, 1998.

1. **Ralenti séquentiel** : procédé de ralenti image par image.
2. **Lucarne** : but marqué dans le coin supérieur de la cage.

● **Terme anglais signifiant « moyenne de buts ». Ce système permet de départager deux équipes arrivant ex-æquo, en comptant tous les points qu'elles ont obtenus.**
● **Joueur emblématique de l'équipe de France dans les années 80.**

Discobole, antiquité romaine, Rome, musée du Vatican.

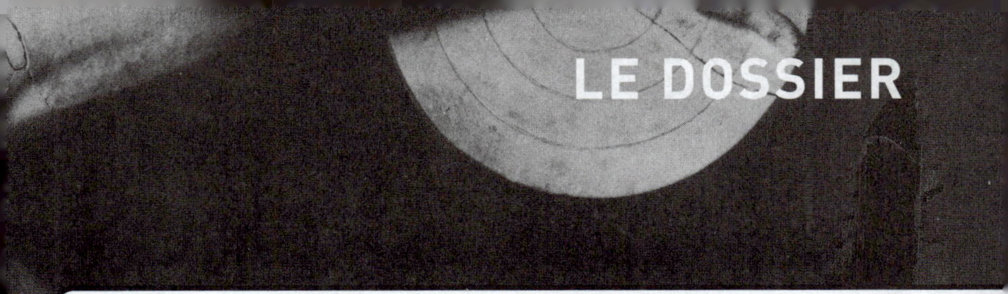

LE DOSSIER

Nouvelles sportives

Huit nouvelles sur le thème du sport

REPÈRES

PARCOURS DE L'ŒUVRE

TEXTES ET IMAGES

Qu'est-ce qu'une nouvelle ?

Une nouvelle est un texte qui raconte en quelques pages seulement un événement présenté comme authentique.

● DÉFINITION ET CARACTÉRISTIQUES

La nouvelle* est un récit bref, réaliste, dont l'action est généralement centrée sur un seul événement.
Elle diffère du roman par sa longueur (d'une à quelques dizaines de pages, là où le roman en compte plusieurs centaines) et du conte par l'absence de merveilleux.
Les personnages y sont peu nombreux ; leurs traits physiques, ainsi que l'analyse de leur caractère, sont peu développés.

Dans les nouvelles de Daeninckx, Fournel et Paganelli, aucun personnage n'est réellement décrit, même si l'auteur fait parfois allusion au physique ou à la psychologie des personnages, par exemple pour Mathias Sindelar dans « La Soixante-quinzième minute ».

Par exemple, l'intrigue de « Solitude numérique » *se déroule dans un lieu unique : la maison de Régis et Martine.*

Construite sur le principe du resserrement, la nouvelle présente des faits se déroulant dans un temps généralement court, c'est une « tranche de vie ». L'espace obéit au même principe de resserrement : il est le plus souvent limité.

● ORIGINES ET ÉVOLUTION DE LA NOUVELLE

C'est à l'époque de la Renaissance qu'apparaît, pour la première fois en France, le genre de la nouvelle.
Au XVIe siècle, Marguerite de Navarre, sœur du roi François Ier, publie un recueil* de nouvelles : *L'Heptaméron*, inspiré d'un texte italien, le *Decameron* de Boccace (XIVe siècle).

Recueil de nouvelles écrit en italien, qui rassemble cent récits racontés par différents narrateurs successifs : une dizaine de jeunes gens réfugiés à la campagne pour fuir l'épidémie de peste noire qui sévit à Florence en 1348.

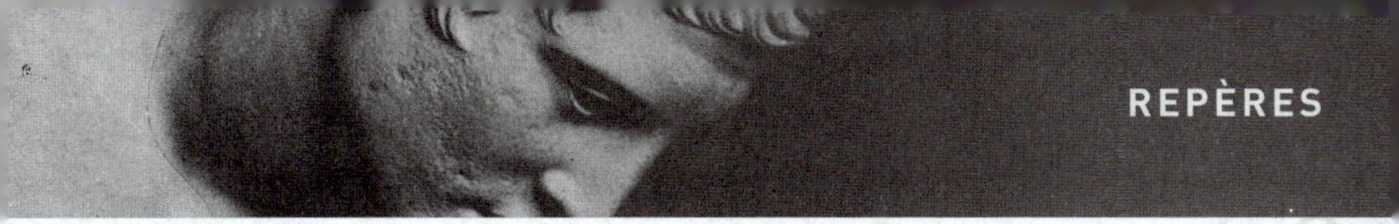

L'Heptaméron

Dans ce récit inachevé, Marguerite de Navarre reprend le modèle de Boccace en usant du récit-cadre : elle raconte l'histoire de personnages qui, immobilisés par un orage dans une abbaye, passent le temps en racontant tour à tour des histoires, ainsi enchâssées dans le récit-cadre. Ces « nouvelles » traitent de différents thèmes souvent liés à l'amour (l'adultère, le mariage...) ou à la satire* religieuse (moines paillards...). La règle d'or est toujours la même pour les conteurs : l'histoire narrée doit s'être réellement passée. Cette notion d'authenticité est devenue l'une des règles de la nouvelle.*

Mais il faut attendre le XIXe siècle pour que la nouvelle prenne son essor et devienne un genre littéraire* à part entière. En effet, la presse d'alors connaît une diffusion grandissante et un emplacement est systématiquement réservé à la publication de courts récits, plus rapides à lire que des romans. C'est ainsi que les nouvelles de Maupassant, Balzac, Mérimée, Stendhal, Flaubert et Zola ont d'abord été publiées, avant d'être réunies en recueils.
C'est aussi au XIXe siècle que se précise la définition de la nouvelle : récit court, réaliste ou fantastique, dont le dénouement*, nommé la « chute* », constitue généralement une surprise pour le lecteur.

• UNE CONSTRUCTION PARTICULIÈRE : LA NOUVELLE À CHUTE

Certaines nouvelles, comme celles de Paganelli, Daeninckx et Fournel, sont des nouvelles à chute : tous les éléments convergent vers un dénouement bref, inattendu, surprenant ou frappant, la « chute ». Particulièrement soignée, cette chute vise en principe à surprendre le lecteur et à susciter sa réflexion. La découverte de la fin de la nouvelle invite le lecteur à une relecture qui lui permet de donner aux événements un éclairage nouveau.

Dans « Main courante »*, par exemple, il faut attendre la fin de la nouvelle pour découvrir les raisons de la mort de M. Ribot. Le lecteur peut alors avoir une nouvelle interprétation des faits évoqués précédemment, mieux comprendre les cris de la veuve, les circonstances du décès, la personnalité de la victime...*

Qu'est-ce qu'une satire ?

Une satire est un texte court qui tend à dénoncer, en se moquant, défauts et travers des hommes et de la société.

● DÉNONCER PAR LE SOURIRE

Le mot « satire » vient du latin *satira/ satura*, qui signifie « pot-pourri ». En effet, à l'origine, la satire était un mélange de musique, de paroles et de danse. Ce sens s'est modifié au fil des ans, désignant alors un ouvrage poétique en vers qui cherchait à tourner en dérision les vices et les défauts des hommes. Juvénal et Horace sont parmi les auteurs satiriques latins les plus connus. En France, Régnier et Boileau furent, au XVIIe siècle, les grands illustrateurs de ce genre.

La satire selon Boileau

Elle seule, bravant l'orgueil et l'injustice
Va jusque sous le dais faire pâlir le vice,
Et souvent, sans rien craindre, à l'aide d'un bon mot,
Va venger la raison des attentats d'un sot.
***Satires*, IX.**

Ces quatre vers résument bien la visée de la satire, qui dénonce en faisant rire et ne craint pas les puissants qu'elle critique sous le « dais », sorte de tente qui protège les grands personnages des affronts du soleil.

À l'origine, la satire est donc un poème de quelques vers qui dénonce un défaut par le biais de la moquerie. Dans un sens plus large, on appelle satire tout texte littéraire (en vers ou en prose) dont l'enjeu est de critiquer des vices par le sourire et la raillerie.
Ce type de texte tire son origine de la satire ménipée, ouvrage antique mêlant vers et prose, du nom d'un philosophe grec cynique rendu célèbre pour ses

railleries. Sur ce modèle, la *Satire Ménipée* (1594) est un recueil de pièces, rédigé par des partisans d'Henri IV, qui conjugue vers et prose, et raille la tenue des États généraux convoqués en 1593 par la Ligue.

● UN PROCÉDÉ DE LA SATIRE : L'HUMOUR

L'humour est une forme d'esprit qui consiste à présenter la réalité avec une apparente distance, de manière à en suggérer et à souligner les aspects plaisants ou absurdes.

Il existe différents types d'humour, parmi lesquels l'humour noir qui porte généralement sur un sujet grave, sensible. On parle d'humour noir* lorsqu'on sourit d'une réalité tragique (la mort, la maladie...).

Dans « Main courante », Daeninckx emploie cet humour en choisissant de traiter la mort de M. Ribot avec légèreté. Plutôt que d'avoir recours au pathétique*, il renverse le tragique de la situation et montre l'absurdité de la mort du personnage, décédé sur son vélo d'appartement en voulant imiter un cycliste du Tour de France.

● IRONIE ET SATIRE

L'ironie* est un procédé rhétorique reposant sur un contraste : il s'agit de dire le contraire de ce que l'on pense.

Pour comprendre le propos, ce n'est pas le sens des mots qui doit être modifié, mais la pensée qui ne doit pas être prise pour ce qu'elle paraît.

Il y a un risque que l'ironie ne soit pas perçue par le lecteur, qui doit pour cela accomplir un travail d'interprétation.

Ce procédé, très présent dans la satire, qui cherche à dénoncer un élément blâmable en le rendant ridicule ou en feignant d'en faire l'éloge, est aussi à l'intersection du comique et du tragique.

Au théâtre, on parle d'ironie tragique lorsqu'un personnage évoque un fait dont le sens lui échappe, à l'inverse des spectateurs.

L'ironie tragique est présente dans les deux nouvelles de Daeninckx. Dans « Solitude numérique », la situation se retourne contre Martine et devient tragique : la parabole qui devait la rapprocher de son mari finit par l'en éloigner davantage. Régis finit par ne plus vivre que pour sa télévision, d'où le cri final et désespéré de sa femme.

Étape 1 • Lire une nouvelle de D. Paganelli : « La Soixante-quinzième minute »

SUPPORT : « La Soixante-quinzième minute », D. Paganelli

OBJECTIF : Analyser la construction de la nouvelle et identifier sa dimension argumentative.

As-tu bien lu ?

1 Que se passe-t-il le 19 août 1998 ?

2 Qui est Mathias Sindelar ?

3 Quel événement a lieu le 9 novembre 1938 ?
- ☐ l'invasion de l'Autriche par les nazis
- ☐ la mort de Mathias Sindelar
- ☐ la Nuit de cristal

4 Qui remporte le match de football le 4 juillet 1941 ?
Pourquoi cette victoire surprend-elle ?

Irruption de l'Histoire dans l'histoire

5 Dans quel contexte politique a lieu le championnat d'Allemagne de 1941 ?

6 La nouvelle de Paganelli repose sur des récits enchâssés* (imbriqués les uns dans les autres). Analyse la construction de ce texte en complétant le tableau qui suit :

Récit-cadre	Premier retour en arrière	Deuxième retour en arrière
Match amical de l'équipe de France contre l'équipe autrichienne en 1998		

7 **a)** Quel événement au début de la nouvelle entraîne le premier retour en arrière ?
b) À ton avis, pourquoi ce retour en arrière est-il si important dans le texte ?

8 Résume la chute de cette nouvelle et explique la signification de son titre.

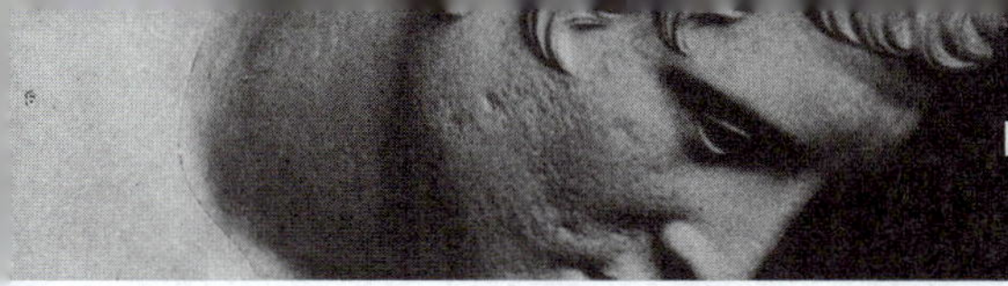

Récit de la mort d'un champion juif

9 Quelles expressions montrent l'opposition entre Mathias Sindelar et les nazis ? Que pense Mathias Sindelar du parti nazi ? Justifie ta réponse.

10 Que signifie l'expression « destination finale » ? Quelles personnes cette destination concerne-t-elle ?

11 Comment meurt Mathias Sindelar ? À ton avis, s'agit-il d'un suicide ou d'un meurtre ? Justifie ta réponse en citant le texte.

12 Quel paradoxe* est énoncé dans ces deux phrases : « Mourir pour ne pas dépérir. Mourir pour rester libre. » ?

La langue et le style

13 « Sur le terrain, les gars de Westphalie *soufflent*, ceux du Rapid *s'essoufflent* ».
a) Sur quel radical commun les deux verbes soulignés sont-ils formés ?
b) Quel élément permet de distinguer ces deux verbes de la même famille ?

14 « Il se joue de tous les tacles... » : quel sens a ici l'expression « se jouer de » ?

Faire le bilan

15 Complète ce texte à trous afin de mettre en évidence le message véhiculé par chacun des récits :
Lors du match qui oppose l'équipe de France à l'équipe autrichienne, en ...., le passé resurgit au moment de...................................... .
Ce premier récit est le récit-............de l'histoire racontée. Le premier récit enchâssé est celui de la mort de .... : hommage au courage d'un ....qui a refusé de servir le régime................... et d'adhérer à la barbarie. Le second récit enchâssé, qui retrace la..........................de l'équipe de Vienne sur l'équipe.................démontre qu'un peuple opprimé doit toujours croire en sa chance de .... contre l'oppresseur.

À toi de jouer

16 Imagine le discours d'adieu du « Mozart du football » lors de son dernier match le 26 décembre 1938. Évoque sa passion pour le football, mais également sa haine du régime nazi, sa déception face à ce qui se passe dans son pays et les raisons de son départ qui se placent au-delà du sport.

Étape 2 • Lire une nouvelle de P. Fournel : « Le Tueur »

SUPPORT : « Le Tueur », P. Fournel

OBJECTIF : Étudier la façon dont Paul Fournel raconte un match de boxe.

As-tu bien lu ?

1 Quelle est la profession du personnage principal ?
☐ un tueur à gages ☐ un boxeur ☐ un gymnaste

2 Qui est monsieur Jean par rapport au personnage principal ?
☐ un ami ☐ un voisin ☐ un entraîneur

3 Quels sont les autres personnages de la nouvelle ?
Nomme-les et précise quel est le métier de chacun.

L'art du récit

4 « Après la pesée, il lui restait exactement vingt-sept heures pour devenir un tueur » (l. 1-2). D'après cette phrase, quel va être le contenu de l'action ?

5 Identifie les différentes étapes du récit en complétant le tableau ci-dessous :

Étapes du récit	Résumé
Étape 1	La pesée (27 heures avant le match)
Étape 2	
Étape 3	
Étape 4	
Étape 5	
Étape 6	
Étape 7	
Étape 8	
Étape 9	
Étape 10	
Étape 11	

6 En combien de pages tiennent les dix étapes ? En combien de lignes est racontée la dernière étape ? Que peux-tu en déduire ?

L'art de la chute

7 Que signifie l'expression finale « un honnête tueur à la limite » ?

8 Comment le narrateur s'y prend-il pour ménager le suspense avant d'annoncer le résultat de match ?

9 Dans quelle mesure peut-on dire que le ton de la chute est ironique ? Justifie ta réponse.

10 Après avoir lu la nouvelle en entier, quel commentaire son titre t inspire-t-il ?

La langue et le style

11 **a)** Relève six termes appartenant au champ lexical de la boxe.
b) Relève quatre termes appartenant au champ lexical du combat.

12 Observe le discours que monsieur Jean fait au « tueur » avant le match (de « un drôle de coco (...) » à « (...) âme noire.», l. 50 à 55).
Quelle figure de style est principalement utilisée dans ce passage ? En quoi doit-elle servir à motiver l'athlète ?

Faire le bilan

13 Complète ce texte à trous :
Monsieur...............a un objectif : faire de son athlète un ....
Après une nuit................, le tueur prépare son match, physiquement et........................ : il repense à son adversaire, un.................contre lequel il doit absolument............. . Pendant cette préparation, le sportif doit se......................., ne pas se laisser ....par son adversaire.
Juste avant le combat, monsieur Jean dit à son athlète de ....le Belge ; mais, c'est lui qui se fera battre en à peine ....rounds.

À toi de jouer

14 Avec d'autres camarades, documente-toi sur l'univers de la boxe afin de rendre compte oralement de ce travail de documentation et d'organiser un débat final sur les valeurs de ce sport.

Étape 3 • Lire une nouvelle de D. Daeninckx

SUPPORT : « Main courante », D. Daeninckx

OBJECTIF : Mettre en évidence les caractéristiques de nouvelle policière, sa tonalité noire.

As-tu bien lu ?

1 Où se déroule l'histoire de la nouvelle ?
☐ à Paris ☐ à Courvilliers ☐ à Aubervilliers

2 Combien de personnages sont présents sur la scène du crime ? Nomme-les.

3 Quel est le sujet de la cassette retrouvée dans le magnétoscope du défunt ?
☐ le Tour de France 1982
☐ la Coupe du Monde 1998
☐ le Paris-Nice 1992

4 Quelle est la première raison du décès à laquelle pense l'enquêteur quand il arrive sur les lieux ?

Une nouvelle policière ?

5 Quels personnages sont des personnages types, incontournables, des récits policiers ? Nomme-les.

6 Comment procède l'inspecteur pour connaître les raisons du décès ?

7 Cette nouvelle présente une chronologie inversée. Indique à quel moment le récit remonte dans le temps. Explique la raison de ce retour en arrière.

8 « Ce gars-là ne doit pas être le seul à grimper le Tourmalet et l'Aubisque en chambre. Il vaut mieux prévenir le reste du peloton si on ne veut pas qu'ils finissent tous sur le pal en appuyant sur les pédales » (l. 132 à 135). Quel est le ton adopté par le commissaire dans ces propos ? Comment considère-t-il les personnes qui pratiquent, comme M. Ribot, le cyclisme en chambre ?

9 Selon toi, peut-on qualifier l'inspecteur de héros ? Justifie ta réponse.

Une histoire de banlieue ordinaire

10 Dans l'incipit*, quelle image est donnée du décor (ville, commissariat) ? Justifie ta réponse en citant le texte.

11 À quelle classe sociale appartiennent les Ribot ? Appuie-toi sur le texte pour répondre.

12 Que signifie l'expression « main courante » ?

La langue et le style

13 « Derrière, Ribot se maintenait... » (l. 105 à 106) : quel sens a ici l'adverbe « derrière » ? En quoi l'emploi de ce mot témoigne-t-il d'une certaine confusion dans l'esprit de Ribot ?

14 « Si seulement il n'avait pas négligé de vérifier son matériel avant de prendre le départ ! » (l. 107 à 108)
a) Quel est le type de phrase employé dans cet extrait ?
b) Quel ton est utilisé dans cet extrait ? Que faut-il comprendre ?

15 « Il leva les deux bras pour marquer son triomphe tandis que Ribot s'enfonçait d'un coup...» (l. 119 à 120) : quel connecteur logique* marque l'opposition entre Ribot et son modèle ? Que montre cette opposition ?

Faire le bilan

16 En t'appuyant sur tes réponses précédentes, rédige un court paragraphe en expliquant dans quelle mesure le tragique du destin de M. Ribot est atténué par l'humour du narrateur.

À toi de jouer

17 « Le sportif de la rue de Paris eut droit au numéro 797, huit lignes coincées entre une bagarre dans un café corse et un vol à l'arraché. » Imagine en un paragraphe le rapport fait par l'inspecteur de police.

Étape 4 • Repérer les caractéristiques du genre de la nouvelle

SUPPORT : « Main courante », « Le Crack », « Coup de pompe », « Olympiades », « Le Tueur », « La Cavalière », « Solitude numérique »

OBJECTIF : Repérer et analyser les marques du genre dans les nouvelles du recueil.

As-tu bien lu ?

1 Retrouve le titre de la nouvelle qui correspond à chacun de ces résumés :
– Un coureur cycliste à moitié ivre commence péniblement une course qu'il finit par remporter haut la main :..............
– Une jeune femme s'enfonce dans une solitude désespérée après avoir abonné son mari à une chaîne sportive :.................
– Un coureur olympique, au faîte de sa gloire, décide de tout abandonner pour partir en vainqueur :.................
– Une jeune fille douée pour le saut en hauteur devient championne de France et épouse son entraîneur :....................
– Un coureur professionnel se retrouve victime des obligations de résultats et des manœuvres pour les obtenir :..................
– Un commissaire désabusé est confronté à un étrange accident : un passionné du Tour de France, mort sur son vélo d'appartement :....................
– Le récit des vingt-sept heures précédant le match d'un boxeur professionnel conditionné pour « démolir » son adversaire :....................

Une narration resserrée

2 **a)** Combien y a-t-il de personnages dans « Solitude numérique » ?
b) En quoi le titre peut-il paraître surprenant ? Explique sa signification.

3 **a)** Remplis le tableau ci-dessous afin de répertorier les principaux lieux dans lesquels se déroule l'action de chaque nouvelle.
b) Combien de lieux trouve-t-on au maximum dans une nouvelle ? Que peux-tu en déduire ? Justifie ta réponse.

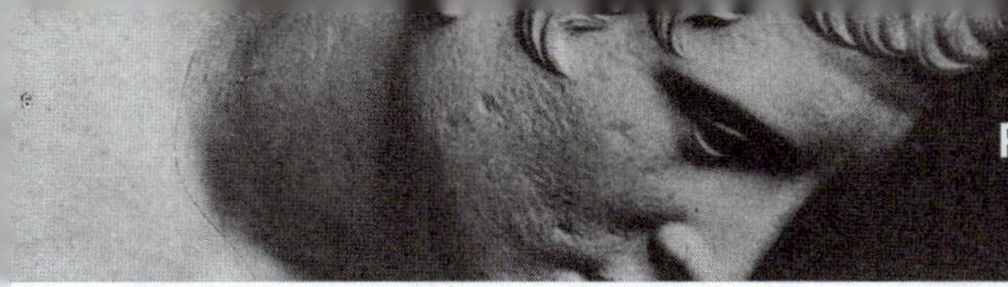

Titre de la nouvelle	Principaux lieux de l'action
Solitude numérique	
Main courante	
Le Crack	
Coup de pompe	
Olympiades	
Le Tueur	
La Cavalière	

4 Quelles nouvelles présentent un incipit *in medias res** ?
Quel est l'intérêt de ce type d'ouverture pour le genre de la nouvelle ?

Une chute frappante

5 La nouvelle traite généralement d'un événement. Dans « Olympiades », « Le Crack », « Main courante » et « Solitude numérique », explique, en le résumant, de quel événement il s'agit.

6 Quelle est la fin de « Main courante » et d'« Olympiades » ? En quoi chacune de ces chutes est-elle inattendue ? Justifie ta réponse.

7 Dans « La Cavalière », quel temps est principalement utilisé pour évoquer : la formation de la jeune athlète (l. 51 à 58) ; le championnat de France (l. 65 à 70) ; l'union de la jeune femme et de son entraîneur (l. 81 à 85).
Indique la valeur de chacun de ces temps et justifie son emploi dans chaque extrait.

Faire le bilan

8 Complète ce texte à trous qui récapitule les caractéristiques de la nouvelle :
La nouvelle est un récit.................. Son action se concentre en général sur un seul.................Les personnages sont peu...................... . L'espace est souvent...................... ; dans « Main courante », l'histoire débute dans un .... pour se poursuivre chez les Ribot. L'histoire racontée a généralement une fin .... , appelée.............. Dans « Olympiades », la fin permet au ....de mieux comprendre les raisons du départ d'......................... et invite donc le lecteur à ....à rebours.

À toi de jouer

9 À partir de la nouvelle « Le Crack », imagine une chute différente en veillant à ce qu'elle soit particulièrement inattendue !

Étape 5 • Caractériser les personnages des nouvelles

SUPPORT : Toutes les nouvelles

OBJECTIF : Établir une typologie des personnages : sportifs et non sportifs.

As-tu bien lu ?

1 Identifie chacun des personnages correspondant aux définitions ci-dessous :
– Depuis que ma femme m'a offert une parabole, je ne quitte plus mon canapé : ....
– Considéré comme l'un des meilleurs joueurs de foot autrichien, ma vie s'est achevée brutalement : ....
– J'ai remporté une course à moitié ivre, prouvant que j'étais un champion : ....
– Alors que j'étais de loin le meilleur, j'ai quitté la piste sans explication : ....

2 Dans « Le Crack », quel rôle joue le narrateur auprès de Jacques ? Il est...
☐ son adversaire ☐ son second dans la course ☐ son entraîneur

Personnages principaux et personnages secondaires

3 Fais la liste des personnages principaux et des personnages secondaires de chaque nouvelle (il peut y avoir plusieurs personnages principaux dans une même nouvelle). Tu peux répondre sous forme de tableau.

4 Parmi les personnages principaux, lesquels sont des sportifs de haut niveau ?

5 Parmi les personnages secondaires, distingue les professionnels qui entourent le sportif et ses proches. Précise quand certains exercent les deux rôles.

Héros et anti-héros

6 Parmi les personnages des nouvelles étudiées, lesquels peuvent être considérés comme des héros ? Justifie ta réponse.

7 En quoi Jacques dans « Le Crack » et Franz Binder dans « La Soixante-quinzième minute » apparaissent-ils comme des archétypes du sportif ? Justifie ta réponse.

8 **a)** Parmi tous les personnages de ces nouvelles, un seul a un idéal qu'il place au-dessus des valeurs sportives. Quel est cet idéal ?

b) Pourquoi cela le mène-t-il à arrêter sa carrière ? En quoi reste-t-il néanmoins un héros ?

9 En quoi l'homme de « Main courante » est-il un anti-héros ? Justifie ta réponse.

10 En refusant de courir, Alberto Toran tente de rester à jamais un héros. En quoi cette attitude est-elle paradoxale* ?

11 Explique en quoi le personnage principal de la nouvelle « Le Tueur » est un anti-héros. Appuie-toi sur le texte pour répondre.

La langue et le style

12 Complète ce tableau ci-dessous afin de relever les périphrases* employées pour désigner les personnages :

Personnages	Périphrases
Mathias Sindelar	
Jacques	
L'adversaire d'Alberto Toran	
Le boxeur professionnel	

Faire le bilan

13 En t'aidant de tes réponses aux questions précédentes, complète ce texte à trous :

Les personnages des nouvelles sportives sont soit des....................., soit des .... Ainsi, l'image du sportif n'est-elle pas toujours............ : la ....travaille « sans enthousiasme », M. Ribot..................... devant le Tour de France. Dans tous les cas, il s'agit de mettre en avant une....................ou un défaut qu'incarne chacun des personnages. C'est pour cela que, très souvent, les noms et prénoms des personnages sont .... : le boxeur ou encore la cavalière ont en commun d'être représentatifs de différents types d'athlètes. Ce sont des ....

À toi de jouer

14 Les spectateurs venus assister au critérium ont découvert que Jacques était à moitié ivre lors de sa course. Trouve deux-trois arguments et imagine quelle pourrait être la défense de Jacques venu se justifier lors d'un passage au journal télévisé.

Étape 6 • Étudier l'image du sport dans les nouvelles

SUPPORT : Toutes les nouvelles

OBJECTIF : Analyser l'image contrastée que ces nouvelles donnent du sport tel qu'il est pratiqué dans la société contemporaine.

As-tu bien lu ?

1 Combien de fois Alberto Toran a-t-il été médaillé d'or aux Jeux olympiques ?
☐ 2 fois ☐ 3 fois ☐ 4 fois

2 À partir de la liste proposée, complète chacune des définitions : athlétisme ; boxe ; football ; équitation ; cyclisme
– Parmi mes entraînements, on compte ceux de la corde à sauter et du sac de sable :...
– Je suis une discipline qui compte plusieurs épreuves, dont celle des haies :...
– Onze joueurs permettent de créer une équipe :...
– On parle souvent de saut d'obstacle dans ma discipline :...
– Le Tour de France est la compétition la plus connue du sport que je représente :...

Les valeurs olympiques

3 Quelle image du sportif est véhiculée par Franz Binder ? Justifie ta réponse à l'aide du texte.

4 « Plus vite, plus fort, plus haut » : complète le tableau ci-dessous en indiquant quelle partie de cette devise illustrent les athlètes des nouvelles citées.

Nouvelles	Plus vite	Plus fort	Plus haut
La Soixante-quinzième minute			
Le Crack			
Coup de pompe			
Le Tueur			
La Cavalière			
Olympiades			

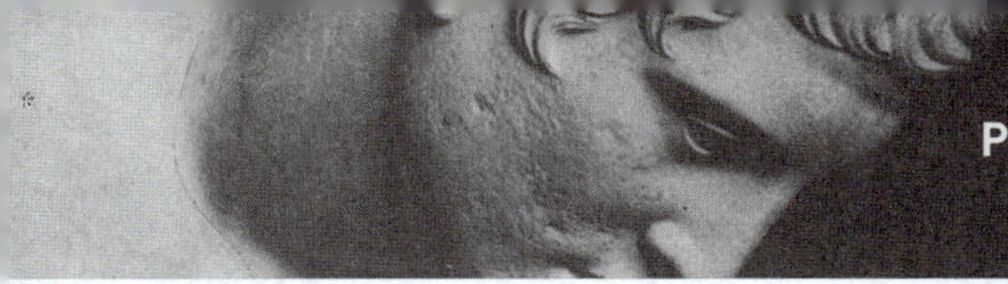

Une image du sport contrastée

5 En quoi « Solitude numérique » et « Main courante » donnent-elles une image différente du sport par rapport aux autres nouvelles ?

6 Dans quelle mesure peut-on parler, pour Régis, M. Ribot et le personnage de « Coup de pompe », d'aliénation ?

7 En quoi l'argent tient-il un rôle moteur dans « Coup de pompe » et « Le Crack » ? Justifie à chaque fois ta réponse en citant le texte.

8 « Il était seul » (l. 62) : à l'instar du personnage de « Coup de pompe », quels athlètes vivent dans la solitude ? Pourquoi selon toi ?

La langue et le style

9 « On s'use vite dans la défaite » (« Olympiades »).
a) Quel temps est employé dans cette phrase et quelle est sa valeur ?
b) À quel type d'expressions cette phrase fait-elle penser ?

10 Comment comprends-tu le titre « Coup de pompe » ? Donne une explication en t'appuyant sur les différents sens du mot.

11 « Alberto n'était pas né pour être battu » (l. 71). Quelle forme de phrase est utilisée ici ? En quoi cela donne-t-il plus de force au sens de la phrase ?

Faire le bilan

12 En t'appuyant sur tes réponses précédentes, explique en cinq lignes dans quelle mesure les nouvelles sportives donnent une image contrastée du sport.

À toi de jouer

14 Lors d'une conférence de presse, un journaliste sportif reproche à Alberto Toran de n'avoir pas « participé » comme le prônait Pierre de Coubertin (voir L'Enquête p. 81). Imagine quel peut être son discours et trouve au moins deux arguments démontrant qu'Alberto n'a pas agi en suivant le précepte olympique.

15 Par groupe de deux, rédigez une charte du sportif en utilisant ces phrases affirmatives et négatives.

Étape 7 • Analyser l'humour et la satire dans les nouvelles

SUPPORT : « Solitude numérique », « Main courante », « Le Crack », « Coup de pompe », « Le Tueur »

OBJECTIF : Repérer les différentes formes d'humour, les aspects satiriques dans les nouvelles du recueil.

As-tu bien lu ?

1 Dans « Solitude numérique », qu'achète Martine pour passer plus de temps avec Régis ?
☐ un pavillon ☐ une parabole ☐ un magnétoscope

2 Dans « Main courante », pourquoi une femme hurle-t-elle au moment où elle appelle la police ?
☐ elle a perdu son chat ☐ elle s'est fait agresser ☐ son mari est mort

3 Plutôt que le dopage, la veille d'une course, Jacques semble préfèrer :
☐ boire de l'alcool ☐ manger un gros plat des pâtes ☐ se recueillir et prier

Quand le physique fléchit...

4 **a)** Dans « Main courante », comment s'explique la mort de Ribot ?
b) Quel parallèle établit le narrateur de « Main courante » pour décrire la mort de M. Ribot (l. 104 à 121) ? Quel est l'intérêt d'utiliser l'humour dans le récit d'un tel événement ?

5 Relève des expressions qui montrent que le narrateur de la nouvelle « Le Crack » utilise l'humour pour décrire la course de Jacques.

6 En quoi la victoire de Jacques peut-elle paraître ironique ? Justifie ta réponse.

7 Dans quelle mesure le boxeur de la nouvelle « Le Tueur » n'a-t-il finalement rien d'un tueur ? Appuie-toi sur le texte pour répondre.

Des conséquences inattendues

8 À force de ne pas se ménager, quel risque encourt le personnage principal de « Coup de pompe » ? Relève des expressions qui te permettent de répondre.

9 Quelle conséquence le cadeau de Martine a-t-il finalement sur son couple? Était-ce le but recherché initialement ?

10 Explique en quoi la nouvelle « Solitude numérique » est fondée sur l'humour.

La langue et le style

11 Relève dans « Main courante » deux ou trois hyperboles*.
En quoi servent-elles l'ironie ?

12 « Main courante », l. 107 à 108 :
a) Quelle figure d'insistance est ici utilisée ?
b) Pourquoi l'auteur emploie-t-il un point d'exclamation ?
Quel est l'effet créé ?

Faire le bilan

13 L'humour est fondé sur le décalage. En remplissant le tableau ci-dessous, montre en quoi consiste ce décalage dans chacune des nouvelles.

Nouvelles	Fait / Action	Conséquence prévisible	Conséquence réelle
Solitude numérique			
Main courante			
Le Crack			
Coup de pompe			
Le Tueur			

À toi de jouer

14 Le personnage de « Coup de pompe » se met à avoir des hallucinations lors d'un marathon, à cause de la fatigue et des produits dopants. Décris ce qu'il voit et ce qu'il ressent en ayant recours au procédé de l'humour et en utilisant notamment des hyperboles ainsi que des phrases exclamatives.

Fuir la misère grâce au football : groupement de documents

OBJECTIF : Comparer plusieurs documents sur le thème du football.

DOCUMENT 1 DOMINIQUE PAGANELLI, « Terrain vague », in *Libre arbitre*, Actes Sud, 2006.

Cet extrait constitue l'incipit de la nouvelle.

Casablanca, décembre 2005.

Mohamed a toujours joué au foot. Il a fait ses débuts quand il était môme sur ce terrain vague qui jouxte[1] la caserne des pompiers Ach-Chouhada. Tous les gosses du quartier ont tapé la balle sur cette terre amochée, et appris à dribler d'abord les creux et bosses du sol capricieux avant de mettre dans le vent leurs adversaires directs. « La pelouse », comme ils l'appelaient par dérision, c'était tour à tour le parc des Princes, Wembley et, pour les matchs de gala, le Maracaña de Rio de Janeiro. C'est sans doute grâce à l'état désastreux de ce terrain vague qu'ils ont acquis une technique irréprochable, comprenant instinctivement que la passe à un coéquipier vaut toujours mieux pour le jeu que le plaisir individuel de porter jalousement la balle. Mais ne croyez pas pour autant que la liberté créatrice s'exprimait dans un désordre bon enfant. Goûter au bonheur du jeu collectif s'accompagnait de règles strictes pour pouvoir évoluer sur « la pelouse ». Ce n'est qu'après avoir donné les preuves de leur technique parfaite et du rejet du jeu « perso » que les nouveaux venus recevaient l'autorisation de pouvoir s'affubler[2] du prestigieux nom de footballeurs. Magique, l'endroit avait la vertu des contes de fées qui transforment un bambin en Pelé, Cruyff ou Platini[3], et tout adulte en enfant de cours moyen première année, grand maximum.

1. **Jouxter** : être tout près.
2. **S'affubler** : s'habiller de manière ridicule, comme si on se déguisait. Ici, le verbe est pris dans un sens plus large et signifie : s'attribuer un titre important.
3. Ce sont de grands joueurs de football.

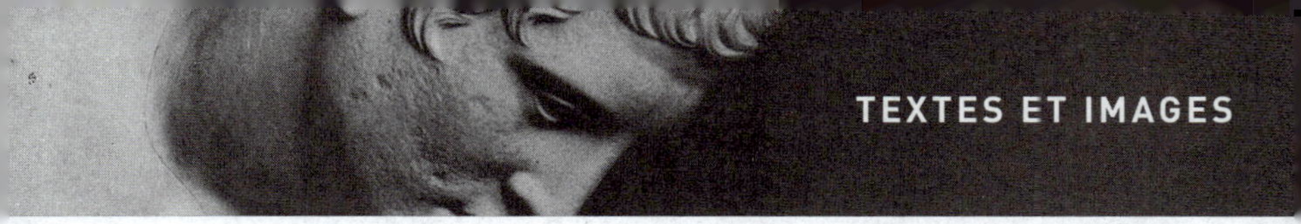

DOCUMENT 2 MARC VILLARD, « Double contact », in *Le Coup du sombrero*, L'Atalante, 2008.

Voici le début du récit.

La nuit tombe sur le vieux stade de Lamberville. Cinq gamins se meuvent dans la demi pénombre, le regard aimanté à un ballon de football flambant neuf offert par la femme de l'Aide sociale. Deux d'entre eux flirtent avec la perfection. Ce sont les moins bavards, la musique des sphères est dans leur tête. La balle se faufile, collée à leurs tennis.

Ils alignent sans désemparer contrôles en course, petits ponts, râteaux, sans oublier la fameuse bicyclette qui permet au goal volant de décoller pour taquiner la lucarne.

Ils ont quinze ans, des rêves de Camp Nou dans le cerveau, des songes d'ivresse dans un Stade de France chauffé à blanc. La balle court entre les gosses qui, ivres de fatigue, trouvent encore la force de tenter des feintes de corps, des doubles contacts, sortir des leurres, plonger au centre et lober de balles piquées le gardien de but, un Portos[1] de seize ans qui culmine à cent soixante-dix centimètres et qui n'en bougera plus.

Le vent se lève, une fraîcheur nouvelle imprègne leurs maillots. L'un d'eux donne le signal du départ.

Le plus élégant dans le jeu – un danseur de playground – est un Black aux yeux sombres et au sourire timide.

Il est bon dernier à quitter le terrain, enfourche un vieux vélo et gagne sans se presser la cité du Val-d'Enfer, justement nommée, qui borde la nationale à l'ouest et s'appuie sur l'hyper Auchan à l'est. Le genre de refuge que vous ne souhaiteriez pas à votre pire ennemi.

1. **Portos** : expression familière pour désigner un Portugais.

DOCUMENT 3
Photographie de Diego Maradona
Photographie prise lors du match de quart de finale de la coupe du monde Argentine / Angleterre (1986).

« La Main de dieu », Diego Maradona durant le match Argentine/Angleterre au stade Azteca, Coupe du Monde de Football, Mexique, 1986.

As-tu bien lu ?

1 Document 1 : Mohamed joue au foot depuis :
☐ quelques mois à peine ☐ qu'il a été repéré par des professionnels ☐ sa plus tendre enfance

2 Document 2 : l'action se déroule :
☐ dans une petite ville portugaise ☐ dans une banlieue française ☐ au stade de France

3 Document 1 : pourquoi ce terrain vague permet-il aux footballeurs d'avoir une technique de jeu irréprochable ?

4 Document 2 : pourquoi peut-on parler de contraste (opposition) entre l'atmosphère du terrain de football et celle de la cité ?

Une vie difficile

5 Trouve, dans les deux documents, des expressions montrant que Mohamed et le personnage du document 2 vivent ou ont vécu dans un endroit non propice à la réussite professionnelle.

6 Dans le document 2, explique la phrase finale. Comment peut-on définir la cité ?

Le football comme échappatoire[1]

7 Dans le document 2, pourquoi, selon toi, le « danseur de playground » est-il le dernier à quitter le stade ?

8 À l'aide des textes, complète le tableau ci-dessous afin de montrer que le football transforme quiconque y joue.

	Mots ou expressions désignant le football comme un espace de rêve
« Terrain vague »	
« Double contact »	

9 À ton avis, en quoi le football est-il un moyen de fuir la misère, fût-ce pour quelques heures seulement ?

Lire l'image

10 Décris l'action des deux joueurs au premier plan. Que sont-ils en train de faire ? Selon toi, a-t-on le droit de jouer au football avec la main ?

11 On a coutume d'appeler, depuis 1986, la main de Diego Maradona « la main de Dieu » : qu'est-ce que cela signifie, selon toi ? En quoi cette photographie montre la force presque surhumaine du joueur ?

À toi de jouer

12 Imagine que Mohamed, grande star du football, retourne dans son ancien collège expliquer aux élèves comment ce sport l'a sorti de la misère. Décris notamment le contraste entre le « terrain vague » et sa vie actuelle.

1. **Échappatoire** : moyen de fuir.

Si les Jeux olympiques ont évolué depuis l'Antiquité, ils n'en restent pas moins un rendez-vous incontournable pour les athlètes de haut niveau et l'occasion de rappeler les valeurs primordiales liées au sport. Quel sportif n'a pas rêvé de décrocher une médaille olympique dans sa discipline ? Les Jeux constituent ainsi un objectif majeur, voire ultime, dans la vie des sportifs. Mais quelles sont les différences entre les Jeux olympiques d'hier, ceux de l'Antiquité, et les Jeux d'aujourd'hui ? Les disciplines ont-elles toujours été les mêmes ?

Les Jeux olympiques : hier et aujourd'hui

L'ENQUÊTE EN 5 ÉTAPES

1

Quelles sont les origines des Jeux olympiques ?

L'origine des Jeux olympiques est imprécise : personne ne peut exactement la dater, même si l'ouverture en Grèce d'un palmarès en 776 avant J.-C. laisse supposer que le début de la compétition olympique a dû correspondre aux alentours de cette date.

● DES JEUX SACRÉS AU CŒUR DE LA VIE QUOTIDIENNE

Au départ, les Jeux olympiques sont des fêtes athlétiques se déroulant dans toutes les cités grecques. Les premiers Jeux sont organisés à la demande d'Iphitos, roi d'Élide (région de Grèce). Ils sont liés au culte d'une divinité ou d'un héros, c'est pourquoi seuls les champions qu'on juge dignes de concourir sous le regard des dieux ont le droit d'y participer. Ainsi, les Jeux olympiques doivent-ils permettre de désigner le meilleur des Grecs : le vainqueur (appelé « olympionique »), adulé par le peuple et mythifié, voit, à sa victoire, une statue à son effigie érigée à côté de celle des dieux. À cette occasion, une trêve olympique d'un mois est proclamée entre la Grèce et les pays voisins ; ceux qui ne respectent pas cette règle sont sévèrement punis.

Certaines manifestations sont particulièrement réputées : les Jeux de Delphes, ceux de l'Isthme de Corinthe, de Némée et d'Olympie.

Course d'athlètes, *vase grec à figures noires, Vᵉ siècle av. J.-C. — Berlin, Antikensammlung.*

Les Premiers jeux se déroulent sur une journée, puis les compétitions peuvent durer jusqu'à 5 jours.

Un calendrier olympique

Dans l'Antiquité, les Jeux ont lieu tous les quatre ans, probablement à la première lune après le solstice d'été (21 juin). Preuve qu'ils prennent une importance considérable dans la vie des Grecs : les Jeux servent de base à leur calendrier divisé en olympiades. La date de -776 marque le début du calendrier olympique.

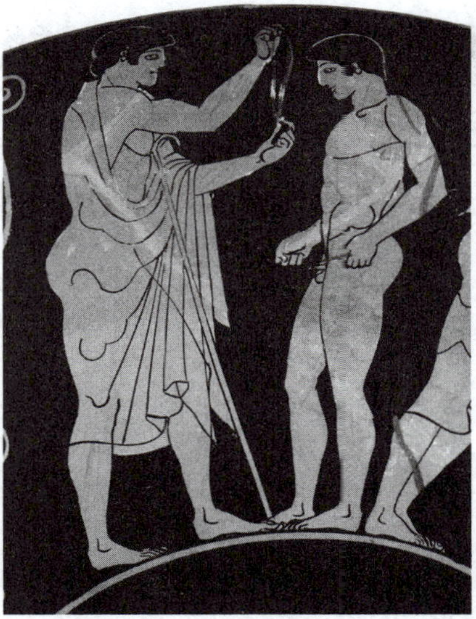

Vainqueur recevant la médaille de la victoire, *vase grec à figures rouges, Ve siècle av. J.-C. — Londres, British Museum.*

LA DÉCADENCE ET LA DISPARITION DES JEUX

C'est le statut mythique des athlètes qui est cause de la progressive disparition des Jeux. Peu à peu, les vainqueurs obtiennent de nombreux privilèges : cadeaux, exonération d'impôts... Les entraînements coûtant de plus en plus chers, seuls les plus riches peuvent y participer. Il s'agit alors de démontrer sa supériorité physique, par tous les moyens. Les courses à pied sont ainsi supplantées par des courses de chars et des combats de gladiateurs, reléguant aux oubliettes l'idéal antique. Les Romains reprennent ces combats à leur compte, faisant des Jeux avant tout un spectacle. L'empereur Néron par exemple prend personnellement part aux courses de chars. La corruption et la violence sont telles qu'aux alentours de 393 après J.-C., l'empereur Théodose Ier, sous l'influence de l'évêque de Milan, décide d'interdire les rites et lieux de culte païens, supprimant les Jeux à jamais.

2 À quelle date renaissent les Jeux olympiques ?

Les Jeux olympiques n'existeraient plus si un Français n'avait décidé, au XIXe siècle, de rétablir cette compétition. Pierre de Coubertin souhaite que les valeurs de l'olympisme grec soient à nouveau transmises et véhiculées lors des Jeux olympiques. Malgré les réticences de certains, le 23 juin 1894, lors d'un congrès, on décide que les Jeux olympiques se dérouleront tous les quatre ans.

Un comité international des Jeux olympiques (CIO) est créé, ainsi que la devise olympique : « Citius, Fortius, Altius[1] ».

M. de Coubertin a réussi : la flamme olympique va enfin renaître !

• 1896 : LA PREMIÈRE OLYMPIADE RECONSTITUÉE

C'est à Athènes, berceau des Jeux olympiques, qu'a lieu la première édition. Pour ces premiers Jeux, toute la Grèce est en liesse. Neuf sports sont pratiqués : athlétisme, cyclisme, escrime, gymnastique, haltérophilie, lutte, natation, tennis, tir ; mais, ce qui est étonnant, c'est qu'aucune discipline n'est ouverte aux femmes. Il faudra attendre la 2e olympiade en 1900 à Paris pour que des épreuves commencent à être accessibles aux femmes !

• JEUX D'ÉTÉ ET JEUX D'HIVER

La restauration des Jeux olympiques antiques s'applique au départ aux Jeux d'été. Il faut attendre 1924 pour que les premiers Jeux olympiques d'hiver aient lieu. Ils se déroulent à Chamonix. À partir de cette date, il est décrété qu'une alternance aura lieu entre les Jeux d'été (tous les quatre ans) et les Jeux d'hiver (tous les deux ans).

1. *Citius, Fortius, Altius* : devise qui vient du latin et signifie : « Plus vite, plus fort, plus haut ».

• PIERRE DE COUBERTIN : FONDATEUR DES JEUX OLYMPIQUES ACTUELS

Depuis sa jeunesse, Pierre Fredi, baron de Coubertin, ne cesse de clamer le droit au sport pour tous. Il souhaite l'ouverture de gymnases municipaux gratuits, veut créer des universités ouvrières, fait imposer l'éducation physique dans toutes les écoles de France... À travers ce désir de démocratisation, se fait sentir, plus largement, le souhait de contribuer à l'histoire du sport, mais aussi de faire revivre un mythe : celui des Jeux olympiques. Tout le monde a retenu la formule attribuée au baron : « L'important est de participer », mais qui connaît son véritable précepte : « L'important aux Jeux olympiques n'est point tant d'y gagner, mais d'y prendre part, car l'essentiel dans la vie n'est pas tant de conquérir que de bien lutter ».

Le baron Pierre de Coubertin.

P. Paraskevopoulos, Grèce, médaille d'argent, Jeux olympiques d'Athènes, 1896.

3 Quelles disciplines sont représentées ?

Les épreuves des Jeux olympiques se sont modifiées et multipliées au cours des siècles. À l'origine, les Jeux ne comptaient qu'une seule épreuve : la course à pied autour d'un stade (dromos). À cette épreuve unique sont ensuite venues s'ajouter d'autres disciplines sportives, à tel point qu'aux Jeux olympiques de Pékin en 2008, on comptait 28 sports pour 302 épreuves !

● LES DIFFÉRENTES DISCIPLINES

Toutes les nouvelles ont en commun d'évoquer un sport qui fait ou a fait partie des disciplines requises pour les Jeux olympiques. Le cyclisme, mentionné dans « Main courante » et « Le Crack » apparaît lors de la première olympiade en 1896. Il en est de même pour l'athlétisme, discipline dont il est question dans « Coup de pompe » et « Olympiades ». L'équitation (« La Cavalière »), ainsi que le football (« Solitude numérique », « La Soixante-quinzième minute »), prennent place sur la scène olympique pour la première fois en 1900, tandis que la boxe ne fait son apparition qu'en 1908, à Londres. C'est le comité olympique qui choisit ou non de laisser ces disciplines aux jeux. On peut ainsi noter que le C.I.O décide de supprimer, aux J.O de 1904 (3e olympiade, Saint-Louis), la lutte à la corde et la pelote basque, sports pourtant pratiqués aux J.O. de Paris. En revanche, certaines disciplines n'ont jamais disparu : l'athlétisme, la natation, le cyclisme, ainsi que la gymnastique.

● L'ATHLÉTISME

Historiquement, l'athlétisme est la première épreuve des Jeux olympiques. D'abord réduite à la course à pied autour d'un stade, l'athlétisme est très vite devenue une discipline recoupant diverses épreuves comme celles du 100 m, 200 m, 400 m, 800 m, 1 500 m, 5 000 m, 10 000 m, 110 m haies, 400 m haies, mais aussi le relais 4×100 m, 4×400 m, le 3 000 m steeple et le marathon !

Shelly-Ann Fraser gagne la finale du 100 m femmes le 17 août 2008 aux Jeux olympiques de Pékin.

Champion éternel

La nouvelle de Paul Fournel, « Olympiades », qui met en scène un coureur de 400 m haies, montre, à travers son simple titre, l'importance et l'influence de l'athlétisme sur les Jeux olympiques. En refusant de courir, Alberto ne refuse pas simplement de perdre une course : il refuse de perdre les Jeux olympiques.

4 Quels liens existe-t-il entre la politique et les Jeux olympiques ?

Les Jeux olympiques antiques sont, de manière générale, le théâtre d'un défilé religieux et politique : les prêtres et les notables (ceux qui choisissent les athlètes qui doivent concourir) défilent dans le stade olympique avant les sportifs !

● DES ÉVÉNEMENTS MARQUANTS

La restauration des Jeux olympiques modernes en 1896 est l'occasion d'inscrire à nouveau la dimension idéologique et politique au sein des Jeux. Si chaque olympiade est une occasion pour faire passer des messages politiques aux yeux du monde, certains Jeux deviennent la scène de conflits idéologiques. Certains faits particulièrement marquants ont ainsi eu lieu à l'occasion de ces Jeux : autant d'événements qui se situent non plus sur le plan sportif, mais bien historique.

Jesse Owens, médaille d'or (saut en longueur), Jeux olympiques de Berlin, 1936 (à gauche Naoto Tajima (Japon), médaille d'argent, à droite Wilhelm Leichum (Allemagne), médaille de bronze.

Sport et Histoire

En 1936, à Berlin, Jesse Owens, un noir américain, remporte quatre médailles d'or en athlétisme, démontrant par-là même à Hitler l'inanité de sa théorie aryenne[1]. Comme l'écrit Dominique Paganelli, Jesse Owens « courait plus vite, sautait plus loin que les *Übermenschen* ! » (les surhommes). Le Führer, qui souhaitait prouver le bien-fondé de sa politique à travers les Jeux, subit un outrage. La supériorité de l'Allemagne nazie est ainsi démentie.

En 1968, à Mexico, lors de la cérémonie du 200 m, deux athlètes noirs américains, Tommie Smith et John Carlos, lèvent leur poing ganté et fixent le sol au lieu de regarder le drapeau américain, geste de protestation contre la discrimination subie par les Noirs aux États-Unis. La sanction est immédiate : les deux sportifs, partisans du « black power »[2], sont suspendus et exclus du village olympique.

1968, jeux olympiques de Mexico : Tommie Smith (médaille d'or) et John Carlos (médaille de bronze), partisans du « black power ».

À Munich, dans la nuit du **5 septembre 1972**, des terroristes palestiniens appartenant à l'organisation « Septembre noir » s'introduisent dans les locaux de la délégation israélienne et prennent en otage des sportifs. Onze otages seront tués : la trêve sacrée des Jeux olympiques a été bafouée.

En 1980, dans un contexte de Guerre Froide, les États-Unis, ainsi que des pays occidentaux comme la France, refusent de participer aux Jeux de **Moscou**, ouverts au stade Lénine. C'est la plus faible participation depuis 1956.

En 2008, le choix de **Pékin** comme organisateur des J.O. est contesté et crée la polémique dans le monde entier. Plusieurs chefs d'État décident de boycotter la cérémonie d'ouverture des J.O., car la Chine est considérée comme un pays qui ne respecte pas les Droits de l'Homme.

1. **Aryen** : personne qui, selon l'idéologie nazie, représenterait l'élément supérieur de la race blanche.
2. ***Black power*** : littéralement, signifie « le pouvoir des Noirs ».

5 Quels sportifs sont emblématiques des Jeux olympiques ?

Les sportifs emblématiques des Jeux olympiques sont liés aux principales disciplines évoquées précédemment. Si gagner une médaille d'or constitue une consécration, en remporter plusieurs fait entrer l'athlète dans la légende. Quelques sportifs seulement sont parvenus à réaliser cet exploit...

• EN ATHLÉTISME : JESSE OWENS ET CARL LEWIS

Aux J.O. de Berlin, sous les yeux d'Hitler, le sprinter noir américain, Jesse Owens, remporte 4 médailles d'or et bat des records olympiques. Un homme, ce jour-là, a défié la vitesse et l'Histoire. Il en sort vainqueur.

C'est à 35 ans, aux Jeux olympiques d'Atlanta, que Carl Lewis grave à jamais son nom dans l'histoire du sport. Il remporte sa quatrième médaille d'or du saut en longueur, soit sa neuvième médaille d'or aux J.O. Il est dès lors considéré comme l'athlète du siècle.

• EN GYMNASTIQUE : NADIA COMANECI

Considérée comme l'« enfant prodige » de la gymnastique aux J.O. de Montréal, en 1976, la petite Roumaine de 15 ans se voit attribuer à sept reprises la note de 10/10. Ce record reste invaincu et invincible.

• EN NATATION : MARC SPITZ ET MICHAEL PHELPS

Aux Jeux olympiques de Munich, en 1972, le nageur américain Marc Spitz bat tous les records en décrochant 7 médailles dans la même olympiade.

Michael Phelps s'était promis d'être aux J.O. de Pékin le sportif le plus titré des Jeux olympiques. C'est chose faite, puisqu'à Pékin, en 2008, il remporte 8 médailles d'or. Du jamais vu pour une olympiade ! Phelps, « l'homme poisson », devient avec ces victoires l'homme le plus titré des Jeux olympiques (14 médailles au total).

Carl Lewis, médaille d'or au 200 m, Jeux olympiques d'Atlanta, 1996.

Nadia Comaneci, médaille d'or, Jeux olympiques de Moscou, 1980.

Michael Phelps, médaille d'or au 4 × 100 m, Jeux olympiques de Pékin, 2008.

Petit lexique littéraire

Chute	Dans une nouvelle, dénouement bref, inattendu, qui cherche à surprendre le lecteur.
Connecteur logique	Mot ou locution qui marque un rapport logique entre des propositions ou des phrases.
Dénouement	Moment du récit où les problèmes trouvent leur résolution.
Genre littéraire	Selon une classification qui date de l'Antiquité grecque et qui a été repensée au XIXe siècle, il existe en littérature différents genres, dont la poésie, le théâtre, le roman et la nouvelle.
Humour noir	Forme d'esprit qui consiste à présenter une réalité tragique d'une manière humoristique.
Hyperbole	Figure de style consistant à exagérer un mot ou une expression.
Incipit	Mot emprunté au latin signifiant « qui commence ». Nom donné pour désigner le début d'un roman ou d'une nouvelle, l'ouverture d'un récit.
In medias res	Expression désignant le fait qu'un récit débute alors que l'action a déjà commencé, sans qu'il y ait de véritable présentation des personnages, du cadre, etc.
Intrigue	Assemblage des événements qui constituent une histoire.
Ironie	Procédé rhétorique qui consiste à dire l'inverse de ce que l'on pense.
Nouvelle	Texte bref qui narre un événement censé s'être réellement produit.

Paradoxe Formule qui contient une contradiction.

Pathétique Ce qui est propre à émouvoir fortement.

Péjoratif Négatif, dévalorisant.

Périphrase Expression permettant de désigner quelqu'un ou quelque chose d'une manière différente et en apportant des éléments de description (ex. la mer : la grande bleue).

Récit-cadre Lorsqu'un texte comporte des récits enchâssés, le récit premier, qui sert de cadre, de délimitation, est appelé récit-cadre.

Récits enchâssés Récits qui sont emboîtés les uns dans les autres.

Quiproquo Situation dans laquelle quelqu'un ou quelque chose est pris pour un autre, ce qui entraîne des confusions souvent drôles. Procédé surtout utilisé au théâtre.

Recueil Livre réunissant plusieurs textes d'un même genre ou portant sur un même thème (recueil de poésie, recueil de nouvelles...).

Satire Texte qui dénonce et critique quelque chose ou quelqu un à travers la moquerie.

Topos Idée reçue par rapport à un thème, une description, une tournure de phrase... C'est la reprise de formules, arguments, souvent employés en littérature.

À lire et à voir

● QUELQUE SITES INTERNET POUR MIEUX CONNAÎTRE LES AUTEURS

– Sur Daeninckx

http://fr.wikipedia.org/wiki/Didier_Daeninckx
http://www.editions-verdier.fr/v3/auteur-daeninckx.html
http:/pagesperso-orange.fr/calounet/biographies/daeninckx_biographie.htm
http:/www.evene.fr/celebre/biographie/didier-daeninckx-4987.php

– Sur Paganelli

www.evene.fr/celebre/biographie/dominique-paganelli

– Sur Fournel

http://www.paulfournel.com/

● D'AUTRES NOUVELLES DE DAENINCKX

Main courante, Éditions Verdier, 1994
Passages d'enfer, Éditions Denoël, 1998

Tu retrouveras les deux nouvelles étudiées ainsi que d'autres de Daeninckx dans ces deux recueils.

● D'AUTRES NOUVELLES DE FOURNEL

Les Athlètes dans leur tête, Éditions du Seuil, 1994

Les nouvelles présentées ici sont extraites de ce recueil dans lequel tu trouveras d'autres textes.

● D'AUTRES NOUVELLES DE PAGANELLI

Libre arbitre, Onze histoires loyales ou déloyales du football mondial, Éditions Actes Sud, 2006

La nouvelle « La Soixante-quinzième minute » est extraite de ce recueil dans lequel tu trouveras d'autres textes du même auteur.

● D'AUTRES NOUVELLES ET ROMANS SUR LE SPORT

Le Coup du sombrero, Marc Villard, Éditions L'Atalante, 2008

Dans ce recueil de nouvelles, l'auteur parle du football de manière à la fois humoristique et grave.

Droit au but, collectif, Éditions Folio Junior, 2004

Ce recueil est constitué de cinq nouvelles portant sur le football, mais aussi sur les valeurs véhiculées par ce sport.

Le défi d'Alfred, Robert Lipsyte, Éditions L'École des Loisirs, coll. « Médium Poche », 1990

Ce roman retrace l'histoire d'Alfred, jeune noir vivant dans les ghettos aux États-Unis et n'ayant que la boxe pour s'en sortir.

Le Ballon d'or, Yves Pinguilly, Éditions Rageot, coll. « Cascade », 1994

Bandian est un garçon de onze ans qui vit en Haute-Guinée. Son rêve : devenir champion de foot. Mais cela est difficile au regard de ses conditions de vie...

Astérix aux Jeux olympiques, Goscinny/Uderzo, Éditions Dargaud, 1968

Astérix et Obélix se rendent en Grèce, à Olympie, pour participer aux Jeux olympiques.

● DES FILMS SUR LE SPORT

À mort l'arbitre !, FILM DE JEAN-PIERRE MOCKY, 1984

Pour avoir sifflé un penalty entraînant la défaite de l'équipe locale, un arbitre est poursuivi par les supporters de l'équipe perdante.

Rocky, FILM DE JOHN G. AVILDSEN, 1976

Ce film relate la vie d'un boxeur, Rocky Balboa, à qui l'on offre un jour la chance de défier le champion du monde des poids lourds.

Ali, FILM DE MICHAEL MANN, 2002

Ce film retrace la vie de Muhammad Ali, boxeur légendaire.

Million Dollar Baby, FILM DE CLINT EASTWOOD, 2005

Une jeune femme, Maggie, rêve de monter sur le ring. Elle demande à un coach, Frankie Dunn, de l'entraîner, mais celui-ci est désabusé. Après plusieurs demandes, il consent finalement à la coacher.

Le Vainqueur (Running), FILM DE STEVEN HILLIARD STERN, 1979

En pleine crise existentielle, un homme tente de remonter la pente en pratiquant la course à pied. Son but : gagner les Jeux olympiques.

Les Chariots de feu (Chariots of Fire), FILM DE HUGH HUDSON, 1981

Lors des Jeux olympiques de Paris, en 1924, deux athlètes prédisposés pour la course à pied se servent de leur don, l'un pour combattre les préjugés antisémites, l'autre pour affirmer sa foi religieuse.

Le Grand défi (Hoosiers), FILM DE DAVID ANSPAUGH, 1986

Norman Dale, ex-entraîneur de basket, se voit un jour confier la responsabilité de l'équipe du collège d'Indiana, afin de remporter le championnat de l'État.

Le Prix de l'exploit (American Flyers),
FILM DE JOHN BADHAM, 1985

Marcus et son frère David se lancent dans la course cycliste la plus dangereuse des États-Unis.

able des illustrations

Iconographie : Hatier illustration
Principe de maquette : Marie-Astrid Bailly-Maître & Sterenn Heudiard
Suivi éditorial : Marjorie Champetier
Illustrations intérieures : Frédéric Rébéna
Composition : Compo 2000

Achevé d'imprimer par Maury-Imprimeur à Malesherbes (France)
Dépôt légal N° 93331 8 / 01 - Août 2009
N° d'imprimeur : 148235

W0407757

La Terre sans Mal

Du même auteur :

La Clef des Champs (poèmes) La Dryade, 1960.

L'Aide au tiers monde, du mythe à la réalité (essai), La Dryade, 1970.

L'Evènement (poèmes), La Dryade, 1974.

Défense nationale militaire ou Défense civile non violente ? (Essai), Ed. Justice & Paix, 1979.

Ardwenn/Peaux Neuves (poèmes), L'Ardoisière, 1980.

A minuit fut fait un réveil (roman), Ed. L'Ardoisière, 1981.

Prix du Concours triennal du Service du Livre Luxembourgeois.

Historia oficial para acabar con un pueblo (essai), Ed. CISA, Lima *(Consejo Indio de Sud América)*, 1987.

Histoire officielle pour en finir avec un peuple (adaptation française), Service du Livre Luxembourgeois, 1993.

Plusieurs reportages sur l'Amérique latine *(Vers l'Avenir, La Cité, Demain le Monde).*

Yvon SONDAG

La Terre sans Mal

Voyage initiatique de l'Ardenne
à la Forêt indienne

éditions dricot

Les demandes de renseignements concernant les publications ainsi que les propositions de manuscrits sont à adresser aux Editions DRICOT, Place de la Résistance, 12 - 4020 Liège (Bressoux).

Tous droits de reproduction, d'adaptation et de traduction réservés pour tous pays. © EDITIONS DRICOT - LIEGE-BRESSOUX.

Avertissement

A mon arrivée à Tarkidola, où j'avais travaillé comme coopérant quelques années plus tôt, Michel gisait inconscient dans sa paillote depuis plusieurs jours déjà. Maintenant, la mort dans l'âme, je devais quitter mon ancien compagnon sans même avoir pu lui dire au revoir. Après une semaine de retrouvailles avec les connaissances du village, tout ce que j'allais emporter de lui, c'était le long monologue de son journal intime que m'avait confié la petite guérisseuse indienne, et qui portait en exergue cette terrible confidence :

“Face à une société ogresse qui partout tue la nature et l'enfance, à quoi bon rentrer au pays ? La vie, tant célébrée, n'est-elle devenue pour l'homme qu'un geyser de petits plaisirs sur une mare de boue et de sang ? Alors pourquoi ne pas se perdre pour de bon dans les bois, comme les oiseaux se cachent pour mourir ?...”

Regardée par tous les Indiens comme une grande “pioxonaq”, *une guérisseuse experte, malgré son jeune âge, la petite infirmière était restée jour et nuit au chevet du malade, tout en continuant à s'occuper des autres patients qu'on lui amenait. Carlos, le directeur de l'école, d'autres instituteurs et moi-même, nous avions eu beau insister : elle s'était refusée à ce qu'on transportât Michel à l'hôpital du* pueblo *le plus proche. De toute façon, vu sa maigreur squelettique et son regard absent, il y avait peu d'espoir de le ramener à une vie dont il semblait déjà avoir pris congé. Jusqu'à l'étrange sourire qui contractait les muscles de son visage semblait désormais figé sur le seuil de l'éternité...*

J'étais tout de même fort surpris qu'une fillette – aussi douée fût-elle – pût nous tenir tête et que personne parmi nous n'eût assez d'autorité pour la faire fléchir. Il est vrai qu'elle se sentait soutenue par ses voisins indiens. Son grand frère Ricardo, musclé et prêt à tout, était son meilleur garde du corps... Une seule fois au cours de mon bref séjour, nous avions tenté, Carlos et moi, de transporter notre ami moribond jusqu'à la camionnette garée devant la paillote, profitant que nous étions seuls avec la petite sauvageonne. Mais elle s'était aussitôt jetée sur le corps inerte, nous obligeant à le reposer sur le lit. Toujours cramponnée à lui, elle nous avait alors menacés sur un ton hystérique de se donner la mort si nous nous avisions de recommencer...

Je n'avais pas compris, sur le coup, le motif de cette détermination, ni pourquoi l'instituteur avait cédé si vite à un tel chantage. C'est le soir, chez lui, qu'il m'avait expliqué que la guérisseuse gardait jalousement les médicaments de Michel parce que – lui avait-elle confié – "cela pourrait toujours servir un jour". Mais même sans cette réserve de barbituriques, elle connaissait assez d'herbes bizarres, avait-il ajouté, pour se préparer elle-même un breuvage mortel, "la petite sorcière" !

Malgré tout, ce mot m'avait fait mal. Durant les quelques jours passés à Tarkidola, j'avais entamé, à mes heu-

res perdues, la lecture du journal de Michel, pour moi plus captivant qu'un roman. Mais c'est dans l'avion qui me ramenait en Europe, en lisant les derniers feuillets, d'ailleurs difficiles à déchiffrer – à cause des étranges bigarrures qui s'y dessinaient en filigrane –, que la dimension exacte de l'œuvre m'était apparue. L'histoire d'une mort, c'est aussi l'histoire d'une naissance. Ces "carnets de pèlerinage" alliaient si étroitement le destin des hommes à celui de la Nature, une aventure personnelle à celle de la forêt indienne, le vécu le plus intime à la trame tourmentée de l'Histoire qu'ils me faisaient l'effet d'une révélation...

Mais je n'étais qu'un ami naïf, un lecteur complice ! Qui aurait accueilli de bon cœur ces paroles débridées, jaillies dans toute leur spontanéité abrupte ? Comment aussi livrer tant de confidences sans violer l'intimité des proches et des amis dont Michel parlait avec toute la franchise qu'on peut se permettre dans des notes personnelles ? Enfin, même revu et corrigé, n'était-il pas risqué de publier un journal-testament qui ressemblait davantage à une quête existentielle qu'à un récit fertile en astuces romanesques ? Qu'un des personnages principaux de l'histoire fût une forêt menacée – une abstraction ? – ne simplifiait pas les choses, même si le peuple indien, et en particulier la petite guérisseuse, étaient capables de lui insuffler la force émotive de leur tragique destin.

D'ailleurs parlons-en de "Papillon", comme Michel l'avait si joliment surnommée ! À la rigueur, un journal descriptif, dépouillé de toute émotion inutile et surtout de tout cri rageur, aurait encore pu faire bonne figure au rayon des essais naturalistes, ethnologiques, voire ésotériques. Alors pourquoi faire courir au lecteur en quête d'érudition le risque de se perdre, à son tour, dans la forêt vierge ? Là où les épines complices de la tendresse farouche fleurissent en bouquets sauvages parmi les dernières Pocahontas de l'an deux mille ?...

Simples "détails" d'une grande fresque cosmique et turbulente, aux nuits constellées de contes et d'étoiles, auxquelles il faut bien que se succèdent de terrifiants orages sacrificiels capables, à leur tour, d'enfanter des aurores porteuses de paix et de vie. Où chaque élément, chaque être semble se conformer – l'homme y compris – à une insondable, mais non fatidique science du chaos.

Dans cette longue traversée du désert aux réminiscences bibliques – qui n'est finalement que l'obscur labyrinthe des jours et des nuits –, des complots se trament, que guide le fil d'une petite Ariane, elle-même dépositaire d'un lourd secret... Toutes ces quêtes, ces découvertes sont consignées fidèlement dans un journal désormais à plusieurs voix qui, forcément, trimbale aussi les menus faits de la vie quotidienne.

Mais qu'ont-ils encore de trivial, dans ce nouvel antre de la Belle et de la Bête, le ragoût qui mijote sur un feu de bois, la sécheresse et la soif, les plaisirs de l'épouillage et autres émois nocturnes, la tempête qui se déchaîne et les promesses de l'arc-en-ciel ?... Jeux graves de la jungle, à l'ombre d'un chêne ardennais dépaysé par l'orchidée qui, au-delà de leur singulière et symbolique rencontre, sont aussi des êtres charnels dont le Destin semble se servir pour corriger – selon une vieille habitude bien à lui – quelques erreurs initiales dans son propre roman d'amour.

C'est surtout en pensant au destin poignant de tous les petits poucets malmenés, de tous les hôtes innocents et de tous les bannis de cette forêt (et bientôt de cette planète) menacée que je suis peut-être devenu leur médium, m'identifiant à un compagnon dont le journal n'aura été que le premier d'une longue série de messages venus de cette légendaire "terre sans mal" *des conteurs indiens, où il avait décidé de cheminer devant nous...*

Y. S.

Décembre

Laure roulait à vive allure dans les rues du village. Elle avait une jolie jupette écossaise, mais pas tellement l'air de se marrer. Et même pas du tout. La sueur lui ruisselait dans le cou, pourtant elle continuait à pédaler sans reprendre haleine. Alors j'ai vu que, sur le porte-bagages, j'étais un vieux monsieur, et j'ai perdu l'équilibre.

Mais pas une bosse !

C'est l'avantage d'un sol en terre battue. On peut s'y écrouler de tout son long au cours d'une sieste trop agitée et se relever sans une égratignure. Il en a bien d'autres. Pas besoin de s'essuyer les pieds en entrant. Ni de balayer souvent. Les visiteurs peuvent cracher par terre (et ils ne s'en privent pas). La poussière finit par masquer jusqu'aux pièces d'or que laissent tomber bruyamment les tuberculeux, comme s'ils en étaient fiers. Elle poudroie aussi les murs et les petits meubles puisqu'elle fait partie du décor.

Les courants d'air, les objets qu'on déplace, les mains qui vont et viennent suffisent à la maintenir à un niveau, disons, tolérable.

Les mains qui vont et viennent...

Impossible de détacher mes yeux de celles qui font la navette en ce moment pour mettre un peu d'ordre dans mon logis. Elles me font penser à un papillon magique dont les ailes pourraient s'écarter et se rejoindre à volonté... Ce n'est pourtant qu'une paire de petites pattes, et qui s'active pour recevoir ses petits sous à la fin de la journée. Laissons donc les papillons où ils sont, dans leur paradis de la forêt. Pas dans ma merdique cabane, comme s'ils pouvaient la transformer en château de légendes !

Il y a quelques jours, elle était venue me trouver après l'école, pensant que j'avais peut-être besoin d'elle pour faire le ménage. Une heure ou deux, comme ça, avant de rentrer chez sa grand-mère. C'est elle qui l'avait envoyée. Ce serait un peso par jour.

J'ai dit oui, et l'ai aussitôt regretté.

C'est que, depuis plus d'un an, j'ai retrouvé, par la force des choses, mes habitudes de célibataire. Dans mon *rancho* d'une seule pièce (cinq mètres sur quatre !), toit de paille, murs en torchis – mais construit selon toutes les règles de l'art –, après tout, je vis comme un prince. En tout cas, comme il me plaît. Chaque chose est à sa place et il y a une place pour chaque chose. Pas une de plus.

Une "employée", comme on dit ici (c'est plus facile d'offrir un beau titre qu'un bon salaire), en train de faire le ménage... ou de *tout déménager* ?... Pourtant la poussière dans les draps n'est guère à sa place. C'est ce qu'elle doit penser maintenant qu'elle est occupée à refaire le lit.

— Je suis tombé pendant la sieste...

— Vous aviez bu ?

Quel affront ! La petite bonne osant me soupçonner d'ébriété. Cela a dû lui échapper, à en juger à sa mine déconfite...

— C'était un rêve d'enfance. On n'en sortira jamais... Je te le raconte ?

Elle ne dit ni oui ni non, mais le fait de s'asseoir juste à ce moment la dispense de toute réponse... Alors je lui parle de ma petite cousine Laure et de notre escapade à vélo, et de la chute du vieux monsieur.

— Vous ne vous êtes pas fait mal, au moins ?

Cette fois, c'est dit si gentiment que j'ai envie de lui raconter d'autres rêves – j'en ai tout un stock en réserve –, rien que pour mieux observer cette frimousse qui m'en rappelle vaguement une autre. Mais laquelle ?

— Tu vois ?... pas le moindre bobo !

Elle s'approche et, en brave ménagère qui chaque jour inspecte consciencieusement le mobilier, la voilà qui m'observe des pieds à la tête. Ce qui n'est guère difficile puisque, par ces fortes chaleurs, je ne porte qu'un simple short. L'examen semble concluant et la fillette empoigne maintenant le balai à pleines mains.

Mieux vaut battre en retraite ! Pendant que dansera la poussière au rythme d'un manche endiablé, j'irai comme chaque soir chanter la ronde des écoliers et promener l'arrosoir sur mes plantes-bandes assoiffées. *Qu'il pleuve, qu'il pleuve ! La vieille est dans son trou. Les oiseaux dans leurs nids. Le tambour de la pluie fait danser les grenouilles ! Gai, gai ! Promenons-nous... Gai, gai ! Mouillons-nous...*

Il semble que l'apprenti-sorcier a encore beaucoup à apprendre. Pas le moindre nuage dans ce bleu profond du crépuscule qui m'enchantait jadis et qui a fini par me devenir mortellement ennuyeux et triste. Soleil couchant, soleil rouge sang, qui nous rappelle les sacrifices humains des prêtres aztèques. Que ne ferait-on pas, en effet, en ce moment pour quelques litres d'eau claire ?... C'est que sans toi, petite nourrice pâlotte ("insipide, incolore et inodore"), que devient toute la prétention, la noblesse, la pourpre royale du sang ?

* * *

Voyage en stop à Villa Obligado pour y poster quelques cartes de vœux à la famille et aux amis de la lointaine Europe. En rentrant ce soir, fourbu, je n'ai pu résister à la tentation de retirer du bac à papiers la boulette chiffonnée que j'y avais négligemment jetée hier. Qu'est-ce qui m'a pris de fixer une scène aussi banale que celle que je contemple béatement, bêtement, depuis quelques jours ?

A cause d'un drôle de rêve ? Faut-il vraiment lui chercher une explication ? A une stupide chute à vélo... ou à cette chienne de vie qui n'en a plus pour longtemps ? Avant un an en tout cas, si je tiens le coup, j'aurai terminé mon contrat. Juste le temps de me livrer à une petite enquête et de rédiger ma plainte en bonne et due forme.

Plainte contre x...

24 décembre. Déjà la veille de Noël ! C'est chaque année pareil, je n'arriverai jamais à m'y faire.

L'Église, qui ne connaissait pas l'hémisphère sud quand elle a composé son calendrier liturgique, voit ici toute sa symbolique chamboulée. En décembre, *Inti*, le dieu solaire, resplendit dans toute sa gloire estivale. Pas le moindre recoin d'ombre pour y cacher un fragile enfant Jésus. Et d'abord, pourquoi jouer à cache-cache ? Hérode maintenant travaille *full time*. C'est qu'il a carte blanche depuis qu'il s'est fait baptiser. Bien à l'abri dans les temples, les fidèles prient avec lui pour un monde plus juste.

Et dans trois mois, à l'approche de Pâques, la résurrection se transformera pour nous, une fois de plus, en un crépuscule automnal... De toute façon, la Nature n'a que faire de nos fêtes. Elle a bien assez des siennes !

Aujourd'hui par exemple. Enfin il pleut !

Après mes arrosages parcimonieux des dernières semaines, les plants de maïs vont redresser fièrement la tête. Tous les feuillages, de l'humble jardin aux frondaisons de la forêt, brilleront bientôt comme l'émeraude. Et la petite tranchée creusée derrière le rancho va redevenir une fontaine d'eau vive...

Cette joie débordante de la Nature, que je partage pleinement pour vivre et dormir au milieu de mes plantes, fera le désespoir de tous les organisateurs de kermesses. Les haut-parleurs qui, dans les villes chauffées à blanc, célèbrent déjà à coups de gueule depuis un mois la "*stille Nacht*" resteront muets. Et dans notre forêt, le tonnerre, les rafales de vent, la pluie battante empêcheront cette nuit-ci les transistors de prendre le relais lointain des tronçonneuses... Les bals bruyants, les rires gras, les enfants saouls, les rixes d'amants jaloux, bref toute la joie de la *Navidad* nous sera épargnée. Merci, petit Jésus !

Janvier

Les vacances d'été sont déjà bien entamées. La clairière autour de l'école – qui fait office de *grand-place* du village – est maintenant déserte. Seuls la traversent quelques petits Indiens. Munis de bidons en plastique ou de boîtes en fer blanc, ils vont puiser chaque jour leur provision d'eau dans la grande citerne en béton, en jacassant comme des perruches.

Ceux qui vivent trop loin de l'école se contentent de l'eau des mares, sans même prendre la peine de la bouillir. Les réunions de la Commission scolaire seront suspendues pendant trois mois, alors que pas mal de problèmes urgents auraient dû être réglés avant les grandes vacances. Justement celui de la citerne à moitié vide pour le moment, car les tuyauteries détériorées ne lui amènent plus qu'une faible partie de l'eau recueillie par la grande toiture de l'école.

Comme l'an dernier, j'ai passé seul les fêtes de nouvel an, consommant caroubes et maïs grillé, agrémentés d'une soupe aux choux. Quel festin !...

Seul, mais pas dans la solitude.

La pluie a relancé la végétation, qui tombe *sur les justes comme sur les méchants* : fatigué de sarcler les mauvaises herbes, je n'ai plus qu'à me coucher entre deux lignes de maïs. A travers les paupières closes s'insinue une douce lumière verte, tamisée par les longs panaches que remue la brise. Cheveux, pelage, feuillage se rejoignent, tissant peu à peu une longue histoire de filiations végétales et minérales qui, comme un film projeté à l'envers, défile bientôt à toute allure. L'onde solaire qui pénètre obstinément le cerveau finit par le rendre incandescent. Le "moi" n'existe plus. Il se coule comme une lave dans ce torrent lumineux jusqu'à une sorte de magma originel, chaos rutilant, bombe de vie !

Quand l'extase se dissipe, il ne reste plus qu'un violent plaisir, aussi intense qu'un orgasme... Une illusion de plus ? Je me demande si notre existence individuelle ne procède tout de même pas d'un Univers amoureux et si elle ne lui appartient pas, malgré la souffrance et l'obscurité auxquelles elle m'a toujours semblé condamnée. En tout cas, vivre une telle expérience qui se répète depuis plusieurs semaines – juste au moment où tout va de plus en plus mal pour moi – est une vraie aubaine. Serait-ce enfin le début d'une *explication* ?

Mais cette fois, il s'y est ajouté un événement inespéré. Quelques jours après Noël, au moment de me coucher, j'entends qu'on frappe dans les mains, selon la coutume des gens d'ici. J'ouvre. Et qui je vois dans le clair de lune ? *Papillon* ! Il avait pourtant été convenu que ma petite employée ne viendrait pas durant les fêtes de fin d'année qu'elle devait passer chez son oncle et sa nombreuse parenté du village voisin d'Itury, à deux lieues d'ici.

L'odeur de transpiration trahit une marche forcée à travers bois. Je l'invite à entrer. Elle ne bouge pas... Et pas la moindre réponse à mes questions. Comme elle n'est jamais venue chez moi la nuit, je me sens aussi intimidé qu'elle.

— Mais entre, *Mariposa* !

C'est la première fois que j'ose l'appeler "papillon" dans sa langue... Elle finit par se décider et je m'aperçois maintenant, à la lueur de la bougie, qu'elle tient un petit paquet dans les bras, couvert de poussière, tout comme elle. Et qui se met à remuer doucement avec un drôle de miaulement... Je commence à comprendre.

Elle n'ose toujours pas lever les yeux, mais chuchote dans un sanglot :

— Prenez-le... Celui-là, il est pour vous, j'ai réussi à le sauver... Mon oncle, il voulait les noyer tous les cinq...

Tout en déballant son cadeau-surprise, la fillette m'explique, avec des mots comiques, qu'elle a réussi à dissimuler sous sa blouse le plus gros des chatons juste au moment où son oncle, très fâché, découvrait la cachette de la maman-chat, "*une grande coureuse qui en fait vraiment trop*"...

— Et c'est pour ça que tu es revenue ici, pour mettre ton petit minou à l'abri ?

— J'ai dit à mon oncle que ma grand-mère avait besoin de moi et que je devais rentrer au plus vite... De toute façon, je la connais, elle non plus ne voudra pas le garder !

— Et pourquoi pas ?

— Quand on veut lui faire cadeau d'un chat ou d'un petit chien, rien à faire, elle dit toujours qu'elle ne peut garder aucune bête chez elle. Sauf ses poules et ses moutons. Oh! Don Miguel, s'il vous plaît...

Je la comprends, la veuve, ma plus proche voisine. Elle se décarcasse pour élever la petite et son grand frère depuis que leur mère est morte en couches. *Choc anémique.* Pas tellement rare ici où ce sont les femmes, surtout en période de grossesse, qui souffrent le plus des privations.

Un jour, le père a laissé les deux gosses chez la Mami. Ils y sont toujours. Lui, il est parti tenter sa chance en ville. Au début, il réapparaissait bien à certaines occasions avec un peu d'argent, mais voilà un bon bout de temps qu'on ne l'a plus vu dans le coin.

J'ai bien dû accepter le petit chat. Et pour la première fois depuis plus d'un an, je n'ai pas dormi seul !

Le tout est de se réhabituer... Surtout avec un compagnon qui, s'il ne prend pas beaucoup de place, se réveille à tout moment : pour gratter ses puces, se refaire une beauté, inspecter le lit, le dessus, le dessous, renifler dans tous les coins et recoins... sans oublier la sortie hygiénique réclamée bruyamment aux petites heures, juste quand le sommeil va enfin gagner la partie !

Le lendemain, *Papillon* a repris son boulot de ménagère, mais plus tôt que d'habitude. Elle a d'abord perdu au moins une heure à cause du petit chat. Et moi aussi... Au lieu de conclure mon rapport de fin d'année, je n'ai pu m'empêcher de prêter l'oreille à toutes les fariboles qu'elle lui débitait. Et après ça, place au spectacle !

Petite balle élastique striée de noir et de blanc, *Chaton* s'est mis à bondir et à rebondir d'un coin à l'autre de la pièce tandis que la gamine se lançait à sa poursuite, l'obligeant après mille cabrioles à se réfugier sous le lit, puis à grimper sur l'étagère, d'où elle l'a délogé avec un balai, pour le voir atterrir sur la machine à écrire, escorté d'une avalanche de dossiers...

Et moi, grande bête, je les engueulais peut-être ? Eh bien ! non. J'ai tout juste réussi à garder mon sérieux jusqu'au bout, en réprimant un fou rire comme il ne m'en était plus arrivé depuis belle lurette !

Fatiguée, elle s'est enfin décidée à faire un peu de rangement et je lui ai cédé volontiers le terrain, profitant de la pause pour aller prendre le frais. A mon retour, elle s'était déjà éclipsée, mais, à ma grande surprise, tout était parfaitement remis en ordre...

J'en ris encore, ce soir, en essayant de reconstituer la scène. Si seulement ça pouvait m'aider à passer enfin une bonne nuit...

* * *

Et ce rapport assommant qui n'avance pas ! La Commission Européenne en a besoin pour liquider la dernière tranche du subside à l'organisation non gouvernementale qui gère notre projet ("l'*o.n.g.*" dans notre jargon). Pourtant mieux vaudrait ne pas se presser... A Bruxelles, ils veulent que tout se réalise comme les *experts* l'ont planifié. Telle date, tel objectif. Un point c'est tout.

La vie ici suit d'autres rythmes. Nous ne disposons pas de fondations stables sur lesquelles il suffirait de cimenter tranquillement les briques les unes aux autres jusqu'au dernier étage d'un immeuble... construit d'avance sur le papier.

Nous travaillons sur un chantier mouvant, au jour le jour, en butte à de perpétuels contretemps provoqués par la société qui nous entoure, elle-même tributaire de décisions prises dans les lointains états-majors de la guerre économique.

L'exemple le plus récent : les coupes de bois intensives qui se font autour du domaine indien. Elles rapporteront au gouvernement provincial de quoi boucher quelques trous dans son déficit annuel, et aux habitants de petits bénéfices immédiats. Le plus grand profit sera, bien entendu, pour les compagnies forestières et pour les pays importateurs.

Or, toutes ces terres appartiennent au peuple toba-qom qui ne se résigne pas aux 150.000 hectares restitués par décret il y a cinq ans, alors que le traité de paix de Lacangayé conclu en 1774 avec le gouverneur de Tucuman, et jamais abrogé, lui octroyait la souveraineté sur toute la région du *Gran Chaco*. Un immense territoire appartenant à la nombreuse nation Guaycuru dont les Tobas font partie, mais qui – au mépris du traité conclu – a été dépecé et confisqué au début du XIXème siècle par les nouvelles républiques d'Argentine, de Bolivie, du Paraguay et du Brésil...

Maintenant, à l'intérieur du domaine prétendument restitué aux Indiens, des entreprises forestières ont commencé à négocier avec des intrus, des éleveurs métis appelés *criollos*, originaires de la province voisine de Salta, venus s'installer ici au début du siècle. Déjà deux petits chantiers se sont ouverts à proximité de notre village.

Il faut à nouveau déterrer la hache de guerre. Organiser des réunions. Des visites aux chantiers forestiers. Établir une première estimation des dégâts. Parler aux gens. Leur expliquer où est leur intérêt. Écrire des lettres au gouverneur, exiger des audiences. Manifester. Lancer des pétitions, envoyer des S.O.S. aux alliés européens (au début, c'était mon seul boulot, mais quand on met le doigt dans l'engrenage...). Pour quels résultats au juste ?... Toutes les forêts du monde subiront-elles le même sort ?

Il me semble qu'il est grand temps aussi d'enquêter sur ma propre existence et de ne plus la vivre stupidement, au jour le jour, en attendant que se tourne la dernière page au vent du hasard... Moi qui suis né à l'orée d'une superbe forêt, je me suis toujours senti chez moi dans les bois. Mais la *société*, quel maquis ! Jamais pu m'y retrouver... Quand j'ai "atterri", je savais déjà que je m'étais trompé de planète. *La planète des hommes.* C'est un comble !... Manque de courage ? Je ne me suis jamais décidé à en changer...

Plusieurs années de ma vie se sont passées à regarder autour de moi et à raconter aux autres les détresses que j'y voyais. En voyageant de plus en plus loin, pour être sûr de n'en rien oublier. Ça payait bien, les journaux, à l'époque. On m'a même invité à donner des conférences. Comme les gens jouissaient ! Ils en redemandaient. Surtout lors du débat quand l'un d'entre eux se mettait à déclamer (ça ne ratait jamais) que tout ce foutoir, c'était la faute à nous, la faute aux blancs, aux colonialistes, au monde occidental, chrétien, civilisé, etc. Le lendemain, chacun regagnait tranquillement son boulot...

Je m'écœurais moi-même. Pourquoi continuer ce cirque puisqu'au lieu d'*informer*, de *sensibiliser*, de *motiver*, de *conscientiser*, de *changer les mentalités et les structures* – les grandes prétentions de l'époque ! – je ne faisais qu'amuser la galerie ?... Elle est moche la planète ? Je ne peux pas en changer ? Mais alors, *si j'y changeais* quelque chose ?... Voilà que le discours des curés de mon collège refaisait surface. Très drôle !

C'était tout de même un peu plus que ça. Et si là-bas, dans ces lointains poudreux que je n'avais finalement fait que survoler, existait aussi quelque chose qui ressemblât à une réponse ? Offrir à nos frères démunis un peu de notre savoir-faire... en échange de leur savoir-vivre.

Autre discours édifiant !

Mais pourquoi ne pas admettre une bonne fois ma tare congénitale ? “Je suis né comme ça”. Nous sommes quelques-uns sur cette terre – peut-être plus qu’on le croit ! – à être nés infirmes. Inadaptés. Il semble qu’on pourrait fonctionner, et remarquablement, mais... ailleurs.

Et cet ailleurs-là – si on n’a pas compris tout de suite –, on le cherche tout près, plus loin, dans toutes les directions. Jusqu’à ce qu’on se résigne à l’admettre : *on s’est bel et bien trompé de planète*... Il n’y a plus qu’à s’en évader par toutes sortes d’expédients. Peut-être même faire le grand plongeon...

Il m’est arrivé pourtant de ne pas trop regretter d’y être resté sur notre bonne vieille Terre. Quand j’ai commencé à noter des différences entre ses habitants. Il n’y a pas que les humains, après tout (tu entends, Diogène ?). Il y a aussi tous les autres !

Et si, en fin de compte, notre planète n’était qu’une sorte de purgatoire, de *laboratoire*, en quête – à travers quelles épreuves, quelles éprouvettes ? – d’une formidable découverte... La science, en tout cas, a fini par me passionner. Surtout les sciences naturelles qui portent maintenant des noms compliqués, mais ça n’y change rien. Et c’est à elles que je consacre le dernier chapitre de mon existence. Ici on est bien placé pour ça.

Mon petit rancho est un magnifique poste d’observation grâce à ses grands hublots sans vitres, que seul un fin treillis défend des moustiques et des mouches. Il suffit, comme eux, d’exposer tout nus ses yeux et son cœur à la lumière; de les laisser longtemps ouverts; et de fermer parfois les bouquins. Pas tous, car quand on me parle des fourmis et des étoiles, par exemple, alors là, je redeviens un vrai potache !

Voilà *Papillon* qui s’approche en voltigeant sur le sentier des chèvres... Pieds nus, comme tous les enfants d’ici, elle sautille avec la grâce aérienne que devaient avoir les dryades du temps où elles sortaient encore des bois et des sources.

Trois bouts d'étoffes colorées ornent plus qu'ils ne couvrent son corps fluet. Un petit nœud rouge flambe sur l'abondante chevelure d'ébène qui lui tombe jusqu'à la taille, ne laissant entrevoir du visage que le vermeil des lèvres et deux yeux qui ont l'éclat du diamant. Et tout ce qu'elle n'a pas vêtu est de l'or qui brille au soleil !

Cette richesse qui s'étale au grand jour figure dans les statistiques officielles sous une triste rubrique. *"Catégorie carencée de familles ou de collectivités"*. Richesse menacée, oui. Condamnée déjà à être pillée ! A être détruite comme toutes les autres ressources locales... Mais justement, ce n'est pas une faiblesse congénitale comme la mienne.

Et pour faire semblant de réparer le préjudice, la coopération internationale offrira à tous les *carencés* du monde ce qu'ils n'avaient pas demandé : le droit d'accès au "marché de la consommation". Marché de dupes, marché de l'envie jamais satisfaite qui les fera simplement passer de la pauvreté à la misère...

Papillon se découvrira-t-elle bientôt une vocation de Cendrillon inconsolable ? Se brûlera-t-elle les ailes, comme beaucoup de filles de son âge, au piège de toutes les séductions ? Va-t-elle à son tour vendre son cœur et perdre la tête ? Se couvrir d'oripeaux, se farder, teindre et friser ses cheveux lisses ? Devenir une vraie *femme blanche* (en forçant la dose... c'est plus sûr) ? Boire, fumer, caracoler, séduire ? Pour que n'importe quel *macho*, sans même devoir faire la chasse aux papillons, s'amuse avec ce qui ne sera bientôt plus qu'une petite chenille rampante, avant de la piétiner en gloussant d'aise ?

Comme pour me délivrer de cette horrible vision, *Chaton* – qui dégringole maladroitement de l'arbre où il s'était perché – bondit tout joyeux à la rencontre de la fillette. Cette innocente complicité me fait maintenant sourire de mes perpétuelles appréhensions pour le lendemain et m'incite à revenir aux bonnes choses du moment présent.

Surtout ne pas oublier de féliciter la petite *employée* pour la façon impeccable dont elle s'acquitte du ménage ! Mais, en même temps, la prier d'aller aujourd'hui jouer dehors avec son copain de chat... Il est grand temps qu'elle commence son éducation s'il veut continuer à vivre sous mon toit.

C'est que ce matin, avant de me remettre au boulot, j'ai dû m'adonner à une partie de puzzle, un jeu que j'exècre ! Penser qu'il y a des gens assez sadiques pour vous construire un merveilleux paysage aux seules fins de le réduire en miettes. Et ils osent, après ça, vous inviter à recoller les morceaux en guise d'amusement, qu'ils disent... Comme si le désordre de la vie ne suffisait pas, avec ses mille et une pièces détachées, dispersées aux quatre vents, et qu'il faut ajuster à tâtons pour essayer d'y comprendre quelque chose.

Chaton – on n'a pas cherché bien loin pour lui trouver un nom ! – lui, du moins, n'avait pas de mauvaises intentions quand il a essayé ses jeunes griffes sur les premiers feuillets de ce que j'appelle pompeusement “mon enquête”... N'empêche, il m'a bien fallu une heure pour recoller le tout.

Une fois de plus, le Destin a décidé de se montrer contrariant. Au moment où j'étais bien résolu à y voir un peu plus clair dans cette ténébreuse affaire qu'est l'existence, voilà qu'à nouveau des êtres et des événements s'interposent, sans que je ne leur aie rien demandé... Pour le seul plaisir de tout compliquer !

Février

J'ai dû attendre près d'un mois pour disposer d'un dimanche tranquille et pouvoir me remettre à cet étrange journal qui est en passe de devenir un vrai confident. Heureusement mon rapport annuel, lui, est définitivement bâclé, bouclé et expédié... Une belle épine hors du pied !

Pour le moment, mon seul compagnon est un petit caméléon que tout mouvement ou bruit terrorise. Il consacre aussi cette heure paisible à sa ronde favorite. Les zigzags qu'il trace sur les murs, avec la vivacité de l'éclair, me débarrassent instantanément des quelques mouches, punaises, moustiques et autres *bichitos* qui ont osé entrer sans ma permission...

Les "grandes vacances" sont pour moi toujours trop courtes. Tandis que la plupart des employés se reposent tout le mois de janvier – et les fonctionnaires jusqu'au début de mars –, j'ai dû reprendre le collier juste après le nouvel an, à l'époque la plus torride de l'été.

Les jeunes dirigeants indiens de l'Association communautaire *Defensa Forestal* ne chôment pas, eux non plus. Puisqu'ils ne peuvent rencontrer aucune autorité les deux premiers mois de l'année, ils en profitent pour relancer tous les habitants de la contrée, toba-qoms et métis, afin qu'ils s'opposent à une récente décision du gouvernement. Il s'agit de faire annuler au plus tôt les permis d'exploitation délivrés l'an dernier aux compagnies forestières – parmi elles une multinationale équipée de bulldozers dernier cri ! – sous prétexte que les habitants de la région ne font rien de leur terre.

Pour l'instant, seul est en jeu le périmètre extérieur au domaine indien. Mais comment regarder avec indifférence le pillage qui se passe chez nos voisins ? Et qui nous menace de toute façon, surtout depuis que deux familles métisses ont obtenu, ici aussi, un droit de coupe. Quand la brèche est ouverte, la marée a tôt fait de s'y engouffrer !

Le contrat prévoyait des critères de gestion à l'abri de tout reproche ainsi qu'un plan de reboisement d'essences locales. Mais la forêt se trouve à quatre cents kilomètres de la capitale provinciale, et aucun fonctionnaire n'y a jamais mis les pieds pour constater que pratiquement pas une seule clause du contrat n'est respectée...

Ils n'ont jamais beaucoup aimé la compagnie des moustiques.

Ce qui me désole le plus, c'est l'apathie d'une bonne partie de la population face à cet événement. J'admire le zèle de ces quelques jeunes Indiens qui se sont mis à sillonner, à cheval ou à vélo, les étroites pistes de sable pour visiter et tenter de convaincre leurs frères de race qui vivent à l'extérieur du domaine. Mais ceux-ci, pour la plupart – tout comme les familles métisses –, semblent plutôt satisfaits de l'entrée des entreprises forestières. Chaque quebracho ou caroubier abattu leur donne droit à un petit sac de dix kilos de *farine blanche*... luxe suprême aux yeux d'une population sylvicole qui a fini par trouver insipide son menu quotidien de gibier de poils et de plumes, sa collection de tubercules, baies et fruits sylvestres, les onze variétés de miel sauvage et les savoureux poissons des lagunes qu'alimentent les crues du Río Bermejo. Sans parler des animaux d'élevage qui se multiplient dans les franges de pampa et des légumes de mon pays que nous avons réussi à acclimater au cours des mois tempérés de la période automnale et hivernale.

Bien sûr, toutes ces bontés ne tombent pas toutes seules dans l'assiette ! Mais l'aventure de les débusquer ou de les produire ne compte-t-elle pas aussi ? Est-elle plus éprouvante que la récolte du coton durant six mois dans les interminables champs des *gringos* ? Ou que le balayage des rues et le ramassage des ordures, corvée dans laquelle se sont spécialisés nos frères indiens échoués dans la banlieue du *pueblo* le plus proche, Villa Obligado, à quatre-vingts kilomètres d'ici ?

Parmi les "mordus" de la commission, certains donnent déjà des signes de lassitude. L'un des plus actifs, Emilio, me disait récemment : *Écoute, Miguel, tu vois bien qu'avec nous, les Indiens, c'est foutu. Y a plus rien à faire. On est vraiment devenus des cons...*

Je m'insurge contre ces propos. Mais c'est de plus en plus pour la forme.

Ce que je devrais dire à mes compagnons, c'est que si ça se passe mal, ce n'est pas parce qu'ils sont Indiens. Ça n'a rien à voir. Les métis et les blancs font exactement comme eux, et les noirs aussi, et cela dans tous les pays du monde, dès qu'il s'agit d'acquérir un peu d'argent ou quelque babiole venue de la ville, lieu magique qui les fascine.

Et d'ailleurs pourquoi les traiter de cons ? N'auraient-ils pas le droit, à leur tour, d'être séduits par l'inconnu, un inconnu qu'ils parent de tous leurs rêves ?

Pour moi cet endroit fabuleux, c'était la forêt vierge. Pour eux, forcément, c'est la jungle urbaine. Au lieu d'être si différents, comme il semblerait, ne sommes-nous pas bien frères en humanité pour courir ainsi après l'aventure ? Cette *chasse au trésor* que nous ne pouvons imaginer que dans un lointain mythique !

* * *

Je te comprends, Sandra, qui cette fois es restée au pays.

— Après douze ans, tu ne penses pas que ça peut suffire ?...

C'est ce que tu m'avais déclaré au début de notre dernier congé, quand nous dégustions autour d'un brasero des châtaignes que nos voisins de Forcalquier nous avaient apportées. Un de ces beaux soirs de vacances provençales où même les étoiles sentent la lavande...

— Michel, si tu veux repartir, c'est ton affaire. Moi, j'en ai marre. Tu sais bien que cette fois Pierre ne nous accompagnera plus... Et je ne le laisserai pas seul ici.

A dix-neuf ans, notre fils bûchait comme un dingue pour tenter de décrocher le bac au concours des élèves libres. Tout ce retard, c'était de ma faute, sa mère me l'avait assez seriné pendant des années.

Et moi qui, en l'épousant, me voyais déjà conclure un pacte d'alliance entre nos deux mondes ! Les quelques gouttes de sang indien qui coulaient encore dans ses veines, et dont elle se vantait parfois devant les copains, n'étaient-elles donc qu'un lointain héritage de *la Malinché* ?

Je ne cherche pas à t'offenser, Sandra. Nous avons compris tous deux, depuis lors, nos erreurs, nos illusions. Ce sont elles qui nous ont guidés... et perdus. Il m'arrive encore de regretter de ne pas avoir épousé une "vraie Indienne", comme mon collègue coopérant. Lui du moins a pu travailler tranquillement plusieurs années dans la forêt du Chaco, sur l'autre rive du Bermejo, sans se faire continuellement houspiller par une épouse pressée de retrouver son confort. Il est vrai qu'il y a longtemps qu'on ne les a plus vus dans le coin... Ne se plairaient-ils pas trop bien maintenant en Europe ? A moins que ce ne soit sa compagne indienne qui retienne l'aventurier dans ce qui est devenu sa merveilleuse *aventure à elle* ?

Quand reviendras-tu faire un tour par ici ? Au lieu de parler tout seul comme je suis condamné à le faire ou – ce qui revient au même – de noircir des pages qui finalement serviront à quoi ?, je rediscuterais avec toi, on se disputerait même un peu pour la forme, comme on le faisait à l'époque, quand on se retrouvait sur l'une ou l'autre rive du fleuve où se réunissaient les délégués indiens.

Nous profitions aussi de la petite contrebande de nos amis pour nous embarquer dans leurs canoës précaires et, descendant le cours du fleuve voisin, le Pilcomayo, visiter les familles d'un même peuple séparé par des frontières artificielles (mais ne le sont-elles pas toutes ?). Oh ! il ne s'agissait que de fraudes bien innocentes, qui nous permettaient de ramener du Paraguay un peu d'*herbe à maté*, du sucre, quelques cassettes, une paire de jeans, parfois même une bicyclette...

Maintenant le plaisir de la contrebande-fourmi, comme les gens l'appelaient, c'est fini. Nous sommes entrés avec nos pays voisins dans le *Mercosur*. La nouvelle contrebande, le plantureux trafic de la drogue, est aujourd'hui "sous le contrôle" de quelques hauts fonctionnaires.

J'ai dû m'asseoir dans un coin du rancho pour poursuivre, car c'est l'heure de céder la place aux petites ailes de *Papillon* qui vont soulever la poussière de la table pour la faire voler sur l'étagère, d'où elles la chasseront dans quelques instants pour la ramener à son point de départ. C'est ce qui s'appelle *prendre les poussières*. Mais il en restera tout de même un peu dans ce vieux chiffon qu'elle secouera énergiquement tantôt sur un tronc de jujubier. Et puis une petite brise intérieure comme celle-là doit bien tuer quelques microbes en passant. En tout cas, elle m'aère joliment l'esprit... A tel point que le fil de mes pensées s'est à nouveau rompu !

Ce fil n'a sûrement pas la solidité de celui que tissent les milliers de petites araignées noires que j'aperçois par l'embrasure qui me sert de fenêtre. Vue panoramique sur tout ce qui m'environne ! Le vent balance dans tous les sens, sans la rompre, une immense toile qui descend de la cime d'un quebracho jusqu'aux buissons d'épines, traversant de part en part tout le jardin. Ce sont des tisserandes expertes. Depuis des milliers de siècles, elles répètent les mêmes gestes, avec la même perfection.

Tous les autres habitants de la forêt en font autant. Génération après génération. Avec le même souci de performance. Heureusement que chacune d'elle est mortelle, sinon il y a longtemps que la planète aurait disparu sous la grande bouffe générale. Cette planète, on dirait que chaque vivant a droit à l'occuper à tour de rôle, comme une récompense. Ou une punition ?

Les générations ne sont pas seulement mortelles. Cela suffirait-il pour que chacune d'elles ait, ne fût-ce qu'un jour, sa place au soleil ? Elles sont aussi mortifères. Au décès naturel s'ajoute la déprédation en cascades. La végétation n'étouffe pas tout, les herbivores sont là pour l'en empêcher. A leur tour, au lieu de mourir bêtement de famine après avoir dévoré toute vie végétale, ils servent de festin aux carnivores qui, de cette façon, se révèlent les meilleurs amis des plantes. Les carnassiers se contrôlent aussi en s'entre-dévorant joyeusement, allant jusqu'au cannibalisme quand il le faut, comme le feront dans quelques jours cette colonie d'araignées aujourd'hui si merveilleusement solidaires dans leur commune entreprise...

Le tout est de festoyer à tour de rôle allègrement ! C'est cela la *Loi de la Jungle*.

Une loi que l'homme confond grossièrement avec l'anarchie criminelle qu'il a inventée, laquelle ne l'incite pas à festoyer, mais le pousse simplement à détruire pour détruire... et prouver qu'il est le plus fort. Exterminer, par exemple, des millions d'hommes sans même le plaisir de les manger.

Ou transformer partout l'or fin de la vie en vil plomb, en pièces de nickel, en fric. Le vieux rêve des alchimistes, mais à l'envers. Beaucoup plus simple évidemment !

J'ai pu reprendre ma place au "bureau" où *Chaton* a déjà dérangé tout ce que ma petite employée avait si bien mis en ordre quelques minutes plus tôt. On dirait qu'il profite de sa présence pour inventer de nouvelles pitreries. Il a tout de suite compris que je n'arriverais jamais à le gronder devant elle...

— *Basta, gatito !*

Tiens, c'est bien la première fois qu'elle le réprimande, et juste dans mon dos ! A-t-elle deviné qu'il fallait suppléer à l'autorité défaillante du patron ?

Mais la fillette n'a pas vu que, dans le petit miroir suspendu à l'étagère, j'observe toute la mise en scène. Alors qu'elle continue à invectiver son *gatito* avec des mots plutôt grossiers, dont j'ignorais qu'elle connût l'usage, elle gratouille d'une main le menton du petit matou, de l'autre le caresse amoureusement de la nuque à la croupe...

Les clins d'œil de *Chaton*, ses fines babines en forme de sourire lui disent très clairement : “Message bien reçu”... Mais mon pauvre ami, quelle gaffe tu as commise quand tu t'es mis à ronronner sous ce flot d'injures !

Qu'est-ce qui se passe ?

Voilà plus d'un mois que je me suis décidé à mener ma petite enquête. A tenter de reconstituer le puzzle d'une existence confuse qui semble approcher de son terme. Dont toutes les données sont peut-être maintenant réunies, mais toujours en pièces détachées...

Et je constate qu'au lieu de cela, je parle de plus en plus de deux petits intrus, un minois et un minou très choux, soit ! Mais quelle place peuvent-ils encore bien tenir dans mon existence actuelle ? Que le Destin continue à agiter ses hochets ! Je ne suis plus un gosse. Je ne l'ai été que trop longtemps... Et si au lieu d'un jouet, Il m'offrait une amulette fatidique ? C'est qu'il faut s'attendre à tout avec un gars comme lui, pas bien méchant sans doute, tout juste un peu espiègle, un *éternel Enfant jouant dans un éternel Jardin...*

Demain, de nouveau au boulot. La camionnette de l'association indienne viendra me cueillir de très bonne heure pour poursuivre la tournée des communautés et mener à bien la campagne d'opposition. Il nous faudra réunir plus d'un millier de signatures parmi les familles indiennes et métisses qui vivent sur les terres fiscales séparant le domaine toba de la petite cité de Villa Obligado. C'est la seule façon d'obliger la presse locale et les autorités à accorder quelque attention à notre initiative. Ne pas oublier non plus d'envoyer une copie du dossier aux relais européens qui nous appuient !

Les tournées précédentes n'ont pas été très fructueuses. La multinationale forestière, non contente de distribuer des aumônes toujours bienvenues, a fait des promesses mirifiques pour les années qui viennent. Elle installera partout l'électricité à ses frais, construira des chemins et de nouvelles écoles, il y aura bientôt du travail pour tous. Bref, le *meilleur des mondes*. Et tout ça pour quelques arbres en moins... qui seront bien vite remplacés puisque le plan de reforestation "*retardé cette année pour des raisons climatiques*" sera mis en œuvre dès le début de l'an prochain.

L'an prochain ! Ils devraient tous savoir ce que ça veut dire... Une année, une seule année de plus suffira à tout démolir. Mais, heureusement, dans un an, je ne serai plus là pour contempler le désastre, encore moins pour tenter de réparer les dégâts...

* * *

Un instituteur de passage à Tarkidola m'apporte du courrier retiré à la Poste du *pueblo*.

Une lettre de Sandra, enfin !

Message laconique comme d'habitude. Tout va bien, ou presque. En tout cas, malgré un hiver assez rude, sa santé tient le coup. L'Europe n'a jamais été pour elle une terre d'exil. Au contraire ! Elle adore Paris et sa banlieue, depuis qu'elle s'est installée chez ses parents. Son boulot d'enseignante continue à la passionner, mais les élèves se montrent de plus en plus difficiles.

Les familles marocaines assistent rarement aux réunions de parents. Je me suis décidée à visiter celles dont les enfants sont le plus en retard. Si tu voyais ça, Michel, tu comprendrais...

Tu comprendrais quoi ?

Il y a deux réponses possibles. *Tu comprendrais pourquoi les études de leurs gosses ne marchent pas*. C'est la plus évidente.

Mais il y en a une autre, écrite entre les lignes, et Sandra sait très bien que c'est celle que je vais lire de long en large. *Tu comprendrais que tu t'es trompé en partant si loin au lieu de t'occuper d'abord de ce qui se passe autour de toi, ici en Europe. Et pourquoi, moi, je ne suis pas repartie...*

Ce n'est tout de même pas ma faute, Sandra, si chez nous la plupart des pauvres sont précisément des travailleurs immigrés. Tu t'occupes d'eux et tu fais bien, toi qui es née en France parce que tes parents cherchaient à y vivre mieux que dans leur Argentine natale... où, un siècle plus tôt, les Européens couraient faire fortune ! Mais tu sais bien que les immigrés ne seront jamais qu'une minorité à pouvoir entrer et rester chez nous, surtout dans ce climat de rejet raciste que nous connaissons aujourd'hui... Beaucoup de nos compatriotes se sentent "envahis par les gens du Sud", oubliant que c'est d'abord nous qui avons occupé leurs pays !

C'est pourtant bien dans leur terre d'origine que devront se régler les vrais problèmes. Et le moindre n'est pas celui de leurs ressources naturelles toujours soumises à la loi du plus fort dans ce qu'on appelle si joliment les "échanges" commerciaux... Nous en sommes témoins ici, avec la destruction des forêts du Chaco et d'Amazonie.

Elle m'écrit aussi quelques mots au sujet de Pierre qui, lui, poursuit ses études dans un fauteuil. Il s'est découvert une passion pour la géologie. Et comme les cours de l'*Univ'* ne lui suffisent pas, ses congés sont partagés entre le sport et les symposiums scientifiques.

Tu vois, ma chère Sandra, ça ne lui a fait aucun mal à notre grand garçon de passer sa jeunesse au fond des bois ! Tu te moquais gentiment de moi quand, une fois terminée l'école primaire, j'essayais de lui transmettre les vestiges de mon savoir, en l'absence ici de toute autre instruction.

Avec, en plus, ces longues séances nocturnes où Pierrot au clair de la lune me posait tant de questions que je finissais par ne plus savoir quoi répondre... Quant à son goût pour le sport et l'effort physique, il l'a appris en maniant l'arc, la fronde, le harpon, la hache, la machette, sans oublier les longues marches forcées d'un village à l'autre... Mon fils, tu es aujourd'hui habité par la passion de la science, et ce que tu as vécu ici n'y est pas étranger : tu me le rappelais toi-même dans ta dernière lettre. Merci de me l'avoir dit aussi simplement !

Et toi, Sandra, ne m'as-tu pas confié un jour ta joie d'enseigner à ces jeunes Indiens ? Si curieux de tout et si exempts de cette insolence que tu déplorais auparavant en Europe chez tant d'élèves désabusés, à qui les études n'offraient finalement qu'une alternative : la réussite-routine ou le cul-de-sac. L'argent-confort ou le chômage.

Moins d'un an à attendre, dis-tu. *C'est qu'on est tous si impatients de te revoir !* Tu as vraiment l'art d'être gentille... Tu m'envoies même le bonjour de notre ami Luc, promu aujourd'hui député-maire. *Sa brillante carrière nous réservera encore bien des surprises.* Quelle différence avec la mienne, n'est-ce pas ?...

J'ai deviné par ce que m'écrit Pierre – qui se montre pourtant aussi discret que possible – ce qui se passe entre Luc et toi, et je n'ai pas tellement à t'en blâmer, mais mieux vaut tout de même être prévenu ! Ce que je voudrais bien savoir, en tout cas, c'est comment, dans sept mois, ne pas jouer là-bas les trouble-fête...

* * *

— C’est ton pays, là, sur la photo ?

Papillon, assise sur le lit sans bouger depuis tout un temps, a vu que je levais enfin le nez de mes paperasses, c’est pour ça sans doute qu’elle reprend vie. Elle me montre du doigt les timbres-poste de l’enveloppe...

Depuis quelques jours, quand elle me voit écrire, elle s’absente je ne sais où. Les petites ailes ne battent plus, ne remuent plus la poussière et la lumière. Le chiffon reste accroché à son clou, le balai attend dans son coin. C’est *Chaton* qui profite tout entier de ses attentions. Mais en silence, sans compliments ni réprimandes.

Serait-ce soudain une marque de respect, parce qu’elle voit à quel point l’écriture m’absorbe ? Ou de la bouderie parce qu’elle et son chat, à ce moment-là, semblent compter si peu pour moi ?

Elle m’a posé la question en fronçant son petit nez, signe qu’elle est préoccupée ou qu’elle craint de me contrarier. C’est bien le tic le plus gracieux dont elle pouvait être affligée...

Que de chemin parcouru avec mes deux compagnons au cours de ces dernières semaines ! Elle qui, les premiers temps, n’ouvrait guère la bouche est devenue à ses heures une grande bavarde. C’est depuis que son copain chat est là !

Mais avec moi, ce n’était jamais que quelques bouts de phrase de temps à autre...

Un beau jour, ça m’a échappé, j’ai répondu à la place du minet à qui elle ne cessait de poser des tas de questions, comme s’il était le Chat Botté en personne... Et la conversation s’est poursuivie le plus naturellement du monde.

J'en ai profité à mon tour pour l'interroger, mais sur un ton plutôt badin, en essayant de me mettre dans la peau du personnage... C'est ainsi qu'un jour j'ai appris qu'elle avait douze ans. Le lendemain, elle n'en avait plus que dix ! Les grandes personnes non plus ne savent pas exactement leur âge ici, mais elles, elles vous répondent stupidement *"No sé"*.

Marisa, car c'est Marisa qu'elle s'appelle et pas "Mariposa" – *Papillon* – comme elle me l'a fait remarquer (mais quelle coïncidence !), elle a forcément un âge ondoyant. Eh oui, tout le monde sait qu'il y a des jours où l'on se sent bien vieux, et d'autres si jeune, ou si stupide encore...

Je te comprends, va !

Je pourrais bien en dire autant, mais nous, les grands, forcément on est des gens trop sérieux. On a si bien appris à calculer... qu'on s'est enfermé dans la cage du temps. Qui n'existe pas, d'après les savants...

Peu à peu, nous avons perdu l'habitude de recourir aux services du chat-médium à qui ce rôle allait pourtant à merveille, chaque bon mot de ma part étant récompensé de caresses que parfois il m'arrivait d'envier ! Après tout, qui les avait méritées ?

C'est ainsi que la fillette m'a avoué qu'elle était bien contente d'avoir retrouvé un "emploi" maintenant que, depuis les vacances, elle a perdu celui de l'école où des instituteurs lui confiaient leur lessive en échange de quelques provisions.

Elle m'a aussi raconté que sa tante, chez qui elle se rend parfois et qui habite Itury, avait sept enfants. L'aîné, dix ans accomplis, devrait aller à l'école, mais, vu la distance, c'est impossible. Encore une génération de *péons pour la vie* !

Heureusement l'oncle, que je connais mieux, fait partie de ces quelques familles indiennes entreprenantes qui, en plus du petit champ traditionnel de maïs et de manioc, élèvent du bétail, fabriquent du fromage et récoltent du miel dans la forêt pour le vendre aux instituteurs de notre village. Sans parler de la chasse au *guasuncho* à la pointe du jour, un petit cervidé à la chair très savoureuse.

Pourquoi tant d'autres ne font-ils strictement rien ? Si ce n'est s'asseoir au pied des bâtiments de l'*Administration* à attendre un providentiel camion de vivres... Qui parfois débarque on ne sait trop d'où, afin de venir en aide aux *"pauvres Indiens de la forêt qui n'ont même pas un plat de nouilles à se mettre sous la dent"*, comme j'ai pu le lire textuellement dans un quotidien de la province !

La question de *Papillon* sur les timbres-poste m'a permis, en tout cas, de lui parler de paysages qui lui sont inconnus. Elle qui est habituée à un vaste panorama de pampas et de forêts alternées a du mal à imaginer ce que peut être une montagne, et même une simple colline, et surtout comment elle est capable de tenir debout si longtemps.

J'en ai profité pour lui montrer des photos de famille, des vues de vacances, des souvenirs d'enfance de ma Lorraine natale, à l'orée de la forêt ardennaise. Mais le temps qu'elle met à observer chaque détail ! J'ai beau y aller de mes commentaires, ça ne suffit jamais. Elle veut toujours en savoir plus. Qui est cette madame, ce jeune monsieur, et ces gens-là avec leurs drôles d'habits ? Et toute cette eau, d'où vient-elle ? Et pourquoi il y a des pierres partout, et qui les a amenées ? Et là, comment se fait-il que la terre soit toute blanche et les arbres aussi ?...

C'est vrai qu'ici, sur ce sol d'alluvions, il serait bien difficile de ramasser un caillou, que l'eau y est rare et qu'on n'y a jamais aperçu le moindre flocon de neige.

Alors il faut beaucoup d'explications pour faire comprendre toutes ces différences à une petite fille qui n'est jamais sortie de sa forêt...

Mais justement, c'est bien ce que nous avons en commun, *Papillon*, la forêt !... Parenté végétale indissoluble qui, de l'Amazonie à Bornéo, de la Forêt Noire à l'Afrique centrale, des Ardennes au Chaco, et de tant d'autres hauts lieux de la Vie, monte une garde royale autour de la planète.

C'est elle qui abrite les trois quarts de toutes les espèces animales et végétales existant sur cette terre. Tous les peuples de vivants en profitent, qu'ils en soient proches ou éloignés. Un seul d'entre eux, le peuple humain, l'a défiée et prétend prendre sa place. Toute la place. Elle ne se venge pas, elle se meurt et nous entraîne dans sa perte avec des millions de vies...

Je parle aussi à la fillette du destin tragique de sa race et de ses ressources convoitées par une Europe toujours conquérante, relayée aujourd'hui par d'anciennes colonies d'Amérique et d'Asie qui ont bien appris la leçon. Elle feuillette avec curiosité mes bouquins qui évoquent l'histoire de ses ancêtres. Car, à l'école, on n'en parle guère. On dirait que seuls comptent le passé et le présent des hommes blancs.

Elle sait maintenant que les Guaycurus, dont font partie les Toba-qoms, sont une grande nation établie dans quatre pays. Mais, chaque jour, nombre d'entre eux franchissent à travers leurs fleuves et leurs forêts des frontières qu'ils ignorent toujours. Car leur vraie patrie, c'est le *Gran Chaco*, qui n'a que faire des limites et découpages arbitraires résultant des disputes territoriales de leurs envahisseurs européens...

Même les Incas, en leur temps, ont dû stopper leur conquête aux marges de cette forêt impénétrable à laquelle ils ont d'ailleurs laissé son nom quechua, *Chacu*, signifiant à la fois terrain de chasse et maquis. Mais les maquisards indiens et leur forteresse verte pourront-ils tenir le coup longtemps encore ? Qu'est-ce qui résiste aujourd'hui à l'assaut des bulldozers ?

Dictionnaire en mains, j'explique à Marisa que j'appartiens, moi aussi, à une grande patrie forestière découpée curieusement, comme la sienne, entre quatre pays. Mais une forêt où il ne faut entrer que sur la pointe des pieds, quand les chasseurs vous y autorisent. Où vous suivez docilement la flèche des sentiers balisés, sous le regard amusé de quelques biches folâtres. Déçues peut-être de ne pas recevoir de vos mains leur pitance, en attendant le jour réglementaire où elles serviront de cible à des Tartarin très doués pour le tir-aux-pipes !

Cela l'amuse, Marisa, d'imaginer une chose pareille, mais elle rit beaucoup moins quand je lui parle de notre histoire tourmentée. Fief espagnol, puis autrichien, français, hollandais, la terre luxembourgeoise où je suis né est, depuis peu, devenue belge. Corsetée – de par la volonté des puissants – dans une nation précaire, elle a été arrachée à une grande région elle-même quadrillée aujourd'hui de frontières, lacérée de routes, minée par le dopping agro-industriel...

Mais des défenseurs du patrimoine se sont dressés. Certains ne pensent qu'à sauver leur petit coin de verdure, laissant les grands consommateurs de bois que nous sommes piller allègrement les forêts exotiques. D'autres songent, au contraire, à une vraie solidarité planétaire. Marisa a gardé un bon souvenir, me dit-elle, de mes compatriotes venus, il y a quelques années, découvrir durant leurs vacances la *selva* du Chaco et prêter main forte à sa communauté. Ils y avaient planté un petit chêne, destiné à symboliser la fraternité des arbres et des peuples, tandis qu'un jeune caroubier allait prendre sa place dans la forêt de Rulles, à l'ombre du majestueux et légendaire chêne des *Quatre Fils Aymon*. Elle a tout de suite voulu savoir comment se portait "son petit ami" et s'il avait survécu chez nous... Le temps d'une brève saison ! *Moi, je crois que j'aurais fait pareil*, me dit-elle...

Ai-je tellement noirci le tableau que maintenant notre forêt l'effraie ? Alors je lui explique comment se battent, là-bas comme partout, les défenseurs d'une planète de plus en plus agressée. Et pourquoi l'ambassadeur de son pays, aux côtés du gouverneur de la province et de jeunes Indiens d'Argentine et de Bolivie, était présent dans notre forêt ce fameux 11 octobre 1992. Tout juste cinq cents ans après le débarquement de Christophe Colomb, le philosophe argentin Victor Massuh avait reconnu – en termes diplomatiques, oh combien ! – que "la découverte de l'Amérique aurait certainement pu mieux se passer"... Ce n'est pas, en tout cas, ce qu'affirmait le slogan de l'année commémorative qui ne voyait dans cet événement qu'une idyllique "rencontre entre deux mondes" !

1492, c'était aussi le coup d'envoi de la grande entreprise coloniale assurant la prospérité décisive de l'Europe moyennant, sur toute la planète, conquêtes, pillages, esclavages et génocides. Oh ! d'autres l'avaient fait bien avant nous, en plus petit ! Et d'autres chercheront à le faire après... mais quel continent, quelle planète leur restera-t-il à piller ? En vue de cette hégémonie mondiale, nous nous sommes aussi longtemps battus entre nous, entre frères de race. Ce n'est pas un sujet folichon, mais il me faut bien parler à Marisa de l'immense champ de bataille que fut, durant des siècles, la grande région de l'Ardenne-Eifel, car nous avons connu – au cœur de l'Europe – tous les malheurs, toutes les occupations !

Mais ce à quoi elle accorde surtout son attention – et comment lui donner tort ? – ce sont les photos de quelques trésors rescapés. Cologne et sa cathédrale, Trêves et ses monuments romains. La vallée du Rhin. Les vignobles de la Moselle. Les versants abrupts de Reifferscheid. Notre pampa bucolique des Hautes-Fagnes. Et surtout la somptueuse forêt ardennaise ! Quels maquisards se donneront encore rendez-vous dans cet antre de rebelles où se relayèrent durant des millénaires les adeptes irréductibles de la liberté, du farouche Ambiorix défiant la Louve romaine aux derniers résistants à la barbarie nazie, en passant par les indomptables fils Aymon ? Des druides perpétuant leur culte secret aux amants hors-la-loi et à tant d'autres proscrits anonymes, victimes de tout temps du fait du prince et d'impitoyables chasses aux sorcières !

Son regard survole en ce moment d'autres paysages de notre grande région, ponctués de villes et de sites chargés d'histoire : Wiltz, Esch, Houffalize, Bastogne, Saint-Hubert, Neufchâteau, Arlon, Luxembourg, Thionville, Metz, Nancy, Verdun, Montmédy, Sedan, Mézières... Et partout les cicatrices fraîches ou anciennes de guerres fratricides interminables.

— Et celui-là, qui c'est ?

Elle est tombée sur le portrait du jeune Rimbaud décoiffé, le regard perdu dans quelque vague lointain... Bien content de ne plus parler de tueries, je lui raconte les aventures du génial poète de Charleville, presque un concitoyen...

— Comme tu vois, Marisa, l'histoire ne finit pas très bien pour lui.

Elle me regarde d'un air étonné, retrousse son petit nez mutin, puis hausse les épaules, sans répondre... Pourquoi ce repli sur soi, cet air désabusé, que j'observe parfois chez elle ?... A son âge !

— Alors, tu ne veux plus rien me dire ?

— Et toi, tu ne m'appelles plus *Mariposa* ?...

Qu'elle préfère maintenant son joli surnom de *Papillon*, soit ! Mais elle a surtout esquivé d'un gracieux coup d'aile une question franchement sans intérêt. Après tout, à quoi bon se faire du mouron pour le sort tragique d'un jeune poète passé depuis longtemps à une vie meilleure ?

— En tout cas, celui qui meurt de bonne heure a bien de la chance...

Je ne m'y attendais plus... Mais il faudra que je me contente, pour l'instant, de cette conclusion lapidaire !

Le trafic d'armes n'était tout de même pas un métier de poète, d'autant que le copain Arthur avait dit, bien avant, son vif dégoût de la guerre et de l'armée... Ah ! ces grands incohérents que nous sommes tous ! Ou alors le poète révolutionnaire se proposait-il déjà de jouer au guerillero, impatient de "changer la vie" ?... Comme ce jeune étudiant *montonero*, rencontré au début de notre séjour, et qui, pressé d'en finir avec l'injustice, nous avait déclaré tout de go : "*Vous, vous avez choisi le temps. Nous le sang...*".

C'est peut-être le moment d'expliquer à Marisa que tout espoir n'est pas perdu. Ma grande patrie forestière, par exemple, pourrait fort bien reprendre haleine aujourd'hui. Elle célèbre, malgré les diverses frontières qui continuent à la taillader, une sorte de retrouvailles au sein d'une Europe désireuse d'abattre enfin tous les murs et de construire la paix...

Je ne sais pas ce que la fillette capte de mes discours, mais plutôt que de parler tout seul, comme je m'étais habitué à le faire, je profite volontiers de sa présence qui me donne un alibi. Maintenant, on ne pourra plus dire que *je parle aux esprits*, comme l'ont raconté les enfants qui passent à proximité du rancho en se rendant à l'école.

Elle s'est levée pour retirer de l'étagère une revue que je lui ai prêtée l'autre jour et me met sous le nez des photos de tanks et d'avions bombardiers illustrant un reportage sur les combats en Bosnie.

— C'est où déjà la guerre ?

Et moi qui croyais qu'elle m'écoutait d'une oreille distraite... Le distrait, c'est bien moi : lui tenir des discours sur la volonté pacifique de l'Europe au moment où là-bas les tueurs s'en donnent à cœur joie !

— Oui, ça se passe chez nous, *Papillon*... C'est fou, je sais, mais que veux-tu ? Il faudra du temps pour en finir avec les petits chefs qui veulent prouver qu'ils ont raison en faisant les grands cons ! Tout ce que je peux te dire, c'est que maintenant les pays les plus influents, les *pilotes de la planète* comme on les appelle parfois, sont tous contre la guerre et tentent par tous les moyens de l'empêcher. C'est déjà pas si mal, non ?

Elle met son doigt sur les engins meurtriers et hésite un moment, comme si elle craignait de dire une énorme bêtise.

— C'est bien à cause de ces grosses machines qu'il y a tant de morts ?

— Évidemment !

— Alors les pays... comment tu les appelles ?

— Les pilotes de la planète...

— Pourquoi ils n'interdisent pas qu'on les construise ?

— Et si je te disais que ce sont eux qui les fabriquent et qui les vendent ?...

Cette fois, j'y ai été sans ménagements. Tant pis ! Inutile de continuer à jouer à cache-cache avec une Marisa qui maintenant me fait honte, à moi et à mon incorrigible naïveté... Elle me regarde, malgré tout, d'un air incrédule en découvrant subitement une aberration à laquelle nous, les adultes, nous avons fini par nous habituer sans trop de mal.

Comment lui expliquer aussi que notre *petit pays*, à lui tout seul, a pu exporter l'an dernier des armes et des munitions pour un milliard de dollars ?... Ces chiffres ne te diraient rien, mais ce que tu devrais au moins savoir, Marisa, c'est qu'"il faut bien vivre", même aux dépens de la *mort des autres*. Cela, au moins, tu peux le comprendre ?... Non ? Vraiment ?... Alors, c'est que tu n'es pas encore devenue une personne raisonnable...

Je lui retire doucement la revue des mains pour lui glisser à nouveau l'album de famille où nous ressemblons tous à de grands gosses hilares, si loin de toutes les tragédies du monde ! A quoi bon mêler cette petite fille à nos drames quand elle en a déjà bien assez des siens et de ceux de son peuple ?...

Il faut un certain temps, cette fois, pour que renaisse le sourire... Mais l'émerveillement de l'enfance est encore trop présent en elle pour ne pas accepter le jeu que je lui propose. Ou essaie-t-elle de me donner le change pour me complaire, me tranquilliser ? Elle en est bien capable après tout...

Mais alors quelle artiste ! La voici qui cherche à nouveau ses portraits préférés. Et moi, ce qui m'amuse – grand bêta ! – c'est qu'elle ne manque jamais de me montrer du doigt. A tous les âges de la vie, elle me reconnaît, du gosse tout nu pataugeant avec ses petits copains dans la rivière jusqu'à mon dernier bal masqué des vétérans du collège, en passant par la kyrielle des anniversaires et fêtes de famille.

Laissant Marisa à sa contemplation, je me lève pour me rendre au jardin. En passant derrière elle, je ne peux m'empêcher, dans un élan de bonne humeur, de la soulever légèrement de sa chaise. Elle me glisse des mains avec l'agilité d'un papillon et bondit sur la table en laissant choir sur le sol les photos qu'elle avait détachées de l'album... Ma surprise est telle que je sursaute à mon tour et la regarde, d'un air idiot, juchée comme une statue sur son socle, face à la fenêtre grande ouverte...

Au bout d'un moment, la voilà qui se décide enfin à sortir de sa léthargie sculpturale et, comme si de rien n'était, atterrit souplement sur le sol pour y ramasser les photos dispersées.

— Eh ! bien, toi, on peut dire que tu portes bien ton nom ! Alors il suffit qu'on te touche pour que tu t'envoles ? Tu ne pouvais pas passer par la fenêtre tant que tu y étais ?...

Cette scène s'est déroulée si vite et de façon si drôle que, maintenant, je ne peux m'empêcher d'en rire de bon cœur, tout en l'aidant à remettre les portraits à leur place dans l'album. En me tendant la dernière photo, elle esquisse, elle aussi, un faible sourire et, d'une voix mal assurée, tente enfin de m'expliquer quelque chose.

— Tu sais, les papillons, ils ont des ailes très fragiles...

— ...

— Si tu veux les attraper, tu n'auras que de la poussière entre les doigts... Après, tu seras déçu... Et moi alors... est-ce que je pourrai encore voler ?...

Je n'ai plus envie de rire. Ses mots tombent avec la grâce des flocons de neige et mes yeux s'emplissent soudain de petites larmes fraîches comme une source.

Marisa a pris l'habitude de me réclamer l'album chaque jour après son boulot. *Chaton* n'attend que ce moment pour sauter sur ses genoux. C'est son tour à elle de tout lui expliquer. A sa façon, bien sûr, qui est vraiment comique, à tel point que ses boniments me font parfois rire sans retenue. Ah ! si le monde entier n'était fait que de telles photos ! Et de tels admirateurs...

La journée ne se termine jamais sans une course échevelée autour du rancho avec le petit chat qui, une fois rendu, marque lui-même la fin de la partie en grimpant sur un arbre... Et bien sûr, maintenant, il lui arrive souvent de rentrer en retard, alors la Mami la gronde, me dit-elle.

Je pourrais la renvoyer plus tôt, dès son boulot fini. Mais je sais qu'elle attend l'heure qui suit avec un évident plaisir. Et après tout, n'a-t-elle pas droit aussi à un peu de vacances, elle qui, en plus de ses études, a déjà tant bossé à l'école, chez sa grand-mère, et maintenant ici ?

Ou n'est-ce pas moi plutôt qui ai absolument besoin de ce moment-là, le plus clair de la journée malgré l'obscurité tombante où, promenant l'arrosoir sur mes plates-bandes assoiffées, j'entends à quelques pas de là carillonner le rire de la fillette ?

* * *

La lettre de Sandra a traîné toute la semaine sur la table.

A chacun de mes retours au rancho, une pièce ou l'autre du puzzle surgissait du passé. Je ne me décidais toujours pas à lui répondre. Il me semblait que ces lignes lui étaient aussi destinées... A elle et à notre grand fils.

Ce qui n'était jusqu'ici qu'une sorte d'exercice à usage personnel se mue peu à peu en volonté de communiquer. Non seulement avec Sandra et Pierre, mais aussi avec d'autres parents et amis d'ici et de là-bas à qui, depuis longtemps, je ne parle plus et n'écris plus... Il m'arrive même de penser que si Marisa pouvait un jour comprendre notre langue, elle serait bien surprise de voir qu'elle tient aussi sa petite place dans ce dernier chapitre du livre de ma vie.

“Dernier chapitre”... Ce n’est pas du pessimisme, mais une acceptation de plus en plus paisible du destin, perturbée encore par quelques accès de révolte. La *vertu de résignation*, que j’avais plutôt tenue jusqu’ici pour un vice, commence pour moi à avoir un sens, et même – comment dire ? – un certain charme...

A la dernière visite médicale, la gastroscopie a bien confirmé un ulcère tumoral avec risques progressifs d’hémorragie. Le toubib m’a dit, sans ménagements, qu’il fallait vérifier s’il n’y avait pas là-dessous quelque tumeur maligne. L’hôpital de Villa Obligado n’étant pas en mesure de faire grand-chose, il me conseille de rentrer au plus tôt. Si je peux achever mon contrat ? Il n’a pas voulu se montrer alarmiste : mais il faudra vivre dans le plus grand calme, et surtout pas trop de soucis...

Un peu tard ! Les épreuves de l’existence, mais aussi une anxiété maladive ont déjà fait leur œuvre. Pourtant si le résultat est là, inscrit dans la chair, mon esprit – entre deux crises aiguës – se sent de plus en plus libéré du poids de l’angoisse. Et cette grâce-là, pour tout l’or du monde, je ne voudrais pas la perdre !

Les visites du vieux Dominguez y sont sans doute pour quelque chose. Sa conversation est si apaisante...

Il a une façon bien à lui de prendre la vie du bon côté. Le dernier sage du village. A plus de quatre-vingts ans, il vit seul, entouré de ses deux chiens et de son petit champ de maïs et de manioc qui, avec sa récolte hebdomadaire de miel, de baies et de quelque viscache étourdie, satisfait toute l’année son appétit.

Ses dons de guérisseur et de chaman – qu’on appelle ici *pioxonaq* – sont bien connus des gens du village, et même au-delà. Quand il vient prendre de mes nouvelles, il me demande de m'allonger, me palpe l'estomac et y décèle la présence d'un intrus malveillant, mi-bête, mi-esprit, m'explique-t-il. Mais sommes-nous autre chose ?...

Il tente d'aspirer le mal, ou *le malin* comme on voudra, dont il crache par terre le venin. Il chante aussi une sorte d'incantation, tout en sautillant autour du lit. Sans transition, le voilà qui s'assied pour me parler de ses plantes, de ses voisins, de ses enfants et petits-enfants, tous émigrés dans les quartiers indiens de Villa Obligado.

D'après Marisa, je ne devrais plus maintenant l'appeler Dominguez, mais *Kebachim* quand il entre dans mon rancho, car je l'ai accepté pour guérisseur. Non, je ne peux savoir pourquoi, c'est un nom dont le sens doit rester secret. Mais dehors, sur le chemin, il faudra continuer à le saluer comme avant, parce que là, paraît-il, *Monsieur Dominguez n'est qu'un homme comme les autres...*

J'ignorais que j'avais fait appel à ses services, mais, toujours d'après la fillette, puisque j'ai accepté qu'il me touche, c'est suffisant. *C'est comme pour le mariage*, ajoute-t-elle sans rire... Je lui laisse ses illusions sur le mariage, mais je veux bien faire l'essai de ce nouveau docteur dont les visites à domicile ne me coûtent que quelques légumes du potager.

Il y a, en tout cas, un point commun entre Dominguez, pardon Kebachim, et le médecin blanc. Il ne me quitte jamais sans me prêcher le calme, à sa façon, en me recommandant d'"*être bien gentil avec la vie*". Un étrange conseil aussi : mieux regarder les plantes, leur parler, pas seulement les aider à pousser. Elles n'ont plus tellement besoin de moi, mais c'est moi – paraît-il – qui ai besoin d'elles !

Pourquoi cette coïncidence curieuse entre ses conseils et la complicité qui s'est établie tout naturellement depuis quelque temps avec le règne végétal qui m'entoure ?

J'avais toujours traité les plantes en bonnes voisines, en copines. Maintenant, je me sens vraiment de la famille...

Mes extases telluriques sont toujours déclenchées par un signal végétal, un parfum de jasmin sauvage quand je traverse la forêt, la pluie violette des fleurs de lapacho, la danse ondulante des lianes dans le vent...

Même dans le jardin, il m'arrive, quand j'aide les vrilles des haricots géants à se fixer aux branches qui leur servent de tuteurs, de m'évader le long de leur tige jusqu'à la cime des gigantesques quebrachos. Pour grimper de plus en plus vite sur ma corde de fakir, et puis filer tout droit comme une fusée, sans autre besoin de support, vers une lumière qui, au lieu de m'aveugler, m'ouvre enfin les yeux.

La face cachée des choses se révèle peu à peu dans toute son émouvante intimité. Notre petit globe terrestre n'est plus, à un certain moment de son histoire, dans l'immense matrice de l'Univers, qu'un minuscule ovule fécondé par un fulgurant rayon. La planète et tout ce qu'elle contient aujourd'hui, un être à peine embryonnaire !

Par définition, toute extase est indicible. Nos mots ne sont jamais à la hauteur... Pourtant, à peine remis de cet électrochoc, mon cerveau s'acharne à déchiffrer le message. Si *la lumière est vie*, celle-ci n'est peut-être pas née spontanément sur notre planète. Elle a pu venir d'ailleurs. Des scientifiques audacieux ne pensent-ils pas aujourd'hui que la vie pourrait être plus vieille que la terre et venir des étoiles ?

On sait que des roches d'origine extra-terrestre contiennent de grandes quantités de matières organiques qui auraient pu servir de support à la constitution du premier être vivant. De la couronne de planètes qui entourent le soleil, pourquoi ne pas supposer, en effet, qu'un seul de ces ovules ait pu être fécondé, événement qui aurait entraîné à son tour la formation de notre biosphère (alors que la question est souvent posée à l'envers) ?

Pourquoi les phénomènes cosmiques ne répondraient-ils pas à des lois proches de nos propres codes génétiques ? L'infiniment grand et l'infiniment petit, en dépit de leurs vertigineux extrêmes, ne seraient-ils pas fondamentalement une seule et même chose ? L'échelle des grandeurs aurait-elle finalement plus d'importance qu'un simple effet de zoom ?

Il ne doit pas y avoir au monde un autre endroit aussi riche en météorites que le Chaco. Dans le bien nommé *Campo del Cielo* sont dispersés, sur plusieurs kilomètres à la ronde, une multitude de fragments de ces navigateurs extra-terrestres : certains dépassent les trente tonnes, mais la plupart sont encore enterrés aujourd'hui à bonne profondeur. Quels nouveaux gènes ont-ils bien pu nous apporter ?

Ce sont les seules pierres visibles dans cette immense plaine alluviale qui en est totalement dépourvue. L'amoncellement rocheux en est d'autant plus impressionnant !

Des démarches officielles sont en cours pour déclarer le site *patrimoine de l'Humanité* et empêcher que se poursuive le pillage auquel se livrent les "chasseurs de trésors"... Mais qui protégera sur toute la planète l'incomparable trésor de la vie ? Transmise, multipliée et – pour la première fois depuis trois milliards d'années – menacée d'extinction !

Léon, que j'appelle aussi "mon petit camé", doit bien avoir une vague idée là-dessus avec le vieux passé qu'il trimbale. Le voilà figé dans une tache de soleil qui éclabousse le coin du bureau, petit presse-papiers de bronze à l'élégante patine. Bien qu'il préfère vivre caché et camouflé, ma présence ne l'incommode nullement. Peut-être parce que nous avons tous deux quelque chose d'antique ? Mais quand Marisa et son turbulent minou se pointent, il file comme une flèche et se tapit je ne sais où, mais en tout cas pour un bon moment...

Au grand dam de la fillette qui voudrait bien faire sa connaissance. Elle me dit pourtant de me méfier, car *"c'est la mère du serpent"*. Oui, une curieuse croyance indienne attribue à l'inoffensif caméléon cette lourde paternité ! Mais lui, complètement indifférent à de telles calomnies, demeure placidement allongé à quelques centimètres de mon bras. Malgré la profonde sieste dans laquelle il semble plongé, aucune mouche passant à proximité ne lui échappe. J'ai beau redoubler d'attention, je ne vois qu'un bref mouvement de la tête, mobile comme une bille, et la disparition instantanée de l'insecte; sa langue, mue par un stupéfiant ressort, me reste parfaitement invisible...

* * *

J'ai fini par ranger la lettre de Sandra...

Toi aussi, découvrant dès nos premières rencontres mes accès d'anxiété, tu me traitais d'*écorché vif* et m'invitais à ne plus "prendre toujours tout au tragique" ! Mais, comme tu vois, la sagesse vient bien tard.

A l'époque, du moins, ce n'était pas les forces qui me manquaient. Ni les illusions... Tu te souviens ? Il y a un quart de siècle déjà, à nous deux et quelques camarades aussi givrés que nous, nous allions refaire le monde.

Je t'avais trouvée vraiment chouette le premier jour où je t'ai vue perchée sur les barricades, haranguant la foule de tes condisciples ! Je ne sais plus quelle théorie tu leur débitais ce soir-là, mais ta photo le lendemain dans France-Soir, chevelure et seins au vent, t'avait fait surnommer aussitôt *l'Amazone des Champs-Elysées*. Un succès fou ! Tous tes propos, même les plus délirants – sur la société bourgeoise qu'il fallait enterrer une bonne fois, sur le nouvel âge à vivre tout de suite – étaient frénétiquement applaudis par la masse des étudiants.

J'avais vraiment saisi ma chance de *pigiste* alors que je n'étais à Paris qu'en transit, débarquant le matin même d'un vol de La Paz dont je venais d'être expulsé pour m'être mêlé à une manifestation de mineurs indiens. Mon appareil-photo, dûment expurgé de son film (les policiers boliviens avaient fait le ménage !), c'est la rébellion du joli mois de mai 68 et ses joyeuses danses du scalp qui allaient prendre la place de la cohorte décharnée des mineurs de Potosi, une fois de plus relégués dans leurs oubliettes...

Après le succès de l'article, on s'était à nouveau croisés dans la rue quelques jours plus tard. Cette fois, tu ne voyais plus en moi un *journaliste pourri*, mais bien *un mec qui a tout pigé illico*... De mon côté, je n'étais pas plus objectif que toi ! Pour mieux "transcrire fidèlement" tes propos, j'en avais vraiment rajouté... C'est que tu m'inspirais ! Tu aurais pu proférer n'importe quelle connerie, ta jolie *p'tite gueule* m'aurait fait trouver ça génial...

Bref, on s'était allumés très vite !

Car toi aussi, tu étais sous le charme, quand je te racontais mon dernier voyage dans l'Altiplano ! Oui, chez les "grands initiés du Tiwanaco", comme tu disais avec une délicieuse emphase, si éloignée de ton style habituel... Autant tes critiques, tes condamnations chez nous du grand bordel étaient sommaires et sans appel, autant tu devenais lyrique quand tu évoquais ces fabuleux horizons dont beaucoup d'entre nous rêvions... Et qui auraient dû être les tiens si tes parents n'avaient préféré récupérer en Europe quelques miettes de la prospérité accumulée par des générations de conquistadores et de mercantis.

Il n'avait pas fallu longtemps pour qu'on décide qu'on était vraiment faits l'un pour l'autre.

Pauvre Sandra... et pauvre de moi !

Oh ! ce n'était pas tellement les huit ans qui nous séparaient qui faisaient problème. Au contraire, tu trouvais ça *super*, alors que, dans la mentalité de l'époque, avec mes vingt-neuf berges, j'aurais plutôt dû te paraître ringard.

Nous passions trop de temps à discuter, tu le sais bien, et pas assez à nous aimer. D'ailleurs l'amour, comme valeur consacrée, ne pouvait être qu'une chose fort suspecte dans le grand chambardement de l'époque...

Tu voulais me persuader de partir, rêvant d'une sorte de retour aux sources au cœur des Andes, avec "deux bons copains" à toi, et ta frangine qui, disais-tu, "hésite encore un peu". Il s'agissait d'aller partager avec les Aymaras une *expérience de convivialité fusionnelle* qui aurait pour base commune *l'autosuffisance alimentaire dynamisée par les fluides cosmiques...* et bien sûr par quelques feuilles de coca. Quel baratin !

L'un de tes copains était en fac de droit, l'autre en math spé. Ta petite sœur terminait le lycée. Et toi, il te restait un an pour obtenir ta licence en philo. Il ne manquait donc plus qu'un journaliste comme moi pour raconter un jour à tout le monde une belle histoire de fous...

Tu avais eu bien du mal à me croire quand je te disais que les idéologues sud-américains qu'il m'arrivait de côtoyer me recommandaient de faire tout le contraire. C'était en Europe qu'il fallait lutter, puisque c'est par elle que passait un des grands axes du Pouvoir Mondial. Agir sur le *centre* aurait des conséquences inéluctables jusqu'à la *périphérie*. Jusqu'aux confins de la planète !

On s'était finalement séparés.

Et voilà que quelques années plus tard, nous nous retrouvions, par le plus grand des hasards, à l'un des premiers rendez-vous européens des pionniers de l'Écologie... Nos chemins se croisaient à nouveau. C'était la naissance d'une action qui prenait enfin corps, grâce à un certain esprit d'organisation – auquel il fallait bien revenir ! – mis au service d'un projet politique.

J'étais aussi surpris que toi de voir la rapidité avec laquelle ces idées se répandaient, permettant enfin d'ouvrir une brèche dans un clivage idéologique "gauche-droite" qui semblait figé à tout jamais...

S'il y a eu une époque où nous avons réellement été amoureux, ce fut bien celle-là. Nos ébats et nos débats ne faisaient qu'un. Tu sais très bien que, quand l'un de nous était à court d'arguments pour convaincre l'autre, il lui restait toujours un recours...

Dans ma naïveté habituelle, je t'avais même dit, un jour, que si le monde entier voulait bien adopter notre méthode, il n'y aurait plus de graves conflits, plus de divisions, plus de guerres. A quoi tu m'avais simplement rétorqué : "Notre méthode ? Crois-tu vraiment qu'elle soit praticable entre deux généraux ?"

Mais même pour nous deux, son efficacité n'était pas garantie à vie. Elle nous a au moins offert quelques brèves années de bonheur tranquille. Et un fils qui, à travers les ans et les épreuves, est devenu un lien vivant et solide entre nous.

Pourquoi avons-nous décidé de nous marier à la naissance de Pierre ? Pour des raisons finalement plus pratiques que sentimentales. Les réflexes bourgeois reprenaient vite le dessus ! Pour la carrière, ce fut pareil. Tu devins peu à peu une prof modèle dans la grande école que tu qualifiais, quelques années plus tôt, d'*usine à décerveler*...

De mon côté, l'expérience acquise dans un domaine relativement neuf allait me permettre de décrocher, dans ce nouveau parti aux couleurs de l'espoir, un poste d'assesseur affecté aux *Relations Nord-Sud*, où journalisme et militance pourraient désormais faire bon ménage.

Juste de quoi se prendre enfin au sérieux !

Mars

Dimanche dernier, j'ai été rendre visite à la *qomé*, la grand-mère de Marisa qui habite à un bon kilomètre d'ici. Dans les grands espaces où nous vivons, c'est ce qu'on appelle une "voisine". Un peu plus loin habite le guérisseur Dominguez. Généralement, quatre à cinq foyers se regroupent en un clan familial au milieu de petites clairières dispersées dans la forêt. Notre village de Tarkidola, qui réunit une vingtaine de clans, est à son tour relié par des pistes sablonneuses à d'autres *communautés* – terme plus adéquat pour désigner un habitat qui ne ressemble en rien aux villages de chez nous –, distantes entre elles de cinq à dix kilomètres. Certains chemins sont suffisamment larges pour permettre le passage d'un pick-up, le véhicule tout-terrain de l'homme blanc. La plupart des Indiens aujourd'hui sont si pauvres qu'ils se déplacent à pied ou à dos d'âne. Les plus fortunés à vélo. Eux qui avaient adopté avec tant d'adresse le cheval du conquistador. Qui possédaient, comme le fameux *Cacique Rico,* d'immenses troupeaux de vaches et un véritable arsenal d'armes à feu.

La Mami me confirme que son gendre n'a toujours pas réapparu. Ce n'est donc pas sur lui qu'il faudra compter pour élever les deux mômes. Aussi ne cache-t-elle pas sa joie de savoir désormais Marisa *à l'abri du besoin*... Je décèle dans ses propos un brin d'astuce (mais combien pardonnable !) qui lui fait confondre un peu vite mon rôle d'employeur avec celui de tuteur. En tout cas pour Ricardo, elle n'a plus à s'en faire. C'est un solide gaillard, me dit-elle, *qui ne demande qu'à vivre sa vie*.

Elle se débrouille toujours bien, mais je l'ai trouvée fort amaigrie. Sa toux m'inquiète. Le vieux Dominguez lui a avoué qu'il ne pouvait pas faire grand-chose "parce que c'est une maladie de blancs". Quand on parle ainsi, il faut tout de suite penser à la tuberculose qui aujourd'hui fait des ravages chez les Indiens. Au siècle dernier, c'était la variole : elle décima, plus encore que les armes à feu, ces populations non immunisées.

Comme la plupart des Indiens, la Mami ne connaît pas son âge. Ici on est vieux le jour où la maladie, la fatigue l'emportent sur le goût ou la nécessité de vivre. Les nombres n'ont rien à voir là-dedans. Et aucun simulacre pour feindre ou prolonger une quelconque jeunesse ! Même si les mains noueuses de la grand-mère et sa légère voûture témoignent de la dureté de son existence, une magnifique chevelure noire, toujours bien fournie, me fait penser qu'elle ne doit pas être très âgée. Pourtant elle est la seule à décider... Et si maintenant il n'y a plus de raison de se battre pour personne, pourquoi n'aurait-elle pas le droit de gagner un repos bien mérité auprès de ses parents, de son mari et de sa fille qui déjà l'attendent ? Aussi m'a-t-elle carrément ri au nez quand je lui ai conseillé de se rendre à l'hôpital de Villa Obligado.

En attendant l'heure du grand repos, il n'y a pourtant aucune raison de se croiser les bras, même quand on fait la causette. Avec un simple fuseau qu'elle fait pirouetter au creux de la main, elle est en train de filer la laine de ses trois brebis, dont elle tissera sans doute une couverture pour l'hiver. A ses côtés, un petit métier rustique, comme tous ceux que l'on trouve ici, monté sur un simple cadre de bois noueux. Un outil si rudimentaire qu'il souligne d'autant mieux la qualité de l'œuvre qui en jaillit... et le talent de ces mains d'artiste sur lesquelles repose toute la réussite !

Captant mon regard admiratif, la *qomé* en profite pour vanter les talents de Marisa : c'est elle qui est en train de tisser le poncho que je vois fixé au métier. Elle espère le terminer bientôt et le vendre avant l'hiver. Et c'est pour sa petite-fille justement qu'elle file les derniers écheveaux de laine dont elle aura besoin. L'un d'eux trempe encore dans un grand baquet où macèrent des écorces de caroubier. Le fil aux colorations chaudes tracera plus tard sur la laine blanche ces signes mystérieux venus du fond des âges... Merveilleuse habileté des tisserandes indiennes de la région, mais que la plupart malheureusement ne légueront pas à leurs descendants !

C'est pareil pour la chasse, la pêche, l'agriculture, l'élevage et toutes les formes d'artisanat, utilitaire ou artistique. Il existe une sorte de complicité tacite entre parents et enfants. Mieux vaut ne pas trop savoir se débrouiller, ainsi il y aura toujours quelqu'un qui s'occupera de vous. Mieux vaut ne plus trop savoir comment on survit dans la forêt, on sera donc bien obligé de la quitter un jour pour "chercher du boulot" !

La *qomé* (à la différence de *papá* et *mamá*, les grands-parents sont encore souvent désignés par leurs noms tobas) fait partie du petit groupe de ceux que j'appelle "les résistants". Elle m'a confié, un jour, combien elle avait regretté que sa fille se soit amourachée d'un jeune métis qui n'avait pour lui que sa séduction naturelle et ne pensait qu'à courir en ville à la moindre occasion, ne ratant aucune *fiesta*. Alors que ses autres enfants, "bien mariés" et dispersés dans les communautés voisines, eux, ne s'en tirent pas trop mal.

Pas étonnant que Marisa ait perdu sa mère à la naissance dans les conditions où s'est déroulée la grossesse ! En tout cas, grâce au dévouement de la Mami, Ricardo et sa sœur non seulement ont mangé à leur faim durant toutes ces années, mais ils ont aussi appris à bien se débrouiller dans leur forêt natale... Seulement voilà, quand la *qomé* parle aux enfants de leur maman, elle est toute triste parce que Marisa se plaint qu'elle n'en rêve jamais malgré le portrait flatteur qu'elle en trace et les souvenirs heureux qu'elle tente d'évoquer...

Je l'observe justement, la fillette qui revient avec un grand seau d'eau, beaucoup trop lourd pour un corps si frêle. Elle me fait penser à l'une de ces jeunes tiges de caroubier qui s'obstinent à survivre après les coupes à blanc. Un grand coup de vent... ou un petit coup de machette, et il n'en reste rien. Marisa n'a pu entrer à l'école qu'il y a deux ans. Les filles ici sont avant tout utilitaires. Les garçons, à la rigueur, peuvent se permettre “le luxe” de quelques années d'études. Qui de toutes façons vont rarement jusqu'au bout du cycle primaire, car la récolte de coton dans les *colonias* ampute de deux trimestres l'année scolaire.

Ricardo – qui ne doit pas être loin de ses quinze ans – devrait terminer l'école cette année. Il se rend lui aussi à la récolte avec ses cousins, où il retrouve parfois son père. Cet été, la Mami lui a demandé de ne pas y aller. Elle a plus besoin de son aide que du petit argent qui lui reste quand il s'est payé un transistor ou une paire de *baskets* dernier cri comme le font presque tous les gars de son âge...

Devenu un robuste jeune homme, il bûcheronne un peu chaque jour et entasse les rondins pour l'hiver. Pour l'instant, je le vois creuser enfin une petite retenue d'eau tout près du rancho qui servira au moins à la toilette et à la lessive – quand il voudra bien pleuvoir ! – épargnant ainsi à la grand-mère et à la frangine les corvées quotidiennes jusqu'à la citerne de l'école.

L'aïeule, qui maintenant se sent un peu plus tranquille, rappelle volontiers le trimard de ces dernières années, quand les jeunes enfants ne pouvaient guère l'aider. Sans compter qu'avant la disparition de son mari, victime du *mal de Chagas*, elle a dû le soigner durant deux ans, mais les complications cardiaques ont fini par l'emporter.

Le jour où les enfants ont commencé à se débrouiller sans elle, elle a vendu chèvres et cochons, et n'a gardé que quelques brebis pour la laine. Une fois ou deux par semaine, elle continue à se rendre avec Marisa dans la forêt pour y faire sa petite récolte de fruits, de baies, de cœurs de palmier, de miel, de bois mort...

La Mami se plaint parce qu'*avant c'était pas pareil. Les gens travaillaient plus, Don Miguel, et ils s'entraidaient !* On n'aurait jamais manqué de secourir une famille en difficulté. *Mais tout ça, c'est fini; maintenant, c'est chacun pour soi, vous savez !*

Que dire ? Que tout ne va pas si mal pour autant ? Qu'il y a enfin une école primaire à Tarkidola ? Qu'un poste de premiers soins a été ouvert l'an dernier ? Qu'un pont vient d'être construit à proximité sur le Río Bermejo ? Ce sont les progrès dont se vante le Gouvernement. Et dont les habitants, c'est vrai, se passaient bien auparavant, quand ils étaient en bonne santé et que la vie avait pour eux un sens. Quand ils n'avaient pas besoin de savoir écrire des lettres de réclamation aux autorités (sachant parler à leurs chefs), ni de calculer leur salaire d'ouvriers saisonniers dans les champs de coton (où de toute façon le patron les roule effrontément).

Pour lui remonter le moral, c'est pourtant de ces progrès-là que je lui ai parlé, et la brave dame a fini par en convenir. Ou a-t-elle seulement fait semblant pour ne pas me contrarier ?

Je supporte de moins en moins de telles évocations. Le carrousel de tous les malheurs du monde se met à tourner en moi. Vertige, nausée infecte qui ne fait qu'annoncer quelque chose de pire encore : une déprime carabinée qui risque maintenant de se prolonger durant des heures...

Sans doute, c'est la maladie qui veut ça. Mais pourquoi la souffrance physique ne suffit-elle pas ? Pourquoi faut-il que le moral la répercute ainsi en l'amplifiant ? Les médecins se tromperaient-ils en prenant l'effet pour la cause ? N'est-ce pas *l'âme* qui serait gravement atteinte, déréglant peu à peu tout l'organisme ?

Je me vois déjà rentrer seul ce soir au rancho. Avaler mes deux calmants. Et si une de ces crises violentes me prend à nouveau, comme celle du mois passé ? Elle m'avait plongé toute la nuit dans un tel marasme que j'avais bien failli commettre l'irréparable. Il eût été si simple d'achever le tube... Et personne en ce moment à qui demander de l'aide, ou tout simplement avec qui causer !

Alors, changeant brusquement de sujet, je parle à la Mami des remontrances qu'elle a adressées récemment à Marisa pour ses retours tardifs. Je lui dis que, moi non plus, ça ne me plaît guère de la savoir sur les chemins la nuit, risquant à tout moment une morsure de vipère. Pourquoi ne resterait-elle pas jusqu'au matin ? Elle me préparerait la légère collation du soir. Ce serait bien sûr deux pesos au lieu d'un. Je suis même disposé, chaque fois que j'en aurai le temps, de m'occuper de son "rattrapage scolaire". A l'aube, elle pourrait ranimer le feu de bois et y faire bouillir l'eau du maté qui me tient lieu de petit déjeuner, avant de rentrer bien vite chez elle pour s'acquitter aux côtés de Ricardo de ses tâches quotidiennes...

Le fuseau est resté suspendu en l'air un bref instant, le temps pour la *qomé* de lever la tête et de me regarder bien droit dans les yeux. Sans me répondre, elle s'est remise tranquillement à l'ouvrage et j'ai pris congé d'elle.

* * *

Au retour, Don Carlos m'attendait, assis stoïquement devant le rancho sur un tronc d'acacia qui fait office de banc. Là même où je rédige maintenant le récit de ma journée, profitant d'une agréable fin d'après-midi sans le moindre moustique : à quelque chose malheur est bon, la sécheresse nous en a libérés !

Il est venu préparer la réouverture de l'année scolaire prévue à la mi-mars... Directeur de l'école primaire depuis près de dix ans, en voilà un qui connaît bien son petit monde. J'ai appris par lui que le nombre d'élèves va encore diminuer. Non seulement la récolte de coton draine la population de février à juillet dans les grandes *colonias*, jusqu'à une centaine de kilomètres d'ici. Mais, en plus, chaque année à la fin de la campagne, un certain nombre de familles ne reviennent pas et vont rejoindre des parents ou des amis déjà fixés dans un des "quartiers tobas" de Villa Obligado. Il n'y avait qu'un quartier indien à mon arrivée, il y a quinze ans; aujourd'hui on en compte quatre, et ce n'est sans doute pas fini !

Carlos me rappelle que quand la monoculture intensive du coton a démarré dans la région, il y a une quarantaine d'années, la population des campagnes et des forêts ne connaissait pratiquement pas l'usage de l'argent. Mais elle ne manquait de rien pour vivre. Même les Tobas, réputés auparavant nomades et récollecteurs, avaient depuis longtemps assimilé la culture des principales productions vivrières et maîtrisaient parfaitement l'élevage du bétail.

L'attrait de l'argent – et surtout des gadgets qu'il permet de s'offrir – a déséquilibré complètement la vie sociale et économique de la région. Aucune activité sérieuse ne résiste à six mois d'abandon annuel... Au retour des premières années de récolte, il ne restait déjà plus grand-chose des champs ravagés par les bovins vagabonds. Ceux-ci, à leur tour, étaient volés ou perdus. Jaguars et pumas avaient retrouvé leur audace d'antan aux dépens des troupeaux de chèvres et de moutons à l'abandon ou mal surveillés. Même les ranchos étaient cambriolés ! Bref, les Indiens ont dû apprendre à vivre dans la pénurie pour se payer le luxe imaginaire de la récolte.

Tandis que le patron cotonnier se remplit les poches en exploitant au maximum toute la main-d'œuvre familiale réunie sur sa plantation, son frère ou un autre parent récupère les quelques pesos lâchés aux péons... dans son magasin de vêtements chic du *pueblo* ou dans l'immense guinguette à ciel ouvert. Là où s'agglutine, chaque week-end, toute une belle jeunesse livrée à la boisson et à la rixe au couteau. Où des petites Indiennes, pour se payer l'entrée et assister à la bagarre, et se secouer toute la nuit aux rythmes du rock et de la cumbia, acceptent en vitesse une passe ou deux avec le premier venu...

Et quand tout est fini, en juillet, le même propriétaire qui est venu cueillir ses gens en camionnette, six mois plus tôt, aura la suprême gentillesse de les ramener chez eux. Dans le meilleur des cas, avec un sac de farine et un seau en plastique. Sinon les mains vides. Mais presque toujours avec des dettes qui font que le patron pourra tranquillement repasser ici l'an prochain pour y effectuer sa nouvelle *cueillette* de péons, lesquels ne seront pas en condition de refuser... tant qu'ils n'auront pas réglé la note antérieure par leur futur travail.

C'est également grâce à la pression du grand trust cotonnier que la loi nationale sur l'instruction obligatoire n'est pas appliquée. Sanctionner les parents qui n'enverraient pas leurs enfants à l'école primaire équivaudrait à les empêcher de se rendre en famille à la récolte, et à priver du même coup les producteurs d'une abondante main-d'œuvre bon marché ! Ce n'est pas sur leurs livres et leurs cahiers que les bambins sont penchés tout le jour, mais sur des champs de coton abreuvés d'engrais chimiques, de pesticides et de défoliants, tandis que leurs mains innocentes et meurtries cueillent fébrilement un duvet soyeux, synonyme de douceur et de caresses...

La conversation s'est prolongée avec Carlos sur le thème de la santé et de l'instruction bien difficiles à assurer dans de telles conditions. Quant à l'éducation, tout ce qui peut s'apprendre à la maison et à l'école est vite balayé dans l'air vicié de la *colonia*. Il me cite l'exemple de deux de ses élèves – respectivement de treize et quatorze ans – qui n'étudieront plus cette année parce qu'elles sont rentrées enceintes de la récolte. Parmi elles, une condisciple de Marisa.

Nous sommes tombés tous les deux d'accord pour constater qu'heureusement, en retrouvant leur forêt, les gens renouent aussi avec quelques-unes de leurs habitudes ancestrales qui, du moins, les sauvent de la famine. Mais pourquoi certains sont-ils si impatients de vendre leurs arbres ? Quand le dernier caroubier sera coupé, où iront-ils chercher ses fruits si riches en protéines ? Et le gibier qui grandit dans son ombre et s'alimente de ses gousses ? Et les ruchers de miel, et les tubercules, les fruits, les fibres végétales, les mille et une vies qu'abrite la forêt ?... Sans rancune, magnanime comme une mère, combien de temps pourra-t-elle encore accueillir et nourrir tous ses enfants, même ceux-là qui complotent contre elle ?

Carlos s'inquiète aussi pour ma santé, il me trouve fort pâle et me prodigue ses conseils. Il est bien brave, mais moi, je lui exprime surtout mon inquiétude pour le laisser-aller de l'infrastructure scolaire. Les animaux qui piétinent et contaminent de leurs déchets la retenue d'eau dont personne ne répare la clôture. Les adductions défectueuses de la grande citerne. L'éolienne toujours en panne... Pauvre Carlos, il n'était pas venu pour entendre ces *rappels à l'ordre*. C'est pourtant bien lui le directeur, non ?

On ne s'en est pas moins quittés bons amis, comme d'habitude ! Il ira ce week-end rejoindre tranquillement au *pueblo* sa femme et ses gosses, avec la conscience du devoir accompli, et récupérer comme il se doit les nombreuses heures de T.V. dont il a été privé durant la semaine. Tandis que je continuerai obstinément à ressasser les conneries du genre humain, à commencer par les miennes. Ne pourrions-nous, ne fût-ce qu'une fois, intervertir les rôles ?

En tout cas, moi qui me suis trompé de planète, on dirait que je prends bien soin d'elle et de ses habitants. Ne serait-ce que pour leur faire la nique à tous ? N'agirais-je finalement que par dépit ?...

Après tout, même si notre pèlerinage dans le cosmos ressemble fort à une procession d'Echternach, il faudra bien qu'il nous conduise un jour quelque part... Depuis le temps qu'il dure ! Et peut-être n'a-t-il fait que commencer dans cet espace-temps aux dimensions sidérales ? Aucune génération n'est de trop pour *générer* un jour la Parousie que les premiers chrétiens croyaient naïvement si proche d'eux, tout comme beaucoup de sectes aujourd'hui. Ou encore cet Âge d'Or que tant de millénaristes auraient voulu dater dans leur agenda... Mais tout cela est bien trop simple aux yeux de tous les pontes qui ont besoin de mythes compliqués, de doctrines présomptueuses et de certitudes totalitaires pour assouvir leur passion enragée du pouvoir, ne craignant pas – aujourd'hui encore – de se faire passer pour Dieu ou son représentant légal.

Et moi, alors, qui dois en finir avec les soucis ! Mais surtout avec la mauvaise humeur, qui n'a jamais rien arrangé ! C'est bien ce qu'a dit mon bon docteur Dominguez, dont les visites me font le plus grand bien et qu'il me faut appeler maintenant, avec vénération, *Kebachim*... Ne pensons plus aux dinosaures, ils finissent toujours par laisser la place aux petits rats.

Voilà Marisa qui accourt en sautillant !

Elle porte à l'épaule son cartable d'écolière, ce qui est de bon augure. La Mami l'aurait-t-elle autorisée à rester ?

Je suis entré avec elle pour lui montrer un coin de l'étagère où elle pourra ranger ses livres et cahiers. Assis à mon bureau, je me replonge aussitôt dans mes paperasses afin que la fillette se sente bien à l'aise...

Elle se met à déballer le contenu du sac. Mais la curiosité finit par l'emporter : en guise de manuels, tout ce que j'aperçois du coin de l'œil, c'est un petit tas de chiffons qui commence à s'accumuler sur le lit.

Finalement, c'est elle-même qui m'oblige à tourner la tête en "faisant l'article". Quel bagou pour présenter tous ces falbalas ! Foulards, chemisettes, jupes, culottes, ceintures, rubans, un joli méli-mélo que, moi, j'aurais eu bien du mal à identifier. J'avais plutôt l'impression d'assister à un tour de prestidigitateur : d'un petit sac de rien du tout, *Papillon* n'en finissait pas d'extraire un fatras d'étoffes multicolores, parfois délavées, il est vrai, et ajourées de nombreux trous. Mais je ne voyais plus qu'une longue guirlande festive qui, une fois échappée du chapeau magique, finissait pas couvrir toute la surface du lit !

Alors, comme si on s'était donné le mot, on s'est esclaffé tous les deux comme des petits fous, réveillant brutalement *Chaton* de sa longue sieste, complètement éberlué par un tel vacarme et plus encore par le spectacle qu'il avait soudain sous les yeux... manigançant déjà quelque nouvelle diablerie.

* * *

L'association indienne *Defensa Forestal* a pu reprendre le rythme normal de ses activités. Un ingénieur du canton a accepté le poste d'expert forestier. La Coopération européenne lui paiera directement ses honoraires. Aujourd'hui, on ne fait plus rien pour rien.

Les responsables de l'association ont bien appris la leçon. A leur dernière réunion du 18 mars tenue à Villa Obligado, ils ont fixé le montant des viatiques qui devraient leur être attribués. Et ils m'ont demandé d'intervenir auprès de l'o.n.g. européenne pour la faire revenir sur sa décision de ne rémunérer aucun dirigeant indien.

Cela leur a paru logique. Il y a quelques années, la Coopération avait déjà engagé un assesseur juridique. A présent, un expert forestier. Et ce n'est pas donné ! Mais alors eux, qui sont bien plus pauvres, n'ont-ils droit à aucun salaire ? Et ces longues réunions et randonnées qui les empêchent de s'occuper de leur famille et de leurs petits champs, qui font perdre à certains plusieurs jours de récolte de coton à la *colonia*, ça ne compte pas ? Ça ne mérite pas au moins une petite compensation ?...

Le ton monte. Je ne peux pourtant que répéter les consignes venues d'Europe, et qui ne dépendent absolument pas de moi. Tout en tentant d'expliquer que "ce n'est pas pareil" : eux luttent pour leurs propres intérêts, la défense de leur terre et de leur forêt, pour leur avenir et celui de leurs enfants; les collaborateurs blancs leur offrent une compétence dont ils ont bien besoin, mais c'est aussi leur profession, leur gagne-pain à ces experts !

Emilio est bien de mon avis. Il fait la leçon à ses frères de race en rappelant l'exemple des grands caciques Campa, Matoli, Meguesoxochi, qui ont été jusqu'à offrir leur vie pour tenter de sauver leur peuple et leur terre.

Après de nouvelles palabres, la plupart reviennent à la charge, épinglant le fait que si moi je n'ai pas de salaire, les assesseurs locaux pourraient bien s'en passer, eux aussi. Je leur explique, une nouvelle fois, que j'y ai renoncé pour entamer le moins possible les derniers fonds du projet; mais si je peux me le permettre, c'est que l'Europe me paie une prime de reclassement qui me suffit pour l'instant, puisque ma famille là-bas ne s'en tire pas trop mal...

De nouveau, en croyant bien faire, voilà que je complique les choses. Mes amis indiens risquent maintenant de perdre confiance dans leurs conseillers locaux en n'acceptant pas ou en ne comprenant pas mes explications. Encore un beau gâchis en perspective ! Un de plus.

Pourquoi tout doit-il être si difficile ?

Pourquoi ma vie active, inspirée dès le début par ce que je croyais être de bons sentiments, a-t-elle été la source de tant de malentendus ? Pourquoi, en voulant témoigner ma solidarité envers mes *frères humains*, me suis-je montré si exigeant à leur égard ?

A quoi bon penser toujours au long terme au lieu de se contenter de réalités simples et proches de nous ? Il m'arrive parfois d'envier ceux qui, travaillant dans les quartiers urbains, sauvent des existences individuelles au "coup par coup". Certains soins de santé, une distribution d'aliments au bon moment, une aide sociale ponctuelle... et voilà quelques individus requinqués pour un bout de temps. Tant pis si cela ne fait qu'aggraver la surpopulation urbaine et multiplier des problèmes de plus en plus insolubles !...

D'ailleurs, pourquoi s'obstiner à sauver la terre, la forêt et ceux qui l'habitent, si plus personne n'en veut ? Nous n'arriverons donc jamais à parler le même langage ? Pour les bénéficiaires (pardon les *partenaires*) du projet, celui-ci ne sera jamais qu'un butin à prélever, parmi d'autres proies possibles. Leur logique à eux ne vaut-elle pas la nôtre ? Et, au fait, comment la Coopération officielle les désigne-t-elle ? *Groupe-cible* ! A la fin, qui chasse qui ?

Et dire qu'avant de me trouver au pied du mur, je donnais des conférences, fort de mon expérience de "journaliste tiersmondiste", pour dénoncer la duplicité de la *coopération* internationale, rideau de fumée derrière lequel la *domination* mondiale pouvait poursuivre allègrement son commerce abject.

Dans ma puérile prétention, j'imaginais sans doute que mon action sur le terrain allait être une exception à la règle... Mais quand on se trompe de planète, il faut en supporter les conséquences jusqu'au bout !

Pendant ce temps, mes amis discutent dans leur langue natale.

Eh bien ! c'est décidé. Je l'écrirai cette lettre à l'o.n.g. Je plaiderai l'octroi d'un subside pour les *viatiques* des dirigeants "qui leur permettront de couvrir leurs frais, leur manque-à-gagner, les risques de mission", etc... Le mot *salaire* ne figurera nulle part. On aura peut-être gain de cause.

Puisque les pays riches ne veulent pas s'attaquer au fond du problème et croient pouvoir tout régler avec un peu de fric, alors qu'ils passent à la caisse ! C'est bien la seule chose qu'ils savent faire... Là-bas personne n'en souffrira. Ici quelques-uns verront leur menu quotidien s'améliorer. Que demander de plus ?

Et si on n'obtient pas les viatiques ? Je ferai chorus à mes amis indiens : comme quoi *tout ça, c'est pas juste*, qu'*ils sont les dindons de la farce*, et ce genre de discours démagogique. Bref, j'agirai en vrai "ami de l'aborigène" comme on dit ici, le mot *indien* étant toujours considéré comme une insulte !

Si, par hasard, on obtient ce qu'on demande, j'aurai encore plus de raison d'être fier. Tout en sachant, bien sûr, que ça n'augmentera pas la capacité d'agir de nos amis. Bien au contraire. D'autres membres de l'association réclameront "leur dû" à leur tour. Voilà une réaction en chaîne qui peut nous mener loin, c'est couru d'avance...

La réunion s'est bien terminée et, une fois connue ma décision, j'ai eu droit ce coup-ci à de chaleureux *abrazos* de tous les participants.

Pendant que le chauffeur indien me reconduisait le soir en camionnette, avec d'autres délégués de la région ronflant du sommeil du juste, je ruminais les derniers événements... Pourquoi flancher maintenant, après quinze ans de *bons et loyaux services* ? Mais pour quels résultats au fait ?

Un décret de restitution de deux domaines totalisant près de 300.000 hectares pour les peuples toba-qom et wichi. C'est vrai, ce fut pour quelques gars bien décidés une belle victoire, et à l'arraché ! Mais pourquoi certains amis indiens se demandent-ils déjà à qui maintenant vendre les arbres de leur forêt ?

Un équipement en outils et machines aratoires fourni à une dizaine de communautés indiennes du Chaco argentin et paraguayen, mais qui a disparu en grande partie, revendu ou troqué contre des biens de consommation jugés bien plus utiles...

Un programme de gestion harmonieuse du domaine interfluvial élaboré il y a plusieurs années par des institutions spécialisées. Dommage qu'il y ait si peu de réalisations concrètes sur le terrain, alors que deux cent mille dollars ont déjà été engloutis dans le projet par des "gérants" non indiens plus soucieux de leurs succès politiques auprès de la population autochtone que des vrais intérêts de celle-ci !

Pourquoi, par contre, avons-nous perdu si vite nos deux meilleurs alliés ? Un fonctionnaire provincial intègre, chargé des Affaires Indiennes, assassiné froidement par un directeur d'école opposé à sa pédagogie indigéniste. Et notre avocat de Buenos Aires, grand artisan du décret de restitution grâce à son plaidoyer convaincant, mais hanté par le souvenir de son fils disparu durant l'horrible répression de la dictature militaire et qui finalement a préféré le rejoindre en se suicidant...

Et maintenant, voilà cet exode vers la ville chaque année plus marqué des habitants de la forêt, qu'aucun intrus, aucun nouvel accapareur pourtant n'importune plus, puisqu'une loi empêche actuellement toute aliénation des terres situées dans le domaine toba. Loi qui limite les droits de propriété des Indiens, mais sans laquelle beaucoup d'entre eux demain ne seraient plus propriétaires de rien du tout !

Enfin la toute grande trouvaille du Gouvernement... Puisque l'activité productive est jugée trop faible, voici la multinationale forestière qui – sous couvert de "développement" – entame tout autour du domaine son œuvre de destruction totale en attendant de nous envahir nous aussi, avec la complicité de fonctionnaires locaux directement intéressés aux bénéfices.

Va-t-on bientôt voir ici le même désert que celui de la *Cuña boscosa*, dans le Chaco austral au nord de la province de Santa Fe, dont les forêts ont enrichi durant un demi-siècle la société franco-anglaise "La Forestal"... remboursant, en passant, les dettes de jeu du gouverneur de l'époque ?

Oh ! je ne manque pas d'informations sur d'autres projets et leurs résultats : celui-ci n'est pas une exception à la règle. Dans une lettre récente, un ami coopérant rentré du Rwanda me faisait ce terrible aveu : "*Penser que nos braves o.n.g. battaient dans ce pays un record de présence... Mais, bon dieu, la tête plongée dans nos projets, fiers de notre "savoir", que savions-nous vraiment de la vie des gens ? Nous étions avides, une fois de plus, d'apporter les bienfaits de la civilisation, rebaptisée aujourd'hui "développement". Imbus de notre conception de la démocratie, nous ignorions l'histoire et les ressources de ces peuples. Bien pis, nous avons laissé des politiciens européens affairistes jouer avec le feu, celui d'une dualité ethnique qui n'avait pourtant pas empêché ces gens de vivre ensemble durant des siècles...*".

L'art de la manipulation a fait ses preuves : *Diviser pour régner*. Tout comme la consigne de Churchill, adepte tardif et rusé de la décolonisation : "*Partir... pour mieux rester !*". Ici en Amérique, les Européens n'ont même pas dû faire semblant de se retirer : ils y sont toujours, et ce sont les autochtones qui sont très vite devenus des intrus... Aussi, forcément, dans notre forêt, la paix règne-t-elle, même si elle ressemble de plus en plus à la paix des cimetières... Ce n'est pas une image. Bien des ranchos commencent à tomber en ruines, faute d'habitants, et il ne reste plus alentour que les tertres des petites tombes familiales, peu à peu envahies par les broussailles.

* * *

Ce que je ne me pardonnerai jamais, c'est d'avoir eu la prétention d'aller "en découdre", d'aller me battre sur le terrain, de relever le défi du *maçon au pied du mur*. Au lieu de rester à prudente distance et, moyennant l'une ou l'autre mission-tous-frais-payés, de me contenter aujourd'hui de pérorer dans des clubs d'experts...

Puérile prétention que la mienne !

Puéril, oui, fut le comportement de toute ma vie.

Gosse capricieux, qui ne sortira jamais de ses rêves d'enfance, avec en plus la présomption bornée d'être plus averti que d'autres.

Au fait pourquoi *ai-je survécu, moi ?*

Un petit accident, vite fait bien fait, comme celui qui est arrivé à ma cousine Laure à douze ans; une grande douleur passagère de mes parents, et tout serait rentré dans l'ordre.

Ils avaient déjà perdu trois enfants en bas âge. Pourquoi pas un de plus ? Il leur en restait trois autres pour les consoler.

Le gosse, qui était incapable de grandir, n'aurait pas grandi, comme il se doit.

Mes parents auraient été tranquilles pour le reste de leurs jours.

Sandra ne m'aurait pas rencontré et se serait épargné une fausse histoire d'amour.

Deux petites filles n'auraient pas pris la peine de naître pour nous quitter aussitôt.

Je n'aurais pas fait la connaissance des pauvres, et eux n'auraient pas été incommodés par ma présence.

Mes amis indiens ne se seraient pas reproché de ne *l'être pas assez* et se seraient débrouillés sans moi, à leur façon.

Et moi, alors, tout ce que je me serais épargné !

Cela m'a fait un choc de rentrer vers minuit dans la pièce vide du rancho.

Terriblement vide tout d'un coup.

Penser que, durant plus d'un an, cette solitude ne m'avait pas pesé. Les réunions, démarches et activités extérieures pompaient toutes mes énergies, avec une charge de soucis souvent exténuante.

Les retours dans l'intimité du rancho m'offraient, au contraire, des occupations matérielles tellement plus immédiates, plus apaisantes : maintenir en bon état ma petite retenue d'eau; semer et entretenir un grand potager; grâce à lui, cuisiner de temps en temps des mets différents de la cantine scolaire; réparer un meuble, ravaler un mur; rédiger quelques papiers dans le calme... Et puis, plongé comme je le suis en pleine nature, comment m'ennuyer un seul instant au spectacle de la vie, de ses explosions multiformes, de son renouvellement incessant ?

C'est aussi une période de repli sur l'essentiel, une sorte de gestation qui mûrit en moi quelque chose d'important, quelqu'un de neuf. Une *hutte initiatique*. Un retour à la matrice, régression nécessaire pour renaître à une vie rénovée. Il en est qui sont engloutis par des monstres marins pour resurgir en héros invincibles. D'autres s'enfoncent, se perdent dans les profondeurs de la forêt où ils découvrent enfin la clairière magique. D'après une vieille légende indienne, les plus audacieux se risquent à traverser un vagin armé de dents pour renaître désormais invulnérables.

Dangereuses et inévitables descentes aux enfers. Retour mortel à l'utérus de la Terre-Mère qui ne broie la vie que pour la ressusciter, la multiplier, la parfaire...

Ce sera bientôt l'aube, pourtant je préfère continuer à écrire que de m'étendre sur un lit devenu soudain inhospitalier, où je me languirai plus que je ne me reposerai. Maintenant que j'ai renouvelé mon stock de bougies et de papier, aucune raison de freiner mes élans ! C'est Hemingway, je crois, qui a dit : *"Mon psychanalyste, c'est ma machine à écrire"*.

La tasse oubliée l'autre jour sur la table a conservé son arôme de cacao qui curieusement me rappelle l'odeur de Marisa quand elle arrive tout en sueur à force d'avoir couru. C'est étonnant qu'avant son départ, *Chaton* – qui commence à devenir un gros chat, mais pour nous, c'est toujours "Gatito" – ne s'est pas chargé ce jour-là de faire la vaisselle en grimpant sur la table selon son habitude !

J'espère du moins que tout a été pour le mieux durant mon absence d'une semaine, que *Papillon* devait passer chez sa grand-mère.

Je regarde le lit bien fait et ne peux m'empêcher de sourire au souvenir de notre première nuit à trois... Je voyais bien, ce soir-là, que Marisa sur sa chaise luttait désespérément contre le sommeil sans se décider à se coucher. Et moi qui m'obstinais à faire les comptes de la commission scolaire, sans trop savoir comment résoudre un problème bien plus délicat et plus immédiat, celui de notre logement ! C'est que maintenant je ne disposais plus que d'un seul lit, devenu trop grand, il est vrai, depuis mon célibat forcé...

Ce soir-là, quand j'ai vu que la fillette s'était finalement endormie sur la chaise, j'ai d'abord retiré *Chaton* blotti sur ses genoux et l'ai couché à sa place habituelle sur le traversin, mais cette fois bien au milieu. A ses côtés, j'ai allongé délicatement *Papillon*, plus légère encore que je ne me l'imaginais ! Son cher minou s'est mis aussitôt à lui lécher les cheveux. Une attention dont il m'arrive aussi de bénéficier, mais que, personnellement, je n'apprécie guère. Je craignais surtout qu’il la réveillât. Mais non, un léger sourire simplement s’est esquissé sur ses lèvres...

Et quand deux heures plus tard, vaincu moi aussi par la fatigue, je déposai la bougie sur la table de nuit, j’ai d’abord cru qu’il n’y avait plus personne... C’est qu’à l’abri du drap, le chat avait fait son nid douillet sous l’épaisse chevelure de la fillette, elle-même recroquevillée comme une petite grenouille sur le bord du lit, les bras ballant dans le vide, au risque d’y tomber. Il ne me restait plus qu’à respecter les règles tacites du jeu et à m’allonger sur l’autre rive en prenant le même risque. Une chute bien anodine qui, si Marisa en avait été victime, m’aurait offert une joyeuse revanche sur sa petite moquerie de l’autre jour... Mais la nuit se passa sans autre incident, si ce n’est les allées et venues froufroutantes de *Chaton* et ses ronrons deux fois plus sonores que d’habitude, trop content sans doute d’avoir pu retenir cette fois sa petite compagne auprès de lui.

Pourquoi fallait-il que la nuit suivante fût si agitée ? Tout avait pourtant commencé par un si joli rêve... Une petite grenouille verte venait de bondir sur mon lit et, tout en sautillant autour de moi, me lançait d’espiègles œillades. Quand je tentai de la saisir, elle se mit à enfler de façon grotesque en me coassant des insanités. Je n’avais bientôt plus devant moi qu’un énorme crapaud pustuleux, tournant maintenant sa face baveuse vers notre petit minou terrorisé... Qui, à son tour, se mit à faire le gros dos et à se métamorphoser en un sinistre chat noir au poil hérissé, crachotant et feulant de rage.

Un étrange bruit d’ailes me fit lever les yeux : juste au-dessus de ma tête, un papillon géant, un monstrueux papillon de nuit, s’agitait en subissant à son tour d’inquiétantes mutations. Avec ses allures soudaines de chauve-souris ou de vampire, il commençait à ressembler à une sorcière à califourchon sur son balai. Brusquement figée dans son vol, elle tourna vers moi sa face lugubre qui, comble de l'horreur !, n'était pas sans rappeler les traits de Marisa. Une sorte de négatif repoussant de son visage : de noires petites dents pointues saillant de lèvres décolorées, un rictus en guise de sourire, de profondes orbites caverneuses, la crinière blanche d'une horrible vieille... Et ce masque profanateur dodelinait dans une parodie de tendresse si insupportable qu'elle finit par m'arracher au sommeil !

Après avoir rallumé la bougie, trempé de sueur, j'essayai de trouver un sens à cette scène d'épouvante. En pure perte ! A mes côtés, détendue et paisible, Marisa riait aux anges en serrant *Chaton* dans ses bras. Je contemplai longuement son visage limpide, ce qui aurait dû suffire à calmer mon angoisse... Rien n'y fit. L'idée me vint même qu'un Destin sorcier pouvait encore fort bien se servir d'elle pour me jouer à nouveau un de ses bons tours... N'était-ce pas mon subconscient qui venait, dans ce rêve, de tirer une sonnette d'alarme ?... A moins que, dans son dépit, le diable (qui n'est jamais loin de nous) n'ait décidé de monter de toutes pièces cette sinistre mascarade, exaspéré par tant de bonheur innocent ?...

* * *

•

Surprise au courrier ! Une lettre du copain recyclé aujourd'hui dans les *bureaux de la Coopération*.

Il m'annonce sa visite fin août, après un petit séjour qu'il passera chez ses beaux-parents indiens avec Maria-Elena et les deux enfants. Un mois de vacances, m'écrit-il, “qui permettra aux uns et aux autres de précieuses retrouvailles”.

Certainement !... Après une si longue absence, je me demande pourtant quelle sensation cela fera à sa compagne de se retrouver plongée subitement dans ce qui pourrait bien ressembler à une *vie antérieure* ! Voilà en tout cas une nouvelle qui m'a fait plaisir. Nous allons pouvoir à nouveau faire le point. Lui sur la politique des projets dans l'o.n.g. dont il est aujourd'hui un des dirigeants. Moi – comme toujours – sur le terrain où ils échouent...

Ah ! Pourquoi n'avoir pas continué plutôt à militer en Europe dans les rangs de la "politique verte" ?

Alors que toi, Sandra, tu avais fini par renoncer à tes rêves de société idéale quelque part dans un vague lointain... Car tu l'avais vraiment faite tienne cette idée de *mener la lutte d'abord au cœur de la forteresse européenne*. Certes, tu l'interprétais d'une manière fort personnelle, assez confortable somme toute, mais tu n'étais pas la seule à le faire dans ce contexte de commode contestation !

Il fallait bien reconnaître après tout que les "centres de décision" n'étaient pas nécessairement aux mains de pirates sanguinaires et bornés, suivant l'image que certains se faisaient des *décideurs*... Pas si obtus que ça, ces messieurs-dames. Ils avaient vite découvert l'arme absolue avec laquelle on dominait le monde, réduisant à merci n'importe quel adversaire... Rien à voir, par exemple, avec cette stupide bombe atomique, pas même bonne à être jetée à la poubelle !

Robin des Bois avait besoin d'argent pour s'occuper des pauvres ? Mais on allait le lui fournir... Nous allons "cofinancer" tes œuvres, et tu seras désormais un honnête citoyen-travailleur, comme tout le monde. Avec salaire décent, sécurité sociale, congés payés, frais de mission et toute la sauce !

C'est alors que tout avait basculé.

Seul le discours se voulait toujours justicier, pur et dur... Mais là aussi les détenteurs du pouvoir avaient été assez malins pour ne pas s'en offusquer outre mesure, admettant le besoin d'un certain défoulement ainsi que sa totale innocuité quand il se donnait libre cours dans la joute des *tables rondes*, *tapis verts*, *face-à-face*, *corps à corps*, *prises de bec*, *controverses* et autres bla-bla supposés contradictoires, retardant parfois la diffusion du feuilleton télévisé ou la retransmission du dernier match de coupe... De quoi vous dégoûter à tout jamais de ces casse-pieds d'intellos !

Quant à moi, je passais le plus clair de mon temps à courir de réunions en sessions, d'animations en conférences, de week-ends en ateliers, de colloques en séminaires, de carrefours en forums, de commissions en assemblées, de groupes de travail en congrès... Avec toujours les mêmes thèmes. Environnement. Forêts. Déchets. Tiers monde. Quart monde. Immigrés. Racisme. Exclusions...

Et alors que dire de la pile de rapports, dossiers, études, monographies, syllabus, dias, films, qu'il fallait se farcir, lire, visionner ou élaborer – chacun copiant l'autre en y mettant tout juste un peu du sien – et qui ne nous laissait plus une minute de répit pour souffler... et encore moins pour agir !

Ce brillant carrousel de mots, de sons, d'images – construit avec les moyens les plus sophistiqués que le Nord peut se payer – rejoignait-il parfois dans sa vertigineuse course orbitale un point précis du globe pour y transformer si peu que ce soit la réalité ? On pouvait se le demander...

Voilà pourquoi j'avais décidé de tout plaquer il y a quinze ans, au sommet de ma carrière, comme on dit. La belle dégringolade, en effet !

Rejoindre la périphérie. Se mêler à ses ouvriers sans défense. A ses paysans sans terres. A ses militants locaux.

Consolider la base. Renforcer l'autonomie régionale. Échapper enfin aux diktats du Nord jusqu'ici tout-puissant...

Très vite hélas, ici aussi, il avait fallu déchanter.

La base ? Une constellation de quartiers populaires et de communautés rurales ne demandant qu'à entrer le plus vite possible dans le tourbillon de la vie urbaine et prolétarienne.

Les militants locaux ? Des curés allemands, français, italiens. Quelques intellectuels du coin frottés aux idéologies européennes. Et une hécatombe de jeunes idéalistes envoyés au casse-pipes par des chefs guerilleros qui, échappés à temps, donnent aujourd'hui tranquillement des conférences aux U.S.A. et en Europe.

Les ouvriers sans défense ? Des citoyens délaissant leurs réunions de "comité de quartier" pour se saouler la gueule du samedi midi au dimanche soir, faisant beugler dans la rue la nouvelle chaîne-stéréo achetée à crédit, tandis qu'à l'heure de la soupe, les gosses pleurnichards, d'un bon coup de pied au cul, s'en vont mendier leur pitance un jour à la station de bus, le lendemain au local de *Caritas*.

Les paysans sans terre ? Ceux qui n'avaient toujours pas reçu de titres de propriété auraient pu semer des milliers d'hectares en friches sans être dérangés par personne. Et ceux qui les avaient reçus s'empressaient de les revendre pour acheter une télé et rejoindre le bidonville le plus proche.

Oh ! je sais, je suis profondément injuste en parlant ainsi. Non seulement envers ceux et celles qui, heureusement, échappaient à la règle générale, mais envers tous finalement. À qui la faute, en effet, si on les avait mis dans un tel état ? Pourquoi dénoncer comme une tare congénitale ce qui n'était que la conséquence d'un abrutissement général, savamment mis en place, et qui avançait partout avec l'implacable efficacité du rouleau compresseur ?

Et voici que tombe le dernier camp retranché. La race indienne.

Décimée par un génocide sans précédent, elle avait réussi le miracle – durant cinq cents ans – d'empêcher la destruction de quelques-uns de ses peuples-témoins, de leur langue et de leurs nombreux trésors de sagesse et de culture antiques... Pour la première fois au cours de leur longue histoire, ces résistants farouches sont en train de baisser pavillon.

La conquête absolue que ni le fracas des armes, ni l'entreprise civilisatrice, ni l'obstination missionnaire n'avaient pu mener à bien, la *cocacolonisation* l'a réussie en un tournemain. La "Bonne Nouvelle" de la Consommation est portée partout sur les ondes, anges aux trompettes d'argent. Les masses qui se convertissent pérégrinent religieusement vers le nouveau temple des Supermarchés...

* * *

Sandra, pourquoi t'es-tu laissée convaincre si vite ? Tu semblais pourtant avoir oublié les fascinants lointains, la montagne sainte, la forêt sacrée de tes ancêtres ! Une envie subite de changement ? Une expérience nouvelle à tenter ? *La vraie vie est absente...*

Tu t'es longtemps comportée avec héroïsme. Nous n'avions pas vraiment choisi la facilité. Vivre au fond des bois, seconder la communauté des Indiens toba-qoms dans leurs revendications territoriales, après avoir écouté par hasard l'exposé captivant du coopérant (notre futur collègue !) lors d'un de ses congés au pays.

Tu étais prête à abandonner tout ton savoir de prof pour redevenir une *humble éducatrice au service des plus démunis*. Une vraie image d'Épinal ! Et moi, j'allais mettre mon expérience de journaliste au service de ces *hommes sans voix*...

Nous n'avons pas décroché tout de suite le contrat avec l'o.n.g. européenne, ce qui nous a permis de visiter plusieurs pays d'Amérique du Sud et d'y vivre différentes expériences en milieu populaire, à la ville comme à la campagne. Tu te souviens de notre visite à ton oncle de Buenos Aires ? Il en savait moins que nous sur la dictature militaire qui sévissait toujours à l'époque, se permettant même de douter de ses sinistres exploits qui faisaient la une des journaux en Europe ! Sa surprise a été plus grande encore quand nous lui avons parlé des Tobas du Chaco et de notre projet de partager un moment leur existence.

Il paraissait sincère en affirmant que, depuis longtemps, les Indiens avaient disparu de son pays ! Après tout, tes parents à Paris ne nous avaient-ils pas dit la même chose ? Tous ces gens bien informés, pour qui la patrie terminait à une centaine de kilomètres de la capitale, ne faisaient rien d'autre que répéter la propagande officielle imprimée en toutes lettres sur les prospectus remis, à l'époque, par les services d'Ambassade : *"L'Argentine, le seul pays blanc au sud du Canada*." Ce slogan, qui officiellement n'a plus cours, reste cependant gravé dans l'inconscient collectif et dessert la mémoire des pionniers qui avaient fait de cette Nation la première du continent américain à abolir la traite des Noirs.

Nous avons fini par les rencontrer, ces Indiens *disparus* qu'un recensement national a estimé récemment à plus d'un demi-million d'individus, plus que toute la population indigène du Paraguay et du Brésil réunis ! Et découvert du même coup la vaste *selva* du Chaco, un de leurs derniers refuges et l'une des plus belles forêts subtropicales, en partie rescapée de la razzia universelle...

Mais quel choc ! Le témoignage du coopérant correspondait bien à la réalité politique : la réduction permanente des terres indigènes, vendues par l'État à des immigrants européens. Il ne s'était pourtant pas attardé beaucoup sur les caractéristiques ethniques et sociales de la population concernée. Et la surprise, la déception, ce fut précisément de constater que si, là, les Indiens étaient toujours bien vivants, un implacable processus d'acculturation avait créé chez eux une sorte de "prolétariat forestier" aux mains des blancs, ennemis ou amis – quelle était au juste la différence ? – qui auraient tout accepté de leurs *frères aborigènes* (suivant la phraséologie d'ici) y compris la mendicité et la prostitution, mais pas la reconnaissance de leur identité, de leur histoire, de leur culture, de leur langue. A part quelques alliés réellement lucides et désintéressés, mais qu'ils étaient rares !

Et les Guaycurus, qui – cent cinquante ans plus tôt – étaient encore maîtres de tout le territoire du Chaco, avaient fini par comprendre et par accepter la nécessité d'un tel reniement afin de pouvoir survivre.

Dans le cône sud de l'Amérique latine, ce ne sont pas tant les envahisseurs espagnols qui s'emparèrent de la terre des Indiens que les immigrants venus des quatre coins de l'Europe pour s'installer ici à demeure, à partir de 1870 et tout au long du vingtième siècle. Précédant la colonne des nouveaux occupants, l'Armée nationale était chargée de "faire le nettoyage", en violation flagrante des traités qui reconnaissaient, notamment dans les vastes terres du Chaco et de Patagonie, la souveraineté des nations indiennes – ce qui représentait à l'époque plus de la moitié du territoire national.

Resistencia, Reconquista, La Matanza (La Tuerie) et tous les *Fortin Olmos, Lavalle, Brown, Warnes* de la région portant le nom de leurs chefs militaires – où Latins et Anglo-Saxons semblaient alors faire bon ménage – évoquent toujours les féroces combats menés par l'envahisseur jusqu'à l'aube du XXme siècle ainsi que la résistance farouche que lui a opposée la population autochtone.

Malgré cette campagne d'extermination, les survivants étaient encore trop nombreux aux yeux du nouvel occupant, et le journal de Resistencia, *El Colono*, publiait le 22 juillet 1915 ses recommandations aux autorités :

"Si nous parvenions à concentrer tous les Indiens de ce territoire dans un ou deux noyaux, sous la surveillance du Gouvernement, leurs champs et leurs forêts ne seraient-ils pas libres pour que l'homme civilisé puisse les peupler tranquillement, sans l'obsession de ce spectre de l'Indien insoumis ?".

Villa Obligado, notre petite cité du Nord, fondée en 1938 par une colonie russo-allemande – après la déportation à l'ouest de la population indienne – est toute fière de porter le nom d'un de ces nombreux héros de la Patrie que nos écoliers célèbrent tout au long de l'année en une kyrielle d'anniversaires et de congés. Il n'y a pourtant pas de quoi...

Le commandant Manuel Obligado, déjà illustre lors de l'infâme guerre de la Triple Alliance où des colosses s'étaient ligués pour dépecer la petite patrie paraguayenne, avait mis ses armes au service du colonel Francisco Bosch envoyé par le Président Sarmiento "nettoyer" les régions du Nord afin de réaliser son grandiose projet national : une politique de massive immigration européenne.

Une fois exterminée la plus grande partie de la population autochtone, mieux valait pour les survivants oublier leurs origines, leur race, leur histoire, leurs droits ancestraux – pourtant reconnus par des traités signés avec les gouvernements antérieurs – passer inaperçus, devenir des citoyens de dernière catégorie, des *quidams* perdus dans la masse.

Survivre... mais dans la peau d'un autre ! A commencer par leurs noms indiens qu'ils devaient abandonner dans les vestiaires du Registre Civil pour en ressortir baptisés González, Pérez, Ramírez, Martínez, Domínguez et autres Sánchez pouvant maintenant être confondus avec n'importe quel descendant des premiers conquistadores espagnols !

Du moins avec les récents immigrants européens, ce genre de confusion était impossible. Rien que dans la région, je pouvais dénombrer, grâce à leurs patronymes, une collection de citoyens appartenant à quatorze nationalités différentes : italiens, allemands, autrichiens, polonais, tchèques, yougoslaves, bulgares, suisses, français, belges, luxembourgeois, espagnols, anglais, hollandais... C'est pour eux, pour la défense de leur *patrimoine national*, que des indiens du Chaco aux côtés de leurs frères métis sont morts récemment dans les lointaines Malouines ! Certains ont survécu, marqués à jamais. Tel Emilio, notre compagnon de luttes, qui nous est revenu handicapé pour le reste de ses jours.

Aujourd'hui encore, les fils d'immigrants se retrouvent dans des clubs de compatriotes, et la colonie germanophone de Villa Obligado a droit à son émission hebdomadaire dans sa propre langue sur les ondes de la radio régionale, tandis que l'ex-gouverneur de la province entretient toujours d'excellentes relations commerciales avec sa Bulgarie natale...

Pendant ce temps, l'Indien qui par miracle a survécu – paria sur sa propre terre – se cache dans les bois ou rase les murs de la cité comme une ombre qui s'excuse d'être encore là.

Avril

Voilà, ça démarre. Nous allons enfin entrer dans la “phase dynamique du projet” !

L’o.n.g. européenne, inquiète des maigres résultats obtenus jusqu’ici par l’activité productive, vient de nous envoyer son *évaluateur*. Objectif : dialoguer avec les chefs des communautés et les responsables de l’Association indienne pour planifier la dernière étape du projet.

Dix jours de mission pour lui, dont six passés au petit hôtel de Villa Obligado. Il faut bien préparer les visites, et puis en rédiger les rapports... Le reste du temps, un voyage éclair dans quelques-unes des communautés indiennes. Le dialogue de sourds, une fois de plus ! Mais maintenant, je me sentais davantage spectateur qu’acteur.

Il y a trop longtemps que nous ne sommes plus sur la même longueur d’ondes. Laissons les “projecteurs” faire toute la lumière sur leurs projets. Nos amis indiens n’en seront pas plus éclairés pour autant. Mais ils *feront comme si*. Et c'est l'essentiel. Ensuite, chacun reprendra son petit bonhomme de chemin. Les uns en avion. Les autres à dos d'âne...

Ce qui m'a surtout surpris, c'est que notre délégué, fort d'une indéniable expérience de reboisement dans le monde andin, n'a pas eu l'air tellement préoccupé par le plan d'exploitation forestière du gouvernement. Faisait-il aveuglément confiance aux autorités ? Envisageait-il ici un autre projet spectaculaire de reforestation ? Les erreurs des uns justifient souvent l'existence des autres, et leur offrent en tout cas du boulot. Pas de pompiers sans incendie, pas de brancardiers sans accidents, pas d'organisations humanitaires sans catastrophes...

Pour les cataclysmes naturels, oui, on peut comprendre ! Ils échappent en partie à la volonté des hommes. Mais le *mal-développement* ? Aucun emplâtre ne le guérira : tout au plus le dissimulera-t-il, et ça c'est beaucoup plus grave !

En tout cas, comparée au gigantesque projet andin, notre action bien plus terre à terre et d'un moindre coût, en fin de compte, était infiniment plus complexe. Certes, la défense de la forêt était aussi son objectif, mais c'est toute une histoire nouvelle qu'elle prétendait augurer, où les racines d'un peuple menacé d'extinction auraient pu retrouver peu à peu leur vigueur et nourrir de jeunes et robustes rameaux.

N'y avait-il pas dans certains pays, en Asie notamment, des populations capables de relever les défis contemporains et de combiner, par exemple, leur génie traditionnel de la miniature avec celui des technologies de pointe ?

* * *

J'ai interrompu mes élucubrations à l'arrivée de Marisa. Elle avait beaucoup à raconter aujourd'hui...

Depuis que l'école a rouvert ses portes, après ces longues vacances de trois mois, la petite place du village est à nouveau bien animée. Heureusement qu'un rideau d'arbres préserve ma tranquillité ! Les chants et les cris des enfants durant les récréations et aussi le verbe sonore de certains maîtres (et maîtresses) pendant les cours me parviennent dosés juste à point pour créer un agréable bruit de fond.

La fillette m'a annoncé fièrement qu'elle venait de finir son poncho de laine. Elle pense pouvoir le vendre au directeur de l'école, dont la fille aînée a le même âge qu'elle.

— Les gringos aiment bien se balader en ville avec un poncho sur le dos, ajoute-t-elle en haussant les épaules...

— Et si je moi je te l'achète, et que je te l'offre, tu le mettras ?

Ma question semble la prendre au dépourvu. Après un moment d'hésitation, elle s'en tire par une dérobade.

— Mais, Miguel, tu n'y penses pas ! On n'est pas encore en hiver...

— Et quand on y sera ?...

Son silence embarrassé ne m'étonne pas du tout. Tandis que le blanc se dénude aujourd'hui au soleil, l'Indien, qui auparavant vivait dans le plus simple appareil, se retrouve couvert de la tête aux pieds, même en plein été, grâce aux haillons refilés depuis des années par des missionnaires et autres braves gens offusqués... Même le poncho et les habits de cuir qu'il avait adoptés pour l'hiver au contact du métis – et auxquels ce dernier reste fidèle –, il les abandonne maintenant pour un pull, un pantalon, un veston rapiécés ! Et ses magnifiques tissages de laine, de coton, de *chaguar* (une variété de sisal), ses colliers de baies, ses bracelets d'argile ouvragée, il se borne à les vendre aux blancs... en échange de frusques sans valeur.

Je ne veux pas brusquer Marisa et préfère la laisser réfléchir à son aise. Comprendra-t-elle un jour dans quel marché de dupes elle et ses frères ont été entraînés ?

Mine de rien, elle s'est mise à cuisiner... Ça vaut mieux que de poursuivre une conversation oiseuse ! Dans le lointain, les sons envoûtants des tambours et des mélopées indiennes relaient le bourdonnement de l'école. Il doit s'agir d'un culte-guérison célébré à l'occasion d'une réunion familiale et qui, dans le recueillement de la soirée, s'entend à plusieurs lieues à la ronde.

Prodigieuse vigueur de ces cultes religieux : là du moins, l'Indien semble redevenir un instant lui-même ! Y revit-il les heures fastes de son histoire ? Est-il plutôt emporté sur les ailes d'une folle espérance ?... En tout cas, la première fois que j'assistai à ces offices, je me suis senti happé par une sorte de *train à grande vitesse* bien fait pour m'emmener tout droit au paradis... Tambours battants, voix puissantes, déhanchements cadencés où tout le monde, vieux et vieilles, adultes, adolescents, enfants, chantent, hurlent à qui mieux mieux, et pourtant en parfaite harmonie. Mon Dieu ! Quel abîme entre cette dépense d'énergies et les pâles liturgies si bien réglées de nos églises !

Alors que jésuites, franciscains, anglicans, méthodistes, luthériens, mennonites – excusez du peu ! – s'étaient acharnés à tour de rôle et sans le moindre succès à convertir les Indiens tobas (non sans perdre quelques têtes en cours de route), voilà que des églises pentecôtistes, entrées ici il y a à peine quarante ans, allaient remporter un succès foudroyant.

Puisqu'il n'était plus possible aux Indiens de pratiquer leur religion animiste – les Blancs ne le toléraient pas –, ils allaient s'engouffrer comme un seul homme dans une liturgie qui leur permettrait du moins de retrouver un peu de leur splendeur rituelle passée, car maintenant, dans cette ambiance charismatique, on les laissait chanter à pleins poumons, danser tout leur saoul, tomber en transes à tour de rôle, opérer des guérisons et des miracles à jet continu... pourvu que certains mots de passe soient bien connus, tels que *Jesús, Gloria, Gracias a Dios, Alleluia, Amen* !

Le culte, c'était de nouveau la fête. Perpétuelle, ou presque. Le mercredi après-midi, le samedi et le dimanche jour et nuit, ainsi qu'à chaque malaise familial à soulager, sans parler bien sûr des naissances, baptêmes, décès et autres grands et petits événements de la vie communautaire.

Les pasteurs ? Des Indiens comme les autres, seulement un peu plus dévots, mais qui, bien entendu, n'avaient jamais mis les pieds dans un séminaire, étant analphabètes pour la plupart. Ils me paraissaient d'autant plus sympathiques, même si leur prédication se limitait à quelques variations sur un même thème : "*Grâce à Dieu, nous sommes pauvres aujourd'hui, mais plus tard nous aurons une belle maison dans le Ciel... Alleluia !*"

Certains événements bibliques leur étaient familiers. Mais ils se passaient tous quelque part là-haut, tout là-haut, dans les nuages. La captivité en Egypte, l'Exode, la chute de Jéricho, la Terre promise, tous ces hauts faits, tous ces sites historiques flottaient dans un lieu intemporel et extra-terrestre...

Et à chaque fois, le pasteur de service me donnait la parole – sans mesurer les risques qu'il prenait – parce que, pour lui, un blanc échoué parmi les pauvres ne pouvait être qu'un envoyé de Dieu venu d'un très lointain pays afin de les arracher, ainsi que tous ceux de sa race, "*des griffes du diable dont nous étions captifs, nous et nos pères*".

Une vraie provocation !

Mais il fallait y aller tout doux pour rectifier le tir... Leur parler, par exemple, des belles choses rencontrées ici : la dextérité de leurs artisans, l'harmonie puissante de leurs chants, la solidité des liens familiaux et communautaires, la beauté de leur race, la splendeur de la Nature qui les entoure, telle qu'elle a jailli des mains du Créateur, la simplicité de leur existence et de celle de leurs ancêtres si proche du dépouillement évangélique, etc.

Leur rappeler aussi la réalité terrestre de Canaan et du peuple d'Israël, des luttes livrées pour la conquête et reconquête de sa terre, avec un petit cours d'histoire et de géographie à l'appui. Établir quelques comparaisons avec les tribulations du peuple toba privé aujourd'hui de sa patrie et de sa souveraineté... Un peuple créé aussi par Dieu et aimé de Lui, conquis, avili par des prétendus annonciateurs de l'Évangile.

Une telle prédication, si peu conforme aux normes établies, avait-elle quelque chance d'être accueillie ou simplement comprise ? Ici aussi, il faudrait sans doute du temps pour libérer la *Bonne Nouvelle* de la gangue, de la fange de tant de siècles d'enlisement.

D'ici là, l'Église pentecôtiste avait au moins ceci de bon : le bonheur de l'évasion ne devait rien à l'alcoolisme, formellement interdit, à la différence des pays andins que Sandra et moi avions visités quelques années plus tôt, où la moindre fête religieuse jonchait les rues d'Indiens ivres morts : l'*aguardiente* avait toujours été le meilleur allié des conquistadores, soldats ou missionnaires, pour réduire les corps et les âmes en servitude...

Et je ne pouvais m'empêcher de penser aux esclaves noirs, d'abord consolés par la promesse également biblique des *Verts Pâturages*, puis peu à peu éveillés, debout, secouant leur résignation, luttant pour leur libération et finalement, sous la houlette de leur bon pasteur, Martin-Luther King, proclamant l'égalité des races et y accédant peu à peu.

Les pasteurs tobas suivront-ils leur exemple ? Ou, préférant la liturgie de l'au-delà et l'élégie des cimetières, resteront-ils les prédicateurs de la résignation ? Marionnettes dociles aux mains de lointains pouvoirs soucieux de maintenir dans le monde entier, à travers leurs complexes réseaux d'influences, une vertueuse soumission aux iniquités du *Désordre établi !*

Avec pour seule consolation "une belle maison plus tard dans le Ciel"...

* * *

Le *locro* de maïs préparé par Marisa était succulent. Nous ne sommes pas de gros mangeurs, mais nous savons apprécier les bonnes choses. Au dessert, de jeunes tiges de *palmito*, cœurs de palmier qu'ici on déguste crus, trempés dans du miel. Ce nectar omniprésent – à croire que notre forêt n'est qu'un gigantesque rucher –, on ne s'en lasse pas, tant est grande la diversité de ses arômes, goûts, couleurs, consistances...

Il est vrai que la variété des abeilles n'est pas moins surprenante. Les plus petites ressemblent à des moucherons. Les plus grandes à des libellules – et gare à leurs piqûres ! Les plus sympas sont dépourvues de dards. On trouve aussi l'abeille commune de chez nous, appelée tout simplement *extranjera*. Plusieurs siècles après son apparition sur le continent, la voilà toujours traitée en intruse... elle qui pourtant n'avait que de bonnes choses à offrir.

La gamme des ruchers est tout aussi fantastique. Une galerie discrète dans le sol. Un énorme globe de feuilles et de boue suspendu aux corniches, aux branches. La cavité d'un vieux tronc. Des assemblages compliqués de ramilles qui ressemblent – en plus fin – à des nids de perroquets. Et partout, à l'intérieur, la même munificence de palais royal avec ses riches salons ruisselants d'or liquide, mais pas un palais oisif comme tant d'autres : une cité industrieuse, au contraire, où des chimistes subtils élaborent l'aliment le plus doux de la création, où la souveraine émet et capte savamment les codes télé-génétiques de l'immense peuple qu'elle ne cesse de diriger et d'engendrer.

Pour ce qui est de la "chasse au miel", c'est toujours et partout la même technique éprouvée de la fumigation. Heureusement, le bois hydrophile de nos arbres écarte pratiquement tout risque d'incendie de forêt, sauf en période de sécheresse prolongée.

Qu'il s'agisse de miel ou de n'importe quel autre butin, la prodigalité de la Nature est telle que l'homme, comme tout autre animal, pourrait s'alimenter de ses ressources sans jamais les épuiser. *S'alimenter*, oui ! Mais dès que l'argent entre en jeu, dès qu'il s'agit de vendre, d'exploiter, d'accumuler des gains... alors le déséquilibre est immédiat. Et beaucoup d'Indiens aujourd'hui regrettent amèrement la raréfaction des iguanes, caïmans, tapirs, loutres, autruches et des énormes *tatous carretas* qu'ils ont chassés intensivement ces dernières années moins pour s'en nourrir que pour livrer leur peau ou leur parure à vil prix à des trafiquants.

Ce qui est vrai des richesses de notre forêt ne l'est-il pas tout autant des ressources de la planète ? Ce qui l'épuise – contrairement à une légende pas innocente et qui a la vie dure – ce n'est pas le nombre de "bouches à nourrir". Mais bien plutôt tous les autres appétits qui ne répondent qu'à la boulimie du confort, de la richesse, du pouvoir. Du gâchis en un mot.

Les Indiens qui se trompent aujourd'hui n'écoutent pas plus que nous le sage qui fut l'un des leurs : *Quand le dernier arbre sera abattu, le dernier poisson pêché, la dernière rivière empoisonnée, alors vous verrez que l'argent ne se mange pas...* La science et le vrai progrès n'ont rien à voir là-dedans. Une fusée a le droit d'explorer l'espace. Un ordinateur d'en capter et interpréter les données.

Tandis que l'hyperconsommation au quotidien de biens précieux ne fait de l'"homme développé" qu'un vulgaire profiteur de guerre ! De la guerre économique qui détruit aujourd'hui l'humanité et la planète en même temps, sans véritable sursaut d'indignation. Une fois de plus, les menteurs de service, qui réussissent toujours à s'en tirer, diront après la catastrophe (mais en réchapperont-ils cette fois-ci ?) ce qu'ils affirmaient déjà après la criminelle folie collective du nazisme : "*Nous ne savions pas exactement ce qui se passait !*".

Mais même les démons pourraient-ils mener à bien leurs noirs desseins sans la complicité passive des majorités silencieuses ? Raison de plus, pour moi, de prendre le maquis !

* * *

Chaque soir, je peux écrire de longues pages quand je vois *Papillon* occupée à étudier à sa manière. Elle voyage, selon sa fantaisie, dans un manuel scolaire qu'on lui a prêté, alors qu'à l'école, demain, elle devra à nouveau suivre rigoureusement l'ordre des chapitres. La semaine prochaine, c'est un autre condisciple qui aura le droit d'utiliser le manuel. Les livres coûtent cher et des "marraines" de la capitale envoient de temps en temps du matériel pédagogique aux écoles les plus démunies.

Maintenant, elle s'est découvert une véritable passion, celle du dessin. Ou plutôt du coloriage. Mais ce n'est pas non plus le terme exact. Comment désigner au juste ces constructions compliquées en forme de volutes, qui tiendraient plutôt du kaléidoscope, dans lesquelles elle superpose toutes les couleurs que lui fournit l'étui de feutres dont je lui ai fait cadeau à la rentrée des classes ?

Sans tracer la moindre figure précise, elle réussit par cette émulsion colorée à faire apparaître des formes parfaitement identifiables, mais changeantes selon l'angle du regard et, comme j'ai pu le constater, l'état d'âme du moment. De quelle magie use-t-elle pour y parvenir ? Là où hier je distinguais parfaitement un îlot de palmiers scintillants réfléchis dans le miroir d'une lagune, j'ai découvert ce matin une pampa rousse parcourue par le frisson de mille plumes d'autruches. Y retrouverai-je un jour les pumas bondissants qui m'avaient tellement impressionné au premier coup d'œil ?

Tantôt je n'ai pu m'empêcher de retenir sa main dans la mienne, comme si elle pouvait me livrer le secret de son art. Mais c'est avec la vivacité du serpent qu'elle s'est libérée d'un piège qui n'en était pas. Alors je laissai ma paume grande ouverte comme celle d'un mendiant, sans rien dire, mais avec un regard si suppliant qu'elle m'avança très lentement une petite patte tremblotante. Je la reçus comme un joyau. Maintenant que je pouvais l'examiner à mon aise, je vis à quel point elle était différente de la menotte potelée d'un enfant de chez nous. Maigrichonne, ridée, écorchée, calleuse, elle était usée comme un outil qui a déjà trop servi. A couper du bois, puiser de l'eau, laver, lessiver, cuisiner, récolter du coton, dénicher dans les épines le miel et les fruits, exécuter trop jeune tant de travaux d'adulte...

Les multiples cicatrices qui dessinaient sur la petite main une carte détaillée de la souffrance y racontaient aussi en filigrane la longue histoire d'une race éprouvée, blessée jusqu'à l'oubli d'elle-même. La mémoire abolie s'était-elle secrètement réfugiée dans ce premier outil de la pensée qu'est la main ? Cela expliquait-il que d'elle, et d'elle seule, avait pu jaillir spontanément ce tumulte de flammes, tour à tour caresses non reçues, non données, lianes-étreintes, lianes-prisons, plumes ondoyantes, flèches acérées, griffes-épines, pattes de velours ?

Alors j'élevai la maigre petite main jusqu'au rayon de soleil qui traversait le logis, là où elle devenait tout à coup diaphane. Les stigmates du calvaire avaient disparu. Il ne restait plus qu'un pétale rose et fragile, un élytre aussi fin, aussi délicat qu'une hostie. Je n'ai pu m'empêcher de la baiser pieusement. De son autre main, l'enfant recueillait mes larmes une à une et les portait à ses lèvres.

Jamais je n'oublierai le jour de notre première communion.

* * *

Sandra, je me souviens de tes larmes de rage quand, voulant recharger le feu de bois, tu ne manquais jamais de t'écorcher les doigts ! Pierrot, instruit par ses petits voisins indiens, nous avait pourtant appris la façon de saisir n'importe quelle branche épineuse sans se faire le moindre mal. Mais la chaleur et les moustiques te rendaient si nerveuse que c'était peine perdue ! Te rappelles-tu quand la marmite, mal équilibrée, menaçait de se renverser et que des mains fébriles l'envoyaient rouler pour de bon sur les braises, avant de se retirer ornées de si jolies cloques ?

Ces petits accidents, que je partageais assez équitablement, n'étaient pourtant rien comparés à toutes les autres difficultés de notre vie rustique à laquelle rien ne nous avait préparés. Où les insectes, les serpents, les fièvres, la parasitose, la dysenterie, la tuberculose endémique ravalaient l'image idéalisée de la "forêt vierge" à celle d'un réduit infernal...

Et il y avait, Sandra, ce plus grand sacrifice encore, celui auquel toi et moi avions dû consentir dès la première année de notre partage de vie avec la communauté indienne... Emportés par notre élan, nous avions décidé de concevoir une nouvelle existence, souhaitant que ce soit la petite sœur que Pierre désirait tant. *Kaœc-Yalé*, Fille-de-la-Lune, née par une belle nuit constellée d'étoiles, pourquoi n'as-tu jamais vu l'aurore ?

Pierrot, malgré sa bonne humeur et ses espiègleries quotidiennes partagées avec ses petits amis indiens, ne te consolait plus. Lui qui semblait se jouer de tout, comme si tout n'était que *farces et attrapes* au rayon d'une Nature complice de ses rires.

Lui qui, en plein soleil, courait avec ses copains indiens, presque aussi rapides que les lézards arc-en-ciel qu'ils poursuivaient. Et dont le flegme contagieux faisait que je ne sursautais plus au contact d'une araignée velue, admettant finalement avec lui que sa course légère sur la peau était une vraie caresse.

Et que dire de ses grimpettes aux arbres d'où il me ramenait trois ou quatre variétés de cigales, autant de bijoux bigarrés qu'il réussissait à faire chanter entre ses doigts avant de les relâcher !

Quant aux serpents, ce cauchemar de tous les civilisés, il avait très vite appris à faire connaissance avec eux. A maîtriser les venimeux au bout d'un bâton fourchu et à jouer avec les jolies couleuvres vertes dont il se faisait des colliers d'émeraude.

Comme à Marisa aujourd'hui, j'aimais alors raconter à Pierrot des contes de fée qu'il me réclamait souvent à l'heure de dormir. Je ne devrais jamais m'inquiéter –

m'avait-il confié un jour – si je me trouvais sans le sou : il se débrouillerait beaucoup mieux que le Petit Poucet au milieu des bois !

A son école, il a bien fallu que je perde peu à peu mes réflexes stupides, découvrant enfin le vrai visage de la forêt, de la pampa et des lagunes. Leur parure d'orchidées, de mimosas, de lucioles, de colibris, de cigognes, de perroquets, d'ibis, de papillons devait – comme le jour et la nuit – voisiner avec une cohorte de compagnons répugnants : troncs d'arbres bardés d'épines, végétaux pestilentiels, marais croupissants, mygales, scorpions, vipères, scolopendres, vampires et autres dévoreurs d'animaux souvent bien plus nuisibles qu'eux.

Et les féroces jaguars, les pumas et les lynx, les tapirs et les ours fourmiliers ?... Il fallait se lever tôt et s'enfoncer loin dans la forêt pour les apercevoir, juste avant qu'ils ne détalent... ayant flairé notre approche, celle du plus grand des prédateurs ! Voilà le genre d'adversaires que la Nature avait placés devant nous. Le guérisseur Dominguez n'avait pu lui-même me citer que deux cas de piqûres mortelles de vipère au cours de sa longue existence.

Mais les bons citoyens conditionnés que nous sommes continueront à redouter bien plus les bêtes sauvages que les fauves en forme de bolides qui, dans nos pays, font chaque année des milliers de victimes... Claude, tu es l'une d'entre elles : deux ans tu nous as accompagnés comme agronome, partageant la vie quotidienne de nos frères indiens, explorant hardiment la forêt pour mieux connaître ses ressources, mais c'est lors de ton retour en Europe que le noir serpent de l'asphalte t'a donné la mort.

Restaient pourtant autour de nous quelques périls vraiment menaçants, tous d'origine humaine. L'élevage extensif et ravageur. L'épuisante monoculture du coton. Le saccage de la forêt. L'avancée implacable du désert. Sans parler de la propagation rapide de nos modes de vie, de la drogue, de nos vices, de nos maladies contagieuses...

J'ai cependant approuvé la décision de ta mère, Pierre, le jour où, profitant d'un congé au pays, elle a décidé de rester là-bas avec toi. Tes études, malgré mon rôle de précepteur improvisé, avaient pris un sacré retard. Elle avait aussi compris, définitivement compris, qu'il n'y avait plus rien de commun entre elle et la patrie de ses ancêtres. Elle ferait désormais partie de ce nouveau peuple d'immigrés, d'immergés, plongés peu à peu dans le sommeil et la rumination ronchonnante de nos prisons dorées... dont la solidité n'était même pas à l'épreuve du temps.

Pourtant, je ne serais pas étonné qu'un jour, mon fils, tu nous reviennes. Avec un nouveau savoir dont tu pourras, toi au moins, faire bon usage. Te joignant à d'autres pionniers d'ici – peut-être connaîtras-tu parmi eux Marisa ? – pour conclure un pacte d'alliance, inaugurer un nouvel âge, quand le *Wiphala*, drapeau arc-en-ciel de l'indianité, sera l'emblème de tous les humains.

Tu te rappelles le jour où nous avons installé l'énergie solaire dans notre rancho familial au beau milieu des bois ? Et l'ordinateur, que tu m'avais tant réclamé, et que tu as raccordé toi-même à la batterie, le matin de tes douze ans ? Et nos regards levés vers cette antenne braquée sur le dieu soleil, réceptrice de sa force et de sa lumière ? Regards quotidiens, en forme de prières muettes et parfois dites à haute voix, où, à l'unisson, nous célébrions le miracle d'une réconciliation possible entre science et sagesse, corps et esprit, nature et progrès...

Si j'ai renoncé aujourd'hui à ces petites merveilles, ce n'est pas – tu me connais assez – mû par un subit réflexe rétrograde. C'est l'école de Tarkidola qui en a bénéficié.

Mais moi, pour cette dernière étape de mon séjour, je ne sentais plus le besoin que de choses simples, terre à terre, au sens noble du mot. Cette terre d'où nous venons. Où nous retournons... Notre vraie demeure, *Gaïa*, que les indiens, eux, nomment Pachamama, Terre-Mère, avec ses réseaux secrets de viscères, de matrices, d'artères, dirigés par le cerveau vert qui nous a conçus, nous construit, nous fortifie et nous transforme en vue d'autres cycles de la Vie, suivant la loi universelle du grand Ensemencement...

C'était aussi, pour moi, une volonté d'aller jusqu'au bout, de relever le défi, qui m'a poussé à prolonger mon séjour ici. J'aurais voulu m'assurer, avant tout départ, que cette forêt et ses habitants – bêtes et gens – avaient bel et bien échappé à la grande hécatombe...

Et aujourd'hui, j'irai jusqu'au bout de mes confidences.

Ces petites tombes, je peux toujours les visiter. A travers elles, je me sens déjà si fortement uni, réuni à notre terre. Et si proche maintenant d'enfants qui auraient dû me succéder dans la vie, et non me précéder dans la mort. Mais je sais que l'Univers mélange les espaces et les temps selon d'autres codes que nos règles rigides. Il convient aussi que mon corps repose bientôt à leur côté et que nous soyons ensemble à la source d'un même vivifiant humus.

Oui, deux petites tombes...

Voyant ta maman si affligée, je n'ai pensé qu'à une seule consolation possible au départ de ta sœurette. Mais le Destin ne nous a vraiment pas fait de cadeaux ! Pas même celui d'un nouveau don de la vie.

La seconde fois, en tout cas, ce fut pire !

Quand Fille-de-la-Lune avait pris son envol éphémère au cœur de la nuit, au milieu des bois, comme un papillon sorti trop tôt de sa chrysalide, nous nous sommes repentis de notre imprudence : à force de voir se multiplier la vie autour de nous, si simplement, si naturellement, nous pensions qu'il suffisait d'en faire autant...

En ne voulant plus prendre le moindre risque, peu avant la nouvelle naissance, nous avons cette fois entrepris un long voyage en camionnette par un temps inclément, sur un chemin en bien triste état !... Je ne sais pas si c'est l'explication. Mais quand le gynécologue de la clinique, auscultant le petit cœur encore bien au chaud – mais immobile – dans le ventre de sa maman, m'a fait un signe de tête qui voulait tout dire, j'ai laissé cette fois le désespoir s'emparer de moi.

En plein midi, *Nala-Yalé*, Fille-du-Soleil, nous quittait à son tour sans même avoir entrouvert ses yeux à la lumière : peut-être n'était-ce pas nécessaire, étant déjà tout entière absorbée en elle ? Mais pour nous, tu comprends, ce fut la nuit noire.

Ni ta maman, ni moi ne t'avons jamais raconté exactement ce qui s'était passé, Pierre. Mes parents non plus ne me faisaient guère partager leurs drames et leurs joies intimes : on n'en voyait que des reflets sur leur comportement quotidien. C'était l'époque qui voulait ça ! Mais je ne veux pas que toi, tu saches un tas de choses sur notre grand Univers – comme je t'ai toujours encouragé à le faire – sans connaître un peu de notre histoire, qui est une part de la tienne, et qui est la part le plus proche de notre univers à tous.

Et il faut aussi que tu saches que le désespoir n'est pas incurable.

A mesure que progresse la ruine de mon corps, je me sens guérir d'un tas de maladies ! Je te le dis pour que tu ne craignes jamais de vieillir... mais c'est vrai que pour toi, rien ne presse.

D'ailleurs, les morts que j'ai aimés revivent souvent la nuit auprès de moi. Depuis longtemps déjà, mes parents me visitaient, mais de loin en loin. Aujourd'hui, nous avons presque reformé une famille avec eux, mes trois petits frères et Laure, mon tout premier *grand amour*...

Et bien sûr, nos deux menues princesses !

Elles ont toujours ce visage en forme de bouton de rose, et qui paraissait si vivant dans leur petit linceul de laine tissée.

Mais maintenant elles rient, elles gazouillent, elles volettent comme des colibris. Elles n'ont pas besoin d'apprendre à parler puisqu'elles n'ont jamais eu et n'auront jamais de vilaines choses à dire...

* * *

Finies les vacances !

Chaque matin, Marisa, au lieu de courir chez sa grand-mère, se rend toute fière à l'école qui n'est qu'à trois cents mètres d'ici. Certains élèves ont plusieurs kilomètres à parcourir, dès l'aube, pieds nus et le ventre vide ! Une tasse de lait leur est parfois offerte à leur arrivée et une collation à midi, quand le gouvernement veut bien nous octroyer un subside. Sinon, rien.... Dès lors, beaucoup d'enfants restent chez eux. La Mami, très fière des progrès scolaires de Marisa, m'a assuré qu'avec la petite paie qu'elle lui remet chaque semaine, elle peut désormais acheter à des voisins du manioc et des épis de maïs qu'elle n'est plus capable maintenant de cultiver.

Après l'école, c'est son frère Ricardo qui s'occupe de l'eau et du bois. Marisa le relaye le week-end : ces jours-là, elle passe tout son temps chez la *qomé,* tandis que le frangin fait le tour des communautés pour y rencontrer les rares copains qui ne sont pas encore partis à la récolte et disputer avec eux d'interminables parties de foot. Le ballon rond : encore un cadeau des Indiens au monde, après le caoutchouc, le chocolat, la dinde, la pomme de terre, le maïs, le potiron, le haricot, la tomate, le... tabac. Et qui a réussi à séduire jusqu'aux animaux, des gentils dauphins aux éléphants de Sumatra ! Un sport qui réunit aujourd'hui dans une même passion des millions de jeunes de tous pays, de toutes races, de toutes religions, de toutes conditions. Miraculeuse unanimité obtenue par un petit ballon, aussi rond, mais bien plus jovial que notre planète !

Encore que...

Cette passion débridée, où les mènera-t-elle ? Même quand ils sont à bout de souffle, nos petits joueurs s'assoient sur l'herbe pour écouter sur un transistor crachotant la retransmission intégrale du dernier match Boca-River ou d'autres clubs dont les exploits encombrent quotidiennement les ondes. Après l'excitation des pieds, c'est celle des crânes qui se donne alors libre cours. Aussi ronds et aussi creux que leur ballon ?

Un jour que j'assistais à l'une de ces fébriles rencontres, brusquement une vision s'imposa à moi, grotesque et horrible. Un tas de petits Indiens, une foule de petits pauvres envahissaient soudain la place. Les voilà discutant entre eux parce qu'ils n'ont qu'un minuscule ballon pour tout ce monde. Et subitement, les choses semblent s'arranger. L'un après l'autre, ils se mettent à jouer avec leur tête. Une multitude de jeunes sortis des bas quartiers les rejoignent et, se prenant pour Maradona, perdent la boule à leur tour. Alors de nouvelles équipes de joueurs décapités se relaient à n'en plus finir sur le terrain tandis que, dans les tribunes, les notables applaudissent frénétiquement ces nouveaux jeux du cirque... Ce n'est pas encore assez de la nuit, il faut maintenant que les cauchemars m'assaillent en plein jour !

Depuis un bon moment, il règne un profond silence dans la pièce. Je m'en doutais : Marisa s'est endormie, couchée en travers du lit, ses coloris fantastiques éparpillés autour d'elle. Et tout habillée, malgré la température encore élevée de la saison...

Chaton, lui – qui devient un superbe félin –, ne s'est toujours pas montré. Il a déjà des humeurs vagabondes. D'habitude pourtant, il n'oublie pas de nous souhaiter le bonsoir et redevient, quelques minutes, un gros bébé-chat dans les bras de Marisa.

Quel contraste avec les chiens du coin ! Cela m'a toujours frappé de les voir maigrichons et galeux, allongés nuit et jour à côté d'un feu allumé ou éteint, ne semblant s'éveiller qu'au bruit d'une casserole qu'on nettoie, signal qu'un petit reste de repas sera peut-être leur seule nourriture du jour.

Pourtant certains de ces bâtards s'avèrent d'excellents chasseurs. Dès que l'Indien quitte son rancho, la machette à l'épaule, la petite meute l'accompagne – car il n'est pas rare qu'une famille possède une demi-douzaine de chiens. Ils font bien leur boulot, mais on ne les voit jamais "travailler pour leur propre compte". Ils ne se nourrissent que des maigres restes qu'on veut bien leur laisser : un fond de marmite ou des os reluisants, à force d'avoir déjà été trop bien nettoyés, et qu'ils broient consciencieusement pour les déglutir sans en perdre une esquille.

Par contre, les quelques chats du voisinage ont tous fière allure... Mais c'est vrai qu'ils mènent une vie totalement indépendante et passent le plus clair de leur temps à chasser oiseaux, belettes, taupes, souris, mulots et autres rongeurs, et même des vipères de belle taille. Quand, en fin de journée, ils s'approchent du foyer familial, c'est encore pour bondir sur un de ces gros coléoptères qui ont le malheur d'atterrir à proximité du feu, et qu'ils croquent comme une friandise. Et si, un jour, la chance ne leur a vraiment pas souri, ils n'attendront pas qu'on les serve, préférant prélever eux-mêmes sur la table du maître oublieux de quoi rémunérer leurs menus services domestiques.

Pendant ce temps, leurs compagnons canins, le museau entre les pattes et le ventre creux, poursuivent leur interminable rêve de chasses plantureuses – qui leur arrachent parfois des jappements de plaisir –, ces chasses superbes du temps où ils étaient loups...

* * *

Dès le point du jour, j'étais réveillé, bien avant l'aubade quotidienne des oiseaux. Je n'avais d'ailleurs guère dormi. Comment l'aurais-je pu après un tel événement ? Tandis que maintenant Marisa repose paisiblement à mes côtés, je me remémore chaque épisode de cette étrange aventure nocturne...

Hier soir, après avoir recueilli avec précaution toutes les fleurs, plumes et lianes que la fillette avait dispersées aux quatre coins du lit, il a d'abord fallu que je la remette à sa place, *bien à l'endroit*, et que je lui retire la blouse de laine qui la faisait transpirer. Ici, ce qu'on met sur le dos ne dépend pas du confort du moment, mais du bout d'étoffe disponible, celui qui n'est pas trop souillé, ou qui n'est pas à la lessive.

D'habitude, ces manœuvres-là ne la réveillent pas, mais cette fois-ci elle a tout de suite ouvert les yeux. J'ai soufflé la bougie et fait comme si de rien n'était pour qu'elle se rendorme aussitôt, pressé moi-même d'en faire autant !

Au bout d'un bon moment, je ne sens toujours pas cette légère brise vanillée que sa bouche entrouverte exhale quand elle dort. Finalement, c'est une petite voix fluette qui se fait entendre.

— Miguelito...

— ...

— Miguelito... Tu dors ?

Inutile de jouer plus longtemps la comédie, je ne suis pas assez doué... Marisa voulait tout simplement regarder l'album de photos qu'elle avait oublié d'ouvrir aujourd'hui ! J'ai eu beau lui expliquer que ce n'était vraiment pas l'heure; elle s'est mise à pleurnicher, argument irrésistible s'il en est... Il a bien fallu rallumer la bougie.

Confortablement calé contre l'oreiller, il ne me reste plus qu'à profiter de cette heure supplémentaire pour relire et compléter mes notes... Mais ça ne rate jamais : à chaque examen des mêmes photos, ce sont de nouvelles questions qui fusent. Où va-t-elle bien les chercher ? Cette fois pourtant, il s'agissait de préoccupations très sérieuses, et exprimées sur un ton si grave ! Elles devaient sûrement lui trotter dans la tête depuis un bon bout de temps...

Ce qui donne, dans un certain ordre :

— Pourquoi tu as quitté ton pays ? Il était beau pourtant...

— Tu n'aimes plus ta femme que tu ne vis plus avec elle ?

— Et ton fils... quand viendra-t-il te dire bonjour ?

— Tu es bien payé ? C'est pour ça que tu restes avec nous ?...

Un interrogatoire en règle !

Pour moi, il s'agissait plutôt d'une série de devinettes. Car même si elle m'avait laissé le temps de répondre à chacune d'elles, comment lui expliquer tout cela ?

Tout cela que j'ai bien du mal à m'expliquer à moi-même ! Mais elle sait que je ne me suis jamais dérobé à ses questions; d'habitude, il est vrai... beaucoup moins embarrassantes.

— Marisa, tu vois, je me suis trompé sur toute la ligne. Ma naissance a été ma première erreur. Une distraction plutôt... Les autres ont suivi, tout naturellement. Et puis, un jour, j'ai été très malade. C'était tellement grave que le docteur a dit, plus tard, que ma guérison avait été un vrai miracle. Je devais avoir à peu près ton âge. A ce moment-là, j'aurais pu encore réparer ma première erreur. C'était une belle occasion, tu penses ! Et je ne l'ai pas fait. Ça, c'est le pire de tout, parce que, pour ma naissance, je n'avais tout de même rien décidé. Mais cette fois-là, oui, j'ai su que je pouvais le faire !

— Comment l'as-tu su ?

— Chaque nuit, ils me visitaient, et ils m'invitaient à les rejoindre...

— Qui, ils ?

Les mots qui s'échappent de ma bouche ne sont plus de moi. Ou plutôt si, mais ils proviennent d'une lointaine et si secrète mémoire à laquelle, depuis longtemps, je n'avais plus accès.

— C'est un rêve que j'ai fait chaque nuit jusqu'à ma guérison. Ma mère elle-même m'entendait chantonner, sans comprendre le sens de mes paroles. Un air qu'ils avaient fini par m'apprendre par cœur, à force de me le répéter.

— Mais qui ?, Miguel, tu ne m'as pas encore dit...

— Une comptine, une ronde d'enfants, qui n'en finissait pas de tourner dans ma tête. Personne d'autre ne m'en avait appris la musique ni les paroles, puisque nulle part depuis lors je n'en ai retrouvé la trace.

Veux-tu jouer avec nous ?
Y a pas plus marrants que nous !
Veux-tu jouer avec nous ?
On est des millions de fous !
Veux-tu jouer avec nous ?
On tire la langue au soleil !
Veux-tu jouer avec nous ?
Si tu n'es ni vieux ni vieille !
Veux-tu jouer avec nous ?
On est des papillons d'or !
Veux-tu jouer avec nous ?
On est tous des enfants morts !

Marisa, ce n'était pas vraiment une chanson pour enfants, et tu n'as pas dû la trouver drôle, mais moi, à ce moment-là, j'étais captivé... Prisonnier de la ronde. Je devais me rendre. J'aurais dû me rendre... Pourquoi ai-je réussi à m'en échapper ?

— Chante-la !

— ...

— Chante-la maintenant... Je veux l'entendre !

Quand Marisa m'a posé toutes ses questions, elle ne savait pas quel drame intime, enfoui dans les profondeurs, elle allait me faire revivre ! Ou le savait-elle, confusément ? Le voulait-elle, peut-être ? Ce n'était pas pour esquiver sa curiosité que j'avais spontanément évoqué ce souvenir; et récité, puis entonné l'étrange comptine enfouie plus de quarante ans dans ma mémoire. Et qu'elle m'a ensuite demandé de lui traduire.

Tout cela s'est passé si vite. Une sorte de révélation que, maintenant dans le clair matin, j'essaie d'un peu mieux comprendre... Oui, j'en suis sûr, c'est elle, la petite magicienne, qui a voulu que le sortilège soit transmis, né d'une tragédie, la première de mon existence. Quand j'ai eu fini de chanter, elle m'a demandé de recommencer dans sa langue...

La seconde fois, elle m'a accompagné. Elle avait déjà tout retenu par cœur. Mais en la regardant, je commençais à prendre peur. Assise sur le lit, le buste rigide, Marisa semblait complètement absente. Ses traits aussi s'étaient transformés. Ce n'était plus le visage d'une enfant insouciante et volontiers rieuse, mais bien celui d'une jeune fille grave, dont les yeux dans la pénombre semblaient s'être encore agrandis.

Le chant terminé, elle ne bougeait toujours pas.

J'essayai de la faire revenir à elle en lui parlant gentiment. Inutile. Je l'enlaçai le plus délicatement possible, lui demandant si elle n'avait ni faim ni soif, si elle n'avait pas vu *Chaton* aujourd'hui, n'importe quelle banalité qui aurait pu la ramener aux réalités quotidiennes...

Après un temps qui m'a paru une éternité, elle s'est mise enfin à réagir. Comme sortant d'un long sommeil, la fillette ne cessait de me dévisager tandis que de grosses larmes coulaient sur ses joues. Quand j'ai voulu la dégager de mes bras, elle s'est agrippée à moi, sauvagement, au point que ses ongles enfoncés dans ma chair me faisaient mal...

Sans crier gare, la vision d'une sorcière griffue se ruant sur moi venait à nouveau de m'affoler. Je n'y comprenais plus rien. Quel était donc cet esprit malin qui rôdait autour de nous et prenait tant de plaisir à nous plonger, à tour de rôle, dans la terreur, nous qui ne cherchions qu'un peu de lumière et de consolation ?...

Peu à peu, j'ai senti qu'elle s'abandonnait au sommeil. Mon épouvante, ma douleur se muait insensiblement en une tristesse paisible. Dans l'obscurité maintenant totale, une douce métamorphose s'opérait en moi. A mesure que les minutes passaient et que veille et sommeil s'entremêlaient, une petite lumière émergeait à la cime du cerveau, effaçant les limites épaisses du temps. Elle éclairait bientôt, de façon de plus en plus nette, l'image de deux jeunes corps allongés côte à côte.

Et tout d'un coup, je nous reconnus.

Laure, toi ici ?

C'était le jour où on t'avait volée à moi.

Pour t'emporter loin, très loin.

Dans un trou noir.

Nous voici à nouveau étendus sur le gazon, nous reposant d'une longue randonnée à deux sur ta bicyclette bleue, toute neuve – ton cadeau d'anniversaire ! – où nous nous étions relayés pour pédaler. Dans ce petit pré de l'accotement émaillé de fleurs sauvages, tu étais la plus belle d'entre elles. Je te l'ai dit, et aussi que *jamais je n'en aimerais une autre...* Alors tu fermas les yeux et, dans l'herbe blonde de tes cheveux dénoués, tes lèvres en forme de corolle accueillaient le léger papillon de mon premier et dernier baiser...

Je t'ai laissée repartir seule, car tu avais promis à tes parents de rentrer avant la nuit, il fallait donc faire vite... C'est la dernière image que je garde de toi, celle d'une merveilleuse libellule volant vers le soleil couchant.

"Il fallait faire vite". Laure, quel dieu fou t'a punie pour avoir si bien obéi ? Ou quel diable m'a possédé ce jour-là pour avoir osé imaginer une aussi radieuse promenade ? Ce soir fatal où une auto de malheur t'a écrasée comme un vulgaire insecte.

J'en fus malade, longtemps malade. Mais finalement, j'ai refusé l'invitation de tes petits messagers, malgré leur ronde captivante. Et je ne t'ai pas rejointe. Pourquoi alors t'avoir dit que je t'aimais tant ? Ma *chienne de vie* n'aurait-elle servi à rien d'autre qu'à payer (bien cher !) le mensonge de t'avoir parlé ainsi ? Ou la lâcheté de ne t'avoir pas suivie ?...

Papillon dort toujours. Après un sommeil agité, sans doute aussi peuplé de rêves que le mien, elle semble en ce moment parfaitement détendue... Plus je la regarde et plus je me prends à douter que le Destin puisse être aussi cruel. *Il ne l'a pas fait exprès*, j'en suis sûr. Tout le monde peut être distrait. Le plus perfectionné des ordinateurs n'est pas à l'abri d'une erreur.

Et maintenant que les murailles du temps se sont écroulées, il me paraît tout à fait naturel que nous soyons à nouveau allongés, elle et moi, côte à côte, renouant avec l'amitié injustement brisée de nos douze ans. Le nom, le visage, la race ont changé. Ce qui est bien peu de chose... La vie et l'amour n'ont pas pris une ride. Ils n'en prennent jamais. Comment douter encore un instant qu'un Univers décidément amoureux s'est débrouillé, une fois de plus, pour parvenir à ses fins ?

Par la persienne entrebâillée s'engouffre toute la lumière d'un soleil matinal déjà généreux. Il est rare que Marisa reste assoupie aussi longtemps. Les émotions de cette nuit ont dû l'épuiser. La clarté envahissante, elle, stimule mes pensées et mes souvenirs.

A mesure que je la contemple, sa ressemblance avec mon amie d'enfance me trouble. Le visage ovale, la finesse des lèvres auraient dû me frapper beaucoup plus tôt. Et ce sont les mêmes pommettes saillantes, les mêmes longs cils qui, un jour, m'avaient fait dire à Laure que *pour moi elle était une Indienne blonde*. Seuls le teint de la peau et la couleur des cheveux m'avaient masqué jusqu'ici cette terrible ressemblance. Désormais, aucun subterfuge, aucun maquillage ne pourra plus m'abuser... Jusqu'aux gouttes de rosée perlant sur le front en sueur me rappellent le visage de Laure au moment où mes lèvres s'approchaient des siennes.

Mais quelle providence a pu s'imaginer qu'abolir le temps était ausi simple que remettre une dette ?.. En fait, tout se complique ! En tout cas, moi, je n'ai jamais demandé à naître. Ni à aimer ma petite cousine. Ni à être brutalement séparé d'elle. Ni à être condamné à rechercher toute ma vie son merveilleux visage. Ni à le trouver à une heure si tardive...

Alors, grand Savant distrait, ingénieux, ingénu, qui voudrais peut-être aujourd'hui réparer une de tes gaffes, tu ne vois pas dans quels beaux draps tu nous mets ?... Tu m'obliges à m'agenouiller sur ce lit comme au pied d'un autel, devant une blanche hostie. Toi qui, malgré tant de faux pas, as su inventer Eros et Agapé, passion et tendresse, bienveillance paternelle et amitiés radieuses, sublimes dévouements et jusqu'à l'amour rédempteur qui s'immole, toi qui en sais plus que quiconque sur toutes les charités dont l'Univers est capable, je te supplie, par tous les saints du ciel, de dicter à mon cœur les bontés que tu attends de lui. *Qu'elle attend de moi...*

Et si je ne suis pas à la hauteur, retranche-moi tout de suite de sa vue, sacrifie-moi comme un bélier tout juste bon pour l'holocauste ! Et si c'est encore un trop beau rôle, chasse-moi comme un bouc émissaire dans le désert où il n'y a ni roses, ni cœurs de chair... Mais cette fois, mon Dieu, je t'en prie, ne commets plus d'erreurs fatales !

Maintenant, le sommeil de la fillette est si profond que son corps pourrait passer pour celui d'une morte. La lumière du jour semble ne pas l'atteindre. Laure sur son lit de mort n'était pas plus sage. Une peur subite m'envahit. Et s'*Il* m'avait mal compris ? S'*Il* s'était trompé de victime ?...

Mes parents m'avaient grondé ce jour-là parce que j'avais soulevé le drap qui la couvrait : je voulais pourtant être sûr que c'était elle, et qu'elle était bien morte. C'est le même geste que je refais aujourd'hui. Et je suis tout surpris que personne ne me gronde. Malgré nos saisons inversées, avril m'a toujours paru ici un mois printanier. Et je ne m'étonne pas de découvrir la beauté d'une jeune sylve tendre et bourgeonnante, où la terre moussue laisse deviner la source proche... Et que déjà la mort va tarir, je le sens, tant cette immobilité m'effraie. Le temps aussi maintenant s'est arrêté. Me voici, depuis toujours, penché sur un corps sans vie. J'ai beau arroser la terre de mes larmes, elle ne renaîtra pas. Le labyrinthe est scellé pour de bon...

Plus jamais, il n'y aura pour moi d'aube comparable à la lumière filtrant ce matin-là des paupières de Marisa à son réveil. Ni de lever de soleil plus radieux que le sourire avivant soudain ses lèvres, tandis que la surprise de me voir penché sur elle empourpre son visage comme une aurore...

Jusqu'à ce qu'elle aperçoive mes larmes ! Celles qui sont restées accrochées aux cils. Celles qui satinent sa peau. Surtout qu'elle ne me pose pas de questions ! C'est bien trop compliqué... Avec un regard implorant, j'approche mes doigts de ses lèvres où tout sourire s'est éteint. Dans ses yeux troublés défilent mille interrogations muettes qui se bousculent comme autant de noirs nuages revenant à la charge. Aucune parole, seule la clarté de mon regard pourra peut-être les éloigner lentement... Jusqu'à ce qu'ils cèdent à nouveau la place à un ciel paisible.

Une fois de plus, Marisa semble avoir compris rien qu'en devinant. C'est son génie à elle. Et c'est elle maintenant qui, dans un geste de complicité, me pose un index sur les lèvres...

* * *

Je ne sors plus guère. Chaque voyage avec les délégués de l'association indienne me met à bout. Tout se passe aussi bien – ou aussi mal –, que j'y sois ou que je n'y sois pas. Il était d'ailleurs convenu qu'à partir d'avril mon rôle d'assesseur irait s'effaçant pour permettre désormais aux dirigeants d'assumer pleinement leurs responsabilités.

Où est le temps où, durant des jours et parfois des nuits, j'étais obligé de sillonner la région à pied, à vélo, à cheval, en charrette, en stop, avant que nous n'obtenions de l'o.n.g. cette superbe camionnette *cinq vitesses* dont nos amis indiens sont maintenant si fiers ? Et qu'ils ont appris si vite à conduire, comme les tracteurs offerts par *la Direction Provinciale de l'Aborigène* (sic)... Mais le matériel malmené sur ces terrains impossibles tombe vite en panne. Et le réparer, c'est autre chose que de jouer du volant ! Comme plus personne – à de rares exceptions près – n'accepte aujourd'hui de se rendre aux réunions ou de travailler sans véhicule motorisé, chaque avarie entraîne une paralysie générale. Le temps des grandes assemblées que nous avons connues au début de la lutte est bien fini, lui aussi.

Mes problèmes de santé limitant maintenant mes déplacements, je me contente de participer assidûment aux rencontres de la commission scolaire de Tarkidola. Il ne pleut plus depuis près de trois mois, et forcément le grand sujet de notre réunion d'hier a été la sécheresse.

Les projets d'irrigation sont toujours au point mort, car ils dépendent de la construction du barrage de Palo Colorado sur le Río Bermejo, suspendue par la Province depuis plusieurs années. Un ouvrage pourtant fort utile qui régulariserait le cours capricieux de la rivière, bien encaissée, mais au régime tellement changeant qui lui donne tantôt l'allure d'un ruisseau, tantôt celle d'un fleuve majestueux inondant la forêt riveraine lorsque fond la neige des Andes où elle prend sa source.

Oh ! la retenue d'eau n'aura pas bien sûr l'envergure d'un des plus grands barrages du monde, celui de Yacyreta, aux confins des frontières argentine et paraguayenne, ce "*monument à la corruption*", comme n'a pas craint de le qualifier lui-même le président de la Nation !

Mais, outre l'irrigation du domaine indien grâce à un réseau capillaire de petits canaux, le barrage de Palo Colorado permettrait de pourvoir Villa Obligado en eau potable dont le déficit est permanent. Une eau que les habitants ont beau réclamer à cor et à cri : rien n'y fait... La construction, qui a déjà coûté une fortune, dure depuis dix ans et ne s'achève jamais. Mais les deniers publics arrosent aussi tant de monde en passant, depuis leur départ de la capitale. Cette irrigation-là, pour certains, est du moins un résultat tangible, et sans doute le seul escompté.

Et puis, avec les membres de la commission, nous sommes revenus sur une réalité beaucoup plus proche de nous. Il a bien fallu reparler des gouttières et des collecteurs qui, du grand toit de zinc de l'école, devraient amener l'eau de pluie jusqu'à la citerne. Mais depuis que la rouille a fait son œuvre, les nombreux trous et les soudures qui ont sauté en réduisent considérablement le débit.

Plusieurs parents s'inquiètent aussi de l'éolienne toujours en panne, qui permettrait maintenant de pomper l'eau d'une nappe phréatique voisine, comblant ainsi le déficit de la grande citerne. Il y a déjà plus de six mois, un vent violent lui a tordu les pales : le responsable, chargé d'actionner le frein en cas de tempête, avait préféré rester tranquillement à l'abri chez lui...

Le problème de la lagune artificielle creusée dans la grande frange argileuse est aussi venu sur le tapis. Pourquoi laisse-t-on le bétail s'y vautrer et le transformer en un énorme bourbier ? Pourquoi ne répare-t-on pas les clôtures qui la protégeaient ? Pourquoi ne pas en désemblaver le lit encombré par les alluvions et les roseaux ?

A la veille des grandes vacances, en novembre, le directeur de l'école avait solennellement promis que tout serait réglé d'ici la rentrée, car il allait solliciter de la Municipalité de Villa Obligado l'envoi d'un technicien et d'une pelle mécanique, les gens du coin apportant leur collaboration gratuite.

Et voilà que quatre mois plus tard, on en était toujours au même point... Il ne restait plus que quelques litres d'eau dans une citerne pouvant en contenir cent vingt mille ! Et l'éolienne ne *nous* était plus d'aucun secours.

"Nous", les habitants bien sûr, qui ne voyagions pas chaque vendredi à la ville en camionnette pour y faire le plein de vivres et d'eau. Nous, qui n'avions aucun stock d'eau minérale sous notre toit pour nous désaltérer sans souci de la pluie ou du bon fonctionnement de l'éolienne...

Je ne m'attendais tout de même pas, pour avoir laissé échapper ma grogne, à recevoir les applaudissements des parents d'élèves ! Ce n'est pas encore ça qui allait m'aider à me faire des amis chez les blancs.

L'insouciance étant la règle générale, ne devrais-je pas m'y mettre aussi ? Mais c'est plus fort que moi... Je ne me résigne pas à voir tant de maladies provoquées par le manque d'eau qui oblige les Indiens à la puiser dans n'importe quelle mare croupissante !

Le jour où j'ai surpris Ricardo en train de forer avec une boîte en fer blanc un trou ridicule dans la boue pour recueillir les dernières gouttes d'une mare presque à sec, je lui ai demandé pourquoi il ne se donnait pas la peine de creuser une belle tranchée avec le pic et la bêche que sa grand-mère avait reçus du projet, comme toutes les familles du village.

L'idée a d'abord paru le divertir, sans plus... Puis un beau jour, il s'y est mis avec l'aide de quelques copains. Et maintenant une *represa* d'une capacité d'au moins soixante mètres cubes, lovée dans une frange argileuse imperméable, pas loin du rancho de la Mami, n'attend plus qu'une chose : que les vannes du ciel veuillent bien s'ouvrir.

Mais le comportement de Ricardo n'est-il pas exemplaire ? N'est-il pas celui de la plupart des Indiens que je connais ? N'ont-ils donc jamais su se débrouiller ? Ont-ils vraiment tant besoin de nos conseils ? Ne pourraient-ils rien faire sans nous ?...

Je connaissais déjà la réponse pour avoir un jour accompagné le célèbre explorateur Moncho Otazo dans une de ses incursions de la zone la plus occidentale du Chaco, appelée *El Impenetrable*. Quelle impression elle m'avait faite cette énorme retenue d'eau, dissimulée à présent sous la prolifération des épines, lianes et troncs trapus de la forêt subtropicale ! D'après l'explorateur, aucun doute possible : ce gigantesque récipient était l'œuvre de l'homme. Et les tessons de poterie trouvés dans le sol nous en désignaient clairement l'auteur : l'Indien toba-qom !

Combien d'autres observations du même genre au cours de ces nombreuses années de convivialité où, en fin de compte, la population – à l'exception de quelques familles réellement entreprenantes – semblait ne plus compter que sur l'aide extérieure pour toutes les solutions à ses maux ou à ses manques!...

Notre projet est venu trop tard ! Les *amis de l'aborigène* avaient conclu l'œuvre de destruction de leurs pères. Par d'autres méthodes plus insidieuses et plus efficaces encore que les cruelles représailles de la gendarmerie appelée à la rescousse par les immigrants de l'époque pour n'importe quel prétendu vol de bétail commis par les Indiens.

On aurait dit que tous les blancs s'étaient ligués pour en finir avec ce peuple qui avait osé survivre à leur invasion. Après le traitement de choc, place aux méthodes douces ! Les uns lui offraient aujourd'hui des frusques et des aliments dont il n'avait nul besoin, mais qui, peu à peu, lui faisaient oublier ses propres ressources et le transformaient bien vite en indigent.

D'autres, les missionnaires, lui interdisaient les saturnales et cultes saisonniers *présidés par Satan*, après les avoir obligés à abandonner plumes, tatouages, fibres de chaguar et pagnes de peaux. Grâce aux haillons dont on leur faisait cadeau, ils pouvaient désormais "s'habiller à l'européenne"...

Et c'est la Science éclairée qui maintenant prêtait main forte aux religieux fanatiques en condamnant sans appel les plantes et procédés de l'homme-médecine, le *pioxonaq*. Oui, tout le monde s'était vraiment donné le mot !

De leur côté, des ingénieurs agronomes – complètement ignorants des multiples ressources alimentaires de la forêt et de leur mode de gestion – étaient venus enseigner à ces Indiens, qui durant vingt mille ans avaient toujours réussi à manger à leur faim, comment déboiser et labourer la terre. Pour semer du coton, bien sûr, cette excellente culture de rente destinée à l'exportation qui, en fait, n'enrichissait que l'État et quelques intermédiaires, stérilisant les meilleures terres en dix ans de monoculture intensive.

Enfin le dieu-tracteur avait définitivement détrôné les bœufs attelés à leur charrue même si, onze mois sur douze, il s'oxydait dans la haute herbe à ne rien faire, tandis que le seul mois où on voulait l'utiliser pour labourer, quand la courte saison humide le permettait, il n'était évidemment pas en état de fonctionner ! Mais, sauf parmi les rares familles dont j'ai parlé, il n'y avait déjà plus dans la communauté ni charrues ni bœufs ni chevaux pour cultiver à des fins d'autosubsistance quelques hectares de maïs, manioc ou patates douces dans les clairières ou dans les franges de pampa alternant avec les zones forestières.

* * *

Les journées raccourcissent. Nous voici déjà à Pâques !

Ce matin, Marisa, qui a passé la nuit à la belle étoile, est venue me raconter les splendeurs de la longue veillée pascale célébrée à Itury. Comme pour s'excuser de son retour à l'aube, elle m'a expliqué que la cérémonie s'était prolongée bien après minuit avec tous les pasteurs et croyants de la contrée qui ne sont pas encore partis à la récolte de coton. Tandis qu'elle parlait, mes yeux ne quittaient pas l'espèce de tunique qui la couvrait, où je crus reconnaître les arabesques du poncho qui ornait encore le métier à tisser de la Mami lors de ma dernière visite. L'avait-elle gardé ? S'était-elle décidée à le porter ?...

Il y avait beaucoup d'ambiance, m'explique-t-elle. Elle aussi raffole de ces explosions d'allégresse qui permettent en ce moment au peuple toba d'échapper à son Histoire et à sa captivité sur la terre de Pharaon, de franchir l'obstacle de la mer Rouge à vol d'oiseau et de s'évader par l'extase jusqu'au sommet du Sinaï, simple escale pour le septième Ciel. Mes dons occasionnels de voyant ne sont rien comparés à de tels prodiges qui ont réussi à faire ici de la transe une véritable institution !

Pendant que Marisa évoque les transports de la Résurrection, qu'elle semble revivre tant son exaltation est grande, mon regard parcourt attentivement la frange ambrée que la teinture de caroubier a tracée sur son poncho. Un motif traditionnel, mais qu'elle a disposé de façon si originale en une sorte d'échelle de Jacob, au pied évasé, et qui va en se ramifiant à mesure qu'elle s'élance à l'assaut des nuages de laine blanche. L'espèce d'hypnose que cette vision produit sur moi, mêlée à l'odeur balsamique du tanin, la voix quasi surnaturelle de Marisa qui me décrit les beautés de l'office, son visage qui resplendit comme celui de l'Archange au sommet de l'échelle mystique me blessent d'une douleur extatique...

Heureusement, elle est elle-même trop absorbée par ses propres émois pour s'apercevoir des miens. Au prix d'un violent effort, je réussis à m'arracher à l'envoûtement qui me gagne pour diriger mon regard vers la fenêtre et le fixer sur l'humble végétation qui nous entoure. En fait de résurrection, les énormes arbres trapus du *monte* commencent à perdre leurs feuilles minuscules : mais c'est un automne plus discret que dans mon pays natal, la végétation ici ne donne pas vraiment l'impression de mourir...

Marisa en a maintenant fini avec sa longue évocation de la veillée religieuse dont elle a si bien su me communiquer la divine allégresse. Je l'en remercie, encore sous le choc de l'émotion, et la félicite pour le superbe tissage qui la recouvre presque entièrement. Un petit sourire malicieux se dessine alors sur ses lèvres...

— Tu vois que je ne l'ai pas vendu !

— Tu ne le regrettes pas au moins ?

— ... Mais ce qu'elles ont rigolé mes copines, hier soir, quand elles m'ont vue débarquer ! Elles m'ont tout de suite traitée de *salteña*...

C'est ainsi que les Indiens désignent leurs voisins métis – originaires de Salta – toujours fidèles à leurs habits traditionnels. Et Marisa de poursuivre son petit récit espiègle qui, après l'overdose d'émotions spirituelles, nous détend un peu l'atmosphère...

Il paraît que les copines rigolaient beaucoup moins quand, peu avant minuit, le vent s'est levé et qu'elles se sont mises à grelotter sous leurs blouses vaporeuses de nylon. Bonne fille, elle me raconte en riant comment elle les a laissées se blottir contre elle sous son ample poncho...

— J'avais l'impression d'être une mère poule, et je le leur ai dit. Et tu sais ce que Susi m'a répondu ?

— ...

— Qu'elle aimerait bien être un œuf de Pâques plutôt qu'une vilaine poulette... surtout si c'est moi qui la couve !

Pauvre Susi ! Une condisciple de treize ans, aînée d'une famille nombreuse. Mère avant d'être enfant, son bébé emporté il y quelques jours par une pneumonie. Le père mort de tuberculose à trente-cinq ans... Comme je comprends ces mots de rien du tout, tellement énormes, où passe toute la détresse des oiselets tombés du nid... Tombés avec le nid !

Je ne connaîtrai pas la suite de la conversation, car Marisa, qui s'était allongée tout habillée sur le lit, vient de plonger dans un superbe sommeil !... C'est l'heure de ma promenade matinale dans un jardin frileux. Ici, c'est l'orientation du vent qui décide de la température, et même parfois de la saison. Pour l'instant, une bise glaciale soufflant du sud nous donne l'impression d'être déjà en hiver... Au pied des arbres qui semblent engourdis, mes petites plantes continuent à produire, mais au ralenti. Heureusement, il me reste encore pas mal de maïs pilé et de farine de caroube gardés au sec dans des jarres en terre cuite...

Grâce à la tranchée creusée derrière le rancho, qui n'a pas encore perdu toute l'eau des pluies d'été, je peux poursuivre chaque jour mes arrosages. Le manioc n'en a plus besoin, ni les haricots géants qui ont fini par s'accrocher aux arbres. Leur production est telle que j'autorise les écoliers à venir de temps en temps à la maraude : ils connaissaient déjà les fèves sylvestres, savoureuses mais si dures à cuire qu'elles rebutent les plus patientes cuisinières ! Et puis le plaisir de grimper aux arbres est sûrement la passion la mieux partagée chez tous les enfants du monde. Une telle constance nous rappelle forcément nos lointaines origines. Après tout, comme aimait le répéter un de mes amis : *"A l'échelle des millénaires, nous ne battons le chimpanzé qu'au sprint"*...

Malgré mes limites physiques, c'est une sensation de régénération, de nouvelle puberté qui m'habite. Je ne comprends toujours pas pourquoi. Mais est-ce si important de comprendre ? Surtout quand il s'agit de bonnes choses qui vous tombent dessus sans crier gare ?...

* * *

Comme l'année scolaire a démarré tout récemment, le congé de Pâques ne sera que d'une semaine. Marisa en profite pour passer une bonne partie de ses journées chez moi et s'initier aux joies du jardinage. J'ai toujours respecté son union spirituelle avec ses frères de race, comme ils respectent la nôtre qui n'est pas moins singulière. Simplement, j'essaie d'élargir, d'enrichir sa vision de l'humble prodige de la vie quotidienne. La germination rapide de certaines graines potagères l'a d'ailleurs beaucoup impressionnée. D'où l'idée qu'elle a eue de répandre un peu partout cette poudre magique sans me prévenir et sans songer à préparer le sol. Alors, bonne chance, petites semences dispersées aux quatre vents !

Ce genre de bévues ne se répète plus. Et quand elle arrache des légumes pour la soupe, elle ne confond plus bettes et chicorées, persil et carottes, oignons et poireaux...

Comme tous les enfants du monde, elle adore arroser, mais il lui est difficile maintenant de plonger le grand seau dans la tranchée dont le niveau d'eau est déjà très bas : elle a trouvé la solution en "allant à la pêche" avec une boîte de conserve attachée à une ficelle qu'elle remonte une dizaine de fois avant de pouvoir remplir un arrosoir. Elle a vraiment l'art de faire un jeu de n'importe quelle corvée...

Afin d'éloigner les nombreux oiseaux qui prélèvent parfois un cachet excessif pour leurs merveilleux récitals, elle a eu aussi l'idée de confectionner un épouvantail très réussi avec de vieux vêtements à moi qui – prétend-elle – ne sont plus bons à rien. Même le chapeau de paille y est passé, encore bien utile l'été dernier malgré quelques vilaines éraflures. Elle a promis de m'en tresser un tout nouveau en feuilles de palmier.

Je n'en ai plus guère besoin pour le peu que je fais encore en ce moment. Et le prochain été, je ne serai plus là. Alors vas-y, déshabille-moi, dépouille-moi de mes nippes... Ou plutôt replante-moi au beau milieu du jardin, tu as bien raison, là où j'aimerais tant être et rester à jamais. Transformé en épouvantail, peu importe ! Que puis-je prétendre de plus ? Un vrai sosie, d'ailleurs, qui me surprend moi-même, et je comprends l'idée géniale qu'elle a eue de terroriser les petits maraudeurs ailés par la présence désormais perpétuelle du patron sur ses terres...

Mais, le lendemain, une idée vaguement machiavélique germait en moi. Pour se faire pardonner son petit larcin, je priai Marisa de me confectionner un chandail ou une pèlerine de laine qui couvrirait les quelques frusques à peine mettables qui me restent. Le but de cette ruse grossière était surtout d'éviter que ses talents de tisserande ne s'étiolent... Elle m'a regardé avec perplexité durant un bon moment, mais j'ai réussi à garder mon sérieux... Eh bien ! c'est entendu... Elle va essayer, mais *je devrai être patient... on ne tisse pas aussi vite qu'on écrit.*

Alors là, bien d’accord !

Les vacances permettent aussi à son frère Ricardo de remplir assidûment ses petites tâches domestiques. La “corvée eau” est sûrement celle qui lui pèse le plus. Eh oui ! maintenant qu’il pourrait l’avoir à portée de la main... S’il voulait bien pleuvoir.

Quand nous nous rencontrons, c’est notre premier sujet de conversation, et parfois le seul. Le garçon voudrait voir s’abattre une de ces formidables trombes qui remplirait en quelques heures sa belle *represa*. Mais cela peut aussi se passer tout autrement. Si on n’a droit qu’à de maigres averses, même répétées, le travail aura été inutile. Par contre, une précipitation d’au moins soixante millimètres suffirait, car seules les eaux de ruissellement peuvent remplir la tranchée. Cela n’arrive guère qu’en été. Mais quelques jours de chaleur – qui surviennent parfois en plein hiver – peuvent nous réserver la surprise d’un violent orage.

De toute façon, le garçon a déjà décidé de se rendre à la récolte de coton. La Mami, qui sent ses forces décliner, a réussi à le retenir jusqu’aujourd’hui. Il lui a promis une bonne provision de bois, ensuite *adios*, il ira rejoindre la plupart des familles indiennes qui sont déjà dans les “colonias” depuis début février. L’attraction est trop forte. Pouvoir avoir un peu d’argent entre les mains et en faire ce qu’on veut, même les pires conneries, c’est ça qui est gai ! Et impossible ici où l’on peut tout juste espérer vivre en bonne santé, si on sait s’y prendre, et être heureux : mais dans le fond, est-ce que cela intéresse vraiment un être humain *normal* ?

“L’Homme est un animal raisonnable.” Cette définition d’Aristote prouve que les plus grands génies sont capables d’énormes bourdes... *Tous les animaux sont raisonnables, sauf l’homme*. Ils connaissent tous leur loi et lui obéissent, une loi sage et innée qui veille sur leur santé, leur équilibre, leur conservation. Comme individu ou comme espèce. Seul l'homme est obligé de l'apprendre laborieusement, cette loi de la raison, et souvent pour le seul plaisir de la transgresser aussitôt.

Mais c'est justement son indocilité d'*animal hyperpsychique* (une meilleure définition ?) qui le projette toujours au-delà de ses limites, de ses forces. A côté de toutes les drogues et passions suicidaires, au-delà de toutes les guerres et aventures homicides, elle lui permet d'atteindre un jour un jardin mystique ou quelque astre lointain... Elle l'incite même à offrir parfois sa vie pour quelqu'un qui ne lui est rien.

* * *

19 avril. *Journée mondiale de l'Indien américain.*

Ici, elle est passée pratiquement inaperçue. Même à Villa Obligado, nos amis n'ont pas réussi à s'entendre pour célébrer dignement cette journée d'hommage. C'est au *Pouvoir blanc* de tout organiser, y compris le "Jour de l'Aborigène" (traduction locale). Et comme ce pouvoir est divisé cette année à cause des prochaines élections législatives, les Indiens livrés à eux-mêmes n'ont finalement rien pu faire.

Emilio, tout penaud, est venu m'en informer hier matin. Il m'a dit qu'à Resistencia, il y aura quand même deux cérémonies parallèles avec, à leur tête, des leaders qui se sont déjà excommuniés mutuellement.

Le plus drôle dans tout ça, c'est que je viens de recevoir du courrier de mes amis d'Europe qui me parlent avec enthousiasme de leurs préparatifs pour commémorer cette journée. Des manifestations sont prévues dans plusieurs pays. C'est que nous sommes – comme l'ont décrété les Nations Unies – dans la *Décennie des Peuples indigènes*.

La Norvège s'est distinguée en y associant le peuple Sami. J'apprends même qu'on prépare dans ma province un hommage aux soldats américains de race indienne tombés lors de l'offensive des Ardennes...

Ce sera très chouette sûrement, même si tout le monde n'a pas sous la main un Raoni ou une Rigoberta Menchu. Il y a en tout cas des étudiants "d'origine indienne" un peu partout; et même de vrais Sioux, Quechuas, Mapuches, Guaranis et tant d'autres, installés en Europe, qui seront sûrement invités à rehausser de leur présence ces cérémonies hautes en couleur, où il ne manquera pas de plumes rutilantes pour éblouir les visages pâles. Et dans leur pays d'origine, comment cela se passera-t-il ?...

En apprenant tous ces projets, je devrais plutôt me réjouir. Eh bien non ! Malgré les cinquante mille Indiens et les quatre ethnies que comptent notre province du Chaco et la province voisine de Formosa, ce sera pour eux un jour de deuil et d'oubli. Un jour d'absence, un de plus... Une date quelconque sur le calendrier.

Au moment où la pression des indigénistes, un peu partout, oblige les gouvernements à reconnaître – au moins théoriquement – les droits des peuples indiens, nombre d'entre eux semblent se diluer dans une brume de plus en plus fantomatique. Décrets, lois nouvelles, réformes constitutionnelles, rien ne manque ici non plus. Avec peu de risques d'être appliqués. Rien que des *tigres de papier ?*

Je regarde avec tristesse ma petite bibliothèque qui me parle de l'histoire de ces peuples, de leurs civilisations, de leur art de vivre, de leurs luttes héroïques... Nos amis tobas, mocovis, pilagas, wichis, tous habitants du Chaco, ne sont pas plus demeurés que d'autres. Je crains fort que l'Occident qui s'approprie tout, y compris les grands mythes indiens, ne se rende même pas compte que sa civilisation est plus que jamais en train de miner toutes les autres, en particulier celles des peuples indigènes, au cours même de cette sympathique décennie qui leur est dédiée !

C'est l'ère de l'arc-en-ciel noir de la légende incaïque. Celle du désastre cosmique. "*Le soleil et la lune pâlissent. La communion entre le Ciel et la Terre est interrompue par la vipère de la nuit qui dévore le serpent lumineux, sexe aux sept couleurs grâce auquel le Ciel féconde la Terre. Même le Río Bermejo –* Fleuve Vermeil *– rugit de douleur et s'est changé en sang depuis la mort d'Atahualpa...*"

* * *

Cette journée se serait achevée dans une sacrée déprime sans la présence de Marisa qui, à elle seule, est un soleil levant dans le crépuscule. Elle aime à présent fureter dans mes bouquins, surtout ceux où il y a des photos, des gens, des paysages. Elle ne lâche plus "*La Historia del Chaco*", du chroniqueur Piacentini. Selon son habitude, elle regarde d'abord les illustrations, puis m'interroge à leur sujet.

Si je lui ai conseillé aujourd'hui de s'intéresser aussi aux commentaires qui les accompagnent, c'est qu'elle a fait de tels progrès dans la lecture qu'elle peut trouver elle-même pas mal de réponses aux innombrables questions qu'elle me pose. Mais sans doute l'ai-je un peu brusquée par ma réplique ? Ce qui m'a valu une petite séance de bouderie qui a duré jusqu'au repas du soir... Décidément, ce n'est pas mon jour de chance !

Je suis resté assis un moment autour de la marmite où mijote un ragoût de pécari aux haricots que ma petite cuisinière a appris a préparer comme un vrai cordon bleu. Si les légumes sont de mon jardin, le *cochon noir,* – comme on le surnomme –, lui, est sorti tout droit du bois.

Mais il n'est pas venu jusqu'ici de son plein gré ! C'est le vieux Dominguez qui, toujours bon pied bon œil, l'a cerné avec ses chiens au moment où l'animal s'en prenait une fois de plus à son petit champ de manioc. Il m'a raconté que ça faisait plusieurs jours qu'il le guettait dès avant l'aube. Mais le pécari à chaque coup l'avait devancé et, la panse pleine, avait eu le temps de prendre le large...

Le vieillard, profitant d'un beau clair de lune, a décidé la nuit dernière de monter la garde à sa façon. Il a dormi contre le vent, à l'abri d'un gros arbuste de vinal, sachant que le moindre bruit le réveillerait. Et c'est bien ce qui s'est passé. Un craquement de branches mortes en pleine nuit et Dominguez ouvrait déjà l'œil. La bête était à bonne distance de lui. Il n'a pas bronché. Les chiens non plus, allongés à ses côtés et attendant ses ordres.

— Le plus difficile, me racontait ce matin le *pioxonaq* encore tout excité, était de contrôler mes nerfs. J'éprouvais une telle rage... Mon cher manioc, je l'avais si bien soigné. Et la sécheresse qui ne m'aidait pas ! Voir mes pauvres plantes bouffées par ce pansu. Il déterre au moins dix tubercules pour un seul qu'il avale... Tu sais que je ne pouvais pas m'empêcher de les compter à mesure qu'il les arrachait ? Mais j'attendais encore, voyant que l'animal continuait à se rapprocher. Quand j'ai pensé que mes vieilles jambes pourraient me porter jusque là, je me suis élancé. Cette fois, j'aurais vraiment été un imbécile si je l'avais raté. J'avais retrouvé ma vigueur de jeune homme... bien décidé à récupérer sous forme de bonne viande tout ce qu'il m'avait volé. Au lieu de fuir immédiatement, mon cochon donnait des coups de groin aux deux chiens et paf ! je lui rentre dans le lard avec mon couteau, une fois, deux fois... J'avais bien visé, il n'a guère souffert ! Sa petite âme, je l'ai accompagnée d'une prière pour qu'elle trouve un asile meilleur...

Le vieillard, fier de son exploit de chasseur, ne me demande pas d'argent. Qu'est-ce qu'il en ferait ? Il ne désire qu'une chose, bien manger toute l'année, et il y parvient. Même ses enfants et petits-enfants, quand ils viennent le visiter du quartier toba de Villa Obligado, faméliques, avec en bandoulière un transistor qui ne les quitte jamais, sont bien contents de ramener chez eux tout ce qu'ils peuvent piller dans le champ de l'aïeul... Alors il a échangé avec moi quelques morceaux de viande contre des fèves qu'il a déjà goûtées et appréciées, et qu'il sèmera – me dit-il – dès qu'il pleuvra.

Marisa, qui surveille toujours la cuisson, a retrouvé sa bonne humeur quand je lui ai raconté la partie de chasse telle que me l'avait décrite le vieillard. Mais surtout lorsqu'il a été question des deux chiens.

— Mais tu les connais, Miguel, ce sont de vrais nabots. Comment un *cochon noir* peut-il avoir peur d'eux ?

— C'est la rage, rien d'autre, qui l'oblige à faire face. Justement, il veut montrer qu'il n'a pas peur. Et puis, au fait, n'est-ce pas un sacré culot de la part de ces deux roquets de s'attaquer à une bête de son calibre ? Et c'est ce faux orgueil qui l'a perdu... Chez les humains, c'est souvent pareil, tu sais.

Et nous reprenons une de ces savantes conversations sur l'homme, la société, la vie, la souffrance, la mort, dont elle ne se lasse pas; ce qui vraiment me sidère. Par mes contacts avec les grands élèves de l'école, je sais que ce ne sont pas pour eux des sujets folichons. Ici pas plus qu'ailleurs...

Et aussi sur les choses de l'amour.

Mais là, curieusement, elle n'accroche pas du tout, Marisa. Quand, par le hasard de la conversation, on aborde ce thème, elle fait la distraite. Il faut passer à autre chose pour relancer son intérêt. Je suis fort intrigué. Faut-il jouer la discrétion ? Ou essayer d'en savoir plus ?

Aujourd'hui je décide de passer outre, et lui reparle de l'aventure de Susi, sa condisciple de treize ans. Son bébé, fruit inattendu – mais pas tellement exceptionnel ! – de la dernière récolte de coton, n'était resté que quelques jours dans les bras de sa petite maman, avant de s'envoler à tire-d'aile au pays des *papillons d'or*....

— Pourquoi tu ne dis rien, Marisa ? Vous êtes restées de bonnes copines, tu m'as même parlé d'elle le jour de Pâques...

— Et alors ?

A la façon dont elle retrousse son petit nez, il est clair que mes questions l'importunent.

— Tu pourrais au moins me dire comment elle va maintenant...

De nouveau un long silence avant que la fillette ne se décide à laisser tomber lentement et d'une voix hésitante cette phrase étrange :

— Moi, Miguel, je voudrais surtout... j'aimerais bien... que tu me parles... d'une terre sans mal.

— Une terre sans mal ?

— Tu dois la connaître... tu sais tant de choses !

Marisa va toujours droit là où elle veut aller. Elle m'a répondu en me posant une question.

La *Terre sans Mal*... Oui, j'en ai entendu parler. Une vieille légende d'origine guaranie qui s'est diffusée parmi tous les peuples voisins, y compris chez les Toba-qoms, mais dont on parle pourtant peu ici.

Je lui explique que nos voisins, les Tupi-guaranis, ont traversé, durant des siècles, déserts et forêts à la recherche de cette terre promise où il n'existe ni maladies, ni souffrances, ni guerres, ni mort... Le paradis, le nirvâna, mais situé quelque part sur cette terre.

— Et ils l'ont trouvée ?

— On l'aurait su. Et tout le monde y aurait couru. Et on se serait tous entre-tués pour y entrer ou pour y rester...

Après une longue pause, j'entends enfin sa petite voix, altérée par la tristesse, la déception.

— Je crois que je comprends. C'est impossible. Ça ne peut pas exister, une terre sans mal. Ça n'existera jamais... C'est bien ça ?

Dans la pénombre crépusculaire, où ne brille encore aucune étoile, la masse des buissons d'épines se fait de plus en plus menaçante. Une flamme qui se redresse éclaire subitement le visage de la fillette où coulent des larmes silencieuses. Elle la sensitive, moi l'écorché vif... mais quel but peut bien poursuivre le destin en nous réunissant ? Le dessein cruel d'augmenter notre douleur ou l'envie joyeuse de nous la voir surmonter ensemble ?...

J'en suis tout retourné. Et me revois, à son âge, grondé par mon père pour "pleurer sans rime ni raison". Je n'avais pas trouvé les mots qu'il fallait pour lui donner les motifs de ma tristesse, la même que devait ressentir Marisa en ce moment. Elle, du moins, n'aura pas besoin de m'expliquer.

Pour la calmer, je lui ai pris la main et, dans l'obscurité où seules rougeoient quelques braises comme un espoir, s'échappent de mes lèvres les versets du prophète.

— *Le loup habitera avec l'agneau, le léopard se couchera près du chevreau, le veau et le lionceau seront nourris ensemble, un petit garçon les conduira. La vache et l'ours auront le même pâturage, leurs petits auront même gîte. Le lion, comme le bœuf, mangera du fourrage.*

Le nourrisson s'amusera sur le nid du cobra, sur le trou de la vipère l'enfant étendra la main...

Marisa a laissé sa tête reposer contre mon épaule. C'est un moment prodigieux. Je pourrais croire que le seuil de l'Éden n'est plus très loin. Que les noces de la poésie et de l'amour vont enfin nous donner leur fruit : un petit coin de *terre sans mal.*

Mais des signaux couleur de sang, émis je ne sais d'où, bombardent aussitôt mon cerveau, comme s'ils voulaient chasser la petite colombe de la paix qui est venue se réfugier un moment auprès de moi. Impossible de couper l'émission. Les pires nouvelles m'accablent. Des ricanements en forme de versets sataniques parodient maintenant ceux d'Isaïe.

— *Et c'est ainsi que le grand troupeau des humains et des animaux fraternisa. Et qu'il ne se fit plus rien de mauvais ni de corrompu sur cette terre. Jusqu'à ce que, n'ayant plus un fruit ni un brin d'herbe à se mettre sous la dent et refusant toujours de s'entre-dévorer, ils rendirent tous leur belle âme à Dieu...*

Le Ciel et la Terre seront-ils à jamais irréconciliables ? La traversée du désert interminable ? La terre promise une vaine promesse ?...

Pourtant la tourterelle toujours posée sur moi est bien du même sang que celle qui annonça à Noé la fin du déluge. Et l'arc-en-ciel qui resplendit alors ne scella-t-il pas un pacte d'alliance définitif entre la chair et l'esprit ? Dans ce cas, la mort ne devrait plus être une intruse. Pas plus que le sommeil, cette mort provisoire sans laquelle toute vie provisoire est impossible.

Et s'il existait déjà quelque lointaine planète où *vivre d'amour et d'eau fraîche* soit devenu une vieille habitude ? Un autre espace peut aussi vouloir dire un autre temps... Pourquoi ne pas dormir tranquilles et mourir en paix, reposer dans nos chrysalides, y guérir de nos maladies et de nos vices, y grandir et mûrir tout le temps qui sera nécessaire ? Avant de sortir fringants de nos tombes, de renaître de nos cendres. Après tout, si le rêve multimillénaire d'Icare et de tant d'humains de pouvoir voler comme l'oiseau s'est un jour réalisé, comment le fabuleux Phénix ne nous tracerait-il pas la voie, à son tour, pour un envol plus décisif ?

Et quelle importance peut bien avoir le nombre d'années (-lumière) qui nous séparent encore d'un tel exploit ?

La petite colombe a repris sa forme humaine. Elle s'active autour du foyer, ranime la flamme en soufflant sur les braises, ajoute un peu d'eau au ragoût pour éviter qu'il ne brûle. Ces gestes n'ont rien de trivial. Marisa officie au culte du feu qui, lui aussi, à sa manière, transforme la mort en vie.

La lune profile maintenant sa corne d'abondance et, sous un ciel de plus en plus constellé d'étoiles, nous dégustons notre repas en silence, presque religieusement. A nous deux, nous avons réussi à vider la marmite... J'en profite pour féliciter l'experte cuisinière. Et lui faire remarquer que nos émotions ne nous ont heureusement pas coupé l'appétit. Ce petit repas me vient à point pour tenter de nous réconcilier avec notre quotidienne et si imparfaite planète.

— Tu vois, Marisa, le cochon a été bien heureux de manger le manioc de Dominguez les soirs de clair de lune... Et maintenant son tour est venu de nous faire plaisir. Ainsi qu'au vieillard qui vient de sauver son petit champ ! Qui profitera à lui, à ses enfants et encore sûrement à quelques cochons aussi gourmands... que nous !

Tant qu'un être comme Dominguez sera là et respectera la règle du jeu – qui *n'est pas sans malice* –, il y aura quand même du bonheur pour lui et pour beaucoup d'autres sur cette terre... et *ce n'est déjà pas si mal* !

Elle sourit. On dirait qu'elle a compris. Peut-être estelle même d'accord... Mais c'est inutile d'aller plus loin aujourd'hui. L'heure n'est pas encore venue pour elle d'ouvrir son coffre à secrets...

Mais je sais au moins, maintenant, que tu as dû avoir un jour bien mal, *Papillon*, pour rêver si fort, toi aussi, d'une terre où le mal n'existerait pas...

* * *

Quand les soirées sont douces, nous restons assis un moment autour du feu à bavarder ou à rêver en silence, selon l'humeur du moment. En suivant le tournoiement des flammèches, notre regard croise le vol des lucioles, qui le portent jusqu'au ciel étoilé. Pourquoi certains astres traversent-ils si rapidement le ciel au lieu de rester sagement à leur place ? Hier soir, Marisa paraissait en verve. Quand elle m'a posé cette question, je croyais l'étonner en lui expliquant qu'il s'agissait de satellites et que quelques-uns d'entre eux étaient habités. Eh ! bien non... elle a semblé trouver cela tout naturel.

— Ils ont fait comme l'autruche, les chiens et les petits enfants...

Du coup, c'est moi qui ne comprenais plus ! Alors, tentant de me désigner du doigt une des nombreuses constellations de la Voie Lactée, elle m'a raconté une bien étrange histoire.

— Ce soir-là, trois bambins couraient après une autruche. Quand les chiens ont réussi à l'acculer à l'orée du bois, elle a fait un grand bond en avant pour tenter de voler, mais ils se sont jetés sur son dos, et les enfants aussi. Encore un nouveau saut, et hop ! la voilà qui réussit à ouvrir toutes grandes ses ailes, comme au temps où elle savait voler, et elle s'est mise à monter en tournoyant jusqu'au ciel. Quand ils se sont tous retrouvés là-haut, l'autruche, et les chiens, et les trois petits, le ciel leur a paru si beau qu'ils en ont oublié la terre, la chasse, la faim. C'est ainsi qu'à force de contempler les étoiles, ils ont fini par leur ressembler... Est-ce que tu les vois là-haut ? La plus grosse, c'est l'autruche, et elle indique l'*anagá*, le sud. Dis, est-ce que tu la vois ?

Oui, il me semble... cependant le doigt de Marisa est si mignon pour désigner ces lointaines merveilles que je ne suis pas tout à fait sûr que nous regardions les mêmes étoiles. Qu'importe !... C'est de nouveau d'une *terre sans mal* qu'elle me parle à travers une des jolies légendes du peuple toba.

Et, poursuivant sur sa lancée, la voilà qui me conte d'autres aventures plus extraordinaires les unes que les autres, faisant monter au ciel tout à tour un lièvre, un quirquincho, un cheval, des poissons, un serpent, un mouton, toute une ménagerie !

Et ce n'est pas tout... Un jour, un de leurs fameux caciques qui ne descendait jamais de sa monture – au point que les gens racontaient que lui et son cheval ne faisaient qu'un – s'est trouvé cerné par les méchants soldats. Alors l'étalon s'est cabré et, après un terrible hennissement, il a réussi à bondir avec son cavalier dans les airs... Projetés sur le sol par le souffle furieux de l'animal dont les naseaux lançaient des flammes, ses ennemis ont suivi cette prodigieuse ascension, et ce sont eux-mêmes qui ont raconté l'événement à tout le voisinage, indiquant du doigt à leurs auditeurs médusés le miraculeux refuge du cacique.

Mais Marisa met beaucoup plus de temps que moi – et surtout plus de talent – pour raconter cette histoire qu'elle tient comme toutes les autres du *yapé*, son regretté grand-père. Ce devait être un fameux conteur ! Elle accompagne son récit de gestes théâtraux, imite à merveille le hennissement du cheval, et ce sont ses yeux – où se reflète le feu de bois – qui maintenant lancent des flammes... Une fois de plus j'essaie, non sans mal, de suivre les zigzags que son index trace dans le ciel. Évidemment les constellations de l'hémisphère sud me sont connues sous d'autres noms, mais ce sont aussi des figures d'animaux ou de héros mythiques. En tout cas, oui, les Poissons sont bien là, et le Serpent, et le Bélier, et Pégase, et la Croix du Sud. Et même le fabuleux Centaure !

Comment expliquer cette connivence des mythes entre des cultures qui ne s'étaient jamais rencontrées ? Question qui en appelle une autre, plus singulière encore. Pourquoi cette éclosion brutale des civilisations sur divers continents, dans des contrées parfaitement isolées les unes des autres, il y a de cela quatre ou cinq mille ans, c'est-à-dire *exactement à la même date* si l'on tient compte du long et traînaillant pèlerinage de l'humanité ? Messages reçus d'ailleurs, ensemencement en des lieux choisis d'un nouveau savoir, comme il en fut peut-être auparavant de la vie ?

Ce qui est certain, c'est que, depuis bien longtemps, l'homme n'a cessé de peupler les cieux d'êtres familiers ou fantastiques. Seulement pour exorciser sa peur vertigineuse du vide infini ?... C'est aussi au firmament qu'il a toujours projeté le monde idéal dont il rêvait. Ces jolies fables ont moins d'attrait depuis que nous avons réussi, pour la première fois, à envoyer réellement au ciel – à la lisière du ciel plutôt ! – des singes, des chiens, des plantes et même des hommes qui n'ont pas rencontré les merveilles espérées, comme l'avouait naïvement un cosmonaute à son retour sur terre...

Alors nous nous inventons d'autres histoires. C'est l'Espace maintenant qui, de ses profondeurs abyssales, nous délègue de mystérieux visiteurs. Fables ? Ou simplement prémonitions imagées de ce qui se passera, de ce que nous comprendrons plus tard ? Comme ces contes ravissants qui, à leur manière, ont préfiguré nos premières mises sur orbite ?

La nuit fraîchit, l'heure est venue de nous réfugier dans la tiédeur agréable du rancho. Les yeux encore tout pleins d'étoiles, je me prends à rêver de ma réincarnation dans un petit soleil. De là-haut, tout doit être si beau ! Comme dans tous les panoramas, où la moindre laideur n'est plus décelable. Peut-être le monde est-il parfait, et seule notre vision ne l'est-elle pas... En tout cas, je sais que chaque soir, Marisa me regardera et que je resterai dans ses yeux toute la nuit, dans son cœur tout le jour. Je pourrai même – qui sait ? – devenir sa *bonne étoile*, la guider tout au long de sa vie !

Mais c'est sûrement trop prétendre... D'abord la guider, moi qui n'ai jamais su comment sortir de mon labyrinthe ! Et puis, *une étoile*, devenir une étoile, rien de moins ! Un nuage, oui, peut-être, en tout cas une goutte d'eau, rien qu'une petite bulle dans le ciel.... Capable de refléter parfois le soleil... De devenir, aux yeux de *Papillon*, une perle sertie dans l'arc-en-ciel, de lui plaire, de l'émouvoir ! Qu'espérer de mieux ?...

Pendant que je rêve tout éveillé, Marisa, sans doute épuisée par cette longue soirée, dort déjà d'un profond sommeil. Depuis tout un temps, elle a pris de bonnes habitudes. Tout d'abord, il est rare qu'elle me réclame encore les photos, et quand elle le fait, elle ne me harcèle plus de ses questions. Par contre, elle me demande souvent si elle peut me lire à haute voix un passage du livre qu'elle a choisi. Elle accepte aussi parfois l'épreuve des dictées à laquelle je la soumets.

Mais il arrive que la fillette refuse d'être importunée par quoi que ce soit, surtout par les devoirs et leçons ! Ce sont les soirs où elle s'adonne avec frénésie à sa création de "kaléidoscopes". Je n'ai toujours pas trouvé de meilleur terme pour désigner cette mosaïque de cristaux multicolores qui s'échappent de ses mains comme les paillettes d'une baguette magique et qui me font miroiter tout ce que j'aime... ou redoute le plus ! La seule fois où je me suis vraiment fâché, la menaçant de lui confisquer le bloc de papiers, elle s'est mise à sangloter, mais sans interrompre un instant son travail. J'ai bien dû céder, reconnaissant alors en elle l'autorité d'un dieu supérieure à la mienne.

Lorsqu'elle sent que le sommeil la gagne, elle n'oublie plus de se dévêtir et ne se laisse plus tomber comme une masse n'importe où, n'importe comment... Non, elle s'installe bien à l'aise, calant un oreiller à la tête du lit pour poursuivre une dernière lecture jusqu'à ce que la fatigue l'emporte au pays des songes.

Par contre, elle n'a pu se défaire d'un réflexe qui est apparu cette fameuse "nuit de la comptine". A peine suis-je allongé à mon tour que, sans se réveiller, elle se blottit instinctivement contre moi. Elle qui auparavant gardait toujours soigneusement ses distances ! Comme je m'étais réhabitué à mes aises de célibataire, j'ai plutôt envie de dormir commodément. Mais inutile. Dès que je m'éloigne d'elle, elle se rapproche aussitôt. Ses petites mains m'agrippent comme les serres d'un jeune rapace apeuré qui peut faire mal sans le vouloir, mais dont la plume caresse et soulage aussitôt la griffure.

Depuis qu'elle est là, elle m'a fait entrevoir trop de belles choses pour que je puisse encore la soupçonner de diablerie ! Si son comportement obéit à quelque rite mystérieux, pourquoi ne pas penser plutôt qu'elle nous vient du pays des fées ? Certaines ont entouré notre berceau, d'autres ne peuvent-elles pas veiller sur notre lit de mort ?... Il m'a fallu quelques nuits pour m'y faire. Aujourd'hui, tout me paraît si normal, si agréable aussi. Dès que je m'allonge, les bras de Marisa endormie me cherchent et ce contact physique, au lieu de me peser si peu que ce soit, me tient à flot toute la nuit. Je ne sombre plus. Finis les cauchemars et les sueurs nocturnes ! Je me sens, chaque nuit, un peu plus dégagé du limon terrestre, comme si elle voulait m'aider déjà à prendre mon envol...

Finis aussi les calmants, depuis quinze jours, sauf parfois, quand la douleur physique est vraiment trop forte : je la laisse entrer doucement dans ma chair comme la pointe d'une lance, sans résister, ça fait beaucoup moins mal. A chaque coup, on dirait qu'elle tranche un nouveau lien. C'est une souffrance vive, précise, mais qui ne vibre plus, ne se répand plus en "ondes expansives" comme auparavant. Il faut croire qu'il y a aussi tout un art de souffrir.

•

Et quand le mal se retire, un étrange bien-être m'envahit. Je me sens chaque fois un peu plus léger. Oui, c'est de nouveau un nœud fatal en moins... Ce corps qui durant neuf mois s'est tissé, fibre après fibre, est en train de s'effilocher de la même manière afin de revenir, comme de juste, à sa plasticité originelle. Accueillante à toute autre forme, à toute autre aventure pourvu qu'elle soit plus vivace, plus bondissante encore !

De brouillons en brouillons, nous finirons bien par produire un jour cet embryon exquis que les savants cherchent obstinément au fond de leurs éprouvettes. Sans la connaissance du corps volatil, leurs manipulations hasardeuses pourront créer facilement des monstres, difficilement des dieux. Les messies, les grands messagers sont nés d'alchimies infiniment plus subtiles que les prouesses de nos modernes laboratoires.

Mai

Comme je ne peux plus sortir beaucoup, j'ai droit à la visite de temps en temps des délégués de l'association indienne.

Eux aussi se font du souci pour ma santé. Je leur conseille de s'inquiéter plutôt pour leur forêt, toujours menacée. Surtout depuis qu'ils m'ont appris que la multinationale a ouvert un nouveau chantier à l'intérieur même du domaine toba, grâce à des contrats d'exploitation passés directement avec des petits propriétaires *criollos*. Je comprends mieux pourquoi le vrombissement jusqu'ici lointain des tronçonneuses se rapproche de jour en jour, parvenant même à couvrir à certaines heures le chant des oiseaux.

Il paraît que les familles indiennes voudraient maintenant en faire autant. Qu'on rase tout ! Qu'on s'en mette plein les poches, plein la panse ! Un jour ou deux. Un an ou deux ?... Pas plus, forcément ! Après ? Qu'on aille tendre la main aux manitous du *pueblo* ! Si c'est ça qu'ils veulent tous, eh bien ! qu'est-ce qu'ils attendent ?...

Les délégués baissent la tête devant mon courroux qui me redonne subitement des forces. Je leur fais mes excuses. Ce qui augmente encore leur embarras. Finalement, nous nous regardons tout penauds, sans un mot ! Un silence bienvenu qui nous permettra d'invoquer le grand Esprit pour lui demander peut-être d'éclairer nos cœurs confus.

Quand nos amis d'Europe apprendront ça, ils vont encore en faire une tête ! Nous sommes vraiment des nigauds, des bons à rien. Ou alors... c'est qu'on se la coule douce ici. Il n'y a pas d'autre explication !

Ils sont bien braves, nos alliés européens. Quelques-uns s'illustrent dans des forums internationaux, confortablement installés aux tribunes, et puis nous écrivent... pour demander des comptes parce que leur intervention en haut lieu, six mois plus tard, n'a pas encore produit sur le terrain le résultat escompté. Par exemple, l'expulsion des intrus blancs et métis qui n'ont toujours pas bronché, mesure sans laquelle, d'après eux, il n'y a pas de *territoire indien.*

Pour leur permettre de mieux comprendre, il m'est arrivé d'inviter l'un ou l'autre de ces experts à vivre quelques mois au milieu de la forêt qu'ils célèbrent et des Indiens qu'ils vénèrent. L'invitation a toujours été déclinée : c'est trop long, le temps manque, il y a trop de choses sérieuses à faire là-bas... Parfait, mais dans ce cas, ils risquent de ne jamais savoir de quoi ils parlent exactement. Et cela, est-ce bien sérieux ?

Juste quelques visites et courts séjours d'amis, de connaissances. Il est rare qu'ils rentrent hypermotivés au pays... L'un d'eux m'a même fait un jour cette confession ingénue (ou cynique ?) qu'*il ne pardonnerait jamais aux Indiens d'avoir brisé ses rêves...*

Dans ce cas, ne vaut-il pas mieux rester tranquillement au pays à organiser nos "fêtes de charité" (ça ne s'appelle plus comme ça, mais c'est pareil) avec leurs inévitables menus typiques et leurs musiques exotiques ? Voilà du moins qui ne fera de mal à personne, mais renforcera l'amitié et la bonne humeur entre les peuples... pardon entre les convives. Finalement il restera bien quelques petits bénéfices en faveur du lointain projet quand les invités rentreront chez eux le cœur réjoui, l'estomac garni et la conscience en paix.

Pardonnez-moi, mes amis, si j'ai tout l'air d'un mufle. Il vous arrive aussi, à certains du moins, de passer des nuits blanches. De n'être pas satisfaits par le ronron de la coopération. De chercher désespérément d'autres pistes. Alors, peu importe où nous vivons, *nous sommes ensemble*. Et ensemble nous pérégrinerons vers un monde que nous ferons meilleur, même si – dans notre enthousiasme qui est déjà un grand bonheur ! – cette quête nous coûte sueur, sang et larmes durant quelques dizaines d'années encore... ou quelques millénaires.

Après cette longue minute de silence, j'ai rappelé aux délégués indiens la déception que les résultats incertains de notre lutte provoquent chez nos lointains alliés. Ils m'ont demandé ce qu'ils pouvaient bien faire de plus, pour l'instant, que la récente pétition parue dans la plupart des journaux de la région et à laquelle les radios F.M. ont également fait bon accueil. Une nouvelle manifestation n'aurait aucune chance de mobiliser les gens en pleine récolte de coton.

Profitant lui aussi des médias, le gouvernement a répliqué que les signataires avaient été manipulés par des activistes cherchant uniquement à "politiser le débat". Il s'est même fait l'écho des rumeurs publiées récemment dans un hebdomadaire de Buenos Aires selon lesquelles un groupe d'indigénistes étrangers, alliés à des communistes argentins, auraient projeté de créer dans le Chaco un réseau du Sentier lumineux !

Dans le même communiqué, le gouvernement réaffirme, par contre, sa pleine confiance dans les compagnies forestières qui ne manqueront pas de s'acquitter de leurs engagements en matière de reboisement. Pour le moment – prétend-il – les taxes prélevées sur les bénéfices de la vente du bois rapportent déjà suffisamment pour financer des projets d'intérêt public (il ne dit pas lesquels) "indispensables au bien-être de toute la population". Redondances classiques de la langue de bois toujours fort en honneur ici...

L'un des délégués m'a remis le *Boletín de las Comunidades Indígenas*, publié par une coordination nationale d'organisations pro-indiennes, qui évoque dans son dernier numéro les difficultés que nous rencontrons en ce moment.

On en a profité pour se poser un tas de questions. Pourquoi, il y a quelques années encore, était-il possible de mobiliser la population ? Pourquoi a-t-elle manifesté dans la capitale de la province en bravant l'interdiction officielle ? Pourquoi ne s'est-elle pas laissé intimider par les coups de feu tirés par des intrus *gringos* qui, déjà installés sur la terre indienne (certains individus s'étaient adjugé jusqu'à cinq mille hectares !), tentaient de saboter la lutte revendicative ? Pourquoi les habitants ont-ils réussi à bloquer, durant une dizaine de jours, la route n° 8, seule voie d'accès au domaine lorsque le gouvernement tardait à réaliser la démarcation promise ? Pourquoi ont-ils obtenu la visite à Tarkidola du Prix Nobel de la Paix, Adolfo Pérez Esquivel, ensuite celle du Président de la

Nation, Carlos Menem en personne, venu confirmer la restitution de leur terre aux Tobas et aux Wichis ?

Et comment expliquer aujourd'hui, après de tels événements, le désintérêt croissant que tout le monde peut constater ? Qu'est-ce qui pousse tant d'Indiens à partir et à réclamer déjà le droit de vendre leurs arbres et même leur terre ?

Des bribes d'explications ont été mises bout à bout, où dominait un constat : l'attraction chaque fois plus forte de la ville. L'assistance sociale, alimentaire et sanitaire y existe. La fée électricité aussi. La présence des églises et des partis politiques qui, dans leur prosélytisme, ont toujours à distribuer quelques miettes tombées de la table du riche...

En croyant faire œuvre utile – une œuvre qui s'ébruite vite ! – ces bons apôtres contribuent au dépeuplement des campagnes et des forêts, transformant les pauvres en *dépendants désœuvrés* : en mendiants, pour parler clair, dont les longues files se pressent aux guichets des bureaux de bienfaisance de l'État et des associations privées. Convertissant peu à peu cette fière race de gauchos en un veule troupeau de quémandeurs. Lesquels préfèrent parfois le vol, le crime, la drogue, la prostitution et autres expédients de la jungle urbaine qui leur confèrent un statut de hors-la-loi plus honorable, estiment-ils, que celui de mendiant.

D'un côté, le drame de la surpopulation. De l'autre, celui du désert humain !

Pourquoi une partie de cette assistance destinée à remplir un tonneau sans fond ne serait-elle pas investie dans des plans harmonieux de développement rural et forestier ? On parviendrait ainsi à *humaniser* une nature dans laquelle, il est vrai, on ne se voit plus très bien vivre comme des "primitifs". Et à stopper le chancre tentaculaire d'une cité devenue désormais ingérable et *dénaturée*.

Mes interlocuteurs indiens semblent plus perspicaces que moi lorsqu'ils me font remarquer que *tout ça, c'est fait exprès*. Avec leurs mots à eux, abrupts mais précis, ils m'expliquent que, même s'il faut entretenir quelques pauvres de plus, les riches gagnent davantage en s'emparant des terres où désormais plus personne ne vivra... Peu importe s'il s'agit d'un pillage pur et simple, comme dans le cas de notre multinationale forestière : l'État ferme les yeux, car les concessions et ventes de terres publiques à des sociétés spécialisées dans la mise à sac lui rapportent momentanément *(après nous les mouches !)* beaucoup plus que les maigres impôts acquittés par les petits producteurs locaux. Et l'universelle loi du moindre effort fait le reste, puisque ceux qui savaient travailler (sans l'aide de personne) auront vite fait de désapprendre... et de se recycler dans toutes les formes subtiles de la mendicité ou de la délinquance.

C'est Emilio, le seul délégué habitant notre village – toujours si aimable envers moi – qui rappelle aussi que mon idée de mettre la presse dans le coup, jusqu'à la chaîne nationale de télévision, avait été payante à l'époque. Il évoque en même temps les échos de notre lutte parvenus jusqu'en Europe et les appuis diplomatiques qu'elle a pu y rencontrer... En disant ce genre de choses, il essaie visiblement de me faire plaisir. Veut-il me remonter le moral, au moment où, c'est vrai, j'en ai tant besoin ? Mais pas de chance ! c'est l'effet contraire qu'il obtient. Car – même si Emilio exagère mes mérites qui sont aussi ceux d'autres alliés d'ici et de là-bas – il a forcément souligné l'importance de l'*engouement extérieur* et relativisé d'autant la lutte assumée par les habitants eux-mêmes... et cela ne me plaît guère.

Nous sommes en tout cas tombés d'accord sur la nécessité de stopper à tout prix l'infiltration de la multinationale forestière dans le domaine toba afin que celui-ci conserve son statut de terre protégée, avec toutes les ressources qu'il contient, pour le jour où ceux qui n'auront pas déserté (et peut-être aussi des nouveaux venus) comprendront tout ce que cette richesse signifie pour eux et sauront en faire un bon usage.

* * *

Après le départ des délégués, cette conclusion m'a paru bien naïve. Est-ce que ce jour-là arrivera jamais ? La démobilisation n'est-elle pas plutôt un fait général et irréversible ? Ne la connaissons-nous pas depuis longtemps déjà dans les pays dits développés où la seule chose qui compte désormais est de "maintenir les acquis", de bétonner à mort notre standing. *A mort*, le mot est bien choisi, car les conséquences funestes du déséquilibre mondial semblent ne plus intéresser personne. *L'imagination au pouvoir !*... pas davantage. Malgré tous nos savoirs et pouvoirs accumulés, on se résigne au malheur des autres, et cela s'appelle "garder l'espoir"; chez soi, on s'incline en bougonnant devant la tyrannie de l'Économie, et cela s'appelle "garder confiance".

Jusqu'ici l'exploitation de l'homme par l'homme, si impitoyable fût-elle, se faisait de façon visible. La nouveauté aujourd'hui est que non seulement elle passe de plus en plus inaperçue, mais qu'elle réussit à s'identifier en quelque sorte à la *condition humaine* grâce à de savantes manipulations.

Ce genre d'heureux conditionnement a été inventé bien avant la race humaine par la fourmi *Polyergus* contre laquelle je dois souvent me défendre. C'est un apocrite géant qui dispose de puissantes mandibules et de dents pointues. Sa morsure est aussi douloureuse qu'une piqûre de guêpe. Mais si prompt à l'attaque, il n'a aucun goût pour le travail et ne parvient même pas à se nourrir lui-même.

La solution que l'insecte a trouvée, c'est d'envahir le nid de laborieuses ouvrières pour s'emparer de leurs larves – telle la *Formica fusca* – qui, en éclosant, accepteront spontanément les auteurs du rapt comme des congénères, alors qu'elles n'ont rien en commun et surtout pas leurs tailles disproportionnées !

Mais, à partir de ce moment, les caïds pourront passer leur temps à se balader, à se pavaner, à se livrer aux jeux du combat et de l'amour, bien nourris par la petite ouvrière qui, conditionnée pour vaquer sans arrêt à ses tâches absorbantes, n'a aucune "raison" de se rebeller.

Le monde entier, ou presque, s'est libéré des potentats, qui restaient malgré tout des êtres humains avec leurs inévitables défauts de la cuirasse. Mais il est tombé dans une tyrannie pire encore, celle de l'argent. Le monstre le plus froid et le plus destructeur qui soit, mais... si invisible et si abstrait ! Et c'est bien là sa force, car il n'effraie personne, et surtout pas les "honnêtes gens". Il a même réussi à nous faire croire que le *monde libre* avait gagné la partie...

La société *anonyme* si bien nommée, devenue entretemps *multinationale*, apatride, peut aujourd'hui écouler impunément sa camelote grâce à de merveilleux messages qui utilisent les plus nobles matériaux de la Création : l'art, la beauté, le sexe. Ce qui prouve en passant que même les artistes et les poètes, volontiers rebelles, sont tombés dans le piège du nouvel esclavage doré !

Le business mondial de l'audiovisuel, poussant encore plus loin la dépravation, est devenu un des commerces les plus lucratifs sur le marché mondial de la violence, de la drogue, du stupre. Hier, on sacrifiait des enfants au dieu Moloch. Aujourd'hui, on les immole à l'argent d'honnêtes clients qui, sans se salir les mains, satisferont leurs fantasmes à distance en décrétant – sans même avoir eu un mot à dire – le viol, la torture et l'assassinat de milliers de petits innocents. A force de banaliser le meurtre et l'horreur, ceux-ci sont devenus des produits hautement rentables. A force de ne plus montrer qu'une planète brutale et perverse, elle le devient, en effet, un peu plus chaque jour !

La régression démocratique est en bonne voie : il y a de moins en moins d'états souverains et de libres citoyens face à un tel pouvoir de manipulation. Mais personne n'ose avouer que *le roi est nu*. Surtout pas ceux qui sont censés nous gouverner. Ils préfèrent nous dénoncer de temps à autre les coups fourrés de quelques *mafiosi* amateurs afin de distraire notre attention de la grande mafia professionnelle qui, par sa puissance financière inégalée – anonyme et apatride –, finit par contrôler les états et les économies de toute la planète.

Business is business. Voilà le nouvel Évangile ! Le mot n'est pas trop fort puisqu'il a commencé à supplanter, depuis des siècles, la "bonne nouvelle" des *Béatitudes* au sein d'Églises conquérantes qui ont fini par faire des nations chrétiennes les plus riches et les mieux armées du monde ! Une évangélisation tellement réussie qu'aujourd'hui elle guide et catapulte l'humanité dans sa grande marche en avant, que nos éminents dirigeants s'essoufflent à rattraper en se disant *in petto* : "Puisque la réalité nous échappe, feignons du moins de l'organiser"...

Accablé par ce déferlement d'idées noires, j'ai fini par reprendre plus à fond la lecture du *Bulletin des Communautés Indigènes* que m'avaient laissé les délégués de la Commission. Et voilà que, comme un écho plutôt bienvenu, je tombe en page 12 sur l'antique prophétie des Indiens Hopis :

Quand la terre deviendra malade et que les animaux disparaîtront s'avancera une tribu de gens de toutes les cultures qui la restaureront dans sa beauté antérieure.

Après tout, le monde ne s'est pas fait ni défait en un jour. Il lui faudra aussi le temps de se refaire... Ce n'est pas une question d'années, comme le calculent tous les auteurs de "projets", mais bien de générations. Le plus important pour l'instant ne serait-il pas tout simplement de sauver les meubles ?

Jusqu'à ce que les pionniers d'un nouvel âge *restaurent un jour la terre dans sa beauté antérieure...* Qu'ils se recrutent ici parmi les Indiens, cela me ferait rudement plaisir. Mais après l'an 2000, qu'est-ce que cela signifiera encore ? Comment se divisera alors l'humanité ? Selon la couleur de la peau ou *selon la couleur du cerveau*, la couleur des idées ?

L'essentiel n'est-il pas que cette forêt soit toujours debout ? Parmi quelques autres sauvées de justesse ? Cela valait bien le sacrifice d'une petite existence humaine... si je pense que la mienne n'aura servi qu'à cela. Permettre à cette terre – malgré l'avancée des déserts – de connaître encore la rosée matinale et le vol nocturne des lucioles ! Parmi les autres messages lumineux que nous envoient chaque nuit les satellites-explorateurs. Le temps qu'il faudra aux grands voyageurs de l'Espace que nous sommes tous d'apprendre à mieux connaître et remplir notre mission...

* * *

Le soir au coin du feu, j'ai reparlé à Marisa de sa terre et de sa forêt menacées. Je voulais savoir ce qu'elle en pensait... Mes cours d'histoire avaient-ils été bien donnés ? Avait-elle retenu la leçon ? L'heure n'était-elle pas venue d'effectuer un premier *bilan* ?

— Dis-moi comment tu ferais, toi, pour que la forêt ne soit pas rasée...

— Qui coupe les arbres ? Qui les achète ?... C'est pas vous, les blancs ?

— Évidemment... Il y a aussi quelques Indiens qui travaillent sur les chantiers, mais ils n'ont rien à dire.

— Ne m'embrouille pas, veux-tu ? Ce sont les blancs d'Europe qui achètent aux blancs d'ici, c'est bien ça ? Et les blancs d'ici sont aussi des blancs d'Europe ?

Elle a une façon si rapide de faire le tour de la question !

— Et l'Europe, c'est bien ton pays... n'est-ce pas, Miguel ?

— C'est-à-dire... c'est le continent où se trouve mon pays. Et il y a aussi des blancs ailleurs, aux États-Unis par exemple.

— Pourquoi tu cherches toujours à m'embrouiller?

— Et toi, me diras-tu enfin où tu veux en venir ?

— C'est très simple... Tu n'as qu'à lui écrire, au gouvernement de l'Europe, et le prier de laisser notre forêt là où elle est. Et qu'il nous apporte plutôt de l'eau puisqu'on n'en a pas !

— Très drôle ce que tu dis là ! En tout cas, on pourrait lui demander quelques canons pour bombarder les nuages, il paraît que ça marche parfois... Mais le gouvernement du Chaco, lui, tu crois qu'il n'a rien à voir là-dedans ?

— Tu sais bien qu'il n'a pas un sou. Et que c'est pour ça qu'il vend tout. Tu m'as dit aussi que l'Europe nous devait beaucoup. Alors qu'elle paie enfin quelque chose ! Et je suis sûre que notre gouvernement ne vendra plus tous ces arbres...

— Tu défends bien les gens d'ici, toi !

— J'essaie seulement de me rappeler ce que tu m'as appris.

Une première épreuve de franchie. Plutôt avec brio ! Mais moi, je ne suis guère plus avancé. Marisa pourtant n'a pas fini.

— Il y a des gens gentils là-bas ?

— Des gens gentils, il y en a partout. Des méchants aussi...

— Tu m'as dit un jour que chez toi on aimait bien les Indiens.

— Mais oui... Dans les livres, à la télé, au cinéma ! Tu te rappelles l'histoire de Pocahontas ?

— La petite Indienne qui aurait tant voulu que les blancs et les Indiens ne se fassent plus la guerre ? Et qui se tressait de si jolis pagnes avec les feuillages de sa forêt ?...

— Les tiens pourraient être encore plus beaux puisque tu sais aussi tisser le coton et la laine... Eh bien ! elle est devenue au cinéma l'héroïne d'une belle histoire d'amour. En réalité, elle était juste un brin de fille comme toi...

— Alors quoi ? Tu penses que moi, je suis toujours une petite fille ?

La gaffe ! Dans mes paroles inspirées par la tendresse, elle semble n'avoir vu que du dédain...

— Et toi, tu crois qu'un enfant n'est pas capable d'accomplir de grandes choses ? Dans l'histoire vraie, telle que je te l'ai racontée, c'est bien une fillette qui n'a écouté que son cœur, risquant sa vie pour arrêter, un moment, le carnage...

— Mais finalement, ça n'a servi à rien !

— Parce que les Anglais l'ont kidnappée pour l'échanger contre des prisonniers. Souviens-toi que le chef indien a rendu les captifs, mais les Anglais, eux, ont gardé Pocahontas... Ils l'ont même mariée de force et emmenée en Angleterre !

— Elle avait pourtant un grand ami blanc. Pourquoi l'a-t-il quittée, elle qui l'adorait ?

— Ce *grand ami*, comme tu dis, n'était dans cette partie de chasse qu'un piège, un vulgaire appât...

— Dans ce cas, je comprends qu'elle soit partie si vite, elle aussi... qu'elle soit morte si jeune... Elle a rudement bien fait !

Toujours cette conclusion lapidaire de Marisa... Qui fut aussi si souvent la mienne devant les traquenards du destin. Du moins avant que je la connaisse. Comme je voudrais maintenant, au contraire, qu'elle vive longtemps, richement, elle qui incarne si bien l'âme blessée, mais toujours vaillante de la forêt !

— Tu ne m'as pas encore expliqué comment il faudrait faire pour sauver votre terre ?

— Puisqu'ils ont l'air de nous aimer dans ton pays – c'est bien ce que tu m'as dit ? – alors écris là-bas, écris à ton gouvernement, à ta famille, à tes amis. Et rappelle-leur qu'ils ne peuvent plus toucher à un seul de nos arbres. Ni eux, ni ceux qu'ils ont envoyés ici. Qu'ils nous donnent plutôt un coup de main pour réparer tout le mal qu'ils nous ont fait... Hé ! Miguel, c'est pas juste ce que je dis ?

C'est *juste*, et Marisa l'exprime *logiquement*. Mais elle a bien vu que je faisais une drôle de mimique, car depuis tout un temps, c'est elle qui interroge l'interrogateur. Et qui maintenant a l'air de lui faire la leçon... Ce qu'elle ignore, en tout cas, c'est que le grand commerce et la politique internationale qui lui est inféodée ne s'embarrassent guère de *justice* ni de *logique*. Ceux qui sont aux postes de commande se moquent bien des larmes de Pocahontas et de ses admirateurs. Sauf peut-être au moment de compter les sous de la recette...

Écrire au “gouvernement de l'Europe”, comme elle dit ? Convaincre les hauts fonctionnaires du bien-fondé de ses propos ? Une idée saugrenue, mais – pour ne pas la fâcher – j'avoue l'avoir trouvée *très chouette*... bien décidé à l'oublier aussi vite.

* * *

Il faut croire que la nuit porte conseil : le lendemain matin, entre veille et sommeil, la conversation échangée avec Marisa refaisait surface. Un lien m'était apparu entre ses propos ingénus et ceux d'Emilio sur le rôle des médias qui méritait tout de même réflexion. Il fallait que je lui en parle tout de suite ! Mais personne dans les parages... Où s'était-elle sauvée de si bonne heure ?

Je ne fus pas long à le savoir. Au moment où, accroupi autour du feu de bois, j'achevais de siroter le maté qu'elle m'avait préparé, Marisa et Ricardo débouchèrent du sentier forestier, portant sur leurs épaules des pièces de bois qui, de prime abord, m'intriguèrent. C'est seulement quand ils se mirent à les assembler dans un coin du rancho que je reconnus le petit métier à tisser de la Mami !

Sentant ses forces décliner, elle venait d'en faire cadeau à sa petite-fille. C'est ce que Ricardo me confia en quelques mots, tandis que Marisa gardait le silence. Le panier de paille qu'elle avait déposé sur la table débordait de grosses pelotes de laine blanche et brune et de quelques écheveaux encore emmêlés. Moi, qui avais tant désiré qu'elle prenne le relais de la trame interrompue, je ne savais plus, dans ces circonstances, s'il convenait ou non de célébrer l'événement... Son émotion muette devenait contagieuse. Heureusement Ricardo, avec son flegme habituel, s'empressa de me donner quelques conseils pratiques sur la position idéale que devait occuper le châssis, me recommandant de mieux niveler le sol... *sans quoi les fils auront le torticolis... et ma petite sœur aussi.*

Il avait enfin réussi à nous dérider !

Après son départ, tout en aidant Marisa à ajuster les dernières traverses, je tentai de renouer la conversation et lui demandai si elle se souvenait de sa promesse de me tisser un habit bien chaud pour l'hiver...

C'était encore une de mes gaffes ! Au lieu d'aborder quelque sujet anodin, voilà que j'avais l'air de tirer parti de la situation... Et elle qui, en ce moment, ne pensait sûrement qu'à sa pauvre Mami à bout de forces ! Du coup, je me contentai de l'aider sans plus lui adresser la parole. C'est elle-même qui, après un long silence, m'expliqua que ces quelques pelotes de laine lui permettraient tout juste de se tisser un petit châle, *parce qu'elle non plus n'avait pas grand-chose à se mettre.*

Une autre déconvenue ! Mais qui me donnait peut-être l'occasion de me racheter en lui avouant qu'elle avait bien raison. Il est clair que je ne m'occupais pas assez d'elle, que je ne pensais qu'à moi, que je n'étais qu'un sale égoïste, etc.. J'en faisais vraiment trop, en toute inconscience, jusqu'au moment où je me rendis compte qu'elle avait lâché son travail pour m'observer bien à l'aise... Son air bizarre, légèrement ironique, me fit comprendre à quel point je venais de me rendre ridicule ! Cette fois-ci, je jurai de ne plus desserrer les dents.

L'impressionnant silence qui suivit rendait plus plaintif encore le crissement des chevilles dans le bois sec du métier, évoquant le bruit lugubre d'un cercueil qu'on referme. Je perdais pied, ma vue se brouillait et je faisais tout de travers, sans pourtant oser lâcher le travail, quand Marisa – à mon grand soulagement – annonça que c'était bien assez pour le moment. Et sur un ton plutôt enjoué, qui me surprit davantage encore, elle me demanda *si je pensais toujours à la lettre...*

La lettre ?... Quelle lettre ?... Mais la lettre à l'Europe, tiens ! je l'avais déjà oubliée, peut-être ? Alors c'était bien la peine d'avoir perdu une soirée à en discuter si le lendemain je ne me souvenais plus de rien ! L'intonation de sa voix me disait clairement que, cette fois, elle cherchait plutôt à me dérider qu'à me faire des reproches. Elle conclut d'ailleurs son rappel à l'ordre sur un grand éclat de rire !

Le *dépit joyeux* ? Je ne savais pas que ça pouvait exister, c'était pourtant bien ce que j'éprouvais en ce moment. Durant toute la matinée, elle avait mené les choses rondement, à sa manière, en m'imposant son humeur déroutante. Maintenant... à moi de jouer ! Et sans penser beaucoup plus loin, je lui dis que *c'était évidemment à elle de l'écrire, cette lettre à l'Europe, puisque c'est elle qui en avait eu l'idée !*

Quand je vis son petit nez frissonner drôlement, je détournai la tête pour savourer tout à l'aise le plaisir causé par ma mesquine revanche, m'attendant d'un instant à l'autre à la voir protester, peut-être même me lancer un appel au secours... Mais pas un mot, pas une réplique !

Le soir même, Marisa me tendait son petit cahier d'écolière dont elle avait couvert trois pages d'une fine écriture. De son message si spontané, je décidai tout de suite qu'il n'y avait pas un mot à retrancher ni à ajouter. Il suffisait d'en corriger les nombreuses fautes d'orthographe et de compléter une ponctuation plus que sommaire !

Je rédigeai une note à l'intention du président de l'association indienne *Defensa Forestal* pour l'inviter à joindre à la lettre de Marisa un message personnel dans lequel il pourrait citer comme exemple possible de financement par l'Europe le barrage d'eau potable de Palo Colorado. Un ouvrage utile tant aux blancs qu'aux Indiens, qui permettrait ainsi de monnayer la décision du gouvernement provincial de suspendre toute activité forestière jusqu'à l'élaboration d'un plan de gestion rationnel. Comme Ricardo devait se rendre ces jours-ci à la récolte de coton, il pourrait remettre le pli au chef indien et ensuite l'expédier lui-même de la Poste du *pueblo* au président de la Commission Européenne, avec copies à quelques agences de presse du continent.

J'imaginais déjà la tête de Monsieur Santer – un nom qui rimait bien avec nos revendications ! – au moment où il tomberait sur cette lettre arrachée au petit cahier d'écolier... Pour autant, bien sûr, qu'elle ait réussi à parvenir jusqu'à lui, avant que sa secrétaire ou autres agents filtrants n'aient eu le temps de la jeter à la poubelle !

Au moment de traduire le message de Marisa pour le confier à mon journal, je n'imaginais jamais que le style si personnel de son auteur allait me donner tant de fil à retordre !

Monsieur le Gouvernement de l'Europe,

Je suis une petite Indienne qui apprend à écrire et qui apprend aussi que tu es très riche, et que nous, on est de plus en plus pauvres, mais ça, je le savais déjà.

Il ne nous reste plus grand-chose, mais encore quelques beaux arbres qui nous donnent à manger qu'on appelle caroubiers et qu'on commence à couper. Les gens qui conduisent les camions m'ont dit qu'ils vont les mettre dans un port.

Si tu ne sais pas ce que c'est, parce qu'avant moi non plus je ne savais pas, c'est un endroit sur les bords de notre grand fleuve Parana où il y a plein de bateaux qui s'arrêtent et qu'on charge tant qu'on peut, et puis après ils se sauvent très loin avec tout ce qu'on a, parce que nous, on n'a pas que des arbres.

Et tu sais qui fait ça ? Ce sont tes enfants qui sont arrivés ici sans rien dire et qui ont même tué beaucoup de mes frères pour entrer, et maintenant ils disent que toute cette terre est à eux, et ils viennent même dans la forêt, et nous autres, on ne sait plus où se cacher.

Si demain moi, j'allais chez toi, je ne sais pas si tu me laisserais entrer comme ça, peut-être une petite fille toute seule qu'elle entrerait, mon ami Miguel qui te connaît bien m'a dit que vous aimez bien les petites Indiennes. Mais si j'arrive avec mon grand frère qui est costaud et avec tous ses copains à lui et qu'ils démolissent ta maison, dis-moi un peu si tu m'aimeras encore et si tu les laisseras faire ?

Notre maison à nous, c'est les arbres. Les arbres de mon peuple qui s'appelle les Toba-qoms, et nous autres, nous sommes bien d'ici je te jure, et il ne nous reste presque plus rien maintenant.

Si tu ne peux pas nous rendre tout ce que vous avez déjà pris, tu dois au moins nous laisser ce qu'on a encore. La forêt à nous, elle est toujours là et aussi les abeilles et les oiseaux, et je ne sais même pas si tu as pensé à eux partout où tu coupes.

Surtout dis-lui à notre gouvernement qu'il arrête tout de suite de voler nos arbres pour te les vendre pour rien, et puisqu'il est si pauvre que tu lui enverras sûrement des sous pour trouver de l'eau qu'on n'a pas maintenant ou pour faire pleuvoir avec tes canons au lieu de tuer les gens avec.

Nous, nous voulons seulement que tu nous laisses les arbres qui sont encore là, les fruits qui sont dessus, les oiseaux qui sont dedans et toutes les autres bêtes qui sont dessous. Et toi qui es si riche, si tu as encore besoin de quelque chose qui est à nous, tu demandes toujours et puis on causera et après, on verra.

Celle qui t'écrit et te salue,

Marisa.

Juin

Je l'ai vraiment échappé belle, mais ce ne sera pas encore pour cette fois-ci...

Trois jours – si je compte bien – ont déjà passé et le répit se confirme. Je peux même tenir de nouveau un bic en mains. Pas la machine à écrire, toujours culbutée au pied du lit. Quel coup de poignard dans l'estomac hier soir quand je me suis assis sur le plumard pour essayer de m'en servir !

Ce matin, j'ai pu grignoter un croûton de pain qui devait traîner là depuis plusieurs jours. Combien au juste ? Tout est encore si confus. Maintenant il y a de plus en plus de trous dans mon "enquête"... J'ai quelques souvenirs assez nets. Par exemple quand le guérisseur est venu faire ses exorcismes, accompagné de plusieurs voisins et voisines qui chantaient à tue-tête. De quoi réveiller un mort... Il faut croire qu'ils ont réussi

Ah ! ce goût écœurant dans la bouche. Sur le drap qui sent bon le frais, il y a des taches de sang séché. Ça va pas recommencer au moins ?... Et pourquoi il n'y a rien à manger ? Je me souviens vaguement avoir grignoté une sorte de galette au miel qui m'a bien plu. Qui me l'a apportée ? Maintenant il ne me reste que du pain durci. Il n'y a donc plus personne au village ?... Est-ce que je serais déjà en train de mourir à petit feu ?...

Tiens, une visite quand même ! C'est mon petit caméléon qui se balade sur le lit... Qu'est-ce qu'il me veut ? A quelle chasse il se livre ? Aux puces, aux mouches, aux punaises ? Y a le choix !... Ou est-il seulement venu jusqu'ici pour prendre de mes nouvelles ?

Et voilà que je me remets à griffonner ! Quand j'étais au plus mal, il y avait quelque chose qui me forçait à lutter. Mon cerveau, c'était comme une bouée de sauvetage. Tout le reste s'y agrippait. C'est lui qui donnait les ordres : flanche pas ! accroche-toi !...

Ça ne pouvait tout de même pas finir aussi bêtement. Il restait encore quelque chose d'important à faire, mais je ne savais plus très bien quoi.

Maintenant, faut que je m'arrête... voilà la nausée qui rapplique.

* * *

Ce matin, je respire mieux. La nuit a été passable. En tout cas, je sais de nouveau où je suis. Je n'ai plus peur par cette pâle matinée d'hiver de regarder bien en face les murs du rancho, son petit mobilier, ses objets familiers, une chose bizarre aussi dont je ne m'explique pas la présence. Et surtout le vide. Le terrible vide dans lequel tout cela flotte... Est-ce que je ne serais déjà pas dans un tunnel spatial, la tête encore pleine de souvenirs, en train de foncer vers une autre galaxie ?

* * *

J'ai dû attendre la fin de la matinée pour avoir à nouveau l'esprit un peu dégagé. Et tenter d'écrire quelques lignes de plus. Quel manque de rigueur pour une "enquête" !... Je suis né pour couler à pic. Pas pour me relever. Encore moins pour comprendre. Qu'est-ce qui m'a bien pris de vouloir trouver un sens à ma chienne de vie ? De vouloir me tailler une piste en pleine forêt alors qu'elle n'est là que pour qu'on s'y perde... qu'on s'y cache comme les oiseaux pour mourir.

Elle, en tout cas, elle est toujours là. Debout. Vaillante. Elle résiste. Aux envahisseurs. A l'hiver. Aux intempéries. Les arbres perdent leurs feuilles par vagues successives. C'est selon le vent. Sans jamais se dénuder tout à fait. Et comme la végétation est moins dense, c'est une bonne époque pour la chasse. Une bonne époque pour la tuerie, pour la mise à mort. Oui, vraiment *un bon moment pour moi...*

Beaucoup d'oiseaux s'approchent maintenant des habitations. Par la fenêtre, je vois une bande de pigeons ramiers en train de piller allègrement ce qui reste de mon potager. C'est la curée... Il y en a même un qui est perché sur l'épouvantail. L'effigie du patron ne leur fait plus peur. Il y a longtemps qu'ils ont compris qu'elle est bien comme lui, du bide, du vide... Alors qu'ils en profitent, eux aussi ! Il n'y a plus qu'à leur céder la place. Après viendront les corbeaux, les vautours. Chacun son tour. C'est la loi.

Hé minute... pas si vite ! J'épie encore une visite. Celle que m'a annoncée hier soir le *pioxonaq*. C'est grâce à cette bonne nouvelle que la nuit a été supportable. Il a aussi insisté pour que je me rende chez lui et que j'y reste *jusqu'à ma guérison*. Sans rire qu'il a dit ça ! Il voudrait me faire des exorcismes deux fois par jour. Et naturellement, ça le fatigue de venir jusqu'ici. C'est pourtant lui qui a réussi à remettre un peu d'ordre dans ma mémoire. Un vrai puzzle en miettes...

Basta pour aujourd'hui ! Il faut que j'obéisse au bon docteur. Du repos, pas d'efforts, pas d'émotions... Autant dire : *faire le mort*.

Déjà ?

* * *

J'émergeais peu à peu d'une longue sieste lorsque j'ai cru entendre un grincement de porte. Encore à moitié assoupi, je ne me rendais pas bien compte de ce qui se passait.

Cependant, quand ses deux mains se posèrent sur les miennes, légères comme de la plume, une grande chaleur m'envahit, et j'ai immédiatement ouvert les yeux.

C'était bien elle, *Papillon* !

Et dire qu'il me fallait rester calme... Alors simplement penser : quel beau rêve ! Un *rêve terminal*, sûrement. Surtout ne pas se réveiller, ne plus se réveiller. Partir en douce avec elle, avec son image, et la garder à tout jamais là où j'irai...

Mais Marisa ne devait pas voir les choses de la même façon. Avait-elle deviné que cette fois je l'avais reconnue ? Elle porta lentement mes mains à ses lèvres, les couvrant de baisers et de larmes.

Alors il a bien fallu, j'ai craqué, moi aussi !

Quand nous avons enfin réussi à dominer nos émotions, elle est restée un bon moment assise sur le lit à m'observer en silence, comme n'en croyant pas ses yeux. J'en faisais autant... et cela finit par nous faire sourire ! Alors elle a calé mon oreiller bien haut, pour me permettre de m'asseoir commodément, tandis qu'elle entamait sa longue histoire...

Avec le récit de Kebachim, je n'avais recueilli que quelques bribes qui m'avaient déjà mis sur la piste. Maintenant, avec celui de Marisa, tout devenait de plus en plus clair, et ma mémoire stimulée par le rappel des événements était en train de récupérer à vive allure.

Le drame s'était joué il y avait une dizaine de jours. C'était ce fameux après-midi où elle était venue m'annoncer la subite aggravation de la santé de la Mami. Ricardo, qui l'avant-veille l'avait aidée à transporter chez moi le métier à tisser, venait de partir à la récolte. Aussi l'oncle d'Itury avait-il décidé de recueillir la grand-mère, mais elle refusait de partir sans sa petite-fille. Et elle qui m'expliquait tout ça nerveusement, sans reprendre haleine. Bien sûr qu'elle aurait préféré rester ici, *mais tu comprends, elle a toujours été ma seule maman, alors...* Et moi, l'interrompant pour la presser de rejoindre la Mami au plus vite au lieu de perdre son temps à vouloir tout m'expliquer !

Cela avait été dit si brusquement que Marisa m'avait jeté un regard étonné, consterné même... Ce jour-là, j'avais su ce qu'était l'héroïsme. Il n'y avait pourtant pas d'autre solution. Chaque minute comptait. Si elle n'était pas partie tout de suite, sans un mot de plus, une telle comédie aurait fini par être au-dessus de mes forces...

La grand-mère n'aurait vraiment pas mérité une chose pareille; si Marisa était restée à mes côtés, jamais je ne me le serais pardonné ! Il fallait que tu te sauves, mon enfant, oubliant l'ingrat et ses mots durs, triste autant que je pouvais l'être moi-même, pour que tu ne te retournes pas en chemin. Il fallait que ce soit sans regret et le cœur en paix que tu accompagnes, comme une bonne fille, ta Mami jusqu'au bout de sa route !

Aujourd'hui je peux du moins réparer une injustice envers elle. Lui expliquer calmement qu'elle ne méritait pas les mots bourrus prononcés ce jour-là pour la pousser à partir sans remords... Ses grands yeux qui ne cessent de me fixer me paraissent encore plus profonds que d'habitude. Il s'y reflète un mélange si réussi de surprise, de tendresse, de douleur apaisée qu'un rayon de soleil semble s'être posé sur son visage.

C'était fatal. C'est ce même jour, juste après son départ, que j'étais tombé dans le "trou noir"... Il paraît que le guérisseur m'avait trouvé le lendemain matin allongé sur le sol, toujours inconscient. Durant une semaine, lui et ses voisins s'étaient relayés à mon chevet, pratiquant la médecine à leur manière, qui semblait finalement avoir donné quelque résultat puisqu'un beau matin, je revenais à moi.

Cette première éclaircie n'avait été que de courte durée. Trois fois en moins de quinze jours, Marisa, tu m'avais visité dans mes moments d'hébétude. Aujourd'hui enfin, tu me trouvais lucide. Nous pouvions parler. Et surtout être ensemble, rien que cela. Oh ! deux petites heures seulement. Mais si pleines d'émotions et de bonheur...

Surtout quand tu m'as raconté ta longue escapade à cheval ce matin pour venir prendre de mes nouvelles. La frayeur de la jument à l'approche du chantier forestier. Son galop brusqué quand la tronçonneuse s'est mise en marche. Et ta folle chevauchée à travers bois qui t'avait amenée enfin jusqu'à moi, saine et sauve.

Je t'imaginais sans peine, collée à ta monture pour éviter le piège des basses branches, fine amazone... Que dure longtemps, longtemps encore, ce récit captivant, pendant lequel je détache doucement de ses cheveux emmêlés les quelques brindilles et feuilles mortes qui y sont restées accrochées !

Mais l'heure de l'au revoir était déjà venue. Marisa devait rentrer avant la nuit, la Mami la réclamait auprès d'elle à tout moment. Son mal avait encore empiré, elle ne mangeait presque plus et ne demandait qu'une seule chose : qu'on la laissât seule avec *sa fille, sa petite Dora*, qu'elle confondait maintenant avec Marisa.

Par une curieuse coïncidence, notre regard s'était porté en même temps sur le meuble obscur et silencieux, que ce matin encore je n'avais pas reconnu. Orné de la première trame que Marisa s'était mise à ourdir dès le lendemain de son installation, le métier semblait aujourd'hui lui tendre les bras et l'inviter à se remettre à l'ouvrage. Mais nous n'y fîmes aucune allusion, sans doute pour ne pas augmenter mutuellement notre peine...

Avant son départ, elle voulait encore m'arracher une promesse. Celle de "bien me soigner". Le guérisseur avait réussi à la convaincre que je devais rester auprès de lui jusqu'à mon complet rétablissement, car j'avais en moi un mauvais esprit qu'il s'évertuait à chasser à chacune de ses visites. Mais dès qu'il s'éloignait, le petit démon reprenait sa place !

— On dirait qu'il joue à cache-cache avec toi. Il entre, il sort, il rentre tout le temps... Et quand Kebachim revient, tout le travail est à refaire. Il a peur un jour d'arriver trop tard... Tu vois ce qu'il veut dire ?

L'image évoquée par Marisa d'un petit compagnon – même cornu et griffu – voulant bien jouer à cache-cache avec moi n'était pas trop pour me déplaire...

— Après tout, si ce n'était pas un diablotin, Marisa ? Mais plutôt un petit ange déguisé, voulant seulement me prendre par la main pour jouer et me conduire vers un petit coin de terre sans mal ? *Tu vois ce que je veux dire* ?

Son regard s'est soudain voilé. Ses joues ont perdu leur teint de pêche, elles sont devenues couleur de cendre. Comme cette fameuse nuit dont le souvenir ne m'a jamais quitté. La même raideur musculaire commençait à marquer ses traits et son corps. Je voyais qu'elle faisait des efforts surhumains pour lutter contre une telle métamorphose... Et voilà que sur la cendre de son visage perlaient maintenant quelques gouttes de sang d'une égratignure causée sans doute par la galopade du matin.

Alors j'accourus à son aide.

— Marisa... écoute-moi ! C'est promis, j'irai. J'irai avec toi chez le guérisseur dès que tu reviendras, dans trois jours, comme tu me l'as dit. D'ici là, ne crains rien, tout se passera bien. Tu sais que je vais t'attendre. Et puis, tu dois comprendre... Maintenant que tu es venue, que je t'ai revue, que nous nous sommes à nouveau parlé et aimés, il restera ici *assez de toi* pour que je ne me sente plus seul, sans défense, jusqu'à ton retour.

Elle me regarde avec étonnement; mais ses joues ont déjà retrouvé leurs couleurs, qu'un grand sourire avive soudain. Comment ai-je pu parfois te soupçonner de magie noire, petite fille dont le si lumineux visage à lui seul exorcise tous mes démons ?...

Quand je te vois ainsi, je ne peux plus croire en la nuit, en la mort, en l'obscurité. Impossible ! Il y a là trop de lumière pour que n'importe quelle ténèbre puisse jamais en venir à bout... Il y aura peut-être encore d'obscures cavernes larvaires, et le besoin de longues chrysalides, mais toujours à la fin... *Papillon vole* !

Voilà ce que m'a dit, à l'instant, ton resplendissant visage...

Il n'était pas nécessaire d'exprimer tout cela à Marisa avec des mots. L'un et l'autre, nous étions capables de communiquer autrement, et bien mieux. C'est elle qui rompit enfin la plénitude silencieuse de notre dialogue.

Ses lèvres tremblaient un peu, et par moment les longs cils de velours dissimulaient volontairement la brillance humide du regard. Alors elle se mit à déballer lentement le contenu de son panier de paille. Et je reconnus les petites galettes au miel dont je m'étais régalé, accompagnées de quelques figues de Barbarie qu'elle avait cueillies ce matin le long du chemin.

Au moment du départ, ses lèvres ne firent qu'effleurer ma joue, mais sa main ne se décidait pas à lâcher la mienne. Une fois de plus, je craignis de manquer de courage et la pressai de rentrer chez elle, sans attendre l'obscurité qui aurait inquiété la Mami.

La sortie de Marisa fut saluée par un hennissement joyeux de la jument. En les voyant par la fenêtre s'éloigner lentement et se fondre dans les feuillages, j'ai prié pour que, cette fois, rien de fâcheux ne perturbe leur retour aventureux au logis.

Il est près de minuit et j'ai dû rallumer une autre bougie. Petite fée, par quelle magie m'as-tu donné la force d'aller jusqu'au bout de mon récit ? Oui mais... et les conseils du brave Dominguez ?... Soyons sages ! Maintenant, il faut dormir. Affronter la nuit et ses périls est pour moi une aventure au moins aussi risquée que pour Marisa la traversée de la forêt.

* * *

Je me sens comme dans la peau d'un convalescent, mais sans illusion.

Une grande paix m'habite. Entre les visites de voisins et d'amis, mon esprit s'adonne à la réflexion, à la contemplation. Le mot n'est pas trop fort... C'est parce que je ne sais plus faire grand-chose d'autre que je peux maintenant me payer ce luxe !

Comment ne pas prendre plaisir à consigner longuement ce qui se passe, tout ce que je vois, sens, pense ou rêve. Au fil des jours, au fil des heures. Mais quelle chance d'avoir pu sortir du marasme de la semaine dernière !

Quand la tête va, tout va...

Je n'ai même plus essayé de me remettre à la machine à écrire. Son bruit me fatiguerait de toute façon. Je préfère la course silencieuse du bic sur la page blanche, retrouvant le plaisir adolescent des poèmes qu'on griffonne n'importe où, n'importe quand, dès que l'envie vous prend... Qu'on peut relire, et raturer, et recommencer tout à l'aise...

C'est que ça ne coule plus de source, ce n'est pas comme avant ! Heureusement, j'ai tout mon temps, n'ayant plus rien de bon à faire ici-bas.

Cet après-midi, les délégués de l'association indienne sont venus prendre de mes nouvelles. A leurs questions sur mon état de santé, j'ai répondu qu'ils pouvaient être tranquilles, puisque j'étais maintenant dans les mains de leur *pioxonaq*... Ce qui a suscité plus de sourires entendus que de paroles d'approbation. Le lavage de cerveau que nous leur avons fait subir a si bien réussi que mon acte de foi risque fort de passer pour une simple extravagance !

Pourtant, quand nos amis indiens se plaisaient chez eux, quand nul serpent à la langue fourchue ne les avait encore séduits, la faim ne les décimait pas comme aujourd'hui. Ils ignoraient le choléra et la tuberculose. Le grand bassin d'eau de pluie découvert récemment dans la partie la plus reculée de notre forêt était la réponse qu'ils avaient trouvée à la pénurie imposée par le climat. La stabilité du clan était assurée; la connaissance des vertus des plantes leur permettait de réaliser, avant la lettre, un *planning familial* aujourd'hui totalement oublié. Et les squelettes exhumés du cimetière du parage voisin de Lacangayé, datant d'il y a deux cents ans, sont toujours là pour témoigner, après expertise d'ostéologues, de la forte constitution et de la longévité des populations de l'époque.

Mais l'envahisseur ne pouvait imaginer ni tolérer un autre mode de vie que le sien, une autre propriété que la sienne. Dans un procès-verbal de la Commission Honoraire des Réductions d'Indiens datant de 1916 – siégeant à Buenos Aires – il était notifié textuellement : "*On ne doit pas permettre à l'indigène de vivre de la chasse et de la pêche, parce que l'unique façon d'obliger l'Indien à changer sa forme de vie et ses coutumes, et de le dresser pour le travail productif, c'est de l'éloigner des forêts, des espaces ouverts, des lieux où il serait tenté de vivre dans la misère, l'ignorance et l'oisiveté*".

Aucune culture ne peut se targuer d'avoir le monopole de la sagesse ! Mais le monde indien ou plutôt l'infinité des peuples indigènes savaient intuitivement que "*tout ce qui arrive à la terre arrive aux fils de la terre*", comme le rappelait au président des U.S.A. le chef Seattle en 1854, dans une missive fameuse qui a fait le tour du monde.

Quand j'aborde ce thème, mes amis indiens opinent du bonnet. Convaincus... ou conciliants ? J'ai beau chercher le dialogue avec eux, c'est une parole de pasteur ou de chaman qu'ils attendent, mais je ne suis ni l'un ni l'autre. Encore moins une sorte de cacique blanc... rôle que certains de mes frères de race aiment volontiers jouer ! Voyant mon hésitation à poursuivre, l'un d'eux me dit carrément : *"Siga predicando"* (continuez à prêcher)... C'est un comble ! Excédé, je me lance alors dans un discours-fleuve où passe toute ma rogne et ma grogne. Bien vite, il n'y a plus en face de moi que des visages ravis !

Comment, en tout cas, ne pas remercier mes hôtes d'avoir, grâce à leur écoute obstinée, déclenché en moi une formidable catharsis ? Le bonhomme tranquille qui les a raccompagnés jusqu'à la porte n'avait plus rien de commun avec l'individu surexcité qui avait prononcé cette diatribe. N'est-ce pas exactement ce qu'ils voulaient ? Quels artistes ! Décidément, nos logiques ne seront jamais les mêmes. Et quelle est "la bonne", la leur ou la nôtre ?

Ce qui est certain, c'est que la nôtre triomphe partout en ce moment. Son efficacité immédiate n'est plus à démontrer. *Immédiate*, oui, mais, à la fin, où nous mènera-t-elle ?

S'enrichir et détruire impunément n'était, jusqu'il y a deux cents ou trois cents ans, que l'apanage d'une petite "élite". Une réalité scandaleuse, certes, mais dont l'impact sur la planète était à peine visible. Aujourd'hui, tout le monde veut être le Roi-Soleil...

En dépit de l'impossibilité matérielle pour la plupart des terriens d'accéder à ce mirage, on ne fait qu'attiser partout convoitises et frustrations ! L'impact planétaire, lui, est déjà plus que visible. Et tout autant l'effet moral et physique sur des populations de plus en plus désaxées... à qui certains d'entre nous voudraient prêcher maintenant la frugalité ! Mais le discours, un peu tardif et démenti par l'exemple, ne leur sera d'aucune utilité.

Ici le dépôt d'eau potable ne fera pas le poids devant une autre pompe aspirante, celle qui engloutit et conduit au cloaque des millions d'êtres humains séduits, trompés par la promesse d'une prospérité certaine. Cela expliquerait-il la négligence *impardonnable* (comme disait le délégué de l'o.n.g. venu nous visiter récemment) avec laquelle les populations locales traitent ce qu'elles ont tendance à considérer comme des gadgets fournis par quelques diables d'étrangers qui semblent se repentir – au dernier moment – de les avoir invitées au festin, tentant maintenant de les convaincre par tous les moyens de rester plutôt dans leur trou à puces et à moustiques ?

Le Nord a envahi le Sud – sans passeports ni permis de travail – mais lui claque aujourd'hui la porte au nez. Le Nord a pillé et continue à piller le Sud, mais dit à ses habitants de rester chez eux parce qu'il y fait si bon vivre.

Et puis à quoi bon discuter de tout ceci qui sera corrigé en temps et lieu voulus ? C'est aussi un proverbe indien qui affirme qu'"à côté du mal, la Nature a placé le remède". Je n'ai jamais vu une application aussi immédiate de cet adage que dans la piqûre que nous inflige l'épine de vinal : sa forme parfaitement aérodynamique la fait entrer profondément dans la chair au moindre contact. Même si on réussit à la retirer, la plaie s'infecte immédiatement. Il suffit pourtant de cueillir une jeune feuille du même arbuste et d'en presser la sève sur la blessure : guérison et cicatrisation garanties ! J'ai profité plus d'une fois de la recette qui, en passant, m'a aussi guéri de la conjonctivite et de bien d'autres petits bobos.

Mon mal actuel exige un remède plus puissant, et un baume plus suave. Ma *jeune feuille de vinal*, bourgeonnant sur les épines acérées d'une histoire barbare, ne pouvait naître qu'en ces temps perturbés de grandes mutations : pourquoi celles-ci n'enfanteraient-elles que des monstres malfaisants ?...

Un jour, d'ailleurs, nous guérirons tous. Nous sortirons de cet âge d'airain. L'homme, produit de la Nature comme un autre – pourquoi certains ont-ils l'air de s'en offusquer ? – sera corrigé, rectifié, métamorphosé par elle (à travers quels événements ?... quelles nouvelles mutations ?) ou cédera la place à une autre lignée. C'est la loi.

* * *

Que fais-tu, Marisa ?

Je t'attendais avant-hier. Mais dimanche et lundi sont déjà passés. "*Dans trois jours*", m'avais-tu dit. Les interminables dissertations que je m'impose et quelques visites et conversations d'amis ont réussi jusqu'ici à tromper mon impatience. Pour combien de temps encore ?

Hier soir, alors que j'étais déjà au plumard, j'ai bien failli renvoyer Carlos en prétextant la fatigue. Quelle terrible déception en le voyant entrer... après ce léger bruit de pas sur les feuilles mortes qui m'avait fait espérer quelqu'un d'autre !

Pour un homme de sa corpulence, il a une démarche presque féline. Et malgré un caractère placide – aussi rond que son physique –, on dirait qu'il a soudain mauvaise conscience, le directeur ! Nous approchons des vacances d'hiver et ça ne lui plaît pas du tout, m'avoue-t-il, de me savoir "abandonné" à Tarkidola, sans aide, sans soins, sans véhicule... Il aurait voulu m'emmener de force dans sa camionnette à l'hôpital de Villa Obligado.

En guise de réponse, je lui ai demandé s'il restait encore un peu d'eau dans la grande citerne de l'école. Il m'a rabâché les bouts de phrase qu'on se refile entre voisins depuis des mois : "Le niveau a beaucoup baissé... Elle n'en finit pas la sécheresse cette année... Il va sûrement pleuvoir un de ces quatre matins, le *palo cruz* a fleuri... Si seulement l'éolienne était réparée..." et autres banalités du même tonneau.

La fatalité, en somme. Elle a vraiment bon dos...

Ce fut aussi un cadeau du projet, la grande citerne, l'éolienne et la retenue d'eau. Tout ce qu'on attendait des responsables locaux, c'était qu'ils entretiennent les installations. Rien de plus. Mais au bout de quelques années, tout est délabré, et personne ne réagit...

Et voilà que Carlos se fait de la bile pour moi ! Un autre jour, il est bien capable de conduire d'urgence à l'hôpital de Villa Obligado un enfant gravement malade. Ou il achètera un médicament pour une famille qui en a absolument besoin (l'alcool étant l'unique antiseptique connu au poste sanitaire !).

— Don Carlos, vous savez ce que signifie ici le manque d'eau ?

Il hoche la tête, sans répondre.

— La dysenterie, le choléra et une kyrielle de maladies graves comme il y a trois ans, et comme ça se passait avant l'installation du dépôt d'eau potable... Et vous vous inquiétez pour ma petite santé ? Moi qui ai déjà passé le cap de *l'espérance de vie* de beaucoup d'êtres humains !

Me voici de nouveau en train de faire la morale... Et à quelqu'un qui venait me voir rien que pour me rendre service.

Du coup, j'ai bien dû abandonner le sujet. Attendant que Carlos me commente les derniers résultats sportifs de son club favori... Mais un lourd silence maintenant s'est installé entre nous. Enfin l'instituteur se lève, s'approche du lit et, me serrant nerveusement la main, me déclare tout à trac :

— Très bien, Don Miguel... Je repasserai prendre de vos nouvelles avant les vacances. J'espère alors vous trouver en meilleure forme. L'hôpital, oui je sais, c'est inutile d'insister, vous n'irez pas... Quant à l'eau, vous devez avoir raison. Comme pour beaucoup d'autres choses. Mais à quoi ça vous sert ? Les êtres humains continueront à vivre au jour le jour. Allons ! un peu de réalisme, ça vaudrait mieux. Je vous laisse... A un de ces jours...

Quelle tirade ! Carlos, lui, n'a pas eu l'intuition des Indiens. Et, malgré son désir de soulager mes maux, il n'avait nulle envie d'essuyer une de mes raclées verbales, qui en ce moment m'aurait pourtant fait le plus grand bien... Je le regardais bêtement s'éloigner sans rien trouver à répliquer. Il était déjà sur le pas de la porte. On ne pouvait tout de même pas se quitter comme ça.

— Don Carlos, un instant s'il vous plaît ! Oubliez d'abord mes stupides reproches... Ensuite, une question, une seule, avant de vous lâcher. C'est à propos de la citerne. Dites-moi au moins quelle solution *réaliste* vous avez envisagée...

Je ne sais pas s'il va me claquer la porte au nez ou me répondre. Toujours immobile, il finit par articuler lentement :

— La provision d'eau potable nous préoccupe tous, Miguel. La solution ne dépend pas seulement de moi. Je ne peux pas me disputer tout le temps avec mes collègues, les autorités du *pueblo*, les gens du coin. Tout le monde a sa responsabilité là-dedans. Alors je finis par réagir comme tout le monde. C'est-à-dire par ne plus réagir. Et finalement, je me suis mis à prier chaque soir pour qu'il pleuve... Oui, je m'attends à quelque remarque ironique de votre part sur mon fameux réalisme... Surtout ne vous gênez pas !

Tout en parlant, l'instituteur est revenu lentement sur ses pas, et sa voix a retrouvé un ton plus cordial. Ne pas répliquer trop vite. Ne rien dire qui retourne le fer dans la plaie de l'aveu...

— Confidence pour confidence, Carlos, qu'est-ce que je fiche ici, moi, en train de vous faire la leçon, de jouer au redresseur de torts ? Au lieu de me bagarrer là-bas dans mon pays qui prétend aider les "populations pauvres" en leur glissant d'une main quelques billets et en leur dérobant de l'autre une fortune.

Il a regagné sa chaise. Je me lève et viens m'asseoir à ses côtés. Ouf ! la paix est peut-être rétablie. Après tout, cette vérité-là aussi est bonne à dire, et je ne la dis pas assez.

— ... Toutes ces richesses que vos pays produisent et que nous, gens du Nord, nous achetons à vil prix. Mais nager dans l'abondance ne nous empêche pas d'avoir aussi nos pauvres à nous. Et pas mal de mécontents. Si dans nos pays – qui parfois vous font tant envie –, la drogue se répand si vite, chez les riches comme chez les pauvres, cela doit bien vouloir dire quelque chose !

Maintenant, c'est Carlos qui renchérit. Le voilà qui se met à me parler de la coca, du chanvre, du pavot dont les cultures ne font que s'étendre parce qu'elles sont bien plus rentables que les fruits tropicaux, le café, le cacao, le riz, le coton et autres produits nobles dont nous, Européens, nous nous vantons de casser les prix. Il prétend que l'avidité de nos sociétés se retournera contre elles, empoisonnant les nouvelles générations. Et que le narcotrafic s'installera un peu partout aux postes de commande... Il m'explique que les sommes phénoménales que récoltent les banques américaines et européennes font qu'aucun État n'a envie de tuer la poule aux œufs d'or. Les policiers sont donc chargés d'appréhender quelques *dealers*; et de confisquer de temps en temps un arrivage pour l'exemple ou parce qu'il n'est pas *réglo;* mais le business, lui, est intouchable.

Nous voici pour de bon réconciliés sur le dos des méchants trafiquants. Mais la drogue n'est pas la seule détresse d'aujourd'hui. On s'indigne de la faim dans le monde, de la violence quotidienne, de la délinquance accrue, des conflits au cœur de l'Europe, des massacres du Chiapas, de la tragédie totale du Rwanda qui fait tache d'huile dans d'autres pays d'Afrique, et de tant d'autres forfaits dont la liste s'allonge jour après jour. Mais que fait-on réellement, si ce n'est verser une obole aux organisations humanitaires ? Elles sont là pour ça !

Et que dire du génocide des enfants, le pire de tous ? De ces millions de mômes condamnés par les sacro-saintes "lois du marché" à se prostituer pour pouvoir survivre ? L'Europe, qui a inventé l'esclavage industriel des enfants, qui les a enterrés dans la mine avec les chevaux, qui s'est développée en colportant partout ses méthodes, voit aujourd'hui – comble de raffinement ! – ses riches touristes traquer sur les trottoirs du tiers monde un gibier affamé... Jusqu'à ce que notre jeunesse devienne, à son tour, la proie de ce commerce infâme, qui verra sans doute – comme pour la drogue, comme pour tous les autres fléaux – fleurir les films, les livres, les débats aboutissant à étaler au grand jour le viol et la violence et à les banaliser pour inspirer de futurs adeptes...

Dans une société où tout vient à point, même le malheur, pour créer de nouvelles sources de profits, de quels moyens disposent ceux qui tentent d'*agir vraiment pour que ça change* ? Face à la barbarie montante, le fatalisme occidental *s'adapte*. Nous n'en finissons pas de nous adapter. A *la nécessaire évolution des mœurs*, au *devoir de vivre avec son temps*, au *progrès qu'on n'arrête pas*, aux *affaires qui sont les affaires*, à *la loi du plus fort qui est la meilleure*, sans parler des jeux du cirque et autres soins palliatifs qui accompagneront notre civilisation jusqu'à sa phase terminale.

Mais Carlos retrouve vite ses réflexes d'homme réaliste. (Avec lui, au moins, le dialogue, ça marche... Après tout, ne sommes-nous pas du même monde ? Pourvu maintenant que ça ne tourne pas en vaine discussion, en dispute idiote !)

— Que faire d'autre, Miguel ?... Une révolution, une de plus ? Et mondiale, cette fois ? Avec son cortège d'intolérances, de crimes, de règlements de compte, et finalement d'impostures ? Mais voyez un peu toutes celles qui nous ont précédés !... De toute façon, je me demande bien quelle nouvelle idéologie pourrait encore tenter nos contemporains.

Là, comment ne pas être d'accord avec lui ? Les idées géniales, les grandes utopies en ont pris un sacré coup... On en a tellement fait le tour, on a tellement vu partout les défauts de la cuirasse. On a si bien dénoncé les failles et parfois les fautes lourdes d'individus en recherche, de sectes, de groupes en rupture de ban, de révolutions dévoyées. On s'est montré si lucide à leur égard que la société normative peut poursuivre *normalement* sa course à l'abîme...

— Il faut garder les deux pieds sur terre, Miguel. Vous n'allez tout de même pas demander aux gens bien installés de se désinstaller. Un coup de main en passant, une obole, un cri d'indignation de-ci de-là, ça oui ! Mais on ne se mobilise vraiment que quand les chefs d'État le commandent... Et, vous l'avez remarqué ?, c'est toujours pour aller au casse-pipes, jamais pour construire la paix !

Pendant que l'instituteur m'expose sa magistrale leçon de *realpolitik*, et tout en redoublant d'attention pour le suivre, subitement je décroche. Me voici transporté vers un précipice, dans un train roulant à une vitesse folle, assis tranquillement au milieu de gens riches et gentils. De temps en temps, nous jetons un coup d'œil par la fenêtre. Des exclamations fusent à tout moment à propos des paysages qui défilent sous nos yeux, pays répulsifs, pitoyables, pittoresques que nous traversons à toute allure. D'autres préfèrent occulter la vitre par un écran de T.V. et choisissent un programme plus *light*, comme leur menu du jour.

Non, ce n'est pas la fin brutale du parcours !... Mais j'ai sursauté un sacré coup quand Carlos m'a secoué légèrement, croyant que je m'étais endormi. Le voilà maintenant qui me fait ses excuses et veut prendre congé. Moi, je ne tiens pas du tout à retomber dans mon cauchemar et, pour le retenir... je le lui raconte. Exactement ce qu'il fallait pour le mettre en gaieté ! Surtout ne pas rester seul avec mes démons. Retenir à tout prix un si brave compagnon qui se mettra à rire de bon cœur chaque fois que je déraille – moi et mes trains fantômes...

Essayons maintenant de redevenir un bon élève dans la classe du maître. Qui m'enseigne posément que sans grands rêves, sans idéologies extravagantes, sans révolutions fracassantes, chacun peut parfaitement agir dans son coin. “On doit au moins pouvoir ramer à contre-courant.”

— Ramer à contre-courant quand on est pris dans le filet ? C'est bien ça ?

— On peut toujours essayer d'en grignoter les mailles...

Toutes ces images usées défilent sans me convaincre. Mais c'est tellement rassurant, dans la nuit tombante, d'entendre la voix grave et chaude de Carlos qui défie toutes les angoisses !

— Vous, Miguel, vous continuerez sans doute à rêver d'une société idéale. La république de Platon peut-être ?

— Un État totalitaire qui exalte le guerrier et prône l'esclavage ? Merci bien ! je préfère encore la sagesse d'un *pioxonaq* illettré.

— Ou l'anarchisme ? La communauté chrétienne des premiers temps ? Le socialisme incaïque ? Le communisme à la Fourier ? J'allais oublier... peut-être la république des soviets ?

Là, il en profite, l'instituteur. Il a la langue trop bien pendue maintenant. Il est grand temps de me réveiller pour de bon et de lui asséner quelques vérités premières.

— C'est tout de même curieux, Carlos, que nous n'ayons que six ou sept modèles historiques à proposer. Et qui, paraît-il, auraient tous foiré. Imaginez que les hommes de science aient procédé de cette façon dans leurs recherches, où en seraient-ils aujourd'hui ?

— Si vous voyez quelque chose de mieux à faire, qu'attendez-vous pour en parler ?... Ça nous changerait peut-être des critiques stériles !

— Dans un monde meilleur – qui n'est pas *le meilleur des mondes*, nuance ! – le seul interdit absolu serait l'homicide. Et donc la guerre. Et la famine... Mais la diversité des modes de vie – appelez cela les *inégalités*, si vous voulez – existerait bel et bien entre les citoyens et entre les peuples. Moi, par exemple, qui vous parle, dès que j'aurai le ventre plein, laissez-moi tout simplement aller à la chasse aux papillons... Pour le seul plaisir de les relâcher après avoir contemplé leur beauté.

Carlos semble abîmé dans ses réflexions. Et voilà que je me sens mieux, beaucoup mieux. Enfin échappé du train maudit. Gambadant maintenant par monts et par vaux. Derrière une paire d'ailes couleur arc-en-ciel...

— Tout le monde ne peut pas être poète, Miguel...

J'attends. Rien d'autre. La réplique du maître est vraiment courte. C'est lui qui semble en ce moment distrait ou somnolent.

— Si ça ne dépendait que de moi, Carlos, tout le monde aurait sa place au soleil, ne vous l'ai-je pas dit ? Eh oui ! Il y aurait aussi des hommes d'affaires follement heureux, comme de grands gosses, de passer leur vie à jouer pour de vrai au Monopoly... mais entre eux, sans faire de tort aux autres !

Pendant ce temps, il vous arriverait peut-être, à vous, de donner l'école au milieu des bois et de croiser sur votre chemin un ermite ou un bon sauvage. Certains de nos concitoyens préféreront la prière à l'étude. L'art à l'argent. L'amour à la morale, j'entends la morale mondaine. Du moment que des êtres si épris de liberté acceptent aussi, sans tricherie, de se prendre en charge...

Mais par-delà la diversité des choix, nos liens de parenté avec la Nature devraient sans doute être solidement renoués. L'isolement bétonné dans lequel se confine aujourd'hui de plus en plus l'humanité la coupe des vibrations cosmiques et la prive de la sensibilité la plus élémentaire dont jouissent au moins les plantes et les animaux. Attendez-vous à ce que cette humanité emmurée sécrète les pires aberrations, comme le font déjà les prisons qui sont le meilleur terreau du crime...

— A condition, tout de même, que ce regain d'amour pour notre Mère-Nature ne soit pas une fuite, un simple repli frileux, une sorte de *regressus ad uterum*...

— Eh oui ! notre société aujourd'hui a réponse à tout... pour ne pas répondre à l'essentiel. Au lieu d'utiliser les antennes sensibles afin de détecter le danger, elle s'efforce d'*expliquer* pourquoi ces antennes existent. Cela lui suffit ! La Nature agit plus intelligemment en prenant certains signaux très au sérieux. Faire comme elle nous permettrait de mieux jouer notre rôle dans toute cette aventure sidérale qui nous dépasse, la pire erreur étant de croire que nous la dirigeons !

Pour la première fois dans l'histoire de l'humanité, la fuite se fait dans l'autre sens, et ce, sur toute l'étendue de la planète... Une vraie débandade ! Vous savez fort bien que notre société, devenue trop *gigantesquement humaine*, en arrive à être tout simplement inhumaine. Elle risque même de mourir étouffée comme le géant Antée qui ne reprenait force que lorsqu'il touchait la terre dont il était issu... Entre l'ordinateur et le caroubier, s'il fallait aujourd'hui choisir, c'est le caroubier qu'il faudrait sauver.

— Vos propos sonnent juste, Miguel... Mais je n'arrive toujours pas à imaginer par quel coup de baguette magique vous ferez surgir la sage autorité universelle permettant à tout ce beau monde de vivre ensemble, et dans le respect de ses différences !

— Bien d'accord... La magie – c'est-à-dire ce qui nous échappe dans l'intelligence de la Nature – aura sûrement quelque chose à voir là-dedans. Pour transformer, par exemple, quelques dinosaures en petits lézards inoffensifs et bien utiles. Mais elle l'a déjà fait...

— Au prix de grandes catastrophes !

— Même si ce sont elles qui ont le dernier mot, n'est-ce pas consolant à la fin ?

— Pourtant si on pouvait s'en passer...

— Cela ne tient qu'à nous ! Surtout à ceux qui nous dirigent, accrochés à un pouvoir dont finalement ils ne savent que faire... Il y a tant de voies à explorer, et nous voilà tous poussés dans la même direction ! Personne n'est même capable de nous dire exactement où elle nous mène. Tout juste comme les passagers du train fou. *Du moment qu'on roule...*

— Et vous, quels genres d'itinéraires proposez-vous ?

— Avouez qu'on a beaucoup prospecté ces derniers temps les merveilles du monde physique. On pourra continuer à le faire. Les vocations ne manquent pas. Les microscopes, les télescopes, les fusées, les ordinateurs auront à poursuivre leurs investigations, mais pas pour accroître indéfiniment le pouvoir et le bien-être de quelques-uns...

Et puis un peu de modestie ! C'est bien avant nous que l'animal a inventé les manipulations chimiques, l'énergie électrique, l'aviation ou le radar pour ne citer que ces quelques exemples... A l'heure où l'espèce humaine s'enorgueillit de disposer de moyens accrus pour s'informer et communiquer, il y a des millions d'années déjà que les plantes et les animaux dialoguent entre eux – parfois même avec les plus doués d'entre nous.

Les savants commencent seulement à explorer l'étendue prodigieuse de leur réseau d'information. Ce *network*, bien plus complexe que ceux que nous avons inventés, permet aujourd'hui à trois millions d'espèces vivantes d'être reliées par un réseau sophistiqué de couleurs, gaz, odeurs, ondes, vibrations, sons et ultrasons qui leur permettent même de prévoir les cataclysmes naturels ! A leur côté, *Internet* et son foisonnement de signaux linéaires ne sont que babillage...

Mais pourquoi n'y aurait-il pas parmi nous, en même temps, d'autres explorateurs capables de se lancer dans des aventures bien plus risquées que celles que nous avons osées jusqu'ici ?... Pour tenter de pénétrer, par exemple, les secrets de l'amour et de la mort. Qui se ressemblent parfois tant... On se croit dans un siècle affranchi. Or on n'a jamais eu aussi peur de ces abîmes. Les profondeurs de la mort nous sont désormais masquées par la fascination du meurtre, celles de l'amour par la violence du sexe. Nos contemporains sont victimes du vertige : ils se jettent dans le vide de peur d'y tomber. L'envers du décor les affole littéralement. Ils ne comprennent rien, ils ne veulent rien savoir du voyage d'Alice au Pays des Merveilles !

Un ange passe... Carlos semble hésiter avant de reprendre la parole.

— Miguel, puis-je vous poser une question peut-être indiscrète ?... Est-ce que votre relation si singulière avec Marisa a quelque chose à voir avec cette nouvelle philosophie ?

— Nouvelle ? Depuis toujours, les petits princes et les bonnes fées gouvernent notre univers. Même l'humanité adulte cultive son enfance comme un jardin secret, auquel elle retourne tout naturellement dans ses rêves, mais aussi aux heures les plus sombres de son existence. C'est peut-être moins vrai de nos jours – serait-ce là la nouveauté ?... – depuis que certains apprentis sorciers prennent un malin plaisir à kidnapper les jeunes et à les transformer en de monstrueux adultes ! Oublions-nous que l'animal le plus proche de l'homme, c'est l'enfant ? Sa sensibilité aux signaux telluriques reste vive, et par elle nous pourrions resserrer nos liens avec la grande famille des vivants au lieu de nous en éloigner toujours plus... Mon rapprochement avec l'animal vous choque ? C'est que, comme tous les humains, vous devez avoir une piètre opinion des autres vivants !

Eh oui ! je vous l'avoue, Marisa m'a frayé un chemin vers un nouveau monde... Je suis en train de quitter un très vieux continent, un corps, une planète délabrée, en quête d'étoiles nouvelles. Mais pas à la façon des conquistadores. Cela ressemblerait plutôt à une Annonciation. Ou, pour parler le langage d'aujourd'hui, à une rencontre du *troisième type*... Pour elle, je crois que c'est pareil. Sauf qu'elle a pris une sérieuse longueur d'avance sur moi.

— En somme, *"aime et fais ce que voudras"*, c'est bien ça ?

— S’il s’agit bien d’*aimer*, oui ! Mais quel sens peut encore avoir ce mot aujourd’hui quand “faire l’amour” devient de plus en plus synonyme de forniquer ?

— Même les amours les plus légitimes ont leurs inconvénients...

— Lesquels ?

— Voyez, Miguel, ce qui se passe avec l’explosion démographique ! Les gouvernants, les sociologues, les grands penseurs et jusqu’au pape remuent ciel et terre pour tenter de trouver une solution, sans arriver jamais à se mettre d’accord...

— Parce que nous continuons à faire une drôle de soupe avec l’amour, le sexe et la reproduction... *Le lourd charroi de la propagation de l’espèce !* Même lorsqu’elle n’est pas désirée, décidée, on dirait qu’il faut continuer à lui payer son tribut... De toute façon, je peux vous rassurer. Des agronomes de renom ont calculé qu’avec un bon usage des ressources actuelles – ce qui est loin d’être le cas –, la planète pourrait nourrir au moins trente milliards d’êtres humains. *Nourrir*, pas nous faire jouir de n’importe quoi, n’importe comment !

— Même si c’est exact, vous ne faites jamais que reporter la question à plus tard...

— Le temps peut-être d’accéder à une nouvelle civilisation. Justement, celle où l’amour ne serait plus seulement génital, et encore moins voué à des fins reproductrices. C’est bien là le *nouveau monde* qu’il nous reste à découvrir. Avant de penser à peupler d’autres planètes – et pourquoi ne pas le faire un jour ? – découvrons déjà l’immense univers de notre cœur et de notre corps, et tant de trésors encore occultes au sein de notre terre...

— Il me semble qu’on en est loin !

— C'est que les obstacles ne manquent pas et n'ont jamais manqué. Tous les *corps constitués*, les corps jaloux, les imposteurs, persécutent le corps charnel, le mien, les autres, toute la Nature : là – et là seul – où la divinité s'incarne, parce ce que c'est la vérité et la joie gracieuse qu'elle nous offre. Alors on se donne le mot pour détruire ou déshonorer ces audaces magiques, pour clouer au pilori les bonheurs innommables et gratuits. Nos plaisirs aujourd'hui doivent passer par la boutique. Il faut *décemment* les emprunter, les louer, les acquérir (au prix fort) au guichet des banques, des drugstores, des droguistes, des bordels, des partis, des entreprises en tous genres, partout où chaque once de vie et bientôt jusqu'au moindre souffle d'air deviendra l'objet d'un *honnête marché* de dupes...

Carlos semble abîmé dans ses réflexions. Pourquoi s'échappe enfin de moi ce torrent d'idées qui jusqu'ici y étaient enfouies comme une eau souterraine ? L'obscurité a envahi le rancho durant notre longue conversation. En quoi nous gênerait-elle ? La seule lumière dont nous avons besoin, c'est celle qui éclaire en ce moment notre monde intérieur.

Le silence qui semble nous isoler ne nous incommode pas non plus. Chacun poursuit le chemin de sa propre réflexion. Jusqu'à ce que la voix du maître, qui a perdu beaucoup de son aplomb, sorte lentement de l'ombre.

— Miguel, vous me fascinez et m'effrayez à la fois. Moi, j'ai mes points de repère et j'y tiens. Je sais que si je m'en libérais, mon existence redeviendrait une aventure, ce qu'elle n'est plus depuis longtemps. Vous évoquez l'humanité et sa longue marche. L'ai-je déjà quittée pour me reposer au bord du chemin ? Je ne sais... A l'instant, je réfléchissais aux mystères, aux trésors qui sont en nous-mêmes, et au sein de cette terre prodigieuse, auxquels nous semblons si indifférents. Si je vous comprends bien, vous ne cherchez pas à inventer ou à relayer une quelconque mythologie. Vous prétendez purement et simplement que l'animalité qui nous habite doit aller jusqu'au bout de sa croissance et briller de tous ses feux ?

— Vous dites ça beaucoup mieux que moi ! Sans doute parce que vous avez déjà senti, à certains rendez-vous de votre existence, la vibration qui vous unit au plus humble des vivants. Jusqu'au cœur de l'arbre. Jusqu'aux galaxies invisibles du métal. De quoi nous rendre amoureux, oui, authentiquement amoureux d'une plante, d'un parfum, d'un bel outil, d'une cigale, d'une fusée, d'une étoile, d'un ange qui vous frôle de son aile, d'un nouveau-né, d'une relique, d'un infirme au cœur secret, d'une pierre dans le ruisseau, des algues qu'il caresse en coulant, de l'enfant qui s'étire dans leurs bras...

— Ophélie !

— C'est ainsi qu'elle est sortie de la tragédie des amours trop humaines. Il nous faudrait maintenant un nouveau génie pour nous parler surtout d'elle et non du roi, pour nous faire aimer l'eau plutôt que le sang, chanter la couronne de fleurs plutôt que le sceptre du pouvoir, célébrer la vie plutôt que nos mortelles ambitions.

Quand la volonté de puissance diminuera, quand elle laissera plus de place à la force d'aimer, notre corps embryonnaire achèvera sa gestation. Et créera alors des unions que la seule mécanique coïtale est incapable de réaliser. Celle-ci finira par nous paraître, un jour, aussi archaïque, aussi vieillotte que les vestiges de notre cerveau reptilien.

— Mais ce sont là de si vieux réflexes, Miguel ! On ne va pas y échapper de si tôt...

— Il nous faudra encore un peu de temps, eh oui !... Le temps de leur substituer de nouvelles habitudes, comme celle de maintenir en bonne santé notre planète si miraculeusement douée de vie, de l'aimer comme nous-mêmes, de l'embellir, de la fêter avec tous les êtres qu'elle héberge... Et d'oser même aller au-delà, et si loin qu'un peu de son intimité invisible nous sera parfois révélée. Il y a longtemps déjà que les mystiques nous ont précédés sur cette voie-là...

Carlos s'est levé et a sorti sa lampe de poche. J'en profite pour allumer une bougie. Cette fois, je ne le retiendrai pas. Il me semble que ce ne sera pas trop de toute une nuit pour consigner notre entretien et tenter d'oublier un peu la grande absente. Tous les moyens sont bons pour y parvenir.

— Nous voilà bien loin de la citerne et de ses problèmes, Don Miguel... A quel moment avons-nous décroché de la réalité pour nous envoler dans les nuages ?

Le vieux réflexe *réaliste* de l'instituteur qui reprend le dessus.

— C'est pourtant bien des nuages que nous espérons le salut...

— Comment l'oublier ?

— Surtout n'oubliez pas votre promesse, Don Carlos !

— Lundi, je reviens avec le matériel. On va tous bosser. A la prochaine pluie, plus une goutte d'eau ne se perdra sur le toit de l'école. Et je parie ce que vous voulez que notre citerne ne tardera pas à déborder...

Carlos, lui, me quitte débordant de bonne humeur. Et de bonnes intentions.

* * *

Avec tous ces graffiti, je n'ai guère dormi. Autrement dit, je n'ai pas trop souffert. Et surtout... aucun cauchemar ! Mais toute la journée, je me suis traîné comme une limace. Il n'y a que la matinée, durant l'exorcisme de

Kebachim, que je me suis senti un peu mieux. Dommage que maintenant l'effet de sa médecine se dissipe si vite, et le lendemain, je lui fais de la peine quand il me retrouve dans le même état.

Et toi, *Papillon...* Où t'es-tu envolée ?... Qu'est-ce qui a bien pu t'arriver ?... Impossible de croire que tu aies manqué à ta parole. Mais alors comment expliquer ta longue absence ?

Ma seule consolation dans ce grand vide est l'apparition de petits nuages qui tempèrent enfin l'azur violent... Sortira-t-on bientôt de ce désert ?... Un jour de plus à tromper la désespérante attente ! Je pourrais écrire de nouvelles pages, y exposer plus à fond mes prétentieuses idées sur un monde meilleur. Mais c'est d'un nouveau continent, d'une terre ferme que j'ai besoin. Pas d'idées en l'air, ni d'une Atlantide coulée à pic... Ne disparais pas maintenant, ne me quitte pas, ne fais pas naufrage, oh ! ma terre promise, *toi mon Amérique à moi !*

Il ne me reste plus une seule de tes délicieuses galettes au miel. Alors aujourd'hui, j'ai bien dû avaler jusqu'au bout la soupe de Doña Juana, une voisine de Dominguez. Elle est aussi amère que les potions du guérisseur. Au début, je lui expliquais que je n'avais guère faim et qu'elle ne devait pas se donner ce mal-là. Mais en voyant la brave dame entrer chaque jour avec sa petite casserole aussi noire que le charbon de son feu de bois, et un visage pas moins extatique que celui du vieux curé de mon village quand il portait le *saint sacrement*, j'ai fini par céder. Et j'ai même réussi à la féliciter. Pas pour sa soupe, en réalité, mais pour son bonheur de me l'offrir.

Ce visage me fait sûrement plus de bien que l'épaisse bouillie de morceaux de graisse, de grumeaux de farine et d'étranges herbes, dont je ne peux avaler que quelques gorgées. De toute façon, je ne lui mens pas en disant que je n’ai guère faim. C’est le guérisseur qui lui rapporte la casserole le lendemain, après ses exorcismes. Le soir, en me rendant à la feuillée, je dépose le surplus dans la gamelle de *Chaton* qui, lui, ne manque jamais d’appétit lors de ses rondes nocturnes...

Ce soir, il sera déçu.

* * *

Trois heures du matin.

Quel cauchemar ! J’aurais mieux fait d’écrire n’importe quelle présomptueuse connerie, comme d’habitude, qui du moins m’aurait empêché d’être à nouveau livré à ces démons de la nuit... Mais avec une double dose de valium, j’ai fini par plonger. Par plonger tout droit dans la gueule du loup !

Vraiment pas en forme pour rédiger quelque chose maintenant... Aucune envie non plus de me rendormir et de retomber *dans leurs pattes*. Pourquoi ne pas dessiner ? C’est tellement plus beau et plus simple que de former des jambages. Les enfants le savent bien qui nous disent de si belles choses avant d’apprendre à écrire... Mais j’ai peur d’avoir perdu cette grâce, qui maintenant inonde Marisa. Quand reviendra-t-elle ?... La grâce ?... Marisa ?...

Eh bien non, j’ai tort de fuir les ténèbres. Je vais sortir les affronter. Saluer les esprits de la nuit. Me réconcilier avec eux. Leur parler doucement. Ils ont besoin d’amour eux aussi. Leur dire que je souhaite plus de ténèbres encore, combien elles sont chères à mon cœur. Jusqu’à occulter la lune et les étoiles. Jusqu’à faire toute la place aux riches et puissants nuages. Qui seuls peuvent nous apporter la bénédiction de l’eau. Et que désormais la nuit soit privée de lumière jusqu’au signal de l’éclair !

Juillet

Voilà une semaine que je n'ai plus rien écrit. Une semaine que je ne parle plus tout seul. Une semaine que la mort et la vie complotent, une fois de plus, en se moquant de nous. Ou en se divertissant en toute innocence, qui sait ?

Pourquoi tout ce baratin ?

Sans doute parce que je ne sais trop comment m'y prendre pour attaquer le récit des derniers événements. J'aurais pourtant dû m'y attendre, mais quand ils se sont produits...

A peine Marisa a-t-elle ouvert la porte, le lendemain de cette nuit cauchemardesque, que j'ai su tout de suite. Elle avait les yeux rougis et, avant qu'elle ne parle, j'étais debout pour la soutenir et l'obliger à s'asseoir.

Ici les choses ne traînent pas. Le lendemain du décès, l'enterrement regroupe les proches parents et les voisins.

Ce n'est qu'après qu'ont lieu les visites de condoléances à la famille. Même Ricardo, occupé à la récolte dans la *colonia*, n'a pu être averti à temps... La Mami reposait maintenant au sein de cette terre d'où elle était née, dont elle avait vécu et où elle retournait, avec la même simplicité des choses de tous les jours.

Après qu'elle eut retrouvé son calme, Marisa put enfin me raconter les derniers instants de la *qomé*, une fin paisible qui s'était conclue par un seul mot, "merci", au moment où sa petite-fille lui avait offert une gorgée d'eau fraîche... Je m'étais assis en face d'elle et, quand elle se taisait, l'encourageais à poursuivre, sachant qu'elle devait laisser s'échapper doucement ce flot d'émotions qui l'oppressait. Ce que j'ignorais, c'est qu'au moment où elle allait me décrire la scène de la sépulture, c'est moi qui allais flancher. Elle ne s'en aperçut pas tout de suite.

A côté de la fosse de la Mami, voilà que s'alignaient peu à peu d'autres tombes. Celles de mes parents. De Laure. D'autres amis, dont deux nous avaient quittés volontairement. Un parterre de fleurs sous lequel reposent trois petits frères que je n'ai pas connus... Pourquoi ne les ai-je pas rejoints à mon tour ? Pourquoi ma mère a-t-elle tellement supplié le Ciel de ne pas me reprendre qu'elle s'en est trouvée exaucée ? La faiblesse du grand Ingénieur ? Tout ce qu'Il avait si bien planifié cède parfois devant les larmes d'une mère. Et voilà un grain de sable de plus dans le bel engrenage de son Univers !

Maintenant, je regarde ces deux petits trous, tout près, tout frais encore, par lesquels se sont enfuies Fille-de-la-Lune et Fille-du-Soleil. Je me vois à nouveau en train de remuer la terre molle, puisque c'est la coutume ici que les parents creusent la tombe de leurs enfants. Le même sillon, juste un peu plus profond, que je traçais à quelques mètres de là au moment de bêcher le jardin...

Voisinage, complicité de la vie et de la mort. La graine pourrit, le germe s'en échappe. De la chrysalide exsangue le papillon s'envole. Mon cœur saignait. Il saigne de nouveau. Alors que mon esprit survole le paysage, contemplant le prodigieux cycle de la vie.

Marisa, qui a terminé son récit, me fixe d'un air inquiet à travers ses larmes. Il faudrait que ce soient les dernières. Il me semble que j'avance à grands pas vers une *explication*. Et si elle aussi pouvait en profiter ?...

— Pourquoi tu me regardes comme ça, Miguel ?

— Comment "comme ça" ?

— Tu as l'air de sourire...

— Pardonne-moi, je ne m'en rendais pas compte. Je viens de voir ta Mami. Elle aussi souriait à un bébé qu'elle portait dans ses bras. C'était peut-être toi ?

— Et ma mère, tu n'as pas vu ma mère ?

— Je ne sais pas, il y avait beaucoup de monde à l'enterrement.

— A l'enterrement de Maman ?

Maintenant j'émerge vraiment. La vision, le dialogue se sont passés si vite, dans un état second qui m'effraie un peu. La question de Marisa, oui, je la comprends, elle qui se plaint de n'avoir jamais rêvé de sa mère... Et subitement son regard qui s'absente, la raideur du buste... cette métamorphose qui commence et que je redoute !

Alors je me penche doucement vers elle. Elle ne retire pas son visage quand je l'embrasse avec une tendresse trop longtemps contenue. C'est elle maintenant qui m'enferme dans ses petits bras avec une force qui m'étonne. Elle me fait mal, mais c'est un mal délicieux. La communion silencieuse dans la souffrance en dit plus que tous les mots d'amour.

Combien de temps sommes-nous restés ainsi unis ? Et quel est le premier des deux qui est retombé sur terre ?... Peu importe ! A ce moment, en tout cas, je sus qu'en chacun de nous commençait à s'opérer une décisive transformation.

* * *

Depuis plus de huit jours, la vie inonde le rancho. Les objets qui flottaient dans le vide sont arrimés. Chaque chose a de nouveau une âme.

Dès qu'elle rentre de l'école, Marisa fait le ménage, cuisine, balaie, parfois lessive, sans oublier de soulever de l'étagère les poussières qui, elles aussi, ont besoin d'air. Aujourd'hui, comme c'est samedi, elle s'est même remise à tisser. D'où lui vient cette vitalité débordante ?...

Et un luxe auquel je n'avais jamais pensé : avec la cire dérobée aux ruchers sauvages, elle lustre le mobilier qui parfume le logis et lui donne chaque jour un air de fête. De cette même cire, qu'elle coule autour d'une fibre de *chaguar*, elle m'offre maintenant des bougies qui ont la couleur et l'arôme du miel.

Je la regarde grimper pieds nus sur le bureau, déplacer et replacer adroitement les dossiers au sommet de l'étagère, avec des gestes de plus en plus gracieux. Est-ce parce que je lui ai raconté mon émerveillement des premiers jours, quand je prenais ses petites mains pour des ailes de papillon ?... Serait-elle devenue coquette ?

Quand je la vois, comme maintenant, penchée sur le métier à tisser, je me dis que j'aurais tant aimé porter sur moi une de ses œuvres d'art au moment du grand passage. Mais foin de caprices ! Qu'elle se fasse plutôt des atours de laine, de coton, de chaguar, des jambières de plumes, des ceintures de palmes, des colliers de baies, des couronnes d'orchidées ! Rien ne sera trop beau pour elle dans cette manne de matières précieuses que lui offre la forêt, où elle n'a qu'à puiser... Sans rien dire, elle hoche la tête en signe d'assentiment, à moins que ce ne soit pour mieux rythmer le travail des doigts agiles qui happent, pincent, tressent, nouent, tirent le fil avec la vivacité de jeunes ballerines exécutant leurs entrechats.

Chaque soir, elle s'adonne aussi avec une sorte de fureur à ses kaléidoscopes. Je me dis parfois qu'il vaudrait mieux lui abandonner le petit stock de papier qui me reste. Ça me coûte maintenant de me relire, et d'écrire, et de raturer pour parvenir à quelque chose d'intelligible. Alors qu'elle, elle connaît si bien les mots de passe colorés qui lui ouvrent, à la vitesse de l'éclair, son monde merveilleux et parfois terrible. Il est pourtant bien rare que j'y découvre encore des monstres.

Ses messages ont pris le relais des signaux végétaux qui auparavant me plongeaient en extase. Un alphabet de pétales, d'ailes, de feuilles, de plumes, de nuages me raconte des histoires d'amour à n'en pas finir entre le ciel et la terre, comme si l'enfant-poète voulait rompre le sortilège néfaste de la légende incaïque et rétablir dans sa plénitude le règne de l'Arc-en-ciel.

Dommage que je la voie parfois si mélancolique, surtout à l'entrée du soir. J'attribue cette tristesse au départ de la Mami. Mais, dans ces moments-là, Marisa ne répond à aucune de mes questions et la conversation ne va pas très loin... Toujours ce mystère en elle, que je n'arriverai donc jamais à percer ?

Maintenant, elle a repris sa place des premiers soirs dans le lit et garde soigneusement ses distances. Je n'en suis pas déçu. Moi qui ai cru la perdre à jamais, la sentir à nouveau là, tout près de moi, exhalant ses légers soupirs parfumés, parfois un curieux gazouillis entre murmure et musique...

Et puis, à chaque aurore, quand les oiseaux me réveillent après un sommeil paisible et profond, Marisa se retrouve tout de même blottie contre moi, poussée par la houle légère du sommeil. Je prie pour qu'elle n'en sorte pas trop vite. Car elle m'offre une joie qui ne peut se comparer à aucune autre dans ma vie passée. C'est comme si j'habitais déjà une autre planète, qui n'obéirait plus à la même pesanteur, aux mêmes lois fonctionnelles auxquelles sur cette terre tout amour semble soumis.

A la lumière qui filtre à travers les fentes du volet, je devine le lever du soleil au-dessus des frondaisons obscures de la forêt. Spectacle grandiose que jamais je n'aurais manqué lorsque j'étais en bonne santé.

Quand finalement *Papillon* ouvre les yeux, elle ne manifeste aucune surprise de se retrouver sans le vouloir – ni elle, ni moi – dans mes bras. Alors, pour prendre les choses à la légère, pour se moquer gentiment de soi-même, ou de moi, ou tout simplement parce qu'elle est heureuse – quelle importance ? – elle m'offre le premier et le plus beau sourire de la journée.

Inti, le dieu solaire, est sûrement indulgent. Il n'y a donc pas d'offense à penser que si je ne peux plus assister à son royal réveil, je ne perds pas au change en accueillant la lumière et la chaleur que m'offre sa petite messagère. Car c'est Lui qui en est la source, et il doit se réjouir d'être à nouveau aimé et adoré chaque matin à travers un tel échange.

Hier soir, le *pionoxaq* s'est montré lui aussi fort surpris par la transformation qu'il observe en moi, jour après jour. Il a eu une longue conversation avec Marisa à voix basse, dans leur langue. Subitement, il lui a imposé les mains en psalmodiant d'étranges onomatopées, tandis que la fillette, tête baissée, laissait couler d'abondantes larmes, sans que je puisse deviner si c'était de tristesse ou de joie.

Avant de se retirer, Kebachim daigna m'expliquer, avec ses mots à lui, à la fois simples et profonds, ce qui venait de se passer.

— Mon fils, tu vois que je suis très âgé et très fatigué. Mais plus encore que je ne le croyais. Aussi n'ai-je pu t'aider beaucoup. Il y a quelqu'un ici qui a une force supérieure à la mienne. Je lui ai transmis *la parole secrète du pioxonaq*. Maintenant, elle pourra te guérir et en guérir beaucoup d'autres...

* * *

C'est une eau de plus en plus trouble que Marisa m'apporte chaque jour. On touche le fond de la citerne. Il faut absolument la faire bouillir...

En tout cas, Carlos a tenu parole. Avec un rouleau de zinc et une lampe à souder qu'il a rapportés de son dernier voyage à Villa Obligado, il ne leur a fallu que deux jours à lui et au plombier qui l'accompagnait pour remettre en état les gouttières, collets et collecteurs d'eau. Les adductions souterraines conduisant à la grande citerne ont également été remplacées par de nouvelles tuyauteries. Ce week-end, le maître a pu partir en vacances, la conscience en paix... Avant de prendre la route, il est même venu m'apporter une bouteille de "champán" de fabrication locale. *En attendant de trinquer ensemble autour d'un grand bidon d'eau fraîche !* m'a-t-il lancé avec sa gouaille habituelle.

Mais aujourd'hui, Marisa m'a raconté que les gens ont commencé à piocher tout autour de l'éolienne toujours en panne pour atteindre la seule eau douce connue dans tout le voisinage, les autres puits creusés jusqu'ici n'ayant donné qu'une eau saumâtre et arseniquée : notre terre d'alluvions, si fertile, est aussi trop riche en sels minéraux.

C'est pourtant une manœuvre très risquée. La tuyauterie souterraine va être abîmée à son tour. Les contours argileux de la nappe phréatique, jusqu'ici bien isolée et protégée, pourront facilement s'effondrer. Je comprends l'urgence, mais une fois de plus, celle-ci risque de détruire ce qui, jusque maintenant, garantissait l'avenir...

Le Río Bermejo, lui, n'est plus qu'un filet d'eau. Les riverains restent malgré tout des privilégiés par rapport à nous qui en sommes distants de plus de trente kilomètres. Marisa me raconte que les animaux commencent à crever. Et ceux qui entrent dans les dernières lagunes ou marais encore non asséchés les transforment en bourbiers et les contaminent de leurs excréments.

Il arrive aussi que des bovins s'enlisent dans le piège mortel de cette boue visqueuse dont ils ne peuvent plus sortir. De loin, la partie émergée de leurs carcasses ressemble vaguement à des caïmans que les femmes et les enfants se montrent du doigt sans pouvoir leur venir en aide. Car c'est encore dans ces marécages putrides qu'avec leurs seaux et leurs petits bidons, les habitants continuent à puiser l'eau qu'ils consomment, la plupart du temps sans la bouillir, considérant – non sans quelque raison – la corvée trop fastidieuse.

Vais-je revivre une dernière fois les scènes de détresse dont j'ai été témoin, mais qui ne servent jamais de leçon ?

Je demande à Marisa, que le guérisseur initie chaque jour à ses pratiques, si elle n'a pas le pouvoir de faire tomber la pluie. A-t-elle pris ma question pour une plaisanterie de mauvais goût ? Elle ne daigne même pas répondre. Tout ce qui touche à sa nouvelle mission semble tabou. On ne badine pas avec ces choses-là...

Et avec quelle attention elle reproduit rites et gestes du *pioxonaq*, les impositions des mains, récitations, frictions, massages, maintenant qu’elle est en vacances et qu’elle a tout son temps ! Kebachim lui enseigne aussi les herbes à cueillir dont elle m’apprend les noms qui, à eux seuls, me paraissent magiques : *caapi*, *hataj*, *palo coca*, *koro.*

Quand je l’ai entendue pour la première fois entonner la mélopée de guérison, une énorme surprise m’a saisi. Comment est-elle parvenue immédiatement à ce timbre si particulier du chaman ? Où a-t-elle, du premier coup, puisé cette énergie qui ne naît pas de la gorge, mais semble monter de quelque racine du corps ou de l’âme (quel terme au juste employer ?).

Moi qui me suis laissé faire par le vieux guérisseur, en pensant que tout flux de sympathie, toute bonne vibration, après tout, ne pouvait que me faire du bien, comment refuserais-je aujourd’hui les soins de Marisa ?

Même ses potions, je les trouve nettement moins amères... Tout cela est fort subjectif, et il m’arrive de penser que la seule présence de ma petite compagne, avec ou sans ses incantations, donnerait sans doute le même résultat. Mais je ne vais pas lui dévoiler une pensée aussi profane...

* * *

Et d’ailleurs, qui me prouve que j’ai raison ? Kebachim n’aurait-il pas détecté des signaux qui m’ont échappé ? N’a-t-il pas voulu *sublimer*, à sa façon, un lien devenu trop tendre entre nous ?... Savoir empirique, mais combien efficace de ces chamans qui ne pourra jamais rivaliser, hélas, avec nos sciences épaisses et obtuses !

D’où leur sont venues ces intuitions qui, au fil des millénaires, ont inspiré tant de règles de vie empreintes de sagesse et d’équilibre ? Je me souviens qu’au cours d’un périple parmi les communautés guaranies du Paraguay, j'avais découvert un homme étrange, une espèce de gorille sautant de branche en branche dans un arbre peuplé de babouins rieurs. Quelques familles, qui avaient dû s'absenter pour la chasse, lui avaient confié leurs plus jeunes enfants, et c'est aussi sous son toit, bourdonnant comme un rucher, que j'allais dormir les deux jours que dura ma visite.

Chico – c'était le surnom taquin donné à ce doux géant – savait filer et tisser la laine, cuisinait comme une parfaite ménagère et donnait le bain à ses petits protégés avec la même tendresse qu'une mère. Personne ne se moquait de lui dans la communauté quand les enfants, à califourchon sur son large dos, l'obligeaient à courir à quatre pattes jusqu'à en perdre le souffle ! C'est un voisin qui m'apprit que cette singulière coutume de recourir à *l'homme-biche*, comme on l'appelait, avait disparu de nombreuses communautés depuis que les blancs en avaient fait un sorcier ou un être immoral (ils n'avaient jamais pu se mettre d'accord...).

Près d'un an plus tard, un anthropologue, rencontré par hasard, allait m'expliquer les choses à sa façon. Il m'assura que la coutume n'était pas seulement faite pour le bien de l'enfant, très heureux de passer "quelques jours de vacances en compagnie du bon génie". C'était aussi pour le bien de l'adulte, victime d'une "aberration de la nature". Mon interlocuteur qui utilisait à dessein, disait-il, les mots de notre vocabulaire, avait observé cette tradition parmi des peuples fort éloignés les uns des autres. Il m'assurait que, sous toutes les latitudes, hier comme aujourd'hui, il existait des êtres humains non conformes à leur morphologie. Certains hommes naissent avec une "âme de femme". Mais aussi parfois avec "une âme de mère". Les deux peuvent aller de pair, mais pas forcément. Marqué, en outre, par les pulsions du mâle, le psychisme de ces êtres est d'une rare complexité. La plupart des peuples dits *primitifs* leur ont fait une place à part, tout comme aux albinos ou aux épileptiques, estimant que rien dans la nature n'est dépourvu de sens. Les *êtres anormaux* ont presque toujours une vocation de messagers des dieux, de médiums particulièrement réceptifs, parmi lesquels se recrutent souvent leurs artistes, leurs mages, leurs voyants...

A ma question sur les risques courus, il s'était borné à répondre : *"A tenir à l'œil, bien sûr... comme tout citoyen du reste !"*, reconnaissant que les Guaranis, les Tobas et autres frères indiens ne sont pas plus que nous immunisés contre la tentation de mentir, de voler, de violer... Mais alors, pourquoi estimait-il que nos enfants étaient bien plus exposés entre les murs capitonnés des maisons bourgeoises ? "*Parce que le voisinage, ici, ça existe. Aussi longtemps que la communauté durera, elle ne pourra ignorer ni tolérer qu'un enfant soit victime des moindres sévices...*"

Notre ami Chico n'en demandait pas tant ! La fois où je l'avais vu faire la sieste, étalé de tout son long à l'ombre d'un acacia, couvert de bras et de jambes jetés pêle-mêle à travers son immense corps, j'avais compris à son sourire béat qu'il se croyait déjà en train de voler au paradis avec les anges...

Cette anecdote avait déridé l'anthropologue. Évidemment, il ne voyait pas comment, dans notre beau monde, les *Chico* pourraient s'en sortir ! Pas plus d'ailleurs que les gosses abandonnés sur le trottoir ! Mais, rappelait-il, il y a toujours quelqu'un qui veille au coin de la rue. L'éternel *commerçant*, l'entremetteur... Comprenant le profit que peuvent lui rapporter la détresse des petits démunis et celle d'un Chico à la dérive, il va régler leurs problèmes... à sa manière. Depuis longtemps, toutes les polices du monde ferment les yeux sur ces "jeux de la rue", surtout lorsque des *gens bien* s'en mêlent et que *la fête* se termine dans un salon. Alors pourquoi ne pas s'enhardir et mieux s'organiser ? Pourquoi encore s'occuper du bon vouloir des gosses et monnayer leurs services quand il est si simple de les capturer et d'en user comme d'un vulgaire accessoire de sex-shop ? Et comment refuser ensuite l'idée de décupler les profits en vendant les horribles images pouvant aller jusqu'au viol, à la torture, à la mort ?...

L'anthropologue ne souriait plus. Un rictus déformait ses traits lorsqu'il m'asséna sa conclusion : *"Voilà encore un des grands progrès de notre Civilisation depuis qu'elle a interrompu la candide sieste de Chico sous son acacia !"*

* * *

Même si les soins de Marisa m'aident à vivre, je ne me fais guère d'illusions sur l'évolution du mal. Par contre, il y a plusieurs manières de "guérir". De la maladie ou de l'existence ? Et cela, j'aimerais bien le lui expliquer, mais je ne sais vraiment pas comment m'y prendre.

Je me rends compte soudain que d'ici un mois, mon copain sera peut-être là. Quand il m'aura vu dans cet état, il lui sera difficile, à son retour, de ne pas alerter Sandra et Pierre. Comment le convaincre de n'en rien faire ? J'aimerais mieux le leur dire moi-même, à ma manière. Il y a si longtemps que je ne leur ai plus envoyé de nouvelles... Mais, au fait, est-ce que je ne leur écris pas un peu chaque jour ?

En tout cas, si je suis encore là lors de sa visite, je lui remettrai mes notes. Il faudra même que j'en parle à Marisa au cas où les événements se précipiteraient. Mais je n'arrive toujours pas à me décider...

Je voudrais tant qu'en me lisant, ma femme et mon fils, et aussi mes frères, ma sœur, mes amis, comprennent qu'ils n'ont rien à regretter. Et moi non plus ! Ta vie, Pierre, ne dépend plus de la mienne. La tienne pas davantage, Sandra. Au contraire, je sais que mon retour perturberait le nouvel équilibre que tu as réussi à te créer. Alors, votre amitié pour moi se réjouira finalement d’apprendre combien mon sort est enviable.

Chaque jour, je ne sors plus guère que pour quelques menues tâches au potager et une petite promenade hygiénique, à l’entrée du soir. Et je vois avec plaisir s’accumuler des nuages de plus en plus gros. Cette vague de chaleur en plein hiver me fait espérer que la pluie, que la vie n’est peut-être plus tellement éloignée de nous. Le hurlement lointain des carayas, les singes aboyeurs, annonce un grand vent. Peut-être une tempête ?... Déjà les vers du poète maya apportent un peu de fraîcheur à mes lèvres...

O Buveur nocturne, pourquoi te déguiser ?
Mets ton costume d’or, vêts-toi de pluie !
O mon Dieu, ton eau riche en pierres précieuses change en quetzal le cyprès, et le serpent de feu m’abandonne.
Vais-je périr, moi, la tendre plante de maïs ?

Mais très vite les étourdissements m’obligent à me recoucher. Durant tout un temps, mon esprit erre sur un fleuve de lave qui inonde vallées obscures et forêts calcinées. Jusqu’à ce qu’un îlot de verdure semble poindre à l’horizon. Un coin de forêt rescapé ! Qui se rapproche. Une silhouette familière qui monte la garde, une petite main qui s’agite et bientôt m’aide à accoster...

C’est la menotte de Marisa qui évente mon visage couvert de sueur, tandis que je reprends peu à peu conscience. Elle me dévisage alors avec ce regard pénétrant qui tente de déchiffrer je ne sais quels signaux préalables à son exorcisme, qu’elle renouvelle maintenant deux fois par jour, depuis que le guérisseur n’est plus à ses côtés.

Après m’avoir aidé à ôter la chemise et à desserrer la ceinture, la *pioxonaq* m’oblige à me détendre quelques instants, allongé sur le dos. Jusqu'ici rien qui ne la distingue des gestes classiques d'une infirmière.

Ensuite, plus rien qui y ressemble.

De la première potion qu'elle me fait boire, elle absorbe, elle aussi, une petite gorgée qu'elle garde un moment dans la bouche, avant de la recracher sur ses doigts. Les yeux mi-clos, elle entonne alors une mélopée qui ne varie jamais et qui me provoque à chaque fois un terrible frisson. Et puis elle fait le tour du lit en continuant à chanter et en me frôlant le corps de ses mains.

Maintenant, je dois fermer les yeux.

J'ai constaté de légères variantes par rapport au code du chaman. Lui, il posait directement ses mains sur ma poitrine, puis l'abdomen, en accompagnant ses gestes de profondes respirations, avant de réaliser tour à tour massages et frictions. Marisa, elle utilise mes propres mains pour réaliser ces mouvements. Elle m'a dit, la première fois, de ne plus y penser, de les laisser dans les siennes *comme des petits oiseaux qui ne savent pas encore voler* (c'est exactement ce qu'elle a dit).

Je me laisse faire, je les laisse faire, ses mains qui savent voler, les miennes qui ne savent pas, accouplées aux siennes, et que je ne sens plus, à croire qu'elles sont vraiment détachées de mon corps.

A un moment donné, et cela aussi est différent, la petite guérisseuse ne bouge plus. Sa respiration, qui était agitée, se calme au point de s'effacer complètement. Comme je dois garder les yeux fermés, je ne sais pas ce qui se passe, mais j'attends, je ne sais même pas si j'ai récupéré l'usage de mes mains, et ne veux pas le savoir...

J'attends, et je pense. Et bien vite, je me paie un de ces lointains voyages dont on ne sait jamais s'ils durent quelques secondes ou plusieurs jours ! A chaque fois, c'est un parcours différent. Et dont je me souviens parfaitement au réveil, bien que je ne me réveille pas puisque je ne me suis pas endormi, mais c’est une façon de parler.

Le temps et l’espace sont comme télescopés. Et pourtant, il y a une suite d’un songe à l’autre. Mais justement qui ne tient pas à l’espace et au temps. A quoi donc ? Je ne sais pas comment dire ça. C’est comme si je prenais un film en mains et que je le coupais pour le monter autrement, tout à fait autrement.

Un film que j’aurais trouvé raté, bâclé, mal construit, mais qui est plein de bonnes choses, à l’image de ma vie – ou de ce journal insolite – qu’il faut tenter de mener vaille que vaille à son terme. Un film que je pourrais remonter moi-même, à ma manière. C’est ce que j’arrive à faire dans ces rêves, ou ces visions, avec une aisance qui me surprend, et des résultats qui m’impressionnent !

Dans la séquence d’hier, par exemple, j’assistais à mon mariage avec Sandra. Au moment où j’allais prononcer le *oui* fatidique, quelqu’un a crié “au feu”. Et tout le monde s’est précipité dans la rue. Autour d’un grand bûcher de la Saint-Jean ! Alors une ronde de carnaval s’est improvisée, avec des costumes d’Indiens, chacun chantant ou battant du tambour. Le maire était déguisé en grand sachem et, à ses côtés, dansait son épouse. Quand elle est passée près de moi, elle s’est retournée en riant. C’était Sandra ! Parmi les badauds qui s’étaient rassemblés, c’est sûrement moi qui applaudissais le plus fort...

Aujourd’hui, j’ai encore rajeuni. Me voici dans une forêt qui ressemble à celle où je vis maintenant. Ma petite cousine Marisa me fait boire du lait très chaud mélangé avec du miel parce que j’ai la fièvre. Et il y a là plein de petits frères qui veulent grimper sur le lit pour jouer avec moi, et aussi deux sœurettes qui s’appellent Fille-de-la-Lune et Fille-du-Soleil, que maman, toute jeune et très belle, rappelle à l'ordre gentiment. Marisa est la seule qui ne veut pas descendre du lit parce qu'*elle va bientôt se marier avec moi*. Elle l'a dit en riant, mais mon père se fâche pour de bon. C'est un homme âgé. Il me ressemble. Je veux dire : il ressemble à celui que je suis maintenant. Il souffre aussi d'une grave maladie, et la similitude est si forte que j'arrive à nous confondre. Alors pensant qu'un cauchemar se prépare, je fais un effort pour “me réveiller”, me retrouvant ainsi, tout content, dans la peau du petit garçon aux côtés d'une jolie cousine appelée Marisa et qui l'oblige à boire son lait bien chaud... mais j'ai sans doute mal calculé mon élan, car je récupère pour de bon mes esprits.

Mes esprits ? Lesquels ? C'est qu'on en a de tant de sortes ! Ceux qui semblent si bien arrimés – pour combien de temps encore ? – à cette carcasse qui fut solide ? Ou ceux qui, dès l'embryon, à travers l'enfance, ou la maladie, ou la si grande fragilité de l'être endormi – à quelque âge que ce soit – virevoltent avec une aisance, une énergie, une intensité d'idées, d'images, de sensations, d'émotions, qui rendent bien terne notre petite existence quotidienne ? La *survie*, elle est déjà là, elle s'impose avec toute sa force, toute son épaisseur, et aussi son mystère : elle n'a pas à prouver sa réalité. S'il y a une chose dont on pourrait douter à la rigueur, c'est – si mince et si brève – de la *vie* tout court !

Maintenant que j'ai complètement repris conscience – ma toute petite *conscience de chaque jour* –, je me rends compte que Marisa en est à la dernière phase du traitement, la plus périlleuse. Elle aspire le mal qui est en moi, qu'elle recrache aussitôt, et son pied qui frappe le sol me fait penser à la vierge écrasant la tête du serpent. Elle s'y reprend à plusieurs fois, ses lèvres soulèvent la peau avec bien plus de force que celles du pauvre vieux guérisseur, et une autre vision m'apparaît, celle de mon grand-père traitant ses maladies avec des ventouses qu'enfant, j'aidais moi-même à préparer... Curieuses images qui s'entrechoquent, mais créent en moi une douce euphorie parce que les murailles du temps ne sont plus que du vent.

Surprise un jour par les battements de mon cœur, elle m'avait demandé après l'exorcisme "*à quoi sert ce drôle de tic-tac*". Sa science médicale comporte évidemment encore quelques lacunes... Mais c'était si bien dit qu'il m'a suffi de lui parler, en effet, de la petite horloge qui règle le cours de notre destin, de la naissance à la mort, jusqu'au moment où enfin le tic-tac s'arrête. Depuis lors, elle ne manque jamais de laisser reposer un moment sa tête sur ma poitrine, à l'écoute de cette montre étonnante, comme si elle voulait en vérifier le bon fonctionnement...

Il ne faut surtout pas sourire, pourtant l'exorcisme est devenu pour moi comme un moment de fête. Bien plus que ça ! Alors que les potions du vieux Dominguez n'engendraient plus que des visions confuses, comment expliquer que celles de Marisa – dont la composition doit être identique – me produisent des effets si extraordinaires ?

Elle sait aussi qu'à la fin de chaque session, j'éprouve une forte sensation de froid, comme après un profond sommeil. Alors, elle étend sur moi l'ample couverture de laine tissée par sa grand-mère, le seul trésor dont elle ait hérité avec le petit métier : mais c'est bien d'un *trésor* qu'il s'agit ! La chaleur du tissu, qui a longtemps abrité le cœur de la Mami, tout imprégné encore de son amour, me ranime en quelques instants...

Pendant tout ce temps, d'autres images défilent devant moi, qui toutes concernent ma vie passée, mais dans une sorte de remise en question, de remise en ordre qui me convainc – sans en avoir la moindre preuve – que toutes les options restent possibles, ou plutôt qu'elles vont devenir possibles. Et que le compte à rebours continue... jusqu'à un nouveau départ.

Vais-je un jour assister à ma propre naissance ?...

Ce qui me frappe, en tout cas, c'est que cette sorte de retour aux sources de mon destin est en train de me réconcilier peu à peu avec lui. Plus encore qu'un itinéraire personnel, il semble me ramener jusqu'à la nuit antérieure à la Création. Toutes ces allées et venues qui nous poussent sur un chemin sans but apparent peuvent nous induire un jour au désespoir. Mais n'est-ce pas notre myopie qui nous fait tourner en rond ? Il nous faut de bons yeux, sans doute, pour distinguer le départ d'une nouvelle courbe sur cette spirale sans fin où – comme dans la course elliptique des galaxies – nous ne savons jamais si nous avançons ou reculons. "*La fin de la naissance est Mort. La fin de la mort est Naissance. Telle est la loi*". Celle que nous révélait déjà la Bhagavad-Gita il y a quelque deux mille ans...

* * *

Manger peu, suer beaucoup ne fait pas grossir. Encore deux nouveaux crans à la ceinture ! Tout ce qui me reste d'appétit, c'est pour les galettes à base de farine de manioc et fourrées au miel que Marisa cuit chaque jour sous la cendre, accompagnées d'un peu de lait de brebis offert par Doña Juana qui garde les quelques moutons hérités de la grand-mère. Comme je ne peux rien avaler d'autre, la fillette n'a plus envie de cuisiner pour elle seule. Profitant des loisirs que lui donnent les vacances d'hiver – ce curieux hiver austral traversé de subites vagues de chaleur –, elle préfère passer une heure ou deux chaque jour, comme du temps de la Mami, à faire la chasse aux ruchers sauvages et à récolter une petite provision de cœurs de palmier, de figues de Barbarie ou d'oranges sylvestres qu'elle picore chemin faisant.

La sécheresse réserve parfois de bonnes surprises. Elle nous a obligés à rationner l’eau et les mesures d’hygiène et, par là même, à redécouvrir le plaisir capiteux des senteurs animales. Il arrive que, certains soirs, le corps de Marisa exhale un discret et délicieux arôme de lait tiède avec un soupçon de vanille et même – quand il fait très chaud – un doigt de cacao. Ce doigt qui se glisse parfois entre mes lèvres pendant la nuit. La première fois, je l’avais pris pour mon propre pouce, belle preuve que j’étais vraiment retombé en enfance ! Mais, dans mon demi-sommeil, j’ai eu beau écarter l’un après l’autre mes dix doigts, le sucre d’orge enrobé de chocolat était toujours là...

Je sais bien que tout ce qui vient de *Papillon* sera toujours pour moi bel et bon. Et elle aussi le sait qui, dans son gracieux sommeil, s’étire de tout son long au moment où, réveillé par ses effluves, je cueille sur sa gorge quelques perles de sueur au goût exquis.

Il est triste pour moi, en cette nuit orageuse, de n’avoir que des senteurs musquées à lui offrir. Mais Marisa semble d’un autre avis, car, quand elles sont au paroxysme, elle se rapproche sans se réveiller et blottit son petit museau sous mon épaule. La désespérance de cette interminable sécheresse s’en trouve soudain allégée par une de ces compensations superbes dont la Nature a le secret. C’est notre *hutte de sudation*, rite lustral qui nous offre un bain de vapeur inattendu pour nous rafraîchir et nous purifier.

Durant la journée, ses absences me paraissent parfois longues, mais j’en connais maintenant la raison. Doña Juana m’a confié que, lorsque *Papillon* se dirige vers la forêt pour ses cueillettes quotidiennes, on l’appelle souvent au chevet d’un enfant malade. La nouvelle de ses dons s’est vite répandue, mais les grandes personnes préfèrent encore recourir au vieux Dominguez, maintenant cloîtré chez lui, et que la *pioxonaq* continue à visiter assidûment pour lui apporter les plantes médicinales dont il a besoin et, sans doute, pour parfaire son apprentissage.

Mon seul regret est que ses nombreuses visites et occupations lui laissent si peu de temps pour ses tâches de tisserande... *On ne tisse pas aussi vite qu'on écrit,* m'a-t-elle dit un jour ! Aussi je comprends pourquoi, lente et patiente ouvrière, tu as parfois besoin de t'échapper à la vitesse de la lumière dans tes lointaines galaxies d'où tu nous ramènes ces féeries glanées à foison que j'appelle *kaléidoscopes...*

J'aurais pourtant bien aimé savoir, avant de m'en aller, à quoi ressemblera son nouveau châle, qui me paraît fort ample et joliment décoré, depuis le temps qu'elle y travaille ! Quand elle trouve un moment de loisir pour se remettre au métier, elle le fait avec une application studieuse. Pour ourdir de nouvelles chaînes, je la vois choisir méticuleusement des fils de différentes couleurs qui macèrent depuis plusieurs jours dans un bain d'écorces de caroubier et de carandá, qu'elle me demande de râper avec soin. Elle aura là une étoffe plus légère que le poncho d'hiver, qu'elle ne met plus guère depuis que le vent a de nouveau tourné en nous apportant des bouffées d'air tropical. Cette merveilleuse tunique que je lui ai demandé de suspendre au mur, bien en vue, afin que je la sente moins loin de moi chaque fois qu'elle devra s'absenter !

Ma résistance physique ne vaut plus cher, mais, de ma chienne de vie, je ne me suis jamais senti aussi proche de la béatitude... Mon programme quotidien se partage entre des activités plus précieuses les unes que les autres... Visiter les plates-bandes du potager, libérer mon esprit grâce à l'écriture, accueillir l'exorcisme de Marisa, la contempler penchée sur son métier, l'aider à démêler les écheveaux de laine, râper les écorces odorantes, grignoter lentement ses galettes au miel, découvrir chaque jour de nouveaux kaléidoscopes, enfin partager son sommeil parfumé et ses rêves. Quel puissant de ce monde pourrait rivaliser de bonheur avec moi ?...

Cette pensée m'amuse d'autant plus que tout ce qui m'entoure est à l'opposé du luxe ou même du simple confort qui paraît si indispensable au bonheur ! Certes la douleur physique est toujours là, sournoisement tapie, avec de temps en temps une pointe plus aiguë, mais dans l'état de grâce où je me trouve, elle me semble tout à fait supportable. Et même méritée : toute grande joie n'a-t-elle pas son prix ?

Et la mort m'apparaît de plus en plus comme la porte au fond d'un couloir derrière laquelle m'attendent, impatients, beaucoup de parents et d'amis ainsi que deux petites princesses qui n'ont jamais joué dans les bras de leur papa : c'est la seule chose qui leur manque, qui me manque encore, pour être parfaitement heureux...

* * *

Que ma joie demeure !

Elle, du moins, ne doit rien à la mégalomanie jouitive de l'homme qui le condamne à l'érection permanente de villes, de monuments, de châteaux, de temples, de gratte-ciel et autres tours de Babel, sans parler de ses précieux mausolées ! Sous lesquels il a fini par étouffer toutes les petites graines de vrai bonheur qui étaient en lui et ne demandaient qu'à germer spontanément au soleil de l'amour. Condamnant du même coup au malheur d'innombrables peuples qu'il a dû atteler au char de ses arrogantes entreprises, car il n'y a jamais eu – en aucun moment ni aucun lieu de l'Histoire – de pyramides sans esclaves !

Rien ne résiste à son orgueil possessif, pas même les faveurs divines. Le tombeau du Christ est depuis des siècles livré à la convoitise homicide des croyants. Aucune région du monde n'est depuis si longtemps privée de paix et de fraternité que la *Terre Sainte*. La crèche de Bethléem s'est métamorphosée en pompeuse basilique Saint-Pierre. Jésus, *doux et humble de cœur*; en Christ-Roi. Ses amis pêcheurs en éminences et monseigneurs...

Pendant que les puissants mâles s'épuisent un peu partout à ériger leurs obélisques, les menues femmes du monde entier, elles, n'ont besoin que de leurs petites graines pour maintenir sur terre la vie et l'amour, d'où peut surgir un jour ou l'autre quelque âme d'élite. Je pense en particulier à cette Myriam *pleine de grâce* de quatorze ou quinze ans, toute surprise de donner le jour à un bébé si doué, né de père inconnu !

Rose mystérieuse, mère aimable, pourquoi t'ont-ils défigurée à ce point, faisant de toi peu à peu une grande vedette, une *Madonna*, la *Reine des Cieux*, que dis-je ?, une *Tour d'Ivoire*, une *Maison d'Or*. Déesse plus puissante, plus courtisée que la sinistre Kâli ! Toi, la petite subversive, l'ennemie jurée des grands de ce monde, qui inventas une chanson dont j'aimerais retrouver la musique – heureusement les paroles nous sont restées – où tu nous annonces bravement que ton Dieu *renversera les puissants de leur trône, comblera de biens les affamés et renverra les riches les mains vides* ![1]

Tu as dû lui en seriner de drôles de berceuses à ton petit gars, toi et ton complice Yussef, et lui en raconter de sacrées histoires pour qu'il se décide un beau jour à secouer le cocotier ! A chasser les vendeurs du Temple, à libérer les esclaves, à miner bientôt un empire, le plus solide de son temps...

---

1 Ces versets du *Magnificat* ont été supprimés dans le guide liturgique remis aux fidèles qui célébraient en 1982 à Buenos Aires – en pleine guerre des Malouines – la rencontre du pape Jean-Paul II et du général Galtieri, président de la Junte Militaire *(N.d.E.)*.

Oh ! comme je t'aime, Myriam, gracieuse jeune fille qui, dans le secret de ta chambre, allaitais *le plus beau des enfants des hommes*. Pardonne à tous ceux que tu as osé défier et qui se sont vengés en te déifiant. Toi, *l'humble petite servante*, ils n'ont rien trouvé de mieux que de te kidnapper pour t'empaler sur les autels ! Ton fils ne pouvait espérer un meilleur sort de tes prêtres qui l'ont perdu à la croix, ceux de ton époque et puis tous les autres qui y ont cloué tant d'innocents, et parfois des peuples entiers ! Ce qu'ils ne sauront jamais, malgré leurs confessionnaux et leurs inquisitions, c'est que toi et ton enfant continuerez à vivre pour toujours *sains et saufs* dans nos simples cœurs de chair...

* * *

Cela a commencé par un grand coup de vent. Puis un énorme nuage de poussières s'est levé. En un instant, on est passé du jour à la nuit. Roulements de tonnerre, éclairs, bourrasques, rien n'a manqué pour annoncer le grand spectacle. L'événement tant redoutable et espéré !

Celui de la tempête et de la pluie diluvienne...

Quand elle s'est mise à tomber, d'abord lentement, puis avec une violence redoublée, j'ai dû me lever. Il fallait ouvrir la porte du rancho dans un grand geste d'accueil. Quel merveilleux moment ! Je tremblais de froid, les rafales de vent me jetaient l'eau au visage, mais je dansais... je dansais comme un fou !

Il me semblait que si je cessais de me secouer au rythme de la pluie, celle-ci risquait de s'arrêter. J'étais pourtant à bout de souffle. Ralentissant peu à peu mes mouvements, je me surpris à psalmodier une incantation dans une langue inconnue. Le tonnerre était un immense tambour et la foudre projetait ses feux d'artifice aux quatre coins de l'horizon.

Quelle fête !

Je me savais en danger. Je savais aussi Marisa sur le chemin. Mais à ce moment-là, ça n'avait aucune importance – quand j'y repense, j'en frissonne encore ! J'étais *hors de moi*, au sens propre du mot. La seule chose qui comptait était la pluie, c'est-à-dire la vie. La vie pour tous. Pour toutes les créatures, même si l'une ou l'autre d'entre elles allait devoir être sacrifiée au feu du ciel...

Je parcourais la forêt, emporté par le souffle de la tempête déchaînée, traversant la muraille des troncs, soulevé par la houle en fureur. Découvrant les animaux blottis dans leurs terriers, les humains terrorisés sous leurs toits. Pourquoi devront-ils attendre que tout se calme pour partager ma joie ? Seuls les arbres et les végétaux s'ébrouaient, exultaient avec la même furie que moi.

Et là, je reconnais en passant la *represa*, la retenue d'eau creusée par Ricardo il y a quelques mois. Le ruissellement qui déferle de toutes parts, le niveau qui monte à vue d'œil. Et juste au milieu... Mais non je rêve... cette fois-ci, ce n'est plus une vision, c'est une hallucination qui m'égare !

Il faut pourtant que je m'en assure... Que je rassemble les quelques forces qui me restent. Il n'y a guère qu'un petit kilomètre d'ici là. L'image se maintient et devient plus précise à mesure que j'avance en déchirant le rideau de la pluie.

Elle m'a aidé à descendre et à la rejoindre. Marisa semblait en extase, elle aussi. Nous nous sommes livrés ensemble à l'eau, à la terre, au vent, au feu, à toute cette nature explosive qui – selon son habitude depuis l'origine des temps – triture le magma, crée dans le tohu-bohu, tire du chaos l'ordre, la beauté et la vie... Et nous, timorés, accablés, ne sachant pas qu'un nouvel azur et d'harmonieux desseins naissent d'un tel cataclysme !

Elle et moi, témoins ce jour-là des noces titanesques du Ciel et de la Terre, nous avons frémi de leur orgasme impétueux.

De retour au rancho, les contingences pratiques ont très vite repris le dessus. Nous avons bien ri en nous voyant transformés en deux statues de boue. Marisa semblait avoir perdu toute préoccupation pour ma santé, elle d'habitude si inquiète, redevenant soudain une gamine espiègle qui tente de se débarrasser non sans mal de ses habits. J'en faisais autant, avec pas moins de peine, la glaise visqueuse mêlée aux vêtements trempés les ayant littéralement collés à la peau. Sous mes yeux, un jeune corps se dégageait peu à peu de son moule d'argile, me plongeant dans un ravissement sans bornes, car c'est à une nouvelle genèse que j'assistais.

C'est elle-même qui rompit le charme en me poussant gentiment dehors. Il n'y avait pas à aller bien loin, en effet, pour se doucher. La pluie tombait toujours battante, mais le vent s'était apaisé et l'orage éloigné. L'obscurité se faisait plus épaisse, la nuit ne devait pas être loin. Je fus pris de frissons, pourtant il fallait bien en terminer avec notre toilette.

Maintenant, dans la tiédeur intime du rancho, la lumière orange de la bougie couvrait Marisa d'une fine poudre d'or qui la faisait ressembler à une statuette de déesse antique. Mais aucune de ces divinités n'aurait pu, comme elle, rendre à mon corps fourbu et transi la chaleur dont il avait tant besoin, permettant à la vie de s'y réfugier encore un instant...

Je m'étais déjà blotti dans le lit, quand elle a étendu l'ample couverture tissée par la Mami, me bordant comme un enfant, avant de s'y glisser à son tour. Lorsque je l'ai sentie tout contre moi, j'ai pu enfin m'abandonner à un repos réparateur. Le premier homme ne pouvait pas dormir d'un sommeil plus profond quand, de sa chair, Dieu créa la femme. Mais ce soir, c'est sa chair à elle qui m'offrait et prolongeait en moi le don de la vie.

* * *

Il m'a fallu toute la journée pour mettre mes notes à jour. Marisa se penche parfois sur ces confidences auxquelles elle estime sans doute avoir droit – son geste le dit assez – et que je lui traduis de mon mieux. Jamais elle ne se permet le moindre commentaire, mais il est plus facile pour moi de lire sur son visage la surprise, l'amusement et toute une gamme d'émotions que pour elle de déchiffrer sur mes feuillets le moindre hiéroglyphe...

Les jours se suivent et ne se ressemblent pas. A ce sommeil de la nuit des temps allaient succéder des heures fort actives. Les sentiers que la pluie a transformés en bourbiers n'ont pas empêché la petite guérisseuse de poursuivre sa tournée auprès de ses patients. Et moi, j'ai cheminé, à ma façon, à travers écriture et pensée, pataugeant et me démenant de mon mieux pour avancer !

Les nuits non plus ne se ressemblent pas toujours. Marisa dormait déjà quand je me suis couché, plongeant immédiatement dans un sommeil bien gagné. Depuis combien de temps durait-il quand j'en fus arraché par une suite de soubresauts bizarres ? Je n'ai pas compris tout de suite d'où venait ce joyeux tapage nocturne...

— Mais c'est toi, *Papillon* ? Qu'est-ce qui te prend ?...

Oui, c'est bien elle, et en proie à un sacré fou rire !

— Pardon, Miguelito, je t'ai réveillé... Faut pas m'en vouloir... Mais c'est toi qui as commencé. Tu riais si fort !

— Je riais ?... Comment ça, je riais ?... Explique-toi !

Vite, avant qu’elles ne s’effacent, revoir les dernières images du rêve. Laure et moi chevauchant de nouveau sa bicyclette bleue... Cette fois, nous avons le même âge. Nous sommes deux gosses heureux, escaladant et dévalant les rues escarpées du village. Quand c’est son tour de pédaler, le vent fait bouffer sa jupe écossaise et agite ses mèches blondes comme de petites ailes dorées. Alors je lui demande si c’est en ballon ou en avion que nous voyageons ! Fatiguée de tant rire, et pas moins de grimper, elle me cède vite sa place... Croyant l’épater, je lâche un instant le guidon et, tandis que mes deux bras miment le vol d’un planeur, je l’entends à nouveau s’esclaffer dans mon dos. Mais pourquoi ce rire en grelot qui n’est pas le sien ? Je me retourne... et c’est Marisa que je découvre, hilare, sur le porte-bagages.

Comme je la vois en ce moment dans la pénombre, s’obstinant à m’expliquer non sans mal – entre deux hoquets d’un fou rire qu’elle n’arrive toujours pas à contrôler – que *c’est moi, en réalité, qui l’ai réveillée.*

— Et, en plus, tu parlais dans ta langue... Miguel, je te jure, c’était si drôle !

Maintenant je me rends compte pleinement de la situation.

— Ne t’excuse surtout pas... Je devrais plutôt te dire merci. Si tu ne m’avais pas réveillé, je n’aurais sans doute gardé aucune trace de ce rêve merveilleux.

Que je lui raconte en quelques mots...

— Tu vois qu’on peut toujours faire le chemin inverse.

— Que veux-tu dire ?

— ... Remonter le courant jusqu’à la source. Tu sais comment une source naît et grandit pour former un ruisseau. Qui se jette dans la rivière, qui à son tour se jette dans le fleuve, pour se perdre enfin dans la mer. *A tout jamais*. C'est ainsi qu'on parle souvent de notre petite vie à chacun, et de la mort qui est au bout. Mais ce n'est que le début du récit. On oublie la suite...

— Il y a une suite ?

— L'océan, cette masse énorme où tout semble disparaître à jamais, finira à son tour par prendre son envol avec toute l'eau qu'il contient, si tu lui en laisses le temps...

— Un océan qui s'envole ?...

Le fou rire de Marisa redémarre de plus belle... Et, moi, professeur de sciences naturelles berné, chahuté, qui ne peux même pas la mettre au coin !

C'est elle-même qui brusquement se tait avant de me lancer sur un ton bougon :

— C'est quand le début, c'est quand la fin dans toute cette histoire ?... Miguel, moi, j'ai sommeil !

— Tu as raison, je ne sais pas ce qui m'a pris de t'embêter avec mes histoires idiotes...

— Parler de la pluie et du beau temps en pleine nuit, tu trouves ça marrant, toi ? Et, en plus, tu me dis que c'est comme ça la vie... Tu sais, si elle coule comme une rivière... alors moi, je préfère faire comme Laura...

— Comme Laura ?

— Pourquoi naître, grandir, devenir une petite vieille, mourir, renaître, et ça continue ? Laura, elle aura toujours douze ans. Elle, elle a trouvé la terre sans mal, où elle continuera à jouer avec ses papillons d'or, avec tous les enfants morts... Elle n'aura plus besoin de renaître... Moi, je n'aurais jamais dû naître, tu entends Miguel, jamais... jamais...

Et la fillette éclate en sanglots.

Je suis bouleversé par un tel aveu... *Mon propre aveu !*

Il est trop tard pour reculer. Il faut y aller. Elle en a besoin. C'est peut-être moi maintenant son *pioxonaq*, c'est sûrement la dernière bonne action que je peux encore faire en ce monde...

— Je n'ai pas les mêmes pouvoirs que toi, Marisa. Mais il y a d'autres forces qui peuvent aussi guérir. Tu n'as plus sommeil. Tu te reposeras demain. Ne crains pas de souffrir un moment. Laisse-toi aller. Laisse aller ton mal qui ne demande qu'à s'échapper de toi...

C'est très lentement qu'elle a commencé à lever le voile. Je l'aidais par mon silence, parfois un mot d'encouragement, gardant ses mains inertes entre les miennes. C'étaient les siennes maintenant qui se laissaient faire *comme des petits oiseaux qui ne savent pas encore voler...*

Une histoire que j'aurais presque pu deviner, si j'avais été un peu clairvoyant, ou simplement attentif à certains signaux que la fillette me lançait depuis quelque temps déjà. Je ne pensais tout de même pas qu'elle pouvait être aussi horrible... Elle me l'a racontée de bout en bout, nerveusement, étouffant parfois un sanglot, alors je serrais ses menottes un peu plus fort.

Tu as en ce moment pleine confiance en moi. Ce serait te trahir que de raconter ton secret à d'autres. Pourtant, Marisa, toute personne qui la connaîtrait, ton histoire, ne pourrait que t'aimer et t'admirer plus encore... Je t'en reparlerai, tu sais, un jour où tu te sentiras bien. Comme je le suis maintenant, grâce à toi, petite guérisseuse ! Alors peut-être comprendras-tu que tu n'as vraiment pas à avoir honte, que rien ici-bas ne doit nous faire honte. *A part une chose, une seule, la méchanceté...*

Elle s'est rendormie. La vision de mon rêve me poursuit, qui a été la clé permettant d'ouvrir enfin le coffre à secrets de Marisa. Il n'y a plus de doutes : le grand Ingénieur n'est pas seulement un génial savant parfois un peu distrait, comme ils le sont tous. Il s'y connaît aussi en amour... En délivrant Marisa du cauchemar qu'elle n'avait jamais dit, il éclairera peut-être maintenant son chemin, elle pourra s'y engager sans crainte. Ne lui offre-t-il pas aussi, à elle l'orpheline, une extraordinaire famille nombreuse de petites créatures qu'elle va pouvoir guérir et guider à son tour ?

Parmi lesquelles un vieil enfant qui renoue aujourd'hui avec la trame brutalement rompue de ses douze ans... Car c'est bien l'âge où, en moi, tout s'est arrêté. La carcasse a continué à grandir, elle ne pouvait échapper aux lois implacables de la physique. Mais pas l'être intime qui a marqué de son incurable puérilité tout le reste de mon existence. Cette longue quête est en train de me donner plus qu'une explication : elle m'offre aujourd'hui, en raccourci, toutes les pages manquantes du livre de ma vie grâce à un dernier chapitre éblouissant.

* * *

Notre hiver sent déjà le printemps, et même l'été, maintenant qu'il a plu et qu'un chaud vent du nord télescope les saisons. Les oasis se rapprochent. La traversée du désert semble toucher à sa fin...

Par intermittence tombent de brèves averses qui maintiennent l'humidité indispensable aux germinations. A peine cessent-elles que les rayons du soleil célèbrent l'événement en une cascade d'arcs-en-ciel que Marisa, entre deux escapades, guette avec impatience. Alors elle entrouvre la porte du rancho et, sans un mot, me fait signe de la suivre. Mais jamais elle ne montrera du doigt le serpent aux sept couleurs, car *il nous arriverait grand malheur*, selon une croyance partagée par tous les Indiens.

Malgré ma grande lassitude, pour rien au monde, je ne voudrais manquer un seul de ces rendez-vous. La fillette, absorbée tout entière dans la contemplation d’un prodige qui pour elle est chaque jour nouveau, ne voit pas mon regard qui va du ciel à son visage extasié, sans savoir sur laquelle de ces deux merveilles se poser. Je renouvelle mon vœu secret de renaître bientôt dans une petite perle de l’arc-en-ciel, qu’elle admirera et qui la contemplera. Nous pourrons devenir alors pur regard, pure lumière; mon corps ne projettera plus sur elle aucune ombre; et le sien, de si loin, ne sera plus qu’une petite fleur...

Mais voilà que s’estompent déjà les coloris du dernier diadème, la pluie recommence à tomber et Marisa me prend par la main pour nous mettre à l’abri du rancho, petit chemin de la mort maintenant illuminé...

Depuis mon imprudence de l’autre jour, ma chère imprudence, chaque soir, j’ai un peu de fièvre. C’est nouveau. C’était inévitable.

Peu importe. C’est depuis lors qu’une totale confiance s’est établie entre nous. Marisa ne craint plus de me parler de son enfance, elle le fait sereinement. Et puis, c’est à mon tour de lui parler de la mienne... Nous parvenons même à nous taquiner gentiment, surtout depuis que je sais qu’*elle regrette, tout autant que moi, d’être née*. Convaincus maintenant que le Destin nous a vraiment joué un bon tour en nous réunissant – quand tout aurait dû nous séparer – pour faire de nous de dangereux complices, des “alliés à la vie, à la mort”, comme elle aime le répéter !

Mon rôle de guérisseur, je le poursuis moi aussi un peu chaque jour, sans rituel particulier, simplement par quelques mots, et toujours en dialoguant. Il faut que Marisa me donne la réplique pour que ça marche. Qu’elle me contredise parfois, et sa lucidité précoce n’en finit pas de m'étonner. C'est une sorte de maïeutique que nous exerçons l'un envers l'autre.

Elle est de plus en plus franche, précise dans ses réponses. Mais elle sait aussi témoigner envers moi d'un esprit critique, voire inquisiteur ! Pas de pirouettes possibles... Elle m'oblige à fouiller dans mon passé, à me rappeler tel ou tel événement avec une précision minutieuse, et quand, de bonne foi, je lui avoue que ma mémoire fait défaut, elle commence par douter, et puis la confiance finit par prendre le dessus.

Il n'y a plus de sujet tabou entre nous, et surtout pas “les choses de la vie”. Marisa en parle maintenant si librement que je me trouve souvent désarmé par ses questions ou ses remarques... Quand elle me dit par exemple :

— Faudra-t-il toujours naître comme ça ?

— Que veux-tu dire ?

— Moi, je sais que quand le bébé sort du ventre de sa mère, il est parfois mis à la porte... Tu vois ce que je veux dire ?

— Tu exagères !

— Mais non. Il faut bien s'en débarrasser d'une manière ou d'une autre. Quand on dit ça, on pense seulement aux femmes qui veulent tuer leurs bébés. On ne pense pas à toutes celles qui les jettent dans la vie comme dans un trou à ordures. On les a pas voulus. On les aime pas. On les supporte, et puis c'est tout ! Et encore, un tout petit temps... Après, il reste la rue. Et ils y vivent comme des rats. Et d'ailleurs, on les y abat comme des rats !

— Où as-tu vu ça ? Qui t'a raconté ces horreurs ?

— C'est Ricardo. L'an dernier quand il est revenu de la récolte du coton. Mon frère, il m'a parlé des gosses qui fouillent dans les poubelles toute la nuit. Et qui cambriolent les maisons chaque fois qu'ils le peuvent... Alors des gens leur tirent dessus, et on ne sait jamais qui c'est. La Police, elle ferme les yeux. Parce que les voisins, eux, ils disent "bon débarras"... Et mon frère, il prétend que nous les Indiens, on va bientôt en faire autant... Tu crois ça, toi ?...

J'aimerais parfois que Marisa change de sujet. Tout ce qu'elle me raconte maintenant, avec des détails de plus en plus crus, me donne la nausée. Elle ne m'apprend rien bien sûr. Mais que ce soit elle qui le dise, que cela vienne de ces lèvres décolorées, de cette figure chiffonnée, comme celle déjà d'une petite vieille – un visage grimaçant dont toute lumière a soudain disparu, jusqu'aux derniers reflets de l'arc-en-ciel –, ajoute encore à l'infamie des faits qu'elle me rapporte.

Cette métamorphose subite, ce n'est pas la première fois qu'elle me glace d'effroi. Elle n'a pourtant rien d'une diablesse, je dois une bonne fois m'ôter cela de la tête... Ou alors tout enfant, tout ange marqué au fer rouge serait changé en démon ? Ce qu'il faut, au contraire, c'est l'aimer à mort, elle et tous les pauvres oiselets tombés du nid, les blottir au creux de la main, les laisser piailler, criailler leur souffrance, leur révolte !

N'est-ce pas moi qui l'ai encouragée à parler ? Mais je n'ai vraiment pas grand-chose à répondre, à expliquer. Je me contente de glisser parfois une petite phrase qui tente de la réconcilier avec l'existence. En lui disant, par exemple, qu'il ne faut quand même pas mettre tout sur le dos du Destin.

Ne devrait-on pas plutôt se révolter contre un système inventé par l'homme qui fabrique les mères "dénaturées", les enfants-rats, les délinquants de tout poil, les masses de drogués, sans parler des assassins à distance parmi tant d'*honnêtes gens* qui se croient à l'abri de tout soupçon parce que la vie privilégiée qu'ils mènent ne leur laisse même pas le temps de s'interroger... sur l'origine de leurs privilèges !

Cependant Marisa n'a pas fini.

— Tu sais qu'on a mis en prison une femme qui enchaînait son gosse au pied de la table ?

C'est Ricardo de nouveau qui lui a raconté ça. C'est la solution qu'avait imaginée une mère célibataire de Villa Obligado, pendant qu'elle allait faire la lessive chez une bourgeoise du coin qui ne voulait pas de gosses chez elle. Une voisine, au lieu de l'aider, a préféré la dénoncer. Le maire a envoyé les gendarmes qui l'ont enfermée, et l'enfant a été confié à un orphelinat... C'est tout ce qu'elle avait trouvé, la pauvre, pour empêcher son môme de courir dans la rue pendant son absence !

— Miguel, tu ne crois pas que c'est le maire qui aurait dû aller en prison ?

— La femme ne cherchait qu'à se débrouiller et à protéger son petit... à sa manière. Maintenant leur sort sera pire qu'avant. Et tout cela à cause d'un notable qui, lui, n'a cherché qu'à se laver les mains. En commettant un vrai crime !

Ces très importants messieurs de l'État et de la Justice, qui n'ont rien su faire pour tous ces gosses, préfèrent mettre au pilori les “mères dénaturées” qui leur font honte. Et grâce à la complicité de journalistes à la noix, ils réussissent même le tour de force de détourner l'attention du public de leurs terribles responsabilités à eux... pour accabler davantage leurs innocentes victimes.

C'est encore eux qui orchestrent en ce moment, dans tout le pays, une campagne de ferveur nationaliste contre l'adoption de leurs petits pauvres par les parents riches de l'hémisphère nord. C'est cela qui les fait rougir, pas la misère ! Mais une campagne pour assouvir définitivement la faim de tous ces innocents dans un pays qui possède les terres les plus fertiles du globe, je n'en ai pas encore vu l'ombre d'une. La solution imaginée par le Président a été de nous envoyer, juste avant les élections, un régiment de *casques blancs* venus distribuer vivres, vêtements et jouets aux petits pauvres de Villa Obligado !

Les détectives de la détresse, eux, sont beaucoup plus discrets quand il s'agit de démanteler les réseaux de rapts et de fausses adoptions masquant le plus scandaleux et bientôt le plus riche négoce au monde : le marché du *massacre des innocents* qui livre ceux-ci en pièces détachées aux banques d'organes privées. C'est tout juste si certains ne le disent pas à haute voix : *la démographie galopante du tiers monde doit bien servir à quelque chose.*

Dénoncer ces réseaux comporte trop de risques. Qu'une personne exceptionnelle, une religieuse, n'a pas hésité à courir. Elle avait découvert et divulgué – malgré des menaces de mort réitérées – que de hautes personnalités, pour s'assurer de plantureuses prébendes, couvraient de leur silence ce nouveau trafic humain pire que l'antique trafic d'esclaves. Pour l'instant, la Justice est dans l'impossibilité de suivre son cours, les dossiers disparaissant les uns après les autres...

Je sais aussi que le représentant national de l'UNICEF vient de communiquer à la presse les taux de mortalité infantile dans les provinces du Nord, appartenant à la région naturelle du Chaco, qui les rangent au niveau des pays les plus pauvres de la planète. Penser que cette nation, dotée de tant de ressources, régresse à l'heure des technologies de pointe !

Il n'empêche que nous sommes entrés dans le *premier monde*, toujours selon notre Président. Pour quelques nantis qui, ici comme partout, ne savent pas qu'à l'heure où

Internet prétend inaugurer “une ère nouvelle de totale communication planétaire”, 75 % des habitants de la planète n’ont jamais donné un coup de téléphone !

Ce sont les mêmes privilégiés qui se déplacent en avion d’un coin à l’autre du pays ou dans des cars de grand confort qui les déposent dans de nouvelles stations aussi vastes et luxueuses que des aéroports. Tandis que d’immenses panneaux publicitaires occultent aux regards indiscrets les taudis des banlieusards et les dépôts d’ordures qui les aident à vivre.

Je pourrais également expliquer à Marisa que le désespoir n’atteint pas seulement les plus démunis. Une vague de suicides déferle en ce moment dans la capitale de la province. En moins de six mois, cinq jeunes filles – *de bonne famille*, comme on dit – se sont tuées en se jetant du huitième étage de la *Casa de Gobierno*. D’autres suicidaires, de tous âges et conditions, préfèrent plonger dans le Parana de toute la hauteur du pont Belgrano... Et je ne vais certainement pas lui commenter tous les faits divers atroces que rapportent les journaux qu’il m’est arrivé d’acheter en ville. Ni les propos du célèbre journaliste Patricio Kelly qui vient de déclarer que la province du Chaco est devenue *“une des plaques tournantes du narco-terrorisme en Amérique du Sud”*.

Et encore moins lui parler des effets de ce trafic pervers sur la jeunesse européenne. Des deux cents millions d’enfants esclaves du travail sur tous les continents. De tous ceux qui tombent dans les réseaux monstrueux de la pédophilie, ce vice si mal nommé qui flétrit et détruit la fleur de l’humanité. D’autres nombreux petits martyrs, victimes d’abus et de mauvais traitements infligés par leurs propres parents. D’une autre hécatombe qui décime notre jeunesse, celle de la mort-polaroïd sur la route enchantée des week-ends. De la sinistre pollution qui détruit notre aliment le plus précieux, l’oxygène. Des peuples que la famine et la guerre déciment devant les caméras gourmandes. De la déprime qui accable les pauvres d'esprit, comme moi, à la vue de ce spectacle saignant qui – par contre – semble servir d'apéritif à d'autres au moment de passer à table...

— Marisa, pourquoi ne m'apprendrais-tu pas à tisser la laine ?

— Maintenant ?

— C'est un peu tard ?

Elle rit en se mordant les lèvres, gênée de sa question...

— Tu comprends, j'aurais tant aimé tramer avec toi quelque chose de solide avant d'en finir. Pour me consoler de tout ce qui se déglingue autour de nous. Te regarder faire me suffira...

— Et ainsi, je ne t'embêterai plus avec mes histoires ?

— Qui risquent de te faire perdre la tête à ton tour, alors qu'on a tant besoin de toi ici...

Ai-je trouvé les mots qu'il fallait pour l'encourager à se remettre à la tâche ? A-t-elle compris que s'il faut parfois s'épancher, laisser saigner son cœur, les mains ne doivent jamais abandonner l'outil ? Ses mains savantes qui dessinent, tissent, guérissent, aiment, consolent, comment pourraient-elles lâcher le droit fil d'une si belle œuvre, sa vie ?

* * *

Les gens rentrent peu à peu de la récolte, entassés dans les camionnettes des patrons cotonniers. C'est l'époque de la splendeur. Aussi brève qu'un feu de paille. Il ne restera bientôt plus rien du bataclan de seaux et de bassins en plastique, tailladés en quelques semaines. Des transistors beuglant à qui mieux mieux et dont les piles seront déchargées en quelques brefs récitals. Des fines chemises de nylon chatoyantes que la première traversée de la forêt va lacérer irrémédiablement. Sans parler des souliers vernis, des parfums agressifs, des bijoux de pacotille et de toute cette fausse opulence étalée au grand jour.

Mais les pauvres n'ont-ils pas le droit de jouer aux riches durant quelques jours ? Nous ne connaissons pas ici les fastes dispendieux du carnaval de Rio. Seulement une courte exhibition de quelques trésors arrachés à la ville. Juste assez pour que les rares familles restées sur leur terre succombent – oh ! seulement un bref instant – au démon de l'envie, avant de retourner vaquer à leurs tâches utiles de chaque jour.

Les "nouveaux riches", eux, en seront bien vite réduits à tirer le diable par la queue. Car leur petit bétail a disparu. Les champs de maïs et de manioc aussi. Plus de moutons, plus de laine pour filer et tisser des habits solides. Ni de plants de coton que l'Indien connaissait et utilisait bien avant l'arrivée des Européens. L'*or blanc* ne fait plus que passer dans ses mains laborieuses avant de filer, par millions de tonnes, tout droit sur l'Europe et l'Asie, tout en désertifiant peu à peu les vastes terres du Chaco, couvertes auparavant de somptueuses forêts.

Aussi, c'est avec une fierté non dissimulée que Ricardo est venu nous rendre visite, arborant un tee-shirt tout neuf orné d'un drapeau des U.S.A., fringué dans un jean fort ajusté, incrusté de maroquinerie et de chaînettes clinquantes... Après s'être débarrassé d'un geste leste de sa casquette à visière *Suzuki*, il n'en finissait pas de se secouer pour faire tomber les derniers grains de poussière accumulée tout au long du chemin.

J'étais soudain aussi gêné que Marisa. Mes frusques délavées ne valaient plus cher. Mais surtout, pour la première fois, je découvrais une petite fille presque en haillons, avec pour seul habit décent un poncho de laine, qu'elle ne mettait d'ailleurs plus depuis la récente vague de chaleur ! J'avais attaché si peu d'importance aux soucis vestimentaires : la seule perfection de son visage et de son corps me suffisait. Ses robes, toujours fraîches et soigneusement lavées chaque jour, mais élimées, usées jusqu'à la corde, auraient pu tomber en lambeaux l'une après l'autre que je ne m'en serais sans doute pas aperçu. Ou plutôt si, je l'aurais trouvée plus belle encore !

Je n'étais pas au bout de mes surprises quand Ricardo tendit à sa frangine un superbe chemisier jaune canari qu'elle a aussitôt examiné sur toutes les coutures. Au dos, en grands caractères écarlates : *Kiss me quickly !* Mais ce qui manifestement l'a ravie, c'est le compliment du grand frère quand il l'a trouvée bien grandie et *muy guapa* (très chouette), l'obligeant à piquer un de ces fards... Maintenant qu'elle s'est enfin remise au métier à tisser, il faudra que je la persuade de ne plus perdre son temps avec moi. Qu'elle se fasse plutôt un joli trousseau de laine, de coton, de chaguar, de peaux et de plumes ! Quant à ses dons de guérisseuse, qu'elle les réserve aux enfants prometteurs, à ceux qui méritent de guérir, pas à celui qui a fait son temps !

J'ai alors invité Ricardo à rester quelques jours avec nous, on se serait bien débrouillé pour la place. J'étais tellement curieux, moi aussi, de l'entendre évoquer ses expériences maintenant de jeune homme averti et de recueillir quelques témoignages sur la vie de la Colonia et du Pueblo. Mais il était pressé de poursuivre sa tournée de prestige auprès des amis et des voisins, avant de rejoindre la maison de son oncle à Itury.

Toutefois, il voulait achever de se faire beau en se baignant dans la *represa* qu'il avait été si heureux de découvrir remplie à ras bord, ignorant que c'est Marisa et moi qui en avions étrenné les premières eaux lustrales. A qui profitera-t-elle maintenant ? La Mami en a-t-elle encore besoin, qui tisse, ravie, des aubes dans le ciel ? A moins qu'elle ne nous soit déjà revenue sous la forme d'un petit ange-colibri butinant les jonquilles d'eau ?

Marisa était déjà en train d'essayer son cadeau lorsque je reconduisis Ricardo sur le pas de la porte. Baissant la voix, il m'annonça que *leur vieux avait mis les bouts*. Bien loin d'ici, à Rosario. En veine de confidences, le garçon me surprit beaucoup quand il m'avoua qu'il avait été un certain temps jaloux de sa frangine qui, elle, avait tout de même eu la chance de rencontrer *un vrai père et un ami fidèle* ! Juste au moment de me quitter, de sa voix la plus mâle, il laissa tomber :

— Surtout, Miguel, faites pas l'idiot... Vous savez, Marisa... elle est formidable. Alors soignez-vous bien. Ne l'abandonnez pas !

* * *

Recommandations superflues sans doute. En tout cas, Ricardo n'avait pas à me vanter les vertus pour tout dire magiques de sa petite sœur. Je la connaissais maintenant autant et mieux que lui. Par contre, son conseil de ne pas l'abandonner m'a perturbé un bon moment. Si je suis obligé de la quitter, ce n'est tout de même pas de ma faute ! Ou bien aurais-je dû me faire soigner plus tôt, beaucoup plus tôt ?... C'est une nouvelle question qui risque maintenant de me tourmenter. Et je n'en veux plus. C'est assez de toutes celles qui ont empoisonné mon existence. La confiance dans le destin, et surtout dans celui de Marisa, c'est la seule chose de solide qui me reste...

D'ailleurs que suis-je d'autre pour elle et pour son peuple en dehors d'un simple relais ? Conquis et décimés par ma race, ils osent encore attendre de nous le salut ! Pourtant si le Messie n'a rien pu faire pour l'humanité piégée, paraît-il, par la faute d'un lointain aïeul – sinon s'immoler pour elle et nous inviter à l'imiter –, que puis-je bien prétendre, à ma mesquine mesure ? Si ce n'est, peut-être, réparer par une mort expiatoire une seule, oui, *une seule* des abominations commises ?... Que n'ai-je au moins cette certitude-là... pour pouvoir m'en aller d'un cœur plus léger !

Quand elle me voit, comme en ce moment, en panne au-dessus de mon petit tas de *papelitos*, Marisa semble franchement désolée. Je n'ai même pas envie de lui parler. Alors, comme pour m'insuffler de nouvelles énergies, c'est elle qui me demande de lui traduire des passages plus anciens de mon journal qu'elle ne connaît pas encore. Malgré moi, j'obéis docilement en choisissant de préférence ce qui la concerne, mais ce n'est pas ça. Ce sont mes histoires à moi qui l'intéressent, surtout celles de mon passé. La voilà qui reprend en mains les photos de famille et essaie d'y repérer les personnages dont je parle. Elle reste souvent en contemplation devant le portrait de Pierre dont le regard bleu ciel et peut-être aussi les boucles blondes doivent la séduire.

Une fois de plus, elle a gagné... Mine de rien, je me laisse aller et lui parle de mon enfance. Du coup, c'est la photo du petit Michel qu'elle saisit, celle où il fait ses premiers pas, les bras étendus comme un oiselet prêt à prendre son envol. Ça la fait rire, et il y a bien de quoi ! Hier elle a osé dire, et elle n'avait pas l'air de se moquer : "*Sais-tu que tu lui ressembles de plus en plus ?...*".

Elle aime aussi passer ses mains câlines dans mes cheveux qui, s'ils ont commencé à grisonner, sont toujours abondants et ont gardé leurs ondulations. Tout comme la blondeur, les boucles intriguent et fascinent toujours les Indiens à la splendide chevelure noire et lisse... Pourquoi le pelage, chez l'homme comme chez l'animal, a-t-il un tel pouvoir de séduction ? Parce qu'il est peut-être le lien le plus visible et en même temps le plus secret qui nous unit à la vie végétale, avec ses senteurs, la variété de ses formes et couleurs, et sa mystérieuse vitalité qui se prolonge bien au-delà de notre propre mort...

En tournant les pages de l'album, la voici qui tombe en arrêt devant le portrait du danseur de flamenco de mes folles années... On dirait que ça l'amuse ce petit jeu des comparaisons ! C'était l'époque où j'arborais encore une crinière sauvage et sautais sur les tables en cambrant le torse et en claquant du talon, sous les yeux ébahis des copains qui applaudissaient à tout rompre... La fascination exercée sur moi, dès ma plus tendre enfance, par la musique andalouse, ces rêves répétés de longues chevauchées entre hidalgos dans de grandes plaines calcinées par le soleil, le souvenir confus d'avoir partagé avec eux les trésors de sanglants eldorados m'ont plus d'une fois plongé dans un profond désarroi...

N'ai-je pas eu quelque chose à voir, un jour, avec les sinistres exploits des conquistadores ? Pourquoi cette obsession qui, aussi loin que remontent mes souvenirs, m'attachent si fortement à cette Amérique ardente ? Longtemps j'ai cru que mes parents me cachaient la vérité sur mes origines, convaincu d'être né là-bas. Pourquoi moi qui, malgré mon acharnement à apprendre les langues étrangères, n'ai-je jamais réussi à en pratiquer aucune... sauf l'espagnol que j'ai parlé en quelques semaines, comme si je n'avais eu qu'à puiser dans une mémoire complaisante ? Et surtout d'où me vient, depuis toujours, ce besoin de réparer, de secourir, d'expier, agenouillé en ce moment, en larmes, au pied d'une petite Indienne désemparée ?...

Ses mains tapotent mes joues sans doute pour me faire revenir à moi. Je ne saisis pas ce qu'elle me dit, car sa voix me parvient de très loin. J'ai dû perdre conscience un bref instant... C'est dans sa langue maintenant qu'elle s'exprime, que j'ai tant de mal à comprendre... Elle finit par s'en rendre compte et s'en excuse. Nous sommes condamnés tous deux à recourir à une langue étrangère pour pouvoir nous parler !

De toute façon, c'est sans importance, ajoute-t-elle, car *"ce qui est fait est fait"*. Comme son visage est pâle, et quelle tristesse dans le regard ! De quels drames s'est-elle souvenue ? Et pourquoi juste en ce moment où je suis moi-même accablé par de si lointains et douloureux échos...?

J'ai tort, grand tort de penser à mon hypothétique passé alors qu'elle est là, devant moi, souffrante, implorante, et que je ne parviens même pas à la comprendre. Peut-être a-t-elle voulu évoquer à nouveau la tragédie de son enfance ?... Comment la consoler, faire renaître le sourire sur son visage ?... C'est alors que je m'aperçois que je suis toujours agenouillé à ses pieds. Depuis combien de temps au juste ? Et qu'a-t-elle ressenti devant ce geste de détresse qui m'a échappé ?...

Maintenant, assis à ses côtés, je tente d'apaiser son trouble que j'ai peut-être provoqué sans le vouloir. Puisque *ce qui est fait est fait*, il ne nous reste plus qu'à retrouver la paix, la confiance... Surtout elle qui a toute la vie devant soi ! Ce ne sont pas quelques infortunes d'enfance, si tragiques soient-elles, qui doivent désormais décider de son destin. Et ses dons de guérisseuse, ignore-t-elle ce que cela signifie ? En tout cas, moi, j'en sais quelque chose...

A mesure que je lui parle, le visage assombri semble s'orner d'une aura, comme la nuit se pare des premières lueurs de l'aube. Dans son regard, qui finit par croiser le mien, je lis tant de chères confidences ! Un élan de tendresse, une pincée de malice, une bonne dose de bonheur et – quelques reflets plus loin – une échappée vers je ne sais quels ciels où la vision semble se perdre pour un long moment... Jamais je n'ai vu des yeux aussi expressifs. Un diamant n'a pas plus de facettes qu'un seul regard de Marisa !

A peine retombée sur terre, c'est à son tour de me faire gentiment la leçon. Elle ne sait pas encore ce que sera sa vie à elle. *"Mais toi, Miguel, tu ne peux pas en dire autant..."*. Aussi me demande-t-elle pourquoi je semble souvent si déçu quand je lui parle de mon histoire qu'elle trouve magnifique. Elle a dit *magnifique* ! Et Marisa se met à raconter ma propre vie à sa façon... J'en suis tout ébloui.

Le jour où j'ai relu mes notes, j'ai déchiré la feuille qui reproduisait textuellement ses propos. C'était un tableau vraiment trop flatteur ! En tout cas, ce que je retiens de "sa leçon", c'est l'éclairage nouveau qu'elle jette sur certains événements de mon existence, ce qui m'oblige à les juger avec un tout autre regard.

S'il est vrai que "la vérité sort de la bouche des enfants", alors jamais, plus jamais je ne devrais parler de ma *chienne de vie*. Je vais y veiller, je te le promets, petite Ariane qui as réussis, peu à peu, à me faire sortir du labyrinthe absurde de mon existence, douce Béatrice dont la main me montre patiemment le chemin du paradis au terme de cette diabolique et divine comédie !

Est-ce à dire que tout est clair à présent ? Que ma *plainte contre x* doit être retirée ? Qu'elle est désormais dénuée de tout fondement ? Vouée à un non-lieu ?... Hé ! pas si vite ! Peut-être qu'un jour ou l'autre tous les drames individuels pourraient s'expliquer, voire "se justifier" grâce à un petit supplément de lumière... *"Dieu écrit droit avec des lignes courbes"*. Proverbe arabe.

Mais, né à la veille de la seconde guerre mondiale, je suis aussi contemporain de l'Holocauste. Ces millions de vies humaines systématiquement détruites par une organisation humaine *impeccable* ! Ça fait tout de même beaucoup d'arabesques pour un message dont le sens risque de nous échapper longtemps encore...

Beaucoup de théologiens sont les premiers responsables de l'athéisme contemporain. A force d'avoir spéculé loin des réalités, ils ont créé un créateur à leur image et ressemblance. Fidèlement calqué sur leurs rêves de perfection. Que nous partageons tous, d'une certaine façon. Mais était-ce une raison suffisante pour s'inventer un Dieu qui fût en même temps *infiniment bon* et *tout-puissant* ?

Une fois ruiné l'argument d'autorité qui a si longtemps prévalu, il ne restait plus qu'une énorme contradiction, une absurdité telle qu'elle a obligé bien des théologiens, aussi obstinés que désœuvrés, à se livrer à des exercices de haute voltige sur le trapèze du libre arbitre, mais sans plus épater personne !

Mieux eût valu chercher le prodige ailleurs. Car c'est bien d'un prodige qu'il s'agit. Non moins admirable que celui que nous propose la théologie classique. Et combien plus émouvant – le souci de perfection n'est pas tout ! – car il parle à notre sensibilité quotidienne, à notre expérience du succès et de l'échec... Et dans ce cas, c'est bien dès le début de sa création que *Dieu a habité parmi nous*.

Comment ne pas s'apercevoir, en effet, que le grand Ingénieur, qui a si bien programmé l'apparition des palmiers étincelants, des papillons qui dansent, des jeunes filles en fleurs, des ineffables arcs-en-ciel, du *génial cerveau humain capable de créer*, est aussi celui qui a donné naissance aux parasites, aux chenilles visqueuses insatiables, aux fantastiques et horribles virus, aux dantesques volcans qui tuent, au *génial cerveau humain capable de tout anéantir ?...*

En fin de compte, est-il si différent de nous ? Est-il si en dehors, si au-dessus de sa création ? Ou ne s'y cache-t-il pas comme un apprenti-sorcier dans l'attente de meilleurs résultats, utilisant patiemment tous les outils déjà construits – nous y compris – pour y parvenir ? Et si les choses se passent bien ainsi, quel sens peuvent encore bien avoir toutes nos jérémiades et toutes les *plaintes contre x* que formuleront des esprits aussi bornés que le mien ?

* * *

Mes élucubrations ont été interrompues par l'arrivée de Pablito et de sa maman. C'est Marisa qu'ils voulaient voir, mais elle venait justement de sortir pour la tournée de ses petits malades.

Pablito était l'un d'entre eux. Ce n'est pas par elle, toujours très discrète, mais par Doña Juana que j'avais appris qu'une opération délicate avait pu lui être évitée à Villa Obligado, où il avait été hospitalisé quelques jours, depuis que la *pioxonaq* avait réussi à soigner ses violents maux de tête et la sinusite aiguë qui en était la cause.

L'enfant tenait dans ses mains un bouquet champêtre, coutume peu courante ici, même pour manifester son amitié ou sa reconnaissance. En attendant le retour de la petite guérisseuse, la brave dame s'est mise à parler de tout et de rien. C'est qu'elle a la langue bien pendue, *tía Julia* ! Tante Julie est peut-être une lointaine parente de Marisa, mais ici, à partir d'un certain âge, on est tous de la famille. Et si on ne sait pas exactement à quel titre, alors c'est qu'on est au moins *oncle* ou *tante*. En tout cas, elle est bien la seule Indienne que je connaisse qui n'a peur de personne, qui va aux "réunions d'hommes" sans y être invitée – et pas pour y faire tapisserie –, qui accoste n'importe quel blanc avec un admirable aplomb pour le tutoyer dans un espagnol tellement savoureux à force d'être estropié ! A croire qu'elle s'est juré de compenser à elle seule la timidité, l'effacement de toutes ses sœurs de race...

La voilà qui se penche subitement sur moi d'un petit air complice pour me demander *ce que j'en pense.* Il doit s'agir de quelque chose de très grave, selon la coutume des gens d'ici de ne pas nommer une catastrophe de peur qu'elle ne vous retombe dessus... Ma totale ignorance des événements récents allait lui donner une bonne raison – et le plaisir mal dissimulé – de me déballer de long en large une bien vilaine affaire, qui pouvait se résumer en quelques mots : Claudia, la fille de l'ex-président de l'association *Defensa Forestal*, venait de troquer son bébé de trois mois contre un poste de T.V. en couleurs... Je n'arrivais pas à y croire ! Mais d'après *tía Julia*, j'étais certainement le dernier à être au courant puisque voilà plusieurs jours déjà que la radio en parlait, confirmant aujourd'hui que l'acquéreur du bébé, un marchand ambulant, n'avait toujours pas été retrouvé.

Depuis que notre ancien président et sa famille s'étaient retirés dans la banlieue de Villa Obligado, c'est vrai qu'il avait bien changé. Aux dernières élections statutaires de l'association, il n'avait d'ailleurs pas été réélu. Mais de là à imaginer qu'un jour sa fille se retrouverait en prison pour un tel méfait ! L'enfant était-il destiné à un couple en manque de paternité ? Ou allait-il rejoindre un de ces sinistres gangs du trafic d'organes ?

Décidément, la série noire continuait... Tandis que je remuais ces pensées déprimantes, *tía Julia* y allait de ses commentaires indignés. Même si l'on pouvait y déceler de plus en plus clairement la joie mauvaise du médisant, comment ne pas frémir en l'entendant s'exclamer soudain d'un air pathétique : *Et maintenant, qu'est-ce que les blancs vont encore dire de nous ?...* C'est vrai que si la plupart d'entre eux ne pensaient pas grand bien de l'Indien, en revanche, personne ne doutait de la solidité de ses liens familiaux. Une dernière illusion qui n'allait pas tarder à s'envoler !

Ayant, semble-t-il, épuisé tout son répertoire de vertueuses protestations, la visiteuse s'en est allée, m'abandonnant son Pablito et le bouquet champêtre... S'était-elle déplacée pour remercier personnellement sa bienfaitrice ou pour être la première à m'annoncer la *grande nouvelle* ?

Le petit bonhomme, qui jusqu'ici me faisait plutôt grise mine, a commencé à sourire quand je lui ai demandé si Marisa était une gentille fille et si elle le soignait bien. Sans un mot, il hocha plusieurs fois la tête, pensant peut-être qu'après ce déluge verbal, les gestes avaient bien plus de poids. Je voulus le débarrasser du bouquet de fleurs qu'il tenait précieusement dans ses deux mains comme s'il craignait de les voir s'envoler..., mais, toujours de la tête, et sans cesser de sourire, il refusa de s'en séparer.

Il ne me restait plus qu'à regagner ma paillasse, fatigué – et surtout accablé par l'horrible nouvelle. Pendant ce temps, le bambin continuait à contempler ses petites fleurs et j'aurais juré qu'il leur souriait. Il me semblait que la grâce de *Papillon* l'avait touché, lui aussi, et qu'elle était déjà un peu avec nous...

* * *

C'est une odeur étrange qui m'a réveillé. J'en découvris bien vite la raison. Marisa était assise en tailleur sur le sol, au milieu de la pièce, Pablito en face d'elle. Entre les deux, un petit tas de braises qu'elle avait dû retirer du feu de bois, sur lesquelles elle laissait tomber de temps en temps quelques fleurs détachées du bouquet. A chaque fois, la légère fumée et l'arôme piquant qui s'en dégageaient provoquaient chez l'enfant de bruyants éternuements qui l'obligeaient à se moucher entre les doigts, suivant la coutume des gens d'ici.

L'offrande florale n'était donc rien d'autre qu'une prosaïque provision de plantes médicinales que lui-même avait sans doute dû récolter pour son traitement ! Ma petite guérisseuse en avait décidément appris des choses depuis qu'elle était devenue la disciple du chaman...

Sur un signe de Marisa, l'enfant encore tout larmoyant est venu s'asseoir entre ses jambes. Elle lui a joint les mains qu'elle a enfermées dans les siennes et tous deux ont marmonné, dans leur langue natale, ce qui m'a semblé être une prière... La cérémonie terminée, elle m'a annoncé son intention de reconduire Pablito, toujours aussi silencieux, qui a couru jusqu'au lit pour me donner un baiser sonore. Il n'y a pas à dire : pour lui, seuls les gestes comptent.

En les voyant s'éloigner main dans la main, je pensais au petit innocent vendu – pas même pour une bouchée de pain ! – par une maman indienne presque aussi jeune et aussi belle que Marisa. Celle-ci le savait-elle ?... Son rite de salut pourrait-il atteindre aussi l'enfant sacrifié ?[2]

* * *

Ce matin, j'ai eu beau piquer un sprint, je ne suis pas arrivé à temps à la feuillée... Une nouvelle hémorragie, plus abondante cette fois.

Quand j'avais vingt ans, la mort m'effrayait. A cause de son caractère absurde, *impossible*, et pourtant bien réel. Aujourd'hui, elle m'est devenue tellement familière que

2 De nouvelles pages du journal exposent, avec force détails, le problème de la forêt menacée en expliquant la manière dont les capitaux étrangers confisquent peu à peu toutes les ressources naturelles du pays. Comme ces données, magré leur intérêt, risquent d'alourdir la suite du récit, nous ne retiendrons désormais que les textes se rapportant à de nouveaux événements ou à la quête existentielle dont la petite guérisseuse indienne devient peu à peu l'égérie *(N.d.E.)*.

toute peur s'en est allée. Cela me plaît même assez de savoir – encore pleinement conscient – qu'une partie de moi-même retourne déjà à la terre. Dans ma jeunesse, c'était la torpeur cadavérique qui m'épouvantait, comme un signe tangible du néant. Maintenant que je me sens fondre tout doucement, que la chaleur de la vie me quitte peu à peu pour poursuivre son cycle ailleurs – et cela sous mes propres yeux –, je me réjouis de nourrir déjà la glèbe qui tant nous a nourris, en me sentant plus que jamais enraciné en elle. Sachant aussi que mon corps subtil suivra, lui, d'autres migrations plus fantastiques encore.

La pelletée de terre que j'avais jetée négligemment (dans ma hâte de rentrer !) n'a pu dissimuler au regard observateur de Marisa des traces de sang toujours visibles. Quand elle est revenue de sa tournée, elle m'a demandé si je m'étais blessé. Je n'ai pas eu honte de lui expliquer ce qui s'était passé. Quelle ne fut pas ma surprise de la voir sourire !

— Tu n'as pas l'air malheureux, Miguel, quand tu me parles ainsi. Eh bien, moi non plus, quand je t'écoute...

Intrigué, je lui demandai ce qu'elle voulait dire au juste. Son sourire énigmatique ne l'avait toujours pas quittée quand, après un long silence, elle daigna enfin me répondre.

— Je suis contente parce que bientôt nous pourrons voyager ensemble !

— ...

— Ton petit diable, ou ton petit ange comme tu voudras, j'ai enfin réussi à l'apprivoiser. Il va et vient maintenant entre toi et moi. Tu comprends ?... C'est entre nous deux qu'il joue à cache-cache aujourd'hui !

— Marisa, mais qu’est-ce qui t’arrive ?... Tu divagues ou quoi ?

— ... Oui, je le voulais ! Je voulais qu’il en soit ainsi... Chaque fois que je te soignais, chaque fois que j’emprisonnais tes mains dans les miennes, je lui parlais tout bas, je l’attirais à moi...

— Pourquoi as-tu fait ça ?

— ... Quand ma bouche aspirait le mal de ton ventre, à la fin je le gardais en moi et tu ne voyais rien. Ton sang s’échappe, le mien aussi... tu vois bien que maintenant nous suivons le même chemin.

Enfin, je commençais à comprendre !

Elle prenait pour de la magie ce qui, comme toujours, nous échappe dans l’intelligence occulte de la Nature. Il m’a fallu lui expliquer lentement, posément, ce qui lui arrivait. Tandis que le flux de la vie terrestre s’éloignait de moi, chez elle, c’est cette même vie qui bientôt jaillirait avec son sang... Elle me prit la main et, à mesure que je lui racontais la merveille toute neuve qui œuvrait en son jeune corps, sa déception ingénue de ne pas nous voir condamnés au même destin s’effaçait peu à peu de son visage.

Plus elle me fixait, plus je sentais à quel point son regard allait bien au-delà de moi, traversant les espaces et les temps, comme si elle contemplait déjà la fabuleuse descendance qui surgirait d’elle.

* * *

Cette dernière découverte a été une nouvelle étape d’un combat que Marisa continue à livrer chaque jour entre la vie et la mort. Sait-elle maintenant où va réellement son chemin ?

En tout cas, quand elle rentre de ses visites aux petits malades, il est moins fréquent qu'un nuage d'anxiété assombrisse son visage. Et cette tristesse qui, à l'entrée du soir, voilait parfois son regard, se dissipe plus vite. Notre intimité n'en est que plus grande.

Nous ne craignons plus de boire tout notre saoul et de faire enfin toilette comme il se doit avec une eau redevenue abondante et limpide. Chaque fois qu'elle me voit fatigué et fiévreux, elle m'aide le plus naturellement du monde à me laver. Ses gestes maternels ne me gênent pas trop, car de n'importe quelle corvée elle réussit à faire un jeu d'enfant.

Parfois, elle s'agenouille sur le lit et m'épouille à la manière indienne. Impossible ici d'éviter ces petites bestioles. Alors j'incline docilement la tête. Cette tête qui a trop pensé, trop pesé, je peux enfin la laisser aller, l'abandonner aux mains expertes d'une enfant qui la caresse sans s'y blesser et en expulse tous les hôtes indésirables. Surtout les idées noires, parasites invisibles bien plus dangereux que les innocentes petites bêtes qui se promènent à la surface... Comme je voudrais parfois qu'elle fût moins habile afin que durent, et durent encore ces moments de précieuse intimité !

Quand c'est mon tour de partir en chasse, la menue Marisa s'assied entre mes jambes et s'adosse à moi, comme je l'ai souvent vu faire entre frères et sœurs et petits voisins. Spectacle pittoresque s'il en est que cette ribambelle d'enfants assis en cercle par terre, s'épouillant mutuellement, adossés les uns aux autres en une joyeuse ronde de chaises gigognes.

Penché sur sa chevelure, je comprends que nos petites bêtes se plaisent tant dans cette forêt de satin, obscure et chaude, que mes doigts parcourent en tous sens en remuant de légères senteurs de bruyère. Si seulement une gentille fée voulait bien me métamorphoser en l'un de ces petits promeneurs avisés qui ont eu le bon goût de choisir pour lieu de randonnée un si somptueux domaine !

A cette pensée, j'éprouve quelque remords à écraser entre mes ongles la dernière petite proie saisie non sans mal. C'est que je n'ai pas l'adresse de Marisa pour cette chasse plaisante dont les civilisés ont perdu l'habileté et le goût, et qui à moi ne me semble jamais trop longue, même s'il faut du temps pour faire le tour d'une si ample chevelure aux reflets moirés, comme ceux d'une cascade tombant dans les gorges profondes...

Parfois, mon regard se brouille et, dans un ultime effort de mise au point, s'échappe vers d'extrêmes lointains. Pour se poser finalement sur les myrtilliers de ma forêt natale dont mes doigts frôlent à l'aveuglette les petites baies violettes et sucrées. Le long frisson qui parcourt tout mon corps n'échappe pas à Marisa qui caresse mes bras comme pour en effacer la chair de poule. Je l'entends murmurer une sorte d'incantation. N'est-ce pas elle qui me guiderait soudain jusqu'aux sources de la tendresse, ce ruisseau cascadeur du bois de mon enfance ?

Quand mon cœur bat trop vite et que je ne puis plus poursuivre ma singulière cueillette, elle se contente de poser sa petite tête fatiguée sur ma poitrine. C'est le signal de la fermeture de la chasse. Pour notre repos à tous deux, elle me permet de jouer quelques instants avec ses cheveux emmêlés et de lui faire toutes sortes de tresses fantaisistes qu'elle observe en riant dans le petit miroir accroché à l'étagère...

Enfin, je la recoiffe et lisse de ma paume ointe de salive une chevelure d'une telle souplesse que tout peigne me paraît superflu et pourrait causer, par ma maladresse, d'inutiles égratignures. Durant tout ce temps, le visage de Marisa exprime un plaisir si intense que j'en suis à mon tour bouleversé. Le bonheur qui tient à un cheveu !

* * *

Un des effets mystérieux qu'a provoqués l'autre jour notre baptême par immersion, c'est que je n'ai plus maintenant à chercher comment expliquer à Marisa les différentes façons de guérir. La seconde nuit qui a suivi l'événement, quand a commencé l'échange des secrets entre nous, même ceux qui n'auraient pas été dits semblent avoir été divulgués par une sorte d'osmose.

Tout un temps, j'ai tremblé – je peux bien l'avouer aujourd'hui ! – de cette proximité physique d'une enfant devenue infiniment confiante. Mais, du jour où le *pioxonaq* l'a investie de ses hautes fonctions de guérisseuse, c'est moi qui me suis senti devenir fragile, dépendant. Une petite proie..., mais si heureuse de tomber en de bonnes mains ! Les liens corporels si légers qui nous unissent, même les gestes les plus enjoués comme ceux de l'épouillage, semblent devenus pour elle des rites précis dont elle connaîtrait par avance les vertus. Des sortes de passes, de passerelles de plus en plus aériennes, juste un peu avant le grand saut...

En tout cas, je vois bien que toutes mes allusions à l'au-delà sont désormais perçues par elle. Quand nous en parlons, elle chantonne parfois une touchante mélodie toba, dont j'ai fini par retenir les paroles par cœur. *Lca'alra logodayk dam ica'alra.* "La vie est beaucoup plus que la vie." Depuis qu'ils sont apparus, tous les hommes le savent. Il a fallu qu'arrivent les *savants* pour qu'on commence à en douter... Et quand que je lui annonce que bientôt la maladie sera vaincue, elle hoche la tête avec cette mimique mi-sérieuse, mi-amusée qui n'appartient qu'à elle...

Août

La nouvelle s'est répandue dans les communautés comme une traînée de poudre...

Dès le matin, j'ai eu plein de visites. Elles se sont poursuivies tout l'après-midi. Pour la première fois, Marisa n'a pas trouvé une seule heure de tranquillité pour réaliser ses exorcismes. Des exorcismes, a-t-elle fini par avouer, dont elle avait autant besoin que moi. Car c'est à travers eux qu'elle recevait ce qui lui manquait encore de pouvoirs.

Toi, tu aurais pu faire un grand pioxonaq, m'a-t-elle dit l'autre jour. Mais alors que prétendait-elle avec son histoire de diablotin et d'angelot ? Une question de vie ou de mort ? Le savait-elle vraiment ? De toute façon, je n'avais pas fort envie de discuter cette fois-là. Il y a des moments comme ça, où je suis vraiment à plat. Comme une pile. Enfin je trouve les comparaisons que je peux, et pour l'instant je ne peux pas beaucoup...

J'ai bien l'impression que mes batteries se déchargent chaque jour un peu plus vite, et même dès le matin. Ce n'est pas comme avant. Et c'est Marisa qui me déroberait ce qui me reste d'énergie ? C'est bien la dernière chose que j'attendais d'elle !

Mais comment ne pas la bénir après tout pour une si bonne idée ? D'autant que le moral est toujours intact. Il suffit de ne pas trop remuer, la tête surtout. Je veux dire la laisser en repos, sinon gare à la migraine ! Et maintenant, comment raconter tout ça ?... Je crois que je n'y arriverai jamais. Il le faut pourtant, la nouvelle est trop extraordinaire !

Donc ce matin, de très bonne heure, j'ai eu plein de visites. Je veux dire Marisa. Les gens l'ont embrassée avec de grandes effusions, comme dans leurs cultes religieux. Moi, j'essayais seulement de comprendre ce qui nous arrivait. Quel casse-tête ! C'est qu'ils parlaient tous en même temps. Et ils n'en finissaient pas d'entrer et de sortir ! Elle, oui, elle avait vraiment l'air d'être au courant... Évidemment, elle aura pensé que moi aussi, j'avais tout compris. Mais avec cette migraine ! Et tout ce chahut... J'ai pourtant fini par piger quelque chose, mais je n'arrivais pas vraiment à y croire. Sûr que je déraillais une fois de plus.

A midi, Carlos est entré à son tour, accompagné de la maîtresse de Marisa. Elle lui demanda si elle continuait à faire de "jolis dessins" et lui fit cadeau d'un coffret de crayons-feutres multicolores qui venaient bien à point pour renouveler ceux de son étui presque à sec ! Peu après, c'est Emilio et deux délégués de l'Association indienne qui sont entrés, suivis de Silvino, l'oncle de Marisa, venu d'Itury avec Ricardo qui ne lâchait pas sa sœur d'une semelle et ne cessait de lui lancer des regards admiratifs. Elle avait justement enfilé ce jour-là le chemisier canari qu'il lui avait offert en rentrant de la récolte ! La plupart des gens restaient dehors, il n’y a vraiment pas de place dans le rancho. Emilio non seulement m’a secoué énergiquement la main, mais il m’a complimenté. J’avais donc aussi quelque chose à voir avec tout ce remue-ménage !

Alors je lui ai demandé, à lui du moins, de tout m’expliquer clairement, s’il vous plaît, du début jusqu’à la fin, parce qu’alors là, je n’y comprenais goutte... Au lieu de ça, il me regarde surpris et s’esclaffe comme s’il se payait ma tête ! Qu’a-t-il dit à Marisa et aux autres pour qu’à leur tour ils se mettent tous à se marrer de cette manière ?... Si je suis déjà dans ma nouvelle planète, elle est vraiment chouette. C’est pas formidable, ça, un coin où tout le monde se fend la pipe ? On n’a même pas besoin de savoir pourquoi... Du coup, c’était bien mon tour à moi d’éclater de rire !

Il n’en fallait pas plus pour que mes visiteurs brusquement se taisent en me lançant des regards franchement inquiets. Et pour qu’Emilio se décide enfin à m’expliquer ce qui se passait.

C’était tout simple.

Hier soir, les gens qui ont des transistors avaient entendu sur *Radio Norte* une petite fille – beaucoup ont même cru que c’était Marisa – lire la lettre qu’elle avait adressée à *Monsieur le Gouvernement de l’Europe.*

J’imagine le bagou du présentateur, que je connais bien, quand il aura décrit son héroïne du jour... Peu importe ! Il avait raconté que, grâce aux journaux, la lettre de Marisa avait fait le tour de l’Europe. Maintenant elle revenait à son point de départ par le relais de la presse nationale. Et dans le Chaco, c’est le gouverneur lui-même qui avait décidé de donner toute la publicité à l’événement, reprenant à son compte l’idée d’un cofinancement européen du barrage de Palo Colorado !

Si les fonds étaient obtenus, assurait-il, il ne renouvellerait pas les contrats avec les sociétés forestières dont la première phase venait à expiration cette année. Seuls des “impératifs économiques” l’avaient d’ailleurs contraint à ce plan d’exploitation *qui ne lui avait jamais fait perdre de vue la protection de l’Environnement, ni l’intérêt légitime des populations indigènes...*

Après l’explication d’Emilio, les détails, je ne les ai appris que peu à peu, au fil de la conversation. Il paraît que les habitants de Villa Obligado fêtaient déjà l’événement, convaincus que leur problème d’eau potable était enfin résolu. Avec l’emballement propre aux gens d’ici, ils voyaient déjà l’Europe voler à leur secours et tout régler en un clin d’œil ! Mais personne n’avait mentionné le passage de la lettre de Marisa où elle parlait des immigrants européens *qui démolissent les arbres qui sont notre maison à nous...* Son message avait dû être censuré.

C’était tout de même un début de victoire, et qui pouvait nous mener loin. Grâce à une idée que j’avais qualifiée de saugrenue ! Penser qu’une petite Indienne avec une fléchette qui n’était même pas au curare avait fait mouche en perçant le blindage du fatras médiatique. Le monde avait donc encore de belles heures à vivre...

Maintenant que les trompettes de Jéricho se sont tues et que le rancho a enfin retrouvé sa paix nocturne, une douce ivresse m’envahit. Je n’ai pourtant rien bu. Pas même les potions magiques de ma petite guérisseuse bien trop accaparée aujourd’hui par ses admirateurs. Il me semble que je le vois maintenant, le grand Ingénieur, en train de sourire dans sa moustache. Pourquoi la moustache et pas la barbe, comme autrefois ? Et si ça l’amusait de changer de visage ? De prendre celui d’un jeune homme studieux, penché sur ses bouquins ou son ordinateur ? Ou celui d’une petite fille surdouée et avec un cœur grand comme ça ? Ou les traits d’un collègue journaliste soudain touché par la grâce et capable, lui aussi, d'annoncer la *bonne nouvelle* ?

Allons bon, je vois bien que Marisa est déjà dans les vapes. Elle rit aux anges ! Qu'est-ce qu'ils lui racontent encore ? Qu'est-ce qu'ils complotent entre eux ? Elle est bien de leur race, et je me sens parfois comme un intrus à leurs côtés... On ne va tout de même pas gâcher une journée pareille par une stupide bouffée de dépit. Du reste, la chandelle est morte, ou presque. Va falloir que je plonge à mon tour dans le noir. Pour retrouver la clarté du rêve et – qui sait ? – y surprendre tout de même quelques-uns de leurs petits secrets...

* * *

Marisa est inquiète. Parce que depuis plusieurs jours je n'écris plus. Même tenir un bic en mains me fatigue... C'est plus pour lui faire plaisir qu'aujourd'hui j'ai rouvert un journal qui m'oblige encore à bavarder, alors que le peu de choses que je vois et j'entends autour de moi, et jusqu'au silence, m'emplit de tant de grâces ! Parfois elle me parle, je lui parle, tout heureux de la voir penchée à nouveau sur son métier à tisser, et cela m'est bien plus salutaire que de griffonner toutes ces pages qui commencent à s'entasser et qu'un jour quelqu'un devra bien se donner la peine de brûler.

Elle n'est pas de cet avis-là. *"Tu devrais en faire un livre"* : c'est sa dernière trouvaille ! Avec moi, ça ne prendra pas ! Mais le copain, quand il s'amènera, n'est-elle pas capable de l'en convaincre ? Absurde ! Il devrait vraiment se donner trop de mal pour en tirer un truc publiable. Aucun risque de ce côté... Ou alors il faudrait qu'elle fasse aussi de lui son médium !

Et s'il se contentait de remettre ces confidences à ma famille, à quelques amis ? Et que Marisa puisse les lire un jour ?... Ce journal, après tout, c'est aussi le sien, celui de deux pèlerins en quête d'une terre sans mal... Et je suis sûr que c'est elle la première qui en héritera !

Deux pèlerins ? Ou des milliers ? Des millions, des milliards cheminant à tâtons, parmi tant d'obstacles et de précipices. Même ces conquérants qui lèvent orgueilleusement la tête, croyant tout savoir, tout pouvoir, et qui basculent tout d'un coup dans le vide ! Bien plus à plaindre que les gueux qui se traînent sur les genoux, parce qu'à ceux-ci du moins le pèlerinage risque d'être profitable.

Et tous ceux-là qui marchent, rampent, nagent ou volent, ne sont-ils pas du voyage, eux aussi ? Je pense avec un brin d'attendrissement à *Chaton* qu'on n'a plus vu depuis des lunes... Comment l'exclure de notre aventure, lui qui se sent maintenant assez grand pour poursuivre sa route en solitaire, mais qui, le tout premier, nous a appris à parler, Marisa et moi, et à qui nous devons tant de notre intimité et de notre amitié ?

Et mon petit caméléon que chaque saison hivernale enfouit prudemment dans un refuge de haute sécurité ? Dépassé par toute sa progéniture tellement plus évoluée, et qui pourtant s'obstine, comme tous les reptiles, à jouer son rôle dans la riche nomenclature des vivants. Matériel primitif et noble, prêt à assumer de nouvelles descendances si quelque désastre l'y obligeait, car son espèce – qui est passée par tous les déluges, tous les embrasements – est plus expérimentée, plus endurante qu'aucune autre...

Elle est aussi du voyage, la grande famille végétale dont l'exubérante vitalité a déjà enseveli tant de villes et monuments de notre Histoire, mais qui sait également, rude lichen, ramper jusqu'aux déserts pour y porter la vie. Tous ensemble, unis à la matrice minérale par la longue chaîne carbonique qui soude nos os à la roche, et la roche aux étoiles, nous pérégrinons beaucoup plus loin que nous pouvons l'imaginer, guidés par tant d'antennes astrales –

du *Campo del Cielo* de notre Chaco à la céleste *Ka'ba* du Hedjaz...

Voilà donc ce qu'est devenue ma prétentieuse enquête, mon arrogante plainte contre x ! Née de la turbulence, du désordre, des déchirements de ma vie, elle se rapproche peu à peu d'un geste ineffable de communion. Conforme en tous points à la *stratégie créatrice du chaos*.

Pourquoi ne pas m'en tenir là ? L'écriture a stimulé ma réflexion et rendu lisibles les dernières pages de mon destin terrestre. Que lui demander de plus ?... Je suis maintenant si las de tout. Comment ne pas s'abandonner enfin au sommeil, à un repos bien gagné ? Céder sa vie, sa place à d'autres, sans insister ! Alors pourquoi Marisa tient-elle tant à ce que j'écrive encore ? Quelle idée peut-elle bien avoir derrière la tête ? Son *histoire à elle*, peut-être, sa terrible histoire que je ne me décide toujours pas à raconter. C'est pourtant bien moi – non ? – qui l'ai encouragée à regarder la vie en face et à se libérer de ce mal enfoui.

A deux reprises, elle m'a demandé si je l'avais déjà écrite... Depuis qu'elle a surmonté ses épreuves, qu'elle s'est découvert une vocation de guérisseuse, qu'elle est même devenue aujourd'hui une petite héroïne, comment n'aurait-elle pas acquis une force que je ne peux pas étouffer ? C'est moi qui ai tort, je le sais... Mais c'est que je voudrais tant en finir avec toutes nos turpitudes, et ne plus contempler sur le marais de l'existence que les belles et rares fleurs de nénuphar.

Et puis, il ne me reste plus beaucoup de feuilles blanches ! C'est à elle plutôt de continuer à me parler de son monde merveilleux avec des idéogrammes bien plus riches que mes idées à moi... Voilà tout ce que j'ai trouvé comme excuse en lui cédant mon dernier bloc de papier... Mais la réplique n'a pas tardé : chaque fois qu'elle m'offrira une de ses œuvres, *je devrai lui promettre d'écrire au verso*. Sinon, fini... plus rien !

Marché conclu... marché de l'art d'un nouveau genre ? Ou plutôt retour au bon vieux troc ? De toute façon, me priver de ses créations fabuleuses serait bien trop triste. Plus pénible encore que de devoir poursuivre mes stupides griffonnages...

* * *

Après une excellente sieste, c'est l'horreur qui m'attendait. Un monstre m'hypnotisait de ses yeux de braises. Ses formes grimaçantes tenaient du singe, du lion, du diable, du cyclope, fondues dans une lave de couleurs. On aurait dit que toute la lumière du rancho avait été happée par ce trou noir, juste en face de moi, un pan de mur où elle se tordait comme une torche infernale. A chaque mouvement que je faisais pour tenter de me redresser, le monstre bougeait lui aussi, répondant à mes gestes par des contorsions obscènes. Alors je reconnus la nature aléatoire de l'œuvre et son auteur. Une artiste qui guettait son effet, sournoisement tapie dans le coin le plus obscur de la pièce.

Après m'avoir laissé un bon moment encore livré à la torture de cette contemplation, Marisa détacha lentement du mur les quatre dessins qui n'en faisaient qu'un et me les tendit. Le propos était clair. C'était maintenant à moi de m'exécuter...

J'ai fait mon devoir. Il est même recopié au net. Mais que le démarrage a été dur ! Et elle qui ne me lâchait pas du regard, se penchant parfois sur ma copie – toujours en panne – comme si cela pouvait servir à quelque chose... Attablé à mon petit bureau, j'avais l'impression de me retrouver au pire moment de mes années de collège, celui de la *narration impossible*. Un vrai cauchemar, et qui n'était pourtant rien à côté de celui qu'il me fallait raconter !

Subitement, elle a cessé de me fixer et s'est glissée derrière moi, posant avec autorité ses deux petites mains sur mes épaules. Sa voix me fit frissonner...

— C'était la fin de la récolte du coton, comme maintenant. Les gens rentraient chez eux dans la camionnette des patrons. Je devais avoir six ou sept ans... Il y en a une qui s'est arrêtée devant chez Mami. C'étaient nos voisins et mon frère Ricardo. Mon père aussi était avec eux. J'étais contente de le revoir, il ne vient pas souvent. Il leur a dit d'entrer...

De temps en temps, un long silence. Sous sa lente dictée, aux intonations changeantes, j'écrivais maintenant comme un automate.

— Ils avaient des sacs pleins de provisions. Et aussi des boissons. Ma grand-mère les a invités à s'asseoir. On a bien mangé et on a bien bu. Moi, je dégustais de la limonade, la plupart des hommes du maté, quelques-uns du vin. Les gens racontaient des histoires et riaient très fort. A la fin, j'étais très fatiguée et j'ai été me coucher... A cause du bruit, je dormais mal. Pendant la nuit je suis sortie, j'avais besoin. Tout le monde était encore là et la *qomé* aussi, elle s'occupait de tout le monde.

Quand j'ai été dehors, j'ai entendu des pas derrière moi. Je me suis retournée. Quelqu'un me suivait. Il a manqué de tomber plusieurs fois. Je ne pouvais pas voir qui c'était, à cause de la nuit. J'ai marché plus vite. J'avais peur. A la fin, je me suis cachée derrière un arbre. On ne voyait pas grand-chose. Il y avait juste une petite lune... Mais l'autre, il continuait à s'approcher. Je n'osais plus bouger. J'aurais encore pu courir à ce moment, mais j'y arrivais pas, j'étais vraiment clouée à l'arbre. Quand il a été tout près de moi, j'ai reconnu mon père. Alors, mon père, qui était saoul, il a... Non d'abord il m'a dit...

Un silence interminable. Je n'en peux plus.

— C'est bien, Marisa, ça suffit. Pour la suite, on devinera... De toute façon, j'expliquerai.

— Miguel, tais-toi ! C'est moi qui parle. Et qu'est-ce qu'on devinera ?... Tu crois que ta femme, si elle lit ça, ou ton fils, ils vont savoir ? Quoi donc ? Qu'il m'a prise, c'est ça ?... Laisse-moi faire, laisse-moi te dire ce qu'il m'a raconté quand je me suis débattue, quand j'ai voulu me sauver... Il m'a serrée dans ses bras, c'était comme de grosses tenailles, et il m'a d'abord traitée de pute.

— *Et alors pourquoi pas avec moi ?* qu'il m'a dit !

Le timbre de la voix, devenu subitement hystérique, me donne la chair de poule...

— *Ah ! si elle était encore là ma femme ! Mais qu'est-ce que t'en as fait, dis ?... Tu ne sais peut-être pas ? Alors je vais te le dire, moi, ta mère, tu me l'as crevée. T'entends ?... Oui, toi, en venant au monde, tu me l'as envoyée au trou... C'est toi qui devrais y être, j'avais déjà bien assez d'un môme... Et avec ça, t'es même pas capable de faire plaisir à ton père... T'es qu'une belle saleté, va !*

C'est pas comme ma chère Dora ! Ah ! qu'elle était belle !..... Mais c'est vrai, tu t'en fous, tu l'as jamais vue, ta pauvre mère... Mais avec ça... t'es pas vilaine non plus. C'est vrai que tu lui ressembles... T'es plutôt jolie, tu sais... Allons ! oublie tout ce que je t'ai dit, ma petite... Je te ferai pas de mal. Je t'aime bien moi. Et toi aussi, tu l'aimes bien, hein, ton petit papa ? Donne-lui donc une grosse bise, tu vas quand même pas pleurer pour ça ?...

Quoi ?... Tu veux pas ?... Petite conne, va !

Mais qui est-ce qui t'aime ici ? Cette vieille folle qui te donne à bouffer et son bonhomme qu'est déjà plus bon à rien ? Mais moi, j'ai du fric, c'est autre chose ça, hein ? Tiens, combien tu veux ?... Tu vois, maintenant, je sais comment ça va. Vous autres, vous savez pas, vous savez rien, vous êtes jamais sortis de votre trou. Allons, maintenant tu me dis combien tu veux ?...

Un long, un très long silence de nouveau. Que cette fois je n'ose plus interrompre. Marisa est-elle en train de reprendre haleine ? Ou en a-t-elle fini pour de bon ?

C'est un filet de voix qui s'échappe de ses lèvres, celui d'une gamine terrifiée, et qui me fait sursauter tant le changement est brusque.

— Je me suis débattue. Mais alors il me serrait encore plus fort. Et il puait le vin. J'avais envie de vomir. J'étouffais. Jamais... jamais ! j'allais m'en sortir...

Alors j'ai commencé à me laisser faire, mais sans penser à mon père. Ni à ce qui m'arrivait. L'arbre, c'est à lui, rien qu'à lui que je pensais, c'est à lui que je m'accrochais, parce que je ne voulais pas tomber. Et puis j'ai pensé que je pourrais peut-être m'envoler dans ses branches, et puis encore plus haut... L'autre, maintenant, il était content. Il me disait des choses, mais je n'entendais rien... C'était l'arbre que j'écoutais, et l'arbre ne voulait pas que je fasse l'oiseau, il me donnait des idées. Pendant ce temps-là, le pauvre était tellement occupé qu'il en oubliait de serrer ses grosses tenailles ! Il ne pensait plus qu'à me caresser... Je me laissais aller, attendant qu'il perde complètement la tête...

Quand le moment est arrivé et qu'il a bien dû me lâcher un instant pour aller jusqu'au bout de sa besogne, ça a été très facile. Je me suis appuyée de tout mon poids contre l'arbre et, c'est comme s'il m'aidait, comme s'il me poussait, j'ai bousculé l'homme un bon coup... Il ne s'attendait pas à ça !.... Alors je me suis mise à courir comme une folle. J'ai entendu un bruit, il est sûrement tombé, mais saoul comme il était, c'était pas difficile...

Je me suis vite renippée avant d'entrer à la maison, mais la Mami, elle était toujours en train de causer avec les gens et à leur servir du maté. Personne n'a rien remarqué dans ce bazar qu'il y avait ! Alors j'ai couru jusqu'au lit de mes grands-parents, où dormait déjà *yapé*. Je me suis serrée, tout contre lui, je me suis cachée en tremblant sous son épaule. Il dormait si bien qu'il ne s'est même pas réveillé.

Mais un peu plus tard, mon père est entré. Sûr qu'il m'avait suivie ! Il devait me chercher partout... Fou de rage, il a voulu m'arracher du lit. Alors moi, je me suis encore plus accrochée à mon Papi. Oh ! cette fois il a été vite réveillé. Je crois qu'il a compris tout de suite. Il a sauté du lit, et ils se sont battus tous les deux. Mais il n'était pas si fort que mon père. Moi, j'ai profité de la bagarre pour me glisser en dessous du lit, où je me suis bien cachée. Les gens sont venus voir ce qui se passait. Ils ont pensé rien qu'à une dispute. Ils les ont séparés tous les deux et ont emmené mon père, voyant bien qu'il était complètement saoul.

Je ne l'ai plus revu...

Yapé, lui, il ne s'en est jamais remis. C'est pas seulement les coups qu'il avait reçus. Déjà que le cœur n'allait pas bien... Son tic-tac, sa petite montre, tu sais ?, maintenant elle était toute détraquée. Alors pour lui, après, ça a été vite fait, va ! Mais il n'y a jamais eu que lui qui a su... Je crois même qu'il n'en a pas parlé à la Mami...

Je profite de la longue pause qu'observe Marisa pour tenter de l'apaiser, dans l'espoir qu'elle va en terminer une bonne fois. Toujours debout derrière moi, ses petites mains crispées autour de mon cou comme si elle ne voulait pas que je lui échappe, elle m'interrompt d'un cri rageur :

— Non, c'est pas fini... Je veux que tout le monde sache ce que j'ai fait ! Tu entends ? Parce que moi, ma mère, je l'ai tuée... Personne ne m'avait jamais raconté ça, avant. Pas même la Mami ! Maman, qu'elle disait, elle était morte de tuberculose après ma naissance... Mais mon père, lui, il me l'a dit, il m'a tout dit, et il a bien fait...

Maintenant au moins, je sais qui je suis !

Et ce que mon père m'a fait, à moi, tu comprends ?, ça c'est rien ! Oui, c'est rien.... Fallait bien qu'il s'amuse un peu puisque qu'il n'avait plus personne à cause de moi, et que je ne suis qu'une belle saleté, comme il dit. Mais ce que j'ai fait à ma mère, moi... Mon père, oui, il aurait pu me tuer. Il aurait dû me tuer. Parce que maintenant que maman est morte... et que c'est de ma faute... non... je ne peux plus vivre comme ça... j'ai plus envie... t'entends ?... maintenant je veux mourir...

— Marisa, tais-toi ! C'est moi qui n'aurais pas dû...

Je sens ses petites mains glisser le long de mes épaules... Un bruit sourd, celui d'un corps qui tombe mollement sur le sol !

Je l'ai laissée allongée un moment sur la terre battue après l'avoir recouverte de son poncho... Pour la première fois, Marisa avait été victime d'une syncope. Peut-être en avait-elle besoin... Son sang commençait à refluer doucement au visage. Elle en avait sûrement besoin, car en ouvrant les yeux, elle semblait avoir retrouvé tout son calme. Je l'ai déposée sur le lit, en humectant d'eau fraîche son front et son visage. Une vieille berceuse de mon enfance m'est revenue à la mémoire que je lui fredonnai, tout en lui frictionnant les tempes. Elle finit par s'endormir, un sourire aux lèvres...

C'était certainement un grand risque que de lui avoir fait revivre son drame intime avec un tel réalisme. Et pourtant n'était-ce pas nécessaire ? Cette fois, elle a voulu aller jusqu'au bout, avouant un sentiment de culpabilité dont elle n'avait rien laissé paraître lors de son premier récit. Sans doute n'était-elle pas encore tout à fait prête...

Je pensais qu'elle avait toujours su que sa mère était morte d'un choc anémique à sa naissance. Mais non ! le secret avait été bien gardé au sein de la famille, sauf par un père ivrogne qui, un jour, s'en était servi pour assouvir ses basses vengeances.

Aujourd'hui tout est dit... Fais de beaux rêves, Marisa... Ta maman a entendu ton cri, tu as bien fait de hurler si fort qu'elle s'est certainement souvenue de toi. En ce moment même, elle tourne la tête, elle s'approche, elle ose enfin te regarder, elle doit te trouver si mignonne en te voyant pour la première fois sucer ton pouce... Elle t'aidera, sois-en sûre, car elle t'aime toujours. Mais tu l'avais tellement oubliée ! Tu avais tellement peur de penser à elle qu'elle s'était bien cachée. Plus gênée que toi encore. Oui, si gênée de te laisser seule après t'avoir fait ce terrible cadeau de la vie...

Et je devine aussi maintenant d'où te vient cette vocation de guérisseuse. Tu n'en es sans doute pas consciente. Mais une force est née en toi pour réparer – au centuple – ce que tu n'avais pas à réparer, rien n'étant de ta faute. Et cela fait partie des mille et une merveilles de notre boiteux univers, que de tels ratages soient à la source de si belles réussites !

* * *

Depuis sa fameuse *dictée*, Marisa témoigne d'une telle sérénité que je n'ai pas hésité aujourd'hui à lui parler de la visite de mon copain, et des choses qu'il faudra lui remettre pour ma famille au cas où je ne serais plus là.

Quelle sera ta réaction, Sandra, en découvrant toutes ces confidences ? Comprendras-tu vraiment ce qui se passe ici ? Malgré tes airs bravaches sur les barricades parisiennes, tu étais très vite "rentrée dans le rang" et je fus plus d'une fois surpris par le conformisme tranquille derrière lequel tu te retranchais ! Du moins, de toi et de Pierre, j'espère assez d'amitié pour que tout jugement vous semble superflu.

Mais si, par hasard, cette nouvelle version de *la Belle et la Bête* venait à s'ébruiter, il ne manquera pas de pauvres cloches pour colporter leurs propos égrillards. Qu'importe ! Moi, je veux bien me mettre dans la peau des bêtes (je les aime trop pour ne pas m'y sentir à l'aise) plutôt que dans celle de certains humains... Et il va de soi que Marisa, parfaite dans le rôle de la Belle, connaît aussi la magie dont elle a hérité : le pouvoir absolu d'aimer et d'opérer par lui d'inouïes métamorphoses...

Est-ce que *Chaton* écoute aux portes ?

Malgré le bruyant concert nocturne des batraciens, c'est bien son miaulement que je reconnais maintenant. Mais timide et plaintif. Que nous veut-il ?... Et Marisa qui dort comme une souche ! Je ne vais pas la secouer, ça pourrait durer longtemps, et d'ailleurs pourquoi interrompre un si profond et merveilleux sommeil ?

Je me lève, non sans peine, pour faire entrer notre vieux copain, lui qu'on n'a plus vu depuis des lustres... Alors je comprends. De petites taches rouges mouchettent son pelage zébré, et il entre en claudiquant. Sans doute sa première bagarre entre matous. Il revient au refuge chercher protection. La prochaine fois, ce ne sera plus nécessaire. Il apprendra vite qu'on n'obtient rien sans mal... même pas, surtout pas la dulcinée de ses rêves.

Marisa s'est réveillée. C'est vrai que si je quitte le lit, c'est fatal : j'avais oublié ce détail ! C'est moi qu'elle regarde, tout de suite inquiète. Alors je lui montre la tête de *Chaton*, rien que la tête qui semble indemne, et ça l'amuse. Elle ouvre déjà les bras pour l'accueillir ! Avec les ménagements qui s'imposent, je lui explique d'abord ce qui se passe...

Nous l'avons bien examiné à la lumière de la bougie, sans déceler autre chose qu'égratignures et poils arrachés. C'est elle-même qui a voulu panser les petites blessures, et notre patient m'a bien surpris par sa docilité ! Marisa nous l'a enveloppé dans une serviette-éponge comme un bébé qui sort du bain, et c'est alors que, tout rassuré et heureux, *Chaton* nous a gratifiés d'un fervent ronron qu'on n'avait plus entendu depuis longtemps.

Je me suis recouché et, à mesure que se déroule cette scène fraternelle, j'en note tous les détails pour n'en rien perdre, car la mémoire maintenant me joue des tours. Depuis longtemps, notre petit compagnon n'avait plus partagé notre couche. Il n'a pas protesté quand Marisa l'a emporté encore tout emmailloté dans le lit.

Fidèle à l'esprit de famille, il n'y a plus qu'à laisser glisser mes feuillets au pied du lit, souffler la bougie et nous mettre à ronronner tous les trois...

* * *

Quel savon elle lui a passé le matin !

Et lui, la fixant de ses yeux ronds, comme s'il voulait vraiment capter quelque chose... Brave chat ! Ce n'est pas la bonne volonté qui te manque. Mais nous n'avons rien à t'apprendre, pas même Marisa avec ses dons de chaman. Tout ton savoir, toute ta sagesse, tu les as hérités à la naissance. Et tu les conserveras précieusement jusqu'à ta mort !

Ce n'est pas comme nous, pauvres humains, nés dans l'ignorance, perdus dans la jungle de l'existence si nos parents ne nous tiennent pas longtemps par la main... tout le temps qu'il faudra pour apprendre à vivre. Mais tous ces bouts d'homme nés sans guides, quand leur heure sera venue de transmettre la vie, ce seront d'autres petits poucets, orphelins du savoir, qu'ils iront perdre à leur tour dans une jungle bien plus hostile que notre forêt.

C'est à tout cela que je pense pendant que Marisa sermonne son petit ami, lui interdisant désormais les sorties nocturnes, les bagarres, les mauvaises fréquentations ! Partagé entre la bonne humeur que me cause sa naïve prédication et les pensées sombres qui m'ont envahi, je ne sais quoi choisir.

Chaton, lui, juge qu'il en a entendu assez. Après un long bâillement – ah ! surtout que Marisa ne se vexe pas ! – il s'étire, s'ébroue et se débarrasse de la serviette dans laquelle il s'était empêtré. Sans même un clin d'œil de remerciement, le voilà qui saute du lit et court jusqu'à la porte en miaulant.

Elle l'a regardé partir toute triste. Pour la consoler, je lui ai dit qu'il s'était refait une santé en quelques heures, à voir l'agilité avec laquelle il a déguerpi dans les hautes herbes... Et j'ai voulu lui tenir compagnie en l'aidant à ranimer le feu matinal avec des écorces de *palo santo*, cet arbre si bien nommé dont les vapeurs d'encens sanctifient la chaleur et la lumière du jour naissant !

Un demi-siècle – c'est comme si c'était hier – me sépare de nos inoubliables feux de camp et de leur rite d'ouverture.

Nous avons mis la flamme aux bois résineux.
Écoutez chanter l'âme qui palpite en eux !
Monte flamme légère, feu de camp si chaud, si bon !
Dans la plaine ou la clairière,
Monte encore, et monte donc !....
Ma leçon la dernière, mes petits enfants,
Est qu'on ne fait rien sur terre qu'en se consumant...

Monte flamme légère, feu de camp si chaud, si bon !
Dans la plaine ou la clairière,
Monte encore, et monte donc !

Superbe message de vie et de mort que nous laisse l'arbre de tous les temps, de tous les lieux... Car vivant ou mourant, il est don total de lui-même. Après l'oxygène et l'humus de ses feuilles, après les fleurs, les arômes, les fruits, les résines, l'ombre, la fraîcheur, l'accueil aux mille et une vies qu'il abrite, et la charpente de notre logis, et les tambours, flûtes et instruments de nos fêtes, c'est dans son dernier soupir qu'il nous livre l'énergie première qui couvait dans ses entrailles. Ultime et suprême offrande que celle du feu, dont l'humanité a bénéficié tout au long de son pèlerinage multimillénaire, ou pour tout dire *qui a fait l'humanité* !

Oui, dans ces flammes qui dansent, il passe tant d'images d'archives, tant de chapitres de notre histoire tourmentée...! Brasiers de la Terre de Feu, buisson ardent du Sinaï, vestales sacrées, bûchers de l'Inquisition, lave des hauts fourneaux, enfer des champs de bataille, liesse des feux d'artifice, fours crématoires de la Shoah, foudre de Hiroshima, immolation des bonzes de Saïgon, cendres des pèlerins du Gange, lancement de la première fusée spatiale, coups de feu dans la rue, cierge pascal...

Immense fournaise de l'Histoire où s'est forgé notre destin prométhéen. Satanique et divin.

Quand je suis revenu à moi, Marisa a tout de suite voulu savoir, comme chaque fois, où j'avais voyagé, ce que j'y avais vu et entendu... Aujourd'hui, c'est beaucoup trop long, et tout n'est pas beau à raconter, loin de là ! Alors, pour la première fois, j'ai triché, ne retenant guère que les pages roses de notre histoire... De l'histoire du feu, puisqu'elles se confondent si bien ! Mais c'est surtout du bon génie de l'arbre que je lui ai parlé, avant que *l'homo sapiens* ne lui arrache la vie pour la transformer en armes, en flammes et en cendres...

Marisa était tout yeux tout oreilles quand j'évoquai les rythmes et la chanson des bois au cœur de nos fêtes. Bouquets mélodieux de zambas, chacareras, malambos, chamamés à travers lesquels l'âme clandestine d'un peuple s'obstine à se faire entendre dans la cacophonie générale. Chants tobas et danses wichis de Chela-A-Lapi et de Up Pa, reliques précieuses d'une culture ancestrale qui pourraient redevenir semences de nouvelles et riches moissons... Musique des oasis que des maquis protègent encore un peu partout. Dans mon Europe natale, dans l'Afrique profonde, au cœur de l'antique et toujours jeune Asie, au milieu de ce millier d'îles que défend la mer océane.

Les yeux de Marisa brillaient d'intérêt, son visage était rouge d'émotion, et elle se mit à applaudir comme si elle venait d'assister à un vrai concert ! Mais, comme toujours, elle avait aussi son mot à dire...

— Et les oiseaux, tu sais qui leur souffle leurs jolies chansons ?

— ...

— C'est le murmure des feuilles quand ils dorment dans leurs nids... Les cigales et les grillons aussi les écoutent, et ils font ce qu'ils peuvent. Même moi, il m'est arrivé d'entendre la voix des arbres...

— Je sais !

— Tu t'es parfois demandé pourquoi les autres animaux ne connaissent pas la musique ?... Et pourquoi les hommes chantent si mal dès qu'ils s'éloignent de la forêt ?...

Pour la première fois de ma vie, quelqu'un venait de m'expliquer pourquoi, dans certaines régions du monde, les hommes avaient remplacé la musique par le bruit ! Décidément, elle qui en sait bien plus que moi, qu'est-ce qu'elle a dû penser de mes savantes tirades ?... Mieux vaut la laisser parler, la laisser m'enseigner tout ce que j'ignore encore...

— Dis-moi, *Papillon*, c'est aussi parce qu'elles veulent apprendre la musique que les orchidées nichent dans les arbres ?

— Vraiment ?... Tu ne sais pas ?

— Ou tout simplement parce qu'elles aiment la compagnie des oiseaux ?

— Et là-haut au moins, personne ne les cueillera ni les piétinera, car que deviendraient les petites âmes qu'elles hébergent ? Même les colibris, alors, ne pourraient plus rien pour elles...

Moi qui croyais m'amuser un peu à ses dépens, voilà que j'en restais bouche bée ! Comprenant alors que mon ignorance dépassait toutes les bornes, elle daigna me confier quelques rudiments de son savoir.

J'appris donc que l'âme des morts repose dans les bouquets d'orchidées où elle s'imprègne de leur beauté et de leur innocence. Quand une fleur commence à faner, le colibri introduit son bec dans le calice et transporte l'âme vers une autre corolle. Jusqu'au moment où, purifiée par tant de vertueux séjours, elle est prête à se réincarner pour un destin meilleur...

Tandis que nous sirotons le premier maté de la journée et que nos salives se mêlent au même chalumeau, mélangeant aussi un peu nos âmes, je rêve de ce joli purgatoire que vient d'évoquer Marisa et qui ressemble si fort à un paradis !

Mais, sans se départir de son esprit pratique, elle vaque déjà à ses occupations matinales, rapprochant les tisons du foyer, rechargeant d'eau claire la bouilloire, emplissant la petite calebasse du breuvage indien qu'elle me tend après s'être servie.

Comme elle a grandi ! Ou est-ce moi qui n'en finis pas de décliner ? Depuis qu'elle enferme son opulente chevelure dans une longue natte savamment tressée, son cou ne m'a jamais paru aussi gracile, sa démarche aussi princière.

En la voyant déjà si sûre d'elle, j'ai voulu savoir aujourd'hui pourquoi elle avait tellement tenu à ce que je raconte sa bouleversante histoire. Sa réponse me prouva qu'elle avait vraiment grandi.

— Tu vois, s'il y a d'autres petites filles aussi malheureuses ou aussi bêtes que moi, elles sauront qu'elles ne doivent pas trop vite demander à mourir...

Elle hésite un instant, avant de conclure sur un petit rire espiègle :

— Parce qu'un jour ou l'autre, elles pourront toujours servir à quelque chose !

* * *

Avec cette maturité précoce des filles d'ici qui semblent passer en quelques jours de l'enfance à l'âge adulte, c'est elle la reine du logis qui organise maintenant sa vie et la mienne. Sa vie à elle, si bien remplie, où elle ne délaisse ni ses petits patients, ni la cueillette des provisions sylvestres, ni l'entretien du rancho, ni le métier à tisser. La mienne, par contre, qui se résume à si peu de choses : lui obéir en tout, comme il faut obéir aux fées, et cela va de mes gribouillis à ses potions magiques, sans oublier la diète de galettes au miel. Mais c'est quand mes deux bras servent de dévidoir à son écheveau de laine que mon cœur bat le plus vite ! Tout ce qui s'effiloche en moi tente alors de s'accrocher à cette fibre si solide, capable de me faire enfin entrer avec elle dans l'ordre et la beauté d'une trame parfaite...

Il n'y a qu'un devoir auquel, vu ma faiblesse qui empire, il a bien fallu me plier à contrecœur. Je me console en pensant que je suis forcément sur la bonne voie, celle de mes vagissantes années. Et puis Marisa s'y est si bien prise qu'elle a vite transformé ma toilette en un original passe-temps tout plein de bonnes histoires, comme il en faut pour calmer les gosses récalcitrants. La dernière en date est celle de *l'aïeul qui sauva la lune et épousa une étoile,* le conte préféré de son grand-père, dit-elle. J'y ai découvert de telles allusions que je me demande si par hasard ce n'est pas elle qui l'aurait inventé de toutes pièces – elle en est bien capable !

A force de se pencher sur la lagune pour s'y contempler, il fallait bien qu'un soir la Lune y tombât... Les hommes de la tribu, abandonnant leurs femmes et le village plongé dans l'obscurité, se mirent à danser en rond au bord de l'onde chaude et lumineuse comme autour d'un cercle magique ! Seul un vieillard impotent, usant ses dernières forces à ramper jusqu'à la lagune, se laissa couler au fond des eaux ardentes pour tenter de dégager de la fange le grand nénuphar d'or. Il était si léger qu'il remonta sans peine à la surface, et si volatile qu'il prit son envol en emmenant l'aïeul avec lui !

Dommage que je ne sois pas capable d'exprimer, avec mes mots secs, toutes les fioritures, toutes les mimiques que Marisa réussit à glisser dans son conte ! Et tandis que je frissonne autant d'émotion que de froid – car la petite nurse, un moment songeuse, a laissé en plan sa besogne –, la voici qui conclut sur un ton enjoué :

— Et tu sais ce que fit la déesse Lune pour récompenser son sauveur ?...

— ...

— Elle le changea en un astre brillant et lui donna l'une de ses filles pour épouse, la plus jeune et la plus jolie des étoiles...

* * *

On en raconte des horreurs sur l'Espace, son silence glacial, les astres solitaires, leur gigantisme, leur chaleur infernale ! En me promenant toute la nuit dans la Voie Lactée, aussi facilement que dans un champ de boutons d'or, j'y ai découvert des parfums, des musiques, des mots d'amour qu'aucune langue humaine ne peut répéter.

Mais comment Marisa a-t-elle fait pour deviner mon vœu – dont je n'avais jamais osé lui parler – de me réincarner un jour dans une étoile ? Et pourquoi a-t-elle voulu m'offrir un avant-goût du ciel alors que j'y avais déjà renoncé ? Mon rêve se limite aujourd'hui à renaître sous la forme d'une humble gouttelette, pourvu qu'elle puisse parfois rejoindre l'arc-en-ciel... N'être aux yeux de *Papillon* qu'une bulle, un petit reflet de notre plus proche étoile, le soleil. L'émouvoir, la réjouir de loin... voilà ce que je peux mériter de mieux !

Il était normal qu'après une nuit peuplée d'aussi beaux rêves, il m'en coûtât ce matin d'ouvrir les yeux. Je me voyais toujours blotti au cœur d'un bouton d'or, mais cette fois emmailloté, bien au chaud, comme une larve dans son cocon. *Une larve !* Voilà que je revenais enfin à la réalité... Mais jamais je n'aurais pensé qu'elle pouvait prendre un tel plaisir à son état. Quelle délicieuse torpeur !

Alors j'ai compris... Ce qui m'enveloppait si voluptueusement fleurait bon la laine crue. Je reconnus bien vite les entrelacs losangés du tissage qui, hier encore, habillait si richement le métier dont on ne voyait plus maintenant que la triste carcasse dénudée. C'est ma pauvre carcasse à moi qui se parait soudain d'une cape majestueuse, négligemment jetée sur le lit et ondoyant jusqu'à mes épaules...

A cause sans doute de la forte senteur dégagée par le suint de la laine, l'image de la cape céda bien vite la place à celle du suaire et de l'onction dernière. Mais rien de tout cela ne me chagrinait vraiment. C'était plutôt une bousculade plaisante, une collection d'images pieuses dont je n'avais nulle envie de me moquer ! Et Marisa qui s'avançait maintenant vers moi d'un pas lent, comme une prêtresse prête à officier...

Ah ! c'est que j'y avais bien cru à son histoire, l'autre jour, quand elle s'était plainte de la pénurie de laine... Et moi qui lui avais aussitôt donné raison de s'occuper plutôt de son trousseau ! Elle ne m'avait opposé alors que ce silence et ce drôle de sourire qu'elle m'offre encore aujourd'hui en guise d'explication, trop contente, sans doute, du bon tour qu'elle vient de me jouer...

Je me levai pour essayer la grande pièce de tissu. Une pèlerine, oui, c'était bien cela !, chaude et ample, qui me tombait jusqu'aux genoux. Et me donnait subitement une envie folle de marcher ! De reprendre la route, pèlerin ragaillardi, jusqu'au bout du monde, jusqu'à la fin des temps... C'est alors que je remarquai que le dessin du tissu, une fois déployé, représentait une sorte de labyrinthe brisé de haut en bas par un sillon de laine vierge. Travail hâtif, inachevé de la tisserande ? Ou symbole des murailles bousculées par la perpétuelle poussée de la vie et de la mort, ces deux complices du Destin qui nous forcent à avancer ?... Emporté par mes réflexions et mon émotion, je ne trouvais rien à lui dire, pas même un petit merci, mais je savais bien que, pour elle, tout ce qui comptait, c'était de découvrir de quelle façon, sérieuse ou comique, mon visage et mes gestes étaient en train de lui raconter mon bonheur !

* * *

Maintenant qu'assis sur le pas de la porte, bien emmitouflé, je regarde Marisa préparer le premier maté de la journée, je me surprends à fredonner son air favori. *Lca'alra logodayk dam ica'alra...* Les arbres aussi leur auraient-ils appris, à elle et à son peuple, que "la vie est beaucoup plus que la vie" ?

En m'offrant la petite calebasse contenant le thé amer et brûlant, elle m'avoue, d'une voix hésitante, combien elle a pris peur l'autre jour quand je me suis absenté si longtemps. Elle voudrait vraiment savoir si *je vais encore voyager dans le temps*, et m'implore *de ne plus me sauver si loin...* Comment lui expliquer que cela ne dépend pas tout à fait de moi ? Et que la prochaine fois risque d'être la bonne ? Oui, un aller sans retour. Dans le passé ? Le futur ? Dans une autre dimension du réel ? Qu'importe ! pourvu que ce soit un beau voyage...

Comme si elle avait de nouveau sondé mes pensées, la voilà qui me repose une question à laquelle je croyais pourtant avoir déjà répondu... *Miguel, tu ne vas tout de même pas me laisser seule ?*

Et moi qui ne peux que me répéter...

Oublie-t-elle sa grande famille d'Itury ? Ses petits malades et leurs parents ? Son maître Kebachim ? Et toutes les rencontres qu'elle fera demain ? Parmi lesquelles bientôt un compagnon de son âge... Elle qui a si bien appris à se débrouiller dans la forêt et qui, grâce à ses dons, ne sera jamais laissée par personne dans le besoin !..... Toute la vie devant soi pour poursuivre une aventure qui avait si mal débuté, soit, mais qui maintenant lui offrait tant de bonnes choses, dont beaucoup de ses frères de race allaient aussi profiter.

Je ne l'ai pas retenue hier quand la Mami l'a réclamée auprès d'elle. Je ne l'empêcherai pas non plus demain d'aller là où tant d'enfants l'appellent... A son tour, elle devra me promettre de ne pas me retenir, ni me suivre là où j'irai.

J'avais à peine fini de m'expliquer qu'elle me réplique, avec cette vivacité imprévisible qui succède à ses instants d'hésitation, que de toute façon elle saura très bien comment s'y prendre *le jour où elle décidera de me rejoindre.* Mais à quoi bon puisque je peux fort bien rester toujours à ses côtés ?... *Il me suffirait de rajeunir un peu...*

J'étais lassé de son langage en paraboles. Et elle de mon esprit borné. C'est ce qui la décida enfin à m'exposer, cette fois de façon on ne peut plus lumineuse, ce qu'elle attendait de moi... et de ses propres pouvoirs tout neufs. Rien de plus simple, en effet, que de renaître maintenant dans la peau d'un petit garçon. C'était cela qu'elle avait voulu me dire par *rajeunir un peu.* Elle venait tout simplement de programmer ma réincarnation ! Et l'étoile alors, et l'arc-en-ciel, fallait-il y renoncer si vite pour redevenir un hasardeux petit bout d'homme ?

On a beau penser que c'est encore le meilleur âge de la vie, il ne faut que quelques brèves années pour en finir avec le cher ange !.... Alors qu'avec quelques millions de siècles, on est encore une jeune, une très jeune étoile. Elle ne perdra jamais non plus son éclat, la goutte d'eau, le petit miroir solaire serti dans un arc-en-ciel...

Mais il y a autre chose que Marisa m'a révélée l'autre jour, c'est qu'il ne faut pas brûler les étapes, et qu'avant une problématique réincarnation, il pourrait bien exister un aimable purgatoire...

— Tu l’as déjà oublié ? Tu crois qu’avec tout ce qui me reste à expier, je vais renoncer si vite à séjourner dans le cœur d’une jolie orchidée ?...

— C’est que... Miguel... c’est déjà fait !.... Sinon, dis-moi, pourquoi nous serions-nous rencontrés ?...

La réplique de Marisa m’avait laissé sans voix. Elle aussi s’était tue. Tout le temps que dura la cérémonie matinale du maté, je n’osais plus la regarder. Mes yeux étaient embués de larmes et je savais que si mon regard croisait le sien je ne pourrais pas les empêcher de couler... La révélation qu’elle venait de me faire me blessait doublement. Un bonheur presque trop fougueux qui ne pouvait plus me faire douter, à présent, que le Destin s’était bien servi d’elle pour assurer mon salut. Mais la douleur aussi de savoir que, par cette révélation même, elle me congédiait gentiment, en ne gardant peut-être de moi qu’un germe, un avatar. Comme si elle avait le pouvoir d’attirer à elle, dès qu’elle l’aurait décidé, le colibri-nocher qui va de fleur en fleur butiner les âmes...

* * *

Oserai-je ?... Un vieux réflexe de pudeur me fait hésiter. Faut-il vraiment raconter la dernière trouvaille de Marisa, l’étrange initiation qu’elle m’a fait subir hier soir comme pour conclure notre singulier entretien ? Pourtant n’était-elle pas merveilleuse quand elle m’a proposé ce qui semblait d’abord n’être qu’un jeu d’enfant ? Maintenant qu’elle repose à mes côtés, *Maja* radieuse que la fraîcheur de l’aube a obligée à se couvrir, comment douter qu’il s’agissait, une fois de plus, d’un rituel d’une conception bien à elle, aux effets souverains ?...

Depuis plusieurs jours déjà, la fillette procédait à sa toilette en toute simplicité dans le rancho sans plus chercher à se dissimuler derrière l’étroit paravent formé par une des portes de l'armoire. C'est par délicatesse, j'en suis sûr, qu'elle avait pris cette décision le jour où elle-même avait bien dû s'occuper de mes soins corporels... Cette conception originale de l'égalité dans le dénuement m'avait, en effet, bien vite débarrassé de toute gêne ! Et pour que les choses soient encore plus claires entre nous, elle n'avait rien trouvé de mieux, depuis lors, que de se livrer à une conversation animée tout au long de ses ablutions, de sorte que – tout en lui répondant – je n'aie pas à détourner les yeux d'une si captivante beauté.

Marisa n'était plus la frêle tige de caroubier échappée de la razzia à laquelle je la comparais volontiers. Elle était devenue maintenant un arbuste vigoureux. Toujours menacé, certes, mais déjà résistant, aventureux. La déesse Gaïa en personne semblait se dresser devant moi, faisant converger en elle toutes les forces telluriques, des fleuves souterrains aux volcans, des mines d'or aux puissantes racines, sur lesquels ondoyait la soyeuse toison d'une jeune sylve. Les stances du *Cantique des Cantiques* me remontaient à la mémoire, donnant à ma contemplation une ferveur priante.

Pourtant, après notre longue conversation du matin, un nuage semblait s'être glissé entre nous. Je n'étais plus si sûr d'avoir franchi à nouveau le seuil innocent du paradis perdu. Ce qui devait suivre allait me bouleverser bien davantage ! Après s'être essuyée encore plus minutieusement que d'habitude, elle saisit son trousseau de marqueurs multicolores et sauta sans façon sur le lit.

— Je veux ce soir porter des robes de princesse, comme celles de tes contes de fées.

— Tu vas à une fête, *Papillon* ?

— Comment as-tu deviné ? Et si tu veux bien me donner une belle robe, tu viendras avec moi...

Je n’arrivais toujours pas à comprendre. Mais son regard était si clair que je réussis à surmonter le trouble violent qui m’avait envahi. Alors elle-même, devant mon indécision, saisit l’un des marqueurs et se traça un collier.

— Tu veux bien y accrocher des perles ?

C’était donc ça !

Assise dans la position du lotus, elle a déposé sur le drap sa collection de feutres qui sont comme autant de bâtons d’encens au pied de mon idole.

Ce n’est pas de riches habits ni de pierres précieuses dont peut manquer une déesse moulée dans l’or fin. Mais je comprends subitement le besoin de parure de celle qui n’a eu trop souvent sur elle que des chiffons délavés... Tellement irradiés, il est vrai, par sa propre beauté que tout autre ornement avait toujours paru superflu à mes yeux.

Moi qui suis bien au chaud, paré de la cape royale qu’elle m’a offerte, quelle habit de lumière pourrais-je bien lui offrir à mon tour ?... Sur un paysage aussi parfait, je n’aurais pu avec mes doigts gourds qu’accrocher de vilains nuages. Alors je laissais le feutre rouge qu’elle me tendait suivre spontanément la courbe des collines et des vallées. Et poursuivant, tel un enfant maladroit, mes naïves arabesques avec toutes les couleurs qu’elle choisissait, je me rendis compte – une fois tracée la dernière étole violette – qu’elle-même m’avait fait ajouter au merveilleux paysage de son corps le seul atour digne de lui : la splendeur d’un arc-en-ciel !

C’est une Marisa fatiguée et à demi assoupie qui s’est lovée contre moi tandis que je la couvrais de ma pèlerine. Elle avait eu recours à l’antique magie du tatouage qui commençait à m’imprégner à mon tour. Un jet de couleurs illuminait l’horizon le plus lointain de ma mémoire avec la course éperdue à travers champs d'un gosse fasciné par sa découverte : la vision de son premier arc-en-ciel ! Plus il courait, et plus s'éloignait cette proie fabuleuse... A bout de souffle, il avait enfin compris qu'il ne l'atteindrait jamais.

Il lui restait la consolation de pouvoir raconter aux siens une stupéfiante aventure qui, du même coup, excuserait son retour tardif. Les remontrances qui l'accueillirent et surtout la volée de quolibets allaient éteindre à tout jamais dans son regard les somptueuses couleurs qui s'y étaient réfugiées un bref instant... Ce soir, tout au fond de moi, j'entends clairement le rire émerveillé d'un gosse arraché aux ténèbres, rappelé à la vie. Parce qu'il tient dans ses bras l'arc-en-ciel de ses rêves. Ou plutôt tous ses rêves dans un arc-en-ciel...

Tu peux dormir tranquille, ma ravissante Cendrillon. Il y a longtemps que minuit est passé et tu ne risques pas de perdre ta parure. Tu es ta propre parure. Tu es fée. Tu es fête. Ton seul vœu était la compagnie non d'un roi, ni d'un prince charmant, mais d'un enfant ! Eh bien tu vois, il est arrivé, il est là. Tu l'as libéré de la nuit et retenu dans tes rais magiques... Et maintenant, ravie, tu ris aux anges, petite mère !

* * *

Chaque jour, j'écris encore un peu...

La chaude pèlerine de Marisa me permet de poursuivre mes gribouillis tard dans la nuit, assis sur le lit, aussi longtemps que le sommeil ne parvient pas à me terrasser. C'est que la maigreur m'a rendu horriblement frileux ! Et l'effort de penser et d'écrire me vide, littéralement. Tant mieux !.... Il m'arrive aussi de me relire, quand je n'en peux plus. Certains propos me font aujourd'hui sourire. Ma mauvaise humeur surtout, ma grogne contre la folie des hommes. Comme si je n'en étais pas ! Dans le fond, c'est contre moi-même que je m'emporte, contre nos mœurs de truands, nos imperfections de mutants.

Le jeûne prolongé en tout cas me rend si détaché de tout ! J'en éprouve une si grisante sensation d'apesanteur qu'elle m'oblige parfois à vérifier si je suis toujours bien arrimé au cadre du lit, si je n'ai pas trop l'air d'une bulle... déjà ! Mais comme Marisa n'a rien remarqué d'anormal, je suppose que ma lévitation est toute subjective. Ou n'a-t-elle pas cru bon de me signaler un détail aussi futile ?

Cet ange tombé du ciel n'a-t-il donc plus maintenant qu'à s'effacer pour m'y laisser entrer ? Devrai-je lui réciter demain matin la prière de Ramakrishna : *"Sois comme la fleur, épanouis-toi librement et laisse les abeilles dévaliser ton cœur. Fais l'enchantement du monde, mais ne retiens personne captif par la beauté de ton cœur..."*

* * *

Plus rien ne me fait peur, ni m'inquiète. Enfin !.... Je ne guette le vol du colibri, un instant immobile face à la fenêtre, que pour admirer la beauté de son plumage arc-en-ciel. Il suffit de lui faire confiance... Pourtant une idée affreuse m'a visité pendant la nuit. Et si quelqu'un s'avisait de m'emporter loin d'ici ?... Dans quelques jours, les vacances d'hiver seront terminées. Carlos ne va-t-il pas s'entêter à m'emmener de force à l'hôpital ?

Dès son réveil, j'en ai parlé à Marisa.

— Tu devras me promettre de ne laisser personne s'emparer de moi. Surtout si je venais à perdre conscience... Si je dois mourir, *Papillon*, que ce soit ici, au cœur de ta forêt !

Elle m'a regardé d'un long regard qui ne trahissait aucune tristesse. Cela ne me surprit même pas de la voir sourire. Ni que ses lèvres eussent l'éclat des orchidées qui couronnent nos arbres.

Elle ne disait rien. Moi non plus. Nous laissions parler les oiseaux à notre place. Car maintenant que, sur ordre du gouvernement, les tronçonneuses se sont tues – a-t-il enfin obtenu le soutien de l'Europe ? – on peut à nouveau jouir de leur concert toute la journée. Ce matin, j'ai même perçu au loin le chant rare d'une flûte. Si non seulement les roseaux renaissent, mais aussi leur musique, c'est bien que nous allons vers un vrai printemps...

Cette petite victoire nous prouve que dans les vastes desseins de l'Univers – et les délais qui sont à leur mesure ! –, nos moindres gestes d'audace ne sont pas tout à fait inutiles... Aujourd'hui, la lettre naïve de Marisa, cette flèche acérée, trempée dans le *curare de l'amour* ! Demain le courage d'un journaliste risquant sa vie pour dénoncer les agissements coupables d'un manitou. Hier, le chant inaudible de ce flûtiste obstiné, couvert par le vrombissement des tronçonneuses, et qui maintenant plane sur la plaine boisée comme une colombe après le déluge...

Comme je voudrais désormais ne plus retenir de cette terre où nous sommes condamnés à vivre – pas à perpétuité, heureusement – que les beautés éparses, furtives, comme celles que dissimulent si bien les cactus et les épines de notre forêt ! Tant de coloris discrets, de senteurs, douceurs, émois tactiles et autres vertus végétales dont est imprégnée la laine qui me recouvre.

Pourquoi ne pas en finir une bonne fois avec les aventures sinistres, avec toutes ces histoires à la con ? Maintenant que le grand méchant loup a déserté les bois pour se terrer dans la jungle des villes, que la *terre promise* enfin nous soit cédée ! Une forêt à l'abri du mal. Sans diables en tout cas, ni ogres, ni horribles sorcières... Mais peuplée de petits poucets, peut-être de quelque Robin des Bois, et surtout de blanches neiges, de faunes musiciens, de couples d'amoureux, de chats bottés, de folâtres biches, de tourterelles, de saintes vierges, de poètes, de bons moines, de mères-grands, de doux savants s'ébrouant dans la fraîcheur du ruisseau, où viennent boire les fauves chaque soir, et que la main d'un vieil homme parfois caresse. Sans oublier, dans son château enfoui sous la mousse et les ronces, quelque *Belle au bois dormant*, comme la Marisa de mes nuits.

Mais c'est elle qui, chaque matin, me ressuscite d'un furtif baiser. Combien de temps encore durera ce miracle ? Est-ce que nous avons commencé à cheminer, sans nous en rendre compte, sur une *terre sans mal* ?

Et quand bien même il faille encore marcher longtemps à travers les déserts – quelques années, quelques millions d'années, qu'est-ce que cela change à la brièveté du Temps ? – nous savons aujourd'hui que la terre promise existe. Et que personne n'en fera la conquête comme du pays de Canaan, comme de la patrie indienne. Parce qu'aucun viol, aucune violence n'en permettra l'accès. Seulement l'initiation par les plus fortes et les plus nobles épreuves...

Il me fallait bien le pèlerinage d'une petite vie pour redécouvrir ce que nous savions depuis l'origine des temps... Et le *karma* de Marisa devait être bien meilleur que le mien pour prendre sur moi une telle longueur d'avance !

* * *

C'est toujours la nuit que j'écris. Que je m'escrime à écrire. A relire, raturer, recopier... Luttant avec les mots rebelles, le bic qui me tombe des doigts, les feuillets qui glissent sur le sol. En tout cas, la douleur ne monte plus jusqu'à la tête, trop occupée par tout cet affairement. En épuisant les dernières forces qui me restent, je vois bien qu'il n'y en a plus assez pour souffrir...

Et puis, quand enfin la fatigue me terrasse, je n'ai plus qu'à tourner la page et déchiffrer au verso les premiers messages de l'au-delà. Rien que des spirales colorées à perte de vue... On dirait que l'artiste n'a plus rien à suggérer. Qu'elle veut seulement m'aider à prendre mon envol en me guidant de ses signaux lumineux. A force de se regarder dans un tel bain de couleurs, comment mon esprit pourrait-il encore être attaché à la moindre idée noire ? Comment ne se mettrait-il pas bientôt à voyager *à la vitesse de la lumière...*?

Entre-temps, c'est la petite bougie que Marisa a modelée de ses mains qui demeure le seul vestige visible du vertigineux feu cosmique, son expression la plus aimable, avec le parfum des fleurs dont la cire a gardé la mémoire. Peut-il y avoir une autre clarté plus digne d'accompagner une aussi douce nuit ?

J'ai bien dû interrompre un instant mes gribouillis afin de la contempler une fois encore. Pour être certain de ne rien oublier d'elle quand je m'en serai un peu éloigné. Si peu, j'espère... Qu'elle est grande, presque majestueuse ! Qu'est devenue ma petite grenouille recroquevillée au bord du lit de notre première nuit ?... C'est moi maintenant sa petite chose futile, un têtard, une bulle d'air !

Reine de Saba, Gaïa, Pachamama... mais quand en auras-tu fini avec tes tours de magie ? Sous le feuillage abondant de ta chevelure et le sable fin de ta peau, voilà que maintenant tu me retiens captif comme une graine. Chaude forêt, où il ferait si bon se perdre. Cocon de soie où se lover. Chrysalide où se réveiller papillon...

Mais alors à quels mystérieux lointains m'avais-tu convié ?... Le même Eden, mais dans une autre dimension de l'espace et du temps ?... La chair et l'esprit demeurent-ils, à travers toutes leurs migrations, un couple fidèle ?... La vie et la mort un perpétuel jeu d'ombres et de lumières sous un même soleil ?...

* * *

Depuis plusieurs nuits déjà, elle parle en rêve à sa *mamá* dans un long chuchotement dont je ne perçois que quelques bribes. Ce doit être bien beau ce qui se passe là, tout près ! Penser qu'en ce moment l'une et l'autre se rencontrent enfin, bavardent juste à mes côtés, après une si longue absence.

Ce soir, le doux murmure a repris, mais il est couvert par la bruyante fête nocturne qui annonce le printemps et l'été tout à la fois. Grenouilles, crapauds, tortues, grillons, chouettes, félins transis et autres fauves aux abois clament leurs émois au clair de lune avant de s'attabler au festin cosmique !

Et moi, je pleurnichais toujours le ventre vide. Alors maman s'est approchée. Elle m'a pris, elle m'a serré très fort dans ses bras. C'était si bon d'être là, au chaud, contre son sein ! Le cauchemar de la faim se dissipait maintenant que le lait et le miel coulaient dans ma bouche. Bercé par sa chanson, je comprenais enfin que le reste, *tout le reste*, n'avait jamais été qu'un rêve, un très long rêve...

Mais alors pourquoi fallait-il à l'instant y retomber ? Un simple battement de paupières, c'est un rivage radieux qui s'efface, la Mer Rouge qui se referme sur la terre promise. Et elle qui s'obstinait à me bercer ! Pour que je me rendorme ? Ou que je me réveille ? Quelle était au juste la différence ?... *Lca'alra logodayk dam ica'alra...* C'est très lentement que je me suis détaché de son cœur, prenant grand soin de ne pas la distraire de sa chanson ni de son extase... *La vie est beaucoup plus que la vie...*

Où j'en suis ?... J'écris, j'écris... à en perdre le souffle... et *Papillon* qui rit aux anges, qui vole avec eux paisiblement sur l'autre rive ! J'aimerais tant savoir ce qu'elle y voit, ce qu'elle y fait, au lieu de me tuer à deviner... Douée comme elle est, elle pourrait peut-être m'expliquer. Comment n'y ai-je pas pensé plus tôt ?... Il faudra que je lui en parle demain matin...

Achevé d'imprimer le quatrième trimestre 1996, sur les presses
de l'imprimerie Dricot, Place de la Résistance, 12
à B-4020 Liège-Bressoux.

D/1996/1826/16
ISBN 2-87095-192

Hans-Joachim Heilmann · Wenn die Stunde schlägt

W0407830

Hans-Joachim Heilmann

Wenn die Stunde schlägt

Historischer Roman

SCHILLINGER VERLAG · FREIBURG

Alle Rechte bei Schillinger Verlag, Freiburg i. Br.
1. Auflage 2002 · ISBN 3-89155-279-3
Gesamtherstellung: Schillinger Verlag Freiburg i. Br.

Wichtige Personen der Handlung

Benedikt

*

Johannes und Katharina Fehrenbach,
seine Eltern

*

Verena und Johannes,
seine Frau und sein Sohn

*

Onkel Jakob und Tante Maria
vom Schwabenhof

*

Onkel Wilhelm und Tante Sophia
vom Stalterhof

*

Georg Kreutz
vom Glashof

*

Andreas Kreutz,
der Freund Benedikts

*

Simon und Friedrich Dilger,
Uhrmacher aus Schollach

*

Clemens,
Knecht auf dem Bühlhof

*

Abt Paulus, Abt Maurus, Abt Ulrich und Abt Benedikt
vom Kloster St. Peter

„Geschichte kann man lernen.
Erst wenn man sie nacherlebt,
wird man sie auch verstehen.“

I

„Seid Ihr der Mann aus Waldau, der den Abt so dringend sprechen wollte?"

Vater zuckte bei der Frage zusammen und schien sich erst fassen zu müssen, bevor er imstande war, dem Mönch zu antworten.

„Ja, äh, so ist es! Ich bin Johannes Fehrenbach, ein Sohn des Bauern vom Stalterhof in Waldau. Ich wollte, ich, ich möchte den hochwürdigen Abt …"

Vater kam richtig ins Stottern.

„Schon gut, schon gut! Ihr braucht mir nicht Eure ganze Lebensgeschichte zu erzählen! Was wollt Ihr denn von unserem Abt Paulus? Ihr müsst wissen, er hat wenig Zeit und Wichtigeres zu tun."

„Ich, ich möchte Euren ehrwürdigen Abt um ein Stück Land bitten."

Der Mönch musterte Vater ausführlich und ließ dann seinen Blick auch über mich schweifen.

„Ihr müsst Euch aber noch gedulden! Wenn der Abt die Zeit erübrigen kann, werde ich Euch rufen", ließ er uns im Gehen wissen.

Ich blickte Vater an, denn bisher hatte ich niemals wahrgenommen, dass er stotterte und in einem so unterwürfigen Ton sprach.

Wenn ich etwas angestellt hatte oder sonst etwas vorgefallen war, dann konnte er schreien und seine tadelnden Worte sprudelten nur so aus ihm heraus. Auch im Wirtshaus in Waldau war er sehr wohl in der Lage, sich in Wortgefechte mit anderen einzulassen und nicht einfach klein beizugeben.

Schnell galt mein Interesse jedoch wieder ganz anderen Dingen. Die riesigen Klostergebäude beeindruckten mich sehr. Ich kannte bisher nur die Höfe der Bauern oder die ärmlichen Hütten der Tagelöhner in unserem Dorf. Niemals zuvor hatte ich die Gelegenheit, hierher ins Kloster St. Peter zu kommen.

Der Vorraum, in dem wir saßen, war geräumiger als das ganze Berghäusle meiner Tante auf dem Stalterhof.

Durch das Fenster konnte ich erkennen, dass das Dach des gegenüberliegenden Gebäudes eingestürzt war. Nur einige verkohlte Balken deuteten noch seine ursprüngliche Form an.

„Hat es hier im Kloster gebrannt?", fragte ich Vater.

„Vor einigen Jahren wütete drei Tage lang ein Feuer. Die Österreicher legten es, weil sich französische Soldaten hier verbarrikadiert hatten. Damals durchstreiften die Franzosen die Gegend, plünderten Hab und Gut der Bewohner und nahmen auch das Kloster ein. Die Österreicher versuchten die Eindringlinge durch das Feuer auszuräuchern und zu verjagen. Deswegen kam es zu diesem …"

„Ihr könnt den Abt jetzt sprechen!", unterbrach uns der Mönch und hielt eine Tür auf. „Beeilt Euch!"

Vater blieb trotzdem noch einen Moment regungslos stehen, bevor er der Aufforderung nachkam und sich vorsichtig auf die offene Tür zu bewegte. Ich lief hinter ihm her.

„Beeilt Euch!", trieb uns der Mönch nochmals an.

Wir standen in einem geräumigen Zimmer. Bilder mit ernst blickenden Männern hingen an den Wänden und ich hatte den Eindruck, als würden sie mich nicht aus den Augen lassen.

Ein riesiger Schrank, übersät mit wunderschönen Verzierungen, und ein großer Tisch mit zahlreichen Stühlen befanden sich im Raum.

*

Würdevoll betrat ein Mann in schwarzer Kutte das Zimmer. Ein goldenes Kreuz baumelte an einer Kette um seinen Hals.

Während ich den Mönch ganz direkt anstarrte, senkte Vater seinen Kopf und schien es nicht zu wagen dem Abt ins Gesicht zu blicken.

„Grüß Gott, ehrwürdiger Abt Paulus!“, murmelte er leise und verschüchtert.

Kaum hatte er seine Worte ausgesprochen, spürte ich einen Stoß im Rücken. Anscheinend sollte auch ich den Abt so begrüßen wie er es mir vorgemacht hatte. Also verneigte auch ich mich vor dem Mann und wiederholte einfach genau die Worte, die Vater zuvor gesprochen hatte.

Ich gab es jedoch schnell auf all das seltsame Getue nachzuahmen. Deswegen hob ich meinen Kopf wieder und richtete mein Augenmerk auf den Abt.

Er stöberte erst einige Zeit lang auf dem Tisch herum, auf dem sich Bücher und einzelne Blätter stapelten. Als er bemerkte, dass ich ihn nicht aus den Augen ließ, schaute er auf und musterte mich eine ganze Weile.

„Ihr seid aus Waldau hierher gekommen und wolltet mich sprechen?“

Eine Pause trat ein, bevor der Abt seine Worte fortsetzte:

„Also, was gibt es? Was führt Euch hierher?“

Da sein Blick immer noch auf mir verweilte, fühlte ich mich angesprochen und gab sofort eine Antwort:

„Nein, nein, Herr Abt, das ist ein Irrtum! Nicht ich wollte Euch sprechen, sondern mein Vater.“

Ein Lächeln huschte über sein Gesicht, doch schon einen Moment später sprach er in ernstem Ton weiter:

„Das ist kein Irrtum, Kleiner, denn ich habe nicht dich gemeint, sondern selbstverständlich deinen Vater!“

„Weil Ihr mich so angeschaut habt während Ihr Eure Frage stelltet, dachte ich, Ihr hättet mit mir gesprochen. Außerdem, entschuldigt, Herr Abt, ich fühle mich nicht mehr als Kleiner!“

„Wie alt bist du denn?“

„Ich bin neun, nein, äh, eigentlich bin ich zehn.“

Der Abt runzelte die Stirn.

„Wie soll ich das nun wieder verstehen? Bist du nun neun oder zehn Jahre alt? Oder weißt du das etwa selber nicht?“

„Ich gehe zwar in keine Schule, Herr Abt, was aber nicht bedeutet, dass ich dumm bin. Da ich in wenigen Wochen zehn werde, bin ich ja näher an zehn als an neun. Versteht Ihr das, Herr Abt? Und deswegen fühle ich mich eigentlich schon wie zehn.“

Der Abt schien sich über meine Auskunft sehr zu amüsieren, denn er konnte sein Lachen nicht länger verbergen.

Ich wurde plötzlich zunehmend unsicher, warum der Abt so herzhaft lachen musste, schließlich hatte ich mir doch keinen Scherz erlaubt. Deshalb drehte ich mich zu meinem Vater um.

Schon beim ersten Blickkontakt konnte ich aus seinem Gesicht lesen, dass ich etwas falsch gemacht haben musste. Aus Erfahrung kannte ich seinen strengen Ausdruck, den er in solchen Situationen zeigte, ohne dass er auch nur ein einziges Wort äußerte. Deswegen kam ich zu der Überzeugung ab sofort besser zu schweigen.

Abt Paulus hatte sich wieder gefangen und wandte sich meinem Vater zu:

„So, nun will ich den Mann anschauen, dem ich eine Frage stelle, sonst macht mir Euer Sohn“, er drehte sich kurz mir zu, „wieder Vorhaltungen. Wer seid Ihr und warum wolltet Ihr mich sprechen?“

„Ich bin Johannes Fehrenbach aus Waldau und Knecht auf dem Stalterhof meines Vaters. Ich bin gekommen, Euch höflichst um, um ein Stück Land für mich und mein Weib zu bitten.“

Ich musste mich verhört haben und hätte am liebsten meinen Vater auf der Stelle unterbrochen, denn schließlich hatte er nur sich und Mutter genannt. War er etwa so verärgert, dass er mich nicht mitnehmen wollte?

„Das Land in Waldau ist bereits den Höfen zugeteilt“, gab der Abt zu bedenken. „Woher soll ich neues Weideland nehmen?“

„Ehrwürdiger Abt, habt Ihr nicht ein Fleckchen Land, das ich mit meiner Familie selbst roden kann? Ich möchte ein kleines Häuschen darauf errichten und, wenn Ihr es erlaubt, eine Kuh und eine Ziege halten.“

„Nun, die Glashütten im Norden von Waldau werden in Kürze wieder in Betrieb genommen. Eine Menge Holz wird für die Glasherstellung benötigt.“ Er überlegte einen Moment. „Ja, das müsste möglich sein, dort könnte ich Eurer Familie ein Stück Land überlassen.“

„Das wäre sehr großzügig, sehr großzügig von Euch, ehrwürdiger Abt. Vergelt's Gott!“

„Bedankt Euch nicht zu früh, denn noch habt Ihr nichts, wofür Ihr Euch bedanken müsstet!“

*

Der Abt öffnete den großen Schrank und holte einen zusammengerollten Bogen Papier heraus. Er breitete ihn auf dem Tisch aus und betrachtete genau die Linien und Worte, die man darauf erkennen und lesen konnte.

Ich trat einige Schritte vor, denn es interessierte mich brennend, warum der Abt plötzlich so gebannt auf das Papier starrte. Leider konnte ich kaum etwas erkennen, weil mich Vater sofort wieder nach hinten zog. Auch als ich mich auf die Zehenspitzen stellte, gelang es mir nicht meine Neugierde zu befriedigen.

Natürlich hatte der Abt meinen Versuch, näher an den Tisch heranzukommen, bemerkt.

„Du willst sicherlich auch einmal die Karte von deinem Dorf sehen, wie?“, sagte er und blickte mich an.

„Ja, schon, aber ich weiß nicht, ob das meinem Vater recht ist“, gab ich zu bedenken.

Der Abt winkte mich zu sich heran. Er fuhr mit dem Finger eine Linie auf der Karte nach und erklärte dabei:

„Das ist all das Land, das zum Dorf Waldau gehört. Das Vordertal zum Schneeberg zu, das Obertal zur Widiwander Höhe und das Hintertal zieht sich hier oben entlang.“

Ich fand seine Erklärungen sehr interessant, konnte mir aber anhand der Linien und Eintragungen das Ganze nicht so recht vorstellen. Deswegen fragte ich:

„Könnt Ihr mir vielleicht den Hof meines Großvaters, dem Stalterbauern, zeigen!“

Wieder deutete er mit seinem Finger auf eine Stelle der Karte und umfuhr ein kleines Gebiet.

„Hier im Norden des Dorfes, das kleine Fleckchen, das ich umkreise, ist das Land deines Großvaters. Das kleine Viereck soll seinen Hof darstellen.“

Ich blickte dem Abt ins Gesicht und sagte anerkennend:

„Was Ihr auf einem bekritzelten Blatt Papier alles ablesen könnt! Nicht schlecht!“

Erneut konnte sich der Abt ein Schmunzeln nicht verkneifen. Er winkte Vater zu sich an den Tisch.

„Hier oben, in der Nähe des Kohlplatzes, kann ich Euch ein Stück Land überlassen. Vor einigen Wochen waren Glasmacher aus Tirol bei mir. Sie wollen die Glashütten, die von den Franzosen niedergebrannt wurden, wieder in Betrieb nehmen.

Es stimmt mich zufrieden, dass sie dieses alte Handwerk erneut aufleben lassen. Das Kloster betreibt die Glasmacherei in dieser Gegend schon viele Jahre. Um 1430 bestand bereits die Glashütte in der Nähe Waldaus."

Sofort fing ich zu rechnen an, gab den Versuch aber schnell wieder auf und begnügte mich mit der Tatsache, dass man in Waldau anscheinend schon sehr, sehr lange Glas herstellte.

Vater hatte seine Scheu und sein unterwürfiges Verhalten nahezu abgelegt.

„Und was erwartet Ihr als Gegenleistung, ehrwürdiger Abt?", fragte er bestimmt.

„Ich werde dem Vogt von Waldau Bescheid geben Euch ein Stück Wald zuzuweisen. Ihr sollt dann die Bäume fällen, die auf dem Kohlplatz für die Glasbetriebe zu Holzkohle verarbeitet werden. Wenn Ihr die Wurzelstöcke entfernt habt, könnt Ihr Euch dort ein Häuschen bauen und auf den Wiesen eine Kuh und eine Ziege halten.

Abgaben braucht Ihr in den nächsten fünf Jahren keine zu leisten, dann aber sollt Ihr jährlich am Fest des Heiligen Martin eine Ziege ans Kloster liefern. Außerdem …", der Abt unterbrach kurz seine Rede und schien zu überlegen, „müsst Ihr eine Woche im Jahr hier im Kloster helfen. Ihr seht selbst, welche Schäden die kriegerischen Auseinandersetzungen hinterlassen haben."

Vater nickte und stimmte dadurch dem Vorschlag zu, der ihm soeben unterbreitet worden war.

Der Abt griff nach einer kleinen Metallglocke auf dem Tisch und läutete. Ein Mönch kam aus dem Nebenzimmer. Er hielt einen Bogen Papier und Schreibzeug in der Hand.

All das, was mein Vater und der Abt zuvor mündlich besprochen hatten, wurde jetzt zu Papier gebracht. Am Ende nahm der Abt das Schreiben zur Hand und las es schweigend durch. Nur den letzten Satz sprach er laut:

„So vereinbart zu St. Peter am 17. Mai im Jahr des Herrn 1685.“

Er tauchte eine Feder in ein Tintenfässchen, unterzeichnete schwungvoll und reichte das Blatt an Vater weiter.

„Lest es noch einmal aufmerksam durch, ob Ihr damit einverstanden seid?“

„Ich kann nicht lesen und schreiben, außer meinen Namen natürlich“, stammelte Vater und machte erneut einen sehr unsicheren Eindruck.

Der Mönch, der den Text geschrieben hatte, las die Vereinbarungen deshalb noch einmal langsam vor und Vater lauschte genau seinen Worten. Unbeholfen und mit zittriger Hand kritzelte er seinen Namen darunter, machte aber einen sehr zufriedenen Eindruck, als er die Feder aus der Hand legte.

Während der Abt sich verabschiedete und uns einen guten Nachhauseweg wünschte, wandte er sich noch einmal mir zu.

„Ich hoffe, dass du deinem Vater bei den Arbeiten im Wald fleißig hilfst, denn du bist ja schon groß und, das muss ich gestehen, ein pfiffiger Kerl.“

Schmunzelnd verließ er den Raum.

Der Mönch führte uns hinaus und schloss nach einem kurzen Gruß die Türe hinter sich.

*

Vor dem Kloster blieb Vater noch einen Augenblick stehen. Er schnaufte so tief, als hätte er eine schwere Arbeit hinter sich gebracht.

Jetzt erst bemerkte ich, dass der Krieg noch weitere Spuren an verschiedenen Gebäuden hinterlassen hatte. Besonders oberhalb der Fenster konnte ich schwarze Flecken erkennen, die eindeutig von einem Feuer her rührten.

„Wieso haben die Franzosen eigentlich das Kloster besetzt? Was wollten sie denn hier in St. Peter?", fragte ich.

Doch anstatt mir eine Antwort zu geben, fuhr mich Vater wütend an:

„Was hast du dir eigentlich dabei gedacht, als du mit dem Abt so respektlos geredet hast? Wie konntest du es wagen, den Mund aufzumachen, du ungezogener Nichtsnutz, wo du doch gar nicht gefragt warst? Der Abt ist schließlich der Herr unseres Dorfes Waldau. Am liebsten würde ich dir auf der Stelle für dein freches Mundwerk eine Tracht Prügel verpassen!"

Ich war ernsthaft überrascht und völlig erschrocken über den Wutausbruch, denn ich wollte auf keinen Fall dem Abt gegenüber als respektlos erscheinen oder gar frech zu ihm sein. Woher sollte ich wissen, dass man dem Abt anscheinend nur mit geneigtem Kopf gegenübertrat und sich so demütig wie Vater verhalten musste.

Ich hatte auch nicht den Eindruck, dass der Abt über mein Verhalten oder meine Neugierde verärgert war, denn schließlich verhielt er sich mir gegenüber, so hatte ich es zumindest verstanden, überaus freundlich. Ich hatte mir also wirklich nichts, rein gar nichts vorzuwerfen. Deswegen versuchte ich mich vor meinem Vater zu rechtfertigen:

„Warum bist du so wütend? Ich verstehe das nicht! Was, was habe ich denn falsch gemacht?"

„Frag nicht so blöd! Ich habe soeben versucht dir zu erklären, was mir nicht gepasst hat."

„Aber der Abt ist doch auch nur ein Mensch, und ich hatte eigentlich den Eindruck, dass er sich über meine Neugierde gefreut hat. Hätte er mich sonst zu sich gewunken und mir die Karte von Waldau erklärt?"

Vater nörgelte noch ein bisschen herum und lief dann einfach los. Ich folgte ihm, ließ aber absichtlich einen kleinen Abstand zwischen ihm und mir, um zu verdeutlichen, dass ich mich ungerecht behandelt fühlte.

*

Handwerker und Bauern waren damit beschäftigt, eine große Scheune, die in unmittelbarer Nähe des Klosters stand, wieder in Ordnung zu bringen.

Verkohlte Balken lagen neben dem Gebäude, und Zimmerleute waren gerade dabei den neuen Dachstuhl aufzurichten. Zwei Männer standen ganz oben auf dem Gebälk. Ich konnte meinen Blick nicht lösen und blieb daher einen Augenblick stehen.

„So komm jetzt endlich, Benedikt!“, rief mir Vater zu und ich merkte an seinem Ton, dass er sich wieder einigermaßen beruhigt hatte.

„Darf ich dich jetzt etwas fragen?“, sprach ich und fügte schnell noch „bitte“ hinzu, um dadurch zu zeigen, dass seine Ermahnungen von zuvor erste Früchte trugen.

„Was willst du denn wissen?“

„Warum haben Soldaten das Kloster niedergebrannt? Wie kam es dazu? Hat niemand das Kloster beschützt oder verteidigt? Werden die Mönche die Arbeiten …“

„Eine Frage nach der anderen! So schnell kann ich ja gar nicht antworten“, unterbrach er mich, Gott sei Dank wieder lachend.

„Das ist eine lange Geschichte, Benedikt. Du musst wissen, das Kloster St. Peter wurde um 1100 gegründet. Die Herzöge von Zähringen vermachten ihm große Ländereien. Um das Jahr 1500 unterstellte sich St. Peter den mächtigen Kaisern von Österreich, und so ist es heute noch.

Seit einigen Jahren hat in Frankreich König Ludwig den Thron bestiegen. Er hält sich für den größten König aller Zeiten. Um seinen Besitz und seine Macht zu vergrößern, schickte er seine Soldaten immer wieder in den Schwarzwald, weil er auch dieses Land sein Eigen nennen möchte.“

„Aber was hat denn das mit dem Brand in St. Peter zu tun, Vater?"

Er blieb stehen und blickte mich eindringlich an.

„So warte es doch ab, Benedikt! Du kannst das alles nur verstehen, wenn du die Zusammenhänge kennst.

Die Beschützer des Klosters, die Österreicher, hatten sich beim letzten Angriff der Franzosen am Hohlengraben bei Waldau verschanzt. Sie drängten die feindlichen Soldaten bis in die Nähe des Klosters zurück.

Die Franzosen wussten sich nicht mehr zu helfen und verbarrikadierten sich in den Gebäuden von St. Peter. Um sie jedoch zum Aufgeben zu zwingen, zündeten die Österreicher das gesamte Klostergebäude an. Sie haben ihre Feinde ausgeräuchert, wie wir es mit Wespennestern tun."

Seinem Ton konnte ich entnehmen, dass sich Vater darüber anscheinend richtig freute.

„Das muss ja ein riesiges Feuer gewesen sein, oder?", äußerte ich erstaunt, drehte mich noch einmal um und warf einen Blick auf das Kloster, um mir dieses vernichtende Schauspiel besser vorstellen zu können.

„Ja, riesig und verheerend. Vom Hohlengraben bei Waldau konnten wir die Rauchschwaden beobachten. Nachts spiegelten sich die Flammen am Himmel und erzeugten ein Farbenspiel, als würde die Sonne untergehen."

„Und die Bewohner der Abtei?" Mir wurde richtig unheimlich bei der Vorstellung, dass Menschen, lebende Menschen, dabei verbrannten. „Mussten die Mönche und der Abt, mussten sie alle sterben?"

„Nein, zum Glück waren der Abt und seine Mitbrüder bei den ersten Überfällen geflohen. Aber einige Soldaten der Franzosen konnten sich nicht mehr aus den Flammen retten und sind elend verbrannt."

„Woher weißt du das alles so genau, Vater?"

„Der Vogt von Waldau, dein Onkel Jakob vom Schwabenhof, ist sozusagen der Verwalter des Klosters im Dorf. Er weiß genau Bescheid."

Wir legten eine Rast ein und verzehrten ein Stück Brot, das uns Mutter mit auf den Weg gegeben hatte. Unseren Durst löschten wir am Bach. Wir sprachen nicht viel, denn ich grübelte noch über all das nach, was mir Vater zuvor erzählt hatte.

*

Als wir uns den Höhen des Hohlengrabens näherten, nahm die Zahl der Menschen, die unterwegs waren, erheblich zu. Etliche liefen zu Fuß und schleppten teilweise schwere Körbe auf ihrem Rücken, was man ihrer gebeugten Haltung entnehmen konnte. Kaufleute trieben ihre Pferde und Ochsen an, um die beladenen Wagen Stück für Stück auf den Hohlengraben zuzusteuern.

„Warum benutzen so viele Menschen ausgerechnet diesen Weg über den Hohlengraben, Vater, wo doch die Straße recht steil zum Berg hinaufführt?", fragte ich.

„Die wichtigste Verbindung von Freiburg nach Bayern führt hier vorbei. Deswegen kannst du auch so viele Kaufleute sehen, die nach Nürnberg und Augsburg, nach Straßburg und Basel unterwegs sind. Sie haben keine Wahl und müssen diesen Weg nehmen, wenn sie die Höhen des Schwarzwaldes mit ihren Handelsgütern überqueren wollen.

Das ist auch der Grund, weshalb sich im Krieg die Soldaten aus Österreich hierher zurückzogen. Überall kannst du tiefe Gräben erkennen und Wälle aus Holz. Über viertausend Uniformierte hielten sich damals am Hohlengraben auf. Eine richtige Festung haben sie nach und nach errichtet."

Anscheinend hatten die Verteidigungsanlagen aber ihre Bedeutung verloren. Die Holzhütten waren inzwischen eingestürzt, die Gräben wurden mehr und mehr von Gestrüpp überwuchert.

„Sei froh, dass du noch so klein warst, als die Franzosen Waldau überfielen“, betonte Vater. „Etliche Höfe haben sie damals niedergebrannt, das Vieh und alles was sie brauchen konnten, mitgenommen. Auch die Glasherstellung kam völlig zum Erliegen. Du hast ja gehört, dass erst jetzt Glasbläser aus Tirol die Arbeit wieder aufnehmen.“

„Ich war damals noch ein kleines Kind, Vater, aber, dass ich gar nichts von all dem mitbekommen habe, das verstehe ich nicht.“

„Nein, Benedikt, das konntest du gar nicht, denn Mutter hielt sich zusammen mit dir bei den Überfällen einige Tage in den Wäldern versteckt. Ich wollte euch vor den Schrecken des Krieges verschonen. Mutter war damals sehr tapfer, das muss ich sagen, sehr tapfer.“

*

Dunkle Regenwolken verfinsterten zunehmend den Himmel und kurz darauf fielen die ersten Tropfen. Ich war froh, als endlich der Stalterhof auftauchte, denn meine Füße schmerzten inzwischen vom vielen Laufen.

Wir waren völlig durchnässt, als wir das Haus betraten. Mutter kam eilig aus der Stube und reichte uns zwei Leinentücher.

„Trocknet euch erst einmal ab, nicht dass ihr euch erkältet!“

Man konnte ihrem Lächeln entnehmen, dass sie sich freute, uns wohlbehalten wiederzusehen.

„Und, erzähl schon, was hat der Abt gesagt?“, wollte sie sofort von Vater wissen.

„Er wird uns ein Stück Land überlassen. Auf uns kommt allerdings viel Arbeit zu, denn wir müssen in der Nähe des Kohlplatzes Wald roden. Dort können wir ein eigenes Häuschen bauen, eine Kuh und eine Ziege halten.“

Mutter umarmte Vater kurz, so sehr freute sie sich.

„Die ersten fünf Jahre brauchen wir keine Abgaben zu leisten, danach müssen wir dem Kloster jährlich eine Ziege liefern“, teilte Vater weiter mit.

„Das schaffen wir schon!“, sprach Mutter entschlossen und drückte jetzt auch mich kurz an sich. Ich mochte Mutter und ihre Stärke.

„Allerdings gehört es auch zu meinen Pflichten, jährlich eine Woche im Kloster zu helfen, das hat der Abt so angeordnet“, fügte Vater hinzu.

„Johannes, wir schaffen das!“, wiederholte Mutter noch einmal.

Großvater kam aus dem Stall, der sich direkt an die Stube anschloss. Seinem Gesichtsausdruck konnte ich entnehmen, dass er nicht gut gelaunt war.

„So ist es recht! Den ganzen Tag bist du mit deinem Sohn unterwegs und abends, wenn die Arbeit getan ist, kommt ihr zurück.“

Großvaters Stimme wurde lauter.

„Glaubst du etwa, der Herrgott vollbringt neuerdings Wunder und liefert uns das tägliche Brot ins Haus, ohne dass wir dafür arbeiten müssen? Du hättest mir wenigstens sagen können, dass du nach St. Peter willst!“

„Ja, du hast Recht! Du hast Recht! Ich bin ohne dein Einverständnis aufgebrochen und habe Benedikt mitgenommen. Erfülle ich als Knecht nicht immer meine Pflichten auf deinem Hof? Auch mein Weib Katharina arbeitet Tag für Tag hart. Findest du es richtig, uns wegen des einen Tages Vorwürfe zu machen?“, suchte sich Vater zu verteidigen.

„Was hattest du denn im Kloster so Wichtiges zu tun?“, erkundigte sich Großvater etwas freundlicher. „Katharina wollte es mir nicht verraten.“

„Ich hätte noch heute Abend mit dir darüber gesprochen, Vater, weil ich, äh, wir wollen ein Stück Land vom Abt und möchten ein kleines Haus darauf errichten.“

Großvater schien gar nicht so sehr überrascht zu sein. Anscheinend hatte er schon so etwas geahnt.

„Ihr wollt also weg vom Stalterhof?"

Meine Großmutter Maria war inzwischen auch in den Flur gekommen. Sie hatte in der Stube die Gespräche zwischen Vater und Großvater verfolgt.

„Ich finde es gar nicht schlecht, dass du für deine Familie etwas Eigenes aufbauen willst", wandte sie sich an Vater. „Wir haben genug damit zu tun für uns selbst zu sorgen. Wie du weißt, wird dein Bruder Wilhelm eines Tages, so Gott will, unseren Hof übernehmen. Ich, ja, ich finde deinen Entschluss gut."

Als wir uns kurz darauf alle zum Abendessen in der Stube versammelt hatten, verlor niemand mehr ein Wort über Vaters Pläne.

Ich dachte in den folgenden Tagen häufig darüber nach und war froh, dass Vater diesen Schritt wagen wollte. Im Stalterhof hatte Großvater das Sagen, und alle mussten sich nach seinen Anweisungen richten.

Später sollte dann mein Onkel Wilhelm den Hof erben und mein Vater wäre weiterhin nur Knecht gewesen, der den Anordnungen seines Bruders nachzukommen hatte.

Meine Eltern und ich teilten uns eine kleine Kammer im Haus, mehr Platz war nicht vorhanden. Nicht selten kam es vor, dass meine Eltern über alle möglichen Probleme sprachen, wenn sie glaubten, ich würde bereits schlafen. Ich wusste daher, dass sich Vater immer unterordnen musste und wie sehr es ihn oft bedrückte.

*

Eines Abends, höchstens zwei Wochen waren vergangen, seit ich mit Vater den Abt aufgesucht hatte, erschien Onkel Jakob vom Schwabenhof bei uns.

Jakob, der Bruder meiner Mutter, genoss großes Ansehen im Dorf. Er war nicht nur Bauer, sondern betrieb auch ein Wirtshaus auf dem Schwabenhof. Außerdem hatte der Abt ihn seit einem Jahr zum Vogt von Waldau bestimmt.

Ich ahnte schon, warum er gekommen war, und lief schnell in den Stall, um Vater zu holen.

„Na, Schwager, willst du uns mal besuchen?“, begrüßte Vater Onkel Jakob freundlich und reichte ihm die Hand.

„Du weißt genau, Johannes, weshalb ich zu euch will. Ist meine Schwester Katharina auch da?“

Schon rannte ich erneut los, um Mutter zu suchen. Ich fand sie in der Milchkammer, wo sie gerade damit beschäftigt war, Butter herzustellen.

„Mutter, komm schnell, dein Bruder Jakob will dich sprechen!“

Sofort unterbrach sie ihre Arbeit und folgte mir auf den Hof. Auch sie ahnte anscheinend, warum Jakob aufgekreuzt war. Neugierig standen wir drei um ihn herum und starrten ihn erwartungsvoll an.

„Der Abt hat mir als Vogt aufgetragen, euch das Stück Land zu zeigen, das er euch versprochen hat. Morgen nach der Messe fahren wir mit meinem Wagen hinauf auf den Kohlplatz. Dort kann ich euch dann Genaueres sagen. Ich freue mich für euch, wirklich, und werde euch behilflich sein, soweit es mir möglich ist.“

Meine Eltern strahlten sich an, nachdem Onkel Jakob sich verabschiedet hatte. Unsere Stimmung war bestens, und selten zuvor hatte ich am Sonntag mit meinen Eltern die Heilige Messe so gerne besucht wie an diesem Tag.

Ich hörte zwar die Worte des Pfarrers, sah ihn auch an, doch meine Gedanken drehten sich nur um das eigene kleine Haus, das Vater für uns bauen wollte. Richtig erleichtert war ich, als der Gottesdienst endlich vorüber war und der Pfarrer uns mit seinem Segen entließ.

Zusammen mit Onkel Jakob liefen wir zum Schwabenhof. Viele Männer strömten ebenfalls dorthin, denn nach der Sonntagsmesse traf man sich zu einem Schoppen oder einem Krug Bier im Wirtshaus.

Allerlei Nachrichten wurden dann ausgetauscht, der neueste Tratsch besprochen und andere Probleme diskutiert. So manches Stück Vieh wechselte ebenfalls bei solchen Gesprächen seinen Besitzer.

Nachdem Onkel Jakob seine Gäste mit Getränken versorgt hatte und seine Frau Maria anbot, sich um alles Weitere zu kümmern, brachen wir zum Kohlplatz auf.

Einige Zeit fuhren wir bergauf und überquerten einen Bergkamm, auf dem die Handelsstraße vom Hohlengraben entlang führte. Kurz danach stoppte Onkel Jakob das Pferd und band es an einem Baum fest. Den Rest des Weges mussten wir laufen, denn mit dem Wagen konnte man das steil abfallende Gelände nicht befahren. Wir befanden uns wenig später in einem engen Tal, durch das sich ein kleiner Bach seinen Weg bahnte.

„So, hier sind wir richtig!", sprach Onkel Jakob und blieb stehen. „Den bewaldeten Hang bis zu den Pfählen, die ich eingeschlagen habe, kannst du abholzen, Johannes." Mit seinem Arm fuhr er den Grenzverlauf in der Luft nach. „Was du an Holz für dein Haus brauchst, darfst du dir nehmen, den Rest, so hat es der Abt angeordnet, musst du auf den Kohlplatz schaffen!"

Obwohl meiner Meinung nach unbeschreiblich harte Arbeit auf Vater zukam, sah man ihm die Freude an, seinem Traum endlich einen Schritt näher gekommen zu sein.

Onkel Jakob hatte es eilig. Er wollte möglichst schnell zurück in seiner Wirtschaft sein. Abgesehen von Durchreisenden besuchte kaum jemand unter der Woche das „Gasthaus zur Traube". Sein Geschäft machte er am Sonntag nach der Heiligen Messe.

„Ich denke, ihr wisst jetzt Bescheid! Wenn ihr noch Fragen habt, dann wendet euch einfach an mich! Ich muss schleunigst heim, also lasst uns fahren!“, trieb er uns an.

„Nein, nein, fahr du nur allein, Jakob!“, wehrte Mutter sein Angebot ab und schaute Vater an, um sich durch einen kurzen Blick seiner Zustimmung sicher zu sein. „Wir laufen zurück zum Stalterhof.“

Onkel Jakob verschwand in Richtung seines Pferdefuhrwerks. Meine Eltern standen sich bewegungslos und stumm gegenüber und blickten sich lange an. Ich bemerkte einige Tränen auf Mutters Wangen.

„Warum weinst du denn? Bist du sehr traurig, dass wir vom Stalterhof weggehen?“, wollte ich deshalb wissen.

Sie musste sich erst etwas fassen, bevor sie mir eine Antwort geben konnte:

„Nein, Benedikt, ich bin nicht traurig, oder, sagen wir, nur ein ganz kleines bisschen. Ganz im Gegenteil, ich bin überglücklich, dass wir endlich ein eigenes Stück Land und bald ein Häuschen haben, das uns, uns ganz allein gehört. Ich kann es noch gar nicht fassen!“

Wir liefen durch den Wald. Vater blieb ab und zu stehen, überlegte und schien in seinem Kopf bereits Pläne zu schmieden, welches der beste Platz für das Haus sein würde.

„Der Hang ist recht steil. Am besten bauen wir es da drüben an den Waldrand, denn dort ist das Gelände nicht ganz so abschüssig“, erklärte er.

„Ich bin sehr froh, dass ein Bach durch das Tal fließt und wir das Wasser nicht von weiß Gott woher holen müssen“, fügte Mutter hinzu.

Wir hielten uns noch eine ganze Weile auf unserem neuen Stück Land auf, bevor wir den Heimweg zum Stalterhof antraten.

*

Für meine Eltern, und besonders für Vater, begann eine schwere Zeit. Er nahm jede Möglichkeit wahr, um auf unserem Land zu arbeiten, und vernachlässigte dennoch seine Pflichten auf dem Stalterhof nicht.

Ich fand es sehr großzügig von Onkel Jakob, dass er meinem Vater Werkzeug und ein Ross zur Verfügung stellte, um ihm die Schufterei ein wenig zu erleichtern.

Auch ich durfte Vater ab und zu zum Kohlplatz begleiten. Jedes Mal ermahnte er mich mit ernsten Worten vorsichtig zu sein, denn das Fällen von Bäumen sei eine gefährliche Arbeit. Schon mancher Bauer oder Knecht aus dem Dorf habe sein Leben dabei durch Leichtsinn verloren, wusste er zu berichten.

Ein Baum nach dem anderen fiel unter den kräftigen Schlägen meines Vaters. Einfacher und schneller ging es, wenn ihm ab und zu einmal sein befreundeter Knecht Martin vom Glashof half, weil dann die riesige Baumsäge zum Einsatz kam. Gleichmäßig zogen die beiden Männer an den Enden und das Sägeblatt fraß sich Stück für Stück in den Stamm.

Ich bedauerte es noch nicht ausreichend Kräfte zu besitzen, um Vater bei dieser Arbeit zur Hand zu gehen.

Waren einige Bäume gefällt, wurden die Äste entfernt. Dann schlang Vater eine Eisenkette um den Stamm und zog ihn mit dem Pferd zum Bach. Ich schleifte die Äste hinterher.

Wochenlang schuftete Vater und man konnte seinem Gesicht die Schwere der Arbeit ansehen, denn es war inzwischen recht hager geworden. Große Anstrengungen waren auch nötig, um die Wurzelstöcke der Bäume zu entfernen, da man rundherum aufgraben musste, um die Wurzeln mit der Axt zu durchtrennen.

Vater ließ sich jedoch nicht klein kriegen. Mehr und mehr zeigten sich die Früchte seiner Arbeit. Alle Bäume waren gefällt und stapelten sich direkt neben dem Bach.

„Wie willst du die denn alle wegschaffen, Vater, wo du doch nicht einmal mit einem Wagen hierher fahren kannst?“, fragte ich, als ich ihn wieder einmal zu unserem Land begleitet hatte.

„Warte es ab, Benedikt! Eines Tages wird mir vielleicht ein Riese helfen und sie für mich ins Tal schaffen, ohne dass ich mich dabei sehr anstrengen muss.“

Ich schaute Vater verdutzt an, denn für gewöhnlich machte er keine so kindischen Scherze.

*

Es regnete einige Tage nahezu ununterbrochen, und als wir wieder zum Kohlplatz kamen, hörten wir schon von Ferne, dass der kleine Bach sich zu einem tosenden Strom verwandelt hatte und mit seinen Wassermassen ins Tal stürzte.

„Habe ich es dir nicht angekündigt, Benedikt, dass eines Tages ein Riese kommen wird und die Stämme ohne große Anstrengung davonträgt?“

So richtig begriffen hatte ich seine Worte allerdings erst, als er mir einen Stock reichte und mich aufforderte ihm behilflich zu sein. Einen Baumstamm nach dem anderen rollten wir in den Bach und ehe ich mich versah, schwemmte er die Stämme ins Tal.

In den folgenden Tagen karrte Vater mit seinem Schwager Jakob einen Teil der Stämme ins Obertal von Waldau, denn dort hatte der Bauer vom Behashof eine Säge bauen lassen, die, ähnlich einer Mühle, mit Wasserkraft betrieben wurde.

Viel Mühe und Schweiß konnte man sich dadurch ersparen. Man musste die unförmigen Holzriesen nicht mehr mit der Hand in Balken und Bretter zersägen, sondern ein großes Eisenblatt übernahm jetzt diese Arbeit.

Auf das Können der Zimmerleute konnte Vater nicht verzichten, dazu fehlte ihm die nötige Erfahrung. Ein Zimmermann aus Waldau richtete mit einigen Gehilfen das Haus auf. Staunend beobachtete ich die Männer wie sie geschickt die Balken mit der Axt bearbeiteten und anschließend zusammenfügten.

Auch Mutter und ich mussten mehrere Wochen tüchtig zupacken und zogen uns für gewöhnlich abends todmüde auf unser Lager zurück. Vater kam nicht selten erst später nach Hause.

Die Nächte wurden bereits sehr kalt und der Herbst hatte Einzug gehalten, als unser Haus nahezu fertig gestellt war. Der Wohnteil bestand aus vier Räumen: Einer Stube, einer größeren Kammer für die Eltern, einer winzigen Kammer für mich und der Küche. Ein kleiner Flur trennte diesen Bereich vom Stall, der groß genug war, um drei bis vier Stück Vieh aufzunehmen.

Im Dach, das man vom Hang her durch ein Tor betrat, sollte Heu und irgendwann ein Leiterwagen untergebracht werden. So stellte es sich Vater zumindest vor.

*

Der erste Schnee fiel bereits, als wir mit unseren wenigen Habseligkeiten den Stalterhof verließen und unser Haus bezogen. Nicht nur für mich, sondern auch für meine Eltern war der Abschied von der gewohnten Umgebung nicht einfach. Über zehn Jahre hatten wir schließlich gemeinsam hier in diesem Hof und zusammen mit meinen Großeltern und Vaters Geschwistern verbracht.

Zum Glück hatte Vater inzwischen vom Berg her einen Weg durch den Wald angelegt, auf dem man mit einem Leiterwagen zu unserem Haus gelangen konnte.

Die ganze Familie half beim Umzug und einige Verwandte hielten sogar Geschenke bereit, um uns den Start im neuen Haus zu erleichtern. Onkel Jakob brachte einige Säcke Getreide und trockenes Feuerholz, Großmutter hatte ein paar Töpfe und Eimer besorgt, Vaters Bruder Wilhelm schenkte uns einige Schinken und geräucherten Speck.

Die größte Überraschung jedoch gelang meinem Großvater. Wir waren alle in unserer Stube versammelt, als auch er eintrat.

„Ich bin sehr stolz auf dich, Johannes, wirklich sehr stolz! Ich hätte niemals geglaubt, dass du noch vor dem Winter mit deiner Familie hier einziehen kannst", äußerte er anerkennend und fügte kurz darauf schmunzelnd hinzu:

„Es ist nur schade, dass dein Stall noch leer ist. Nun ja, das nächste Frühjahr kommt bestimmt, dann kannst du dir ein Stück Vieh auf dem Markt kaufen."

Kaum hatte Großvater seine Worte ausgesprochen und sich an den Tisch gesetzt, als alle im Raum verstummten, denn wir hatten ganz in der Nähe das Meckern einer Ziege vernommen.

Vater stürzte aus der Stube und ich hörte kurz darauf sein lautes Schreien:

„Ich glaub ich träume! Katharina, Benedikt, kommt schnell!"

Zusammen mit Mutter eilte ich in den Flur. Da die Stalltür offen stand, gingen wir hinein. Ich traute meinen Augen kaum. Ein Kälbchen und eine Ziege standen vor einem Berg Heu und fraßen um die Wette.

Inzwischen waren auch die anderen aus der Stube nachgekommen.

„Das ist mein Geschenk, weil ihr so tüchtig gearbeitet, nein, gerackert habt", verkündete Großvater stolz und drückte meinem Vater und meiner Mutter die Hand.

Fassungslos vor Freude standen meine Eltern da und wussten anfangs gar nichts zu sagen. Erst nach einer Weile des Schweigens bedankten sie sich mehrmals recht herzlich bei Großvater.

Als die Dämmerung einsetzte, verließen uns die Verwandten. Unzählige Male an diesem Abend ging ich zusammen mit Vater in den Stall und ich merkte wie ergriffen er war, wenn er den beiden Vierbeinern übers Fell strich.

II

Tagsüber arbeitete Vater weiterhin auf dem Stalterhof, denn wie sollte er sonst den Lebensunterhalt für die Familie herbeischaffen.

Erst wenige Wochen wohnten wir in unserem Haus und immer häufiger kam es vor, dass sich meine Eltern mit sorgenvollen Gesichtern abends gegenübersaßen und ihr Gespräch schnell unterbrachen, wenn ich die Stube betrat.

Ich wollte unbedingt wissen, was sie so sehr bedrückte. Deswegen verließ ich den Raum und gab vor mich auf mein Lager zu legen. In Wirklichkeit wartete ich im Flur ab, bis sie wieder zu sprechen begannen, und lauschte aufmerksam an der Tür.

„Vielleicht sollten wir das Kälbchen verkaufen, dann können wir wenigstens die Schulden bezahlen, die wir noch beim Behasbauer für das Sägen haben und auch dem Zimmermann einen Teil seines Lohnes geben", murmelte Vater. „Nach der Messe am Sonntag hat er mich schon wieder angesprochen. Richtig grantig ist er geworden, weil wir unsere Schulden nicht begleichen können."

„Sicherlich wäre es besser gewesen, wir wären als Knecht und als Magd auf dem Stalterhof geblieben. Wie, ich frage mich, wie soll das gut gehen, Johannes? Der Winter ist noch lang, er hat ja erst angefangen", hörte ich Mutter klagen.

„Morgen, gleich morgen in der Frühe werde ich zu den Glasmachern ins Tal gehen. Einige Knechte und Tagelöhner der Umgebung sind nebenbei als Glasträger tätig und bessern damit ihr kärgliches Einkommen auf. Meinst du nicht, dass ich das auch tun könnte?“, fragte Vater unsicher.

„Du weißt doch gar nicht, ob sie dich haben wollen, Johannes, schließlich hast du das noch nie gemacht. Aber probieren, warum nicht, probieren kannst du es ja mal!“

*

„Lass mich bitte mitkommen zu den Glasmachern! Ich möchte unbedingt einmal zuschauen wie Glas entsteht! Bitte!“, flehte ich Vater am nächsten Morgen an. Ich merkte sofort, dass ich mich verplappert hatte.

„Woher weißt du, dass ich zu den Glasmachern will?“

„Ich habe gestern zufällig gehört wie du dich mit Mutter unterhalten hast. Es war keine Absicht! Ich wollte euch nicht belauschen!“

Ich war erleichtert, als Vater nicht näher darauf einging, sondern seine Zustimmung gab ihn zu begleiten.

Bevor wir das Haus verließen, ging ich noch einmal kurz in den Stall und streichelte das Kälbchen.

„Ich werde alles versuchen, dass wir dich behalten können, das verspreche ich.“

Wir liefen am Bach entlang und bald weitete sich das Tal. An manchen Stellen, die von den wärmenden Strahlen der tief stehenden Sonne nicht mehr erreicht wurden, hatten sich bereits kleinere Schneereste behauptet und kündigten endgültig den nahenden Winter an.

Viele Baumstämme lagen kreuz und quer im Bachbett herum. Schnell verstand ich, warum sie sich genau hier an einer Stelle wie auf ein Kommando versammelt hatten.

Bevor Vater mit mir die ersten Stämme in den Bach rollte,

hatte er einige Bäume hier unten so gefällt, dass sie quer über den Bach stürzten. Auf diese Weise konnte er sicher sein, dass das Holz genau an der Stelle sich staute, wo er es haben wollte, nämlich am Kohlplatz.

Einige Männer waren damit beschäftigt, die langen Stämme in kleinere Stücke zu zersägen und aufzuspalten. Vater kannte die Leute und wechselte einige Worte mit ihnen, während ich mich etwas umschaute.

Es war für mich immer wieder ein Rätsel, warum man Holz sorgfältig zu großen, runden Haufen auftürmte, um es dann zu verbrennen.

„Ist das nicht dumm, was die Männer machen?“, fragte ich Vater beim Weitergehen. „Sie zersägen das Holz, stapeln es, und dann brennen sie es einfach ab. Wenn du ein Stück Holz daheim ins Feuer legst, macht es wenigstens warm. Die wertlose Asche wirfst du anschließend vor das Haus.“

„Nein, nein, so ist das nicht, Benedikt! Das kann man nicht miteinander vergleichen.“

Vater blieb noch einmal stehen und zeigte auf einen Kohlenmeiler.

„Sie stapeln die Holzscheite und decken den ganzen Berg mit Laub und Grasnarben ab. In der Mitte ist so etwas wie ein Kamin, in den die Köhler Glut füllen. Sie stoßen einige Löcher in die Abdeckung, damit nur wenig Luft an die Glut kommen kann. Das Holz verbrennt nicht wie bei einer Flamme, sondern es glimmt nur vor sich hin.

Deswegen muss auch Tag und Nacht ein Köhler dabei bleiben. Würde der Meiler in Flammen aufgehen, dann wäre die Holzkohle unbrauchbar. Das Durchglimmen und das anschließende Abkühlen eines einzigen Meilers dauert bis zu drei Wochen. Wenn man die Holzkohle dann bei den Glasmachern, beim Schmied oder beim Schmelzen von Eisen verbrennt, entwickelt sie wesentlich mehr Hitze als ein normales Feuer.“

*

Der Weg war sehr beschwerlich, denn die Hütten der Tiroler Glasmacher befanden sich in einer tiefen Schlucht, und ich war erleichtert, als wir endlich ankamen.

Vater steuerte nicht direkt auf die Hütten zu, sondern sprach noch ein kurzes Gebet in der Kapelle vor der Statue der Heiligen Mutter Gottes.

Als wir das erste Gebäude betraten, kam uns ein warmer Luftstrom entgegen. Kurz darauf sah ich den Grund. In der Mitte des Raumes standen einige Männer um einen großen Glutberg herum. Einer von ihnen bewegte in gleichmäßigem Rhythmus einen Ledersack, aus dem Luft in die Glut strömte und diese noch mehr zum Leuchten brachte.

Ein anderer hielt ein langes Rohr in seinen Händen und blies hinein. Der glühende Klumpen am anderen Ende weitete sich zu einer Glaskugel.

Den gleichen Vorgang führte ein weiterer Glasmacher durch. Er presste mit seiner Luft das Glas jedoch kurz in eine Holzform, die die geschmeidige Masse annahm. Dann klappte er die Form auseinander und ein wunderschönes Glas war entstanden.

Vater trat auf einen Mann zu.

„An wen muss ich mich denn wenden? Wer hat bei Euch das Sagen?“, erkundigte er sich.

„Da bist du an die falschen Leute geraten, der Meister ist in der Werkstatt nebenan.“

Wir befolgten den Hinweis und begaben uns in die Nachbarhütte.

„Ich suche den Meister“, sprach Vater zum Erstbesten, auf den er in der Hütte traf.

„Der steht vor Euch. Was wollt Ihr von mir?“

„Ich möchte, ich habe gehört, dass einige Leute aus Waldau

für Euch das Glas in die Umgebung bringen und dort verkaufen."

„Ja, da habt Ihr Recht! Doch wir haben genug Glasträger und brauchen keine neuen, es sei denn ..."

Der Meister unterbrach seine Rede.

„Ja, sagt schon, was?", forderte ihn Vater auf.

„Es sei denn, Ihr versucht Euer Glück als Glasträger nicht hier in der Gegend, sondern begebt Euch etwas weiter weg. Da könnt Ihr noch gute Geschäfte machen."

Ich wusste, dass Vater sich in einer Zwangslage befand und keine Wahl hatte.

„Einverstanden, ich will es versuchen, Meister!", antwortete er schließlich.

„Na gut, kommt im zeitigen Frühjahr her, dann kann ich Euch Genaueres sagen."

Schon wandte sich der Meister wieder seinen Glasbläsern zu.

Ich merkte Vater an, dass er sehr geknickt war, weil er sich mehr versprochen hatte vom Besuch bei den Glasmachern.

*

Auf dem Heimweg machten wir einen Abstecher zu einem Bauernhof, auf dem sich Vaters Freund Martin als Knecht verdungen hatte. Schon aus der Ferne konnte ich sehen, dass das Gebäude erst vor kurzem neu errichtet worden war.

„Hier muss ein reicher Bauer wohnen, wenn er sich so einen riesigen Hof bauen kann", sprach ich erstaunt.

„Das ist der Glashof des Bauern Kreutz. Früher wurde das Glas hier hergestellt und nicht unten im Tal. Als das gesamte Anwesen im Krieg von den Franzosen niedergebrannt wurde, hat der Abt die neuen Glashütten unten in der Schlucht errichten lassen.

Ja, der Glashofbauer hat sich ein besonders stattliches, neues Haus gebaut."

Gerade als wir den Hof erreicht hatten, fing es fürchterlich zu regnen an. Vater klopfte an die Tür und wenig später öffnete ein Mann.

„Grüß Gott, Glashofbauer! Ich möchte meinem Freund Martin einen kurzen Besuch abstatten, weil ich gerade mit meinem Sohn hier in der Nähe vorbeikam."

„Der Martin, der ist nicht da. Er ist noch im Wald und holt eine Fuhre Holz."

„Na, dann richtet ihm einen Gruß vom Johannes, Johannes Fehrenbach aus!"

Vater grüßte und drehte sich schon zum Gehen.

„Kommt doch bei dem Sauwetter einen Moment herein! Sicherlich wird mein Knecht nicht mehr lange auf sich warten lassen."

Wir kamen wegen des nicht nachlassenden Regens seiner Aufforderung gerne nach und betraten das Haus. Der Bauer führte uns in die Stube, in der ein großer Ofen wohltuende Wärme ausstrahlte, und nahmen auf der Ofenbank Platz.

„Seid Ihr der Sohn des Stalterhofbauern, der sich ein Haus oberhalb vom Kohlplatz gebaut hat?", wollte Herr Kreutz wissen.

Vater nickte nur.

„Ich muss noch einmal in den Stall." Der Bauer schaute durchs Fenster nach draußen. „Sicherlich wird der Regenguss bald vorüber sein. Ihr könnt so lange hier warten!"

Er verließ die Stube.

Außer im Kloster hatte ich mich niemals zuvor in einem so schönen Zimmer aufgehalten.

Ein Junge, etwas älter als ich, und ein kleines Mädchen kamen in die Stube, verließen den Raum jedoch sofort wieder, als sie uns erblickten.

*

Während wir uns interessiert umschauten, wechselten wir kein Wort. Ich vernahm ein gleichmäßiges Ticken und meine Augen suchten das Zimmer ab. Als ich den Gegenstand entdeckt hatte, deutete ich wortlos darauf.

„Das ist eine Zimmeruhr, Benedikt!", flüsterte Vater.

„Eine Uhr? Eine richtige Uhr, wo man … die Stunden ablesen kann?", fragte ich verwundert.

Ich konnte meine Augen nicht mehr von diesem seltsamen Kasten lösen, der an der Wand über der Sitzecke hing und bei dem sich oben ein Stück Holz gleichmäßig hin und her bewegte.

„Darf ich sie mir mal genauer anschauen, Vater, denn so eine Uhr habe ich noch …"

Ich brach sofort meinen Satz ab, weil der Bauer zurück ins Zimmer kam.

Anscheinend hatte er meine Frage, die ich eigentlich an Vater gerichtet hatte, verstanden und ging sofort auf mich ein:

„Natürlich darfst du dir meine Uhr mal anschauen. Ein junger Bursch wie du muss doch Bescheid wissen über so etwas."

Das ließ ich mir kein zweites Mal sagen, sondern ging sofort quer durch die Stube, um dieses Wunderwerk aus nächster Nähe zu betrachten.

„Ihr müsst wahnsinnig reich sein, dass Ihr eine Uhr besitzt." Ich schaute den Bauern an. „Ein einziges Mal in meinem Leben habe ich bisher eine richtige Uhr gesehen, nämlich im Kloster St. Peter. Seid Ihr etwa auch so reich wie der Abt?"

„Benedikt, jetzt hast du genug gefragt!", ermahnte mich Vater.

„Lasst ihn doch, Herr Fehrenbach! Seid froh, dass Ihr einen so aufgeweckten Buben habt! Wäre es Euch lieber, Ihr hättet einen trotteligen Sohn, der nur dasitzt und vor sich hinglotzt?“

Der Bauer wandte sich wieder mir zu:

„Ich habe sie selbst gebaut, zusammen mit meinem Bruder Mathias. Hier auf dem Glashof haben wir sie Stück für Stück gebastelt.“

Völlig ungläubig starrte ich den Bauern an.

„Aber, woher wusstet Ihr denn, wie Ihr das anstellen müsst? Das ist doch sicherlich ungeheuer schwierig.“

Auch Vater hatte sich inzwischen von der Ofenbank erhoben und stand hinter mir.

„Da hast du vollkommen Recht, du kleiner Schlaumeier! Ich muss gestehen, dass du mich durchschaut hast, Benedikt.

Ein Glasträger aus der Gegend, der im Rheinland unterwegs war, hat von dort eine Uhr mit auf den Hof gebracht. Das war lange vor dem Krieg. Und da dieser Mann noch eine Menge Schulden bei mir hatte, habe ich sie ihm abgeschwatzt“, berichtete der Bauer.

Sogar Vater begann jetzt Fragen zu stellen:

„Aber, Herr Kreutz, ist es nicht trotzdem schwer, eine solche Uhr zu bauen, selbst wenn man eine Vorlage hat?“

„Wir Schwarzwälder, das weiß man doch, sind geschickte Leute, Herr Fehrenbach. Die Uhr besteht aus Holz und damit verstehen wir schließlich umzugehen, oder etwa nicht? Es gibt in der Gegend inzwischen etliche Leute, die versuchen, Holzuhren zu bauen.“

Als hätten wir es abgesprochen, traten Vater und ich gleichzeitig zur Seite, um einen Blick ins Innere der Uhr zu werfen. Ja, wirklich, alle Teile waren aus Holz gefertigt.

„Man braucht dazu nur drei große und drei kleine Zahnräder.“

Herr Kreutz schien stolz zu sein uns sein Kunstwerk vorführen zu dürfen.

„Oben seht ihr den Waagebalken, der regelmäßig hin und her schwingt“, er zeigte mit dem Finger auf die Dinge, die er erklärte, „und in der Verlängerung mit zwei Holzplättchen abwechselnd in die Scheibe mit den vorstehenden Stiften eingreift. Dadurch kommt der gleichmäßige Gang zustande und, Benedikt, schau mal auf die beiden Holzplättchen und höre genau hin!“

Ich wollte mir keine Blöße geben und konzentrierte Augen und Ohren völlig auf das Innere der Uhr. Doch ich wusste nicht genau, worauf der Bauer hinaus wollte.

„Sie tickt“, antwortete ich deshalb.

Er half mir auf die Sprünge:

„Sie tickt, weil …, na?“

„Sie tickt, weil …“, wiederholte ich und setzte dann den Satz fort, „weil die Holzplättchen gegen die Stifte schlagen.“

„Hervorragend, Meister Benedikt! Du hast es erkannt!“

*

Ich war stolz auf das Lob und wollte die Gelegenheit nutzen mehr über dieses Wunderding zu erfahren, doch Vater kam mir mit einer Frage zuvor:

„Und warum hängt da unten so ein großer Kieselstein an einem Seil?“

„Irgend eine Kraft muss die Räder der Uhr ja antreiben, Herr Fehrenbach, und das übernimmt der Stein.“

Ich nutzte die kurze Pause, die entstand, um mich wieder am Gespräch zu beteiligen.

„Wenn ich einen so großen Stein in die Hand nehme und fallen lasse, dann saust er doch gewöhnlich blitzschnell hinunter auf den Boden. Der Stein an der Uhr dagegen bewegt sich kaum.“

„Ja sicher, das ist ja die eigentliche Erfindung der Uhr. Man hat das schon vor einigen Jahrhunderten erkannt.

Schau dir noch einmal die Stifte auf der runden Scheibe an! Die beiden Plättchen greifen abwechselnd so genau dort hinein, dass sich der Stein nur langsam nach unten senkt. Deswegen nennt man das Ganze auch Hemmung.

Die Kraft, die der Stein erzeugt, weil er nach unten zieht, wird also ganz langsam verbraucht, oder, wie ich schon sagte, gehemmt und dadurch kann das Uhrwerk einen ganzen Tag lang laufen."

„Aha, jetzt habe ich es begriffen! Ihr habt es aber auch wie ein richtiger Uhrenmeister erklärt", bemerkte ich anerkennend.

Der Bauer freute sich über mein Lob und setzte seinen Vortrag fort:

„Hat man die Uhr richtig eingestellt, dann braucht man nur noch einen Zeiger und ein Zifferblatt, auf dem man die Stunden ablesen kann."

„Wo kann man denn die Uhr einstellen? Ich sehe gar keinen Hebel oder etwas Ähnliches", fragte Vater.

„Das ist ziemlich einfach, Herr Fehrenbach. Verringert man das Gewicht des Steines nur ein kleines bisschen, dann läuft die Uhr langsamer. Hängt man dagegen einen schwereren Stein an das Seil, dann …"

Herr Kreutz schaute mich erwartungsvoll an.

„Dann, … dann läuft die Uhr wahrscheinlich langsamer", vollendete ich.

„Blödsinn! Denk doch mal nach, Benedikt!", bemängelte Vater kritisch.

„Ich wollte nur mal hören, ob alle im Raum aufgepasst haben", grinste ich. „Natürlich muss sie dann schneller laufen, weil ja mehr Gewicht nach unten zieht und dadurch eine größere Kraft wirkt."

Der Bauer krümmte sich vor Lachen.

„Herr Fehrenbach, Herr Fehrenbach, Euer Sohn ist nicht auf den Kopf gefallen. Er ist ein bisschen frech, aber seine lustige Art gefällt mir."

Wir hörten einen Wagen in den Hof rumpeln. Deswegen nutzte ich die verbleibende Zeit, um noch schnell eine letzte Frage zu stellen.

„Ist das die einzige Uhr, die Ihr bisher gebaut habt, Herr Kreutz?"

„Nein, nein, im Laufe der Jahre habe ich schon einige hergestellt und verkauft."

„Verkauft, für richtiges Geld verkauft?", rief ich verwundert.

„Ja glaubst du, ich nehme Hosenknöpfe? Klar hab ich sie verkauft und zwar für ein ansehnliches Sümmchen. Pfarrer Kalteisen von Neukirch hat auch eine meiner Uhren in seinem Pfarrhaus hängen.

Wie ich gehört habe, fangen einige Leute in unserer Gegend an Uhren zu bauen. Warum auch nicht! Moderne Zeiten kommen auf uns zu. Weiß Gott, vielleicht hängt eines Tages in jedem Hof und in jeder Hütte eine Uhr.

Wichtig ist, dass man geschickt mit dem Schnitzmesser umgehen kann und, das ist noch wichtiger, dass man ein gesundes Selbstvertrauen in das eigene Können hat. Es ist mit Sicherheit keine Hexerei eine Uhr anzufertigen."

Der Knecht, der mit dem Fuhrwerk aus dem Wald zurückgekehrt war, betrat die Stube.

„Ich sehe schon, der Bauer hat wieder einmal über sein verzaubertes Räderwerk einen Vortrag gehalten", lachte Martin.

Vater begrüßte seinen Freund. Während sich beide auf die Ofenbank setzten und sich unterhielten, zog ich es vor, die Uhr noch einmal ausgiebig zu betrachten.

Ich bewunderte den Bauern und war überwältigt, dass er so etwas Ausgefallenes herstellen konnte.

*

Auf dem Heimweg drehten sich meine Gedanken fast ausschließlich um die Uhr, die ich eben beim Glashofbauern so eingehend kennen lernen durfte.

„Schade, dass wir keinen solchen Uhrenkasten in unserem Haus haben, Vater! Aber wir könnten uns doch eine Uhr kaufen, findest du nicht auch?"

„Weißt du eigentlich, was eine Uhr kostet? Bestimmt muss man zwei bis drei Kälber dafür verkaufen, um sich eine Uhr leisten zu können.

So ist das nun einmal, Benedikt, nur reiche Bauern können sich Uhren in ihre Stuben hängen, weil sie das nötige Geld dazu haben."

„Das stimmt nicht ganz, Vater!", wandte ich energisch ein. „Wenn man geschickt ist, kann man selbst eine bauen."

„Das schon! Geschicklichkeit allein genügt aber nicht, man braucht auch eine Uhr als Vorlage, um sie nachzubauen."

„Richtig! Dann kann man sich alles genau anschauen, es abmessen, die Zähne der verschiedenen Holzräder zählen und sie einfach nachschnitzen."

Vater schaute mich kopfschüttelnd an.

„Benedikt, ich weiß, worauf du hinaus willst. Stell dir das mit dem Nachschnitzen nicht so einfach vor!"

„Aber der Bauer auf dem Glashof hat doch gesagt, dass man geschickt mit dem Messer umgehen muss und auf das eigene Können vertrauen soll. Das Vertrauen in mein eigenes Können, das hätte ich schon."

„Hör jetzt endlich mit deinem dummen Geschwätz auf, Benedikt, ich habe zur Zeit andere Sorgen, als mich mit so einer blöden Uhr zu beschäftigen."

Ich war nach Vaters Ermahnung zwar augenblicklich still, war aber innerlich entsetzt, dass er sich über ein solches Wunderwerk so abfällig geäußert hatte.

*

Wir überquerten den Kohlplatz und näherten uns dem Tal, in dem unser Häuschen lag. Aus einiger Entfernung konnten wir Mutter bereits sehen, wie sie mit zwei Eimern Wasser aus dem Bach holte.

Ich rannte voraus, um ihr all die Dinge zu berichten, die ich an diesem Vormittag erlebt hatte und die mich so unsagbar beeindruckt hatten.

Sie hörte mir anfangs aufmerksam zu bis Vater auftauchte. Von diesem Moment an galt ihr Interesse ausschließlich ihm und sie schien sofort wahrzunehmen, dass er keine Stellung als Glasträger erhalten hatte.

„Sei gegrüßt, Johannes! Schön, dass ihr wieder wohlbehalten zurück seid."

Sie blickte ihn noch eine Weile an und sprach weiter:

„Lass den Kopf nicht hängen, Johannes! Du darfst dich nicht versündigen und unzufrieden sein, wo du uns doch so ein schönes Haus gebaut hast und dein Vater uns das Vieh geschenkt hat. Es wird sich schon eine Möglichkeit finden, um etwas …"

„Wie kann ich denn zufrieden sein, wo ich keinen Gulden besitze, um meine Schulden zu bezahlen! Weiß Gott, wie lange der Zimmermann noch Geduld hat und auf sein Geld wartet", entgegnete Vater schroff.

Mutter ließ sich nicht einschüchtern und redete weiter auf Vater ein, während sie die beiden Eimer zum Haus trugen. Ihre Beharrlichkeit zeigte Wirkung, denn als Vater in den Stall trat und dem Kälbchen und der Ziege Wasser brachte, hatte sich seine Stimmung bereits gebessert.

In den folgenden Tagen hielt sich Vater vom frühen Morgen bis in den späten Abend auf dem Stalterhof auf. Vor dem Winter mussten dort noch etliche Reparaturarbeiten am Dach und im Heuboden durchgeführt werden.

III

Dem Kindesalter war ich endgültig entwachsen und musste einige Aufgaben übernehmen. So lange kein Schnee lag, führte ich unsere beiden Haustiere in den nahe gelegenen Wald, wo sie sich das letzte noch verbliebene Grün zusammensuchten. Die Ziege fraß auch Pilze und wühlte andere Leckerbissen aus dem Boden.

Es war nicht immer einfach für mich, da die beiden oftmals in völlig entgegengesetzte Richtungen davontrotteten. Besonders die Ziege zeigte sich manchmal von einer sehr störrischen Seite. Ich musste dann meine ganzen Kräfte aufbieten, sie an den Hörnern packen, um ihr mit Gewalt klar zu machen, wer hier wen hütet.

Einmal nahm ich sogar einen Stock und verabreichte ihr einige Schläge, um sie in den Stall zu treiben. Ich hatte keine andere Wahl. Wäre sie mir davongelaufen, Vater hätte mir einen unvergesslichen Krach gemacht, denn schließlich war sie der Milchlieferant in unserem Haus.

Ab und zu sammelte Mutter sogar die Milch von einigen Tagen und stellte sie in einem Blecheimer in den kühlen Bach. Sie deckte das Gefäß mit einem Brett ab und beschwerte das Ganze mit einem Stein, so dass sich über Nacht keine Tiere darüber hermachen konnten.

Hatte sie genug Milch beisammen, dann stellte sie daraus

Käse her, um ihn anschließend wie einen kostbaren Schatz für den bevorstehenden Winter aufzubewahren.

*

Wenn ich unsere beiden Vierbeiner durch den Wald trieb, konnte ich ab und zu Leute beobachten, die am Waldrand entlang liefen, Holz für den Winter zusammenlasen oder Pilze und Beeren sammelten. Es war nichts Außergewöhnliches, einige von ihnen kannte ich schließlich, weil sie in Waldau oder in der Umgebung wohnten.

An diesem Tag aber trieb sich ein auffällig großer Mann herum, der sich anscheinend verirrt hatte. Er näherte sich dem Waldrand, ließ seinen Blick einen Moment über die Wiesen schweifen, drehte sich dann hastig wieder um und eilte erneut in den schützenden Wald hinein.

Er wiederholte das einige Male und lief dann erst eilig weiter. Ich fand sein Verhalten zwar merkwürdig, dachte aber nicht weiter darüber nach.

Am folgenden Sonntag besuchten wir die Heilige Messe in Waldau. So schnell sollte ich diesen Tag nicht vergessen, denn als wir das Wirtshaus meines Onkels Jakob betraten, ergab sich eine für meine Eltern und mich äußerst peinliche Situation.

„Na, Herr Fehrenbach“, sprach ein Mann meinen Vater besonders laut und übertrieben betont an, „wann willst du denn endlich deine Schulden bezahlen? Glaubst du etwa, wir Zimmerleute arbeiten umsonst oder warten bis deine Hütte wieder eingefallen ist, um uns dann als Lohn die vermoderten Balken zu holen?“

Alle Blicke der Anwesenden waren auf uns gerichtet und man konnte meinen Eltern ansehen, wie sehr sie sich schämten. Sicherlich hätten sie am liebsten sofort kehrt gemacht und wären aus der Gaststube gerannt.

„Warum sagt Ihr so etwas Gemeines? Ich weiß, dass ich Euch noch Geld schuldig bin. Wenn ich könnte, ich würde Euch sofort bezahlen, auf Heller und Pfennig“, erwiderte Vater kleinlaut.

„Wenn ich könnte, wenn ich könnte! Davon kann ich mir nichts kaufen!“, maulte der Mann, der mit einigen anderen am Tisch saß.

„Lasst meinen Mann in Ruhe und macht ihn hier nicht zum Gespött der Leute!“, mischte sich jetzt auch Mutter ein.

„Das ist eine Sache unter uns! Ihr Weiber haltet Euch da raus, verstanden?“, fuhr der Mann sie an.

„Was fällt Euch ein, mir das Wort zu verbieten, Ihr ungehobelter Kerl!“, antwortete sie und ihre Stimme klang entschlossen.

Ich war erleichtert, als sich Onkel Jakob einmischte und beruhigend auf den Zimmermann einredete:

„Macht doch nicht so einen Aufstand hier vor all den Leuten! Ich werde nachher mit Euch unter vier Augen sprechen. Wir werden eine Möglichkeit finden, um das Problem aus der Welt zu schaffen.“

Onkel Jakob stellte einen Krug mit Most auf den Tisch.

„Der geht auf Kosten des Hauses, einverstanden?“

Sicherlich hätte mein Onkel ganz anders reagiert und seine Schwester vor den Grobheiten des Zimmermanns in Schutz genommen, doch er konnte seine Gäste schlecht vergraulen. Schließlich gab es in der Nähe vom Hohlengraben und südlich von Waldau, in Langenordnach, auch Wirtshäuser.

Es wäre zwar für den Zimmermann, der im Dorf wohnte, umständlicher gewesen dorthin zu gelangen, da er jedoch für seine Sturheit und Unnachgiebigkeit bekannt war, hätte er diese Möglichkeit sicherlich wahrgenommen, wenn sich Onkel Jakob mit ihm angelegt hätte.

Dann wären auch andere Gäste nicht mehr in seine Wirtschaft gekommen, denn die Männer, die mit dem Zimmermann am Tisch saßen, verdienten sich so manchen Gulden nebenher, wenn sie beim Bau eines größeren Gebäudes für einige Wochen Arbeit bei ihm fanden.

*

Wir standen immer noch wie angewurzelt in der Nähe der Tür. Der Zimmermann hatte sich durch Onkel Jakobs Worte anscheinend beruhigt und wandte sich mit seinen Tischgenossen anderen Dingen zu.

„Lange, davon bin ich überzeugt, lange kann sich niemand in den Wäldern verstecken, wo es jetzt Winter wird", sagte einer und nahm einen kräftigen Schluck Most aus dem Krug.

„Es sei denn, er will sich den Arsch abfrieren", lachte einer, „dann braucht man ihn nicht mehr zu verurteilen oder ihm den Kopf abschlagen."

Onkel Jakob winkte uns zu sich.

„Bleibt nicht hier in der Wirtsstube, sondern geht nebenan in die Küche! Ich werde Maria Bescheid sagen. Sie soll euch eine Brotzeit richten."

Meine Aufmerksamkeit wurde noch einmal auf das Gespräch der Männer gelenkt. Es interessierte mich wahnsinnig, warum man jemandem den Kopf abschlagen wollte.

„Ich weiß nur, dass er eine Magd umgebracht haben soll und aus Bonndorf südlich von Neustadt geflohen ist", hörte ich jemanden sagen.

„Ja, das stimmt! Er war dort Knecht auf einem Hof. Aber früher oder später kriegen sie ihn sowieso. Er soll ein besonders langer Kerl sein und hinken", wusste ein anderer zu berichten.

„Lorenz, hinkst du nicht auch?", fragte einer seinen Nachbarn, und alle am Tisch brachen in lautes Gelächter aus.

„Komm jetzt mit, Benedikt, bevor der Zimmermann noch einmal mit seinen Sticheleien und Beleidigungen anfängt!", forderte mich Tante Maria auf und fügte etwas abfällig hinzu:

„Der Alkohol hat manchmal schlimme Folgen bei diesen Leuten."

Gerne wäre ich noch einen Moment, nur einen kurzen Moment, in der Wirtsstube geblieben, denn eine für mich beunruhigende Ahnung stieg in mir auf.

Ich musste unwillkürlich an den Mann denken, den ich am Tag zuvor im Wald beobachtet hatte. Die Beschreibung passte genau auf ihn, er war besonders groß.

Trotzdem kamen mir sofort Zweifel, denn ich war mir sicher, dass der Mann, den ich gesehen hatte, auf keinen Fall hinkte. Deswegen beschloss ich, vorläufig meinem Vater nichts von meiner Vermutung mitzuteilen. Er hatte jetzt andere Probleme, wie ich den Gesprächen entnehmen konnte, die er mit meinem Onkel führte.

„Wir können dem Zimmermann zur Zeit seinen Lohn nicht bezahlen. Wir haben nur noch ein paar Gulden und der Winter hat erst begonnen. Wie sollen wir ihn überstehen?

Bei den Glasbläsern aus Tirol war ich auch neulich. Ich hatte gehofft, so fest gehofft, sie würden mich als Glasträger nehmen, doch vor dem Frühjahr brauche ich mich bei ihnen gar nicht zu melden", erklärte Vater, und man merkte ihm an, dass es ihm nicht leicht fiel seine Probleme vor Onkel Jakob und Tante Maria auszubreiten.

„Es wäre das Beste, wir verkaufen das Kalb, damit der Zimmermann endlich Ruhe gibt", sprach Mutter resigniert.

„Das finde ich gemein, ganz gemein, wenn ihr das tut!", rief ich und fing sofort zu weinen an. Ich wollte aus der Küche rennen, doch Vater hielt mich zurück.

„Also gut, wir wissen ja, dass du an dem Kälbchen hängst und es auf keinen Fall verlieren willst. Wir werden es nicht hergeben", versuchte Mutter mich zu beruhigen.

„Das sagt ihr jetzt nur so! In Wirklichkeit habt ihr längst

beschlossen es zu verkaufen. Erst neulich habe ich euch davon sprechen hören."

Onkel Jakob mischte sich wieder ein:

„Was hältst du davon, Johannes, wenn ich dir das Geld für den Zimmermann leihe? Im Winter kannst du es nach und nach abarbeiten. Wir müssen in diesem Jahr einige Bäume schlagen und dabei könnten wir noch einen tüchtigen Kerl wie dich brauchen."

Er sah meinen Vater abwartend an.

„Du weißt doch, Schwager, dass ich auch auf dem Stalterhof hart arbeiten muss", erwiderte Vater auf Jakobs Vorschlag.

„Das Angebot meines Bruders ist recht großzügig, meinst du nicht auch, Johannes? Du solltest es annehmen! Ich glaube nicht, dass dir sonst jemand Hilfe anbietet", gab Mutter zu bedenken.

„Ich weiß sehr wohl, dass dein Bruder großzügig ist und ich danke ihm auch dafür, doch, ich kann mich nicht zu Tode schuften."

Vater tat mir wirklich Leid und seine Sorgen waren anscheinend größer, als ich mir vorstellen konnte.

„Du kannst die Stämme aus dem Wald schaffen, Johannes. Diese Arbeit ist nicht so anstrengend. Das Fällen überlassen wir unserem Knecht, der ist stark wie ein Bär", bot Jakob meinem Vater jetzt an.

„Und ich werde dir helfen, Vater", fügte ich hinzu.

Meine Eltern waren beide mit Jakobs Vorschlägen einverstanden und setzten sich an den Tisch. Tante Maria hatte inzwischen schwarzes Brot, Speck und Schmalz aufgetragen. Für Vater holte sie sogar einen Krug Bier, für Mutter und mich Apfelsaft.

*

Einige Zeit sprachen meine Eltern auf dem Nachhauseweg noch über den beschämenden Vorfall im Wirtshaus. Erst daheim wurden sie von den täglichen Arbeiten abgelenkt.

„So ein Mist! Das darf doch nicht wahr sein!", hörte ich Mutter am Bach wettern.

Sie war nach dem Melken der Ziege dorthin gegangen, um die neue Milch zu ihrem bisherigen Vorrat zu schütten.

„Was schimpfst du denn so?", rief Vater ihr zu, der zusammen mit mir Brennholz ins Haus schaffte.

„Wir müssen den Eimer im Bach in Zukunft mit einem größeren Stein abdecken! Irgend ein Viech aus dem Wald hat die ganze Milch ausgesoffen", antwortete sie verärgert.

Sofort eilten wir zu ihr. Wirklich, nichts von der ganzen Milch, die Mutter in den letzten Tagen gesammelt hatte, war mehr da. Bestürzt blickten sich meine Eltern an.

„Vielleicht hat ja das Wasser den Eimer umgeworfen", äußerte Vater ungehalten. „Es ist meine Schuld! Ich hätte einen Holzverschlag bauen sollen, so wie es die Bauern auf den Höfen machen."

„Ich glaube auch, das Wasser hat den Eimer umgeschwemmt. Ein Tier hätte den schweren Stein, den ich auf das Brett gelegt hatte, nicht wegschaffen können", stimmte Mutter zu.

„Nein, nein, das ist nicht möglich, das kann gar nicht sein!", widersprach Vater plötzlich sehr bestimmt. „Das Wasser kommt von da oben."

Er zeigte in die Richtung, aus der das Wasser heranfloss.

„Wenn der Eimer von der Strömung umgefallen wäre, dann müsste der Stein ja zum Tal hin liegen."

Er überlegte einen Augenblick und setzte seinen Gedankengang dann fort:

„Außerdem wäre das Brett vom Wasser davongetragen worden, nicht wahr?"

Mutter nickte zustimmend und murmelte:

„Wie kann das Brett am Ufer liegen und der Stein einige Schritte flussaufwärts? Nein, nein, das war kein Tier! Jemand hat unsere Milch absichtlich in den Bach geschüttet.“

„Oder selbst ausgesoffen“, bemerkte ich und augenblicklich dachte ich wieder an den Mann, den ich im Wald beobachtet hatte.

Ich war mir im Klaren darüber, dass ich spätestens jetzt meinem Vater hätte mitteilen müssen, welches Geheimnis ich seit einiger Zeit mit mir herumtrug, doch ich tat es nicht, um ihn nicht zu beunruhigen und meinen Eltern keine zusätzlichen Sorgen zu bereiten.

Vater spülte den Eimer aus, und nachdem Mutter die frische Milch hineingefüllt hatte, legte er das Brett darauf und beschwerte das Ganze mit einem besonders großen Stein.

*

Ich war froh, dass ich wegen des starken Regens unsere beiden Tiere am folgenden Tag nicht zum Weiden in den Wald treiben musste. Immer wenn ich an den Wald dachte, tauchten die Bilder von dem Fremden in mir auf, und irgendwie fühlte ich mich dabei recht unwohl.

Ich konnte mich allerdings am Nachmittag schlecht dagegen wehren, als mich Mutter losschickte, um einen Korb Tannenzapfen zu sammeln. Sie eigneten sich nämlich schon nach kurzem Trocknen besonders gut dazu, aus einem kleinen Häufchen Glut das Feuer wieder in Gang zu setzen.

Weil mein Korb bei weitem noch nicht voll war, lief ich immer tiefer in den Wald hinein, bis ich eine Vertiefung in der Erde fand, wo der Regen die Zapfen wie in einem Trichter zusammengeschwemmt hatte.

Als ich mich gerade bereit machte meinen Heimweg anzutreten und den vollen Korb schon auf den Rücken geschnallt hatte, sah ich einen Mann, der sich nur einen Steinwurf von mir entfernt am Rand des Trichters aufhielt und mich anscheinend schon länger beobachtet hatte.

Wie angewurzelt blieb ich stehen und blickte den Fremden an. Mein Herz pochte vor Aufregung, und obwohl ich wahnsinnige Angst verspürte, wollte ich erst einmal abwarten, was geschehen würde.

Nicht einen Moment ließen wir uns gegenseitig aus den Augen. Ich war mir völlig sicher, dass es sich um den Kerl handeln musste, den ich schon einmal gesehen hatte und der in der Gegend gesucht wurde.

Ich wusste, dass er eine Magd umgebracht hatte, und dieses Wissen mehrte meine Bedenken ganz erheblich. Ein leichtes Spiel hätte er mit mir gehabt, denn ich wäre diesem großen Mann körperlich nicht im Geringsten gewachsen gewesen.

Vorsichtig streifte ich den Korb von meinem Rücken, um im Falle eines Angriffs sofort die Flucht ergreifen zu können.

Meine innere Aufregung ließ auch nicht nach, als sich der Mann umdrehte und eilig davonlief. Jetzt war ich mir endgültig sicher, dass es sich um den gesuchten Verbrecher handelte, denn ich konnte eindeutig beobachten, wie er sein rechtes Bein beim Gehen nachzog, so, als wäre sein Knie steif.

Da ich in der Erdmulde stand, verlor ich den Mann schnell aus den Augen. Wollte er sich vielleicht unbemerkt von hinten anschleichen und sich auf mich stürzen, um damit zu verhindern, dass ich jemandem etwas über seine Entdeckung mitteilen konnte?

Ich ließ den Korb zurück und hastete so schnell ich konnte in Richtung des Tales, wo unser Haus lag.

Vor lauter Aufregung hatte ich allerdings völlig die Orientierung verloren und erreichte zu meinem Entsetzen nach einiger Zeit erschöpft den Kohlplatz.

„Mutter ist allein zu Hause!“, flüsterte ich und erschrak bei dieser Vorstellung. „Ich muss zu ihr! Ich muss ihr alles erzählen!“

Ich fing bitterlich zu weinen an und machte mir Vorwürfe. Wenn der Verbrecher auch Mutter umbringen würde, dann wäre es allein, ganz allein meine Schuld gewesen. Schließlich hatte ich es unterlassen, Vater oder Onkel Jakob rechtzeitig mitzuteilen, was ich im Wald beobachtet hatte.

Ich suchte mir einen dicken Stock und umklammerte ihn krampfhaft. Schon war ich dabei am Bach entlang zu unserem Haus zu laufen, als ich noch einmal stehen blieb.

Plötzlich kamen mir nämlich Zweifel, ob ich die richtige Entscheidung getroffen hatte. Sollte ich mich nicht besser umschauen, ob jemand auf dem Kohlplatz zugange war und ihn um Hilfe bitten?

Doch zu meinem Unglück konnte ich bei den Kohlenmeilern keine Menschenseele finden. Ich war völlig geschafft. Trotzdem, ich wollte nicht aufgeben.

*

Der Bauer vom Glashof kam mir in den Sinn. Sofort machte ich mich auf den Weg. Ich rannte und rannte, bis mir die Beine schmerzten. Schreiend erreichte ich den Hof.

„Hilfe! Helft mir doch!“

Mit letzter Kraft stürzte ich ins Haus.

Der Bauer stand im Flur und lachte.

„Was ist denn mit dir los, Benedikt? Hat dir die Uhr neulich so gut gefallen, dass du wie ein Wahnsinniger hierher rast, um sie dir noch einmal …“

„Der Mann!“, unterbrach ich ihn, völlig außer Atem. „Der Verbrecher, den, den sie überall suchen“, stammelte ich.

„Wie? Wen suchen sie?“, erkundigte sich Herr Kreutz jetzt ernsthaft, denn er hatte erkannt, dass mir nicht zum Scherzen zumute war.

„Ach ja, der aus Bonndorf, meinst du etwa den?“, wollte er wissen.

„Ja, genau, der Mörder, der Mörder! Er treibt sich in der Nähe unseres Hauses herum und …“

Ich musste meine Rede kurz unterbrechen, ich konnte meine Tränen nicht länger zurückhalten.

„Meine Mutter, meine Mutter ist allein zu Hause und der Mörder … “, brachte ich noch heraus, bevor ein Weinkrampf meine weiteren Worte in ein unverständliches Gelalle verwandelte.

Der Bauer nahm mich am Arm und zerrte mich hinter sich her ins Freie.

„Martin! Martin schnell!“, brüllte er immer wieder nach seinem Knecht.

„Was tobt Ihr denn so herum, Bauer?“, schimpfte der, als wir ihn endlich hinter dem Haus auf einer Weide entdeckt hatten. Er war gerade damit beschäftigt einige Kälber in den Stall zu treiben.

„Der Verbrecher aus Bonndorf, der dort eine Magd erschlagen haben soll, treibt sich in der Gegend herum. Benedikt, der Sohn deines Freundes, hat ihn im Wald gesehen“, berichtete der Bauer aufgeregt.

„Ja und? Der soll nur kommen! Unser Hund wird ihm schon zeigen, wer hier willkommen ist und wer nicht“, antwortete Martin ganz gelassen.

„Aber, er hält sich in der Nähe unseres Hauses auf und Mutter, Mutter ist allein daheim“, sprach ich schnell, bevor noch mehr Zeit mit nutzlosem Gerede vertan wurde.

Gott sei Dank hatte Martin dann den Ernst der Lage erfasst. Er ließ die Kälber einfach auf der Weide zurück und rannte zum Haus.

„Macht das Scheunentor auf, Bauer, schnell!“, plärrte er und verschwand im Stall.

Einen Augenblick später kam er schon wieder heraus und

zerrte ein Pferd hinter sich her, dem er einige Male mit der Hand kräftig aufs Hinterteil schlug, weil es sich zu träge bewegte.

Schnell hatten die beiden Männer den Wagen angespannt. Martin stand auf dem Kutschbock und trieb das Pferd an, als der Bauer und ich uns auf den hinteren Wagenrand gesetzt hatten.

Die Bäuerin stand inzwischen vor der Haustüre, da sie sicherlich das laute Geschrei und das hektische Treiben im Haus und auf dem Hof vernommen hatte. Sie rief dem Bauern noch etwas zu, doch der reagierte gar nicht.

Es bereitete mir erhebliche Schwierigkeiten, mich auf dem Wagen zu halten, und ich versuchte mich mit aller mir zur Verfügung stehenden Kraft an einem Querholz festzukrallen.

Schnell erreichten wir den Kohlplatz. Von hier aus kamen wir nur langsam vorwärts, da der Weg, den Vater zu unserem Haus angelegt hatte, sehr uneben war.

Martin brachte das Gefährt zum Stehen.

„Wir müssen uns jetzt leise verhalten, sonst hat der Verbrecher die Möglichkeit abzuhaun“, flüsterte uns Martin zu, während er das Pferd an einen Baum band.

Möglichst vorsichtig und unauffällig setzten wir unseren Weg im Schutze des Waldes fort, bis wir unser Ziel erreicht hatten. Der Bauer blieb am Waldrand stehen und hob den Arm, um auch uns zum Warten zu veranlassen.

Nicht Auffälliges oder Außergewöhnliches war in der Umgebung des Hauses zu beobachten. Kurz darauf standen wir vor der Eingangstür. Martin legte sein Ohr an das Holz.

„Nichts zu hören!“, flüsterte er kaum wahrnehmbar.

Ganz behutsam öffnete er sie jetzt einen Spalt und schob sie, nachdem er hineinschauen konnte, ganz auf. Der Bauer folgte ihm ins Innere, während ich vorsichtshalber immer noch vor der Hütte wartete.

Plötzlich hörte ich einen lauten Schrei und stürzte deshalb auch hinein. Mutter hatte einen solchen Schrecken bekommen, weil sie Martin und den Bauern erst bemerkt hatte, als sie bereits hinter ihr in der Küche standen, und hatte deshalb zu schreien begonnen.

Sofort erzählte ich, was das Ganze zu bedeuten hatte und dass wir auf keinen Fall zum Scherz ein so ungewöhnliches Verhalten an den Tag gelegt hatten.

Mutter erkannte sofort den Ernst der Situation. Einen fremden oder gar auffälligen Mann hatte sie aber nicht in der Nähe des Hauses gesehen, obwohl sie sich, wie sie uns mitteilte, einige Zeit am Bach aufgehalten hatte.

Sie nahm mich erleichtert in den Arm.

„Gott sei Dank! Gott sei Dank ist dir nichts zugestoßen, mein Junge!"

Meine beiden Begleiter warfen sich gegenseitig einen vielsagenden Blick zu. Sie schienen nicht so recht zu wissen, was sie von dem Ganzen halten sollen.

„Ich hoffe nur, du hast uns kein Märchen erzählt, sonst werde ich dir eine ordentliche Tracht Prügel verabreichen", drohte Martin mir an und unterstrich seine Absicht indem er mit seiner Hand in der Luft herumfuchtelte.

Der Bauer blickte mich streng an und gab mir wortlos, aber eindeutig, zu erkennen, dass er die Meinung seines Knechtes teilte. Dann winkte er Martin zu sich.

„Komm, wir haben Besseres zu tun als einem Hirngespinst nachzujagen!"

Mit einem kurzen Gruß verließen sie das Haus.

Sofort wandte sich Mutter mir zu:

„Benedikt, du hast dir doch nicht etwa wirklich einen Scherz erlaubt, oder etwa doch?"

Sie sah mich prüfend an.

Wieder begann ich zu weinen, denn dass mir anscheinend niemand meine Beobachtungen im Wald glauben wollte und selbst Mutter an meiner Ehrlichkeit zweifelte, traf mich zutiefst.

Ich rannte aus der Küche und war gerade auf dem Weg in den Stall, wohin ich mich für gewöhnlich zurückzog, wenn ich Kummer hatte, als Martin in den Flur stürzte.

„Unser Wagen, mitsamt dem Pferd, unser Wagen ist verschwunden! Der Kerl hat sich damit davongemacht“, hechelte er, blass im Gesicht.

Mutter war in der Zwischenzeit ebenfalls in den Flur gekommen.

Martin schnaufte ein paarmal tief durch und sprach dann weiter:

„Benedikt, du kennst den Weg ins Dorf. Lauf schnell zum Vogt und berichte ihm alles, was sich hier zugetragen hat! Er soll mit einigen Männern kommen, auf der Stelle!“ Er schubste mich auf die Haustüre zu.

„Du musst dich aber beeilen, bevor der Mistkerl über alle Berge ist!“, trieb er mich an.

„Das kommt nicht in Frage! Benedikt geht nicht allein! Weiß Gott, wo sich der Mörder herumtreibt“, entgegnete ihm Mutter entschlossen. „Ich werde meinen Sohn begleiten.“

Schon war sie in der Küche verschwunden, um kurz darauf mit festen Schuhen und einem Umhang erneut im Flur zu erscheinen.

„Der Bauer und ich laufen inzwischen zum Glashof, um neue Pferde zu holen. Wir treffen uns oben im Wald an der Stelle, wo ich das Pferd angebunden hatte“, sprudelte es aus Martin heraus.

„Du findest den Platz wieder, Benedikt, oder?“, vergewisserte er sich noch und eilte nach meinem Nicken davon.

*

Auch ich machte mich zusammen mit Mutter sofort auf den Weg, und wir gaben unser Bestes, um schnell voran zu kommen.

Ich war unendlich froh, dass Mutter in meiner Nähe war, denn hinter jeder Biegung, an jeder unübersichtlichen Stelle drehte ich mich mehrmals um und überzeugte mich, dass uns keine Gefahr drohte. Schließlich war der Mörder am Nachmittag auch aufgetaucht, ohne dass ich ihn anfangs bemerkt hatte. Erleichterung empfand ich erst, als wir uns auf den Stalterhof zu bewegten.

„Wir werden nicht zu Onkel Jakob gehen, sondern erst Vater suchen. Er soll meinem Bruder Bescheid sagen."

Außer Atem blieb Mutter kurz stehen während sie das sagte, denn anscheinend waren ihre Kräfte erschöpft.

Ich rannte voraus, und als Mutter auf dem Hof auftauchte, hatte ich Vater bereits über alles, was sich zugetragen hatte, informiert. Er holte sich ein Pferd aus dem Stall, sattelte es und ritt in Richtung Waldau los.

„Ihr bleibt beide hier auf dem Hof! Verstanden?", ordnete er noch an, und seine Worte klangen geradezu bedrohlich.

Ausführlich besprachen wir das Geschehen vom Nachmittag mit Onkel Wilhelm und meinen Großeltern.

*

Die Dämmerung hatte sich schon über das Land gelegt, als Vater in Begleitung einiger Männer wieder auftauchte. Auch der Vogt, Onkel Jakob, befand sich unter ihnen, als sie die Stube betraten.

„Wir haben ihn gefasst. Er war auf dem Weg nach Neukirch", berichtete Onkel Jakob und Vater fügte hinzu:

„Der hat dumm aus der Wäsche geglotzt, als wir mit fünf Männern seinen Wagen umringten."

„Meinen Wagen, meinen Wagen!“, betonte der Bauer vom Glashof.

„Und wo ist der Mörder jetzt?“, wollte ich wissen.

„Zwei Leute bewachen ihn draußen. Wir haben ihn auf dem Wagen festgebunden und bringen ihn morgen in der Frühe zum Obervogt nach Neustadt“, antwortete Onkel Jakob.

Sofort wollte ich hinauseilen, doch Martin stellte sich mir in den Weg, um das zu verhindern.

„Es ist besser, du schaust ihn dir nicht an. Meine Faust ist mir ausgerutscht und das Gesicht des Schurken sieht deshalb etwas verunstaltet aus“, versuchte er mir zu erklären. „Du bist ein tapferer Kerl, Benedikt, und das mit dem Märchen, na, du weißt schon, das tut mir Leid!“, fügte er kleinlaut hinzu.

Als die Männer in Richtung Waldau aufbrachen, nutzte ich die Gelegenheit, um unbemerkt nach draußen zu kommen. Die Dunkelheit machte es mir jedoch unmöglich Genaueres zu erkennen, außer, dass ein verschnürter, regloser Körper zusammengekauert auf dem Wagen lag.

Vater blieb zurück. Langsam und ohne Hast traten wir den Heimweg an. Unsere Kräfte waren für diesen Tag restlos aufgebraucht.

*

Erst Tage danach lief ich noch einmal an die Stelle im Wald, wo ich meinen Korb zurückgelassen hatte. Immer noch war mir der Ort unheimlich, da ich vor meinem inneren Auge ständig das Bild des Mörders vor mir hatte.

Möglichst schnell wollte ich wieder zu unserem Haus gelangen und kämpfte mich durch ein dichtes Gestrüpp, als ich plötzlich einen Hügel, gut getarnt zwischen zwei Sträuchern, erblickte.

Ich ging darauf zu und betrachtete ihn genau. Ein wildes Tier konnte sich einen solchen Bau nicht geschaffen haben. Stöcke waren in die Erde gerammt, eine dicke Reisigschicht darauf gelegt und mit Laub abgedeckt. Durch die Feuchtigkeit waren die Blätter so miteinander verklebt, dass sie ein richtiges Regendach bildeten.

Als ich durch eine seitliche Öffnung ins Innere blickte, zuckte ich sofort wieder zurück. Eine schreckliche Vorstellung kam mir in diesem Moment. Hatte der Mörder hier in diesem Dikkicht seinen Unterschlupf? War er mir oft bedrohlich nahe, wenn ich mit dem Kalb und der Ziege hier ahnungslos unterwegs war?

Panische Angst stieg in mir auf und, obwohl ich sicher wusste, dass der Mann längst nach Neustadt in den Kerker gebracht worden war, ließ sie auch nur langsam nach.

Ja, hier hatte sich der Verbrecher versteckt. So musste es gewesen sein, das wurde mir klar, je länger ich darüber nachgrübelte.

Ich schaute mir das Quartier noch einmal genau an und stocherte mit einem Stock darin herum. Es wäre für mich einfach gewesen hineinzuschlüpfen, doch das, nein, das wagte ich nicht.

Am hinteren Ende ertastete ich mit meinem verlängerten Arm etwas Weiches, und als ich es zu mir hergezogen hatte, sah ich, dass es sich um eine Decke handelte, die allerdings etwas in sich verborgen hielt. Ich konnte es an der bauchigen Wölbung erkennen.

Vorsichtig entfaltete ich die Decke und erblickte ein zerzaustes Huhn, das bereits abscheulich stank. Mit meinem Stock schob ich das Ganze schnell wieder in die Öffnung und machte mich mit dem Korb hastig auf den Weg nach Hause.

Diesmal behielt ich meine Entdeckungen nicht für mich, sondern erzählte Mutter sofort davon. Am Abend versprach

Vater, die Neuigkeiten gleich am nächsten Tag Onkel Jakob mitzuteilen.

Noch einige Zeit lieferte die Festnahme des Mörders eine Menge Gesprächsstoff im Dorf und in der Umgebung. Allerdings entsprachen die erzählten Geschichten nicht immer der Wahrheit, sondern nach und nach schmückten erfundene Details das Geschehen immer weiter aus.

Natürlich war ich wahnsinnig stolz, als mich Onkel Jakob nach einer Sonntagsmesse beiseite nahm und vor allen Leuten als tapferen und unerschrockenen Jungen hinstellte. Zum Glück wusste er nicht, wie viel Angst ich ausgestanden hatte und wie oft ich auch im Nachhinein beim Gedanken an den Verbrecher noch erschauderte.

IV

Ich freute mich ausgelassen, als eines Morgens eine geschlossene Schneedecke alles Grün unter sich begraben hatte, doch für Vater begann gleichzeitig eine sehr arbeitsreiche und harte Zeit.

Nur noch selten war er daheim. Er musste sein Versprechen einlösen und den Knechten von Onkel Jakob helfen, frisch geschlagenes Holz aus dem Wald zu schaffen. Erst in der Dunkelheit kam er oft nach Hause, und immer häufiger ließ er seinen Gefühlen freien Lauf.

„Hoffentlich ist dieser verdammte Winter bald vorbei und ich kann mir als Glasträger einige Gulden dazuverdienen!", äußerte er auch an diesem Abend.

Bis zum Frühlingsbeginn lagen jedoch noch einige Monate vor uns und die galt es erst zu überstehen. Je näher es auf Weihnachten zu ging, desto öfter hörte ich, wie meine Eltern in der Stube zusammensaßen und ernste Gespräche führten.

Wenn ich eintrat, verstummten sie für gewöhnlich und taten so als ob alles in bester Ordnung sei. Doch ich merkte ihnen an wie sie krampfhaft versuchten, sich zu verstellen.

Vaters Stimmung besserte sich erst, als er die Schulden bei Onkel Jakob abgearbeitet hatte und wegen seines Fleißes sogar ein Geschenk von ihm erhielt.

„Was ist denn das? Was willst du denn damit?", empfing

ich ihn, als er abends mit einem zweirädrigen Karren auf das Haus zukam.

„Onkel Jakob hat mir eine Drechselbank geschenkt, die bei ihm sowieso nur herumsteht und Platz wegnimmt“, antwortete er strahlend.

Ich hatte schon einmal einem Drechsler im Dorf zugeschaut und wusste, dass er mit viel Geschick die schönsten Sachen aus einem Holzklotz zauberte. Doch Vater, konnte er mit einer Drechselbank umgehen?

Meine anfänglichen Zweifel waren schnell zerstreut, da er größere handwerkliche Fertigkeiten an den Tag legte als ich ihm zugetraut hatte.

Mit einem sehr scharfen Eisen fuhr er langsam an dem sich schnell drehenden Holzstück entlang und fertigte einen Stiel mit einer Kugel am Ende. Diese flachte er ab, höhlte sie anschließend mit einem Schnitzmesser aus, und im Nu war ein Holzlöffel entstanden.

Besonders gut gefielen mir die Kartoffelstampfer, die er, nachdem die grobe Form hergestellt war, mit einigen Rillen verzierte.

Kartoffeln waren groß im Kommen, und wie ich von Onkel Jakob erfahren hatte wurden sie auch mehr und mehr auf den Märkten angeboten. Seefahrer hatten sie von ihren Entdeckungsreisen aus Amerika mitgebracht, weshalb man sie teilweise auch „Amerikanische Pflanze“ nannte.

Gerade von seinen Kartoffelstampfern erhoffte sich Vater ein gutes Geschäft, und seine Begründung schien mir einleuchtend:

„Kartoffeln finden bei uns immer mehr Freunde und werden besonders in Städten gern gegessen. Sicherlich besitzen die meisten Haushalte noch kein Gerät, um die Knollen zu zerkleinern und den beliebten Kartoffelbrei herzustellen.“

Häufig saß ich in seiner Nähe und beobachtete, wie er die schwere Steinscheibe ähnlich einem Spinnrad mit dem Fuß in gleichmäßiger Bewegung hielt, um über einen Lederriemen den eingespannten Holzklotz zum Drehen zu bringen.

An einem anderen Abend stellte er einen Heurechen her und zeigte ihn stolz Mutter und mir.

„Was willst du eigentlich mit den ganzen Sachen machen, die du drechselst, Vater?“, fragte ich ihn, als ich die Späne zusammenkehrte und ins Feuer warf.

„Wenn ich einen Handwagen voll zusammen habe, dann werden wir auf den Markt gehen und versuchen, ob uns jemand etwas abkauft. Deine Mutter glaubt fest an einen Erfolg.“

Er strahlte sie kurz an.

Ich freute mich, dass Vater wieder Mut gefasst und anscheinend alle Trübsal überwunden hatte.

*

Kurz vor Weihnachten ergab sich eine Möglichkeit auf den Markt nach Freiburg zu gelangen.

Eigentlich hatte Vater geplant mit mir in das nähere Neustadt zu laufen, um seine Axtstiele, Heurechen, Holzschaufeln und andere Küchengeräte aus Holz zum Verkauf anzubieten. Onkel Jakob musste aber mit einem Pferdegespann nach Freiburg in den Peterhof, dem Stadthaus des Abtes von St. Peter. Einige Säcke Getreide sollten dorthin gebracht werden. Deswegen bot er uns an mitzukommen, und Vater nahm diese Gelegenheit gerne wahr.

„Da braucht ihr doch euren Handkarren nicht auf den Markt nach Neustadt zu ziehen, wenn ihr bequem auf meinem Wagen mit nach Freiburg fahren könnt. Dort wirst du sicherlich bessere Geschäfte machen als in Neustadt“, erklärte er meinem Vater.

Ich hatte weder Neustadt noch Freiburg jemals gesehen, doch ich vertraute Onkel Jakob, der sich im Allgemeinen besser auskannte als andere Bewohner des Dorfes und beide Städte bereits häufig besucht hatte. Außerdem war ich froh nicht einen so langen Fußmarsch bewältigen zu müssen.

Es war noch tiefe Nacht als wir all die Dinge, die Vater in den letzten Wochen hergestellt hatte, mit einem Handwagen zum Schwabenhof schafften.

„Wir müssen uns beeilen, wenn wir rechtzeitig in Freiburg sein wollen! Verladet eure Sachen auf dem Wagen! Ich werde die Pferde einspannen und dann geht's los", empfing uns Onkel Jakob.

Inzwischen war es bereits recht kalt und frostig auf den Höhen des Schwarzwaldes, doch zum Glück lag kein Schnee. Wäre es anders gewesen, was in dieser Jahreszeit nicht ungewöhnlich war, hätte es unsere Fahrt nach Freiburg wesentlich erschwert oder gar unmöglich gemacht.

Über Breitnau gelangten wir hinunter ins Höllental. Etliche Menschen zu Fuß und zahlreiche andere Fuhrwerke waren ebenfalls in Richtung Freiburg unterwegs.

Am frühen Vormittag erreichten wir endlich die Stadtgrenze. Eigentlich fühlte ich mich erschöpft, da wir so frühzeitig aufgestanden waren und das lange Sitzen auf der harten Bank mich angestrengt hatte, doch als wir durch ein riesiges Torhaus ins Innere der Stadt kamen, vergaß ich schnell alle Müdigkeit.

Vater und ich sprachen kaum ein Wort, sondern waren damit beschäftigt, unsere Augen über all das gleiten zu lassen, was an Neuem auf uns einströmte. Onkel Jakob dagegen schien wenig beeindruckt. Er redete nahezu ohne Unterbrechung und teilte uns bereitwillig alles mit, was er über die Stadt wusste.

„Wie ihr seht, hatte auch Freiburg unter den Franzosen zu leiden. Die Spuren kann man heute noch an vielen Stellen entdecken." Er deutete auf ein Haus, das durch einen Brand nahezu vollständig zerstört worden war. „Großes, sehr großes Leid herrschte damals in der Stadt, und trotzdem mussten die Bewohner noch zufrieden sein, dass die Soldaten nicht alles niederbrannten."

Die vielen Wagen, die Häuser, die gepflasterten Straßen, die teilweise vornehm gekleideten Damen und Herren, für mich war alles überwältigend.

Nachdem wir ein Stück gefahren waren, öffnete sich die enge Straße und mündete in einen großen Platz. Eine riesige Kirche zog meinen Blick an. Besonders begeisterte mich der Turm. Nicht nur seine Höhe war ungeheuerlich, sondern er war so feingliedrig und aufgelockert gestaltet, dass er richtig zerbrechlich wirkte.

„So, hier wären wir! Jetzt müsst ihr ohne mich auskommen! Ich wünsche euch ein gutes Geschäft", sprach Onkel Jakob und brachte den Wagen zum Stehen.

„Und wie, wie finden wir dich wieder, Jakob?", fragte Vater, denn er fühlte sich von den Menschenmengen anscheinend ebenso verunsichert wie ich.

Onkel Jakob zeigte nach oben auf die Kirchturmuhr.

„Jetzt ist es ungefähr elf. So gegen zwei werde ich mit meinem Fuhrwerk wieder hier, genau an dieser Stelle, sein."

Vater und ich blickten erst auf die Uhr, dann auf Onkel Jakob, und er begriff unsere Unsicherheit sofort.

„Keine Angst, ich werde euch rechtzeitig abholen und mich nicht allzu lange im Peterhof aufhalten", beruhigte er uns. „Schließlich wollen wir heute noch zurück nach Waldau."

*

Wir breiteten alles auf dem Boden aus und stellten uns daneben. Endlich fand ich Zeit mich umzuschauen. Der Marktplatz war umringt von großen und geräumigen Häusern. Einige waren nicht aus Holz oder Lehm erbaut, sondern aus richtigem Stein. Bei uns in Waldau gab es nur ein Gebäude aus Stein, nämlich die Kirche.

„Ihr seid anscheinend das erste Mal hier auf dem Markt, wie?", sprach ein gut gekleideter Mann meinen Vater an.

„Ja, so ist es! Aber, woher wisst Ihr …?", stammelte Vater, als hätte er etwas angestellt.

„Ihr könnt Eure Sachen nicht einfach hier auf dem Markt verkaufen", bemängelte der Herr, „sondern müsst erst die vorgeschriebene Gebühr an die Stadt entrichten und Euch einen Platz von einem Marktaufseher zuweisen lassen!"

Vater holte sofort einige Münzen aus seinem Lederbeutel und hielt sie dem Aufseher hin. Der nahm sich zwei davon und meinte anschließend:

„Ihr könnt hier an diesem Platz bleiben! Das nächste Mal fragt Ihr aber erst nach, verstanden? Die Marktordnung verlangt es so."

Mit Vaters Erlaubnis machte ich einen Rundgang, um mir dieses Spektakel genauer zu betrachten.

Bauern luden Fässer mit eingelegtem Kraut ab, priesen Brot, Obst, Rüben und viele andere Nahrungsmittel an. Einige hatten lebende Tiere auf den Markt geschafft.

Gänse, Enten und Hühner reckten ihre Hälse aus Weidenkörben heraus. Tauben waren mit einem Strick so verschnürt, dass sie sich nicht mehr bewegen konnten. Ziegen, Schafe, Kälber, alles schien es hier zu geben.

Ein Tuchhändler ging auf die Leute zu und legte ihnen ein Stück Stoff über die Schulter. Besonders Frauen schienen für seine schmeichelnden Worte sehr empfänglich zu sein und ließen sich an den Stand locken.

Da das Weihnachtsfest vor der Tür stand, wurde an einigen Stellen auch Spielzeug angeboten. Besonders gefragt waren an einem Stand handgroße Pferde aus Holz.

„Na, wäre das nicht ein wunderbares Geschenk für Euren Buben, oder wollt Ihr Weihnachten mit leeren Händen dastehen?", redete die Frau hinter dem Stand auf einen Bürger ein, der mit seinem staunenden Sohn vor dem Spielzeug stand.

Sie reichte dem Knaben ein bemaltes Pferd. Strahlend schaute der seinen Vater an und, dem Mann blieb kaum eine andere Wahl, er war überredet und bezahlte.

Sofort nahm er dem Jungen das Pferd aus den Händen, steckte es in seine Rocktasche und teilte seinem verdutzten Sohn mit:

„Noch ist nicht Weihnachten!"

Während die Frau auf diese geschickte Art ihre Waren an die Leute brachte, fertigte ihr Mann im Hintergrund neue Pferde an. Er nahm die ausgesägten Rohlinge zur Hand und bearbeitete sie weiter mit dem Messer, so dass nach einiger Zeit ein neues Pferdchen entstand.

Anschließend tauchte er einen Pinsel in ein kleines Gefäß und überzog das Holz mit brauner Farbe. Die Augen, die Mähne und den Schweif strich er schwarz an.

*

Eilig machte ich mich auf den Weg zurück zu Vater. Sicherlich war er verärgert, weil ich mich so lange herumgetrieben hatte.

Ein Mann zählte ihm gerade einige Münzen in die Hand, und als der Käufer mit seinem Heurechen gegangen war, holte Vater noch weitere Münzen aus seiner Rocktasche und zeigte sie mir strahlend. Kein Wort verlor er über meinen langen Rundgang, so glücklich war er über seinen Erfolg.

Ich freute mich ebenso wie er, dass sich seine Sachen gut verkaufen ließen. Von all den Dingen, die ich auf dem Markt bestaunt hatte, erzählte ich ihm.

Jetzt wollte auch ich beim Verkauf etwas behilflich sein und dachte an die Händler, die ich zuvor genau beobachtet hatte. Sie standen nicht einfach da und warteten auf Kunden, sondern wussten ihre Waren geschickt anzupreisen.

Ein Mann lief an uns vorüber und warf einen kurzen Blick auf unser Angebot. Ich sprach ihn einfach an:

„Sicherlich sucht Ihr noch ein passendes Geschenk für Eure Frau, gnädiger Herr.“ Ich nahm einen Kartoffelstampfer in die Hand und reichte ihn dem Fremden. „Sie wird viel Freude daran haben, zumal sie ihn von Euch zu Weihnachten geschenkt bekommt“, sprach ich weiter.

Schmunzelnd zog der Mann einige Münzen aus der Tasche, verhandelte kurz mit Vater und bezahlte.

„Eure Tochter wird neidisch sein, dass sie nicht auch einen so modernen Kartoffelstampfer besitzt, wo man diese Knollen doch heute in jedem Haushalt kennt“, redete ich noch einmal auf den Mann ein.

Wieder nahm er einige Münzen in die Hand und reichte sie Vater.

„Euer Sohn ist ein gerissener Kaufmann“, bemerkte er laut lachend, „und wird Euch eines Tages zu einem wohlhabenden Mann machen.“

Als der Kunde verschwunden war, schaute mich Vater an und schüttelte grinsend den Kopf.

„Ja wirklich, Benedikt, du hast dem Mann die beiden Kartoffelstampfer richtig aufgedrängt. Du bist tatsächlich gerissen.“

„Du musst mal über den Markt gehen, Vater! Die erfolgreichen Händler stehen nicht nur herum, sondern sie sprechen die Leute an, sie preisen ihre Waren in höchsten Tönen an. Das macht man anscheinend so, wenn man ein guter Händler sein will.“

Der Zeiger auf der Kirchturmuhr hatte noch nicht die Eins erreicht, als wir alle, restlos alle Waren unter die Leute gebracht hatten. Zufrieden verzehrten wir die Speckbrote, die uns Mutter eingepackt hatte.

Anschließend liefen wir gemeinsam die Gassen der Stände entlang und ich zeigte Vater all das, was ich bei meinem ersten Rundgang schon einmal entdeckt und bewundert hatte.

Besonders zog mich natürlich erneut das Spielzeug an. Vater hatte zwar eine Menge Münzen in der Tasche, doch ein Holzpferd wollte er mir nicht schenken, obwohl ich ihn mehrmals darum bat. Erst als er versprach mir beim Bäcker etwas zu kaufen, lief ich mit ihm weiter. Er suchte drei Lebkuchen aus und reichte mir einen davon, während er sich den Zweiten selbst schmecken ließ.

Ich hatte mich allerdings verschätzt, als ich meinte, wir würden uns auch noch den dritten Leckerbissen teilen, denn damit hatte Vater etwas anderes vor.

„Den bringen wir Mutter mit. Sie wird sich darüber freuen."

Vater erstand noch ein paar Kartoffeln und reichte mir eine davon. Ich hielt das für eine Aufforderung sie zu probieren und biss vorsichtig hinein.

„Benedikt", lachte er, „die kannst du doch nicht roh essen! Kartoffelstampfer drehst du den Leuten an, weißt aber nicht einmal, dass man Kartoffeln erst kochen muss, wenn man sie verzehren will."

Pünktlich traf Onkel Jakob an der vereinbarten Stelle wieder ein. Das Getreide hatte er abgeliefert. Er staunte nicht schlecht, dass wir alles an den Mann gebracht hatten und beglückwünschte Vater zu seinem Erfolg.

„Du hättest Benedikt mal erleben sollen! Aus dem wird eines Tages ein wirklich guter Geschäftsmann, wenn man ihm die Möglichkeit dazu gibt", sprach Vater anerkennend und sein Lob bedeutete mir unsagbar viel.

*

Froh war ich, als wir nach diesem langen und erlebnisreichen Tag endlich auf Waldau zusteuerten.

Onkel Jakob setzte uns kurz nach dem Hohlengraben ab, denn von hier aus war unser Heimweg wesentlich kürzer als wenn er uns bis zum Schwabenhof mitgenommen hätte.

Die Dämmerung setzte ein und der klare Himmel kündigte eine frostige Nacht an. Mutter erwartete uns bereits, als wir das Haus betraten.

Die Stimmung an diesem Abend war gelöst und meine Eltern machten einen so zufriedenen Eindruck, wie ich es selten in den letzten Wochen erlebt hatte.

Nachdem Mutter ihren Lebkuchen verzehrt hatte, kochte sie die Kartoffeln. Sogar ein Stück Käse stellte sie auf den Tisch. Vater sprach ein Gebet und dankte Gott dafür, dass er uns in seiner Güte auch an diesem Tag nicht vergessen hatte.

Von den Kartoffeln kostete ich erst ein kleines Stückchen, denn ich wollte sicher sein, dass sie mir auch wirklich schmeckten. Meinen Eltern ging er anscheinend nicht anders. Erst als wir alle drei mit unseren Holzlöffeln ordentlich in den Topf langten, zeigten wir, dass uns die Knollen zusagten.

Durch den Erfolg auf dem Markt wirkte Vater wie verwandelt. Der Nachweis war erbracht, dass sich seine Sachen zu Geld machen ließen, dass es Menschen gab, die sie erwerben wollten, und das gab ihm neue Kraft und Mut.

Jedes Mal, wenn er auf dem Stalterhof tätig war, brachte er am Abend ein Bündel trockenes Holz auf dem Rücken mit, um dann im Schein der Laterne neue Waren für den Markt zu drechseln.

Von dem Geld, das er in Freiburg eingenommen hatte, kaufte er Speck, Getreide, Kraut und andere haltbare Nahrungsmittel. Auch seine noch ausstehenden Schulden für das Schneiden der Bretter beglich er auf dem Behashof.

Am Weihnachtsfest wartete eine Überraschung auf Mutter und auf mich. Für sie hatte er einen Stoff besorgt und für mich, ich konnte es kaum glauben, ein hölzernes Spielzeugpferd, so ähnlich wie ich es auf dem Markt in Freiburg gesehen hatte.

„Eigentlich bist du ja schon viel zu groß dafür, aber ich habe es dir angesehen, wie sehr du dir ein solches Pferd gewünscht hast. Deswegen habe ich es dir geschnitzt", erklärte er, als er mein strahlendes Gesicht sah.

„Und du hast das wirklich selbst gemacht, Vater?", fragte ich nach, denn ich fand es noch gelungener als die Pferde auf dem Freiburger Markt.

„Warum baust du eigentlich keine Uhr? So geschickt wie der Bauer vom Glashof, so geschickt bist du auch", äußerte ich und hielt das Pferdchen immer noch bewundernd in meinen Händen.

Vater schaute mich an und schien zu überlegen, gab mir aber keine Antwort.

*

Noch einige Male suchten wir verschiedene Märkte der Umgebung auf und verkauften Vaters Arbeiten mit großem Erfolg.

Als er wieder einmal nach Neustadt aufbrach, wollte er mich unter keinen Umständen dabei haben. Eine vernünftige Begründung konnte er mir nicht geben, sondern ich merkte, dass er geradezu nach Ausreden suchte.

„Es wäre für dich zu anstrengend, bei dem hohen Schnee bis nach Neustadt zu laufen. Soll ich dich etwa tragen, wenn du schlapp machst?", redete er auf mich ein.

Auch Mutter war nicht in der Lage, ihn umzustimmen.

Ich fand Vaters Verhalten ungeheuer gemein und kam den Pflichten, die er mir während seiner Abwesenheit aufgetragen hatte, nur widerwillig nach. Schließlich hatten sowohl er als auch Onkel Jakob mir mehrmals beteuert, dass ich mich beim Verkauf sehr geschickt anstellte.

Als er am späten Nachmittag nach Hause zurückkehrte, hatte ich ihm sein unnachgiebiges Verhalten immer noch nicht verziehen und begrüßte ihn nur kurz, um weiter den Stall auszumisten. Erst als Mutter in der Küche meinem Vater ungewöhnlich laute Vorhaltungen machte, wurde ich neugierig.

„Kaum haben wir ein paar Gulden zusammen, schon wirfst du das Geld mit beiden Händen zum Fenster hinaus!", schimpfte sie. „Was sollen wir denn mit einer Uhr anfangen, kannst du mir das erklären?"

Ich betrat die Küche und sah eine Uhr auf dem Tisch liegen. Sie hatte große Ähnlichkeit mit der des Glashofbauern.

„So hör dir doch erst einmal an, warum ich eine Uhr gekauft habe!", rechtfertigte sich Vater, und seine Stimme wurde zunehmend lauter, was ich von ihm nur selten gewohnt war.

„Du hast was, Vater, du hast eine richtige Uhr gekauft?", sprach ich verwundert und stand schon am Tisch, um sie genau zu betrachten.

Wieder wollte Mutter etwas sagen, doch Vater ließ sie nicht zu Wort kommen.

„Jawohl, ich habe eine Uhr gekauft und ich werde versuchen auch Uhren zu bauen", fuhr er sie an. „Das kann ich allerdings nur, wenn ich selbst eine besitze, denn erst dann kann ich sie mir genau anschauen und nachbauen. Ich möchte jetzt nichts mehr davon hören!"

Während sich Mutter beleidigt ihrer Arbeit zuwandte, hätte ich am liebsten vor Freude gejubelt. Endlich besaßen auch wir einen solchen Wunderkasten wie der Glashofbauer.

*

In den kommenden Wochen galt Vaters Interesse vor allem der Uhr, die er ohne Vorankündigung erstanden hatte. Nach wie vor war mir unverständlich, weshalb er mich nicht dabei haben wollte, obwohl er doch hätte wissen müssen, dass ich diesen Kauf auf jeden Fall gut geheißen hätte.

Stundenlang stand er am Abend vor dem Uhrenkasten, den er an die Wand gehängt hatte, und schaute ihn von allen Seiten aufmerksam an. Das Antriebsgewicht, ein großer Stein, fehlte noch. Stattdessen zog er mit der Hand an dem Seil, das unten heraushing und beobachtete genau, wie sich das Räderwerk in Gang setzte.

Als nächstes entfernte er den Zeiger und das Zifferblatt, so dass er noch besseren Einblick in den Ablauf der Räder und der Hemmung gewinnen konnte.

Im Dorf hatte er sich ein paar Blätter Papier besorgt und machte eine genaue Skizze der gesamten Uhr. Dazu hatte er sich ein Holzleistchen mit feinsten Unterteilungen hergestellt, um die Maße zu entnehmen.

Mutter hatte sich inzwischen mit dem Kauf der Uhr abgefunden und machte nur ab und zu eine kritische Bemerkung, weil sie anscheinend immer noch daran zweifelte, ob Vater der Nachbau dieses komplizierten Räderwerks gelingen würde.

Vater bezog mich in seine Untersuchungen mit ein. Ich durfte auf sein Geheiß hin vorsichtig am Seil ziehen, während er den Ablauf der einzelnen Räder wieder und wieder beobachtete.

Hatte er etwas Neues entdeckt, so teilte er mir das sofort mit und versuchte es auch so einfach auszudrücken, dass ich es verstehen konnte. Erst als er sich über den Aufbau der Uhr vollkommen im Klaren war, zerlegte er sie mit größter Sorgfalt.

„Warum machst du sie denn kaputt, wo du doch so viel dafür bezahlt hast, Vater?“, fragte ich entsetzt.

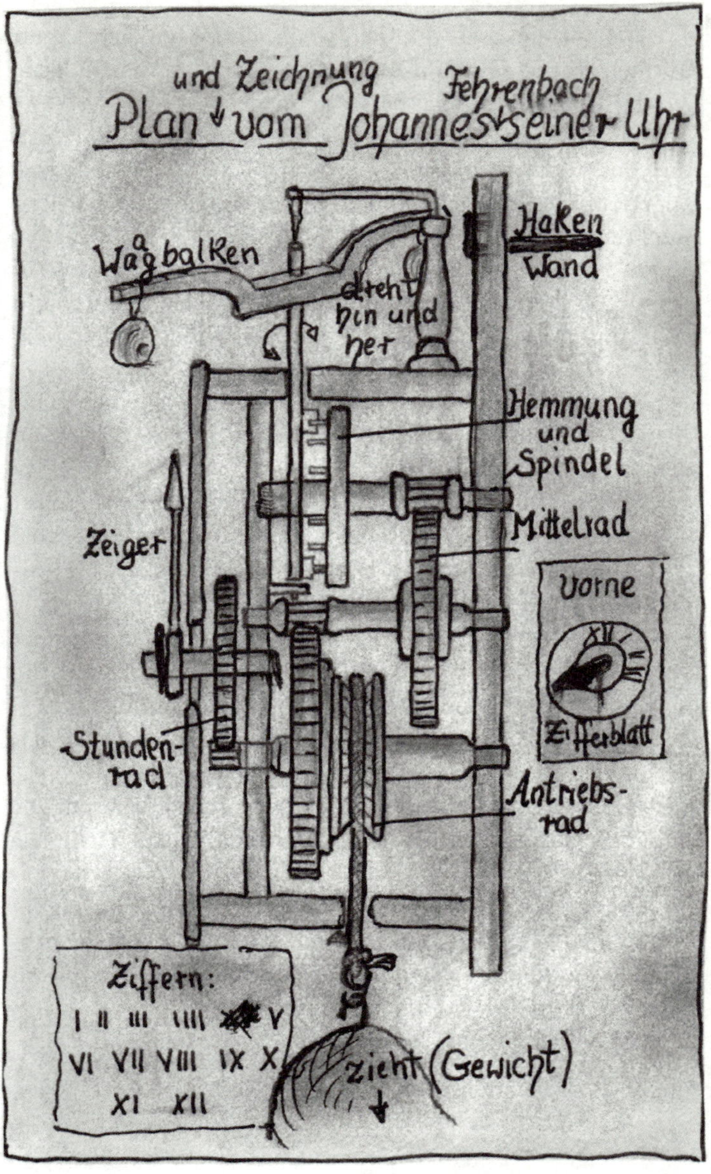
und Zeichnung
Fehrenbach
Plan vom Johannes seiner Uhr
Haken
Wand
Waagbalken
dreht hin und her
Hemmung und Spindel
Mittelrad
Zeiger
Vorne
XII
Zifferblatt
Stundenrad
Antriebsrad
Ziffern:
I II III IIII V
VI VII VIII IX X
XI XII
zieht (Gewicht)

„Was für ein Esel wäre ich, wenn ich sie wirklich kaputt machen würde! Durch das Zerlegen, musst du wissen, lerne ich das Innenleben noch besser kennen.

Jedes Rad, jede Kleinigkeit, die ich entdecke, präge ich mir ein. Außerdem habe ich mir zur Sicherheit eine Skizze angefertigt und Onkel Jakob war so freundlich, die wichtigsten Teile zu beschriften."

Vater reichte mir das Blatt Papier, auf dem er den Aufbau der Uhr mit einem Kohlestift genau festgehalten hatte, und erklärte mir die Einzelteile. Er war sich seiner Sache völlig sicher.

„Warum hast du Onkel Jakob gebeten, die Namen der einzelnen Teile aufzuschreiben?", wollte ich wissen. „Niemand von uns kann lesen."

„Auch für mich ist das alles neu, Benedikt. Sollte ich selbst einmal etwas vergessen, dann kann mir Jakob die Wörter vorlesen", erwiderte er. „Wer weiß, wozu meine Zeichnung einmal nützlich sein kann."

Lange beugte ich mich über Vaters Skizze und betrachtete sie genau. Immer wieder warf ich auch einen Blick auf die Uhr an der Wand und verglich sie mit der Abbildung.

„Das hast du wirklich gut gemacht, Vater!", sprach ich bewundernd.

Anschließend baute er die Uhr wieder zusammen, und als sie problemlos funktionierte und vor sich hintickte, meinte er zufrieden:

„Die erste Hürde hätten wir genommen. Wir können eine Uhr in ihre Einzelteile zerlegen und sie wieder zusammensetzen und, sie läuft wie zuvor. Der zweite Schritt wird jetzt sein, alle Teile der Uhr genau nachzubauen."

Dass er „wir" gesagt hatte, stimmte mich sehr froh.

*

Das Frühjahr rückte immer näher und langsam schmolzen auch die Schneefelder an den Nordhängen der Berge dahin.

Vater glaubte zwar fest daran eines Tages mit selbst gebauten Holzuhren Geld zu verdienen, doch der Zeitpunkt schien noch lange nicht gekommen.

Tagsüber war er nach wie vor als Knecht auf dem Hof seines Vaters tätig, abends arbeitete er wieder häufiger an seiner Drechselbank, um verschiedenste Dinge aus Holz herzustellen. Auch mich hielt er an das Drechseln zu lernen und ich war schnell in der Lage einfache Arbeiten auch ohne Vaters Hilfe auszuführen.

Als das Frühjahr sich endlich durchgesetzt hatte, machte er sich auf den Weg, um die Glasmacher aufzusuchen. Sie wurden sich zwar einig und Vater konnte als Glasträger ins Land ziehen, doch so richtig zufrieden schien er nicht zu sein.

„Viele Männer aus der Gegend wollen für die Tiroler als Glasträger tätig sein, und die Glasmacher wissen diese Situation auszunutzen. Ich werde nicht sonderlich gut verdienen", berichtete er nach seiner Rückkehr.

„Und wenn du nebenbei auch deine Holzlöffel, Kartoffelstampfer und andere Dinge mitnimmst? Vielleicht kannst du damit nebenbei so manches Geschäft machen. Das wäre doch nicht schlecht, oder?", schlug Mutter vor.

Die Idee fand Vater gut, und deswegen beschloss er sie in die Tat umzusetzen. Unermüdlich schuftete er und stellte vor allem kleinere Holzgegenstände her, weil die sich besser für den langen Transport eigneten.

Zu seinem Angebot gehörten inzwischen auch Holzpferdchen, da sie einfach anzufertigen waren und sich besonders in Städten gut verkaufen ließen.

Bepackt mit einem Korb voller Glaswaren und seinen eigenen Holzgegenständen brach Vater eines Tages auf.

„Du bist jetzt groß genug, Benedikt, und wirst Mutter tüchtig helfen! Ich möchte keine Klagen hören, wenn ich zurückkomme, hast du verstanden?“, ermahnte er mich noch, als er das Haus verließ.

*

Über drei Wochen war Vater unterwegs, und man sah ihm die körperliche Erschöpfung nach seiner Rückkehr an. Sein Weg hatte ihn in die Rheinebene geführt. Nicht nur das Glas, sondern auch seine eigenen Waren hatte er allesamt verkauft.

„Ich will mich nicht versündigen und meinem Herrgott dankbar sein, dass ich gesund wieder nach Hause gekommen bin, doch das, was mir nach drei Wochen harter Arbeit für die Glasmacher bleibt, ist sehr, ja sehr gering. Hätte ich meine eigenen Sachen nicht zusätzlich dabei gehabt, kaum ein Gulden wäre mir geblieben“, beschwerte er sich.

Mit all seiner Kraft widmete er sich wieder seiner Uhr. Er drechselte Räder, legte das Original darauf, zeichnete mit einem Kohlestift die Zähne an und schnitt sie dann mit dem Messer erstaunlich sauber heraus. Teil für Teil baute er mit größter Sorgfalt nach.

Etliche Wochen vergingen, bis er endlich eine Uhr nachgebaut hatte und der große Moment gekommen war sie aus ihren Einzelteilen zusammenzusetzen.

Die anfängliche Enttäuschung war außergewöhnlich groß, denn sie wollte und wollte, sie wollte einfach nicht laufen, obwohl die verschiedenen Zahnräder problemlos ineinander griffen und absolut nichts zu erkennen war, warum sie nicht funktionierte.

Die Lösung fand Vater erst heraus, als er sich mit seinem Problem an Georg Kreutz, den Glashofbauern, wandte. Der hatte Erfahrung und war auch bereit Vater einige Ratschläge zu geben. Alle beweglichen Teile mussten mit ausgelassenem

Schweinefett eingeschmiert werden, um leichtgängig zu sein und möglichst wenig Reibung zu verursachen.

Unglaublich stolz war Vater, als seine Uhr endlich an der Wand hing und sich mit gleichmäßigem Ticken in Bewegung setzte.

*

Trotz dieses Erfolges gab es aber auch einige Schwierigkeiten, die auf Vater zukamen, denn je mehr er sich mit dem Uhrenbau und der Herstellung von Gebrauchsgegenständen aus Holz beschäftigte, desto mehr vernachlässigte er seine Aufgaben auf dem Stalterhof.

Es war daher nicht verwunderlich, dass Großvater eines Abends wütend bei uns auftauchte, weil Vater an diesem Tag gar nicht zur Arbeit erschienen war. Da wir ihn rechtzeitig aufs Haus zukommen sahen, eilte Vater in die Stube, nahm schnell die Uhr von der Wand und versteckte sie in der Wäschetruhe.

Mutter und mir schärfte er noch ein:

„Kein Wort, kein einziges Wort darüber, dass ich eine Uhr gebaut habe! Mein Vater weiß nichts davon, und so soll es vorläufig auch bleiben!"

Schon kam Großvater ins Haus. Er hielt sich nicht lange mit freundlichen Vorreden auf, sondern kam sofort zur Sache.

„So kann es nicht weitergehen, Johannes! Noch bist du Knecht auf meinem Hof, tust aber, was du willst. Erst warst du drei Wochen für die Glasmacher unterwegs, heute bist du einfach gar nicht gekommen. Was soll ich davon halten?", beanstandete er in ernstem Ton.

„Ich weiß, Vater, ich weiß, dass ich meine Pflichten nicht mehr so erfülle wie es eigentlich sein sollte. Du siehst, dass mir Jakob eine Drechselbank geschenkt hat. Ich stelle alle möglichen Dinge damit her und versuche sie auf den Märkten zu verkaufen“, versuchte Vater zu erklären.

„Dann musst du dich halt entscheiden was du eigentlich willst! Entweder du bist Knecht und machst deine Arbeit, oder du musst sehen, wie du sonst dein Brot verdienst und deine Familie durchbringst!“

Großvater hatte damit klar zum Ausdruck gebracht, dass er nicht länger bereit war Vaters Unzuverlässigkeit zu dulden, sondern eine klare Entscheidung von ihm erwartete.

„Darauf kann ich dir, nimm es mir bitte nicht übel, sofort eine Antwort geben“, erwiderte Vater nach kurzem Überlegen. „Ich möchte nicht länger, nein, ich möchte nicht mein Leben lang als Knecht auf dem Stalterhof arbeiten.

Versteh mich bitte nicht falsch! Du gibst mir für meine Arbeit Nahrungsmittel und zahlst mir auch einen kleinen Lohn, doch ich verdiene auf den Märkten wesentlich besser.

Zur Heuernte und, wenn Not am Mann ist, werde ich trotzdem gerne auf deinem Hof aushelfen.“

„So so, du willst nicht mehr als Knecht bei mir arbeiten“, empörte sich Großvater. „Jetzt ist es endlich ausgesprochen was du denkst.“

„Du solltest nicht so reden, sondern dich freuen, dass dein Sohn eine bessere Möglichkeit gefunden hat seinen Lebensunterhalt zu verdienen und für seine Familie zu sorgen!“, versuchte ihn Vater zu beruhigen, holte die Uhr aus dem Versteck, hängte sie an die Wand und setzte sie in Gang.

Großvater blickte erst einen Moment auf die Uhr, dann sah er Vater an.

„Ich sehe, dass es euch sehr gut geht, wenn ihr euch sogar eine Uhr leisten könnt. Nicht einmal ich habe eine dieser neumodischen Dinger in meinem Haus.“

„Für diese Uhr habe ich nichts bezahlt, sondern ich habe sie selbst gebaut und plane noch weitere davon herzustellen, um sie zu verkaufen“, erklärte Vater.

Ungläubig blickte Großvater meine Mutter an, und erst als sie die Worte meines Vaters bestätigte schien er überzeugt zu sein.

„Das hätte ich dir nicht zugetraut, das muss ich offen gestehen. Eine richtige Uhr hast du gebaut?“ Anerkennung klang in seinen Worten.

„Und wenn du willst, dann wirst auch du schon bald eine solche Uhr auf deinem Hof haben. Ich werde dir meine erste Uhr zu einem annehmbaren Preis überlassen.“

Großvater schien nicht so recht zu wissen, wie er auf das Angebot reagieren sollte, nahm es aber nach einiger Überlegung an. Schnell wurde man sich über den Preis einig.

„Die werden staunen auf dem Stalterhof, wenn ich ihnen erzähle, dass ich eine Uhr gekauft habe, die auch noch von meinem Sohn Johannes gebaut wurde“, sagte er jetzt stolz und klopfte meinem Vater auf die Schulter.

„Du bringst sie am besten gleich morgen selbst vorbei, dann werde ich dir auch deinen verdienten Lohn dafür geben.

Ja, wahrscheinlich hast du Recht, Johannes, du solltest deine Zeit nicht länger als Knecht vergeuden, bei deiner Geschicklichkeit“, sprach Großvater, als er sich voller Respekt verabschiedete.

V

Der Verkauf seiner ersten Uhr brachte Vater nicht nur ein schönes Sümmchen Geld ein, sondern wesentlich bedeutender war die Tatsache, dass sein Selbstvertrauen und der Glaube an seine eigenen Fähigkeiten gestärkt wurden.

„Wir könnten uns von dem Geld ein weiteres Kalb anschaffen oder zwei Ziegen", schlug Mutter vor, als sie den Haferbrei in die Stube brachte und auf den Tisch stellte.

„Eigentlich habe ich andere Pläne damit", wandte Vater sofort ein, „denn ich möchte eine kleine Werkstatt einrichten und weitere Uhren bauen. Du wirst sehen, Katharina, es gibt noch mehr Leute, die wie Großvater auch gerne eine Uhr auf ihrem Hof haben möchten."

Er redete noch eine ganze Weile auf Mutter ein, bevor er sie von seiner Idee überzeugt hatte.

„Der Stall ist groß genug. Ich werde mit Brettern eine Wand einziehen und mir die Werkstatt dort einrichten. Dann haben wir auch nicht immer den ganzen Schmutz hier in der Stube", suchte er nach weiteren Begründungen für sein Vorhaben.

Es war typisch für meinen Vater, dass er mit der Verwirklichung seines Entschlusses nicht lange wartete, sondern schon in den nächsten Tagen daran ging, ihn in die Tat umzusetzen.

Auch ich hatte keine andere Wahl, sondern musste ihm

tüchtig dabei helfen. Wir bauten gemeinsam zwei Tische und einen Schemel. Die Drechselbank fand ebenfalls ihren Platz in der neuen Werkstatt.

Vater besorgte auch einige neue Werkzeuge. Den Schmied beauftragte er mit der Herstellung einiger Schnitzmesser und Drechseleisen, die er daheim mit Holzgriffen versah. Er besorgte sich verschiedene Handsägen und sogar ein Zirkel fand sich bald in seiner Werkstatt.

Noch einmal suchte er den Schmied in Waldau auf und ließ sich ein paar Bohrer nach seinen eigenen Skizzen fertigen.

Während Vater viel Zeit benötigte, um all die Dinge zu besorgen, die er zum Uhrenbau brauchte, führte ich mit Mutter all die Arbeiten aus, die daheim anfielen.

Wir mähten die Wiesen um das Haus herum und machten Heu für den nächsten Winter, versorgten die Ziege und das Kalb, das inzwischen fast eine Kuh war. Viel Zeit verbrachten wir auch damit Holz in den umliegenden Wäldern zu sammeln.

Hatte ich einmal nichts zu tun, dann durfte ich an der Drechselbank arbeiten. Mit Vaters Unterstützung hatte ich es in der Zwischenzeit zu beachtlichem Können gebracht, wie er mir immer wieder bestätigte. Am Abend begutachtete Vater meine Arbeiten meist sehr genau und brachte, wenn er es für nötig hielt, noch einige Verbesserungen an.

*

Endlich war die Werkstatt fertig eingerichtet und Vater konnte sich erneut dem Bau einer Uhr widmen. Die ganzen Erfahrungen, die Skizzen und Maße, die er beim ersten Mal gesammelt hatte, kamen ihm zugute. Jetzt zeigten sich auch die Vorteile einer sorgfältig eingerichteten Werkstatt.

Wesentlich schneller kam Vater beim Bau der zweiten Uhr

voran, und kaum war eine Woche vergangen, als er schon die wichtigsten Teile fertig hatte.

Etwas verärgert war er, als Onkel Jakob bei ihm vorbeischaute, um ihm mitzuteilen, dass er seinen Frondienst im Kloster ableisten solle.

„Du hast es dem Abt versprochen und unterschrieben, Johannes, sonst hätte er dir das Land sicherlich nicht überlassen", erinnerte Onkel Jakob meinen Vater, da dieser am liebsten erst seine Uhr vollendet hätte.

„Am Montag bringe ich mit meinem Wagen mehrere Leute aus Waldau ins Kloster nach St. Peter. Der Abt hat es so angeordnet und du, Johannes, wirst mitkommen und dich an das Abkommen halten! Willst du etwa dein Land verlieren, willst du das wirklich? Du wärest nicht der Erste, bei weitem nicht", redete Onkel Jakob streng auf Vater ein, da er sich immer noch nicht einsichtig zeigte, sondern seinen Dienst erst in einigen Wochen antreten wollte.

Es blieb ihm jedoch nichts anderes übrig als sich den Anweisungen des Abtes zu fügen und die folgende Woche im Kloster zu arbeiten.

*

Ich wollte mich während seiner Abwesenheit nützlich machen, half Mutter, wo immer ich konnte, und hielt mich häufig in der Werkstatt auf. Möglichst viele Dinge stellte ich an der Drechselbank her.

Vater hatte die Einzelteile für seine neue Uhr auf dem Tisch liegen lassen. Die Holzscheiben für die Zahnräder waren bereits gedrechselt, die Zähne mussten allerdings noch herausgeschnitten werden.

Sicherlich wäre Vater angenehm überrascht, wenn ich ihm diese zeitraubende Arbeit abnehmen würde, dachte ich mir und schaute die Skizzen an. Allein das Aufzeichnen der Zähne mit dem Kohlestift kostete mich viel Zeit.

Anschließend nahm ich das Schnitzmesser und machte mich daran einen Zahn nach dem anderen mühsam herauszuschneiden. Das harte Buchenholz ließ sich nur schwer bearbeiten und außerdem hatte ich nicht so viel Kraft wie Vater. Einige Stellen musste ich noch einmal nacharbeiten, doch dann war ich mit meinem Ergebnis recht zufrieden.

Ich konnte Vaters Rückkehr kaum erwarten, denn sicherlich würde er mich für meine Arbeit ganz besonders loben. Gleich nach seinem Auftauchen eilte ich in die Werkstatt und holte das Zahnrad, um es Vater stolz zu zeigen.

Völlig überrascht war ich, als seine Hand knallend auf meiner Backe landete.

„Das möchte ich nicht noch einmal erleben, Benedikt! Du lässt in Zukunft die Hände von meinen Uhren, verstanden?“

Vater war so wütend, dass er das Zahnrad auf den Boden donnerte. Erst nachdem er sich ein wenig beruhigt hatte, kam er mit dem Holzrad auf mich zu.

„Du bist zwar geschickt, Benedikt, doch das, nein wirklich, das kannst du noch nicht! Die Zähne müssen noch viel genauer ausgeschnitten werden, sonst bekommt man die Uhr nach dem Zusammensetzen niemals zum Laufen.“

Schnell erkannte ich, dass Vater Recht hatte. Beim ersten Hinsehen waren die Zähne ganz in Ordnung, doch als ich sie genauer betrachtete, musste ich eingestehen, dass einige teilweise krumm und verschieden groß waren. Und an einer Stelle, an der mir das Messer ausgerutscht war, fehlte die Spitze des Zahnes ganz. Trotzdem hatte der schmerzhafte Zwischenfall auch etwas Gutes.

„Bei der ersten Uhr hast du mir immer alles erklärt und jetzt, kaum ein Wort verlierst du, wenn du über deiner Arbeit sitzt und tust so, als wäre ich gar nicht anwesend.

Ich, ich möchte einmal Uhrmacher werden. Du willst doch

nicht, dass ich als Tagelöhner mein Leben verbringen muss, oder?“, klagte ich und meinte es wirklich ernst.

Vater versprach, sich wieder mehr um mich zu kümmern und an seiner Arbeit teilhaben zu lassen.

In den folgenden vierzehn Tagen, in denen er die angefangene Uhr fertig stellte, wandte er sich immer wieder mir zu und erklärte alle seine Arbeiten. Er drechselte für mich auch einige Holzräder und ließ mich zur Übung die Zähne mit einem Messer herausschneiden.

Er nahm sich auch die Zeit, um meine Versuche kritisch zu begutachten und anschließend recht streng Verbesserungsvorschläge zu machen, was den Vorteil hatte, dass die Ergebnisse meiner Bemühungen von Mal zu Mal besser ausfielen.

*

Auf dem Heuboden hatte sich inzwischen eine ganze Menge an Heurechen, Axtstiele, Löffel und anderen Holzgegenstände angesammelt. Natürlich fehlten auch unsere Kartoffelstampfer nicht, für deren Herstellung inzwischen fast ausschließlich ich die Verantwortung trug.

Vaters Uhr war ebenfalls vollendet und tickte in der Werkstatt vor sich hin, denn sie musste sozusagen erst ihre Probezeit bestehen.

Es kam Vater daher ganz gelegen, dass er wieder für die Tiroler Glasmacher als Glasträger in den südlichen Schwarzwald ziehen sollte. Vorläufig wollte er diese Beschäftigung trotz des geringen Verdienstes auch nicht aufgeben, denn er hatte eine hervorragende Idee:

„Du kommst diesmal mit, Benedikt! Zu zweit können wir neben dem Glas auch noch die Uhr und Etliches von den Holzsachen im Heuboden mitnehmen. Traust du dir das zu?“

Ich freute mich, ihn begleiten zu dürfen und willigte sofort in seinen Vorschlag ein. Nur Mutter hatte etwas Bedenken, denn schließlich sollte sie für zwei Wochen, und so lange würde nach Vaters Vorstellung die Reise etwa dauern, allein in unserem Haus bleiben.

„Allein habe ich manchmal einfach Angst. Wäre es nicht besser, ich würde die Kuh und die Ziege nehmen und mich einige Tage auf dem Hof meines Bruders Jakob nützlich machen?“, schlug sie deshalb vor und fand mit ihrer Idee sofort Vaters Zustimmung.

Wir bereiteten uns auf die Reise vor und hatten bald alles so weit fertig, dass einem Aufbruch nichts mehr im Wege stand. Vater bastelte noch eine Holzkiste und verstaute seine ganzen Messer, die Bohrer, die Sägen und andere wichtige Werkzeuge darin.

„Wollen wir das etwa auch mit auf die Reise nehmen, Vater?“, fragte ich erstaunt.

„Nein, nein, was sollten wir unterwegs damit? Ich will die Sachen auf den Stalterhof bringen. Man weiß ja nie, ob nicht ein Fremder vorbeikommt, in unser Haus einbricht und sich nach Herzenslust bedient.“

Vater dachte an alles.

*

Der Sommer war bereits vorbei, als wir uns von Mutter verabschiedeten und uns an der Ordnach entlang auf den Weg nach Neustadt machten.

Am Nachmittag erreichten wir Bonndorf und ich musste unwillkürlich an den Mann denken, der hier eine Magd umgebracht hatte und dem ich im Wald begegnet war. Vater erzählte mir, dass man ihn vor Gericht gestellt und, nachdem er für schuldig erklärt worden war, in Bonndorf enthauptet hatte. Bei dieser Vorstellung war mir nicht sehr wohl zumute, weswegen ich weiter nicht nachfragte und das Gespräch auf etwas anderes lenkte.

Weil der Abend immer näher rückte, wurde ich langsam recht unruhig.

„Wo werden wir eigentlich die Nacht verbringen, Vater?", wollte ich wissen und merkte selbst, wie viel Unzufriedenheit in meinen Worten mitklang.

„Außerdem bin ich hungrig und mir reicht die Herumlatscherei für heute!", fügte ich hinzu, als Vater auf meine Frage nicht reagierte. „Hätte ich das geahnt!"

Da er einige Meter vor mir lief, drehte er sich um und kam auf mich zu. Ich dachte schon, er wolle mich schlagen, doch er hatte eine ganz andere Absicht.

„Ich habe daheim gefragt, ob du es dir zutraust, mich zu begleiten."

Er nahm mir den Korb vom Rücken und die beiden Heurechen aus der Hand.

„Am besten, du machst dich sofort wieder auf den Heimweg, Benedikt, denn deine Maulerei will ich nicht, nein, ich will sie nicht ertragen!"

Schon setzte er seinen Weg fort und schleppte auch meine Sachen mit sich. Ich dagegen blieb noch einen Moment stehen und trottete dann hinter ihm her. Seine Aufforderung mich auf den Heimweg zu machen, konnte er unmöglich ernst gemeint haben, denn niemals hätte ich nach einem Tagesmarsch den Weg alleine zurückgefunden.

Als ich mich nur noch wenige Schritte hinter ihm befand, versuchte ich, Vater mein vorangegangenes Genörgel zu erklären:

„Ich bin noch nicht so groß wie du Vater und kann nicht den ganzen Tag laufen und laufen und laufen. Hättest du das gekonnt, in meinem Alter?"

Vater blieb stehen und schaute mich an.

„Na gut, wahrscheinlich hast du ja Recht! Wir sollten uns für heute eine Unterkunft suchen."

„Warum laufen wir eigentlich so weit in die Ferne? Wir

könnten doch auch im nächsten Dorf unser Glück versuchen und das Glas, die Holzsachen und die Uhr verkaufen."

„Das schon", antwortete Vater, „aber wir würden keine guten Preise erzielen. Je weiter wir von den Glashütten entfernt sind, desto wertvoller wird das Glas. Hier in der Gegend sind etliche Glasträger unterwegs und deswegen kann man nur wenig Gewinn machen."

Diese Gründe sah ich sofort ein.

*

Wir übernachteten in einem Heuschuppen am Rande eines kleinen Dorfes. Kaufleute, so hatte mir Vater erzählt, stiegen meistens in Gasthäusern ab, wo auch ihre Pferde versorgt und ihre Wagen über Nacht untergestellt wurden.

Weitere zwei Tage brauchten wir, um Waldshut zu erreichen. Endlich war es so weit, wir wollten unsere Waren auf dem Markt anbieten.

Besonders beeindruckte mich der Rhein, der direkt an der Stadt vorbei floss und auf dem eine ganze Menge Flöße, einige davon schwer beladen, dahintrieben. Wie viele Ochsenkarren wären wohl nötig gewesen, um die Fracht auf dem Landweg zu transportieren?

Zum ersten Mal in meinem Leben konnte ich mir richtige Schiffe anschauen, die sich flussabwärts wie die Flöße treiben ließen, den Fluss hinauf aber gezogen wurden. Ochsen oder Pferde liefen am Ufer entlang und zerrten an einem dicken Seil, das mit den Schiffen verbunden war.

Nachdem wir unsere Gebühren entrichtet hatten, konnten wir einige unserer Waren auf dem Markt verkaufen, doch so richtig zufrieden war Vater mit dem Erlös nicht.

Besser lief das Geschäft einen Tag später in Säckingen, denn eine riesige Holzbrücke spannte sich über den Rhein ans andere Ufer in die Schweiz. Viele Menschen benutzten diese Brücke und Händler karrten ihre Waren auf den Markt der Stadt.

„Wo fahren die hin und warum kann man die Leute nicht verstehen?“, fragte ich Vater und blickte einem dunkelhäutigen Fremden nach.

„Das sind Italiener, die mit ihren Gütern über die hohen Pässe der Alpen ziehen und die Märkte in Italien beliefern. In einigen Wochen kehren sie mit Waren von dort zurück und machen ihre Geschäfte auf unseren Märkten.

Schau dir den Stand da drüben an! Das ist auch ein Italiener. Er handelt mit Früchten, die nur in seiner Heimat gedeihen und bei uns mit großem Gewinn verkauft werden.

Da gibt es Orangen und Zitronen, Feigen und süße Trauben.“

Das konnte ich mir nicht entgehen lassen und lief sofort hinüber, um all diese, mir völlig unbekannten Dinge, zu bestaunen.

*

Zum ersten Mal bot Vater auch seine Uhr an. Viele Leute bewunderten sie ausgiebig und blieben stehen, doch zum Kauf schien sich keiner von ihnen entschließen zu können.

Auch ein italienischer Händler betrachtete sie genau.

„Uhr liegen an Boden. Du seien kleines Gauner und wollen verkaufen an dumme Mensch, obwohl Uhr nix gehen“, beanstandete er und ging schmunzelnd weiter.

Mein Vater war im ersten Moment empört darüber, dass man so etwas über ihn dachte und annahm, er wolle jemanden betrügen.

„Vielleicht ist es wirklich nicht gut, dass die Uhr hier einfach auf dem Boden liegt. Die Leute wären wahrscheinlich viel eher zum Kauf bereit, wenn sie beobachten könnten wie sich die Räder drehen“, murmelte Vater nachdenklich vor sich hin und blickte sich suchend um.

„Da vorne am Brunnen, an dem Balken, könnten wir sie doch aufhängen“, schlug ich vor.

Vater war einverstanden und wir trugen alle unsere Sachen dorthin. Allerdings fehlte uns ein Nagel, an den wir die Uhr hängen konnten. Schnell hatte Vater eine Lösung gefunden. Ich hielt die Uhr an den Balken und er schlug mit der flachen Hand sein Messer durch die Öse in das Holz.

Wesentlich mehr Leute als zuvor strömten herbei, um sich die Uhr anzuschauen, die mit gleichmäßigem Ticken den Waagbalken hin und her schwenkte.

So mancher, der nur aus Neugierde gekommen war und sich bestimmt keine Uhr leisten konnte, sah bei dieser Gelegenheit unsere anderen Waren aus Glas und Holz. Der Verkauf lief hervorragend.

Ein vornehmer Herr stand bereits längere Zeit vor der Uhr und schien sich an ihrer Bewegung gar nicht satt sehen zu können. Da Vater noch damit beschäftigt war eine Frau davon zu überzeugen, dass Gläser in einem modernen Haushalt unentbehrlich seien, kümmerte ich mich um den Mann.

„Ihr seid sicherlich ein angesehener Mann und habt längst eine Uhr daheim in Eurer Stube.“

„Was verstehst du schon von Uhren“, fuhr er mich grob an, „wo nicht einmal ich weiß, wieso sie ohne Unterlass tikken und ticken!“

„Und ob ich etwas davon verstehe! Es ist eigentlich ganz einfach“, erwiderte ich, „und ich habe meinem Vater dabei zugeschaut, als er sie gebaut hat.“

„Red nicht so schlau daher! Du weißt genau, dass du nur Sprüche klopfst!“, maßregelte er mich herablassend.

„Warum lasst Ihr es nicht auf einen Versuch ankommen, Herr, und Euch die Uhr von mir erklären?“

Ich ließ nicht locker, denn ich empfand es geradezu als Beleidigung, was er über mich geäußert hatte.

Vater zog mich am Arm beiseite.

„Nehmt es meinem Sohn nicht übel! Er hat ein vorlautes Mundwerk. Entschuldigt bitte!"

„Nein, nein, lasst ihn nur! Jetzt möchte ich wissen, ob er nur angegeben hat oder ob er wirklich in der Lage ist mir deutlich zu machen, warum die Uhr so gleichmäßig tickt."

Vater schaute mich sehr streng an, doch ich ließ mich in diesem Moment davon wenig beeindrucken. Ich war mir ziemlich sicher im Recht zu sein und sehr wohl beschreiben zu können, wie eine Uhr funktioniert.

Ich erinnerte mich an den Bauern vom Glashof, wie er mir damals den Mechanismus seiner Uhr in einfachen Worten vermittelt hatte, und genau so machte ich es jetzt auch.

Ein Mann, der meine Erklärungen ebenfalls verfolgt hatte, klatschte, als ich meine Ausführungen abgeschlossen hatte.

„Das hast du hervorragend gemacht, Junge!", sagte er anerkennend. „Man könnte glauben, du hättest die Uhr gebaut. Was soll sie denn kosten?"

„Nein, nein, ich möchte sie kaufen! Der Junge hat sie mir deshalb erklärt, weil ich sie haben will", mischte sich der vornehme Herr schnell ein.

Vater drängte mich beiseite und übernahm die weiteren Verhandlungen mit den beiden Männern. Es freute mich, dass er nicht handelseinig wurde mit dem Mann, der mich kurz zuvor so hochnäsig abgekanzelt hatte, sondern sie dem anderen Mann verkaufte.

„Ich hätte allerdings noch eine Bitte. Könntet Ihr die Uhr in mein Haus bringen und dort aufhängen? Ihr müsst wissen, ich bin nicht sonderlich geschickt und würde sie vielleicht beschädigen. Gleich da vorne am Ende des Marktplatzes findet Ihr mein Haus", sprach er und deutete auf ein prächtiges Anwesen.

„Selbstverständlich, mein Herr“, willigte Vater ein, „das werden wir tun! Ihr müsst Euch allerdings etwas gedulden, da wir unsere anderen Waren noch verkaufen möchten!“

„Ich werde Euch eine Brotzeit herrichten lassen für Eure Mühe“, sagte er erleichtert. „Und für dich, mein Junge, habe ich eine besondere Überraschung.“

*

Ich konnte es kaum abwarten und drängelte Vater so lange, bis er endlich die restlichen Sachen zusammenräumte und im Korb verstaute.

Kurz darauf standen wir vor dem Haus, in dem die Uhr ihren Platz finden sollte. Es musste sich um einen reichen Bürger der Stadt handeln, denn schon die Haustüre war so prächtig verziert, dass sie sicherlich ein Vermögen gekostet haben musste.

Vater klopfte an, und einen Moment später öffnete eine junge Frau.

„Gott zum Gruß! Sicherlich seid Ihr der Mann, der die Uhr vorbeibringt“, begrüßte sie uns und hielt die Türe auf. „Ihr werdet von Herrn Mellinger bereits erwartet.“

„So ist es, gnädige Frau!“, erwiderte Vater und verbeugte sich höflich.

„Das wäre schön, wenn ich die gnädige Frau wäre!“, lachte sie und war etwas verlegen. „Ich bin die Magd im Haus.“

Der Mann, der die Uhr gekauft hatte, erschien ebenfalls im Flur.

„Wir sind alle ungeheuer aufgeregt und mein Weib kann es kaum glauben, dass ich eine Uhr gekauft habe“, empfing er uns freudig, „wo doch nur wenige Leute in der Stadt einen solchen Wunderkasten besitzen.“

Er führte uns in die Stube und auch hier konnte man sofort erkennen, dass es sich um eine wohlhabende Familie handelte. Ein Kastentisch, der aus edlen Hölzern gefertigt war und dessen Platte feine Einlegearbeiten zierten, stand im Raum. Die kostbaren Truhen, die Ölbilder, die vertäfelten Wände, es war unglaublich.

„Ich denke, wir sollten sie an die Wand zwischen die beiden Fenster hängen, da sieht man sie sofort, wenn man das Zimmer betritt“, schlug Herr Mellinger vor.

„Ja, das wäre sicherlich ein geeigneter Platz!“, stimmte Vater sofort zu.

Die Magd reichte ihm einen Hammer und einen Nagel, die auf dem Fensterbrett schon bereit lagen. Vater trat einige Schritte zurück, schaute sich die Wand genau an und hielt dann den Nagel an eine bestimmte Stelle.

„Wäre es Euch hier recht, Herr Mellinger?“, vergewisserte er sich, bevor er nach kurzem Nicken des Hausherrn den Nagel in die Wand schlug.

Inzwischen war auch Frau Mellinger im Raum erschienen und alle warteten gespannt darauf, bis Vater den Stein an das Zugseil hängte und die Uhr sich mit rhythmischem Ticken in Bewegung setzte. Die Anwesenden im Zimmer hatten ihre ganze Aufmerksamkeit auf die Uhr gerichtet. Es herrschte völlige Stille.

„Dass ich so etwas je erleben würde, das hätte ich niemals geglaubt!“, brach Herr Mellinger als Erster das Schweigen.

„Da wird dein Freund, der Vogt, aber Augen machen, wenn er sieht, dass wir eine Uhr haben“, bemerkte seine Frau, und man konnte einen ironischen Unterton deutlich heraushören.

*

Herr Mellinger hielt sich an sein Versprechen und führte uns in die Küche. Die Magd brachte Brot und Butter, Schinken und Käse. Wir mussten nicht erst aufgefordert werden uns zu bedienen, sondern langten sofort kräftig zu.

Seit unserem Aufbruch von daheim hatten wir manchmal nur mit einem Stück trockenem Brot unseren Hunger gestillt. Frau Mellinger stellte für Vater sogar einen Krug Bier und für mich eine Schale Milch auf den Tisch.

Als wir uns den Bauch vollgeschlagen hatten, erschien auch Herr Mellinger nochmals in der Küche. Er hielt ein kleines Buch in der Hand.

„Weil du auf dem Markt die Uhr so hervorragend erklärt hast, habe ich dir eine Überraschung versprochen.

Hier ist ein kleines Buch, das ich dir schenken möchte. Meine beiden Söhne sind schon groß. Sie haben mit diesem Buch das Lesen gelernt. Vor Jahren habe ich es aus Basel mitgebracht. Du bist so ein schlauer Junge und kannst sicherlich schon lesen."

Er legte das Buch vor mich hin.

Ich schaute Vater verlegen an und brauchte einen Moment, bis ich in der Lage war etwas zu sagen:

„Nein, Herr Mellinger, ich, ich kann nicht lesen", sprach ich möglichst leise. „Trotzdem, vielen Dank!"

Vater kam mir zu Hilfe.

„Es gibt bei uns im Dorf keine Schule, müsst Ihr wissen. Und ich konnte meinem Sohn das Lesen nicht beibringen, weil ich es selber nicht kann."

„Ja wenn es keine Schule bei Euch gibt, dann ist das kein Wunder. Wir, die Bürger in Säckingen, haben sogar einen richtigen Lehrer und ein Schulhaus.

Wie schon gesagt, du bist ein schlauer Kerl", lachte er, „und wirst es schnell lernen. Wenn du ein tüchtiger Händler werden willst, musst du lesen und schreiben können!"

Herr Mellinger bot uns noch an in der Scheune zu übernachten. Vater war das nicht so recht, doch da ich meine Freude darüber sofort zum Ausdruck brachte, blieb auch ihm nichts anderes übrig als das Angebot anzunehmen.

Nach einer erholsamen Nacht wurden wir noch mit einem

reichhaltigen Frühstück verwöhnt. Wir bedankten uns herzlich bei Herrn Mellinger und versuchten erneut unser Glück auf dem Marktplatz.

Die wenigen Sachen, die wir noch hatten, fanden schnell einen Käufer, und wir machten uns gegen Mittag in Richtung Heimat auf.

VI

Eigentlich hatten wir den Durchbruch geschafft und eine vielversprechende Zukunft lag vor uns, doch es kündigten sich schreckliche Ereignisse an. Die Franzosen waren wieder im Schwarzwald eingefallen und hatten Freiburg bereits eingenommen.

Wegen der erschreckenden Nachrichten ging ich mit Vater nach Waldau ins Wirtshaus, denn dort konnten wir erfahren, ob auch für unsere Gegend Gefahr drohte.

Dass die Lage ernst war, erkannten wir sofort, als wir uns Waldau näherten, da sich bereits viele Soldaten im Dorf befanden. Die meisten von ihnen wurden bei den Bauern einquartiert. Auch auf dem Schwabenhof und in der Wirtschaft wimmelte es nur so von Männern, die von Neustadt heraufgezogen waren, um die heranrückenden Franzosen am Hohlengraben abzufangen und zu bekämpfen.

„Das fehlt uns noch! Immer weiter stoßen die Franzosen in den Schwarzwald vor. Gott sei uns und unseren Höfen gnädig!“, sagte Onkel Jakob, als wir die Stube betraten.

„Alles, was wir uns aufgebaut haben, war möglicherweise umsonst. Vor Jahren haben wir es schon einmal erlebt, als sie wie im Wahn die Höfe niedergebrannt haben und keiner ihnen Einhalt gebieten konnte“, äußerte Vater besorgt.

Ich lauschte ihren Worten und große Angst machte sich in mir breit, denn ihre Reden ließen nichts Gutes erwarten. Auch den anderen Leuten konnte man ihre Besorgnis in den Gesichtern ablesen. Es ging nicht so lustig und so ausgelassen wie gewöhnlich an den Tischen zu, die Stimmung der Gäste war gedrückt.

„Wir müssen versuchen unser Vieh in die Wälder zu treiben, bevor die Soldaten kommen und es abschlachten", sagte ein Bauer zu seinem Tischnachbarn.

„Mir ist das Risiko zu groß. Ich werde meine beiden Kühe schlachten. Das geräucherte Fleisch kann man jetzt im Winter besser verstecken als die lebenden Viecher", antwortete dieser.

Vater sprach noch einmal Onkel Jakob an:

„Ist die Lage wirklich so ernst oder übertreiben einige Leute?"

„Nein, Schwager, sie übertreiben nicht, ganz im Gegenteil! Es ist nur eine Frage von wenigen Tagen, bis die Franzosen den Hohlengaben stürmen und ..."

Onkel Jakob verschlug es anscheinend die Sprache bei dem, was er noch sagen wollte.

„Und sie werden Waldau überfallen. Wolltest du mir das sagen, Schwager?"

Onkel Jakob nickte.

Wir hielten uns nicht sehr lange im Wirtshaus auf, denn Vater hatte es plötzlich außergewöhnlich eilig nach Hause zu kommen.

Auf der Stelle erzählte er alles, was er im Dorf erfahren hatte, Mutter. Sie, die sonst immer irgendwelchen Handarbeiten nachging, saß dabei regungslos am Tisch in der Stube und starrte vor sich hin.

Von einem Augenblick zum anderen sprang sie von der Bank auf und fing laut zu schreien an:

„Was haben wir getan, dass Gott uns so sehr straft? Wieso

werden wir schon wieder von einem abscheulichen Krieg heimgesucht?“

Bitterlich fing sie zu weinen an und umklammerte Vater.

„Nicht weinen, Katharina! So beruhige dich doch!“, redete er auf sie ein. „Ich weiß, welche Angst du mit Benedikt damals in den Wäldern ausgestanden hast. Ich bin immer sehr stolz auf dich gewesen, weil du so tapfer warst.“

Nach und nach beruhigte sich Mutter wieder und richtete das Abendessen her. Vater hielt sich lange im Stall und dann in seiner Werkstatt auf. Er arbeitete allerdings nicht, sondern stand nur da und überlegte.

„Worüber denkst du nach, Vater?“, erkundigte ich mich, als ich bereits einige Zeit hinter ihm gestanden hatte.

„Wenn die Lumpen glauben sie könnten meine Werkstatt zerstören, die ich mir mit so viel Mühe aufgebaut habe, dann werden sie mich kennen lernen“, sprach er zornig.

„Aber was wollen wir denn dagegen tun, Vater? Sollen wir das Haus wegtragen?“

„Das Haus können wir nicht wegtragen, aber die Werkzeuge könnten wir in Sicherheit bringen.“

Er nahm die Uhr von der Wand, die er damals in Neustadt auf dem Markt gekauft hatte, und betrachtete sie liebevoll, bevor er mit ihr zu reden begann wie mit einem Menschen:

„Und dich werde ich auch verstecken, denn du hast mir so viel Glück gebracht. Wer dich zerstört, dem schlag ich mit einem Knüppel eigenhändig den Schädel ein, das verspreche ich.“

*

Am nächsten Morgen waren meine Eltern wie umgewandelt. Ich vernahm von ihnen kein Wort des Jammerns oder sonstiges Klagen über das, was uns allem Anschein nach bevorstand.

„Wir haben heute Nacht kaum geschlafen, Benedikt, wir haben lange überlegt wie wir uns am besten vor dem unausweichlichen Krieg schützen können“, teilte mir Vater entschlossen mit und Mutter nickte zustimmend.

„Du musst jetzt stark sein!“, fuhr er fort. „Wir müssen in den nächsten Tagen schwer arbeiten, denn Mutter und ich haben beschlossen die wichtigsten Sachen im Wald zu verstecken. Die Kuh, ja, da bleibt uns nichts anderes übrig, die Kuh müssen wir schlachten, um uns einen Vorrat für schlechte Zeiten anzulegen.“

Normalerweise hätte ich sicherlich getobt, doch ich konnte meinen Eltern nicht widersprechen, weil ich die roten Ringe unter Mutters Augen sah, die vom vielen Weinen zurückgeblieben waren. Auch ich musste jetzt Opfer bringen, ob ich wollte oder nicht.

Gleich nach dem Frühstück ging ich mit Vater in den Wald, um nach einem geeigneten Versteck Ausschau zu halten. Ich dachte an den Platz, den sich der Verbrecher aus Bonndorf damals ausgesucht hatte, um sich zu verbergen. Schnell suchte ich mit Vater diesen Ort auf.

„Das ist ein ausgezeichneter Einfall, Benedikt, denn hier in dem dichten Gestrüpp vermutet niemand ein Versteck.“

„Könnten wir die Vertiefung da vorne nicht mit einer Schaufel weiter ausheben und sie anschließend mit Reisig und Laub abdecken?“, schlug ich vor.

Vater äußerte einige Bedenken und hatte nach kurzer Überlegung eine bessere Idee:

„Wir werden einige Bäume fällen und sie darüber legen. Wir breiten dann ein paar in Wachs getränkte Leinentücher aus und füllen eine Schicht Erde und Laub darauf. So scheint es mir am sinnvollsten zu sein. Was meinst du dazu, Benedikt?“

Vater behandelte mich mit meinen vierzehn Jahren zum ersten Mal wie einen Erwachsenen. Wir spürten beide, ohne es groß aussprechen zu müssen, dass wir alle drei, Vater, Mutter und ich, mehr als je zuvor aufeinander angewiesen waren.

Wir machten uns sofort daran unseren Plan in die Tat umzusetzen. Mutter schmolz auf dem Herd ein paar Kerzen ein. Einige Tücher hatte sie bereits vor das Haus gelegt.

Als das Wachs verflüssigt war, trugen wir den Topf hinaus, tauchten die Leinentücher mit einem Stock in den gelblichen Sud und breiteten sie auf dem Boden aus.

Anschließend eilte ich in den Wald, wo Vater schon damit beschäftigt war einige Bäume zu fällen. Das tat er allerdings nicht an dem Platz, wo wir unser Versteck anlegen wollten, denn schließlich wäre es ja möglich gewesen, so erklärte mir Vater, dass uns zufällig jemand beobachtet hätte und dann wäre unser Geheimnis keines mehr gewesen.

Ich grub die Vertiefung noch weiter aus und lagerte die Erde direkt daneben. Ich schuftete so lange bis meine Arme schmerzten. Alleine schaffte ich es jedoch nicht, Vater musste mir nach einiger Zeit helfen.

Wir nahmen mit einer Holzstange Maß und schnitten die Bäume so zu, dass sie die richtige Länge hatten, um die Erdgrube abzudecken.

Mit Laub ebneten wir die Oberfläche ein, legten die Wachstücher als Nässeschutz darauf und schaufelten anschließend die seitlich gelagerte Erde darüber. Mit einem Korb schaffte ich genügend Laub aus der Umgebung herbei und verteilte es auf der Erde. Gemeinsam traten wir den lockeren Boden und das Laub fest und schleiften noch einige morsche Hölzer herbei, um sie so über das Versteck zu legen, als würden sie schon Jahre hier an dieser Stelle verrotten.

Während ich einige Steine in der Gegend zusammensuchte, kleidete Vater damit den Einstieg aus und verschloss ihn abschließend mit einer Steinplatte.

„Das haben wir hervorragend gemacht, mein großer Benedikt!", sprach Vater anerkennend. „Schade, dass der Anlass ein so trauriger ist!"

Noch am gleichen Tag schleppten wir im Schutz der Dunkelheit viele Dinge aus unserem Haus ins Versteck.

Am nächsten Morgen schickte mich Vater mit dem Auftrag ins Dorf, mich umzuhören, ob es Neuigkeiten gäbe und die französischen Soldaten weiter in Richtung Waldau vorgedrungen seien.

Erst als ich zurückkehrte, wusste ich, warum mich meine Eltern an diesem Vormittag nicht in der Nähe des Hauses haben wollten. Vater hatte während meiner Abwesenheit die Kuh geschlachtet und war noch damit beschäftigt sie zu zerlegen.

„Wir mussten es tun, das weißt du doch, oder?", suchte Vater sein Tun zu rechtfertigen.

Sie schienen richtig erleichtert als ich ihnen durch ein kurzes Nicken zustimmte. Trotzdem wollte ich nicht dabeibleiben und zuschauen, wie er die Fleischstücke vom Knochen trennte. Ich wollte diese Bilder nicht in mich aufnehmen, in meiner Erinnerung sollte das Kälbchen, das bei uns herangewachsen war, weiterhin seinen Platz haben.

*

Immer mehr von unseren Soldaten zogen sich am Hohlengraben zusammen, denn die Franzosen drangen weiter in den Schwarzwald und auf diesen wichtigen Verteidigungspunkt vor.

Alle Männer aus Waldau mussten mithelfen, um am Hohlengraben die Erdwälle zu vergrößern und die Schanzen auszubauen. Auch Vater und ich konnten uns diesen Aufgaben nicht entziehen.

Ich war froh, dass Vater so schnell und so umsichtig gehandelt hatte. Wir hatten nicht nur unser Versteck gebaut, sondern in ihm auch viele für uns wichtige Dinge in Sicherheit gebracht. Außerdem lagerten inzwischen dort ausreichend Lebensmittel, mit denen wir uns im Notfall einige Zeit hätten versorgen können.

Wie oft hatten wir uns im Sommer gewünscht, dass der Winter nicht so bald über das Land hereinbrechen möge. Jetzt dankten wir Gott, dass es endlich kalt wurde und die Vorboten des Winters das Land bereits fest im Griff hatten, denn nur so konnten wir das eingesalzene Fleisch im Versteck über einen längeren Zeitraum aufbewahren.

Durch die großen Belastungen, die den Leuten abverlangt wurden, und die Angst, mit der sie in die ungewisse Zukunft blickten, wurden die Menschen zunehmend gereizter und unfreundlicher. Jeder musste sich Sorgen machen wie er die bevorstehenden, schweren Zeiten bewältigen sollte.

Schneller als erwartet ereilte uns das Unglück, denn schon nach kurzen Gefechten brachen die Franzosen den Widerstand am Hohlengraben.

Schweiß überströmt und blass im Gesicht kam Vater aus Waldau zurück. Er hatte sich dorthin begeben, um die weitere Entwicklung der Kämpfe abzuwarten.

„Sie kommen! Sie kommen!“, rief er, als er mit letzter Kraft in den Flur schwankte. „Ich habe es gerade noch geschafft unser Haus zu erreichen.“

„Gott steh uns bei! Gott sei uns gnädig!“, murmelte Mutter und eilte in die Küche.

Ohne ein weiteres Wort zu verlieren, rafften wir alles zusammen was uns wichtig erschien, und rannten in den Wald. Mein Buch, das mir Herr Mellinger geschenkt hatte, wickelte ich in ein Leinentuch und nahm es ebenfalls mit.

„Die Ziege! Wir haben die Ziege vergessen! Ich laufe noch einmal zurück, um sie zu holen“, jammerte ich und war schon dabei umzukehren, doch Vater fasste mich so fest am Arm, dass es mir weh tat.

„Du wirst nicht umkehren, sondern bei uns bleiben!“, brüllte er mich an. „Oder willst du, dass sie dich niedermetzeln?“

„Aber sie werden, sie werden die Ziege sicherlich schlachten oder mitnehmen“, heulte ich.

Vater umklammerte meinen Arm noch fester und drohte: „Noch ein Wort und du wirst mich kennen lernen! Willst du dein Leben aufs Spiel setzen?“

Ich fügte mich seinen Anordnungen und bald hatten wir unser Versteck erreicht und krochen hinein.

Lange saßen wir regungslos im Dunkeln und die Kälte machte uns zu schaffen, obwohl wir uns in Decken gehüllt hatten. Von Zeit zu Zeit schob Vater den Stein über dem Einstieg etwas zur Seite und lauschte in die Nacht.

„Anscheinend ist niemand in der Nähe. Ich schleiche mich zum Haus und schaue nach, ob dort alles in Ordnung ist“, flüsterte er.

Mutter wollte etwas sagen, doch Vater winkte nur ab und ließ sich nicht aufhalten.

*

Obwohl ich bereits vierzehn Jahre alt war, schmiegte ich mich wie ein kleines Kind an Mutter. Sie legte ihren Arm um mich und streichelte mir über den Kopf.

Eine ganze Weile war vergangen, als ich draußen ein Geräusch hörte. Sofort kroch ich zum Ausgang, um Vater zu helfen, die Steinplatte beiseite zu schieben und zu hören, was er an Neuigkeiten zu berichten hatte.

Der Stein war allerdings so schwer, dass ich ihn nur Stückchen für Stückchen bewegen konnte. Endlich hatte ich es wenigstens so weit geschafft, dass ich den Kopf hinausstrecken konnte.

Auf der Stelle zog ich ihn wieder ein, denn ich hatte in der

Dunkelheit mehrere Gestalten gesehen, die nur wenige Schritte entfernt durch den Wald liefen.

„Gott sei Dank habe ich nicht nach Vater gerufen“, flüsterte ich Mutter ins Ohr. „Da draußen sind einige Männer unterwegs.“

Vorläufig sprachen wir kein Wort mehr und in dieser angespannten Stille konnte ich mein Herz schlagen hören, so aufgeregt war ich, so große Angst machte sich in mir breit.

In dieser absoluten Finsternis konnte ich nichts sehen, doch ich hörte, wie Mutter ganz leise ein „Vater unser“ murmelte. Ich schloss mich ihr an und versuchte ebenfalls etwas Trost im Gebet zu finden.

Wieder war von draußen ein Rascheln zu vernehmen, doch diesmal muckste ich mich nicht, Mutter nahm mich in den Arm und wir warteten einfach ab, was geschehen würde.

Der Stein wurde vorsichtig beiseite geschafft und ich konnte einen Schatten erkennen, der ins Innere unseres Verstecks stieg.

Ich fühlte hinter mir, ob in meiner Nähe irgendein Gegenstand herumlag, mit dem ich mich und Mutter im Ernstfall hätte verteidigen können. Ich ertastete in einer Kiste die Hobeleisen aus der Werkstatt und war zu allem entschlossen.

Erst als ich Vaters leise Stimme vernahm, löste sich die Spannung in mir und ich atmete tief durch. Er ließ sich nicht lange bitten, sondern berichtete uns sofort möglichst leise von dem, was er herausgefunden hatte:

„Einige Soldaten der Franzosen streifen durch die Gegend. Sie sind in Richtung Glashof unterwegs. Auch unser Haus haben sie nach brauchbaren Sachen durchwühlt.

Vom Waldrand aus habe ich gesehen, wie sie die Ziege mitgenommen haben. Lautes Gepolter konnte ich im Haus hören.“

„Gott sei Dank haben wir die wichtigsten Dinge hierher

ins Versteck geschafft, Johannes!", sprach Mutter und zog Vater in der Finsternis zu uns heran.

Noch nie im Leben waren wir drei uns so nahe, und anscheinend empfand nicht nur ich diese körperliche Nähe als Trost. Wir versuchten etwas zu schlafen, doch so richtig wollte das keinem von uns gelingen. Zu viel Aufregendes hatten wir in dieser Nacht erlebt.

*

Am Morgen wollte Vater eine Kerze entzünden, doch der Feuerstein und die Späne, die er dafür extra hierher geschafft hatte, waren zu feucht, um eine Flamme zustande zu bringen.

Die Wachstücher, die wir über den Baumstämmen eingefügt hatten, schützten uns zwar von oben vor Nässe, seitlich sickerte jedoch immer mehr Feuchtigkeit ins Innere.

Wir nahmen in der Dunkelheit einige Bissen Brot und gebratenes Fleisch zu uns. Ich wusste genau, woher das Fleisch stammte, aber ebenso gut, dass meine Eltern richtig gehandelt hatten, als sie die Kuh schlachteten.

Anschließend suchte Vater in den Holzkisten nach Messern und einer kurzen Axt.

„Wir schleichen uns nach draußen und schauen uns mal um, Benedikt. Ich gebe dir jetzt ein Messer und ich bitte dich, ja, ich befehle es dir, benutze es, benutze es bitte, auch wenn es dir schwer fallen sollte!

Krieg ist grausam und nur derjenige hat eine Chance, der dem anderen schneller sein Messer in den Leib rammt. Sicherlich bist du über meine Worte entsetzt, doch ich sage das aus Erfahrung. Bitte glaube mir!"

Vorsichtig stiegen wir nach draußen und suchten, nachdem wir den Stein wieder sorgfältig über den Eingang geschoben und mit Laub abgedeckt hatten, Schutz hinter zwei Bäumen.

Vater blickte aufmerksam in alle Richtungen, um sich zu überzeugen, dass sich niemand in unserer Nähe aufhielt. Dann schlichen wir zum Haus.

Obwohl wir vom Waldrand aus bereits sehen konnten, dass die Haustüre weit offen stand, gingen wir nicht direkt darauf zu, sondern versteckten uns erst eine ganze Weile hinter dem Haus.

Schließlich wäre es ja möglich gewesen, dass einige Leute drinnen übernachtet hatten und sich womöglich noch im Haus aufhielten.

Es war schockierend, was uns dann erwartete. Alle Möbel in der Stube waren zerschlagen, die Fenster zertrümmert.

„Das ist die Rache, weil sie nichts gefunden haben, was sie hätten mitnehmen können“, sprach Vater und ein kurzes, gezwungenes Lächeln huschte über sein Gesicht.

Ich wusste in diesem Moment nicht, wie ich es zu deuten hatte. War er froh, dass er die wertvollsten Dinge im Versteck verborgen hatte oder war sein Lachen mehr ein Ausdruck für sein Entsetzen und seine Ratlosigkeit.

Ich schaute noch in den Stall, doch die offene Tür verriet mir sofort, dass die Ziege tatsächlich nicht mehr da war, auch wenn ich es bis zu diesem Moment nicht wahr haben wollte.

Wir füllten drei Säcke mit Heu und nahmen sie mit, um uns in unserer Erdhöhle wenigstens etwas vor Kälte und Feuchtigkeit zu schützen.

*

Noch zwei Tage verbrachten in unserem Versteck, doch immer häufiger verließen wir es auch, um einem menschlichen Bedürfnis nachzukommen oder uns einfach ab und zu die

Füße zu vertreten. Vom ständigen Liegen und von der gebückten Haltung hatten wir bereits Rückenschmerzen.

Meine Augen brannten und ich konnte sie kaum öffnen, wenn ich ans Tageslicht kam.

Da sich nichts Außergewöhnliches in der näheren Umgebung ereignete, beschlossen meine Eltern wieder ins Haus umzuziehen.

Trotzdem ließen wir die meisten Sachen im Versteck, denn wir konnten ja nicht wissen, ob wir nicht in Kürze wieder dort Unterschlupf suchen mussten. Die Werkzeugkiste nahm Vater allerdings mit, um einige Reparaturen behelfsmäßig durchführen zu können.

Während er die Fensteröffnungen mit Brettern verschloss, trug ich die zertrümmerten Möbel vor das Haus und Mutter machte sich daran in der Küche einigermaßen Ordnung zu schaffen.

Zusätzlich hatte ich den Auftrag die Umgebung des Hauses genau im Auge zu behalten und meinem Vater sofort Bescheid zu geben, wenn mir irgendetwas auffällig erscheinen würde.

Ohne zu zögern rannte ich deshalb ins Haus, als ich einen Mann zwischen den Bäumen am Waldrand stehen sah. Vater nahm die kleine Axt in die Hand und umklammerte sie entschlossen. Er trat vor das Haus und blickte in die Richtung, wo ich die Gestalt erblickt hatte.

Erleichtert waren wir, als sich herausstellte, dass es sich um seinen Freund Martin vom Glashof handelte. Eilig kam er auf uns zu.

„Ich wollte mich nur überzeugen, ob wenigstens bei euch alles in Ordnung ist oder ob die Soldaten auch hier ein Blutbad angerichtet haben.

Stellt euch vor, sie haben meinen Bauern, Georg Kreutz, erschlagen!“

„Der Glashofbauer? Was sagst du da? Sie haben ihn … erschlagen?“, fragte Vater entsetzt nach.

„Einige Soldaten der Franzosen kamen auf unseren Hof. Sie führten die Pferde aus dem Stall, nahmen sich den Wagen und durchsuchten das Haus nach Wertsachen.

Der Bauer, du kanntest ihn ja, Johannes, und weißt wie zornig er werden konnte, wollte sich das nicht gefallen lassen. Als ein Soldat die Holzuhr von der Wand nahm, schlug der Bauer mit einem Stuhl auf ihn ein.

Schnell kamen andere Soldaten in die Stube und schon kurz darauf, es war schrecklich, da lag mein Herr Blut überströmt am Boden. Ohne auch nur einen Moment zu zögern haben sie ihn erschlagen, die verfluchten Hunde. Sie nahmen sich alles, was sie brauchen konnten, und schleppten es weg."

„Da müssen wir unserem Herrgott direkt dankbar sein, dass sie nur die Möbel zertrümmert und die Ziege geklaut haben", bemerkte Mutter.

„Sind noch Soldaten in der Nähe? Müssen wir mit weiteren Plünderungen rechnen?", wollte Vater wissen.

„Ich habe die verdammten Kerle heimlich verfolgt bis zum Kohlplatz, wo sie sich mit zwei Männern aus unserer Gegend trafen", berichtete Martin aufgeregt weiter, „doch gegen ihre Überzahl konnte ich nichts ausrichten."

„Woher weißt du, dass es keine Franzosen waren?", fragte Vater erstaunt.

„Weil ich sie belauscht habe. Sie kannten sich in der Gegend genau aus, obwohl es finstere Nacht war. Ich war auch schon im Dorf und habe die schrecklichen Ereignisse dem Vogt berichtet.

Ihr braucht euch, so hoffe ich wenigstens, keine Sorgen zu machen. Die Franzosen sind hinunter nach Neustadt gezogen. Hier in der Gegend scheint sich niemand mehr herumzutreiben", beruhigte uns Martin und fügte noch hinzu:

„Eine Spur der Verwüstung haben sie hinterlassen und vielen Bauern das Vieh aus den Ställen gestohlen. Ich verfluche diese Scheißkerle, ich verfluche sie!"

Im Vergleich zum Glashof war der Schaden, den die Soldaten bei uns angerichtet hatten, verhältnismäßig gering und, wir lebten noch. Deswegen hörte ich von meinen Eltern kein Wort des Klagens oder der Unzufriedenheit.

Schon am Nachmittag holten wir nach und nach die Sachen aus dem Versteck und brachten sie zurück ins Haus. Es dauerte nur wenige Tage, bis wir die gröbsten Schäden beseitigt hatten und zu einem einigermaßen normalen Tagesablauf zurückgefunden hatten. Was uns noch fehlte, das waren die Möbel in der Stube, die von den Eindringlingen vollkommen zerschlagen worden waren.

Als die Werkstatt notdürftig eingerichtet war, gingen wir deshalb als erstes daran neue Möbel zu bauen. Während ich die Beine für die Hocker und die Bänke drechselte, sägte Vater die Sitzflächen zu und passte anschließend die Beine ein.

Unsere Stimmung hellte sich nach und nach auf und verdrängte die Angst vor weiteren Überfällen.

Auch die Holzuhr fand wieder ihren Platz an der Wand, und wir waren fest entschlossen uns erneut dem Uhrenbau zu widmen.

*

Viele Pflichten hatte ich daheim zu erfüllen, doch einen richtigen Beruf, mit dem ich einmal meinen Lebensunterhalt verdienen konnte, hatte ich nicht.

Eines Abends setzte sich Vater zu mir.

„Nun wird es Zeit, Benedikt, dass wir uns gemeinsam Gedanken machen, was du einmal werden sollst“, teilte er mir mit, und ich ahnte, ja ich wusste sofort, worauf er hinaus wollte.

„Im Mai wirst du fünfzehn und andere junge Burschen müssen längst in deinem Alter hart arbeiten. Ich werde mich in den nächsten Tagen einmal umhören, ob jemand einen Lehrling brauchen kann. Vielleicht der Schmied oder der Schreiner.

Ich weiß allerdings, dass es schwierig ist eine Stelle zu finden. Wenn sich nichts anderes ergibt, dann muss ich dich als Knecht auf einen Hof schicken, so wie das auch bei mir der Fall gewesen ist."

„Ich will, nein, ich will kein Knecht sein, Vater! Das musst du doch am besten verstehen. Alles hast du versucht, um diesem Schicksal zu entkommen. Ich möchte etwas ganz anderes in meinem Leben tun, nämlich Uhrmacher werden", rief ich entschlossen.

„Glaubst du wirklich, dass ich eine Lehrstelle bei einem Uhrmacher für dich finden kann? Das wird ein großes Problem werden, Benedikt."

„Wieso sollte ich zu einem fremden Uhrmacher in die Lehre gehen, wo mein Vater sich als ausgezeichneter Uhrmacher erwiesen hat", erwiderte ich und meinte es absolut ernst. Ich hielt meinen Vater für einen hervorragenden Uhrmacher.

„Eigentlich habe ich dagegen nichts einzuwenden, doch ich sage dir gleich, dass du dir nichts herausnehmen kannst, nur weil du bei deinem Vater arbeitest.

Ehrlich gesagt, ich wusste ja bereits, dass du einmal Uhrmacher werden willst, denn sonst hättest du nicht immer so großes Interesse an meiner Arbeit gezeigt", antwortete Vater und ich war sehr erleichtert über seine Worte.

„Also, dann wären wir uns einig und ich kann bei dir in der Werkstatt arbeiten. Ich werde mich anstrengen, Vater, unheimlich anstrengen und du wirst es nicht bereuen", versprach ich und reichte ihm die Hand, die er lachend nahm und fest drückte.

„Gut verhandeln, das kannst du ja schon so lange ich dich mit auf den Markt genommen habe. Und soeben hast du es wieder bewiesen, du Schlitzohr!"

Unwahrscheinlich glücklich war ich, dass ich Uhrmacher werden durfte und ich nahm mir vor mein Bestes zu geben.

VII

Immer noch hielten die Franzosen die Stadt Freiburg besetzt. Von dort aus zogen sie wiederholt in die Gegend von St. Peter, plünderten erneut die Höfe der Bauern und brachten großes Unheil über das Land.

Wie man sich im Dorf erzählte, hatten auch die Besitzungen des Klosters bei Breisach und im übrigen Rheintal große Schäden durch die Franzosen erlitten.

Der Hohlengraben war jetzt ständig mit vielen Soldaten der Österreicher besetzt. Auch Vater und ich, sowie die anderen Männer und Burschen aus Waldau, mussten die Verteidigungsanlagen weiter ausbauen.

Doch damit nicht genug. Die Bewohner des Dorfes und der Umgebung hatten die Pflicht für die Verpflegung der vielen Soldaten zu sorgen. Niemand murrte jedoch über die schweren Belastungen. Im Gegenteil, die Freude, wenn die Franzosen wieder einmal erfolgreich abgewehrt werden konnten, war übergroß.

Trotz der vielen Verpflichtungen blieb uns genügend Zeit, um mit dem Bau einiger Uhren zu beginnen. Auch ich trug jetzt mehr und mehr dazu bei und Vater schonte mich nicht. Er beobachtete mich bei meiner Arbeit und begutachtete anschließend mit großer Strenge die Ergebnisse. Entsprachen meine gedrechselten Holzräder nicht seinen Vorstellungen oder waren sie nur geringfügig schief, so kam es manchmal auch vor, dass er sie wortlos nahm und ins Feuer warf. Ich wusste dann genau, dass ich mich noch mehr anstrengen musste, um Vaters Ansprüche zufrieden zu stellen.

Immer wieder gab er Hinweise, was verbessert werden musste, oder er nahm mir das Werkzeug aus der Hand und zeigte mir, wie ich es geschickter einsetzen konnte.

Ich merkte, dass ich den Durchbruch geschafft hatte, als Vater sich zunehmend häufiger lobend über meine Arbeit aussprach.

„Es war gut, dass ich dich nicht als Knecht auf einen Hof geschickt habe. Du hast das Zeug ein guter Uhrmacher zu werden, Benedikt“, sprach er eines Tages, und sein Lob bedeutete mir wahnsinnig viel.

Er traute mir immer kompliziertere Arbeiten zu und ich gab ihm nur selten einen Anlass mich zu kritisieren.

*

Als wir im Juli des Jahres 1692 wie an jedem Sonntag die Heilige Messe in Waldau besuchten, erfuhren wir, dass der Abt von St. Peter zwei Männer in den Kerker gesteckt hatte.

Man beschuldigte die beiden den Franzosen als Spione und Führer gedient zu haben. Schon lange hatte man den Verdacht, dass die französischen Soldaten sich einige Leute aus der Umgebung gekauft hatten, um sie für ihre Zwecke zu gebrauchen.

„Der Obervogt von Neustadt wird das Urteil hier am Hohlengraben sprechen. Ich bin fest davon überzeugt, dass die beiden Verräter ihr Verbrechen mit dem Leben bezahlen werden“, meinte Onkel Jakob.

Vater und ich gingen an dem besagten Tag ebenfalls an den Hohlengraben, um die Gerichtsverhandlung zu verfolgen. Viele Leute aus Waldau fanden sich ein, unter ihnen auch der Knecht Martin vom Glashof.

Gefesselt standen die beiden Angeklagten vor dem Gericht. Abt Paul von St. Peter, der Obervogt aus Neustadt und Onkel Jakob als Vogt von Waldau waren anwesend.

„Die Soldaten der Franzosen kannten sich hier in der Gegend nicht aus, und trotzdem wussten sie genau, sehr genau über alles Bescheid. Nur einige Höfe haben sie geplündert, und“, der Obervogt schaute die beiden Gefangenen an, „es traf rein zufällig diejenigen, wo etwas zu holen war. Was sagt Ihr dazu, Jakob und Lorenz Ketterer?“

„Wir haben uns nichts vorzuwerfen. Man sucht nur einige Schuldige, die man verantwortlich machen will für die Raubzüge der Franzosen. Das kann ich …“

„Wollt Ihr etwa behaupten, wir würden Euch hierher bringen und Euch eines schweren Verbrechens anklagen, obwohl wir keinerlei Grund und keinerlei Beweise dafür haben?“, unterbrach ihn der Abt schroff.

Der andere Angeklagte ergriff das Wort:

„Ehrwürdiger Abt, Ihr kennt unsere Hütten in der Nähe von St. Peter. Ihr wisst genau, in welch ärmlichen Verhältnissen wir dort leben. Nur Eurer Großzügigkeit und der Güte Gottes haben wir es zu verdanken, dass wir ein Stück Land bebauen dürfen.

Ihr werft uns vor, wir hätten eine Menge Geld von den Franzosen bekommen, um für sie als Spione tätig zu werden. Unsere Hütten habt Ihr durchsuchen lassen. Zeigt uns den Schatz, den Ihr angeblich gefunden habt, zeigt ihn uns!“

„So dumm werdet Ihr ja wohl nicht sein und das Bestechungsgeld in Eurer Hütte aufbewahren!“, entgegnete Onkel Jakob.

„Wir sind arme Leute, das wissen alle, die uns kennen. Ich besitze drei Ziegen, das ist alles. Mehr kann ich mir nicht leisten“, äußerte einer der Angeklagten. „Keinerlei Beweise hat man in den Hütten gefunden. Warum klagt Ihr uns an? Warum? Wir sind keine Verräter, sondern dem Kloster treu ergeben. Glaubt uns doch, bitte! So glaubt uns doch endlich!“

„Da habt Ihr Recht, man hat keinerlei Beweise in den Hütten gefunden!“, sprach der Obervogt und wandte sich jetzt an die vielen herumstehenden Leute, bevor er seine Rede fortsetzte: „Sie sind beide arm, behaupten sie. Ich frage Euch, kann sich ein armer Mann eine Unterkunft in einem Wirtshaus leisten und auch noch ein fürstliches Mahl zu sich nehmen?“

Die Leute schüttelten den Kopf und gaben klar zu verstehen, dass sie sich das nicht vorstellen konnten.

„Seht Ihr!“, der Obervogt blickte die Angeklagten an. „Selbst einfache Menschen wissen, dass sich das arme Leute nicht leisten können.“

„Was hat das mit uns zu tun? Wir können in keinem Wirtshaus übernachten und uns dort den Bauch voll schlagen. Dazu fehlt auch uns ganz einfach das Geld“, erwiderte einer der Angeklagten.

„So, Ihr könnt das nicht!“ Der Abt sprach jetzt laut und seine Stimme klang bedrohlich. „Aber Ihr wurdet in Freiburg gesehen. Ja, so ist es, Jakob und Lorenz Ketterer wurden in Freiburg gesehen. Sie haben in einem Wirtshaus übernachtet und am Abend dort gegessen. Mehrere Krüge Wein haben sie sich bestellt, und zwar vom Besten.“

„Wer behauptet das? Wo ist Euer Zeuge?“, schrie einer der Beschuldigten.

„Manchmal kommt einem der Zufall zu Hilfe“, setzte der Abt ruhig seine Rede fort und ein zufriedenes Lächeln huschte über sein Gesicht. „Freiburg ist noch immer von den Franzosen besetzt. Ich selbst habe einen Mann aus St. Peter dorthin geschickt, um herauszufinden, ob die fremden Soldaten das Stadthaus des Klosters geplündert oder es vielleicht sogar niedergebrannt haben.

Der Mann beherrscht die Sprache der Franzosen und war als Kaufmann verkleidet. Niemand schöpfte Verdacht.

Im Hinterzimmer eines Wirtshauses sah er Euch bei den Franzosen sitzen. Am späten Abend konnte er durch das Fenster beobachten, dass Ihr eine Kammer in dem selben Haus bezogen habt. Wie erklärt Ihr das dem Gericht?"

Die beiden Männer, denen der Abt jetzt einen eindeutigen Beweis geliefert hatte, schauten sich überrascht an.

„Ja, wir, wir waren dort, aber das …", fing der eine zu stottern an und sofort schrie der andere ihn an:

„Du bist ein blöder Hund! Niemand kann uns gesehen haben, weil die Tür verschlo …"

Er unterbrach seinen begonnen Satz und blickte vor sich auf den Boden.

„Na, seht Ihr, jetzt wissen wir doch schon wesentlich mehr", sprach der Obervogt. „Ihr wart also bei den Franzosen und seid auch in dem Wirtshaus gewesen, das ist eindeutig klar."

„Aber wir sind keine Spione", suchten sich die Angeklagten gleichzeitig zu verteidigen, „und haben nichts an die Franzosen verraten, wir schwören es. Rein zufällig waren wir bei ihnen gesessen."

Onkel Jakob trat nach vorne und ergriff das Wort:

„Wenn Ihr es so wollt, dann, ja, dann müssen wir weitere Zeugen befragen."

Er winkte zu meiner Überraschung Martin zu sich heran.

„Ihr seid Knecht auf dem Glashof, Martin, und habt uns etwas mitzuteilen", forderte Onkel Jakob ihn zum Sprechen auf.

„Ja, das stimmt! Als die Franzosen den Glashof überfielen und meinen Bauern Georg Kreutz totschlugen, nur weil er sein Hab und Gut verteidigte, da habe ich eine Beobachtung gemacht.

Ich war so wütend, so außer mir, weil sie den Bauern kaltblütig erschlagen hatten und, am liebsten hätte ich mit einem Prügel auf sie eingedroschen.

Als die Soldaten unseren Wagen mit allen Wertsachen beladen hatten und auch noch die Pferde aus dem Stall mitnahmen, da bin ich ihnen eine Zeit lang unbemerkt gefolgt.

Recht überrascht war ich, als zwei Männer auf dem Kohlplatz die Franzosen bereits erwarteten. Warum, so fragte ich mich, hatten sie sich nicht an der Plünderung beteiligt?

Da ich mich am Kohlplatz sehr gut auskenne, konnte ich mich sehr nahe an die Männer heranschleichen und hinter einem Holzstapel verstecken. Ich merkte schnell, dass es sich bei den beiden Wartenden nicht um Franzosen, sondern um Leute aus unserer Gegend handelte."

„Woher wisst Ihr das so genau? Wollt Ihr Euch vielleicht nur rächen und sucht einen beliebigen Schuldigen?", fragte Onkel Jakob weiter.

„Nein, nein, warum sollte ich mir eine so schwere Schuld aufbürden? Es war tiefe Nacht, und für Fremde ist es nahezu unmöglich sich in der Gegend zurechtzufinden", gab Martin bereitwillig Auskunft. „Die beiden Männer versuchten den Franzosen den weiteren Weg in Richtung Waldau zu beschreiben. Sie redeten recht laut und verdeutlichten ihre Worte durch Gesten, weil die Soldaten ihre Sprache nicht verstanden.

Einer der Franzosen zündete eine Fackel an. Die beiden Männer, die auf dem Kohlplatz gewartet hatten, beugten sich über die Erde und ritzten mit einem Ast einige Linien in den Boden. Ihre Gesichter konnte ich dabei im Schein der Fackel ganz genau erkennen."

„Könnt Ihr mit Sicherheit sagen, und überlegt jetzt genau, was sie in die Erde geritzt haben, Martin?", wollte der Obervogt wissen.

„Alles erfundene Lügen, die der Mann von sich gibt! Keinerlei Beweise! Alles erfunden und erlogen!", plärrte einer der Angeklagten.

„Ja", antwortete Martin ruhig, „das kann ich, Herr! Als ich einige Tage darauf meinen Freund Johannes besuchte, kam ich wieder über den Kohlplatz und habe mir die Stelle noch einmal angeschaut."

„Und, konntet Ihr etwas erkennen? Habt Ihr Beweise für Eure Aussage gefunden?", fragte Onkel Jakob weiter.

„Da die beiden Männer sich mit den Franzosen nur schwer verständigen konnten, wie ich bereits berichtete, haben sie ihnen durch eine Skizze die nähere Umgebung klar zu machen versucht", führte Martin aus.

*

Der Obervogt übernahm die weitere Befragung Martins.

„Jetzt kommen wir zur entscheidenden Frage. Könnt Ihr die beiden Männer, die sich auf dem Kohlplatz mit den französischen Soldaten getroffen haben, hier irgendwo sehen?"

Martin zögerte einen Augenblick, deutete dann aber auf die Angeklagten.

„Ja, Herr, mit Sicherheit kann ich das! Es sind diese beiden."

„Aber es war doch mitten in der Nacht. Gut, durch den Schein der Fackel wurden die Gesichter sicherlich etwas angestrahlt, aber trotzdem, das flackernde Licht, da kann man sich leicht täuschen, oder nicht?", fragte Onkel Jakob.

„Das ist mit Sicherheit so! Wer könnte sich beim Schein einer Fackel nicht irren?", äußerte einer der Angeklagten jetzt zustimmend.

„Ich bin mir trotzdem sicher, sogar sehr sicher!", antwortete Martin. „Außerdem habe ich einen weiteren Beweis, dass die beiden sich zu diesem Zeitpunkt auf dem Kohlplatz aufgehalten haben."

„So sprecht schon, spannt uns doch nicht unnötig auf die Folter!", forderte der Abt Martin auf.

„Der Franzose hielt die Fackel so ungeschickt, dass heißes Wachs heruntertropfte. Es traf die Hand des Mannes, der mit dem Stock die Skizze auf den Boden zeichnete. Ich hörte laut und deutlich, wie er vor Schmerzen aufschrie. Das bedeutet, dass er auf …“

„Dass einer der Männer auf dem Handrücken die Narben von Brandwunden haben müsste“, vollendete der Obervogt den Satz und trat auf die Angeklagten zu.

„Nehmt ihnen die Fesseln ab!“, befahl er einigen Soldaten, die sich in der Nähe aufhielten.

Die beiden Männer wehrten sich zwar, wurden aber problemlos überwältigt. Der Abt, der Obervogt und Onkel Jakob schauten sich die Hände an, die von den Soldaten gewaltsam nach vorne gezerrt wurden.

„Eindeutiger geht es wohl kaum!“, sprach der Abt laut in die Menschenmenge hinein.

Ein Raunen ging durch die Reihen und verstummte erst, als der Obervogt die Hand hob.

„Und, sagt etwas zu Eurer Verteidigung!“, forderte er die Angeklagten auf, doch die standen mit gesenktem Kopf da, und es dauerte eine ganze Weile, bis einer von ihnen kaum hörbar zu sprechen begann:

„Ja, wir haben für die Franzosen als Spione und Führer gearbeitet.“

„Wir wollten es nicht, doch in diesen schweren Zeiten, wir brauchten das Geld, versteht doch, unsere Kinder!“, fügte der zweite hinzu, doch dann übertönte das Gemurmel der Leute seine Worte.

Der Abt, der Obervogt und Onkel Jakob zogen sich zu einer kurzen Unterredung abseits der Menge zurück. Dann trat der Obervogt vor die Angeklagten und verkündete das Urteil:

„Da es eindeutig bewiesen ist, dass Jakob und Lorenz Ketterer aus St. Peter unseren Feinden als Spione und Führer gedient haben, hat das Gericht keine andere Wahl.

Die Angeklagten sollen in zwei Tagen im Morgengrauen enthauptet werden. Gott sei ihren Seelen gnädig!“

Der Obervogt winkte die Soldaten herbei. Sofort fesselten sie die beiden Männer, brachten sie auf einen Wagen in der Nähe und fuhren mit ihnen davon.

VIII

Noch hatte der Schwarzwald seine Ruhe nicht wieder gefunden, da die Franzosen nach wie vor das Gebiet um Freiburg und die Stadt selbst besetzt hielten. Dem Markgrafen Ludwig Wilhelm von Baden wurde das Kommando über unsere Truppen übertragen und die Menschen schöpften neue Hoffnung.

Der Hohlengraben war inzwischen mit Hunderten von Soldaten eine richtige Festung geworden und die Männer der Umgebung nahmen große Belastungen auf sich, um die Anlagen weiter auszubauen und zu sichern.

Außerdem ordnete der Markgraf an, alle Bauern, deren Söhne und Knechte, bei einem erneuten Angriff der Feinde zur Verteidigung heranzuziehen. Einerseits bedeutete dies eine weitere schwere Last für die Bewohner Waldaus, anderseits waren sie dazu bereit, denn schließlich ging es um ihre eigene Sicherheit und um den Schutz ihrer Familien, ihrer Höfe und ihres Viehs.

Wir mussten mit neuerlichen Angriffen rechnen, und trotzdem verdrängten wir diese Vorstellung. Das Geld, das wir auf dem Markt in Säckingen und anderswo verdient hatten, wollten wir für den weiteren Ausbau der Werkstatt verwenden. Der restliche Stall, der seit der Plünderung der Franzosen leer stand, sollte mit einbezogen werden.

Ich hatte mich in der Zwischenzeit daran gewöhnt, dass keine Tiere mehr im Haus waren und irgendwie empfand ich es manchmal sogar als Erleichterung, denn ich musste mich nicht mehr um das Ausmisten kümmern oder die Vierbeiner am Nachmittag auf die Weide treiben.

Meine Eltern jedoch waren in diesem Punkt anderer Meinung, und deshalb sollte hinten am Hang ein neuer Stall ans Haus angebaut werden.

„Jedes Jahr muss ich dem Kloster eine Ziege abliefern. Warum, so frage ich mich, soll ich sie bei einem Bauern für Geld kaufen, wenn sie sich bei uns auf der Wiese kostenlos einen fetten Bauch anfressen kann?", meinte Vater.

„Außerdem ist es doch schön, wenn man selber frische Milch und Käse im Haus hat", führte Mutter als Begründung an.

Natürlich, damit hatte sie Recht, und vielleicht war es möglich, dass sich meine Pläne, die ich insgeheim geschmiedet hatte, gut verwirklichen ließen, wenn ich die Tiere auf der Weide beaufsichtigen musste.

Häufig hielt ich das Buch, das mir Herr Mellinger geschenkt hatte, in meinen Händen und ich erinnerte mich an seine Worte. „Wenn du ein tüchtiger Händler werden willst, dann musst du lesen und schreiben können."

Den festen Willen, es tatsächlich zu erlernen, hatte ich, ein Buch auch. Doch was nutzte mir das? Viele Leute, besonders in den kleinen Dörfern und den verstreuten Höfen, konnten weder lesen noch schreiben.

Es war keine Schande, denn schließlich konnten sie es gar nicht beherrschen. Wer hätte es ihnen beibringen sollen? Nur Städte oder Klöster unterhielten Schulen. Neustadt beschäftigte seit mehr als fünfzig Jahren einen Schulmeister.

„Ich müsste jemanden finden, der mir wenigstens am Anfang hilft, mir Buchstaben und Zahlen beibringt", murmelte ich vor mich hin, während ich in das offene Buch blickte und insgeheim die Menschen beneidete, die diesen Buchstabenreihen einen Sinn entnehmen konnten.

„Wenn ich wirklich ein erfolgreicher Uhrmacher werden und mit Bürgern auf den Märkten verhandeln will, dann macht das bestimmt Eindruck, dass ich kein dummer und ungebildeter Uhrenbastler aus dem Schwarzwald bin, der nicht einmal seinen Namen zu Papier bringen kann."

An wen sollte ich mich aber wenden, um mir beim Lernen zu helfen? Onkel Jakob, ja Onkel Jakob wollte ich fragen. Er beherrschte das Lesen und Schreiben wohl am besten von allen, die mir im Moment einfielen. Andererseits war er sehr beschäftigt, weil er Bauer, Wirt und Vogt war. Sicherlich würde er meine Bitte sofort ablehnen. Trotzdem, versuchen wollte ich es auf jeden Fall. Vielleicht konnte ich ihn doch mit irgendeiner Gegenleistung ködern.

Die Gelegenheit, Onkel Jakob mein Anliegen vorzutragen, ergab sich schneller als ich erwartet hatte. Ich holte nämlich mit Vater bei ihm auf dem Schwabenhof einen Leiterwagen und ein Pferd, weil wir in der Sägemühle des Behashofes Holz für unseren neuen Stall schneiden lassen wollten.

Als Vater das Pferd vor den Wagen spannte, nutzte ich die Zwischenzeit, um Onkel Jakob beiseite zu nehmen und ihm meine Pläne mitzuteilen:

„Ich wollte dich mal etwas fragen, Onkel. Du musst mir aber versprechen, dass du vorläufig meinen Eltern nichts davon verrätst."

„Hast du etwas Schlimmes angestellt, Benedikt? Na sag schon! Wenn ich dir helfen kann, dann will ich es versuchen."

„Nein, ich habe nichts angestellt. Ich möchte gerne lesen und schreiben lernen. Weißt du, Onkel, als Uhrmacher muss ich das beherrschen."

„Das braucht man nicht nur als Uhrmacher, es werden Zeiten kommen wo jeder Mensch wenigstens ein bisschen lesen und schreiben können sollte. Immer mehr Schulen entstehen in den Städten. Irgendwann wird es auch eine in Waldau geben, da bin ich mir sicher."

„Komm Benedikt, wir haben wenig Zeit! Die Arbeit tut sich nicht von alleine!", trieb mich Vater an als er das Gespann fertig hatte.

„Deine Idee finde ich gut!", flüsterte mir Onkel Jakob noch zu, als ich auf den Wagen stieg.

Leider hatte er nicht begriffen, dass ich ihn für die schwierige Aufgabe auserkoren hatte, mir bei der Verwirklichung meiner Wünsche zu helfen.

*

Erst am späten Nachmittag hatten wir all die Bretter und die nötigen Balken zu unserem Haus geschafft. Am nächsten Tag wollte Martin kommen und zusammen mit uns den Stall errichten.

Da wir das Gespann nicht mehr benötigten, brachten wir es zurück auf den Schwabenhof.

„Onkel Jakob hat mich gebeten, ihm noch ein paar Stunden zu helfen. Ich komme dann, sobald ich fertig bin, nach Hause", sagte ich zu Vater und blinzelte meinem Onkel zu. Der begriff sofort.

„Natürlich nur, wenn du Benedikt jetzt nicht brauchst, Johannes!"

„Nein, nein, Schwager, der kann dir helfen. Du bist immer großzügig zu uns. Wie hätten wir die Balken und die Bretter zu unserem Haus bringen sollen?", willigte Vater ein und verließ kurz darauf den Hof, um nach Hause zu laufen.

Sofort nahm mich Onkel Jakob beiseite, denn er wusste, worüber ich mit ihm sprechen wollte.

„Ich sagte dir schon, Benedikt, dass ich deine Idee wirklich gut finde."

„Nur, so einfach wird das nicht gehen. Ich bräuchte jemanden, der mir behilflich ist, Onkel."

Ich blickte ihn an und fragte schmunzelnd:

„Kennst du jemanden, der lesen und schreiben kann und der sich nicht zu schade ist einem Fünfzehnjährigen zu helfen, der im Augenblick noch zu dumm ist seinen Namen zu schreiben?"

„Das wird sicherlich nicht einfach", erwiderte Onkel Jakob, „denn, wenn einer dumm ist, wird er wahrscheinlich niemals seinen Namen richtig schreiben können. Wenn du allerdings mit dem Dummen dich selbst meinst, dann kann ich dich beruhigen. Wer sich beim Uhrenbau so geschickt anstellt, der kann auf keinen Fall ein Trottel sein."

„Das heißt, du wirst mir helfen? Habe ich das richtig verstanden, Onkel?"

„Du weißt, dass ich viel zu tun habe, aber ab und zu werde ich ein bisschen Zeit für dich finden. Schließlich ist deine Mutter meine Schwester."

„Wenn du das tust, dann, dann werde ich dir eines Tages eine Uhr schenken, das verspreche ich, Onkel Jakob", jubelte ich überglücklich.

„Na, wenn das so ist, dann fangen wir am besten gleich an. Wir brauchen für die erste Unterrichtsstunde nur ein paar Minuten. Komm mit in die Stube, Benedikt!"

Er lief schnell noch hinters Haus und kehrte mit einem Holzbrettchen zurück. Wir setzten uns in die Küche an den Tisch. Onkel Jakob nahm einen Kohlestift, schrieb einige Zeilen auf das Brett und schob es mir hin.

„Das kannst du schon lesen, Benedikt, weil du die Worte kennst", sprach er.

„Ich finde es nicht schön von dir, dass du dich lustig über mich machst!", erwiderte ich und wäre am liebsten sofort aufgesprungen und weggerannt.

„Doch, du kannst es wirklich! Jeder kann das ‚Vater unser'

auswendig, oder etwa nicht?“

„Natürlich, das beherrscht man schon als Achtjähriger.“

„Und weil du das ‚Vater unser’ ohne Probleme auswendig aufsagen kannst, deswegen wird es dir beim Lesenlernen sehr hilfreich sein. Schau her!“

Er deutete auf das erste Wort und sprach so langsam, als müsse er nach jedem Buchstaben eine Verschnaufpause einlegen:

„V...a...t...e...r. Du weißt auch, wie das zweite Wort heißt, weil du den Text auswendig kannst.“

„U...n...s...e...r”, ahmte ich genau seine Sprechweise nach und sprach gleich weiter, „i...m H...i...m...m...e...l.“

„Du hörst den Klang jedes einzelnen Buchstaben und musst ihn dir einfach einprägen. Verstehst du, was ich dir damit sagen will, Benedikt?“

Ich nickte nur.

„Also, wollen wir es einmal versuchen. Ich zeige auf einen Buchstaben und du sagst mir, wie er lautet, einverstanden?“, forderte er mich auf.

„a...m...l...e”, kam Laut für Laut über meine Lippen. Ich sagte immer die ersten Worte des Gebetes auf und suchte einfach den entsprechenden Buchstaben heraus.

„Aus der Stube werde ich ein Blatt Papier holen und dir das ‚Vater unser’ ganz aufschreiben. Wenn du daheim Zeit hast, dann kannst du es aufsagen und gleichzeitig die Wörter, eines nach dem anderen, anschauen und dir die einzelnen Laute einprägen.“

Er tat, was er angekündigt hatte, und malte sorgfältig Buchstaben für Buchstaben auf das Papier.

„Wie heißt das fünfte Wort?“, fragte er dann.

„Vater unser im Himmel geheiligt“, sagte ich und wiederholte stolz, „geheiligt, geheiligt!“

„Schau dir das erste Wort noch einmal genau an! Nenne mir den zweiten und den vierten Buchstaben!“

Wieder sprach ich das Wort langsam vor mich hin und betonte nur den zweiten und den vierten Laut.

„Du siehst, es ist keine Hexerei, und du wirst mit etwas Fleiß nach und nach Fortschritte machen. Und jetzt, jetzt hilfst du mir wirklich noch eine Weile in der Scheune."

Er reichte mir das Blatt und ich folgte ihm nach draußen.

*

Schon sehr zeitig erschien Martin am nächsten Morgen. Er gehörte zu den Leuten, denen keine Arbeit zu viel war und der gerne bei anderen aushalf. Wert legte er allerdings auf schmackhaftes und reichliches Essen und verschmähte auch ein gutes Getränk nicht.

Mutter hatte sich am Tag zuvor darauf eingestellt. Aus Hafer und Gemüse hatte sie einen Brei gekocht und sogar etwas Fleisch mit hineingegeben. Zwei Krüge Apfelwein standen in der Küche bereit.

„Grüß dich, Martin! Komm, setz dich noch einen Moment nieder! Katharina wird dir erst mal eine Stärkung holen, bevor wir mit der Arbeit anfangen", empfing Vater seinen Freund.

„Ach was, wir sind doch nicht zum Fressen und zum Saufen da, sondern wollen den Stall bauen", wehrte er ab, nahm aber trotzdem Platz und ließ sich den Brei und das Fleisch schmecken, das Katharina kurz darauf vor ihm auf den Tisch stellte.

Kaum hatte er den Inhalt in sich hineingeschlungen, schon trieb er uns an und tat so, als hätte er die ganze Zeit nur auf uns gewartet.

Martin war sehr kräftig und konnte ordentlich zupacken. Geschickt setzte er die Axt und die Säge ein, um die Balken zusammenzufügen und ineinander einzulassen. Er band anschließend einen faustgroßen Stein an eine Schnur und kontrollierte, ob die Balken senkrecht standen.

„Gott sei Dank habe ich heute noch nicht viel getrunken“, wandte er sich an Mutter, „sonst wäre ich vielleicht gar nicht mehr in der Lage die Balken auszurichten.“

Mutter verstand genau wie Martin das gemeint hatte, und verschwand in der Küche, um einen Krug Apfelmost zu holen. Er nahm einen kräftigen Schluck, verdünnte den Rest aber mit Wasser.

Jetzt begann meine eigentliche Aufgabe, die mir Vater zugewiesen hatte. Ich bohrte an den Stellen, an denen die Balken miteinander verbunden waren, fingerdicke Löcher und schlug anschließend Holznägel hinein, die ich mit dem Messer so bearbeitet hatte, dass sie stramm saßen. Fugendicht zusammengefügte Holzbohlen wurden anschließend in die Felder zwischen den Balken eingepasst.

Nach der Mittagspause sägten Martin und Vater die Hölzer für das Dach zu. Alle, sogar Mutter, mussten jetzt mit zupakken, bis die Balken in gleichmäßigen Abständen wie ein Gerippe aufgerichtet waren. Erst als eine Schicht Bretter den Innenraum abdeckte schien sich Martin zufrieden zu geben.

„Ich denke, den Rest könnt ihr nach und nach selbst erledigen. Achtet darauf, dass ihr die Holzschindeln sorgfältig verarbeitet, damit das Dach wirklich dicht hält!

Schluss mit der Arbeit für heute, denn es wird schon dunkel und es ist bereits recht kühl.“

Trotzdem ging er nicht gleich nach Hause, sondern saß noch eine Weile in der Stube und unterhielt sich mit uns. Den zweiten Krug Apfelwein wollte er sich anscheinend auf keinen Fall entgehen lassen.

„Und, wie geht es ohne den Bauern auf dem Glashof?“, fragte Mutter, die ihm noch eine Brotzeit brachte.

„Ja, was soll ich sagen? Seine Frau Maria ist jetzt die Bäuerin und versucht die Kinder so gut es geht durchzubringen.

Eines von ihnen wird den Hof sicherlich übernehmen. Die Jüngste, die Anna, ist gerade mal sieben Jahre alt. Zum Glück hat Maria einige ältere Söhne."

„Der Bauer", bemerkte Vater, „war ein begabter Mann. Ich weiß noch genau, wie er uns mit Stolz seine erste Uhr erklärte. Schade, dass der verfluchte Krieg ihm zum Verhängnis geworden ist."

„Ob seine Söhne auch so großes Geschick haben, das glaube ich nicht. Der Älteste, der Andreas, ist seit längerer Zeit in St. Peter und arbeitet auf dem Klostergut. Mathias, Lorenz, Philipp, nein, keiner scheint sich so recht für Uhren zu interessieren", teilte Martin mit und nahm einen kräftigen Schluck aus dem Krug. „Aber im Glottertal und bei Furtwangen soll es ein paar Männer geben, die ebenfalls Uhren bauen und so verrückt sind wie ihr.

Na ja, du musst selbst wissen, was du willst. Ich an deiner Stelle wäre Knecht geblieben. Weiß Gott, ob du von deinen Uhren überhaupt leben kannst, wo du jetzt auch noch Benedikt mit in der Werkstatt beschäftigst und durchfüttern musst."

Kaum hatte er den letzten Schluck aus dem Krug hinuntergekippt, stand Martin auf.

„Es wird höchste Zeit für mich, die Bäuerin wird mich längst erwarten."

Vater bedankte sich mehrmals bei Martin für die ausgezeichnete Arbeit, als der sich verabschiedete und zum Glashof aufbrach.

Es dauerte noch mindestens zwei Wochen, bis wir den Stall fertig hatten. Er bot genug Platz für zwei Kühe und mindestens vier bis fünf Ziegen. Allein für die Herstellung der Schindeln benötigten Vater und ich drei Tage. Jede einzelne wurde mit der Axt und einem Hammer aus kurzen Stammabschnitten geschlagen.

Auch im Innern waren etliche Arbeiten nötig. Für die Kühe wurden Verschläge gezimmert und die Ziegen, die mit ihren mächtigen Hörnern recht angriffslustig sein konnten, sollten ein eigenes Gatter haben. Vater fügte Bretter, die vom Dach übrig waren, zu Fressträgen zusammen.

„Wenn wir jetzt so viel Platz im neuen Stall haben, könnten wir uns einige Hühner zulegen. Wir brauchen dann die Eier nicht mehr im Dorf zu kaufen, sondern bekommen sie täglich frisch geliefert“, regte Mutter an.

„Ja, Katharina, das können wir tun. Außerdem haben wir dann auch an den Festtagen ab und zu einen leckeren Braten“, freute sich Vater und mir lief bei dem Gedanken schon das Wasser im Mund zusammen.

„Den Verschlag mit den Stangen für die Hühner baue ich“, bot ich an, „weil, dann steht mir ein besonders großes Stück vom Braten zu.“

Vater drohte mir zum Spaß mit der Axt.

„Das größte Stück steht immer noch dem Mann im Haus zu, und so soll es vorläufig auch bleiben!“

*

Der neue Anbau für die Tiere schaffte völlig neue Möglichkeiten. Die Wand, die Vater nachträglich im ehemaligen Stall eingezogen hatte, um Raum für die Werkstatt zu schaffen, wurde entfernt. Jetzt hatten wir Platz und konnten uns ausbreiten.

„Glaubst du das, was dein Freund Martin neulich gesagt hat, dass es schwer wird, mit dem Bau von Uhren seinen Lebensunterhalt zu verdienen?“, fragte ich, denn irgendwie hatte es mich nachdenklich gemacht.

Vater unterbrach seine Arbeit und überlegte einen Augenblick, bevor er mir antwortete:

„Bisher haben wir gute Geschäfte gemacht. Reich, nein, reich werden wir damit nicht werden, aber man muss zufrieden sein, wenn einem der Herrgott das tägliche Brot schenkt.

Wichtig ist, glaube ich, dass man hervorragende Arbeit leistet. Wenn man erst einmal einen guten Ruf als Uhrenbauer hat, dann werden sich immer wieder Käufer finden.

Du bist jetzt erwachsen genug, Benedikt, und verstehst sicherlich, warum ich dir bei deiner Arbeit immer so streng auf die Finger geschaut habe. Ein Pfuscher taugt nicht zum Uhrmacher."

„Das verstehe ich, Vater, und ich glaube fest daran, dass Uhren eine große Zukunft haben. Denke nur an Herrn Mellinger aus Säckingen, wie der sich gefreut hat, als du die Uhr in seiner Stube aufgehängt hast. Ganz ehrfürchtig standen sie davor, als sie sich in Bewegung setzte."

„Wahrscheinlich wirst du eines Tages noch mehr Erfolg haben als ich. Du verstehst es die Leute anzulocken und sie mit deinem vorlauten Mundwerk zum Kauf zu überreden.

Als du noch klein warst, da hätte ich dir am liebsten manchmal auf dein freches Maul gehauen, doch jetzt sehe ich ein, dass man nur Erfolg haben kann, wenn man nicht auf den Mund gefallen ist."

Vater hatte auf den Märkten anscheinend gut verdient. Es musste so gewesen sein, denn er kam einige Tage später aus Waldau zurück und führte zwei junge Ziegen an einem Strick mit sich.

„Sobald wir den Winter überstanden haben, werde ich von meinem Bruder auch ein Kalb bekommen", teilte er freudig mit.

Wir waren glücklich, dass Leben in den Stall einzog und schauten den kleinen Ziegen lange zu, wie sie sich über das Heu hermachten, das Vater ihnen hingeworfen hatte.

*

So oft ich Zeit dazu fand, beschäftigte ich mich mit dem „Vater unser", das mir Onkel Jakob aufgeschrieben hatte.

Ich konnte meine Fortschritte selbst schlecht einschätzen, doch meiner Meinung nach waren sie beachtlich. Die meisten Buchstaben konnte ich inzwischen bestimmen und sprechen, ohne lange nachdenken zu müssen.

Deswegen ging ich mehr und mehr dazu über, einfache Worte mit dem Kohlestift auf kleine Bretter zu schreiben.

„**zige, haus, stal, name, benedigt**."

Es war gar nicht so schwer, man musste die verschiedenen Laute und Buchstaben einfach zusammenfügen. Manchmal deutete ich mit dem Finger auf irgendwelche Stellen im Text und versuchte das Wort zu lesen.

Ab und zu ließ ich mir eine Ausrede einfallen, um ins Dorf zu gehen und Onkel Jakob zu besuchen. Auch wenn er bei der Arbeit war und wenig Zeit hatte, beschäftigte er sich mit mir.

Während ich ihm beispielsweise half den Mist aus dem Stall zu schaffen, nannte er mir einige Wörter, die ich ihm buchstabieren musste:

„Mist, Stall, Kuh."

Ich begriff schnell, warum man „Stall" mit doppeltem „l" schrieb. Schließlich hörte man das zweite „l" ja beim Sprechen und der vorhergehende Laut wurde kurz gesprochen.

Ein abschließendes Lob meines Onkels gab mir Auftrieb und spornte mich an. Immer häufiger nahm ich auch mein Buch her. Es war zwar noch sehr mühsam, doch Woche für Woche fiel mir das Lesen leichter.

*

Im Laufe des harten und schneereichen Winters verbrachten wir viel Zeit in der Werkstatt und bauten an den Uhren weiter, die wir schon im frühen Herbst begonnen hatten. Jeder von uns hatte seinen eigenen Aufgabenbereich. Während ich für die Zahnräder und das Zifferblatt zuständig war, stellte

Vater die Kästen her und setzte die Einzelteile zusammen.

Rein äußerlich schienen die Uhren nach dem Zusammenbau oftmals fertig zu sein, doch die eigentliche Feinarbeit kam erst anschließend. An manchem Rad musste noch gefeilt, die Wellen mit Fett gängig gemacht und das richtige Gewicht für den Antrieb gefunden werden.

Als der harte Winter zu Ende ging und sich das Wetter besserte, hatten wir sechs Uhren gebaut und waren mit unserem Ergebnis recht zufrieden.

In den folgenden Wochen stellten wir eine Menge Holzlöffel, Kartoffelstampfer und andere Gegenstände her, denn die Zeit rückte näher, um wieder auf die Märkte zu ziehen und Käufer für unsere Waren, besonders natürlich für die Uhren, zu suchen.

„Am liebsten würde ich nach Westen in die Rheinebene gehen, weil dort die vielen Händler aus Holland, Italien und anderen Ländern unterwegs sind. Das ist aber nicht ganz ungefährlich, weil die Franzosen immer noch die Gegend um Freiburg in ihrer Gewalt haben", äußerte Vater.

„Und wo kommen wir hin", fragte ich, „wenn wir genau in die entgegengesetzte Richtung aufbrechen?"

„Das kann ich dir nicht so genau sagen, Benedikt. Am gescheitesten wäre es, wir würden Onkel Jakob fragen, der weiß darüber sicherlich Bescheid."

Also suchten wir Jakob am folgenden Sonntag nach der Heiligen Messe auf. Er breitete eine Karte auf dem Tisch aus und erklärte:

„Hier wohnen wir. Am besten haltet ihr euch zuerst nach Norden bis nach Furtwangen! Von da aus", er überlegte kurz, „von da aus seid ihr in etwa zwei Tagen in Villingen. Die freie Reichsstadt ist ein bedeutender Handelsplatz, zumindest haben mir das etliche Kaufleute, die im Wirtshaus abgestiegen sind, so berichtet. Dann habt ihr es nicht mehr weit nach Rottweil oder auch nach Tuttlingen."

„Was glaubst du eigentlich, Onkel, wie lange wir durch die Gegend ziehen müssen, bis wir unsere Uhren verkauft haben? Du machst uns wirklich Mut“, sprach ich.

„Wenn du glaubst, nur weil du jetzt lesen kannst, wird dir jeder deine Uhren gleich aus der Hand reißen, dann …“

Onkel Jakob redete nicht weiter, denn er hatte bemerkt, dass er aus Versehen meinen Eltern unser Geheimnis ausgeplappert hatte.

„Es tut mir Leid, Benedikt, das war nicht meine Absicht!“, murmelte er entschuldigend.

„Ich verstehe gar nichts mehr! Wer hat das Lesen gelernt, Jakob?“, wollte Mutter wissen. „Du kannst doch schon lange lesen.“

„Onkel Jakob hat mir manchmal geholfen und mit mir geübt“, erklärte ich und suchte gleich nach einigen Gründen, um meine Eltern zu beruhigen.

„Es sollte eine Überraschung für euch sein. Ich wollte, wenn ich mit Vater auf die Märkte gehe …“

„Das ist tatsächlich eine Überraschung, und ich muss dir sagen, es freut mich. Endlich gibt es jemanden in der Familie, der lesen kann“, sprach Vater anerkennend.

„Ich dachte, du würdest mich schimpfen, weil ich mich mit so unnützem Zeug abgebe, Vater.“

Ich las einige Worte auf der Landkarte vor und meine Eltern schienen stolzer darüber zu sein als ich selbst.

Das Lob meines Vaters spornte mich an. Ich hatte inzwischen selbständig herausgefunden, dass mein Buch voller Geschichten von Heiligen war. Eine Legende gefiel mir besonders gut, nämlich die vom Heiligen Augustinus.

Er wurde in Afrika geboren und kam im Laufe seines Lebens nach Rom. Vom Christentum wollte er anfangs wenig wissen, traf aber zufällig in Mailand den Heiligen Ambrosius, der ihn taufte. Er wurde dann selbst Priester und sogar Bischof.

Irgendwie bewunderte ich Augustinus, der von einem einfachen Jungen zu einem so berühmten Mann der Christen wurde.

„Warum liest du mir nicht eine von deinen Geschichten vor?“, bat mich Mutter eines Abends.

„Wenn du willst, dann kann ich es ja mal versuchen“, willigte ich ein. „Ich lese allerdings immer dieselbe Legende vom Heiligen Augustinus.“

Obwohl ich mich sehr bemühte, hatte ich trotzdem den Eindruck, dass Mutter manche Textstellen gar nicht verstehen konnte, weil ich einige Worte völlig falsch betonte oder längere nur stotternd über meine Lippen brachte. Blieben meine Augen an einer Stelle hängen und ich kam absolut nicht weiter, erlaubte ich mir auch, diese Stelle ganz zu überspringen. Um so mehr war ich erstaunt, als Mutter mich nach einigem Zuhören unterbrach:

„Du kannst dir kaum vorstellen, wie sehr mich das freut, dass einer aus der Familie lesen kann.“

Ich verstand Mutters Lob richtig. Sie wollte mir Mut machen und mich unterstützen.

„Schade, dass ich dir nicht helfen kann!“, meinte sie, als sie in die Küche ging.

IX

Leider zeigte sich der Winter noch einmal von seiner unerbittlichen Seite. Schnee, Frost und kalter Wind hatten den Schwarzwald fest im Griff.

Im Grunde genommen waren wir bereit zum Aufbruch, doch wir warteten noch einige Tage ab, und zum Glück besserte sich das Wetter grundlegend. Die Vorboten des Frühlings verbannten den Schnee auf die Gipfel der Berge. Das erste Grün in den Tälern überzog die Wiesen.

Vater suchte an einem Nachmittag die Glasbläser aus Tirol auf, um ihnen mitzuteilen, dass er nicht länger für sie tätig sein wolle.

„Der Gewinn, den wir mit unseren Holzwaren und den Uhren erzielen, ist wesentlich höher als der, den ich beim Verkauf von Glas mache“, begründete er seine Entscheidung.

Mutter wollte nicht wie beim letzten Mal während unserer Abwesenheit zu ihrem Bruder ziehen, sondern traute sich zu, alleine im Haus zu bleiben. So ganz recht war das Vater nicht, doch sie setzte sich letztendlich durch.

Bepackt mit unseren Waren brachen wir in Richtung Furtwangen auf. Nach einer Rast setzten wir unseren Weg fort und näherten uns gegen Abend dem Dorf Vöhrenbach.

„Ich denke, hier sollten wir die Nacht verbringen, für heute sind wir weit genug gelaufen. Wir werden einige Bauern fragen, ob wir im Heuboden schlafen dürfen", schlug Vater vor.

Wir steuerten einen Hof an, der etwas außerhalb des Dorfes lag.

„Gott zum Gruß, Bauer! Wir sind auf dem Weg nach Villingen und ich wollte Euch um Unterkunft für mich und meinen Sohn bitten", sprach Vater den Mann, der einen Korb voller Holz ins Haus schleppte, sehr höflich an.

„Gott zum Gruß!", antwortete der und stellte seinen Korb ab. „Das wird nicht gehen, da wir keine Kammer für Euch haben", wollte er uns auf der Stelle abweisen.

„Wir sind nicht verwöhnt, Bauer, und geben uns zufrieden, wenn wir in Eurer Scheune schlafen dürfen", versuchte Vater ihn umzustimmen.

Inzwischen standen anscheinend alle Hausbewohner im Hof: Eine Frau, zwei kleine Mädchen und ein Junge, etwa in meinem Alter.

„Ihr wollt nach Villingen? Seid Ihr deshalb so bepackt?", fragte die Frau misstrauisch.

„Wir kommen aus Waldau und möchten auf den Markt. Eine Menge Waren haben wir dabei. Wenn wir hier schlafen dürfen, dann kann ich Euch heute Abend eine Uhr zeigen, die wir selbst gebaut haben. Sicherlich wird Euch das interessieren", sagte ich, um sie vielleicht doch noch zu erweichen.

„Ich, nein, ich brauche keine Uhr und will auch keine haben", antwortete der Bauer. „Wozu? Ich steige aus dem Bett, wenn der Tag anbricht, und gehe hinein, wenn es schon lange dunkel ist.

Bin ich auf der Weide oder auf dem Feld, dann sagt mir der Stand der Sonne, wie weit der Tag fortgeschritten ist. Fängt mein Magen zu knurren an, dann dürfte es um die Mittagszeit sein.

Nein, nein, ich brauche keine Uhr. Ihr seht, ich komme auch ohne einen solchen Zauberkasten zurecht."

„Ich würde mir gerne einmal die anderen Sachen anschauen, die Ihr in Euren Körben auf den Markt tragen wollt“, mischte sich jetzt die Frau neugierig ein.

Da ich vermutete, die Frau habe sicherlich die Absicht etwas zu kaufen, ließ ich mich nicht noch einmal bitten und packte meine Sachen aus.

„Nicht schlecht!“, meinte sie. „Eure Holzlöffel sind wirklich schön!“ Sie nahm einen in die Hand und musterte ihn genau.

„Und wem willst du diese Holzkeulen verkaufen?“, wandte sie sich mir kopfschüttelnd zu.

„Damit kann man aus Kartoffeln Brei herstellen, aber, und da habt Ihr vollkommen Recht, man könnte sie auch zur Verteidigung einsetzen“, erklärte ich schmunzelnd und selbst Vater lächelte.

„Wenn Ihr mir eine von Euren Kartoffelkeulen gebt, dann könnt Ihr im Heu übernachten“, bot der Bauer plötzlich an.

„Wir sind einverstanden!“, beendete Vater die Verhandlungen. „Sonst stehen wir noch eine Stunde hier und am Ende sagt Ihr dann doch, dass wir nicht bleiben können.“

Der Bauer führte uns in die Scheune und wies uns einen Platz zu, wo wir uns hinlegen konnten.

*

Die Bewegungen der Tiere im Stall, der direkt unter uns lag, ließen mich früh aufwachen. Vater dagegen schlief noch tief.

Ich kletterte im Halbdunkel hinunter und war schon einige Zeit damit beschäftigt, mir aus dem prallen Euter einer Kuh die Milch direkt in den Mund zu spritzen, als ich jemanden an der Stalltüre bemerkte.

Ich erschrak so sehr, dass mich der Milchstrahl mitten ins Gesicht traf. Es war der Bauer, der in den Stall kam, um die drei Kühe und einige Ziegen zu melken.

Was sollte ich jetzt tun? Ich saß in der Falle. Sicherlich würde mir der Bauer eine Tracht Prügel verpassen, wenn er mich erwischte und Vater würde das gut heißen. Zum Glück schaffte der Bauer erst den Mist hinaus in den Hof und ich konnte unbemerkt wieder die Leiter nach oben steigen.

„Wo kommst du denn her?“, fragte Vater, als ich mich gerade möglichst unauffällig wieder hinlegen wollte.

„Ich musste mal und habe mich ein wenig im Stall umgeschaut, Vater.“

„Du bist wohl vollkommen verrückt geworden, wie?“, fuhr er mich an. „Was meinst du, was geschehen wäre, wenn dich der Bauer gesehen hätte?“

„Wieso, was hab ich denn angestellt?“

„Halt mich nicht für blöd“, drohte mir Vater jetzt, „sondern wische dir lieber den Mund ab! Wird man vom Pinkeln neuerdings ganz weiß im Gesicht?“

Wir stiegen hinunter, wuschen uns das Gesicht am Brunnen im Hof und aßen ein Stück trockenes Brot. Als uns der Bauer sah, eilte er herbei und schimpfte:

„Schade, dass ich Euch nicht dabei erwischt habe, sonst würde ich auf der Stelle die Holzkeule holen, die Ihr mir gestern geschenkt habt!“

„Wie meint Ihr das, Bauer? Wobei habt Ihr uns nicht erwischt?“, fragte Vater und spielte ihm geschickt vor, als wisse er tatsächlich von nichts.

„Die eine Kuh gibt heute wesentlich weniger Milch als gewöhnlich. Außerdem kann man am Boden im Schein meiner Laterne genau sehen, dass Ihr sehr ungeschickt im Melken seid, denn Etliches ist daneben gegangen.

Jetzt seht zu, dass Ihr verschwindet, bevor ich es mir noch anders überlege!“, fuhr uns der Bauer an.

„Da siehst du, was du mit deinem Blödsinn angerichtet hast!“, flüsterte Vater verärgert, als wir uns möglichst schnell davonmachten.

*

Um die Mittagszeit begegneten uns immer mehr Menschen. Einige von ihnen trugen verschnürte Bündel auf dem Rükken, andere zogen Handkarren hinter sich her. Die schwer beladenen Wagen der Händler kamen nur langsam voran.

Ab und zu konnten wir sogar vornehme Herrschaften sehen, die zu Pferd unterwegs waren. Eine Kutsche rollte heran und alle anderen, die sich auf dem Weg befanden, machten ihn hastig frei, um sie ungehindert passieren zu lassen. Wir waren gefesselt von dem, was sich vor unseren Augen abspielte.

Eine Stadt, überragt von einer unwahrscheinlich großen Kirche, tauchte in der Ferne auf.

„Ist das die Stadt in der wir auf den Markt wollen, Vater?“

„Ich denke schon, Jakob hat es zumindest so beschrieben. Das muss Villingen sein.“

Eine hohe Mauer mit wehrhaften Türmen umzog die Stadt. Wir kannten uns in diesem Ort nicht aus, doch das brauchten wir auch nicht, denn wir folgten einfach den anderen Leuten. Mit Sicherheit wollten sie ebenfalls auf den Markt.

Noch viel prächtiger als in Säckingen waren die Häuser hier. Rund um den Marktplatz wohnten anscheinend nur reiche Leute, denn die Gebäude schienen sich an Größe und Schönheit gegenseitig überbieten zu wollen.

Immer wieder schaute ich Vater an und stellte fest, dass er ebenso über all das staunte wie ich. Menschen drängten sich in den Gassen und so mancher Ochsenkarren hatte Probleme, sich einen Weg durch die Menge zu bahnen.

Bauern, Handwerker und Händler tummelten sich auf dem Marktplatz. Sie stellten ihre Waren aus, boten eingelegtes Kraut, Brot und viele andere Nahrungsmittel an.

Kleine Küken drängten sich in einem Weidenkorb aneinander und piepsten leise vor sich hin. Nicht alle hatten den Transport auf den Markt unbeschadet überstanden und waren verendet. Schnell nahm sie der Händler heraus und steckte sie in einen Leinensack, um keine Kunden zu vergrämen.

Wenige Wochen alte Lämmer, Ziegen und Kälber warteten auf neue Besitzer. Viele Leute kauften sich jetzt im Frühling junges Vieh, ließen es bis zum November auf der Weide und schlachteten es dann als Vorrat für den Winter.

Tuchhändler aus dem Süden priesen ihre Waren an und riefen immer wieder lautstark in die Menge, um möglichst viele Marktbesucher auf sich aufmerksam zu machen.

Seile, Dinge aus Eisen, Tontöpfe, Lederschuhe, man konnte nahezu alles kaufen, wenn man das nötige Geld dazu besaß. Sogar Bücher wurden an einem Stand ausgestellt. Kaum ein Bauer oder ein Handwerker hielt sich jedoch dort auf, sondern nur Leute, die besser gekleidet waren und denen ich äußerlich schon anzusehen glaubte, dass sie lesen und schreiben konnten.

*

„Wenn wir noch eine Weile herumlaufen, dann brauchen wir unsere Sachen nicht mehr anzubieten, denn der Markt wird sicherlich in Kürze beendet sein“, sprach Vater.

Deshalb suchten wir uns einen geeigneten Platz, wo wir eine Uhr aufhängen konnten und breiteten auch unsere anderen Waren aus.

Wir mussten nicht lange warten, bis die ersten Leute sich um uns versammelten und die Uhr bestaunten. Meine Erfahrungen, die ich in Säckingen gemacht hatte, kamen mir jetzt zugute. Ohne dass mich jemand darum gebeten hatte, fing ich an einen Vortrag über Uhren zu halten.

Ich redete nicht einfach in die Masse hinein, sondern suchte mir einzelne Leute heraus, die besonderes Interesse an der

Uhr zeigten. Ich nahm an, dass sie am ehesten einem Kauf nicht abgeneigt waren. Ganz gezielt wandte ich mich ihnen zu, wobei ich meine etwas vorlaute Art durch kleine Späße überspielte.

„Na, werter Herr, gefällt Euch die Uhr? Ja, ich muss gestehen, es ist eine gelungene Arbeit meines Vaters. Er ist ein Meister seines Fachs“, sprach ich einen gut gekleideten Mann an, der schon lange da stand und seine Augen ausschließlich auf die Bewegungen der Uhr richtete.

„Ich habe den Eindruck, du trägst etwas dick auf, junger Mann! In Ulm und in Augsburg könntest du ganz andere Uhren bewundern. Sie sind durch und durch aus Metall. Wahre Kunstwerke!“, erwiderte er.

Einen Moment stand ich wortlos da, denn wie sollte ich das beurteilen, was der Marktbesucher soeben berichtet hatte.

„Wir stellen unsere Uhren absichtlich nicht aus Metall her, denn aus Holz sind sie wesentlich haltbarer.

Wenn Ihr eine Metallstange hernehmt, sie an ihren Enden auf zwei Holzklötzen lagert und darauf steigt, dann wird sie krumm und bleibt es auch. Nehmt Ihr ein Holzbrett und stellt Euch darauf, dann biegt es sich auch durch, doch wenn Ihr heruntersteigt, ist es wieder gerade.

Daran seht Ihr, dass Holz viel biegsamer ist. Die einzelnen Zähne“, ich deutete auf die Räder der Uhr, „schmiegen sich besser an, ohne sich dauerhaft zu verbiegen.“

„Das mag ja sein, doch das kannst du mir nicht weismachen, dass eine Holzuhr haltbarer sein soll als eine aus Metall“, bestritt der Mann kritisch. „Irgendwann werden sich Holzwürmer über sie hermachen und mit ihren Gängen durchbohren. Dann taugt deine Uhr nicht einmal als Feuerholz.“

Vater mischte sich in unser Gespräch ein.

„Aber eines müsst Ihr zugeben, mein Herr, eine Holzuhr

kostet nur einen Bruchteil vom dem, was sie Euch für eine Eisenuhr abnehmen."

„Noch besser wäre es, wenn Ihr mir den Bruchteil nennen würdet, dann könnten wir vielleicht sogar ins Geschäft kommen", begann der Mann seine Verhandlungen.

Vater nahm ihn beiseite und tuschelte ihm etwas ins Ohr. Der Mann lachte laut auf, schüttelte verständnislos den Kopf und lief wortlos davon.

Ein Handwerker, der das ganze Geschehen mit verfolgt hatte, trat auf Vater zu und wechselte leise ein paar Worte mit ihm. Schon einen Augeblick später reichten sie sich die Hand und besiegelten damit den Kauf.

„Warum sagst du den Preis, den du für eine Uhr haben willst, eigentlich nicht laut, so dass alle Herumstehenden genau wissen, was du verlangst?", fragte ich, als Vater das Geld in seinem Lederbeutel verstaut hatte und zufrieden neben mir stand.

„Die Menschen sind verschieden, Benedikt. Wenn einer kommt und eine Uhr kaufen will, dann schaue ich mir den Kerl genau an. Macht er den Eindruck, als könne er sich eine solche Anschaffung problemlos leisten, weil er sehr teuere Kleider trägt, dann verlange ich etwas mehr. Ist es dagegen ein einfacher Mann, dann kann ich leicht einen günstigeren Preis ansetzen."

„Bei dir habe ich nicht nur gelernt, wie man Uhren baut, sondern der zweite Teil meiner Lehre besteht anscheinend darin, wie man sie den Leuten geschickt verkauft", bemerkte ich scherzhaft, und wir brachen in lautes Lachen aus.

*

Noch einmal kam der Mann, der zuerst die Uhr kaufen wollte, zu uns zurück. An seinem Gesicht konnte man ablesen, dass er sich jetzt darüber ärgerte, sie nicht genommen zu haben.

„Hättet Ihr mein Angebot angenommen, dann wäret Ihr der Besitzer einer robusten Schwarzwalduhr geworden. Jetzt müsst Ihr Euch wahrscheinlich nach einer Uhr mit Eisenrädern umschauen“, sprach ihn Vater an und ich hörte deutlich eine gewisse Ironie aus seinen Worten.

„Aber im Korb haben wir doch …“, wollte ich gerade sagen, doch Vater schaute mich von der Seite an und gab mir durch sein Blinzeln zu verstehen, nicht weiter zu reden.

„Eine Uhr mit Eisenrädern, die kann ich mir nicht leisten. Außerdem kennt Ihr mein Weib nicht. Sie wird eine Woche kein Wort mit mir sprechen, wenn ich so viel Geld ausgebe.“

Alle Anwesenden lachten über die Bemerkung des Mannes. Er schien es sogar zu genießen im Mittelpunkt zu stehen und wandte sich den Leuten zu:

„Ich kann Euch aber beruhigen. Ich bin nämlich froh, wenn ich ihr Gezeter einige Tage nicht anhören muss.“

Vater winkte den Mann zu sich heran.

„Ihr bereut es also, gebt es zu, die Holzuhr nicht gekauft zu haben, stimmt's?“

Er nickte übertrieben mit dem Kopf.

„Das tut mir Leid für Euch, mein Herr, aber, vielleicht kann ich ja doch noch etwas für Euch tun. Über den Preis brauchen wir nicht mehr zu verhandeln, darüber sind wir uns bereits einig gewesen, oder?“

Wieder beantwortete er die Frage mit einem kurzen Nicken.

Vater drehte sich um, holte ein in Leinen gewickeltes Paket aus unserem Korb und reichte es dem Mann, der das Bündel aufschnürte und den Inhalt überrascht anstarrte.

„Die habe ich extra für Euch, ja, nur für Euch aufgehoben, weil ich geahnt habe, dass Ihr Eure erste Entscheidung bitter bereuen würdet“, scherzte Vater.

„Würdet Ihr sie bitte aufhängen, damit ich mich an Ort und Stelle überzeugen kann, ob diese Uhr ebenso gut läuft wie die erste, sonst müsste ich mit Euch erneut über den Preis verhandeln."

Wir kamen seiner Aufforderung nach und es verging bestimmt eine weitere halbe Stunde, bis Vater endlich das Geld in Händen hielt, das ihm der Mann für die Uhr überreichte.

„Jetzt kann ich es Euch gestehen, niemals hätte ich geglaubt, dass ich eine so schöne Uhr für so wenig Geld erwerben könnte. Eine richtige Uhr! Meine Frau wird mir um den Hals fallen vor Freude", jubelte der neue Besitzer, „denn schon lange hat sie sich eine solche Holzuhr gewünscht."

„So ein Schlitzohr! Kaum zu glauben! Hat er uns doch die ganze Zeit an der Nase herumgeführt. Trotzdem, Benedikt, wir können mit dem heutigen Tag mehr als zufrieden sein."

Gut gelaunt klopfte mir Vater auf die Schulter.

Es fanden sich zwar einige Kunden für unsere anderen Waren ein, zum Kauf einer Uhr konnten wir aber keinen mehr bewegen.

Ein Mann lief über den Platz und kündigte allen Besuchern und Händlern mit seiner Glocke das Ende des Marktes für diesen Tag an.

*

„Zuerst sollten wir uns umschauen, wo wir einen Platz zum Schlafen finden", schlug Vater vor, als wir uns durch eine Gasse vom Marktplatz entfernten.

Ein altes Pärchen saß auf dem Boden. Sie waren in schäbige Fetzen gehüllt. Es schien ihnen wenig auszumachen mitten im Dreck zu hocken. Vater merkte, dass ich mir die beiden eingehend anschaute und flüsterte mir zu:

„Villingen ist eine Stadt mit vielen reichen Bürgern. Wie du siehst, gibt es aber auch Menschen, die nicht teilhaben an dem Wohlstand und in völliger Armut auf der Straße ihr Leben fristen."

„Habt Mitleid mit uns! Gott wird es Euch im Jenseits vergelten! Wir haben Hunger“, murmelte die Frau, als wir an den beiden vorübergingen.

Vater holte ein Stück Brot aus seinem Korb und reichte es der Frau. Kaum hatte sie sich bedankt, brach sie es auseinander und beide schlangen es gierig in sich hinein.

Wir liefen weiter die Gasse entlang. Ein Kloster tauchte vor uns auf.

„Die meisten Mönche“, erklärte Vater, „gewähren Durchreisenden Unterschlupf. Das gehört schließlich zu ihren Christenpflichten. Vielleicht sollten wir an der Pforte einmal fragen, ob sie einen Schlafplatz für uns haben.“

Wir näherten uns dem Eingang und standen eine Weile unentschlossen vor der großen Eichentür, bevor Vater zaghaft anklopfte. Der Pförtner blickte durch ein kleines Fensterchen.

„Gott zum Gruß! So wie Ihr bepackt seid, wollt Ihr sicherlich im Kloster übernachten, wie?“

„Ganz recht, wir wollten Euch um eine Unterkunft für die Nacht bitten, ehrwürdiger Pater“, antwortete Vater freundlich.

„Ich bin Pater Clemens.“

Der Mönch öffnete das Tor einen Spalt breit und musterte uns eine Zeit lang. An seiner dunkelbraunen Kutte konnte man erkennen, dass es sich um einen Franziskaner handelte.

„Wir gehören nicht zu den reichen Klöstern und sind auf Almosen angewiesen. Es wäre schön, wenn auch Ihr eine Kleinigkeit von dem, was Ihr heute auf dem Markt verdient habt, freiwillig dem Kloster spenden würdet.“

Er streckte uns die Hand entgegen. Vater nahm eine Münze aus dem Lederbeutel und überreichte sie ihm. Bereitwillig zog Pater Clemens jetzt das Tor ganz auf und führte uns in einen einfachen Raum neben der Pforte. Ein paar Männer hielten sich dort auf und ließen uns nicht aus den Augen, als wir den Raum betraten. Wir setzten uns auf den Boden und verzehrten einige von den Dingen, die uns Mutter eingepackt hatte.

Im Laufe des Abends fanden sich noch etliche Männer ein und der Raum war eng belegt. Die Strohsäcke bedeckten nahezu den gesamten Boden. Als dann die Nacht hereinbrach und die ersten bereits schliefen, sah ich im Halbdunkel, dass Vater ein Seil an die Körbe band.

„Warum machst du das, Vater?“, erkundigte ich mich möglichst leise.

„Nur zur Sicherheit, Benedikt. Man kann nie wissen, wer sich hier alles im Raum befindet. Am Ende stellen wir morgen in der Frühe fest, dass unsere Uhren verschwunden sind. Das wäre eine echte Katastrophe, oder nicht?

Deswegen binde ich mir das Seil um den Arm und merke hoffentlich sofort, wenn sich jemand an unseren Sachen zu schaffen macht“, flüsterte er mir ins Ohr.

Es war für mich nicht einfach die ersehnte Ruhe zu finden, denn einige der Männern schnarchten oder gaben andere wundersame Laute während des Schlafes von sich. Außerdem herrschte inzwischen ein abscheulicher Gestank im Raum.

Am nächsten Morgen, als ich aufwachte, waren manche Leute bereits im Gehen begriffen. Vater hingegen schlief noch.

Erschrocken stellte ich fest, dass sich das Seil im Laufe der Nacht von seinem Handgelenk gelöst hatte und neben dem Strohsack lag. Auf der Stelle schüttelte ich Vater, bis er endlich zu sich kam. Als ich auf das Seil deutete, begriff er schnell, warum ich ihn geweckt hatte. Sofort untersuchte er beide Körbe und stellte zum Glück fest, dass nichts fehlte. Seinen Lederbeutel hatte er wie immer am Gürtel befestigt. Er war ebenfalls noch da.

*

Die Bäcker waren die Ersten, die ihre Waren auf dem Markt anboten. Allein der Geruch war überwältigend, als wir vor all den leckeren Sachen standen. Von daheim kannte ich nur schwarzes Brot, Fladen und an Feiertagen mal einen Kuchen. Hier konnte man feinste Backwaren, mit Honig überzogen, Brezeln, weißes Brot, Kuchen und vieles mehr erwerben.

Vater zeigte sich sehr freigiebig und kaufte uns zum Frühstück ein kleines, weißes Brot und außerdem zwei Stücke von dem duftenden Kuchen. Wir setzten uns an den Brunnen und ließen uns die köstlichen Sachen schmecken.

Gleich danach boten wir unsere Waren wie am Tag zuvor an. Löffel, Teller und Kartoffelstampfer waren gefragt, an der Uhr schienen sich jedoch heute nur Schaulustige eingefunden zu haben. Sie hörten sich meinen Vortrag an, zeigten sich teilweise sehr interessiert, liefen jedoch am Ende meiner Vorführung wortlos weiter.

Zwei Franziskaner kamen vorüber und blieben stehen. Ich erkannte sofort den Pförtner, Pater Clemens, der uns am Kloster in Empfang genommen hatte.

„Seid Ihr nicht der Händler, der letzte Nacht mit seinem Sohn im Kloster verbracht hat?“, sprach er Vater an.

„Ich möchte mich nochmals bei Euch bedanken, Hochwürden, dass Ihr uns aufgenommen habt.“

„Wie ich sehe, handelt Ihr mit Uhren“, sagte Pater Clemens und drehte sich seinem besonders dicken Mitbruder zu, um mit ihm ein kurzes Gespräch zu führen, bevor er sich wieder uns zuwandte. „Unser Abt wäre sicherlich erfreut, wenn Ihr ihm Eure Uhr einmal zeigen und vorführen würdet. Wir bräuchten dringend eine in unserer Sakristei, damit wir zur rechten Zeit unsere Glocke läuten und die Mitbrüder zum Gebet rufen können.“

„Wenn ich Euch recht verstanden habe, Hochwürden, dürfen wir noch einmal im Kloster übernachten“, gab Vater zur Antwort und fügte schnell hinzu, „ohne ein Almosen entrichten zu müssen."

„Falls die Uhr dem Abt zusagt und er sich mit Euch handelseinig wird, dann, meinetwegen, dann wartet heute Abend sogar ein Teller Kraut mit einem Stück Schweinebauch auf Euch und Euren Sohn", bot der zweite Mönch an, „denn die Küche, wie Ihr mir anseht, die Küche ist mein Reich."

Sicherlich wanderte so mancher gute Bissen in seinen Bauch, bevor er das Essen für seine Mitbrüder auftragen ließ, dachte ich mir und bestaunte seine dicken Backen und sein Doppelkinn ausgiebig.

„Und was soll ich tun, wenn ein reicher Bürger kommt und die Uhr unbedingt haben will? Ihm könnte ich sie auf der Stelle verkaufen, wogegen das Geschäft mit dem Kloster nur vielleicht zustande kommt."

Ich merkte sofort, worauf Vater hinaus wollte.

„Gut, wo Ihr Recht habt, habt Ihr Recht! Wir kaufen da vorne bei einem Händler Wachs, um neue Kerzen herzustellen, und kommen anschließend wieder bei Euch vorbei", schlug Pater Clemens vor. „Dann könnt Ihr uns ins Kloster folgen und den Abt sprechen."

Vater willigte ein, und die beiden Mönche liefen weiter.

„Du, Benedikt, bleibst so lange hier und passt auf unsere Sachen auf, während ich mit den Patres ins Kloster gehe!", ordnete Vater an.

„Vater, bitte, ich möchte auf jeden Fall mitkommen. Du weißt doch wie gut ich mit Äbten umgehen kann. Nimm mich mit!", bettelte ich.

Dies leuchtete Vater ein und er ließ sich erweichen. Wir räumten unsere Sachen zusammen, und als die Mönche zurückkamen, gingen wir gemeinsam zum Kloster.

*

Wir mussten nicht lange warten, bis Pater Clemens mit einem weiteren Ordensbruder im schlichten Gewand in der Sakristei erschien. Ich war vollkommen überrascht, als der Mönch sich als Abt des Klosters vorstellte. Ich zog unwillkürlich Vergleiche mit Abt Paulus von St. Peter, der wie ein würdiger Herr mit einem goldenen Kreuz um den Hals vor uns erschienen war.

„Pater Clemens hat mir berichtet, dass er Eure Uhr auf dem Markt bestaunt hat. Schon einige Zeit trage ich mich mit der Absicht eine einfache Uhr für die Sakristei anzuschaffen.

Andere Klöster kaufen sich teuere Uhren aus Metall. Wir sind ein armer Orden und möchten so einfach leben wie unser Gründer Franziskus von Assisi“, erklärte der Abt freundlich.

„Unsere Uhren sind zwar aus Holz, gehen aber sehr zuverlässig, ehrwürdiger Abt“, bemerkte Vater.

„Na dann macht Euch an die Arbeit!“, forderte Pater Clemens uns auf. „Wir möchten uns selbst davon überzeugen, ob das zutrifft, was Ihr behauptet. Kürzlich war schon einmal ein Mann hier, der seine Uhren als reine Wunderwerke anpries. Keinen Mucks hat sie getan, als sie an der Wand hing.“

Nachdem wir gemeinsam mit dem Abt einen geeigneten Platz ausgesucht hatten, schlug Vater einen Nagel ein. Beim Schmied in Waldau hatte er sich für solche Gelegenheiten extra welche anfertigen lassen.

Richtig begeistert schienen der Abt und Pater Clemens, als die Uhr sich mit gleichmäßigem Ticken in Bewegung setzte.

„Mein Sohn wird Euch kurz erklären, worauf Ihr achten müsst, wie Ihr sie stellen könnt und so weiter. Er kennt sich damit fast besser aus als ich“, verkündete Vater stolz.

„Wartet einen Augenblick, ich werde Bruder Barnabas, den Küster, holen, denn die Betreuung der Uhr wird zu seinen Aufgaben gehören! Ich fasse sie zumindest nicht an. Mit diesem modernen Zeug, das ich sowieso nicht verstehe, will ich nichts zu tun haben“, sprach Pater Clemens und verließ die Sakristei, um kurz darauf mit seinem Mitbruder zurückzukommen.

Ich war jetzt an der Reihe und erklärte den drei Mönchen mit möglichst einfachen Worten, wie die Uhr funktioniert. Außerdem gab ich dem Sakristan noch einige Hinweise, wie man sie stellen kann und dass er das Räderwerk ab und zu mit ein wenig Fett einschmieren soll.

„Das hast du gut gemacht, junger Mann!“, lobte mich der Abt. „Selbst ich habe jetzt endlich verstanden, dass die Räder nicht von Geisterhand angetrieben werden, sondern der Ablauf einen einfachen und vernünftigen Grund hat.“

„Was sich die Menschen alles ausdenken, kaum zu glauben!“, murmelte Pater Clemens und schüttelte den Kopf.

Der Abt wurde sich mit meinem Vater schnell über den Preis einig und verließ die Sakristei, um das nötige Geld aus seiner Zelle zu holen. Er kehrte jedoch nicht allein zurück, sondern hatte weitere Mönche dabei, die unsere Uhr ausgiebig bestaunten. Man merkte dem Abt an, dass er sehr stolz war, für sein Kloster endlich einen Zeitmesser erworben zu haben.

„Da drüben siehst du, mit welch einfachen Mitteln ich mir bisher behelfen musste“, sprach Bruder Barnabas und nahm eine Kerze in die Hand. „Du siehst, dass in gleichmäßigen Abständen kleine Kerben angebracht sind. Daran konnte ich ablesen, wie viele Stunden vergangen sind.

Oder schau dir die Wasseruhr an! Aus einem winzig kleinen Loch da unten am Krug tropft das Wasser heraus. An der Innenseite sind wieder Markierungen zu sehen, die dir anzeigen, wie viele Stunden seit dem letzten Auffüllen verstrichen sind.“

„So ist das, Bruder Barnabas! Wir Franziskaner können uns dem Fortschritt nicht entziehen“, meinte der Abt, „wenn es dem Wohl des Klosters und der Erfüllung unserer Aufgaben dient. Und jetzt sollten wir wieder an die Arbeit gehen und nicht länger die Zeit hier in der Sakristei vergeuden."

Die Mönche hatten die Aufforderung verstanden und verließen ohne zu zögern den Raum.

*

Der Abt verabschiedete sich von uns und bedankte sich bei Vater.

„Kommt mit mir! Jetzt sollt Ihr den versprochenen Lohn haben", forderte uns Pater Clemens auf und führte uns in eine Kammer, die sich neben dem Raum befand, in dem wir die letzte Nacht verbracht hatten. Zwei dick gefüllte Strohsäcke, ein Tisch mit Bänken und eine Truhe befanden sich im Innern.

„Ich habe es mit dem Abt abgesprochen, Ihr könnt die Nacht hier in unserem Gästezimmer verbringen und müsst Euch nicht den Raum mit so vielen anderen Leuten teilen", erklärte Pater Clemens. „Ich sage in der Küche Bescheid, dass man Euch eine Mahlzeit hierher bringt."

Er ging hinaus.

„Das ist ja kaum zu glauben, Vater, ich freue mich jetzt schon auf die Nacht. Hier werde ich sicherlich wesentlich besser schlafen als gestern. Einige Leute haben so sehr geschnarcht, dass ich erst spät in der Nacht einschlief."

„Auch ich kann es kaum fassen, Benedikt! Niemals hätte ich gedacht, dass wir mit unseren Uhren jemals einen solchen Erfolg haben würden. Wir müssen unserem Herrgott wirklich dankbar sein!"

Wir stellten unsere Körbe ab und setzten uns an den Tisch. Der dicke Pater brachte uns persönlich das Essen. Er stellte zwei Holzteller mit dampfendem Kraut und einem Stück geräuchertem Schweinefleisch auf den Tisch. Einen Krusten Schwarzbrot legte er daneben.

„Na, dann lasst es Euch schmecken!“, wünschte er. „Einen Krug Wasser bringe ich Euch noch vorbei.“

Mit meinem Messer schnitt ich große Stücke vom Fleisch ab und steckte sie in den Mund, biss herzhaft ins Brot und schob mit dem Holzlöffel das Kraut nach.

Als der Mönch nach einiger Zeit mit dem Wasser hereinkam, hatte ich einen großen Teil meiner Mahlzeit bereits verschlungen. Es schmeckte mir einfach hervorragend und war schließlich die erste warme Mahlzeit, die wir zu uns nahmen, seit wir von Zuhause aufgebrochen waren.

„Ich habe den Eindruck, du könntest eine weitere Portion vertragen, stimmt's?“, bemerkte der Mönch lachend.

„Eigentlich schon! Sagt bitte dem Koch, dass es mir ausgezeichnet schmeckt und auch mein Vater lobte das Essen kurz vor Eurem Erscheinen in höchsten Tönen. Selten zuvor habe er so vorzügliches Kraut gegessen“, schmeichelte ich ihm, obwohl ich doch genau wusste, dass er selbst das Essen zubereitet hatte.

Der Mönch baute sich mit seiner enormen Körperfülle vor mir auf und strahlte. „Dein Lob brauche ich dem Koch gar nicht auszurichten, denn er steht selbst vor dir.“

Eilig lief er davon und kam schnell mit zwei weiteren Tellern zurück.

Vater wäre nach dem reichlichen Mittagessen am liebsten noch einmal auf den Markt gegangen, um nach weiteren Käufern Ausschau zu halten, doch ich konnte ihn umstimmen und wir legten uns stattdessen auf die bequemen Strohsäcke und dösten einige Zeit vor uns hin.

*

Am Nachmittag liefen wir durch die Stadt, bestaunten die prächtigen Häuser und blieben manchmal stehen, um die Handwerker in den Innenhöfen zu beobachten.

So kam es, dass wir durch ein offenes Tor einem Schreiner bei seiner Arbeit zuschauten. Er hatte eine kostbare Eichentruhe auf seinem Arbeitstisch stehen und schlug die aufgesetzten Leisten ab. Die runden Holzfüße zerbrachen nach dem ersten Schlag in Einzelteile, wobei es richtig staubte, als sie zu Boden fielen.

„Schade um die schöne Truhe, nicht wahr?“, sprach Vater den Mann an.

„Ich will versuchen, was ich noch retten kann. Ja, es wäre wirklich schade um die schönen Schnitzereien, wenn nichts gegen die Holzwürmer unternommen wird. Die Leisten und die Füße werde ich ersetzen, dann wird sich kein Holzwurm mehr einnisten“, erklärte der Schreinergeselle.

„Und wie macht Ihr das? Wie bringt Ihr es fertig, dass kein Ungeziefer das Holz befällt?“, wollte Vater wissen.

„Bevor ich die neuen Leisten mit Holznägeln aufdüble, lege ich sie einige Stunden in die Pisse von Kühen und hänge sie dann für zwei Tage in den Rauch.“

Vater war über die seltsame Behandlung des Holzes erstaunt.

„Ihr legt sie in Kuhpisse? Macht Ihr Euch etwa lustig über mich?“

„Natürlich nicht! Schon mein Großvater hatte damit großen Erfolg, weil das Holz dann von keinen Schädlingen mehr zerfressen wird. Ihr könnt mir das ruhig glauben! Seit Jahren mache ich die besten Erfahrungen damit.“

Er wandte sich wieder seiner Arbeit zu und wir liefen weiter.

„Wenn das wirklich so ist, Benedikt, wie der Mann uns gerade erklärt hat, dann müssten wir unsere Uhrenteile ebenfalls erst mit der gelben Brühe bearbeiten und zwei Tage in den Rauch hängen, bevor wir sie zusammenbauen.“

„Meinst du das im Ernst, Vater?“, erwiderte ich angeekelt. „Vielleicht hat sich der Schreiner wirklich nur über dich lustig gemacht und lacht sich jetzt kaputt.“

„Das können wir ziemlich einfach herausfinden, ob Pisse tatsächlich vor Holzwürmern schützt. Wir suchen einen anderen Handwerker, der mit Holz zu tun hat, und erkundigen uns noch einmal“, schlug Vater vor.

Da die Kistler und Schreiner alle in derselben Gasse ihre Werkstatt hatten, fiel es uns nicht schwer einen weiteren Mann ausfindig zu machen, den wir befragen konnten.

Zwei Lehrlinge waren gerade damit beschäftigt, Bretter zu einer Truhe zusammenzusetzen.

„Wir besitzen auch eine Truhe daheim. Leider haben Holzwürmer Löcher hineingefressen und wir wissen nicht, wie wir das Holz vor ihnen retten können. Ihr seht wie echte Fachleute aus und könntet uns sicherlich einen Rat geben“, begann Vater geschickt das Gespräch.

„Unser Meister schwört auf Pisse von Rindern. Wenn man das Holz damit einstreicht, vergeht den Holzwürmern der Appetit und sie verrecken lieber. Das ist eigentlich recht einfach zu verstehen, oder nicht?“, lachte der Lehrling.

„Und anschließend sollte man das Holz in Rauch hängen, so haben wir zumindest gehört, nicht wahr?“, ergänzte Vater.

„Ja, Rauch ist gut für die Haltbarkeit des Holzes und macht es vor allem härter“, wusste der zweite Lehrling zu berichten.

Der Meister erschien und fuhr die beiden an:

„Ihr sollt nicht so viel reden, sondern arbeiten! Wenn jemand einen Rat braucht, dann kann er sich an mich wenden. Gegen gute Bezahlung kann er jede Auskunft von mir bekommen.“

Er schaute uns grimmig an und wir suchten das Weite, ohne auf seine Anspielungen zu reagieren.

X

Eine erholsame Nacht hatten wir auf dem bequemen Lager verbracht, als wir am folgenden Morgen nach einem einfachen, aber reichlichen Frühstück das Kloster verließen.

Scheußliches Regenwetter erwartete uns draußen. Aus diesem Grund hätte ich am liebsten noch einen weiteren Tag in Villingen zugebracht, doch Vater ließ sich nicht umstimmen. Er hatte sich in den Kopf gesetzt, weiter nach Rottweil zu ziehen.

Erst nach einigen Stunden, als wir beide bereits völlig durchnässt waren, sah Vater endlich ein, dass es wenig Sinn hatte unseren Weg an diesem Tag fortzusetzen. In Niedereschbach gingen wir in ein Wirtshaus, in dem bereits zahlreiche Leute Unterschlupf gesucht hatten, weil auch sie dem anhaltenden Regen entfliehen wollten.

Gott sei Dank war die Stube beheizt und wir konnten uns am Ofen etwas aufwärmen. Wir bestellten beim Wirt heiße Milch mit Honig und eine Schüssel Haferbrei.

Die Kaufleute und Händler saßen an den Tischen und unterhielten sich angeregt. Einer von ihnen winkte den Wirt zu sich.

„Verdammter Mist! Zwei Speichen sind an meinem Wagen gebrochen“, klagte er. „Kennt Ihr jemanden im Dorf, der das reparieren könnte? Ich muss dringend weiter, sehr dringend! Eigentlich wollte ich heute noch daheim ankommen."

Der Wirt schüttelte den Kopf.

„Einen Schmied haben wir im Dorf, aber einen Wagner, nein, da muss ich Euch enttäuschen."

„So ein Mist! Was soll ich nur machen?", wandte er sich an seinen Tischnachbarn.

„Ist jemand unter Euch, der sich zutraut zwei Speichen an meinem Wagen zu ersetzen?", rief der Mann in den Raum.

Alle schauten ihn an, doch keiner der Anwesenden bejahte seine Frage, bis Vater sich erhob und auf ihn zutrat.

„Versuchen, mein Herr, versuchen kann ich es ja mal. Mit Holz kenn ich mich aus."

„Ich danke Euch, dass Ihr es wenigstens probieren wollt", antwortete der Mann und ging mit Vater nach draußen.

Als ich ihnen folgen wollte, kam der Wirt eilig herbei und hielt mich am Arm fest.

„Das habt ihr euch raffiniert ausgedacht. Du, mein kleiner Gauner, du bleibst schön hier! Am Ende seid ihr verschwunden ohne zu bezahlen."

Deswegen rief ich Vater noch einmal herein. Er reichte dem Wirt das geforderte Geld und wir trugen unsere Körbe hinaus. Zum Glück hatte der Regen aufgehört.

*

Vater betrachtete das Rad.

„Bestimmt hat der Wirt einige Hölzer in seiner Scheune. Am besten, Ihr drückt ihm einige Münzen in die Hand, damit er uns einen Balken und was wir sonst noch benötigen zur Verfügung stellt. Wir werden den Wagen anheben und die beiden zerbrochenen Speichen ersetzen."

Ungläubig schaute der Mann Vater an, ging dann aber trotzdem in die Stube und kehrte mit dem Wirt zurück. Noch einmal streckte der dem Kaufmann seine Hand entgegen und erst, als er eine weitere Münze herausrückte, öffnete der Wirt seine Scheune und deutete auf einen ganzen Stapel mit verschiedenen Holzbalken.

Alles, was er benötigte, fand Vater hier. Er trug einen großen Holzklotz direkt neben das kaputte Rad, legte dann einen langen Balken darauf und schob ihn ein Stück unter den Wagen.

„Wenn ich Euch Bescheid sage, müsst Ihr den Balken ganz am Ende nach unten drücken, um den Wagen anzuheben!“, bat Vater den Kaufmann.

„Ich bin doch kein Riese, dass ich den Wagen mit einem Balken alleine hochwuchten kann!“, erwiderte der und schien meinem Vater immer weniger zuzutrauen das Rad zu reparieren.

Vater reagierte nicht, sondern suchte im Stall zwei Holzlatten. Er nahm am Rad Maß, markierte die Hölzer mit einem Kohlestift und kürzte sie anschließend in der Scheune mit einer Axt.

„Ich wäre so weit!“, kündigte Vater an. „Ihr seid jetzt an der Reihe! Mein Sohn wird Euch zur Sicherheit helfen.“

Zusammen mit dem Händler drückte ich den Balken nach unten und der Wagen wurde wie von Geisterhand angehoben, ohne dass wir uns sehr anstrengen mussten. Vater entfernte mit der Axt die beiden Speichen aus den Vertiefungen. Mit seinem Messer bearbeitete er dann die Enden der Latten und schlug sie mit der Axt in die dafür vorgesehenen Öffnungen an der Nabe. Vorsichtig klopfte er die unter Spannung stehenden anderen Enden am Innenrand des Rades auf die Löcher zu, bis sie hineinrutschten.

„Ihr könnt den Wagen langsam wieder ablassen!“, rief er uns zu.

Sofort begutachtete der Händler die ersetzten Speichen.

„Das habt Ihr hervorragend gemacht!“, äußerte er voller Respekt. „Ich bin Euch zu großem Dank verpflichtet.“

Er holte einen Lederbeutel hervor, nahm eine Münze heraus und reichte sie Vater.

„Woher wisst Ihr, dass man mit einem einfachen Balken einen so schweren Wagen anheben kann?“, wollte der Händler noch wissen.

„Das machen wir im Schwarzwald immer so. Wenn wir Bäume gefällt haben und sie einen Hang hinuntergleiten lassen, dann verkeilen sie sich oft so ineinander, dass man mit einfacher Muskelkraft nichts mehr ausrichten kann. Setzt man dagegen eine einfache Stange richtig an, dann wird die Kraft vervielfacht“, erklärte Vater.

„Nochmals vielen Dank! Jetzt muss ich mich sputen, wenn ich mein Ziel heute noch erreichen will.“

Schon saß er auf seinem Wagen und trieb die beiden Pferde an.

*

Wir übernachteten im Wirtshaus und setzten unseren Weg erst am nächsten Morgen fort. Zum Glück hatte sich das Wetter gebessert und wir erreichten Rottweil noch vor dem Mittag.

Schon von einiger Entfernung sahen wir die mächtigen Türme der Stadt. Auch dieser Ort schien wie Villingen ein wichtiger Handelsplatz zu sein, denn es ging hier noch geschäftiger zu.

Eine steile Straße, an der sich die Kaufleute und Händler wahre Paläste errichtet hatten, führte in den Ortskern. Manche Dächer ragten am First ein Stück in die Straße hinein. Wir blieben stehen und beobachteten das Treiben. Über eine große Holzrolle, die am Firstbalken befestigt war, zogen einige Männer Säcke, Tuchballen, Felle und andere Handelsgüter an langen Seilen nach oben, um sie anschließend im Dachboden zu verstauen.

Vor einem anderen Haus wurde ebenfalls gerade ein Wagen entladen und die Fracht in den Speicher geschafft.

„Schau Vater", rief ich, „das ist doch der Karren bei dem du gestern zwei Speichen ersetzt hast!"

„Richtig, Benedikt, da ist auch der Händler, der es so eilig hatte!"

Wir gingen auf den Wagen zu.

„Wie ich sehe hat das Rad durchgehalten und Ihr habt Euer Ziel noch rechtzeitig erreicht", sprach Vater.

„Ach, da ist ja der geschickte Mann wieder! Warum habt Ihr nicht gesagt, dass Ihr auch auf dem Weg nach Rottweil wart?", fragte der Händler erstaunt. „Ich hätte Euch mitnehmen können."

„Ihr wart so in Eile, dass wir keine Zeit hatten uns darüber zu unterhalten", antwortete Vater.

„Ganz richtig! Andere Kaufleute haben hier in Rottweil auf meine Ware gewartet. Durch Eure Hilfe habe ich ein gutes Geschäft gemacht", erklärte der Mann. „Und was treibt Euch hierher in diese Stadt?"

„Wir kommen aus Waldau im Schwarzwald", berichtete Vater, „und wollen hier auf dem Markt unser Glück versuchen. Wir bauen Uhren und hoffen auf gute Geschäfte bei den reichen Bürgern dieser Stadt."

„Ich denke schon, dass Ihr einen guten Platz gewählt habt. Wir sind eine freie Stadt und besonders viele wohlhabende Leute wissen das zu schätzen.

Ich habe zwar wenig Zeit, kommt trotzdem kurz mit in mein Haus, ich möchte Euch wenigstens etwas zu trinken anbieten."

Wir folgten dem Mann in eine Stube.

„Gehört dieses große Haus Euch?", fragte ich erstaunt.

„So ist es, junger Mann! Schon weit über zwei Jahrhunderte befindet es sich im Besitz unserer Familie, den Kramers. Ich bin Lukas Kramer.

Und Ihr baut Uhren, habt Ihr mir vorhin erzählt. Würde es Euch etwas ausmachen, mir eine davon zu zeigen?"

„Deswegen tragen wir sie durch die Gegend, um sie den Leuten zu zeigen und nach Möglichkeit natürlich zu verkaufen", lachte Vater.

Schnell packten wir eine Uhr aus und hängten sie auf. Die ganze Zeit beobachtete uns Herr Kramer sehr genau bei der Arbeit, und das war ein gutes Zeichen. Sicherlich war es für einen so reichen Kaufmann eine Kleinigkeit sich eine unserer Uhren zu leisten.

„Was soll sie denn kosten?", wollte Herr Kramer wissen.

Vater zögerte erst einen Moment und nannte dann den Preis. Ich schaute Vater erstaunt an, denn im Kloster hatte er den Mönchen die Uhr wesentlich billiger überlassen.

„Eigentlich bin ich Kaufmann und zahle nie den Preis, den man anfänglich von mir verlangt", teilte Herr Kramer mit, „sondern versuche immer zu handeln. Heute will ich eine Ausnahme machen. Ja, ich nehme die Uhr, bevor sie mir ein anderer auf dem Markt wegschnappt."

„Benedikt, ich kann es kaum glauben", freute sich Vater, als wir das Haus des Kaufmanns verließen. „Wir sollten keine Zeit mehr damit zubringen, Löffel und andere Haushaltsgegenstände herzustellen, sondern nur noch Holzuhren bauen."

Weil wir uns länger als vorgesehen bei Herrn Kramer aufgehalten hatten, lohnte es sich nicht mehr, unsere Waren an diesem Tag auf dem Markt anzubieten. Stattdessen schauten wir uns lieber noch einige Zeit die Stadt Rottweil an.

Besonders anziehend auf mich wirkte das Heilig-Kreuz-Münster. Was mich an solchen Bauten einfach faszinierte, war die Tatsache, wie es überhaupt möglich war, dass sie nicht einfach in sich zusammenstürzten bei dem riesigen Innenraum, den die Gewölbe überspannten.

Ähnliches empfand ich beim Anblick der Kapellenkirche.

Die Rottweiler Bürger hatten sich mit diesem Gotteshaus ein Denkmal gesetzt, ein Zeichen ihres Selbstbewusstseins. Unzählige Steinfiguren und Reliefs zierten das Äußere und lockten die Fremden geradezu an.

Allerdings hatten es die Kirchenfürsten einfach in den Besitz solcher Prachtbauten zu kommen, erklärte Vater, denn die Hauptarbeit bürdeten sie den einfachen Leuten auf.

*

Rechtzeitig am nächsten Tag waren wir auf dem Markt. Erst nach und nach kamen die Menschen aus ihren Häusern, um ihre Einkäufe zu erledigen.

Auch wir gingen den Tag gelassen an, denn der bisherige Erfolg und die zunehmende Erfahrung machten uns Mut, auch wenn sich manchmal vorübergehend niemand für Uhren zu interessieren schien.

Ein Mann näherte sich zielstrebig und fing gleich lautstark zu schimpfen an:

„Ihr Uhrenbauer seid richtige Verbrecher! Einem Händler aus Frankreich habe ich kürzlich eine Uhr abgekauft. Er beteuerte mir, dass sie von hervorragender Qualität sei.

Zwei Tage lief sie und seitdem hängt sie in meiner Stube und will nicht mehr gehen. Das ist doch Betrug, oder etwa nicht?“

„Entschuldigt, mein Herr, aber, was können wir dafür, dass Ihr bei einem Fremden eine Uhr gekauft habt und sie nicht laufen will?“, entgegnete Vater barsch. „Ihr solltet nicht alle Uhrenhändler über einen Kamm scheren, schwarze Schafe gibt es überall.“

„Und was soll ich Eurer Meinung nach mit dem teuren und gleichzeitig wertlosen Stück jetzt anfangen?“

„Ihr könntet Euch eine Uhr bei uns kaufen oder Eure vorbeibringen und wir werden sehen, ob wir den Fehler finden und ihn beheben können", schlug Vater vor.

„Euer zweiter Vorschlag ist mir viel lieber", antwortete der Fremde und lief davon.

Erneut stand ein Mann mit dunkelbraunem Gesicht und schwarzen Haaren vor der Uhr und musterte sie eingehend. Ich sprach ihn an:

„Wir sind mit einer Menge Uhren aus Waldau aufgebrochen und haben nur noch zwei. Ihr müsst schnell zugreifen, wenn Ihr noch eine haben wollt!"

„Ich nix will kaufen zwei, eine genügen! Aber erst wollen wissen, was Uhr kosten", sprach der Südländer in einem für mich lustig klingendem Deutsch.

Vater hatte uns zugehört und nannte dem Mann seine Preisvorstellung. Sofort fing der zu jammern an, als verspüre er plötzlich schlimme Schmerzen.

„Mama mia, so vieles Geld! Ich auch Händler, aus Italia, und kann mir nix leisten so schrecklich teures Uhr."

„Ihr braucht sie ja nicht zu kaufen! Keiner hat das von Euch verlangt", beruhigte ihn Vater. „Womit handelt Ihr denn?"

Der Italiener schien nicht zu verstehen und Vater wiederholte noch einmal seine Frage, umschrieb sie aber mit etwas anderen Worten.

„Oh, jetzt ich capito!", sprach er und fuhr fort: „Ich seien Händler für bestes Stoff in ganzes Italia. Da vorne ich haben meine Wagen und Ihr können selbst gucken, vielleicht für Eure bella Signora."

„Für wen soll ich gucken?", fragte Vater nach.

Besonders laut erklärte er noch einmal:

„Für Eure Weib, wie Ihr hier so schreckliches Wort sagt. Wenn Ihr kaufen schönes Stoff, sie wird Euch lieben noch viel mehr."

Er verdrehte gekonnt die Augen.

„Dummes Zeug, meine Frau braucht kein Gewand aus italienischem Stoff,“ widersprach Vater jetzt ungehalten.

„Warum eigentlich nicht? Sicherlich würde sich Mutter sehr freuen, wenn du ihr ein Geschenk mitbringst“, mischte ich mich ein. „Schließlich muss sie daheim die ganze Arbeit alleine machen, und außerdem könnten wir nicht auf die Märkte ziehen, wenn sie nicht so tüchtig wäre.“

„Ihr mir geben dieses Uhr“, schlug der Italiener vor, „und Ihr bekommen eine wunderschöne Stück Stoff dafür.“

„Ein Stück Stoff für eine Uhr? Ich glaube, Ihr seid nicht ganz bei Sinnen!“, wehrte Vater sofort das Angebot ab und ich bekräftigte ihn dabei.

*

Der Mann mit der französischen Uhr kehrte zurück. Seine Frau war auch mitgekommen.

Anscheinend entstand bei dem Italiener der Eindruck, als wolle der Mann seine Uhr gegen unsere Holzuhr eintauschen.

„Ich waren erster, capito? Ich nehmen Uhr. Ich holen an meine Stand das Geld und schon seien zurück“, sprach er aufgeregt und rannte davon.

Wir schauten uns gemeinsam die Uhr an, die nicht gehen wollte. Es handelte sich um eine Metalluhr aus Burgund, wie uns der Mann berichtete.

Vater zog am Antriebsseil, doch die Räder drehten sich kein bisschen. Auch die Hemmung wurde untersucht und kein Fehler entdeckt.

„Schau du mal nach, woran es liegen kann, Benedikt!“, bat mich Vater.

Vorsichtig entfernte ich die Hemmung und versuchte eines der Räder zu drehen. Alle anderen Zahnräder hätten sich jetzt nach meiner Erfahrung ganz leicht in Bewegung setzen lassen müssen, doch das war nicht der Fall. Einige Zähne hatten sich fest ineinander verkrallt.

„Sie kann nicht gehen, die Achse hier unten ist völlig verbogen!“, stellte ich fest und zeigte mit dem Finger auf die Stelle.

„Ich kann mir nicht vorstellen, dass Ihr die Uhr in diesem Zustand gekauft habt. Ihr seid Euch doch sicher, dass sie funktionierte, als Ihr …“

„Ich hab's mir ja gleich gedacht“, unterbrach die Frau meinen Vater und schrie ihren Mann wütend an, „dass sie verreckt ist, als sie dir nach dem Aufhängen auf den Boden donnerte. Wie kann man nur so ein Trottel sein und eine schwere Uhr an ein kleines Nägelchen hängen!“

Freundlich wandte sie sich wieder uns zu:

„Sicherlich könnt Ihr die Uhr reparieren, sonst, so befürchte ich, würde es mein ungeschickter Mann daheim selbst mit einem Hammer probieren.“

Der italienische Händler kam zurück und zählte meinem Vater sofort einige Münzen in die Hand.

„Ihr müsst einen Moment warten! Erst muss ich mich um meinen Kunden aus Italien kümmern“, machte Vater der Frau klar, „dann wollen wir sehen, ob wir die Uhr in Gang bringen.“

„Habt Ihr nicht gesagt, Ihr wolltet mir ein Stück Stoff für ein Kleid mitbringen, damit mich meine Frau noch mehr liebt?“, wandte sich Vater ernsthaft an den Italiener.

„Wollt Ihr, dass ich müssen betteln?“

Der Mann fuchtelte mit übertriebenen Gesten vor uns herum.

Vater zeigte ihm eine Münze.

„Dafür werdet Ihr mir einen Kleiderstoff geben und unser Geschäft ist abgeschlossen.“

Sie gingen beide hinüber zum Wagen des Italieners.

Ich machte mich in der Zwischenzeit an die Reparatur der französischen Uhr und bog die Welle gerade. Anschließend fettete ich die Zahnräder ein und kontrollierte nochmals, ob sie ohne jeden Widerstand liefen. Als sie das problemlos taten, setzte ich die Hemmung wieder ein und überreichte die Uhr dem Mann.

Energisch nahm die Frau die Uhr an sich und keifte ihren Mann erneut an:

„Willst du den Jungen nicht wenigstens für seine Mühe bezahlen?“

Während er eine Münze aus einem Beutel holte, lief sie bereits davon.

Strahlend kam Vater zurück und zeigte mir den Stoff, den er sich beim Italiener für Mutter ausgesucht hatte, und ich hielt ihm meine Münze hin, die ich soeben verdient hatte.

*

Unsere letzte Uhr fand am nächsten Morgen ihren neuen Besitzer, und da wir fast alle anderen Sachen verkauft hatten, wollten wir uns nach dem Mittag wieder auf den Weg nach Hause machen.

Wir waren beide ausserordentlich gut gelaunt und glücklich über unseren Erfolg. Wie oft hatten wir uns daheim überlegt, was wir tun würden, wenn sich kein Käufer fände oder wir die Uhren für billiges Geld verschleudern müssten.

„Du hast dich zu einem gerissenen Kaufmann entwickelt, Vater, das muss ich dir wirklich lassen!“, sprach ich anerkennend, als wir die Stadt hinter uns ließen.

„Ich habe es erst lernen müssen“, antwortete er. „Wenn uns die Leute aus Waldau auf den Märkten sehen könnten, sie dächten, wir hätten den Verstand verloren. Aber man muss sich möglichst gut verkaufen, wenn man Erfolg haben will. Das wiederum habe ich von dir in Säckingen gelernt.

Stell dir vor, der Italiener hatte einen Lederbeutel voller Münzen! Bei uns hat er gejammert, dass wir ihn zum Bettler machen würden. Ja, man muss versuchen zu handeln, sonst wird man über den Tisch gezogen."

Zum Glück hatten wir genügend Geld verdient und Vater zeigte sich großzügig. Gegen Abend suchten wir uns ein Wirtshaus, in dem wir nicht nur übernachteten, sondern uns auch ein schmackhaftes Essen bestellten.

XI

Der Heimweg gestaltete sich recht schwierig. Wir hatten zwar nicht mehr die schweren Körbe zu schleppen, doch das Wetter schlug in kürzester Zeit um und der anfängliche Regen vermischte sich zunehmend mit Schnee. Das gab es nicht selten im Schwarzwald, dass der Winter sich unerwartet noch einmal zurückmeldete.

In Villingen erkundigte sich Vater deshalb, ob es nicht einen kürzeren Weg nach Waldau gäbe. Die Auskünfte waren jedoch recht verwirrend, da anscheinend jeder seinen Vorschlag für den besten hielt. Deswegen beschlossen wir, wieder über Vöhrenbach und Furtwangen zu unserem Dorf zurückzukehren.

Inzwischen setzte die Dämmerung ein und ein Nachtquartier war weit und breit nicht zu finden. Leichtes Schneetreiben beeinträchtigte unseren Blick.

Ein Fuhrwerk überholte uns. Die Leute schienen sich in der Gegend gut auszukennen. Ich traute meinen Augen kaum, als der Kutscher die beiden Rösser zum Stehen brachte und uns fragte, ob wir es nicht vorzögen bei ihnen auf dem Wagen mitzufahren.

Vater und ich waren uns schon nach einem kurzen Blick einig das Angebot anzunehmen. Wenn wir an einem Gasthof vorüberkämen, würden wir dort übernachten, vereinbarten wir.

Insgesamt befanden sich vier jüngere Männer auf dem Wagen. Sie waren trotz des miserablen Wetters recht gut gelaunt und lachten nahezu ohne Unterbrechung. Mir wurde schnell klar, dass sie in Villingen einige Krüge Wein oder Bier zu viel getrunken hatten, ich kannte das aus der Wirtschaft von Onkel Jakob.

„Na, Ihr zwei, wollt wohl nicht reden mit uns, wie?“, wandte sich einer lallend an uns.

„Doch natürlich wollen wir uns mit Euch unterhalten“, antwortete Vater sofort übertrieben freundlich.

„Und was treibt Euch in diese Gegend?“, fragte ein anderer und gab gleich selbst die Antwort. „Habt wohl gute Geschäfte auf dem Markt gemacht, wie?“

„Ja, wir kommen von Rottweil. Wir haben dort U …“

Vater stieß mir in die Rippen, so dass ich sofort meinen Satz unterbrach.

„Mein Sohn wollte sagen“, übernahm Vater das Gespräch, „dass wir dort unsere Lederriemen verkauft haben. Wir sind einfache, arme Leute aus dem Schwarzwald, müsst Ihr wissen.“

„So, Lederriemen habt Ihr verkauft!“, machte sich einer der Männer lustig über die Erklärung meines Vaters.

„Eigentlich könnt Ihr uns das Geld geben, das Ihr verdient habt! Schließlich werdet Ihr wie Fürsten durch die Gegend gefahren“, verkündete derjenige, der die Kutsche lenkte.

Sie lachten und grölten alle so boshaft und niederträchtig, dass mir Angst wurde.

*

Wir kamen gerade an einem Bildstock vorüber, als sich die Männer für einen Moment von uns abwendeten.

Hastig nahm Vater seinen Lederbeutel, in dem er das ganze Geld verwahrte, vom Gürtel und warf ihn seitlich in ein Gebüsch.

„Merk dir die Stelle und halte, versprich mir das, bitte halte deinen Mund!“, flüsterte er mir streng ins Ohr und hielt gleichzeitig meinen Mund zu.

Vaters Verhalten war mir schleierhaft. Hatte er jetzt den Verstand verloren?

„Ihr könnt jetzt anhalten, wir werden zu Fuß weitergehen. Wir müssen da oben zu dem Hof“, rief Vater einem der Männer zu und deutete auf ein Gehöft, das man nur schemenhaft am Berghang erkennen konnte.

Der Kutscher brachte das Gespann zum Stehen und streckte Vater die Hand entgegen.

„Wenn Ihr bezahlt habt, dann könnt Ihr meinetwegen gehen!“

„Was fällt Euch ein? Niemand hat uns vorher gesagt, dass wir bezahlen sollen, um ein Stück auf dem Wagen mitgenommen zu werden“, fuhr Vater ihn an.

Gerne hätte ich mich eingemischt, doch Vater hatte es mir schließlich streng verboten.

„Wenn Ihr nicht freiwillig unseren Lohn herausrückt, dann müssen wir wohl oder übel einen anderen Weg finden, um an unser Geld zu kommen. Meint Ihr, der Wirt in der nächsten Kneipe gibt uns seinen Wein oder sein Bier umsonst?“

Schon versetzte derjenige, der das geäußert hatte, Vater einen kräftigen Schlag ins Gesicht. Zwei andere zerrten ihn vom Wagen und stürzten sich auf ihn. Wie Verrückte schlugen sie immer wieder auf ihn ein. Ich fing zu weinen an und schrie so laut ich konnte:

„Lasst meinen Vater in Ruhe! Schaut in unseren Körben nach, da werdet Ihr unser gesamtes Geld finden, das wir auf dem Markt verdient haben!“

Als ich vom Wagen springen wollte, kam der Kutscher auf mich zu, um mich zurückzuhalten. Dabei zerrte er so sehr an meinem Gewand, dass es zerriss. Die Wut packte mich und ich schlug ihm mit der Faust in die Magengegend.

Das hätte ich allerdings besser unterlassen sollen, denn dadurch brachte ich ihn erst richtig in Rage. Während zwei der jungen Männer immer noch mit Vater beschäftigt waren, nahmen mich jetzt die anderen beiden auf dem Wagen her.

Ein Faustschlag nach dem anderen traf mich am ganzen Körper. Es half mir wenig, dass ich mein Gesicht mit den Armen vor ihren Schlägen zu schützen suchte, gegen diese Übermacht hatte ich keine Chance.

Als ich nach einiger Zeit weinend und jammernd auf dem Wagen lag und mich nicht mehr rührte, packten sie mich und warfen mich hinunter. Wieder schrie ich vor Schmerz und vor Schreck auf.

Aber auch einer der Männer, die über uns hergefallen waren, plärrte plötzlich los. Vom Boden aus sah ich, dass er sich den Arm hielt.

Ein roter Fleck breitete sich auf seinem Gewand schnell aus. Erst jetzt merkte ich, dass Vater wieder auf den Beinen stand und sein Messer in der Hand hielt.

„Kommt her, ihr Dreckskerle! Ich schlachte einen nach dem anderen von Euch ab wie Schweine", schrie er zornig und seine Stimme überschlug sich vor Aufregung.

Er versuchte sich auf die Männer zu stürzen, doch seine Beine versagten ihren Dienst und er knickte ein. Trotzdem rappelte er sich noch einmal auf und versuchte erneut sich den Männern zu nähern. Diese jedoch retteten sich auf den Wagen und fuhren schnell davon.

*

Vater sackte vor mir zusammen. Auf allen Vieren kroch ich zu ihm hin und merkte, dass er sich nicht mehr bewegte. Ich hatte zwar Schmerzen am ganzen Körper und hätte mich am liebsten einfach neben ihn gelegt und geweint, doch in diesem Moment stieg eine ungeheuere Kraft in mir auf.

„Vater, so hör doch! Vater, wach auf!", brüllte ich und schüttelte ihn, als wolle ich ihn aus einem tiefen Schlaf wecken. Nichts tat sich.

„Sie haben ihn getötet! Sie haben ihn … getötet!", jammerte ich und beugte mich über den leblosen Körper, um mich jetzt einfach meinen Gefühlen und meiner grenzenlosen Trauer hinzugeben.

Plötzlich bewegte er seinen Kopf und ich verstummte.

„Was ist los? Was, was ist geschehen?", flüsterte er, und man merkte ihm an, dass ihm jedes Wort nur schwer über die Lippen kam.

„Wir wurden überfallen! Man hat uns überfallen und ich, ich dachte schon du bist tot. Vater, wir müssen hier weg! Weiß Gott, ob sie nicht zurückkommen und uns dann wirklich erschlagen."

Ich kniete mich neben ihn und versuchte ihn aufzurichten, doch er war zu schwach und konnte mir dabei kein bisschen helfen. Trotzdem ließ ich nicht locker. Mit allen mir noch zur Verfügung stehenden Kräften schleifte ich Vater an den Armen einige Meter vom Weg hinter ein Gebüsch.

„Lass mich hier … liegen, Benedikt, und laufe hinauf zu dem Gehöft, um Hilfe zu holen!"

Ich humpelte los, auch wenn mir die Entfernung zum Bauernhof unendlich weit vorkam. Doch irgendwie schaffte ich es und näherte mich dem Gehöft.

Noch einmal nahm ich alle Kraft zusammen und pochte an die Tür. Als sich nichts rührte, schlug ich noch heftiger als zuvor gegen das Holz.

„Ja, ja, ich komme ja schon!", hörte ich eine Männerstimme von innen. „Wer will denn zu so später Stunde noch zu uns?"

„Wir wurden überfallen, und mein Vater liegt nicht weit

von hier. Ihr müsst Euch beeilen und ihm helfen, sonst stirbt er, mit Sicherheit!“, flehte ich den Mann an und verstellte meine Stimme als sei ich ein kleiner Junge.

Ich wollte den Mann eigentlich nicht täuschen, sondern hatte einfach Angst, er würde jetzt in der Dunkelheit die Tür vielleicht gar nicht öffnen und mich einfach wegjagen.

Doch zum Glück machte er auf und sah mich einen Moment erstaunt an. Schnell und flehend wiederholte ich noch einmal meine Worte.

„Warte einen Moment hier! Ich hole den Knecht, und dann wollen wir sehen, was wir für deinen Vater tun können“, sprach er ruhig und verschwand im Haus.

*

Es dauerte nicht lange und wir waren unterwegs zu meinem Vater. Der Knecht trug eine Laterne in der Hand und der Bauer einen Knüppel.

Ich hatte Bedenken, unbeschreibliche Angst überfiel mich, dass Vater womöglich inzwischen nicht mehr lebte. Deswegen lief ich voraus, als ich seinen Körper am Boden entdeckte. Er blickte mich teilnahmslos an.

„Vater, ich habe Hilfe geholt. Halte durch!“

„Euch haben sie ja schön zugerichtet!“, sagte der Knecht, als er sich Vaters Gesicht im Schein der Laterne genauer angeschaute. „Wir bringen Euch zum Hof.“

Die beiden Männer halfen ihm auf die Beine, legten seine Arme über ihre Schultern und liefen langsam in Richtung des Bauernhofes.

„Du musst noch etwas holen! Du weißt schon, was ich ins Gebüsch geworfen habe“, murmelte Vater mir zu.

Ohne eine Erklärung abzugeben, lief ich davon. Ich fühlte mich zwar elend und völlig erschöpft, doch ich hatte in diesem Moment keine andere Wahl, ich musste durchhalten.

Ich brauchte nicht lange, bis ich vor dem Bildstock stand. Hier hatte Vater seinen Lederbeutel mit dem Geld vom Wagen geschleudert.

Ich kroch ins Gebüsch und suchte nach dem Beutel. Beim spärlichen Licht des Nachthimmels war das jedoch schwer möglich. Auf den Knien tastete ich den Boden ab, doch meine Suche war vergeblich. Ich konnte und konnte nicht fündig werden.

Ohne den Beutel durfte ich aber nicht zurückkehren. Ich stand auf und ging noch einmal an die Stelle, von der aus Vater geworfen hatte. Dann lief ich genau die Wurfrichtung entlang.

Der Lederbeutel hatte sich mit dem Riemen in den Ästen verfangen und war nicht auf den Boden gefallen. Kein Wunder, dass ich ihn trotz meiner intensiven Bemühungen dort nicht entdeckt hatte. Sofort nahm ich ihn an mich und lief humpelnd davon.

Längst hatten die drei anderen den Hof erreicht, als auch ich endlich eintraf. Mit entblößtem Oberkörper lag Vater auf einer Bank in der Stube.

„Und, Benedikt, hast du ihn?“, wollte Vater zuerst wissen.

Ich nickte und er schien wenigstens in dieser Hinsicht zufrieden zu sein.

„Mein Gott, haben sie deinen Vater zugerichtet!“, klagte eine Frau, die einen Topf mit gelblicher Brühe in die Stube brachte. Sie kniete sich neben Vater, tupfte ein Leinentuch in die Flüssigkeit und legte es dann auf die roten, blutunterlaufenen Stellen.

„Und wie geht es dir?“, fragte mich der Bauer. „Hast du auch solche Blutergüsse?“

Ich gab ihm keine Antwort.

„Stell dich nicht so an und zieh dein Gewand aus!“, fuhr mich die Frau an.

Also tat ich was sie angeordnet hatte. Bei den Schmerzen,

die ich verspürte, war ich nicht erstaunt, als ich auch bei mir Handflächen große Flecken am Oberarm und am Brustkorb entdeckte. Die Frau reichte mir ein Leinentuch.

„Hier im Topf ist Kamillebrühe. Sie hilft gut und lässt die Schwellungen schnell zurückgehen."

Ich tauchte das Tuch ein und schlug es um meinen Oberarm. Wohltuende Linderung des Schmerzes empfand ich durch das kühlende Nass.

Eine Magd brachte uns sogar eine Schüssel mit dampfendem Brei und ein paar Scheiben Brot. Die Stärkung tat uns gut, doch viel konnten wir nicht zu uns nehmen, so erschöpft waren wir.

„Meinetwegen könnt Ihr heute Nacht hier bleiben. Als Christenmensch fühle ich mich dazu verpflichtet", teilte uns der Bauer mit. „Morgen müsst Ihr aber weiterziehen!"

„Wir wollen Euch nicht zur Last fallen. Ich werde Euch für Eure Hilfe bezahlen. Wir waren ja auf der Suche nach einem Wirtshaus, wo wir übernachten wollten, doch wir konnten weit und breit keines entdecken", antwortete ihm Vater und streckte mir mit Schmerz verzerrtem Gesicht die Hand entgegen.

„Gib mir den Beutel!"

Er nahm zwei Münzen heraus und legte sie auf den Tisch.

„Wenn das so ist, dann könnt Ihr natürlich noch ein oder zwei Tage abwarten, bis es Euch wieder besser geht", sprach der Bauer und nahm das Geld an sich.

Wir schliefen im Gang zwischen Stall und Wohnbereich. Dort übernachteten für gewöhnlich die Holzknechte, die im Winter Bäume für den Bauern fällten, erklärte uns die Magd.

Eine sehr unruhige Nacht brachten wir hinter uns und manchmal hörte ich Vater sogar stöhnen, wenn er sich von einer Seite auf die andere drehte.

So war es nicht verwunderlich, dass wir am nächsten Tag erst am späten Vormittag aufstanden. Taten die Wunden auch noch sehr weh, das Laufen ging wieder ohne Probleme.

Die Bezahlung hatte wahre Wunder bewirkt. Wir wurden hervorragend mit Speck und Eiern, Brot und Brei verköstigt.

Die Bäuerin brachte erneut einen Hafen voll Kamillebrühe und zwei Leinentücher, mit denen wir unsere Wunden behandelten. Inzwischen hatten sich die am Tag zuvor rot unterlaufenen Stellen in dutzendfache Blau-, Gelb- und Violetttöne verfärbt.

Erst drei Tage später, an einem Sonntag, nahmen wir die Gelegenheit wahr und fuhren mit den anderen Leuten vom Hof auf einem Pferdekarren nach Furtwangen.

Wir besuchten gemeinsam mit ihnen die Heilige Messe. Sie mussten den weiten Weg hierher in Kauf nehmen, da der Pfarrer von Föhrenbach vor einiger Zeit verstorben war und noch kein neuer sein Amt angetreten hatte.

Als Dank für ihre Bemühungen lud Vater den Bauern und die Bäuerin noch zum Essen in ein Wirtshaus ein. Gleich danach machten wir uns auf den Heimweg nach Waldau.

„Und merkt Euch, treibt Euch nicht mehr in der Dunkelheit auf den Straßen herum!“, ermahnte uns der Bauer bei der Verabschiedung.

*

„Wir werden Mutter nichts von dem Überfall erzählen, hast du verstanden, Benedikt, sonst macht sie sich in Zukunft immer Sorgen, wenn wir unterwegs sind“, schärfte Vater mir ein.

„Hast du eigentlich vor, Onkel Jakob etwas von dem Vorfall zu sagen, Vater? Vielleicht kann er die Männer ausfindig machen, die uns überfallen haben.“

„Wie soll er die finden? Es wäre reiner Zufall. Nein, Benedikt, ich glaube nicht, dass ich etwas von dem Überfall berichten werde.“

„Schade ist nur, dass sie den Korb mit dem Geschenk für

Mutter mitgenommen haben und wir mit leeren Händen zurückkehren", merkte ich an.

Am Nachmittag erreichten wir unser Haus und wir freuten uns beide wieder daheim zu sein.

„Katharina! Katharina, wir sind's!", rief Vater schon aus einiger Entfernung.

Ich merkte schnell, dass etwas nicht in Ordnung sein konnte, als Mutter vor das Haus trat. Sie machte ein recht trauriges Gesicht und war außerdem in ein schwarzes Gewand gehüllt.

„Gott sei Dank seid ihr wieder da!", seufzte sie mit Tränen in den Augen und umarmte uns beide. „Es ist etwas Schreckliches passiert in der Zwischenzeit, Johannes. Dein Vater, auch der Bader aus Neustadt konnte ihm nicht mehr helfen, er ist vor fünf Tagen … gestorben. Gestern haben wir ihn beerdigt."

Noch einmal nahm sie Vater in den Arm. Er schien im ersten Moment über diese furchtbare Neuigkeit entsetzt zu sein, trug es dann aber mit Fassung.

„Gott erbarme sich seiner Seele! Wir müssen alle einmal sterben. Unser Leben liegt in Gottes Hand. Er hat meinem Vater ein langes Leben geschenkt. Gott sei seiner Seele gnädig!", sprach er und bekreuzigte sich mehrmals. Mutter und ich folgten seinem Beispiel.

Meine Eltern redeten noch eine ganze Weile über den Tod meines Großvaters, bevor wir uns in die Stube setzten und Mutter sofort Fragen stellte:

„Na, wie ist es euch ergangen? Da ihr ohne jeden Korb zurückgekommen seid, nehme ich an, ihr habt alles auf den Märkten verkauft."

Vater nahm seinen Lederbeutel und schüttete den Inhalt auf den Tisch.

„Mein Gott, so viel Geld habt ihr für die Uhren und die anderen Dinge bekommen?", sprach Mutter erstaunt.

„Ja, die Geschäfte liefen sehr gut", sagte ich und wir berichteten beide eine Weile über das, was wir auf den Märkten erlebt hatten.

„Irgendetwas ist aber trotzdem nicht in Ordnung, denn ich sehe deinem Gesicht an, Johannes, dass du an der Stirn und am Kinn noch Flecken hast, als wenn du da verletzt gewesen wärest", unterbrach uns Mutter.

Vater schien es sich anders überlegt zu haben und erzählte, was vorgefallen war, schwächte aber alles etwas ab, um Mutter nicht zu beunruhigen.

„Warum seid ihr auch so unvorsichtig? Sowie die Dämmerung einsetzt, solltet ihr euch in Zukunft nicht mehr auf den Wegen herumtreiben, sondern längst eine Unterkunft aufgesucht haben."

Wir versprachen Mutter, ihren gut gemeinten Rat bei weiteren Reisen zu berücksichtigen, denn wir hatten uns tatsächlich vorgenommen uns nicht mehr so leichtsinnig in vermeidbare Gefahren zu begeben.

*

Am nächsten Tag ging ich mit Vater zum Stalterhof. Onkel Wilhelm begrüßte uns. Vor allem Großmutter machte der Tod ihres Mannes schwer zu schaffen. Sie lag seit zwei Tagen im Bett, weil sie sich so schwach fühlte.

„Ja Bruder, so ist das! Jetzt ist unser Vater ein für alle Mal nicht mehr da", bemerkte Wilhelm und fuhr nach einer kurzen Pause fort: „Du weißt ja, dass mir der Hof zugesprochen wurde."

„Das hat Vater alles geklärt. Du wirst als Erbe aber auch weiterhin für unsere Mutter sorgen, so wie es sich für den Erben gehört", erwiderte Vater.

„Ja, natürlich werde ich das tun, Johannes, obwohl das alles nicht so einfach ist. Ich muss dem Kloster meine zwei besten Stück Vieh abgeben, weil ich den Hof übernehme.

Gerade jetzt, wo wir uns nach dem verheerenden Krieg und all den sonstigen Belastungen etwas erholt hatten, fällt mir das nicht leicht."

Vater reagierte nicht auf Onkel Wilhelms Worte.

„Ich gehe mit Benedikt auf den Friedhof. Ich möchte von Vater Abschied nehmen, wo ich doch bei seiner Beisetzung schon nicht da war", sagte Vater und gab mir ein Zeichen ihm zu folgen.

„Ich komme mit", sprach Onkel Wilhelm, „weil ich Jakob, deinen Schwager, noch einmal wegen der zwei Stück Vieh sprechen muss."

Vater berichtete Wilhelm auf dem Weg, dass wir für unsere Uhren schnell Käufer gefunden und einen ordentlichen Gewinn erzielt hatten. Dass wir überfallen wurden, verschwieg er natürlich.

Kaum hatte Onkel Wilhelm die Stube bei Jakob betreten, kam es schon zu einer Auseinandersetzung.

„Kannst du mir sagen, wie ich das schaffen soll", schrie Wilhelm, „wo wir den Hof gerade wieder auf Vordermann gebracht haben? Fast nur junges Vieh steht in meinem Stall. Du weißt genau, wie uns die Franzosen zugesetzt haben. Die fettesten Stücke haben sie mitgenommen.

Und jetzt, jetzt soll ich dem Kloster meine beiden besten Kühe abgeben, weil ich der neue Besitzer des Hofes bin? Sorgen die Mönche in St. Peter für meine Mutter oder ist das in Zukunft meine Aufgabe?"

„So wie du das darstellst, ist es nicht ganz richtig!", beschwichtigte Onkel Jakob. „Du weißt genau, dass das Land dem Kloster gehört. Also musst du dich seinen Regeln unterwerfen und dazu gehört auch, die beiden besten Stück Vieh abzuliefern, wenn du den Besitz übernimmst."

„So, du meinst also, ich muss sie abliefern? Und was geschieht, wenn ich es nicht tue?", wollte Onkel Wilhelm wissen und Zornesröte stieg ihm dabei ins Gesicht.

„Das ist ganz einfach. Sie nehmen dir den Hof weg und geben das Land einem anderen Bauern in Pacht“, antwortete Jakob.

Ohne uns groß zu verabschieden verließen wir die Stube und liefen zum Friedhof.

Ein einfaches Holzkreuz steckte auf dem frisch aufgeschütteten Grabhügel. Mit schwarzen Buchstaben war der Name meines Großvaters auf ein Schild geschrieben:

Georg Fehrenbach
Bauer auf dem Stalterhof
1613-1691

Wir sprachen einige Gebete und gingen anschließend ins Innere der Kirche, wo wir gemeinsam einen Rosenkranz für den Verstorbenen beteten.

Auf dem Heimweg sprach Vater nur das Nötigste mit mir. Einmal merkte ich sogar, dass er sich Tränen aus den Augen wischte.

*

In den folgenden Wochen widmeten wir uns wieder dem Uhrenbau. Vater kaufte bei den Bauern einige Obstbaumstämme und anderes Hartholz. Auch eine Menge Buchenholz besorgte er. In der Sägemühle ließ er es zu Brettern schneiden und lagerte es zum Trocknen im Heuboden.

Zwischen jedes Brett legte er kleine Latten, damit die Luft von allen Seiten gleichmäßig an das frische Holz kam. Das hatte er bei einem Schreiner in der Stadt abgeschaut.

Ich war einige Wochen in der Werkstatt damit beschäftigt, Zahnräder herzustellen. Vater bereitete inzwischen wieder die Kästen, die Zifferblätter und die Zeiger für die Uhren vor.

Manchmal begleitete er Onkel Jakob auf den Markt nach

Neustadt, um sich nach besserem Werkzeug umzuschauen.

So kam es, dass wir bald im Besitz schärferer Bohrer und Handsägen waren. Als sehr hilfreich zeigten sich zudem die Winkeleisen, die er extra anfertigen ließ, um die Hölzer korrekter zusägen zu können.

Vermehrt fand ich wieder Zeit, um meine Fertigkeiten im Lesen und Schreiben zu vervollkommnen.

Ich löste mein Versprechen ein und baute für Onkel Jakob eine Uhr, die ihren Platz in der Wirtsstube fand.

Es war daher nicht verwunderlich, dass mehr und mehr Nachfragen nach unseren Uhren auch von Fremden kamen, die bei Onkel Jakob übernachteten oder dort einkehrten.

Auch die Bauern unserer Gegend zeigten sich immer aufgeschlossener, und so mancher schaffte sich eine unserer Holzuhren an oder erwarb eine bei einem Händler, der durch die Gegend zog.

Die Bauern bezahlten nicht immer mit Geld, sondern manchmal kam Vater mit ihnen überein, ihnen eine Uhr gegen Schinken, Fleisch, Stoff und andere Dinge, die wir benötigten, zu überlassen.

*

Meine Großmutter vom Stalterhof, die inzwischen weit über siebzig Jahre alt war, schien sich von einer ansonsten harmlosen Erkältung nicht wieder zu erholen.

Sie konnte das Bett nicht mehr verlassen und wurde immer schwächer. Man merkte ihr an, dass sie in ihrem hohen Alter einfach keine Kräfte mehr hatte.

Es war vor allem die Aufgabe meiner Mutter die kranke Frau zu besuchen. Ab und zu begleitete ich sie, wenn mich Vater nicht dringend in der Werkstatt benötigte.

Diese Besuche fielen mir nicht leicht, da ich das erste Mal

in meinem Leben persönlich miterlebte wie ein Mensch sich Schritt für Schritt vom Leben verabschiedete.

Großmutter nahm uns am Ende nicht mehr richtig wahr, sondern plapperte nur unverständliche Laute vor sich hin und stierte an die Decke.

Wir alle empfanden es für sie als eine Erlösung, als Onkel Wilhelm eines Tages kam und uns mitteilte, dass sie friedlich eingeschlafen sei, versehen mit dem Sakrament der Letzten Ölung.

*

In der folgenden Zeit änderte sich wenig in unserem Leben. Wir bauten einige Monate lang Uhren und zogen dann auf Märkte, um sie zu verkaufen.

Wir erwarben keine großen Reichtümer, doch wir waren zufrieden und kamen mit unseren Einkünften gut zurecht.

„Wenn uns keine unvorhersehbaren Schicksalsschläge treffen, dann müssen wir unserem Herrgott dankbar sein, denn wir haben vor Jahren eine richtige, eine gute Entscheidung getroffen, als wir begannen, Uhren zu bauen“, sprach Vater einmal während der Arbeit in der Werkstatt.

„Du hast die richtige Entscheidung getroffen, Vater!“, erwiderte ich.

„Ja, das schon, aber du warst es, Benedikt, der mir nach dem Besuch beim Glashofbauern so lange zusetzte, bis ich mir endlich eine eigene Uhr kaufte.“

Vater lächelte.

„Wenn ich noch daran denke, wie empört Mutter war, als ich einen Uhrenkasten mit nach Hause brachte. Wir besaßen damals nur sehr wenig Geld und Mutter hat sich dann große Sorgen um unsere Zukunft gemacht.“

„Ja, Vater, du hast tatsächlich Glück gehabt! Stell dir nur vor, du hättest mich als Knecht auf einen Hof geschickt! Nicht auszudenken! Wer würde heute die meisterhafte Arbeit in deiner Werkstatt leisten?“

Schnell suchte ich das Weite und rannte aus dem Raum, da Vater einen faustgroßen Holzklotz in die Hand genommen hatte und wegen meiner frechen Bemerkung nach mir warf.

Gott sei Dank verfehlte der sein Ziel und knallte an die Tür.

XII

Wieder einmal war die Zeit gekommen und Vater hatte seinen Frondienst für das Kloster zu leisten.

Onkel Jakob trug ihm im Namen des Abtes auf, eine Fuhre Balken und Bretter nach Freiburg in den Peterhof zu schaffen und dort bei Bauarbeiten einige Tage mitzuhelfen.

Endlich hatten die Franzosen die Stadt geräumt und an vielen Gebäuden mussten dringend notwendige Reparaturen ausgeführt werden. Auch das Dach des Peterhofes hatte schadhafte Stellen und die sollten ausgebessert werden.

Da Vater sich nicht wohlfühlte und schon längere Zeit stark erkältet war, bat ich Onkel Jakob, selbst die Aufgaben in Freiburg wahrnehmen zu dürfen.

Ich war inzwischen Anfang Zwanzig und kräftig genug, um ein Ochsengespann zu steuern. Den Weg kannte ich, da ich schon einige Male mit Vater oder mit Onkel Jakob dort gewesen war.

Ich übernachtete im Gutshof des Klosters von St. Peter und setzte am folgenden Morgen meinen Weg in Richtung Freiburg fort.

Vom Schwabentor im Osten musste ich die Stadt nach Westen durchqueren, um zum Peterhof zu gelangen. Gegenüber von der Jesuitenkirche sollte ich links in eine Gasse einbiegen, so hatte mir Jakob den Weg beschrieben, dann würde ich nach wenigen Metern mein Ziel erreichen.

Ich klopfte an die Pforte. Ein junger Mönch öffnete mir.

„Grüß Gott, Hochwürden!“, sagte ich. „Der Vogt von Waldau schickt mich. Ich soll hier eine Fuhre Balken und Bretter abliefern.“

„Ach ja, ich weiß Bescheid, der Prior hat mir dein Kommen angekündigt. Am besten du fährst den Wagen um das Gebäude herum und dann durch das Tor in den Innenhof!“

Ich tat, was er mir aufgetragen hatte. Der Peterhof war ein stattliches Anwesen und diente dem Abt als Stadtwohnung. Schließlich musste er vielen Pflichten nachkommen und traf sich hier mit wichtigen Persönlichkeiten, handelte Verträge aus und versuchte als angesehener Mann auch Einfluss auf das Geschick der Stadt Freiburg zu nehmen.

Außerdem wohnten hier die jungen Mönche, hatte mir Onkel Jakob erzählt, die sich an der Universität auf ihr Priesteramt vorbereiteten. Besonders begabte Patres aus St. Peter durften sogar an der Universität als Professoren tätig werden und fanden dann ebenfalls Unterschlupf in diesem Haus.

*

Als ich durch das Tor fuhr, sah ich, dass einige Arbeiter damit beschäftigt waren ein Gerüst aus Holzstangen an dem zweistöckigen Gebäude aufzustellen.

„Na, das hast du ja hervorragend gemacht!“, begrüßte mich einer von ihnen, der anscheinend das Sagen hatte und nur einige Jahre älter war als ich. „Da können wir heute Mittag gleich damit anfangen einige Balken am Dach zu ersetzen.“

Ich stieg ab und ging auf den Mann zu.

„Das freut mich, dass ich zur rechten Zeit komme. Ich bin Benedikt aus Waldau“, stellte ich mich vor.

Er reichte mir die Hand und hielt sie einen Moment fest, während er überlegte.

„Benedikt? Benedikt Fehrenbach aus Waldau? Wohnst du oberhalb des Kohlplatzes?"

Ich nickte und sah ihn erstaunt an. Woher wusste dieser Mann meinen Namen und wo ich wohnte? Ich war mir sicher, ihn vorher nie gesehen zu haben.

Die Leute aus dem Dorf kannte ich. Etliche von ihnen zwar nicht mit ihrem Namen, doch die Gesichter waren mir alle von der Sonntagsmesse bekannt.

„Ich bin Andreas und auf dem Glashof geboren. Mein Vater, Georg Kreutz, Gott hab ihn selig", er verstummte kurz und schlug ein Kreuzzeichen, „hat mir einmal von dir erzählt. Als Junge hast du die Uhr meines Vaters so bewundert, stimmt's?"

Nun war mir alles klar.

„Ich erinnere mich. Euer Knecht Martin hat davon gesprochen, dass ein Sohn des Glashofbauern auf dem Klostergut arbeitet.

Und was hast du hier in Freiburg zu schaffen, Andreas?"

„Normalerweise ist mein Platz auf dem Klostergut in St. Peter. Dort bin ich für alles zuständig, was gerade so anfällt. Manchmal muss ich allerdings auch hierher in den Peterhof, wenn irgendwelche Arbeiten zu erledigen sind."

„Eigentlich sollte mein Vater kommen", erklärte ich. „Der fühlt sich aber nicht so recht wohl in letzter Zeit. Deswegen bin ich für ihn eingesprungen."

„Ihr baut Uhren, Benedikt, habe ich gehört. Seid ihr eigentlich durch die Uhr vom Glashof auf diese Idee gekommen?"

„Was du alles weißt, wo du doch gar nicht in Waldau wohnst", bemerkte ich verwundert.

„Viele Leute aus dem Dorf müssen Frondienst im Kloster leisten und bei einem Schwätzchen erfährt man dann allerhand aus der Heimat Waldau."

„Ja, du hast Recht! Die Uhr in der Stube auf dem Glashof hat mich so fasziniert, dass ich meinem Vater so lange bedrängte, bis er irgendwann anfing selbst welche zu bauen. Ich gehe mit ihm auf verschiedene Märkte, und ich muss sagen, unsere Holzuhren verkaufen sich recht gut."

*

„Wollt ihr den ganzen Tag nur reden? Ihr seid zum Arbeiten da und nicht nur zum Quatschen!", rief ein Mönch aus einem Fenster.

„Das war der Prior, Pater Maurus, der den Abt vertritt, wenn dieser nicht in Freiburg ist", sprach Andreas und winkte mich zum Wagen, wo wir sofort anfingen die Balken abzuladen.

„Ich kann mich noch genau erinnern, als ich mit meinem Vater als neunjähriger Junge bei Abt Paulus war. Ich wusste damals gar nicht, welchen mächtigen Mann ich vor mir hatte und benahm mich, als würde ich mit einem ganz gewöhnlichen Menschen sprechen", erzählte ich.

„Dem Abt geht es sehr schlecht, Benedikt! Man hat sogar einige Ärzte nach St. Peter geschickt, um ihm zu helfen. Es gibt aber wenig Hoffnung. Man vermutet, dass Pater Maurus sein Nachfolger wird."

Die Arbeit ging uns gut von der Hand und ich war sehr froh, dass ich Andreas hier getroffen hatte. Mit fremden Handwerkern wäre es sicherlich nicht so angenehm und unterhaltsam gewesen. So oft wir Zeit dazu fanden, erzählte ich von Waldau und er hörte mir aufmerksam zu.

Er zeigte mir das Innere des Peterhofes und verschaffte mir sogar Zutritt zu Räumen, in denen wir ansonsten nichts verloren hatten.

„Wir müssen in den Zimmern des Abtes schauen, ob es nötig ist noch ein Querholz einzuziehen, damit die Belastung vom Dach nicht Risse im Mauerwerk verursacht", gab Andreas als Ausrede vor, als er Pater Maurus um Erlaubnis bat diese Räume zu betreten.

Da dieser von praktischen Arbeiten anscheinend nichts verstand und auf das Können von Andreas vertraute, stimmte er sofort zu. Leider ließ er uns aber nicht allein, sondern hielt sich die ganze Zeit ebenfalls in den Räumen auf.

Dennoch hatte ich die Möglichkeit mir einen Eindruck zu verschaffen wie ein Abt wohnte. Mein Erstaunen war groß. Erlesene Möbel und feine Teppiche an der Wand ließen mich eher glauben in einem Fürstenpalast zu sein.

Sogar eine Kapelle befand sich im Haus. Sie war nicht sehr groß, vermittelte aber einen besonders feierlichen Eindruck. Am Abend nahmen wir am Gebet der Mönche teil, und ihre Gesänge gefielen mir. Es störte mich jedoch, dass ich ihre Worte nicht verstand, weil alle Gebete und Lieder in lateinischer Sprache verfasst waren.

Die Nacht verbrachten wir gemeinsam mit anderen Arbeitern in einem einfachen Raum, nachdem man uns zuvor ausgezeichnet verköstigt hatte.

*

Da wir die Reparaturarbeiten am Dach abgeschlossen hatten, war unser Auftrag erledigt, und ich konnte mich am folgenden Tag auf den Heimweg machen.

„Wenn du nichts dagegen hast, werde ich mit dir kommen, Benedikt", erkundigte sich Andreas. „Ich muss nämlich zurück nach St. Peter."

Mir war das ganz recht, denn so hatte ich auf der langen Fahrt wenigstens jemanden, mit dem ich mich ausgiebig unterhalten konnte.

„Warum bist du eigentlich nach St. Peter gegangen und nicht in Waldau geblieben?", fragte ich Andreas, als wir Freiburg verlassen hatten und an der Dreisam entlang auf die Berge zusteuerten.

„Ich habe etliche Geschwister, und ich wusste von Anfang an, dass ich den Glashof nicht übernehmen kann. Wäre ich geblieben, dann hätte ich mein Leben als Knecht auf dem Hof verbringen müssen. Mein jüngster Bruder Lorenz soll das gesamte Anwesen einmal haben, wenn Mutter es eines Tages abgibt."

„Eine ähnliche Geschichte kenne ich von meinem Vater, so war es auch bei ihm. Er wollte nicht für den Rest seines Lebens auf dem Stalterhof den Knecht spielen, und deswegen hat er damals oberhalb vom Kohlplatz das Haus für uns gebaut und versucht auf eigenen Füßen zu stehen."

„Ich denke, ich werde in St. Peter bleiben, Benedikt. Man kann keine Reichtümer verdienen, sondern hat gerade so sein Auskommen. Da ich aber keine Familie habe, geht es mir gut und ich bin recht zufrieden."

„Warum hast du keine Uhren gebaut, wo dein Vater dir doch leicht dabei hätte helfen können?", fragte ich weiter.

„Damals nahm ich an, dass es sich nur um eine Spinnerei von Vater handelt. Niemals hätte ich geglaubt, dass man damit ernsthaft Geld verdienen kann."

„Und ob man das kann! Gute Holzuhren sind wirklich gefragt, weil sie viel billiger sind als die aus Metall, verstehst du?"

Ab Eschbach führte der Weg sehr steil bergauf und wir mussten den Ochsen ab und zu eine längere Verschnaufpause gönnen, um sie nicht übermäßig zu beanspruchen.

Es war daher bereits früher Nachmittag, als wir das Kloster erreichten und ich Andreas dort absetzte.

„Ich muss mich ganz schön sputen, wenn ich noch vor Einbruch der Dunkelheit Waldau erreichen will!", sprach ich und lief zum Brunnen, um für die durstigen Tiere einen Eimer Wasser zu holen.

„Anscheinend verstehst du von Ochsen recht wenig, Benedikt, sonst würdest du nicht so einen Mist daherreden!“, wies mich Andreas zurecht. „Willst du, dass die Viecher in einer halben Stunde vor Erschöpfung zusammenbrechen? Du schaffst es heute nicht mehr bis nach Waldau, schlag dir das aus dem Kopf!“

Ohne lange meine Reaktion abzuwarten, spannte er die Ochsen aus, führte sie in den Stall und brachte ihnen einen Arm voll Heu.

„Du, Benedikt, schläfst drüben im Heu!“, sprach Andreas. „Morgen ist auch noch ein Tag und du kannst frühzeitig mit gestärkten Ochsen aufbrechen.

Ich gehe kurz ins Kloster und teile den Mönchen mit, dass wir aus Freiburg zurück sind. Außerdem sage ich in der Küche Bescheid, sie sollen sich auf zwei weitere ausgehungerte Burschen für das Abendessen einstellen.“

Ungewöhnlich lange blieb Andreas weg, wo das Kloster doch gleich gegenüber lag.

„Stell dir vor, Benedikt“, verkündete er, als er endlich zurückkam, „der Abt, unser Abt Paulus Pastor, liegt im Sterben! Die Ärzte geben ihm höchstens noch ein oder zwei Tage.

Über zwanzig Jahre hat der ehrwürdige Abt dem Kloster vorgestanden. Seine Mitbrüder werden sehr traurig sein, dass es mit ihm zu Ende geht.“

Bis tief in die Nacht saßen wir mit anderen im Gesinderaum beisammen und unterhielten uns. Die Stimmung unter den Knechten und den Handwerkern, die im Kloster eine Beschäftigung gefunden hatten, war sehr gedrückt. Die Unsicherheit, die ein Amtswechsel an der Spitze eines so bedeutenden Klosters mit sich brachte, machte ihnen zu schaffen. Vermutungen wurden bereits geäußert, wer wohl das Amt des neuen Abtes einnehmen würde.

Früh am Morgen machte ich mich bereit, um nach Waldau aufzubrechen. Der Gesundheitszustand des Abtes war unverändert schlecht.

Ich verabschiedete mich herzlich von Andreas und dankte ihm, dass er mich am Tag zuvor von einer großen Dummheit abgehalten hatte.

„Wenn ich mal nach Waldau komme, dann schau ich bei dir vorbei, das verspreche ich!“, rief Andreas mir noch zu, als sich das Fuhrwerk in Bewegung setzte.

„Ich nehme dich beim Wort und hoffe nicht, dass du nur leichtfertige Versprechungen machst!“, antwortete ich.

Ich trieb die Ochsen an und war erleichtert, als ich nach einigen Stunden Waldau vor mir auftauchen sah.

Onkel Jakob erkundigte sich sofort nach dem Zustand des Abtes und ich berichtete ihm so gut ich konnte alles, was ich gehört und was sich im Kloster abgespielt hatte.

Froh war ich, dass ich Vater den Weg nach Freiburg erspart hatte. Als ich nach Hause kam, stellte ich fest, dass er sich glücklicherweise einigermaßen erholt hatte.

Er war nicht klein zu kriegen. Schon am nächsten Tag lief er ins Dorf, um sich bei einigen Bauern geeignetes Holz für neue Uhren zu beschaffen.

XIII

Da kommen einige Leute auf das Haus zu. Kennst du sie; Benedikt?“, sprach Mutter, als sie durch das Stubenfenster blickte.

Ich erhob mich und ging ebenfalls ans Fenster.

„Nein, Mutter, ich bin mir sicher, diese Leute niemals zuvor hier in der Gegend gesehen zu haben.“

Wir traten vor das Haus.

„Gott zum Gruß! Wir wollten uns den neuen Nachbarn wenigstens mal vorstellen“, sprach der Mann und reichte uns die Hand. „Ich bin Matthäus Kammerer, das sind meine Frau Ursula, meine älteste Tochter Christina und die jüngere Maria.“

„Ich bin Benedikt Fehrenbach und das meine Mutter. Mein Vater ist zur Zeit nicht da. Wie meint Ihr das mit dem neuen Nachbarn?“

„Der Vertreter des erkrankten Abtes von St. Peter hat uns ein Stück Land am Kohlplatz überlassen. Er hat mir außerdem erlaubt unten am Ende des Tales eine Mühle am Bach zu errichten“, antwortete der Mann bereitwillig.

Mein Blick fiel auf seine beiden Töchter. Die Jüngere dürfte so um die fünfzehn gewesen sein, die Ältere etwa zwanzig. Sofort schaute ich weg als sich unsere Blicke trafen.

„Ihr seid aber nicht aus der Gegend, sonst würden wir Euch sicherlich kennen", bemerkte Mutter.

Ich tat zwar so, als würde mich seine Auskunft wahnsinnig interessieren, stellte mich aber so hin, dass ich an ihm vorbeiblicken konnte, um Christina zu betrachten.

Sie hatte hellbraune, lange Haare, die zu einem Knoten verflochten waren und meiner Meinung nach besonders gut zu ihrem hübschen Gesicht passten. Ihre faltigen und rauen Hände verrieten mir, dass sie daheim kräftig mit zupacken musste. Sie wirkte schüchtern und schaute meist vor sich auf den Boden.

Ihre jüngere Schwester Maria schien ganz anders zu sein, denn als sie bemerkte, dass ich meinen Blick von Christina nicht lösen konnte, grinste sie mich kurz an und drehte sich zur Seite.

Es war mir peinlich, als ich fühlte, wie mir die Röte ins Gesicht schoss. Deswegen beteiligte ich mich wieder am Gespräch.

„So, Ihr kommt also aus der Gegend von Neustadt", bemerkte ich, weil ich mitbekommen hatte, dass der Mann Mutter davon erzählt hatte.

Noch lange schaute ich der Familie Kammerer, besonders aber Christina, nach, als sie den Bach entlang das Tal hinunterliefen.

Ich war jetzt Mitte zwanzig und einige Mädchen aus dem Dorf gefielen mir schon, doch hätte ich die Wahl gehabt, Heirat oder Uhren, sicherlich hätte ich mich für meine Uhren entschieden.

Bei Christina, ich spürte es, bei Christina war das irgendwie anders. Ich musste beim Einschlafen lange an sie denken, und auch in der Werkstatt erwischte ich mich immer häufiger, dass ich ihr Gesicht vor Augen hatte. Ich hatte mich in sie verliebt, ich war mir vollkommen sicher.

*

Als ich einige Wochen später aus Waldau nach Hause lief, sah ich, dass ein Fuhrwerk mit Holzbalken zum Kohlplatz unterwegs war. Ich überlegte und kam zu der Überzeugung, dass es sich um Baumaterial für die neue Mühle handeln musste. Sicherlich waren auch Herr Kammerer und seine Familie unten am Kohlplatz. Deshalb lief auch ich hinunter, hauptsächlich jedoch, um Christina wiederzusehen.

Die Balken wurden eben abgeladen, als ich eintraf.

„Da komme ich ja gerade richtig, um Euch zu helfen“, sprach ich Herrn Kammerer an und fasste gleich mit zu.

„Wenn alle Nachbarn so hilfsbereit wären, dann kämen wir schneller voran“, freute der sich, „aber wir müssen zufrieden sein, denn ich habe die Hoffnung, dass wir noch vor dem Winter in unser Haus einziehen können.“

„Wenn Ihr wollt, dann werde ich ab und zu mal vorbeischauen und, falls Ihr eine Arbeit für mich habt, dann werde ich Euch gerne helfen“, bot ich ihm an.

Ich sah, dass Herr Kammerer für seine Familie einen einfachen Bretterverschlag als vorläufige Behausung am Waldrand errichtet hatte. Gerne hätte ich ihn gefragt, ob auch seine Tochter in der Nähe war, brachte aber den Mut dazu nicht auf.

Bald waren alle Balken neben dem Fuhrwerk aufgeschichtet und der Zufall kam mir zu Hilfe, denn Herr Kammerer rief nach Christina und bat sie, einen Krug Wasser zu bringen.

Als sie auf mich zukam und mir mit einem freundlichen Lächeln den Krug reichte, spürte ich ein Glücksgefühl in mir aufsteigen, wie ich es bisher nicht kannte. Am liebsten hätte ich ihr über die Hand gestrichen, doch ich traute mich nicht und es wäre auch recht ungehörig gewesen.

*

Mutter schickte mich zu Onkel Jakob, um einen Sack Getreide bei ihm zu holen. Sie wollte Brot backen.

„Was geht uns denn Spanien an?“, lachte Georg, ein Knecht vom Bühlhof, und nahm einen kräftigen Schluck aus seinem Bierkrug als ich die Wirtschaft betrat.

Onkel Jakob begrüßte mich und wandte sich dann gleich wieder dem Tisch zu, an dem Georg zusammen mit einigen anderen Männern aus dem Dorf saß:

„Die Zukunft, das kannst du mir ruhig abnehmen, die Zukunft sieht düster aus! Es kann leicht sein, dass es wieder Krieg gibt, ob du das glauben willst oder nicht, Georg.“

„Aber das ist doch nicht unser Krieg! Den sollen sie in Spanien austragen, nicht hier! Müssen wir unseren Kopf immer nur für andere hinhalten?“, erwiderte er zornig.

„Du sagst das so einfach! Schließlich befinden wir uns, wie schon so oft, erneut mitten zwischen den Fronten“, gab Jakob zu bedenken.

„Ihr sprecht vom spanischen König, oder?“, wollte ich wissen. „Ich finde, Georg hat Recht! Die sollen sich in Spanien die Köpfe einschlagen, wenn sie sich nicht einigen können. Aber, worum geht es eigentlich bei der Auseinandersetzung, Jakob?“, fragte ich, denn ich hatte zwar von den Problemen gehört, Genaueres wusste ich jedoch nicht.

„Dann will ich euch einmal die Lage erklären“, fing Jakob zu reden an. Jeder im Dorf wusste, dass er sich auskannte. So mancher Kaufmann aus fernen Ländern stieg bei ihm ab und brachte Neuigkeiten mit.

„Der spanische Kaiser Karl II. aus dem Geschlecht der Habsburger hat keine Kinder. Das bedeutet, ihm fehlt ein Nachfolger, ein Erbe seines Reiches.

Weil Kaiser Leopold von Österreich aber auch ein Habsburger ist, glaubt er, sein zweiter Sohn Karl müsse der neue König von Spanien werden. Den Thron von Österreich will er seinem ersten Sohn Joseph vermachen."

„Anscheinend ist doch alles bestens geregelt. Deswegen sehe ich nicht ein, was wir damit zu tun haben", unterbrach Georg.

Jakob schaute ihn etwas ungehalten an und setzte seine Rede fort:

„Ich bin noch nicht fertig! Hör doch erst einmal zu, das Wichtigste kommt ja noch! Kaiser Karl II. von Spanien ist schon sehr alt und bestimmte Ferdinand, den Sohn des bayerischen Kurfürsten Max Emanuel, zu seinem Gesamterben. Dieser starb aber völlig unerwartet mit sechs Jahren.

Und wer glaubt ihr, soll jetzt das Reich bekommen?"

„Am Ende womöglich die Franzosen?", kam es vom Tisch, wo alle Jakobs Erklärungen aufmerksam verfolgt hatten.

„Richtig, Ihr habt es erfasst!", bestätigte Jakob. „König Ludwig von Frankreich kann das spanische Reich allerdings nicht übernehmen, weil er sich sonst alle anderen Großmächte Europas zu Feinden macht. Zu mächtige Könige jagen den Nachbarn nämlich Angst ein, auch ihr Reich könne schnell zum Spielball werden.

König Ludwig hat sich deshalb einen raffinierten Schachzug überlegt, um seine Macht auch auf Spanien auszudehnen. Er will das Erbe seinem Enkel Philipp überlassen, und der spanische Kaiser Karl, man kann es kaum fassen, hat tatsächlich zugestimmt.

In Wirklichkeit möchte natürlich der französische König selbst das Sagen in Spanien haben. Sein Enkel dagegen hätte nichts zu melden."

„Dieser verfluchte Ludwig! Hoffentlich holt ihn bald der Teufel!", schimpfte Georg.

„Und wie verhält sich auf diesen Schock hin der Kaiser von Österreich?", wollte ich wissen. „Sicherlich wird er sich nicht so einfach abspeisen lassen."

„Leopold hat bereits angekündigt, dass er sich das nicht bieten lassen will, denn schließlich handle es sich um eine Besitzung der Habsburger, die seiner Familie zustehe. Er werde sich nach dem Tod des spanischen Kaisers sein Recht schon holen, kündigte er an.

Frankreich und Bayern wollen im Ernstfall zusammenhalten und gegen Österreich in den Krieg ziehen. Und wir, wir liegen genau zwischen Frankreich und Bayern und, wir gehören zu Österreich."

„Das sind ja schöne Aussichten!", stellte ich mit Entsetzen fest. „Wenn der Kaiser von Spanien stirbt und es zum Krieg kommt, dann sind wir im Westen und im Osten von Feinden umgeben. Eine schreckliche Vorstellung!"

*

Daheim berichtete ich meinen Eltern, was ich an Neuigkeiten bei Onkel Jakob erfahren hatte. So neu war das meinen Eltern allerdings nicht, denn auch sie hatten ab und zu einmal etwas über die Streitigkeiten aufgeschnappt, die wegen der Thronfolge in Spanien entstanden waren und die anscheinend schon seit einiger Zeit die Herrscherhäuser Europas beschäftigten.

Trotzdem hörten sie mir sehr aufmerksam zu, denn die genauen Zusammenhänge, so wie sie Onkel Jakob erklärt hatte, waren ihnen bisher nicht bekannt.

„Ich kann mir gut vorstellen", meinte Vater, „dass König Ludwig von Frankreich alle Hebel in Bewegung gesetzt hat, um an das mächtige Reich in Spanien zu kommen. Er braucht das Gold aus den spanischen Kolonien, um das ausschweifende Leben an seinem Hof zu bestreiten.

Jakob erzählte mir sogar, dass sich Ludwig wie ein Gott verehren lässt. Stellt euch das vor, wie ein Gott!"

„Mein Bruder kann das doch eigentlich gar nicht wissen wie es in Frankreich zugeht“, bemerkte Mutter kritisch.

„Doch, doch, der ist der einzige im Dorf, der die Zusammenhänge kennt. Erstens kommt er häufiger als alle anderen ins Kloster und nach Freiburg, und zweitens machen etliche Kaufleute und Händler aus Frankreich bei im Rast, so dass er immer wieder die Möglichkeit hat die neuesten Nachrichten zu erfahren“, erwiderte ich.

„Die Mächtigen Europas sollen sich meinetwegen die Köpfe einschlagen, doch was können wir tun, wenn erneut ein schrecklicher Krieg über uns hereinbricht?“, fragte Vater, obwohl er wusste, dass keiner eine vernünftige Antwort geben konnte.

Fest stand unserer Meinung nach nur, dass im Falle eines Krieges der Schwarzwald, wie schon so oft in der Vergangenheit, besonders betroffen sein würde.

Wir gehörten zu den Habsburgern aus Österreich und gegen die wollten sich die Bayern und die Franzosen verbünden. Wie eine wehrlose Maus saßen wir im Ernstfall gleich zwischen zwei Katzen, die ein leichtes Spiel mit uns haben würden.

*

Viele Jahre hatten wir mit unseren Uhren gut verdient und Etliches gespart. Insgeheim war ich fest entschlossen mir in Kürze eine Frau zu suchen und zu heiraten. Ja, ich wollte Herrn Kammerer bitten mir Christina zur Frau zu geben.

Das bestehende Haus sollte nach meinen Vorstellungen erweitert werden, so dass ich mit meiner Familie zwei eigene Zimmer bewohnen konnte.

Doch so wie es aussah, musste ich wegen der drohenden Kriegsgefahr meine Pläne erst einmal verschieben und abwarten. Nur eines, das wollte und konnte ich nicht aufgeben,

Christina. Ich hatte mir in den Kopf gesetzt sie zu meiner Frau zu machen.

Unermüdlich arbeitete ich in der Werkstatt, um noch einige Uhren fertig zu stellen und sie dann in Freiburg auf dem Markt oder an Bauern der Umgebung zu verkaufen.

Das war jedoch nicht so einfach wie bisher, denn die Menschen ahnten, dass wieder einmal eine unsichere und vielleicht sogar schreckliche Zukunft auf sie wartete.

Besonders in Freiburg, das sich nach dem Abzug der Franzosen vor drei Jahren schnell erholt hatte und wo es viele wohlhabende Bürger gab, liefen die Geschäfte schlecht. Schon oft genug in den letzten Jahrzehnten hatten die Menschen dieser Stadt erlebt, was Krieg und Besetzung bedeutete.

Wahrscheinlich waren sie auch deshalb so sehr damit beschäftigt, ihre Stadtmauer, die Tore und alle anderen Schutzanlagen auszubessern und auf den neuesten Stand zu bringen. Ich bezweifelte zwar, ob diese Arbeiten wirklich sinnvoll waren, denn Freiburg war immer die erste Stadt, die von den Franzosen belagert und schließlich auch eingenommen wurde.

Andererseits, so dachte ich mir, lebt der Mensch immer zu einem Teil von seinen Hoffnungen. Ohne diese menschlichen Regungen würden wir uns am besten den Feinden auf Gedeih und Verderb ausliefern, ohne jede Gegenwehr.

*

Mit wachsender Begeisterung besuchte ich sonntags die Heilige Messe. Nicht, dass ich plötzlich ein übertrieben frommer Mann geworden war, sondern die schrecklichen Zeiten, denen wir allem Anschein nach nicht entfliehen konnten, und das Leid, das dann die einfache Bevölkerung treffen würde, bereiteten mir große Sorgen.

Es gab jedoch noch einen weiteren Grund: Familie Kammerer von der Waldmühle, die längst fertig gestellt war, kam auch zur Messe nach Waldau. Obwohl ich mit den anderen Gemeindemitgliedern so manches Gebet sprach, waren meine Gedanken und meine heimlichen Blicke auf Christina gerichtet. Gerne hätte ich sie nach der Messe einmal angesprochen, doch nach wie vor traute ich mich nicht.

Manchmal schlich ich mich sogar zur Mühle und wartete in der Nähe, weil ich wusste, dass Christina mit ihrer Schwester im Wald Feuerholz sammelte. Meist war die Mühe jedoch umsonst und ich zog nach einer Weile enttäuscht ab.

Um so überraschter war ich, als ich eines Tages auf dem Weg zu Onkel Jakob Christina begegnete. Ich wusste vor Aufregung erst gar nicht was ich sagen sollte, und gab sicherlich ein lächerliches Bild ab.

„Ich gehe gerade nach Waldau, während Ihr schon zurückkommt“, sagte ich, nur, um sie in ein Gespräch zu verwickeln. „Hätte ich gewusst, dass auch Ihr dorthin wollt, Christina, dann wäre ich mit Euch gekommen und hätte Euch Gesellschaft geleistet.“

Sie lächelte mich an, und ich glaubte mich am Ziel meiner Träume. Ich deutete es nämlich als Ausdruck ihrer Zuneigung. Mein Eindruck verstärkte sich noch, als sie einige Worte an mich richtete:

„Ich habe gehört, Ihr seid ein hervorragender Uhrmacher. Ich bewundere diese Leute, die so geschickt sind und ein paar Holzräder zum Laufen bringen.“

„Ich, äh, ich würde Euch auch gerne eine Uhr bauen, nur für Euch“, stotterte ich.

„Das wäre zwar schön, doch ich könnte sie nicht annehmen“, antwortete sie sofort.

„Warum könnt Ihr ein Geschenk nicht annehmen?“, fragte ich erstaunt.

„Ich muss jetzt weiter und habe mich schon lange genug aufgehalten. Es gibt noch viel zu erledigen, denn in einigen Monaten werde ich einen Mann aus Neustadt heiraten, dem ich seit Jahren versprochen bin“, sagte sie und verabschiedete sich.

Im ersten Moment konnte ich nicht weitergehen, so sehr traf mich dieser Schlag. Alle Lust hatte ich plötzlich verloren und drehte um.

„Was nützt es, dass du lesen und schreiben kannst oder auf den Märkten geschickt mit Kunden verhandelst, wenn du zu tollpatschig bist ein Mädchen für dich zu gewinnen“, sprach ich zornig und lief heim.

Lange verfolgte mich die Begegnung mit Christina und die Tatsache, dass sie für mich unerreichbar geworden war und es auch blieb. Ich hatte mir zu früh in meinen Gedanken ein Leben mit ihr ausgemalt und wurde für meine Träumerei bestraft.

XIV

Schneller als wir erwartet hatten, ereilte uns die Nachricht, dass der spanische Kaiser Karl II. verstorben war. Man berichtete bereits von französischen Truppen, die im Elsass zusammengezogen wurden, doch ansonsten blieb es im Schwarzwald weiterhin ruhig.

Die wenigen Reisenden, die noch aus Bayern kamen, überbrachten die Nachricht von ersten Kämpfen zwischen Truppen des bayerischen Kurfürsten und denen der Österreicher.

Oft musste ich in diesen Tagen an unser Versteck denken, das ich als Junge zusammen mit Vater im Wald gebaut hatte. Natürlich entfernten wir alle Spuren, als wir es nicht mehr benötigten. Aber ich war mir sicher, dass wir damals eine richtige Entscheidung getroffen hatten uns den Unterschlupf zu bauen.

Als die Soldaten unser Haus durchsuchten und die Möbel zerschlugen, hätten sie vielleicht auch uns erschlagen. Der Bauer vom Glashof war der beste Beweis für die hemmungslose Gewalt, die Menschen in Kriegszeiten entwickeln konnten.

Ich beschloss daher mit meinen Eltern erneut ein Versteck im Wald anzulegen. Der Verlust des Hauses und des Viehs war im Ernstfall schon schlimm genug, doch hatten wir dann wenigstens Vorsorge getroffen mit etwas Glück unser Leben zu retten.

Vater teilte mir allerdings gleich mit, dass er sich an den Arbeiten nicht in dem Umfang wie früher beteiligen könne, da er sich körperlich dazu nicht mehr in der Lage fühle.

So seltsam es klingt, ich war froh eine Beschäftigung zu haben, um meine Enttäuschung zu vergessen, die ich mit Christina erlebt hatte.

Ich suchte in der näheren Umgebung unseres Hauses nach einer geeigneten Stelle für ein Versteck. Es sollte etwas gemütlicher sein als das erste und uns mehr vor eindringender Feuchtigkeit schützen.

Meine Eltern waren nicht mehr die Jüngsten und hätten sich vielleicht bei längerem Aufenthalt in einem feuchten Unterschlupf eine schwere Erkältung geholt.

Andererseits durfte der Platz nicht zu weit von unserem Haus entfernt liegen, denn ich wusste ja vom letzten Mal, wie viele Dinge wir dorthin schleppten. Ideal wäre es gewesen, wenn wir vom Versteck aus unser Haus hätten beobachten können.

Es dauerte lange, bis ich eine Lösung fand, die alle meine Ansprüche zufrieden stellte. Direkt neben dem Haus wollte ich eine Art Keller anlegen, der vom Haus aus zugänglich sein musste. Schnell wurde mir jedoch klar, dass diese Aufgabe nicht so leicht zu lösen war.

Ich weihte Vater in meine Pläne ein und wir suchten gemeinsam nach einem Weg, der durchführbar erschien.

Die Mauer der Werkstatt war in den Hang hineingebaut und von außen mit Erde angefüllt. Leicht hätte man einige Steinquader entfernen können, um anschließend eine Höhle in den Berg zu graben. Niemandem wären unsere Arbeiten aufgefallen, da wir sie innerhalb des Hauses ausgeführt hätten.

Vater äußerte allerdings Bedenken, denn wie sollten wir den Zugang von der Werkstatt aus so gestalten, dass er nicht jedem Eindringling gleich ins Auge fiel. Außerdem wäre es möglich gewesen, dass die Mauer nach dem Entfernen der Steine nicht mehr stabil genug war und möglicherweise in sich zusammengesackt wäre.

„Und wenn wir hier in der Werkstatt eine Grube ausheben, sie mit Balken abdecken und eine Tür im Boden anbringen“, schlug ich vor, brachte aber gleich darauf einen Einwand gegen meine eigene Idee: „Dann wird sie jeder, der den Raum betritt, sofort sehen.“

„Trotzdem ist der Plan nicht übel, Benedikt!“

Vater überlegte noch einmal.

„Wir heben, wie du sagtest, eine Grube aus, decken sie mit Balken ab, schütten dann wieder eine Schicht Erde darauf und graben unter der Werkstattmauer einen Zugang nach außen.“

„Den Eingang hinter dem Haus packen wir mit Holz zu und wir haben ein ideales Versteck“, führte ich Vaters Idee fort, „das auch noch den Vorteil bietet, dass es trocken ist, weil es ja durch das Hausdach vor Regen und sonstiger Feuchtigkeit geschützt wird.“

Wir waren entschlossen unseren Plan möglichst schnell zu verwirklichen. Gleich am nächsten Tag räumten wir die Werkstatt aus und lockerten den festgestampften Fußboden. In der Dunkelheit schafften wir die Erde mit Körben in den angrenzenden Wald und verstreuten sie gleichmäßig. Einen Teil des Bodens lagerten wir in der Werkstatt selbst.

Vater hatte zwar angekündigt, er könne sich nur in bescheidenem Umfang an den Arbeiten beteiligen, half jetzt aber doch so gut er konnte mit. Manchmal musste ich ihn sogar ermahnen, sich nicht zu sehr körperlich zu verausgaben.

Nach einer Woche hatten wir die Grube fertig, und während sich Vater auf dem Behashof um die Balken kümmerte, grub ich den Eingang nach außen.

Drei Wochen dauerte es insgesamt, bis unser Versteck endlich fertig war. Wir deckten die Balken mit einer Schicht Erde ab und stampften sie fest.

Als die Tische, die Drechselmaschine und alle anderen Gegenstände wieder eingeräumt waren, konnte man im Raum keinen Anhaltspunkt finden, dass sich unter dem Fußboden ein geheimer Raum befand.

Der Einstieg hinter dem Haus wurde möglichst klein gehalten und mit Steinen ausgekleidet, damit keine Erde nachrutschen konnte. Im Wald holten wir uns zwei mannshohe Baumstämme und rollten sie über das Loch.

„Wollen wir hoffen, dass unsere Arbeit völlig umsonst war und wir diesen Raum niemals als Zufluchtsort nutzen müssen!“, meinte Vater, als wir müde von der schweren Arbeit in der Stube saßen.

Es sah ganz so aus, als würde sein Wunsch in Erfüllung gehen, denn der Markgraf Ludwig Wilhelm von Baden hatte im Sommer 1702 ein schlagkräftiges Heer aufgestellt, mit dem er die Franzosen, die den Rhein schon überquert hatten, wieder in das Elsass zurückdrängte.

*

Wegen dieser erfreulichen Nachrichten waren wir alle sehr erleichtert und gingen wie gewohnt unserer Arbeit in der Werkstatt nach.

Immer häufiger kam uns zu Ohren, dass sich auch in anderen Dörfern unserer Umgebung Männer dem Uhrenbau verschrieben hatten.

Im Stockwald bei St. Georgen gab es angeblich einen Uhrmacher Simon Henninger, der nebenbei noch Kübel und Wasserbottiche fertigte.

Auch Dilger, ein einfacher Mann aus Schollach bei Urach, Mathias Löffler aus Gütenbach und Johannes Duffner aus Schönwald beschäftigten sich mit dem Bau von Holzuhren.

Selbst in Waldau konnten wir feststellen, dass sich einige Männer mit dem Gedanken trugen, dieser Tätigkeit nachzugehen oder diesem Nebenerwerb zumindest nicht mehr so ablehnend gegenüber standen, wie es noch vor Jahren der Fall gewesen war.

Fasziniert standen die Leute im Wirtshaus teilweise vor der Uhr, die ich Onkel Jakob geschenkt hatte. Natürlich gab es auch Neider und solche, die den Mund recht voll nahmen, wahrscheinlich jedoch selbst nicht merkten welch große Sprüche sie klopften.

Ich saß mit Vater an einem Tisch, und wir unterhielten uns mit Tante Maria, Jakobs Frau, als ein junger Kerl besonders laut zu seinem Tischnachbarn sagte:

„Wenn der Benedikt Uhren bauen kann, dann gelingt uns das allemal. So ein paar Zahnräder haben wir schnell hergestellt und den Rest, den schauen wir uns einfach hier in der Wirtschaft ab. Bestimmt hat Benedikt die Uhr extra für uns aufgehängt."

„Nebenbei haben wir dann auch einen Grund, um möglichst oft hierher zu kommen, denn schließlich ist das ja dann unser Arbeitsplatz", bemerkte ein anderer und alle brachen in schallendes Gelächter aus.

Erstaunt waren Vater und ich über eine Nachricht, die wir von Onkel Jakob erfuhren. Da er mitbekommen hatte, dass sich die Männer am Nebentisch über uns lustig machten, winkte er uns in die Küche.

„Habt ihr schon gehört, dass ein Uhrmacher in Schönwald nicht mehr nur einen Zeiger für die Stunden, sondern einen zweiten für Minuten verwendet."

„Gehörst du jetzt auch schon zu den Idioten, die nur Spott für uns übrig haben?", griff ich Onkel Jakob erbost an.

„Nein, beruhige dich, Benedikt! Ich weiß doch, welchen Erfolg ihr mit euren Uhren habt. Könntet ihr sonst so gut davon leben? Es ist wirklich so. Der Mann aus Schönwald baut tatsächlich Uhren, bei denen man die Stunden und die Minuten ablesen kann."

Auf dem Heimweg sprach ich lange mit Vater über die Neuigkeit, die uns Jakob erzählt hatte, und eigentlich war uns diese Entwicklung im Nachhinein ganz verständlich. Viele Metalluhren besaßen schon lange einen zweiten Zeiger, warum sollte das also nicht auch bei Holzuhren möglich sein.

Es hätte uns brennend interessiert ein solches Uhrwerk einmal selbst zu betrachten und zu untersuchen, doch wir waren uns sicher, dass der Uhrmacher aus Schönwald sein Geheimnis nicht preisgeben würde. Das leuchtete uns ein, denn er hätte sich dadurch selber Konkurrenz geschaffen.

Wir bauten weiter unsere Uhren mit einem Zeiger und waren überzeugt, auf einem Markt gelegentlich eine mit Minutenzeiger vor Augen zu bekommen. Dann würden wir so tun, als wären wir am Kauf interessiert und könnten sie genauestens betrachten.

*

Eigentlich hatten wir wieder eine ganze Menge fertiger Uhren beisammen und wir planten nach Basel zu ziehen, um sie dort zu verkaufen. Der Frühling stand vor der Tür und die Zeit wäre günstig gewesen.

Nach Westen, ins Elsass, konnten wir uns schlecht begeben, denn dort wimmelte es nur so von feindlichen Soldaten, und im Osten hätten uns womöglich die Bayern niedergemacht, wo der Schwarzwald doch den Habsburgern, also ihren erbittersten Gegnern gehörte.

Wir brauchten uns keine weiteren Gedanken mehr über unsere Reiseziele zu machen, denn die Franzosen hatten es in der Zwischenzeit geschafft mit ihren Truppen am Rhein durchzubrechen.

Als der Widerstand niedergeschlagen war, nahmen die

Franzosen ohne Probleme Breisach ein und wieder unternahmen sie wie in früheren Zeiten ihre Streifzüge in den Schwarzwald.

Besonders hart traf es das Kloster St. Peter, wo gerade erst die letzten Kriegsschäden beseitigt und sogar drei neue Altäre für die umgebaute Kirche angeschafft worden waren.

Die Besitzungen des Klosters bei Breisach waren längst in die Hände der Feinde gefallen und, wenn man den Nachrichten trauen konnte, von ihnen verwüstet worden.

Noch war Waldau und die Gegend um den Hohlengraben davon nicht betroffen, doch wir fühlten, ja, wir wussten es aus der Vergangenheit, sie würden ihrem Verbündeten, dem Kurfürsten Max Emanuel von Bayern, gegen die Österreicher zu Hilfe kommen und dazu mussten sie über den Hohlengraben ziehen.

Hier würden sie ihrer ersten Zerstörungswut, ihrer Lust am Brennen und Töten, freien Lauf lassen. Und, es handelte sich nach Angaben von Onkel Jakob nicht um Hunderte wie bisher, sondern Tausende würden eine Spur menschlichen Elends und barbarischer Verwüstung hinterlassen.

Die Verteidigungsanlagen auf dem Hohlengraben waren in einem ruinösem Zustand und die Einsicht, dass es sinnlos war sich mit ein paar Hundert Soldaten einem weit überlegenen Feind in den Weg zu stellen, griff um sich.

*

Schlimmer als erwartet wurde die Zeit für uns. Wir richteten unser Versteck so ein, dass wir uns jeder Zeit dorthin zurückziehen konnten.

Wir trugen die vorbereiteten Nahrungsmittel, Kerzen, Eimer mit Wasser und alle anderen Dinge, die wir für nötig hielten, in den Unterschlupf. Schließlich wussten wir nicht wann die ersten Franzosen bei uns einfallen würden.

Besonders sorgfältig verpackten wir die Uhren und brachten sie in Sicherheit. Aber auch die ganzen Werkzeuge, die für uns sehr wertvoll waren, verstauten wir dort. Nur die Drechselbank war zu sperrig. Ich musste sie erst zerlegen, um sie durch den engen Zugang ins Innere des Verstecks zu bekommen.

Die schlechten Nachrichten verdichteten sich und Onkel Jakob wusste aus sicherer Quelle zu berichten, dass die feindlichen Soldaten immer näher auf den Hohlengraben vorrückten.

Aus diesem Grund verbrachten wir die Nächte im Versteck, um nicht im Schlaf überrascht zu werden.

Da wir aber alle drei sehr unruhig schliefen und manchmal über Stunden wach lagen, waren wir tagsüber teilweise sehr gereizt und manchmal kam es sogar zu richtigen Auseinandersetzungen zwischen meinen Eltern, was ich bisher von ihnen nicht kannte.

Wieder einmal lag ich wach auf meinem Lager, als ich über mir in der Werkstatt Schritte wahrnahm. Mucksmäuschenstill verhielt ich mich und lauschte in die Dunkelheit.

Mir war klar, dass die ersten Vorboten der Feinde eingetroffen waren und die Gegend auskundschafteten. Erstaunt war ich nur darüber, dass sie sich so ruhig verhielten, weil sie für gewöhnlich nach Wertgegenständen suchten und dabei Möbel umwarfen oder zerschlugen.

Vorsichtig tippte ich Vater an, hielt ihm dabei aber den Mund zu. Ich hatte Angst, er könnte nah dem Aufwachen in schlaftrunkenem Zustand laut zu sprechen beginnen. Als ich merkte, dass er sich bewegte, flüsterte ich ihm ins Ohr:

„Sie sind da! Sei bitte ganz leise! Sie sind über uns in der Werkstatt."

Ich nahm meine Hand von seinem Mund. Wieder trat absolute Stille ein. Auch Mutter war inzwischen wach. Erneut waren Schritte über uns zu hören.

Während Mutter kaum hörbar ein Gebet vor sich hin flüsterte, kam Vater mit seinen Lippen ganz nah an mein Ohr.

„Du hast Recht! Ich höre es jetzt auch."

*

„Niemand von uns konnte für den Rest der Nacht ein Auge schließen, obwohl keinerlei Geräusch mehr aus dem Haus zu vernehmen war. Wir waren uns sicher, es musste sich um einen Kundschafter gehandelt haben.

Trotzdem wollten wir nichts riskieren und blieben noch einige Zeit lang im Versteck, obwohl es draußen bereits lange hell war, wie wir durch die Ritzen am Eingang sehen konnten.

Ich wollte mir endlich Gewissheit verschaffen und teilte Vater mit, mich vorsichtig nach draußen zu begeben und mich umzusehen.

Als ich herausgekrochen war, schlich ich mich von Fenster zu Fenster und versuchte auszumachen, ob ich etwas Ungewöhnliches erblicken konnte. Nichts Auffälliges war zu erkennen und selbst die Haustür stand nicht offen.

Behutsam schob ich sie Zentimeter für Zentimeter auf und trat in den Flur. Ebenso vorsichtig öffnete ich die Tür zur Werkstatt. Ich war völlig überrascht, als ich eine junge Frau zusammengekauert im Eck liegen sah, die dort schlief.

Ich untersuchte auch die anderen Räume, denn möglicherweise befanden sich noch mehr Leute im Haus, doch zum Glück war das nicht der Fall.

Ich konnte mir nicht erklären, warum eine junge Frau mitten in der Nacht alleine ein abgelegenes Haus aufsuchte und sich dort zum Schlafen hinlegte.

Als ich zurück in die Werkstatt kam, saß die Frau auf dem Boden.

„Nein, bitte, tut mir nichts! Bitte tut mir nichts!", schrie sie panisch, als sie mich erblickte.

„Sehe ich so aus, als wollte ich Euch etwas zuleide tun?", antwortete ich ruhig. „Aber, warum seid Ihr hier im Haus?"

„Ich, ich bin vor den Soldaten geflohen", weinte sie, „weil sie unser Haus im Jostal geplündert und meine Eltern …"

Sie konnte nicht weitersprechen, weil ein Weinkrampf sie daran hinderte. Ich wusste kaum etwas über die junge Frau, die ziemlich verwahrlost und anscheinend völlig erschöpft vor mir saß, aber ich empfand Mitleid.

Meine Eltern erschienen jetzt in der Werkstatt. Da ich nicht zurückgekommen war, sie im Versteck aber Stimmen gehört hatten, machten sie sich Sorgen und wollten nach mir sehen.

Vollkommen verstört schaute die Frau uns an und hörte erschrocken zu weinen auf.

Ich berichtete meinen Eltern, was sie mir zuvor erzählt hatte.

„So, die Franzosen sind also schon im Jostal", sprach Vater.

„Ja, sie haben unser Haus gestern gegen Abend niedergebrannt und meinen Vater erschlagen."

Wieder begann sie zu schluchzen, setzte aber trotzdem ihre Worte fort:

„Ich konnte in den Wald laufen und mich verstecken. Als die Soldaten abgezogen waren, lief ich weg, einfach weg.

Ich war so froh, als ich an dieses Haus kam und mich endlich etwas ausruhen konnte. Vor Erschöpfung bin ich dann eingeschlafen."

Mutter reichte ihr die Hand und half ihr auf die Beine.

„Und was ist mit deiner Mutter, wurde sie auch getötet?", fragte ich.

„Nein, Mutter ist schon vor einigen Jahren verstorben. Ich habe mit meinem Vater allein gelebt. Er war Knecht auf dem Simonshof und wir bewohnten ein kleines Häuschen dort."

Mutter führte sie in den Flur.

„Draußen am Wasserfass kannst du dich waschen. In der Zwischenzeit werde ich dir etwas zu essen herrichten. Sicherlich bist du recht hungrig."

Mutter reichte ihr noch ein Leinentuch und schob sie dann sanft durch die Haustür.

„Ein armes Mädchen!", murmelte sie, als sie in die Küche ging.

Immer wieder überzeugten Vater und ich uns davon, dass außerhalb des Hauses alles in Ordnung war und sich niemand unbemerkt näherte.

Als wir gemeinsam beim Essen in der Stube saßen, wurde die junge Frau richtig gesprächig. Es tat ihr anscheinend gut, sich all das Schreckliche, das sie erlebt hatte, von der Seele zu reden. Wir erfuhren, dass sie neunzehn Jahre alt war und Verena Ganter hieß.

Immer noch sah man ihr im Gesicht die Spuren der schrecklichen Erlebnisse an. Deswegen bot Vater Verena an, sich in der Kammer ein paar Stunden auszuruhen, was sie dankend annahm.

„Und was machen wir mit dem Mädchen, wo wir doch selbst genug Probleme haben?", fragte Vater, als Verena gegangen war.

„Willst du dich versündigen, Johannes? Ist es nicht deine Pflicht als Christ, einem Mädchen, die niemanden mehr hat, zu helfen?", sprach Mutter energisch. „Sie wird vorläufig hier bei uns bleiben. Wir müssen Gott danken, dass er uns bisher vor einem so bitteren Schicksal verschont hat."

*

Schon am nächsten Tag rückten die Feinde über den Hohlengraben in unsere Gegend vor. Ich brachte die beiden Ziegen, die wir noch im Stall hatten, auf eine Lichtung im Wald und band sie an zwei Bäume. Die Stricke ließ ich lang genug, so dass sie sich in der Umgebung selbst mit Gras versorgen konnten.

Als wir in der Ferne die ersten Schüsse hörten, schlüpften wir in unser Versteck, natürlich auch Verena. Sie zitterte vor Angst und zuckte bei jedem Schuss zusammen.

Das Liegen und Warten wurde oftmals schon nach wenigen Stunden zur Belastung, besonders dann, wenn draußen alles völlig ruhig war.

Zum Glück verließen wir in der Nacht wenigstens für einige Zeit unser Versteck, um uns etwas zu bewegen und die Füße zu vertreten. Außerdem musste man manchmal einem menschlichen Bedürfnis nachkommen, was man im Wald ungestört erledigen konnte.

In der nächsten Nacht wollte ich mir endlich Gewissheit verschaffen, was sich am Hohlengraben eigentlich abspielte. Obwohl Vater mich zurückhalten wollte, schlich ich mich davon. Ich hatte dunkle Kleider übergezogen und hüllte meinen Kopf ebenfalls in ein schwarzes Tuch.

Aus sicherer Entfernung sah ich die vielen Soldaten. Ich konnte ihre Zahl in diesem Augenblick schwer schätzen, aber allein nach der Menge der Fackeln zu urteilen, mussten es an diesem Platz Hunderte sein.

Sie führten einige Tiere mit sich, die sie mit Sicherheit Bauern weggenommen hatten und als lebenden Proviant verwendeten. Insgesamt erweckten sie den Eindruck, als hätten sie es eilig und wollten schnell weiterziehen. Immer wieder trieb sie ein Mann vom Pferd aus an.

Ich war erleichtert über meine Erkenntnis, denn ich folgerte daraus, dass sie hier in der Gegend keinen weiteren Schaden anrichten würden.

Schrecklich war allerdings der Anblick am Hohlengraben selbst. Unzählige Leichen lagen herum. Die Feinde hatten unsere Soldaten einfach überrannt und einen nach dem anderen niedergemetzelt.

Gerne wäre ich noch nach Waldau gelaufen, um nachzusehen, ob auf dem Stalterhof und auf dem Schwabenhof alles in Ordnung war. Ich konnte aber die Lichtung unmöglich überqueren ohne von den Soldaten bemerkt zu werden.

*

Zu früh hatten wir uns in Sicherheit geglaubt. Kleinere Gruppen von Soldaten setzten sich von den Truppen ab und durchstreiften die Gegend. Sie überfielen die Höfe und Hütten, plünderten sie und steckten sie anschließend in Brand. Wer sich ihnen in den Weg stellte, der wurde ohne zu zögern erschossen, erstochen oder in den Flammen seiner eigenen vier Wände verbrannt.

Auch unser Haus suchten sie heim. Wir lagen regungslos in unserem Versteck und verfolgten ihr Treiben. Da sie nichts Wertvolles fanden, schlugen sie alles andere kurz und klein.

Verena rückte ganz nahe zu mir heran und drückte sich an mich. Ich spürte ihr Zittern und legte meinen Arm um sie. Als ich ihr über die Wange strich, um sie zu trösten und zu beruhigen, fühlte ich ihre Tränen.

Im Haus wurde es plötzlich still. Ich hörte einen Wagen davonfahren und kroch zum Eingang. Die Stimmen entfernten sich immer weiter.

Nach einer Weile vernahmen wir erneut Geräusche, die jedoch nichts mit Stimmen, mit Schritten oder Ähnlichem zu tun hatten.

„Das hört sich an, als würde es brennen! Hört ihr nicht das Rauschen der Flammen und das Knacken des Harzes im Holz?“, sprach Vater plötzlich und alle lauschten für einen Moment gebannt.

„Wir müssen hier raus! Beeilt euch!“, rief ich und öffnete den Zugang, ohne mich vergewissert zu haben, ob draußen noch andere Gefahren auf uns warteten.

Wirklich, Vater hatte Recht, die Flammen schlugen bereits aus dem Stubenfenster. Wir rannten in den Stall, wo einige

Eimer standen, mit denen wir gewöhnlich Wasser aus dem Bach holten.

Während meine Eltern die Eimer im großen Holzfass vor dem Haus füllten und den Inhalt durch das Stubenfenster schütteten, rannte ich mit Verena zum Bach, um Nachschub zu holen.

Als das Feuer kleiner wurde, kippte ich mir einen Eimer Wasser über den Kopf, tauchte ein Leinentuch ins Wasserfass und rannte in den Flur. Ich versuchte die Luft anzuhalten, um den dichten Rauch nicht einzuatmen und schlug mit dem feuchten Tuch wie ein Verrückter auf die Flammen.

Musste ich wieder atmen, eilte ich nach draußen, tauchte das Tuch erneut ins Fass und wiederholte das Ganze. Zur Unterstützung schütteten die anderen immer wieder Wasser durch das Fenster.

Es dauerte einige Zeit, doch dann hatten wir den Brand gelöscht. Ich ging mit Vater hinein und öffnete alle Türen und Fenster damit der Rauch abziehen konnte. Sorgfältig kontrollierten wir, ob noch irgendwo in der Stube Glut zu entdecken war, die das Feuer womöglich von neuem entfachen konnte.

Die Stube war völlig ausgebrannt, die restlichen Zimmer und die Werkstatt hatten das Feuer zum Glück unbeschadet überstanden.

XV

Da wir zwei Tage keinen Soldaten mehr zu Gesicht bekommen hatten, beschloss ich, mich am Abend nach Waldau durchzuschlagen. Seit längerer Zeit hatten wir keinen Kontakt mehr zum Dorf und ich wollte unbedingt wissen, wie es den Menschen dort ergangen war.

Ich lief im Schutze des Waldes immer ein Stück, blickte mich sorgfältig um und setzte erst dann meinen Weg fort. Nur zweimal sah ich Leute, die aber keinerlei Gefahr für mich darstellten, da es sich um Bewohner aus der Gegend handelte, die ich vom Kirchgang kannte.

Schon von einer Anhöhe aus konnte ich sehen, dass der Stalterhof völlig niedergebrannt war. An manchen Stellen stiegen sogar noch vereinzelt Rauchschwaden in die Luft.

Ich war entsetzt und stellte mir außerdem vor, dass womöglich Onkel Wilhelm, Tante Sophia und ihre Kinder in den Flammen umgekommen waren.

Als ich näher kam, sah ich, dass Onkel Wilhelm mitten im Trümmerhaufen stand und verzweifelt mit einem Stock darin herumwühlte, als könne er noch etwas retten. Tante Sophia und die Kinder hielten sich etwas abseits auf. Ich ging auf sie zu.

„Das ist ja schrecklich, Tante! Das ist ja wirklich fürchterlich, was sie euch angetan haben!“, sprach ich, doch sie schien gar nicht wahrzunehmen, dass ich neben ihr stand und etwas gesagt hatte.

Sie starrte nur auf den Haufen verkohlter Balken und grauer Asche. Keine Regung war ihrem Gesicht zu entnehmen.

Ich war froh, als Onkel Jakob plötzlich auftauchte. Er sprang vom Pferd und lief sofort zu Tante Sophia.

„Ich habe im Dorf gehört, dass sie auch euren Hof niedergebrannt haben. Ich bin gekommen und wollte nachschauen, ob ihr wenigstens unbeschadet davongekommen seid."

Jetzt endlich regte sie sich und antwortete:

„Wir sind in Ordnung, obwohl es besser gewesen wäre sie hätten uns mit verbrannt. Alles, was Generationen aufgebaut haben, wurde in wenigen Stunden vernichtet. Mein Mann Wilhelm verkraftet das nicht."

Jakob redete ein Weile beruhigend auf sie ein und holte dann Onkel Wilhelm aus dem Schutthaufen.

„Und wie ist es den anderen Leuten im Dorf ergangen? Sind die Soldaten auch dort gewesen?", fragte ich.

„Niemals zuvor hat ein Krieg so viel Schrecken und Leid über unsere Heimat gebracht. In St. Märgen haben sie die Kirche und das Pfarrhaus in Schutt und Asche gelegt. Überall in der Gegend ließen sie brennende Häuser zurück. Das Berghäusle haben sie zerstört und den Aloisenhof bis auf die Grundmauern eingeäschert."

Ich erzählte Onkel Jakob, dass sie auch unser Haus angesteckt hatten, wir es aber gerade noch schafften das Feuer zu löschen.

„Das sind ganz gemeine Banditen", schimpfte er wütend, „und sie werden sich eines Tages vor ihrem Herrgott verantworten müssen! Dem Bauern vom Aloisenhof haben sie angeboten, sein Haus zu verschonen, wenn er ihnen alles Geld, das er besizt, übergibt.

Als er sich auf ihre Erpressung eingelassen und den letzten Pfennig abgeliefert hatte, haben sie seinen Hof doch abgefackelt, die gemeinen Hunde! Wie soll das enden, frage ich mich?“

*

Nur notdürftig richteten wir die Stube wieder her, denn wir wussten ja nicht, ob in Kürze nicht weitere Soldaten nachrückten und erneut ihr Unwesen trieben.

Verena hatte sich gut bei uns eingelebt und ihre schrecklichen Erlebnisse einigermaßen verarbeitet. Nur nachts wurde sie weiterhin von Alpträumen heimgesucht, wie mir Mutter anvertraute. Verena war sehr fleißig und half, wo immer sie konnte.

Unsere Nahrungsmittel gingen langsam zu Ende, und an manchen Tagen war es schwer auch nur den gröbsten Hunger zu stillen. Gott sei Dank hatten wir wenigstens die beiden Ziegen noch und konnten uns täglich einen Krug Milch teilen.

Wenn wir gemeinsam in der Stube saßen und ich Verena vor Augen hatte, musste ich immer daran denken, wie sie sich in unserem Versteck an mich geschmiegt hatte. Ich empfand ihr gegenüber eine wachsende Zuneigung, ein ähnliches Gefühl, wie ich es damals bei Christina in mir wahrgenommen hatte. Gerne, unglaublich gerne hätte ich ihr meine Gefühle gestanden, doch die traurigen Zeiten, die wir durchlebten, boten dazu wenig Gelegenheit.

Ich durchstreifte eines Tages mit ihr den Wald auf der Suche nach Pilzen und Beeren. Wir waren schon eine ganze Weile unterwegs, als sie mich bat eine kurze Pause einzulegen.

Wir saßen uns gegenüber und ich blickte ihr ins Gesicht. Sie hatte dunkelbraunes Haar, das ihr Mutter jeden Morgen zu einem dicken Zopf verflocht. Sie war nicht so schön wie Christina, mit der ich sie gerne verglich, doch sie hatte ein sehr sanftes Wesen.

Ich war mir meiner Gefühle sicher und hätte sie gerne zu

meiner Frau gemacht. Aber, was konnte ich ihr in diesen schlechten Zeiten schon bieten?

Ich dachte an die Märkte, auf denen ich mit Vater ein kleines Vermögen verdient hatte. Als Uhrmacher wäre ich inzwischen sicherlich ein angesehener Mann. Die Wirklichkeit war aber eine ganz andere. Schließlich mussten wir Pilze sammeln, um uns zu ernähren.

Verena lächelte mich an und alle Bedenken, die ich zuvor hatte, waren mit einem Mal verschwunden.

„Verena, ich, äh, darf ich dich etwas fragen?"

„Willst du mich jedes Mal um Erlaubnis bitten, ob du mich ansprechen darfst?", erwiderte sie und lachte.

Ich zögerte noch einen Moment und machte dann meinem Herzen Luft.

„Möchtest du, möchtest … du mich heiraten, Verena?"

Sie antwortete nicht gleich und schien durch meine Frage nicht nur überrascht, sondern auch in Verlegenheit geraten zu sein.

„Wer will mich schon heiraten", erwiderte sie betrübt und schaute vor sich auf den Boden, „wo ich nichts besitze außer dem, was ich auf dem Körper trage. Du bist Uhrmacher und hast eine bessere Frau verdient."

„Dass ich ein Uhrmacher bin, das stimmt, Verena, nur, in diesen Zeiten kann man damit keinen Pfennig verdienen."

„Es werden auch wieder bessere Zeiten kommen, Benedikt. Wir dürfen die Hoffnung nicht aufgeben!"

„Schön und gut! Und trotzdem hast du mir noch keine Antwort gegeben, Verena."

„Ich wäre glücklich, deine Frau zu werden, und ich muss gestehen, ich hätte es nie zu träumen gewagt."

Ich stand auf, ging vorsichtig auf sie zu und küsste sie auf die Wange. Dann schauten wir uns an und umarmten uns kurz. Ich war in diesem Moment so glücklich, dass ich am liebsten laut geschrieen hätte.

Auf dem Heimweg verabredeten wir, meinen Eltern vorläufig von unserem Geheimnis nichts zu verraten.

*

Da keine Franzosen mehr in der Gegend gesichtet wurden, zeigten sich wieder kleinere Trupps der Österreicher in Waldau. Sie waren keine Feinde, doch eine Belastung für die Leute aus dem Dorf stellten sie trotzdem dar, denn sie wurden den einzelnen Höfen zugeteilt und mussten kostenlos verpflegt werden.

Bevorzugt suchten sie sich das Gasthaus von Onkel Jakob aus, weil sie sich da das beste Essen und reichlich Bier erhofften.

Es war reiner Zufall, dass ich eines Tages in die Wirtsstube kam, als ein Soldat am Tisch saß und seinen Kollegen eine Holzuhr zeigte, die er, so vermutete ich, nicht auf ehrlichem Weg erworben hatte. Es war bekannt, dass auch unsere Soldaten sich gerne am Besitz anderer Leute bereicherten und sich so manchen Wertgegenstand unter den Nagel rissen.

Ich sah sofort, dass die Uhr einen Minutenzeiger hatte, und setzte mich deshalb in die Nähe des Tisches, an dem der Soldat sein Schmuckstück stolz herumreichte.

Diese Gelegenheit durfte ich mir nicht entgehen lassen. Vater und ich waren uns darin einig, nach dem Krieg auch solche Uhren mit Minutenzeigern zu bauen. Unsere, die nur Stunden anzeigten, wollte dann sicherlich keiner mehr haben.

Zu meiner Enttäuschung gelang es mir aber nicht, das Räderwerk aus meiner Entfernung zu erkennen. Nur auf dem Zifferblatt sah ich, dass oben ein Zahlenkreis mit den Stunden und unterhalb einer für die Minuten angebracht war.

Mich hätte aber besonders die Übersetzung im Inneren interessiert. Während der obere Zeiger in einer Stunde den zwölften Teil der Scheibe überstrich, musste der Minutenzeiger eine ganze Umdrehung zurücklegen, das war mir klar. Wie hatte der Uhrmacher das Problem jedoch gelöst? Ich war richtig aufgeregt.

Ich holte bei Onkel Jakob zwei Krüge Bier und brachte sie den Soldaten an den Tisch. Meinen Onkel bat ich sich völlig herauszuhalten und so zu tun, als würde er mich nicht kennen.

„Ich freue mich, dass Ihr hier seid. Die zwei Krüge habe ich bezahlt. Ihr haltet für unser Land Euren Kopf hin und seid tapfere Kerle“, versuchte ich ihnen zu schmeicheln.

„Ihr seid wohl nicht von hier, sonst wäre Euch bekannt, dass uns die Franzosen niedergemacht und den Rest in die Flucht geschlagen haben“, erwiderte ein Soldat.

„Nein, nein, ich komme aus dem Norden und will möglichst schnell wieder weg aus dieser Gegend“, gab ich vor.

„Wenn Ihr schon so freigiebig seid, dann setzt Euch wenigstens einen Moment mit an den Tisch und stoßt mit uns an!“, forderte mich einer der Soldaten auf.

Sofort kam ich seiner Aufforderung nach.

„Ein schönes Stück, das Ihr da habt!“, sagte ich und deutete auf die Uhr. „Ich selbst bin Uhrenhändler und weiß, wovon ich rede.“

Sie reichten die beiden Krüge herum und tranken. Ich musste mir jetzt etwas einfallen lassen, um ihre Aufmerksamkeit auf die Uhr zu lenken.

„Wisst Ihr eigentlich, dass es Uhren gibt, die auf den Märkten keinen Pfennig wert sind und andere, für die ein Kenner einen Batzen Geld hinlegt?“, versuchte ich den Besitzer der Uhr zu ködern.

„Und zu welcher Art gehört meine?“, wollte er gleich wissen und schob sie mir hin.

Ich ging natürlich bereitwillig auf seine Frage ein. Ausführlich erzählte ich ihm über das Innenleben einer Uhr. Das konnte ich im Schlaf, denn oft genug hatte ich das auf den Märkten getan. Dabei betrachtete ich mir genau die Zahnräder und wie sie angeordnet waren.

Schnell fand ich heraus, dass der Unterschied zu unseren Uhren ziemlich gering war. Zwei weitere, große Zahnräder und ein kleines waren nötig, um den Minutenzeiger im richtigen Verhältnis zum Stundenzeiger anzutreiben.

Während ich weiter redete, prägte ich mir das Bild der Räder ein und zählte sogar die einzelnen Zähne ab.

„Ja, Ihr habt bei Eurem Kauf einen guten Griff getan!“, lobte ich noch einmal seine Uhr und verabschiedete mich.

Ich verließ den Raum zwar, ging aber durch den Hintereingang sofort in die Küche und ließ mir von Onkel Jakob ein Blatt Papier geben. Sorgfältig fertigte ich eine Skizze an, schrieb die Zahl der Zähne an die Räder und machte mir noch einige weitere Notizen.

Jakob schaute mir über die Schulter.

„Es ist doch nützlich, nicht wahr, wenn man schreiben kann, Benedikt!“

*

Vater war von meiner Skizze begeistert und nahm sofort eine unserer Uhren zur Hand, um sich meine Aufzeichnungen praktisch vorzustellen.

„Die Idee ist eigentlich nichts Besonderes, Benedikt!“

„Das schon, aber man muss erst darauf kommen, Vater!“

Ich zeigte ihm an der Uhr, wie die zusätzlichen Räder genau angeordnet waren, und erklärte dabei:

„Wir müssen von der Welle, die den Minutenzeiger antreibt, mit drei Zahnrädern die Drehgeschwindigkeit so übersetzen, dass sich der Minutenzeiger zwölfmal schneller dreht als der Stundenzeiger.“

„Bisher benötigten wir drei kleine und drei große Zahnräder für eine Uhr. Und jetzt", er überlegte noch einmal, „brauchen wir drei kleine und sechs große."

„Richtig, so müsste es klappen! Wie groß die Übersetzung vom Minuten- zum Stundenzeiger sein muss, das kann man durch Ausprobieren leicht herausfinden, Vater."

„Die Anzahl der Zähne hast du auf deiner Skizze ja vermerkt, du Schlaumeier!", lobte er mich.

Am liebsten hätte ich gleich losgelegt und eine Uhr mit Minutenzeiger gebaut, doch wir verbrachten eine Menge Zeit auf dem Stalterhof, denn man erwartete von uns, dass wir dort kräftig beim Aufräumen der Trümmer mit zupackten.

Onkel Wilhelm hatte sich einigermaßen gefangen und trug sich mit dem Gedanken den Hof wieder aufzubauen. Vorläufig zog er jedoch mit seiner Familie in ein etwas abseits vom Stalterhof gelegenes Häuschen.

Da die Soldaten ihm das ganze Vieh gestohlen und der Brand alle Nahrungsvorräte vernichtet hatte, war die Familie auf die Hilfe anderer Menschen angewiesen.

Besonders großzügig verhielt sich Onkel Jakob. Er lud Wilhelm und seine Angehörigen manchmal zum Essen ein und half ihnen, wenn er etwas Zeit erübrigen konnte.

*

Große Erleichterung machte sich in Waldau breit, weil uns aus Bayern erfreuliche Nachrichten erreichten. England, Holland, Portugal und Savoyen hatten sich auf die Seite des Kaisers von Österreich gestellt und unterstützten dessen Kampf gegen Frankreich und seinen Verbündeten Bayern.

Man wollte mit allen Mitteln verhindern, Spanien dem Enkel des Franzosenkönigs zu überlassen. Schon jetzt sahen die meisten Herrscher Europas in Ludwig XIV. eine Bedrohung. Hätte er noch Spanien an sich gerissen, kein Land wäre dieser Übermacht mehr Herr geworden und Frankreich hätte sich mit Gewalt weitere Gebiete einverleibt.

Das Jahr 1704 sollte also eine Wende bringen und die Franzosen, die dem Schwarzwald so lange mit ihren verheerenden Kriegszügen zugesetzt hatten, in ihre Schranken weisen.

Bei Höchstädt an der Donau wurde das bayerisch-französische Heer vernichtend geschlagen. Der Kurfürst Max Emanuel musste aus Bayern fliehen und sein Land den Österreichern überlassen.

Noch einmal musste unsere Heimat den Rückzug der Franzosen ertragen. Sie nahmen sich, was sie brauchen konnten, und ließen ihre Wut über die verlorene Schlacht an den einfachen Leuten aus. Da aber österreichische Truppen mit ihren Verbündeten nachzurücken drohten, zogen sich die Franzosen schnell in die Gegend um Freiburg zurück.

Insgesamt hinterließen die Kriegsjahre schlimme Spuren. Einige Höfe waren völlig zerstört, das Vieh geraubt, das Korn vernichtet. Viele Bauern hatten nicht einmal genügend Saatgut, um ihre Felder im Frühjahr zu bestellen.

Manchen Menschen blieb nur die Hoffnung, dass der Krieg endlich überstanden war, und an diesen Strohhalm klammerten sie sich.

*

Ich schmiedete mit Verena Pläne. Wir wollten nicht länger warten, sondern mit meinen Eltern über unsere Absichten sprechen und endlich heiraten. Sie zeigten sich zu meinem Erstaunen kein bisschen überrascht.

„Wir waren auch einmal jung“, lachte Mutter und schaute dabei Vater an, „und ich habe längst gemerkt, dass ihr euch mögt. In der letzten Zeit ist mir aufgefallen, wie du Verena angeschaut hast, Benedikt.“

„Wir müssen überlegen“, sagte Vater, „ob das Haus nicht

zu klein für uns alle ist. Wenn zwei Menschen verheiratet sind, dann, na ja, ihr wisst schon", er schien etwas verlegen, „dann kommen vielleicht auch Kinder."

„Bis jetzt sind wir doch recht gut zusammen ausgekommen und noch sind keine Kinder da. Wir würden uns mit der kleinen Kammer begnügen, wenn ihr damit einverstanden seid", erwiderte ich, und Verena signalisierte mir durch ihr Nicken ihre Zustimmung.

„Die Zeiten sind schlecht. Wo wollt ihr eure Hochzeit denn feiern?" Mutter dachte schon weiter.

„Wir haben das Fest bei Onkel Jakob in der Wirtschaft geplant. Benedikt wird ihm eine Uhr schenken, weil seine doch von Soldaten mitgenommen wurde. Sicherlich ist Onkel Jakob damit einverstanden, wo er Benedikt so gut leiden kann", erklärte Verena. Natürlich hatte ich das alles schon vorher mehrfach mit ihr besprochen.

In den folgenden Wochen hatten Verena und ich viel zu tun. Wir besuchten den Pfarrer und baten Onkel Jakob, uns als Dorfvogt seine Einwilligung zu unserer Heirat zu geben. Mit dem Vorschlag, das Fest als Gegenleistung für eine Uhr auszurichten, war Jakob einverstanden, doch den Wein und das Bier, darauf bestand er, mussten wir selbst bezahlen.

„Das ist kein Problem! Ich habe für Notzeiten ein bisschen Geld zurückgelegt", bot Vater an und freute sich, uns einen Gefallen tun zu können.

Überaus glücklich waren wir, als wir endlich Mann und Frau waren und die Kirche verließen. Alle Verwandten meiner Mutter und meines Vaters hatten wir eingeladen, und viele nutzten die Gelegenheit, um sich den Bauch einmal richtig voll zu schlagen.

„Du darfst mich jetzt küssen, Verena, Verena Fehrenbach!", neckte ich sie als wir unsere Stube betraten. Ich hielt mich für den glücklichsten Menschen in ganz Waldau und Verena empfand ebenso.

*

Der Winter war in diesem Jahr besonders hart und wollte dem Frühling nicht weichen. Unsere Holzvorräte waren nahezu aufgebraucht. Da aber die Nächte noch Frost brachten, mussten wir uns um neues Brennmaterial kümmern.

Wir hatten keine andere Wahl, wir mussten feuchtes Holz aus dem Wald holen, wollten wir die Stube wenigstens etwas aufwärmen. Um das Feuer richtig in Gang zu bringen, schlugen wir trockene Bretter von der Stallwand und zerkleinerten sie.

Am Nachmittag ging ich mit Vater in den Wald. Wir wollten nach abgestorbenen Bäumen suchen und sie zum Haus schaffen.

Vater tat sich schwer, deswegen schleppte ich die Scheite an den Waldrand oberhalb des Hauses, während er mit der Axt das Holz spaltete.

Plötzlich hörte ich einen lauten Schrei. Ich rannte sofort zurück und sah Vater auf dem Boden liegen. Mit schmerzverzerrtem Gesicht umfasste er seinen rechten Unterschenkel. Ein großer Blutfleck breitete sich bereits auf dem Schnee aus und ich sah, wie es weiter unaufhörlich tropfte.

„Die Axt ist mir ausgerutscht und ich habe sie mir mit aller Wucht ins Bein geschlagen. Lauf schnell und hole Mutter!“, jammerte er und verzog wieder sein Gesicht vor Schmerzen.

Ich rannte so schnell ich konnte und schrie schon von Weitem nach Mutter, doch sie hörte mich nicht. Ich stürzte in die Stube.

„Schnell, komm schnell, Mutter! Vater hat sich mit der Axt schwer verletzt. Wenn wir uns nicht beeilen, dann verblutet er.“

Entsetzt schauten mich Mutter und Verena an, reagierten dann aber sofort und suchten einige Leinentücher zusammen. Wir eilten zurück in den Wald und erreichten die Stelle, wo

Vater lag. Er rührte sich nicht mehr. Die Blutlache hatte sich wesentlich vergrößert und sein rechtes Hosenbein war völlig von Blut durchtränkt.

Sofort griff ihm Mutter an den Hals und fühlte seinen Puls, bevor sie sich weinend über ihn beugte und ihn umklammerte. Verena umarmte mich, denn wir wussten, was das zu bedeuten hatte. Vater war tot.

Der plötzliche und so tragische Verlust ging uns sehr nahe. Den Krieg hatte er unbeschadet überlebt, und jetzt hatte er durch Unachtsamkeit sein Leben verloren. Ich war froh, dass Verena im Haus war, die sich wie eine Tochter um Mutter kümmerte.

„Als ich hier ankam, sorgte sich deine Mutter um mich wie um eine Tochter und das will ich ihr jetzt zurückgeben“, begründete sie ihre Haltung.

Im Nachhinein empfand ich unwahrscheinlich große Dankbarkeit meinem Vater gegenüber. Nur selten hatte er mich geschlagen oder bestraft, er beließ es für gewöhnlich bei lautstarken Drohungen.

Ganz hoch rechnete ich ihm an, dass er mich nicht als Knecht auf einen Hof gegeben oder bei einem Handwerker in die Lehre geschickt hatte. Ohne ihn wäre ich mit Sicherheit kein Uhrmacher geworden.

Mutter musste eine Ziege an das Kloster abliefern. Die Trauer über den Verlust ihres Mannes war so groß, dass sie sich darüber jedoch den Kopf nicht zerbrach.

„Wenn sie wollen, dann können sie sich die zweite Ziege auch holen!“, sagte sie, als ich das Tier ins Dorf brachte.

Sie war sich in diesem Moment nicht darüber im Klaren, was das für uns bedeutete. Die Milch einer Ziege reichte uns nicht aus.

Gott sei Dank fand ich Hilfe bei Onkel Jakob. Ich bot ihm eine Uhr an, und er versprach mir, uns so bald wie möglich zwei kleine Zicklein dafür zu besorgen.

Er hängte die Uhr neben die andere in der Gaststube und wollte sie bei passender Gelegenheit einem Händler oder einem durchziehenden Kaufmann anbieten.

Obwohl ich fast dreißig Jahre alt war, musste ich mich erst daran gewöhnen, dass ich jetzt die Geschicke unserer Familie in der Hand hatte. Mutter hielt sich nahezu aus allen Entscheidungen heraus.

VXI

Endlich wollte ich mich wieder verstärkt um den Bau von Uhren kümmern, denn schließlich lebten wir davon, und unsere Ersparnisse und Nahrungsreserven gingen zu Ende. Außerdem hatte ich mir vorgenommen meine Trauer zwar nicht zu verdrängen, sie aber auch nicht zum alleinigen Sinn meines Daseins zu machen, so wie es Mutter tat.

Immer weniger beteiligte sie sich an den Arbeiten, die der Alltag so mit sich brachte, sie saß in der Stube und betete einen Rosenkranz nach dem anderen. Häufig besuchte sie Vaters Grab und hielt sich lange dort auf, stumm, bewegungslos und in sich versunken. Da ich es nicht mehr ertragen konnte, sprach ich sie eines Tages auf dem Heimweg an:

„Glaubst du, Vater wäre glücklich, wenn er dich jetzt sehen könnte, Mutter? Auch ich habe seinen Tod noch lange nicht überwunden, doch was du machst, das finde ich übertrieben."

Sie blieb stehen, schaute mich voller Entsetzen an und brauchte eine ganze Weile bevor sie zu reden begann:

„So kenne ich dich nicht, Benedikt! Ich muss für Vater so viel beten, denn …", sie fing zu weinen an, „Vater ist in Ungnade gestorben. Er hatte nicht gebeichtet und vor allem, er, er hat das Sakrament der Letzten Ölung nicht empfangen."

Jetzt endlich wusste ich was Mutter seit Vaters Tod so sehr

beschäftigte, sie so sehr bedrückte, dass sie ihr eigenes Leben allem Anschein nach nicht mehr in den Griff bekam.

„Gott ist doch überall, Mutter!“, redete ich auf sie ein. „Mir war er ein sehr guter Vater und ich weiß, er war auch ein gütiger Mensch. Gott weiß das besser als wir.

Soll er verdammt sein, nur weil er die Letzte Ölung nicht empfangen hat? Die nützt auch nichts, wenn du ein Halunke im Leben warst. Ich weiß sicher, dass Vater im Himmel ist. Allerdings wird er nicht glücklich sein.“

„Wieso? Was meinst du damit, Benedikt?“

„Vater möchte, dass du das Leben meisterst. Nichts würde ihn mehr freuen als dich hier glücklich zu sehen.“

„Das kannst du nicht beurteilen!“, erwiderte sie energisch.

„Und ob ich das kann, Mutter! Glaubst du, wir sind nur nebeneinander hergelatscht, wenn wir gemeinsam auf die Märkte gelaufen sind? Wir haben viel geredet und auch manchen Gedanken ausgesprochen, der nicht für andere Ohren bestimmt war. Deswegen weiß ich, wie Vater dazu stand und was er dachte.“

Eine ganze Weile lief Mutter stumm neben mir her und schien von meinen Worten sehr betroffen zu sein.

„Ja, Junge, irgendwie hast du Recht! Vater ist wahrscheinlich nicht froh, wenn er mich sieht. Ich muss wieder beginnen, zu leben.“

„Ich trauere auch um ihn, doch es tröstet mich gleichzeitig, dass ich ihn gehabt habe. Verstehst du?“, sagte ich noch und Mutter nickte.

Sie schien sich meine Worte zu Herzen genommen zu haben, denn von Tag zu Tag fand sie mehr zurück zu ihrem bisherigen Leben und half meiner Frau, wo sie konnte.

Möglicherweise schöpfte Mutter aber auch ihre neue Kraft aus der Tatsache, dass Verena leicht rundlich um den Bauch wurde und sich Nachwuchs ankündigte.

Um so mehr fühlte ich mich jetzt verpflichtet für meine

Familie und für Mutter zu sorgen. Mit einigen Uhren, die ich in der Zwischenzeit fertig gestellt hatte, zog ich los, um mit etwas Glück einige Käufer zu finden.

Auf den Märkten selbst lief das Geschäft recht schleppend, wie Händler Onkel Jakob berichtet hatten, denn die Leute kauften sich in diesen unsicheren Zeiten keine Uhren oder andere Dinge, die nicht unbedingt zum Überleben nötig waren. Die Angst vor der Zukunft, der erlittene Schrecken der vergangenen Kriege, hatte sie vorsichtig werden lassen.

Aus diesen Gründen wollte ich mich nicht in Städte begeben, sondern im nördlichen Schwarzwald, den der Krieg nicht so hart getroffen hatte, mein Glück versuchen. Außerdem war ich bereit, Nahrungsmittel oder sonstige nützliche Dinge als Bezahlung für meine Uhren anzunehmen.

Ich suchte mir abgelegene Täler aus und zog von einem Hof zum anderen. Die Bauern, die weit abseits der Städte und Märkte wohnten, waren, so hoffte ich, am ehesten bereit mir eine Uhr abzukaufen.

Die Verhandlungen waren oft hart und was sie mir boten, damit konnte ich mich manchmal nicht zufrieden geben. Wie sollte ich einen Sack Korn oder Kartoffeln, wie die vielen Laibe Brot nach Hause schaffen? Speck, Schinken und getrocknete Bohnen waren dazu schon eher geeignet.

Nach einer Woche kehrte ich zurück, bepackt mit den genannten Dingen. Einem Bauern konnte ich sogar eine Ziege abschwatzen. Verena und Mutter freuten sich, als sie sahen, was ich alles mitbrachte.

Ich konnte diese Freude nicht teilen, denn schließlich hatte ich dafür vier Uhren eingetauscht. Nur ein Bauer aus Schappach im Wolfachtal hatte mir eine Uhr bezahlt, den Preis jedoch erheblich heruntergehandelt. Von dem Erfolg, wie ich ihn mit Vater in Villingen oder in Rottweil erlebt hatte, war ich weit entfernt.

Trotz alledem, ich wollte mich nicht unterkriegen lassen,

wo ich doch in Kürze Vater werden sollte und damit eine gewisse Verantwortung zu tragen hatte.

Den vielen Schinken und den Speck tauschte ich im Dorf teilweise gegen Käse, Mehl, Brot und andere Dinge ein, die wir dringend benötigten.

Die Nachrichten, die uns aus der Gegend um St. Peter erreichten, waren nicht ermutigend. Der Spuk schien kein Ende nehmen zu wollen, denn von Freiburg aus durchkämmten immer wieder feindliche Soldaten den Schwarzwald, überfielen Häuser und hinterließen teilweise bettelarme und zutiefst gedemütigte Menschen.

Irgendwie gehörten diese Bedrohungen inzwischen zu unserem täglichen Leben. Seit so vielen Jahren mussten wir damit fertig werden. Ich war schon froh, dass Waldau zur Zeit nicht direkt davon betroffen war und ich mir vorläufig keine Sorgen um Verena und unser Kind machen musste.

*

Endlich wollte ich die reizvolle Aufgabe in Angriff nehmen und eine Uhr mit Minutenzeiger bauen.

Wenn ich mich in der Werkstatt aufhielt, dann war mir Vater in diesen Tagen besonders nah. Schließlich hatte ich mit ihm all die Pläne und Skizzen schon mehrfach besprochen und mir seine Meinung zu einzelnen Problemen eingeholt.

Zum ersten Mal in meinem Leben musste ich jetzt ohne seinen Rat und ohne seine Unterstützung auskommen. Manchmal redete ich sogar mit ihm, obwohl mir klar war, dass er uns unwiederbringlich verlassen hatte. Aber das Schicksal und Gottes Wille hatten es so gewollt. Ich war jetzt ganz auf mich gestellt.

Als erstes fertigte ich die Zahnräder an, die für den Antrieb des Minutenzeigers nötig waren, und baute sie in einen

Kasten ein. Anschließend orientierte ich mich an der Skizze, die ich damals im Gasthaus meines Onkels gemacht hatte, und stellte die drei noch fehlenden Zahnräder her.

Mein Ziel war klar: Während sich der Minutenzeiger auf dem unteren Zifferblatt einmal in der Stunde drehte, musste meine Übersetzung zum Antrieb des Stundenzeigers so genau sein, dass er in einer Stunde nur den zwölften Teil des Minutenzeigers zurücklegte.

Einige Tage verbrachte ich mit meinen Experimenten und hatte schließlich die richtigen Größenverhältnisse der Zahnräder gefunden. Als ich die Uhr fertig hatte, ließ ich sie etwa eine Woche lang laufen und beobachtete genau, ob sie ihre Aufgabe zufriedenstellend bewältigte.

Sie sollte mein Muster für weitere Uhren werden und deshalb gab ich mir besonders viel Mühe. Ich zeichnete mir wieder eine Skizze und hielt jedes Teil auf Papier in Originalgröße fest. Die Räder wurden nummeriert, so dass später keinerlei Verwechslungen möglich waren.

Bisher erwies es sich immer als schwierig das richtige Gewicht für den Antrieb einer Uhr zu bestimmen. Hier kam mir eine neue Idee, die das wesentlich vereinfachte.

Verena nähte mir einen kleinen Leinensack, den ich an der Antriebsschnur befestigte. Mit trockenem Sand, den ich in den Sack schüttete, konnte ich das Gewicht für eine Uhr so genau regulieren, bis es stimmte.

Den Beutel hängte ich anschließend an einen einfachen Waagebalken und war damit in der Lage, ziemlich schnell ein Steingewicht im Bach zu finden, das genau dem Gewicht des Sandsacks entsprach.

Mit Draht umschlang ich den Stein und bildete oben einen Aufhängehaken. Da ich verschiedene Drahtstärken besorgt hatte, konnte ich kleine Gewichtsunterschiede leicht damit ausgleichen.

War mir meiner Meinung nach etwas besonders gut gelungen oder hatte ich eine Idee zufriedenstellend umgesetzt, dann kam es ab und zu vor, dass ich wieder mit Vater redete als stünde er neben mir.

*

In den Höhen des Schwarzwaldes waren wir an harte und schneereiche Winter gewöhnt. Ausgerechnet in diesem Jahr zeigte er sich jedoch von einer so unerbittlichen Seite, die alles übertraf, was ich bisher erlebt hatte.

Die Schneemassen erreichten eine solche Höhe, dass sie sich bis zum Dach auftürmten. Am Haus konnte ich den Schnee entfernen, doch ins Dorf zu gelangen, das wurde für uns unmöglich. Wir waren völlig von der Außenwelt abgeschnitten.

Wie immer besaßen wir einen bescheidenen Vorrat an Lebensmitteln. Sollte dieses Wetter allerdings über längere Zeit anhalten, wären wir in ernste Schwierigkeiten geraten.

Vorsichtshalber bastelte ich mir in der Werkstatt Schneebretter, um bei Bedarf wenigstens zum nächsten Hof zu gelangen. Insgeheim machte ich mir nämlich für den Fall Sorgen, dass Verena, die inzwischen hochschwanger war, Hilfe benötigte.

Unsere Armut, der Kampf ums Überleben und die vielen Probleme, die wir in den letzten Jahren zu überstehen hatten, veranlassten mich zunehmend bei meiner Arbeit in der Werkstatt zum Nachgrübeln.

Sollte ich mit Verena im kommenden Frühjahr nicht einfach von hier wegziehen? Wäre es nicht besser gewesen meine Heimat zu verlassen, um irgendwo anders mein Glück zu versuchen? Schlechter als im Moment konnte es auch dort nicht sein.

Schon oft hatte ich im Wirtshaus davon gehört, dass manche Leute mit Schiffen in die Neue Welt, nach Amerika, ausgewandert waren. Allerdings erfuhr man auch, dass dort meistens nicht das erhoffte Paradies auf sie wartete. Sie mussten in den ersten Jahren häufig von dem leben, was sie mit ins Land gebracht hatten.

Harte Arbeit kam dort auf die Menschen zu. Wälder mussten gerodet werden, um Ackerland oder Weideflächen zu schaffen. Jahrelang hausten sie oftmals in einfachsten Hütten, bis sie sich vom Ertrag ihres Landes einigermaßen über Wasser halten konnten.

Trotzdem, ich wollte mit Verena darüber sprechen und vielleicht bot sich ein Weg, um dem harten Leben im Schwarzwald zu entgehen.

Da wir nicht mehr viel zu essen hatten, beschlossen wir eine Ziege zu schlachten. Es fiel mir schwer das zu tun, doch ich konnte diese Aufgabe nicht meiner Mutter überlassen. Damit hätte ich mich als Mann im Haus vor Verena und meiner Mutter geradezu lächerlich gemacht.

Ich führte das Tier ins Freie und brachte das Unausweichliche möglichst schnell hinter mich. Als ich der Ziege das Fell abgezogen hatte, war ich erleichtert. Das Zerteilen des Tieres kostete mich weniger Überwindung. Schlimm empfand ich den Augenblick, als ich mit meinem Messer dem Tier die Kehle durchschneiden musste.

*

Gott sei Dank ließ die bittere Kälte im Februar des Jahres 1708 endlich nach und die enormen Schneemassen nahmen zusehends ab.

Ich machte mich auf den Weg nach Waldau und suchte Onkel Jakob auf. Er war immer mein Anlaufpunkt, wenn meine Probleme so groß waren, dass ich sie alleine nicht mehr bewältigen konnte.

„Wir haben uns schon Sorgen gemacht um euch“, empfing mich Tante Maria. „Hoffentlich ist mit Verena und deiner Mutter alles in Ordnung, weil du einen so niedergeschlagenen Eindruck machst."

Auch Onkel Jakob betrat die Stube und stellte mir ähnliche Fragen.

„Nein, wir leben alle noch, aber ich habe manchmal den Eindruck, ich kann es hier in Waldau nicht mehr länger aushalten. Ich muss euch gestehen, dass ich mich in letzter Zeit häufig mit dem Gedanken trage meine Heimat zu verlassen und woanders mein Glück zu suchen."

„Was ist denn in dich gefahren? So, nein, so kenne ich dich nicht, Benedikt!", beanstandete Jakob.

„Es geht uns schlechter als ihr vielleicht wisst", erklärte ich. „Wir haben kaum mehr etwas zu essen, und der harte Winter gab uns den Rest.

Uhren wollen die Leute zur Zeit keine kaufen, denn die meisten haben andere Probleme als ihr Geld für so einen nutzlosen Kasten auszugeben.

Ich bin mir immer sicherer, dass ich im Frühjahr zusammen mit Verena nach Amerika auswandern werde. Dort können wir ein neues Leben anfangen."

„Nach Amerika? Glaubst du, dort ist es einfacher?", äußerte Tante Maria erstaunt. „Ich kann nur hoffen, du hast dir genau überlegt, welchen Unsinn du dir da in den Kopf gesetzt hast."

„Ich denke schon! Zumindest gibt es dort nicht andauernd die Überfälle der Franzosen", erwiderte ich.

„Franzosen vielleicht nicht, da hast du Recht", sprach Onkel Jakob, „aber viele andere Gefahren und Probleme, mit denen du fertig werden musst.

In den ersten Jahren wirst du keine Ernte haben, weil du dir dein eigenes Ackerland erst einmal schaffen musst. Auch die Indianer werden euch nicht als Freunde begrüßen.

Hast du dir überlegt, was mit eurem bis dahin geborenen

Kind geschieht? Es wird die Überfahrt in einem engen und dreckigen Schiffsdeck wahrscheinlich nicht überleben."

Ich schaute ihn mit aufgerissenen Augen an. Würde dem Kind etwas zustoßen, dann wäre es in diesem Fall einzig und allein meine Schuld gewesen. Das hatte ich noch gar nicht bedacht.

Ich überlegte noch einen Moment und sagte dann:

„Es war gut mit euch gesprochen zu haben. Vielleicht haben mich die widrigen Umstände, in denen wir zur Zeit leben, zum Träumer gemacht. Außerdem, was soll mit Mutter werden, wenn wir weggehen?"

„Scheinbar bist du wieder zur Vernunft gekommen. Setz dich her, Benedikt, Maria wird dir eine Brotzeit holen. Inzwischen können wir gemeinsam überlegen, wie ich dir helfen kann", bot Onkel Jakob an.

Maria verschwand in der Küche und mein Onkel setzte sich zu mir.

„Wenn du mit Uhren deine Familie zur Zeit nicht ernähren kannst, dann musst du einen anderen Weg finden!

Du kennst doch Edmund, unseren Knecht. Er ist alt und liegt seit Wochen krank danieder. Da ich als Vogt auch andere Aufgaben wahrnehmen muss und außerdem das Wirtshaus betreibe, könnte ich gut eine zusätzliche Hilfe brauchen.

Ich kann dir keine Reichtümer versprechen, doch dann hätte deine Familie zumindest genügend zu essen."

„Onkel, das würdest du für mich tun? Ich weiß nicht wie ich das je wieder gut machen soll. Vergelt's Gott, vergelt's Gott!"

Nach meiner Brotzeit packte mir Tante Maria noch einige Sachen ein, die ich zwar dankend annahm, insgesamt schämte ich mich jedoch wie ein Bettler aufzutreten.

XVII

Verena war mir eine gute Frau. Ich hatte richtige Schuldgefühle ihr gegenüber, weil ich mich mit dem Gedanken getragen hatte auszuwandern. Mit viel Fleiß und Hingabe kümmerte sie sich um das Vieh und zeigte erstaunliches Geschick, wenn es darum ging mit einfachsten Mitteln etwas auf den Tisch zu zaubern.

Täglich lief ich zum Schwabenhof und versuchte mein Bestes, um Onkel Jakob zufrieden zu stellen und ihm möglichst viele Arbeiten abzunehmen. Ich wartete nicht, bis er mir irgendwelche Aufträge erteilte, sondern schaute mich selbst um, was zu tun war.

Manchmal machte ich mir Gedanken und Sorgen über Verena. Bis zur Geburt konnte es nicht mehr lange dauern und sie gab keine Ruhe, sondern plante sogar im Frühjahr einen Garten vor dem Haus anzulegen, um einiges für den tägliche Bedarf selbst anzubauen.

Als ich eines Abends nach Hause kam, lag sie auf ihrem Bett und lächelte mich an.

„Na, Benedikt, hattest sicherlich einen schweren Tag auf dem Schwabenhof, wie? Deine Mutter hat dir heute das Essen zubereitet.“

„Geht es dir nicht gut Verena? Du musst mir die Wahrheit sagen!“, sprach ich erschrocken.

„Nein, du brauchst dir keine Sorgen zu machen, Benedikt! Wenn man den ganzen Tag einen dicken Bauch herumschleppen muss, dann wird man schnell müde. Ich ruhe mich nur ein bisschen aus. Wenn du gegessen hast, dann setze ich mich noch eine Weile zu dir in die Stube."

Im Dorf hatte ich bereits die Frau des Rainhofbauern angesprochen, denn sie wurde häufig bei Geburten geholt und hatte lange Jahre Erfahrung damit. Ich betete, der Zeitpunkt möge nicht so ungelegen kommen, dass es für mich unmöglich war diese Hilfe in Anspruch zu nehmen.

Verena kam nicht wie versprochen zu mir, sondern war inzwischen eingeschlafen. Ich war erleichtert, dass sie allem Anschein nach nur erschöpft war und ruhig schlief.

*

Mitten in der Nacht wachte ich auf. Verena lag neben mir und schnaufte sehr tief. Als sie merkte, dass auch ich nicht mehr schlief, stöhnte sie:

„Hole bitte, hole deine Mutter, denn ich habe den Eindruck, dass unser Kind zur Welt kommt!"

Sofort sprang ich aus dem Bett und weckte Mutter.

„Schnell, komm, es ist bei Verena soweit!"

Während sie ohne Zögern zu ihr eilte, machte ich mich fertig, um die Bäuerin vom Rainhof zu holen. Als Mutter aus der Kammer kam und sah, dass ich im Gehen begriffen war, schüttelte sie den Kopf.

„Du brauchst nicht zum Rainhof, denn bis du wieder da bist, ist das Kind mit Sicherheit längst geboren. Mach dir keine Sorgen, mit Gottes Hilfe wird alles gut gehen! Außerdem habe ich mich erkundigt, worauf ich achten muss. Hilf mir lieber und stecke das Feuer wieder an! Wir brauchen heißes Wasser und ein paar Leinentücher!"

Sofort kam ich Mutters Aufforderung nach. Aufgeregt lief

ich in der Küche vor der Feuerstelle hin und her, denn schließlich war die Geburt unseres Kindes ein besonderes, ein ganz besonderes Ereignis für mich.

Als das Wasser heiß war, brachte ich den Krug an die Kammertür und klopfte an. Mutter öffnete und nahm mir das Gefäß ab.

Alle paar Minuten fiel mein Blick auf die Uhr in der Stube und die Zeit kam mir nahezu endlos vor, bis ich das Schreien eines Neugeborenen aus der Kammer vernahm. Ich riss die Tür auf und stürzte hinein. Mutter schaute mich streng an.

„Raus mit dir! Ihr Männer habt dabei nichts verloren!"

Langsam schloss ich die Tür hinter mir und es blieb mir nichts anderes übrig als weiter im Flur abzuwarten. Es dauerte noch eine Weile, dann erst holte mich Mutter herein.

Verena lag erschöpft, aber lächelnd im Bett und hielt unser Kind im Arm. Ich war innerlich sehr gerührt und schaute mir beide eingehend an.

„Ist mit dem Kind alles in Ordnung, weil es so viele Falten hat? Und außerdem ist es ganz rot im Gesicht. Ich glaube er erstickt!", rief ich.

„Das ist völlig normal so kurz nach der Geburt, Benedikt! In ein paar Stunden wird sich das geben", beruhigte mich Mutter. „Nimm deinen Sohn mal in den Arm, schließlich bist du sein Vater!"

Verena überreichte mir das Kind, und ich nahm es so vorsichtig entgegen als hielt ich eine zerbrechliche Kostbarkeit aus Glas in meinen Händen.

Die Tränen standen mir in den Augen, so bewegend fand ich diesen Augenblick, so glücklich, so stolz war ich auf das Bündel in meinem Arm, aus dem mich große Augen anblickten. Schon einen Moment später jedoch plärrte der Kleine laut los und die Röte in seinem Gesicht wurde noch intensiver.

Erschrocken legte ich ihn neben Verena, die ihn an sich zog und durch leichtes Wiegen schnell wieder beruhigt hatte.

„Du brauchst doch vor deinem Vater nicht zu erschrekken, mein kleines Würmchen!"

Ich strich meiner Frau zärtlich über die Wange.

„Und du, Verena, hast du alles gut überstanden?"

Sie nickte nur und schnaufte einmal tief, als wolle sie damit ausdrücken, wie erleichtert und glücklich sie war, alles problemlos hinter sich gebracht zu haben.

Unglaublichen inneren Auftrieb gaben mir die Erlebnisse dieser Nacht, und ich nahm mir vor keinen Gedanken mehr an Auswandern oder Wegziehen zu vergeuden.

Hier war mein Platz und ich hatte durch meinen Sohn weitere Verantwortung übernommen. Ich dachte an Vater. Ob er ebenfalls so gerührt war, als ich das Licht der Welt erblickt hatte? Zumindest konnte ich mir gut vorstellen, dass er sich damals große Sorgen um die Zukunft machte, als er dieses Haus für uns errichtete und dadurch in große Schwierigkeiten geraten war.

Verena war sofort einverstanden, als ich ihr am nächsten Abend vorschlug, unseren Sohn nach meinem Vater zu nennen. Mutter brauchte ich nicht lange um ihre Meinung zu fragen, denn ich konnte ihr die Begeisterung im Gesicht ablesen.

„Johannes sollst du heißen, hast du gehört?", flüsterte Verena und küsste unser Kind, das friedlich in ihren Armen schlief, auf die Stirn.

*

War ich nicht auf dem Schwabenhof und hatte etwas Zeit, dann verschwand ich in der Werkstatt und machte mich daran, eine Wiege herzustellen. Schon verschiedentlich hatte ich mir vor der Geburt unseres Kindes kleine Bettchen bei anderen Leuten genau angeschaut, und deshalb fiel es mir auch nicht schwer ein solches nachzubauen.

Seitlich setzte ich sogar gedrechselte Stäbe zwischen die Bretter ein, denn mein Sohn sollte eine besonders schöne Wiege bekommen. Die Holme an den vier Ecken fertigte ich ebenfalls an der Drechselbank und ließ sie in zwei geschweifte Hölzer ein. Mit einem Messer schnitzte ich zum Schluss den Namen „Johannes“ in das Brett über dem Kopfteil.

Verena war begeistert.

„Was du alles kannst! Die Wiege ist wirklich gelungen. Ich bin überzeugt, dass mancher stolze Vater sie dir abkaufen würde.“

Natürlich freute ich mich über ihr Lob und dachte einige Tage darauf noch einmal über ihre Worte nach. Möglicherweise hatte sie Recht. Besonders nach der Geburt eines Sohnes waren viele Väter sehr stolz und bereit, sich etwas freizügiger als gewöhnlich zu zeigen. Deswegen schaute ich mich sonntags nach der heiligen Messe um, welcher jungen Frau man ansehen konnte, dass sie in einiger Zeit mit Nachwuchs rechnete.

Ergab sich die Möglichkeit, dann sprach ich die entsprechenden Väter an. Schnell musste ich jedoch erkennen, dass auch in Familien, die meiner Meinung nach oftmals große Höfe ihr Eigen nannten, in diesen schlechten Zeiten Sparen angesagt war.

Bei vielen Leuten gab es außerdem bereits eine Wiege, die nicht selten über Jahrzehnte immer wieder ihre Verwendung fand, wenn ein Kind in der Verwandtschaft zur Welt kam.

Ganze zwei Kinderwiegen stellte ich in der Werkstatt her, weitere Abnehmer konnte ich nicht finden. Was blieb mir anderes übrig, ich widmete mich wieder meinen Uhren. Manchmal empfand ich es geradezu als Erholung, wenn ich vom Schwabenhof zurückkam und in der Werkstatt herumtüfteln konnte.

Keinerlei Schwierigkeiten hatte ich mehr beim Bau der Uhren mit Minuten- und Stundenzeigern, und da ich mir Schablonen der Räder angefertigt hatte, benötigte ich immer weniger Zeit für die Herstellung einer solchen Uhr.

Die Arbeit bereitete mir großen Spaß, und besondere Freude empfand ich, wenn ich mir wieder einmal eine Verbesserung ausgedacht oder ein anstehendes Problem zufriedenstellend gemeistert hatte.

Oftmals schlug die Freude jedoch von einem Moment zum anderen ins Gegenteil um und es kam sogar einmal vor, dass ich eine fast fertige Uhr vor lauter Enttäuschung auf den Boden knallte.

Verena hatte den Krach gehört und kam in die Werkstatt.

„Du machst ja heute Abend einen solchen Lärm, dass Johannes dadurch aufgewacht ist“, sprach sie.

Sie sah die Trümmer der Uhr auf dem Boden und hielt sich die Hände bestürzt vor den Mund.

„Ist sie dir heruntergefallen? Oje, die ganze Arbeit war umsonst! Komm in die Stube und setze dich ein bisschen zu mir, vielleicht kannst du deinen Ärger über dieses Missgeschick dann schneller vergessen!“, versuchte sie mich zu trösten.

„Sie ist nicht heruntergefallen“, machte ich mir Luft, „sondern ich habe sie absichtlich, jawohl, absichtlich auf den Boden geknallt, weil, wer will schon meine Uhren kaufen, wer? Welch ein Träumer war ich, als ich einmal glaubte, ich könnte leicht eine Familie von meiner Hände Arbeit ernähren, welch ein Trottel!“

Verena nahm mich in ihre Arme und drückte mich fest an sich. Obwohl ich spürte, dass ihre Tränen an meinem Hals entlang liefen, tröstete sie mich und sprach mir neuen Mut zu:

„Benedikt, du darfst nicht so verzweifelt sein! Noch müssen wir nicht hungern und unser Sohn Johannes ist gesund und entwickelt sich prächtig.

Du solltest den Kopf nicht hängen lassen! Wer weiß, wie oft wir mit Krieg und Leid von unserem Herrgott geprüft werden. Irgendwann, Benedikt, irgendwann scheint wieder die Sonne über unserem Leben!

Als ich meinen Vater auf dem Simonshof verloren hatte, da wünschte ich mir nichts mehr als mein Leben ebenfalls zu beenden. Wie dumm wäre das gewesen! Niemals hätte ich dich kennen gelernt und, stell dir vor, auch Johannes gäbe es nicht."

Ich weinte, und je mehr Tränen mir übers Gesicht liefen, um so erleichterter fühlte ich mich.

Eigentlich musste ich glücklich und dankbar sein, dass ich in diesen schweren Zeiten Verena hatte, Verena, diese zärtliche, aber unwahrscheinlich starke Frau.

Ich schöpfte neuen Mut und, wenn meine Gedanken wieder einmal schwermütig wurden, dachte ich an Verenas Worte:

„Irgendwann scheint wieder die Sonne über unserem Leben!"

*

Außerordentlich erfreut war ich, als es eines Abends an der Tür klopfte und Andreas Kreutz, den ich im Peterhof von Freiburg kennen gelernt hatte, vor mir stand.

„Ich hätte nicht mehr daran geglaubt, dass du dein Versprechen wahr machst und mich eines Tages besuchst", begrüßte ich ihn und reichte ihm freudig die Hand.

„Wenigstens einer, der sich freut!", erwiderte er.

Ich bat ihn in die Stube und stellte ihn meiner Frau und meiner Mutter vor.

„Zur Zeit bin ich bei meiner Mutter und meinen Geschwistern auf dem Glashof untergekrochen, denn im Kloster, da werde ich nicht mehr gebraucht", erklärte Andreas betrübt.

„Prinz Eugen, der Oberbefehlshaber der Österreicher, hat

die Franzosen zwar ins Dreisamtal zurückgedrängt, schon sind sie aber wieder dabei Freiburg zu belagern. Tausende von französischen Soldaten rücken auf das Kloster vor und …“

„Was erzählst du da?“, unterbrach ich ihn schockiert. „Die Soldaten des französischen Königs sind schon wieder auf dem Vormarsch?“

„Ja, so ist es!“, fuhr Andreas fort. „Unsere Soldaten, die sich die ganze Zeit in St. Peter verschanzt hatten, gaben das Kloster bereits auf. Mit viertausend Mann hat sich unser General ins Schwäbische nach Rottweil zurückgezogen.“

„Wenn wir natürlich so tapfere Soldaten haben“, beklagte Mutter, „die vor den anrückenden Feinden kampflos davonlaufen, dann brauchen wir uns nicht zu wundern, dass die Franzosen immer und immer wieder kommen. Eines Tages, ich sehe es vor mir, wird der Schwarzwald ein Teil von Ludwigs Königreich sein.“

„Ich bete darum, dass sie uns hier in Waldau verschonen“, seufzte Verena. „Gott möge dieses Schicksal von uns abwenden!“

„Lasst uns jetzt bei allem Ernst der Lage von etwas anderem reden“, sprach Andreas. „Ich hätte mir gerne mal deine Uhren und deine Werkstatt angeschaut, Benedikt. Du hast mir damals viel darüber erzählt und warst ganz stolz auf deine Arbeit.“

Wir gingen in die Werkstatt und ich zeigte Andreas alles, was ihn eventuell interessieren könnte. Lange hielt er die einzelnen Uhren in seinen Händen und betrachtete sie eingehend.

„Ja, wirklich, du hast nicht übertrieben, Benedikt, deine Uhren sind meisterhaft gebaut und wie ich sehe, laufen sie ebenso hervorragend. Du hast es weit gebracht und ich verstehe jetzt, warum du so fasziniert von deiner Arbeit bist.“

Ausführlich erklärte ich ihm, wie ich es angestellt hatte die Minutenzeiger in meine Uhren mit einzubauen und welche weiteren Erfahrungen ich mit der Zeit gesammelt hatte.

„Wirklich schade, Benedikt, dass mein Vater nicht mehr lebt. Wenn er mitbekommen hätte, was seine Uhr, die du auf dem Glashof bewundert hast, damals bei dir ausgelöst hat, stolz, ja, stolz würde er sein.“

„Eigentlich seltsam, dass keiner deiner Geschwister und auch du, Andreas, keine Uhren gebaut habt, wo doch euer Vater mit seinem Wissen eine große Hilfe gewesen wäre.“

„Manches, Benedikt, manches versteht man erst, wenn es bereits zu spät ist.“

„Wie meinst du das, Andreas?“

„Ich war immer stolz, im Kloster als Knecht tätig zu sein. Ich sagte dir damals, man wird dabei nicht reich, doch ich hatte bisher mein Auskommen.

Und jetzt, schau mich an! Wer bin ich denn? Nicht einmal ein Dach habe ich über dem Kopf und muss bei meiner Familie auf dem Glashof unterkriechen, weil ich nicht in der Lage bin für mich selbst zu sorgen. Du dagegen, Benedikt, du hast mit deinen Uhren …“

„Ich, mit meinen Uhren!“, unterbrach ich Andreas forsch. „Du täuscht dich, du täuscht dich ganz gewaltig! Die Zeiten, als ich zusammen mit meinem Vater gut davon leben konnte, sind längst vorbei, seit Jahren.

Wer kauft denn in diesen schlechten Zeiten Uhren, wer will denn von diesen Räderkästen etwas wissen?“

„Wenn man dich hört, Benedikt, dann könnte man glatt meinen, du hättest den Verstand verloren. Wem, wem geht es zur Zeit schon gut? Sag es mir!“

Er blickte mich fragend an und wartete ab.

„Siehst du, Benedikt, du kannst mir keinen nennen. Du dagegen hast ein eigenes Häuschen, eine nette Frau, einen kleinen Sohn und, ich möchte dich nicht beleidigen, ihr seht alle nicht so aus als würdet ihr in Kürze verhungern. Was soll ich denn sagen? Was bleibt mir denn?

Ich habe keine Arbeit und bin von den Almosen meiner Verwandtschaft abhängig. Mein Zuhause, das Kloster, man hat es mir genommen, einfach so, und nicht gefragt, ob mir das recht ist."

„Du kannst einem ein richtig schlechtes Gewissen einreden, Andreas", erwiderte ich. „Wenn ich dir helfen kann, und ich meine es ernst, dann komme zu deinem Freund Benedikt."

Andreas lächelte und ich merkte ihm an, dass ich ihm mit meiner letzten Bemerkung eine große Freude bereitet hatte.

Noch einmal schaute er sich die verschiedenen Werkzeuge an, bewunderte die Drechselbank und nahm erneut einige Uhren in die Hand.

„Das würde mir auch Spaß machen, ja, ich bin mir sicher, das würde mir auch Spaß machen, Benedikt.

Es muss eine sehr, wie soll ich sagen, eine sehr befriedigende Arbeit sein, aus ein paar Holzstücken die Einzelteile einer Uhr herzustellen und, wenn sie nach viel Arbeit und Mühe an der Wand hängt, dann muss das doch ein überwältigendes Gefühl sein, wenn sie sich das erste Mal in Bewegung setzt. Zumindest habe ich das bei meinem Vater so miterlebt."

„Ja, genau! Du hast den Nagel auf den Kopf getroffen, Andreas. Wenn du ein Möbelstück gebaut hast, dann ist das auch ein schönes Gefühl, wenn du am Ende mit der Hand über die glatten Bretter streichen kannst.

Bei einer Uhr kommt das Leben dazu, das du dem eigentlich toten Material durch dein Können geschenkt hast."

„Weißt du was, Benedikt, wenn du nichts dagegen einzuwenden hast, komme ich in den nächsten Tagen mal vorbei, um dir in der Werkstatt zu helfen", äußerte Andreas. „Da ich nur ein unwissender Lehrjunge bin, habe ich kein Anrecht auf Lohn. Ich komme, weil ich dieses Glücksgefühl, was du mir so eindrucksvoll geschildert hast, auch einmal erleben möchte."

Auf der Stelle willigte ich ein, denn ich wusste aus den Zeiten als Vater noch da war, dass es sich zu zweit viel besser und unterhaltsamer arbeiten ließ.

„Wenn du willst, dann kannst du gleich morgen Abend kommen!", rief ich ihm nach, als er bereits ein Stück vom Haus entfernt war.

Ich freute mich auf Andreas. Ich wusste wie geschickt er im Peterhof mit Werkzeug umgegangen war und welches Können er an den Tag gelegt hatte.

*

Als ich die Haustüre gerade verriegelt hatte, kam Johannes auf mich zu getippelt und hielt das Holzpferdchen, das Vater mir als Kind gebastelt hatte, in seiner Hand.

„Na, das geht ja immer besser, du Räuber! Jetzt wirst du uns auf Trapp halten, wo du schon so gut laufen kannst", sagte ich und nahm ihn auf meinen Arm. „Es wird höchste Zeit, dass ich dir ein paar Spielsachen aus Holz bastle, mein Schatz.

Ich kann mich noch gut daran erinnern, wie groß meine Augen wurden, als ich in Freiburg auf dem Markt das erste Mal die kleinen Holzpferdchen bewundert habe."

Johannes nahm das Pferdchen in den Mund und brabbelte einige Laute.

Gleich am nächsten Abend machte ich mich mit Andreas daran, für Johannes weitere Holztiere herzustellen.

„Eigentlich dachte ich, wir würden heute an einer Uhr herumbasteln", nörgelte er.

„Von wegen!" erwiderte ich. „Du musst erst einmal beweisen, dass du überhaupt mit einer Säge und mit einem Schnitzmesser umgehen kannst. Merke dir, Andreas, du bist der Lehrjunge und nicht der Meister!"

Richtig lustig wurde der Abend, und wir lachten ungewöhnlich viel. Wir wussten beide, ohne es aussprechen zu müssen, wie gut es uns tat einmal ausgelassen und fröhlich zu sein.

Wir unterhielten uns über den Aufenthalt im Freiburger Peterhof und mussten darüber lachen, wie wir uns Zutritt zu den Zimmern des Abtes ermogelt hatten, obwohl dort keinerlei Reparaturen nötig waren.

Gut hätte ich mir vorstellen können, Andreas immer um mich zu haben, denn wir hatten uns inzwischen richtig angefreundet. Ob es Zufall war, dass Vaters bester Freund ebenfalls vom Glashof war, dass ich meine Liebe zu Uhren auf dem Glashof entdeckt hatte und, dass Andreas von dort stammte?

Er musste tüchtig daheim mithelfen und war inzwischen neben Martin der zweite Knecht auf dem Hof. Mehr und mehr übernahm er allerdings seine Aufgaben, da Martin bereits alt war und seine Kräfte nachließen.

Ab und zu brachte Andreas einen Laib Brot, ein Stück Speck oder andere Dinge mit, die wir zwar gerne und dankbar annahmen, was mir jedoch irgendwie peinlich war.

Deswegen bot ich ihm an, sich eine eigene Uhr bei mir in der Werkstatt zu bauen und wollte ihn dabei natürlich nach besten Kräften unterstützen.

Ich war erstaunt, wie geschickt sich Andreas anstellte und wie schnell er viele Dinge im Griff hatte. Trotzdem gab ich ihm immer wieder meinen Rat und begutachtete seine Arbeit, so wie es Vater bei mir getan hatte.

Andreas fasste es auch nicht als Besserwisserei oder als Nörgelei auf. Er war mir dankbar, dass ich ihm auf diesem Wege all mein Wissen über Uhren vermittelte.

XVIII

Unser Glück dauerte leider nur wenige Wochen, dann ereilte uns eine schreckliche Nachricht. Tausende von Franzosen rückten immer näher an den Hohlengraben heran und unsere Soldaten hatten längst den Rückzug angetreten. Nur ein paar Wachposten waren dort noch stationiert. Sie hätten den Feinden auf keinen Fall Einhalt gebieten können.

Der Oberbefehlshaber unserer Männer, Prinz Eugen, besichtigte persönlich den Hohlengraben und betonte, wie wichtig diese Stellungen für die Verteidigung der Gegend seien.

Wie Onkel Jakob mir berichtete, hatte Prinz Eugen seine Generäle aufgefordert, sofort von Rottweil an den Hohlengraben zurückzukehren, doch diese kamen seinem Befehl nicht nach. Die Angst vor einer Umzingelung durch die anrückenden Franzosen und bestehende Versorgungsschwierigkeiten ihrer Männer gaben sie an, um ihren Aufenthalt in Rottweil zu rechtfertigen.

So kam es, dass die Franzosen über St. Peter nach und nach in Richtung Hohlengraben vordrangen, und es war nur eine Frage der Zeit, wann sie wieder Waldau erreicht hatten.

Wie gewohnt schickten sie ihre Spione und Kundschafter aus und auch unter der einheimischen Bevölkerung fanden sich erneut Leute, die bereit waren, den Feinden gegen Entlohnung bei der Planung ihrer Überfälle behilflich zu sein.

Lange unterhielt ich mich mit Andreas über dieses Problem, doch wir waren in diesem Punkt nicht einer Meinung.

„Willst du etwa behaupten, Andreas, dass du Verständnis für Jakob und Lorenz Ketterer hast, die damals als Spione für unsere Feinde tätig waren? Womöglich könnte dein Vater noch leben, wenn es diese Dreckskerle nicht gegeben hätte."

„Ich glaube, Benedikt, du verstehst mich nicht. Natürlich war es richtig, dass man sie damals zum Tode verurteilt hat, weil sie sich eines schweren Verbrechens schuldig gemacht hatten."

„Eben, das meine ich ja, Andreas! Leute, die ihr eigenes Dorf oder sogar ihre Verwandtschaft an unsere Feinde verraten und ausliefern, die haben das Leben nicht verdient!"

„Und trotzdem kann man sie nicht alle über einen Kamm scheren, denn …"

„Warum, Andreas", schrie ich jetzt, „warum nimmst du diese hinterhältigen Menschen auch noch in Schutz? Sie helfen den Eindringlingen nur, weil sie sich selbst bereichern wollen."

„Lass mich es dir an einem Beispiel klar machen, Benedikt! Stell dir einfach einmal vor, feindliche Soldaten dringen in dein Haus ein! Sie bedrohen nicht nur dich, sondern auch deine Frau und deinen Sohn und würden euch vielleicht sogar kaltblütig erschlagen.

Wenn dir die Soldaten nun anböten für sie als Spion zu arbeiten und du könntest dadurch das Leben deiner Familie retten, würdest du das Angebot ablehnen? Gib mir bitte eine ehrliche Antwort!"

Ich überlegte einige Zeit, denn ich musste einsehen, dass mich Andreas mit seinen Argumenten überzeugt hatte.

„Ich gebe mich geschlagen, Andreas! Man sollte nicht alle Leute, die sich auf so schmutzige Dinge einlassen, über einen Kamm scheren. Aber ihre gerechte Strafe haben sie dennoch verdient."

*

Da sich die schlechten Nachrichten verdichteten, machten wir uns eilig daran unser Versteck unter der Werkstatt erneut für einen längeren Aufenthalt vorzubereiten.

Ich hatte zu Andreas inzwischen großes Vertrauen und weihte ihn als Einzigen Außenstehenden in unser Geheimnis ein. Er half mir auch, eine Ziege zu schlachten, denn immer noch ekelte ich mich irgendwie davor, einem Tier mein Messer in die Kehle zu rammen und ihm das Fell abzuziehen.

Da seine Uhr, die er in meiner Werkstatt gebaut hatte, fertig war, brachte er uns aus Dankbarkeit erneut Kohl, Getreide und Speck mit.

Im Frühherbst brach das Unheil dann schneller als erwartet über uns herein. Onkel Jakob kam mit einem Pferd bei uns vorbei und war völlig aufgeregt.

„Höchstens ein oder zwei Stunden bleiben euch noch, um von hier abzuhauen. Die Franzosen haben den Hohlengraben erreicht und dort bereits ihre Soldaten stationiert. Wir haben keine Leute oder Soldaten, um mehrere tausend Feinde aufzuhalten. Wir müssen uns wieder einmal in unser Schicksal fügen."

Er stieg trotz seiner Eile ab und umarmte seine Schwester.

„Gott segne dich, Katharina! Gott segne euch alle!", sprach er und strich Johannes, der ahnungslos seine Spielsachen hervorholte, um sie stolz Onkel Jakob zu zeigen, über's Haar.

*

„Es ist jammerschade, dass wir nicht mehr zum Brotbacken gekommen sind!", bemerkte Verena, als sie das Getreide in Händen hielt, das Andreas am Tag zuvor mitgebracht hatte.

Hektisch trugen wir noch einige Sachen, die uns wichtig erschienen, ins Versteck. Die letzte Ziege, die uns verblieben war, trieb ich in den Wald.

Der einzige Lichtblick in diesen schweren Stunden war Johannes. Er hielt das Ganze für ein lustiges Spiel, da er in seiner kindlichen Einfalt nicht ahnen konnte, welch bittere Stunden auf ihn warteten.

Als ich die beiden Stämme über den Einstieg rollte und es völlig finster wurde, war der Spaß für ihn vorbei. Laut plärrte er los und war nicht zu beruhigen.

„Wir müssen uns etwas einfallen lassen, Verena, sonst haben herumstreunende Feinde uns gleich entdeckt, wenn sie sich dem Haus nähern“, bemerkte ich.

Auch der Schein einer Kerze brachte Johannes nicht zum Schweigen.

„Benedikt“, flüsterte Mutter, „du hast doch noch einen Rest Obstwasser, der in der Küche im Vorratsschrank stand. Nimm ein Stück Brot, tauche es hinein und gib es dem Jungen, dann wird er sich schnell beruhigen. Schon meine Großeltern haben das so gemacht.“

Ich tat, was Mutter vorgeschlagen hatte, doch Johannes wollte das Brot nicht herunterschlucken. Ich hatte keine andere Wahl und hielt ihm den Mund auf, um ihm einige Schlukke von dem Schnaps gegen seinen Willen einzuflößen.

Er plärrte noch lauter, die erwünschte Wirkung stellte sich einige Zeit später jedoch ein und Johannes wurde sehr schläfrig und nickte kurz darauf ein.

„Es tut uns Leid, Johannes!“, weinte Verena. „Papa hat das getan, weil er dich liebt und dich nicht verlieren will.“

Längst waren wir alle eingeschlafen, es musste bereits tiefe Nacht sein, als ich wieder erwachte.

Mehrere Männer unterhielten sich unweit unseres Hauses. Die Bedeutung ihrer Worte konnte ich nicht verstehen, da sie ihre Muttersprache, Französisch, verwendeten.

Auch Verena und meine Mutter waren inzwischen wach. Ich zündete eine Kerze an, um ihre Gesichter zu sehen. Vieles konnte man in solchen Situationen darin erkennen und herauslesen.

Schritte waren im Haus zu vernehmen, Türen flogen und Möbel wurden umgestoßen. Unbeschreiblicher Lärm war zu hören, als sie in der Werkstatt direkt über uns herumtobten.

Zu allem Unglück bewegte sich Johannes. Anscheinend wachte er langsam wieder auf und die Wirkung des Alkohols ließ nach.

„Wir müssen ihm noch etwas von dem Schnaps einflößen, wenn wir uns alle retten wollen", flüsterte ich Verena zu und reichte ihr die Flasche.

Sie benetzte mehrmals ihren Finger und ließ Johannes daran nuckeln. Es tat mir richtig weh, was wir mit ihm anstellten, doch es blieb uns keine andere Möglichkeit, um ihn ruhig zu stellen.

Der Lärm im Haus ließ langsam nach, und trotzdem konnte man immer wieder Schritte hören. Wir waren uns einig, dass die Soldaten sich wahrscheinlich ein paar Stunden ausruhten, um dann ihren Streifzug fortzusetzen.

„Ich müsste eigentlich zum Glashof laufen, um Andreas und seine Familie zu warnen. Hoffentlich haben sie mitbekommen, dass die Franzosen sich inzwischen in der Gegend herumtreiben", teilte ich Mutter und Verena mit.

„Bitte, Benedikt, bitte bleibe hier und begib dich nicht in solche Gefahr!", flehte mich Verena an.

*

Erst im Morgengrauen konnten wir aufatmen. Wir hörten wieder die Männer sprechen. Sie schienen sich fertig zu machen, um weiterzuziehen.

Plötzlich wurde es sehr laut. Wir konnten Rufe hören und dann war es mit einem Mal ganz still.

Ich blickte durch einen kleinen Spalt zwischen den Stämmen hindurch nach draußen. Ich sah zwei Beine, und wenn mich nicht alles täuschte, dann waren es die Beine meines Freundes Andreas. Ich kannte seine Hose, ich war mir sicher.

Nun wusste ich auch, warum die Soldaten sich von einem Moment zum anderen so vollkommen still verhielten. Sie hatten bestimmt Andreas auf das Haus zukommen sehen und wollten ihn sich vorknöpfen.

Wenn ich ihm jetzt ein Zeichen gäbe, möglichst schnell zu verschwinden, dann hätte ich meine ganze Familie in Gefahr gebracht. Nicht auszudenken, was passiert wäre, wenn ich mich allerdings geirrt hatte.

Die Beine entfernten sich etwas und jetzt konnte ich eindeutig ausmachen, dass wirklich mein Freund draußen stand.

Ich musste ihn warnen, ihm ein Zeichen geben. Er kannte unser Versteck und wäre womöglich auf die Idee gekommen, einen der Baumstämme wegzurollen, um nachzusehen, ob wir uns hier unten in unserem Schlupfloch befanden. Mit Sicherheit ahnte er nicht, dass Soldaten im Haus waren und in welcher Gefahr er sich in diesem Augenblick befand.

Andererseits schien er doch zu ahnen, dass etwas anders, etwas nicht in Ordnung war, sonst wäre er längst ums Haus herum zur Haustür gelaufen.

„Hau ab!“, stieß ich halblaut hervor.

Andreas drehte sich kurz um und rannte dann so schnell er konnte davon in den Wald. Schon hetzten drei Soldaten hinter ihm her. Nichts war mehr zu hören im Haus, keine Schritte, keine Worte.

„Ich muss, Verena, bitte verstehe es, ich muss Andreas helfen!“, flehte ich sie an.

Sie gab mir keine Antwort.

Ich nahm zwei Messer und eine Axt an mich, rollte einen

Stamm beiseite und kroch möglichst schnell aus dem Versteck, um den Zugang schleunigst wieder zu verdecken.

Ohne lange zu zögern rannte ich zum Wald und suchte dort Deckung hinter einem dichten Gebüsch. Aufmerksam und verängstigt ließ ich meine Augen durch die Umgebung schweifen.

Nicht allzu weit von mir entfernt hörte ich die Stimmen der Franzosen und, wenn ich mich nicht irrte, war ab und zu auch ein Laut von Andreas zu vernehmen.

„Jetzt hast du dich so weit vorgewagt", sprach ich mir selbst Mut zu, „jetzt musst du deinen Worten auch Taten folgen lassen und deinem Freund zu Hilfe kommen!"

Teilweise auf allen Vieren robbte ich vorwärts. Von meiner Deckung aus konnte ich beobachten, dass sie Andreas eingeholt hatten und sich über ihn beugten, da er am Boden lag. Noch näher wagte ich mich heran und verlor in diesem Moment alle Angst und jedes Gefühl für Gefahr.

„Was du suchen an Haus? Sprechen oder du tot!", drohte einer meinem Freund.

„Ich wollte nur meinen Freund besuchen", jammerte Andreas und schrie kurz darauf laut auf, weil ihn die Faust eines Soldaten getroffen hatte.

Ein Zweiter fuchtelte mit einem Gewehr vor dem Gesicht seines Opfers herum und brüllte:

„Ihr Freunde von Österreich und nicht Freund von Frankreich. Ihr gegen Frankreich, aber dumm von euch."

Ich überlegte, wie ich Andreas helfen könnte, doch irgendwie schien mir die Lage ausweglos zu sein. Die Soldaten besaßen Gewehre, mit denen sie leicht jeden Angriff abwehren konnten. Ich kam mir mit meinen beiden Messern und einer Axt geradezu lächerlich vor.

Plötzlich hörte ich aus einer anderen Richtung ein weiteres Geräusch, als würde jemand durch den Wald laufen und seine Füße nicht richtig anheben.

Entsetzt blickte ich mich um und ich erwartete eigentlich weitere Franzosen zu entdecken, die sich in der Gegend herumtrieben. Gott sei Dank handelte es sich um unsere Ziege, die anscheinend irgendwie Witterung von mir aufgenommen hatte und schnurstracks auf mich zu trottete.

Mit einer solchen ungelegenen Überraschung hatte ich natürlich auf keinen Fall gerechnet und war deshalb völlig fassungslos und äußerst erregt.

Höchstens dreißig Schritte war die Ziege inzwischen noch von mir entfernt. Sollte sie mich nicht verraten und die Soldaten heranlocken, dann musste ich jetzt schnell handeln.

Ohne lange zu überlegen nahm ich einen faustgroßen Stein und schleuderte ihn mit aller Kraft in Richtung der Ziege. Mein Geschoss verfehlte ihr Ziel und unbekümmert lief sie weiter auf mich zu. Ein zweiter Stein traf sie voll. Sie mekkerte laut, machte mit einem Satz kehrt und hetzte mit riesigen Sprüngen davon.

Die Soldaten wurden jetzt ebenfalls aufmerksam auf die Ziege, wechselten einige Worte und rannten hinter ihr her.

Ich sah meine Chance gekommen und kroch weiter auf Andreas zu. Fast hatte ich ihn erreicht, als einer der Soldaten wieder zurückkehrte. Während der sich noch einmal zu seinen davonlaufenden Kollegen umdrehte, warf ich Andreas ein Messer zu.

Er schaute kurz in meine Richtung, griff nach dem Messer und versteckte es unter seinem Körper.

Der Franzose stand mittlerweile wieder direkt bei Andreas, wandte sich aber trotzdem ab und zu einmal um, weil er die Hetzjagd seiner Kollegen nicht aus dem Auge verlieren wollte.

Ich lag flach hinter einem Baum und suchte erneut vorsichtig den Boden nach einem Stein ab. Ich musste mich in diesem Moment ganz auf das Gefühl meiner Finger verlassen, denn meinen Blick löste ich nicht von dem Soldaten, um auf jede eintretende Veränderung schnell reagieren zu können.

Ich schleuderte den Stein in eine Richtung, so dass der Franzose zwangsläufig beim Hinschauen Andreas seinen Rükken zuwenden musste. Gleichzeitig rief ich:

„Stich zu, Andreas!"

Nur Bruchteile von Sekunden vergingen, da sackte der Soldat zusammen. Andreas hatte ihm das Messer mit aller Gewalt in den Rücken gestoßen und ich stand bereits neben ihm und hielt die Axt mit ausgestrecktem Arm über den Franzosen.

Hätte sich der Soldat noch einmal gerührt, ich wäre in diesem Moment in der Lage gewesen und hätte zugeschlagen.

*

„Zum Glashof!", flüsterte Andreas und raste davon. Ich hatte zu tun, mich in seiner Nähe zu halten.

Erst als wir einige Zeit im wahrsten Sinne des Wortes um unser Leben gerannt waren, hörten wir einen Schuss. Wir ließen uns davon nicht beeindrucken und erreichten so schnell wie nie zuvor in unserem Leben den Glashof. All unsere Mühe wäre umsonst gewesen, wenn zufällig auch hier Soldaten der Franzosen gewesen wären, doch wir hatten Glück.

Sofort stürzten wir ins Haus und rissen die Zimmertüren auf. Zu unserem Entsetzen war niemand zu finden, keine Menschenseele. Deshalb liefen wir in den Stall, und Andreas rief nach seiner Mutter und seinen Geschwistern.

Der Knecht Martin tauchte hinter einem Strohhaufen auf.

„Mein Gott, Andreas, bist du verrückt geworden, uns einen solchen Schrecken einzujagen? Wir sahen zwei Männer auf das Haus zu rennen und glaubten, es würde sich um die ersten Plünderer handeln."

Auch die anderen krochen aus ihren Verstecken und waren sichtlich erleichtert.

„Ihr müsst euch beeilen! Macht schnell!“, trieb Andreas sie an. „Die Franzosen können jeden Augenblick hier sein. Benedikt hat mir das Leben gerettet und mich aus ihren Händen befreit.“

Martin war der Erste, der den Ernst der Lage begriffen hatte und das Vieh losband.

„Wir treiben es in den Wald, da ist es sicherer als wenn wir es ihnen hier im Stall wie ein Geschenk zurücklassen. Kommt, kommt, fasst mit an! “, brüllte er herum.

„Ihr lauft ins Haus, sucht alles, was von Wert ist, zusammen und bringt es schleunigst auf den Wagen!“, wandte er sich an uns und schupste uns aus dem Stall, um die gebotene Eile zu unterstreichen.

Alles geschah in Windeseile und schon brach Martin mit dem Vieh zum Waldrand auf. Wir spannten das Pferd ein und fuhren hinterher.

Erst als wir uns in Sicherheit glaubten, wurden wir langsamer und Andreas drosch nicht mehr so auf das Pferd ein. Noch ein ganzes Stück lenkte er den Wagen durch unwegsames Gelände zur Schlucht der Tiroler Glasmacher hin.

„Du wirst gleich sehen, Benedikt, dass ich mir von dir etwas abgeschaut habe. Auch wir haben uns ein Versteck hergerichtet, um uns im Ernstfall in Sicherheit bringen zu können“, berichtete Andreas.

Das Vieh trieb Martin in einen kleinen Pferch, und auch der Wagen wurde dorthinein geschoben. Ein Wall von Holz, Gestrüpp und Zweigen war aufgeschichtet und bot einen Sichtschutz.

Ich lief hinter Andreas durch das dichte Unterholz, dann noch ein paar Schritte einen steilen Hang hinunter, bis wir einen Spalt erreichten. Eine richtige Höhle hatten sie sich hier in den Berg gegraben, den Einstieg getarnt mit einer großen Baumwurzel.

Ich folgte ihm nicht ins Innere, weil ich dringend zurück zu meiner Familie musste. Sicherlich erwarteten sie mich längst und Verena machte sich große Sorgen, da ich nicht wieder auftauchte.

Ich verabschiedete mich nur kurz von Andreas, der mich aber noch einen Moment am Ärmel festhielt, mich anblickte und sprach:

„Das, Benedikt, das werde ich dir mein Leben lang nicht vergessen, dass du dein Leben für mich aufs Spiel gesetzt hast."

Ich winkte ab, nahm seine Dankbarkeit innerlich aber sehr wohl zur Kenntnis und rannte davon.

XIX

Da ich die französischen Soldaten noch in der Gegend oder gar am Glashof vermutete, musste ich einen großen Umweg machen, um an unser Haus zu gelangen. Einen weiten Bogen schlug ich und gelangte über den Kohlplatz zur Waldmühle. Nichts Auffälliges konnte ich hier beobachten, alles schien ruhig.

Vielleicht war der Familie Kammerer etwas zugestoßen, und die Stille war eher ein trügerisches als ein gutes Zeichen. Eine innere Stimme mahnte mich eigentlich zum Haus zu laufen und mich kurz zu vergewissern, ob alles in Ordnung sei, doch ich durfte keine Zeit verlieren und musste heim.

Ich schlich mich deshalb am Bach entlang von Baum zu Baum immer näher an unsere Hütte heran, stets auf der Hut und auf alle Eventualitäten eingestellt.

Lange, sehr lange stand ich am Waldrand und beobachtete die Umgebung. Jedes Fenster behielt ich einige Zeit im Auge, um festzustellen, ob sich dahinter eine Bewegung ausmachen ließ. Eine schwere Entscheidung musste ich treffen. Befanden sich noch Soldaten im Haus, hatten sie sich wieder hierher zurückgezogen oder nicht?

Da ich es nicht mehr aushielt und endlich zu meiner Familie wollte, lief ich los. Am Haus angekommen, machte ich noch einmal einen Moment Halt und blickte mich wieder suchend um. Hastig rollte ich den Stamm beiseite und schlüpfte in unser Versteck.

Wie versteinert starrten mich Verena und meine Mutter an. Es dauerte eine ganze Weile, bis meine Frau ein paar Worte hervorbrachte:

„Benedikt, Benedikt, wo bist du gewesen die ganze Zeit? Da wir Schüsse hörten und nach deinem Verschwinden auch wieder Männer im Haus waren, machte ich mir so große Sorgen, denn ich dachte, du …" Sie weinte so sehr, dass ich sie nicht weiter verstehen konnte.

Ich kroch im Schein einer Kerze auf sie zu und schloss sie zusammen mit Johannes in meine Arme. Der schlief immer noch, bewegte sich jedoch ab und zu und gähnte von Zeit zu Zeit.

Meine Mutter schaute mich nur kurz an. Sie schien völlig weggetreten und stammelte ein Gebet nach dem anderen, immer und immer wieder.

Keiner von uns verließ an diesem Tag mehr das Versteck, obwohl von draußen keinerlei Lärm zu vernehmen war und die Gefahr vorläufig gebannt schien. Trotzdem wollten wir kein Risiko eingehen.

Unser Sohn Johannes war für uns das vorrangige Problem. Er kam mehr und mehr zu sich. Wir konnten ihn doch aber nicht schon wieder mit Alkohol betäuben und so zum Stillsein bringen.

Ich nahm mir eine Hand voll Getreidekörner und kaute aufgeregt darauf herum, um meine Nervosität zu überspielen.

Verena flößte Johannes Milch ein und versuchte anschließend mit ihm zu spielen. Mehrere Kerzen brannte sie an, um den Innenraum möglichst hell erscheinen zu lassen und unserem Sohn die Angst zu nehmen, doch ihre Versuche schlugen fehl.

Immer wieder brach Johannes in Tränen aus und manchmal schrie er so laut, dass man es sicherlich in der ganzen

Umgebung hörte. Ich konnte das Geplärre nicht länger ertragen, nein, ich konnte es nicht, so sehr ich mich auch um Geduld und Verständnis bemühte.

„Wir brauchen uns nicht hier in diesem Erdloch zu verstecken, Verena, wenn Johannes so laut herumschreit, dass jeder sofort auf uns aufmerksam wird“, schimpfte ich und steckte mir wieder einige Körner in den Mund.

„Dann sag mir, was ich dagegen tun soll, sag es mir bitte!“, wies mich Verena zurecht. „Johannes versteht schließlich nicht, er kann es in seinem Alter nicht begreifen, warum wir uns in diesem muffigen Loch verkriechen müssen und fühlt sich bestimmt auch durch den Alkohol nicht wohl.“

Unsere Nerven waren derart angespannt, dass wir uns eine ganze Zeit lang anschrieen.

*

Ich schaute durch einen Ritz ins Freie. Die Dämmerung hatte bereits eingesetzt. Vorsichtig stieg ich hinaus. Richtig erleichtert fühlte ich mich, als ich mich nach diesen vielen Stunden wieder aufrecht hinstellen konnte.

Ich bat auch Verena mit Johannes herauszukommen. Sie konnte sich kaum gerade aufrichten, so sehr schmerzte ihr Rücken. Ich nahm ihr Johannes ab, der sich sofort beruhigte, nachdem er das Versteck verlassen hatte. Ich streifte Verena übers Haar und massierte ihr den Rücken.

„Es tut mir Leid, dass wir uns angeschrieen haben, Verena!“, entschuldigte ich mich. Sie zwang sich zu lächeln und streichelte mir über mein kratziges Kinn.

Johannes strampelte und lallte mehrmals:

„Runter, Papa, runter!“

Ich ließ ihn herumrennen, obwohl er immer wieder auf die Haustür zusteuerte, um hineinzugehen. Eindeutig teilte er uns mit, dass er gerne in sein Bett wolle.

Also gab ich nach und verschwand kurz mit ihm im Haus. Doch schnell fing er wieder zu weinen an, als er seine Wiege im Halbdunkel erkannte. Zertrümmert lag sie auf dem Boden. Auch die anderen Möbel waren umgestoßen und völlig unbrauchbar geworden.

Gegen seinen Willen zog ich Johannes hinter mir her ins Freie. Verena wollte auch gerade das Haus betreten, um sich ein Bild vom Zustand im Inneren zu machen, doch ich stellte mich in die Tür und hielt sie zurück.

„Es ist besser, du tust dir das nicht an! Bleib hier draußen und bewege dich noch ein bisschen, du würdest dich nur unnötig aufregen!", sprach ich und ließ mir nicht anmerken, wie schockiert ich über den Anblick der Zimmer war.

Ich holte Mutter aus dem Versteck, obwohl sie sich wehrte, denn sicherlich hatte sie ebenfalls vom vielen Sitzen und Liegen Schmerzen. Ich kannte ihre Geduld und ihre Willenstärke. Niemals hätte sie sich beklagt, auch wenn sie noch so große Qualen auszustehen hatte.

Sie bereitete mir allerdings Sorgen, da sie kaum ein Wort mit uns wechselte und nur herumstand und erneut ein Gebet nach dem anderen brabbelte.

*

„Da oben im Wald, siehst du, da oben im Wald ist ein Feuer, Benedikt! Lass uns schnell wieder verschwinden!", flüsterte Verena und rannte vorsichtig auf den Einstieg zu.

Ich schaute in die Richtung, wo sie das Feuer entdeckt hatte, und sah die Schatten einiger Männer. Einer von ihnen trug eine Fackel. Ohne Vorankündigung nahm ich Mutter auf meine Arme und trug sie ins Versteck.

Weil der Zugang so eng war, stieß ich sie aus Versehen und wegen der gebotenen Eile ein paar Mal mit dem Kopf an die Wand. Keinen Laut gab sie von sich.

Wieder fing Johannes zu weinen an und verstand nicht, warum wir uns erneut in dieses muffige und für ihn besonders schreckliche Loch zurückgezogen hatten.

Immer noch saß ich in der Nähe des Einstiegs und versuchte die Männer zu beobachten. Wirklich, sie bewegten sich auf's Haus zu und ich musste mir etwas einfallen lassen, wenn das Geschrei von Johannes uns nicht verraten sollte.

„Verena, es tut mir Leid, aber ich, ich muss jetzt etwas tun, was mir sehr, sehr schwer fällt", murmelte ich und nahm ihr Johannes ab. Ich legte meine Hand auf seinen Mund und umklammerte ihn.

Entsetzt und wild um sich schlagend stierte mich mein Sohn an, doch ich presste meine Hand auf seinem Mund, fest und entschlossen, zu unserem und zu seinem Wohl.

Sein lautes Schreien verstummte und ich konnte nur noch leise, wimmernde Laute vernehmen. Krebsrot wurde er im Gesicht, atmete aber Gott sei Dank ab und zu tief durch die Nase.

Verena wandte sich ab, sie konnte sicherlich mein Tun verstehen, ich hoffte es zumindest, doch sie konnte es nicht ertragen Johannes leiden zu sehen.

Die Männer hatten unser Haus erreicht und ich erkannte sofort an der Sprache, dass es sich wieder um französische Soldaten handelte. Lautes Gepolter, Schreien und Schimpfen setzte ein. Wir kannten diese Geräusche, doch immer wieder erlebte man sie neu und anders und immer wieder stellte sich die gleiche, grenzenlose Angst ein, sie könnten den Zugang zu unserem Versteck entdecken.

„Du musst es ertragen!", flüsterte ich, als ich den Druck auf den Mund von Johannes verstärkte. „Du musst durchhalten, Johannes! Erst wenn du groß bist, wirst du verstehen, warum ich so grausam, so unmenschlich zu dir sein musste."

Ich redete ohne Unterbrechung auf ihn ein, um ihn und mich gleichsam zu beruhigen. Auch Verena drückte sich jetzt ganz nahe an mich und streichelte abwechselnd mir und ihrem Sohn über die Wangen oder das Haar.

Ich erinnerte mich einen kurzen Moment daran, dass ich sie in einem solchen furchtbaren Augenblick hier unten, hier in diesem Gefängnis, lieb gewonnen hatte. Ich empfand meine Gedanken wie Ironie, so fremd und gegensätzlich.

Die Soldaten waren anscheinend wütend, weil das Haus bereits geplündert war. Was lag näher, als die zerschlagenen Möbel kurzerhand in Brand zu setzen und damit unser Heim in Flammen aufgehen zu lassen.

Johannes war inzwischen so erschöpft, dass er zum Glück einnickte. Noch eine ganze Weile standen die Soldaten in der Nähe des Hauses und sprachen miteinander. Das Zischen und Prasseln der Flammen übertönte allerdings ihre Stimmen zunehmend.

Ich war mir eigentlich sicher, dass sie in Kürze weiterziehen würden, denn was sollten sie hier auch weiter ihre Zeit vergeuden, wo das Haus ihnen jetzt nicht mehr als Unterschlupf dienen konnte und es doch vielleicht anderswo noch Beute zu machen gab.

Starker Regen setzte ein und es dauerte nicht lange, bis das Wasser von der Decke zu tropfen begann. Das schützende Dach war sicherlich völlig abgebrannt, und so konnte die Feuchtigkeit ungehindert durch die festgestampfte Erde in unser Versteck gelangen. Wir saßen in der Falle. Einerseits konnten wir noch nicht ins Freie kriechen, andererseits wurde es immer feuchter, ja, das Wasser stand bereits in Pfützen auf dem Boden.

„Ich muss es probieren!“, sagte ich nach einer Weile. „Gott steh uns bei, dass die Scheißkerle endlich das Weite gesucht haben! Ich schau mich mal um, ob wir aus dem Loch heraus können, bevor es unser Grab wird.“

Immer unvorsichtiger wurde ich, meine Geduld, meine Leidensfähigkeit hatten einen Tiefpunkt erreicht. Ich rollte den Baumstamm am Eingang einfach weg und stieg hinaus. Ich vergewisserte mich auch nicht, ob Gefahr drohte, sondern rief den anderen gedankenlos zu, mir zu folgen.

Verena hatte in einem Leinentuch einige Lebensmittel eingeschlagen und sich um die Schulter gehängt.

Rauchschwaden stiegen trotz des immer stärker werdenden Regens in den Nachthimmel. Flammen schlugen aus den Fenstern. Wenn kein Wunder geschah, würde von unserem Zuhause nichts mehr zu retten sein, doch das interessierte mich in diesem Moment wenig.

Selbst wenn ich etwas hätte retten können, ich wäre nicht dazu in der Lage gewesen. Ich blieb wie angewurzelt stehen, starrte ruhig in die vom Regen zischenden Flammen, als würden sie im Kamin einer gemütlichen Stube brennen. Ich hatte den Eindruck, Verena und Mutter erging es ebenso. Sie standen neben mir, wortlos, erschöpft, durchnässt.

Verena reichte mir Johannes, der zwar wach war, aber so kaputt schien, dass er nur murmelnde Laute von sich gab. Die Kraft, seinen Kummer herauszubrüllen, fehlte ihm.

*

Es dauerte lange, bis ich mit Entsetzen zu mir kam und die Wirklichkeit wieder wahrnahm.

„Wo sollen wir hin? Wenn wir noch länger hier herumstehen, werden wir uns alle den Tod holen“, sprach ich und wünschte mir sehnlichst, der Herrgott würde uns wirklich von diesen irdischen Qualen, von dieser Ausweglosigkeit erlösen.

Mutter fasste sich nach meiner Bemerkung ebenfalls und kehrte auf den Boden der Tatsachen zurück.

„Irgendwie brauchen wir einen Unterschlupf, ein Dach über dem Kopf. Wenn Johannes noch länger dem Regen ausgesetzt wird, dann ist es schlecht um ihn bestellt.“

Mutter griff ihm an die Stirn und fühlte.

„Er hat schon Fieber. Es ist höchste Zeit zu handeln, sonst, wer weiß, ob …“

Sie sprach das Schreckliche nicht aus.

„Hole sofort unten im Versteck eine Decke und halte Johannes warm, Verena!“, ordnete sie streng an. „Und wir beide, Benedikt, stehen nicht länger einfach herum. Vielleicht können wir die Flammen löschen und wenigstens einen Teil des Hauses retten.

Zumindest dürfen wir nicht einfach aufgeben, sondern müssen kämpfen. Das sind wir Vater schuldig, der dieses Haus unter großen Anstrengungen gebaut hat.“

Ich riss mir sofort einige Zweige von einem Busch und schlug auf die Flammen ein, während Mutter ihre ganze Kraft aufbot und einen Eimer Wasser nach dem anderen aus dem Wasserfass vor dem Haus durch die Fenster schleuderte. Wir schafften es letztendlich die Flammen zu ersticken, doch der entstandene Schaden war beträchtlich.

„Benedikt, du kennst dich doch am besten aus. Wo können wir denn hin? Bitte, bitte, sag was!“, flehte mich Verena an.

„Vielleicht haben wir Glück und die Waldmühle …“

Mir fiel nichts anderes ein. Ich fühlte mich nach dieser gewaltigen körperlichen Anstrengung leer im Kopf, ich konnte keinen klaren Gedanken fassen.

„Was soll schon geschehen? Versuchen werden wir es. Kommt jetzt!“, übernahm Verena plötzlich die Initiative.

Wir trabten los, am Bach entlang ins Tal. Noch einige Male schauten wir uns um.

„Gut, dass mein Johannes das nicht erleben musste! Was hat er sich geplagt, um uns ein eigenes Haus zu bauen. Gott sei Dank, dass er es nicht erleben musste!“, sprach Mutter, als wir unseren Besitz, unsere Heimat aus den Augen verloren hatten.

Man konnte ihr die Erschöpfung aus dem Gesicht lesen. Sie war vollkommen durchnässt und hustete.

*

Die Dunkelheit um uns herum machte uns zu schaffen. Wir kamen nur langsam vorwärts und es dauerte ungewöhnlich lange, bis die Waldmühle vor uns auftauchte.

Anscheinend waren hier die Soldaten nicht vorbeigekommen, denn das Anwesen wirkte wie immer. Ich teilte den anderen mit, im Schutze der Bäume zu warten. Ich wollte erst vorgehen und mich tatsächlich überzeugen, dass wir uns nicht in eine Falle locken ließen.

Erst vorsichtig, dann aber laut und ungeduldig klopfte ich an die Tür. Ich fuhr zusammen, als nicht einer der Kammerers öffnete, sondern ein französischer Soldat. Ein zweiter Mann richtete den Lauf seines Gewehrs auf mich und deutete mir fuchtelnd an ins Innere zu kommen.

In gebrochenem Deutsch wollte er wissen, warum ich gekommen sei und was ich hier suche. Da ich die Hoffnung mehr und mehr schwinden sah das Leben von Johannes retten zu können, teilte ich ihm offen mit, dass meine Familie am Waldrand warte.

Die beiden Männer unterhielten sich kurz in Französisch und der Mann mit dem Gewehr forderte mich dann auf, meine Leute ins Haus zu holen.

Er begleitete mich zum Wald, bedrohte mich aber kein einziges Mal. Mutter, Verena und Johannes waren allerdings nicht mehr da, als wir den Waldrand erreichten.

„Kommt heraus! Kommt heraus, wenn wir das Leben von Johannes noch retten wollen!“, rief ich in die Dunkelheit.

Vorsichtig und verängstigt schlichen sie hinter einigen Bäumen hervor. Sofort richtete der Soldat sein Gewehr auf die herankommenden Gestalten und murmelte ernst:

„Mich nicht legen herein, sonst ich müssen schießen!“

Er schien richtig erleichtert, als er die beiden Frauen und

das Kind auf Verenas Arm sah und nahm sofort seine Waffe beiseite. Ganz nah trat er auf Verena zu und betrachtete das Gesicht von Johannes.

„L'enfant malade?" Er überlegte einen Moment. „Wie sagen in Deutsch? Kind krank?"

Verena nickte sofort und irgendwie schienen wir alle erleichtert über die freundliche Art, mit der uns der Soldat begegnete. Jetzt griff er sogar an die Stirn unseres Sohnes.

„La fièvre. Ich auch Sohn daheim in Frankreich. Er auch manchmal fièvre", sagte er und streichelte Johannes über die Wange.

„Richtig!", sprach ich. „Unser Sohn hat Fieber."

„Dann nicht warten, sondern schnell in Haus gehen! Nicht warten!", forderte er uns auf und lief eilig voraus, versicherte sich aber doch immer wieder, ob wir ihm folgten.

Ich konnte es kaum fassen, dass es auch andere Menschen unter unseren Feinden gab. Sofort nach unserem Eintreffen holte der Soldat Frau Kammerer aus der Stube und deutete auf uns.

„Grüß Gott, Herr Fehrenbach!", sprach sie erstaunt, als sie uns sah. „Kann ich Euch irgendwie helfen?"

Auch ihre Tochter Christina und Herr Kammerer kamen jetzt in den Flur und schauten uns nach ihrem Gruß mit großen Augen an.

„Unser Haus wurde am Abend niedergebrannt. Johannes, unser Sohn, hat hohes Fieber und muss dringend …"

Verena fing zu weinen an und konnte nicht weitersprechen. Christina kam auf sie zu und nahm ihr Johannes aus dem Arm.

„Ich werde ihn sofort in mein Bett legen", sagte sie und wandte sich an ihre Mutter. „Und du kochst sofort einen starken Holunderblütentee! Der wird ihm helfen."

Schon verschwand sie in der Kammer und Verena folgte ihr, kam aber wenige Minuten später wieder heraus und bat

Herrn Kammerer um eine Schüssel kühles Wasser und zwei kleine Leinentücher.

„Wir werden Johannes feuchte Tücher um die Waden wikkeln und ihn mit Holundertee abfüllen“, teilte sie uns mit. „Mehr können wir zur Zeit nicht für ihn tun. Wir werden auf Gott vertrauen und hoffen, dass er uns beisteht.“

Auch die zweite Tochter, Maria, tauchte jetzt auf. Sie kam aus dem Stall und hatte einen Krug Milch in der Hand. Sie hatte sich stark verändert. Eine richtige Frau war aus ihr geworden, doch ihre Anmut und ihre kecke Art hatte sie völlig verloren. Die harten Zeiten formten die Menschen und hinterließen ihre Spuren.

*

Der Soldat, der mich zum Waldrand begleitet und sich uns gegenüber so menschlich verhalten hatte, winkte Mutter und mich in die Stube und forderte uns auf Platz zu nehmen.

„Ihr habt es gut erwischt, Herr Kammerer! Uns dagegen haben sie das Haus angesteckt und alles zerstört, was ihnen in die Hände fiel“, sprach ich.

„Wie schrecklich für Euch, Benedikt! Wir haben die beiden Franzosen schon zwei Tage in unserem Haus und sie verhalten sich eher wie Gäste und nicht wie unsere Feinde“, erwiderte Herr Kammerer.

Der Soldat setzte sich zu mir und ich merkte, dass er etwas sagen wollte, aber noch nach geeigneten Worten suchte.

„Ich haben auch Sohn in diese Alter und“, er lächelte mich an, „kleine Baby. Wurde geboren, als ich müssen gehen in Krieg, in verdammte Krieg. Ich hassen Krieg! Immer Töten und Töten und, was ist gut an Töten?“

Er nahm den Milchkrug und trank.

„Aber, Ihr seid niemand, der andere einfach so tötet. Mit uns hättet Ihr ein leichtes Spiel gehabt“, antwortete ich.

„Du … aimer, äh … glaub ich heißen auf Deutsch, lieben deine Frau und du lieben deine Kind, so wie ich auch lieben meine Kinder. Warum soll ich töten euch, warum?“

Er sprach nun mit seinem Landsmann, und der lächelte anschließend verständnisvoll und nickte.

„Cinq enfants!“, sprach er, und als er merkte, dass ich nicht verstand, was er mir sagen wollte, wiederholte er seine Worte und zeigte mir fünf Finger. Sein Kollege half ihm und übersetzte:

„Er haben fünf Kinder daheim und möchte haben bestimmt noch mehr.“

Er musste laut lachen.

Ich holte das Leinentuch aus dem Flur und legte es auf den Tisch, um die paar Lebensmittel, die Verena in der Eile aus unserem Versteck mitgenommen hatte, den anderen anzubieten.

Maria verschwand und erschien kurz darauf mit einem großen Laib Brot. Herr Kammerer schnitt einige Scheiben davon ab und verteilte sie.

„Ihr könnt im Stall schlafen“, sprach er nach dem Essen. „Meine beiden Töchter schlafen dort auch seit einigen Tagen, weil die Solddaten ihre Kammer belegt haben.“

„Warum ist Christina eigentlich hier? Ich dachte, sie wäre in Neustadt verheiratet?“, fragte ich nach.

„Ja, das schon, doch ihr Mann, eine lange Geschichte ist das, sie hat vor einiger Zeit ihren Mann verloren“, berichtete Herr Kammerer.

„Ist er gestorben?“, wollte ich weiter wissen.

„Nein, nein, er ist nicht gestorben, sondern hat sie einfach sitzen lassen und ist nach Amerika ausgewandert. Er wollte nicht mehr länger hier im Schwarzwald bleiben und hat sich eingebildet, in Amerika sei das Leben viel einfacher.

Eigentlich wollte ihm Christina folgen, doch, als es so weit war, hat sie es sich noch einmal anders überlegt und ist letztendlich doch hier geblieben.

Zum Glück, kann ich nur sagen, zum Glück!", äußerte Herr Kammerer. „Inzwischen haben wir Nachricht, dass er mit einer anderen Frau dort zusammenlebt und sogar schon einen Sohn hat. Das wäre ein schlimmer Schlag für Christina geworden, wenn sie dort angekommen wäre und mitbekommen hätte, dass ihr eigener Mann eine neue Frau an seiner Seite hat."

Ich war zu müde, um mich auf ein längeres Gespräch mit Herrn Kammerer einzulassen. Ich nahm sein Angebot, in der Scheune zu schlafen, gerne an.

Erst schaute ich noch einmal in die Kammer, wo sie Johannes hingebracht hatten. Verena lag schlafend neben ihm im Bett und schloss ihn fest in ihre Arme.

Christina nahm mich am Arm und zog mich sanft hinter sich her in den Hausgang.

„Lass sie jetzt schlafen, Benedikt! Wir haben getan, was in unserer Macht steht. Das warme Bett und die Nähe seiner Mutter wird ihm gut tun."

Ich ging mit Mutter in den Stall und wir legten uns auf das Heu, das Christina ausgebreitet hatte. Mutter hustete wieder. Wir kamen nicht mehr zum Sprechen, weil wir vor Erschöpfung sofort einschliefen.

*

Ich schreckte auf, wusste aber im ersten Augenblick nicht, was mich aus dem Schlaf gerissen hatte. Ich sprang auf und blickte durch einen Türspalt ins Freie. Es dämmerte bereits.

Mehrere Soldaten standen beisammen und unterhielten sich angeregt, um dann sofort aufs Haus zuzulaufen und die Tür aufzureißen.

Hatte ich mich doch getäuscht? Waren die beiden Franzosen nicht so freundlich wie sie vorgaben und hatten in Wirklichkeit Verstärkung kommen lassen, um jetzt die Waldmühle auszuplündern und niederzubrennen?

Schüsse fielen und sofort stürzte ich in die Kammer, in der meine Frau und mein Sohn im Bett lagen, um nach ihnen zu schauen und sie notfalls herauszuholen.

Die beiden Franzosen traten in diesem Augenblick aus ihrem Zimmer in den Hausflur und brüllten laut in ihrer Muttersprache herum. Die hereinstürmenden Männer blieben erschrocken stehen und keiner von ihnen wagte ein Wort zu erwidern.

Der Franzose, der mich in den Wald begleitet hatte, richtete betont energisch einige Sätze an seine Landsleute, die daraufhin das Haus auf der Stelle verließen und eilig das Weite suchten.

Die beiden Soldaten lächelten mich an und einer sprach:

„Du wieder schlafen! Keiner wird wagen zu stören noch einmal.“

XX

Die schrecklichsten Tage, die ich mit meiner Familie je erlebt hatte, waren anscheinend überstanden. Und trotzdem nahmen wir erst jetzt bewusst wahr, wie bitter die Zukunft sein würde, die auf uns wartete.

Wir sprachen kaum mehr miteinander, nicht weil wir uns gestritten oder uns gegenseitig etwas vorzuwerfen hatten, nein, wir waren dazu nicht in der Lage. Im wahrsten Sinne des Wortes fühlten wir uns am Ende unserer Kräfte.

Leblos lag Johannes meist über Stunden auf dem Bett in der Kammer. Regte er sich, dann stammelte er nur Laute vor sich hin, hielt dabei aber meist seine Augen geschlossen. Er hatte stark an Gewicht verloren und sah im Gesicht so schmächtig aus, dass wir uns ernsthafte Sorgen machten, ob er die nächsten Tage überleben würde.

Manchmal wünschte ich ihm sogar den Tod, nicht weil ich ihn verlieren, ganz im Gegenteil, weil ich ihn liebte und ihm weitere Plagen ersparen wollte.

Ich machte mir dann immer größte Vorwürfe, da ich mich so wenig im Griff hatte und solche Gedanken überhaupt aufkommen ließ, aber sie kamen so aus dem Nichts und wie von selbst, und auch ich war so geschwächt, dass ich sie manchmal einfach nicht mehr kontrollieren konnte.

Christina und ihre Angehörigen bemühten sich rührend

um Johannes und teilten ihre Lebensmittel ohne Murren mit uns. Ich nahm ihre Hilfe gerne an, doch irgendwie kam ich mir wie ein Bettler vor, der auf das Wohl und die Hilfsbereitschaft anderer völlig angewiesen war.

Die beiden Franzosen hielten sich immer noch im Haus auf und verschwanden nahezu täglich für einige Stunden in Richtung Hohlengraben. Sie waren nach wie vor so freundlich wie am Anfang und wollten uns, das stand inzwischen für mich fest, nichts anhaben.

Während sie wieder einmal unterwegs waren, machte ich mich auf den Weg zu unserem Versteck. Ich wollte dort Nahrungsmittel holen und so ein bisschen zum Unterhalt bei den Kammerers beitragen.

Als ich in unseren Unterschlupf stieg, merkte ich jedoch schnell, dass von den Lebensmitteln nichts mehr zu retten war. Die Feuchtigkeit hatte dermaßen zugenommen, dass alles bereits verschimmelt und ungenießbar war. Sogar die Werkzeuge, die ich in Tücher eingeschlagen hatte, fingen zu rosten an, die Holzgriffe waren teilweise aufgequollen und aufgeplatzt.

Deswegen suchte ich einige Bretter und Balken im Trümmerhaufen des Hauses und lagerte die für mich wichtigsten Werkzeuge und Uhren darauf. Ich hätte sie eigentlich mit in die Waldmühle nehmen müssen, doch dazu konnte ich mich nicht durchringen.

*

Als die beiden Soldaten am Abend zurück zum Hof der Kammerers kamen, holten sie uns alle in die Stube. Sie teilten uns mit, dass sie am nächsten Tag die Gegend verlassen müssten und den Befehl hatten, weiter nach Rottweil zu ziehen.

So geschah es auch und sie reichten beim Abschied jedem

von uns sogar die Hand. Herr Kammerer richtete noch einmal das Wort an sie:

„Warum seid Ihr so menschlich zu uns gewesen? Warum habt Ihr uns nicht ausgeraubt oder … erschlagen?“

Die beiden begriffen nicht gleich die Bedeutung der Frage und schauten sich gegenseitig an. Mit einfacheren Worten versuchte ich noch einmal die Fragen zu formulieren, dann erst verstanden sie.

„Ein paar Jahre von jetzt, ein Mann in Freiburg hat gerettet uns die Leben und nicht uns getötet, obwohl er hätte gekonnt. Ihr nicht unsere Feinde. Eure Soldaten unsere Feinde. Kaiser von Österreich unsere Feinde. Aber Johannes, Kind, nicht Feind“, erklärte er und war schon im Begriff zu gehen.

Trotzdem vergewisserte ich mich noch einmal:

„Alle Franzosen gehen nach Rottweil?“

Er nickte.

„Alles gehen fort.“

Er winkte uns ein letztes Mal zu und lief davon.

Diese Auskunft war für mich sehr wichtig, weil ich dadurch wusste, dass ich nahezu gefahrlos Andreas aufsuchen und womöglich einmal ins Dorf laufen konnte.

*

Glücklicherweise ging es Johannes von Tag zu Tag besser und er hatte wieder großen Appetit. So geschwächt wie er war, konnte ihm das nur gut tun. Manchmal hatte ich den Eindruck, Christina hatte ihn wie einen eigenen Sohn in ihr Herz geschlossen, so sehr bemühte sie sich um ihn. Auch Verena und Christina verstanden sich gut.

Wer mir jetzt allerdings zunehmend Sorgen machte, war Mutter. Sie hustete andauernd und lag ungewöhnlich oft auf ihrem Lager im Heu. Sprach ich sie an, um mich zu erkundigen, ob sie sich wohl fühle, winkte sie nur ab und zwang sich zu einem Lächeln.

Am Nachmittag lief ich zum Glashof und fand dort Andreas und seine Angehörigen wieder vor. Ihr Hof war von Franzosen geplündert worden und sie schafften gerade einige Gegenstände, die von den Soldaten zerschlagen worden waren, aus dem Haus.

„Die Franzosen sind heute Morgen weiter nach Rottweil gezogen“, teilte ich Andreas sofort mit.

Wir umarmten uns vor Erleichterung und ich half ihm anschließend beim Aufräumen einiger sperriger Dinge.

„Und, wie steht es bei euch, Benedikt?“, fragte er.

Ich berichtete ihm alles, was in den letzten Tagen geschehen war und erzählte ihm auch, dass Teile unseres Hauses niedergebrannt wurden.

„So ein Mist, Benedikt! Hast du alle Werkzeuge und die ganzen Uhren verloren?“, erkundigte er sich sofort.

„Nein, das nicht, aber in unserem Versteck gehen sie nach und nach alle kaputt, weil es da viel zu feucht ist“, antwortete ich.

„Ja und, warum bist du hier bei mir und nicht an deinem Haus, um zu retten, was du noch retten kannst?“, wollte er wissen. „Eines Tages wirst du das bestimmt einmal bereuen.“

„Soll ich etwa alles auf dem Rücken in den Wald schleppen und es dort vergraben, oder wie hast du dir das gedacht?“ antwortete ich. „Da sind die Sachen ja noch besser in dem feuchten Loch aufgehoben.“

„Ich hab dich schon verstanden, Benedikt. Wenn du mir noch eine Weile hier hilfst die großen Teile aus der Stube zu schaffen, dann werde ich dich zu eurem Haus, oder besser, zu dem, was davon übrig ist, begleiten und dir helfen.

Es wäre doch am besten, wenn wir die Dinge, die noch brauchbar sind, vorläufig hierher in den Glashof brächten.“

So machten wir es dann auch. Andreas spannte ein Pferd

vor eine kleine Kutsche und wir machten uns auf den Weg zu unserem Versteck. Alles was für den Uhrenbau nötig war, reichte ich Andreas heraus und er verstaute es auf dem Wagen.

*

So seltsam es klingen mag, wir hatten Glück im Unglück, denn als ich am nächsten Tag nach Waldau lief, um mich zu erkundigen, wie es den Leuten dort ergangen war, da musste ich mit unserem Schicksal noch zufrieden sein. Die feindlichen Soldaten hatten durch ihre Brandstiftungen und Plünderungen ein Bild des Grauens hinterlassen.

„Du kennst doch den Rainhofbauern, Benedikt! Obwohl er schwer verletzt war, haben ihn Plünderer erschlagen. Ein Teil der Truppen ist nach Neustadt gezogen. Sie nehmen sich dort, was sie haben wollen, und scheinen richtig Spaß am Zündeln zu haben“, berichtete Onkel Jakob.

„Heute Morgen hat mich ein Freund aus Neustadt aufgesucht, der den Feinden glücklicherweise entkommen konnte. Alle gefangenen Soldaten bringen sie in die Nähe von Freiburg und sperren sie ein.

Freiburg kann nicht mehr verteidigt werden und wird, so sieht es zumindest aus, erneut in die Hände der Feinde fallen. Ich glaube fast, es wäre besser, wenn wir uns alle auf die Seite der Franzosen schlagen würden, um endlich Ruhe zu haben.“

Ich antwortete ihm nicht darauf, denn auch ich dachte und äußerte manchmal Dinge aus dem Bauch heraus, die ich nicht recht überlegt hatte.

„Viele haben zwar ihr Hab und Gut verloren, Onkel Jakob, doch, wenn ich es richtig verstanden habe, dann sind nicht so viele Menschen umgekommen wie bei den letzten Überfällen.“

Wir unterhielten uns noch eine ganze Weile und Onkel Jakob erfuhr unter anderem von dem hohen Fieber, das meinen Sohn Johannes tagelang niedergestreckt hatte, und von dem schrecklichen Husten, der Mutter so zusetzte. Erstaunt zeigte er sich, als ich ihm von den beiden französischen Soldaten berichtete, denen Johannes eigentlich sein Leben zu verdanken hatte.

„Bei all dem Leid was sie unserem Land zugefügt haben, ist es gut zu hören, dass es auch noch ein paar Menschen unter ihnen gibt", sprach Onkel Jakob. „Ich kann dir nichts zu essen mitgeben, weil wir selbst nur noch wenige Vorräte haben, aber nimm für deinen Sohn und meine Schwester Katharina wenigstens ein Schälchen Honig mit, der wird ihnen schmecken und ihnen helfen wieder auf die Beine zu kommen."

*

Inzwischen war der November angebrochen und die Nächte wurden bereits sehr kalt. Johannes hatte sich wieder erholt und, obwohl er noch sehr schmächtig war, konnte er wieder lachen.

Mutter dagegen aß immer weniger und ihr Husten verschlimmerte sich. Als sie wieder einmal einen Anfall hatte und in ein Leinentuch spuckte, sah ich, dass Blut dabei war. Gerne hätte ich mir bei Onkel Jakob Geld geliehen und wäre mit Mutter zu einem Bader oder einem Arzt in eine Stadt gefahren, doch sie lehnte ab.

„Mach dir keine Gedanken um mich, Benedikt!", sprach sie nur. „Du hast schon Sorgen genug mit euch und eurem Sohn."

Ich half zwar in der Mühle wo immer ich konnte, doch ich musste mir etwas einfallen lassen, denn ich wollte auf keinen Fall der Familie Kammerer mit meinen Angehörigen über den ganzen Winter zur Last fallen.

Martin, Vaters alter Freund, und Andreas wurden unsere

Retter. Sie hatten den Glashof wenigstens so weit wieder in Ordnung gebracht, dass sie den Winter dort problemlos überstehen konnten.

Mehrere Wochen halfen sie auch mir, unser Haus einigermaßen herzurichten, ohne auch nur einmal zu jammern oder eine Forderung zu stellen. Andreas brachte für mich sogar Speck und Brot mit.

Durch ihre Hilfe war es möglich, wenige Tage vor Weihnachten unser Zuhause wieder zu beziehen. Längst war nicht alles fertig, ganz im Gegenteil. Kein einziges Möbelstück befand sich in den Zimmern, die meisten Fenster waren mit Brettern vernagelt und unser Nachtlager bestand aus modrigem Laub. Leinentücher besaßen wir keine mehr.

Trotzdem hatten wir, abgesehen von Mutters Gesundheitszustand, keinen Grund zum Klagen. Wir blickten wieder etwas hoffnungsvoller in die Zukunft, und diese Tatsache gab meinem Weib und mir die Kraft den Alltag zu meistern.

Aus einfachsten Zutaten bereitete Verena Mahlzeiten zu und wir genossen sie. Sie lief sogar häufig durch den Wald und brachte zarte Wurzeln und Knollen mit, aus denen sie eine recht schmackhafte Suppe kochte.

Auch ich steuerte ab und zu etwas bei. Ich erzählte aber nicht, dass ich einem Bauern im Dorf, der die Plünderungen unbeschadet überstanden hatte, für etwas Speck und ein paar Laib Brot eine meiner Uhren überlassen hatte.

Ich richtete mir möglichst schnell wieder meine Werkstatt ein und stellte einige einfache Bänke, einen Tisch und zwei Truhen her. Nach und nach füllte sich so unser Haus wieder mit den wichtigsten Möbeln und anderen Gegenständen, die wir in besseren Zeiten für eine Selbstverständlichkeit gehalten hatten.

*

Ein neuer Schicksalsschlag schien sich allerdings anzukündigen, denn Mutter blieb zunehmend öfter am Morgen im Bett liegen. Ihre Hustenanfälle wiederholten sich in immer kürzeren Abständen, und manchmal wurde sie dabei so krebsrot, dass sie zu ersticken drohte.

Ihre Kraft und ihr Lebenswille hatten in den letzten Wochen stark nachgelassen, doch ich wollte diese Anzeichen des nahenden Todes nicht wahrhaben.

Als es Mutter wieder einmal sehr schlecht ging, ließ Verena sogar den Pfarrer kommen, um ihr die Beichte abzunehmen und sie vorsorglich mit dem Sakrament der Letzten Ölung versehen zu lassen. Nach wie vor weigerte sich Mutter die Dienste eines Baders in Anspruch zu nehmen, und selbst Onkel Jakob konnte sie in ihrer Haltung nicht umstimmen.

„Ich glaube nicht, dass jemand Katharina helfen kann, Benedikt", teilte mir Jakob nach einem Besuch seiner Schwester mit. „Die Anzeichen deuten auf eine Schwindsucht hin, und da gibt es kaum Hoffnung. Selbst ein Bader könnte ihr wahrscheinlich nicht mehr helfen."

Stundenlang hustete sie eines Nachts. Da ich mir große Sorgen machte, setzte ich mich zu ihr aufs Bett. Sie legte ihre Hand auf meine und zwang sich zu einem Lächeln.

„Benedikt", flüsterte sie und hustete wieder, „ich weiß, ich spüre es, dass es mit mir nicht gut steht. Ich bin dankbar, dass der Pfarrer bei mir war, und bete darum, dass ich vielleicht bald meinem geliebten Mann Johannes nahe sein kann. Leg dich wieder hin, Benedikt! Mein Husten ist schon besser."

Erneut streichelte sie meinen Handrücken und ich erwiderte ihre liebevolle Geste mit einem Lächeln. Ich musste mich dazu allerdings richtig zwingen, weil ich merkte, wie sie ihr Gesicht verzog und einen erneuten Hustenanfall zu unterdrücken suchte.

Traurig und entsetzt kam Verena am Morgen aus Mutters Kammer zurück.

„Du musst jetzt stark sein, Benedikt! Deine Mutter hat die Nacht nicht überlebt.“

Ich blieb noch einen Moment sitzen, als würde mich diese Nachricht nicht treffen. Bereits in der Nacht hatte ich es geahnt, dass Mutter nicht mehr lange leben würde. An jedes Wort, das ich zuletzt mit ihr gesprochen hatte, erinnerte ich mich in diesem Augenblick, und ich glaubte noch immer ihre Hand auf der meinen zu spüren.

Verena nahm mich schließlich am Arm und führte mich in die Kammer. Mutter lag mit verzerrtem Gesichtsausdruck auf ihrem Bett. Und trotzdem machte sie auf mich einen friedlichen, einen erlösten Eindruck, weil ich noch immer ihr letztes Lächeln vor Augen hatte.

Meine Gefühle waren sehr zwiespältig. Einerseits wusste ich, dass ich sie für immer verloren hatte, andererseits war ich froh, dass der Herrgott sie von ihrem Leid erlöst und zu sich genommen hatte. Es tröstete mich vor allem, dass sie kurz vor ihrem Tod eine gewisse Vorfreude empfand, ihren Mann Johannes wieder zu sehen.

XXI

Das Leben ging weiter. Freiburg musste tatsächlich wieder den Franzosen übergeben werden, doch, Gott sei Dank, betraf es uns nicht, denn in Waldau hielten sich keine feindlichen Soldaten mehr auf.

Immer neue Gerüchte kamen auf, dass sich die Feinde Frankreichs und Bayerns enger zusammengeschlossen und dadurch ihre Schlagkraft zugenommen hatte. Unglaublich erschien es uns auch, als wir von einem weit gereisten Kaufmann im Dorf erfuhren, die führenden Mächte Europas würden sogar über einen Friedensvertrag verhandeln.

Die Bauern klammerten sich an diesen Strohhalm und gingen daran ihre Höfe nach und nach wieder aufzubauen. Die meisten Leute mussten allerdings harte Zeiten durchleben. Es fehlte einfach an allem. Viele hatten nicht einmal das nötige Getreide, um ihre Familien mit Brot, mit trockenem Brot zu versorgen. Die Menschen, die nichts mehr besaßen, vergriffen sich deshalb teilweise auch an ihrem Saatgut und verzehrten es aus Not.

Außerdem hatten die Franzosen bei ihren Plünderungen viel Vieh mitgenommen, und die wenigen Kühe und Ziegen, die es im Dorf und auf den Höfen noch gab, wurden ein Opfer des Hungers.

In diesen Zeiten zeigte sich bei vielen der wahre Charakter. Es gab nämlich auch Bauern, die von Plünderungen und anderen Begleiterscheinungen des Krieges verschont geblieben waren. Sie nutzten diese Tatsache teilweise skrupellos aus und verkauften Getreide, Milch und Fleisch zu so überhöhten Preisen, dass sich das kaum jemand leisten konnte. Und trotzdem wurden sie ihre Sachen los, denn der leere Magen trieb die Menschen zum Äußersten.

Hungersnöte überzogen das Land, und weil die Menschen so geschwächt waren, breiteten sich auch Seuchen und andere Krankheiten im Nu aus. Selbst das Vieh, das ansonsten recht unempfindlich war, wurde von einer Seuche befallen und verendete massenweise.

*

Da auch bei uns die Nahrungsmittel ausgingen und mir zu Ohren gekommen war, dass Verena Onkel Jakob um Getreide angebettelt hatte, fasste ich eines Nachts, als ich wieder einmal vor Kummer nicht schlafen konnte, einen Entschluss. Ich stand auf, um loszugehen und etwas Essbares, ganz egal was, herbeizuschaffen.

„Warum ziehst du dich denn mitten in der Nacht an, Benedikt?“, wollte Verena wissen.

„Ich kann es nicht mehr ertragen und ich will es nicht mehr ertragen, dass wir hungern müssen. Vielleicht kann ich meine letzte Uhr bei einem Bauern gegen etwas Essbares eintauschen“, führte ich als Ausrede an.

„Bist du verrückt geworden, Benedikt? Um diese Zeit willst du bei einem Bauern etwas eintauschen? Du wirst dich doch nicht versündigen und …“ Sie sprach nicht weiter.

Ich ließ mich von meinem Entschluss nicht abbringen und ging mit einem großen Korb auf dem Rücken aus dem Haus. Ich wusste, dass ein Bauer aus dem Nachbarort Neukirch während des Krieges keinerlei Schaden genommen hatte und seine Vorräte zu Wucherpreisen in der Gegend verschacherte.

Onkel Jakob hatte sich mit einigen Dorfbewohnern in der Wirtschaft darüber unterhalten und dabei beschrieben, wo der Hof genau lag. Man erzählte sich sogar, der Bauer fahre ab und zu mit einem Wagen einige Tagesreisen weit in den Nordschwarzwald und kehre voll beladen nach Hause zurück.

Eine gute Stunde war ich unterwegs, bis ich mein Ziel erreicht hatte. Vom Waldrand aus betrachtete ich den Hof, dem ich einen Besuch abstatten wollte.

Ich war mir in diesem Moment völlig im Klaren, in welche Gefahr ich mich begab. Würde mich der Bauer erwischen, es hätte schlimme Folgen für mich gehabt und bestimmt müsste ich mich vor den Dorfvogt verantworten. Auch für meine Familie wären die Auswirkungen katastrophal gewesen. Mit Fingern hätten die Leute auf meine Frau gezeigt.

„Schaut sie euch an, die Diebe! Tagsüber spielen sie die ehrlichen, frommen Leute und nachts bestehlen sie ihre Mitmenschen." So oder ähnlich hätten sie geredet.

Mir war das jedoch im Moment egal. Ich musste an Verena und an Johannes denken. Sie sollten keinen Hunger leiden, nur weil ich, der Mann im Haus, nicht in der Lage war für sie zu sorgen. Außerdem war ich nicht verantwortlich, dass wir so schlechte Zeiten durchlebten, sondern die Franzosen, ja, sie allein hatten das Elend über unsere Gegend gebracht.

*

Vorsichtig schlich ich mich näher an den Hof heran, blieb dann wieder einen Moment bewegungslos stehen und lauschte in die Dunkelheit. Meinen Korb ließ ich zurück, um bei einer möglichen Flucht durch ihn nicht behindert zu werden.

Da nichts Auffälliges auszumachen war, näherte ich mich

dem Gebäude von der sichtgeschützten Rückseite. Das Tor war von innen verriegelt. Oberhalb befand sich allerdings eine Luke, die einen Spalt offen stand. Nur, wie sollte ich dort hinaufkommen?

In der Nähe lagen einige Stangen herum. Ich öffnete die Lukentür und stellte zwei von den Stangen möglichst schräg in die Öffnung hinein. Wie ein Frosch hockte ich mich auf die Hölzer und versuchte nach oben zu kommen, doch es gelang mir nicht.

Es zeigte sich, dass es einfacher war nur eine Stange zu verwenden, sie mit den Knien und den Händen zu umschlingen und Stück für Stück hinaufzuklettern.

Ich stieg hinein und schaute mich erst einmal um. Nichts konnte ich entdecken, was man hätte essen können, nur Heu und Stroh.

Durch einen Bodenausschnitt ragte eine Leiter. Ich benutzte sie, um hinunterzusteigen. Als erstes zog ich den Riegel am Tor auf, um mir einen Fluchtweg freizuhalten.

Hier war ich richtig, denn ich hörte das Rascheln von Stroh. Hinter einer Holzabtrennung befanden sich Kühe und Ziegen. Außerdem war ein Bretterverschlag zu sehen. Möglicherweise waren die Hühner hier untergebracht.

Ich musste jetzt sehr behutsam vorgehen. Würden die Kühe oder die Ziegen nachts zu schreien beginnen, dann wäre das für die Hausbewohner ein sicheres Zeichen, dass etwas nicht in Ordnung war.

Gott sei Dank musste ich nicht in den Stall, um an die Hühner zu kommen, sondern außen am Gang war ein kleines Türchen angebracht. Sicherlich diente es der Bäuerin dazu die Eier von hier aus zu entnehmen und nicht durch den Mist der Tiere laufen zu müssen.

Ich traute mich nicht den Verschlag zu öffnen, weil ich damit rechnen musste, dass die Hühner laut zu gackern anfingen. Deshalb schaute ich mich erst einmal nach anderen

Dingen um. Berge von Heu und Stroh türmten sich auf wie im oberen Bereich der Scheune.

Mit einem Stecken stocherte ich darin herum und erfühlte einen ungewöhnlichen Widerstand. Als ich das Stroh mit dem Stock beiseite schob, staunte ich nicht schlecht.

Holzkisten waren darunter verborgen, und schnell stellte sich heraus, dass die Truhen mit verschiedensten Nahrungsmitteln bis zum Rand gefüllt waren. Getreide, getrocknete Erbsen, Bohnen, ja sogar Kartoffeln fand ich.

Nur, wie sollte ich die Sachen wegschleppen? Ich hatte ein wirkliches Problem. Ich stand vor einer Unmenge leckerer Dinge, die ich aber nicht transportieren konnte. Ich dachte an meinen Korb, doch auch der war ungeeignet, weil er zu grob geflochten war und ich folglich das meiste unterwegs verloren hätte.

Ich blickte mich nach einem Gefäß um. Nur eine alte Hose hing neben der Eingangstür. Ich nahm sie, verknotete die Fußenden miteinander und füllte das eine Bein mit Korn und einigen Kartoffeln, das andere mit Erbsen und Bohnen.

Es sah richtig lustig aus und war außerdem sehr praktisch zu transportieren, denn ich konnte diesen Spezialsack um den Hals hängen. Ihn trug ich zuerst zum Korb und verstaute ihn darin.

Da ich mich völlig ungestört fühlte, lief ich schnell zurück zur Scheune. Ich wollte jetzt den Hühnerstall öffnen. Ganz behutsam zog ich das Türchen einen winzigen Spalt auf. Wirklich, mehrere Hühner befanden sich im Inneren. Eines davon hockte direkt neben der Tür und ziemlich weit abseits von den anderen.

Ich überlegte. Das Risiko, meinen ganzen Diebstahl auffliegen zu lassen, wenn sich das Huhn nach meinem Zugriff laut gackernd zur Wehr setzte, musste ich in Kauf nehmen, oder, ich musste auf das Huhn verzichten, was ich jedoch keinesfalls wollte.

Noch einmal holte ich tief Luft, vergewisserte mich, ob das Tor aufstand, und öffnete blitzschnell den Stall. Sofort reckte das Huhn seinen Hals. Ehe es auf meinen Überfall reagieren konnte, umklammerte ich mit aller Gewalt seinen Kopf, zerrte es heraus und schloss die Tür wieder.

Wie wild schlug es mit den Flügeln. Deswegen hielt ich den Kopf weiterhin fest und schleuderte es einige Male herum bis es sich nicht mehr rührte.

Ich stopfte mir das tote Tier unter die Jacke und lief so schnell ich konnte den Hang hinauf zu meinem Korb. Ich musste erst einmal verschnaufen. Ich konnte mein Herz von der Anstrengung und der Aufregung der letzten Minuten schlagen hören. Lange gönnte ich mir jedoch keine Ruhe, denn ich wollte möglichst schnell den Heimweg antreten, um mich und mein kostbares Diebesgut in Sicherheit zu bringen.

*

Am Morgen staunte Verena nicht schlecht, als sie in die Küche kam und all die Dinge sah, die ich in der Nacht herbeigeschafft hatte. Auf der Stelle kam sie in die Werkstatt und blickte auf die einzige Uhr, die ich noch besaß.

„Hast du mir nicht erzählt, du hättest deine letzte Uhr gegen Lebensmittel eingetauscht, Benedikt?"

Sie schaute mich an. Ich konnte ihrem Blick nicht standhalten, drehte mich zur Drechselbank und gab vor, als hätte ich dringend etwas daran zu erledigen.

„Nein, äh, der Bauer wollte die Uhr nicht, weil ihm das Zifferblatt nicht gefällt. Ich soll ihm eine mit einem anderen Zifferblatt bauen", erwiderte ich, drehte mich aber nicht zu Verena um.

„Komisch ist allerdings, dass er dir keinen Sack gegeben hat. Seit wann füllt man Korn oder Bohnen in Hosenbeine?", fragte sie weiter.

Ich wusste mir nicht zu helfen und schrie sie an:

„Ist es nicht genug, dass ich uns eine Menge Nahrungsmittel besorgt habe? Musst du mir jetzt auch noch so dämliche Fragen stellen?“

Sie verließ die Werkstatt.

Mir kamen das erste Mal Zweifel, ob ich nicht durch diesen Diebstahl schwere Schuld auf mich geladen hatte. Ich musste es beichten, das wusste ich, und das schien mir das größte Problem. Konnte ich eine so schwere Sünde dem Pfarrer wirklich anvertrauen?

Ich kam nach langem Nachdenken zu der Überzeugung, keinem, absolut keinem etwas von meinem nächtlichen Abenteuer zu erzählen. Dem Bauern aus Neukirch würde der Diebstahl nicht schaden, und wir hatten schließlich auch ein Anrecht etwas zu essen, dachte ich mir.

Verena stellte nach unserer Auseinandersetzung in der Werkstatt keine weiteren Fragen mehr, wie ich an die Nahrungsmittel gekommen war. Im Gegenteil, schon am nächsten Tag lief sie zur Waldmühle und ließ das Korn mahlen. Am folgenden Tag duftete es im Haus wie bei einem Bäcker.

Der Höhepunkt der Woche war allerdings der Sonntag, denn Verena hatte das Huhn zum Mittagessen zubereitet.

Wir konnten es alle drei kaum erwarten von der Kirche nach Hause zu kommen, so freuten wir uns auf diesen Lekkerbissen, der uns in den zurückliegenden Jahren vergönnt war.

Ab und zu trafen sich während des Essens unsere Blicke, und ich fühlte mich erleichtert, als ich den Hauch eines Lächeln zu erkennen glaubte. Der Festtagsbraten schien für uns ein Zeichen zu sein, dass bessere Zeiten bevorstanden.

Wir waren an diesem Tag gut gelaunt, hatten anscheinend das Lachen noch nicht ganz verlernt, denn als wir am Nachmittag vor dem Haus saßen, freuten wir uns ausgelassen über Johannes. Dankbar mussten wir sein, dass er seine schwere

Krankheit unbeschadet überlebt hatte und mit seinen fünf Jahren wieder gesund und munter war.

„Was hast du eigentlich mit den Kartoffeln gemacht?", fragte ich Verena. „Ich konnte sie nirgends finden."

„Die, die werden auf keinen Fall gegessen, Benedikt", antwortete sie entschlossen, „weil ich damit etwas vorhabe!"

Ich musste nicht lange nachfragen, sie weihte mich bereitwillig in ihre Pläne ein.

„Gleich nächste Woche werde ich den Garten wieder in Ordnung bringen, und ich will versuchen die Kartoffelknollen in den Boden zu stecken, um sie zu vermehren."

„Aber Verena", wandte ich ein, „davon verstehst du doch nichts, absolut gar nichts!"

„Glaubst du, weil ich von deinen Uhren keine Ahnung habe, gilt das auch für alle anderen Dinge? Ich habe mich erkundigt, worauf man achten muss, wenn man Kartoffeln anbauen will."

„Hat man dich nicht gefragt, wo du in diesen schlechten Zeiten die Kartoffeln her hast?", wollte ich wissen.

„Natürlich nicht! Meine Schwägerin vom Schwabenhof hat in Neustadt auch Kartoffeln gekauft. Sie will ebenfalls in ihrem Garten das erste Mal ihr Glück damit versuchen.

Du siehst, Benedikt, wir Frauen gehen mit der modernen Zeit. Überall im Land baut man jetzt Kartoffeln an."

*

Im Juli des Jahres 1713 erreichte uns die lang erwartete Nachricht, dass tatsächlich ein Vertrag zwischen den kriegsführenden Mächten zustande gekommen war.

Man traute dem französischen König zwar nicht und war entschlossen ihn mit aller Macht zu bekämpfen, wenn er weiterhin die Völker Europas in Kriege verzetteln würde.

Auch seinem Verbündeten, Max Emanuel, dem Kurfürsten von Bayern, bot man an wieder in seine Heimat zurückzukehren. Man hatte ihn nach der Niederlage von Höchstadt aus seinem Reich vertrieben und er musste nahezu zehn Jahre in den Niederlanden Unterschlupf suchen.

Die Menschen im Schwarzwald atmeten auf, und trotz des Hungers, der teilweise ruinierten Höfe und der immer noch anhaltenden Seuche fassten sie neuen Mut. Sie nahmen ihr Schicksal wieder in die eigenen Hände, bauten ihre Höfe auf und bestellten, wenn sie das nötige Saatgut hatten, ihre Felder.

Verenas Meinung bestätigte sich. Großes Vertrauen setzten viele in den Anbau von Kartoffeln. Es hatte sich herumgesprochen, dass man diese Erdknollen für den Winter gut einlagern konnte und sie außerdem sehr nahrhaft waren.

Täglich suchte Verena ihren Garten auf, um nachzuschauen, wann endlich der erste Spross die Erde durchbrechen würde. Sie hegte ihre Pflanzen wie einen kostbaren Schatz.

*

Es gab einige Unruhen im Dorf, weil viele, die wie ich ihr Land vom Kloster gepachtet hatten, ihren Frondienst ableisten mussten.

Wir waren uns natürlich im Klaren darüber, dass Abt Maurus sein Kloster nach all den Plünderungen und Belagerungen wieder in Ordnung bringen wollte. Wir sahen aber nicht ein, dass er uns, die wir vom Kloster abhängig waren, all die Arbeiten aufbürden wollte.

Etliche Auseinandersetzungen gab es daher mit Onkel Jakob, dem Dorfvogt. Ich wurde Zeuge eines solchen Streites, als ich mit Andreas in der Stube des Wirtshauses saß.

„Der Abt soll doch die Soldaten, die den Schaden angerichtet haben, für die Arbeiten im Kloster kommen lassen!“, maulte ein Bauer. „Haben wir das Kloster zerstört?“

Ich war zwar der gleichen Meinung, hielt mich aber zurück, denn ich wollte Onkel Jakob auf keinen Fall in den Rücken fallen, wo er sich doch in schlechten Zeiten oftmals mir gegenüber so großzügig gezeigt hatte.

„Mehrere Wochen sollen wir im Kloster schuften? Und wer kümmert sich um unserer Höfe, wer bestellt die Felder, die in den letzten Jahren von Unkraut überwuchert wurden?“, schimpfte der Bauer vom Rotenhof.

„Wieso fragt Ihr mich?“, erwiderte Onkel Jakob ungehalten. „Bin ich etwa der Abt? Habe ich Euch ins Kloster beordert? Ich bin nur derjenige, der es Euch im Auftrag des Abtes mitteilen soll. Wenn es mir nach ginge, müsstet Ihr nicht so große Opfer bringen.“

Noch einige Bewohner Waldaus klagten ihr Leid, und der Vogt hatte zu tun sie zu beruhigen.

„Warum seid Ihr nicht ein bisschen dankbar, dass der Krieg endlich vorüber ist?“, versuchte es Onkel Jakob noch einmal. „Ihr versündigt Euch, wenn Ihr unserem Herrgott Eure Hilfe verweigert und Euren Dienst im Kloster nicht ableistet. Seid vernünftig! Sicherlich wird sich der Abt auch großzügig zeigen und Euch für die zusätzliche Arbeit Eure Abgaben erlassen.“

Nach und nach stellten die Anwesenden ihr Gemaule ein. Sie wussten schließlich, dass sie sich ihren Pflichten dem Kloster gegenüber nicht entziehen konnten. Hier gaben sie sich mutig. Würde der Abt vor ihnen stehen, niemand hätte den Mund aufgemacht.

Auch Andreas und ich mussten im Kloster erscheinen, um unseren Dienst abzuleisten. Allerdings erfuhren wir erst in St. Peter selbst, dass nicht nur Reparaturarbeiten zu erledigen waren. Man wollte mit der Zeit gehen und bei dieser Gelegenheit sollte die alte Kirche einen neuen Turm und eine neue Fassade erhalten.

Eigentlich wollte man die Pläne vor den Bauern vorläufig geheim halten, doch Andreas, der lange als Knecht hier gearbeitet hatte und vielen Klosterbewohnern aus dieser Zeit persönlich bekannt war, blieb das Vorhaben nicht verborgen.

„Der Prior hat mich heute rufen lassen. Er möchte, dass ich wieder als Knecht ins Kloster komme“, teilte mir Andreas am Abend mit. „Ich weiß nicht, wie ich mich entscheiden soll. Was meinst du, Benedikt? Zwei Tage Bedenkzeit hat er mir gegeben.“

„Wenn du dich im Kloster verdingst, wird viel, ja sehr viel Arbeit auf dich zukommen. Dein Lohn aber wird nach wie vor sehr bescheiden sein. So ist es doch Andreas, oder?“

„Natürlich Benedikt, ich weiß, ich weiß! So einfach wie damals wird es für mich nicht mehr werden, wo jetzt groß umgebaut werden soll. Aber, ich kann auch nicht für immer auf dem Glashof bleiben. Wenn mein Bruder Lorenz ihn eines Tages übernimmt, dann, ich weiß es nicht, wie es dann für mich weitergeht.“

„Was hältst du davon“, schlug ich vor, „wenn wir gemeinsam Uhren bauen, wie wir es schon einmal versucht haben? Sicherlich werden sich die Leute schnell von den Nachwirkungen des Krieges erholen, und dann haben sie wieder mehr Geld und Interesse an Uhren. Ich bin der festen Überzeugung, dass eines Tages auf jedem Hof und in jedem Haus eine Uhr hängen wird.“

„Bist du dir da wirklich so sicher?“, zweifelte Andreas.

„Das beste Beispiel ist die Verbreitung der Kartoffel. Anfangs wollte kaum jemand diese neumodische Knolle anbauen, und jetzt? Ganz wild sind alle darauf“, erwiderte ich.

Andreas schwieg und überlegte einen Moment.

„Eigentlich hast du Recht! Warum sollen wir es nicht einmal versuchen, Benedikt. Wenn es schief geht, Knecht kann ich immer wieder werden. Ich habe keine Familie und kann mich leichter durchschlagen als du.

Hier hast du meine Hand! Wir werden es gemeinsam versuchen und Uhren bauen.“

Ich fasste seine Hand und besiegelte damit unser Abkommen.

*

Körperlich erschöpft, aber trotzdem voller Tatendrang kamen wir vom Kloster nach Waldau zurück.

Onkel Jakob war verärgert, weil der Abt für die harten Arbeiten im Kloster keinerlei Entgegenkommen gezeigt, sondern die Männer nur mit Worten vertröstet hatte.

Daheim teilte ich Verena sofort den Entschluss mit, gemeinsam mit Andreas Uhren bauen zu wollen. Eigentlich hatte ich mit erheblichen Bedenken ihrerseits gerechnet, doch genau das Gegenteil war der Fall.

„Wir wissen nicht, ob wir in Kürze wieder Krieg haben werden oder ob wir gesund bleiben. Das liegt in Gottes Hand", sprach sie. „Wir können aber auch nicht die Hände in den Schoß legen und nur abwarten.

Ich weiß ganz sicher, dass du immer viel Freude am Bau von Uhren hattest. Was sollst du sonst tun, Benedikt? Du bist ein hervorragender Uhrmacher und solltest es bleiben!

Und Andreas! Du selbst hast immer gesagt, dass er äußerst geschickt ist und sich auf die Bearbeitung von Holz versteht.

Wenn Gott uns vor einem weiteren Krieg verschont, dann sind die Voraussetzungen so gut wie nie zuvor."

Ich nahm sie in den Arm.

Bereits am nächsten Tag erschien Andreas. Er war entschlossener denn je, unser Vorhaben zu verwirklichen.

Als erstes brachten wir die Werkstatt wieder in Ordnung und überholten das Werkzeug. Teilweise mussten neue Griffe angefertigt und die Messer geschärft werden. Andreas holte vom Glashof noch einige Bretter, um daraus Regale und einen neuen Arbeitstisch zu bauen. Schon nach ein paar Tagen war die Werkstatt komplett eingerichtet und wir konnten mit unserer eigentlichen Arbeit beginnen.

Die Zeichnungen und Skizzen, die ich vor dem Krieg angefertigt hatte, erwiesen sich jetzt als sehr vorteilhaft, und zum Glück besaß ich noch eine Uhr, die uns als Modell diente.

Vorläufig arbeitete Andreas nebenbei als Knecht auf dem Glashof weiter. Erst wenn wir einige Uhren verkauft hatten und sich der erhoffte Erfolg einstellen würde, wollte er mit seiner Familie reden. Bis dahin sollten seine neuen Pläne geheim bleiben.

Wir hielten die Ohren offen, um zu erfahren, ob andere Uhrmacher ebenfalls wieder mit dem Uhrenbau begonnen hatten. Schnell bestätigte sich unsere Vermutung, dass sich einige tatsächlich erneut damit beschäftigten. Meist führten sie diese Tätigkeit allerdings nebenher aus und konnten daher nicht so viel Zeit dafür erübrigen wie wir.

Wie die Besessenen schufteten wir, um noch im Frühherbst mit unseren Uhren in die Städte ziehen zu können. Das war überlebenswichtig für uns, denn erst dann konnten wir dem nahenden Winter gelassen entgegensehen.

Kein einziges Mal bereute ich bis zu diesem Zeitpunkt meinen Entschluss mit Andreas zusammen die Werkstatt zu betreiben, und, was mir auch sehr viel bedeutete, er war mir ein guter Freund geworden.

XXII

Bereits Anfang Oktober, früher als erwartet, hatten wir acht Uhren fertig gestellt. Nichts stand unserem Aufbruch mehr im Wege. Andreas und ich waren uns allerdings über einen Punkt noch nicht einig geworden. Wir wussten nicht, in welcher Gegend der Verkauf unserer Uhren den größten Erfolg versprach.

Gerne wäre ich wieder nach Norden oder in Richtung Rottweil gezogen, doch da die Stadt so lange Jahre von Tausenden von Soldaten vereinnahmt war, hatte die Bevölkerung sicherlich enorm darunter gelitten.

Den Westen schlossen wir ebenfalls aus, denn die Franzosen hielten nach wie vor Freiburg und seine Umgebung besetzt.

Wir wussten sehr genau, ohne es besonders erwähnen zu müssen, dass wir unter allen Umständen unsere Uhren möglichst gewinnbringend veräußern mussten.

Andreas hätte sich sicherlich irgendwie auf dem Glashof über den Winter retten können. Aber meine Familie, Verena und Johannes, wie hätten sie den für gewöhnlich strengen Winter in unserer Gegend überstehen sollen?

Wieder einmal holte ich mir Rat bei Onkel Jakob und kam anschließend schnell mit Andreas überein, hinunter zum Bodensee zu ziehen. Besonders die Stadt Konstanz hatte den

Ruf ein bedeutender Marktflecken zu sein. Sie lag am Schnittpunkt wichtiger Handelswege von Frankreich, der Schweiz und Italien.

*

Wir versorgten uns mit möglichst vielen, lange haltbaren Lebensmitteln. Besonders Andreas hatte ich es zu verdanken, dass wir nach zwei Tagen mit Brot, Käse und Speck eingedeckt waren.

Ich wollte auch Verena nicht ohne einen Vorrat an wichtigen Nahrungsmitteln zurücklassen, doch die lehnte stolz ab.

„Ihr könnt sie bestimmt besser brauchen als ich. Ich kann mit Johannes meine Kartoffeln ernten und wir müssen mit Sicherheit keinen Hunger leiden. Komm mal mit in den Garten!“, forderte sie mich auf.

Ungern folgte ich ihr, denn ich hatte in den letzten Tagen bemerkt, dass die Blätter der Pflanzen zunehmend gelb und unansehnlich wurden. Deswegen konnte ich nicht verstehen, warum Verena darauf auch noch stolz war.

„Du hast dich so geplagt, Verena, und dein Bestes gegeben. Vielleicht ist diese amerikanische Pflanze doch nicht so gut für unsere Gegend geeignet und geht deshalb ein“, versuchte ich sie zu trösten.

„Davon verstehst du nichts, du großer Uhrenbauer!“, erwiderte sie freudig. „Wenn die Knollen im Boden groß genug sind und geerntet werden können, dann wird das Kraut nach und nach welk. Die Kartoffeln ziehen noch einmal alle Kraft aus den Blättern in sich hinein. Zumindest hat mir meine Schwägerin das so erklärt.“

„Vielleicht sollten wir an einem Busch mal nachschauen und dann werden wir Gewissheit haben, ob du im Recht bist“, schlug ich vor.

Verena entfernte das Kraut an einer Staude und wühlte

mit den Händen in der Erde herum. Kurz darauf hielt sie mir drei goldgelbe Kartoffeln entgegen.

„Schau her, Benedikt, schau her!“, rief sie begeistert. „Aus einer Kartoffel, die ich in den Boden gesteckt habe, sind drei geworden. Ist das nicht wunderbar?“

Erstaunt nahm ich die Knollen in die Hand.

„Wirklich, kaum zu glauben! Es ist kaum zu fassen!“

Noch einmal buddelte sie an der selben Stelle herum und förderte weitere vier Kartoffeln aus der Erde.

„Sieben, sieben Stück sind aus einer einzigen Kartoffel gewachsen!“, schrie sie jetzt, außer sich vor Freude.

Sie rannte ins Haus und holte eine Hacke. Schon entfernte sie die Blätter der zweiten Pflanze und grub hastig in der Erde herum. Wieder kamen sechs Kartoffeln zum Vorschein.

Gleich am Abend kochte sie die Knollen, und wir verspeisten einige davon mit einem Stück Käse, das ich eigentlich mit auf unsere Reise nehmen wollte. Selbst Johannes war von diesen, für ihn völlig neuen „Essbällen“, wie er sie nannte, begeistert.

„Weil wir ein Stück Käse verzehrt haben, kannst du als Ausgleich einige gekochte Kartoffeln mitnehmen“, sprach Verena und legte sie neben unser Gepäck.

Ich verstaute alles in meiner Trage und hob sie an.

„Oje, da haben wir ganz schön zu schleppen!“, stöhnte ich besorgt. „Die Uhrengewichte sind daran schuld. Die Steine sind recht schwer.“

Lange musste ich nachdenken, bis ich eine Möglichkeit gefunden hatte, das Problem in den Griff zu bekommen. Jeder Stein war mit Draht umschlungen und hatte oben einen Haken, den man ins Zugseil einhängte. Die Gewichte der Steine unterschieden sich jedoch und waren jeweils genau auf eine Uhr abgestimmt.

Würde ich das Gewicht der verschiedenen Steine mit meiner einfachen Handwaage bestimmen, so bräuchte ich die

Steine nicht durch die Gegend zu schleppen, sondern könnte mir dann problemlos welche suchen, wenn ich sie benötigte. Die Waage musste ich allerdings mitnehmen.

Ich führte meine Idee aus und schrieb mir, mit Nummern versehen, das genaue Gewicht jedes Steines auf. Außerdem packte ich Draht ein, um an Ort und Stelle die Ummantelung und entsprechende Haken herstellen zu können.

„Und was machst du, wenn du unerwartet auf jemanden triffst, der dir eine Uhr abkaufen will?“, fragte mich Andreas. „Soll der dann so lange warten bis du einen geeigneten Stein gesucht, mit Draht umschlungen und einen Aufhängehaken angebracht hast?“

Ja, er hatte Recht, und deswegen beschlossen wir wenigstens zwei Gewichte mitzunehmen, um auf alle Eventualitäten vorbereitet zu sein.

*

Sehr früh am Morgen brachen wir auf. Das Wetter war noch angenehm und der Herbst zeigte sich von seiner sanften Seite. Wir waren gut gelaunt und nahmen uns gegenseitig das Versprechen ab, uns nicht unterkriegen zu lassen.

Von Neustadt aus liefen wir die Wutach entlang nach Gundelwangen und legten hier eine erste Pause ein. Auch an Bonndorf kamen wir vorüber und ich musste unwillkürlich an den Mann denken, der mir als Junge im Wald begegnet war und sich dann als gesuchter Mörder entpuppte. Natürlich erzählte ich die Geschichte ausführlichst meinem Freund Andreas und schmückte sie sogar an einigen Stellen etwas aus.

Schon am Nachmittag beschlossen wir uns eine Unterkunft zu suchen, denn das lange und ungewohnte Laufen kostete uns viel Kraft.

Kurz vor Blumberg setzten wir uns an einen Waldrand,

um die Dämmerung abzuwarten und uns dann heimlich in eine Scheune zu schleichen.

Als es dunkel wurde, hatten wir jedoch keine Lust mehr noch lange nach einer Unterkunft Ausschau zu halten. Da es nicht besonders kalt war und wir kaum Wolken am Himmel entdeckten, trugen wir unsere Körbe hinter ein Gebüsch.

Wir legten uns hin und wickelten uns in die mitgebrachten Decken ein. Um uns im Ernstfall wehren zu können, trug jeder ein Messer bei sich.

*

Viel zu früh wachten wir am Morgen auf. An Schlaf war nicht mehr zu denken, da einige Raben in der Nähe um die Wette krächzten und sich um Futter zankten. Ich warf einige Steine nach ihnen, um sie zu verscheuchen, doch da sich immer mehr von diesen Störenfrieden in der Nähe versammelten, blieben meine Bemühungen erfolglos.

Deswegen beschlossen wir zu frühstücken und dann unseren Weg etwas gemütlicher als am Tag zuvor fortzusetzen. Bereits gegen Mittag erreichten wir das Städtchen Tengen, das auf einem nach drei Seiten steil abfallenden Felsen erbaut war und von einer Burg überragt wurde.

„Vielleicht sollten wir es hier einmal versuchen! Wenn wir nur eine Uhr verkaufen, dann wäre wenigstens ein Anfang gemacht. Was meinst du, Andreas?“

„Mich darfst du nicht fragen, Benedikt! Mit dem Verkauf von Uhren hast du mehr Erfahrung als ich.“

Wir liefen in das Städtchen hinein. Der Markt war bereits beendet, also war es uns verboten hier unsere Uhren anzubieten. Deshalb suchten wir uns einige Häuser aus, denen man von außen ansah, dass wohlhabende Bürger sie bewohnten, und klopften an die Türen.

„Gott zum Gruß!“, sprach ich, als eine Magd öffnete. „Wir

kommen aus Waldau im Schwarzwald und wollten Euch die ersten Uhren anbieten, die nach dem Krieg gebaut wurden."

„Mein Herr braucht keine Uhr, weil er schon eine besitzt!", wehrte sie unser Angebot gleich ab.

„Man kann sich in ein so stattliches Haus auch eine zweite Uhr hängen", erwiderte ich.

„Eine zweite Uhr!", lachte die Magd. „Ihr kennt meinen knauserigen Herrn nicht. Er würde sie gerne annehmen, wenn Ihr sie ihm schenkt."

An den meisten Türen wurden wir abgewiesen, und Andreas machte mittlerweile ein recht enttäuschtes Gesicht.

„Das kann ja heiter werden, wenn die meisten nicht einmal einen Blick auf unsere Uhren werfen, geschweige denn eine kaufen wollen", jammerte er.

„Du musst Geduld haben, Andreas, viel Geduld! Wir wollten uns nicht unterkriegen lassen. Und bitte, mach nicht so ein ernstes Gesicht! Du musst strahlen, als hätten wir heute schon fünf Uhren verkauft!"

Wir starteten einen neuen Versuch. Der Hausherr selbst öffnete die Tür. Wieder pries ich unsere Uhren an und versuchte ihm mein Angebot möglichst schmackhaft zu machen.

„Neulich war schon einer von Euch Händlern da und wollte mir eine Uhr andrehen. Wer kauft denn noch so eine altmodische Uhr mit einem Zeiger?", sprach der Mann.

„Da habt Ihr vollkommen Recht! Ihr kennt Euch aus und geht mit der Zeit, wie ich merke", suchte ich ihn zu ködern. „Wir haben Uhren mit Minuten- und einem Stundenzeiger. Ihr seht, wir sind mit unseren Uhren auf dem neuesten Stand."

„Na, dann kommt herein und zeigt mir mal eines Eurer Wunderwerke!", sprach er und hielt uns die Tür auf.

Innerlich recht aufgeregt packte ich die beiden Uhren aus, für die wir die Gewichte mitgenommen hatten. Der Mann schaute sie beide lange an, bis er sich endlich für eine entscheiden konnte.

Ich hängte sie im Hausflur an einen Nagel und setzte sie in Gang. Der Mann war beeindruckt, das konnte man ihm ansehen. Um den Preis etwas nach oben zu treiben und ihn endlich zum Kauf zu veranlassen, tat ich so, als wolle ich die Uhr wieder einpacken.

„Es tut mir Leid, wir müssen weiter!", sagte ich ganz gelassen. „Ein Händler erwartet uns in Konstanz. Ganz wild ist er auf unsere Uhren, weil sie sich nach seinen Angaben so gut in der Schweiz und in Italien verkaufen lassen. Sicherlich würde er es mir verübeln, wenn er erfährt, dass ich eine Uhr bereits auf dem Weg dorthin verkauft habe."

„Nein, nein, Ihr könnt sie hängen lassen! Wenn Ihr mir einen guten Preis macht, dann nehme ich sie", antwortete der Mann.

Ich setzte den Preis etwas höher an, ließ ihm dann bei den Verhandlungen eine Kleinigkeit nach und schon holte der Mann bereitwillig das Geld herbei und überreichte es mir.

*

„Gestattet mir eine Frage!", wandte er sich noch einmal an mich. „Der Händler, dem Ihr die Uhren bringt, nimmt er sie Euch alle ab?"

Ich musste mir schnell eine vernünftige Antwort einfallen lassen, damit er mir nicht auf die Schliche kam.

„Natürlich, was ist daran so außergewöhnlich?", sagte ich und stellte mich recht erstaunt. „Er handelt damit. Händler haben das so an sich. Die wenigsten Tuchverkäufer auf dem Markt stellen ihre Stoffe selbst her, sondern kaufen sie jemandem ab und verkaufen sie mit möglichst hohem Gewinn an ihre Kunden weiter."

„Einfacher kann man sein Geld nicht verdienen", mischte sich das erste Mal auch Andreas ein. „Wir haben den Kaufmann aus Konstanz vor dem Krieg mit unseren Uhren zu einem wohlhabenden Mann gemacht."

„Richtig!", stimmte ich zu. „Wir selbst können schließlich schlecht nach Italien laufen wegen ein paar Uhren. Wann sollen wir sie dann noch bauen?"

„Ja wenn das so ist, dann, vielleicht sollte auch ich bei Euch einige Uhren kaufen und sie mit auf die Märkte nehmen", sprach der Mann nachdenklich. „Möglicherweise kann ich so manchen Gulden nebenher verdienen.

Ihr müsst wissen, ich handle mit Büchern. Ich könnte mir vorstellen, dass so manches Kloster, das ich mit meinem Wagen ansteuere, an einer Uhr interessiert ist. Die Mönche wollen doch immer ganz genau wissen, wann die Gebetsstunden sind."

„Mit Sicherheit könnt Ihr da keinen Fehler machen. Wenn Ihr auf den Märkten seid und eine Uhr neben Eure Bücher legt, dann werdet Ihr etliche Käufer anlocken", meinte Andreas.

„Allerdings dürft Ihr sie, lasst Euch da einen Rat geben, nicht legen! Aus Erfahrung weiß ich, dass sich eine Uhr, die ihr Können vor den Augen der Kunden unter Beweis stellt, viel besser verkaufen lässt", verbesserte ich meinen Freund.

„Jetzt, wo es auf den Winter zugeht, ziehe ich nicht durch die Gegend, aber im Frühjahr, da breche ich wieder auf", berichtete der Mann. „Ich würde Euch daher bitten, mir bis zum März drei Uhren zu bauen. Sie sollen so aussehen und so zuverlässig laufen wie die, die ich eben bei Euch gekauft habe. Könntet Ihr diesen Auftrag ausführen?"

„Hm, das müsste möglich sein! Doch, was machen wir, wenn wir sie vorbeibringen und Ihr wollt sie plötzlich nicht mehr haben?", fragte ich mit kritischem Unterton.

Gerne hätte ich ihm die drei Uhren auf der Stelle verkauft, doch meine Glaubwürdigkeit wäre dann auf der Strecke geblieben.

„Mit dem Händler in Konstanz schließen wir bei jeder Bestellung einen einfachen Vertrag ab. So kann keinem Unrecht geschehen“, teilte ich mit und erhoffte mir insgeheim eine solche Regelung auch mit dem Buchhändler.

„Und er macht uns natürlich für das Material eine kleine Anzahlung“, fügte Andreas hinzu.

Von einem Vertrag wollte der Mann jedoch nichts wissen.

„Das brauchen wir alles nicht!“, wehrte er ab. „Ich bin Michael Holzinger, ein angesehener Kaufmann, und halte mein Wort. Liefert mir im März drei Uhren zum gleichen Preis wie die meine! Einverstanden?“, schloss er die Verhandlungen ab.

Wir besiegelten unsere Vereinbarung mit einem Handschlag und versprachen die Uhren rechtzeitig vorbeizubringen. Auch wir nannten unsere Namen und verabschiedeten uns.

*

Außergewöhnliche Freude kam bei uns auf. Nicht nur, weil wir unser erstes gemeinsames Geschäft erfolgreich abgeschlossen hatten, sondern weil eine Last wie ein Mantel von uns fiel. Wir wussten jetzt endlich, dass unsere Uhren gefragt waren und, wenn man sich bei den Verkaufsverhandlungen etwas geschickt anstellte, sie ein schönes Sümmchen einbrachten.

„Ich bin erstaunt, Benedikt!“, verkündete Andreas anerkennend. „Du bist nicht nur ein hervorragender Uhrenbauer, sondern ein ganz gerissener Kaufmann. Von dir kann ich noch viel, sehr viel lernen.“

Ich war selbst stolz auf mich und, abgesehen von dem Geld, was wir natürlich bitter nötig hatten, stärkte es mein Selbstvertrauen und den Glauben an eine bessere Zukunft.

Die vielen Jahre, in denen ich meine Familie kaum über Wasser halten konnte, in denen ich sogar stehlen musste, um sie vor dem Schlimmsten zu bewahren, hatten ihre Spuren in mir hinterlassen.

„Heute Abend, mein Freund, werden wir unseren ersten Erfolg gebührend feiern. Ich kann es selbst kaum fassen, dass Herr Holzinger drei weitere Uhren bestellt hat“, jubelte ich.

„Aber die Idee, mit Uhren genauso zu handeln wie mit Büchern oder Stoffen, ist recht naheliegend“, antwortete Andreas. „Ich bin mir sicher, dass Herr Holzinger damit Erfolg hat und dann vielleicht sogar weitere Uhren bei uns bestellt.“

„Das sehe ich auch so, Andreas. Außerdem hat es den Vorteil, dass wir nicht selbst durch die Gegend ziehen müssen, sondern mehr Zeit haben, um Uhren in unserer Werkstatt zu bauen.“

*

Bei Riedheim steuerten wir gegen Abend ein Gasthaus an. Wir ließen uns jeder einen Krug Bier bringen und prosteten uns zu. Sogar einen Teller Kraut und ein ordentliches Stück geräucherten Speck gönnten wir uns.

Nach dem zweiten Krug Bier wurden wir zunehmend lustiger und lachten laut. Als Andreas sich noch einen weiteren Krug Bier genehmigte und der Wirt ihn vor ihm abstellte, sah er uns eindringlich an.

„Ich will hoffen, dass Ihr Eure Zeche am Ende bezahlen könnt“, nörgelte er, „sonst werde ich Euch auf's Dach steigen und Euch mit meinem Knecht eine Tracht Prügel verpassen.“

„Ihr wisst wohl nicht, wen Ihr vor Euch sitzen habt, Herr Wirt!“, entgegnete Andreas angeheitert. „Einer der besten Uhrmacher des ganzen Schwarzwaldes verkehrt in Eurem Gasthaus, Benedikt Fehrenbach.“

Ich schämte mich, dass Andreas so sehr auf den Putz klopfte und alle Anwesenden ihre Gespräche einstellten, um zu unserem Tisch zu blicken. Er ließ sich von mir jedoch nicht mäßigen und setzte seine Rede fort:

„Wenn wir nicht bezahlen könnten, dann würden wir Euch einfach eine unserer Uhren überlassen. Allerdings, wenn ich recht überlege, dann müssten wir für den Gegenwert die ganze Nacht durchsaufen. Ob uns das so gut bekommt?"

„Sei jetzt still, Andreas! Du machst uns ja geradezu lächerlich!", murmelte ich ihm zu, als der Wirt gegangen war. „Wir hören jetzt mit der Sauferei auf und nehmen uns hier im Gasthof eine Kammer."

Ich ging zum Wirt und bat ihn um ein Zimmer für die Nacht. Sofort holte ich meinen Lederbeutel heraus und beglich alle Schulden.

„Seid Ihr wirklich ein Uhrenbauer und habt solche Räderwerke bei Euch?", wollte er wissen. Richtig freundlich konnte er plötzlich sein, als er das Geld in seinen Händen hielt.

„Wir sind auf dem Weg nach Konstanz", erwiderte ich. „Dort erwartet man uns und unsere Uhren schon. Heute schauten wir bei Herrn Holzinger in Tengen vorbei, da wir auch mit ihm Geschäfte machen. Gleich mehrere Uhren, stellt Euch vor, gleich vier Uhren wollte er haben, weil er unsere präzisen Zeitmesser so sehr schätzt."

„Sprecht Ihr von dem bekannten Buchhändler Holzinger?", fragte der Wirt erstaunt nach.

„So ist es! Der Buchhändler Holzinger aus Tengen", wiederholte ich. „Es tut mir Leid, dass mein Freund etwas zu viel getrunken hat. Eigentlich sollte es niemand hier in der Gaststube erfahren, dass wir Uhren bei uns haben. Am Ende will jemand eine davon kaufen. Sie sind jedoch alle von einem Händler in Konstanz bestellt."

„Aber eine werdet Ihr doch erübrigen können! Wo jetzt die Zeiten endlich wieder besser werden, möchte ich mir auch eine Uhr anschaffen", teilte mir der Wirt mit.

„Wenn mein Partner morgen wieder einen klaren Kopf hat, werde ich mit ihm sprechen und Euch wissen lassen, ob wir Euch eventuell eine verkaufen können. Ihr müsst wissen, dass uns der Händler in Konstanz womöglich Vorwürfe macht, weil wir ihm die bestellten sieben Uhren nicht wie vereinbart liefern."

„Eine, eine einzige Eurer Uhren werdet Ihr doch für mich übrig haben", bettelte der Wirt geradezu.

Ich ging zu unserem Tisch und flüsterte Andreas zu, er solle mir in einigen Minuten folgen und so tun, als dürften wir keine der Uhren verkaufen, weil sie bestellt seien. Ich nahm eine in ein Leinentuch gewickelte Uhr und das entsprechende Gewicht aus dem Korb und lief zum Wirt.

„Kommt mit in die Kammer nebenan! Nicht dass die Gäste meine Uhr sehen", sprach ich geheimnisvoll und betrat das Nebenzimmer.

Strahlend stand der Wirt vor der Uhr, als ich sie aufgehängt hatte und sie gleichmäßig vor sich hin tickte.

„Wunderbar! Euer Freund hat nicht übertrieben. Ihr seid wirklich ein Meister Eures Fachs", teilte er mir beeindruckt mit.

Andreas stand in der Tür.

„Benedikt", fauchte er mich an, „bist du verrückt geworden? Du wirst doch nicht etwa eine der Uhren verkaufen wollen? Der Kaufmann in Konstanz, er wird toben."

„Beruhige dich, Andreas! Wir können ihm ja sagen, dass wir in der kurzen Zeit nicht genügend herstellen konnten. Damit wird er sich bestimmt zufrieden geben", erwiderte ich.

„Mach doch, was du willst!", maulte Andreas. „Ich halt mich da besser raus."

Er drehte sich um und ging.

Wieder redete der Wirt auf mich ein und flehte mich an ihm die Uhr zu überlassen. Ich willigte ein und wir wurden uns sehr schnell über den Kaufpreis einig.

Andreas und ich ließen uns nicht anmerken wie erfreut, ja wie überglücklich wir uns fühlten, rein zufällig eine zweite Uhr an diesem Tag verkauft zu haben. Erst als wir in der Kammer waren, fielen wir uns in die Arme und tollten herum wie heranwachsende Kinder.

*

Nach einem reichlichen Frühstück hatten wir es nicht sehr weit bis Radolfzell.

Ich brauchte einige Zeit, bis ich ein paar geeignete Steine unterwegs fand, die ich als Gewichte für meine Uhren verwenden konnte.

Schon von Weitem hatten wir einen herrlichen Blick auf die Stadt und den unglaublich riesigen See. Niemals zuvor in meinem Leben hatte ich eine derart große Wasserfläche gesehen.

Die verwinkelten Gassen mit ihren Adels- und Patrizierhäusern zogen unsere Blicke auf sich. Wie in fast allen Städten spielte sich das eigentliche Leben auf dem Marktplatz ab, und auch ein Münster beherrschte diesen Platz.

Gerne wären wir einmal hineingegangen und hätten ein Dankgebet gesprochen, doch das war nicht möglich, weil umfangreiche Bauarbeiten an dem riesigen Gebäude vorgenommen wurden.

Überall im Land ging man zur Zeit daran die altmodischen Kirchen aus der Gotik umzubauen und mit dem Schmuckwerk des neuen, des zeitgemäßen Barock zu versehen.

Allein die Gerüste, die Handwerker vor unseren Augen aus langen Stangen mit Seilen zusammenknoteten, waren es wert bewundert zu werden. Hoch oben turnten einige junge Burschen herum, um dieses Holzgerippe an den Fassaden immer höher zu bauen.

Nachdem wir uns lange genug dieses Spektakel angeschaut hatten, suchten wir den Marktaufseher und ließen uns einen Platz zuweisen, um unsere Uhren auszustellen.

Besonders auffällig war, dass es viele Fischhändler auf dem Markt gab, die große Bottiche an ihre Stände schleppten, in denen, kaum mit Wasser benetzt, lebende Fische herumzappelten. Einige Zeit betrachtete ich die quirligen Tiere bei einem Händler in der Nähe.

„Ihr habt es gut, dass Ihr so nahe an einem See wohnt!“, sprach ich ihn an. „Ihr braucht niemals Hunger zu leiden, sondern werft Euer Netz ins Wasser und schon habt Ihr ein paar Leckerbissen gefangen.“

„Ihr scheint wenig von der Fischerei zu verstehen“, antwortete er schlecht gelaunt, „sonst würdet Ihr nicht so einen Blödsinn reden. Ab und zu dauert es Stunden, bis wir einige Fische im Netz haben, und manchmal kommt es auch vor, dass wir ohne einen einzigen heimkommen.“

XXIII

Zwei Uhren wechselten an diesem Tag ihren Besitzer, und der ausgehandelte Preis konnte sich sehen lassen.

Ein Mann stand lange vor unseren Uhrenkästen und schaute sie sich eingehend an. Er trug einen Korb auf dem Rücken und setzte ihn sogar ab.

„Habt Ihr was dagegen, wenn ich eine Eurer Zeitmesser mal in die Hand nehme, um die Räder genauer betrachten zu können?“, fragte er höflich.

„Natürlich nicht! Wir brauchen unsere Uhren nicht zu verstecken und jeder Käufer kann sie so lange und so oft anschauen wie er will“, antwortete ich.

Und das tat der Mann auch ausgiebig. Erst als er sich anscheinend jedes Rad eingeprägt hatte, legte er sie wieder ab.

„Ihr müsst wissen, dass ich ebenfalls Uhrenbauer bin und Euch Konkurrenz machen werde hier auf dem Markt. Ich komme aus Schollach bei Urach, aber das wird Euch wenig sagen.“

„Ihr kommt tatsächlich aus Schollach? Das gibt es doch nicht!“, rief Andreas und schüttelte den Kopf. „Wir sind aus Waldau, höchstens zwei Stunden Fußweg von Eurem Dorf entfernt.“

„Wirklich, kaum zu glauben! Da sind wir ja fast Nachbarn“, lachte der Mann und reichte uns die Hand. „Ich bin Simon

Dilger und baue seit einiger Zeit Uhren. Schon vor dem Krieg habe ich mich damit beschäftigt. Ich kann nur hoffen, dass jetzt endlich bessere Zeiten auf uns zukommen."

„Ich erinnere mich. Mein Vater hat mir damals erzählt, dass es einen Uhrmacher in Schollach gibt. Das müsst folglich Ihr gewesen sein", sprach ich.

Auch wir stellten uns vor.

„Andreas Kreutz? Sagtet Ihr Andreas Kreutz? Womöglich stammt Ihr aus dem Glashof und Euer Vater hieß Georg. Soldaten haben ihn doch damals auf seinem Hof erschlagen, oder?", wollte Herr Dilger wissen.

Andreas bejahte seine Frage und gleich fing Herr Dilger zu erzählen an:

„Dann seid Ihr der Sohn des Mannes, durch den ich zum Uhrenbau gekommen bin. Die erste Holzräderuhr habe ich nämlich bei einem schon lange verstorbenen Pfarrer in Neukirch bewundert. Und was glaubt Ihr, wer sie gebaut hat?", wollte er von Andreas wissen.

„Das kann ich Euch beantworten", mischte ich mich ein. „Es war Georg Kreutz, der Vater von Andreas. Ich weiß es so genau, weil er es mir selbst einmal erzählt hat. Ich war damals noch ein Junge von zehn Jahren, und auch ich kam durch den Glashofbauern zum Uhrenbau."

*

Eine ganze Weile standen wir beisammen und redeten miteinander über unsere Heimat, über die schlimmen Kriegsjahre und über unsere gemeinsame Leidenschaft, den Uhrenbau.

„Ich denke wir haben genug gequatscht. Jetzt muss ich mich dranhalten, dass auch ich wenigstens noch eine Uhr an den Mann bringe", sagte Dilger und lief mit seinem Korb davon.

„Kommt sofort zurück, Ihr Gauner!", rief ich ihm nach.

„Ihr habt schließlich unsere Uhren genau angeschaut, dann werdet Ihr es wohl einsehen, dass wir auch Eure betrachten wollen.“

Er kam wirklich noch einmal herbei, packte aber nur zögerlich eine seiner Uhren aus.

Sie waren den unsrigen äußerlich sehr ähnlich und ebenfalls bereits mit Minutenzeigern ausgestattet. Ein erheblicher Unterschied bestand allerdings doch. Seine Uhrwerke waren nicht mehr seitlich offen, sondern zwei Türchen auf beiden Seiten schützten die Zahnräder und die Wellen vor Staub und sonstigem Schmutz. Oben auf dem Gehäuse stand ein Holzzapfen hoch und ein Holzhämmerchen war zu sehen.

„Das ist eine gute Idee, dass Ihr Türchen seitlich anbringt“, sagte ich anerkennend, „denn so ein geschlossener Kasten lässt sich auch viel besser transportieren.“

„Dafür ist mein Sohn Friedrich zuständig“, erklärte Dilger. „Er arbeitet bei mir in der Werkstatt und macht sich recht gut als Uhrmacher. Nun ja, die Feinheiten, die muss er noch lernen, aber mit der Zeit kommt das bei einem so geschickten Kerl von alleine.“

Ich öffnete ein Türchen, um auch einen Blick ins Innere zu werfen. Herrn Dilger war das anscheinend nicht sehr recht, und er wollte mir die Uhr sofort aus der Hand nehmen.

„Wir waren doch auch nicht so ungeduldig, Herr Dilger, als Ihr unsere Uhren betrachtet habt, oder?“, sprach ich und zog das Türchen auf.

Das Hämmerchen auf der Uhr war mit dem Uhrwerk verbunden und wenn ich am Antriebsseil zog, hob ein Stift einen Hebel an und das Hämmerchen bewegte sich. Aha, jetzt dachte ich an die französische Uhr, die ich in Rottweil repariert hatte.

„Das ist ja unglaublich!“, rief ich voller Staunen. „Ihr baut Uhren mit Schlagwerk?“

„Ungern verrate ich Euch das“, antwortete Dilger, „aber,

wo Ihr es jetzt schon selbst entdeckt habt, ist es kein Geheimnis mehr. Ja, ich baue Schlagwerke in die Uhren ein. Auf den Holzzapfen wird eine kleine Glasglocke gesetzt und schon hört man die verschiedenen Stunden, ohne die Uhr anschauen zu müssen.

Es ist kaum zu glauben, dass Ihr noch keine Glocken einbaut, wo sich doch andere Uhrmacher aus Schönwald und aus Gütenbach schon einige Zeit damit beschäftigen. Ehrlich gesagt, ich habe es auch bei ihnen abgeschaut."

Noch einmal betrachtete ich den Mechanismus, doch dann wurde Dilger recht unruhig und forderte seine Uhr zurück.

„Ich muss jetzt an den Verkauf gehen, ich habe keine Wahl, sonst komme ich irgendwann ohne einen Gulden heim", sprach er und verabschiedete sich endgültig.

Das Schlagwerk und die Verkleidung des Räderwerks, das ich an Dilgers Uhren entdeckt hatte, ließ mir keine Ruhe.

„Wir müssen aufpassen, dass uns andere Uhrmacher nicht immer um eine Nasenlänge voraus sind. Die bauen Schlagwerke ein und wir glauben, wir sind mit unseren Uhren auf dem neuesten Stand. Ich kann es kaum fassen!", schimpfte ich.

„Ist doch nicht so schlimm, Benedikt! Was die können, das wird auch uns gelingen. Aber, wir müssen aus diesem Zwischenfall lernen und uns nicht in Waldau in unsere Werkstatt verkriechen, sondern uns umhören, was es Neues gibt.

Trotzdem, unsere Uhren ohne Schlagwerk haben sich bisher doch besser verkauft, als wir es jemals erträumt hätten."

Herr Dilger hatte es sich anscheinend doch anders überlegt, denn als ich den ganzen Markt nach ihm absuchte, konnte ich ihn nirgends finden.

Auch wir machten uns noch am Nachmittag auf den Weg nach Konstanz. Überall am Ufer des Bodensees lagen Kähne, mit denen die zahlreichen Fischer ihren Lebensunterhalt verdienten. Sie fuhren für gewöhnlich sehr früh am Morgen hinaus auf den See. Jetzt jedoch saßen sie in der Nähe ihrer Boote und flickten die riesigen Netze oder nahmen Ausbesserungsarbeiten an ihren Holzbooten vor.

Zahlreiche Händler waren noch mit ihren Wagen unterwegs. Insgeheim beneidete ich sie, denn während sie auf ihren Karren saßen und Pferde oder Ochsen die Arbeit verrichteten, mussten wir die Körbe auf unserem Rücken selbst schleppen.

Es wurde bereits dunkel, als die Stadt Konstanz in der Ferne auftauchte.

*

Zwei Männer, die ebenfalls dorthin unterwegs waren, gesellten sich zu uns.

„Ihr habt sicherlich nichts dagegen, dass wir uns Euch anschließen“, meinte der Ältere von beiden. „Die Zeiten sind unsicher und, wenn die Dunkelheit hereinbricht, dann kommen die Diebe und anderes Gesindel aus ihren Verstecken. Aber gegen vier kräftige Männer, nein, da werden sie es sich gründlich überlegen, ob sie da nicht den Kürzeren ziehen.“

„Wohnt Ihr in Konstanz, in dieser großen und mächtigen Stadt, wie man uns erzählt hat?“, fragte ich den Fremden.

„Nein nein!“, erwiderte er. „Wir kommen aus Dettingen, einem kleinen Dorf, etwa eine gute Stunde Fußmarsch von hier entfernt. Mein Sohn und ich wollen Leinen in die Stadt bringen.“

„Dann seid Ihr also Weber, nicht wahr?“, wollte Andreas wissen.

Wieder antwortete der Vater, während sich der Sohn nicht am Gespräch beteiligte.

„So kann man das nicht sagen! Wir tun alles, um uns durchzuschlagen. Von unserem kleinen Stückchen Land, das wir besitzen, können wir nicht leben. Deswegen haben wir einen

Webstuhl angeschafft und liefern ab und an unser Leinen einem Kaufmann in Konstanz.

Und Ihr, der Sprache nach zu urteilen, seid Ihr nicht aus der Gegend."

„Wir kommen aus Waldau im Schwarzwald", gab Andreas bereitwillig Auskunft. „Wir bauen Uhren und versuchen unser Glück auf den Märkten. Hoffentlich finden wir in Konstanz einige Käufer!"

„Und du hilfst deinem Vater so gut du kannst, wie?", sprach ich jetzt den Burschen an, der nach meiner Schätzung etwa sechzehn Jahre alt war und bisher kein einziges Wort über seine Lippen gebracht hatte.

„Ihr braucht nicht zu versuchen mit ihm zu sprechen, denn er hört Euch sowieso nicht. Gott straft uns mit diesem Sohn!", klagte der Mann. „Manchmal weiß ich nicht, was aus ihm werden soll, wenn meine Frau oder ich einmal nicht mehr sind."

Irgendwie machte mich die Tatsache, dass sein Sohn gehörlos war, betroffen, und eine ganze Weile liefen wir schweigend nebeneinander her. Doch dann ergriff der Fremde wieder das Wort. Wahrscheinlich wollte er die Gelegenheit nutzen, wo er doch für gewöhnlich nur stumm neben seinem Sohn herlaufen musste.

„So so, da habt Ihr gehört, Konstanz sei eine mächtige Stadt. Da habt Ihr nicht ganz Unrecht, ihre Glanzzeit ist allerdings lange vorbei. Schon die Römer gründeten hier wegen der hervorragenden Lage ein Kastell. Später war es dann das Christentum, was der Stadt zu Ansehen und Macht verhalf. Der Bischof von Konstanz hatte seinen Einfluss vom Main bis tief in die Schweiz ausgedehnt.

Sogar ein Konzil, stellt Euch vor, ein Konzil hat hier stattgefunden und einen Papst haben sie in Konstanz gewählt. Fragt mich aber nicht nach dem Namen des Papstes, weil ich Euch den nicht nennen kann", sprach der Fremde weiter.

„Also ist es doch eine mächtige Stadt!“, unterbrach ihn Andreas.

„Natürlich, auch heute schneiden sich noch die Handelsstraßen aus allen Himmelsrichtungen hier. Man handelt mit Pelzen, Gewürzen, vielen Dingen aus dem Süden und, das möchte ich extra betonen, mit Leinen, für das Konstanz seit etlichen Jahrhunderten berühmt ist.

Aber, wenn es den Menschen zu gut geht, dann sorgen sie meist selbst dafür, dass es nicht lange so bleibt. Die wohlhabenden Kaufleute, die Patrizier, und die damals zu Ansehen gekommenen Handwerksmeister konnten sich nicht einigen, wer das Sagen in der Stadt haben sollte.

Unfrieden und Missgunst machten sich breit und, es war nicht anders zu erwarten, einige einflussreiche Familien verließen daraufhin die Stadt, um sich anderswo anzusiedeln. Selbst die Bischöfe verlegten ihren Sitz nach Meersburg.

Die Folgen, ja, die Folgen waren verhängnisvoll. Die riesigen Ländereien, über die Konstanz einst herrschte, schrumpften im Nu zusammen auf einen jämmerlichen Besitz.

Die Bürger der Stadt durften sich zwar weiterhin selbst verwalten, sie mussten jedoch die Österreicher als neue Landesherren dulden, und das bis zum heutigen Tag.“

„Was Ihr alles wisst! Ihr seid ein schlauer Mann!“, sprach Andreas anerkennend.

„Mein Großvater war einst ein angesehener Kaufmann in Konstanz. Immer größer wollte er werden, immer mehr Waren aus aller Herren Länder sollten in seinem Lagerhaus umgeschlagen werden. Am Ende war er so verschuldet, dass er sich das Leben nahm. Für ihn ein guter Ausweg, für seine Familie jedoch bitter, sehr bitter.“

*

Wir überquerten die Brücke, die über den Rhein führte, und standen vor einem mächtigen Stadttor.

„Ihr könnt von Glück reden, dass wir die Tore noch nicht geschlossen haben“, maulte eine Wache, „wo es doch inzwischen völlig dunkel ist.“

„In Zukunft könnt Ihr sehen, wo Ihr bleibt!“, schloss sich ein anderer Posten an.

Sie durchsuchten unsere Körbe und alles, was wir bei uns hatten, ganz genau. Ich konnte kaum mit ansehen, wie grob sie mit den Uhren umgingen.

„Wenn Ihr glaubt, wir müssen uns von Euch alles gefallen lassen, dann seid Ihr auf dem Holzweg!“, fuhr unser Begleiter die Wachen an.

„Werdet nicht frech!“, kam prompt die Antwort einer Wache. „Wir werden Euch gleich zeigen, welche Folgen es haben kann, wenn man das Maul zu weit aufreißt!“

„Mein Bruder“, erwiderte der Angesprochene vorlaut, „ein angesehener Kaufmann der Stadt und einflussreicher Ratsherr, wird dabei auch ein Wörtchen mitzureden haben. Darauf könnt Ihr Euch verlassen!“

Es war kaum zu glauben, wie schnell sich der Ton der Wachen änderte. Sie waren plötzlich freundlich und kramten nur noch behutsam in unseren Sachen herum.

„Nichts für ungut! Wir tun doch nur unsere Pflicht!“, rief uns einer der Wachposten nach, als wir durch das Tor in die Stadt liefen.

„Dann seid Ihr also doch nicht so ein einfacher Mann wie Ihr uns vorhin erzählt habt“, bemerkte ich ein wenig ungehalten, als uns die Wachen nicht mehr hören konnten.

„Nein, nein, da habt auch Ihr Euch täuschen lassen! Manchmal müssen wir kleinen Leute uns wehren, sonst machen die mit einem, was sie wollen. Kommt ein reicher Kaufmann oder ein angesehener Bürger ans Tor, dann verneigen sie sich und fallen fast auf die Knie vor ihm. Haben wir nicht auch das Recht wie Menschen behandelt zu werden?"

„Dann habt Ihr gar keinen Bruder in der Stadt?", fragte Andreas erstaunt.

„Doch doch, einen Bruder habe ich schon! Der ist jedoch nicht besser dran als ich. Aber schließlich könnte, es könnte ja sein, dass auch ein einfacher Mann eines Tages in den Rat gewählt wird."

Unser Begleiter hielt sich den Bauch, so sehr musste er lachen, und auch auf uns wirkte sein gelungener Scherz belustigend.

„Wenn Ihr wollt", schlug der Mann vor, „dann könnt Ihr bei meinem Bruder übernachten. In seinem kleinen Häuschen hat er zwar wenig Platz, aber im Hof steht ein Schuppen. Falls Ihr damit zufrieden seid und meinem Bruder ein kleines Trinkgeld in die Hand drückt, habt Ihr ohne große Sucherei ein Dach über dem Kopf. Wir haben es nicht weit. Er wohnt in der Nähe des Franziskanerklosters."

Ein kurzer Blick zu Andreas genügte und die Sache war für uns klar. Wir nahmen das Angebot dankend an.

Nachdem sich unsere Wege noch nicht trennten, nannte der Mann jetzt seinen Namen und den seines Sohnes:

„Ich bin Bertram Schwandner! Mein Sohn heißt Hilmar!"

Auch Andreas und ich teilten ihm unsere Namen mit.

*

Obwohl es dunkel war, beeindruckten mich die großen Gebäude sehr. Schon wenige Augenblicke später standen wir auf einem weiträumigen Platz.

„Dort drüben seht Ihr das Münster. Wie Ihr leicht feststellen könnt, ähneln sich die Städte. Das größte Haus ist nahezu immer die Kirche. Es gibt aber nicht nur die eine, nein, nein, eine ganze Menge Kirchen finden sich in der Stadt. Morgen, bei Tageslicht, morgen werdet Ihr das alles sehen."

Schon zwei Gassen weiter hatten wir das Haus erreicht, in dem Bertrams Bruder wohnte. Ohne groß anzuklopfen betraten wir das bescheidene Gebäude.

„Sei gegrüßt, Bruder Michael!“, sprach Bertram.

Überrascht schauten die drei Kinder und ihre Eltern, die beim Abendbrot beisammensaßen, auf uns.

„Na, du bist heute aber spät dran, Bertram! Bringst du wieder einmal dein Leinen in die Stadt, wie?“, sprach der Mann am Tisch, der Bertrams Bruder sein musste. „Wen hast du denn noch mitgebracht?“

„Es sind zwei Uhrmacher aus dem Schwarzwald, die morgen auf den Markt wollen. Du hast doch sicherlich nichts dagegen, wenn sie heute Nacht im Schuppen übernachten, oder?“

Der Mann stand vom Tisch auf und trat bedächtig auf uns zu. Die Art, wie er uns musterte, verriet uns eindeutig, dass er nicht gerade angetan war von der eigenmächtigen Entscheidung Bertrams, uns mit in sein Haus zu bringen.

„Nun ja, was soll ich dazu sagen? Wenn du sie mitgebracht hast, kann ich sie jetzt schlecht wieder auf die Straße schikken.“

Schnell nahm ich meinen Lederbeutel heraus und drückte dem Mann zwei Münzen in die Hand.

„Meine Tochter, sie wird Euch einen Platz im Schuppen zeigen, wo Ihr heute schlafen könnt“, bot er uns jetzt an, fügte aber gleich eine Einschränkung hinzu: „Aber, nur die eine Nacht!“

Herr Schwandner gab seinem Sohn ein paar Handzeichen und überreichte ihm eine Münze.

„Gebt meinem Sohn zwei Krüge!“, forderte Bertram seinen Bruder auf. „Es soll ins Wirtshaus laufen und Bier holen. Wir möchten dir nicht zur Last fallen und wenigstens für die Getränke aufkommen!“

„Na, wenn das so ist, dann setzt euch alle mit an den Tisch!“, sprach der Hausherr und winkte uns zu sich.

Auch Andreas und ich wollten uns nicht lumpen lassen und packten deshalb unseren restlichen Schinken aus.

*

Inzwischen war Hilmar mit dem Bier eingetroffen. Es dauerte eine Weile, bis wir unsere gegenseitige Scheu abgelegt hatten, dann jedoch sprachen wir nahezu ununterbrochen miteinander.

Bertram und sein Bruder wollten genau wissen, wie die Kriegsjahre im Schwarzwald verlaufen waren und ob weiterhin Gefahr von den Franzosen drohe.

Wie wir erfuhren, hatten auch die Menschen hier in Konstanz lange Jahre unter den Truppenbewegungen zu leiden und hofften jetzt endlich auf ruhigere Zeiten.

Erstaunlicherweise beteiligte sich Hilmar ab und zu am Gespräch. Er schaute den jeweils Sprechenden genau auf die Lippen und gab dann für mich völlig unverständliche Laute von sich. Sein Vater und sein Onkel konnten mit diesem Geplappere jedoch etwas anfangen und verstanden, was er ihnen mitteilen wollte.

„Ich muss gestehen, dass ich mir gerne einmal eine Eurer Uhren anschauen würde", bemerkte Bertrams Schwägerin.

Wir ließen uns daher nach dem Essen nicht lange bitten, sondern packten eine aus und hängten sie an die Wand. Ausführlich erklärten Andreas und ich, wie eine Uhr funktioniert.

Die Anwesenden, besonders die Kinder, waren tief beeindruckt von unserer Arbeit und klatschten sogar am Ende des Vortrages.

„Es ist nur schade, dass wir uns keine Uhr leisten können!", bemerkte der Hausherr. „Aber, was nicht ist, kann ja noch werden. Ich wünsche Euch morgen auf dem Markt viel Glück!"

Wir zogen uns rechtzeitig in den Schuppen zurück und

verbrachten dort bis zur Morgendämmerung ein paar erholsame Stunden. Dann war es allerdings mit der Ruhe vorbei, denn der Hahn, der zusammen mit einigen Hühnern genau unterhalb unseres Schlafplatzes untergebracht war, wollte und wollte keine Ruhe mehr geben.

Es war daher nicht verwunderlich, dass wir zu den ersten gehörten, die durch die Stadt liefen und sich dann, viel zu früh, auf den Weg zum Markplatz machten.

Da wir Zeit im Überfluss hatten, schauten wir uns noch etwas um. Wunderbare, geräumige Häuser, in denen das Leben nach und nach erwachte, konnten wir überall entdecken.

„Eine schöne Stadt!“, meinte Andreas bei deren Anblick. „Ich kann es kaum fassen, dass Konstanz in vergangenen Zeiten noch mächtiger und noch wohlhabender gewesen sein soll.

Schau dir mal das Haus da drüben an, Benedikt! Fünf Stockwerke, und die Fassade, wie schön sie bemalt ist!“

„Wir einfachen Leute aus dem tiefen Schwarzwald, wir sperren bei allem, was uns fremd und andersartig erscheint, vor Staunen das Maul auf“, erwiderte ich. „Wir wohnen zwar in einfachen Hütten, doch, wie wir gestern Abend erneut festgestellt haben, bewundert man auch hier in einer so großen Stadt unser Können.“

Als es an der Zeit war und der Markt eröffnet wurde, baten wir den Marktaufseher um einen Platz, entrichteten unsere Gebühren und packten unsere Uhren aus. Bertrams Bruder hatten wir am Abend zuvor um ein stabiles Brett gebeten. Wir lehnten es an eine Mauer und konnten dann zwei unserer Uhrenkästen daran aufhängen.

Unzählig viele Leute strömten jetzt auf den Markt. Den Stimmen konnte man entnehmen, dass etliche Händler aus dem Ausland unter ihnen waren.

Bereits in den ersten beiden Stunden fanden zwei von unseren Uhren einen neuen Besitzer. Ich packte die beiden anderen, die wir noch hatten, aus und hängte eine wiederum am Brett auf. Die Zweite legte ich auf den Boden.

Andreas machte einen Rundgang über den Markt und schaute sich das überwältigende Angebot der verschiedenen Händler an.

*

Eine ärmlich gekleidete Frau schlenderte zusammen mit einem etwa zehnjährigen Jungen an mir vorbei, drehte sich dann wieder um und kam direkt auf mich zu. Der Junge dagegen lief weiter, als hätte er die Abwesenheit seiner Mutter gar nicht bemerkt.

„Eure Uhren gefallen mir! Ob mein Mann sich freuen würde, wenn ich ihm eine solche Uhr schenken würde? Was meint Ihr?", sprach sie mich an und lächelte.

Es war zwar außergewöhnlich, dass eine Frau eine Uhr kaufen wollte, doch ich dachte mir weiter nichts dabei, denn schließlich sollte es allem Anschein nach eine Überraschung für ihren Mann sein und daher konnte sie ihn ja schlecht zum Kauf mitbringen.

„Entschuldigt meine schmutzige Kleidung!", sprach sie und strich sich die langen, strähnigen Haare aus dem Gesicht. „Ich bin gerade auf dem Weg zu unserem Garten vor den Toren der Stadt."

Sie stellte sich direkt vor die Uhr, die am Brett hing und gleichmäßig ihre Arbeit verrichtete. Sie überhäufte mich mit unzähligen Fragen und verwickelte mich in ein lange andauerndes Gespräch. Da sie sich jetzt auch nach dem Preis erkundigte, war ich mir ziemlich sicher, eine weitere Uhr so gut wie verkauft zu haben.

„Ja, ich bin mit dem Preis einverstanden und laufe schnell nach Hause, um das nötige Geld zu holen. Ich will nicht hoffen, dass Ihr die Uhr inzwischen einem anderen Kunden verkauft!", sagte sie noch und eilte davon.

Ich war erfreut über mein gutes Geschäft und drehte mich um, weil ich die andere Uhr, die ich zuvor auf den Boden gelegt hatte, auch ans Brett hängen wollte. Entsetzt starrte ich auf das Tuch am Boden. Ich war mir sicher sie dort hingelegt zu haben, doch die Uhr, unfassbar, die Uhr war verschwunden.

„Was ist denn mit Euch los? Warum schaut Ihr so belämmert?", fragte mich der Händler von nebenan.

„Man hat mir eine Uhr gestohlen!", stammelte ich entsetzt.

„Gestohlen?", wiederholte der Mann. „Ich dachte, Ihr hättet sie an die Frau verkauft, mit der Ihr so lange gesprochen habt. Der Junge, der mit ihr unterwegs war, hat sie hinter Eurem Rücken genommen und weggetragen. Ich schätze fast, man hat Euch hereingelegt. Während Euch die Frau abgelenkt hat, nutzte der Junge die Gelegenheit und hat sie sich unter den Nagel gerissen."

„So ein Mist, so ein verdammter Mist!", fluchte ich laut. „Ich könnte mich über meine eigene Dummheit tot ärgern!"

„Was ist denn passiert; Benedikt?", rief mir Andreas schon aus einiger Entfernung zu. „Warum bist du so wütend? Ärgerst du dich etwa, weil du einer Frau eine Uhr verkauft hast?"

„Sie hat die Uhr nicht gekauft, Andreas, sie hat sie geklaut! Besser gesagt, ihr Junge hat sie sich hinter meinem Rücken einfach genommen."

„Mach jetzt keine Scherze, Benedikt!", fuhr mich mein Freund mit ernster Miene an. „Haben die beiden die Uhr tatsächlich ohne Bezahlung mitgehen lassen? Sag, sag schnell!"

Kaum hatte ich seine Frage bejaht, da schnappte er sich das Leinentuch vom Boden und stürzte davon.

Ein vornehm gekleideter Herr betrachtete interessiert die Uhr, die ich noch hängen hatte.

Immer noch war ich so verärgert über den hinterlistigen Vorfall, dass ich keinerlei Lust hatte, ihm die Uhr zu erklären oder ihn mit geschickten Worten zum Kauf zu überreden, so wie ich es gewöhnlich tat. Stattdessen machte ich meinem Unmut Luft und schimpfte ununterbrochen halblaut vor mich hin.

„Ihr braucht Euch nicht zu ärgern, wenn die Geschäfte nicht so gut laufen!", beklagte sich der Herr erbost nach geraumer Zeit. „Ich stehe hier herum, und Ihr merkt nicht einmal, dass ich Eure Uhr kaufen will."

Erst als ich ihm den Grund für mein unfreundliches Verhalten erklärt hatte, sprach er etwas freundlicher weiter:

„Es ist schade, dass Ihr nur die eine Uhr anzubieten habt. Ich hätte gerne einige davon gekauft. Herr Schwandner hat sein Leinen heute Morgen bei mir abgeliefert und mir von Euch, den Uhrmachern aus dem Schwarzwald, erzählt. Ganz begeistert war er von Euren Meisterwerken."

„So so, Herr Schwandner hat Euch davon berichtet! Wir haben letzte Nacht bei seinem Bruder im Schuppen zugebracht", sprach ich. „Dem Hahn hätte ich allerdings am liebsten den Hals umgedreht, weil er uns so zeitig aus dem Schlaf riss!"

Ich sah dem Herrn an, dass er mit meiner letzten Bemerkung wenig anfangen konnte.

*

Andreas kam zurück. Er schlug ein Leinentuch auf, und die gestohlene Uhr kam zum Vorschein.

„Wo, wo hast du denn die Uhr her? Ich verstehe gar nichts mehr!", sagte ich verwundert.

„Deswegen hatte ich es vorhin so eilig!", erklärte er, von der Rennerei immer noch außer Atem. „Am anderen Ende des Marktes sah ich bei meinem Rundgang eine Frau, die eine unserer Uhren unter ihrer Schürze zu verbergen suchte. Beim ersten Hinschauen habe ich erkannt, dass es sich um eine Uhr aus unserer Werkstatt handelt. Die würde ich sogar blind erkennen!

Ich freute mich, ja, ich freute mich riesig, weil ich dachte, du hättest der Frau die Uhr verkauft, und kam schnell hierher. Als ich aber erfuhr, dass das Weibsstück sie zusammen mit ihrem Sohn geklaut hat, bin ich ihr sofort gefolgt und konnte sie, Gott sei Dank, noch erwischen."

„Wenn Ihr mit Eurem Gebabbel fertig seid", schimpfte der vornehme Herr recht ungehalten, „würde ich diese beiden Uhren gerne kaufen. Aber nur, wenn es den Herren genehm ist!"

Sofort unterbrachen Andreas und ich unser Gespräch, und ich wandte mich dem Kunden zu.

„Entschuldigt, mein Herr, dass uns der Vorfall so in Anspruch genommen hat! Ich hoffe aber, Ihr versteht, dass der Verlust einer Uhr für uns nicht so leicht zu verkraften gewesen wäre."

Wir unterhielten uns noch eine Weile freundlich, und ich gab ihm einige Hinweise, was bei einer Holzuhr zu beachten ist.

„Bringt die Uhren ins Zunfthaus der Weber und fragt dort nach mir, Adam Faller! Wenn ich mich überzeugt habe, dass sie beide problemlos laufen, dann werde ich Euch bezahlen", sprach der Herr abschließend und war schon dabei zu gehen.

„Halt! Ihr müsst uns noch sagen, wo wir das Haus der Weber finden, wir sind schließlich fremd hier!", bat ich ihn, machte dann aber sofort einen besseren Vorschlag. „Wir sind in wenigen Minuten fertig und begleiten Euch dorthin. So wird es am einfachsten sein."

Schnell räumten wir unsere Sachen zusammen und liefen mit Herrn Faller zum Zunfthaus. So viel Tuch wie wir hier in diesem Gebäude sahen, hatten wir in unserem ganzen Leben noch nicht erblickt.

„Ja, mit Leinen verdiene ich mein Geld!“, berichtete Herr Faller, als er unser Staunen bemerkte. „Konstanzer Leinen liefern wir in viele Gegenden Europas.“

Ich witterte eine gute Gelegenheit, um möglicherweise mit diesem weitgereisten Kaufmann ins Geschäft zu kommen. Deshalb gab ich mir ganz besonders große Mühe, ihm in seinem Arbeitsraum die Vorzüge unserer Uhren zu verdeutlichen.

Diesem geschickten und wortgewandten Mann waren wir allerdings nur schwer gewachsen, denn er versuchte den Preis der beiden Uhren immer weiter herunterzuhandeln.

Ich dachte an Bertram Schwandner, der nicht bereit gewesen war, sich alles ohne Gegenwehr bieten zu lassen.

„Komm, Andreas, wir gehen zurück auf den Markt!“ äußerte ich deshalb. „Für den Preis, den uns Herr Faller bietet, haben wir die Uhren dort im Handumdrehen verkauft.“

„Nein, haben wir nicht!“, antwortete Andreas. „Ich bin mir nämlich sicher, ja, ich weiß es sogar, dass wir mehr bekommen.“

Schnell einigten wir uns jetzt mit Herrn Faller auf einen vernünftigen Preis.

„Solltet Ihr wieder einmal nach Konstanz kommen, dann schaut bei mir vorbei. Möglicherweise, aber das kann ich jetzt noch nicht sagen, wäre ich an weiteren Uhren interessiert“, sprach er bei unserer Verabschiedung.

*

„Was ist eigentlich mit der Frau geschehen, die uns die Uhr gestohlen hat? Hast du sie den Wachen übergeben?“, wollte ich von Andreas wissen, als wir in einem einfachen Gasthaus saßen und uns stärkten.

„Ich konnte es nicht tun! Ich habe sie laufen lassen, Benedikt. Sie hatte drei Kinder bei sich, als sie auf das Stadttor zueilte. Geweint hat sie, als ich ihr die Uhr aus den Händen riss, bitterlich geweint. Sie erzählte mir, sie sei mit den Kindern ganz auf sich gestellt, weil sie ihren Mann und den Vater ihrer Kinder im Krieg verloren habe.

Ich weiß, dass man Diebe nicht schonen soll und dass sie eine gerechte Strafe verdient haben, aber, was soll aus den Kindern werden, wenn die Mutter im Kerker verschwindet?"

Im ersten Augenblick teilte ich nicht die Meinung, die mein Freund soeben vertreten hatte, doch ich musste unwillkürlich an meinen Diebstahl denken, den ich bei einem Bauern in Neukirch begangen hatte, um meine Familie über den Winter zu bringen.

Nicht alle Menschen, die sich am Eigentum anderer vergriffen, waren schlechte Menschen. Not trieb sie manchmal zu diesem unchristlichen Handeln, wie ich aus eigener Erfahrung wusste.

„Du bist ein guter Kerl, Andreas, und ich freue mich, dich zum Freund zu haben!", sprach ich deshalb. „Trotzdem bin ich froh, dass du so schnell gehandelt hast und unsere Uhr retten konntest."

Wir schauten uns noch einige Zeit in Konstanz um. Besonders anziehend fanden wir den Hafen gleich hinter der Stadtbefestigung, wo viele Schiffe und Flöße Halt machten. Sie hatten bestimmt teilweise einen weiten Weg hinter sich, bis sie endlich den Bodensee erreichten. Von hier aus wurden ihre Waren dann von Fuhrwerken weiter nach Süden oder in andere Gegenden transportiert.

Viele Schiffe waren auch mit Salz beladen. Dieses „weiße Gold" kam vor allem aus dem Bayerischen. Herr Schwandner hatte von riesigen Salzspeichern erzählt, die man im Norden des Bodensees bei Buchhorn errichtet hatte. Von hier aus schaffte man das kostbare Gut mit Schiffen über den See und dann auf dem Landweg in den Süden.

„Stell dir vor, Benedikt“, sprach Andreas schmunzelnd beim Anblick der vielen Händler, „wir würden irgendwann auch mit unseren Uhren in die Schweiz, bis nach Holland oder nach Italien ziehen!“

„Wer weiß, was die Zukunft noch alles bringt!“, erwiderte ich. „Hättest du jemals daran geglaubt, dass wir, zwei einfache Männer aus Waldau, bis nach Konstanz kommen, um unsere Uhren zu verkaufen?“

„Mit Erfolg verkaufen, Benedikt! Mit großem Erfolg verkaufen! Ich glaube, wir haben es endgültig geschafft und brauchen uns um die Zukunft nicht mehr so viele Gedanken zu machen wie bisher. Ein schönes Gefühl, wirklich!“

Wir machten uns auf den Weg.

XXIV

Drei Tage waren wir unterwegs, bis wir schließlich die Ordnach entlang wieder auf Waldau zuliefen.

Im Dorf trafen wir auf einige Leute und manche davon sprachen uns sofort neugierig an. Sie erkundigten sich, wo wir gewesen und ob unsere Geschäfte zufriedenstellend verlaufen seien. Andere wollten Genaueres über die Städte erfahren, die wir kennen gelernt hatten.

Wir kamen uns vor wie weit gereiste Kaufleute, die man ebenfalls gerne ausfragte und die dann ihre Geschichten erzählten.

„Du solltest deinem Sohn und deiner Frau noch etwas mitbringen, Benedikt! Sicherlich sind sie sonst sehr enttäuscht und glauben, du hast unterwegs nicht an sie gedacht", sprach mein Freund.

„Du hast zwar Recht, Andreas, aber was kann ich denn in Waldau für die beiden noch kaufen, woran sie Spaß haben?"

„Ich wüsste etwas, Benedikt, worüber sich beide gleichermaßen freuen würden. Der Bauer vom Bühlhof hat Geißen mit Jungen. So wie ich Verena kenne, würde sie sich darüber mehr freuen als über einen schönen Stoff, den du Geizkragen aber leider auf dem Markt nicht gekauft hast.

Und dein kleiner Johannes wird sicherlich das junge Zicklein schnell ins Herz schließen. Alle Kinder mögen junge Tiere, wahrscheinlich, weil sie noch genau so unbeholfen sind wie sie selbst."

Andreas hatte Recht und sein Vorschlag gefiel mir. Wir machten deshalb einen kleinen Umweg und liefen zum Bühlhof. Der Bauer war sogar froh, dass er zwei seiner fünf jungen Ziegen für bares Geld verkaufen konnte und nicht gegen Getreide oder andere Dinge eintauschen musste.

Meine Geschenke kamen besser an als ich erwartet hatte. Man konnte fast den Eindruck haben, dass die beiden Tiere herzlicher begrüßt wurden als ich. Johannes hängte sich richtig um den Hals der kleinen Ziegen und schien sie nicht mehr loslassen zu wollen.

„Ziegen, endlich haben wir wieder eigene Ziegen, die uns Milch liefern! Ein schöneres Geschenk hättest du dir nicht ausdenken können, Benedikt!", freute sich Verena.

„Ja", bemerkte Andreas, „dein Mann hat immer außergewöhnlich gute Einfälle, wenn er unterwegs an dich denkt."

Wir sperrten die Ziegen in den Stall und setzten uns in die Stube. Johannes rannte jedoch gleich wieder hinaus.

„Ich kann die Ziegen nicht allein lassen", sprach er und tat so, als würde er dringend im Stall gebraucht. „Sie sind fremd und kennen sich nicht aus, wo das Futter für sie ist."

Voller Stolz zeigte mir Verena in der Küche einen ganzen Korb voller Kartoffeln.

„Glaub nicht, das sind alle! Wir haben im Stall noch einen Sack voll stehen", betonte sie.

Lange erzählten wir von unseren Erlebnissen und von den Städten, die wir besucht hatten. Als ich das verdiente Geld aus meinem Lederbeutel auf den Tisch leerte, schlug Verena vor Staunen die Hände vor den Mund.

„Es war eine gute, eine richtige Entscheidung, dass ihr zwei keine Knechte geworden seid, sondern Uhren baut. So viel Geld würdet ihr als Knechte nicht in Jahren zusammenbekommen, niemals", sagte sie zufrieden.

Wir berichteten außerdem von Simon Dilger, dem Uhrmacher aus Schollach und den Neuigkeiten, die wir an seinen Uhren zufällig entdeckt hatten.

Während Verena in der Küche verschwand und zum Abendessen Kartoffeln kochte, rechnete ich mit Andreas ab und zahlte ihm seinen Anteil aus.

Er schob mir einiges von dem Geld wieder zu.

„Erstens hast du eine Familie, Benedikt, und zweitens musst du bedenken, dass wir in deiner Werkstatt arbeiten und deine Werkzeuge benutzen. Das kostet alles Geld. Wir vereinbaren für die Zukunft, dass mir ein Drittel des Verdienstes zusteht, nicht mehr und nicht weniger."

Wir besiegelten das Abkommen mit einem Handschlag.

Andreas blieb noch zum Essen.

Schimpfend kam Verena mit Johannes aus dem Stall.

„Das nächste Mal hau ich dir eine hinter die Ohren! Du kannst doch nicht unsere Kartoffeln an die Ziegen verfüttern! Das glaub ich dir gerne, dass sie sich ganz gierig auf diese Leckerbissen gestürzt haben."

„Er hat es nicht bös gemeint, euer Junge! Jetzt weiß er Bescheid und wird es sich merken", beruhigte Andreas meine Frau.

Als er zum Glashof aufgebrochen war, saß ich noch lange mit Verena in der Stube und wir schmiedeten einige Pläne für die Zukunft. Im Frühling wollten wir uns wieder eine Kuh zulegen, den Garten erweitern und vieles mehr.

Ja, wir konnten gelassen dem Winter entgegensehen und besaßen Geld genug, um uns mit Nahrungsmitteln einzudekken.

Gleich am nächsten Sonntag nach der heiligen Messe sprach ich einige Bauern im Wirtshaus an, ob sie Getreide, Kohl, Kartoffeln, Speck und andere Dinge verkaufen würden. Ich wollte nicht lange warten, um rechtzeitig für die harte Jahreszeit vorzusorgen.

Onkel Jakob stellte mir ein Gespann zur Verfügung und ich transportierte all die Dinge, die ich auf verschiedenen Höfen erworben hatte, nach Hause.

Es war für uns ein unvorstellbar schönes Gefühl, nicht wie in den letzten Jahren von der Hand in den Mund zu leben, sondern ausreichend Vorräte zu besitzen.

*

Andreas und ich gönnten uns keine Ruhe, sondern gingen in den folgenden Tagen gleich wieder an unsere Arbeit und trafen alle Vorbereitungen, um über den Winter möglichst viele Uhren zu bauen. Wir schafften vor allem ausreichend Holz herbei. Der Bauer vom Behashof hatte uns mit seiner Säge einen ganzen Stamm in Bretter aufgeschnitten.

Im Heuboden stapelten wir so viel Holz wie nie zuvor. Hier oben war es luftig genug und ein idealer Ort zum Trocknen.

Den Vorrat an abgelagertem Holz schafften wir in die Werkstatt und Andreas ging gleich daran neue Kästen zu bauen. Wir teilten uns die verschiedenen Arbeiten immer mehr auf, was zur Folge hatte, dass jeder die Handgriffe, für die er zuständig war, immer schneller und immer besser beherrschte.

Aus dem Gedächtnis versuchte ich eine Skizze von der Uhr aufzuzeichnen, die uns Simon Dilger mehr oder minder freiwillig gezeigt hatte. So einfach, wie ich es mir vorgestellt hatte, gelang das aber nicht.

Ich war mir sicher, auch ich hätte eine solche Uhr mit Schlagwerk bauen können, doch der Zeitaufwand wäre erheblich gewesen. Viele Versuche wären nötig gewesen, und erst nach Wochen hätten wir endgültig mit dem Bau beginnen können.

„Du, Andreas, ich weiß nicht, ob es sinnvoll ist, ein eigenes Schlagwerk zu entwickeln und jede Menge Zeit damit zu vertun. Wir müssten uns eine Uhr von Dilger besorgen. Dann wäre es ein Kinderspiel solche Werke zu bauen. Was meinst du dazu?“

„Hm, nur, wie kommen wir jetzt so schnell an eine seiner Uhren heran? Sicherlich wäre er nicht erfreut, wenn wir bei ihm auftauchen und eine Uhr bei ihm kaufen wollen“, antwortete Andreas. „Vielleicht sollten wir jemanden hinschicken, den Dilger gar nicht kennt.“

„Nein, ich glaube es ist besser, wenn wir mit offenen Karten spielen“, lehnte ich seinen Vorschlag ab, „und ich in den nächsten Tagen selbst bei ihm in der Werkstatt vorbeischaue.“

*

Da ich es eilig hatte, das Schlagwerk bei Dilger noch einmal genau unter die Lupe zu nehmen, brachte Andreas bereits zwei Tage später ein Pferd vom Glashof mit und ich machte mich auf den Weg, um nach Schollach zu reiten.

Schnell fand ich heraus, wo Dilger wohnte, denn jeder kannte den Uhrenbauer und die Leute sprachen voller Respekt von ihm.

„Ja, wen sehe ich denn da in meiner Werkstatt! Herr Fehrenbach, was führt Euch zu mir?“, empfing mich Dilger. „Obwohl, sagt nichts! Ich glaube zu wissen, warum Ihr hier seid. Das Schlagwerk in meinen Uhren, das geht und geht Euch nicht aus dem Sinn, richtig?“

„Ihr scheint meine Gedanken besser lesen zu können als jeder andere“, antwortete ich und reichte ihm die Hand. „Ihr liegt mit Eurer Vermutung völlig richtig. Wegen Eurer Schlagwerke bin ich gekommen.“

Sein Sohn Friedrich, der etwa dreizehn Jahre alt war, half seinem Vater in der Werkstatt. Bei seinem Anblick wurde ich an die Zeiten erinnert, in denen ich ebenfalls bei meinem Vater das Uhrmacherhandwerk erlernt hatte.

Vollkommen überrascht war ich, als Simon Dilger eine Uhr in die Hand nahm und mir die Funktion des Schlagwerks genauestens erklärte. Ja, er ging bereitwillig auf jede meiner Fragen ein und schien sich erstaunlicherweise sogar darüber zu freuen, mir seine Geheimnisse und sein Wissen weiterzugeben.

„Am liebsten würde ich Euch eine Uhr abkaufen, dann, Ihr wisst es selbst, kann ich auch in meine Uhren Schlagwerke einbauen", bemerkte ich und war auf seine Reaktion gespannt.

„Ich bin einverstanden und überlasse sie Euch sehr günstig, Herr Fehrenbach, weil, auch ich habe eine Bitte an Euch.

Wie Ihr seht, arbeite ich mit meinem Sohn in der Werkstatt. Er braucht noch einige Zeit, um ein guter Uhrmacher zu werden. Außerdem habe ich noch Vieh, und mein Weib ist nicht recht gesund. Ich kann nicht so wie Ihr längere Zeit von daheim weg, das geht einfach nicht."

„Sagt es doch gerade heraus, was ich für Euch tun kann, Herr Dilger! Ihr habt mir einen Gefallen getan, dann wäre es doch nur recht und billig, dass auch ich mich erkenntlich zeige."

„Wenn wir nach dem Winter einige Uhren fertig haben, dann würde ich Euch und Euren Partner Andreas bitten, sie mit auf die Märkte zu nehmen und für mich zu verkaufen. Ihr sollt auch nicht leer ausgehen und etwas daran verdienen", sprach er und blickte mich abwartend an.

„Euer Angebot überrascht mich und ich weiß jetzt nicht so recht, was ich Euch antworten soll. Ich schlage daher vor, dass ich erst mit meinem Partner spreche und mich nächste Woche noch einmal bei Euch melde, Herr Dilger."

Er war damit einverstanden und bot mir sogar an, die Uhr, die ich eigentlich bezahlen wollte, als Muster unentgeltlich bis nächste Woche mitzunehmen.

Daheim besprach ich sofort mit Andreas Dilgers Angebot.

„Was gibt es da zu überlegen, Benedikt? Ich sehe keinerlei Probleme. Sollten wir nicht alle seine Uhren verkaufen, dann bringen wir sie einfach wieder mit. Wir müssen nur klare Vereinbarungen mit Dilger treffen, nicht dass es am Schluss noch Streit gibt."

Ich teilte diese Meinung und war überzeugt, dass es uns nur Vorteile einbrächte. Ich beschloss daher, Dilger am folgenden Sonntag aufzusuchen, um mit ihm noch Einzelheiten auszuhandeln.

Mit der Vorlage, die uns Dilger zur Verfügung gestellt hatte, war es kein großes Problem, in eine unserer Uhren ein Schlagwerk einzubauen. Die benötigten Glasglocken bestellte ich bei den Tirolern unten in der Schlucht.

Ich wollte dem Meister dort genau beschreiben, worauf er bei der Herstellung achten muss, doch er winkte ab.

„Ihr seid nicht der Erste, der bei uns seine Glasglocken für Uhren bestellt. Die Uhrmacher aus Schollach, Schönwald und Gütenbach, alle kommen sie zu uns."

„Zum Glück haben wir Dilger getroffen!", sprach ich zu Andreas daheim erleichtert. „Wer weiß, wie lange wir noch unsere veralteten Uhren gebaut hätten. Sämtliche Uhrmacher der Umgebung bestellen ihre Glasglocken bei den Tirolern."

*

Es wurde kälter und der erste Schnee fiel. Ich nahm mir vor, mich jetzt in Winter etwas mehr um meinen Sohn Johannes zu kümmern. Da es weiterhin in unserer Gegend keine Möglichkeit gab eine Schule zu besuchen, wollte ich ihm selbst das Lesen und Schreiben beibringen. Wieder erwies mir das kleine Büchlein mit den Heiligengeschichten gute Dienste.

Meist hatte ich jedoch nicht nur einen Schüler zu unterrichten, sondern eine ältere Schülerin zeigte ebenfalls großes

Interesse. Wirklich, Verena war fest entschlossen sich auch diese Fertigkeiten anzueignen. Das spornte Johannes an, denn er wollte besser sein als seine Mutter.

Manchmal nahmen wir es allerdings auch nicht so ernst und machten allerlei Blödsinn. Ab und zu spielte Johannes den Lehrer und wir hatten zu gehorchen und mussten vorlesen. Da er sich aber immer davon überzeugen wollte, dass wir alles richtig lasen, kam er selbst in dieser Fertigkeit schnell voran.

„Es ist nur schade, dass ich keine Geschwister habe. Es wäre jetzt so schön, wenn wir eine richtige Schulklasse wären“, teilte er einmal niedergeschlagen mit.

„Auch wir hätten uns sehnlichst weitere Kinder gewünscht, Johannes, doch der liebe Gott hat anscheinend unsere Gebete nicht erhört.“

Verena und ich waren tatsächlich ebenso wie Johannes traurig, dass wir keine weiteren Kinder mehr bekamen. Doch wir hatten uns inzwischen damit abgefunden und nahmen es als von Gott gewollt hin.

*

Selten zuvor in unserem Leben hatten wir einen so harten Winter erlebt wie in diesem Jahr. Die Kälte war so groß, dass wir das Haus kaum verlassen konnten und auch die beiden Ziegen zunehmend unter dem klirrenden Frost litten. Deshalb holten wir sie in den Flur und banden sie dort an.

Wir waren überrascht, als eines Nachmittags Besuch vom Stalterhof kam. Völlig erfroren trat Franz, der Knecht, in die Stube und setzte sich an den Ofen.

„Benedikt, Andreas, ich weiß, dass es draußen bitterkalt ist“, sprach er, „aber, könnt ihr mich vielleicht trotzdem hinunter zum Kohlplatz begleiten? Wilhelm, der sture Bauer, ist mit einem Pferdegespann bei der Eiseskälte dorthin gefahren. Wir haben ihn noch gewarnt, aber auf uns hört er ja nicht."

„Was sollen wir am Kohlplatz? Er wird den Weg sicherlich alleine nach Hause finden, Franz", erwiderte ich.

„Da bin ich mir nicht so sicher, ob er wirklich wieder heimkommt. Bereits heute Morgen ist er aufgebrochen und wollte gegen Mittag wieder da sein", berichtete er.

Also machten wir uns fertig und liefen hinunter zum Kohlplatz. Nichts war zu sehen von Onkel Wilhelm, geschweige denn von einem Wagen mit Pferden davor.

„Das kann doch gar nicht sein! Vielleicht ist er längst wieder auf seinem Hof, während wir hier nahezu erfrieren", nörgelte Andreas und rieb sich die kalten Hände.

Wir hörten ein Geräusch. Ein Gespann kam auf den Kohlplatz zu. Erleichtert glaubte ich schon, Onkel Wilhelm würde heranbrausen, um unsere Suchaktion zu beenden.

„Das ist wahrscheinlich der neue Knecht Vinzenz vom Glashof. Ich erkenne den Wagen und bin mir jetzt vollkommen sicher!", rief Andreas. „Der ist auch nicht gescheiter als der Bauer von Stalterhof."

Eilig hielt Vinzenz die beiden Rösser an, als er uns erreicht hatte. Er entfernte ein dickes Leinentuch, das er sich schützend um den Kopf und halb über das Gesicht gewickelt hatte.

„Kommt schnell! Kommt mit zum Glashof! Ein Unglück, ein schreckliches Unglück ist passiert", schrie er aufgeregt.

Sofort sprangen wir auf den Wagen und er berichtete uns während der Fahrt weiter:

„Das Gespann von Wilhelm steht bei uns auf dem Hof. Die Pferde haben es gerade noch zu uns geschafft. Der Bauer ist allerdings tot. Steckensteif, ja, steckensteif sitzt er auf seinem Wagen. Erfroren!"

Ein furchtbarer Anblick bot sich uns, als wir den Glashof erreichten. Onkel Wilhelm hing halb über die Lehne, sein

Gesicht starr, die Augen aufgerissen. Eine richtige Eiskruste hatte sich an den Wimpern und am stoppeligen Kinn gebildet.

Wir schoben den Wagen mit dem Toten in die Scheune.

„Die Pferde hätten es nicht mehr lange ausgehalten, dann wären auch sie dem klirrenden Frost zum Opfer gefallen. Wir haben sie erst einmal im Stall untergestellt und ihnen Decken über den Rücken gelegt", erklärte Vinzenz.

Wir spürten die Eiseskälte an Füßen und Fingern und gingen deshalb eilig in die Stube. Meine Zehen schmerzten richtig, als ich die Stiefel auszog. Vinzenz brachte uns alle Decken herbei, die er finden konnte.

„Es bleibt uns nichts anderes übrig", sagte er, „auch wenn es noch so kalt ist, wir müssen Wilhelm zum Stalterhof bringen."

„Ich lege ihn hinten auf den Wagen und geleite ihn heim. Schließlich war er über Jahre mein Bauer und Herr", bot sich Franz an.

„Gut, aber wir werden dich begleiten, nicht dass die Rösser schlapp machen und dann stehst du womöglich auch da und kannst dir nicht mehr helfen", teilte Vinzenz mit.

So gut es ging packten wir uns in die Decken ein und nahmen ein paar heiße Ziegelsteine mit, um unsere Füße zu wärmen. Mit zwei Fuhrwerken machten wir uns auf den Weg. Franz hatte den Rössern Decken über den Rücken gelegt.

Tante Sophia und ihre beiden Söhne, die noch daheim wohnten, waren beim Anblick des Toten schockiert.

Franz und Vinzenz trugen den Bauern ins Haus und ich führte sofort die beiden Pferde in den Stall, damit sie sich erholen konnten.

Ich teilte meiner Tante und meinen Vettern mein Mitleid mit, und dann brachen wir umgehend wieder auf, um vor Einbruch der Dunkelheit daheim zu sein, denn nachts wurde es gewöhnlich noch kälter.

Vinzenz erzählte auf dem Rückweg, dass am Hohlengraben auch einige Leute erfroren seien. Gott sei Dank fuhr er uns bis vors Haus, so dass wir nicht laufen mussten.

„Du, Vinzenz, ich komme nicht mit zum Glashof. Sag das meinem Bruder Lorenz! Es ist zu kalt, um am Morgen hierher zu laufen“, sprach Andreas und schaute mich an.

Ich nickte nur.

Wir arbeiteten noch eine Weile in der Werkstatt und nahmen dann gemeinsam das Abendessen zu uns.

Zum ersten Mal übernachtete Andreas bei uns. Er holte sich einen Arm Heu aus dem Stall und richtete sich ein Nachtquartier in einem Eck unserer Werkstatt her.

*

Ich hatte angenommen, Andreas sei wirklich nur wegen der Kälte bei uns geblieben, doch wie sich am nächsten Tag herausstellte, gab es einen ganz anderen Grund dafür.

„Es kam zum Streit zwischen meinem Bruder Lorenz und mir“, erzählte er bedrückt. „Er warf mir vor, dass ich nur noch zum Schlafen und zum Essen auf dem Glashof sei. Ich solle mir endlich überlegen, wo ich eigentlich hingehöre. Richtig angebrüllt haben wir uns.“

„So ganz Unrecht hat er nicht, Andreas! Was hältst du davon, wenn wir unser Haus im Frühjahr um ein oder zwei Kammern erweitern? Dann kannst du ganz hier bei uns einziehen und musst nicht jeden Abend und jeden Morgen einen weiten Weg in Kauf nehmen.“

Ich hatte den Eindruck, dass er auf dieses Angebot gewartet hatte, denn er stimmte sofort zu.

„Das finde ich sehr großzügig von dir, Benedikt. Erst rettest du mir das Leben, dann nimmst du mich noch in dein Haus auf. Du bist ein wirklicher Freund.

Aber ich bleibe nur unter einer Bedingung hier. Ich beschaffe das Baumaterial und ich bezahle auch für die Verpflegung."

„Nichts einfacher als das! Wenn du sonst keine Bedingungen hast, dann wären wir uns schon einig, falls Verena zustimmt."

Doch sie hatte keinerlei Einwände und so war es eine beschlossene Sache, dass wir ein neues Mitglied in unsere Familie aufnahmen, meinen Freund Andreas.

XXV

Die Menschen in Waldau atmeten erleichtert auf als der Winter langsam zu Ende ging und der Frühling in greifbare Nähe rückte.

Andreas hatte sich gut bei uns eingelebt und fühlte sich nach eigenen Angaben sehr wohl. Zu schaffen machte ihm manchmal, dass er sich im Streit von seinem Bruder Lorenz auf dem Glashof getrennt hatte.

Unermüdlich arbeiteten wir Woche für Woche in der Werkstatt und hatten fünfzehn neue Uhren gebaut. Da wir inzwischen hervorragend aufeinander eingespielt waren und einer sich auf die korrekte Arbeit des anderen blind verlassen konnte, war das eigentlich nicht überraschend.

Ende Februar machte ich mich auf den Weg zu Simon Dilger nach Schollach, um zu sehen, ob er seine Uhren ebenfalls fertig hatte, denn Andreas und ich wollten, sobald es die Witterung erlaubte, erneut zum Bodensee ziehen, um unsere Uhren in bare Münze zu verwandeln.

Ich vereinbarte mit Herrn Dilger einen festen Preis und nahm fünf seiner Uhren zum Verkauf mit. Selbstverständlich erfolgte die Zahlung erst, wenn wir sie tatsächlich veräußert hatten.

Wir sprachen noch eine ganze Weile miteinander und tauschten Neuigkeiten, natürlich besonders über Uhren, aus.

Auch Andreas und Verena hatten sich während meiner Abwesenheit nützlich gemacht.

Da wir unser Haus erweitern wollten und an den Winterabenden genaue Pläne geschmiedet hatten, schleppte Andreas bereits Steine für das Fundament aus der Umgebung herbei.

Verena plagte sich im Garten ab, obwohl der Boden an schattigen Stellen teilweise noch gefroren war.

*

Andreas schaute ab und zu wieder auf dem Glashof vorbei. Die Streitigkeiten zwischen ihm und seinem Bruder Lorenz hatten sich gelegt.

Dass sich die Wellen geglättet hatten, war aber nicht allein ihrer Verträglichkeit zu verdanken, sondern auch Ausdruck der Sorgen, die sie sich beide um ihre Mutter machten.

„Sie ist alt, und ich habe den Eindruck, ihre Kräfte sind verbraucht und sie wird nicht mehr lange leben“, vertraute uns Andreas an, als er wieder einmal vom Glashof zurückkam. „Sie redet immer häufiger wirres Zeug und schaut mich manchmal an als wäre ich ein Fremder und sie würde mich nicht erkennen.“

„Dann kannst du nur beten und hoffen, dass Gott ihr einen sanften Tod schenken möge und sie nicht lange leiden muss“; tröstete ich ihn.

Schneller als erwartet nahm eine Woche später das Schicksal seinen Lauf und Vinzenz kam morgens mit einem Wagen vorbei, um Andreas zu holen.

„Mit deiner Mutter geht es zu Ende. Sie möchte dich noch einmal sehen. Komm bitte schnell mit, nicht dass wir zu spät kommen!“, sprach Vinzenz.

Andreas ließ alles liegen und stehen und eilte mit dem Knecht davon.

Verena und ich ahnten schon, dass es um seine Mutter nicht gut stand, als er am Abend nicht zurückkehrte.

Erst am nächsten Tag gegen Mittag schaute er kurz bei uns herein und unsere Vermutung bestätigte sich. Seine Mutter war in der Nacht verstorben.

Natürlich traf es Andreas hart, doch da er damit gerechnet und seine Mutter das Sakrament der Letzten Ölung empfangen hatte, trug er es insgesamt mit Fassung.

Am nächsten Tag trieb er zwei Kühe auf unser Haus zu.

„Die hat mir Mutter vermacht. Sie gehören jetzt uns."

„Du hast sie geerbt! Du hast sie von deiner Mutter geerbt, nicht wir!", erwiderte Verena.

„Ihr, merkt ihr das nicht, ihr seid meine Familie!", betonte er und brach in Tränen aus. „Also haben wir sie geerbt."

Er führte sie in den Stall.

*

Anfang März, die wärmenden Sonnenstrahlen hatten den Boden inzwischen aufgetaut, verabredete sich Andreas mit Vinzenz an unserem Haus.

Nach kurzer Rücksprache mit Verena und mir hoben sie die Fundamentgräben für den Anbau aus. Unser Haus sollte dadurch etwa um ein Drittel verlängert werden. Folglich entstand auch ein größerer Dachraum, und wir hatten die Möglichkeit mehr Futter für die Tiere und mehr Holz für unsere Uhren zu lagern.

„Wenn wir schon dabei sind, sollten wir nicht gleich das Dach neben dem Stall ein Stück vorziehen?", fragte mich Vinzenz. „Dann könnt ihr euch irgendwann einen eigenen Wagen anschaffen und ihn hier unterstellen."

Da ich die Idee gut fand und ich mich sowieso insgeheim mit dem Gedanken trug, einen nicht allzu großen Leiterwagen selbst zu bauen, stimmte ich dem Vorschlag zu.

Äußerst angenehm empfand ich die Tatsache mich nicht um alles selber kümmern zu müssen, sondern die Bauarbeiten bei zwei erfahrenen Leuten wie Andreas und Vinzenz in guten Händen zu wissen. Trotzdem half ich selbstverständlich kräftig mit, denn schließlich handelte es sich um Verenas und mein Haus.

Die gröbsten Arbeiten waren abgeschlossen und die Außenwände fertig. Selbst der neue Teil des Daches war bereits mit Schindeln eingedeckt. Die Verkleidung in den Räumen, die Holzdielen auf den Böden, die Türen und etliches mehr fehlten allerdings noch.

Trotzdem drängte ich Andreas die Arbeiten erst einmal zu unterbrechen. Mir schien es jetzt wichtiger zu sein, mit unseren Uhren nach Konstanz aufzubrechen, um in diesem Jahr zu den ersten zu gehören, die ihre Uhren auf den Markt trugen.

Die restlichen Dinge an unserem Haus konnten wir schließlich nach unserer Rückkehr erledigen.

*

Das Wetter meinte es gut mit uns, als wir Ende März loszogen, bepackt mit so vielen Uhren, wie nie zuvor. Allerdings hatten wir nur wenige Gewichte dabei und an Lebensmitteln nahmen wir nur mit, was wir für die ersten zwei Tage benötigten. Wir wollten uns unterwegs mit den Dingen des täglichen Bedarfs eindecken.

Richtig erfreut zeigte sich der Buchhändler Michael Holzinger aus Tengen, als wir bei ihm aufkreuzten.

„Ich hatte schon angenommen, Ihr würdet nicht mehr kommen, wo doch der März in einigen Tagen vorüber ist“, sprach er und reichte uns die Hand.

„Da kennt Ihr die zuverlässigen Uhrmacher aus dem Schwarzwald aber schlecht, Herr Holzinger!“, antwortete ich.

„Die lassen sich nämlich kein Geschäft entgehen, auch wenn sie dabei kaum einen Groschen verdienen.“

„Na, wie ich höre, habt Ihr das Übertreiben während des Winters nicht verlernt“, lachte er und winkte uns ins Haus.

Sofort packten wir drei Uhren aus, die wir für ihn vorgesehen hatten und hängten eine davon auf.

„Und, was sagt Ihr nun?“, fragte Andreas.

Herr Holzinger schaute sich die Uhr genau an.

„Aber, das ist ja eine ganz andere Uhr als die, die ich im Herbst von Euch erworben habe. Wenn mich nicht alles täuscht, dann kann diese Uhr sogar die Stunden schlagen, wie?“

„Ich merke schon, Ihr kennt Euch mit Uhren besser aus als man es Euch zutraut“, sprach ich und wartete weiter gespannt ab wie er reagieren würde.

„Schön und gut“, bemerkte er, „doch bestimmt werdet Ihr für diese Uhren jetzt auch mehr Geld nehmen, was Euch eigentlich nicht zusteht, denn wir haben unser Geschäft und auch den Preis im Herbst mit einem Handschlag besiegelt.“

Ich drehte den Minutenzeiger der Uhr auf Zwölf und sofort setzte sich das Holzhämmerchen in Bewegung und brachte die zarte Glasglocke zum Klingen.

„Ihr müsst gestehen, dass wir Euch dafür kostbare Uhren liefern. Mit einem Schlagwerk sind sie auf der Höhe der Zeit und man wird sie uns in Konstanz oder Radolfzell aus den Händen reißen“, erklärte Andreas.

„Ich mache Euch ein Angebot, Herr Holzinger“, schlug ich vor, um zu einem Abschluss zu kommen. „Da ich mir ziemlich sicher bin, dass Ihr von uns noch weitere Uhren beziehen werdet und beim Verkauf ein bisschen Ahnung davon haben müsst, werde ich Euch, natürlich kostenlos, einen Vortrag über den Aufbau und den Ablauf einer Uhr halten.

Ihr zahlt nur den vereinbarten Preis, werdet aber in der kommenden Nacht für unsere Unterkunft und unsere Verpflegung aufkommen. Außerdem gebt Ihr mir für meinen

Sohn ein kleines Gebetbuch mit. Eines von denen, die jetzt überall angeboten werden."

Holzinger überlegte nur einen kurzen Moment und reichte mir dann die Hand.

„Ich weiß zwar nicht, was Ihr mit einem Buch wollt", sagte er, „denn zum Anschauen eignet es sich nicht. In den einfachen Gebetbüchern befinden sich keine Bilder."

Darauf hatte ich geradezu gewartet und antwortete stolz:

„Nicht nur mein kleiner Sohn, sondern auch meine Frau und ich können lesen und schreiben."

Herr Holzinger ließ sich nach meinem Vortrag nicht lumpen. Seine Magd tischte uns auf, was Küche und Keller zu bieten hatten.

Verheiratet war Herr Holzinger nicht. Er hatte seine Frau nach eigenen Angaben vor Jahren bei der Geburt seines Sohnes verloren. Das Kind war seiner Mutter kurz darauf ins Grab gefolgt.

Allem Anschein nach hatte er aber in der Magd eine neue Gefährtin fürs Leben gefunden, so höflich und zuvorkommend wie er mit ihr umging.

*

Diesmal hielten wir uns nicht in Radolfzell auf, sondern steuerten gleich den bedeutenden Handelsplatz Konstanz an.

Schließlich waren wir gespannt, ob der Tuchhändler Adam Faller Nachschub an Uhren erwartete.

Gleich am nächsten Morgen suchten wir ihn auf. Wieder musste ich einige Verhandlungen mit ihm ausfechten, doch am Ende nahm er uns sieben Uhren zu einem für uns recht annehmbaren Preis ab. Vor Begeisterung hätte ich laut aufschreien können, als ich das Geld in Händen hielt.

„Und vergesst mich nicht, wenn Ihr wieder nach Konstanz kommt!", ermahnte er uns geradezu beim Gehen.

Auch die Geschäfte auf dem Markt liefen gut. Ich ließ allerdings unsere Uhren nicht aus den Augen, um nicht wieder von Dieben überrascht zu werden wie beim letzten Mal.

Da Andreas alleine problemlos an unserem Stand zurecht kam, lief ich unterdessen mit einigen Uhren im Korb ins Wohnviertel der wohlhabenden Kaufleute gleich in der Nähe des Stephanskirche.

Dort klemmte ich mir eine Uhr unter den Arm und schlug mit einem Hölzchen auf die Glasglocke. Der helle Klang lockte viele Leute ans Fenster und so manchen Interessenten anschließend auf die Straße. Drei Uhren fanden an diesem Vormittag auf diese Weise neue Besitzer.

Ganze drei Tage brauchten wir, dann hatten wir alle Uhren, auch die von Simon Dilger, verkauft. So viel Geld trugen wir mit uns herum, dass ich alle paar Minuten prüfte, ob mein Lederbeutel noch unter meinem Gewand zu fühlen war.

Aus diesem Grund übernachteten wir nicht in irgendwelchen Schuppen oder im Freien, was die Witterung leicht zugelassen hätte, sondern suchten Gasthöfe auf. Wir wollten uns und unseren Schatz nicht unnötigerweise in Gefahr bringen.

Dass wir uns jeweils am Abend einen oder zwei Krug Bier und ein schmackhaftes Essen genehmigten, war selbstverständlich. Wir waren der Meinung, uns das redlich verdient zu haben.

*

Daheim erwartete uns eine gute Nachricht. Die Franzosen wollten endlich Freiburg räumen und wieder den Österreichern überlassen. Der Druck anderer europäischer Mächte auf König Ludwig zeigte anscheinend seine Wirkung.

Für uns wäre der Rückzug der Franzosen aus Freiburg eine besonders große Erleichterung gewesen, denn dann hätten wir dort wieder Uhren verkaufen können und nicht so weite Wege in Kauf nehmen müssen.

Als erstes machten wir uns an die Fertigstellung der beiden neuen Kammern. Sogar die Möbel stellten wir selber her und am Ende konnte Andreas ein geräumiges Zimmer mit einem Bett und einer Truhe beziehen. Auch einen Tisch und zwei Bänke fertigte er sich an, um sich bei Bedarf in seine Kammer zurückziehen zu können.

Dilger zeigte sich hocherfreut, als ich bei ihm vorbeischaute, um ihm das Geld für seine fünf Uhren zu bringen. Er nahm es dankend entgegen.

„Vielleicht kann ich jetzt meiner Frau Medizin kaufen, denn ihr Zustand hat sich nicht gebessert. Sie hustet und hustet, als müsse sie jeden Moment ersticken“, teilte er mir mit, und man konnte ihm seine großen Sorgen im Gesicht ablesen.

Lange saßen wir noch beisammen, um uns über alles Mögliche zu unterhalten.

„Und, Herr Fehrenbach, seid so gut und meldet Euch rechtzeitig, wenn Ihr erneut loszieht mit Euren Uhren! Es wäre schön, wenn Ihr auch wieder von mir welche mitnehmen könntet!“, bat er mich.

Andreas und ich erwarben auch eine Menge neuer und besserer Werkzeuge, denn die alten, die teilweise Vater noch angeschafft hatte, taugten nicht mehr viel.

Unser Sohn Johannes musste ebenfalls zunehmend Pflichten übernehmen. Er half Verena im Garten und trieb das Vieh zum Weiden in den Wald oder auf nahegelegene Wiesen.

*

Überrascht zeigten wir uns alle, als Andreas eines Abends mit einem Pferd vor dem Haus stand.

„Er hat seinen bisherigen Besitzer schon mehrmals abgeworfen und taugt anscheinend nicht als Reitpferd", teilte er uns strahlend mit, „doch einen Wagen wird der Braune wohl ziehen können."

Da Verena und ich kein Wort herausbrachten und allem Anschein nach ein recht belämmertes Gesicht machten, redete Andreas gleich weiter:

„Keine Angst! Ich werde mich um das Pferd kümmern und es wäre gelacht, wenn ich nicht doch eines Tages auf seinem Rücken durch die Gegend galoppieren könnte.

Ach, bevor ich es vergesse! Ich habe zwei Wagenachsen und vier Räder bei einem Wagner in Neukirch bestellt. Ich möchte einen nicht allzu großen Karren bauen. Gott sei Dank haben wir hinter dem Haus bei den Umbauarbeiten bereits einen Unterstellplatz dafür vorgesehen."

„Nicht schlecht!", äußerte Verena jetzt. „Dann brauchen wir endlich das Feuerholz nicht mehr in Körben aus dem Wald ans Haus zu schleppen oder uns den Rücken wund scheuern, wenn wir schwere Sachen aus dem Dorf holen."

„Und", fügte Andreas hinzu, „wir werden das nächste Mal mit meinem Wagen zum Markt fahren, Benedikt."

„Du willst anscheinend richtige Kaufleute aus uns machen", lachte ich, „die nicht mehr zu Fuß von Markt zu Markt laufen, sondern vornehm auf einem Wagen anreisen."

„Bestimmt hast du eine Menge Geld dafür bezahlt", meinte Verena.

„Eigentlich nicht!", antwortete Andreas. „Ich erzählte euch bereits, dass der Braune jeden sofort abwirft, der es wagt, sich auf seinen Rücken zu setzen, und einen Wagen zu ziehen hat er auch nicht gelernt."

„Du willst uns also, um es einmal deutlich auszusprechen, mitteilen, dass es nichts kann, außer wahrscheinlich viel fressen, wie?", bemerkte ich und man hörte die Kritik, die in meinen Worten mitklang.

*

Die kommenden zwei Wochen beschäftigte sich Andreas täglich mit seinem Pferd. Er hielt sich genau an sein Versprechen und versorgte den Braunen, wie wir ihn inzwischen alle nannten, mit frischem Futter und mistete den Stall aus.

Wenn ich mit Verena und Johannes am Abend manchmal vor dem Haus saß, durften wir ein besonderes Schauspiel genießen.

Andreas hatte sein Pferd auf der Wiese an einen Baum gebunden und versuchte ihm eine Decke auf den Rücken zu legen. Hatte er es geschafft, bäumte sich das Pferd auf und versuchte sich der Decke zu entledigen.

Mein Freund ließ sich dadurch nicht entmutigen, sondern sprach beruhigend auf den Vierbeiner ein. Gleichzeitig hielt er ihm eine Hand voll Hafer hin.

Es dauerte lange, doch die Mühe von Andreas zahlte sich aus. Das Pferd hatte sich an die Decke gewöhnt und ließ sich immer häufiger durch verlockende Leckerbissen ablenken.

Zwei Tage später wurde die Decke durch einen mit Erde gefüllten Sack ersetzt. Wieder ließ Andreas nicht locker, bis sich das Pferd an den schweren Gegenstand gewöhnt hatte. Nach etwa einer Woche war das Pferd bereit, Andreas auf seinem Rücken zu dulden. Die Beharrlichkeit und Geduld hatte sich gelohnt.

Jede Minute, die Andreas erübrigen konnte, zimmerte er an einem Wagen herum. Die Räder und Achsen hatte er sich bereits vom Wagner in Neukirch geholt.

Der große Augenblick war gekommen. Wieder verfolgten Verena, Johannes und ich als Zuschauer das Spektakel. Andreas wollte das Pferd das erste Mal vor den nagelneuen Wagen spannen, doch wie beim Reiten sollte auch das nicht so ohne weiteres über die Bühne gehen.

Es fiel Verena und mir schwer zu einem eindeutigen Urteil zu kommen, wer, Andreas oder das Pferd, den größeren Dickschädel hatte.

Erst eine List machte das Pferd gefügig. Anstelle des Wagens band Andreas einen mittelgroßen Baumstamm hinter das Pferd. Wie ein verrückt Gewordener tobte der Braune durch die Gegend und kam erst zur Ruhe, als er sich vollkommen verausgabt hatte. Andreas nutzte diesen Moment, spannte ihn vor den Wagen und führte ihn den Weg entlang.

Besonders Johannes saß voller Stolz oben auf dem Wagen, als wir am folgenden Sonntag zur Messe nach Waldau fuhren. Doch auch wir empfanden es als recht angenehm, nicht mehr selbst laufen zu müssen, sondern uns von Andreas durch die Gegend kutschieren zu lassen.

XXVI

Erleichterung, bei vielen kam sogar unbeschreibliche Freude auf, als Onkel Jakob berichtete, dass der französische König Ludwig gestorben sei und die Franzosen im Begriff waren, sich endgültig aus Freiburg zurückzuziehen.

Als hätten viele nur auf diesen Augenblick gewartet, breitete sich mehr und mehr der Uhrenbau in unserer Gegend aus. Besonders diejenigen Männer, die handwerkliches Geschick besaßen, ergriffen die Chance und wollten sich dadurch etwas dazuverdienen.

Allerdings waren nicht alle, die sich das oft vorschnell zutrauten, dafür geeignet und gaben dann nach den ersten Misserfolgen schnell wieder auf.

Vor allem einfache Leute wie Häusler, Tagelöhner und Knechte waren es, die sich mit dem Bau von Uhren abgaben. Bauern befanden sich nur wenige darunter. Sie wollten sich keine Blöße geben und sich nicht mit den einfachen Leuten auf eine Stufe stellen. Ihr Stolz verbot ihnen das.

Trotzdem wuchs die Konkurrenz für uns stetig. Selbst in Waldau gab es inzwischen zwei weitere Uhrmacher.

Andreas und ich hatten allerdings einen großen Vorteil. Die jahrelange Erfahrung kam uns zugute und wir brauchten immer weniger Zeit für die Herstellung einer einzelnen Uhr.

Das war auch nötig, denn die Preise gaben durch das große Angebot ebenfalls nach.

Wir konnten uns dennoch nicht beklagen. Unsere Geschäfte liefen nach wie vor hervorragend und sicherten uns ein gutes Einkommen.

Es hatte sich inzwischen so eingependelt, dass wir zweimal im Jahr mit dem Pferdewagen nach Tengen und Konstanz fuhren, um dem Buchhändler Holzinger und dem Tuchhändler Faller Uhren zu liefern. Sie hatten bisher mit dem Verkauf gute Gewinne erzielt und wollten sich dieses nebenher verdiente Geld auch weiterhin nicht durch die Lappen gehen lassen.

Auch Johannes hielt ich mehr und mehr an, uns in der Werkstatt bei einfachen Arbeiten zu helfen. Er hatte jetzt das richtige Alter, um einen Beruf zu erlernen, und zu meiner Freude wollte er ebenfalls Uhrmacher werden.

Ich erinnerte mich an meinen Vater, der es mir als Junge ermöglicht hatte, dieser Beschäftigung nachzugehen. Auch ich wollte Johannes ein strenger Lehrherr sein, um einen möglichst guten Uhrenbauer aus ihm zu machen.

*

Im Kloster St. Peter kündigten sich Veränderungen an. Wie man sich in Waldau erzählte, lag Abt Maurus Höss im Sterben. Als sein Nachfolger wurde Ulrich Bürgi gehandelt. Er galt als fortschrittlicher und unternehmungslustiger Mann.

Die Gerüchte bewahrheiteten sich, und schon einige Wochen darauf trug man den Abt zu Grabe und wählte Pater Ulrich zum neuen Oberhaupt von St. Peter. Alle Vögte, also auch Onkel Jakob, wurden ins Kloster bestellt.

Am folgenden Sonntag nach der Messe gingen Andreas und ich wie gewohnt auf ein Bier in die Wirtschaft. Besonders viele Leute kamen an diesem Tag hierher. Die Menschen waren vom Kloster und vor allem vom Abt abhängig und deshalb war es für sie sehr wichtig, was der Vogt an Neuigkeiten über den neuen Mann in St. Peter zu berichten hatte.

Von sich aus fing Onkel Jakob jedoch nicht zu erzählen an, sondern einige Männer mussten ihn erst mit ihren Fragen dazu bewegen.

„Habt Ihr uns nichts zu berichten, Herr Schwab? Wie findet Ihr den neuen Abt?“, wollte der Bauer vom Bühlhof wissen.

„Was soll ich Euch sagen? Neue Besen kehren gut! Abt Ulrich Bürghi hat den Kopf voller Pläne“, erwiderte Jakob kurz.

„Ihr seid zwar der Vogt, ich glaube dennoch, dass auch wir ein Recht haben, etwas Genaueres über diese Pläne zu erfahren, oder?“, rief ein anderer.

„Ganz richtig, denn, wer muss für gewöhnlich die Arbeit machen, wer muss Frondienst im Kloster leisten? Das sind wir, die kleinen Bauern, Knechte und Tagelöhner“, äußerte jemand verärgert.

„Eine neue Kirche will er bauen, der Abt. Vollkommen veraltet sei die jetzige teilte er uns Vögten mit. Überall gestalte man zur Zeit die Kirchen im Stil des Barock um, beklagte sich Abt Ulrich.“

Onkel Jakob unterbrach seine Rede, weil ziemlicher Tumult in der Gaststube aufkam.

„Und das Kloster will natürlich auch sofort eine solche Barockkirche haben, richtig?“, rief einer.

„Noch sind es ja nur Pläne!“, beruhigte Onkel Jakob die Männer. „Wartet erst einmal ab, ob sie tatsächlich verwirklicht werden! Die meisten Patres aus dem Kloster möchten nach diesen unruhigen Zeiten keinerlei unnötige Bauarbeiten und stimmen mit dem Abt nicht überein. Ja, sie lehnen seine Planungen sogar offen ab.“

„Aha, es gibt also auch noch vernünftige Mönche!“, ließ

einer verlauten. „Gott sei Dank haben nicht alle vergessen wie lange es uns hier in der Gegend durch die Franzosen schlecht ging. Sollte der Abt nicht seinem Herrgott dankbar sein, dass sich im Kloster überhaupt noch ein Stein auf dem anderen befindet!“

Auch Andreas und ich waren der Meinung, dass die Pläne des Abtes weitere, schwere Belastungen für die Untertanen bedeuteten.

Die Situation beruhigte sich langsam und ich war froh, dass Onkel Jakob sich nicht länger den Beschimpfungen der Anwesenden aussetzen musste.

Als Vogt hatte er eine angesehene Stellung im Dorf, doch damit waren auch etliche Unannehmlichkeiten verbunden, denn er hatte immer die wenig erfreuliche Aufgabe, den Leuten in Waldau die neuesten Nachrichten und Beschlüsse des Klosters zu übermitteln. Er musste den Unmut und die Unzufriedenheit der Menschen ertragen, die eigentlich dem Kloster galten.

*

Erneute Aufregung gab es, als der Abt am folgenden Sonntag mit ein paar Mönchen in Waldau erschien. Niemand war anscheinend davon unterrichtet worden. Selbst Onkel Jakob zeigte sich völlig überrascht, als er Abt Ulrich vor der Dorfkirche begrüßte.

Ehrfürchtig verhielten sich die Bauern und verneigten sich vor ihrem Grundherrn. Absolute Stille herrschte, als der Abt vor dem Gottesdienst das Wort an die Gemeinde richtete:

„Ich habe vernommen“, begann er mit gedämpfter Stimme und streifte sich einige Male über seinen Vollbart, „dass einige unter Euch mir etwas zu sagen haben. Das hat man mir zumindest zugetragen.“

Viele der Anwesenden blickten den Dorfvogt an.

„Nein, nein, Ihr irrt, wenn Ihr glaubt, Euer Vogt, Jakob Schwab, hätte mir davon berichtet, obwohl es sicherlich seine Pflicht gewesen wäre“, sprach der Abt ernst. „Vergesst außerdem nicht, dass das Land, auf dem Ihr lebt, dem Kloster gehört und Ihr Euch glücklich schätzen dürft es bebauen zu können.

Ich bin mir auch sicher, dass Eure Abgaben ans Kloster gering sind und die Grundherren in anderen Gegenden wesentlich mehr von ihren Untertanen verlangen. Jahrelang wurdet Ihr, bedingt durch den Krieg, von Frondiensten verschont.“

Abt Ulrich machte eine Pause und sein Blick wurde ernster, bevor er seine Rede erheblich lauter als zuvor fortsetzte:

„Solltet Ihr nicht dankbar sein, dass die Franzosen endlich abgezogen sind und Ihr wieder in Frieden leben könnt? Ist es nicht geradezu Eure Christenpflicht, unserem Herrgott eine neue, schönere Klosterkirche zu errichten?“

Der Bauer vom Aloisenhof stand auf und blickte den Abt einige Zeit schweigend an.

„Ich habe den Eindruck, Ihr wollt etwas sagen“, sprach ihn der Abt an.

„Wenn ich darf, ehrwürdiger Abt“, begann der Bauer, „dann möchte ich schon eine Bemerkung dazu machen, weil Ihr von Dankbarkeit gesprochen habt.

Vor etwa vierzig Jahren haben die Franzosen den Hof meines Vaters in Schutt und Asche gelegt. Im letzten Krieg brannten sie ihn wieder nieder und alles, was sie gebrauchen konnten, nahmen sie mit.

Ich muss hart, ich muss sehr hart arbeiten, um meine Familie zu ernähren, ehrwürdiger Abt, und kann, verzeiht mir, keine Dankbarkeit empfinden.“

Nachdenklich und mit versteinerter Miene sah der Abt den Bauern an.

„So, Ihr empfindet keine Dankbarkeit!“, murmelte der Abt betont langsam und fuhr dann mit bedrohlicher Stimme fort:

„Solltet Ihr Gott nicht dafür danken, dass Ihr nicht wie viele andere Euer Leben in diesem abscheulichen Krieg verloren habt? Trägt das Kloster etwa die Schuld an diesem Krieg?

Was glaubt Ihr eigentlich, hat St. Peter alles in diesem Krieg verloren? Unsere Besitzungen in der Rheinebene bei Schallstadt, Ehrenstetten und Gündlingen, in Bickensohl und Endingen sind ein Opfer des Krieges geworden. Die Pächter hat das Schicksal noch schlimmer als Euch hier getroffen."

Der Abt wandte sich erneut an alle Versammelten und mäßigte seinen Ton:

„Wenn Ihr Euren Beitrag leistet und in St. Peter eine neue Kirche entsteht, dann tut Ihr das nicht nur für die Mönche und zur Ehre Gottes, sondern Ihr tut es in erster Linie für Euch, denn es ist auch Euer Gotteshaus und ein Ausdruck unserer Dankbarkeit, dass Gott uns von den Plagen des Krieges erlöst hat."

Nur langsam machte sich zustimmendes Gemurmel unter den Anwesenden breit, und der Abt wusste diese Tatsache recht wohl für sich zu nutzen.

„Einige wenige Nörgler und Unzufriedene wird es immer geben", sagte er abschließend. „Wichtig ist, dass die Mehrheit, wie ich merke, es anders sieht."

Er erteilte seinen Segen und verließ das Gotteshaus.

Ja, der Abt hatte die meisten Bewohner Waldaus mit seinen Worten überzeugt, und die Kritiker verstummten immer mehr im Laufe der nächsten Wochen.

Auch Andreas und ich wurden ins Kloster bestellt, um einige Wochen Frondienst abzuleisten. Viele Bauern der Umgebung mussten ihre Fuhrwerke zur Verfügung stellen, um die Trümmer vom Abbruch der alten Kirche wegzuschaffen.

Da das neu zu errichtende, doppeltürmige Gotteshaus aus Buntsandstein entstehen sollte, wurden unzählige Fuhren dieser Steine herangekarrt.

Selbst im Winter ruhten die Bauarbeiten nicht, denn sowohl der Abt als auch der Baumeister Peter Thumb trieben den Bau ehrgeizig voran. So war es nicht verwunderlich, dass der Rohbau recht zügig in nur zwei Jahren fertig gestellt war.

Wesentlich schwieriger und zeitaufwändiger sollte sich die Ausgestaltung des Innenraumes erweisen.

Das Kloster ließ sich den Kirchenneubau einiges kosten. Künstler und namhafte Handwerker wurden mit der Ausgestaltung beschäftigt. Franz-Joseph Spiegler aus Konstanz erhielt den Auftrag, die Deckenfresken zu gestalten.

Ein Aufatmen ging durch die Bevölkerung, als im September des Jahres 1727 Kirchweih in St. Peter gefeiert wurde.

Natürlich waren die Innenarbeiten noch lange nicht abgeschlossen, denn auch die an die Kirche angrenzende Klosterbibliothek wurde vollkommen neu im Barockstil ausgestaltet. Diese Arbeiten betrafen aber nicht die Untertanen des Klosters, dafür waren Fachleute nötig.

*

Onkel Jakob, der mit seinen nahezu fünfundsiebzig Jahren ein ungewöhnlich hohes Alter erreicht hatte, kam seinen Verpflichtungen als Dorfvogt immer weniger nach, da seine Frau Maria seit Wochen krank daniederlag.

Als sie wenig später starb, war er sehr geknickt und wechselte aus Kummer kaum ein Wort mit jemandem.

Ich konnte mich gut in ihn hineindenken. Nahezu fünfzig Jahre hatten beide miteinander verbracht, und ein solcher Schicksalsschlag hinterließ seine Spuren. Ich besuchte ihn alle paar Tage, um ihm in dieser schweren Zeit beizustehen.

Nur langsam kam er über den Verlust seiner Frau hinweg, konnte jedoch aus Altersgründen sein Amt als Vogt von Waldau nicht mehr ausüben. Selbst die Wirtschaft und den Hof übergab er seinem Sohn Georg.

Der Abt von St. Peter bestimmte Hans Weisser vom

Widiwandhof zum neuen Dorfvogt. Onkel Jakob war erleichtert, dass er die Bürde des bisherigen Amtes nicht mehr zu tragen hatte.

Nahezu täglich besuchte er das Grab seiner Frau, da der Friedhof direkt neben dem Schwabenhof lag. Er fand auch Zeit manchmal bei uns vorbeizuschauen und kam dann voller Neugierde in die Werkstatt, um uns bei der Arbeit zu beobachten.

„Wenn ich nicht so alt wäre“, meinte er einmal, „würde ich mich auch noch daranmachen eine Uhr zu bauen. Ich bewundere euer Können!“

*

Andreas und ich waren froh, dass wir uns wieder ausschließlich dem Uhrenbau widmen konnten und vorläufig keinen Frondienst mehr im Kloster zu leisten hatten.

Auch Johannes hatte in den letzten Jahren viel gelernt und war zu meiner großen Freude inzwischen zu einem geschickten Uhrmacher herangereift.

Für drei Leute war die Werkstatt zwar etwas eng, doch da wir menschlich gut miteinander auskamen, störte uns das wenig. Allerdings musste die zweite Kammer, die wir vor Jahren angebaut hatten und die Johannes bewohnte, gleichzeitig als Lagerraum für die fertigen Uhren herhalten. In der Werkstatt war dafür kein Platz.

Um für die Herstellung einer Uhr immer weniger Zeit aufzuwenden, spezialisierte sich jeder von uns auf gewisse Aufgaben.

Während Andreas sich wie bisher um die Kästen, die Zifferblätter und die Gewichte kümmerte, war Johannes für die Schlagwerke zuständig. Ich stellte die Zahnräder und die Achsen her und vergewisserte mich, ob die fertigen Uhren in jeder Beziehung ihre Aufgabe meisterten.

Wir waren gezwungen sorgfältig zu arbeiten, da die Konkurrenz immer größer wurde. Herr Holzinger aus Tengen und der Tuchhändler aus Konstanz hätten inzwischen längst ihren Bedarf bei anderen Uhrmachern decken können. Dass sie das nicht taten, war einzig und allein der Qualität unserer Uhren zuzuschreiben, und das sollte so bleiben.

Lange Jahre hatten mir die Reisen in die Städte viel Freude bereitet, doch inzwischen genoss ich es auch, wenn Andreas und Johannes hin und wieder alleine mit dem Pferdewagen loszogen.

Ich räumte dann während dieser Zeit die Werkstatt auf, brachte das Handwerkszeug in Ordnung und saß ab und zu schon am Nachmittag mit Verena auf der Bank im Garten.

„Ich kann es manchmal kaum fassen, dass wir es zu bescheidenem Wohlstand gebracht haben, Benedikt", sprach sie einmal. „Niemals werde ich die Zeiten vergessen, in denen wir von der Hand in den Mund lebten. Ich darf gar nicht daran denken, dass du sogar eines Nachts unterwegs warst, um Nahrungsmittel zu klauen."

„Es war sicherlich Unrecht, doch ich hatte damals keine andere Wahl", erwiderte ich und schämte mich im Nachhinein für mein Verhalten. „Du musst mir glauben, Verena, ich habe es für uns getan! In Zeiten der Not regiert einen der leere Magen und treibt einen zu Dingen, die man als Christ sonst nie tun würde."

Verena blickte mich verständnisvoll an.

„Ich war damals auch verzweifelt, dass ich als Ehemann und Vater versagt hatte, weil ich meine Familie nicht ernähren konnte", fügte ich hinzu.

XXVII

Seit Hans Weisser das Amt des Dorfvogts übertragen worden war, erfuhren die Bewohner Waldaus nicht mehr so viel aus dem Kloster. Sein Hof lag weit außerhalb des Dorfes an der Widiwander Höhe, und das Wirtshaus besuchte er nur recht selten.

So war es nicht verwunderlich, dass sich nur langsam ein immer mehr um sich greifendes Gerücht bestätigte: Im Kloster St. Peter standen neue Bauvorhaben an.

„Der Abt gibt sich mit dem neuen Kirchenbau noch nicht zufrieden. Jetzt soll auch das übrige Kloster erweitert und ausgebaut werden", berichtete Andreas, als er nach Hause kam.

„Also ist es wahr, was sich die Leute schon lange erzählen", erwiderte ich. „Es kommt wieder Arbeit auf uns zu."

„So ist es Benedikt! Wahrscheinlich ist es der Neid, der Abt Ulrich von St. Peter ansporrnt. Er kann es nicht verkraften, dass man gleich in der Nachbarschaft, in St Märgen, eine neue Kirche errichtet hat und der dortige Abt, Andreas Dilger, mit seinen Chorherren kürzlich ein völlig neu erbautes Klostergebäude bezogen hat."

„Kannst du dir vorstellen, Andreas, dass sich die Leute genau so einfach wie beim letzten Mal durch ein paar Worte des Abtes überzeugen lassen und ohne Murren im Kloster schuften?"

„Also ich muss dir ehrlich gestehen, Benedikt, dass ich kein Verständnis mehr aufbringe für die neuen Vorhaben. Das Kloster fordert immer mehr, tut jedoch im gleichen Moment immer weniger für uns."

„Überall entstehen Schulen und die jungen Leute lernen lesen und schreiben. Was geschieht bei uns in Waldau? Nichts!", ergänzte ich. „Nicht einmal einen eigenen Pfarrer haben wir. Unsere Kirche ist ein schäbiges, feuchtes Loch."

„Aber, welche Möglichkeiten haben denn die kleinen Leute, sich gegen die Willkür der Oberen zu wehren? Wir sind und bleiben der letzte Dreck!", schimpfte Andreas. „Wir sind ihnen auf Gedeih und Verderb ausgeliefert."

*

Schon wenige Tage später bestätigten sich die Gerüchte, die das ganze Dorf inzwischen in Aufregung versetzt hatten. Der neue Vogt ließ die Einwohner Waldaus in der Wirtschaft zu einer Besprechung zusammenrufen und das bedeutete für Gewöhnlich nichts Gutes.

Schnell verstummten die Anwesenden, als der Vogt eintrat, denn alle waren gespannt, was er ihnen zu berichten hatte, und hofften, endlich Klarheit zu bekommen.

„Ich weiß, dass es inzwischen viel Gerede gibt und manche sich abfällig über das Kloster äußern. Ich habe vom Abt Ulrich den Auftrag, Euch einiges mitzuteilen.

Das Kloster hat nun seine neue Kirche, und wir können alle stolz auf dieses prächtige Gotteshaus sein. Der Abt lässt Euch noch einmal ausrichten, dass Ihr gute Arbeit geleistet habt und er Euch dafür dankt.

Aber, man hat im Kloster inzwischen neue Pläne und ich glaube, das ist auch der Grund, warum sich viele von Euch so aufregen."

Spöttisches Lachen kam im Raum auf.

„So ist es, Herr Weisser!“, unterbrach ein Bauer den Vogt. „Wir machen uns Gedanken, was auf uns zukommt und was das Kloster noch alles von uns verlangt.“

Der Vogt nahm die Kritik gar nicht zur Kenntnis und setzte seine Rede fort:

„Wir alle haben dem Kloster gegenüber Verpflichtungen. Das haben wir versprochen und meistens sogar schriftlich niedergelegt, wenn uns das Kloster ein Stück Land zur Bebauung überlassen hat.

Die Gebäude in St. Peter haben während der Kriegsjahre schwer gelitten, Belagerungen und Plünderungen haben ihre Spuren hinterlassen. Die sollen jetzt beseitigt werden und bei dieser Gelegenheit will man auch gleich einen Neubau an das Kloster anfügen.“

Lautes Gemurmel ging durch die Reihen der Anwesenden. Mancher von ihnen wurde jetzt mutiger und hielt sich mit seiner Meinung nicht mehr zurück.

„Dagegen ist nichts einzuwenden!“, äußerte einer. „Wieso soll das Kloster nicht um einen Neubau erweitert werden? Nur, auf uns können sie nicht zählen, wir haben schon beim Kirchenbau mehr geschuftet als es eigentlich unsere Pflicht ist.“

Tosender Beifall erfüllte den Raum und ermutigte einen anderen Bauern zum Sprechen:

„Erlaubt mir eine Frage, Vogt! Hat uns das Kloster geholfen, als uns die Franzosen die Höfe niedergebrannt und uns teilweise alles geraubt haben, was wir besaßen? Wurde uns der Pachtzins erlassen? Hat es den Abt von St. Peter überhaupt interessiert, wie es uns geht?“

Wieder bekundeten die Leute im Raum ihre Zustimmung.

„Aber, warum regt Ihr Euch auf? Wozu?“, mischte sich der Bauer vom Rainhof ein. „Ihr müsst beim Neubau des Klosters mithelfen, ob Ihr wollt oder nicht! Ja, ich kann Euch sagen, der Abt kann Euch dazu sogar zwingen und niemand, ich bin mir sicher, niemand wird Euch von dieser Pflicht befreien. Das ist nun mal unser Los, das wir zu tragen haben."

„Vielleicht ist es wirklich das Beste, man findet sich einfach damit ab", äußerte Onkel Jakob.

Ich konnte meine Meinung nicht länger zurückhalten.

„Du bist ein alter Mann und hast leicht reden, weil du genau weißt, dass es dich nicht mehr betrifft. Keiner wird von dir verlangen, dass du in deinem Alter im Kloster schuftest."

„Das zweifelt auch niemand an, dass ich davon nicht mehr betroffen bin, Benedikt, und mein Alter, das brauchst du mir nicht vorzuhalten! Ich spüre selbst, dass ich nicht mehr lange zu leben habe. Ich wollte nur zum Ausdruck bringen, dass ich aus langer Erfahrung als Vogt weiß, dass jede Auflehnung wenig Sinn hat, weil sie zu keinem Erfolg führt."

„So ist es, Jakob Schwab hat Erfahrung!", sprach der neue Vogt und nickte übertrieben heftig.

„Wenn wir immer schön brav tun, was man von uns verlangt, natürlich haben wir dann niemals die Möglichkeit etwas in unserem Leben zu verändern und zu verbessern", meldete sich der Bauer vom Bühlhof erregt wieder zu Wort.

Die anwesenden Männer wurden immer mutiger. Einer nach dem anderen beteiligte sich an dem Gespräch und brachte die Dinge zur Sprache, die ihn wahrscheinlich schon lange bedrückten.

„Was ist das für ein Recht? Was sind das für Gesetze?", schimpfte jemand. „Wenn ein Mann sein Weib verliert oder ein Weib ihren Mann, dann ist das ein harter Schicksalsschlag. Und zu allem Unglück muss man anschließend dem Kloster auch noch Abgaben leisten."

„Und trotzdem hat unser alter Vogt Jakob Recht", sprach ein anderer resigniert. „Ändern werden wir nichts! Haben nicht unsere Vorfahren schon mehrmals versucht sich gegen die herrschende Ungerechtigkeit aufzulehnen?

Und, sind wir ehrlich, was hat es ihnen eingebracht? Zur

Strafe wurden sie noch mehr unterjocht. Keimte damals nicht eine Hoffnung auf, als Luther seine Lehren verbreitete und von der Gleichheit der Menschen sprach?"

„Was soll das? Was hat das alles mit dem Neubau der Klostergebäude zu tun?", versuchte der Vogt die aufkommenden Proteste zu ersticken. „Bedenkt, dass es uns hier noch gut geht! Anderswo müssen sie ein bis zwei Tage in der Woche, ja, in jeder Woche, für ihren Grundherren arbeiten."

„Wartet es ab, Herr Weisser, vielleicht kommt das auch bei uns noch!", rief jemand und lachte aus Verzweiflung.

„Wir sollten etwas vorsichtiger sein mit unseren offenen Reden", äußerte der Bauer vom Bühlhof, „denn Ihr wisst, dass das Kloster überall seine Leute hat, die ihre Ohren weit aufsperren, um dem Abt nach Möglichkeit jedes Wort zu hintertragen."

„Und, wie wollen wir jetzt verbleiben? Was soll ich dem Abt berichten?", wollte der Vogt abschließend wissen. „Soll ich ihm mitteilen, dass Ihr Euch weigert Euren Pflichten nachzukommen?"

„Wir sollten zwei Leute aus unserer Mitte bestimmen und sie ins Kloster schicken, um dem Abt unsere Bedenken mitzuteilen. Vielleicht lässt er mit sich reden und alles wird halb so schlimm", schlug Andreas vor.

„Eine gute Idee! Wir sollten es zumindest versuchen!", bekräftigte Onkel Jakob.

„Ich schlage meinen Onkel als unseren Vertreter vor", sprach ich. „Er ist kein Vogt mehr und ein besonnener Mann. Außerdem hat er Erfahrung im Umgang mit dem Kloster."

„Und was ist mit Euch, Benedikt Fehrenbach? Ihr seid ein heller Kopf und solltet Euren Onkel in unserem Namen begleiten", rief ein Bauer.

Onkel Jakob war anfangs nicht so recht begeistert, dass man ihn mit dieser Aufgabe betrauen wollte, beugte sich aber letztendlich der Meinung der Mehrheit.

„Na gut, wenn mein Neffe Benedikt mitkommt", sprach er, „dann werde ich mich ins Kloster begeben und mit dem Abt reden. Ich habe nichts mehr zu verlieren."

Auch der Dorfvogt war mit diesem Vorschlag einverstanden und die Versammlung löste sich schnell auf.

*

Onkel Jakob und ich wollten unseren Besuch in St. Peter nicht auf die lange Bank schieben, sondern brachen gleich in der folgenden Woche dorthin auf. Ich lenkte den Wagen, um meinem Onkel die Fahrt möglichst bequem zu gestalten.

Wir meldeten uns an der Klosterpforte an und mussten lange warten, bis wir endlich zum Abt vorgelassen wurden.

„Ah, Herr Schwab, Ihr könnt Euch anscheinend doch nicht so recht von Eurem Amt als Dorfvogt trennen", sprach der Abt, als er Onkel Jakob erblickte.

„Gott zum Gruß, ehrwürdiger Abt! Ich bin froh, das Amt nicht mehr auszuüben, denn in meinem Alter fällt einem alles zunehmend schwerer."

Auch ich begrüßte den Abt mit dem gebotenen Respekt. Mich kannte er allerdings nicht und er musste erst nach meinem Namen fragen.

„Was führt Euch zu mir? Was kann ich für Euch tun?", kam der Abt gleich zur Sache.

„Ja, das kann ich nicht so leicht in Worte fassen", begann Onkel Jakob.

Ich nahm mir vor mich möglichst zurückzuhalten, denn schließlich hatte er die Erfahrung im Umgang mit hoch gestellten Persönlichkeiten.

„Versuchen müsst Ihr es schon, sonst weiß ich nicht, was Ihr wollt, und wir würden unnütz die Zeit vertun!", ermunterte ihn Abt Ulrich freundlich, aber bestimmt.

„Es geht um die Erweiterung des Klosters. Genauer gesagt um die Arbeit, die auf Eure Untergebenen zukommt."

Der Abt zeigte auf zwei Stühle an einem großen Tisch. Wir warteten ab, bis er sich an der gegenüberliegenden Seite niedergelassen hatte, und setzten uns dann ebenfalls.

Er blickte uns jetzt nicht mehr so freundlich an, sondern seine Miene war plötzlich ernst. Nachdenklich strich sich der Abt über seinen vollen Bart, bevor er wieder zu sprechen begann:

„Es tut mit Leid, Herr Schwab, vielleicht bin ich heute etwas begriffsstutzig, aber ich habe immer noch nicht verstanden, was Ihr mir eigentlich sagen wollt."

Onkel Jakob wollte anscheinend den Abt nicht gleich mit der ganzen Wahrheit vertraut machen, sondern ihn schonend darauf vorbereiten.

„Die Menschen in Waldau haben schlimme Jahre überstehen müssen. Ihr wisst es besser als alle anderen, wieviel Leid und Elend die Franzosen über unsere Heimat und über das Kloster gebracht haben.

Die Männer aus dem Dorf haben beim Neubau der Kirche ihr Bestes gegeben und, ich finde, Ihr könnt stolz auf Eure moderne Kirche sein, ehrwürdiger Abt!"

„Ich sage es zum letzten Mal, Herr Schwab", sprach der Abt jetzt ernst und zog seine Stirn in Falten. „Wenn Ihr noch länger um den heißen Brei herumredet, dann werde ich unser Gespräch beenden, weil es nichts bringt."

„Wenn Ihr es so haben wollt, dann will ich auf den Punkt kommen!", erwiderte Onkel Jakob selbstsicher und Entschlossenheit klang in seiner Stimme. „Die Menschen in Waldau können nicht schon wieder ein so großes Opfer für das Kloster bringen. Sie haben zu tun, dass sie für sich und ihre Familien sorgen. So mancher Hof hat sich von den Plünderungen und Brandschatzungen des Krieges noch nicht erholt."

Ich konnte dem Gesichtsausdruck des Abtes entnehmen, dass er diese Meinung unter keinen Umständen teilte und jeden Moment ungehalten auf die Worte meines Onkels reagieren würde. Deswegen versuchte ich beruhigend auf den Abt einzuwirken:

„Nicht, dass wir unsere Pflichten vernachlässigen wollen. Nein, wir haben Land, das dem Kloster gehört und für das wir auch bestimmte Leistungen erbringen wollen, aber vielleicht sind Eure Forderungen etwas überzogen und wir könnten …“.

„Herr Fehrenbach, Herr Benedikt Fehrenbach!“, unterbrach mich der Abt lautstark. „Was nehmt Ihr Euch eigentlich heraus? Findet Ihr es allen Ernstes angebracht, dass Ihr hier in meiner Gegenwart solche Reden führt?“

„Mit Verlaub, ehrwürdiger Abt“, verteidigte mich Onkel Jakob, „aber wir sind nicht zu unserem Vergnügen hier im Kloster, sondern die Einwohner Waldaus haben uns in ihrem Namen hierher geschickt, um mit Euch zu reden. Er spricht folglich nicht für sich, sondern als Vertreter des Dorfes.“

Der Abt erhob sich, lief einige Zeit erregt hin und her und blickte uns dann wieder an.

„Ihr wollt also den Neubau des Klosters nicht unterstützen und den Frondienst verweigern? Habe ich das endlich richtig verstanden?“, fuhr er uns erbost an.

„Nein, so ist es nicht ganz!“, erwiderte Onkel Jakob. „Die Waldauer wollen …

Also gut, ich will jetzt offen sein, Ihr habt Recht! Wir wollen nicht wieder mehrere Monate für das Kloster arbeiten, während unsere Höfe daheim vernachlässigt werden und unsere Frauen alle Last tragen müssen.“

„Beantwortet mir eine Frage, Herr Schwab!“, sprach der Abt und stützte sich mit beiden Armen auf den Tisch. „Nehmen wir einmal an, Ihr würdet ein großes Stück Land besitzen und hättet es an einige Leute verpachtet. Natürlich wollt Ihr auch eine Gegenleistung dafür haben, oder?

Was würdet Ihr tun, wenn die Pächter plötzlich, aus heiterem Himmel, ihre versprochenen Leistungen nicht mehr erbringen würden?“

Onkel Jakob überlegte und antwortete dann ganz gelassen:

„Ich würde sie nach dem Grund fragen. Ja, ich würde sie zur Rede stellen und von ihnen wissen wollen, warum sie ihre Pflichten nicht erfüllen.“

„Und vielleicht käme dann heraus, dass man von den Pächtern immer mehr und immer mehr verlangt und sie ihren Pflichten gar nicht nachkommen können“, unterstützte ich den gelungenen Vorschlag meines Onkels.

„Es gäbe auch eine andere Möglichkeit“, teilte der Abt mit. „Man könnte sich als Eigentümer neue Pächter suchen.“

„Und dann?“, bemerkte ich. „Was geschieht mit den Leuten, die sich Höfe gebaut, die Familien zu ernähren haben? Soll man die einfach als Eigentümer vom Land jagen? Könnte man das, als Christenmensch?“

Ich merkte, ich hatte den Abt bei seiner Ehre getroffen, und er schien einzulenken. Auch er versuchte uns jetzt mehr mit Argumenten und weniger mit seinen Emotionen zu überzeugen.

„Ihr müsst bedenken, dass nicht nur die Höfe in Waldau unter dem Krieg gelitten haben, sondern, dass das Kloster belagert, geplündert und teilweise niedergebrannt wurde.

Ist es dann nicht das Recht der Mönche von den Untertanen etwas mehr als sonst zu verlangen? Was hätten wir dafür gegeben, wenn unser Kloster verschont geblieben wäre.

Schaut Euch den neuen Konvent und das prächtige Gotteshaus in St. Märgen an! Sollen wir uns hier in St. Peter etwa verstecken und uns auslachen lassen, weil wir alte und ruinöse Gemäuer bewohnen?“

Der Abt tippte mit seinem Zeigefinger auf den Tisch.

„Nein, nein, es ist Eure Pflicht beim Neubau des Klosters zu helfen! Das ist mein letztes Wort.“

Langes Schweigen herrschte, bis Onkel Jakob wieder zu sprechen begann:

„Wir werden Eure Worte den Menschen in Waldau mitteilen, ehrwürdiger Abt. Ich kann nur hoffen, Ihr bereut Eure Haltung eines Tages nicht."

Ohne sich weiter um uns zu kümmern, verließ der Abt das Zimmer, um kurz darauf noch einmal zurückzukommen.

„Übrigens", sprach er, „ich weiß genau was in Waldau vorgeht. Es gibt schließlich auch Leute, die dem Kloster gegenüber Dankbarkeit empfinden und sich nicht gegen mich auflehnen. Und, das Kloster wird sich zu wehren wissen."

Wir blieben noch einen Moment sitzen. Deutlich konnte ich die Enttäuschung in Onkel Jakobs Gesicht lesen.

*

Es war nicht leicht, den Menschen, die sich wieder im Wirtshaus auf dem Schwabenhof eingefunden hatten, von der Unnachgiebigkeit des Abtes zu berichten.

„Was bleibt uns anderes übrig, als uns den Anordnungen des Klosters zu fügen", sprach Onkel Jakob resigniert, als er seine Rede im Wirtshaus beendet hatte. „Wir haben keine Möglichkeit uns zu wehren."

„Das sehe ich anders!", meldete sich der Bauer vom Bühlhof zu Wort. „Wenn wir jetzt nachgeben und dem Abt unseren Unmut nicht zeigen, dann haben wir für immer verloren und es wird sich für uns niemals etwas ändern. Wacht auf und begreift es endlich!"

„Er hat Recht!", bemerkte Lorenz, der Bruder von Andreas. „Wir sollten nicht so einfach den Kopf einziehen und uns vom Kloster alles bieten lassen. Wir sind Menschen und kein Vieh, dem man mit der Rute seinen Willen aufzwingen kann."

„An Eurer Stelle wäre ich vorsichtig und würde mir meine Worte gut überlegen, denn ich weiß genau, dass dem Abt alles, was wir hier sprechen, zu Ohren kommt“, gab Onkel Jakob zu bedenken.

„Ist es nicht eine Schande, dass die eigenen Leute aus dem Dorf einem in den Rücken fallen!“, schimpfte Andreas neben mir. „Wir wollen doch nur ein bisschen Mitspracherecht und uns dem Kloster nicht wie Arbeitstiere ausliefern.

Ich finde, der Bühlhofbauer hat Recht! Einer muss den Anfang machen! Wenn wir jetzt nachgeben, wird sich nie etwas ändern. Den Kindern Waldaus und ihren Kinder, ihnen wird es nicht anders ergehen als uns.“

Auch ich fasste Mut und äußerte meine Meinung:

„Schaut Euch die Städte wie Rottweil oder Konstanz an! Man hat ihnen im Laufe der Zeit nicht so viele Freiheiten eingeräumt, weil sie immer gegenüber ihrer Obrigkeit mit dem Kopf genickt haben, sondern weil sie sich manchmal auch gewehrt und durchgesetzt haben.“

„Ich bin der Ansicht, wir sollten unser Gespräch für heute beenden, da es bereits spät ist!“, sprach Vogt Weisser. „Sicherlich werdet ihr Euch in den nächsten Tagen beruhigen und gut überlegen, ob sich ein Streit mit dem Kloster lohnt.“

Die Anwesenden teilten eindeutig ihren Unmut darüber mit, dass der Vogt die Versammlung so eigenmächtig beendet hatte.

*

„Es ist nicht richtig, nein, es ist nicht richtig, dass wir kampflos aufgeben“, sprach Lorenz, als er seinen Bruder Andreas und mich mit seinem Wagen nach Hause brachte.

„Auch ich denke wie du“, bestätigte Andreas. „Jahrhunderte haben wir nachgegeben. Was Benedikt bei der Versammlung gesagt hat, stimmt. Viele Städte, die heute frei sind oder deren Bürger sich zumindest selbst verwalten dürfen, mussten sich diese Rechte erkämpfen. Freiwillig treten die hohen Herren nichts von ihrer Macht ab. Wir dagegen, wir haben es nicht besser verdient!“

„Suchst du Streit?“, fuhr ihn sein Bruder an. „Den kannst du leicht haben. Ich bin sowieso geladen.“

„Wieso sollte ich Streit suchen, wo wir uns so gut vertragen, seit ich den Glashof verlassen habe?“, beruhigte ihn Andreas. „Ich wollte damit nur zum Ausdruck bringen, dass sich nichts ändert, wenn sich alle so wie wir verhalten.

Wir sind alle drei der festen Meinung, dass wir uns gegen die Willkür des Abtes wehren sollten. Und, was tun wir?“

„Na ja, das ist schon richtig, Bruder, das ist sehr richtig! Wir sollten nicht aufgeben!“

„Nur, die Wirtschaft ist nicht der geeignete Ort, um offen seine Meinung auszusprechen“, gab ich zu bedenken, „denn, wie mein Onkel Jakob schon bemerkte, gibt es anscheinend auch Leute unter uns, die dem Abt alles berichten, was hier geäußert wird.“

„Folglich müssten wir uns heimlich treffen“, schlug Lorenz vor, „und zwar mit Leuten, denen wir vertrauen können.“

„Und wer steht deiner Meinung nach auf unserer Seite? Wer würde nicht gleich bei der ersten Gefahr verstummen?“, wollte Andreas von seinem Bruder wissen.

„Wir drei, dann der Bauer vom Bühlhof, Michael Fehrenbach vom Stalterhof, mit Kammerer von der Waldmühle habe ich gesprochen und, ich glaube der alte Vogt, Jakob Schwab, könnte sich auch für unsere Sache begeistern“, zählte Lorenz auf.

„Meinst du nicht auch, Benedikt?“, wandte er sich an mich.

„Mein Onkel hat beim Abt kein Blatt vor den Mund genommen“, stimmte ich zu. „Große Achtung empfinde ich für seinen Mut. Außerdem, es ist ein gebildeter Mann und hat eine Menge Erfahrung im Umgang mit dem Kloster. Wenn es zu einem geheimen Treffen kommt, sollten wir ihn auf jeden Fall davon informieren und ihn einladen.“

Wir schauten uns alle drei eine Weile an und unsere Entschlossenheit konnte man auch ohne Worte spüren.

„Wann? Wo?“, brach ich die Stille. „Wir müssen handeln, bevor es zu spät ist!“

„Damit wir nicht in Verdacht geraten und niemand von unserem Treffen erfährt, sollten wir eine List anwenden“, schlug Andreas vor. „Du, Lorenz, verbreitest im ganzen Dorf, dass wir uns am nächsten Samstag gegen Abend noch einmal im Wirtshaus auf dem Schwabenhof zu einer Besprechung treffen. Alle, die es betrifft, werden dann ins Wirtshaus kommen. Wir werden allerdings nicht dort sein, sondern uns an einem geheimen Ort versammeln.“

„Eine gute Idee, Andreas!“, lobte ich ihn. „So wollen wir es machen. Ich werde dem Bühlhofbauern, Herrn Kammerer, meinem Vetter Michael und meinem Onkel Jakob Bescheid sagen.“

„Und wo wollen wir uns treffen?“, fragte Lorenz und machte gleich einen Vorschlag. „Wäre die Kapelle unten in der Schlucht bei den Glashütten nicht geeignet?“

„Es wird den Tirolern auffallen, wenn sich dort in der Dunkelheit Männer herumtreiben, wo sich doch um diese Zeit normalerweise kein Fremder mehr dort aufhält“, gab ich zu bedenken.

„Es kann ihnen nicht auffallen, weil die Tiroler letzte Woche alle die Schlucht verlassen haben“, erwiderte Lorenz. „Der Wald an den Glashütten ist aufgebraucht. Immer weitere Wege mussten die Glaser in Kauf nehmen, um die benötigte Holzkohle herbeizukarren. Deswegen sind sie nach Bräunlingen, etwa drei Stunden Fußmarsch von hier, gezogen. Dort sind die Bedingungen für die Glasherstellung besser.“

„Also, dann wären wir uns einig. Wir treffen uns am Samstag bei Sonnenuntergang an der kleinen Rosenkranzkapelle in der Glaserschlucht“, sprach ich.

„Und seid vorsichtig!“, ermahnte uns Lorenz. „Nehmt nicht alle den gleichen Weg dorthin! Ich habe zwar keine Angst, doch noch hat der Abt die alleinige Macht bei uns.“

Wir reichten uns die Hand und besiegelten unser Abkommen.

„Gott steh uns bei! Einfach wird es nicht werden“, sagte ich nachdenklich. „Ich muss gestehen, ich habe etwas Angst, doch auch den festen Willen den ersten Schritt mit euch zu wagen, einen Schritt uns von Willkür zu befreien.“

„Selbst ein Schrittchen wäre schon ein Erfolg“, bemerkte Andreas, „denn aus einem Schrittchen kann schnell ein Schritt werden.“

XXVIII

Meine innere Unruhe nahm ständig zu, je näher der Samstagabend rückte. Ich suchte den Bühlhofbauern, meinen Vetter Michael, Herrn Kammerer und Onkel Jakob auf. Keinen musste ich lange überreden an unserem Treffen teilzunehmen. Am meisten überraschte mich die Einstellung von Onkel Jakob.

„Mehrere Jahrzehnte habe ich dem Kloster als Vogt treu gedient und mich stets um Ausgleich bemüht", sprach er. „Ich mache es mir nicht einfach mit meiner Entscheidung. Was zur Zeit jedoch geschieht, ist Unrecht! Die Forderungen des Abtes sind nicht in Ordnung. Was mich besonders geärgert hat, war sein herablassendes Verhalten uns gegenüber, als wir ihn im Kloster aufsuchten. Ich werde kommen, Benedikt."

„Und ich habe großen Respekt vor dir, Onkel, dass du dich nicht mit deinem Alter herausredest, sondern dich nach wie vor den Problemen stellst."

Er lächelte.

„Was habe ich zu verlieren, Benedikt? Ich fürchte mich nicht vor dem Abt. Du siehst, auch das Alter hat seine guten Seiten."

*

Verena belog ich, als ich mit meinem Sohn Johannes gegen Abend aufbrach, um in die Glaserschlucht zu laufen. Ich erzählte ihr, wir würden zur Versammlung nach Waldau gehen.

Andreas hatte sich einige Zeit vorher auf den Weg gemacht und vorgetäuscht, er wolle seiner Familie auf dem Glashof einen Besuch abstatten.

„Was wollen wir denn in der Schlucht? Warum hast du mich daheim gebeten keine Fragen zu stellen? Hast du nicht selbst erzählt, die Glasmacher seien nach Bräunlingen gegangen?“, überschüttete mich Johannes mit seinen Fragen, als wir wenige Schritte von unserem Haus entfernt waren.

Ich weihte ihn in mein Geheimnis ein.

„Sag doch was, Johannes!“, forderte ich ihn anschließend auf. „Was hältst du von unserem geheimen Treffen?“

„Mir fehlen die Worte, Vater, und ich kann es kaum fassen, dass du dich mit einigen anderen gegen das Kloster auflehnen willst.“

„Wieso? Findest du wir begehen ein Unrecht und versündigen uns? Sprich offen und sage was du denkst, Johannes! Du bist zweiundzwanzig und ein erwachsener Mann, der seine eigenen Vorstellungen vom Leben hat.

Nicht, dass ich mich in eine Sache verrenne, die deiner Meinung nach falsch ist. Vielleicht ist unsere ganze Familie von meinem Handeln eines Tages betroffen. Deswegen habe ich auch Mutter belogen. Ich will ihr keinen Kummer bereiten. Verstehst du das, Johannes?“

„Ja, Vater, ich verstehe dich sehr gut. Wir jungen Leute in Waldau finden, das Kloster hat die Menschen viel zu lange ausgebeutet. Es wird höchste Zeit, dass einige mutige Männer aufwachen und dem Abt die Stirn zeigen!“

„Das beruhigt mich, Johannes, das beruhigt mich sogar sehr! Ja, die Zeit ist reif uns gemeinsam gegen die Bevormundung der Oberen zu wehren.

Nur, sei dir auch darüber im Klaren, dass es böse Folgen haben kann, wenn man als kleiner Mann den Kampf mit einem Riesen aufnimmt!"

„Auch Riesen sind verwundbar, Vater, und gemeinsam können auch viele Schwache einem Starken gefährlich werden. Sie müssen nur zusammenhalten!

Was will der Abt denn unternehmen, wenn ihr euch alle gegen ihn erhebt? Soll er euch etwa allesamt ins Gefängnis werfen? Nein, nein, er wird sich hüten das zu tun, weil er sich dann noch mehr Feinde schafft."

Zum ersten Mal erlebte ich Johannes als Mann, der mir durch seine Worte ungeheueren Mut machte.

*

Wir hatten die Rosenkranzkapelle im Tal fast erreicht und liefen jetzt langsamer. Wir sprachen kaum mehr miteinander, weil wir unsere Aufmerksamkeit auf die Umgebung richteten.

Andreas war bereits da, als wir eintrafen. Er zeigte sich erstaunt, weil ich Johannes mitgebracht hatte.

„Er ist mein Sohn und ich weiß, dass er keinem ein Wort verraten wird", rechtfertigte ich mich. „Ich habe ihn aber auch aus einem ganz anderen Grund mitgenommen. Wenn wir uns aussprechen, dann muss jemand vor der Kapelle sein und Wache halten."

Der Bühlhofbauer, Herr Kammerer und Lorenz trafen nach und nach ein. Mein Vetter Michael und Onkel Jakob fehlten allerdings noch.

Sofort zogen wir uns ins Innere der Kapelle zurück, um uns nicht unnötig der Gefahr auszusetzen, entdeckt zu werden.

„Anscheinend kommen die beiden nicht mehr. Vielleicht haben sie es sich anders überlegt oder, ich wage kaum daran zu denken, sie wurden daran gehindert“, bemerkte Lorenz. „Wir sollten deshalb anfangen!“

Johannes schickte ich hinaus und trug ihm auf uns sofort zu warnen, wenn ihm irgendetwas verdächtig vorkäme. Er sollte dann ein paar Kieselsteinchen an die Glasfenster werfen.

Es fiel uns anfangs nicht leicht mit dem Gespräch zu beginnen, denn schließlich befanden wir uns in einem Gotteshaus und planten, uns gegen ein Kloster aufzulehnen.

Eine ganze Weile knieten wir stumm in den engen Kirchenbänken, und im schwachen Licht einiger Kerzen wurden unsere Blicke von den drei Holzfiguren am Altar angezogen. In der Mitte die Heilige Maria mit einem goldenen Strahlenkranz, rechts von ihr die Heilige Katharina, links der Heilige Dominikus.

„Wir alle merken, dass es nicht so einfach ist an einem geweihten Ort weltliche Probleme zu besprechen“, brach ich als Erster die gespannte Stille. „Aber, vielleicht ist es ein gutes Zeichen, dass die Heilige Katharina ausgerechnet hier in dieser Kapelle bei uns ist. Sie gehört zu den vierzehn Nothelfern und wir Christen verehren sie, weil sie ihren Mund nicht gehalten hat, sondern sich für eine gute Sache einsetzte.“

Ein Moment der Ruhe kehrte wieder ein.

„Allerdings musste sie ihren Mut mit dem Leben bezahlen. So habe ich es zumindest in einem Buch über Heilige nachgelesen“, fügte ich hinzu.

Der Bann war gebrochen und wir fingen an uns mit dem eigentlichen Problem zu befassen, das uns in der Kapelle zusammengeführt hatte. Noch einmal wiederholten wir die Gründe, warum wir dem Kloster unseren Gehorsam verweigern wollten, und wurden uns in diesem Punkt schnell einig.

Steinchen flogen an die Scheibe der Kapelle. Absolute Stille trat ein.

Johannes riss die Tür auf.

„Ein Wagen mit zwei Männern nähert sich der Kapelle!"

Wir stürzten aus dem Raum und versteckten uns hinter dem Gebüsch, das fast an das Gebäude reichte.

Das Gespann stoppte direkt an der Kapelle. Erleichtert stellten wir fest, dass es sich bei den zwei Männern um Michael Fehrenbach und Jakob Schwab handelte.

„Ich kann nicht mehr so weit laufen", entschuldigte sich Onkel Jakob, „deswegen hat Michael seinen Wagen geholt und mich hergebracht. Da wir wegen des steilen Geländes einen großen Umweg fahren mussten, haben wir uns leider verspätet."

„Onkel Jakob, du musst dich nicht dafür entschuldigen, dass du solche Strapazen auf dich nimmst!", sprach ich und half ihm vom Wagen.

*

Wir berichteten den beiden, was wir bisher besprochen hatten und kamen jetzt zu der entscheidenden Frage, die Onkel Jakob treffend formulierte.

„Wie können wir möglichst vielen Leuten aus Waldau unseren Standpunkt nahe bringen, um sie auf unserer Seite zu wissen?", sprach er. „Und, wie teilen wir dem Kloster unseren Unmut mit?"

„Wir sollten die einzelnen Bewohner ansprechen. Ich bin sicher, dass die meisten von ihnen sowieso unseren Standpunkt teilen und uns unterstützen", schlug Herr Kammerer vor.

„Macht es nicht so umständlich! Wenn wir uns einig sind, wenden wir uns direkt an den Abt. Er kann ruhig hören was ich denke", schimpfte der Bühlhofbauer.

„Davon würde ich auf jeden Fall abraten", entgegnete ich, „denn wir sieben Männer würden vom Abt nicht ernst genommen. Mein Onkel und ich haben das bei unserem Besuch im Kloster deutlich genug erfahren können."

„Da gebe ich Benedikt Recht“, meinte Onkel Jakob. „Wenn wir Erfolg haben wollen, dann müssen wir gemeinsam handeln und im Namen aller sprechen. Ich habe einen besseren Vorschlag zu machen.

Auch aus anderen Gegenden, wo das Kloster das Sagen hat, werden die Menschen erneut zum Neubau der Klostergebäude herangezogen. Wenn es uns gelingt uns mit ihnen zusammenzutun und mit einer Stimme zu sprechen, dann stehen die Karten für das Kloster schlecht. Der Abt kann unmöglich gegen alle seine Untertanen vorgehen.“

„Das ist gut!“, äußerte Lorenz. „Dann kommt besser zum Ausdruck, dass nicht nur die Leute aus Waldau unzufrieden sind, sondern alle vom Kloster Abhängigen. Das ist wirklich gut, Herr Schwab!“

„Die Schwierigkeit besteht allerdings darin mit anderen Dörfern Kontakt aufnehmen und ihnen unser Anliegen mitzuteilen“, erklärte Onkel Jakob weiter. „Wir müssen bedenken, dass unser Vorhaben nicht ungefährlich ist.“

Da es bereits spät war, beschlossen wir, unsere Versammlung für diesen Tag zu beenden und vereinbarten, uns genau in einer Woche wieder in der Kapelle zu treffen.

„Haltet die Ohren offen!“, ermahnte uns Michael Fehrenbach. „Jede Neuigkeit kann für uns wichtig sein. Sprecht auch Freunde und Bekannte an und versucht herauszufinden wie sie denken!“

Andreas begleitete seinen Bruder Lorenz zum Glashof und teilte mir mit, er würde erst am nächsten Morgen nach Hause kommen.

*

„Und, was gibt es Neues, Benedikt?“, fragte Verena, als Johannes und ich endlich daheim waren. Ihr habt es heute lange im Wirtshaus ausgehalten. Sicherlich gab es Streit, weil der Abt nicht nachgibt, wie?"

Ich schaute Verena lange an und wollte gerade anfangen sie mit einigen Lügen zu beruhigen, als Johannes zu sprechen begann.

„Wir sollten Mutter nicht belügen!", sprach er. „Sie ist tapfer genug, um die Wahrheit zu ertragen. Sie hat ..."

„Hast du vergessen, was ich dir gesagt habe?", unterbrach ich ihn grob.

Ich dachte kurz über meine Reaktion nach. Ich konnte ihm seine Ehrlichkeit schlecht zum Vorwurf machen, ganz im Gegenteil. Eigentlich war ich erleichtert, als wir uns in die Stube setzten und ich Verena in alles einweihte.

„Wenn ich ein Mann wäre, ich würde mich auf eure Seite stellen und euch unterstützen", sprach sie ruhig, fing dann aber aus heiterem Himmel laut zu schreien an:

„Dass du mich belogen hast und weiterhin belügen wolltest, das kann ich dir nicht so einfach nachsehen. Habe ich als deine Frau nicht das Recht zu wissen, für was du dich stark machst? Ich bin enttäuscht, dass du mir so wichtige Dinge nicht mitteilst!"

Sie lief aus dem Zimmer.

Lange saß ich schweigend neben Johannes in der Stube und suchte erst dann nach Verena. Ich fand sie in der Werkstatt.

„Ich, ich wollte dich nicht beunruhigen, Verena. Frage unseren Sohn! Das war der einzige Grund, warum ich dir die Wahrheit nicht anvertraute."

„Dann merke dir ein für alle Mal, dass ich auf deiner Seite stehe und meinen Beitrag leisten will, wenn ich auch nur eine Frau bin. Ihr Männer fordert vom Abt wie Menschen behandelt zu werden. Und, wo bleiben die Frauen?

Ich weiß, wir taugen nicht zum Kampf mit Waffen und unsere Meinung ist bei Versammlungen nicht gefragt. Das ist in Ordnung so. Doch, haben wir nicht trotzdem ein Anrecht zu erfahren, was unsere Männer vorhaben, was sie, und das bestreite ich nicht, für ihre Familien im Kloster erreichen wollen?"

Verena beruhigte sich nach und nach, schaute mir in die Augen und sprach dann mit freundlicherer Stimme weiter:

„Verstehst du mich denn, Benedikt? Denke an die vielen Frauen, deren Männer im Krieg ums Leben kamen! Sie haben die Höfe meist aus eigener Kraft weitergeführt und nebenbei auch noch ihre Rolle als Mutter erfüllt. So war es doch beispielsweise auf dem Glashof.

Ich denke oft über solche Dinge nach und bin zu der Überzeugung gekommen, dass Frauen auch langsam aufwachen müssen, um, wie soll ich es ausdrücken, um ein bisschen mehr Einfluss zu haben. Wir dürfen uns nicht aus allem heraushalten und unsere Meinung verschweigen.

Deswegen, Benedikt, du brauchst nicht alle Probleme von mir fern zu halten, denn, wenn du mich belügst, dann nimmst du mir als Frau das Recht, mich an den Dingen, die uns doch schließlich alle angehen, zu beteiligen."

Niemals zuvor hatte ich eine Frau erlebt, die mit so viel innerer Anteilnahme ihre Überzeugungen geäußert hatte.

Im Moment war ich nicht in der Lage, Verena zu antworten, weil ich selbst erst über all das, was sie mir eben mitgeteilt hatte, nachdenken musste.

„Komm jetzt, Benedikt! Morgen ist Sonntag, und wir wollen doch nicht zu spät zur Heiligen Messe kommen", sprach sie und fasste meine Hand.

*

Als ich nach dem Gottesdienst mit Verena und Johannes in die Wirtschaft kam, sprach mich sofort ein Bauer an:

„Na, Benedikt, dir und deiner Familie geht es wohl zu gut, weil du gestern zur Versammlung nicht hier erschienen bist?“

Gleich suchte ich nach einer Ausrede:

„Eine Kuh ist krank. Die halbe Nacht war ich im Stall und, ich kann nur hoffen, dass sie nicht eingeht. Aber du kannst mir ja erzählen, was ihr besprochen habt und wie ihr verblieben seid.“

„Diese Lüge kannst du nicht mit der von gestern vergleichen!“, flüsterte mir Verena ins Ohr und lächelte.

Der Bauer berichtete, dass sich die meisten Anwesenden einig gewesen seien sich dieses Mal den Anordnungen des Klosters nicht einfach ohne jeden Widerstand zu fügen.

Onkel Jakob winkte mich in die Küche. Verena und Johannes nahm ich mit.

„Es läuft besser, als wir gedacht haben, Benedikt“, teilte er freudig mit. „Stell dir vor, auch aus Wildgutach, aus Hinterstraß und aus Neukirch waren Leute hier bei der Versammlung, wie mir mein Sohn Georg erzählte.

Die Nachricht, dass wir uns wehren wollen, verbreitet sich von ganz allein und trifft anscheinend woanders ebenfalls auf offene Ohren.“

„Das überrascht mich, wo die Leute doch so lange still gehalten und sich immer den Anweisungen des Klosters unterworfen haben“, erklärte Verena.

„Ich habe eine Bitte an euch“, sprach Onkel Jakob. „Kann mich euer Sohn Johannes in den nächsten Tagen mit der Kutsche in die Dörfer Seelgut, Rohr, Eschenbach und Ibental bringen? Ich will mich mal umhören, wie die Stimmung dort ist. Alleine schaffe ich es nicht mehr.“

Verena nickte mir zu und auch Johannes gab sein Einverständnis.

„Vielleicht sind unsere geheimen Treffen in der Schlucht in Zukunft überflüssig“, äußerte Onkel Jakob. „Die Mehrzahl der Untertanen scheint sich einig zu sein. Die anderen

Besitzungen des Klosters im Rheintal liegen zu weit entfernt, um mit den Menschen dort Kontakt aufzunehmen.

Wie wollen wir nach Gündlingen und Bickensohl bei Breisach kommen? Malterdingen, Endingen, Schallstadt, Ehrenstetten, wir wären mehrere Tage unterwegs."

„Jakob, du warst doch mal der Vogt von Waldau", sprach Verena erstaunt. „Was veranlasst dich plötzlich dich gegen das Kloster zu stellen?"

„Ich stelle mich nicht gegen das Kloster, Verena, sondern sehe die zunehmende Ungerechtigkeit, die das Kloster gegenüber seinen Untertanen an den Tag legt.

Außerdem, Einstellungen und Überzeugungen ändern sich im Laufe des Lebens. Seit dem Tod meiner Frau ist mir ein Licht aufgegangen. Jeden Tag möchte ich bewusst leben und meine restliche Zeit hier auf der Erde nicht einfach abhocken. Und, wenn ich mit meinen fast achtzig Jahren noch etwas Gutes bewirken kann, dann bin ich entschlossen, es auch zu tun."

*

Andreas, Verena und ich waren den ganzen Tag über sehr aufgeregt, weil wir die Rückkehr von Johannes kaum abwarten konnten. Am Morgen war er mit Onkel Jakob in die Dörfer bei St. Peter aufgebrochen und hatte angekündigt gegen Abend zurück zu sein.

Während ich mit Andreas am Vormittag noch lange Gespräche in der Werkstatt führte, wurden wir am Nachmittag immer schweigsamer. Gespannt hofften wir, endlich den Wagen von Johannes zu hören.

Als es so weit war, ließen wir alles liegen und stehen und rannten nach draußen.

„Und, sag schon! Was habt ihr erfahren können, Johannes?", fragte Andreas ungeduldig.

„Es ist schade, dass Onkel Jakob nicht hier ist“, fing Johannes zu erzählen an. „Ihm könntet ihr es sofort ansehen, dass die Fahrt ein voller Erfolg war. Er lebt richtig auf. Als ehemaliger Vogt kennt er anscheinend in jedem Dorf irgendwelche Leute. Er hat so getan, als wolle er sie ohne bestimmte Absicht einfach einmal besuchen. Jede Menge Neuigkeiten hat er einem Bauern in Eschbach und einem anderen in Ibental entlockt.“

„Ja und, was meinen die Menschen dort? Was halten sie von den Forderungen des Klosters? Gibt es auch bei ihnen Leute, die sich wehren wollen?“, überschütteten wir Johannes mit Fragen.

„Überall regt sich Widerstand“, fuhr er fort. „Die Dörfer wie Rohr und Seelgut haben es natürlich wesentlich schwerer ihrem Unmut Luft zu machen, weil sie zu nahe am Kloster liegen. Anscheinend gibt es etliche Leute, die sich einen Vorteil davon versprechen, wenn sie dem Abt alles zutragen.

Denjenigen, denen Onkel Jakob trauen konnte, weil er sie teilweise schon viele Jahrzehnte kennt, hat er mitgeteilt, dass wir hier in Waldau den Forderungen des Abtes auf keinen Fall nachgeben werden.

Außerdem hat er mit ihnen vereinbart, jedes Dorf soll am kommenden Samstag gegen Abend zwei Männer zur Kapelle in der Glaserschlucht schicken.“

Wir hatten unsere erste Neugierde befriedigt, und Johannes war sichtlich froh endlich vom Wagen steigen zu können.

In den folgenden Tagen war Johannes oft mit Onkel Jakob unterwegs, um auch in den Gemeinden Wildgutach, Hinterstraß und Neukirch geeignete Verbindungsleute ausfindig zu machen.

Genauestens musste uns Johannes am Abend immer berichten, was sich während des Tages ereignet hatte und ob alles in unserem Sinne gut gegangen war.

„Onkel Jakob lässt dir ausrichten, Vater, du sollst am Samstag mit zur Kapelle kommen. Ich werde euch wieder begleiten, um Wache zu halten“, teilte mir mein Sohn mit.

*

Die Dämmerung hatte bereits eingesetzt, als Johannes das Pferdegespann den abschüssigen Weg in die Schlucht steuerte. Als wir den Treffpunkt erreicht hatten, stiegen Onkel Jakob und ich ab. Johannes brachte das Gefährt hinter eine Hecke.

Es war unglaublich, was Onkel Jakob organisiert hatte. Vertreter aus acht Dörfern fanden sich ein. Allein diese Tatsache war bereits ein Erfolg.

Wir benötigten nicht viel Zeit, um uns über unser gemeinsames Vorgehen einig zu werden. Die Mehrzahl sprach sich dafür aus, den Abt noch einmal um ein Gespräch zu bitten.

Nicht nur Onkel Jakob und ich, auch Männer der meisten anderen Dörfer hatten bereits einen solchen Versuch unternommen, und alle hatte der Abt unfreundlich abgewiesen.

Vielleicht, so hofften wir zumindest, würde er eher mit sich reden lassen, wenn Vertreter so vieler Gemeinden gemeinsam bei ihm erscheinen würden.

Bereits am kommenden Freitag wollten sie sich am Vormittag im Kloster treffen. Bis dahin wurde völliges Stillschweigen vereinbart. Dass die Abgesandten die Meinung der überwältigenden Mehrheit vertraten, wurde von allen Männern bestätigt.

Für die Bewohner Waldaus sollte Onkel Jakob sprechen. Ihm wäre es zwar lieber gewesen, ich hätte daran teilgenommen, am Ende willigte er jedoch ein, da ich ihm versprach, ihn mit dem Wagen nach St. Peter zu bringen.

„Gott steh uns bei!“, wünschten sich alle bei der Verabschiedung.

*

Noch bevor ich mit Onkel Jakob nach St. Peter aufbrach, fuhr ich mit dem Wagen durchs Dorf und teilte allen Leuten, die ich antraf, mit, dass sich Vertreter aus acht verschiedenen Gemeinden im Kloster treffen wollten, um mit Abt Ulrich noch einmal über den Neubau zu reden.

Ich bat die Angesprochenen, diese Nachricht weiterzuerzählen und erhoffte mir, alle Bewohner Waldaus würden auf diese Weise von dem Vorhaben erfahren.

Die meisten Männer waren bereits am Kloster, als auch ich mit Onkel Jakob dort eintraf. Sie standen noch eine Weile beisammen und redeten miteinander, ehe sich einer von ihnen zur Pforte begab und um eine Unterredung mit dem Abt bat. Der Mann winkte die anderen zu sich.

Da auch ich sehr gespannt war, was sich tat, stellte ich mich in die Nähe, um jedes Wort hören zu können.

„So einfach, wie Ihr Euch das vorstellt, ist das nicht!", bemerkte der Mönch an der Pforte recht unfreundlich. „Ich bin mir ziemlich sicher, dass der Abt heute wenig Zeit hat, um Euch zu empfangen."

„Wenn das so ist und der Abt keine Zeit hat", antwortete Onkel Jakob gelassen, „dann müssen wir eben warten. Wir haben Zeit und werden das Kloster erst verlassen, wenn der Abt sich unser Anliegen angehört hat."

Große Zustimmung und Klatschen war bei den Männern zu hören. Man merkte ihnen ihre Entschlossenheit an.

Der Mönch schien nicht mit einer solchen Reaktion gerechnet zu haben und antwortete kleinlaut:

„Ich werde sehen, was ich für Euch tun kann. Wartet hier!"

Er schloss das Tor. Es dauerte einige Zeit, bis er zurückkehrte und die Männer hereinbat.

Ich wartete ungeduldig.

Zwei Stunden verstrichen, bis die Männer endlich wieder aus der Klosterpforte traten. Den Gesichtern konnte ich sofort entnehmen, dass das Gespräch wenig Fortschritte gebracht hatte.

„Und, erzähl schon, Onkel! Wie hat der Abt reagiert?", wollte ich sofort wissen.

„Das wird noch viel böses Blut geben, Benedikt, denn Abt Ulrich Bürgi hat nicht die Absicht uns entgegenzukommen. Er beharrt auf seiner Meinung und will ein Gericht in Freiburg wegen der Sache anrufen."

„Ein Gericht will er damit beauftragen, Onkel Jakob! Haben wir denn da überhaupt eine Chance?"

Einige der Männer, die mit im Kloster gewesen waren, stellten sich zu uns.

„Es ist kaum zu glauben!", schimpfte einer. „Wenn er wenigstens ein bisschen nachgegeben hätte, vielleicht wäre uns dann eine vernünftige Vereinbarung gelungen, aber am Ende war er richtig beleidigt, dass wir es gewagt haben ihm die wahre Stimmung in der Bevölkerung mitzuteilen."

„Lasst ihn doch!", meinte ein anderer. „Wir geben nicht auf! Soll sich doch ein Gericht mit diesem Fall beschäftigen."

„Es ist allerdings auch wichtig, dass wir Kontakt zueinander halten", sprach Onkel Jakob. „Kein Dorf darf ab jetzt für sich alleine sprechen oder auftreten, sondern wir müssen gemeinsam handeln!"

Eine ganze Weile redeten die Männer noch miteinander, bis sie sich trennten und auf den Heimweg machten.

Noch lange diskutierte ich mit Onkel Jakob. Zeit genug hatten wir ja auf der Fahrt nach Waldau.

Schnell verbreiteten sich die neuen Nachrichten unter den Leuten, dass wir keinerlei Erfolg im Kloster erstritten hatten.

Jetzt wollten wir erst einmal abwarten, ob der Abt seine Drohung wirklich ernst gemeint hatte. Was blieb uns auch anderes übrig?

XXIX

Gott sei Dank kehrte der Alltag mehr und mehr zurück, und nach einer Woche sprachen nur noch wenige Leute in Waldau über die Probleme mit dem Kloster.

Wir waren ebenfalls froh, dass sich die Lage beruhigt hatte, denn unsere Arbeit in der Werkstatt hatte darunter gelitten, weil ich so oft unterwegs war.

Noch im Spätsommer plante ich zusammen mit Andreas und meinem Sohn in die Schweiz zu reisen, um neue Absatzmärkte für unsere Uhren zu erschließen.

Inzwischen gaben wir uns nicht mehr damit zufrieden, zwanzig Uhren auf unsere Reisen mitzunehmen, sondern konnten gut doppelt so viele transportieren, da wir mit dem Pferdefuhrwerk von Andreas unterwegs waren.

Ich suchte nach dem langen Sommer wieder einmal Simon Dilger in Schollach auf, um ihm mitzuteilen, dass wir auch von ihm gerne Uhren mit auf die Märkte nehmen würden.

„Das ist nicht nötig!“, wehrte er freundlich ab. „Alle fertigen Uhren hat mein Sohn Friedrich mitgenommen. Stellt Euch vor, Herr Fehrenbach, dieser verrückte Kerl ist damit nach Paris gegangen, um sie dort zu verkaufen.

Er hat uns bereits in einem Brief geschrieben, dass es ihm gut geht. Wenn er alle Uhren veräußert hat, teilte er darin mit, will er noch einige Monate in dieser riesigen Stadt bleiben und als Uhrmacher mit Reparaturen seinen Lebensunterhalt verdienen."

„Ich kann es kaum glauben, was Ihr mir erzählt!", antwortete ich. „Die Jugend hat einen Mut! Bis nach Paris hat er sich durchgeschlagen! Wirklich verrückt, Euer Sohn!

Und Ihr, Herr Dilger, steht jetzt alleine da, wie?"

„Nein, nein!", erwiderte er. „Ich habe zwei geschickte Lehrjungen eingestellt, damit ich mit dem Uhrenbauen nachkomme. Ihr wisst es selbst, immer mehr Bauern wollen auch so ein modernes Ding auf ihrem Hof haben, seitdem sie preiswerter geworden sind. So ist das, Herr Fehrenbach, die Zeiten ändern sich!"

*

Die beiden Lehrlinge betraten mit einem Korb voller gehobelter Buchenleisten die Werkstatt. Einer von ihnen nahm eines der Brettchen, legte eine Schablone darauf und zeichnete die Umrisse an. Selbst die Bohrlöcher, in denen später die Wellen für die Zahnräder eingelassen werden sollten, waren auf der Schablone gekennzeichnet.

Anschließend sägte der zweite Lehrjunge die Brettchen genau zu und brachte die nötigen Bohrungen an.

„Respekt, Herr Dilger! In Eurer Werkstatt scheint man sehr fortschrittlich zu sein. Die Löcher für die Wellen werden nicht bei jeder Uhr neu ausgemessen, sondern mit einer Schablone übertragen."

„So ist es viel einfacher und erspart uns eine Menge Zeit", erklärte Dilger. „Durch diese Vereinfachungen können wir unsere Uhren immer schneller herstellen und sie dann folglich auch billiger verkaufen. Trotzdem ist der Gewinn höher als vorher, weil wir in der gleichen Zeit größere Mengen anfertigen."

„Mit Euch muss ich mich gut stellen, damit ich weiterhin zu Euch in die Werkstatt kommen darf, um mir einiges von Eurem Können abzuschauen“, sprach ich lachend.

„Als mein Sohn Friedrich noch hier war, hat er an einem anderen Problem herumgetüftelt. Kommt mit, ich zeige es Euch!“

Dilger führte mich in den Nebenraum und deutete auf eine Drechselbank.

„Was ist daran neu? Wir sind in unserer Werkstatt nicht so fortschrittlich wie Ihr, doch eine Drechselbank besitzen selbst wir schon lange!“, teilte ich mit.

„Schaut genau hin! Sie sieht einer Drechselbank zwar sehr ähnlich, doch man kann damit eine ganz andere Arbeit ausführen“, verkündete er stolz. „Hier oben spannt man ein Holzrad ein und der kleine, mit scharfen Messern bestückte Metallkopf hobelt dann einen Zahn nach dem anderen heraus.

Doch, wie gesagt, noch arbeitet die Zahnfräse nicht so wie ich es mir wünsche. Ich bin mir aber sicher, dass mein Sohn es in den Griff bekommt, wenn er aus Frankreich zurückkehrt.

Er will die Augen offen halten, sagte er, und sich umschauen, denn anderswo verwendet man solche modernen Zahnmaschinen schon länger.“

Wie geschockt starrte ich auf diese Erfindung, so faszinierte mich diese Idee und deren praktische Umsetzung.

Wir unterhielten uns noch eine Weile.

„Keinem anderen würde ich meine Geheimnisse anvertrauen, Herr Fehrenbach“, sprach Herr Dilger. „Einen großen Gefallen habt Ihr mir in den letzten Jahren erwiesen, als Ihr meine Uhren mit auf den Markt genommen habt. Dafür möchte ich mich noch einmal bedanken. Meine Frau hat sich wieder einigermaßen erholt.“

Wir kamen auch überein uns nicht mehr so förmlich anzusprechen, sondern uns einfach beim Vornahmen zu nennen, wie es Freunde für gewöhnlich taten.

Daheim rief ich sofort Andreas und Johannes zu mir, um ihnen von den Neuigkeiten zu berichten, die ich bei Dilger kennen gelernt hatte. Gleich in den folgenden Tagen fertigten auch wir uns Schablonen an, um uns wie Dilger die Arbeit zu erleichtern.

*

Es war wieder einmal so weit. Wir trafen alle Vorbereitungen für unsere Reise in die Schweiz. Ich zimmerte sogar mit Andreas noch eine große Holzkiste, in denen wir die Uhren verstauten.

„Es ist mir nicht recht, dass ihr alle drei für mehrere Wochen in die Fremde zieht und mich mit allen Arbeiten hier allein lasst. Ich muss das Vieh versorgen, die Kartoffeln ernten und Heu für den Winter machen“, beklagte sich Verena. „Wie soll ich das nur schaffen?“

Ihre Einwände waren verständlich und deshalb bot sich Johannes an, diesmal daheim bei seiner Mutter zu bleiben.

Gut gelaunt verabschiedeten wir uns von Verena und Johannes und versprachen, uns nicht leichtfertig in Gefahr zu begeben, denn immer wieder kam es auf den Landstraßen zu Überfällen.

Ich brach mit Andreas in Richtung Freiburg auf. Von da aus wollten wir am Rhein entlang nach Basel und dann weiter südlich in die Schweiz.

Wir übernachteten in Freiburg in einem Wirtshaus, da wir hier auch die Möglichkeit hatten, unser Pferd in einem Stall unterzustellen. Die Kiste mit den Uhren brachten wir in unsere Kammer. Zu wertvoll war der Schatz, den wir darin verbargen.

Höchstens zwei Stunden besuchten wir am Morgen den

Freiburger Markt, denn mehrere Händler boten ihre Schwarzwalduhren hier an und unterboten sich teilweise mit ihren Preisen. Trotzdem verkauften auch wir einige unserer Uhren, zogen dann aber noch am späten Vormittag weiter.

Wie verabredet setzten wir unseren Weg nach Süden fort und übernachteten in Müllheim.

*

Tags darauf fuhren wir mit unserem Gespann über eine Brücke und erreichten Basel. Unzählige Schiffe und Flöße lagen im Hafen, um ihre Fracht zu löschen oder andere Güter aufzunehmen.

Wir wurden einer sehr strengen Kontrolle durch die Torwachen unterzogen, bevor sie den Zugang zur Stadt freigaben.

Ein äußerer und ein innerer Mauerring schützten diese bedeutende Stadt. Die Bürger zeigten dadurch ihre Entschlossenheit sich zur Wehr zu setzen, wenn es nötig war.

Schon kurz nach der Brücke befanden wir uns auf dem Marktplatz. Wie in Freiburg, so beherrschte auch hier in Basel das Münster aus rotem Sandstein mit seinen schlanken Türmen das Stadtbild.

Eine Menge Händler und Kaufleute hielten sich in Basel auf und wir konnten an den Stimmen leicht erkennen, dass sich viele Italiener unter ihnen befanden, für die, neben Konstanz, Basel die erste größere Anlaufstation nach Überquerung der Alpen war.

Es wurde nicht einfach eine Unterkunft zu finden, und die Preise lagen auch um Etliches höher als anderswo. Die Wirte wussten die Tatsache, dass sich viele Fremde in der Stadt aufhielten, zu nutzen.

„Das Selbstbewusstsein der Bürger, der Wohlstand und der Frieden sind die wichtigsten Voraussetzungen, um eine Stadt wie Basel zum Blühen zu bringen“, sprach ich, als wir auf den Markt kamen.

„Ja, Benedikt! Die Stadt strahlt einen Glanz aus, einen wirtschaftlichen Wohlstand, dass es mir nahezu die Sprache verschlägt.“

Unser Eindruck trog nicht. Wir hatten auf dem Markt einen solchen Zulauf, dass wir alle Hände voll zu tun hatten. Da man unsere Uhren anscheinend für preisgünstig hielt, reagierte ich sofort und verlangte etwas mehr.

So hatte ich auch einen gewissen Spielraum beim Handeln, was besonders den südländischen Kaufleuten sehr entgegen kam. Nur selten waren sie gewillt den Preis zu zahlen, den man anfänglich von ihnen verlangte. Sie gaben sich erst zufrieden, wenn sie einen gewissen Nachlass herausgefeilscht hatten.

*

Ein vornehm gekleidete Herr sprach uns an. Auch er interessierte sich für eine unserer Uhren, und wir wurden uns schnell handelseinig. Er beauftragte uns, sie gegen Abend in seiner Druckerei vorbeizubringen.

Es war für Andreas und mich ein Erlebnis besonderer Art. Solche Mengen Bücher hatten wir nie zuvor im Leben gesehen. Der Buchhändler Holzinger aus Tengen, den wir schon oft genug mit Uhren beliefert hatten, besaß im Vergleich dazu nur ein bescheidenes Buchlager.

Andreas und ich mussten die Uhr in der Setzerei aufhängen. Mit Absicht trödelten wir herum, weil wir den Setzern bei ihrer Arbeit zuschauen wollten.

Es war unfassbar, mit welcher Geschwindigkeit sie einen Buchstaben nach dem anderen mit Pinzetten in einen Rahmen ordneten und so die Vorbereitungen für den Druck schufen.

Mannshoch stapelte sich das Papier in einem anderen

Raum, wo mehrere Druckerpressen ununterbrochen in Gang gehalten wurden.

Einer trug auf den Letternsatz aus Metall mit einem Ballen die schwarze Druckerfarbe auf; ein Zweiter spannte einen Papierbogen auf ein senkrecht hoch stehendes Brett, das er dann über ein Scharnier genau auf den Drucksatz klappte; ein Dritter schob das Ganze wie auf einem Schlitten unter eine Presse und senkte durch Betätigung eines Hebels eine große Platte nach unten.

Anschließend wurde die Presse gelockert und der Schlitten wieder herausgefahren. Der mit mehreren Seiten bedruckte Bogen wurde entnommen.

„Ob das bei uns Uhrmachern auch eines Tages so sein wird, dass dreißig oder vierzig Leute in einer riesigen Werkstatt arbeiten wie in einer solchen Druckerei?“, fragte ich Andreas, als wir uns wieder auf der Straße befanden.

„Ich will es nicht hoffen, Benedikt“, erwiderte er, „aber wissen, wissen tun wir es nicht. Ich habe nur gehört, dass es in Frankreich seit der Herrschaft Ludwigs viele Großbetriebe geben soll.

Es ist beispielsweise wesentlich praktischer, viele Menschen in einer großen Leinenweberei zu beschäftigen, als wenn jeder an seinem kleinen Webstuhl daheim sitzt.

Oder denke an eine Ziegelei! Mein Bruder Lorenz hat mir erzählt, er habe bei Freiburg eine solche gesehen. Jeder Arbeiter ist nur noch für eine ganz bestimmte Aufgabe zuständig. Einige karren den Lehm herbei, andere mischen ihn, die nächsten pressen ihn in Formen und wieder andere brennen am Ende die Steine.“

„So ähnlich machen wir das ja in unserer Werkstatt auch“, bemerkte ich. „Du bist für die Uhrenkästen zuständig, Johannes für die Schlagwerke und ich für die Zahnräder. Dadurch können wir wesentlich mehr Uhren als früher herstellen und verdienen auch besser.“

„Für uns mag das stimmen", entgegnete Andreas, „aber die Arbeiter, die in einer großen Halle schuften, denen geht es schlechter als zuvor, weil sie sich in eine völlige Abhängigkeit begeben haben.

Die Besitzer, meist Landesherren und Adelige, verdienen gut an den armen Teufeln. So finanzieren die feinen Herren ihren luxuriösen Lebenswandel."

„Du meinst also, Andreas, die kleinen Leute haben wieder nichts von diesem angeblichen Fortschritt?"

Andreas nickte nur.

*

Unsere Unterkunft lag etwas abseits vom Zentrum in der Nähe der Franziskanerkirche.

Schnell merkten wir, dass es auch in dieser Stadt nicht nur wohlhabende Bürger gab. Eine Menge armseliger und zerlumpter Gestalten trieben sich hier herum. Unter ihnen waren Kranke und Behinderte, ja sogar völlig verwahrloste, kleine Kinder.

Eine in Lumpen gehüllte Frau tastete sich an der Kirchenmauer entlang. Sie hatte anscheinend ihr Augenlicht verloren und wirkte vollkommen hilflos.

Franziskanermönche, deren einfaches Kloster sich neben der Kirche befand, kümmerten sich im Spital um diese Menschen, pflegten, verköstigten und kleideten sie.

Doch auch andere Leute, wie Andreas und ich, fühlten uns verpflichtet, ein Almosen zu entrichten. Als Christen wussten wir, dass Armut und Behinderung ein von Gott geschicktes Los war, das man aus eigener Kraft nicht von sich abwenden konnte.

„Benedikt, wir sollten ihr einen Gulden geben!", meinte Andreas beim Anblick der Frau. „Manchmal nehmen wir gar nicht mehr richtig wahr, wie gut es uns eigentlich geht."

„Ich bete für Euch und für Euer Seelenheil", sprach die Frau und umklammerte die Münze, die ihr Andreas gereicht hatte, wie einen ungeheueren Schatz.

Wir wussten von Erzählungen, dass es am schlimmsten die geistig Behinderten, die Narren traf. Sie mussten für gewöhnlich in einem separaten Raum des Spitals, manchmal sogar angekettet, ihr Leben fristen.

*

Wir hielten uns weitere zwei Tage in Basel auf, weil sich unsere Uhren mit so großem Erfolg verkaufen ließen. Wir hatten nur noch wenige davon. Dreißig Stück hatten wir insgesamt verkauft, und wir konnten unser Glück kaum fassen.

Die Frische des Morgens lag noch in der Luft, als ich unser Pferd am Rhein entlang trieb. Als wir uns Säckingen näherten, musste ich unwillkürlich an die Zeiten denken, in denen ich mit Vater zu Fuß bis hierher gelaufen war.

„Stell dir vor, Andreas", sprach ich deshalb und musste bei meinem Gedanken lächeln, „es mag etwa vierzig Jahre zurückliegen, da war ich mit Vater schon einmal in Säckingen.

Er war eigentlich als Glasträger unterwegs. Wir hatten aber auch Holzlöffel, Kartoffelstampfer und andere Holzgegenstände mit hierher geschleppt. Eine einzige, ja, eine einzige Uhr hatte Vater damals dabei. Viele, viele Wochen musste er sich anfänglich noch plagen, um eine Uhr herzustellen.

Wir waren beide so unglaublich glücklich, als ein vornehmer Mann, Mellinger hieß er, das werde ich mein Lebtag nicht vergessen, uns die Uhr abkaufte."

„Wenn wir bedenken, dass wir in unserer Werkstatt heute etwa zwei Tage benötigen, um so ein Räderwerk fertig zu stellen, dann ist das kaum vorstellbar, Benedikt."

„Damals war eine Uhr noch eine Kostbarkeit", erklärte ich. „Höchstens eine Handvoll Uhrmacher gab es im Schwarzwald. Inzwischen können sich viele Menschen einen Zeitmesser leisten, da die Anschaffung wesentlich günstiger geworden ist.

Herr Mellinger war es auch, der mir das Büchlein mit den Heiligenlegenden schenkte. Ihm verdanke ich, dass ich lesen und schreiben kann."

„Willst du nicht mal bei diesem Mellinger vorbeischauen? Es wäre doch interessant sich zu erkundigen, ob die Uhr noch immer funktioniert", schlug Andreas vor.

„Das wird schlecht möglich sein, denn er müsste inzwischen ja hundert Jahre alt sein", wandte ich ein.

Trotzdem fand ich die Idee im Nachhinein gut und steuerte das Gefährt auf den Marktplatz. Ich erwartete natürlich nicht, dass Herr Mellinger noch lebte, doch ich wusste, dass er Söhne hatte. Einer von ihnen würde bestimmt das Haus bewohnen, in das wir damals die Uhr gebracht und vor den Augen aller Bewohner feierlich in Gang gesetzt hatten.

*

Schnell konnte ich das Haus ausfindig machen und betätigte den Metallbügel an der Tür. Es dauerte eine Weile, bis eine alte Frau öffnete.

„Sicherlich wollt Ihr zu Herrn Mellinger, wie?", fragte sie.

„Entschuldigt, dass wir einfach so stören! Ihr müsst wissen, dass ich vor etwa vierzig Jahren mit meinem Vater in diesem Haus war. Herr Mellinger hatte eine Uhr gekauft, und wir haben sie vorbeigebracht und aufgehängt."

Die alte Frau legte ihre Stirn in Falten und dachte einen Moment nach, bevor sie antwortete:

„Richtig! Mein Herr, Gott hab ihn selig, hat damals eine Uhr gekauft. Sie hängt immer noch in der Stube und läuft wie am ersten Tag."

„Und Ihr seid die Magd, die uns damals ins Haus ließ und

in der Küche mit einer Brotzeit verwöhnte?“, wollte ich wissen.

„Das ist lange her, nicht wahr? Ich bin immer noch im Haus, kann allerdings nicht mehr viel tun. Die Beine versagen mehr und mehr ihren Dienst. Gott sei Dank hat der jetzige Herr Verständnis für mein Alter und jagt mich nicht fort“, sprach sie und winkte uns herein.

Sie humpelte den Gang entlang und führte uns in die Stube. Sofort fiel mein Blick auf die Uhr, die gleichmäßig tikkend an der Wand hing. Einiges hatte sich hier geändert. Ein großer, reich verzierter Eichenschrank mit weit vorstehendem Sims und andere Möbel im neuen Stil des Barock schmückten den Raum.

Ich näherte mich der Uhr und strich mit einem Finger über das Zifferblatt.

„Das war die zweite Uhr, die mein Vater gebaut hat. Seine erste hing einige Jahre auf dem Stalterhof meines Großvaters und wurde in den Kriegsjahren durch einen Brand vernichtet“, berichtete ich Andreas und der alten Frau, die sich plötzlich umdrehte und das Zimmer verließ, um kurz darauf mit einem Mann zurückzukommen.

Er stellte sich als Mellinger vor und gleich erzählte ich ihm, was uns in sein Haus geführt hatte.

„Ich weiß über Euch Bescheid“, sprach er. „Oft genug hat mir Vater von dem Jungen berichtet, der auf dem Marktplatz einen Vortrag über Uhren gehalten hat. Und, wenn ich mich recht erinnere, dann hat er Euch sogar ein Buch geschenkt, richtig?“

„Eurem Vater habe ich es zu verdanken, dass meine ganze Familie lesen und schreiben kann. Er hat mich damals dazu ermutigt es zu lernen“, teilte ich mit.

„Ihr seht, die Uhr geht noch immer. Nur einmal musste ich sie einem Händler bringen, weil sie im Laufe der Jahre völlig eingestaubt war und dringend gereinigt werden musste“, sprach Herr Mellinger zufrieden. „Baut Ihr immer noch Uhren?“

„Wir verdienen als Uhrmacher unseren Lebensunterhalt. Die modernen Uhren unterscheiden sich allerdings erheblich von den damaligen. Sie gehen viel genauer und sind durch seitliche Türchen vor Staub geschützt“, antwortete ich und wandte mich an Andreas. „Hol doch bitte eine vom Wagen! Sicherlich möchte Herr Mellinger mal die Unterschiede sehen.“

Ich nahm Andreas die Uhr aus der Hand, als er die Stube betrat.

„Wenn Ihr nichts dagegen habt, hänge ich sie einmal auf“, schlug ich vor und führte meine Ankündigung nach einem Nicken der Hausherrn gleich aus. Behutsam nahm ich Vaters alte Uhr von der Wand.

„Mit Schlagwerk und Minutenzeiger!“, meinte Herr Mellinger bewundernd, als die neue Uhr sich in Bewegung setzte. „Welch ein Unterschied!“

„Ich möchte Euch ein Geschäft vorschlagen“, sprach ich, weil mir in diesem Moment eine hervorragende Idee kam. „Ich biete Euch zwei von diesen modernen Uhren, wenn Ihr mir die Uhr meines Vaters überlasst. Sie ist für mich so ungeheuer wertvoll, weil er sie selbst gebaut hat.“

„Wartet einen Moment hier! Ich muss erst kurz mit meiner Frau sprechen“, erwiderte er und verschwand.

Als Frau Mellinger die neue Uhr einige Zeit betrachtet hatte, stand ihr Entschluss fest.

„Das Angebot sollten wir nicht ablehnen! Warum soll man nicht eine altmodische Uhr gegen zwei neue tauschen?“, bemerkte sie.

Überglücklich war ich, als ich mit Andreas das Haus verließ und die erste noch erhaltene Uhr meines Vaters in Händen trug.

Auf dem Markt in Waldshut verkauften wir die drei Uhren, die uns noch geblieben waren.

Quer durch den Schwarzwald machten wir uns auf den Heimweg und erreichten zwei Tage später Waldau.

XXX

Verena und Johannes freuten sich, dass wir wohlbehalten zurückgekehrt waren, sie staunten über das viele Geld, das wir eingenommen hatten und bewunderten die alte Uhr meines Vaters, doch schnell kamen wir auf ein anderes Thema zu sprechen.

Große Aufregung herrschte im Dorf, denn der Abt hatte den Bewohnern durch den Vogt mitteilen lassen, dass er im zeitigen Frühjahr mit dem Bau des Klosters beginnen wolle.

„Und wie soll es weitergehen, Onkel Jakob?“, fragte ich, als ich ihn wegen dieser schlimmen Nachrichten sofort aufsuchte.

„Der Abt hat sich erneut eindeutig dazu geäußert“, antwortete er. „Wenn wir nicht unsere Pflicht tun, wird es zu einer Gerichtsverhandlung in Freiburg kommen.

Während ihr unterwegs wart, habe ich mich mit den Vertretern der anderen Dörfer getroffen. Wir haben dem Abt mitgeteilt, dass wir nicht nachgeben werden.

Gestern kam die Antwort aus St. Peter. Alle, die damals bei der Besprechung im Kloster waren, sollen in zwei Wochen in Freiburg vor Gericht erscheinen.“

„Halten denn wenigstens alle noch zusammen“, wollte ich wissen, „oder gibt es schon welche, die lieber klein beigeben und sich auf die Seite des Abtes retten wollen?“

„Gott sei Dank nicht, Benedikt! Noch halten wir zusammen und haben auch vor, das weiterhin zu tun."

„Soll ich dich nach Freiburg begleiten, Onkel Jakob?", bot ich ihm an.

„Das brauchst du nicht!", lehnte er dankend ab. „Ich habe bereits mit dem Vertreter von Neukirch vereinbart, dass er mich nach Freiburg mitnimmt."

*

Johannes hatte während unserer Abwesenheit tüchtig in der Werkstatt gearbeitet und alle Vorbereitungen getroffen, um neue Uhren zu bauen.

Verena vertraute mir allerdings auch an, dass er am Abend des Öfteren das Haus verlassen hatte, um erst einige Stunden später wieder nach Hause zu kommen.

„Es wird ja höchste Zeit", lachte sie, „dass er eine Frau findet! Er ist jetzt über dreißig und kann nicht warten, bis er ein alter Mann ist."

„Kein Wunder, Verena, dass er sich sofort anbot, daheim zu bleiben und nicht mit in die Schweiz reisen wollte."

Ich sprach Johannes darauf an, doch ich merkte schnell, dass er mir keine Auskunft geben wollte, sondern mich in ein anderes Gespräch verwickelte.

„Übrigens, Vater, erzählt man sich, Friedrich Dilger sei aus Paris zurückgekehrt. Ungewöhnliche Ideen hat er mit nach Hause gebracht."

„Da bin ich gespannt, was das für Ideen sind!", antwortete ich. „Es trifft sich gut, ich wollte in den nächsten Tagen sowieso Simon Dilger aufsuchen. Ich habe mit Andreas besprochen ihm ein Angebot zu machen.

Wenn Dilger einverstanden ist, werden wir mit ihm zusammenarbeiten. Wir können uns nicht länger dem Fortschritt verschließen, sondern jeder von uns sollte sich auf gewisse Teile bei der Herstellung von Uhren spezialisieren."

Andreas berichtete von der Druckerei, die wir in Basel besichtigt hatten und erwähnte auch die Manufakturen, die überall im Land entstanden.

„Auf diese Weise könnten wir noch mehr Uhren bauen und bräuchten immer weniger Zeit dafür", führte ich als Begründung an. „Schließlich müssen wir bedenken, dass die Preise weiter fallen. Wir müssen mit der modernen Zeit gehen, wenn wir in Zukunft so gut von unserem Handwerk leben wollen wie in den letzten Jahren."

„Ihr braucht nicht weiter auf mich einzureden", antwortete Johannes. „Ich weiß, dass es immer mehr Uhrmacher im Schwarzwald gibt. Deswegen finde ich euren Vorschlag gut. Ich bin gespannt was Friedrich zu berichten hat und werde deshalb mitkommen, wenn du nach Schollach fährst."

*

Schon als ich mit Johannes die Werkstatt bei Dilger betrat, erkannte ich, dass sich etliches verändert hatte. Weitere Arbeiter waren damit beschäftigt Uhren zusammenzubauen.

Herr Dilger trat auf uns zu und reichte uns strahlend die Hand.

„Seid gegrüßt! Wie du siehst, Benedikt, hat sich einiges getan, seit mein Sohn aus Paris zurück ist", sprach er. „Seine Maschine für die Zahnräder ist ebenfalls fertig. Kommt mit, ich zeige sie euch!"

Friedrich bediente die Drechselbank und jedes Mal, wenn der Fräskopf auf das Holzrädchen traf, entstand in kürzester Zeit ein neuer Zahn. Er reichte mir ein fertiges Zahnrad. Zusammen mit meinem Sohn stand ich staunend da und bewunderte die präzise Arbeit.

„Eine neue Zeit bricht bei den Uhrenbauern im Schwarzwald an“, sprach Friedrich und unterbrach seine Arbeit, um sich uns zuzuwenden. „In Zukunft werden wir hier in der Werkstatt auch Uhren bauen, bei denen sich Figuren bewegen, wenn die Stunde schlägt.

Neulich habe ich sogar eine Uhr in der Hand gehalten, bei der ein Kuckuck aus einem Türchen schaute, wenn eine Stunde verstrichen war. Der Uhrmacher Ketterer aus Schönwald baut diese ausgefallenen Werke.“

„Stellt euch vor, was noch geschieht, wenn der Vogel herausschaut!“, sprach Simon mit ebenso großer Begeisterung wie sein Sohn. „Durch einen kleinen Blasebalg, der mit zwei Pfeifen verbunden ist, ruft der Holzvogel dann auch noch ‚Kuckuck, kuckuck, kuckuck‘. Unglaublich, einfach unglaublich!“

„Wie ich dich kenne, Simon, willst du den Kuckuck bestimmt ab sofort auch in deine Uhren einbauen, wie?“, bemerkte ich und war auf seine Antwort gespannt.

„Nein, nein, das soll weiterhin Franz Ketterer tun. Wir werden uns mit Figurenuhren beschäftigen“, erwiderte Simon.

„Aber wir haben eine andere Neuerung eingeführt“, berichtete Friedrich und hielt Johannes ein Zifferblatt hin.

„Aha, wie bei den Metalluhren! Stunden- und Minutenzeiger haben nicht mehr getrennte Zahlenkränze, sondern einen gemeinsamen“, sprach Johannes anerkennend.

„Alle Uhrmacher in Frankreich gestalten ihre Zifferblätter so“, erwähnte Friedrich etwas überheblich. „Es wird höchste Zeit, dass sich auch bei uns etwas ändert!“

Er hatte allen Grund stolz zu sein, wo er doch so viel Erfahrung von seiner Reise mit nach Hause gebracht hatte.

Ich unterbreitete beiden meinen Vorschlag mit uns zusammenzuarbeiten, und wir kamen überraschend schnell überein, dass es sicherlich für die Zukunft von großem Nutzen wäre, das zu tun.

„Auf diese Weise könnten wir uns auch besser gegen die

immer größer werdende Konkurrenz leichter behaupten und, ehrlich gesagt, wollten wir uns sowieso einen Partner suchen", teilte Simon mit.

Genau besprachen wir im Hof wie sich eine solche Zusammenarbeit verwirklichen ließ, verabredeten dann jedoch, uns noch einmal wegen der Tragweite dieses Schrittes in zwei Tagen, am Sonntag, zu treffen.

*

Verena war von unserem Vorhaben nicht begeistert.

„Ich finde es schade, dass es so kommt", äußerte sie, „doch anscheinend ist die neue Zeit wirklich nicht aufzuhalten."

Andreas schloss sich ihr an, willigte dann jedoch unmissverständlich in unsere Pläne ein.

Ich nahm Andreas und meinen Sohn am folgenden Sonntag nach dem Mittagessen mit zu Dilger. Es war mir vor allem wichtig, dass Johannes mit dabei war, denn ich ging inzwischen auf die sechzig zu und Andreas hatte sie bereits überschritten. Es war eine Frage der Zeit, dann würde mein Sohn die Werkstatt betreiben.

Dilger bat uns in die Stube und wir besprachen bei Kaffee und Kuchen die bevorstehende Zusammenarbeit.

Wir kamen überein in unserer Werkstatt alle Kästen, Türchen und Zifferblätter zu fertigen. Außerdem sollten wir die gedrechselten Rohlinge für alle Zahnräder herstellen, die Friedrich dann an seiner Maschine mit Zähnen versehen wollte. Johannes behielt sich vor weiterhin die Schlagwerke zu bauen.

„So ist es gut!", meinte Simon. „ Unsere Hauptaufgabe wird darin bestehen für das eigentliche Uhrwerk zu sorgen."

„Und", ergänzte sein Sohn, „die Figurenuhren darfst du nicht vergessen!"

„Wir werden dann verschiedene Uhren anbieten können",

sprach Simon weiter, „denn die Käufer sind ja auch nicht gleich. Da wären die einfachen Uhren mit Schlagwerk, dann diejenigen, bei denen sich beim Stundenschlag eine Figur oben bewegt und, für Leute mit Geld kann man auch mehrere geschnitzte Figuren anbringen."

„Was die Gewichte und die Glocken betrifft, haben wir uns auch noch eine Verbesserung einfallen lassen", berichtete Friedrich. „Wir werden beides aus Bronze gießen lassen. Das hat den Vorteil, dass man sich nicht mit diesen klobigen und unförmigen Steinen zufrieden geben muss und die Glokken folglich auch nicht mehr zerbrechlich sind."

Eine richtige Feier schloss sich an unsere Besprechung an, und wir blickten mit großen Erwartungen in die Zukunft.

Johannes hatte es plötzlich eilig, deshalb kehrten wir rechtzeitig nach Waldau zurück und er verließ auch gleich das Haus. Was er vorhatte, verriet er wie immer nicht.

*

Da die Gerichtsverhandlung in Freiburg stattgefunden hatte, suchte ich am folgenden Abend Onkel Jakob auf.

„Meiner Meinung nach können wir recht zufrieden sein", sprach er. „Wir haben mehr erreicht, als ich mir je erträumt hatte. Das Gericht bestand aus zwei Österreichern und einem Obervogt aus Freiburg.

Sie gaben dem Kloster zwar alles in allem Recht, doch sie erteilten dem Abt auch eine Rüge. Er dürfe die Forderungen, die er als Landesherr an seine Untertanen stellt, nicht so ohne weiteres ausweiten.

Wir müssen beim Neubau des Klosters zwar helfen, doch wir haben auch ein Anrecht auf einen gewissen Ausgleich in den folgenden Jahren. Das heißt, wenn jemand beim Bau vier Wochen im Kloster hilft, dann muss man ihm für die folgenden drei Jahre jegliche Fronarbeit erlassen."

„Da war der Abt sicherlich überrascht, wie?“, sprach ich. „Er war sich seiner Sache doch vollkommen sicher.“

„Die Richter mussten ihn sogar ermahnen, weil er nicht nachgeben wollte“, antwortete Jakob. „Erst als man ihm drohte, auch Vertreter von anderen Besitzungen des Klosters als Zeugen vor Gericht zu laden, gab er nach.“

„Ich sehe den größten Erfolg darin, dass wir es überhaupt einmal gewagt haben uns zur Wehr zu setzen und unsere Meinung zu äußern, Jakob.“

Wir saßen noch eine Weile zusammen und tranken gemeinsam einen Krug Bier.

„Ich bin allerdings froh, dass endlich alles überstanden ist“, äußerte Jakob noch erleichtert. „Du glaubst nicht, wie sehr mich das in den letzten Wochen beschäftigt hat. Ich bin sehr alt und kann nicht mehr so, wie ich gerne möchte.

Und doch bin ich stolz, dass wir diese Auseinandersetzung mit dem Kloster nicht gescheut haben. Vielleicht, wer weiß, vielleicht gibt es ja auch bei uns irgendwann einen kleinen Fortschritt und wir sind nicht mehr Pächter, sondern selbst die Besitzer des Landes, das wir bebauen.“

Ich erzählte noch eine Weile von Basel, von der Druckerei und von den Neuerungen, die sich in unserer Werkstatt anbahnten.

*

Die Zusammenarbeit mit Dilgers Werkstatt hatte sich gut entwickelt. Zweimal in der Woche nahmen wir miteinander Kontakt auf, lieferten gedrechselte Räder und Uhrenkästen oder besprachen bevorstehende Aufgaben.

„Wir werden nicht wie bisher bis zum Frühjahr warten und erst dann auf die Märkte ziehen“, teilte Simon mir mit, „sondern auch kurz vor Weihnachten. Zu dieser Zeit sitzt das Geld am lockersten, und wir sollten uns dieses Geschäft nicht entgehen lassen."

„Und was machen wir, wenn der Schnee so hoch liegt, dass wir mit unserem Wagen nicht bis nach Freiburg oder Villingen kommen?", wandte ich ein.

„Ich möchte beim Wagner in Neukirch eine Kutsche bestellen", berichtete er strahlend, „bei der man im Bedarfsfall seitlich Kufen herunterklappen kann. Damit kommen wir auf trockenen und auf tief verschneiten Wegen vorwärts.

Sie soll auch ein Lederdach haben, damit der Kutscher und die Fracht nicht Regen und Schnee ausgesetzt sind.

Allerdings muss ich dich, meinen Partner, noch um Zustimmung bitten, denn du darfst schließlich die Hälfte davon bezahlen."

„Wenn ich bezahlen soll, dann bin ich dagegen. Das wirst du wohl verstehen!", erwiderte ich und zog ein besonders ernstes Gesicht.

Simon schaute mich an und versuchte dann mich mit allen möglich Begründungen doch noch umzustimmen.

„Du lässt dich leicht aufs Glatteis führen, wie?", lachte ich. „Hättest du wirklich geglaubt, ich würde eine so hervorragende Idee nicht gut heißen? Natürlich beteilige ich mich, und wir schaffen die Kutsche an. Sie wird sich schnell bezahlt machen, da bin ich mir sicher."

„Wir selber werden allerdings nicht mehr auf die Märkte ziehen, Benedikt. Ich denke, das sollten wir jetzt den jungen Leuten überlassen", sprach Simon bei unserer Verabschiedung.

*

Die Figurenuhren, die nach den Plänen Friedrichs hergestellt wurden, gefielen mir besonders gut und sie fanden auch, obwohl sie wesentlich teuerer waren als eine herkömmliche

Uhr, zahlreiche Käufer, besonders unter besser gestellten Bürgern.

Kurz vor Weihnachten fuhren Johannes und Friedrich mehrmals in der Woche auf verschiedene Märkte und boten unsere Uhren dort an. Das Geschäft lief besser als je zuvor.

Normalerweise kehrten sie erst spät in der Nacht zurück. Ab und zu kam es jedoch auch vor, dass Johannes erst am nächsten Morgen daheim auftauchte.

„Wo warst du denn die ganze Nacht, Johannes?“, fragte Verena ihn einmal.

„Du bist zwar meine Mutter und ich bin dein Sohn, doch in meinem Alter muss ich dir keine Rechenschaft mehr ablegen, wann ich nach Hause komme oder wo ich war“, erwiderte er gereizt.

„Wir wollen dich nicht bevormunden, sondern Mutter und ich machen uns einfach Sorgen, Johannes. Wenn du eine Frau kennen gelernt hast, dann kannst du es uns doch sagen! Das ist schließlich ganz normal!“, suchte ich ihn zu besänftigen.

Nein, er wollte nicht darüber reden und behielt sein Geheimnis für sich, obwohl wir weiterhin auf ihn einredeten.

Mein Vetter Georg Schwab betrat unser Haus.

„Leider liegt mein Vater Jakob im Sterben“, teilte er uns betrübt mit. „Benedikt, ich soll dich holen. Er möchte dich noch einmal sehen.“

Ich ließ alles liegen und stehen und machte mich mit Georg sofort auf den Weg nach Waldau. Ich ahnte Schreckliches, denn als wir den Schwabenhof erreichten, kam uns Georgs Frau schon entgegen.

„Dein Vater ist kurz nach deinem Aufbruch gestorben“, sprach sie weinend und schloss Georg in ihre Arme.

Wir versammelten uns um das Bett des Toten und sprachen einige Gebete.

Ich hatte diesem Mann so viel zu verdanken. Er war mir wie ein zweiter Vater, und so empfand ich auch sein Scheiden aus dieser Welt als einen persönlichen Verlust ohnegleichen.

Es tröstete mich in diesem Moment auch nicht, dass er in Kürze achtzig Jahre alt geworden wäre und somit ein unvorstellbar hohes Alter erreicht hatte.

Viele Bewohner Waldaus begleiteten meinen Onkel auf seinem letzten Weg. Er genoss bis zuletzt großes Ansehen und viel Respekt bei den Leuten. Man schätzte an ihm seine Ehrlichkeit und sein Eintreten für seine Überzeugungen.

*

Im Frühjahr leisteten die jungen Leute ihren Frondienst im Kloster ab, und ich stellte fest, welche wichtige Rolle mein Sohn Johannes inzwischen in der Werkstatt übernommen hatte, denn ohne ihn wollte es nicht so recht laufen. Andreas und ich waren deshalb froh, dass er nach einigen Wochen wieder nach Hause kam und eine gewisse Normalität einkehrte.

Vor allem Friedrich Dilger und meinem Sohn Johannes hatten wir es zu verdanken, dass wir inzwischen zahlreiche Händler mit Uhren belieferten. Nach wie vor gehörten auch Buchhändler Holzinger und der Tuchhändler Faller aus Konstanz dazu. Aber auch bei Faller hatte inzwischen der Sohn das Sagen.

Unaufhaltsam drängte die jüngere Generation nach und übernahm meist mit neuem Schwung die Geschäfte oder das Handwerk der Väter. Auch wir mussten uns auf weitere umwälzende Änderungen im Uhrenbau einstellen.

Mehrere Tage schon hielt sich Johannes in der Werkstatt von Dilger auf, weil sie an einer Neuerung herumtüftelten. Andreas und ich waren sehr gespannt, was uns erwartete, denn man hatte uns extra zu Dilger rufen lassen.

„Da staunt ihr, was?“, meinte Johannes, als er Andreas und mich sprachlos vor der Uhr stehen sah, die so ganz anders war als diejenigen, die wir bisher aus dem Schwarzwald kannten.

Es bewegte sich kein Waagbalken mehr auf der Uhr, sondern ein Pendel zappelte vor dem Zifferblatt hin und her. Andreas und ich kannten das von Uhren, die man in anderen Gegenden längst so baute.

„Wir wollen keine Waaguhren mehr bauen, sondern auch das moderne Pendel einführen", teilte Friedrich mit.

„Ihr wollt keine Waaguhren mehr bauen? Fünfzig Jahre stelle ich jetzt diese schönen Uhren her. Sie sind typisch für den Schwarzwald und ihr, ich kann es nicht fassen, ihr wollt sie nicht mehr bauen", schimpfte ich. „Ich glaube, ihr seid nicht ganz richtig im Kopf!"

„Beruhige dich, Benedikt!", sprach Simon. „Am Anfang habe ich genau so reagiert wie du jetzt, doch ich habe mich überzeugen lassen."

Sofort fing Friedrich zu reden an:

„Schon vor langer, langer Zeit entdeckte der Italiener Galileo Galilei, dass ein Pendel bei einem ganz geringen Impuls gleichmäßig hin und her schwenkt. Damals hat er sogar schon Skizzen von Pendeluhren gezeichnet und in der Praxis ausgeführt. Sein Wissen ging allerdings für einige Zeit verloren.

Um die Mitte des letzten Jahrhunderts baute der Holländer Christian Huygens in London die erste Pendeluhr. Er wusste aber nichts von Galileo Galilei und hat die Erfindung ganz von sich aus noch einmal gemacht."

„Du kannst mir viel erzählen! Welchen Vorteil hat das Pendel gegenüber unserer Waag?", wollte Andreas wissen.

„Eine Uhr mit einem Pendel geht viel genauer und hat noch einen weiteren Vorteil", erklärte Friedrich. „Man kann sie leicht regulieren, wenn sie zu schnell oder zu langsam geht.

Dazu muss man nur die Pendelscheibe verschieben. Je weiter unten sie ist, desto langsamer geht die Uhr, je weiter man sie nach oben schiebt, desto schneller geht sie."

Er untermauerte seine Worte, indem er die Pendelscheibe erst nach oben, dann nach unten schob, und wir konnten am Ticken deutlich die verschiedenen Geschwindigkeiten hören.

„Ich muss gestehen, die Vorteile sind eindeutig", gab ich noch etwas widerwillig, aber voller Erstaunen zu. „Trotzdem komme ich mir vor, als stünde ich hinter einer Kuh, die unentwegt mit dem Schwanz hin und her pendelt."

„Das muss so sein, Vater!", lachte Johannes. „Außerdem, Uhrmacher in anderen Gegenden würden dieses Prinzip der Hemmung nicht seit vielen Jahren verwenden", sprach er weiter, „wenn es nichts taugen würde."

*

Vieles änderte sich noch in den folgenden Monaten. Selbst die Zifferblätter, die man bisher einzeln bemalt hatte, wurden jetzt mit einem Kupferstich beklebt und erst dann mit Wasserfarben bemalt. Matthias Grieshaber aus Gütenbach hatte die Idee entwickelt und in Freiburg eine Kupfertafel herstellen lassen, mit der man dann beliebig viele Drucke für Zifferblätter herstellen konnte.

Ich fühlte mich von all den neuen Entwicklungen manchmal überrollt und betrachtete dann die Uhr, die Vater hergestellt hatte.

Friedrich und Johannes übernahmen immer mehr die Leitung der Werkstätten und knüpften zahlreiche Kontakte zu Händlern, die sie regelmäßig belieferten.

Trotzdem suchten Andreas und ich noch manchmal die Märkte in Freiburg, in Villingen und in Konstanz auf. Wir hatten dort keinen großen wirtschaftlichen Erfolg, aber wir fühlten uns in die längst vergangenen Zeiten versetzt und hatten unseren Spaß daran mit den Leuten persönlich zu verhandeln. Es war immer noch so, dass wir uns über jede verkaufte Uhr freuten und uns das als persönlichen Erfolg anrechneten.

Das gereizte Verhältnis der Untertanen zum Kloster hatte sich normalisiert und Ungewissheit keimte nur noch einmal auf, als der neue Abt Benedikt die Nachfolge von Abt Ulrich antrat.

Die Menschen wussten zu wenig über den neuen Mann und waren erst beruhigt, als sich herausstellte, dass er sich auf keinen Fall durch neue Bauvorhaben verewigen wollte. Ganz im Gegenteil. Obwohl der Gastflügel des Klosters und die Bibliothek noch nicht fertig waren, stellte er die Bauarbeiten nach seinem Amtsantritt sofort ein und ließ sie vorläufig ruhen.

XXXI

Verena und ich verbrachten eine schöne Zeit. Wir hatten ein Haus, etliche Ersparnisse und kannten seit vielen Jahren glücklicherweise keinen Hunger und keinen Krieg mehr.

Und dennoch, lange sollte diese Zeit nicht andauern, dann ereilte uns wiederum ein schwerer Schicksalsschlag.

Laut schlug jemand eines Nachts an die Tür und ich konnte auch das Bellen eines Hundes vernehmen. Da ich nicht wusste, wer uns zu so ungewöhnlicher Stunde noch aufsuchen wollte, schob ich den Riegel nicht gleich beiseite, sondern rief durch die verschlossene Tür nach draußen:

„Was gibt es denn mitten in der Nacht?“

„Der Obervogt von Neustadt schickt uns“, erwiderte eine Männerstimme. „Wohnt hier Johannes Fehrenbach?“

„Ja, Johannes ist mein Sohn“, antwortete ich. „Was wollt Ihr von ihm? Er schläft schon.“

„Öffnet sofort die Tür, das ist ein Befehl! Wir müssen mit ihm sprechen“, hörte ich jetzt drohend von draußen.

Ich tat, was der Mann angeordnet hatte, und erkannte, dass es sich um zwei bewaffnete Soldaten handelte. Einer von ihnen hatte einen großen Hund bei sich.

„Wir haben den Befehl, Euren Sohn Johannes auf der Stelle nach Waldau zu bringen. Der Obervogt erwartet ihn dort.“

Auch Verena und Andreas standen inzwischen im Flur und

wunderten sich ebenso über die Worte der Soldaten wie ich.

„Was, was sagt Ihr da? Was will der Obervogt denn von unserem Sohn?“, erkundigte sich Verena. „Mit Sicherheit liegt eine Verwechslung vor.“

Der Soldat wurde zunehmend unfreundlicher, schupste mich mit seinem Gewehr zur Seite und betrat unser Haus.

„Wenn Euer Sohn nicht freiwillig herauskommt, dann sehen wir uns gezwungen, ihn gewaltsam zu holen.“

Ich lief zur Kammer, in der Johannes gewöhnlich schlief, und öffnete die Tür.

„Verena, Verena!“, rief ich. „Johannes ist nicht da!“

Die beiden Soldaten stürzten in das Zimmer und standen vor dem leeren Bett.

„Der wird schon wissen, warum er sich aus dem Staub gemacht hat“, äußerte einer der Soldaten.

Sie durchstöberten das ganze Haus, den Stall und den Dachboden. Sie ließen auch den Hund überall herumschnüffeln, fanden aber Johannes nicht.

Einer der Männer blieb mit dem Hund zurück und der andere machte sich mit seinem Pferd auf den Weg nach Waldau.

*

Nach einiger Zeit kehrte der Soldat aus dem Dorf zurück. Er hatte weitere Uniformierte geholt, die sich im nahen Wald versteckten.

„Verlasst Euch darauf, wir werden ihn erwischen!“, sprach der Mann, der anscheinend das Sagen hatte.

Die restlichen Stunden der Nacht verbrachten wir in der Stube und durften diese auch nicht verlassen.

Gegen Morgen schreckten wir zusammen, als der Soldat, der die ganze Zeit am Fenster zugebracht hatte, seinem Kollegen plötzlich zuflüsterte:

„Ich glaube er kommt! Das muss Johannes Fehrenbach sein, der sich auf einem Pferd dem Haus nähert.“

Erst als unser Sohn an der Haustüre war, rissen sie diese ruckartig auf und fassten ihn sofort an den Armen.

„Seid Ihr Johannes Fehrenbach?“, fragte ein Soldat streng.

Als unser Sohn das bejahte, fesselten sie ihm die Hände auf den Rücken und teilten ihm mit, dass der Obervogt in Waldau auf ihn warte. Sie setzten Johannes auf ein Pferd und brachen sofort in Richtung des Dorfes auf.

„Benedikt, Andreas, ihr müsst etwas unternehmen! Ich weiß gar nicht was hier eigentlich vor sich geht“, sprach Verena entsetzt und brach in Tränen aus.

Wir zogen uns hastig an, spannten das Pferd vor die Kutsche und eilten den Soldaten hinterher. Kurz vor Waldau holten wir sie ein.

Sie wechselten, obwohl ich sie eindringlich darum bat, kein Wort mit uns, sondern steuerten auf den Schwabenhof zu, wo man sie bereits erwartete. Die Soldaten hoben Johannes vom Pferd und führten ihn in die Gaststube.

Wir folgten ihnen. Man wollte uns zwar am Betreten der Wirtschaft hindern, doch zum Glück war auch der Dorfvogt, Herr Weisser, anwesend und gab die Anordnung uns unverzüglich durchzulassen.

*

Zwei gut gekleidete Männer, die ich nicht kannte, und der Obervogt saßen an einem Tisch und wandten sich jetzt dem Gefangenen zu.

„Ich denke, wir brauchen nicht lange herumzureden, Johannes Fehrenbach“, fing der Obervogt zu sprechen an. „Ihr könnt Euch sicherlich vorstellen, warum wir Euch heute Nacht gesucht haben und hierher bringen ließen.“

Er sah meinen Sohn längere Zeit streng an und setzte, da

Johannes keinen Laut von sich gab, seine Worte fort:

„Es ist ein schlechtes Zeichen, dass Ihr nichts sagt. Gestern, bei Anbruch der Nacht, wurden drei Kaufleute am Hohlengraben überfallen und ausgeraubt. Einer davon, es ist unglaublich, einer davon wurde kaltblütig … erschossen."

Entsetzen spiegelte sich im Gesicht von Johannes wider und nur mühsam stammelte er einige Worte:

„Und, Ihr glaubt, ich, ich hätte etwas damit zu tun?"

„Wir glauben das nicht, wir wissen es!", antwortete Herr Weisser, der ebenfalls am Tisch Platz genommen hatte. „Es tut mir Leid, Johannes, aber man hat Euch genau zu dieser fraglichen Zeit dort gesehen."

„Es war reiner Zufall, dass ich am Ort des Verbrechens vorüberkam. Der Kaufmann lag bereits tot am Boden. Keine Menschenseele war in der Nähe. Hätte ich ihn liegen lassen sollen? Schließlich wäre es doch auch möglich gewesen, dass er noch lebte. Ich musste so handeln.

Nur einen einzigen Fehler habe ich mir vorzuwerfen. Ich hätte nicht weglaufen dürfen, sondern den Dorfvogt aufsuchen müssen", antwortete Johannes.

„Damit hätten wir eines schon geklärt", sprach der Obervogt triumphierend. „Ihr gebt zu, am Ort des Verbrechens gewesen zu sein."

„Wann verließ Euer Sohn das Haus?", wandte sich Herr Weisser an mich.

„Er reitet oft bei Anbruch der Dämmerung hinauf zum Hohlengraben, das ist nichts Besonderes. Auch gestern war das so", antwortete ich.

„Neben mir sitzen die zwei Kaufleute, die bei dem Überfall ihren Kollegen und Freund verloren haben", berichtete der Obervogt. „Sie waren auf dem Weihnachtsmarkt in Straßburg und befanden sich auf der Rückreise in die Schweiz. Das Verbrechen hat sich gelohnt, denn man hat ihnen ihre gesamten Einnahmen geraubt."

Er wandte sich den beiden Kaufleuten zu.

„Erkennt Ihr den Mann wieder, der Euch am Hohlengraben aufgelauert hat?"

Die beiden Schweizer tuschelten kurz miteinander, bevor einer von ihnen sprach:

„Von der Größe und der Statur her könnte er es sein, wir sind uns ziemlich sicher. Der Verbrecher trug eine dunkle Kappe und hatte sich ein helles, fleckiges Leinentuch über Nase und Mund geschlungen."

„Wie könnt Ihr mich gesehen haben, wo Ihr doch gar nicht mehr dort wart, als ich vorbeikam?", erwiderte Johannes.

„Unser Freund wehrte sich und wurde auf der Stelle erschossen", berichtete der Kaufmann weiter. „Der Verbrecher nahm unser gesamtes Geld an sich, riss mir meine goldene Uhr vom Hals und verschwand sofort auf seinem Pferd im Wald. Gegen das Gewehr hatten wir keine Chance. Wir besitzen nur Messer, um uns zu verteidigen.

Wir wollten unserem Freund helfen, stellten aber fest, dass er bereits tot war. Deswegen ritten wir sofort hierher nach Waldau und suchten den Dorfvogt auf, der genau das Richtige unternahm und Verstärkung aus Neustadt anforderte."

„Wir danken Euch, Obervogt, dass Ihr gleich mitgekommen seid", fügte der zweite Kaufmann hinzu. „Wahrscheinlich wäre der Verbrecher sonst längst über alle Berge."

„Ich muss folglich vorübergekommen sein, als Ihr bereits weg wart", sprach Johannes. „Sonst hätte ich Euch ja sehen müssen, oder nicht? Außerdem, wenn ich das Verbrechen verübt hätte, wäre ich dann am Morgen zu unserem Haus geritten? Haltet Ihr mich für einen solchen Trottel?"

„Ihr wäret sicherlich nicht heimgekommen, wenn Ihr gewusst hättet, dass Soldaten auf Euch warten", erklärte einer der Kaufleute.

„Wo wolltet Ihr denn eigentlich hin, Herr Fehrenbach?", fuhr der Obervogt mit seiner Befragung fort.

Johannes reagierte nicht. Auch ich konnte dem Vogt nicht antworten, obwohl ich meinem Sohn gerne geholfen hätte, aber Johannes hatte uns nach wie vor niemals mitgeteilt, wo er sich abends und in der Nacht so oft herumtrieb.

„Ihr wurdet gesehen, wie ich bereits erwähnte", sprach Herr Weisser und holte einen Mann herein. Ich kannte ihn. Es handelte sich um Clemens, der seit kurzem Knecht auf dem Bühlhof war.

„Ich kann nichts dafür, doch es ist meine Pflicht, den Herren zu sagen, was ich beobachtet habe", entschuldigte der sich gleich.

„Und Ihr seid Euch vollkommen sicher, dass es sich tatsächlich um Johannes Fehrenbach handelte, den Ihr am Hohlengraben gesehen habt, als das Verbrechen verübt wurde?", fragte der Obervogt.

Clemens nickte heftig.

„Vollkommen sicher!"

„Was hattet Ihr so spät noch da oben zu suchen?", wollte einer der Schweizer von dem Knecht wissen.

„Mein Bauer hat mich am Nachmittag nach Hornberg geschickt, um dort einige geschlachtete Gänse zu verkaufen. Das Weihnachtsfest steht vor der Tür", erklärte Clemens. „Auf dem Heimweg, die Dämmerung hatte bereits eingesetzt, konnte ich vom Waldrand aus das schreckliche Verbrechen beobachten. Johannes Fehrenbach bedrohte die Kaufleute mit einem Gewehr und kurz darauf erschoss er einen der Männer, weil der sich mit einem Messer verteidigen wollte."

„Sagtet Ihr nicht, Clemens, die Dämmerung habe bereits eingesetzt?", erkundigte sich Herr Weisser. „Wie konntet Ihr aus der Entfernung den Täter erkennen?"

„Nach Übergabe der Beute floh Johannes in den Wald", berichtete der Knecht weiter. „Ganz nah ritt er an mir vorbei, bemerkte mich zum Glück jedoch nicht. Sowie er den Wald erreicht hatte, entfernte er das Tuch von seinem Gesicht. Deshalb bin ich mir auch so sicher."

„Ich glaube, die Sache ist jetzt klar!", sprach der Obervogt. „Ihr habt Euch eines schweren Verbrechens schuldig gemacht, Johannes Fehrenbach."

Wieder brachte Johannes kein Wort über seine Lippen, sondern schüttelte nur verzweifelt seinen Kopf. Ich konnte es nicht fassen, dass er zu seiner Verteidigung nichts vorzubringen hatte.

„Morgen früh werden wir uns noch einmal am Tatort treffen. Dort soll dann die eigentliche Gerichtsverhandlung stattfinden.

Die Wirtschaft ist vorläufig besetzt, der Verdächtige wird so lange im Keller gefangen gehalten. Drei Soldaten bleiben als Wachen hier!", ordnete der Obervogt an.

Wie ein Lauffeuer verbreitete sich die Neuigkeit in der ganzen Gegend. Verena war zutiefst geschockt, als ich ihr erzählte, was man Johannes vorwarf.

„Welch ein Schlag für uns, Benedikt!", jammerte sie wiederholt. „Unser Junge, ein Verbrecher? Ob er sich deswegen immer gegen Abend aus dem Haus gemacht hat?"

„Ob er tatsächlich etwas Unrechtes getan hat? Warum, ich frage mich, warum hat er uns niemals mitgeteilt, wo er hinreitet?", fügte ich hinzu. „Gott bewahre uns vor einem solchen Schicksalsschlag!"

Am Nachmittag durchsuchten noch einmal zwei Soldaten unser ganzes Haus und die Umgebung, konnten aber weder die Beute noch andere brauchbare Spuren finden.

*

Andreas, Verena und ich waren bereits am Hohlengraben, als die beiden schweizer Kaufleute, Herr Weisser, Abt Benedikt und der Obervogt am Morgen erschienen. Johannes brachten sie gefesselt auf einem Pferd herbei, streng bewacht von mehreren Soldaten.

Der Hund eines Uniformierten beschnüffelte ihn ausgiebig, als die Männer ihn vom Pferd holten.

Zu unserem Entsetzen hatten sich viele Leute aus der Umgebung und aus Waldau eingefunden. Verena und ich schämten uns und wagten kaum die versammelten Menschen anzublicken.

„Wir haben uns hier am Ort des scheußlichen Verbrechens getroffen, um uns ein abschließendes Bild vom Hergang der Tat zu machen“, fing der Obervogt zu sprechen an. „Außerdem hoffen wir auch, die Beute, eine beträchtliche Summe Geldes, ganz in der Nähe zu finden.“

Noch einmal musste der Knecht Clemens schildern, was er an dem Abend beobachtet hatte. Die Vorwürfe waren so schwerwiegend und so eindeutig, dass ich kaum eine Chance für unseren Sohn sah, sich gegen diese Beweise zu wehren und seinen Kopf noch aus der Schlinge zu ziehen.

„Wo wolltet Ihr denn hin, Herr Fehrenbach?“, versuchte der Abt noch einmal herauszufinden. „Sprecht endlich! Man reitet doch für gewöhnlich in der Dämmerung nicht einfach zu seinem Vergnügen durch die Gegend.“

Johannes gab keine Antwort und sein Schweigen schien einem Eingeständnis seiner Schuld gleichzukommen.

„Belastet Euer Gewissen nicht mit so schweren Sünden und sagt wenigstens, wo Ihr das Gewehr und die Beute versteckt habt!“, forderte ihn Herr Weisser auf. „Es ist mir sowieso rätselhaft, wie Ihr als Uhrmacher in den Besitz einer Schusswaffe gekommen seid. Ihr wisst doch, dass das streng untersagt ist, oder etwa nicht?“

„Ich besitze kein Gewehr, ich habe niemanden getötet, und ich bin mir keiner Schuld bewusst“, brüllte Johannes und zerrte voller Wut an seinen Fesseln.

„Dann müsst Ihr mit einem strengen Urteil rechnen, Johannes Fehrenbach, wenn Ihr keinerlei Einsicht zeigt!", teilte der Obervogt ruhig mit und verständigte sich kurz mit dem Abt und dem Dorfvogt.

„Ich glaube, wir lassen den Gefangenen nach Neustadt in den Kerker bringen", äußerte der Abt. „Wir können für ihn nichts mehr tun, außer für sein Seelenheil zu beten."

*

„Halt! Wartet noch einen Moment!"

Eine Frau um die fünfzig, die das Geschehen bisher ruhig verfolgt hatte, trat aus der Menge hervor. Völlig aufgeregt hob Johannes seinen Kopf und blickte sie entsetzt an.

„Nein, Maria, bitte nicht!", schrie er ihr zu. „Sag bitte nichts, Maria!"

Sie drehte sich Johannes zu und antwortete mit einem gekünsteltem Lächeln:

„Doch, doch, ich werde reden, denn ich kann nicht länger mit anschauen, wie man dich eines schweren Verbrechens beschuldigt."

„Ihr wolltet wissen, ehrwürdiger Abt, was Johannes um diese Zeit noch am Hohlengraben zu suchen hatte", sprach die Frau. „Er war bei … mir. Ich bin Maria Kirner, verwitwete Bäuerin aus der Mühle bei Erlenbach."

„Und, was wollte er bei Euch?", fragte der Obervogt erstaunt.

„Wir, wir … lieben uns. Seit Jahren kommt Johannes heimlich zu mir in die Mühle. Jetzt habt Ihr endlich eine Antwort auf Eure Frage, warum Johannes bei Anbruch der Dämmerung noch unterwegs war."

Ein Raunen ging durch die Menge und auch ich war von dieser Aussage vollkommen überrascht.

„Ich weiß, dass wir in Sünde leben, und wir hatten uns fest

versprochen niemandem von unserem Verhältnis zu erzählen", sprach sie und schaute Johannes an. „Es ist kein Verbrechen dich zu lieben. Hätte ich länger geschwiegen, dann erst hätte ich schwere Schuld auf mich geladen. Verstehst du, Johannes, verstehst du jetzt?"

Eine ganze Weile standen der Abt, der Obervogt und Herr Weisser beisammen und beratschlagten, bevor der Obervogt wieder das Wort ergriff:

„Und trotzdem, Frau Kirner, ist dadurch die Unschuld des Angeklagten nicht bewiesen."

„Ganz aufgeregt und verwirrt kam Johannes bei mir an, weil er den Toten hatte liegen lassen und den Dorfvogt nicht informiert hatte", antwortete die Bäuerin.

„Natürlich war er aufgeregt, Frau Kirner!", entgegnete der Obervogt ungehalten. „Wenn man ein so schweres Verbrechen begangen hat, dann kann man nicht so einfach weiterleben, als wäre nichts geschehen. Das hinterlässt seine Spuren."

*

Der Hund, der die ganze Zeit in der Gegend herumgestreunt war, kam aus dem Wald zurück und zerrte ein helles Knäuel neben sich her. Schwanzwedelnd legte er seine Beute, die er anscheinend eben gemacht hatte, vor einem Soldaten ab.

„Wo hast du denn die Gans her?", schimpfte der laut seinen Vierbeiner und zog damit alle Aufmerksamkeit auf sich.

„Er kann sie nicht gerissen haben. Erstens würde jetzt im Winter eine Gans im Wald nicht überleben und zweitens", er befühlte den Körper des toten Tieres, „ist sie stocksteif gefroren."

„Natürlich hat er sie nicht gerissen!", bemerkte ein anderer Soldat abfällig. „Glaubst du etwa, dein Hund kann eine Gans ausnehmen und ihr den Kopf abschneiden? Du siehst doch, wie blutverschmiert das Gefieder am Bauch ist und dass der Kopf mit einem Messer abgetrennt wurde."

Herr Weisser bewegte sich langsam auf den Zeugen Clemens zu und blickte ihn einige Zeit ernst an, bevor er fragte:

„Habt Ihr nicht selbst erzählt, Ihr hättet Gänse für Euren Bauern nach Hornberg gebracht?"

Clemens lächelte verlegen.

„Ja, das schon, mir ist allerdings ein Missgeschick passiert", antwortete er dann. „Ich habe unterwegs aus Unachtsamkeit eine verloren. Das kann ja schließlich mal passieren."

„Sucht den Wald ab!", ordnete der Obervogt an. „Nicht, dass wir am Ende noch weitere Überraschungen erleben."

Mehrere Soldaten liefen mit dem Hund in den nahen Wald, aus dem der seinen Fund herbeigeschleppt hatte.

Es dauerte nicht lange, dann kehrten die Männer zurück. Sie trugen drei weitere steif gefrorene Gänse ohne Kopf in ihren Händen.

„Hier sind die anderen Gänse. Sie waren in einem Schneehaufen verborgen und mit schweren Steinen zugedeckt", sprach einer der Soldaten. „Es ist erstaunlich, dass der Hund eine von ihnen herauszerren konnte."

„Ihr müsst Euch jetzt genau überlegen, was Ihr sagt!", sprach der Abt ernst. „Oder wollt Ihr etwa behaupten, Ihr hättet alle vier Gänse auf dem Weg nach Hornberg verloren. Das wäre keine Unachtsamkeit mehr, wie Ihr es genannt habt, sondern Dummheit."

„Ich gebe es zu! Ich wollte meinen Bauern betrügen. Jetzt vor Weihnachten bringt so ein Braten ordentlich Geld ein, deshalb habe ich die Gänse im Wald versteckt und mit Schnee bedeckt.

Ich wollte sie in den nächsten Tagen holen und das Geld nach dem Verkauf in die eigene Tasche stecken. Meinem Bauern habe ich natürlich erzählt, ich hätte sie verloren", erklärte Clemens gefasst.

„Ihr werdet sicherlich nichts dagegen haben, dass wir Euch auf den Bühlhof begleiten, um uns Eure Kammer einmal genauer anzuschauen“, teilte Herr Weisser dem Knecht mit. „Dass Ihr den Bauern bestehlen wolltet, das müsst Ihr mit ihm selbst ausmachen und interessiert uns nicht weiter.“

„Und ihr“, sprach der Obervogt in die Menge, „könnt jetzt alle nach Hause gehen! Wir brauchen keine Zuschauer bei unserer Durchsuchung auf dem Bühlhof.“

Der Knecht wurde gefesselt und auf ein Pferd gesetzt.

„Bringt Johannes Fehrenbach so lange in den Schwabenhof!“, befahl Herr Weisser zwei Soldaten. „Wir reiten mit Clemens zum Bühlhof und kommen dann ebenfalls zur Wirtschaft.“

*

Wenige Stunden später brach auch ich mit Andreas wieder nach Waldau auf. Wir wollten unbedingt erfahren, ob sich Neuigkeiten in diesem Fall ergeben hatten.

Wir hatten zwar keinen Zutritt zur Wirtschaft, doch Gott sei Dank teilte uns der Dorfvogt den neuesten Stand der Untersuchungen mit:

„Wir konnten die Beute und das Gewehr noch nicht finden. Man hat aber unter der Matratze des Knechtes im Bühlhof die Kappe entdeckt, die der Verbrecher beim Überfall trug. Die beiden Kaufleute haben sie eindeutig erkannt.“

„Ja und, gibt Clemens zu, die Tat begangen zu haben?“, wollte Andreas in Erfahrung bringen.

„Nein, das tut er nicht!“, erwiderte Herr Weisser. „Clemens hat getobt, als ihn der Obervogt bezichtigte den Raubmord begangen zu haben.

Er hat das Gericht auch belogen, der Clemens. Der Bauer schwört, der Knecht habe ihm die Gänse am Abend bezahlt.

Woher, so fragen wir uns, hatte er so viel Geld? Es kann

eigentlich nur von der Beute stammen, doch uns fehlen die Beweise. Ein merkwürdiger und äußerst vertrackter Fall!"

Ich versuchte mich in den Verbrecher zu versetzen.

„Wo hätte ich an seiner Stelle das Geld versteckt? Wo wäre es am wenigsten aufgefallen und einige Zeit verborgen geblieben? Warum hat er schwere Steine auf den Schneehaufen gelegt?", flüsterte ich kaum hörbar vor mich hin.

„Die Gänse waren bei seiner enormen Beute, die der Verbrecher gemacht hat, nicht weiter von Interesse, ganz im Gegenteil", bezog ich jetzt auch Andreas und Herrn Weisser mit in meine Gedanken ein. „Es hätte Clemens doch eigentlich freuen müssen, wenn die Beweisstücke möglichst schnell von Füchsen oder anderen Aasfressern beseitigt worden wären. Ich frage mich, warum wollte er das durch die schweren Steine verhindern, warum, warum?"

Wir blickten uns eine Weile gegenseitig an.

„Habt Ihr schon in den Gänsen nachgesehen? Könnte es sein, dass Clemens seinen Schatz in ihnen versteckt hält?", sprach ich zum Vogt, ohne meine Gedanken richtig geordnet zu haben und erklärte ihm, was mich auf diese Idee gebracht hatte.

Der eilte davon und trieb zwei Soldaten an die Gänse vom Tatort zu holen. Hastig machten sie sich auf den Weg.

„Herr Fehrenbach, eine ausgezeichnete Idee!", äußerte sich Herr Weisser lobend, als er wieder bei uns stand. „Das hätte auch uns auffallen müssen. Ich kann nur hoffen, dass die Gänse noch oben am Hohlengraben liegen."

*

Das Schicksal meinte es gut mit uns. In den Bauchhöhlen von drei Gänsen fand man je einen prall gefüllten Lederbeutel mit Münzen, in der vierten die goldene Uhr, eingeschlagen in ein Halstuch. Mit einer Axt mussten die Soldaten die gefrorenen Kadaver öffnen, da der restliche Bauchraum mit Schnee ausgestopft war.

„Unglaublich! Es ist unglaublich!“, verkündete der Vogt staunend und bat uns mit hereinzukommen.

„Wir brauchen keine neugierigen Zuhörer!“, fuhr der Obervogt Andreas und mich an, als wir die Wirtsstube betraten.

Johannes befand sich nicht im Raum. Clemens saß gefesselt auf einem Stuhl.

„Verzeiht, wenn ich doch darauf bestehe, dass die beiden Männer mit hereinkommen!“, teilte Herr Weisser bestimmt mit. „Ihr werdet gleich staunen was wir entdeckt haben. Die Idee hatte allerdings Herr Fehrenbach.“

„Wollt Ihr damit andeuten, dass Ihr einen der beiden Männer mit einem eindeutigen Beweis überführen könnt?“, bemerkte der Abt.

„Eindeutiger geht es nicht, ehrwürdiger Abt!“, erwiderte Herr Weisser. „Clemens ist es gewesen. Er ist geschickter und durchtriebener als wir denken. Er hat keine normalen Gänse versteckt, sondern es handelt sich um vergoldete Gänse. Dass er sie versteckt hat, wurde von ihm bereits zugegeben. Folglich kommt kein anderer dafür in Frage.“

„Herr Weisser, würdet Ihr Euch bitte so ausdrücken, dass auch der Abt und ich Euch folgen können?“, schimpfte der Obervogt gereizt.

„Die Uhr, eingewickelt in ein Halstuch, und das Geld waren in den Bäuchen der Gänse versteckt. Der restliche Hohlraum war mit Schnee ausgestopft. Durch den Frost hätten sie ihr Geheimnis nicht so leicht preisgegeben“, berichtete der Vogt.

Der Abt und der Obervogt blickten sich überrascht an und brachten einen Moment kein Wort heraus, so überwältigt schienen sie von dieser Neuigkeit.

Der Knecht senkte seinen Kopf und Verzweiflung war seinen Gesichtszügen zu entnehmen.

„Es ist schade, dass die Folter abgeschafft ist, Clemens!“, brüllte der Obervogt. „Ihr hättet sie verdient!“

„Mäßigt Euch!“, ermahnte ihn der Abt. „Ihr wisst, dass diese Methoden auch viel Unglück über Unschuldige gebracht und die Angeklagten nicht selten zu Geständnissen veranlasst haben, obwohl sie sich keiner Schuld bewusst waren.“

Der Obervogt nahm sich die Bemerkung zu Herzen und sprach in ruhigem Ton weiter:

„Macht Eurem Gewissen jetzt Luft! Alles Leugnen nützt nichts mehr!“

„Ich, ja, ich habe die Kaufleute … überfallen, ich allein“, gestand Clemens mit zittriger Stimme. „Schon manchmal war ich oben am Hohlengraben, wo die reichen Händler vorbeiziehen. Neidisch betrachtete ich immer die schönen Pferde und die vornehm gekleideten Herren. Meist waren sie aber in der Überzahl oder hatten Knechte und Wachen dabei, so dass ich mir keine Chancen ausrechnete.

Als ich vorgestern die drei Herren sah, fasste ich den Entschluss nicht länger abzuwarten, sondern meinem Glück endlich nachzuhelfen.“

„Ein schönes Glück, wirklich, ein schönes Glück, das man auf dem Tod eines unschuldigen Menschen aufbaut!“, bemerkte der Abt ironisch.

„Ich wollte ihn nicht umbringen“, sprach Clemens kleinlaut weiter, „sondern machte erst von meiner Waffe Gebrauch, als der Mann mit einem Messer auf mich zu stürmte. In Panik und Angst schoss ich, und er stürzte sofort tot vom Pferd.“

„Wie kommt Ihr an ein Gewehr?“, versuchte der Dorfvogt zu erfahren.

„Ich habe es einem toten französischen Soldaten vor vielen Jahren abgenommen, es in ein mit Wachs getränktes Tuch eingeschlagen und in einem unzugänglichen hohlen Baum versteckt“, führte Clemens weiter aus.

„Und wie kamt Ihr darauf, Johannes Fehrenbach das Verbrechen in die Schuhe zu schieben?“, wollte Abt Benedikt wissen.

„Ich sah ihn oft abends über den Hohlengraben reiten und beobachtete ihn an diesem Abend tatsächlich, wie er sich über den toten Kaufmann beugte und sich vergewisserte, ob man ihm noch helfen könne. Deshalb kam mir die Idee ihn beim Dorfvogt als den Täter anzugeben.

Den Einfall mit den Gänsen hatte ich erst, als ich das viele Geld in Händen hielt.“

Der Obervogt winkte einige Soldaten zu sich.

„Bringt ihn nach Neustadt ins Gefängnis!

Johannes Fehrenbach könnt Ihr aus dem Keller holen und ihm die Fesseln abnehmen! Er ist frei.“

„Beinahe hätte mein Plan geklappt!“, murmelte Clemens verzweifelt, als man ihn aus dem Zimmer brachte.

Kurz darauf wurde Johannes in den Raum geführt und der Obervogt wandte sich an ihn:

„Wir können nichts dafür, dass Ihr fälschlicherweise beschuldigt wurdet. Trotzdem möchten wir uns entschuldigen.“

„Ihr habt kein Verbrechen begangen, wofür man hier auf der Erde sühnen muss, doch vor Gott müsst Ihr Euch eines Tages rechtfertigen“, äußerte der Abt noch.

„Weil ich eine Frau liebe? Ist es das, was Ihr mir sagen wollt?“, erwiderte Johannes, dem die Aufregung der letzten Tage anzusehen war.

„Nicht weil Ihr eine Frau liebt, sondern weil Ihr sie ohne den Segen der Kirche liebt und ein verwerfliches Verhältnis mit ihr habt“, entgegnete der Abt.

Johannes blickte dem Abt einige Zeit verständnislos ins Gesicht, bevor der sich verlegen abwandte. Man sah Johannes deutlich an, dass ihm eine Bemerkung auf den Lippen brannte, er sich aber nicht durchringen konnte sie gegenüber dem Abt zu äußern.

Ich umarmte meinen Sohn.

Wortlos verließen wir die Stube.

XXXII

Die Unschuld von Johannes war bewiesen, doch das Leben wurde in den folgenden Wochen nicht einfacher für uns. Es gab etliche Leute im Dorf, die sich den Mund darüber zerrissen, dass Johannes über Jahre ein Verhältnis mit Maria Kirner unterhielt, zumal diese Frau auch noch vierzehn Jahre älter war als er.

Verena oder mich sprachen die Leute nicht an. Wir erfuhren den Tratsch durch Andreas.

„Wenn du sie liebst, wie du immer wieder betonst, warum heiratest du sie dann nicht?", fragte Verena Johannes eines Abends.

„Wir sind glücklich, so wie es ist! Sollen wir etwa nur wegen des blöden Geredes der Leute heiraten?", erwiderte er.

„Aber, du lebst in Sünde!", redete Verena weiter auf ihn ein.

„Ich lebe in Sünde?", lachte er voller Hohn. „Und die Bischöfe, die prächtige Paläste bewohnen, die sich Freundinnen halten und rauschende Feste feiern, leben die auch in Sünde? Die edlen Herren, die sich an ihren Mägden vergreifen, leben die auch in Sünde?"

„So darfst du nicht reden", sprach Verena, „obwohl …"

„Ist es die Wahrheit oder nicht?", unterbrach sie Johannes. „Könnt ihr euch erinnern, als die Haushälterin des Pfarrers in der Nähe von Furtwangen wie aus heiteren Himmel ein Kind zur Welt brachte? Damals hielten die Leute den Mund und niemand wagte es, sich öffentlich zu äußern. Ehrwürdige Herren, nein, diese Herren haben es nicht nötig ihr Tun zu rechtfertigen.

Nein, nein, Mutter, Maria und ich werden nicht heiraten. Jetzt erst recht nicht!"

Johannes besuchte nicht mehr die Heilige Messe in Waldau, sondern zusammen mit Maria Kirner die Kirche in St. Märgen. Manchmal verbrachte er das ganze Wochenende in der Mühle der Bäuerin und kam erst am Sonntag spät in der Nacht von dort zurück.

Verena und ich fanden uns mit den Gegebenheiten ab, obwohl wir es natürlich lieber gesehen hätten, wenn Johannes eine ganz normale Ehe geführt hätte.

Je öfter wir über seine Argumente nachdachten, desto mehr leuchteten sie uns allerdings auch ein. In manchen seiner Ansichten hatte er Recht, auch wenn es sich normalerweise nicht gehörte, solche Gedanken auszusprechen.

Friedrich Dilger stärkte meinen Sohn sogar noch in seinen Ansichten.

„Da müsstet Ihr mal nach Paris gehen!", erzählte er Verena und mir. „Da gibt es extra Häuser, wo sich selbst angesehene Herren hinbegeben, um sich mit Damen zu amüsieren. Da denkt sich keiner was dabei."

Seine Arbeit in der Werkstatt vernachlässigte Johannes nicht. Die Zusammenarbeit mit Dilger funktionierte ebenfalls hervorragend.

Josef Kretzer, ein junger Uhrmacher aus Mühlenbach, hatte sich in der Nähe des Schneehofes, nicht weit außerhalb von Waldau, niedergelassen. Er hielt sich häufig bei uns in der Werkstatt auf und freundete sich im Laufe der Zeit mit Johannes an.

„Stell dir vor, Vater, Josef möchte eines Tages von hier

weggehen und in einem ganz anderen Land als Uhrmacher sein Glück suchen", erzählte Johannes eines Abends. „Immer mehr Uhrmacher aus dem Schwarzwald ziehen nach Holland, nach Italien und sogar bis in die Türkei sollen es zwei geschafft haben."

„Eine verrückte Welt!", antwortete ich. „Am Anfang, ich erinnere mich genau, wollte kaum jemand eine Holzuhr aus dem Schwarzwald haben und jetzt, immer mehr Uhrmacher stellen immer größere Mengen her und verfrachten sie in alle Länder Europas. Manche Lieferungen werden mit dem Schiff sogar bis nach Amerika gebracht. Eine verrückte Welt!"

„Ja, Vater, das Ticken unserer Uhren breitet sich über die ganze Welt aus. Das ist aber nicht verrückt, sondern bringt dem Schwarzwald großes Ansehen."

*

Manchmal besuchten Johannes und sein Freund Josef auch gemeinsam die Wirtschaft in Waldau oder gingen bei bestimmten Anlässen zum Tanzen.

Verärgert kam Johannes eines Tages aus Waldau nach Hause und beschwerte sich:

„Wenn die Kerle gesoffen haben, dann werden sie manchmal unausstehlich. Richtig beleidigt haben sie mich, weil ich Maria liebe. Engstirnig und verbohrt sind sie!"

Verena und ich merkten, wie sehr er darunter litt und versuchten ihm Mut zu machen.

„Ich werde im Frühjahr mit Josef von hier weggehen. Wir werden unser Glück in Russland suchen", verkündete Johannes. „Ich bin froh, ja, ich bin froh, dass ich es endlich über meine Lippen gebracht habe."

„Nach Russland!", wiederholte Verena erstaunt.

Eine ganze Weile saßen wir uns stumm gegenüber und blickten uns an.

„Russland ist groß“, brach Johannes das Schweigen. „Viele Menschen leben dort und es gibt nur wenige Uhrmacher. Josef erzählte mir, dass man ein gutes Auskommen hat in diesem Land. Er hat Kontakt zu einem Mann in St. Petersburg. Dort haben sich viele deutsche Kaufleute und Handwerker niedergelassen.“

„Ist der Weg nach St. Petersburg nicht sehr gefährlich?“, fragte ich besorgt.

„An den schweizer Kaufleuten hast du gesehen, dass es auch bei uns nicht ungefährlich ist“, erwiderte Johannes. „Wir werden uns bis nach Preußen durchschlagen und dann mit einem Segelschiff auf der Ostsee nach St. Petersburg gelangen.

Es geht wesentlich schneller und wir müssen nicht durch Polen und durch Russland reisen. Wir werden für die Zarin Elisabeth eine besonders schöne Uhr mitnehmen und sie um Erlaubnis bitten, Handel in ihrem Land treiben zu dürfen.

Josef hat sogar schon eine Landkarte besorgt.“

Verena und ich standen der Entscheidung von Johannes mit gemischten Gefühlen gegenüber, akzeptierten sie jedoch, weil wir wussten, dass wir ihn nicht umstimmen konnten und ihm bei der Verwirklichung seiner Pläne nicht im Weg stehen wollten.

„In deinem Alter hatte ich ebenfalls manchmal große Pläne, Johannes“, bemerkte ich.

„Und du hast sie auch ausgeführt, Benedikt“, sprach Verena. „Du gehörtest zu den ersten Uhrmachern im ganzen Schwarzwald. Ist das nichts Besonderes?“

Weiterhin behielt ich für mich, dass ich mich einmal mit dem Gedanken getragen hatte nach Amerika auszuwandern.

*

Die Vorbereitungen von Johannes und Josef waren in vollem Gange, als der Winter langsam zu Ende ging.

Sie hatten sich einen Wagen besorgt, Werkzeuge anfertigen lassen und eine Menge Holzuhren gebaut. Unzählige Zeichnungen hatten beide während des Winters zu Papier gebracht, auf denen jede Kleinigkeit verschiedener Uhren in Originalgröße festgehalten war.

„Wir sollten uns überlegen, ob wir nicht mit dem Uhrenbau Schluss machen, Benedikt", sprach Andreas in der Werkstatt. „Meine Augen sind inzwischen so schlecht geworden, dass ich die Feinheiten bei der Arbeit kaum mehr sehen kann."

„Wahrscheinlich hast du Recht!", erwiderte ich. „Wir könnten uns natürlich auch einige dieser modernen Gläser besorgen, die man sich vors Auge hält und dann alles viel genauer und größer sieht."

„Nein, nein!", wehrte Andreas ab. „Lass mich mit diesem neumodischen Kram in Ruhe! Ich bin manchmal froh, dass ich deine vielen Falten nicht so genau erkennen kann, weil ich mir dann vorstelle, dass es bei mir nicht besser bestellt ist.

Wir sollten uns zur Ruhe setzen und uns stattdessen einige Ziegen und Kühe halten."

Andreas und ich fuhren schon zwei Tage später zu Simon und Friedrich Dilger und teilten ihnen unseren Entschluss mit. Sie zeigten sich darüber wenig überrascht.

„Früher oder später wäre es sowieso dazu gekommen, wo Johannes jetzt nach Russland reist", sprach Friedrich und bedankte sich für die lange und freundschaftliche Zusammenarbeit. „Wenn ihr wollt und Lust verspürt, dann könnt ihr zusammen mit meinem Vater ab und zu noch einmal auf die Märkte fahren. Er hat sich zumindest vorgenommen, das zu tun, wo er jetzt seine Werkstatt endgültig mir übergeben hat."

„So machen wir es!", sprach Simon erfreut. „Wenn das Wetter schön ist und wir Lust verspüren, dann fahren wir drei alten Männer von Zeit zu Zeit nach Neustadt, nach Furtwangen oder nach Freiburg auf den Markt. Nicht um Geld zu verdienen, wohlgemerkt, sondern einfach wegen der vielen schönen Erinnerungen, die wir damit verbinden."

Wir saßen noch eine Weile bei Simon in der Stube und redeten miteinander über alte Zeiten.

*

Johannes und Josef suchten sich in unserer Werkstatt noch alles Mögliche zusammen was sie in der Ferne brauchen konnten und verstauten es auf ihrem Wagen.

„Haltet sie in Ehren, das alte Stück!", sprach ich etwas wehmütig, als sie die Drechselbank verluden. „An ihr habe ich meine ersten Kartoffelstampfer gedreht."

Das Osterfest war vorüber und der Tag des Aufbruchs rückte immer näher. Noch einmal besuchte Johannes Maria bei Erlenbach.

„Gut, dass du nicht geheiratet hast!", sagte ich, als er nach Hause kam. „Maria würde dich sicherlich nicht so einfach in die Welt ziehen lassen, wenn sie deine Frau wäre."

„Maria sieht meine Gründe ein", erwiderte er, „weil sie mich nach wie vor liebt. Im Gegenteil, sie freut sich über meinen Mut.

Sie ist eine starke Frau, wie Mutter."

*

Der Abschied fiel uns allen ungeheuer schwer. Lange umarmten wir uns und standen vor dem Haus beisammen, bis Josef seinen Freund Johannes zum Aufbruch antrieb.

Andreas, Verena und ich konnten unsere Tränen nicht unterdrücken, als sich der Wagen immer weiter entfernte und schließlich ganz hinter einer Biegung verschwand.

„Gott behüte dich auf deinem langen Weg, Johannes, und

segne auch deinen Freund Josef!“, murmelte Verena, während sie bedächtig ein Kreuzzeichen schlug.

Nachdenklich lief ich in die Werkstatt und starrte auf die Uhr, die mein Vater vor langer Zeit gebaut hatte.

Ich musste unwillkürlich an ihn denken.

„Stell dir das vor, Vater!“, murmelte ich kopfschüttelnd. „Es ist unfassbar! Bis nach Russland, zur Zarin Elisabeth, reisen sie mit unseren Uhren!“

Nachwort

Abgesehen von unwesentlichen Freiheiten, orientiert sich mein Roman möglichst genau am Leben und an der Geschichte der ersten Waldauer Uhrenbauer.

Nicht die technische Entwicklung stand im Vordergrund und war die Triebfeder, mich mit dieser Thematik zu beschäftigen, sondern ich wollte das Denken, das Leben und Handeln der Menschen vor dreihundert Jahren nachempfinden und beschreiben.

Wir können uns an menschliche Emotionen, an Beweggründe und Überzeugungen vergangener Zeiten allerdings nur herantasten. Manches wird für immer ein Geheimnis bleiben.

Der Uhrenbau im Schwarzwald ist ein Beleg dafür, wie sich Menschen mit Willenskraft und Kreativität der Fesseln der Armut entledigten und trotz widriger Bedingungen und zahlreicher Kriege nie aufgaben.

*

Technische Details habe ich möglichst einfach darzustellen versucht, um auch Nichtfachleuten wesentliche Zusammenhänge verständlich zu machen. Zuviel Technik hätte meiner Meinung nach vom eigentlichen Leben der Menschen im Schwarzwald abgelenkt.

Besonderer Dank gilt
meiner Frau Elisabeth für ihre Geduld,
Carola Günther für ihre konstruktive Kritik,
Karlheinz Helbing für seine technische Beratung
und allen anderen,
die mich wohlwollend bei meiner
Arbeit begleitet haben.